BASTEI
LÜBBE

SUSANNE SCHEIBLER

Im Palast der sieben Sünden

BASTEI LÜBBE

BASTEI LÜBBE TASCHENBUCH
Band 14383

1. Auflage: Juli 2000

Vollständige Taschenbuchausgabe

Bastei Lübbe Taschenbücher ist ein Imprint der
Verlagsgruppe Lübbe

Titelillustration: Markart Hans
Umschlaggestaltung: Manfred Peters
Satz: hanseatenSatz-bremen, Bremen
Druck und Verarbeitung: Elsnerdruck
Printed in Germany
ISBN 3-404-14383-3

DIE LASAROWS

1. Teil

Mazurka in St. Petersburg

1. Kapitel

Ihr erstes Ballkleid war aus meergrüner Atlasseide, auf die am Saum ein breites Band von silbernen und rosa Stoffrosen genäht war. Auch die Schleppe und der Cul de Paris waren damit besetzt.

Als Akulina Iwanowna, ihre alte Kinderfrau, Swetlana so sah, wie sie langsam die Treppe des Lasarowschen Stadtpalais an der Mojka hinunterkam, brach sie in Tränen aus. Es waren Tränen der Rührung, die Akulina oft und gern vergaß.

»Heiliger Dimitrij!« rief sie und wischte sich über die Augen. »Wie schön du bist, mein Schwänchen! Und so erwachsen wirkst du mit dem aufgesteckten Haar! Dabei kommt es mir vor, als wäre es erst drei oder vier Winter her, daß ich dich auf meinen Armen getragen und hin und her geschaukelt habe.«

Swetlana Pawlowna drehte sich einmal vor ihr im Kreis. »Weißt du was, Akulina? Ich gefalle mir selbst. Und ich bin schrecklich aufgeregt. Was meinst du, wird der Zar ein paar Worte an mich richten, wenn ich ihm vorgestellt werde? Oder die Zarin? Vermutlich nicht, denn sie redet ja kaum mit Leuten, die ihr fremd sind, heißt es. Sie soll sehr hochnäsig sein. Aber vielleicht ist sie auch nur schüchtern wie Irina, die nie den Mund aufbekommt, wenn sie in Gesellschaft ist. Statt dessen macht sie ein Gesicht, als würde sie sich zu Tode langweilen, und das legt man ihr dann als Arroganz aus. Dabei ist Irinenka ...«

Sie brach ab, weil die Uhr auf dem Kaminsims schlug. »Acht schon? Himmel, und Mama und Xenia sind immer noch nicht fertig! Keinesfalls dürfen wir zu spät ins Winterpalais kommen. Punkt neun Uhr erscheint die Zarenfamilie ...«

»Nur keine Aufregung!« rief eine dunkle, etwas spröde Mädchenstimme von der Galerie, die sich oben rings um die große Halle zog. »Wir können gleich fahren!«

Xenia Pawlowna, die um ein Jahr jüngere Schwester der siebzehnjährigen Swetlana, erschien am Treppenpodest und lief die Stufen hinunter.

Im Gegensatz zu der blonden Swetlana war Xenia brünett, mit dunklen Augen und bräunlicher Haut. Als sich ihr Fuß in der Schleppe ihres rosefarbenen Atlaskleides verfing, riß sie den Stoff recht undamenhaft hoch.

»Ich werde mir noch die Beine brechen in diesem verdammten Kleid! Ich glaube, die heutige Mode ist eigens gemacht worden, um jemandem wie mir die Freude am Tanzen zu verderben!«

»Laß das bloß nicht Madame Dufour, die Schöpferin unserer eleganten Kreationen, hören«, neckte Swetlana sie. »Sie bringt es fertig und schneidet dir vor lauter Empörung die Schleppe ab.«

Hinter Xenia erschien ihre Mutter, von der Swetlana das blonde Haar und den zarten, hellen Teint geerbt hatte. Allerdings war die Gräfin Wera Karlowna ein eher bläßlicher Typ mit hellen graublauen Augen und einem ständig wehleidigen Gesichtsausdruck, der seinen Ursprung in einem tyrannischen Vater und einem ebensolchen Ehemann hatte.

Wera Karlowna war zuerst von ihrem Vater – der ihr nie verziehen hatte, daß sie als sein einziges Kind kein Sohn geworden war – und später von ihrem Gatten Pawel Konstantinowitsch ständig gegängelt und bevormundet worden, und da sie sehr wenig Durchsetzungsvermögen besaß, hatte sie sich nie dagegen aufgelehnt. Vielmehr gehörte sie zu den Menschen, denen die Stärke anderer, selbst wenn sie Unterdrückung mit sich brachte, ein gewisses Maß an Sicherheit verlieh und die sie darum willig ertrugen.

Swetlana war anders, heiter und warmherzig. Darum war auch ihre Schönheit viel lebendiger als die der Mutter.

Ihre Blondheit hatte etwas sehr Gesundes, Ursprüngliches, und ihre Augen, goldbraun mit kleinen dunklen Pünktchen in der Iris, verrieten viel von ihrer Vitalität und ihrer unbändigen Neugier auf alles, was das Dasein für sie bereithalten mochte.

Sie besaß den starken Willen ihres Vaters, gepaart mit einer ungewöhnlichen Sensibilität für das, was in anderen Menschen vor sich ging, und der Bereitschaft, jeden, der es ihrer Meinung nach verdiente, mit ihrer offenen, ungekünstelten Zuneigung zu beschenken.

Swetlana konnte weich, lieb und verständnisvoll sein, aber wehe, wenn jemand ihren Zorn erregte! Dann reagierte sie wie eine gereizte Katze, die kratzend und fauchend auf ihr Opfer losging.

Die ruhige, besonnene Xenia amüsierte sich oft darüber. ›Vorsicht, meine Schwester hat Dynamit geschluckt‹, meinte sie dann wohl lachend. ›Gleich sprengt es sie auseinander, und man weiß nicht, was dabei alles zu Bruch geht.‹

Xenia war längst nicht so hübsch wie Swetlana. Sie war noch ein wenig pummelig, und ihr Gesicht wirkte etwas unregelmäßig mit den weit auseinanderstehenden lebhaften Augen und der eine Spur zu groß geratenen Nase. Aber wer sich länger als zwei Minuten mit ihr unterhielt, war von ihrer klugen, für ihr Alter erstaunlich ausgereiften Persönlichkeit gefesselt.

Im übrigen war sie nicht eitel und gönnte ihrer Schwester neidlos das Aufsehen, das sie durch ihre blonde Schönheit erregte.

Wera Lasarowa läutete nach einem Diener. »Unsere Mäntel«, befahl sie, als er die Halle betrat. »Sind die Schlitten schon vorgefahren?«

»Sehr wohl, Euer Gnaden«, erwiderte der ältliche Mann mit einer Verbeugung.

»Dann melden Sie Seiner Gnaden und meinem Sohn, daß wir fertig sind.« Wera Karlowna warf ihren beiden ältesten Töchtern einen mütterlich-prüfenden Blick zu. »Reizend seht ihr aus«, meinte sie zufrieden und ließ sich von Akulina in den bodenlangen Zobel helfen. »Habt ihr Irina schon gute Nacht gesagt?«

Die jüngste Lasarow-Tochter, gerade vierzehn geworden, lag mit einer fiebrigen Erkältung zu Bett. Aber natürlich hatte sie darauf bestanden, ihre beiden Schwestern vor ihrem Aufbruch ins Winterpalais zu begutachten.

»Haben wir«, bestätigte Swetlana. »Sie fand, ich sähe aus wie eine Portion Pistazieneis, mit Marzipan garniert. Und Xenia verglich sie mit einer Kissel aus Himbeeren und Schlagsahne.«

»Irina Pawlowna ist eine Schafsnase«, mischte Akulina sich grollend ein. »Warten Sie nur, bis sie zwei Jahre älter ist und ebenfalls in die Gesellschaft eingeführt wird. Dann wird sie sich aufputzen wie ein Paradepferdchen auf dem Marsfeld.«

Wera Karlowna unterdrückte einen Seufzer. Drei Töchter – und keine so sanft und fügsam, wie sie es gewesen war. Heilige Muttergottes, sie würde erst Ruhe haben, wenn sie die drei gut verheiratet hatte. Aber wer weiß – vielleicht wurde in dieser Petersburger Wintersaison ja der Grundstein dazu gelegt?

Zehn Minuten später saßen alle Lasarows – die kranke Irina ausgenommen – warm in Pelze verpackt in zwei Schlitten. Xenia fuhr mit ihren Eltern, und Swetlana hatte ihren ältesten Bruder Jurij, Leutnant bei der Preobraschenskijschen Garde, an ihrer Seite. Er war einundzwanzig, ein schneidiger junger Offizier, der schon seit drei Jahren in St.

Petersburg lebte, während seine Schwestern in Kowistowo, dem Landgut der Familie in der Nähe von Kiew, aufgewachsen waren.

Graf Pawel Lasarow war Adelsmarschall der Provinz Kiew gewesen, aber zu Anfang des Jahres hatte Zar Nikolaus II. ihn in den Reichsrat berufen, so daß die Lasarows damals in ihr Petersburger Stadtpalais übersiedelt waren.

Nach Kowistowo würde man nur noch in den heißen Sommermonaten zurückkehren, um sich von dem feuchtschwülen Klima der Hauptstadt zu erholen.

Schlitten um Schlitten fuhr vor der von Fackeln hell erleuchteten Rampe des Winterpalais vor. Ordonnanzen und livrierte Diener halfen den Ankömmlingen beim Aussteigen und geleiteten sie auf Teppichen, die man über den Schnee gelegt hatte, in die große Eingangshalle. Währenddessen fuhren die Kutscher mit ihren Pferden in den für sie bestimmten Hof, wo die Tiere in den Stallungen untergebracht wurden und die Männer sich zu den anderen gesellten, die an großen Feuern saßen und sich am heißen Tee und einer Kascha wärmten.

Sie bereiteten sich auf eine lange Nacht vor, in der sie auf ihre Herrschaften warten mußten. Es sei denn, der gnädige Herr Graf oder die allergnädigste Frau Fürstin hatten ein Einsehen mit ihren Angestellten und schickten sie mit dem Befehl, pünktlich um zwei, drei oder vier Uhr morgens wieder hier zu sein, nach Hause zurück, wo es dann freilich auch nicht für einen erholsamen Schlaf reichte, weil man immer wieder hochfuhr, um nur ja nicht die vereinbarte Zeit zu verschlafen.

Aber was willst du machen, Brüderchen? Es sind lausige Zeiten im heiligen Rußland. Das Elend der Fabrikarbeiter und der kleinen Bauern, die für ein paar Kopeken schuften und damit kaum das Geld für ihre dürftige Behausung, für

Holz und Kohlen und das Essen für sich und ihre Familien verdienen, die Not der Arbeitslosen, die oft nicht einmal ein Dach über dem Kopf haben, sind viel ärger.

Dagegen geht's dir als Kutscher bei Seiner Gnaden, dem Fürsten Barjatynskij oder General Tscherewin, dem Grafen Lasarow oder Barschewskij und wie sie alle heißen mochten, doch hundertmal besser. Hast eine warme Stube und satt zu essen, und wenn du nicht säufst oder stiehlst, kann dir gar nichts passieren. Du kannst alt und grau werden, und wenn du einmal nicht mehr so schneidig herumkutschieren kannst, kriegst du Arbeit in den Ställen, bis du tot umfällst und das beschissene Leben hier gegen ein besseres bei Gott und seinen Heiligen eintauschen kannst.

Und immerhin bist du kein Leibeigener mehr, wie es dein Großväterchen und vielleicht sogar deine Eltern noch waren, bis der gnädige Zar Alexander II., Gott segne ihn dafür, die Leibeigenschaft aufgehoben hat. 1861 war das gewesen, also vor siebenunddreißig Jahren erst.

Also gib dich zufrieden, Brüderchen, setz dich zu den anderen ans Feuer und erzählt euch, was es so an Neuem gibt in den Palästen der feinen Herrchen. Oder fahr heim in deine Kammer, versorg die Pferdchen und droh deiner Frau eine Tracht Prügel an, wenn sie dich nicht rechtzeitig weckt, damit du zum Winterpalais fahren kannst.

Teufel auch, was für eine bitterkalte Dezembernacht! Und der Mond über der Newa hat einen Hof, was bedeutet, daß es wieder Schnee geben wird!

Die Lasarows hatten sich indessen in der Halle ihrer Pelze entledigt und stiegen nun die breite Treppe der Botschafter in den ersten Stock hinauf.

An den Wänden standen Kosaken, die mit ihren langen roten Mänteln einen prächtigen Kontrast zu den in Weiß und Gold gehaltenen Wänden und Statuen bildeten. Die Luft war geschwängert vom Parfüm der Damen und dem Geruch der aberhundert Kerzen, die an diesem Abend entzündet worden waren, obwohl das Winterpalais seit einiger Zeit über elektrisches Licht verfügte.

Da und dort begrüßten die Lasarows Bekannte, die mit ihnen dem St.-Georgs-Saal zustrebten, jener riesigen Prunkhalle, die mehr als fünftausend Gästen Platz bot.

Swetlana nahm alles mit wachen Sinnen auf: die eleganten Balltoiletten, die von Juwelen nur so strotzten, die farbenfrohen Uniformen der Eliteregimenter, die Fräcke mit den blitzenden, edelsteinbesetzten Orden.

Ihr Bruder Jurij winkte einem jungen Mann in der Galauniform der Preobraschenskij zu. »Hallo, mein Lieber, darf ich dich meiner Schwester Xenia vorstellen! Swetlana kennst du ja bereits, wie ich mich erinnere.«

»Ja, wir sind uns bei der großen Parade zum dritten Geburtstag der Großfürstin Olga in Krasnoje Selo begegnet«, erwiderte der Angesprochene und verneigte sich vor den beiden Mädchen. »Guten Abend. Schön, Sie wiederzusehen, Swetlana Pawlowna. Wie geht es Ihnen?«

»Oh, gut«, erwiderte sie mit glänzenden Augen. »Wie sollte es anders sein bei einem so phantastischen Fest.«

»Sie sehen auch ganz bezaubernd aus«, versicherte der junge Offizier galant und wandte sich dann Xenia zu. »Gestatten Sie: Boris Petrowitsch Barschewskij, Rittmeister der Garde.«

»Sie sind das also!« Xenia betrachtete ihn lächelnd und ungeniert. »Jurij hat schon viel von Ihnen erzählt.«

»Tatsächlich? Ich hoffe, nur Gutes.«

»Gäbe es denn auch etwas Schlechtes zu berichten?« erkundigte Xenia sich vergnügt, und Graf Barschewskij zwinkerte ihr zu.

»Ich sehe, vor Ihnen muß man sich in acht nehmen, Xenia Pawlowna. Sie sind eine Fallenstellerin im Fragen.«

Die Plauderei wurde unterbrochen, weil Graf und Gräfin Lasarow wieder zu der kleinen Gruppe stießen. Sie hatten sich in einer Fensternische mit Konstantin Pobjedonoszew, dem Generalbevollmächtigten des Heiligen Synod, unterhalten, einem hageren, finstergesichtigen Mann mit fanatischen Augen.

Swetlana und Xenia waren ihm vorgestellt worden, als er einmal zum Tee bei ihren Eltern gewesen war. Seitdem fanden sie ihn ›gräßlich‹, was den beiden eine harte Rüge ihres Vaters eingetragen hatte.

Pobjedonoszew, einer der Erzieher von Zar Nikolaus II., sei ein ungeheuer einflußreicher Mann, der glücklicherweise nicht mit den liberalen Bestrebungen gewisser politischer Wirrköpfe sympathisiere, sondern die gottgewollte autokratische Ordnung aufrechterhalten wolle – eine Einstellung, der er, Graf Lasarow, nur aus vollem Herzen zustimmen könne. Es sei ein Segen, daß Seine Majestät solch einen Ratgeber habe, der ihn von schädlichen Experimenten zurückzuhalten verstehe.

»Also ist er noch gräßlicher, als wir dachten«, hatte Swetlana später, als sie mit Xenia allein war, respektlos geäußert. »Puh – hoffentlich wimmelt es bei Hof nicht von solchen Mumien!«

Dieser Sorge wurde sie an ihrem ersten Ballabend in St. Petersburg enthoben.

Natürlich sah man da und dort ergraute Generäle und Minister, in enge Korsetts geschnürte Damen mit schlaffer Haut und gepuderten Gesichtern, was freilich nicht über die Falten und Runzeln hinwegzutäuschen vermochte. Es gab die Kriecher der Hofkamarilla, diese Emporkömmlinge, die unter zwei oder sogar drei Zaren ihr schmutziges Intrigenspiel betrieben hatten, genauso wie die ehrlichen Veteranen, für die das Zarentum etwas Heiliges und Unantastbares war, vor dem sie sich beugten.

Doch für Swetlana Lasarowa waren das an jenem Abend nur Randfiguren. Wirklich wichtig waren ihr die jungen Gardeoffiziere und Adligen, die ihr den Hof machten, ihr Komplimente sagten und mit ihr tanzten.

Pünktlich um neun Uhr flogen die breiten Flügeltüren des St.-Georgs-Saales auf, und das Orchester spielte die Nationalhymne: Bosche Zarja chranij ... Gott schütze den Zaren.

Seine Majestät Nikolaus II. von Rußland und seine Gemahlin, die Kaiserin Alexandra Fjodorowna, erschienen, gefolgt von den Mitgliedern der kaiserlichen Familie.

Die Herren trugen die Galauniformen ihrer Regimenter, die Damen über ihren weißen Satinkleidern mit roter Schärpe und goldbestickter Samtschleppe den traditionellen Kokoschnik, eine Art Diadem in Halbmondform mit langem Schleier.

Zarin Alexandra Fjodorowna sah an diesem Abend wunderschön aus in ihrer cremefarbenen Toilette und dem von Juwelen und Perlen strotzenden Goldschmuck, und sie schien strahlender Laune zu sein. Ihr Lächeln wirkte echt und herzlich, im Gegensatz zu dem wie aufgeklebt wirkenden Verziehen der Lippen, das sie für gewöhnlich bei offiziellen Anlässen zur Schau trug. Sie unterhielt sich lebhaft mit ihren Ehrendamen, und Swetlana dachte, als sie sie beobachtete: Man kann kaum glauben, was man über sie erzählt; daß sie kühl und hochmütig sein soll, von geradezu alberner Prüderie, und die Festlichkeiten bei Hof nur mit Widerwillen erträgt.

An diesem Abend war Zarin Alexandra eine junge Frau, die ihrem Gatten hin und wieder verliebt zulächelte und die Musik und die festliche Atmosphäre unbeschwert genoß.

»Vermutlich ist sie erleichtert, daß die Zarenwitwe heute nicht da ist«, sagte Boris Petrowitsch Barschewskij und nahm Swetlana das leere Champagnerglas ab, um ihr ein neues zu besorgen. »Maria Fjodorowna weilt zur Zeit in Moskau, wo sie Vorsitzende mehrerer Wohltätigkeitsvereine ist. Wäre sie hier, hätte sie den Vortritt vor der Zarin, und das mißfällt Alexandra Fjodorowna fast ebenso wie die Tatsache, daß ihre Schwiegermutter weitaus beliebter als sie selbst ist.«

»Außerdem soll Ihre Majestät wieder schwanger sein, wenn es auch noch nicht offiziell bekanntgegeben wurde«, mischte Xenia sich ein.

Swetlana warf ihr einen entsetzten Blick zu. Die Schwester war wirklich manchmal unmöglich! Wie konnte sie nur vor Boris Petrowitsch von einer Schwangerschaft reden!

Gut, daß Mama und Papa das nicht gehört hatten. Die beiden hatten sich zu Gräfin Lasarowas verwitweter Cousine gesellt, die eine der ›alten Damen‹ war, die zum Hofstaat der Zarin gehörten.

Die so Genannten trugen ein in Diamanten gefaßtes Miniaturbild der Zarin auf der Brust. Jekaterina Wladimirowna Karessowa war eine zänkische, altjüngferliche Person, schon seit dreißig Jahren verwitwet, aber Wera Karlowna erduldete bei jedem ihrer Petersburger Besuche deren Launen, weil die Cousine einflußreich und daher wichtig war.

Überhaupt teilte ihre Mutter zu Swetlanas Verdruß alle Menschen in wichtig, nützlich und darum zu hofieren und in unbedeutend und deshalb zu ignorieren ein. Und ihr Vater hielt es leider ebenso.

Xenia Pawlowna fuhr indessen fort, sich weiterhin ungeniert über eine mögliche Schwangerschaft der Zarin auszulassen.

»Hoffentlich bekommt sie dieses Mal einen Sohn, es wäre ihr zu wünschen«, sagte sie, erhielt daraufhin einen Fußtritt von Swetlana und betrachtete die ältere Schwester mit hochgezogenen Augenbrauen. »Warum trittst du mich denn?«

»Verzeihung, es war ein Versehen«, stammelte Swetlana verlegen, und Graf Barschewskij verbiß sich ein Lachen.

Der Oberhofmeister beendete das Geplänkel, weil die Debütantinnen dieses Winters dem Zarenpaar vorgestellt werden sollten.

Es waren zwanzig junge Mädchen, die nun zu Nikolaus II. und seiner Gemahlin geführt wurden. Swetlana und Xenia versanken in den vorgeschriebenen Hofknicks vor den Majestäten, nachdem der Oberhofmeister ihre Namen genannt hatte, nichts anderes als das übliche *Tres enchanté* des Zaren und ein freundlich-kühles Lächeln der Zarin erwartend. Doch zu ihrer Verwunderung wandte Alexandra Fjodorowna sich an ihren Gatten und sagte auf deutsch:

»Wie hübsch ihre Balltoiletten sind! Ich würde gern wissen, wer sie gefertigt hat.«

»Es war Madame Dufour in der Großen Sadowaja«, erwiderte Swetlana ebenfalls in Deutsch, und die Zarin hob erstaunt die Augenbrauen.

»Ach, Sie sprechen meine Muttersprache?«

»Ein wenig, Euer Majestät«, erwiderte Swetlana. »Mein Schweizer Erzieher, Maurice Selbmann, hat mich und meine Geschwister darin unterrichtet, ebenso natürlich im Französischen.«

»Und wie steht es mit Ihren Englischkenntnissen?« forschte die Zarin weiter, und Swetlana, wohl wissend, daß Alexandra Fjodorowna, obwohl deutscher Abstammung, den größten Teil ihrer Jugend am Hof ihrer Großmutter, der Queen Viktoria, verbracht hatte, erwiderte in bestem Oxford-Englisch: »Es ist mir fast so geläufig wie meine Muttersprache, da meine Eltern auch für eine englische Sprachlehrerin Sorge getragen haben.«

Alexandra Fjodorowna reichte ihr die Hand zum Kuß und sagte die traditionelle Formel der russischen Zaren: »Ich bin Ihre gnädige Kaiserin.« Dennoch hatte Swetlana das Empfinden, daß die Zarin dieses Mal ihre Worte beinahe herzlich und aufrichtig gemeint hatte.

»Sie ist eine wunderschöne Frau, finden Sie nicht?« fragte Swetlana später Graf Barschewskij, während sie einen Walzer mit ihm tanzte.

»Nun ja ...«, erwiderte er gedehnt. »Heute sieht sie wirklich gut aus. Aber das ist nicht immer so. Sie ist oft leidend, wissen Sie. Doch der Zar betet sie an.«

»Werden Ihre Majestäten die ganze Wintersaison über in St. Petersburg bleiben?« fragte Swetlana, und er zuckte mit den Schultern.

»Keine Ahnung. Sie halten beide nicht viel von offiziellen Verpflichtungen. Am liebsten leben sie in Zarskoje Selo – und noch lieber wären sie wohl ein junges Ehepaar wie andere auch, das ein unbeobachtetes, zurückgezogenes Leben auf dem Lande führen kann. Nicht zu armselig natürlich«, fügte er mit einem Lächeln hinzu. »Ein gewisser Rahmen müßte schon da sein, sagen wir – gutbürgerlich, mit ein paar Dienstboten und in einem hübschen, geräumigen Haus, aber im übrigen unbelastet von allzu großer Verantwortung.«

Sie warf ihm einen verwunderten Blick zu. »Sie sagen das so verbittert. Fast so, als sähen Sie jemand anderen lieber an Zar Nikolaus' Stelle.«

»Still ...« Für einen Moment zog er sie bei einer Drehung fester an sich. »So etwas darf man nicht einmal denken! Es gibt Leute, die Ihnen das schon als Hochverrat oder sogar Gotteslästerung auslegten. Schließlich ist Seine Majestät von Gott persönlich dazu ausersehen worden, über Rußland zu herrschen. Das macht ihn zu einer heiligen, unantastbaren Figur. Im übrigen sieht er sich selbst so und würde sich deshalb nie so ketzerischen Gedanken wie dem Zurückziehen in ein glücklicheres Privatleben hingeben. Nein, nein, er nimmt sein Gottesgnadentum sehr ernst und ist daher sorgsam darauf bedacht, zu tragen, was ihm auferlegt wurde, genau wie unsere allergnädigste Kaiserin. Sie sind beide davon durchdrungen, daß alles, was geschieht, Gottes Zulassung ist, die man hinnehmen muß. Es wäre nur wünschenswert ...«

»Was?« fragte Swetlana, als er abbrach. »Was wäre wünschenswert?«

Er schüttelte lächelnd den Kopf. »Da Sie glücklicherweise in St. Petersburg bleiben, Swetlana Pawlowna, werden Sie es wahrscheinlich sehr rasch selbst herausfinden. Verlangen Sie bitte nicht von mir, daß ich Sie in Ihrer ersten Ballnacht einer wunderschönen Illusion beraube. Außerdem – müssen wir immer über den Zaren reden? Ich finde Sie viel interessanter und möchte gern mehr von Ihnen wissen. Erzählen Sie mir von sich. Sie sind siebzehn, hat Jurij mir verraten, und haben bis jetzt auf dem Landgut Ihrer Familie gelebt. Ist Ihnen der Abschied von dort schwergefallen? Gibt es vielleicht jemanden, dem Sie heiße Tränen nachweinen?«

»Ja«, erwiderte sie und freute sich darüber, daß sich sein Blick verdunkelte. »Peschko, unser alter Jagdhund. Als ich fünf war, hat er mich einmal aus dem Löschteich von Kowistowo gezogen. Peschko war damals zwei. Inzwischen ist er beinahe blind und sehr schwerhörig. Ich hätte ihn zu gern nach Petersburg mitgenommen, aber Mama war dagegen. Ich habe deswegen auf der halben Fahrt hierher geweint und gedacht, daß ich die hartherzigste und verständnisloseste Mutter der Welt hätte.«

Mit einer trotzigen Gebärde warf sie den Kopf zurück. »Und obwohl es hier natürlich himmlisch ist und ich sehr gern hier bin, trage ich die Sache mit Peschko meiner Mutter immer noch nach, auch wenn ich weiß, daß der Hund bei unserem Gutsverwalter Schterenko gut aufgehoben ist.«

Wieder zog er sie leicht an sich. »Wenn ich darf, werde ich Ihnen eines Tages einen neuen Hund schenken, Swetlana Pawlowna. Einen Barsoiwelpen vielleicht ... Und im übrigen gibt es in Kowistowo oder Kiew kein männliches Wesen, das Sie ins Herz geschlossen haben?«

Sie lachte. »Was Sie alles wissen wollen! Fragen Sie doch meine Schwester nach mir aus. Wie Sie gemerkt haben, ist sie sehr unbekümmert in ihren Äußerungen und wird Ihnen bereitwillig jede Auskunft geben.«

Das Orchester auf der Empore hörte zu spielen auf, und

Boris Petrowitsch machte ein bedauerndes Gesicht. »Schade, ich hätte stundenlang mit Ihnen weitertanzen mögen. Geben Sie mir Ihre Tanzkarte, Swetlana Pawlowna, und ich trage mich überall ein.«

»Oh, viel ist da nicht mehr frei. Nur noch der Kotillon, die Mazurka und ein paar Tänze nach dem Diner ...«

»... die Sie alle für mich reservieren müssen«, fiel er ihr ins Wort. »Das heißt, natürlich nur, wenn Sie mögen.«

Swetlana nickte und wurde ein wenig rot. »Warum nicht? Sie tanzen sehr gut, Boris Petrowitsch.«

Er brachte sie zu ihren Eltern zurück, die sich immer noch mit der Karessowa unterhielten, und schrieb tatsächlich auf ihrer Tanzkarte überall seinen Namen hin, wo sich noch kein anderer Tänzer eingetragen hatte. Für den nächsten Tanz forderte er Xenia auf und zwinkerte Swetlana dabei vergnügt zu.

»Um Auskünfte einzuholen«, flüsterte er, während Xenia die Hand auf seinen Arm legte und sich dann von ihm zur Saalmitte führen ließ, wo die Paare Aufstellung für eine Polonaise nahmen.

Swetlana hatte diesen Tanz dem Fürsten Leonid Soklow versprochen, der sich gleich, nachdem sie und Xenia dem Zarenpaar vorgestellt worden waren, recht hartnäckig an ihre Fersen geheftet hatte. Soklow war Mitglied des Reichsrates und, wie es hieß, ein besonderer Freund des Zarenonkels Großfürst Michail Nikolajewitsch, der ein jüngerer Bruder des verstorbenen Zaren Alexander III. und Vorsitzender des Reichsrates war.

Das jedenfalls hatte die Gräfin Lasarowa ihrer Tochter rasch erklärt, nachdem Soklow den ersten Tanz mit Swetlana getanzt hatte.

»Er ist ein sehr einflußreicher Mann«, hatte sie behauptet, »dazu immens wohlhabend. Er könnte jedes junge Mädchen aus guter Familie zur Frau bekommen. Aber er ist noch unverheiratet.«

Die Worte hatten Swetlana nicht sonderlich beeindruckt. Ihr gefiel Leonid Iwanowitsch Soklow nicht, und sie bedauerte insgeheim, daß sie ihm ein paar Tänze zugesagt hatte.

Zwar sah er ausgesprochen gut aus, groß, schlank, mit dunklem, leicht gelocktem Haar und einem scharfgeschnittenen Gesicht. Aber er hatte so merkwürdige goldbraune Augen, deren Blick ihr Unbehagen einflößte.

Jeder, der mit ihr tanzte, hatte Swetlana an diesem Abend Komplimente gemacht, aber Fürst Soklows Schmeicheleien empfand sie als aufdringlich und manchmal sogar zweideutig.

Sie mochte auch nicht, wie er sie beim Tanzen an sich zog und dabei über ihren Rücken strich, ihr mißfiel seine seidenweiche Stimme, mit der er ihr beteuerte, daß sie seit Jahren die schönste Debütantin der Petersburger Gesellschaft sei und daß er sich glücklich schätze, ihr begegnet zu sein.

Darum war sie erleichtert, daß der Tanzmeister während der Polonaise öfter einen Partnerwechsel ansagte, so daß sie ein paar Takte mit einem anderen Mann tanzen konnte.

Glücklicherweise saß Fürst Soklow während des Diners, das um ein Uhr nachts serviert wurde, weit entfernt an einem anderen Tisch, und Swetlanas Tischherr war ein junger Leutnant der Semjonowskijschen Garde, Grischa Sowtschenko, der sehr witzig zu plaudern verstand, so daß sie aus dem Lachen kaum herauskam.

Ach, es war herrlich, im Winterpalais zu dinieren, bewundert zu werden und all die Pracht und Eleganz um sich herum zu genießen!

Das Zarenpaar nahm nicht am Diner teil, sondern ging währenddessen in Begleitung des Oberhofmarschalls Graf Paul von Benckendorff und der Ehrendame Anna Wyrubowa von Tisch zu Tisch, um sich mit den Gästen zu unterhalten.

Zarin Alexandra sah nicht mehr so frisch und blühend aus wie zu Beginn des Balles. Feine Schweißperlen standen auf ihrer Stirn, und sie wirkte erschöpft. Dennoch lächelte sie wiederum mit der bei ihr so seltenen offenen Herzlichkeit, als sie noch einmal ein paar Worte mit Swetlana wechselte.

»Ich hoffe, Sie haben viel Freude heute abend«, sagte sie. »Vorhin habe ich Sie eine Zeitlang beobachtet, meine Liebe. Offenbar machen Sie Furore in der Petersburger Gesellschaft – zumindest, was die jungen Herren angeht.«

»Euer Majestät sind sehr gütig«, erwiderte Swetlana, und ein Schatten glitt über das Gesicht der Zarin.

»Nur aufrichtig. Aber seien Sie auf der Hut, Swetlana Pawlowna. Auch hier ist längst nicht alles echt, das wie Gold schimmert. Es verbergen sich viel Hohlheit, Eigennutz und Lasterhaftigkeit hinter der glänzenden Fassade. Lassen Sie sich nicht davon blenden.«

Swetlana wußte nicht recht, was sie darauf erwidern wollte, doch die Zarin erwartete offenbar auch keine Antwort, sondern nickte ihr noch einmal zu.

»Ich werde mich jetzt zurückziehen. Diese Festivitäten strengen mich immer sehr an. Aber ich hoffe, daß wir uns bald wiedersehen.«

Anna Wyrubowa, die hinter ihr stand, eine dickliche Person mit teigigem Gesicht und flinken schwarzen Augen, warf Swetlana einen finsteren Blick zu. »Kommen Sie, Euer Majestät«, sagte sie dann mit einer hellen, singenden Kinderstimme, die in seltsamem Kontrast zu ihrer massigen Gestalt stand. »Es ist spät, und Sie sind müde. Sie sollten sogleich zu Bett gehen.«

»Ja, meine Liebe«, erwiderte Alexandra Fjodorowna und stützte sich auf Annas Arm. »Das Stehen fällt mir schwer. Ich habe wieder Kreuzschmerzen.«

»Sehen Sie, sehen Sie ...« Die Wyrubowa warf einen abschiednehmenden Blick in die Runde. »Aber ich werde beten, daß es Ihnen bald bessergeht. Für meine liebste, teuerste Zarin werde ich die halbe Nacht auf den Knien liegen.«

Damit führte sie Alexandra fort, und Leutnant Sowtschenko stieß einen tiefen Seufzer aus. »Ich weiß nicht, wieso, aber die Wyrubowa kann angezogen sein, wie sie will – auf mich wirkt sie immer wie eine glitschige Nacktschnekke.«

Er hatte die Worte Swetlana zugeflüstert, und sie versteckte hastig ihr Gesicht hinter ihrem Fächer, um ihr Lachen zu verbergen.

Ihre Mutter warf ihr einen irritierten Blick zu. »Was ist, Kind? Hast du dich verschluckt?«

»Beinahe«, erwiderte Swetlana und fächelte sich Luft zu. »Aber es ist noch einmal gutgegangen.«

»Wie kann man sich verschlucken, wenn man nicht ißt«, tadelte Wera Karlowna, verstummte dann aber glücklicherweise, weil der Zar quer durch den Saal auf seine Frau zukam.

»Alix?« fragte er auf englisch. »Was hast du, mein Engel? Geht es dir nicht wohl?«

Alexandra lächelte zu ihm auf, und ihr eben noch angestrengtes Gesicht glättete sich auf wundersame Weise. »Ich bin nur müde, Nicky, weiter nichts. Darum werde ich mich zurückziehen.«

»Natürlich begleite ich dich.« Er wollte ihren Arm nehmen, aber sie winkte ab.

»Nicht nötig. Meine gute Anna Alexandrowna bringt mich in mein Schlafzimmer. Und vorher werde ich noch einmal nach unseren beiden kleinen Mädchen sehen.«

»Gib ihnen einen Kuß von mir«, trug er ihr auf, und sie nickte lächelnd.

»Aber nur, wenn du ihn mir nachher zurückgibst.«

Swetlana hatte das kurze Gespräch mitgehört und empfand Rührung. Es war ganz offensichtlich, daß die beiden einander zärtlich liebten. Es mußte schön sein, eine solche Ehe zu führen.

Bei ihren Eltern war das nicht so. Sie lebten nebeneinander her, ohne große Streitigkeiten zwar, aber auch ohne besondere Zuneigung, und Swetlana hatte sich oft gesagt: So will ich es später einmal nicht haben. Ich heirate nur, wenn ich einen Mann wirklich liebe und er mein Gefühl erwidert. Sonst bleibe ich lieber ledig.

Swetlana wußte, daß ihre Mutter vom heutigen Tag an nach einem geeigneten Ehekandidaten für sie Ausschau halten würde. Tun Sie das nur, Mama, dachte sie. Am Ende nehme ich doch nur den, der mir gefällt. Es ist mein Leben, und ich will es mit allem anfüllen, was schön und aufregend und voller Überraschungen ist.

2. Kapitel

Zwei Monate später war Swetlana mit Boris Petrowitsch Barschewskij verlobt.

Seit jener Ballnacht im Winterpalais war das Stadtpalais der Lasarows ein beliebter Treffpunkt der jungen Petersburger Adligen geworden. Die meisten kamen Swetlanas wegen, aber einige machten auch Xenia den Hof. Die jedoch fand das höchstens albern, sehr zum Verdruß ihrer Mutter, die am liebsten gesehen hätte, wenn beide Töchter noch in dieser Wintersaison eine gute Partie gemacht hätten. Aber Xenia hatte anderes im Kopf, als sich einen Mann zu angeln.

»Ich möchte Medizin studieren«, vertraute sie eines Abends Swetlana an, als beide Mädchen von einer Teegesellschaft bei der Generalin Bogdanowitsch zurückgekehrt waren. Ihre Mutter, die sie begleitet hatte, litt unter Kopfschmerzen und hatte sich schon in ihr Schlafzimmer zurückgezogen. Graf Lasarow war auf einer Sitzung im Winterpalais.

Xenia und Swetlana saßen im sogenannten chinesischen Salon, während ihre jüngste Schwester Irina im Schulzimmer mit ihrer Englischlehrerin Miss Sheldon über der Übersetzung von Charles Dickens' Essay ›American Notes‹ brütete.

Swetlana blickte ihre Schwester verblüfft an. »Im Ernst? Und was willst du dann tun? Ärztin werden?«

Xenia nickte lebhaft. »Rußland braucht Ärzte. Und ich denke, daß ich eine sehr gute sein könnte.«

Swetlana erinnerte sich, daß ihre Schwester schon als Kind mit Vorliebe ihre Puppen verbunden und ihnen alle möglichen Krankheiten angedichtet hatte, die sie dann kurierte. Auch alle Hunde, Pferde und Katzen, die sich Verletzungen zugezogen hatten, wurden von ihr versorgt – und oft genug die Dienstboten ebenfalls.

Für alles, was krank war, brachte Xenia größtes Interesse und eine für ihr lebhaftes Temperament ungewöhnliche Geduld auf. Dennoch hätte Swetlana nie geglaubt, daß ihre jüngere Schwester eines Tages daraus einen Beruf hätte machen wollen.

»Das wird Papa nie erlauben«, sagte sie besorgt. »Deshalb schlag es dir lieber gleich aus dem Kopf.«

Xenia preßte die Lippen zusammen. »Dann tue ich es ohne seine Erlaubnis. Ich bin nicht sein Eigentum, und er kann nicht über meine ganze Zukunft verfügen.«

Sie lag bäuchlings auf dem Bärenfell vor dem Kamin und blickte in die Flammen. Draußen war es dunkel, nur der Schnee, der in großen Flocken vom Himmel fiel, verbreitete matte Helligkeit.

Swetlana legte das Journal zur Seite, in dem sie geblättert hatte, und kam zu ihrer Schwester. »He, Malenka, du bist ganz schön verrückt, weißt du das?«

Malenka ... Kleine, so hatte sie Xenia oft genannt.

Aber die Schwester erwiderte ihr Lächeln nicht. Ihr Gesicht war ernst und so entschlossen, wie Swetlana es selten gesehen hatte.

»Versprich mir, daß du weder den Eltern noch sonst jemandem etwas davon sagst. Ich werde es selbst tun, wenn es soweit ist.«

»Gut, gut. Aber du bist dir doch darüber im klaren, daß Papa dir Stubenarrest geben und Mama ihre Migräne bekommen wird.«

»Ich sage es ihnen ja auch jetzt noch nicht. Ich werde sie vorläufig nur darum bitten, daß ich ab dem Frühjahr die Xenia-Schule besuchen darf. Dagegen werden sie hoffentlich nichts einzuwenden haben; schließlich gehen Darja und Lara Nobokowa gleichfalls dorthin, und Staatsrat Nobokow ist neuerdings einer von Papas besten Freunden.«

Swetlana stützte den Kopf in die Hände. »Aber Mama wird trotzdem dagegen sein. Sie hat, seit wir in St. Petersburg sind, doch nichts anderes im Sinn, als mit uns Gesellschaften zu besuchen, neue Kleider bei der Schneiderin zu bestellen und spazierenzufahren.«

Xenia kicherte. »Sie will uns eben an den Mann bringen. Und wie es aussieht, hat sie bei dir mit ihren Bemühungen Erfolg.«

»Unsinn«, wehrte Swetlana ab und spürte zu ihrem Verdruß, daß sie rot wurde. »Bis jetzt hat mir jedenfalls noch niemand einen Antrag gemacht. Und überhaupt ...«

»Und überhaupt ist es Graf Barschewskij, der dir von deinen Bewunderern am besten gefällt!« trumpfte Xenia auf, nun wieder ganz der fröhliche Backfisch, der sie im allgemeinen war. »Er ist aber auch wirklich nett. Wenn du ihn magst, solltest du ihn heiraten.« Sie stieß die ältere Schwester freundschaftlich in die Seite. »Gib es ruhig zu, daß du ihn magst. Habt ihr euch schon geküßt?«

»Nein«, schwindelte Swetlana. »Was glaubst du denn?«

Dabei dachte sie daran, wie Boris Petrowitsch sie vorgestern während einer Abendgesellschaft bei den Bobrikows im Wintergarten für einen Augenblick umarmt und seinen Mund auf ihren gedrückt hatte. Es war nur ein sehr kurzer Kuß gewesen, weil im selben Moment jemand hereingekommen war und Boris sie hastig wieder losgelassen hatte, aber immerhin!

»Dann wird er es aber bei nächster Gelegenheit tun!« behauptete Xenia. »Man muß nur beobachten, wie er dich ansieht. Ich sage dir, Boris Petrowitsch ist unsterblich in dich verliebt.«

»Ach, das sind andere auch«, meinte Swetlana betont wegwerfend. »Leutnant Wasnjezow, zum Beispiel, oder Jewgenij Karsawin ...«

»Nicht zu vergessen Fürst Leonid Soklow«, setzte Xenia die Aufzählung lachend fort, und Swetlanas Miene verfinsterte sich.

»Hör mir nur mit dem auf! Der ist doch viel zu alt – zweiunddreißig soll er sein! Und überhaupt – ich mag ihn nicht. Wenn er mir nur die Hand küßt, bekomme ich schon Gänsehaut.«

»Und bei Boris Barschewskij nicht?« neckte Xenia sie.

»Ach, du!« Swetlana stand auf. »Ich finde deine Neugier wirklich albern!«

Sie ging zu den Fenstern und schloß die roten Seidenportieren.

»Gräfin Swetlana Pawlowna Barschewskaja«, murmelte Xenia. »Das klingt gut, finde ich! Ihr werdet ein sehr hübsches Paar sein.«

Swetlana drehte sich nicht zu ihr um. Sie dachte wieder an den Kuß, den Boris ihr gegeben hatte, und fragte sich, ob er sie beim nächsten Mal länger und intensiver küssen würde.

Morgen wollte er sie zu einer Schlittenfahrt abholen. Aber natürlich würden Miss Sheldon oder Akulina Iwanowna, ihre alte Kinderfrau, als Anstandsdame mitfahren. Ob sich da eine Gelegenheit zum Küssen bot? Recht unwahrscheinlich!

Wenn sie ehrlich war, mußte Swetlana zugeben, daß sie sich ganz gern von Boris Petrowitsch küssen ließe. Sie hatte sich zweifellos ein bißchen in ihn verliebt. Er sah gut aus und war schrecklich nett. Aber war er wirklich der Mann, den sie heiraten wollte?

»Willst du denn überhaupt nicht heiraten?« fragte Swetlana aus ihren Gedanken heraus. »Ich meine, es muß ja nicht gleich sein, aber später irgendwann ...«

Xenia setzte sich auf und legte die Arme um die angezogenen Knie. »Ich weiß es nicht. Vielleicht, wenn ich mein Studium abgeschlossen habe und mich ganz toll verliebe. Aber ich will in keinem Fall das typische nutzlose Dasein einer Dame aus unseren Kreisen führen – so wie Mama. Was tut sie denn schon? Die Dienstboten beaufsichtigen, ausfahren, Besuche machen, Gesellschaften geben, langweilige Konversation betreiben, sticken, musizieren, malen – nicht zu vergessen hin und wieder ein bißchen Wohltätigkeit ausüben, weil sich das so gut macht. Ich aber will selbst etwas leisten, auch wenn ich verheiratet bin, verstehst du?«

Swetlana runzelte die Stirn. »Ja – schon. Nur, es wäre ziemlich ungewöhnlich, findest du nicht? Ehrlich gesagt, kann ich mir überhaupt nicht vorstellen, daß du irgendwann in einem Hospital arbeitest, vereiterte Wunden aufschneidest, schmutzige Verbände wechselst, Kindern auf die Welt hilfst oder bei Sterbenden wachst. Ich finde das so trostlos!«

»Ich nicht«, widersprach Xenia. »Immerhin würde ich ja vielen Menschen wirklich helfen können, und das würde mich sehr befriedigen. Und ich sage dir eines: Heute ist es vielleicht noch ungewöhnlich, wenn eine Frau einen Beruf ergreift, obwohl sie nicht darauf angewiesen ist, Geld zu verdienen. Aber eines Tages wird das anders sein. Warum sollen wir unsere Talente verkümmern lassen, nur um für einen Mann dazusein, der sich oft genug noch darüber beklagt, wie hart er arbeiten muß, um seiner Familie ein bequemes Leben zu bieten?«

Swetlana drehte sich um. »Ich fürchte, ich habe gar keine besonderen Talente«, meinte sie betrübt. »Deshalb wüßte ich gar nicht, was ich für einen Beruf ergreifen sollte, und wenn ich noch so versessen darauf wäre.«

»Oh, du bist mindestens so klug wie ich und könntest ebensogut studieren. Außerdem bist du sehr musikalisch und hast eine wunderschöne Stimme. Du könntest eine berühmte Sängerin werden.«

Swetlana lachte. »An der Kaiserlichen Oper, was? Und Mama und Papa sitzen in einer Loge und schämen sich zu Tode über ihre ungeratene Tochter.«

»Ich weiß nicht, vielleicht wären sie ja auch stolz, wenn der Zar sich erhebt und dir stehend applaudiert. Und am Ende bekommst du einen Orden verliehen.« Xenia betrachtete ihre Schwester. »Aber vermutlich wirst du ohnehin berühmt werden, weil du die Familienschönheit bist. Ehrlich, Swetlana, du siehst hinreißend aus, und ich bin sicher, daß du, falls du Boris Barschewskij nicht heiratest, eine noch viel phantastischere Partie machst, am Ende sogar jemanden aus der kaiserlichen Familie.«

»Und dann werde ich ein deiner Meinung nach ebenso nutzloses, ödes Leben führen wie Mama und Tante Agafja oder Großmama Natalja und alle anderen, die wir kennen.«

Xenia goß sich aus dem Samowar Tee ein. »Das glaube ich nicht. Dazu bist du zu lebhaft und energisch. Du würdest immer irgend etwas tun, was dich ausfüllt. Das mußt du auch, sonst würdest du verkümmern.«

Boris Barschewskij kam pünktlich am nächsten Vormittag um elf Uhr, um Swetlana und Miss Sheldon zu der verabredeten Schlittenpartie abzuholen. Er lenkte die Troika mit den drei Orlow-Trabern selbst, allerdings ließ er sich nicht dazu hinreißen, gewagte Überholmanöver oder Wettrennen mit anderen Pferdeschlitten zu veranstalten, sondern ließ die goldroten Tiere in einer zwar zügigen, aber gleichmäßigen Gangart laufen.

Sie fuhren über die zugefrorene Newa und die Kleine Newka zur Jelagin-Insel hinüber, wo Boris Petrowitschs verwitweter Vater eine Datscha besaß, unweit der Parkanlagen des Palastes, der einst von Jelagin, dem Hofmarschall Katharinas II., erbaut worden und später in den Besitz der Zarenfamilie übergegangen war.

»Inzwischen wohnt niemand mehr von der kaiserlichen Familie dort«, erklärte Boris Petrowitsch seinen beiden Begleiterinnen, als er die Troika vor der Datscha, einem bezaubernd bemalten Holzhaus im altrussischen Stil, zum Stehen gebracht hatte. »Der Palast dient zur Unterbringung illustrer ausländischer Gäste. Aber die Petersburger kommen in der wärmeren Jahreszeit gern hierher, um zu beobachten, wie die Sonne im Finnischen Meerbusen untergeht.«

Ein Diener nahm ihm das Gespann ab, um die Pferde zu versorgen, während in der Haustür eine dralle ältere Frau mit weißer Schürze erschien, um die Gäste willkommen zu heißen.

»Das ist Pelargeja Andrejewna«, stellte Boris Petrowitsch sie vor. »Sie hält das Haus in Ordnung und richtet alles her, wenn mein Vater für ein paar Tage herkommt oder wir Gäste mitbringen.« Er kniff sie freundschaftlich in die Wange. »Hast du Blinis gemacht, Pelargeja?«

»Sehr wohl, Euer Gnaden. Euer Bursche war gestern hier und hat mir alles ausgerichtet, was Ihr ihm aufgetragen habt. Es gibt heißen Tee, Blinis mit Lachs und feiner Pastetenfüllung und Kissel aus Sahne und gezuckerten Himbeeren. Außerdem habe ich noch Mandeltörtchen gebacken.«

Er schnalzte genießerisch mit der Zunge. »Pelargeja, du bist ein Juwel! Niemand im ganzen heiligen Rußland macht so gute Blinis wie sie«, setzte er hinzu, an Swetlana und Miss Sheldon gewandt. »Aber bitte, kommen Sie doch herein.«

Er führte sie in einen behaglichen Wohnraum, dessen Fenster auf die verschneite Gartenfront hinausgingen. In der Nähe des großen Kachelofens, der angenehme Wärme verströmte, war der Tisch gedeckt.

»Ihr Herr Vater ist nicht da?« erkundigte Miss Sheldon sich in ihrem etwas holprigen Russisch, als sie bemerkte, daß nur drei Gedecke aufgelegt waren.

»Nein, er ist im Augenblick im Auftrag von Minister Goremykin in Smolensk, um dort einige Unstimmigkeiten zwischen der Leitung der dortigen Waffenfabrik und den Arbeitern zu schlichten. Sie wissen ja, die Streiks und Demonstrationen nehmen überhand, und dabei ist es leider zu blutigen Ausschreitungen auf beiden Seiten gekommen.«

Graf Pjotr Barschewskij war Staatssekretär im Innenministerium, wie Swetlana wußte, und aus einigen Bemerkungen ihres Vaters hatte sie herausgehört, daß er ein sehr liberaler Mann sein sollte. Graf Lasarow mißfiel das. Er nannte solche Menschen Wirrköpfe und wirklichkeitsfremde Weltverbesserer. Man müsse jedes Aufbegehren der Arbeiter mit aller Härte im Keim ersticken, sonst brächen eines Tages Anarchie und totales Chaos über Rußland herein, pflegte er zu sagen.

Pelargeja Andrejewna füllte die Teetassen aus dem Samowar, brachte eine große Platte mit köstlich duftenden Blinis herein und legte noch ein paar Holzscheite in den Ofen, ehe sie knicksend verschwand.

Swetlana verrührte Honig in ihrem Tee. »Das ist sicher

eine heikle Aufgabe, die Ihr Vater da übernommen hat, Boris Petrowitsch«, meinte sie. »Hoffentlich hat er Erfolg.«

Boris zuckte mit den Schultern. »Wenn die maßgebenden Direktoren auf ihn hören, bestimmt. Die Situation der Arbeiterschaft ist fast überall in Rußland unerträglich. Die Leute leben im größten Elend, trotz des gewaltigen industriellen Aufschwungs in unserem Land. Wir haben etwa drei Millionen Arbeiter, Swetlana Pawlowna, die zum allergrößten Teil in erbärmlichen Massenquartieren hausen. In den sogenannten Wohnheimen stehen aus rohen Brettern zusammengezimmerte Schlafgelegenheiten nebeneinander, ohne jede Trennwand, und sie sind niemals leer, da die Schläfer sich schichtweise abwechseln, je nachdem, wie ihre Arbeitszeit verläuft. Diese armen Teufel beneiden diejenigen, die wenigstens in einer Kamorka leben können. Aber auch dort sind mehrere Familien in einem einzigen Raum zusammengepfercht. Lediglich ein paar Lumpen, die von der Decke herabhängen, teilen die einzelnen Bereiche voneinander ab.«

Er schüttelte den Kopf, als könne er die Ungeheuerlichkeit eines solch armseligen Lebens nicht fassen.

»So vegetieren diese Menschen dahin, schlecht bezahlt, unterernährt und infolgedessen für Krankheiten eine leichte Beute. Und eine noch leichtere für die Verbreiter revolutionärer Ideen. Ein gewisser Uljanow hat schon vor drei Jahren die verschiedenen marxistischen Richtungen in unserem Land in einer ›Union des Kampfes für die Befreiung der Arbeiterklasse‹ zusammengefaßt. Überall kommt es seitdem zu organisierten Protestbewegungen und Streiks, von denen einige Unbelehrbare immer noch glauben, man müsse sie mit eiserner Strenge unterdrücken. Aber das geht nicht mehr. Die Autokratie ist eine überholte Regierungsform, die den Bedürfnissen des russischen Volkes nicht mehr gerecht wird. Was wir brauchen, ist eine Verfassung, die dem Volk mehr Rechte und mehr Sicherheiten gewährt

– und vor allem mehr Gerechtigkeit. Sonst wird hier eines Tages alles in einem blutigen Umsturz enden.«

Er hatte sich in Eifer geredet, und Swetlana fühlte eine warme Welle der Sympathie für ihn in sich aufsteigen. Es gefiel ihr, daß er trotz seines adligen Standes und der Wohlhabenheit seiner Familie kein Hohlkopf war, der sich nur für ein vergnügliches Offiziersdasein interessierte. Er besaß Herz und Verstand, dieser Boris Petrowitsch Barschewskij, und hatte nur das ausgesprochen, was Swetlana zwar noch nicht so klar, aber doch immer deutlicher empfunden hatte, seit sie erwachsen genug war, um sich aus dem ein Bild zu machen, was um sie herum vorging und was sie den Tischgesprächen daheim entnommen hatte.

»Auf dem Land ist die Situation nicht viel anders, fürchte ich«, sagte sie nun. »Wie Sie wissen, haben wir bisher in der Nähe von Kiew gelebt. Dort, wie überall, geht es den Bauern immer schlechter, und es ist in verschiedenen Provinzen bereits zu Aufständen gekommen. Man hat wie zu Zeiten der Leibeigenschaft die Besitzungen der Großgrundbesitzer geplündert und angezündet.«

»Ich weiß«, entgegnete Boris düster. »Unsere russischen Muschiks sind nicht mehr gewillt, die Ungerechtigkeit der Landverteilung hinzunehmen, die ihnen nicht mehr als die dürftigste Existenzgrundlage gewährt, während wir Adligen den Löwenanteil besitzen. Von hundertdreißig Millionen Deßjatinten Land in den Kommunen befinden sich hundertundeine Million in privater Hand – ein Mißverhältnis, das dringend geändert werden muß. Wir brauchen eine neue Bodenreform ebenso nötig wie neue Sozialgesetze.«

Er bemerkte, daß Miss Sheldon verstohlen hinter der vorgehaltenen Hand gähnte, und lächelte entschuldigend. »Verzeihung, das ist sicherlich kein Thema für einen unbeschwerten Nachmittag mit zwei so reizenden Damen. Möchten Sie nicht noch eine von diesen ausgezeichneten

Fleischpasteten probieren, meine liebe Miss Sheldon? Und eine Tasse Tee trinken Sie gewiß auch noch. Er stammt aus Ostindien, wie Sie wohl schon gemerkt haben. Mein Vater zieht ihn dem russischen Tee vor, deshalb haben wir immer welchen im Haus.«

»Ach ja«, sagte Elaine Sheldon. »Wie interessant. Nun, ich muß gestehen, daß mir dieser Tee, den wir vorzugsweise in meiner Heimat trinken, ebenfalls besser schmeckt als der hiesige. Er ist milder, finden Sie nicht?«

Swetlana empfand leise Enttäuschung, daß sich das Gespräch nun einem so banalen Thema zuwandte. Sie hätte sich gern noch länger mit Boris Petrowitsch über die sozialen Probleme und Schwierigkeiten in Rußland unterhalten. Daheim war das nicht möglich, denn ihr Vater vertrat den Standpunkt, daß junge Mädchen, ja, überhaupt alle Frauen viel zu törichte Geschöpfe waren, um bei einem ernsten Gespräch über Politik oder ähnliches mithalten zu können. Boris Barschewskij war der erste, der Swetlana überhaupt in eine solche Unterhaltung verwickelt hatte, und das machte sie ein klein wenig stolz.

Während er nun mit Miss Sheldon plauderte und ihr von seinem Englandaufenthalt vor drei Jahren erzählte, dachte Swetlana immer noch an das, was er gesagt hatte, und wünschte sich sehr, das Gespräch irgendwann fortzusetzen. Es gab so vieles, was sie noch nicht wußte oder nicht verstand, und er würde es ihr vielleicht erklären können. Und gewiß würde er nicht ungeduldig dabei werden.

Nach dem Essen zeigte er ihr und der Engländerin das Haus. Es war wunderhübsch eingerichtet, mit Möbeln aus karelischer Birke, bunten Webteppichen und Fellen und einer Küche mit einem großen gemauerten Herd und rauchgeschwärztem Kamin, in dem Schinken und Würste hingen. Allerlei Kupfergerät stand auf Simsen und Wandbrettern.

»Sie müssen einmal im Sommer wiederkommen«, sagte Boris und öffnete die rückwärtige Tür, die in den Garten führte. »Dann ist es hier noch schöner. Unser Grundstück grenzt an das Jelaginsche Palais, und dort finden an allen Sonn- und Feiertagen Konzerte statt, die das Musikkorps der Garde veranstaltet. Dann sind die Palastgärten für alle geöffnet, und Sie treffen dort die interessantesten Leute, Universitätsprofessoren, Wissenschaftler, Schriftsteller, Künstler. Ich bin dort im vergangenen Sommer sogar einmal Leo Tolstoj begegnet, und wir haben uns am Abend sehr lange hier in der Datscha unterhalten.«

»Wirklich? Oh, davon müssen Sie mir mehr erzählen«, rief Swetlana. »Ich glaube, ich habe alles von ihm gelesen ... ›Kindheit‹, ›Drei Tode‹, ›Krieg und Frieden‹, ›Anna Karenina ...‹«

Sie unterbrach sich, weil Miss Sheldon, die vor ihr die Stufen zum Garten hinuntergegangen war, plötzlich ausglitt und mit einem Schreckensschrei zu Boden stürzte.

»Um Himmels willen, Miss Sheldon, haben Sie sich weh getan?«

Die Engländerin richtete sich auf. »Ich fürchte, ja. Mein Fuß ... Ich kann nicht auftreten.«

Boris Petrowitsch kauerte sich neben sie in den Schnee. »Darf ich einmal sehen?« Er untersuchte den Knöchel, bewegte ihn vorsichtig hin und her, was Miss Sheldon ein Aufstöhnen entlockte.

»Nun, gebrochen scheint er wohl nicht zu sein. Aber einen Bluterguß oder eine Verstauchung haben Sie sich sicherlich zugezogen. Kommen Sie ins Haus zurück, ich helfe Ihnen, sich niederzulegen. Und dann kann Pelargeja Ihnen kalte Kompressen machen.«

Auf ihn gestützt, humpelte Miss Sheldon die Treppe wieder hinauf und ließ sich zu einem Diwan führen. Boris läutete nach Pelargeja, die gleich darauf erschien und Miss Sheldon erst einmal die Stiefel von den Füßen zog.

»So ein Unglück aber auch«, jammerte sie. »Dabei habe ich meinem Mann noch gesagt: Iwan, habe ich gesagt, hast du auch ordentlich den Schnee von der Treppe gefegt? Aber was kann man von den Männern schon erwarten; sie erledigen selten eine Arbeit gewissenhaft.«

»Ich hätte besser aufpassen sollen«, sagte Miss Sheldon und betrachtete ihren Knöchel, der ein wenig angeschwollen war. »Aber es ist nicht so schlimm, denke ich. Wenn ich eine Weile ruhe, wird es sicherlich rasch besser werden.«

Trotzdem bestand Pelargeja darauf, ihr kalte Umschläge zu machen. Sie lief in die Küche und kehrte kurz darauf mit einer Schüssel und einem Tuch wieder.

»Ich habe Schnee ins Wasser getan, damit es recht kalt ist, und dazu einen Kräutersud zum Abschwellen«, erklärte sie und wandte sich an Boris. »Sie sollte aber ihren Strumpf ausziehen, Euer Gnaden. Vielleicht geht Ihr solange hinaus.«

Swetlana blickte Miss Sheldon mitleidig an. »Tut es sehr weh?«

Die Engländerin wehrte ab. »Nein, nein, ich kann es gut aushalten. Machen Sie sich keine Sorgen, liebes Kind. Wissen Sie was? Gehen Sie mit Graf Barschewskij ruhig in den Garten und lassen Sie mich hier ein Weilchen liegen. Pelargeja Andrejewna wird sich um mich kümmern.«

Swetlana fand, daß Miss Sheldons Lächeln ausgesprochen verschwörerisch wirkte, und spürte, wie ihr eine leichte Röte in die Wangen stieg. »Ja, wenn Sie meinen ... Aber dann werde ich mir meinen Mantel holen.«

Als sie und Boris das Haus verließen – diesmal half er ihr fürsorglich die Treppe hinunter –, begann es von neuem zu schneien. Weiche große Flocken waren es, die sich auf Swetlanas Pelzmütze festsetzten, so daß sie bald aussah, als sei sie aus sibirischem Feh.

Boris hatte ihr seinen Arm geboten, und so stapften sie nebeneinander zu dem schmiedeeisernen Gitter, das das Grundstück vom Jelaginischen Palais trennte.

Swetlana betrachtete die prächtige Gartenfront des imposanten Gebäudes. Es wies in der Mitte einen halbrunden, von Säulen umgebenen Vorbau auf und an beiden Seiten einen Portikus mit zweifach gekuppelten Säulen. Breite Treppen, auf denen riesige, jetzt allerdings dick verschneite Marmorvasen standen, führten zum Ufer der zugefrorenen Newka hinunter.

»Was sind das für Inseln dort drüben?« fragte Swetlana, und Boris antwortete:

»Die Kreuz- und die Steininsel. Übrigens war das Jelagin-Palais lange Zeit hindurch der Wohnsitz von Maria Fjodorowna, der Mutter von Zar Alexander I.«

Swetlana wandte ihm das Gesicht zu. »Das war die Gemahlin von Zar Paul, nicht wahr? Er ist ermordet worden.«

Boris nickte. »Aber seine Mörder haben Rußland mit ihrer Tat einen großen Dienst erwiesen. Dieser Zar war geisteskrank und unberechenbar. Zarin Katharina, seine Mutter, hat nie gewollt, daß er jemals den Thron bestieg. Sie hoffte, daß sie noch lange genug lebte, um ihren Enkel Alexander zum Zarewitsch zu machen. Paul sollte in der Thronfolge übergangen werden.«

Sie vergrub die Hände in ihrem Muff. »In unserer Geschichte hat es einige Zaren gegeben, die man umgebracht hat – oder auch ihre Söhne. Und heute hört man wieder soviel von Mordanschlägen und Attentaten ... Aber es wird doch wohl niemand wagen, die Person unseres Zaren und seine Familie anzutasten?«

Barschewskij hob die Schultern. »Man kann es nur hoffen. Und man muß andererseits hoffen, daß Seine Majestät die Zeichen der Zeit erkennt und endlich von dem Gedanken abrückt, Rußland könne heute noch wie vor zweihundert Jahren regiert werden. Wenn er es nicht tut – und zwar bald tut –, ist es sehr wohl möglich, daß es eines Tages zu einer Revolution kommt. Und was danach geschieht ... Ich fürchte, ich würde dann nicht mehr gern in diesem neuen Rußland leben.«

»Und warum nicht?«

»Weil dann vermutlich auch alles zerstört würde, was gut und schön ist an unserem Leben. Die alten Ideale, der Zauber, der jetzt noch über allem liegt, auch wenn sich viel Brüchiges darunter verbirgt ... Rußland ist krank, Swetlana Pawlowna, aber es kann wieder genesen, wenn der Zar es will. Er allein hat die Möglichkeit, Altes und Neues zu einem festen Gefüge zusammenzuschmieden.«

Er verstummte und drückte ihren Arm. »Aber das ist wirklich kein Gesprächsstoff für diesen wunderschönen Tag mit Ihnen. Ich bin so glücklich, daß ich einmal mit Ihnen allein sein kann, Swetlana Pawlowna. Ich möchte Ihnen so viel sagen und habe mir schon hundertmal die Worte zurechtgelegt. Aber jetzt sind sie wie fortgeweht aus meinem Kopf. Nur eines weiß ich noch: Ich habe Sie sehr lieb, und ich träume davon, Sie in die Arme zu nehmen und ganz festzuhalten.«

Während er sprach, hatte er ihr die Hände auf die Schultern gelegt. Nun glitten sie tiefer, umfaßten ihre Taille, und Swetlana fühlte sich an seine Brust gedrückt.

Es war ein gutes Gefühl; sie verspürte Wärme und Zuneigung und die Sehnsucht nach etwas, das sie noch nicht kannte, von dem sie aber ahnte, daß es wunderschön sein würde.

Mehr, dachte sie, ich will mehr ...

Unwillkürlich hob sie den Kopf und öffnete leicht die Lippen. Da küßte er sie und hielt sie noch fester an sich gepreßt. »Swetlana«, murmelte er, »meine Liebste ...«

Ihr Herz klopfte rascher. Es war schön, so geküßt zu werden, und die Zärtlichkeit in Boris' Stimme überwältigte sie. Sie legte die Arme um seinen Hals und erwiderte seinen Kuß. Und in diesem Augenblick war sie ganz sicher, Boris Petrowitsch Barschewskij zu lieben.

Er kam schon am nächsten Vormittag in das Lasarowsche Palais, um bei ihren Eltern um ihre Hand anzuhalten.

Graf Pawel Lasarow reagierte zunächst ein wenig zögernd. Swetlana sei gerade siebzehn geworden, und überhaupt – sie und Boris kannten sich doch erst wenige Wochen. Ob er denn tatsächlich sicher sei ...

»Vollkommen sicher«, erwiderte Boris Petrowitsch. »So wie Sie, Graf Lasarow, es gewiß auch waren, als Sie Ihre Gattin heirateten.«

Wera Karlowna, die der Unterhaltung bisher schweigend gefolgt war, während sie überlegte, ob man der Bewerbung zustimmen oder noch auf eine bessere Partie für ihre älteste Tochter hoffen konnte, kicherte verschämt. »Das haben Sie reizend gesagt, mein lieber Boris Petrowitsch.«

Ihr Mann warf ihr einen irritierten Blick zu. »Wera, ich bitte Sie ...«

»Aber es ist wahr!« beharrte sie. »Es klingt wirklich hübsch. Die Frage ist nur, ob auch Swetlana ...«

»Ja!« sagte Boris glücklich. »Ich bin mir der Zuneigung von Swetlana Pawlowna gewiß. Wir haben uns gestern ausgesprochen.«

Diesmal wandte er sich mehr an Wera als an ihren Gatten. »Ich bitte Sie von ganzem Herzen, stehen Sie unserem Glück nicht im Weg. Ihre Tochter soll es nie bereuen, mich geheiratet zu haben. Wie Ihnen vielleicht bekannt ist, lebe ich in absolut gesicherten finanziellen Verhältnissen. Ich bin das einzige Kind meiner Eltern und somit auch ihr einziger Erbe. Meine Familie besitzt große Ländereien, Anteile an diversen Bergwerken im Ural, Papierfabriken in Woronesch und Tula, eine Porzellanmanufaktur in Moskau, Webereien in Kasan und Nischnij-Nowgorod und ...«

»Schon gut, schon gut!« unterbrach Graf Lasarow die Aufzählung. »Ihr Herr Vater ist als sehr vermögender Mann bekannt. In diesem Punkt hege ich absolut keine Bedenken. Allerdings fühle ich mich ein wenig überrumpelt, das will ich Ihnen nicht verhehlen. Ich war der Meinung, daß Swetlana erst einen oder zwei Winter in der Petersburger Gesellschaft verbringen sollte, ehe sie sich bindet.«

»Ach, Pawel Konstantinowitsch!« mischte Wera Karlowna sich wieder ein. Sie hatte sich entschieden, Swetlana diesem jungen und so angenehm reichen Mann zu geben. Außerdem war es sicherlich kein Fehler, wenn das Kind rasch in feste Hände kam. Dann war es keine Konkurrenz mehr für Xenia, die, Gott sei's geklagt, längst nicht so viele Bewunderer hatte wie Swetlana. »Wozu noch warten? Die beiden lieben sich, und wir sollten ihnen unseren Segen geben. Vergessen Sie nicht, ich selbst war gerade achtzehn geworden, als Sie mich heirateten. Und die Hochzeit braucht ja auch in diesem Fall erst im Spätsommer zu sein. Swetlana hat nämlich im August Geburtstag«, wandte sie sich an Boris.

Er kam zu ihr und küßte ihre Hand. »Danke. Tausend Dank für Ihre Zustimmung, Gräfin.«

Er warf einen bittenden Blick zu Lasarow hinüber. »Und Sie? Nicht wahr, Sie sagen doch jetzt ebenfalls ja?«

Lasarow erhob sich aus seinem Ledersessel. »Nun, ich denke, wir sollten erst einmal Swetlana hereinrufen.«

Sie hatte in einem der Salons gewartet und kam sofort, als ihr Vater die Tür zur Bibliothek öffnete und nach ihr rief.

Sie trug ein goldbraunes Morgenkleid mit breiter Schärpe und das Haar mit einer Samtschleife zurückgebunden.

»Was höre ich denn da, mein Kind«, sagte Graf Lasarow mit einer bei ihm ungewohnten Rührung. »Du willst diesen jungen Mann hier heiraten? Hast du dir das auch gut überlegt?«

Sie wurde rot, nickte und lächelte. »Ja, Papa, ich glaube schon.«

»Ach, mein liebes, liebes Kind!« Wera Karlowna brach in

Tränen aus. Sie liebte sentimentale Auftritte. Schluchzend zog sie Swetlana an die Brust. »Gott segne dich. Und Sie auch, mein lieber Sohn«, wandte sie sich an Boris, um ihn gleichfalls zu umarmen. »Machen Sie mein Kind glücklich.«

»Das werde ich«, versprach Graf Barschewskij und blickte so strahlend drein, daß Swetlana nicht anders konnte, als ihm beide Hände zu reichen, die er an sein Herz drückte.

Und wieder war sie ganz sicher, ihn zu lieben. Es gab überhaupt nichts, das sich zwischen sie stellen konnte.

3. Kapitel

Die Verlobung, die nach orthodoxem Ritus fast ebenso bindend wie eine Trauung war, wurde in der Auferstehungskirche vollzogen.

Es war Abend, noch immer herrschte eisige Winterkälte, und der Schnee knirschte unter den Hufen der Pferde, die die Schlitten mit der Verlobungsgesellschaft nach der kirchlichen Zeremonie zum Lasarowschen Palais brachten.

An den Straßenecken brannten große hellodernde Feuer, an denen sich die Passanten wärmen konnten, und die bunten Dächer und Kuppeln der Petersburger Kirchen waren dick verschneit.

Wie es Tradition war, wurden an jenem Abend im Lasarow-Palais auch die Armen gespeist, die sich im Hinterhof des Wirtschaftstraktes eingefunden hatten. In langer Reihe standen sie da, Bettler und Obdachlose, aber auch solche, die krank und elend waren und keine Arbeit hatten.

Es gab Kohlsuppe aus großen Kesseln, mit viel Fleisch darin, Kascha mit dicker Sahne, Brot, Kwass und heißen Tee, und die Diener hatten Anweisung, die mitgebrachten

Töpfe der Leute reichlich zu füllen und ihnen nicht zu verwehren, sich auch noch für morgen oder übermorgen Brot und Speck in die Taschen zu stopfen.

Auch hier brannte ein prasselndes Holzfeuer in der Mitte des Hofes, und darum drängten sich viele, wenn sie etwas zu essen ergattert hatten, um die vom Frost erstarrten Glieder zu wärmen.

»Gott segne Seine Gnaden«, sagten die Leute, bevor sie mit ihren vollen Näpfen zum Feuer schlurften, um sich erst einmal gierig satt zu essen. »Er schenke ihm und seiner Familie ein langes Leben.«

»Gott segnet ohnehin nur die Reichen«, erhob sich plötzlich eine scharfe, helle Frauenstimme über das demütige Gemurmel. »Deshalb ist es unnötig, daß ihr ihn noch darum bittet. Fluchen solltet ihr ihm, weil er blind und taub geworden ist für eure Not. Oder ist jemals für euch Brot vom Himmel gefallen, wenn ihr am Verrecken wart, oder aus Wasser Milch geworden, wenn eure Kinder an der Schwindsucht krepierten?«

Die Frau stand in der Nähe des Feuers, und der Flammenschein beleuchtete ihr hageres Gesicht mit den tiefliegenden Augen. Sie war in einen schmutzigen, löcherigen Kutschermantel gehüllt, und noch während sie sprach, waren etliche, die in ihrer Nähe waren, zurückgewichen, so daß sich auf einmal ein kleiner freier Platz um sie gebildet hatte.

Aber die Frau ließ sich dadurch nicht abschrecken. Furchtlos blickte sie in die Runde und fuhr in der gleichen Lautstärke wie vordem fort:

»Was seid ihr doch für Dummköpfe! Für ein bißchen Fressen kriecht und winselt ihr und küßt noch den Fuß, der sonst nach euch tritt! Was ist es denn schon, was der allergütigste, allergnädigste Graf Lasarow und seinesgleichen euch zukommen lassen? Ein elendes Almosen! Dort drinnen fressen sie Kaviar und saufen französischen Champagner. Sie tragen Samt und Pelze, und von einer einzigen Kette, die so ein adliges Hürchen um den Hals hängen hat, könnten ein paar Dutzend von euch ein ganzes Jahr lang leben!«

»Halt's Maul!« mischte sich ein alter Mann ein und drohte ihr mit der Faust. »Willst du, daß man die Polizei ruft und uns hinausjagt? Die Leute, die noch nichts gekriegt haben, stehen bis an die Straße hinunter. Sollen sie leer ausgehen nur wegen der Hetzreden eines verdammten Frauenzimmers?«

Die Frau lachte und zog ihren Mantel enger um sich. »Hast du Angst, Ziegenbart? Dann geh und mach dir in die Hose. Aber vergiß nicht, noch ein paar Segenswünsche für Seine Gnaden, den Grafen Lasarow, anzufügen. Vielleicht verwandelt das deinen Gestank in puren Weihrauch!«

Einige Umstehende fielen in ihr Lachen ein, und ein jüngerer Mann in einer abgerissenen Uniform, dem der rechte Arm fehlte, rief: »Sie hat recht. Es ist wirklich nur ein Almosen, das wir hier kriegen, und dafür muß man nicht in Dankbarkeit zerfließen. Sie haben so viel, die Herren, und können jeden Tag Tausende von Rubeln verprassen, während wir vor Hunger nicht in den Schlaf kommen. Man sollte ihnen ihre Kohlsuppe ins Gesicht schütten und den Palast stürmen, um zu sehen, wie sie dort fressen und saufen. Erbärmliche Ausbeuter sind es, die durch unsere Not reich und immer reicher werden!«

»Stopft ihm die Schnauze, dem Aufwiegler!«

»Jagt ihn und das Frauenzimmer zum Teufel!«

»Weg mit den beiden, bevor die Diener die Hunde auf uns hetzen!« So erhoben sich laute, aufgebrachte Stimmen, doch andere widersprachen:

»Nein, laßt sie weiterreden. Wir sind ein paar hundert, und wenn man uns fortjagen will, können wir uns wehren! Viel zu lange haben wir gekuscht und uns ducken lassen!«

Die Frau im Kutschermantel hob den Arm. »So ist's

recht! Laßt euch nichts gefallen! Wenn wir nur wollten, Brüder, wir könnten das reiche Pack zu Paaren treiben und aus seinem eigenen Palast hinausjagen. Tun wir's doch und feiern oben in den Prunksälen auf unsere Art das Verlobungsfest der Grafentochter. Ich wette, jeder von uns wird satt und besoffen und kann sich noch die Taschen vollstopfen mit goldenem Tafelgerät und Juwelen. Wir brauchen nur zuzugreifen!«

Sie verstummte, weil einer aus der Menge – ein hünenhafter, bärtiger Kerl war es – ihr den Mund zuhielt.

»Willst du uns alle ins Unglück bringen, Hexe? Du weißt wohl nicht, wie sie mit Aufrührern umgehen? Oder bist du schon mal vor einer Schwadron Kosaken hergerannt, während sie hinter und neben dir die Leute niederritten? Sind dir schon mal Kugeln um die Ohren gepfiffen, und du hast dich in den Dreck geworfen, um ihnen zu entgehen? Ich sage dir, da lernst du beten!«

»Beten – ja, du krummbeiniger Idiot!« schrie die Frau. »Zu wem? Zu einem Phantom, das nur in deinem dämlichen Hirn existiert? Wann hätte dieser Gott dich, falls es ihn gäbe, denn jemals vor einem Übel bewahrt? Ich sage euch, es gibt keinen Gott, und wenn ihr euer himmelschreiendes Elend bessern wollt, dann müßt ihr euch selbst helfen!«

»Sie lästert Gott!« rief eine dicke Frau aus der Menge. »Stopft ihr das Maul! Schlagt ihr die Zähne ein! Heilige Schmerzensmutter, was für eine verkommene Hure!«

Die Frau im Kutschermantel wich zurück, als etliche mit erhobenen Fäusten sie bedrängten. Die dicke Frau spuckte ihr ins Gesicht, und in diesem Moment fiel der erste Schuß.

Einer der Diener war, gleich nachdem die Unruhe sich unter den Leuten ausgebreitet hatte, ins Haus gelaufen und hatte die Wachen alarmiert, die das Hauptportal bewachten, da das Zarenpaar erwartet wurde.

Nun drängte ein halbes Dutzend Uniformierte in den

Innenhof. Ihr Anführer hatte zunächst nur in die Luft geschossen.

»Geht auseinander, Leute!« schrie er. »Es gibt nichts mehr zu fressen! Bedankt euch bei denen dafür, die die Freigiebigkeit und Güte Seiner Gnaden mißbraucht haben, um euch aufzuwiegeln. Los, los, nehmt die Beine in die Hand und verschwindet!«

Angesichts der Soldaten liefen die ersten tatsächlich davon. Sie drängten zu der Seitenpforte, durch die sie eingelassen worden waren. Andere dagegen, die den Suppenkesseln am nächsten standen, reckten flehend ihre Töpfe und Schüsseln hoch.

»Habt Erbarmen!« riefen sie. »Wir haben noch nichts bekommen, und wir haben Hunger! Gebt uns Kascha und Brot!«

Die Diener versuchten, sie zurückzuschieben, doch die Menge der Nachdrängenden war stärker. Ein Mann riß einem Diener die Schöpfkelle aus der Hand und füllte seinen Topf mit Suppe, den er sofort gierig an den Mund setzte.

Die Kelle wurde weitergereicht, während andere einfach ihre Töpfe in die Kessel tauchten oder sich an den Tischen die Taschen mit Brot und Speck füllten.

»Ja, nehmt euch alles! Nehmt, soviel ihr tragen könnt!« rief jemand. Es war der Invalide, dem der rechte Arm fehlte. Er war auf einen Mauersockel geklettert. »Vorwärts, Brüder, gebt es dem verfluchten Gesindel, das euch nicht einmal für ein paar Stunden einen vollen Magen gönnt!«

Seine letzten Worte gingen im Lärm der Menge unter. Noch immer wollten etliche auf die Straße hinaus, doch sie wurden von denen, die sich nach vorn zu den Kesseln drängten, einfach mitgerissen.

»Zurück, ihr Idioten!« schrie der Anführer der Wachen. Es war ein junger Leutnant, der noch nie auf Menschen hatte schießen müssen. Ihm graute davor. Andererseits gefiel er sich darin, forsch und schneidig aufzutreten. Er wußte, er durfte sich keine Blöße geben.

Zudem hatte er Angst. Was war, wenn die Meute der Hungrigen, Aufgewiegelten tatsächlich den Palast zu stürmen versuchte? Dann würde man ihm die Schuld geben, daß er sie nicht aufgehalten hatte.

»Zurück!« brüllte er abermals, und seine junge Stimme überschlug sich. »Seid ihr wahnsinnig, ihr stinkendes Lumpenpack? Ich zähle bis drei, und wenn ihr dann nicht kehrtgemacht habt, kriegt ihr Blei zwischen die Rippen! Eins – zwei ...« Er zögerte, sah, wie wiederum einige vergeblich versuchten, zum Ausgang zu gelangen, während die meisten immer noch vorwärts drängten, und fügte schreiend »Drei!« hinzu.

Seine Soldaten hatten schon angelegt, während er zu zählen begonnen hatte. Bei ›Drei‹ schossen sie. Ihre Kugeln rissen die ersten zu Boden. Die hinter ihnen waren, wurden von den Nachdrängenden einfach weitergeschoben. Man trat auf die Verletzten, Wehklagen und Wutschreie erfüllten die Luft, wurden von einer erneuten Gewehrsalve übertönt.

Die Diener waren ins Haus geflüchtet, verriegelten die Türen und schoben Möbelstücke davor. Ein paar Fensterscheiben gingen zu Bruch, als die aufgebrachte Menge mit Töpfen und Kannen und was sie sonst noch bei sich hatte, auf die Wachsoldaten losging. Andere rissen brennende Holzscheite aus dem Feuer und schleuderten sie gegen die Schützen. Tische und Kessel kippten um, und Kascha und Kohlsuppe ergossen sich in den Schnee.

Bei der nächsten Gewehrsalve wandten sich freilich die meisten zur Flucht, und es wiederholte sich, was zuvor mit den von den ersten Kugeln Getroffenen geschehen war: Wer stürzte und am Boden liegenblieb, wurde niedergetrampelt.

Die Wachen schossen nun blindwütig in die Menschen.

Der Einarmige in seiner zerrissenen Uniform, der noch immer auf dem Mauersockel stand und schrie: »So bleibt doch! Weicht nicht zurück!« wurde von einer Kugel in den Hals getroffen. Ein, zwei Sekunden stand er noch, schwankte wie ein Betrunkener hin und her, während das Blut, das aus seiner Kehle floß, seine Kleider benetzte, und stürzte dann in einer grotesken Drehung auf die verschneite Erde.

Die Frau im Kutschermantel hatte sich hinter einem umgestürzten Tisch verschanzt. Als sie versuchte, dahinter hervorzukriechen, um zur Pforte zu gelangen, traf sie gleichfalls ein Schuß.

Sie riß die Arme hoch, schrie gellend auf, ehe sie nach vorn kippte und auf Händen und Knien noch ein paar Schritte weiterzukommen versuchte. Sie schaffte es nicht mehr. Blut lief ihr aus Mund und Nase, und sie krallte die Hände in den Schnee und starb.

Später zählte man mehr als achtzig Tote, die erschossen oder niedergetrampelt worden waren. Man brachte sie nach draußen in eine dunkle Seitengasse neben dem Lasarowschen Palast, die zur Mojka hinunterführte. Polizisten sperrten das Gelände ab, untersuchten die Leichen, ob unter ihnen bereits bekannte subversive Elemente waren, und ließ sie dann auf großen Pferdeschlitten abtransportieren.

Es waren zu viele, um sie einfach in einem Eisloch in der Newa zu versenken. So würde man wohl weit draußen vor der Stadt ein neues Massengrab ausheben müssen. Verdammte Aufrührer! Selbst im Tod machten sie noch Scherereien. Die Erde war eisenhart gefroren. Man würde Sprengungen vornehmen müssen, um das Loch tief genug zu machen.

Von den Wachsoldaten war keiner ernstlich verletzt. Einige hatten Brandwunden von den brennenden Holzscheiten davongetragen, zwei oder drei ein paar Beulen und blutige Schrammen, und Graf Lasarow, den man von dem

Zwischenfall unterrichtet hatte, verließ die Verlobungsfeier seiner Tochter, um den Männern persönlich zu danken und anzuordnen, daß sie auf das Beste versorgt wurden.

Der Haupttrakt des Palastes, wo sich die Gesellschaftsräume befanden, lag weit genug von den Wirtschaftsgebäuden entfernt, so daß man dort kaum etwas von dem Tumult gehört hatte.

Freilich meinten einige, es seien irgendwo Schüsse gefallen, doch niemand kümmerte sich darum. Neuerdings wurde häufig geschossen in St. Petersburg, um verbotene Demonstrationen aufzulösen oder irgendwelche anarchistischen Vereinigungen auszuheben.

Graf Lasarow legte Dienern und Wachen, die um die Vorgänge wußten, strengstes Stillschweigen darüber auf, damit kein Schatten auf das glänzende Fest fiel, und kehrte zu seinen Gästen zurück.

Gegen elf Uhr abends traf das Zarenpaar ein. In seiner Begleitung befanden sich außer den kaiserlichen Adjutanten und den üblichen Ehrendamen auch der jüngere Bruder von Nikolaus II., Großfürst Georg Alexandrowitsch, der vor vier Jahren offiziell zum Zarewitsch ernannt worden war, da Zarin Alexandra bis jetzt noch keinen männlichen Thronerben geboren hatte.

Georg war gerade von einer Auslandsreise zurückgekehrt und beugte sich mit einem charmanten Lächeln über Swetlanas Hand, als sie ihm vorgestellt wurde.

Er hatte die gleichen blauen Augen wie sein Bruder, war blond und breitschultrig und war, so hatte Swetlana schon vor der Begegnung mit ihm sagen hören, der bestaussehende Mann des ganzen Hofes.

Aber er sah nicht nur gut aus. Er wirkte klug und herzlich, und seine strahlende, offene Art machte ihn sogleich zum Mittelpunkt jeder Gesellschaft.

»Meine allerherzlichsten Glückwünsche zu Ihrer Verlobung, Swetlana Pawlowna«, sagte er, und es klang keineswegs wie die erwartete Floskel, sondern warm und aufrichtig. Ungeniert betrachtete Georg ihr Gesicht. »Obwohl es andererseits natürlich ein Jammer ist, daß eine so bezaubernde junge Dame schon im ersten Winter ihres Petersburger Aufenthaltes eine feste Bindung eingeht. Wollen Sie sich die Sache nicht noch einmal überlegen?«

»Nein, Kaiserliche Hoheit«, antwortete sie und fragte sich im selben Augenblick, ob sie sich nicht in der Tat zu schnell für Boris Petrowitsch entschieden hatte, viel zu schnell ...

Hastig blickte sie zu ihrem Verlobten hoch. Sie spürte den leichten Druck seiner Finger auf ihrem Arm und stieß den Atem aus.

Guter, lieber Boris! Wie konnte sie so etwas nur denken! Sie war doch ganz sicher gewesen, und natürlich würden sie sehr glücklich miteinander werden.

»Schade«, sagte der Großfürst leichthin und wandte sich Swetlanas Verlobtem zu. »Ihnen muß man kein Glück wünschen, mein lieber Barschewskij. Sie haben es bereits. Halten Sie es gut fest.«

»Das werde ich, Kaiserliche Hoheit.« Boris schlug die Hacken zusammen und verneigte sich. Seine Augen glänzten, und er war offensichtlich sehr stolz darauf, daß der Großfürst seine Braut so reizend fand.

Später, als sie miteinander tanzten, sagte Boris ihr das auch. »Du hast großen Eindruck auf Seine Kaiserliche Hoheit gemacht, Swetlana. Aber das ist kein Wunder. Wer wäre nicht von dir hingerissen!«

Sie wehrte lachend ab. »Du übertreibst wie immer!« Aber in ihrem Inneren hatten seine Worte eine kleine Unruhe geweckt. Gefiel sie dem Großfürsten tatsächlich?

Georg Alexandrowitsch saß neben der Zarin auf einem Sofa in einer Fensternische des großen Ballsaales. Er hatte noch nicht getanzt, sondern unterhielt sich angeregt mit seiner Schwägerin. Swetlana sah, daß die beiden einander ganz offensichtlich zugetan waren. Die Art, wie die Zarin beim Gespräch die Hand auf seinen Arm legte, verriet viel freundschaftliche Vertrautheit.

Alexandra Fjodorowna sah kränklich aus an diesem Abend. Dazu mochte zwar auch ihr lindgrünes Samtkleid beitragen, das sie noch blasser machte, als sie ohnehin war, aber zudem hatte sie einen leidenden Zug um den Mund, und ihre Augen wirkten glanzlos und verschleiert, als hätte sie geweint.

Dennoch forderte sie nach einer Weile Swetlanas Vater zum Tanz auf und anschließend Boris Petrowitsch. Aber man sah ihr an, daß sie damit nur eine Pflicht erfüllte.

Auf Grund ihrer hohen Stellung wählten die Mitglieder der Zarenfamilie sich ihre Tanzpartner immer selbst aus; es wäre ein unglaublicher *faux pas* gewesen, wenn ein anderer sie dazu aufgefordert hätte.

Der Zar tanzte, wie es die Höflichkeit gebot, zuerst mit Wera Karlowna. Swetlana beobachtete, wie ihre Mutter in seinen Armen förmlich dahinschmolz. Sie genoß dieses Verlobungsfest in vollen Zügen.

Nachdem der Kaiser sie nach Beendigung des Tanzes zu ihrem Gatten zurückgebracht hatte, verneigte er sich leicht vor ihr und kam dann auf Swetlana zu.

»Werden auch Sie mir die Ehre eines Tanzes erweisen, Swetlana Pawlowna?« fragte er in seiner freundlichen, zurückhaltenden Art, und sie stand auf und spürte, wie ihr Herz vor Aufregung und Freude heftig zu klopfen begann.

Nikolaus II. war ein sehr guter Tänzer; es machte Spaß, sich von ihm führen zu lassen. Allerdings blickte er aus den Augenwinkeln immer wieder einmal zu seiner Frau hinüber, die noch mit Boris tanzte. Dann meinte Swetlana, Sorge und Unruhe in seinen sanften blauen Augen aufblitzen zu sehen.

Die Zarin und Boris beendeten den Walzer, und er führte sie zu ihrem Sofa zurück, wo sie sich wieder neben ihrem Schwager niederließ. Offenbar war ihr heiß geworden, denn sie tupfte sich ein paarmal mit einem Spitzentuch über Stirn und Oberlippe.

Dennoch setzte sie ein unbeschwertes Lächeln auf, als ihr Mann auf sie zukam. »Was für ein gelungenes Fest«, sagte sie und nickte Swetlana zu. »Ich wünschte, Seine Majestät und ich hätten ebenfalls eine solch harmonische Feier gehabt, als wir uns verlobten. Leider war es nicht der Fall.« Sie blickte zu ihrem Mann auf und schob ihre Hand in die seine. »Trotzdem waren wir sehr glücklich, auch, wenn wir lange darum kämpfen mußten, daß wir ein Paar werden durften.«

Großfürst Georg Alexandrowitsch lächelte Swetlana zu. »Jetzt bin aber ich an der Reihe, mit der Braut zu tanzen. Oder möchten Sie erst eine kleine Pause einlegen, Swetlana Pawlowna?«

»Nein, absolut nicht«, erwiderte sie. »Dazu tanze ich viel zu gern.«

Er führte sie in die Mitte des Ballsaals und legte die Arme um sie. Und von diesem Augenblick an war ihr zumute, als sei alles, was vordem für sie von Bedeutung gewesen war und später einmal Bedeutung erlangen könnte, zu etwas Nichtigem, völlig Unwichtigem geschrumpft. Es gab nur diesen Mann, der auf sie hinunterblickte mit seinen unwahrscheinlich blauen Augen, dessen Bewegungen ihr unbegreiflicherweise so vertraut waren, als hätte sie ihn schon immer gekannt, und dessen Lächeln sie bannte, so daß sie gar nicht anders konnte, als ihn unaufhörlich anzusehen.

Irgend etwas in ihr dachte sehr deutlich: Du bist verrückt, Swetlana. Dies ist deine Verlobung mit Boris Petrowitsch, du wirst ihn heiraten und hast die Pflicht, ihn glücklich zu machen, weil er dir vertraut. Und der Mann, in dessen Armen du jetzt bist, ist der Bruder des Zaren. Er absolviert einen Pflichttanz mit dir, nichts weiter, und ganz gewiß hat er irgendwo eine Geliebte – oder es gibt sogar schon eine Frau, die er heiraten will. Aber dann schob sie diese Gedanken mit aller Vehemenz von sich, und als Georg sie bei einer Drehung eine Spur fester an sich drückte und sie auch danach nicht mehr losließ, dachte sie gar nichts mehr, sondern fühlte nur noch, wie sein Körper sich an ihrem bewegte, spürte seine Hand auf ihrem Rücken und meinte, in seinem Blick zu versinken.

Georg Alexandrowitsch lächelte nicht mehr. Seine Augen hatten sich verdunkelt, und Swetlana meinte, einen tiefen Ernst darin zu entdecken.

»Warum sind wir uns nicht früher begegnet?« fragte er fast flüsternd. »Oder warum konntest du nicht warten, bis ich nach St. Petersburg zurückkam?«

Ja, warum nicht? Swetlana spürte, wie ein Zittern sie durchlief. »Bitte«, stieß sie hervor. »Das dürfen Sie nicht sagen!«

»Nein«, gab er mit einem flüchtigen Lächeln zu. »Aber ich sage es trotzdem ... obwohl es natürlich eine ganz unsinnige Frage ist.«

Für einen Moment gruben sich seine Finger fast schmerzhaft in ihren Rücken. »Bestimmt fragst du dich das gleiche. Willst du mir wenigstens das zugeben?«

O Gott, er sollte aufhören, sie so anzusehen! Oder warum hörte nicht wenigstens die Musik auf, und der Großfürst brachte sie zu Boris zurück.

Boris, dachte Swetlana, lieber, lieber Boris ... Sie dachte es, wie sie als Kind manchmal zu irgendeinem Heiligen gebettelt hatte, er solle ihr doch aus einer schlimmen Lage helfen oder einen Wunsch erfüllen.

Allerdings war das nie passiert, und auch jetzt nützte ihr der stumme Stoßseufzer nichts. Boris war ihr so fern gerückt, als hielte er sich in einer anderen Dimension auf. Alles war fern gerückt – bis auf diesen Mann, der mit ihr tanzte. Die Musik verstummte, aber Georg Alexandrowitsch gab den Spielern ein Zeichen, und sie setzten von neuem ein, wieder mit einem Walzer.

Swetlana war ein wenig schwindlig, und der Großfürst schien es zu merken, denn er hielt sie noch enger an sich gepreßt, so daß sie durch ihr Mieder die juwelenbesetzten Knöpfe seines Uniformrocks fühlte.

Eine Weile tanzten sie schweigend, und der weiß-goldene Saal, die Ballroben der Damen, die schimmernden Galauniformen und Seidenfräcke der Herren, das flirrende Licht der Kronleuchter – alles verschwamm vor Swetlanas Augen zu einem farbigen Wirbel, in dem der einzige feste Punkt Georg Alexandrowitsch war.

»Ich werde heute nicht mehr mit dir tanzen«, hörte sie ihn sagen. »Es würde auffallen. Aber ich muß dich wiedersehen. Morgen nachmittag um vier ... an der Wladimir-Kirche? Du weißt, wo das ist?«

»Ja«, flüsterte sie. Sie kannte die Gegend. Gleich hinter dem Platz, wo sich die Kirche ›Unserer Lieben Frau von Wladimir‹ befand, gab es eine Reihe von Straßen mit dunklen, grauen Mietshäusern. Kein romantischer Ort für ein Stelldichein, aber bestimmt der richtige für ein heimliches Treffen des Thronfolgers und Zarenbruders. Wer würde ihn dort schon vermuten?

Schweigend beendeten sie den Walzer. Dann brachte Georg Alexandrowitsch Swetlana zu Boris zurück und verneigte sich vor ihr. »Es war mir ein großes Vergnügen, Swetlana Pawlowna.«

Boris nickte er freundschaftlich zu. »Es bleibt dabei, mein Lieber: Sie sind ein echter Glückspilz!«

Boris' offenes, sympathisches Gesicht erhellte sich. »Ich weiß es, Kaiserliche Hoheit.«

Er war erbarmungswürdig ahnungslos, und Swetlana empfand plötzlich tiefe Scham.

Ich werde morgen nicht zur Wladimir-Kirche gehen, nahm sie sich vor. Ich darf Georg Alexandrowitsch nicht wiedersehen.

Sie hielt sich an ihren Vorsatz. Aber natürlich ließ es sich nicht umgehen, daß sie den Zarewitsch bei anderen Gelegenheiten traf: bei einer Parade auf dem Senatsplatz, einer Ballettaufführung im Kaiserlichen Theater, die sie mit ihren Eltern und Boris besuchte, bei einem Ball im Hause des Fürsten Radolin, der am deutschen Kaiserhof als russischer Botschafter akkreditiert und für ein paar Wochen nach St. Petersburg zurückgekehrt war.

Georg merkte, daß Swetlana ihm auswich und respektierte das, indem er seinerseits nicht ihre Nähe suchte. Aber oft genug ertappte sie ihn dabei, daß er zu ihr hinsah – oder sich selbst, daß ihre Blicke selbstvergessen an seiner großen breitschultrigen Gestalt und dem blonden Haar hingen.

»Ja, er ist wirklich ein Bild von einem Mann«, sagte Fürst Leonid Soklow bei einer solchen Gelegenheit. Es war während eines Konzertabends in der Eremitage, zu dem Swetlana mit ihren Eltern eingeladen war. Boris konnte sie nicht begleiten, er hatte Dienst bei der Garde. »Wenn man ihn so sieht, möchte man kaum glauben, daß er die Schwindsucht hat.«

Der italienische Tenor, der gerade eine Arie aus Rimski-Korsakows Oper ›Sadko‹ vorgetragen hatte, wurde mit einem freundlichen Applaus belohnt. Swetlana vergaß zu klatschen und wandte sich zu Soklow um.

»Von wem sprechen Sie? Wer hat die Schwindsucht?«

»Unser gnädigster Zarewitsch, Seine Kaiserliche Hoheit Großfürst Georg Alexandrowitsch. Wußten Sie das nicht?«

Ihr war zumute, als hätte jemand ein Eisenband um ihren Brustkorb gelegt und zöge es mit aller Unnachgiebigkeit zu. »Nein! Ist das wirklich wahr?«

Soklow lächelte mit dünnen Lippen. »So wahr, wie ich Sie liebe, Swetlana Pawlowna. Nein, nein, ziehen Sie nicht Ihre hübsche glatte Stirn kraus. Sagen wir besser, daß ich Sie aus der Ferne anbete, nachdem Sie Boris Barschewskij mir vorgezogen haben. Es war ein herber Schlag für mich, aber ich werde lernen müssen, damit zu leben. So wie Sie mit der betrüblichen Tatsache, daß Georg Alexandrowitsch ein schwerkranker Mann ist, auch wenn man es ihm im Augenblick nicht ansieht. Ich kann verstehen, daß Sie ihn bewundern. Wer tut das nicht?«

Der italienische Tenor trat ab, und ein kleines Kammerorchester nahm auf dem sechseckigen Podium in der Mitte des Saales Platz. Während die acht Männer noch einmal ihre Instrumente stimmten, kämpfte Swetlana um Fassung.

Wäre sie über Soklows Behauptung nicht so außer sich gewesen, hätte sie ihn wegen seiner aufdringlichen Reden in seine Schranken gewiesen. Aber in ihrem Kopf blieb nur haften, was er über den Großfürsten gesagt hatte. Georg Alexandrowitsch litt an Lungentuberkulose? Dieser strahlende, heitere Mann trug eine solch gefährliche Krankheit in sich, an der er eines Tages vielleicht sterben konnte!

Unwillkürlich beugte Swetlana sich über die vergoldete Balustrade der Empore, auf der sie mit ihren Eltern saß, um zu den etwas erhöhten Mittelplätzen im Parterre zu sehen, wo die kaiserliche Familie Platz genommen hatte.

Georg Alexandrowitsch unterhielt sich gerade mit seinem Cousin, dem Großfürsten Andrej Wladimirowitsch. Sie sah, wie er ihm lachend etwas zuflüsterte und mußte sich beherrschen, um nicht in Tränen auszubrechen.

Soklow, der sie beobachtete, legte ihr flüchtig die Hand auf den Arm. »Echauffieren Sie sich nicht so, meine Liebe. Seine Kaiserliche Hoheit trägt sein Leiden mit großer Tapferkeit und möchte nicht, daß man allzu mitleidig darauf reagiert.«

Sie wich seiner Berührung aus. »Ich bin nur so erschrokken, weil ... weil ich keine Ahnung von seiner Krankheit hatte.«

Das Gespräch brach ab, da das Kammerorchester zu spielen begann, und der Fürst lehnte sich mit verschränkten Armen in seinem Sessel zurück. Er saß schräg hinter Swetlana und konnte sehen, wie sie immer wieder zu Georg hinunterblickte und dabei nervös ihren Spitzenfächer zwischen den Fingern drehte.

In der Konzertpause wurden Champagner und kleine Pasteten gereicht. Swetlana trank zwei Gläser hintereinander. Essen konnte sie nichts. Sie stand auf und entschuldigte sich bei ihren Eltern. »Ich habe auf der gegenüberliegenden Seite Natalja Lipkina gesehen und möchte sie einladen, morgen mit mir und Boris Petrowitsch zum Eislaufen zu kommen.«

»Geh nur, Kind«, erwiderte Wera Karlowna und nickte ihr in ihrer üblichen zerstreuten Art zu. »Und grüße die Lipkins von Papa und mir.«

Swetlana wechselte nur ein paar Worte mit Natalja, die zu ihren neugewonnenen Petersburger Freundinnen gehörte. Dann verließ sie den Saal durch einen Nebenausgang und lief die Treppe ins Erdgeschoß hinunter. Sie hörte, wie drinnen das Konzert fortgesetzt wurde, aber sie meinte, keinen Augenblick länger ruhig in ihrem Sessel sitzen und der Musik – es war diesmal ein Duett aus irgendeiner italienischen Buffo-Oper – zuhören zu können.

Statt dessen trat sie auf die kleine Terrasse hinaus, die sie an der rückwärtigen Front des Vorsaals entdeckte.

Beißende Kälte empfing sie, so daß sie in ihrem rosefarbenen Samtkleid zusammenschauerte.

Trotzdem blieb sie für eine Weile draußen und starrte in den Himmel, über den schwere Wolken zogen, die neuen Schnee verhießen.

Als Swetlana sich umwandte, um in die schützende Wärme der Eremitage zurückzukehren, stand plötzlich Georg Alexandrowitsch vor ihr.

»Ich habe gesehen, daß du fort warst«, sagte er, »und da bin ich dich suchen gegangen. Ich dachte, wir müßten noch einmal miteinander reden. Warum bist du neulich nicht gekommen? Ich habe fast zwei Stunden gewartet, weil ich nicht glauben wollte, daß du dich mir entziehst.«

»Muß ich das nicht, Kaiserliche Hoheit?« fragte sie, und statt einer Antwort legte er die Arme um sie.

»*Das* mußt du«, erwiderte er und bedeckte ihr Gesicht mit unzähligen kleinen Küssen. Dann nahm er ihre Hand und zog Swetlana mit sich in einen kleinen, offenbar unbenutzten Salon, dessen Polstermöbel mit weißen Leinentüchern abgedeckt waren.

Im Schein der Wandlampen, die er angeknipst hatte, betrachtete er Swetlana.

»Ich brauche dich so sehr«, sagte er. »Ich habe versucht, es mir auszureden, aber es geht nicht. Du und ich – wir sind wie die zwei Hälften einer Nußschale, die zusammenpassen. Die Franzosen nennen so etwas einen *Coup de foudre.* Und sag selbst, war es nicht so zwischen uns? Wir haben einander gesehen, und es war, als ob ein Blitz uns getroffen hätte und alles auslöschte, was vordem für uns wichtig war.«

Sie wich zurück, als er auf sie zukam. »Nein! Das sind Hirngespinste. Ich will das nicht. Bitte, Kaiserliche Hoheit, lassen Sie mich gehen.«

Er sah eine kleine Ader an ihrem Hals pochen und preßte seinen Mund darauf. »So schön ...«, murmelte er. »So schön!«

Sie wußte, daß sie verloren war, wenn sie ihm nur einen halben Schritt entgegenkam. Trotzdem legte sie die Arme um seinen Hals, bog den Kopf zurück und stöhnte auf, als Georg fortfuhr, sie zu küssen, ihren Hals, die Schläfen, die geschlossenen Augen, den Mund.

Sie zitterten beide, und Swetlana dachte: Es ist Wahnsinn. Es wird niemals irgendeine Chance für uns geben, aber es ist mir egal. Er hat ja recht: Außer ihm gibt es nichts mehr, das für mich zählt.

Sie küßten einander, berührten sich, scheu zunächst, als seien sie in einem Zauber gefangen, erkundeten ihre Münder, ihre Körper, bis Swetlana meinte, es nicht mehr aushalten zu können, und sich aus Georg Umarmung zu lösen versuchte.

Er gab ihr nach, ließ sie los, und ihr war zumute, als sei sie beraubt worden, weil sie nicht mehr an seiner Brust lag.

Diesmal war sie es, die zu ihm kam, mit allem Ungestüm ihrer Liebe, und er umfaßte ihr Gesicht und legte mit seinen Lippen eine zärtliche Spur darüber.

Ach, er war so schön, und es tat so gut, in seinen Armen zu sein!

»Werden wir uns wiedersehen?« fragte Georg, und Swetlana nickte.

»Wo?« wollte sie nur wissen. »Und wann?«

Er dachte eine Weile nach. Dann sagte er: »Ich werde eine Wohnung mieten. Ich sende dir Nachricht. Aber diesmal mußt du wirklich kommen.«

»Ich schwöre es«, erwiderte sie mit dem ganzen Ernst ihrer siebzehn Jahre, und dann küßten sie einander wieder, bis draußen im Treppenhaus Schritte und Stimmen laut wurden.

»Das Konzert ist zu Ende«, flüsterte Georg. »Geh du voraus. Ich komme später nach.«

An der Tür flog sie noch einmal an seine Brust, und er preßte seine Lippen auf ihren Mund. Und Swetlana wußte immer noch, daß alles vollkommen hoffnungslos und verfahren war – und war dennoch glücklich.

4. Kapitel

Georg mietete eine Wohnung an der Sergijewskaja, nicht weit vom Newskij-Prospekt entfernt. Schon zwei Tage später, als Swetlana mit Miss Sheldon eine Teestube verließ, wo sie sich nach einem längeren Einkaufsbummel aufgewärmt hatten, drückte ihr jemand einen Zettel in die Hand, auf dem nur die Adresse stand und: *Morgen, vier Uhr nachmittags!*

Es war ein Bettler, der von Miss Sheldon ein paar Kopeken bekommen hatte und sich auf das Aufdringlichste bedankte. Er grapschte zunächst nach der Hand der Engländerin, schwor den Segen sämtlicher Heiliger auf sie herab und wiederholte die Aufzählung, während er Swetlanas Finger zu küssen versuchte. Er sah schmutzig und heruntergekommen aus, und sie wollte hastig die Hand zurückziehen, als sie spürte, wie er ein Blatt Papier in ihren Handschuh schob.

»Gott segne Euer Gnaden«, sagte er dabei, »und schenke Euch alles Glück, nach dem Ihr Euch sehnt.« Dabei zwinkerte er ihr zu, drückte noch einmal ihre Finger, ehe er von ihr abließ und eilig davonhumpelte.

»Das war Ossip«, sagte Georg Alexandrowitsch, als Swetlana sich am nächsten Tag zur verabredeten Zeit in der Sergijewskaja einfand. Der Großfürst hatte vor dem Portal auf sie gewartet. Er trug Zivil, einen weiten pelzgefütterten Mantel und eine Bärenfellmütze, die er tief in die Stirn gedrückt hatte.

Die Wohnung lag im ersten Stock, drei großzügig möblierte ineinandergehende Räume mit einer Küche und einem winzigen Badezimmer. Die Fensterfront ging auf einen Garten hinaus.

»Ossip ist mein Diener, er ist absolut verschwiegen und zu verlässig – und sehr gewitzt, wie du bemerkt haben wirst. Die Verkleidung als Bettler war seine Idee.«

Die Wohnung war behaglich durchwärmt, in allen Kaminen ein Feuer entzündet, und im Salon stand ein Samowar auf dem Tisch, daneben eine Platte mit kleinen Kuchen und ein eisgefüllter silberner Kübel mit Champagner.

Georg nahm Swetlana Muff und Mantel ab, streifte ihr die Pelzmütze vom Haar und warf alles achtlos auf ein Sofa. »Und du? Hattest du Schwierigkeiten, von daheim fortzukommen?«

Sie lächelte zu ihm hoch. »Ich bin einfach weggegangen, ohne jemandem etwas zu sagen.«

»Und wenn man dich bei deiner Heimkehr fragt?«

»Dann werde ich sagen, daß ich spazieren war.«

»Gut, gut, aber du wirst dich nicht immer damit herausreden können.« Er nahm ihre Hände und küßte sie, und die Berührung seiner Lippen weckte eine kleine prickelnde Erregung in ihr, die sie genoß.

»Ich habe darüber nachgedacht«, erwiderte sie ernsthaft. »Und eigentlich gibt es nur einen Menschen, den ich um Hilfe bitten kann: meine Schwester Xenia. Allerdings muß ich ihr die Wahrheit sagen. Aber Xenia ist verschwiegen.«

»Bist du sicher?« forschte er besorgt, und sie hob die Schultern.

»Eine andere Möglichkeit habe ich nicht. Wenn ich mit ihr zusammen ausfahre, wird niemand Verdacht schöpfen.«

Er zog sie an sich. »Ich hasse diese Heimlichkeiten! Ich wünschte, daß wir eines Tages vor aller Welt ein Paar sein können. Ach, Swetlana, Swetlana, was soll nur werden mit uns?«

»Das mußt du entscheiden«, erwiderte sie fast kindlich.

Er führte sie zu einer Ottomane und legte die Arme um sie. »Ich würde noch heute mit Nicky reden. Das Problem bist du, denn du bist mit Boris Barschewskij verlobt.«

Ein kleiner scharfer Schmerz durchfuhr sie, als sie an Boris dachte. Warum tat sie ihm das an?

»Jetzt siehst du ganz traurig aus«, stellte Georg fest und küßte sie. Sie erwiderte den Kuß, und als er sie fester an sich drückte und sie zu streicheln begann, sperrte sie alles aus ihren Gedanken aus, was nichts mit Georg und ihrer Liebe zu tun hatte.

Von da an trafen sie sich regelmäßig jeden zweiten Nachmittag in der Wohnung in der Sergijewskaja. Das untere Stockwerk des Hauses mit seiner bunt bemalten Holzfassade, das noch aus der Zeit Peters des Großen stammte, wurde von einem alten, fast tauben ehemaligen Beamten der Kaiserlichen Staatskanzlei bewohnt. Er wußte nicht, wer Georg war.

Der Großfürst hatte die Wohnung unter dem Namen Andrej Iwanowitsch Pluchin gemietet. Ossip kam täglich, um alles sauberzuhalten, zu heizen und die Vorräte aufzufüllen.

Swetlana hatte den kleinen krummbeinigen Mann mit dem Gesicht eines altgewordenen Schuljungen inzwischen kennengelernt. Seine listigen schwarzen Äuglein hatten sie vergnügt angefunkelt. »Stets zu Diensten, Euer Gnaden. Wenn Euer Gnaden einmal einen besonderen Wunsch haben, laßt es mich nur wissen. Ich tue, was ich kann, um ihn zu erfüllen.«

Aber Swetlana hatte keine besonderen Wünsche außer diesen: daß sie Georg eines Tages ohne alle Heimlichkeiten würde lieben dürfen – und daß Boris sie verließ, weil er eine andere Frau kennengelernt hatte, die ihm wichtiger war als sie.

Aber das konnte ihr wohl niemand erfüllen.

Swetlana hatte Xenia alles eingestanden, und die jüngere Schwester war entsetzt gewesen.

»Wie konntest du nur, Swetlana! Wenn die Eltern oder Boris Petrowitsch davon erfahren ... Und überhaupt, wie stellst du dir vor, daß es weitergehen soll? In zehn Monaten wirst du Boris heiraten.«

Swetlana hatte die Schultern gehoben. »Ich weiß. Ach, Xenia, das verstehst du nicht. Ich schwöre dir, ich wollte es nicht. Ich wollte nichts anderes, als Boris glücklich machen, und ich war ganz sicher, daß ich es könnte. Aber nun ... Bitte, bitte, hilf mir! Du bist die einzige, die es kann.«

Die Schwester hatte sie kopfschüttelnd betrachtet. »Und ich dachte immer, dein Leben müßte glatt und ohne Komplikationen verlaufen. Du machst eine gute Partie, bekommst einen Mann, der dich anbetet ...«

Swetlana hatte die Hände gegen die Ohren gepreßt. »Bitte, hör auf! Ich kann es nicht hören! Oder glaubst du, mir fällt es leicht, Boris derartig zu hintergehen? Ach, ich wünschte, ich wäre tot!«

»Irgendwann wirst du es ihm sagen müssen«, stellte Xenia nüchtern fest. »Es wird natürlich einen fürchterlichen Eklat geben, wenn er die Verlobung löst, Papa wird toben und Mama eine Woche lang ihre Migräne haben und anschließend mit dir nach Kowistowo zurückreisen, bis Gras über die Sache gewachsen ist. Aber in diesem Fall hilft wirklich nur die Wahrheit.«

Swetlana nickte verzweifelt. »Du hast recht, aber ... Ich kann es Boris einfach nicht sagen. Ich habe Angst davor.«

Und wieder dachte sie wie ein Kind, das meint, es müsse nur oft genug denselben Wunsch aussprechen, um ihn endlich erfüllt zu bekommen: Lieber Gott, mach doch, daß Boris sich in eine andere verliebt, damit er nicht so schrecklich enttäuscht von mir ist und unnötig leidet!

Xenia und sie sprachen noch lange miteinander über dieses Thema, und die Jüngere erklärte sich endlich bereit, Swetlanas Rendezvous mit Georg Alexandrowitsch zu dekken.

Die beiden schützten gemeinsame Unternehmungen vor, verließen zusammen das Haus, und Xenia benutzte die Stunden, die Swetlana in der Wohnung in der Sergijewskaja verbrachte, um in einer nahe gelegenen Bibliothek dickleibige Wälzer medizinischen Inhalts zu studieren.

Sie hatte ihrem Vater die Erlaubnis abgerungen, nach Ostern auf die Xenia-Schule gehen zu dürfen, nicht zuletzt deshalb, weil die beiden Töchter von Staatsrat Nobokow sie ebenfalls besuchten, und bereitete sich mit aller Zielstrebigkeit auf ein späteres Studium vor.

Boris Barschewskij kam, wenn sein Dienst es erlaubte, allabendlich in das Lasarowsche Palais oder begleitete Swetlana und ihre Familie zu den verschiedenen Festivitäten, zu denen sie eingeladen waren.

Swetlana ertrug es nur schwer, in Boris' ahnungslose Augen zu blicken, sein glückliches Lächeln zu sehen, wenn sie mit ihm tanzte oder sich von ihm küssen ließ, was selten genug vorkam, weil sie es vermied, mit ihm allein zu sein.

Dann kam sie sich abgrundtief schlecht vor und spielte mit dem Gedanken, sich nicht mehr mit Georg Alexandrowitsch zu treffen, aber gleichzeitig wußte sie, daß sie das nie im Leben fertigbringen würde.

Sie liebte Georg mit der ganzen Inbrunst ihrer jungen Jahre, wußte sich von ihm wiedergeliebt und war unfähig, sich aus dieser Verflechtung von Zärtlichkeit und Verlangen, Sichgeben und Sichnehmen zu lösen.

»Ich hoffe nur, du schläfst nicht mit ihm«, sagte Xenia eines Tages im März, als der Himmel über der Stadt von jenem trügerischen Blau war, das wie ein Vorbote des Frühlings wirkte und schon am Mittag zu einem fahlen Grauweiß verblich, das häßlichen, wie mit kleinen Glassplittern stechenden Schneeregen mitbrachte, der die Straßen in einen Morast aus Schneeresten, Nässe und Schmutz verwandelten, und Swetlana schüttelte auf die Frage ihrer Schwester hin den Kopf.

»Nein, wo denkst du hin?«

Es war die Wahrheit, denn Georg Alexandrowitsch bedrängte sie nicht. Trotz all ihrer Küsse und Zärtlichkeiten legte er sich Zügel an, um Swetlana Zeit zu lassen. Vielleicht war auch ein wenig Angst mit im Spiel, Angst vor einer Verantwortung, der er nicht gewachsen sein konnte.

Zarin Alexandra Fjodorowna erwartete in der Tat ihr drittes Kind, es sollte im Juni geboren werden, und Georg hoffte genau wie sie selbst, daß sie diesmal endlich den Thronerben zur Welt brachte.

In Zarskoje Selo verbrachte die Zarin täglich viele Stunden im Gebet. Sie umgab sich mit Priestern, Mönchen und frommen Wunderheilern in der verzweifelten Hoffnung, daß dadurch ihr heißer Wunsch nach einem Sohn endlich erfüllt würde.

War es so, dann blieb Georg Alexandrowitsch nicht länger Zarewitsch, und das bedeutete, daß er weniger Rücksichten zu nehmen hatte. Vielleicht konnte er dann Swetlana sogar eines Tages heiraten, freilich um den Preis des Rücktritts von allen öffentlichen Ämtern und Ehren.

Aber das würde er auf sich nehmen, ebenso wie die offizielle kaiserliche Ungnade, die Nikolaus ihm nicht ersparen konnte. Man war in diesen Dingen sehr streng am kaiserlichen Hof: Eine unstandesgemäße Heirat, noch dazu mit einer Frau, die vordem schon einmal verlobt gewesen war, zog unweigerlich solche Folgen für die Mitglieder der Zarenfamilie nach sich.

Doch Georg liebte Swetlana wirklich, und die Stunden mit ihr gehörten für ihn zu den glücklichsten seines Lebens.

Sie redeten viel miteinander, fragten einander nach ihrem vorherigen Dasein aus, entdeckten unzählige Übereinstimmungen in ihren Vorlieben und Abneigungen und lernten sich auf diese Weise immer besser kennen.

Nur über seine Krankheit wollte Georg nicht sprechen. Swetlana hatte ihn danach gefragt, doch er war mit einem Schulterzucken darüber hinweggegangen.

»Ich war ein Zeitlang recht krank. Aber inzwischen spüre

ich nichts mehr. Es geht mir gut, und du mußt keine Angst haben, daß ich dich anstecken könnte. Doktor Korowin hat mir versichert, es wäre alles in Ordnung.«

»Ich habe keine Angst vor einer Ansteckung«, versicherte sie. »Ich habe nur Angst um dich. Tuberkulose kann doch immer wieder ausbrechen, nicht wahr?«

Sein Gesicht verschloß sich. »Nicht, wenn sie ausgeheilt ist.« Dann wechselte er das Thema und erzählte ihr, daß er gestern bei der Zarin Tee getrunken und mit seinen kleinen Nichten gespielt habe.

»Sie sind beide so hübsch und lustig! Tatjana hat mich ganz besonders ins Herz geschlossen. Als ihre Kinderfrau kam, um sie zu Bett zu bringen, hat sie geschrien, als stecke sie am Spieß. Sie hörte erst auf, als ich noch in ihr Zimmer kam, um ihr einen Gutenachtkuß zu geben.«

»Und wie geht es der Kaiserin?« wollte Swetlana wissen.

Er seufzte. »Nicht besonders gut. Sie hat schrecklich geschwollene Beine und leidet unter Herzbeschwerden. Die Schwangerschaft macht ihr zu schaffen. Aber mein Bruder ist wie immer rührend besorgt um sie.«

Ende März setzte endlich der Eisgang auf der zugefrorenen Newa ein. Tagelang schoben sich die berstenden Eisschollen donnernd gegen- und übereinander. Es klang, als fände eine Seeschlacht statt. Und dann wurde es über Nacht so sonnig und warm, daß das Eis schmolz, und bald darauf zeigte sich in den Parks und auf den Uferwiesen das erste zarte Grün.

»April, Mai, Juni, Juli, August, September ...«, zählte Boris Barschewskij auf, als er mit Swetlana eines Nachmittags zur Jelagin-Insel fuhr, um seinen Vater zu besuchen. »Dann wird aus Swetlana Pawlowna Iasarowa die Gräfin Barschewskaja. Die hübscheste Barschewskaja, die es jemals gegeben hat.«

Er saß neben ihr in der Kutsche, und Swetlana wandte hastig das Gesicht zur Seite, als er sie auf den Mund küssen wollte. Seine Lippen berührten nur ihre Wange. Boris hielt sie fest. »Was ist? Habe ich irgend etwas gesagt, das dich verärgert hat?«

Sofort bereute sie ihre Reaktion. »Nein. Du tust nie etwas, das mich ärgert. Ich bin nur ein bißchen nervös heute, das ist alles. Verzeih mir.«

»Du bist in letzter Zeit häufig nervös«, stellte er besorgt fest. »Und immer so blaß. Fühlst du dich am Ende krank?«

Sie zwang sich zu einem kleinen Auflachen. »Ich bin so gesund, wie man nur sein kann. Mach dir keine Gedanken, Boris.«

Er nahm ihre Hand und legte sie gegen seine Wange. »Wer liebt, macht sich immer Gedanken um den anderen. Dir muß es doch genauso ergehen. Oder wäre es dir gleichgültig, wenn ich ernstlich erkrankte?«

»Nein, gewiß nicht«, stieß sie hastig hervor und streichelte seinen Ärmel. O Gott, wie sollte sie ihm jemals sagen, daß sie ihn nicht heiraten konnte! Und es war nicht einmal mehr ein halbes Jahr bis zu dem festgesetzten Hochzeitstermin am 12. September!

»Boris ...«, setzte sie an, und er wandte ihr das Gesicht zu.

»Ja, mein Liebling?«

»Bist du eigentlich ganz sicher, daß ich die einzig richtige Frau für dich bin? Ich meine, vielleicht glaubst du nur, mich zu lieben, und plötzlich gefällt dir eine andere viel besser. Solche Sachen passieren doch, nicht wahr?«

Er umfaßte ihr Gesicht mit beiden Händen und küßte sie nun doch auf den Mund. »Uns passiert so etwas nicht«, sagte er innig. »Mir nicht und dir nicht. Wir werden uns immer lieben, auch wenn wir alt und grau geworden sind. Das heißt, du wirst auch dann noch schön und anmutig sein, mein Herz, da bin ich ganz sicher. Die weißen Haare werden dir ebensogut stehen wie jetzt deine blonden. Und du wirst immer noch diese schönen, großen glänzenden Augen haben und deine graziösen Bewegungen. Nur ich werde vielleicht an einem Stock herumhumpeln und dir nicht mehr so gefallen wie heute, weil ich ein wenig schlechter höre oder die Augen nachlassen und du mir aus der Zeitung vorlesen mußt. Aber dann wirst du dich daran erinnern, wie lieb ich dich immer hatte und wie schön es in all den Jahren mit uns war – und dann wirst du mir verzeihen, daß ich nicht mehr der schneidige Gardeoffizier bin, in den du dich mit siebzehn verguckt hast.«

Ihr schossen plötzlich Tränen in die Augen. Boris sah es und erschrak. »Warum weinst du, Liebes?«

Sie schluckte und wischte sich über das Gesicht. »Aus ... aus lauter Sentimentalität. Weil du das so lieb gesagt hast.«

Die Karwoche und das Osterfest verbrachte Georg Alexandrowitsch mit der Zarenfamilie in Zarskoje Selo. Als er zurückkam, hatte er sich stark erkältet. Er hustete und schwitzte, und seine Augen hatten einen fiebrigen Glanz.

Als Swetlana in die Sergijewskaja kam, wollte sie ihm wie immer an die Brust fliegen, doch er schob sie von sich.

»Bitte nicht. Ich will nicht, daß du dich ansteckst. Ich habe mir eine leichte Infektion eingefangen.«

»Das ist mir gleich«, sagte sie und schmiegte sich an ihn. »Ich hab' dich so vermißt. Komm, laß dich küssen.«

Widerstrebend gab er nach, hielt aber die Lippen fest geschlossen, als sie ihren Mund darauf drückte. Für eines Herzschlags Länge überkam sie die eisige Furcht, er könne sie nicht mehr lieben, er sei ihrer überdrüssig geworden und die Krankheit nur ein Vorwand, um sie von sich fernzuhalten. Doch als sie einen Blick in sein Gesicht warf, waren seine Augen so liebevoll wie immer, und sie spürte, daß er sich genauso danach sehnte, sie zu umarmen, wie sie es tat.

Ossip, der Diener, war in der Küche. Er tauchte nur kurz auf, um ein Tablett mit *Petit fours* in den Salon zu bringen und die Teetassen aus dem Samowar zu füllen. Dann waren Georg und Swetlana wieder allein.

Er ließ sich in einen Fauteuil fallen und streckte die Arme nach ihr aus. »Komm her zu mir.« Sie wollte sich auf seine Knie setzen, wie sie es gern tat, aber er schob sie wiederum von sich auf die Sessellehne. »Nicht so nahe. Laß uns vernünftig sein. Aber ich will dich wenigstens ein wenig streicheln können.«

Während sie einander berichteten, was in der Zeit ihrer Trennung geschehen war, hustete Georg einige Male. Es war ein krampfartiger, dumpfer Husten, der ihr angst machte.

»Bist du sicher, daß es nur eine Erkältung ist?« fragte sie, und er erwiderte knapp:

»Was sonst?«

»Nun, es könnte auch ein erneutes Aufflackern deiner ... deiner alten Krankheit sein.«

»Unsinn«, wehrte er heftig ab und preßte ein Taschentuch vor den Mund, um einen erneuten Hustenanfall zu unterdrücken.

Sie blieb an diesem Tag länger als verabredet bei ihm, und als sie endlich ging, war sie voller Unruhe. Georg hatte nicht gut ausgesehen, und sie hatte ihn gebeten, für ein paar Tage im Bett zu bleiben. Doch davon hatte er nichts hören wollen. »Ich habe dich so lange entbehrt. Ich will dich morgen wiedersehen.«

Doch als sie am nächsten Nachmittag in die Sergijewskaja kam, öffnete Ossip ihr die Tür. Er hatte ein paar Zeilen von Georg für sie und berichtete, daß das Befinden Seiner Kaiserlichen Hoheit sich leider verschlechtert habe, so daß sein Arzt ihm Bettruhe verordnet hatte.

Ich denke an Dich. Ich liebe Dich! hatte Georg geschrieben. *Und nun muß ich zusehen, bald wieder gesund zu werden – für*

Dich, mein Herz. Drei oder vier Tage, dann hast Du mich wieder. Ich küsse Dich in Gedanken!

Sie vereinbarte mit Ossip, nach vier Tagen wieder in die Wohnung in der Sergijewskaja zu kommen, und dieses Mal war Georg an der Tür, als sie die Treppe hinauflief. Stürmisch zog er sie in die Arme.

»Endlich!« Dann hob er sie hoch, wie er es gern tat, und trug sie in den Salon, wo er sie auf der Ottomane niederlegte. Sie wollte etwas sagen, doch er erstickte ihre Worte mit seinem Kuß.

Die Trennung, so kurz sie im Grunde gewesen war, hatte bei beiden die Sehnsucht nacheinander ins Uferlose anwachsen lassen, und Swetlana meinte, niemals zuvor so verlangend von Georg geküßt worden zu sein. Seine Hände, seine Lippen setzten sie in Brand, sie stöhnte leise, als er sich zu ihr legte und sie mit fast schmerzhafter Intensität an sich preßte.

»Gut, so gut«, murmelte er und atmete den Geruch ihrer Haut und ihres Haares ein. »Und ich hatte solche Angst ...«

»Angst – wovor?« fragte sie und richtete sich halb auf.

Er preßte das Gesicht in ihre Halsbeuge. »Ich wollte es dir nicht sagen, nicht einmal vor mir selbst zugeben. Aber ich dachte, die Tuberkulose bräche wieder bei mir aus. Doch das war nicht der Fall. Es war wirklich nur eine Erkältung, und sie ist vorbei.«

Die Erkenntnis, wieviel Furcht er ausgestanden hatte und daß er dabei ganz allein gewesen war, trieb ihr die Tränen in die Augen. Sie umklammerte ihn und küßte ihn, wohin sie traf.

»Du mußt dich nicht fürchten. Weißt du nicht, daß ich lieber sterben würde, als ohne dich zu leben? Wir hätten das gemeinsam durchgestanden, und es wäre mir ganz egal gewesen, ob die Leute darüber redeten. Ich hätte dich gepflegt und wäre nicht von deinem Bett gewichen.«

»Hast du inzwischen mit Boris Barschewskij gesprochen?« fragte er und setzte sich so, daß ihr Kopf an seiner Schulter lag.

»Ich wollte es ein dutzendmal, doch dann habe ich es nicht fertiggebracht. Ach, Georg, er tut mir so leid!«

Er sah ihr unglückliches Gesicht und mußte lächeln. »Aber du kannst ihn nicht aus lauter Mitleid heiraten! Hör zu, Liebes. Vor drei Tagen ist der Zar nach St. Petersburg gekommen. Er hat mich besucht, um zu sehen, wie es mir geht. Wir haben uns lange unterhalten, und ich habe ihm gesagt, daß es da eine Frau gibt, die ich liebe und heiraten möchte. Natürlich habe ich ihm nicht deinen Namen genannt, ihm aber sehr wohl die Schwierigkeiten geschildert, die uns im Wege stehen. Nicky ist überzeugt, daß seine Frau dieses Mal einen Sohn bekommt. Einer der wundertätigen Mönche, die in Zarskoje Selo sind, hat es prophezeit. Auch die Zarin glaubt fest daran. Wenn es wahr wird, dann wird Nikolaus uns keine Steine in den Weg legen. Natürlich wird man uns eine Weile nicht bei Hof empfangen können, aber das gilt nicht für immer. Irgendwann können wir zurückkehren.«

Sie drückte seine Hände gegen ihre Brust. »Ist das wahr? O Gott, Georg, ich kann es noch gar nicht glauben! Und Seine Majestät war nicht aufgebracht oder ärgerlich? Er hat es verstanden?«

Er nickte und küßte sie wieder. »So Gott will, werden wir zusammenbleiben.«

An diesem Nachmittag wurde Swetlana seine Geliebte. Sie wollten es beide, und es war so, wie Georg es sich erträumt hatte, wenn er an sie dachte.

Er hatte seine Affären gehabt und war ein erfahrener Liebhaber. Langsam, mit großer Behutsamkeit führte er Swetlana zu dem Punkt, an dem sie ganz bereit für ihn war. Er überwand ihre Scheu, als sie zum erstenmal nackt vor ihm lag, hörte nicht auf, sie zu streicheln, bis sie ihrerseits den Mut fand, nun auch seinen Körper zu entdecken.

Glücklich spürte er, wie ihr Verlangen nach ihm wuchs, bis sie meinte, es nicht mehr aushalten zu können.

Sie schrie auf, als er ganz zu ihr kam, empfand einen kurzen messerscharfen Schmerz, wollte sich zurückziehen, doch er hielt sie fest an sich gedrückt, wartete, bis sie sich entspannte, und begann erst dann, sich in ihr zu bewegen.

»Georg ... Georg!« Hatte sie seinen Namen nur gedacht oder ihn laut gerufen? Sie wußte es nicht, wußte nur, daß es unerträglich schön war, was er mit ihr tat, und daß es immer noch eine Steigerung gab, bis sie glaubte, in seiner Umarmung zu vergehen.

Bebend lag sie an ihn gepreßt, als es vorüber war, hörte ihren und seinen Herzschlag, spürte, wie er ihr das Haar aus der Stirn strich und seine Lippen auf ihre Augen legte.

»War es schön?« fragte er leise und selbst aufgewühlt bis in die Tiefen seines Inneren. »Habe ich dich glücklich gemacht?«

Sie nickte nur. Sie konnte nicht sprechen, und Georg wiegte sie in seinen Armen wie ein geliebtes Kind.

Ihre Liebe machte sie unvorsichtiger, als sie es bis zu diesem Zeitpunkt gewesen waren. Fast täglich trafen sie sich nun, und manchmal fuhren sie auch miteinander aus. Dann lenkte Ossip die Kutsche, und Georg und Swetlana küßten sich drinnen auf der rot-grau gepolsterten Bank, bis sie beide ganz atemlos vor Verlangen waren und der Großfürst seinem Diener befahl, in die Sergijewskaja zurückzukehren. Manchmal trafen sie auch bei verschiedenen gesellschaftlichen Anlässen zusammen. Dann konnte es geschehen, daß sie sich durch ihre Blicke und ihr Lächeln verrieten, wenn sie miteinander redeten oder tanzten. Hin und wieder ergab sich auch die Gelegenheit, für ein paar Augenblicke allein zu sein. Dann umarmten sie einander, und die Heimlichkeit verlieh diesen kurzen Zärtlichkeiten einen besonderen prickelnden Reiz.

»Sie werden alle Tage schöner, Swetlana Pawlowna«, sagte Leonid Soklow eines Tages zu ihr. »Sie sind regelrecht aufgeblüht in den letzten Wochen, und ich beneide Boris Barschewskij, daß er dieses Wunder an Ihnen vollbracht hat.«

Der Fürst war ihr in einer Teestube beim Sommergarten begegnet, in der sie mit Xenia verabredet war. Swetlana kam aus der Sergijewskaja und wartete nervös auf die Schwester, die sich verspätet hatte.

Daß Fürst Soklow sie nun allein antraf, war ihr äußerst unangenehm.

Er blieb neben ihrem Tisch stehen. »Allerdings bezweifle ich manchmal, daß Rittmeister Barschewskij der Urheber Ihrer neuen Schönheit ist.«

»Was wollen Sie damit sagen, Fürst Soklow?« fragte Swetlana und bemühte sich um Festigkeit in der Stimme.

Er lächelte auf eine perfide Art. »Für Sie Leonid Iwanowitsch, meine Liebe! Und was Ihre Frage betrifft: Ich habe die unangenehme Eigenschaft, Menschen, die mich interessieren, sehr genau zu beobachten. Dabei kommt man manchmal zu völlig anderen Schlußfolgerungen als diejenigen, die nur sehen, was ihnen oberflächlich ins Auge springt.«

»Sie sprechen in Rätseln«, entgegnete sie abweisend, und sein Lächeln verstärkte sich.

»Wirklich? Nun, dann bitte ich tausendmal um Vergebung. Ich möchte um keinen Preis Ihren Unwillen erregen, Swetlana Pawlowna, geschweige denn Ihnen Unrecht tun.«

Zu ihrer Erleichterung betrat in diesem Moment Xenia die Teestube, steuerte auf Swetlana zu und sprudelte hervor: »Tut mir leid, daß ich mich verspätet habe. Ich habe einfach die Zeit vergessen.« Sie nickte Soklow zu. »Schön, Sie zu sehen, Fürst ...«

Er brach in Gelächter aus. »Was für eine Unwahrheit! Hat Ihr geistlicher Erzieher Pater Andrej Sie nicht gelehrt, immer und um jeden Preis dem Teufel *Paroli* zu bieten? Warum behaupten Sie dann, daß meine Gegenwart Sie erfreut?«

Xenia war nicht auf den Mund gefallen. »Zwischen einer Begrüßungsfloskel und der Wahrheit bestehen zweifellos Unterschiede. Trotzdem – warum sollte ich etwas gegen Ihre Anwesenheit haben, wenn Sie meiner Schwester die Zeit bis zu meinem verspäteten Eintreffen verkürzt haben?«

»Gut gekontert«, sagte er lässig und verneigte sich vor ihr und Swetlana. »Gestatten Sie mir, eine weitere Floskel hinzuzufügen: Stets zu Ihren Diensten, meine Damen.«

Swetlana blickte ihm unbehaglich nach, wie er durch die Tischreihen davonging. »Gut, daß du da bist. Er hat plötzlich ein paar Andeutungen gemacht, die mich beunruhigen. Es klang fast, als wisse er etwas über Georg und mich – oder ahne es zumindest.«

Xenia winkte der Bedienung und bestellte sich einen Tee. Dann beugte sie sich über den kleinen runden Marmortisch. »Was hat er denn gesagt?«

Swetlana wiederholte es, und ihre Schwester runzelte die Stirn. »Ein unangenehmer Mensch! Eigentlich kann er gar nichts wissen. Doch es paßt zu ihm, daß er sich in derartigen Zweideutigkeiten ergeht. Ich glaube, er intrigiert gern.«

Dennoch, Swetlanas Unbehagen blieb. So oft sie in den nächsten Tagen mit Leonid Soklow zusammentraf – und das geschah mehrere Male –, fühlte sie sich von ihm belauert. Nicht einmal Georg, dem sie sich anvertraute, konnte ihre Bedenken zerstreuen.

»Er kann nichts wissen«, sagte auch er. »Und wenn er irgendeine Vermutung hegt, was ist dabei?« Er nahm Swetlanas Hände. »Du mußt nur endlich mit Barschewskij sprechen. Versprichst du mir das?«

»Es muß wohl sein. Ach, Georg, er tut mir so leid. Es

wird ihn furchtbar treffen. Und die Reaktion meiner Eltern mag ich mir gar nicht ausmalen.«

»Vergiß nicht, daß ich auch noch da bin, um dich zu schützen«, sagte er. »Mein Einfluß ist groß genug, um deinen aufgebrachten Vater zu besänftigen. Freilich, was Barschewskij betrifft ... Aber weißt du, mein Herz, man kommt in seinem Leben nicht immer darum herum, anderen Menschen weh zu tun. Und auf jeden Fall hat Boris Petrowitsch deine Aufrichtigkeit verdient.«

Sie wußte, daß er recht hatte, und war nun fest entschlossen, gleich am nächsten Tag mit Boris zu reden.

Doch dazu sollte es nicht mehr kommen ...

Boris Petrowitsch Barschewskij verbrachte den Vorabend mit einigen Offizieren der Preobraschenskij im ›Europa‹, einem großen Hotel am Newskij-Prospekt, wo sie gemeinsam diniert hatten.

Später zog man sich in einen hinter dem Speisesaal befindlichen Salon zurück, um Karten zu spielen. Boris Petrowitsch hatte eine Glückssträhne und gewann unablässig, was ihm von Jurij Lasarow, der mit von der Partie war, die scherzhafte Bemerkung eintrug, wer so viel Glück im Spiel habe, könne unmöglich auch noch auf Glück in der Liebe rechnen.

»Nimm dich in acht, mein Freund«, meinte Jurij gutmütig. »So wie es aussieht, steht dir ein handfester Streit mit meiner Schwester ins Haus.«

Boris lachte. »Deine Schwester ist ein Engel. Sie kann, glaube ich, gar nicht streiten.«

»Oh, da bin ich aber schon eines Besseren belehrt worden.« Jurij mischte die Karten für eine neue Runde und begann sie auszuteilen. »Swetlana ist sehr temperamentvoll, und wenn ihr etwas gegen den Strich geht, kann sie Feuer spucken. Du wirst es noch erleben.«

Während des kurzen Wortgeplänkels hatte sich die Tür geöffnet, und eine weitere Gruppe junger Offiziere war eingetreten, begleitet von Fürst Leonid Soklow. Er hatte die letzten Sätze mitgehört und kam prompt mit einem ironischen Lächeln näher.

»Geht es um Swetlana Pawlowna? Was für ein reizvolles Thema! Allerdings würde auch ich sie nicht unbedingt als einen Engel bezeichnen. Damit haben Sie zweifellos recht, mein lieber Jurij Pawlowitsch.« Er nickte dem jungen Leutnant zu und grüßte lässig in die Runde. Dann bedachte er Boris mit einem schrägen Blick.

»Engel sind zwar vollkommene, aber gleichzeitig doch etwas fade Geschöpfe, finden Sie nicht, Barschewskij? Da ist mir ein irdisches Wesen wie Swetlana Pawlowna lieber. Sie hat Rasse und genau jenen Schuß Bedenkenlosigkeit, der sie so unwiderstehlich macht.«

Boris legte seine Karten verdeckt auf den Tisch. »Offen gestanden gefällt mir die Art nicht, wie Sie von meiner Braut reden, Leonid Iwanowitsch.«

Soklow lachte und angelte nach einem freien Stuhl, auf den er sich rittlings setzte, während seine Begleiter an einem entfernteren Tisch Platz nahmen und lärmend darüber diskutierten, ob man gemeinsam eine Bowle bestellen oder lieber etwas anderes trinken solle, jeder nach seinem Geschmack.

»Meine Worte waren als Kompliment gedacht, Boris Petrowitsch. Ich finde es großartig, wenn Frauen die Erfüllung ihrer Bedürfnisse über ihre steifleinerne Erziehung stellen. Wenn Sie Swetlana Pawlowna tatsächlich heiraten sollten, werden Sie ein sehr temperamentvolles Kätzchen in Ihr Bett bekommen.«

Jurij zog die Augenbrauen zusammen. »Verdammt, Soklow, sind Sie betrunken oder was? Was sollen diese Unverschämtheiten? Sie werden sich auf der Stelle für Ihr Gerede entschuldigen.«

Der Fürst wippte auf seinem Stuhl hin und her. »Oh, ich hatte nur zwei Gläser Champagner im ›Belle Fleurs‹ – mit einem winzigen Schuß Wodka darin. Und was mein Gerede betrifft – sind Sie wirklich so ahnungslos, wie Sie tun, oder wollen Sie nur vor Boris Petrowitsch den Schein aufrechterhalten?«

Boris sprang auf. Mit einem harten Griff faßte er den Fürsten an den Aufschlägen seines Seidenfracks und zog ihn hoch. »Was erlaubst du dir, du Hund? Wie kannst du es wagen, Swetlana Pawlowna durch deine schmutzigen Andeutungen zu beleidigen? Man sollte dir aufs Maul schlagen!«

»Nur zu«, erwiderte Soklow kalt. »Tu's, du Narr, und du wirst sehen, wohin es führt. Ich bin ein verdammt guter Pistolenschütze, weißt du das?«

»Das ist mir egal!« schrie Boris, weiß vor Zorn. »Ich zähle bis drei. Wenn du dich dann nicht für deine infamen Behauptungen entschuldigst und sie zurücknimmst ...«

Soklow lachte. »Ich denke nicht daran! Ich weiß, was ich weiß. Deine Swetlana Pawlowna ist nicht das unschuldige reine Schwänchen, das du in ihr siehst. Sie hat Federn gelassen, und spätestens in eurer Hochzeitsnacht wirst du es erfahren ...«

Er verstummte, weil Boris ihn mit der flachen Hand rechts und links ins Gesicht schlug. Auf Soklows Wangen zeichneten sich Boris' Finger als rote Flecken ab.

»Das genügt, du Idiot!« Der Fürst wandte sich zu seinen Begleitern, die der Szene mit wachsender Bestürzung gefolgt waren. »Katjubin, Martaschenko, ihr seid meine Sekundanten. Bringen wir die Sache rasch hinter uns.« Er vollführte eine knappe Verbeugung in Boris' Richtung. »Ich erwarte Sie bei Sonnenaufgang am Sommergarten, Rittmeister Barschewskij. Auf Pistolen, bis einer von uns am Boden liegt.«

Damit verließ er den Salon, und die beiden Gardehusaren, die er um ihre Sekundanz gebeten hatte, folgten ihm eilig.

Jurij Lasarow stieß zischend den Atem aus. »Verdammt, Boris, du warst schneller als ich. Hättest du in nicht geohrfeigt, hätte ich es getan. Dieser Schweinekerl! Er war hinter Swetlana her wie der Teufel hinter der armen Seele. Und weil sie ihn abwies, bewirft er sie jetzt mit Dreck.«

»Du kannst ihn später auch noch ohrfeigen, falls ich ihn nicht vorher erledigt habe.« Boris lächelte verzerrt. »Wirst du mir sekundieren, Jurij? Und du ebenfalls, Anton Fjodorowitsch?«

Der Angeredete, ein junger Leutnant der Preobraschenskij, nickte und stand auf. »Mit dem größten Vergnügen. Kommt, laßt uns fahren. Wir müssen Doktor Tjumenskij aus dem Bett holen. Er ist der beste Wundarzt, den ich kenne. Aber ich hoffe, du brauchst ihn nicht, alter Freund.«

5. Kapitel

Es war eine verhangene Nacht. Wolkenfetzen trieben über den Himmel und gaben ab und und zu eine schmale Mondsichel frei, die schief und bleich am Firmament hing.

Am Vortag hatte es geregnet, die Luft roch nach Erde und nassem Gras, und der Boden war ein wenig glitschig.

Eine erste wolfsgraue Dämmerung zeigte sich im Osten, als Boris mit seinen Sekundanten und dem Arzt eintraf. Leonid Soklow war bereits da. In seiner Begleitung befand sich ein dürres, schwarz gekleidetes Männchen, das sich als Doktor Prelubow vorstellte. Jeder der vier Sekundanten hatte Fackeln mitgebracht.

»Gehen wir hinein«, sagte Soklow und öffnete das

schmiedeeiserne Tor. »Auf der Fontanka-Seite ist ein freier Platz. Dort kann die Chose stattfinden.«

Er gab sich betont lässig, legte seinem Sekundanten Prinz Katjubin, einem gelbgesichtigen schwarzhaarigen Mann mit scharfer Hakennase, den Arm um die Schultern und lachte übertrieben laut über eine Bemerkung von ihm.

Die Glocken der Erlöserkirche verkündeten die sechste Morgenstunde, als die Sekundanten den Duellplatz, der zwischen der maisgelben Rückfront des Sommerpalastes und einem bezaubernd verspielten Pavillon gelegen war, mit ihren Schritten abmaßen.

Der weitläufige Park lag still da. Ab und zu schimmerte das Weiß einer Statue durch das noch frühlingsfrische Laub der Hecken und Bäume.

Boris Petrowitsch war wortkarg und bleich. Er war keiner, der Händel suchte, und hatte sich noch nie duelliert, im Gegensatz zu Soklow, dem man etliche Zweikämpfe nachsagte, bei denen er entweder unbedeutend oder gar nicht verletzt worden war. Allerdings hatte er auch noch keinen Duellgegner erschossen.

Trotzdem war Boris sich darüber klar, daß er sterben konnte. Soklow würde nicht in die Luft schießen oder ihm nur einen geringfügigen Kratzer beibringen. Er hatte ihn, Boris, bewußt provoziert, um sich mit ihm zu duellieren, und als er seine Forderung aussprach, hatte kalter, tödlicher Haß in den Augen des Fürsten gelegen.

Prinz Katjubin hatte die Duellpistolen mitgebracht. Er klappte die lederne, mit schweren Metallbeschlägen versehen Schatulle auf. Im allmählich heller werdenden Morgenlicht erkannte Boris zwei langläufige Pistolen, auf weinroten Samt gebettet.

Leichter Nebel stand über dem Wasser der Fontanka, da und dort erhoben sich die ersten zaghaften Vogelstimmen, übertönt vom Geschrei der Krähen, die stets abends die letzten und morgens die ersten waren. Als Boris in den

Himmel blickte, sah er die Vögel in Schwärmen zum Newakai hinüberflattern.

Jurij Lasarow und Pjotr Martaschenko führten Soklow und Boris auf den freien Platz. Noch einmal zählen sie mit gewissenhaften Schritten die Distanz zwischen ihnen ab. Im Osten kündigte ein rotgoldener Streifen den nahen Sonnenaufgang an.

Jurij drückte dem Freund die Pistole in die Finger. Boris spürte das kalte Metall und schauderte unwillkürlich zusammen.

Wie es Vorschrift war, unternahmen Jurij Lasarow und Prinz Katjubin einen letzten Versöhnungsversuch, aber sowohl Soklow als auch Boris lehnten ihn ab.

Swetlana, dachte Boris, während er die Waffe entsicherte. Ich wünsche mir so sehr, mit dir zu leben. Gott im Himmel, laß mich nicht sterben! Auf einmal empfand er alles um sich herum mit einer sonderbaren Intensität – die Vogelstimmen, das Rauschen des Wassers, den roten Himmel.

Die Sonne stieg höher, und dann schoben sich ihre ersten Strahlen über den Horizont wie glühende Speere und ließen die goldene Nadel auf dem Kirchturm der Peter-und-Paul-Festung aufblitzen.

»Sind Sie soweit?« fragte Martaschenko, und Boris nickte stumm.

»Ja«, sagte Soklow laut und wog die Waffe in seiner Hand.

Katjubin begann zu zählen. »Eins ... zwei ... drei ...«

Fast gleichzeitig peitschten die beiden Schüsse auf. Boris hatte nur einen Sekundenbruchteil später abgedrückt. Er sah, daß Soklow unverletzt war. Auch er selbst war nicht getroffen worden.

Die beiden Duellanten senkten die Waffen. »Wiederholen wir's«, sagte Soklow. Seine Stimme klang so unbewegt, als gäbe er einem Diener Anweisung, sein Pferd in den Stall zu führen. »Wir schießen, bis einer von uns am Boden liegt.«

Die Waffen wurden neu geladen. Überlaut erschien Boris das Knacken der Abzugshähne. Noch immer schimmerte die goldene Nadel der Festung im Sonnenlicht. Er sah es, als er einmal flüchtig zur Seite blickte.

Wieder zählte Katjubin. Dieses Mal war Boris ein wenig schneller. Sein Schuß traf Soklow in den linken Oberarm. Sie hatten nur zehn Schritte Distanz, und Boris konnte sehen, wie der Fürst zischend den Atem einsog, während er abdrückte. Die Kugel riß Boris die Gurgel auf und zerschmetterte ihm den Unterkiefer.

Beinahe erstaunt registrierte er, daß er kaum einen Schmerz verspürte. Es war, als hätte ihn lediglich etwas Brennheißes gestreift. Er wollte tief und zitternd Atem holen, doch im selben Augenblick brach ein Blutstrom aus der Schußwunde. Boris fiel nach vorn in das nasse Gras. Luft, dachte er, Luft ... Seine Hände krallten sich ins Erdreich, er bäumte sich noch einmal hoch, während seine Füße unkontrolliert zuckten. Er hatte die Augen weit aufgerissen, und die Sonne erschien ihm wie ein glühender roter Feuerball, der näher und näher kam, riesig groß wurde und sich auf ihn senkte.

Dann zerplatzte das Feuer in einem unbeschreiblichen Funkenregen. Schwärze umfing Boris, erstickte ihn und löschte ihn aus.

Swetlana schrie, als ihr Bruder ihr und ihren Eltern die Nachricht von Boris' Tod überbracht. »Nein!« schrie sie. Und immer wieder: »Nein! Nein! Nein!«

Sie verstummte erst, als Jurij sie in die Arme nahm und ihren Kopf gegen seine Brust drückte. Er spürte, daß sie am ganzen Körper zitterte, aber sie konnte nicht weinen. Dafür war ihr Entsetzen zu groß.

Boris war tot! Dieser liebe, strahlende Junge, der so gern gelebt hatte! Und er war den sinnlosesten Tod gestorben, den man sich denken konnte. »Warum?« fragte Swetlana nach einer ganzen Weile, in der Jurij sie fest an sich gepreßt hielt. »Warum hat er sich mit Soklow duelliert?«

Ihr Bruder zögerte. Konnte er ihr die Wahrheit sagen? Andererseits würde Swetlana sie früher oder später doch erfahren, denn der Streit im ›Europa‹ hatte Zeugen gehabt. Die Angelegenheit würde also in allen Petersburger Salons die Runde machen.

»Es war deinetwegen«, antwortete Jurij darum stockend. »Soklow, Gott strafe ihn dafür, hat etwas sehr Übles von dir behauptet, woraufhin Boris ihn geohrfeigt hat. Danach war es ganz selbstverständlich, daß der Fürst ihn gefordert hat.«

Sie wich zurück und starrte ihn voller Panik an. »Was hat Soklow gesagt?«

Wieder wollte er nicht mit der Sprache heraus, doch sein Vater verlangte nun ebenfalls die ganze Wahrheit zu wissen.

Graf Lasarow war tief schockiert über Boris' Tod, aber mindestens genauso über die Tatsache, daß seine Tochter der Anlaß für dieses unglückselige Duell war.

»Du erzählst uns jetzt auf der Stelle, was es im ›Europa‹ gegeben hat, Jurij«, befahl Pawel Konstantinowitsch und schob seine schluchzende Frau, die sich an seinen Arm gehängt hatte, mit einer brüsken Bewegung von sich.

Sein Sohn senkte den Kopf. »Ich mag es nicht aussprechen. Es ist so widerwärtig – und natürlich von Anfang bis Ende erlogen. Soklow hat ... nun ja, er hat angedeutet, daß Swetlana irgendeine Affäre hätte, von der Boris nichts wüßte. Spätestens in der Hochzeitsnacht würde er es merken.« Er schluckte. »Wenn Boris ihn nicht geohrfeigt hätte, hätte ich es getan. Er ist mir nur zuvorgekommen. Aber ich werde diese Schweinerei trotzdem nicht auf meiner Schwester sitzenlassen. Dieses Mal werde ich den Fürsten fordern.«

Wera Karlowna schrie auf. »Nein, Jurij, um aller Heiligen willen, tu das nicht! Willst du auch sterben?« Sie sank auf ein Sofa. »Dieser Skandal ... O Gott, ich überlebe das nicht!«

»Halten Sie den Mund!« fuhr ihr Mann sie an. »Ihr Gezeter ändert auch nichts mehr an den schrecklichen Ereignissen.« Mit einer fahrigen Bewegung wischte er sich den Schweiß von der Stirn.

Soklow war wie er Mitglied des Reichsrates, und Graf Lasarow hatte insgeheim immer ein wenig bedauert, daß Swetlana nicht dem Fürsten, sondern Boris Barschewskij den Vorzug gegeben hatte.

Pawel Konstantinowitsch zog seinen seidenen Morgenmantel glatt, denn die Hiobsnachricht hatte ihn und seine Frau aus dem Bett geholt. »Ich werde zu Leonid Iwanowitsch fahren und ihn um rückhaltlose Aufklärung bitten. Ich verstehe beim besten Willen nicht, wie er solche Dinge von meiner Tochter behaupten kann.«

»Weil er ein dreckiger Lügner ist!« fuhr Jurij auf. »Und so wahr ich Swetlanas Bruder und Boris' Freund bin, werde ich ihn dafür zur Rechenschaft ziehen. Sie, Vater, werden mich nicht daran hindern!«

Er wollte zur Tür stürzen, doch Swetlanas Aufschrei hielt ihn an der Schwelle zurück. »Bleib, Jurij! Ist es nicht genug, daß Boris erschossen worden ist?« Sie lief auf ihn zu und umklammerte ihn. Sie war kreideweiß, und in ihren Augen stand eine herzzerreißende Angst. »Bitte, Jurij, hör auf mich! Ich will nicht, daß du dich mit ihm schießt. Er ist es nicht wert, und ich ... bin es auch nicht. Niemand ist es wert, daß jemand sein Leben aufs Spiel setzt, nur um eine Beleidigung zu ahnden. Ohnehin wird sie dadurch nicht rückgängig gemacht.«

Graf Lasarow hatte nach dem Diener geläutet. Als er eintrat, befahl er ihm, den Wagen vorfahren zu lassen. Dann wandte er sich Jurij zu.

»Du bleibst hier, bis ich von Leonid Iwanowitsch zurück bin. Kümmere dich um deine Schwester. Du siehst doch, daß sie völlig außer sich ist. Aber sie hat recht: Niemandem ist damit gedient, daß du dich auch noch duellierst. Ich denke, ich kann erreichen, daß der Fürst seine Behauptungen mit dem Ausdruck größten Bedauerns zurücknimmt. Damit ist der Sache Genüge getan.«

Jurij biß die Zähne zusammen. »Nur zu, fahren Sie! Es kommt auf eines heraus, ob ich Soklow heute vormittag oder erst am Abend meine Sekundanten schicke. Aber ich werde ihn fordern, und ich werde besser zielen als Boris.«

Graf Lasarow kehrte eine gute Stunde später nach Hause zurück. Schon in der Halle schrie er nach Swetlana, und seine Frau kam aus dem Salon gestürzt.

»Sie hat sich ein wenig niedergelegt. Ich bitte Sie, Pawel Konstantinowitsch, lassen Sie das arme Kind in Frieden. Es grämt sich so sehr.«

Wieder schob er sie wie eine lästige Katze beiseite und stürmte die Treppe hinauf. Swetlana lag auf dem Bett, als er die Tür ihres Zimmers aufriß. Xenia war bei ihr.

Gleich nachdem ihr Vater das Haus verlassen hatte, hatte Swetlana einen Brief an den Großfürsten geschrieben, ihm die Ereignisse berichtet und hinzugefügt:

Ich bitte Dich, hilf mir. Du bist der einzige, der es kann. Soklow muß uns beobachtet haben. Auf jeden Fall hat er die Wahrheit gesagt und wird sie vor meinem Vater wiederholen. Ich weiß nicht, was werden soll, und noch weniger, wie ich mit der Erkenntnis jemals fertig werden kann, an Boris Petrowitschs Tod schuld zu sein.

Xenia hatte den Brief einem Droschkenkutscher mitgegeben, der ihn sogleich dem Großfürsten Georg Alexandrowitsch bringen sollte.

»Aber du darfst ihn Seiner Kaiserlichen Hoheit nur persönlich aushändigen. Onkelchen«, hatte sie dem bärtigen Mann eingeschärft und ihm einen Goldrubel in die Hand gedrückt. »Sag den Palastwachen, du hättest eine wichtige Nachricht vom ... vom Marquis de Montebello, dem französischen Botschafter, die ganz allein für den Großfürsten bestimmt ist.«

Seitdem hofften sie und Swetlana, daß Georg den Brief erhalten hatte und etwas unternahm. Was, das wußten die beiden Mädchen in ihrer Angst freilich auch nicht.

Graf Lasarow starrte auf seine älteste Tochter hinunter die sich bei seinem Eintritt halb aufgerichtet hatte. Er rang nach Atem. »Den Namen ...«, stieß er hervor. »Ich will den Namen wissen! Wer ist der Kerl, dessen Hure du geworden bist? Fürst Soklow wollte ihn nicht preisgeben, auch wenn er mir sein Ehrenwort verpfändet hat, daß jede seiner Behauptungen wahr ist. Aber du wirst mir den Namen nennen, und wenn ich ihn aus dir herausprügeln muß. Los, mach dein verdammtes Maul auf!«

Swetlana schwieg. Sie legte nur schützend die Hände über den Kopf, als ihr Vater mit erhobenen Fäusten auf sie losging und auf sie einzuschlagen begann.

Wera Karlowna, gefolgt von Jurij, tauchte in der Tür auf. »Um Gottes willen, Pawel Konstantinowitsch, was tun Sie! Wollen Sie sie umbringen?«

»Ja!« keuchte er. »Sie hat es verdient, das dreckige Miststück. O Gott, ich kann keinem Menschen in St. Petersburg mehr in die Augen sehen.«

Dabei traktierte er Swetlana weiterhin mit Schlägen, wohin er traf. »Wer ist es, mit dem du im Bett gelegen hast? Los, sag's, oder ich drehe dir den Hals um!«

Sie wehrte sich nicht, denn sie wünschte sich in diesem Augenblick tatsächlich nichts sehnlicher, als zu sterben. Ihr Vater riß ihr die Hände vom Gesicht. »Den Namen!« brüllte er wieder. »Spuck ihn endlich aus, du Dreckstück!«

»Es ist der Großfürst Georg Alexandrowitsch«, sagte Xenia in diesem Augenblick, und ihr Vater ließ von Swetlana ab und fuhr zu ihr herum.

»Woher willst du das wissen?«

»Weil sie es mir gesagt hat. Also hören Sie auf, sie zu prügeln, Papa. Es könnte sein, daß Seine Kaiserliche Hoheit Ihnen das sehr übel ankreidet. Immerhin ist er der Bruder des Zaren und vielleicht eines Tages auch noch sein Nachfolger auf dem Thron. Wollen Sie in Ungnade fallen?«

Graf Lasarow starrte erst Xenia, dann Swetlana an, bevor er zu einem Sessel am Fenster wankte und sich schwer hineinfallen ließ. »Ist das wahr?« fragte er tonlos, und Swetlana begann zu weinen.

»Ja.«

»Dann bist du schuld an Boris' Tod«, sagte Jurij dumpf. »Dann ist er ganz umsonst gestorben. O mein Gott ...« Seine Stimme erstickte, und er drehte sich auf dem Absatz um und warf die Tür hinter sich ins Schloß.

Dem Kutscher war es tatsächlich gelungen, bis zu Georg vorzudringen und ihm Swetlanas Brief auszuhändigen. Aber der Großfürst wußte zu diesem Zeitpunkt bereits, was geschehen war. Einer seiner Adjutanten hatte im Hotel ›Europa‹ diniert und von einem Streit zwischen Boris Barschewskij und Leonid Soklow erfahren. Auch der Ausgang des Duells hatte sich rasch herumgesprochen.

Georg war tief betroffen über Boris' Tod. Gleichzeitig war ihm allerdings klar, daß zunächst die Lebenden – in diesem Fall Swetlana – vor den Folgen eines Skandals geschützt werden mußten.

Georg hatte die Flucht nach vorn angetreten und sogleich seinen Bruder aufgesucht, der sich wegen der bevorstehenden Festlichkeiten zu seinem Geburtstag am 6. Mai in St. Petersburg aufhielt.

Rückhaltlos hatte Georg sich nun dem Zaren anvertraut. Nikolaus II. war, seiner Art entsprechend, anfangs ziemlich schockiert gewesen, und seine Hauptsorge hatte sich darum gedreht, wie er diese delikate Angelegenheit ›seiner lieben Alix‹ beibringen sollte. »Das ist mir egal!« hatte Georg ziemlich grob erwidert. »Ich liebe Swetlana Pawlowna, und ich werde nicht zulassen, daß ihr auch nur ein Haar gekrümmt wird. Ich wünsche nichts sehnlicher, als mich vor aller Welt zu ihr bekennen zu dürfen, und ich werde es tun, sobald Alix den Thronfolger geboren hat.«

Das Argument Liebe hatte den Zaren weicher gestimmt. Im Grunde seines Herzens war er romantisch veranlagt, und da er seine Frau ebenfalls zärtlich liebte, verstand er seinen jüngeren Bruder und wünschte sehr, ihm helfen zu können.

Nikolaus setzte sich in den Sessel hinter seinem von Schriftstücken und Familienbildern übersäten Schreibtisch. Nachdenklich strich er sich über seinen sorgfältig gestutzten Backenbart, während er eine Miniatur seiner Frau betrachtete, die in einem brillantenbesetzten Rahmen neben einer kostbaren chinesischen Vase stand.

»Gutheißen kann ich die Affäre mit der Lasarowa natürlich nicht«, sagte er und richtete seinen Blick wieder auf Georg. »Schließlich ist sie ... war sie verlobt. Was hast du dir bloß dabei gedacht, dich zwischen sie und Rittmeister Barschewskij zu drängen?«

»Ich habe nicht gedacht«, erwiderte Georg mit einem halben Lächeln. »Ich liebe ...« Er stockte und preßte ein Tuch gegen seinen Mund, weil er husten mußte.

Sofort war Nikolaus voller Sorge. »Was ist? Hast du etwa wieder mit ... mit dieser alten Geschichte zu kämpfen?«

Georg antwortete nicht sofort. Er wartete, bis der Husten abklang, und steckte das Taschentuch hastig in die Tasche seines Uniformrocks. »Ich hab' mich nur verschluckt«, erwiderte er leichthin. »Sieh mich nicht so an, Nicky, ich bin ganz in Ordnung. Kein Fieber, keine nächtlichen Schweißausbrüche – nichts. Alles, was mir Sorge macht, ist Swetlanas Schicksal.«

»Du bist also entschlossen, mit ihr zusammenzubleiben?«

Der Großfürst nickte. Ein warmes Leuchten stand in seinen blauen Augen, die denen seines Bruders so ähnlich waren. »Ja, solange es das Schicksal uns erlaubt.«

Der Zar seufzte. »Dann werde ich mir überlegen müssen, wie man einen Skandal verhindert. Es wird nicht leicht sein, denn immerhin hat ein Duell stattgefunden, bei dem Rittmeister Barschewskij getötet wurde. Eine Tragödie, wenn man es richtig bedenkt! Diese Duelle sind ein Wahnsinn, den ich nur allzugern ausrotten würde. Aber offenbar ist das unmöglich.«

Er klingelte nach einer Ordonnanz, und gleich darauf trat ein junger Ulanenleutnant ein. »Lassen Sie zu Graf Lasarow schicken. Er möchte mich unverzüglich aufsuchen, ebenso Fürst Soklow. Das heißt, den Fürsten möchte ich zuerst sprechen. Graf Lasarow mag eine halbe Stunde später kommen.«

Der Leutnant salutierte. »Zu Befehl, Kaiserliche Majestät.«

»Ich danke dir«, sagte Georg herzlich, nachdem er mit seinem Bruder wieder allein war, und drückte ihm die Hand. »Manchmal ist es doch sehr nützlich, der Zarenbruder zu sein.«

Nikolaus erwiderte sein Lächeln nicht. »Ein kleiner Ausgleich für die Schwierigkeiten, die du gar nicht erst hättest, wenn du ein einfacher Iwan Iwanowitsch wärst! Aber was sollen wir tun? Gott legt uns die Lasten auf, und wir müssen sie tragen.«

Der Großfürst erfuhr nicht im einzelnen, auf welche Weise es dem Zaren gelungen war, die wirklichen Hintergründe des Duells nicht an die Öffentlichkeit dringen zu lassen.

Auf jeden Fall erreichte er, daß Swetlanas Name nicht in Zusammenhang damit gebracht wurde. Fürst Soklow und Boris Barschewskij hatten sich duelliert – warum, wußte man nicht, denn die Beteiligten sowie alle Augen- und Ohrenzeugen des vorangegangenen Streites berichteten lediglich, es sei eine Auseinandersetzung zwischen zwei Betrunkenen gewesen, in deren Verlauf Boris Petrowitsch den Fürsten geohrfeigt habe, so daß diesem gar nichts anderes übriggeblieben sei, als ihn zu fordern.

Das allgemeine Mitleid galt Boris' Vater und Swetlana, die kurz vor der Hochzeit ihren Bräutigam auf so tragische Weise verloren hatte. Natürlich sah man sie nicht mehr in der Öffentlichkeit, und ihr Vater erzählte, sie sei für einige Zeit mit ihrer Mutter und ihren Schwestern nach Kowistowo, dem Landgut der Familie, zurückgekehrt.

Graf Pawel Lasarow hatte darauf bestanden, daß Swetlana vorerst nicht mehr mit dem Großfürsten zusammentraf, dies übrigens im Einverständnis mit dem Zaren, um zu verhindern, daß die Affäre bekannt wurde. Außerdem hoffte Nikolaus, eine längere Trennung werde die Gefühle der beiden füreinander abkühlen, so daß man Georg eines Tages vielleicht doch noch seinem Rang entsprechend verheiraten konnte.

Auch die Zarin hatte diese Trennung verlangt. Zwar war sie ihrem Schwager herzlich zugetan, und da sie auch Swetlana ganz reizend fand, begriff sie, daß er sich Hals über Kopf in die hübscheste Debütantin des letzten Winters verliebt hatte.

Andererseits widerstrebte es ihrem sittenstrengen Wesen, ein Verhältnis zu goutieren, das in ihren Augen ›sündig‹ war, und sie hätte es lieber heute als morgen beendet gesehen.

Es waren triste Wochen, die Swetlana in Kowistowo verbrachte. Ihre jüngste Schwester Irina sehnte sich nach den Petersburger Vergnügungen und ihren Freundinnen zurück, Xenia versuchte zwar, ihrer ältesten Schwester beizustehen, so gut sie es vermochte, doch auch sie fand es höchst ärgerlich, daß sie gezwungen war, ihre Schulausbildung in der Hauptstadt zu unterbrechen und wieder von Miss Sheldon und ihrem früheren Hauslehrer Maurice Selbmann unterrichtet zu werden.

Swetlana durchlebte die Zeit nach Boris' Tod in einer Art dumpfer Betäubung. Sie fühlte sich schuldig, und da sie ihn aufrichtig gern gehabt hatte, kam sie nur schwer darüber hinweg.

»Hätte ich nur rechtzeitig mit ihm gesprochen und ihm die Wahrheit gesagt«, klagte sie sich immer wieder an. »Dann hätte dieses Duell nie stattgefunden.«

Xenia, die Praktische, Nüchterne, widersprach. »Unsinn! Soklow hatte es darauf angelegt, sich mit ihm zu schießen. So oder so hätte er Boris herausgefordert. Mach dir keine Vorwürfe, Männer sind in solchen Dingen absolut unbegreiflich. Sie ziehen mit Gesang und strahlenden Augen in den Krieg, und sie duellieren sich mit der gleichen Begeisterung, als wäre es ein heldenhaftes Vergnügen, totgeschossen zu werden. Ich werde so etwas nie verstehen.«

Aber ihre Worte richteten nichts bei Swetlana aus. »Boris würde noch leben, wenn es mich nicht gäbe – oder wenn ich ihm treu geblieben wäre«, beharrte sie. »Er wird mir nie vergeben!«

Und sie vergab es sich auch nicht. Es war ihre selbstauferlegte Buße, immer wieder daran zu denken und sich ihre Schuld vor Augen zu führen. Ihre Mutter machte es um nichts leichter, weil sie wie der personifizierte Vorwurf herumlief und täglich von dem ›armen, lieben Boris‹ sprach, der ein so guter Mensch gewesen sei und dieses grausame Schicksal nicht verdient hatte.

Und dann kam eines Tages Georg nach Kiew. Er reiste inkognito und war unter dem Namen ›Graf Blomquist‹ im Grand Hotel abgestiegen, wie er Swetlana in einem hastig hingekritzelten Billett mitteilte.

Ich habe es nicht mehr ausgehalten, ich muß Dich sehen, mein Herz. Bitte, komm zu mir. Wenn man Dich nicht fortläßt, werde ich morgen bei Dir in Kowistowo sein!

Wera Karlowna hatte den Boten abgefangen und ließ Swetlana rufen. »Der Großfürst ist in Kiew. Er will dich sprechen«, sagte sie nervös.

Dies war eine Situation, die sie überforderte. Sie wußte nicht, wie sie sich verhalten sollte, und ihr Gatte, den sie hätte um Rat fragen können, war in St. Petersburg.

Sie reichte Swetlana den Brief mit spitzen Fingern, als sei es schon verdammenswert, ihn zu berühren. Aus bereits wieder tränenfeuchten Augen sah sie Swetlana an, während diese die wenigen Zeilen las.

Ihre Tochter – die Mätresse des Zarewitsch! Was für eine entsetzliche Situation! Jeden anderen Mann könnte sie kraft ihrer mütterlichen Autorität zurückweisen, ihm das Verderbliche seines Tuns vor Augen halten, aber doch nicht dem Thronfolger und Zarenbruder!

Der Zar ist allmächtig, Gott allein zur Rechenschaft verpflichtet, und wir sind Untertanen seines Willens. Er kann uns erheben, wenn es ihm gefällt, oder mit seinem Fuß zermalmen. Dies war Wera Karlownas zweites Glaubensbekenntnis, in dem sie erzogen worden war, und ihr Mann dachte nicht anders. Was also sollte sie nun tun?

Swetlana enthob sie zunächst einer Entscheidung, denn sie erklärte: »Ich kann ihn nicht sehen. Ich darf es nicht.« Dann begann sie zu weinen.

»Aber er wird herkommen«, hielt Wera Karlowna ihr vor. »Und was soll ich ihm sagen, wenn du dich weigerst, mit ihm zu sprechen?«

»Die Wahrheit«, erwiderte Swetlana. »Ich habe Boris Petrowitsch großes Unrecht zugerügt, und ich kann nur versuchen, es wiedergutzumachen, indem ich Georg nicht mehr treffe.«

Sie war tatsächlich fest dazu entschlossen. Doch am nächsten Morgen kam Georg wie angekündigt nach Kowistowo, und Swetlana sah ihn vom Fenster ihres Zimmers aus, wie er von dem leichten Landauer stieg, den er selbst lenkte.

Er trug Zivil, einen hellen karierten Anzug und einen weichen Filzhut mit gebogener Krempe, unter dem sein blondes Haar in der Frühsommersonne leuchtete, und Swetlanas Herz flog ihm entgegen.

Die Liebe zu ihm, die sie so gern in sich niedergekämpft hätte, erfüllte sie mit Trauer und Glück und einer jähen, zitternden Erwartung.

So wie sie war, in ihrem mauvefarbenen Morgenkleid aus mit dunkelvioletten Streublümchen bestickten Musselin, lief sie die Treppe hinunter in die Halle, wo gerade ihre Mutter erschien und in einer tiefen Verneigung vor Gregor versank.

»Kaiserliche Hoheit«, stammelte Wera Karlowna, »welch eine Ehre, daß Sie unser bescheidenes Heim ...«

Georg reichte ihr die Hand und zog sie hoch. »Nicht doch. Teuerste. Lediglich Graf Blomquist stattet Ihnen einen Besuch ab. Da ich in Kiew war, wollte ich keinesfalls versäumen ...«Er verstummte, weil Swetlana auftauchte, und umfing ihre Gestalt mit einem Blick voll unbeschreiblicher Zärtlichkeit.

Ein, zwei Sekunden standen sie, durch die Breite der Halle getrennt, voreinander und sahen sich an. Dann machte Georg einen Schritt auf Swetlana zu, und sie flog, wie von unsichtbaren Fäden gezogen, an seine Brust.

»Nicht weinen«, bat er leise, als er sah, daß ihr die hellen Tränen über die Wangen liefen. »Bitte, mein Liebes ...«

Sie sah zu ihm hoch. »Es ist nur, weil ich mich so freue

und weil ... Ach, Georg, daß du gekommen bist! Und ich war so dumm, mir einzubilden, ich dürfte dich nicht sehen.«

Er wischte ihr die Tränen ab. »Ich weiß – und ich verstehe. Ich wünschte, ich könnte diese Tragödie ungeschehen machen. Aber wir beide, Swetlana, wir leben, und es nützt niemandem, wenn wir auf das bißchen Glück verzichten wollen, das uns das Schicksal schenken kann.«

Wera Karlowna räusperte sich. »Darf ich Eurer Kaiserlichen ... Verzeihung, darf ich Ihnen eine Erfrischung servieren lassen, Graf Blomquist?«

Er schüttelte den Kopf und legte Swetlana den Arm um die Schultern. »Nein, vielen Dank. Ich bitte nur um die Erlaubnis, mit Swetlana Pawlowna eine Spazierfahrt unternehmen zu dürfen. Wenn es Ihnen recht ist, bringe ich sie am Nachmittag wieder zurück.«

»Aber ...«, setzte die Lasarowa an, und er schüttelte mit seinem charmantesten Lächeln den Kopf.

»Sie werden doch nicht daran zweifeln, daß Ihre Tochter bei mir in vollkommener Sicherheit ist?«

»Nein ... ja ... das heißt ...« Wera war tödlich verlegen und wußte nicht, wie sie sich verhalten sollte. Bestand sie darauf, daß die beiden nicht allein miteinander blieben, sondern in ihrer oder Miss Sheldons Begleitung ausfuhren, zog sie sich den Unwillen des Großfürsten zu. Andererseits war es höchst unschicklich, Swetlana mit ihm allein zu lassen.

Georg nahm ihr die Entscheidung ab, indem er auf sie zutrat und ihr die Hand küßte. »Ich danke Ihnen, meine teuerste Gräfin. Bis zum Nachmittag also.«

Damit nahm er Swetlanas Arm und zog sie nach draußen zu seinem Wagen.

Als er sie auf den Kutschbock hob, brach sie in Lachen aus. Es war das erste Mal seit Boris' Tod, daß sie wieder so von Herzen lachen konnte. »O Georg, mein Liebster!« rief sie. »Du schaffst es sogar, meine Mutter um den Finger zu wickeln. Ihr Gesicht war zum Malen schön!«

Er schwang sich neben sie auf den Sitz und ergriff die Pferdezügel. »Oh, ich hatte mindestens ebensoviel Angst vor ihr wie sie vor mir. Ich weiß nicht, was ich getan hätte, wenn sie mir nicht erlaubt hätte, dich allein zu sehen. Ich dachte, ich müßte sie einfach überrumpeln.«

Sie lehnte den Kopf gegen seine Schulter, während er das Pferd die Birkenallee zur Straße hinunter lenkte. »Bist du wirklich nur meinetwegen hergekommen?«

Er nickte, mit einemmal völlig ernst. »Ich habe es nicht mehr ausgehalten ohne dich. Der Zar weiß, daß ich hier bin. Übermorgen muß ich wieder nach Petersburg zurück. Wir haben also nur zwei Tage, Swetlana. Wirst du sie mir schenken?«

Sie liebte ihn so sehr, daß es fast körperlich weh tat. »Ja«, sagte sie und schloß für einen Moment die Augen, als könnte sie auf diese Weise alles aussperren, was zwischen ihnen stand.

›Das bißchen Glück, das uns das Schicksal schenken kann‹, hatte Georg gesagt, aber Swetlana kam es in diesen beiden Tagen so vor, daß es mehr, viel mehr war. Es war ein Rausch, von dem sie davongetragen wurde, ein Geben und Nehmen, ein Einssein in allem, das ihre ganze Seele ausfüllte.

Sie fuhren zum Essen in ein Restaurant am Dnjepr, ein paar Werst vor Kiew gelegen, wo sie unter schattigen Bäumen im Freien saßen und auf den Fluß blickten, der sich träge durch die flache Uferlandschaft wälzte.

Swetlana wußte kaum, was sie aß und trank. Sie mußte immer nur Georg ansehen, und ihm erging es nicht anders.

»Ich bin so froh, daß du da bist«, sagte er, und sie griff nach seiner Hand.

»Ich auch. Manchmal habe ich gedacht, ich hätte dich verloren. Es ist so vieles geschehen.«

»Nichts davon ist so entscheidend, daß es uns auseinanderbringen könnte.«

»Glaubst du das wirklich?« fragte sie, und er umfaßte ihr schmal gewordenes Gesicht.

»Ich weiß es. Hab keine Angst. Es wird alles gut.«

Später gingen sie Hand in Hand zum Flußufer hinunter, zwischen Binsen und hohem Schilfgras. Es war ein warmer, heller Frühsommertag. Oberhalb des Uferwegs wuchsen wilde Kirschbäume und Birken. Ein paar Schwalben schossen schrill kreischend über das Wasser. In das Gras mischten sich blaue Glockenblumen und Margeriten. Die Luft roch nach sonnenwarmer Erde, und Georg streifte sein Sakko ab und breitete es über ein paar dicke Grasbüschel. Dann zog er Swetlana neben sich.

Sie kam in seine Arme, als sei dies der einzige Platz auf der Welt, wo sie hingehöre. Sie küßten sich lange, waren einander vertraut wie eh und je und entdeckten sich doch gleichzeitig wieder neu.

Swetlana stöhnte leise, als Georg ihr Mieder öffnete. »Ja«, flüsterte sie, »ja, ja, ja!«

Sie bog sich ihm entgegen, um nackt vor ihm zu liegen, und öffnete dann mit bebenden Fingern sein Hemd. Als sie seine warme Haut spürte, drängte sie sich enger an ihn. Sie sah zu ihm hoch, und seine Augen waren blauer als der Himmel, als sie begann, sich unruhig unter ihm zu bewegen.

Nie, dachte sie, nie mehr kann ich ohne ihn sein. Sie umklammerte ihn und schrie auf, als er ganz zu ihr kam. Ihr Haar, das sie am Morgen aufgesteckt hatte, hatte sich gelöst und lag wie ein heller Fächer um ihren Kopf.

Georg mußte sie immerzu ansehen. Sie war so schön, und er liebte sie so sehr. Er liebte die Wildheit in ihrem Gesicht, die Art, wie sie sich selbst aufgab, um mit ihm zu verschmelzen, die Lust in ihren Augen.

Sie kam rasch zum Höhepunkt, aber sie hielt Georg noch weiter umschlungen und flehte: »Hör nicht auf. Ich bitte dich, hör nicht auf!« und preßte ihren Mund auf seine Schulter.

Dieses Mal wollte er sich Zeit lassen, sie langsam und zärtlich lieben, sie fast bis zum Gipfel führten und dann eine lange köstliche Weile auf dem schmalen Grat zwischen Verlangen und Erlösung verharren lassen, aber er konnte es nicht. Zu sehr hatte auch er sie entbehrt.

Er flüsterte ihren Namen, spürte ihren Atem, ihre Lippen und Zähne, die sich in seine Haut gruben, und warf sich mit ihr herum. Halb aufgerichtet lag sie nun über ihm. Er sah ihre nackten Brüste, den immer noch mädchenhaft schmalen Körper, der sich im Rhythmus der Liebe hob und senkte, und es war, als schlüge eine Feuerwoge über ihm zusammen, die ihn und Swetlana mit sich riß, immer höher hinauf – bis in das Gleißen der Sonne.

»Wie sehe ich aus?« fragte Swetlana später, nachdem sie sich wieder angezogen und das Haar notdürftig gerichtet hatte.

Georg lag noch im Gras und blickte zu ihr hoch. »Wie eine Frau, die gerade geliebt worden ist«, sagte er lächelnd. »Wunderschön.«

Sie wurde ein wenig rot. »Du meinst, man sieht es mir an?«

»Hmmm ...« Er nickte und wollte sie wieder zu sich hinunterziehen, doch sie wehrte sich und sprang auf.

»Nicht, Liebster. Ich muß heim.« Sie nahm die Nadeln noch einmal aus dem Haar, schüttelte es aus und steckte es neu auf. »Ist es jetzt besser?«

Er richtete sich auf und umfaßte ihre Beine. »Wie können Sie nur so prosaisch sein, Swetlana Pawlowna«, sagte er lachend. »Ich knie vor Ihnen, hingerissen von Ihrem Liebreiz, und Sie fragen, ob Ihre Frisur in Ordnung ist.«

»Ach, mein Liebster!« Sie beugte sich noch einmal hinunter und gab ihm einen raschen Kuß. »Ich will doch nur nicht in Verlegenheit geraten, wenn ich heimkomme. Mama und Xenia – und ich fürchte, auch schon Irina – haben scharfe Augen.«

»Und was ist dabei?« fragte er neckend. Statt einer Antwort versuchte sie, ihn hochzuziehen, aber er hielt ihre Hände fest, und im nächsten Augenblick lag sie wieder im Gras und in seinen Armen.

»Ein paar Minuten noch«, bat er und rieb seine Lippen an ihrer Wange. »Ich verspreche dir auch, deine Frisur nicht zu ruinieren.«

Eine halbe Stunde später waren sie auf dem Rückweg nach Kowistowo. Bevor das Gut in Sicht kam, zügelte Georg das Pferd und hielt im Schatten eines Faulbaums.

»Morgen vormittag komme ich dich wieder abholen. Was glaubst du? Kannst du es einrichten, daß wir bis zum Abend zusammenbleiben? Übermorgen früh muß ich ja schon wieder nach Petersburg zurück.«

Sie nickte. »Ich werde es meiner Mutter sagen. Sie wird zwar entsetzlich lamentieren, aber das ist mir egal.«

Er lehnte seine Stirn gegen ihr Haar. »Weißt du, was ich mir am meisten wünsche? Einmal eine ganze Nacht mit dir zu verbringen. Du sollst in meinen Armen einschlafen, ich will deinen Atem hören und morgens neben dir erwachen.«

Sie zögerte ein paar Sekunden. Dann sagte sie entschlossen: »Hol mich heute abend ab. Ich bleibe bei dir, bis du wieder abreist.«

Seine Augen leuchteten auf. »Denkst du, daß das möglich ist?«

Swetlana nickte. »Ich lasse es mir nicht verbieten. Ich liebe dich, und es ist nicht unsere Schuld, daß wir nicht heiraten können. Dann wäre alles anders.«

»Vielleicht können wir es eines Tages. Für dich würde ich auf alle Thronansprüche verzichten.« Er zog sie an sich.

»Sobald ich wieder in Zarskoje Selo bin, werde ich meinen Bruder bitten, er möge dich nach Petersburg zurückholen. Dein Vater wird nicht anders können, als seine Zustimmung zu geben, wenn der Zar das wünscht. Wir werden uns nie mehr trennen.«

»Ja«, flüsterte sie an seinem Hals. »Nie mehr.«

Zum erstenmal seit Boris' Tod empfand sie wieder ein wenig Zuversicht.

Sie bat Georg, sie an der Auffahrt zum Gut abzusetzen. »Komm so gegen acht Uhr wieder. Ich werde hier auf dich warten.«

»Soll ich nicht lieber mit deiner Mutter sprechen?« bot er an, doch sie schüttelte den Kopf.

»Das ist nicht nötig. Ich regle das allein.«

Als sie das Herrenhaus erreichte, hörte sie die Stimmen ihrer Mutter und ihrer Schwestern von der Terrasse hinter dem Haus. Swetlana überlegte, ob sie sie zuerst begrüßen sollte, verwarf dann den Gedanken wieder und lief die Treppe hinauf in ihr Zimmer. Eilig begann sie, ein paar Sachen in eine große bestickte Tasche zu packen.

Wenig später erschien Wera Karlowna in der Tür. »Miss Sheldon sagte mir, daß du zurück bist. Sie hat dich gehört. Aber warum ist der Großfürst nicht hier? Ich dachte, er nähme den Tee mit uns.«

Swetlana warf ihre Haarbürste und andere Toilettenutensilien in die Tasche. »Er hatte noch etwas in Kiew zu erledigen. Aber er holt mich heute abend ab. Ich werde bis übermorgen früh bei ihm bleiben.«

Wera Karlowna starrte sie entgeistert an. »Du ... du willst ... Aber das geht doch nicht! Wie soll ich deinem Vater jemals wieder unter die Augen treten, wenn ich das gestatte?«

»Sie werden es müssen, Mama«, sagte Swetlana. Dabei war sie keineswegs so mutig, wie sie sich gab. »Seine Kaiserliche Hoheit hat es befohlen.«

Wera Karlowna brach wieder einmal in Tränen aus. »Oh, diese Schande! Du wirst nie mehr einen anständigen Mann bekommen. Alle werden mit Fingern auf uns zeigen. Denkst du denn gar nicht an deine armen Schwestern? Auch sie werden geächtet werden, und kein Mann aus gutem Hause wird mehr etwas mit ihnen zu tun haben wollen.«

Swetlana schloß ihre Tasche. »Sie irren, Mama! In der Provinz mögen solche Befürchtungen vielleicht zutreffen, aber nicht in St. Petersburg oder Moskau. Dort würde man uns hofieren, weil man sich Vorteile von meiner Beziehung zur Zarenfamilie verspricht. Aber ich habe nicht die Absicht, diese Tatsache auf den Märkten ausrufen zu lassen. Das ist etwas, das nur den Großfürsten und mich angeht.«

»Man wird es auf die Dauer nicht geheimhalten können ...«

»Dann wird Seine Kaiserliche Hoheit Mittel und Wege finden, um die Schwätzer stumm zu machen«, erwiderte Swetlana. Sie kam zu ihrer Mutter. »Zerbrechen Sie sich nicht den Kopf, Mama, und sorgen Sie sich nicht. Es wird alles gut werden.«

»Aber wie denn?« fragte die Lasarowa verzagt, und Swetlana wich ihrem Blick aus.

Ja, wie? Sie wußte es selbst nicht. Sie wußte nur, daß sie Georg liebte und alles tun würde, was er von ihr erbat.

»Gott wird uns helfen«, sagte sie leise.

6. Kapitel

Vier Wochen später war sie wieder in St. Petersburg. Es war heißer, hoher Sommer, und aus den Newasümpfen kamen feuchte Nebel und unzählige Mücken. Fast der ganze Hof und alle Adelsfamilien, die nicht durch Ämter oder Geschäfte in der Hauptstadt zurückgehalten wurden, waren in ihre Sommerpaläste ans Meer oder auf ihre Landgüter geflüchtet.

Der Zarenpaar hatte Zarskoje Selo verlassen und war nach Peterhof übersiedelt. Am 26. Juni hatte die Zarin wieder einer Tochter das Leben geschenkt, die auf den Namen Maria getauft wurde.

Alexandra war völlig verzweifelt gewesen, und dieses Mal hatte selbst Nikolaus sie nicht trösten können. Tagelang hatte sie sich in ihren Gemächern eingeschlossen, hatte sehr viel geweint und gebetet, und auch im Monat darauf lehnte sie es strikt ab, irgendwelche Festlichkeiten zu besuchen oder an den harmlosen Vergnügungen des Sommers, Fahrten mit der kaiserlichen Yacht Standart auf dem Finnischen Meerbusen, Picknicks in den ausgedehnten Birkenwäldern, Ausritten oder ähnlichem, teilzunehmen.

»Sie tut mir unendlich leid«, sagte Swetlana zu Georg, der in regelmäßigen Abständen nach Peterhof fuhr und ihr von der starren, kummervollen Haltung der Zarin berichtete.

Er nickte düster. »Aber es nützt niemandem, wenn sie sich so von allem ausschließt und in sich selbst vergräbt. Sie unterhöhlt damit nur ihre ohnehin schwache Gesundheit. Es gibt Tage, an denen sie vor Schmerzen in den Beinen kaum laufen kann. Dann fährt Nicky sie in einem Rollstuhl im Park spazieren.«

Sie waren in der Wohnung in der Sergijewskaja, die Georg Alexandrowitsch auch während Swetlanas Aufenthalt in Kowistowo beibehalten hatte. Swetlana trug ein leichtes Cretonnekleid, und alle Fenster waren wegen der Hitze geöffnet. Der Wind, der von der Newa kam, blähte die Gardinen.

Es war die Zeit der Weißen Nächte, und obwohl es fast

elf Uhr abends war, war der Himmel über der Stadt in ein geheimnisvoll irisierendes Licht getaucht, in dem die bunten und goldenen Kuppeln der Petersburger Kirchen schimmerten, als seien sie mit einer Perlenlasur überzogen.

Swetlana lehnte den Kopf an Georgs Brust. »Werden Ihre Majestäten in der nächsten Zeit trotzdem wieder einmal nach Petersburg kommen?«

Er hob die Schultern. »Wenn es sich nicht umgehen läßt. Du weißt, sie sind beide nicht gern hier – und jetzt weniger denn je seit dem Attentat auf Bogolepow.«

Sie nickte. Der Chef des Bildungsministeriums, der auf Zar Nikolaus' Befehl den in seinen Ansichten wesentlich liberaleren Grafen Deljanow abgelöst hatte, war nicht lange im Amt gewesen.

Bogolepow hatte mit eiserner Faust versucht, die seit etwa drei Jahren schwelenden und immer wieder ausbrechenden Unruhen unter den Studenten niederzuschlagen. In Moskau und Petersburg, ja, selbst in der Provinz war es zu Protestbewegungen gegen die Alleinherrschaft des Zaren gekommen, sogar zu Streiks, indem die Studenten sich weigerten, ihre Examina abzulegen, solange sie ständig polizeilich überwacht wurden.

Bogolepows Antwort war hart und unmißverständlich gewesen. Er hatte die Polizeikontrollen an den Universitäten verstärkt und den Unruhestiftern angedroht, sie als einfache Soldaten in die Armee zu stecken. Wer mutwillig Vorlesungen versäumte, hatte mit strengen Strafen zu rechnen, und studentische Versammlungen wurden mit Knüppeln und Lederpeitschen auseinandergejagt.

Der neue Bildungsminister hatte seine Härte mit dem Leben bezahlt. Ein Student hatte sich Zutritt zu ihm verschafft und auf ihn geschossen, während in den Straßen von St. Petersburg Tausende gegen den staatlichen Terror demonstrierten.

Kosaken hatten mit Waffengewalt gegen sie vorgehen müssen, es war zu Massenverhaftungen gekommen, aber der Widerstand der studentischen Jugend blieb ungebrochen.

Seit Swetlana wieder in Petersburg war, war kaum ein Tag vergangen, an dem es nicht neue Unruhen und Demonstrationen gegeben hatte.

Auf einmal empfand Swetlana heiße Angst um Georg. Er war zu sorglos, ließ sich zuwenig von Polizei und Garde abschirmen, sondern liebte es, ohne Bewachung unter die Leute zu gehen. Und wenn er sich mit ihr traf, kam er immer nur mit Ossip, seinem Diener, der dann auch den Wagen kutschierte, ein dunkles, unauffälliges Gefährt, in dem man sicherlich nicht den Bruder des Zaren vermutete. Und trotzdem ...

Georg lachte, als sie ihn bat, vorsichtiger zu sein und nicht mehr ohne Polizeischutz auszugehen.

»Wie stellst du dir das vor, mein Herz? Dann wäre es bald mit unseren Heimlichkeiten vorbei. Im übrigen lieben mich die Petersburger, weil sie wissen, daß ich liberaler als mein Bruder und die von ihm eingesetzten Minister denke. Ich wünschte, Nicky würde mehr auf mich hören als beispielsweise auf Pobjedonoszew oder Fürst Mestscherskij.« Er seufzte. »Ganz zu schweigen von seiner Frau.«

»Wieso?« fragte Swetlana, hellhörig geworden. »Ich denke, du hast die Zarin sehr gern?«

»Das habe ich auch. Sie ist ein durch und durch aufrichtiger, hochanständiger Mensch. Ihr einziger Fehler ist, daß sie absolut nichts von Rußland und russischer Politik versteht, sich aber leider aus Liebe zu ihrem Mann ständig einmischt. Sie sagt, sie liebe Rußland, hat aber keine Ahnung, wie vielschichtig dieses Volk wirklich ist. Für sie sind ihre Untertanen brave Muschiks, die Balalaika spielen, singen, tanzen und Väterchen Zar demütig die Füße zu küssen haben. Die Unzufriedenen und Aufrührer, die etwas verändern wollen, sind in Alix' Augen eine Handvoll schlechter Menschen, die mit schlechten Büchern und üblen Parolen versuchen, die Leute aufzuwiegeln. Dem aber müsse der Zar kraft seiner gottgewollten Autorität eisern entgegenwirken.« Georg seufzte. »Weißt du, er hat nie vergessen, daß sein Großvater Zar Alexander II., der die Leibeigenschaft aufgehoben hat und äußerst reformfreudig war, von Terroristen ermordet wurde. Seitdem ist für Nicky alles verdammungswürdig, was nur im Entferntesten revolutionär aussieht.«

Swetlana stützte den Kopf in die Hände. »Ich habe Angst«, wiederholte sie. »Es gibt neuerdings soviel Haß in Rußland, und er richtet sich nicht nur gegen Leute wie Bogolepow, sondern auch gegen die kaiserliche Familie. Einige revolutionäre Vereinigungen wollen doch das Zarentum ganz abschaffen.«

Er nickte. »Das sind die extremen Gruppen. Aber sie haben wenig Chancen, ihre Ansichten durchzusetzen, denke ich. Die meisten wollen nur die Autokratie beschneiden. Ich finde das ganz vernünftig. Wir brauchen solche Neuerungen, freie Wahlen für eine Volksvertretung, mehr Presse- und Meinungsfreiheit.«

Sie nahm seine Hände. »Versprich mir, daß du vorsichtig sein wirst. Es sind ja gerade die radikalen Splittergruppen, die Attentate verüben, und in ihrer blinden Zerstörungswut werden sie auch vor Mitgliedern der kaiserlichen Familie nicht haltmachen. Du als der Thronfolger bist nach dem Zarenpaar am meisten gefährdet.«

Er küßte sie auf die Nasenspitze. »Ich bin nicht leichtsinnig. Bei allen offiziellen Anlässen werde ich ebensogut bewacht und abgeschirmt wie die anderen Familienmitglieder. Es dringt auch niemand zu mir vor, der vorher nicht genau kontrolliert worden ist, ob er Waffen oder eine Bombe bei sich hat. Und wenn der Privatmann Georg Alexandrowitsch einmal ausgeht oder in die Sergijewskaja zu seiner zauberhaften Geliebten fährt, dann wissen davon nur mein Adjutant und Ossip.«

Sie erwiderte sein Lächeln nicht. »Denk immer daran: Ich weiß nicht, wie ich ohne dich leben soll.«

»Ich auch nicht, mein Herz«, sagte er und zog sie an sich. »Und nun küß mich noch einmal, bevor ich ins Antischkow-Palais zu meiner Mutter fahre.«

Sie wußte, daß er mindestens einmal in der Woche die Zarenwitwe Maria Fjodorowna besuchte. Georg liebte seine Mutter, der Swetlana einmal ebenfalls vorgestellt worden war. Das war im Februar gewesen, als Boris Barschewskij noch gelebt und niemand etwas von ihrer heimlichen Liebe zu Georg gewußt hatte. »Ich habe ihr übrigens von dir erzählt«, fügte er hinzu. »Sie erinnerte sich noch gut an dich und fand, daß du ein bemerkenswertes Mädchen bist.«

Swetlanas Augen leuchteten auf. »Im Ernst? Und was hat sie noch gesagt? War sie nicht schockiert?«

»Im Gegenteil. Mama sieht es gern, wenn ihre Kinder glücklich sind. Und daß ich es bin, mußte ich ihr nicht erst erklären. Sie hat es mir angemerkt, seit du wieder in St. Petersburg bist. Und da sie neugierig wie alle Mütter ist, hat sie so lange gefragt und gebohrt, bis ich mit der Wahrheit herausgerückt bin.«

Er stand auf und zog seinen Waffenrock über. »Komm. Mama kann es nicht ausstehen, wenn man unpünktlich zum Essen erscheint. Ich habe Ossip und dem Kutscher, der dich hergebracht hat, eingeschärft, daß sie uns pünktlich um acht hier abholen sollen.«

Bevor sie die Treppe hinuntergingen, umarmten sie einander noch einmal.

»Wir sehen uns übermorgen«, sagte Georg. »Ich fahre gleich nach dem Frühstück von Peterhof zurück. Kannst du am frühen Nachmittag hiersein?«

Swetlana versprach es. »Paß gut auf dich auf«, bat sie, bevor sie sich aus seinen Armen löste, und er nickte.

»Verlaß dich darauf. Schließlich gehöre ich nicht mehr mir allein, sondern auch dir. Daher ist es meine Pflicht, auf mich achtzugeben.«

Swetlana war felsenfest davon überzeugt, nicht ohne Georg leben zu können, aber zwei Monate später mußte sie es lernen.

Er starb an einem sonnenhellen Tag Ende Oktober, der schon die Ahnung des nahen Winters mit sich brachte, und er war nur achtundzwanzig Jahre alt geworden.

Swetlana war, als er erkrankte und Doktor Botkin, einer der Leibärzte der Zarenfamilie, sagte, er werde dieses Mal nicht mehr genesen, auf Georgs Wunsch nach Zarskoje Selo gerufen worden, wohin das Zarenpaar Mitte September zurückgekehrt war.

Sie wußte, daß die Tuberkulose wieder bei Georg ausgebrochen war. Er hatte es ihr geschrieben und sie mit lieben, zuversichtlichen Worten zu trösten versucht, daß sie sich nun eine Weile nicht sehen konnten.

Aber ich möchte um nichts in der Welt, daß du Dich ansteckst, mein Herz. Also fasse Dich in Geduld. Sobald ich wieder gesund bin, komme ich zu Dir. Aber es kann eine Weile dauern. Du weißt vielleicht, wie hartnäckig diese Krankheit sein kann. Doch ich will Dir schreiben, so oft es mir möglich ist. In Gedanken gebe ich Dir tausend Küsse ...

Danach hatte sie noch drei kurze Briefe von ihm bekommen, Zeilen voller Liebe und Zärtlichkeit, aus denen sie aber herauslas, wieviel Anstrengungen es ihn kostete, sie zu schreiben. Er mußte sehr krank sein, viel mehr, als er zugab und als es auch in Petersburg offiziell bekanntgegeben wurde.

Natürlich hatte Swetlana ihm ebenfalls geschrieben, fast

jeden Tag, aber sie hatte in den letzten Wochen keine Antwort mehr erhalten. Das ließ ihre Sorge ins Uferlose wachsen.

»Ich warte noch ein paar Tage«, hatte sie zu Xenia gesagt, »dann fahre ich einfach nach Zarskoje Selo. Ich muß wissen, wie es ihm geht.«

Und dann kam der schreckliche Tag, an dem Graf Murawin, einer der kaiserlichen Adjutanten, Swetlana zu sprechen verlangte.

»Ich muß Sie bitten, mit mir zu kommen«, sagte er. »Großfürst Georg Alexandrowitsch wünscht Sie noch einmal zu sehen.«

Ihr wurde ganz übel vor Schrecken. »Noch einmal?« würgte sie zitternd hervor. »Was heißt das?«

Murawin wich ihrem Blick aus. »Seine Majestät, der Zar, bittet Sie, seinem Bruder diesen Wunsch umgehend zu erfüllen. Man darf ihm nichts mehr verweigern.«

Das Gesicht des jungen Offiziers verschwamm vor ihren Augen. Sie klammerte sich am Tisch des Empfangssalons fest, um nicht umzusinken. »Geht es ihm so schlecht?«

»Bitte, kommen Sie«, drängte Murawin statt einer Antwort. »Es ist keine Zeit zu verlieren.«

O Gott, und sie hatte immer noch geglaubt, daß er genesen werde! Jede andere Möglichkeit hatte sie von sich gewiesen, hatte sich selbst verboten, sie überhaupt in Betracht zu ziehen. Gott wußte doch, daß Georg ihr Leben war, er konnte nicht so grausam sein, ihn ihr zu nehmen. Vor allem jetzt nicht, seit sie wußte ...

»Ich ziehe mir nur rasch einen Mantel über«, sagte Swetlana und stürzte aus dem Zimmer.

In Zarskoje Selo konnten sie und Murawin ohne die üblichen Kontrollen passieren. Die Kutsche, in der sie saßen, fuhr durch das schmiedeeiserne vergoldete Haupttor die gerade Allee zur Rampe des Katharinenpalastes hinauf.

Murawin eilte voraus. Wie in Trance nahm Swetlana das

ganz in Weiß gehaltene Vestibül wahr, dessen einzige Farbflecken die geranienroten Vorhänge und das fernöstliche Porzellan bildeten, das auf großen geschnitzten Konsolen stand.

Es ging eine Treppe hinauf in den ersten Oberstock. Murawin durchquerte einige Vorzimmer, in denen Ordonnanzen sich leise, fast flüsternd unterhielten, dann öffnete er die Tür zu Georgs Schlafzimmer und ließ Swetlana eintreten.

Es war ein großer Raum, in dem helle Grüntöne vorherrschten. Die Decke wurde von schlanken Fayencesäulen getragen, die auf bronzenen Stützen ruhten. In einem halbrunden Alkoven, zu dem einige Stufen hinaufführten, stand das Bett.

Georgs Mutter und die Zarin saßen daran. Am Fußende stand Nikolaus und blickte mit in Tränen schwimmenden Augen auf seinen Bruder hinunter, den er immer am meisten von seinen Geschwistern geliebt hatte.

Maria Fjodorowna war bleich und starr, aber die Zarin hatte das Gesicht in den Händen vergraben und mühte sich, ihr Schluchzen zu unterdrücken.

Eine Pflegerin in Schwesterntracht hielt sich im Hintergrund, ebenso ein Mann im dunklen Gehrock, mit schütterem Haar, der eine goldgeränderte Brille und einen Bakkenbart trug.

Bei Swetlanas Eintritt wandten sich die Gesichter ihr zu. Sie verharrte einen Augenblick auf der Schwelle, vollführte beim Anblick der kaiserlichen Familie eine mechanische Verbeugung, um dann langsam und auf Zehenspitzen auf das Bett zuzugehen.

Georg blickte ihr aus eingesunkenen Augen entgegen. »Mein Herz«, sagte er flüsternd. Er konnte nicht mehr laut sprechen, und die Bewegung, mit der er ihr seine mageren Hände entgegenstreckte, war unendlich mühsam.

Swetlana ergriff seine Finger, fühlte, wie heiß sie waren,

und beugte sich über ihn. Das Entsetzen schnürte ihr die Kehle zu. Sie konnte kein Wort hervorbringen, sondern nur ihre Lippen auf seine Stirn pressen.

»Ich bin froh, daß du da bist ... Wollte dich noch einmal sehen ... Hätte so gerne mit dir gelebt.«

Die heisere, von rasselnden Atemzügen unterbrochene Flüsterstimme verstummte, aber der Blick seiner blauen Augen hing mit unendlicher Liebe an Swetlanas Gesicht.

»Setzen Sie sich zu ihm, mein Kind«, sagte die Zarenwitwe Maria Fjodorowna. »Er hat viel von Ihnen gesprochen und so sehr nach Ihnen verlangt.«

Swetlana nahm auf der seidenen Zudecke Platz, die Georgs abgemagerten Körper verhüllte. Stirb nicht, dachte sie. Bitte, bitte, stirb nicht! Aber sie wußte, daß das Grauenvolle unaufhaltsam war. Sie sah es nicht nur, sie fühlte es mit allen Sinnen. Der Tod war da. Er wartete noch, aber er würde ihr Georg nehmen.

»Ich habe Nicky und Alix gesagt, daß sie auf dich achtgeben sollen. Sie haben es versprochen«, brachte der Großfürst in einer letzten Kraftanstrengung hervor. Dann begann er zu husten. Es war ein schrecklicher, hohl klingender Husten, der ihm den Schweiß aus allen Poren trieb.

Die Pflegerin trat an die andere Seite des Bettes und wischte ihn mit einem Tuch ab. Als sie über Georgs Lippen fuhr, färbte sich das Leinen mit hellroten Blutstropfen.

Er wollte noch etwas hinzufügen, aber er konnte es nicht mehr. Swetlana sah, wie er die Lippen bewegte, beugte sich noch tiefer über ihn, doch nur sein Atem streifte sie.

»Liebster, mein Liebster ...«, murmelte sie und legte seine Hände auf ihren Mund, um sie zu küssen. In diesem Moment wünschte sie zu sterben.

Georgs Kopf fiel ein wenig zur Seite. Die Zarin sah es und stieß einen erstickten Schrei aus. »Doktor Botkin ...«

Der Mann im dunklen Gehrock kam ans Bett und fühlte nach dem Puls des Kranken. Dann hob er dessen Augenlider an und warf Alexandra Fjodorowna einen beruhigenden Blick zu, »Er ist bewußtlos. Das ist gut für ihn. So muß er nicht leiden.«

Swetlana hatte Georgs Hände losgelassen und dem Leibarzt der Zarenfamilie Platz gemacht, doch als Dr. Botkin nun zurücktrat, nickte die Zarin ihr zu.

»Setzen Sie sich wieder hin. Es war Georg Alexandrowitschs Wunsch, daß Sie bei ihm bleiben, bis es zu Ende ist. Bestimmt spürt er, daß Sie da sind. Es wird ihm wohltun.«

Swetlana hätte auch um nichts in der Welt sein Lager verlassen, es sei denn, man hätte sie gewaltsam hinausgeschafft. Dort in den Kissen lag ihr Mann, auch wenn kein Pope ihre Verbindung gesegnet hatte, und sie saß ganz still da und nahm keinen Blick von seinem Gesicht.

In Gedanken redete sie mit ihm.

Sie sagte ihm das, was sie ihm nicht geschrieben hatte, weil sie sich dieses Geständnis für eine glückliche Stunde mit ihm hatte aufheben wollen.

Ich erwarte ein Kind, Georg, und ich war so stolz und froh darüber. Es wird im Mai geboren werden. Ich weiß, du hättest dich auch darüber gefreut, trotz aller Schwierigkeiten, die uns erwartet hätten. Aber nun läßt du uns beide allein. Was ist das für ein Gott, der so etwas zuläßt? Er soll die Alten sterben lassen, aber nicht dich! Nicht dich, mein Liebster.

Georgs Atmung setzte zeitweilig aus. Swetlana spürte, wie seine Hände in den ihren zuckten, und einmal meinte sie, er bewege die Lippen, als wolle er noch etwas sagen. Aber es war nur ein unverständliches Murmeln.

Und dann sah sie, wie die Pupillen seiner halb geöffneten Augen starr wurden, sah, wie, von seiner Stirn ausgehend, sich die wachsgelbe Totenfarbe über sein Gesicht breitete, gerade so, als wiche das Blut aus seinem Körper wie Wasser aus einem Gefäß.

»Nein«, sagte Swetlana leise. Und immer wieder: »Nein, nein, nein!« um die grauenhafte Erkenntnis, daß er tot war, nicht in sich eindringen zu lassen.

Sie hielt Georgs Hände weiterhin umklammert, hörte die Zarin laut schluchzen und sah, wie der Zar zu ihr hinging und ihren Kopf an seine Brust zog, während seine Mutter sich abwandte und ein Tuch vor ihre Lippen preßte.

Irgendwann tauchte Dr. Botkin neben Swetlana auf und löste sacht ihre Finger von Georgs Händen. Die Augen hinter seinen Brillengläsern waren voller Mitgefühl.

»Nein«, sagte Swetlana wieder, »nein, nein!« Sie hatte das Empfinden, als hätte man sie mit grausamer Gewalt auseinandergerissen. Es tat so weh, aber sie konnte weder weinen noch schreien, sondern empfand fast eine flüchtige Verwunderung darüber, daß man so etwas aushielt, ohne zu sterben.

Großfürst Georg Alexandrowitsch Romanow wurde eine Woche später mit allem Pomp der orthodoxen Kirche und der ganzen Prachtentfaltung des Zarenhauses in der Peter-und-Paul-Festung neben seinem Vater und seinem Großvater begraben.

Swetlana war in der Kirche. Sie saß weit entfernt von der goldenen Ikonostase, hinter der die Mönche sangen, und dem Katafalk, in dem der Tote lag. Jurij, Xenia, Irina und ihre Eltern hatten sie begleitet, und Wera Karlowna schluchzte, wie sie es auf Trauerfeierlichkeiten immer tat.

Auch Swetlana liefen Tränen über das Gesicht, aber es war ein lautloses, bitteres Weinen, das keine Befreiung brachte und nichts hinwegschwemmte.

Die Kirche war hell vom Kerzenlicht und dem Widerschein all des Goldes an Säulen, Wänden und Heiligenbildern. Aber Swetlana kam es vor, als wäre alles in Dunkel getaucht, selbst die Gesichter ihrer Familie. Alle hier waren nächtliche Gestalten, die aus dem Finstern auf sie zukamen und ein wenig fahle Helligkeit erhielten, wenn sie sich ihr näherten. Dann verschwanden sie wieder im Dunkel.

Der Himmel war dunkel, als sie ins Freie trat, die Sonne, alles, alles – es war fast so, als sei sie im Begriff zu erblinden.

Es war Jurij, der sie zur Kutsche führte und ihr hineinhalf. Seit Boris' Tod hatte er ihr gegrollt und es vermieden, mit ihr mehr als das Nötigste zu reden. Doch jetzt nahm er sich ihrer an, hüllte sie in ein Plaid, als er sah, daß sie zitterte und ihre Zähne aufeinanderschlugen, und blieb neben ihr sitzen.

Zu Hause, im Lasarowschen Palais, führte er sie in die Bibliothek und drückte sie in den Lehnstuhl beim Kamin, in dem ein Feuer brannte. Dann goß Jurij Wodka aus einer Karaffe in ein Glas und setzte es Swetlana an die Lippen.

»Trink das«, sagte er. »Dann wird dir etwas besser.«

Aber sie hörte nicht auf zu zittern, und ihr Magen revoltierte gegen den scharfen Schnaps.

Besser? dachte sie. Wie könnte mir jemals besser werden?

Sie hatte seit Georgs Tod jede Nacht nur für wenige Stunden geschlafen. Dann war sie erwacht, durch das Haus gewandert und hatte sich wieder gewünscht, tot zu sein wie er, um nicht mehr denken zu müssen.

Das war das Schlimmste: daß man seine Gedanken nicht abstellen konnte wie ein Grammophon, dessen Nadel steckengeblieben war und das sinnlos immer wieder dasselbe wiederholte: Du bist allein. Du bist allein.

Was hätte sie darum gegeben, nicht mehr denken zu müssen!

Das Zarenpaar blieb nach den Trauerfeierlichkeiten noch in St. Petersburg, und Mitte November erhielt Swetlana eine Einladung der Zarin.

Kommen Sie doch übermorgen zum Tee, denn ich möchte mit Ihnen über Ihre Zukunft sprechen. Es war der innigste Wunsch des teuren Toten, daß wir uns Ihrer annehmen, und das verbindet uns.

Alexandra Fjodorowna empfing Swetlana in ihren Privatgemächern. Als sie eintraf, waren ihre drei Töchter bei ihr. Maria, die Jüngste, lag in einem Wiegenbettchen und wurde von einer Kinderfrau hin und her geschaukelt. Die beiden älteren Großfürstinnen spielten mit einem kleinen Hund.

Swetlana entdeckte Anna Wyrubowa, die im Hintergrund des Salons den Teetisch deckte, und die Fürstin Sonja Orbeljani, die ebenfalls zu den vertrauten Freundinnen aus Alexandras Hofstaat gehörte.

Die Orbeljani war eine bildschöne Kaukasierin mit orientalisch anmutenden Gesichtszügen. Aber sie litt trotz ihrer jungen Jahre bereits an einer schweren Arthritis und konnte sich nur am Stock vorwärtsbewegen.

»Meine liebe Swetlana Pawlowna«, sagte die Zarin und streckte Swetlana die Hand entgegen, nachdem diese die vorgeschriebene Verbeugung vollführt hatte. Mit einem prüfenden Blick musterte Alexandra das bleiche, herb gewordene Gesicht und die schwermütigen Augen der jungen Frau. »Es ist schön, daß Sie meiner Einladung Folge geleistet haben. Sie trinken doch einen Tee mit uns, nicht wahr?«

Swetlana nickte. »Euer Majestät sind sehr gütig ...«

»Dann kommen Sie, setzen wir uns.« Die Zarin trug Schwarz, eine Farbe, die sie noch blasser und zerbrechlicher erscheinen ließ. Auf die Wyrubowa gestützt, ging sie zum Teetisch und nahm in einem bequemen Fauteuil Platz. Sonja Orbeljani füllte die Tassen aus dem Samowar und reichte kleine Kuchen herum.

Die beiden kleinen Großfürstinnen ließen sich durch die Anwesenheit der Erwachsenen nicht stören. Sie rannten kichernd durch den Salon, hinter dem Hund her, den sie Chou-Chou nannten und dem die vierjährige Olga einen Ball zuwarf, den er mit seinem kleinen spitzen Fang schnappte und nicht wieder hergeben wollte.

Die Zarin verzog manchmal bei dem fröhlichen Lärm gequält das Gesicht, aber sie sagte nichts.

Während der Teestunde drehte sich das Gespräch um Alltäglichkeiten. Die Orbeljani berichtete von der Erkrankung einer anderen Ehrendame, der sie einen Besuch abgestattet hatte, und die Wyrubowa ließ sich lang und breit über einen englischen Roman aus, den sie gelesen hatte und der, ihrer Aussage nach, unglaublich gottlos, ja, geradezu teuflisch gewesen sei.

Swetlana war still und in sich gekehrt. Sie dachte an Georg – wann hätte sie nicht an ihn gedacht? Er hatte gesagt, daß er die Wyrubowa nicht leiden konnte, sie sei primitiv und von geradezu hysterischer Frömmigkeit.

Manchmal richtete die Zarin das Wort an Swetlana. Dann gab sie höflich und mit einem kleinen, wie festgeklebt wirkenden Lächeln Antwort und fühlte sich dabei, als wäre sie in zwei Hälften gespalten.

Die eine Hälfte saß hier im Winterpalais mit der Zarin beim Tee, die andere konnte nicht aufhören, sich zu erinnern, wie Georg gestorben war. Swetlana hatte keine Einzelheit vergessen, und es tat immer noch so weh wie am ersten Tag.

Später entließ die Zarin ihre Damen, und auch die Kinderfrau wurde mit den kleinen Großfürstinnen hinausgeschickt.

Die Wyrubowa freilich trödelte noch herum, rückte hier ein Bild und dort eine Vase gerade und fragte, ob ihre ›teuerste Herrscherin‹ auch bequem sitzen würde oder ob sie noch eine Decke oder ein Kissen benötigte.

Alexandra Fjodorowna verneinte. »Gehen Sie nur, meine Liebe. Ich brauche nichts mehr, und sollte es der Fall sein, werde ich nach einem Diener läuten.«

Die Wyrubowa verneigte sich. »Ich werde trotzdem im Vorzimmer bleiben. Euer Majestät brauchen mich nur zu rufen.«

Als die Zarin endlich mit Swetlana allein war, beugte sie sich in ihrem Sessel nach vorn.

»Seine Majestät, der Zar, wollte ursprünglich bei unserer Unterhaltung zugegen sein, aber ich dachte, es ist besser, wenn wir zunächst einmal allein miteinander sprechen. Es geschieht mit Rücksicht auf Sie, meine Liebe, weil ... Nun ja, Großfürst Georg Alexandrowitsch hat sehr offen mit uns gesprochen. Es war wohl nicht so, daß Sie und er die Grenzen des Anstands eingehalten haben.«

Sie verstummte und wirkte auf einmal befangen. Offenbar war es ihr peinlich, ein für sie so heikles Thema überhaupt anzuschneiden.

»Wir haben uns geliebt. Euer Majestät«, sagte Swetlana ruhig. »Und da die Verhältnisse es nicht gestatteten, daß wir heiraten durften, bin ich seine Geliebte geworden.«

Das Gesicht der Zarin färbte sich mit flüchtiger Röte. »Solche Dinge kann man natürlich nicht gutheißen. Ich jedenfalls kann es nicht«, verbesserte sie sich rasch. »Obwohl ich weiß, daß Georg Alexandrowitsch ein sehr anziehender Mann war. Und Sie sind eben noch sehr jung. Da gibt man leicht einer Verführung nach.«

Swetlana hob die Schultern. »Selbst auf die Gefahr hin, daß Euer Majestät mich jetzt für verdorben halten – ich bereue keine Stunde, die wir zusammen verbracht haben. Und ich danke Gott dafür, daß Georg Alexandrowitsch durch mich ein wenig glücklich geworden ist. Euer Majestät werden vielleicht bestätigen können, daß es so war.«

»Nun ja, gewiß ...« Die Zarin zupfte nervös an den schwarzen Spitzenmanschetten ihrer Bluse. »Trotzdem ist es natürlich eine sehr ... fatale Geschichte, die zudem noch ein Menschenleben gekostet hat. Ich habe Rittmeister Barschewskij hoch geschätzt.«

Swetlana blickte auf ihre Hände. »Ich auch. Und das ist auch das einzige, was ich wirklich bereue: daß er bei einem so unsinnigen Duell gestorben ist. Vielleicht ist die Lage, in der ich mich heute befinde, eine Art Strafe dafür.«

Alexandra Fjodorowna empfand plötzlich Mitleid mit ihr. »Das sollten Sie nicht denken«, sagte sie rasch. »Diese Duelle sind der pure Wahnsinn, und kein vernünftiger Mann sollte sich darauf einlassen. Aber genug davon. Viel wichtiger ist, was jetzt aus Ihnen wird. Darüber hat Georg Alexandrowitsch sich große Sorgen gemacht, seit er wußte, daß er nicht wieder gesund werden würde. Er wollte in keinem Fall, daß Sie nach seinem Tod in einem Elternhaus bleiben, in dem Sie vermutlich große Schwierigkeiten zu erwarten haben, wenn er nicht mehr da ist, um Sie zu schützen. Darum habe ich ihm versprochen, Sie in den Hofdienst zu nehmen.«

Zum ersten Mal, seit sie hier war, zeigte Swetlanas starre, wie versteinerte Miene eine Regung. Überraschung, Rührung, ja, sogar eine winzige zaghafte Freude spiegelte sich darin. Doch gleich darauf verschloß sie sich wieder.

»Das ist sehr gütig von Eurer Majestät, aber ich fürchte, es wird nicht gehen.«

»Und warum nicht?« fragte die Zarin befremdet. »Glauben Sie vielleicht, weil ich Ihnen eben ein paar Vorhaltungen gemacht habe, ich ließe Sie immer und ewig entgelten, was mir tadelnswert erscheint? Das müssen Sie nicht, liebes Kind. Wir haben jetzt darüber gesprochen, und damit ist die Sache für mich erledigt.«

»Für mich nicht«, widersprach Swetlana leise, und ihr Gesicht war auf einmal so todtraurig, daß es der Zarin ins Herz schnitt. Sie stand auf und legte ihr die Hände auf die Schultern.

»Grämen Sie sich doch nicht so! Natürlich ist es schrecklich, was Ihnen widerfahren ist, aber glauben Sie mir, eines Tages werden Sie damit anfangen, es zu überwinden.«

Swetlana begann plötzlich zu weinen. »Niemals!« stieß sie hervor. »Weil ... Es gibt etwas, das mich immer erinnern wird. Ich ... ich erwarte ein Kind.«

Alexandra Fjodorowna war zurückgefahren. Ihre erste Reaktion war Entsetzen. Aber gleich darauf schämte sie sich dessen.

Sosehr ihr die Sittenlosigkeit des russischen Adels mißfiel, so heftig sie Menschen verachtete, die keine Moral und keine Grundsätze besaßen, sondern nur ihren Augenblicksgelüsten nachgaben, so wenig war sie engherzig und mitleidlos.

»Ach, meine Liebe«, sagte sie weich und zog Swetlanas Kopf an ihre Brust. »Das ist natürlich eine riesengroße Sorge. Aber es ist gut, daß Sie sie mir anvertraut haben. Haben Sie es schon Ihren Eltern gesagt?«

»Nein. Ich hatte Angst. Ich weiß nicht, was mein Vater tut, jetzt, wo Georg tot ist ...«

»Aber Sie müssen es ihnen sagen. Lange werden Sie Ihren Zustand ohnehin nicht verheimlichen können.«

»Ich weiß. Wahrscheinlich wird mein Vater mich wieder nach Kowistowo schicken, und wenn das Baby geboren ist, wird er es mir fortnehmen und zu Pflegeeltern geben. Aber das will ich nicht. Dieses Kind ist doch das einzige, was mir von Georg geblieben ist.«

Swetlana schlug die Hände vor das Gesicht, und die Zarin ließ sie weinen, streichelte nur hin und wieder beruhigend über ihren Rücken.

»Ich muß nachdenken, wie man Ihnen helfen kann. Ich muß vor allem mit Seiner Majestät darüber reden«, sagte sie, nachdem Swetlana sich ein wenig gefaßt hatte. »Auf keinen Fall darf man Ihnen das Kind nehmen und es womöglich in einer dubiosen Pflegefamilie aufwachsen lassen. Fahren Sie jetzt nach Hause, meine Liebe, aber seien Sie gewiß, daß Sie unter meinem ganz persönlichen Schutz stehen. Das habe ich Georg Alexandrowitsch versprochen, und dabei bleibt es.«

Die schmale kränkliche Person strahlte plötzlich eine so große Würde und Autorität aus, daß Swetlana sich tatsächlich ein wenig getröstet fühlte.

Erst abends, als sie im Bett lag, kamen Angst und Kummer mit aller Heftigkeit zurück.

Die junge Frau starrte in die Dunkelheit, hörte, wie der Wind im Kamin jaulte und den Eisregen, der draußen niederging, gegen die Fenster warf, und kämpfte vergeblich gegen die tiefe Hoffnungslosigkeit an, die sie erfüllte.

Georgs Tod hatte ihrem Leben nicht nur alle Helligkeit und Wärme genommen, er hatte auch ihre natürliche Widerstandskraft gelähmt. Sie kam sich vor wie in einem dunklen Raum gefangen, aus dem keine Tür hinausführte.

Morgen werde ich meiner Mutter sagen, daß ich schwanger bin, nahm Swetlana sich vor. Aber dann tat sie es doch nicht. Sie verschob ihre Mitteilung von einem Tag auf den anderen, halb aus Furcht, halb, weil sie sich in ihrer dumpfen Erschöpfung nicht dazu aufraffen konnte.

Und dann war es ihre alte Kinderfrau Akulina, die den Stein ins Rollen brachte ...

Sie kam wie allmorgendlich mit einem Frühstückstablett in Swetlanas Zimmer, nachdem sie zuvor schon Irina und Xenia mit heißer Schokolade und frischem knusprigem Weißbrot mit Butter und Honig versorgt hatte.

»So, mein Schwänchen«, sagte sie in jenem übertrieben optimistischen Ton, den sie seit Georgs Tod Swetlana gegenüber immer anschlug, »nun iß und trink aber tüchtig. Du bist so dünn geworden. Darum habe ich dir extra noch ein Schälchen Sahne mitgebracht, damit du sie in deine Schokolade rührst.«

Swetlana litt seit etwa vier Wochen an gelegentlicher

Übelkeit, die sie bisher vor den anderen hatte verbergen können.

Doch an diesem Morgen wurde ihr beim Anblick der dick gebutterten Weißbrote und dem Schokoladengeruch so schlecht, daß sie es gerade noch schaffte, aus dem Bett zu springen und in den angrenzenden Waschraum zu flüchten, wo sie sich würgend erbrach.

Schwer nach Luft ringend, hielt sie sich am Becken fest und hörte, wie Akulina hereinkam.

»Was ist denn? Was hast du, mein Schwänchen?«

»Nichts«, brachte Swetlana mühsam hervor und goß kaltes Wasser aus dem Krug in das Waschbecken. »Es geht schon wieder.«

Akulina betrachtete sie stumm, wie sie sich Gesicht und Hände wusch. Dann sagte sie plötzlich: »Heiliger Jesus Christ, war ich denn blind? Du bekommst ein Kind, nicht wahr?«

Swetlana schüttelte den Kopf, doch Akulina faßte sie bei den Schultern und blickte ihr ins Gesicht. »Natürlich, das ist es! Vergiß nicht, daß ich deine Kleider und deine Wäsche in Ordnung halte. Es hätte mir ja schon längst auffallen müssen, aber manchmal achtet man nicht so darauf. O Gott, was für ein Unglück!«

»Halt den Mund!« fuhr Swetlana sie an, doch die alte Frau rannte, ehe sie sie zurückhalten konnte, mit fliegenden Röcken zur Tür hinaus.

Ein paar Minuten später wußte es Wera Karlowna und kam völlig aufgelöst in Swetlanas Zimmer.

»Ist es wahr?« fragte sie nur, und die Tochter, die auf der Bettkante saß, nickte stumm.

Es hatte keinen Sinn mehr, etwas zu leugnen. Dumpf und gleichgültig ließ sie das Lamento ihrer Mutter und den verbissenen Zorn ihres Vaters über sich ergehen.

Graf Lasarow hatte gerade das Haus verlassen wollen, als seine Frau ihn mit der schockierenden Neuigkeit überfiel. In seiner ersten Wut wollte er Swetlana schlagen, aber etwas in ihren Augen hinderte ihn daran.

Es war diese stumpfe Ergebenheit, die sie seit Georgs Tod an den Tag legte und die er bisher nur bei seinen Hunden und Pferden erlebt hatte, wenn sie alt und krank waren und sterben wollten.

»Und was nun?« fragte Pawel Konstantinowitsch und rannte wie ein gefangener Löwe hin und her.

Seine Frau drehte ihr naßgeweintes Taschentuch zwischen den Fingern. »Man muß es verheimlichen. Niemand darf etwas davon erfahren ...«

Er blieb vor ihr stehen. »Und wie soll das gehen?« brüllte er. »Eines Tages ist es da, das Hurenbalg! Es quäkt und schreit, und jeder kann es sehen. Verheimlichen – pah!«

Da er seinen Zorn nicht an Swetlana auslassen konnte, ergoß er sich nun über seine Frau. »Wie kann man nur mit einem so dummen Weib geschlagen sein! Jede Wanze ist intelligenter! Sitzt da und flennt und tut so, als könne sie ihrer Tochter den Bastard in den Bauch zurückschieben, wenn er heraus will!«

Wera Karlowna schrie auf. »Um Gottes willen, Pawel Konstantinowitsch! Sie werden ja ordinär!«

»Na und?« Er stieß mit dem Fuß nach einem Stuhl, der polternd umfiel. »Warum nicht? Ich bin der ordinäre Vater einer ordinären Schlampe, die sich ein uneheliches Kind hat anhängen lassen! Ha, ich kann mir vorstellen, wie sie hinter meinem Rücken lachen werden – die Nobokows mit ihren reizlosen Töchtern, die Durnowos, die Schipows und Goremykins. Besonders die werden hochzufrieden über mein Unglück sein, hat mich doch Iwan Goremykin in letzter Zeit glühend beneidet, weil er von Seiner Majestät aus dem Amt des Innenministers entlassen worden ist, während der Monarch mich nach wie vor durch große Liebenswürdigkeit auszeichnet.«

An Swetlana rauschte der Ausbruch ihres Vaters vorbei.

Was lag ihr daran, was die Leute redeten oder dachten? Sie kümmerte es nicht, denn sie war an einem Punkt angelangt, wo die gesellschaftliche Médisance zu etwas völlig Unbedeutendem zusammenschrumpfte.

Wenn man nicht weiß, was wirklich Schmerz ist, mag man vielleicht über einem Schnitt in den Finger in Tränen ausbrechen. Aber wenn man erfahren hat, wie grauenvoll ein Mensch leidet, der von brutalen Fäusten halb tot geprügelt worden ist, dann verblassen solch kleine Blessuren zu etwas, worüber man nur noch zu lächeln vermag.

Swetlana war vom Schicksal halb tot geprügelt worden, und sie konnte sich nicht vorstellen, daß sie sich jemals wieder erholte.

»Man muß sie nach Kowistowo bringen«, hörte sie ihre Mutter sagen. »Dort kann sie das Kind bekommen, und dann geben wir es weg. Auf diese Weise wird hier niemand etwas erfahren. Man sieht ihr ja zum Glück noch nichts an.«

»Aber in Kowistowo wird man es ihr ansehen, wenn ihr Bauch anschwillt wie ein Ballon. Kennt man uns dort vielleicht nicht, he? Und wenn die Leute auf dem Gut Bescheid wissen, tratschen sie es weiter – zu den Dienstboten der Blenheims, der Tschigorows, der Petschorins, und hui, weiß es die Herrschaft ebenfalls und posaunt es überall herum, bis nach Petersburg und Moskau. Nein, nein, sie muß irgendwohin, wo niemand uns kennt. Am besten ins Ausland, und ihr reist natürlich unter anderem Namen.«

»Wir?« wiederholte Wera Karlowna, und ihr Mann nickte, puterrot im Gesicht.

»Soll sie vielleicht allein herumzigeunern? Du wirst sie begleiten und dafür sorgen, daß sie nicht noch mehr Schande über uns bringt.«

Swetlana grub die Nägel in die Handflächen. In diesem Augenblick haßte sie ihren Vater aus tiefstem Herzen.

Er wollte ihr das Kind nehmen, und er verfügte über sie,

als wäre sie seine Leibeigene. Die Bauern waren von der Leibeigenschaft befreit worden, aber an ihre Stelle waren bei Männern wie ihrem Vater die Frauen und Töchter getreten. Sie übten Gewalt über sie aus und meinten noch, das sei gut und richtig so.

Ich will mein Kind behalten, dachte Swetlana trotzig. Aber sie wußte nicht, wie sie das bewerkstelligen sollte – es sei denn, die Zarin half ihr.

7. Kapitel

Graf Lasarow hatte verfügt, daß Swetlana mit ihrer Mutter bereits eine Woche später abreisen sollte, zunächst nach Polen und dann weiter nach Berlin. Dort sollten sie bleiben, bis das Kind geboren war und man es fortgeben konnte.

Aber die Aufregungen hatten Wera Karlowna krank gemacht. Sie bekam Fieber und mußte das Bett hüten.

Zwar versuchte sie, zwischendurch immer wieder aufzustehen, um das Packen der Sachen zu beaufsichtigen, denn da man mehrere Monate lang wegbleiben wollte, war eine Menge an Kleidern, Mänteln, Schuhen und Accessoires mitzunehmen.

Doch gerade dadurch verzögerte sich Wera Karlownas Genesung, so daß an eine Abreise noch nicht zu denken war.

Im übrigen sorgte Graf Lasarow selbst dafür, daß die Dienstboten von der Schwangerschaft seiner ältesten Tochter erfuhren.

Schon sein erster lautstarker Auftritt in Swetlanas Zimmer war im Haus zu hören gewesen, und in den folgenden Tagen legte sich Pawel Konstantinowitsch ebenfalls keine Zügel an, sobald er Swetlana ansichtig wurde, so daß selbst die halb taube Gärtnersfrau Mura Ossipowna begriff, was passiert war.

Gerede aber kann sich in der Tat schneller verbreiten, als ein Vogel fliegt.

Matwej, einer der Lasarowschen Kutscher, stieg der Zofe der Generalin Bogdanowitsch nach, und er hatte nichts Eiligeres zu tun, als der hübschen Walentina brühwarm von dem Streit im Haus seiner Herrschaft zu erzählen. Walentina überbrachte die pikante Neuigkeit der Generalin zusammen mit der Morgenschokolade, und da die Bogdanowitsch ein sehr gastfreies Haus führte, in dem sich allabendlich die elegante Petersburger Gesellschaft ein Stelldichein gab, machte der Tratsch über Swetlana Lasarowa in Windeseile die Runde.

Man rechnete nach und schüttelte die Köpfe. Also, von Rittmeister Barschewskij konnte das Kind nicht sein, dazu war er schon zu lange tot. Zumindest hätte man Swetlana dann ihre Schwangerschaft längst ansehen müssen.

Wer aber war dann der Vater? Fürst Soklow vielleicht, der sich mit dem unglücklichen Boris Petrowitsch duelliert hatte?

Oder gab es noch einen Dritten, mit dem es die Lasarowa in aller Heimlichkeit getrieben hatte?

Darüber erhitzten sich die Gemüter. Die einen wollten wissen, daß Fürst Soklow tatsächlich Swetlanas Liebhaber sei und Barschewskij ihn deshalb gefordert habe. Andere behaupteten, man habe Swetlana einige Male in Herrenbegleitung in zwielichtigen Lokalen gesehen, jedesmal mit einem anderen Kavalier, versteht sich, und wieder andere erzählten, das Kind, das sie erwarte, sei von einem Schmied auf ihrem elterlichen Gut, mit dem sie es nach Boris' Tod schamlos getrieben hätte. Darum hätte ihre Mutter sie dann auch Knall auf Fall wieder nach Petersburg zurückgebracht.

Die Gerüchteküche summte, wobei die Damen mit tiefster Mißbilligung und wohligem Entsetzen über Swetlana herfielen und die Herren ein gewisses Funkeln in den Augen hatte.

Sie sei ja wirklich ein rassiges Frauenzimmer, die kleine Swetlana Pawlowna, und schon eine Todsünde wert.

Natürlich erfuhr auch Leonid Soklow von dem Gerede. Prinz Katjubin berichtete es ihm während eines gemeinsamen Champagnerfrühstücks und zwinkerte ihm grinsend zu.

»Du bist vielleicht ein durchtriebener Gauner, mein lieber Leonid Iwanowitsch! Erst bringst du den Verlobten der Kleinen durch deine Andeutungen so weit, daß ihr euch duelliert, dann schaltest du ihn mit einem Pistolenschuß aus, damit du freie Bahn hast, und zu guter Letzt drehst du ihr noch ein Kind an! Das einzige, was ich bei der ganzen Sache nicht verstehe, ist, warum der Zar sich persönlich eingemischt hat, damit die eigentliche Ursache des Duells nicht bekannt wurde.«

Soklow nahm sich eines von den Kaviarblinis, die der Kellner gerade serviert hatte, und gab einen Löffel saure Sahne darüber.

»Seine Majestät wollte nicht, daß der Name von Swetlana Pawlowna im Mittelpunkt eines Skandals stand. Soviel ich weiß, hat die Zarin einen Narren an ihr gefressen. Man sagt, sie sei sogar schon zum Tee bei Ihrer Majestät gewesen. Und wir kennen ja unsere allergnädigste Kaiserin: Sie duldet keine Unmoral in ihrer Umgebung. Ihre Protéges müssen allesamt reine weiße Lämmchen sein. Und wenn eines doch ein paar schwarze Flecken aufweist, wird es eben reingewaschen.«

Katjubin pfiff durch die Zähne. »Aber sag, ist es wirklich wahr, daß die Lasarowa von dir schwanger ist?«

Soklow spülte einen Bissen Blini mit Champagner hinunter. »Verdammt, das Zeug ist schon wieder lauwarm! Trink aus, Katjubin, damit wir frischen bestellen können.«

Er winkte dem Ober und orderte eine weitere Flasche. Erst dann wandte er sich wieder dem Prinzen zu. »Warte eine kleine Weile, mein Freund, dann wirst du es erfahren. Im Augenblick erscheint es mir undelikat, darüber zu sprechen.«

Noch am selben Tag fuhr er ins Lasarowsche Palais und bat darum, Pawel Konstantinowitsch sprechen zu dürfen. Ohne lange Umschweife hielt er bei ihm um Swetlanas Hand an.

Graf Lasarow reagierte mit großer Verlegenheit. »Mein lieber Leonid Iwanowitsch, ich weiß die Ehre Ihres Antrags natürlich außerordentlich zu schätzen. Aber es gibt gewisse Gründe, ihn dennoch abzulehnen, so schwer es mir fällt. Leider sehe ich mich gezwungen, Swetlana für längere Zeit auf Reisen zu schicken, sobald ihre Mutter gesundheitlich dazu in der Lage ist. Ich will nicht mehr zu dieser Angelegenheit sagen als nur das: Sie mögen meine Tochter für ein untadeliges junges Mädchen halten, würdig, eine Fürstin Soklowa zu werden, aber ...«

Leonid schlug die Beine übereinander. »Reden wir doch Klartext miteinander, Pawel Konstantinowitsch. Ich will Ihre Tochter haben, und es stört mit nicht, daß sie in ein paar Monaten einen kleinen Romanow-Bastard zur Welt bringen wird.«

Lasarow wurde aschfahl. »Um Gottes willen, woher wissen Sie ...«

»Sie gestatten doch?« Der Fürst zündete sich eine Papyrossi an. »Ich weiß es eben. Aber seien Sie unbesorgt, ich werde nicht damit hausieren gehen, denn ich möchte keinesfalls, daß man mir später nachsagt, ich hätte mir ein Kuckucksei unterschieben lassen. Dieses Kind wird den Namen Soklow tragen, und nach einiger Zeit wird kein Mensch sich mehr das Maul darüber zerreißen, daß es nur vier oder fünf Monate nach meiner Hochzeit mit Swetlana Pawlowna geboren wurde.«

Lasarow starrte ihn mit offenem Mund an.

»Warum wollen Sie das tun? Sind Sie ruiniert und legen Wert auf eine ansehnliche Mitgift?«

Soklow lachte. »Meine finanziellen Verhältnisse könnten gar nicht besser sein. Ich sage Ihnen doch: Ich will Swetlana haben. Ich wollte sie schon im letzten Winter, als sie in die Gesellschaft eingeführt wurde, aber leider hat sie Barschewskij den Vorzug gegeben – und natürlich dem teuren Verstorbenen, dessen Namen ich Ihnen ja nicht zu nennen brauche. Jetzt gibt es beide nicht mehr, und ich bin entschlossen, keinem Dritten auch nur den Schatten einer Chance einzuräumen. Also sagen Sie ja. Ich biete Ihnen doch wirklich die Rettung aus einer höchst prekären Situation an.«

Damit hatte er zweifelsohne recht. Trotzdem empfand Pawel Konstantinowitsch plötzlich Unbehagen. Er betrachtete Soklow, wie er da saß, wie immer hochelegant gekleidet, mit sorgfältig gescheiteltem Haar und einem Gesicht, das sowohl Kälte als auch eine gewisse Verkommenheit verriet.

Sein Ruf war nicht der beste, das wußte Lasarow inzwischen. Soklow galt als intrigant und skrupellos, und man erzählte sich, daß in seinem Palais auf der Wassiljewskij-Insel die wildesten Orgien stattfänden. Und er hatte Boris Barschewskij erschossen.

Er muß total verrückt nach Swetlana sein, dachte Pawel Konstantinowitsch, und seine Aversion wuchs. Seine Tochter im Bett dieses aalglatten Lebemannes?

Lasarow war immer so stolz auf Swetlana gewesen. Darum hatte es ihn auch so besonders getroffen, daß sie die Geliebte des Großfürsten Georg geworden war. Mätressen waren nicht gut genug, daß man sie heiratete. Man amüsierte sich mit ihnen, und wenn man sie satt hatte, warf man sie weg.

Trotzdem hatte der Graf es zähneknirschend hinnehmen müssen, daß Swetlana diesen Weg ging. Man stieß den Bruder des Zaren nicht die Treppe hinunter, weil er mit der Tochter herumhurte. Man konnte nur die Augen davor verschließen und beten, daß keine Katastrophe passierte.

Aber sie war passiert, die Katastrophe. Swetlana bekam ein Kind, dessen Vater nicht mehr lebte.

Pawel Konstantinowitsch geriet ins Schwitzen, sobald er daran dachte, daß seine Tochter ihn in diese blamable Situation gebracht hatte, und er verzieh es ihr nicht. Warum also sollte er auf sie Rücksicht nehmen, wenn dieser Leonid Soklow sie haben wollte? Hatte sie vielleicht Rücksicht auf ihren Vater genommen?

Lasarow verdrängte seinen Widerwillen und setzte ein, wie er meinte, liebenswürdig-gewandtes Lächeln auf.

»Verzeihen Sie, mein lieber Leonid Iwanowitsch, ich bin vollkommen überrascht. Ich hätte nicht erwartet, daß ein unbescholtener, ehrenhafter Mann aus erster Familie, mit einem großen Vermögen gesegnet, meiner Tochter sein Herz und seine Hand ...«

»Und so weiter und so weiter«, fiel Soklow ihm ins Wort. »Sparen Sie sich Ihre Schnörkel und Verrenkungen, mein Teuerster. Swetlana braucht einen Mann und einen Vater für ihren Bastard. Beides bekommt sie. Und mir wird es eines Tages vielleicht von Nutzen sein, daß ich diesem Kind den Makel einer illegitimen Geburt erspart habe. Wer weiß?«

Lasarow warf ihm einen unsicheren Blick zu. »Glauben Sie denn, daß Ihre Majestäten wissen ...«

»Daß Swetlana Pawlowna ein Kind erwartet? Vielleicht heute noch nicht. Doch da ihnen bekannt sein dürfte, daß es neun Monate von der Zeugung bis zur Geburt dauert, können sie sich leicht ausrechnen, wer der leibliche Vater ist. Aber Sie haben natürlich mein Ehrenwort, daß ich von mir aus niemandem, auch dem Zarenpaar gegenüber nicht, eine Andeutung machen werde. Manchmal werden die unausgesprochenen Dinge besser honoriert als die, mit denen man sich brüstet.«

Eine Woche später – sowohl Graf Lasarow als auch Leonid Soklow hatten auf eine rasche Eheschließung gedrängt – war Swetlana mit dem Fürsten verheiratet.

Sie hatte zugestimmt, weil sie wußte, daß dies die einzige Möglichkeit für sie war, ihr Kind behalten zu können.

Was aus ihr selbst wurde, beschäftigte sie wenig. In ihrer Vorstellung war ihr Leben ohnehin zu Ende, und sie führte es nur fort, weil sie für ihr Kind dasein mußte. Sie konnte es nicht allein zurücklassen – und sie hätte es auch nicht umbringen können, solange es noch in ihr war.

In der Woche vor ihrer Hochzeit war Soklow von ausgesuchter Höflichkeit. Er brachte Swetlana Blumen und kleine Geschenke, küßte ihr die Hand, wenn er kam und ging, und hielt bei jedem Zusammentreffen vollkommen die Grenzen des Anstands ein. Aber er vermochte Swetlana nicht zu täuschen. Der Wolf hatte einen Schafspelz übergezogen, und wenn sie erst Fürstin Soklowa hieß, würde er ihn abwerfen und über sie herfallen.

Georg hatte sie zur Frau gemacht; nun spürte sie mit allen Fasern, wie Soklow sie begehrte und daß er sich nur beherrschte, um sie in Sicherheit zu wiegen.

Die Zarin hatte ihr zwei Tage vor der Trauung ein Billett gesandt.

Mein liebes Kind, hatte sie geschrieben, ich weiß nicht, was ich von Ihren Plänen halten soll. Natürlich sieht alles auf den ersten Blick sehr vorteilhaft aus, aber vielleicht sollten wir noch einmal gemeinsam beratschlagen, ob es nicht einen anderen Ausweg gibt. Ich werde Anweisungen geben, daß man Sie sofort vorläßt, wenn Sie zu mir kommen möchten.

Swetlana war nicht ins Winterpalais gefahren. Sie hatte

Alexandra Fjodorowna lediglich in einem kurzen Brief für ihre Freundlichkeit und Anteilnahme gedankt. Aber was sollte es noch für einen Ausweg geben außer der Ehe mit Leonid Iwanowitsch? Ein anderer Mann vielleicht, den die Zarin vorschlug? Er würde auch nicht besser als Soklow sein, sondern sich die Gefälligkeit, einer Frau seinen Namen zu geben, die ein uneheliches Kind erwartete, auf jede erdenkliche Weise bezahlen lassen.

Die Trauung fand am späten Nachmittag in der Erlöserkirche statt. Xenia und Irina hielten die Brautkronen über Swetlanas und Soklows Köpfe.

Der Pope, der sie zusammengab, war nachlässig gekleidet. Sein Priestergewand wies Flecken auf, und er roch unangenehm. Sein dünner Adamsapfel hüpfte hin und her, wenn er seinen Speichel hinunterschluckte. Aber er hatte eine herrliche Stimme und sang den Großen Segen so schön und hingebungsvoll, daß es Swetlana Tränen in die Augen trieb.

Am Abend nach einem Diner im Lasarowschen Palais, das nur im Familienkreis eingenommen wurde und bei dem keine gelöste Stimmung aufkommen wollte, fuhr Swetlana mit ihrem Mann in dessen Palast auf der Wassiljewskij-Insel.

Es war ein etwas düsterer, gleichwohl sehr prunkvoller Bau aus der Zeit der Zarin Elisabeth, in dessen Halle sich die Hausangestellten versammelt hatten, um ihre neue Herrin zu begrüßen und ihre Glückwünsche anzubringen.

Swetlana nickte und lächelte, sagte da und dort ein paar Worte, während Soklow bereits in einem Salon verschwand und ungeduldig nach Champagner und Wodka verlangte. Als Swetlana hereinkam, lehnte er am Kamin, ein Glas in der Hand, und rauchte eine Papyrossi.

Sie hatte noch bei ihren Eltern ihr Hochzeitskleid mit einem hochgeschlossenen Samtkostüm vertauscht, das mit

Zobel besetzt war. Auch die Kappe, ebenso der weite Mantel, waren aus Zobel.

»Leg ab«, sagte Soklow. »Es ist warm genug.«

Zögernd entledigte sie sich ihres Mantels, knöpfte die Jacke auf und spürte Leonids Blicke, die über ihre Figur wanderten.

Er lachte. »Hast du Angst vor mir?«

»Nein«, erwiderte sie mit steifen Lippen. »Oder sollte ich das?«

Er stellte sein Glas auf dem Kaminsims ab und kam zu ihr. Mit zwei Fingern umfaßte er ihr Kinn und hob es an. »Was für eine keusche Spitzenbluse sie anhat, die schöne Soklowa! Meinst du, du könntest damit etwas vortäuschen, was du nicht bist?«

Sie grub die Nägel in die Handflächen. »Warum sagen Sie so etwas? Wollen Sie mich demütigen?«

Er lachte wieder. »Aber nein. Ich stecke nur die Fronten ab. Im übrigen hör auf, mich zu siezen. Das ist eine Unsitte, die ich absolut albern finde für Leute, die miteinander ins Bett gehen. Oder hast du den Großfürsten auch gesiezt?«

Georg ... Mit einemmal überkam sie eine so heftige Sehnsucht nach dem toten Geliebten, daß sie hätte schreien mögen. Was tat sie hier in diesem in Rot und Gold schimmernden Salon mit seinen Plüschportieren, den hochlehnigen Sesseln und dem Kristallüster, der ein funkelndes Licht verbreitete, so daß ihr die Augen schmerzten? Warum hatte sie diesen Fremden geheiratet, der ihr Widerwillen einflößte? Nur, um ihrem Kind ein warmes Nest zu geben?

»Los, antworte!« forderte Soklow und begann, ihre Bluse aufzuknöpfen.

Unwillkürlich wich sie zurück und bedeckte ihren Oberkörper mit den Armen. »Nein, wir haben du zueinander gesagt.«

»Bei ihm hast du dich nicht so verschämt aufgerührt, was? Aber wir sind verheiratet, meine teure Swetlana, und ich habe das Recht, alles mit dir zu tun, was ich will. Es ist keiner mehr da, der dich davor schützt. Barschewskij nicht und dein Romanow-Hengst auch nicht. Nur ich bin übriggeblieben.«

Er kam ihr nach und streifte ihr die Bluse von den Schultern. Ein paar Knöpfe waren noch geschlossen, und als er daran zerrte, sprangen sie ab.

Gehetzt blickte Swetlana sich um. »Sie wollen doch nicht hier ... Bitte, wenn jemand hereinkommt!«

»Es kommt niemand. Keiner von der Dienerschaft würde es wagen, ungerufen bei mir aufzutauchen, wenn ich ein Frauenzimmer bei mir habe. Sie sind daran gewöhnt, daß ich läute, wenn ich etwas brauche. Im übrigen hast du schon wieder Sie zu mir gesagt. Bist du halsstarrig oder nur zu schwerfällig, um umzulernen?«

Er wartete ihre Antwort nicht ab, sondern begann sie zu küssen. Mit brutaler Gewalt drängte er ihre Lippen auseinander. Er tat ihr weh, aber sie wehrte sich nicht, sondern lag reglos an seiner Brust und spürte, wie er ihren Körper abtastete.

Er holte ihre Brüste aus dem Mieder und küßte auch sie. Dann zerfetzte er den zarten Spitzenstoff und riß ihr den Rock herunter. Sein Gesicht war verzerrt, als er sie betrachtete, und in seinen Augen stand ein Feuer, das ihr nun tatsächlich angst machte.

Er wirkte wie ein Besessener oder Trunksüchtiger, der nach langer Abstinenz eine Flasche an den Mund setzt.

Unwillkürlich wich Swetlana wieder zurück, als er sein Knie zwischen ihre Beine zwängte. Er registrierte es mit einem ärgerlichen Laut und drückte sie noch enger an sich. Seine Hände waren grob und ohne Zärtlichkeit.

Dann ließ er sie abrupt los. »Zieh dich ganz aus«, befahl er. Zitternd gehorchte sie, streifte die Strümpfe ab, den Unterrock. Als sie nackt war, verschränkte sie wieder die Hände vor der Brust, und Soklow lachte.

»Immer noch so verschämt? Hör zu, meine Kleine. Ich liebe Huren im Bett, und ich bin sicher, daß du eine bist. Ein gieriges, raffiniertes Hürchen. Sonst hättest du dich nicht mit siebzehn Jahren mit zwei Männern gleichzeitig abgegeben. Aber damit wir uns richtig verstehen: Mit solchen Spielchen ist jetzt Schluß!«

Er kam wieder zu ihr und hob sie mit einem Schwung hoch, um sie auf dem Teppich vor dem Kamin zu Boden gleiten zu lassen. »Küß mich jetzt«, sagte er. »Zeig, was du gelernt hast. Ich will endlich wissen, wie es ist, wenn du glühst und scharf wie eine heiße Katze bist.«

Sein Augenausdruck bewirkte, daß sie tat, was er verlangte. Sie umarmte ihn und drückte ihre Lippen auf seinen Mund.

Sofort erwiderte er ihren Kuß, aber auf eine Art, die ihr Schmerzen zufügte. Mit seinem Gewicht drückte er ihren Körper nieder.

Sie spürte, wie er seine Hose öffnete, und dann kam er zu ihr. Es war wie eine Vergewaltigung. Er nahm sich nicht einmal die Zeit, sich völlig seiner Kleidung zu entledigen, und er tat ihr weh. Aber sie schwieg und ließ es mit sich geschehen.

Es kam Swetlana wie eine Ewigkeit vor, bis er endlich von ihr abließ. Eine kleine Weile blieb er liegen, ohne sich zu rühren oder etwas zu sagen. Dann stand er auf und brachte seine Kleider in Ordnung.

Mit einem glitzernden Blick sah er auf Swetlana hinunter. »Heute werde ich dich nicht bestrafen, daß du so teilnahmslos warst. Aber rechne nicht damit, daß ich zartfühlend und geduldig bin. Du wirst dich in Zukunft etwas mehr anstrengen müssen, sonst werde ich andere Saiten aufziehen. Vergiß nicht, ich gebe deinem kleinen Romanow-Bastard meinen Namen. Er wird als mein Sohn aufwachsen, und das bedeutet, daß er bei mir bleibt, falls es mir gefällt, dich eines Tages zum Teufel zu schicken. Darum bilde dir auch nicht ein, daß du mich verlassen könntest. Oder willst du dein Kind verlieren?«

Sie war zu elend, um ihm eine Erwiderung zu geben. Erst als er sie anfuhr: »Antworte mir!« sagte sie leise:

»Es ist gut. Ich werde tun, was Sie ... was du verlangst.«

Er ging zum Tisch und schenkte sich Wodka nach. »Ich weiß. Du bist nicht dumm. Dir ist klar, daß du gar keine andere Möglichkeit hast. Und nun gute Nacht, meine teure Soklowa. Geh zu Bett und warte nicht auf mich. Ich habe vor, noch auszufahren.«

Er leerte sein Glas und wandte sich zur Tür. Draußen rief er nach seinem Diener. Swetlana hörte, wie er mit ihm ein paar Worte wechselte und laut lachte.

Dann verließ er pfeifend das Haus.

Von da an kam er jede Nacht zu ihr, manchmal auch noch am Morgen. Dann weckte er sie und war in ihr, kaum daß sie die Augen aufgeschlagen hatte. Zweifelsohne war er wie besessen von ihr und konnte nicht genug bekommen.

Aber ebenso sicher war, daß Swetlana deswegen keine Macht über ihn hatte. Er benutzte sie, wie es ihm gefiel, und sie mußte sich fügen.

Sie lernte rasch, daß es klug war, alles zu tun, was er von ihr verlangte, denn sonst schlug er sie und überschüttete sie mit ätzendem Hohn, der ihr noch schlimmer vorkam als seine körperlichen Attacken.

Im übrigen erwartete er, daß sie vor aller Welt die jungverheiratete, verliebte Frau spielte, ebenso wie er sich in der Öffentlichkeit in der Rolle des glücklichen, fürsorgenden Ehemannes gefiel.

Er brachte Swetlana Geschenke mit, Schmuck, Taschen, Schuhe, Parfüm, ließ sie in den teuersten Modesalons von

St. Petersburg einkleiden, und die eleganten Toiletten der schönen Fürstin Soklowa gehörten bald zu den Lieblingsthemen der Damen in den Palais der Hauptstadt.

Sie gingen häufig aus, hatten ebenso oft Gäste, und als die Zarenfamilie zu den Neujahrsfeierlichkeiten wieder nach St. Petersburg kam, wurden sie auch bei Hof empfangen und zu den Bällen und Soireen, den Schlittenpartien auf der zugefrorenen Newa und den Paraden auf dem Marsfeld geladen.

Sie hatten eine Loge im Alexander-Theater, in dem französische Komödien gespielt wurden, und im Kaiserlichen Theater, wo sie der Kschessinskaja applaudierten, von der man wußte, daß sie vor seiner Ehe mit Alexandra die Geliebte von Zar Nikolaus gewesen war.

Swetlanas Mutter hatte, wie es ihre Art war, verdrängt, warum ihre Tochter Leonid Soklow geheiratet hatte. Für Wera Karlowna war längst alles in schönster Ordnung; Gott war gnädig gewesen. Er hatte nicht nur den Skandal um Boris Barschewskijs Tod von Swetlana abgewendet, sondern auch den weitaus schlimmeren, der für kurze Zeit drohend über ihnen geschwebt hatte.

Swetlana hatte eine glänzende Partie gemacht, und wenn ihr Baby ein paar Wochen zu früh geboren wurde – wer wollte behaupten, daß es nicht von Leonid Soklow war?

Es war ja offensichtlich, wie verliebt er in seine junge Frau war, und Wera sagte zu ihrer Tochter: »Es ist schön, mein Kind, daß du nun wieder glücklich bist. Glaub mir, eine Mutter leidet Höllenqualen, wenn sie sieht, daß eines ihrer Kinder Kummer hat. Aber du bist so aufgeblüht, seit du verheiratet bist, da braucht man gar nicht zu fragen, ob Leonid Iwanowitsch gut zu dir ist. Ach ja, er liebt dich sehr, und das macht mich froh.«

»Ja, Mama«, erwiderte Swetlana und deutete auf das Rubinhalsband, das sie trug. »Sehen Sie nur, das hat er mir gestern mitgebracht.«

Sagen, was man von ihr erwartete, tun, was sie tun mußte ...

Was hätte es für einen Sinn gehabt, ihre Mutter darüber aufzuklären, wie ihre Ehe wirklich war? Wera Karlowna hätte geweint und lamentiert und ihrer Tochter zu guter Letzt empfohlen, dies als eine vom Schicksal auferlegte Buße für ihre frühere Bedenkenlosigkeit anzunehmen. Und geändert hätte es ohnehin nichts.

Am 6. Januar des Jahres 1900 nahm Zar Nikolaus die traditionelle Segnung des Newa-Wassers vor. Es war ein klirrend kalter, sonniger Tag, und Swetlana wurde nach dem Zeremoniell zusammen mit Leonid zum Schlitten der Kaiserin gebeten, wo Alexandra Fjodorowna, in dicke Pelze gehüllt, neben einem Adjutanten und Anna Wyrubowa saß.

Die Zarin sah schlecht aus, sie fror und hatte blaue Lippen. Aber das Lächeln, mit dem sie Swetlana begrüßte, war voller Herzlichkeit.

»Meine liebe Madame Soklowa, ich habe so oft an Sie gedacht und mich gefragt, wie es Ihnen geht. Sie sehen wieder einmal wunderhübsch aus. Und was für eine bezaubernde Pelzkappe Sie tragen!« Sie nickte Leonid zu. »Ich hoffe, Sie wissen es zu schätzen, Fürst, daß Sie eine so liebenswerte, schöne Frau bekommen haben. Wenn nicht, würde ich Ihnen das sehr übelnehmen.«

Soklow verneigte sich. »Euer Kaiserliche Majestät können sicher sein, daß Swetlana Pawlowna das größte Glück meines Lebens ist. Daß sie mich geheiratet hat, gehört zu den Ereignissen meines Daseins, die mich unendlich dankbar stimmen.«

Swetlana sah, daß die Zarin ihn nach diesen Worten ein paar Sekunden prüfend, mit unmerklich gerunzelten Brauen betrachtete. Doch dann erwiderte sie:

»Es freut mich, daß Sie das sagen, denn ich habe Ihre Gattin sehr gern. Ich möchte sie öfter in meiner Nähe haben, und darum habe ich mich entschlossen, sie zu meiner Ehrendame zu ernennen. Es ist schön in Zarskoje Selo, und ich bin überzeugt, daß es Swetlana Pawlowna dort gefallen wird.«

Leonid zwang sich zu einem Lächeln. »Zweifelsohne. Dennoch mögen Euer Majestät bedenken, daß es mich sehr hart ankommen würde, meine Frau nicht alle Tage um mich zu haben.«

»Sie werden das Beste daraus machen, davon bin ich überzeugt«, entgegnete die Zarin, und in ihren sonst so sanften Augen stand plötzlich ein unbeugsamer Ausdruck. »Im übrigen steht es Ihnen frei, so oft nach Zarskoje Selo zu kommen, wie Sie mögen, wenn wir nicht sowieso in der Hauptstadt sind.«

Sie seufzte unterdrückt. »Vorläufig werden wir jedenfalls der Ballsaison wegen hierbleiben müssen. Zudem ist Seine Majestät mit einer Unzahl von Regierungsgeschäften überlastet.«

Leonid kniff die Lippen zusammen. »Euer Majestät sind sehr gütig. Gleichwohl halte ich es zum augenblicklichen Zeitpunkt für wenig wünschenswert, meine Frau in den Hofdienst zu berufen. Wir haben die freudige Nachricht zwar noch nicht publik gemacht, aber nun muß es wohl sein: Meine Frau erwartet ein Kind. Es soll Ende Mai zur Welt kommen.«

»Meinen herzlichsten Glückwunsch, Fürst.« Alexandra Fjodorowna hielt seinem Blick mit großer Ruhe stand. »Sie dürfen versichert sein, daß ich immer und überall auf den Zustand Ihrer Gattin Rücksicht nehmen werde. Ich möchte sie nur oft in meiner Nähe haben, das ist alles.«

Sie nickte ihm und Swetlana verabschiedend zu. »Kommen Sie heute abend zum Essen zu uns, meine liebe Madame Soklowa. Es findet nur im kleinsten Kreise statt. Dann können wir alle Einzelheiten Ihres Eintritts in den Hofdienst festlegen.«

»Die Zarin ahnt vermutlich, von wem dein Wechselbalg in Wahrheit ist«, sagte Leonid, als er mit Swetlana zur Wassiljewskij-Insel zurückfuhr. »Und nun will sie schützend ihre Hand über dich und ihren illegitimen Neffen oder ihre Nichte halten. Aber bilde dir nicht ein, daß dir das viel nützt. Offiziell ist es mein Kind, und die sittenstrenge Alexandra Fjodorowna wird sich lieber die Zunge abbeißen als öffentlich zuzugeben, daß es von ihrem verstorbenen Schwager ist. Sie duldet keinen Flecken auf der Familienehre der Romanows. Es ist sowieso erstaunlich, daß sie Georgs Affäre mit dir goutiert hat. Normalerweise sind solche Dinge für sie absolut verdammenswert.«

Swetlana schwieg und blickte auf den Schnee, der unter den Pferdehufen aufstob, und Leonid stieß sie unsanft in die Seite. »Heh, warum gibst du keine Antwort? Ich rede mit dir!«

»Was willst du hören?« fragte sie zurück. »Daß du recht hast? Das weißt du doch.«

»Sie hat ganz offensichtlich einen Narren an dir gefressen«, fuhr Leonid fort. »Nun ja, noch stört mich das nicht. Aber wenn es mich eines Tages stören sollte, sei gewiß, daß du sehr schnell bei Ihrer Majestät in Ungnade fällst. Ich bin recht findig im Einfädeln solcher Intrigen.«

Schon Mitte Januar trat Swetlana den Hofdienst bei der Zarin an. Im Winterpalais stand ihr ein Apartment zur Verfügung, in dem sie auch übernachten konnte, wenn es wegen eines Balles oder einer anderen Festivität zu spät wurde, um heimzufahren.

Aber in der Regel kehrte sie zum Schlafen in das Soklowsche Palais zurück, weil Leonid es verlangte.

Ihre Schwangerschaft machte Swetlana kaum Beschwerden, und der Hofdienst gefiel ihr, ermöglichte er es ihr doch, ihrem Mann aus dem Weg zu gehen.

Die Zarin behandelte Swetlana nach wie vor mit großer Liebenswürdigkeit und machte keinen Hehl daraus, daß sie sie gern hatte. Es ging Alexandra Fjodorowna gesundheitlich nicht gut in diesem Winter. Sie litt unter nervösen Herzbeschwerden und Schmerzen in den Gliedern, besonders in den Beinen, so daß sie ihre Privatgemächer nur zu offiziellen Anlässen verließ.

Die hübsche dunkellockige Fürstin Sonja Orbeljani hatte Swetlana unbefangen und neidlos in den Kreis der kaiserlichen Ehrendamen aufgenommen. Auch Alexandras Vorleserin und Sekretärin Katharina Schneider und ihre Zofe Mademoiselle Zanotti, eine Milchschwester der Zarin, die sie aus Deutschland mitgebracht hatte, hegten keine Vorbehalte gegen sie.

Anders Anna Wyrubowa, die keine Gelegenheit ausließ, Swetlana mit versteckten Spitzen zu attackieren und sie fühlen zu lassen, daß sie einen unliebsamen Eindringling in ihr sah.

»Machen Sie sich nichts daraus, meine Liebe«, sagte die Orbeljani. »Anna Alexandrowna ist auf jeden eifersüchtig, dem Ihre Majestät mehr als nur einen Blick und ein flüchtiges Lächeln schenkt. Sie gehört noch nicht lange zum Hofstaat, aber sie tut so, als sei sie die wichtigste Person in der Umgebung der Zarin. Ich finde es manchmal penetrant, wie sie sich einschmeichelt.«

»Sie ist nicht verheiratet, nicht wahr?« fragte Swetlana, und die Fürstin lachte.

»Nicht mehr. Alexej Wyrubow, ein Leutnant zur See, war ein Jahr lang ihr Gatte. Die Eheschließung fand auf Wunsch der Zarin statt, aber Wyrubow war ein Trinker und hat die liebe Anna wohl nie angerührt. Deshalb wurde die Ehe aufgelöst.« Sie zwinkerte Swetlana zu. »Vielleicht ist sie deshalb so exaltiert und hysterisch.«

Sonja Orbeljani liebte den Klatsch, aber sie war nie wirklich bösartig dabei – wie so viele andere bei Hof. Swetlana mochte sie mit jedem Tag lieber und hätte sich gern mit ihr angefreundet, wenn sie nicht befürchtet hätte, daß die Fürstin dann eines Tages Einblick in ihre unglückliche Ehe bekommen hätte.

Bei Hof behandelte Leonid seine Frau zwar immer noch mit großer Liebenswürdigkeit. Dann trank er auch nichts. Aber daheim war er neuerdings mehr betrunken als nüchtern und legte sich keine Zügel an, wenn er Swetlana verspottete, von ihrem Romanow-Bastard redete und zynische Bemerkungen über Georg Alexandrowitsch machte.

Swetlana wollte nicht, daß ihr Elend bekannt wurde und man sich die Mäuler darüber zerriß.

Der Glanz des höfischen Lebens, der sie in ihrem ersten Petersburger Winter so geblendet hatte, war inzwischen verblaßt. Das lag allerdings zu einem Teil an der Zarin selbst, die ständig darüber klagte, wie schlecht doch die Menschen in der Umgebung ihres Gatten seien, und sie nahm dabei nicht einmal die etwa sechzig Mitglieder zählende kaiserliche Familie aus.

»Alle diese Großfürsten, Großfürstinnen und Prinzen von Geblüt sind bis ins Mark verkommen«, sagte sie einmal zu Swetlana. »Aber leider geht Seine Majestät in seiner Güte viel zu lasch mit ihnen um. Nehmen Sie nur die morganatische Ehe von Großherzog Paul Alexandrowitsch – oder die des Vetters Seiner Majestät, Großfürst Kyrill Wladimirowitsch. Sie haben beide geschiedene Frauen geheiratet, mit denen sie zuvor eine Affäre hatten. Ein Skandal, da doch alle Blicke auf die kaiserliche Familie gerichtet sind. Wen nimmt es da wunder, wenn derartig schlechte Beispiele Schule machen!«

Ein anderes Mal tadelte sie die hemmungslose Bestechlichkeit einiger Großfürsten.

Es war während eines Abendessens in kleinem Kreis, zu dem auch Swetlana geladen war. Der Zar, der es sich selten nehmen ließ, die Mahlzeiten mit seiner Familie einzunehmen, war anwesend und warf Alexandra Fjodorowna einen halb ärgerlichen, halb flehentlichen Blick zu, als sie sich über den jüngsten Bestechungsskandal ausließ, in den Großfürst Sergej Alexandrowitsch, ein Bruder des verstorbenen Zaren, verwickelt war.

»Er soll zwei Millionen Rubel kassiert haben, damit in Moskau kein Monopol für Spirituosen eingeführt wird«, sagte sie. »Denken Sie nur, Nicky, eine Unsumme! Und Großfürst Sergej Michailowitsch, Ihr Cousin, soll finanziell sogar an den Aufträgen beteiligt sein, die die Firma Schneider-Creusot von Rußland erhält.«

»Das sind alles nur Gerüchte, meine liebe Alix«, widersprach Nikolaus und nahm einen Schluck Portwein. »Sie wissen doch, wer im Blickpunkt steht, über den werden allzu gern Lügen in die Welt gesetzt.«

»Aber Finanzminister Witte soll entsprechende Beweise vorlegen können«, ereiferte sich die Zarin, und ihr blasses Gesicht überzog sich mit hektischer Röte – wie immer, wenn sie sich erregte. »Ich bitte Sie, lassen Sie sich die zeigen, und wenn Sie keinen Zweifel an der Schuld der beiden Großfürsten haben, müssen Sie sie bestrafen. Sie sind der Zar, und es geht nicht an, daß man Ihnen auf der Nase herumtanzt und den Namen Romanow in den Schmutz zieht.«

»Ja, ja, gewiß«, murmelte Nikolaus unbehaglich und stocherte in seinem Essen herum. »Lassen Sie übrigens Monsieur Cubat meine Anerkennung aussprechen. Dieses Spanferkel ist wirklich köstlich, das er uns heute servieren läßt. Allerdings habe ich keinen besonderen Appetit. Mein Magen schmerzt ein wenig.«

Sofort war die Zarin voller Sorge. »Soll ich Ihnen ein Magenpulver bringen lassen? Oder einen Tee, der Ihre Beschwerden lindert?«

»Nein, nein, vielen Dank. Es wird schon von selbst vergehen. Sie wissen doch, wenn ich mich mit dem Essen zurückhalte, verschwinden diese Beschwerden sehr rasch.«

Zar Nikolaus lächelte Swetlana zu. »Sind Sie auch so besorgt um Ihren Gatten, meine liebe Fürstin Soklowa?«

»Ich? Oh ...« Swetlana lächelte gezwungen zurück. »Leonid Iwanowitsch ist von geradezu unverwüstlicher Gesundheit. Ich kann mir gar nicht vorstellen, daß er jemals krank würde.«

»Das ist aber sehr kurzsichtig gedacht«, warf die Wyrubowa ein. »Jeder Mensch kann krank werden, oft genug von einer Stunde zur anderen, und gerade die am gesündesten erscheinen, haben häufig den Keim eines schlimmen Leidens in sich, das dann unversehens zum Tode führt.«

»Meine liebe Anna Alexandrowna«, sagte die Zarin mit nachsichtigem Tadel, »was sind das für düstere Prophezeiungen! Lassen Sie uns doch bitte von erfreulicheren Dingen sprechen.«

Die Wyrubowa warf ihr einen entschuldigenden Blick zu. »Euer Majestät mögen verzeihen. Ich habe ja nur ganz allgemein gesprochen.«

Alexandra Fjodorowna blickte zu den französischen Fenstertüren hin, die auf eine Terrasse führten. »Es ist ein so schöner Abend. Ich hätte Lust, noch ein wenig spazierenzugehen.«

»Aber es weht ein recht kühler Wind, meine Liebe«, meinte der Zar. »Dafür sind Sie viel zu leicht angezogen, wenn ich auch zugeben muß, daß Ihnen dieses Kleid ganz bezaubernd steht.«

Sie errötete wie ein junges Mädchen. »Gefällt es Ihnen? Ich habe es heute zum ersten Mal an. Sie finden also nicht, daß mich dieses helle Violett etwas zu blaß macht?«

»Aber keineswegs«, versicherte er und griff nach ihrer Hand, um sie zu küssen. »Sie sehen hinreißend wie immer aus, meine liebe Alix. Aber wenn wir tatsächlich noch einen Spaziergang unternehmen wollen, müssen Sie einen wärmeren Mantel und vielleicht auch einen Schal mitnehmen. Und den anderen Damen empfehle ich das ebenfalls.«

»Ich habe die dicken Winterkleider so satt«, meinte die Zarin seufzend. »Schließlich haben wir schon März. Da sehnt man sich nach etwas Frühlingsmäßigerem.« Ihr Blick bekam etwas Sehnsüchtiges. »In England und Deutschland fangen jetzt die Bäume an zu blühen, und in Italien hat der Oleander schon ganz dicke Knospen.«

»Vielleicht läßt es sich einrichten, daß wir im kommenden Frühjahr eine Reise dorthin machen. Erst nach Darmstadt zu Ihrer Familie – und dann weiter nach Süden. Venedig, Florenz, Rom, Neapel ... Auf der Rückreise können wir meinem Vetter Wilhelm in Berlin einen Besuch abstatten und eventuell noch Ihrer Granny Viktoria in London. Was halten Sie davon?«

»Ach, das wäre wunderschön!« Alexandra wandte sich an ihre Damen. »Sie ist einundachtzig Jahre alt, meine Großmutter, die englische Königin, und sie leidet zunehmend unter Altersbeschwerden, wie man hört. Wer weiß, wie lange sie noch am Leben ist. Ich würde sie schrecklich gern wiedersehen.«

Der Zar nickte ihr zu. »Ich auch. Überhaupt möchte ich wieder einmal mit Ihnen nach England reisen. Wir haben so viele schöne Erinnerungen daran, nicht wahr?«

Swetlana wußte, daß der Zar und Alexandra Fjodorowna, die damals noch eine Prinzessin von Hessen-Darmstadt gewesen war, einander am Hof der Queen Viktoria begegnet waren. Alix von Hessen-Darmstadt hatte mit sechs Jahren die Mutter verloren und danach ihre ganze Kindheit und Jugend am englischen Hof verbracht.

Zarin Alexandra sprach gern von diesen Jahren, und es bestand kein Zweifel daran, daß sie sich in England glücklicher gefühlt hatte als in Rußland, wo man ihr immer noch mit viel Feindseligkeit und Unverständnis begegnete.

Zar Nikolaus stand auf und lächelte seiner Frau zu. »Dann soll es hiermit abgemacht sein. So Gott will, werden wir im kommenden Frühjahr eine längere Reise antreten.«

Sie blickte voller Zärtlichkeit zu ihm hoch, und ein paar Sekunden sahen sie einander still in die Augen.

Swetlana wurde das Herz schwer. Wie sehr der Zar in diesem Moment seinem verstorbenen Bruder glich! Genauso hatte Georg sie oft betrachtet – voller Zuneigung und Bewunderung und mit dem tiefen Einverständnis, das nur Liebende füreinander empfinden.

Ach, Georg ... Swetlana wußte, daß sie seinen Tod akzeptieren mußte, aber sie brachte es einfach nicht fertig. Sie hatte nur gelernt, mit dem Unabänderlichen zu leben, ebenso wie mit den Qualen ihrer Ehe.

Dennoch empfand sie ihr Dasein immer noch und immer wieder als grausam und unerträglich und hätte es wohl auch nicht ertragen, wenn nicht das Kind in ihr gewesen wäre. Georgs Kind, dem sie alle Liebe und alle Sicherheit geben wollte, die es brauchte.

Just in diesem Moment bewegte sich das Kleine in ihr, stieß mit seinen kleinen Füßen gegen ihre Bauchdecke, und Swetlana schluckte ihre aufsteigenden Tränen hinunter.

Mein Herzchen, mein einziger Liebling, dachte sie. Wenn du nur glücklich bist und es dir an nichts fehlt! Dafür ertrage ich alles, selbst Leonid Soklow.

8. Kapitel

Swetlanas Sohn wurde am 28. Mai geboren, und er war ein kräftiges, schönes Kind mit den blauen Augen seines Vaters und den edlen Gesichtszügen seiner Mutter.

Es war eine schwere Geburt; Swetlana lag drei Tage lang in den Wehen, ein armes, gepeinigtes Stück Mensch, das ganz allein war in seiner Not.

Allerdings waren zwei Ärzte um sie, deren bedenkliche

Mienen ihr jedoch Furcht einflößten, statt ihr Zuversicht zu vermitteln. Leonid Iwanowitsch hatte die Mediziner gerufen, als die ersten Wehen einsetzten.

Auch Swetlanas Mutter war gekommen, aber Wera Karlowna brachte wie immer nichts anderes zustande als ein großes Lamento darüber, wie sehr es sie doch schmerzte, die Qualen der Tochter mit anzusehen.

Es war niemand da, an dessen Hand sich die junge Frau hätte festhalten können, wenn Schmerzen und Angst sie zu überwältigen drohten, niemand, dessen Liebe ihr Kraft gegeben hätte.

Leonid Soklow hatte das Haus verlassen, sobald die Ärzte eingetroffen waren, und Swetlana sah ihn erst wieder, als ihr Sohn geboren war.

»Ein kleiner Leonidowitsch Soklow«, sagte er, als er drei Stunden nach der Geburt des Kindes auftauchte. »Hast du schon einen Vornamen für ihn?« Er roch nach Wodka und einem fremden süßlichen Parfüm.

»Fjodor«, sagte Swetlana matt. »Er soll Fjodor heißen.«

»Gut, einverstanden!« Soklow lachte, während er das Kind betrachtete, dessen Wiege neben ihrem Bett stand. »Mein Großvater mütterlicherseits hieß so. Wir werden sagen, daß wir das Kind nach ihm benannt haben.« Er warf Swetlana einen gehässigen Blick zu. »Vorerst gebe ich dir freie Hand bei seiner Erziehung. Aber später, wenn er etwas älter geworden ist, werde ich mich darum kümmern. Schließlich trägt der Bastard meinen Namen.«

Sie wollte in seiner Gegenwart nicht weinen, aber sie war so elend, daß sie den Tränen keinen Widerstand entgegensetzen konnte. Er sah es und lachte wieder.

»Bricht dir die Vorstellung das Herz, ich könnte deinen Sohn zu einem Kerl wie mich machen? Nun, ich fühle mich recht wohl in meiner Haut, finde mein Leben amüsant und abwechslungsreich, und das solltest du dem kleinen Fjodor Leonidowitsch ebenfalls gönnen.«

Sie wollte den Kopf zur Wand drehen, doch er umfaßte ihr Kinn und zwang sie, ihn anzusehen. »Merke dir eines: Falls du dir einbildest, du könntest irgendwann deinen Sohn gegen mich beeinflussen, so ist das vergebene Liebesmüh. Du würdest ihm und dir selbst keinen Gefallen damit tun. Hast du das begriffen?«

»Ja«, sagte Swetlana leise. Ein paar Sekunden lang betrachtete sie ihn, sah die scharfe Nase, von der sich zwei Falten zu den Mundwinkeln zogen, die merkwürdigen braungelben Augen mit den dichten Brauen darüber und das breite, Roheit verratende Kinn. Dann fügte sie hinzu: »Es macht dir einfach Freude, andere Menschen zu demütigen, nicht wahr? Du liebst es, gemein und bösartig zu sein.«

»Es ist wesentlich vergnüglicher, als den Ehrenmann zu spielen. Und da alle, die mich näher kennen, von mir nichts Gutes erwarten, kann ich meist tun, was ich gerade will. Also bringt es im Grunde nur Vorteile, wenn man einen schlechten Ruf hat.«

Sie wünschte sich, daß er ginge, aber er zog sich einen Stuhl heran und setzte sich an ihr Bett.

»Die beiden letzten Nächte habe ich beispielsweise bei einer niedlichen Balletteleven vom Kaiserlichen Theater verbracht. Die Kleine hat mehr Feuer im Hintern als du. Vielleicht bringe ich euch einmal zusammen, damit du von ihr lernen kannst, denn offen gestanden, mein Kind, hast du mich in letzter Zeit zunehmend gelangweilt. Und wenn ich etwas hasse, dann ist es Langeweile. Das weißt du doch, nicht wahr?«

»Ich will und werde niemals irgend etwas mit einer deiner Geliebten zu tun haben«, erwiderte Swetlana. Ihr war eiskalt geworden, denn sie glaubte zu ahnen, was er da andeutete. »Dazu kannst du mich nicht zwingen. Eher wende ich mich an die Zarin und bitte sie um ihren Schutz für mich und mein Kind vor deiner Niedertracht. Darum bilde dir auch nicht ein, ich würde jemals zulassen, daß du meinen Sohn mit deiner Schmutzigkeit vergiftest.«

Seine Augen wurden tückisch. »Die Zarin weiß also ganz genau, daß dein Bastard das Kind ihres Schwagers ist?«

»Natürlich«, antwortete sie und fühlte zum ersten Mal, daß sie ihm überlegen war, und das erfüllte sie trotz ihrer Mattigkeit mit einem gewissen Triumph. »Ich habe es ihr gesagt, bevor du mir die Ehre deines Antrags erwiesen hast.«

Sie verstummte, weil er aufsprang und ihre Schultern umfaßte. »Du dreckige kleine Hure! Du trägst Wasser auf beiden Schultern, was? Und jetzt willst du uns gegeneinander ausspielen!«

»Ich tue es nur, wenn du mich dazu zwingst. Also treib mich nicht dahin.«

Er schüttelte sie, und seine Finger, die sich in ihr Fleisch gruben, fügten ihr Schmerzen zu. »Laß mich los, du tust mir weh ...«

Überraschenderweise gehorchte er, und Swetlana fiel in die Kissen zurück. Soklow blickte mit zusammengezogenen Brauen auf sie hinunter. »Weißt du was? Du langweilst mich tödlich – mitsamt deinem Windelscheißer! Eine Zeitlang war ich verrückt nach dir, aber du bist nur halb so gut im Bett, wie ich erwartet habe, und Mittelmaß hat mich noch immer zum Gähnen gebracht. Kann sein, daß ich dir trotzdem noch ein oder zwei Kinder mache, weil ich nicht nur diesen Bastard hier großziehen will. Doch im übrigen werde ich mir meine Vergnügungen außerhalb des ehelichen Bettes suchen.«

An diesem Tag bekam Swetlana Fieber. In dem angenehmen Dämmerzustand zwischen Traum und Wirklichkeit verschwammen die Konturen. Alles, was sie quälte, schien fern und gedämpft.

Ihre Mutter kam und brachte einen Arzt mit, außerdem eine Amme für das Kind. Schura Nikititschna war eine

Ukrainerin mit üppigen Brüsten und melancholischen Augen, deren Schnitt verriet, daß unter ihren Vorfahren einmal ein schwarzäugiger Usbeke oder Tunguse vertreten war. Sie hatte vier Kinder, das fünfte, ein kleines Mädchen, war einen Tag zuvor gestorben. Und sie hatte so viel Milch, daß sie noch zwei weitere Neugeborene hätte stillen können.

Soklow machte wahr, was er angekündigt hatte: Er war selten daheim, auch des Nachts nicht. Manchmal brachte er die Kumpane, mit denen er herumzog, mit in den Palast, und dann hörte Swetlana die Männer grölen und herumpoltern. Auch das helle Kreischen von Frauenstimmen und laute Zigeunermusik drangen bis in ihr Schlafzimmer.

Es war ihr gleichgültig. Leonid konnte tun und lassen, was er wollte, solange er nur sie in Frieden ließ.

Das Fieber, von dem Dr. Grischajew zunächst angenommen hatte, es sei das gefürchtete Kindbettfieber, ging rasch zurück. Dennoch erholte Swetlana sich nur langsam von der Geburt. Sie fühlte sich matt und elend und verließ das Bett immer nur für ein paar Stunden.

Die Zarin hatte ihr zur Geburt ihres Sohnes ein silbernes Teegeschirr geschickt und ein paar Zeilen dazugeschrieben.

Gott segne Sie und Ihren Sohn. Möge er Ihnen nur Freude bereiten, meine liebe Madame Soklowa. Ich bin sehr begierig, den Kleinen kennenzulernen, und hoffe, daß Sie bald einmal mit ihm nach Zarskoje Selo kommen, um ihn uns zu präsentieren.

Dies geschah Anfang Juli. Über St. Petersburg hing eine brütende Hitze, der Himmel war fast weiß, und Milliarden von Mücken schwärmten aus den benachbarten Sumpfgebieten aus. Dennoch war die kaiserliche Familie nicht, wie sonst im Hochsommer, nach Petershof übersiedelt, sondern in Zarskoje Selo geblieben.

Den Grund dafür erfuhr Swetlana, nachdem sie der Zarin ihren kleinen Sohn vorgestellt hatte.

Alexandra schaute ihn lange an, und Swetlana sah, daß ihr Tränen in die Augen traten.

»Er gleicht seinem Vater«, meinte die Kaiserin leise. »Ach Gott, warum mußte Georg Alexandrowitsch so früh sterben! Wir alle vermissen ihn so sehr. Darf ich den Kleinen einmal halten?«

Swetlana legte ihr das kleine, nach russischer Sitte in einen bunt bestickten Strampelsack gehüllte Bündelchen Mensch in die Arme, und die Zarin wiegte es sacht hin und her.

»Ich werde auch bald einen Sohn haben«, sagte sie mit einem entrückten Lächeln. Sie hatte Swetlana allein empfangen – in ihrem Boudoir, das an das Schlafzimmer des Kaiserpaares im Alexander-Palast von Zarskoje Selo grenzte. »Mitja Koljaba und Bruder Basil haben es mir beide prophezeit, und Vater Johann von Kronstadt hat mir geschrieben, daß ich ihnen unbedingt Glauben schenken darf. Sie seien heilige, von Gott inspirierte Männer, trotz ihrer armseligen irdischen Gestalt. Es gefalle dem Allmächtigen, sich durch die Ärmsten der Armen zu offenbaren.«

Vater Johann kannte Swetlana, da sie ihm einige Male beim Zarenpaar begegnet war. Er war ein hochgewachsener weißhaariger Priester mit seltsam leuchtenden Augen, die jedem Menschen bis auf den Grund der Seele zu blikken schienen.

Die Zarin sprach mit kindlicher Bewunderung von ihm, besaß er doch neben seiner tiefen Frömmigkeit große spirituelle Fähigkeiten. Er sollte durch Handauflegung und Gebet mancherlei Schmerzen nehmen und gelegentlich sogar wahrsagen können. Auf jeden Fall aber war er ein integrer Mann, dessen Aufrichtigkeit außer Frage stand.

»Wer sind Mitja Koljaba und Bruder Basil?« fragte Swetlana, weil sie diese beiden Namen noch nie gehört hatte.

Alexandra setzte sich mit dem Kind auf den Armen in einen Sessel. »Ach, das wissen Sie ja noch gar nicht! Die beiden sind Pilger, die durch Rußland wandern, also Stranniki. Sie schlafen in Klöstern oder bei frommen Leuten, die sie aufnehmen, und nach Kasteiung und Gebet verfallen sie vielfach in einen Zustand, in dem sie predigen und weissagen. Vielleicht erleben Sie es einmal mit, wenn die beiden ihre Andacht abhalten.«

Swetlana wußte, daß die Zarin einen ausgeprägten Hang zu religiösem Mystizismus hatte, den vor allem die Wyrubowa förderte. Die Hofdame liebte es, bei jeder Gelegenheit von Wundertätern und heiligen Narren zu erzählen. Es waren ganz unglaubliche Geschichten darunter, die Alexandra Fjodorowna aber geradezu begeistert und völlig kritiklos in sich aufsog.

Gelegentlich kamen solche Stranniki an den Hof. Meist hatte die Wyrubowa sie in Petersburg gesehen oder von ihnen reden gehört und die Zarin bestürmt, sie zu empfangen. Es waren armselige, schmutzige Gestalten in zerlumpten Kutten, mit wirrem Haar und Bart und fanatischen Gesichtern, die Swetlana eher Widerwillen einflößten.

Sie war ein gläubiger Mensch, aber sie besaß zuviel gesunden Instinkt, um auf das oftmals abstoßende Gebaren dieser Leute hereinzufallen.

Eigentlich hätte sie aus diesem Grunde lieber auf ein Zusammentreffen mit den beiden neuen Stranniki verzichtet, aber noch während sie mit der Zarin plauderte und diese den kleinen Fjodor auf den Armen hielt, meldete die diensttuende Kammerfrau Anna Wyrubowa an, die gleich darauf in das Boudoir gestürmt kam.

»Euer Majestät mögen verzeihen, wenn ich störe, aber Bruder Basil und Mitja Koljaba verlangen nach Ihnen. Bruder Basil hat wieder eine Offenbarung gehabt, die Euer Majestät betrifft.«

Die Zarin sprang sofort auf. »Wahrhaftig? Wo sind sie? Ich will sie sehen!«

Sie drückte Swetlana das Kind in die Arme, und die Wyrubowa deutete nach draußen. »In der Kammer, die Sie den beiden zuweisen ließen. Sie haben vor der Ikone des Heiligen Alexej gebetet, gemeinsam mit mir und ... Aber kommen Sie nur und sehen Sie selbst!«

Alexandra Fjodorowna forderte Swetlana auf, sie zu begleiten, und zu dritt liefen sie durch die Vorzimmer, einen Flur, die Treppe hinunter und ins Parterre.

Swetlana hielt ihren Sohn fest an sich gedrückt. Schon in der Halle hörte sie einen seltsam monotonen Singsang, von dem sie einzelne Worte, aber nicht den Sinn verstand. Dann erhob sich eine andere Stimme zu einem ekstatischen Kreischen, das abrupt abbrach, als die Wyrubowa eine Tür aufriß.

In dem Raum dahinter wurden in der Regel herumreisende Pilger und Stranniki untergebracht, wenn sie nach Zarskoje Selo kamen. Das Zimmer war karg möbliert mit zwei Betten, einem Schrank, Tisch und Stühlen und einer allerdings sehr kostbaren großen Ikone zwischen den Fenstern.

Davor lag ein Mann. Seine Arme und Beine zuckten, und er schlug immer wieder mit der Stirn auf den Boden. Seine Füße waren nackt, schmutzig und von großen Schwielen bedeckt. Die Kutte war halb nach oben gerutscht, und Swetlana sah, daß die Waden blutige Wunden von Geißelhieben aufwiesen.

Ein zweiter Mann, offenbar der, der eben noch so entsetzlich geschrien hatte, warf sich auf die Knie, als er der Zarin ansichtig wurde, und rutschte zu ihr hin.

»Mütterchen! Kaiserin!« stammelte er mit einer kindlich hellen Stimme, während Speichel aus seinem Mund tropfte. Swetlana machte unwillkürlich eine Abwehrbewegung, als er Alexandra Fjodorownas Knie umklammerte, aber die Zarin sagte:

»Lassen Sie ihn. Kolja Mitjaba ist ein heiliger Mann.« Dann beugte sie sich zu ihm hinunter. »Segne mich, Bruder Kolja. Male mir das Kreuzzeichen auf die Stirn.«

Er tat es und murmelte dabei allerhand unverständliches Zeug, von dem Swetlana wiederum nur einige Satzfetzen verstand. »Du Gütige ... Mutter eines neuen Zaren ... Gepriesen sollst du sein und die Gnade Gottes auf dir liegen ...«

Dann sank er in sich zusammen, und ein jammervolles Schluchzen kam aus seinem Mund.

Die Zarin berührte ihn an der Schulter. »Steh auf, Bruder Kolja, ich bitte dich.«

Aber er kroch noch mehr in sich zusammen und schüttelte den struppigen Kopf. »... bin es nicht wert ... Muß im Staub liegen und Buße tun für die Sünden, die im heiligen Rußland geschehen. Sie schreien zum Himmel, all die Hurerei, das Prassen, das Betrügen und Morden. Sie morden nicht nur mit Gift und Dolch und Pistolen. Sie töten vor allem die Seelen, diese Teufel, und ich muß mich geißeln, geißeln, um das Böse zu sühnen ...«

Er richtete sich halb auf und riß im Rücken seinen dunklen schmutzigen Bauernkittel auseinander, den er zu Hose und Stiefeln trug. Seine Haut war von halb verschorften, eitrigen Wunden bedeckt, die näßten und bluteten.

»Da seht, was ich für sie tue, die Huren und Mörder! Seht es, Mütterchen, und betet mit mir zu Gott, daß er mein Opfer annimmt! Denn sonst wird Rußland die Strafe des Herrn treffen, und es wird versinken in einer Flut von Elend. Die sieben Plagen werden über das Land kommen, und nur ich, Kolja Mitjaba, der Bruder der Armen, kann es verhindern.«

Er ist wahnsinnig, dachte Swetlana, von Grauen erfaßt. Das Kind in ihrem Arm, aufgeschreckt durch die wüste, laute Stimme, begann zu weinen. Sie preßte es an sich und barg sein Köpfchen an ihrer Schulter.

Rasch wollte sie den Raum verlassen, doch Kolja hielt sie zurück. »Bleib, Töchterchen. Laß es mich ansehen, dein Kind, und laß es von mir gesegnet werden.«

Sie fuhr zurück, als er seine Hände nach Fjodor ausstreckte, doch die Zarin nickte ihr zu. »Lassen Sie ihm die Hände auflegen, meine Liebe. Es sind Hände, die Wunder bewirken können.« Ihre Augen glänzten, und die Röte auf ihrem Gesicht verriet ihre tiefe Erregung.

»Sei Gott geweiht, Söhnchen«, murmelte Kolja Mitjaba und schlug das Kreuz über Fjodor. »Spuck dem Satan ins Gesicht, hörst du? Schlag die Sünde ans Kreuz und bete, bete für Rußland ...« Der Blick seiner flackernden Augen bohrte sich in den von Swetlana. »Und du, Töchterchen ... bist in Samt und Seide gehüllt und hast glitzernde Steine um den Hals. Sieh zu, daß sie dich nicht brennen und würgen, die Hurensteine ...«

Er kam auf die Füße und lief mit grotesken Bewegungen zu der Bettstatt hinüber, auf der seine speckige Fellmütze lag. »Hurensteine!« wiederholte er. »Blendwerk des Satans ...« Er fiel auf die Decke und verstummte. Mit leeren, dumpfen Augen starrte er vor sich hin.

Die Wyrubowa ging auf die Ikone zu und berührte den am Boden Liegenden an der Schulter. »Bruder Basil«, flüsterte sie ehrfürchtig. »Steht auf. Ihr seid erschöpft. Ihr müßt neue Kräfte sammeln. Soll man Euch etwas zu essen und zu trinken bringen?«

Als der Mann den Kopf hob, um sie anzublicken, sah Swetlana, daß sein Gesicht schweißüberströmt war. Er war älter, als sie angenommen hatte, vielleicht um die Sechzig, mit tiefen Falten und gelblicher Haut. Er lächelte der Wyrubowa zu und entblößte dabei seinen fast zahnlosen Mund.

»Nichts essen ... nur ein wenig ruhen. Ich war fort, weit fort. Das hat mich müde gemacht.«

»Wo wart Ihr?« fragte Anna Alexandrowna. »Erzählt es Ihrer Majestät, so wie Ihr es mir vorhin gesagt habt.«

Auf sie gestützt, stand er auf und ließ sich zu Alexandra führen. Er lächelte noch immer, und seine schwarzen tiefliegenden Augen erinnerten Swetlana an den starren Blick eines Raubvogels.

Sie versuchte, den immer noch schreienden Fjodor zu beruhigen, blies ihren warmen Atem in sein helles flaumiges Haar und wiegte ihn hin und her, bis sein Weinen verstummte.

»Ich war am Meer«, sagte Bruder Basil mit monotoner Stimme. »Oder nein, es war ein Kornfeld. Der Weizen wogte hin und her wie Wellen, goldgelbe Wellen, Mütterchen. Es war so friedlich. Doch auf einmal ging ein Stöhnen durch das Korn – wie von Menschenstimmen war es. Die Halme neigten sich, und der Himmel wurde dunkel. Und dann begann die Erde zu zittern. Tausende von Pferdehufen stampften sie. Ich hörte Schüsse und Geschrei, und Soldaten ritten über das Feld und schossen alles nieder. Der goldgelbe Weizen wurde rot von Blut, und ich sah Menschen wie Puppen durch die Luft wirbeln und am Boden sterben.«

»Wie grauenhaft!« Die Stimme der Zarin klang etwas brüchig, und sie faßte haltsuchend nach dem Arm der Wyrubowa.

»Weiter, Bruder Basil«, drängte diese, »was habt Ihr noch gesehen?«

»Es war eine Schlacht, und als sie vorüber war, wurde der Himmel im Osten wieder hell, und der Weizen richtete sich auf und verdeckte die Toten. Und ich hörte eine Stimme, die von überall her zu kommen schien, und sie rief: ›Der Sohn der guten Zarin wird das Blut abwaschen und seinem Reich Himmelsfreuden schenken. Im Zarendorf wird er empfangen und geboren werden. Gesegnet sei die Zarin, die über das Meer gekommen ist. Sie hält Rußland in betenden Händen.‹«

Der alte verstummte und senkte in einer Geste der Ergebenheit den Kopf. »So war es, allergnädigstes Mütterchen. Ihr könnt mir den Kopf abschlagen und meine Haut bei lebendigem Leib abziehen lassen, ich werde Euch nichts anderes sagen können.« Er schauderte zusammen und schlurfte wieder zu der Ikone, um sich davor zu Boden zu werfen.

Alexandra Fjodorowna wandte Swetlana das Gesicht zu. In ihren Augen glänzten Tränen. »Es sind fast dieselben Worte, die er schon einmal in einer Vision gehört und mir berichtet hat. Der Sohn der guten Zarin ... Im Zarendorf, also hier in Zarskoje Selo, werde ich ihn empfangen und zur Welt bringen. Verstehen Sie nun, meine liebe Swetlana Pawlowna, warum wir in diesem Sommer um keinen Preis nach Peterhof oder Oranienbaum gegangen sind? Die Prophezeiung muß sich hier erfüllen.«

Mit einem Blick, in dem Rührung und ein so grenzenloses Verlangen lagen, daß es Swetlana ins Herz schnitt, umfaßte Alexandra den kleinen Fjodor auf den Armen seiner Mutter.

»So Gott will, werde ich auch bald einen Sohn haben. Gott hat meine Gebete erhört. Er hat es mich durch seine Auserwählten wissen lassen.«

Arme Zarin, dachte Swetlana. Arme Alexandra Fjodorowna! Am liebsten wäre sie in Tränen ausgebrochen, weil das Mitleid mit der unglücklichen Frau sie überwältigte.

In was für eine Welt nur flüchtete sich die Kaiserin von Rußland in ihrer verzweifelten Sehnsucht nach einem Thronfolger! Wie war es möglich, daß sie diesem Geisteskranken, der unter religiösen Halluzinationen litt, ebenso blind glaubte wie dem anderen, dem der Wahnsinn ins Gesicht geschrieben stand?

Oder waren diese beiden nur Scharlatane, die durch ein geschickt aufgeführtes Theater die Gunst der Zarin erringen wollten?

Swetlana wußte es nicht. Aber sie war sehr deprimiert,

als sie in den Soklowschen Palast auf der Wassiljewskij-Insel zurückkehrte. Und sie hatte Angst um Alexandra Fjodorowna.

Im Frühherbst nahm Swetlana den Hofdienst wieder auf. Sie bezog ihr früheres Appartement in Zarskoje Selo, in dem nun einer der Räume als Kinderzimmer eingerichtet worden war. Schura Nikititschna, Fjodors Amme, und Jeanette, ihre französische Zofe, begleiteten sie.

Leonid Soklow kam gelegentlich ebenfalls an den Hof. Dann spielte er wie immer den liebevollen Ehemann und den in seinen Sohn vernarrten Vater.

Manchmal schlief er auch mit Swetlana, aber sie wußte, daß er zahlreiche Geliebte hatte, denn er liebte es, ihr von ihnen zu erzählen und mit seinen amourösen Erlebnissen zu prahlen.

Swetlana war an einem Punkt angelangt, an dem sie das nicht mehr verletzen konnte. Ihr einziges Glück war ihr Sohn. Ihm schenkte sie all die brachliegende Liebe, die in ihr war, und in ihn projizierte sie all das hinein, von dem sie jemals geträumt hatte. Er sollte es gut haben, ihr kleiner Fjodor, und glücklich sein.

Als Swetlana an den Hof zurückkehrte, waren zwar Bruder Basil und Kolja Mitjaba nach Moskau weitergewandert, doch sie erfuhr von der Zarin, daß sie zurückkommen würden.

Statt ihrer beherbergte Zarskoje Selo eine Reihe von anderen Stranniki, auch Frauen darunter, die alle eines gemeinsam hatten: Sie waren schmutzig, zerlumpt und ekstatisch fromm. Es waren Epileptiker und Schwachsinnige darunter, deren Gebaren Swetlana oftmals angst machte. Aber die Zarin verbrachte viel Zeit mit ihnen, nahm an ihren Gebetsstunden teil und lauschte gläubig ihren wirren Ausbrüchen angeblicher Erleuchtung.

Es war eine ungesunde, fiebrige Atmosphäre, und Swetlana wünschte, Alexandra Fjodorowna würde sich daraus befreien. Doch selbst der Zar erschien gelegentlich bei den Stranniki und ließ keinen Zweifel daran, daß er zumindest einigen von ihnen tatsächlich spirituelle Fähigkeiten zugestand.

Dann wurde Zarin Alexandra wieder schwanger, und seitdem stand es für sie fest, daß sie dieses Mal den verheißenen Sohn zur Welt bringen würde.

»Seine Majestät hat mir zwar nie den geringsten Vorwurf gemacht oder eine Spur von Enttäuschung an den Tag gelegt, daß ich nur Mädchen geboren habe«, vertraute sie Swetlana an. »Aber ich weiß, wie sehr er darunter gelitten hat, besonders seit Georg Alexandrowitschs Tod. Sein jüngster Bruder Großfürst Michael, ist nicht der Richtige, um einmal den Thron zu besteigen. Er ist zu schwerfällig und hat nur seine eigenen Interessen im Kopf. Außerdem will er um keinen Preis Zar werden. Also ist es ganz allein meine Aufgabe, Rußland endlich den Zarewitsch zu geben.«

Sie sprach viel von dem Ungeborenen und klagte nicht über die vielfältigen Beschwerden der Schwangerschaft. Statt dessen wirkte sie so zuversichtlich und ruhig, wie Swetlana sie noch nie erlebt hatte. Sie war wie eine Mensch, der das Ziel all seiner Wünsche greifbar vor Augen hat.

Swetlana war in Zarskoje Selo, als die Wehen bei der Zarin einsetzten, eine knappe Woche vor dem erwarteten Geburtstermin. Auf Alexandra Fjodorownas Wunsch blieb sie bei ihr während der langen Nachtstunden, in denen die Geburt nur langsam voranschritt.

Auch Sonja Orbeljani war da, während die Wyrubowa vor ein paar Tagen nach Moskau gereist war, um dort eine erkrankte Verwandte zu pflegen. Swetlana war froh darüber. Sie konnte die schwarzhaarige, dickliche Frömmlerin immer weniger leiden, die sie insgeheim für die Hinwendung der Zarin zu einem so ungesunden Mystizismus verantwortlich machte.

Es wurde eine quälende Geburt, die Alexandra Fjodorowna unsagbar geduldig durchlitt.

Sie schrie nicht, wimmerte nur manchmal leise mit fest zusammengepreßten Lippen und war für jedes tröstende Wort und jede Handreichung rührend dankbar.

Endlich, in den Abendstunden des folgenden Tages, erblickte das neue Zarenkind das Licht der Welt – und es war wiederum ein Mädchen.

Alexandra war zunächst zu erschöpft, um allzu enttäuscht zu sein. Außerdem war sie eine gute, liebevolle Mutter. Als man ihr das kleine Mädchen in den Arm legte, küßte sie es und drückte es an sich. Nie hätte sie das Kind, das auf den Namen Anastasia getauft werden sollte, entgelten lassen, daß es nicht der so heiß erflehte Zarewitsch war.

Aber die Verzweiflung kam später.

»Gott hat mich verlassen«, klagte die Zarin, als sie zwei Tage nach der Entbindung mit der Fürstin Orbeljani und Swetlana einmal allein war. Blaß und hinfällig lag sie in den Spitzenkissen ihres Bettes, und ihre Augen waren rot vom Weinen. »Was jede russische Bäuerin zuwege bringt, ihrem Mann gesunde, kräftige Söhne zu schenken, hat er mir versagt. Warum nur? Will er, daß meine Gegner noch mehr über mich triumphieren, als sie es ohnehin tun?«

Swetlana wollte widersprechen, doch Alexandra hob die Hand. »Nein, nein, meine gute Soklowa, machen Sie mir nichts vor. Ich weiß, daß ich am Hof mehr Feinde als Freunde habe. Man nimmt es mir übel, daß ich gewisse Unsitten anprangere und einen Betrüger und Kriecher ebenso verachte wie diejenigen, die meinen, alles besser zu wissen und besser zu können als der Zar. Er ist zu gütig, um zu durchschauen, daß sie ihn am liebsten zu ihrer Marionette machen würden. Sie wollen einen Herrscher, der gehorsam unterschreibt, was sie ihm an Gesetzesänderungen und angeblichen Reformen vorlegen. Glücklicherweise habe ich einige Male verhindern können, daß solche Zerstörer des Zarentums im Amt blieben, aber das verzeiht man mir nicht. Ach ...« Sie begann wieder zu weinen. »Und nun werden sie sich die Hände reiben und sagen: Sie taugt zu nichts, diese deutsche Prinzessin, die noch nicht einmal richtig Russisch gelernt hat. Sie wäre besser im Kindbett gestorben. Und damit haben sie vermutlich sogar recht.«

Swetlana nahm ihre Hände. »Um Gottes willen, das dürfen Majestät nicht einmal denken! Wir lieben Sie doch, und Seine Majestät wäre ganz außer sich, wenn er Sie so reden hörte. Er ist ganz vernarrt in die kleine Großfürstin Anastasia. Sie müßten nur sehen, wie gern er sie herumträgt und wie andächtig er sie betrachtet, wenn sie schläft.«

»Ja, er ist so gut«, flüsterte die Zarin. »Und sie ist ja auch reizend, meine kleine Anastasia. Aber sie ist kein Sohn ... kein Sohn!«

Ein neuer Tränenstrom ließ sie verstummen. Sie preßte das Gesicht in die Kissen und weinte so heftig, daß Sonja Orbeljani den Leibarzt der Zarin, Doktor Korowin, rief, der ihr ein Medikament zur Beruhigung eingab.

»Sie wird jetzt ein paar Stunden schlafen«, sagte er später im Vorsaal zu Swetlana. »Aber sie sollte, wenn sie erwacht, nicht allein sein. Würden Sie dafür Sorge tragen, Fürstin?«

Swetlana nickte. Sie wußte ihren kleinen Fjodor in der Obhut von Schura Nikititschna gut aufgehoben, aber sie hatte ihn in den letzten drei Tagen immer nur für ein paar Minuten sehen können, weil sie sich fast ständig in den Gemächern der Kaiserin aufgehalten hatte. Sie hatte sogar auf Alexandras Wunsch hin in einem der Vorzimmer geschlafen.

Aber wenigstens jetzt, wenn die Zarin ein wenig schlummerte, wollte Swetlana eine Weile mit ihrem Sohn verbringen.

Fjodor hatte im Mai seinen ersten Geburtstag gefeiert. Er

war ein süßes, lebhaftes Kind von fröhlicher Gemütsart, und Swetlanas Herz floß über vor Liebe, wenn sie mit ihm zusammen war.

»Ich werde veranlassen, daß Ihre Majestät keinen Augenblick lang allein ist«, versprach sie dem Arzt. Er war mager und krummbeinig und erinnerte sie in seinen dunklen Kleidern immer ein wenig an einen zerrupften Raben.

Aber sie wußte, daß er nicht nur ein äußerst gewissenhafter Mediziner war, sondern auch hohe menschliche Qualitäten besaß. Der Zarenfamilie war er aufrichtig ergeben – im Gegensatz zu vielen anderen bei Hofe.

Alexandra Fjodorowna hatte die Wahrheit gesagt; sie war fast nirgendwo beliebt, nicht einmal beim Volk, das sonst so bereit war, in seinem gekrönten und gesalbten Herrscherpaar eine Art Mittelding zwischen Gott und den Menschen zu sehen.

Dieser Zar war fern und fremd und ohne Verständnis, so dünkte es den einfachen Russen, und seine Frau eine hochmütige Fremde, die ›Väterchen‹ zum Unguten beeinflußte.

Dr. Korowin nickte Swetlana zu. »Was für eine arme Frau«, sagte er leise. »Wenn man ihr nur helfen könnte!«

9. Kapitel

Xenia Pawlowna Lasarowa, Swetlanas inzwischen achtzehnjährige Schwester, verließ als eine der letzten das düstere Backsteingebäude der Xenia-Schule. Sie hatte ihre Büchertasche mit einem bunten Band zusammengebunden und trug sie über der Schulter. Ihr langes braunes Haar, das sich in unzähligen kleinen Locken um ihr Gesicht kringelte, war im Nacken zu einem dicken Zopf geflochten und nachlässig aufgesteckt. Sie hatte eine hochgeschlossene hellgraue Bluse an, dazu einen dunkelgrauen Rock und einen blauen Mantel.

Wera Karlowna, ihre Mutter, war jedesmal höchst indigniert, wenn sie ihre zweitälteste Tochter betrachtete. »Wie du wieder aussiehst, Kind!« pflegte sie zu sagen. »Wie eine Gouvernante. Mußt du denn ewig diese unkleidsamen dunklen Farben tragen und eine so schmucklose Frisur? Wirklich, ich verstehe dich nicht.«

Auch Xenias Antwort fiel bei solchen Gelegenheiten ziemlich stereotyp aus. »Lassen Sie mich so sein, wie ich möchte, Mama! Für die Schule bin ich genau richtig angezogen. Und ich fühle mich wohl in diesen Sachen. Ich habe einfach keine Lust, mich herauszuputzen wie Irina. Freuen Sie sich, daß Sie wenigstens in ihr eine vorzeigbare Tochter haben.«

Bei dem Gedanken an ihre jüngste Schwester lachte Xenia leise in sich hinein. Irina sollte in diesem Winter in die Gesellschaft eingeführt werden, und sie war jetzt schon ganz zappelig vor Vorfreude.

Fast jeden Tag probierte sie neue Frisuren mit ihrem weichen, etwas dünnen Haar aus, jammerte über ihre schmale Figur, die ihrer Meinung nach viel zu wenig weibliche Rundungen aufwies, und zog Xenias elegante Kleider an, die vor zwei Jahren für sie angefertigt worden waren, als sie noch mit Swetlana zusammen an Bällen und Gesellschaften teilgenommen hatte.

Seit Swetlanas Verheiratung ging Xenia kaum mehr aus und hatte die prachtvollen Abendtoiletten, Gesellschaftskleider und Kostüme mitsamt den Accessoires in den hintersten Winkel ihres Kleiderschranks verbannt.

Xenia Lasarowas einziges Interesse galt dem Lernen. Sie war eine der Besten ihrer Klasse und bereitete sich neben den Schularbeiten zielstrebig auf das spätere Medizinstudium vor, indem sie halbe Nächte hindurch in den Büchern las, die sie sich mit Hilfe eines Studenten von der Petersburger Universität ausgeliehen hatte.

Pjotr Bogdanowitsch Dobrowjew war vier Jahre älter als sie, ein magerer, hochaufgeschossener junger Mann mit linkischen Bewegungen und kantigem Gesicht, das freilich von wunderschönen warmen Augen beherrscht wurde.

Xenia hatte ihn im Lesesaal der Universitätsbibliothek kennengelernt, und seitdem traf sie sich gelegentlich mit ihm, heimlich, versteht sich, denn ihre Eltern hätten ihr nie gestattet, sich mit einem mittellosen Studenten bürgerlicher Herkunft abzugeben, der seine Ausbildung hauptsächlich durch ein Stipendium finanzierte.

Und noch entsetzter wären sie gewesen, wenn sie über die politischen Ansichten des jungen Mannes Bescheid gewußt hätten.

Pjotr Bogdanowitsch Dobrowjew gehörte der sozialdemokratischen Partei Rußlands an, die im Frühjahr 1898 in Minsk gegründet worden war. Er hatte Xenia viel von den Zielen seiner Partei erzählt, und das meiste, was er sagte, leuchtete ihr ein.

Rußland brauchte Reformen. Der Zar mußte dem Volk eine Verfassung und, wie in anderen Ländern, eine frei gewählte parlamentarische Vertretung zugestehen.

»Das«, so sagte Pjotr, »ist der einzige Weg, um Schritt für Schritt das Elend der Arbeiter und Bauern zu verbessern, ein vernünftiges Sozialwesen zu begründen und die ererbten Vorrechte einer zahlenmäßig geringen Oberschicht abzubauen.«

An diesem Nachmittag war Xenia mit Pjotr in einer Teestube am Heumarkt verabredet. Dort fanden in einem Hinterzimmer in unregelmäßigen Abständen geheime Treffen der Sozialdemokraten statt. Sie kamen immer nur in kleinen Gruppen zusammen, falls die Geheimpolizei ihre Versammlungen aufspürte.

Pjotr empfing Xenia bereits in der Teestube. Er küßte sie auf beide Wangen. »Schön, daß du da bist. Terenkow hat etwas mitgebracht, das dich gewiß interessieren wird.«

Terenkow war ein Deckname, das wußte Xenia. Viele, die hierherkamen, benutzten falsche Namen.

Der Mann, der sich Terenkow nannte, saß im Hinterzimmer an einem großen Holztisch, und der Raum wurde nur durch eine Gaslampe erhellt. Zwei Männer und eine hagere, grobknochige Frau um die Dreißig waren bei ihm.

Xenia war Terenkow noch nie begegnet, aber Pjotr hatte ihr von ihm erzählt. Er sei in Minsk bei der Parteigründung dabeigewesen und ein Vertrauter von Wladimir Iljitsch Uljanow, der sich inzwischen Lenin nannte. Während Lenin in der Verbannung in Sibirien gewesen sei, habe Terenkow durch Mittelsmänner ständig Kontakt mit ihm gehabt und in seinem Sinne die Untergrundarbeit der gleich nach ihrer Gründung verbotenen Partei fortgesetzt.

Als Pjotr und Xenia den Raum betraten, blickte Terenkow die junge Frau überrascht an. »Wer ist das?«

»Sie heißt Xenia«, erklärte Pjotr. »Sie gehört noch nicht zu uns, aber sie sympathisiert mit unseren Zielen. Du kannst beruhigt sein, Terenkow, sie wird uns nicht verraten.«

Dessen Miene verfinsterte sich. »Es war ausgemacht, daß keine Neuen mitgebracht werden sollten. Du hast gegen die Abmachung gehandelt.«

Er war ein großer, vierschrötiger Mann mit einem eigentlich häßlichen Gesicht. Dennoch faszinierte er durch das leidenschaftliche Feuer, das von ihm ausging. Er gehörte zu den Menschen, die, wenn sie einen Raum betraten, sogleich alle Aufmerksamkeit auf sich zogen.

Pjotr legte den Arm um Xenia. »Ich sage dir doch, von ihr droht keine Gefahr. Ich bürge für sie.«

Die Frau, die am Tisch saß, stand plötzlich auf. Sie nahm die Lampe auf und leuchtete Xenia ins Gesicht. »Irgendwoher kenne ich sie. Aber ich weiß nicht ...« Sie brach ab. »Wie heißt sie noch außer Xenia?«

»Lasarowa«, antwortete Xenia, von dem scharfen, feindseligen Blick der Frau unangenehm berührt. Als Pjotr zischend den Atem ausstieß, begriff sie, daß sie offenbar einen Fehler gemacht hatte.

Die Frau wich zurück. »Xenia Pawlowna, was? Eine von der Lasarow-Brut!« Sie fuhr zu Terenkow herum. »Weißt du, wer das ist? Die Tochter von Graf Pawel Lasarow! Laß uns verschwinden, ehe sie uns die Ochrana auf den Hals hetzt. Ich kenne sie, ich hab' sie ein paarmal gesehen, wenn sie mit ihrer feinen Mama und den Schwestern ausfuhr.«

»Stimmt das?« fragte Terenkow. Er fixierte Xenia, als schätze er ab, ob man sie als harmlos einstufen oder am besten auf der Stelle eliminieren sollte.

Sie nickte. »Ja, aber was hat das damit zu tun, daß ich jetzt hier bin? Pjotr und ich sind Freunde. Ich weiß vieles von ihm und euch. Wenn ich euch hätte verraten wollen, hätte ich es längst tun können.«

»Und warum bist du hier?«

»Weil Pjotr sagte, es wäre vielleicht interessant für mich. Er möchte, daß ich irgendwann auch zu euch gehöre. Wie kann ich das, wenn ich niemanden von euch kennenlerne?«

»Laß uns verschwinden!« wiederholte die Frau drängend, doch Terenkow wischte ihren Einwand mit einer Handbewegung beiseite. »Sei still, Sofia!«

Er hatte keinen Blick von Xenia genommen, und auf einmal lächelte er.

»Du bist also neugierig, was? Und du hast ein bißchen Appetit darauf, gegen deine Eltern zu opponieren? Das Grafentöchterlein mit der sozialistischen Ader. Willst vielleicht sogar ein bißchen Revolutionär spielen – aber des Nachts in die Behaglichkeit des gräflichen Bettchens zurückkehren. Morgens heiße Schokolade, mittags Tee mit Kascha in einem verräucherten Hinterzimmer oder einem feuchten Keller – und abends Kaviar, Champagner und französische Seidenroben. Solche wie dich gibt es mehrere. Sie wissen nicht, wie Armut brennt, wie Hunger den Magen zerreißt, Kälte die Glieder krumm macht und Angst die Eingeweide zusammenzieht. Sie haben nur Überdruß und Langeweile, und deshalb suchen sie nach einem neuen Nervenkitzel, den sie nie zuvor gekannt haben. Ist es nicht so?«

»Nein«, antwortete Xenia. Dieser Terenkow ärgerte sie, aber trotzdem übte er eine sonderbare Faszination auf sie aus. Einem solchen Mann war sie noch nie begegnet, gleichzeitig abstoßend und anziehend, von kalter Intelligenz und sprühender Leidenschaftlichkeit.

Sie holte tief Atem. »Ich habe weder Überdruß noch Langeweile, wie Sie das nennen, denn ich gehe noch zur Schule und will im nächsten Jahr Medizin studieren. Meine Eltern werden mir das vermutlich nie erlauben, und so wird mir gar nichts anderes übrigbleiben, als fortzugehen und mich allein durchzuschlagen. Ich muß sehr fleißig sein, damit ich vielleicht ein Stipendium bekomme. Aber ich werde es schaffen.«

Die Frau, die Sofia hieß, lachte schrill. »Glaub ihr kein Wort, Terenkow! Man kennt sie doch, diese adligen Hürchen. Die machen sich nicht die feinen weißen Fingerchen in einem Spital schmutzig, wischen Erbrochenes auf und hätscheln schreiende Bälger mit Krätze und Ungeziefer. Ihre Mildtätigkeit erschöpft sich darin, daß sie ein paar Hände voll Kopeken unter die Leute werfen, wenn sie in ihren Karossen vorüberfahren und man ihnen zuwinkt. Allenfalls lassen sie gelegentlich von der Dienerschaft Suppe und Brot unter den Armen verteilen oder gestatten einem halb erfrorenen Bettler, im Pferdestall zu schlafen, damit er nicht im Frost vor ihrer Haustür krepiert. Ich sage dir ...«

»Halt den Mund, Sofia!« unterbrach Pjotr sie. Er war

ganz blaß vor Empörung. »Ich weiß ja, daß du neidisch und giftig bist, aber du wirst dein boshaftes Mundwerk nicht länger an Xenia Pawlowna wetzen. Wenn ich gewußt hätte, daß du heute auch hier bist, hätte ich sie gar nicht mitgebracht.« Er griff nach Xenias Hand. »Komm, wir gehen. Verzeih bitte, daß ich dich diesen Ungelegenheiten ausgesetzt habe.«

Sie machte sich los. »Es sind keine Ungelegenheiten. Ich kann verstehen, daß man mir mit Mißtrauen begegnet, nachdem man weiß, daß mein Vater Graf Pawel Lasarow ist.« Sie funkelte Terenkow an. »Aber das heißt noch lange nicht, daß Sie wissen, wer ich bin. Sie kennen nur meinen Namen.«

Diesmal lachte er. »Sie hat Schneid, die Kleine, das muß man ihr lassen.« Mit einer raschen Handbewegung umfaßte er ihr Kinn und blickte ihr in die Augen. »Von mir aus kannst du bleiben. Und wenn du tatsächlich, wie Sofia befürchtet, ein doppeltes Spiel spielst, dann wird dich das teuer zu stehen kommen. Auch wenn man uns alle hier verhaftet – für einen stehen zwanzig auf, und dann geht es dir an den Kragen, mein hübsches blaublütiges Täubchen.«

Er wandte sich zu den beiden Männern um, die die Szene bisher schweigend beobachtet hatten. »Ljuba, German, seid ihr einverstanden mit meiner Entscheidung?«

»Du wirst schon wissen, was du tust«, antwortete der eine, der wie ein schwarzbärtiger Kaukasier aussah, und der andere hob die Schultern. Er war untersetzt und glatzköpfig, mit rosiger Haut und hellen blauen Augen.

»Ist mir egal, ob sie da ist oder geht. Aber vielleicht hat sie ja die Wahrheit gesagt, und sie kann uns eines Tages sogar nützlich sein, wenn sie Medizin studiert. Wir brauchen immer welche, die unseren Leuten die Kugeln herausschneiden und Wunden vernähen. Damit kann man nicht zu jedem Arzt.«

»Dann setz dich zu ihnen an den Tisch«, sagte Terenkow

und versetzte Xenia einen freundschaftlichen Stups. »Setzt euch alle. Sofia, schenk Tee ein.«

Die hagere Frau kniff die Lippen zusammen, tat aber, was er von ihr verlangte.

Terenkow hatte indessen ein paar eng beschriebene Seiten aus der Tasche seiner dunkelblauen Kosakenbluse geholt. Er zog die Lampe näher heran und breitete die Blätter auf dem Tisch aus.

»Ich habe eine wichtige Information für euch. Leo Nikolajewitsch Tolstoj hat einen offenen Brief an den Zaren geschrieben. Hier ist die Kopie. Ihr könnt sie euch alle nachher durchlesen, aber die wichtigsten Abschnitte will ich zuvor mit euch besprechen.«

Xenia spürte ihr Herz aufgeregt gegen die Rippen schlagen. Leo Tolstoj, der berühmte russische Schriftsteller, von dem ihr Literaturprofessor erst kürzlich in der Schule gesagt hatte, er sei der zweite heimliche Herrscher Rußlands, einer, dessen Thron durch nichts zu erschüttern wäre, hatte sich an den Zaren gewandt ...

Im vergangenen Jahr hatte der Heilige Synod Tolstoj exkommuniziert, wie sie von ihrem Vater wußte, der diesen Schritt natürlich auf das freudigste begrüßt hatte.

Für ihn war der Verfasser von ›Krieg und Frieden‹, ›Anna Karenina‹ und ›Herr und Knecht‹ ein gottloser, verdammungswürdiger Mensch, der an den heiligen Grundfesten der zaristischen Ordnung rüttelte und seinen eigenen Stand – schließlich war er gräflicher Abstammung – verriet.

Aber Tolstojs Anhängerzahl war seit seiner Exkommunikation noch viel größer geworden, und er selbst scheute sich nicht, in offenen Briefen an Minister und Generäle die russischen Verhältnisse zu kritisieren. Zudem ließ er diese Briefe in ausländischen Zeitungen veröffentlichen.

Darum hatte es bisher auch niemand gewagt, ihm ernstlich etwas anzuhaben, denn das hätte eine Welle der Empörung in ganz Europa ausgelöst und die Vorstellung vom ›barbarischen Rußland‹ wieder voll aufleben lassen.

Und nun hatte Leo Tolstoj sogar an den Zaren geschrieben!

»Sein Brief ist eine ernsthafte und eindrucksvolle Warnung an Väterchen, endlich den Erfordernissen der Zeit Rechnung zu tragen und die reaktionären Bestrebungen seiner Ratgeber und Handlanger im Keim zu ersticken«, sagte Terenkow. »Er schreibt hier:

›Die Autokratie ist eine überkommene Regierungsform, die den Bedürfnissen eines Stammes in Mittelafrika, der von aller Welt abgesondert lebt, genügen mag, aber nicht den Bedürfnissen des russischen Volkes, das sich die Weltkultur immer mehr zu eigen macht. Deshalb kann diese Herrschaftsform ebenso wie die Orthodoxie, die mit ihr verbunden ist, nur mit Mitteln der Gewalt aufrechterhalten werden. Anders ausgedrückt: So, wie es heute durch die Verstärkung der Ochrana geschieht, durch Verbannung, Hinrichtungen, religiöse Verfolgung, Bücher- und Zeitungsverbot und im allgemeinen durch alle Arten von schlimmen und brutalen Maßnahmen ... Sie hätten diese Taten nicht ausführen können, wenn Sie nicht auf den unbedachten Rat Ihrer Mitarbeiter hin das unmögliche Ziel verfolgt hätten, das Leben des russischen Volkes nicht nur anzuhalten, sondern es zu einem früheren völlig überholten Zustand zurückzuführen ...‹«

Terenkow blickte in die Runde. »Was glaubt ihr? Wird dieser Brief etwas beim Zaren bewirken?«

Sofia – sie nannte sich mit Nachnamen, wie Xenia später erfuhr, Burlagina – lachte laut auf. »Empörung, was sonst? Er wird ihn lesen und sich über die Anmaßung ärgern, daß man ihm, dem gottgewollten Herrscher, Vorhaltungen und Vorschriften zu machen wagt. Tolstoj hätte sich mit dem Papier, auf das der Brief geschrieben ist, ebensogut den Hintern abwischen können.«

Der mit Ljuba Angeredete drehte sich eine Zigarette und zündete sie sich an. »Sei nicht so ordinär. Immerhin ist es bekannt, daß Väterchen ein großer Verehrer von Leo Nikolajewitsch ist. Außerdem wissen wir nicht, ob der Brief nicht in irgendeiner großen französischen oder belgischen Zeitung abgedruckt wird. Oder sogar in einer russischen. Vielleicht in der ›Iskra‹ oder ›Oswoboschdjenije‹. Wir sollten dafür sorgen, daß das geschieht. Dann kann der Zar den Brief nicht ignorieren.«

»Darum habe ich mich bereits gekümmert«, erwiderte Terenkow. »Struwe in Paris ist der Text zugegangen.«

»Struwe ist dafür nicht mehr der richtige Mann!« warf der rundliche German ein. »Er war mal ein scharfer Hund, aber inzwischen sind ihm die Zähne ausgefallen, und er predigt Mäßigung. Veränderungen – natürlich, aber um Himmels willen nur ja nicht durch Gewalt, sondern mit schleimscheißerischer Verhandlungstaktik! Er jammert über jeden Aufruf zum Klassenkampf, zetert in seiner Zeitschrift über die Semstwos, die ihre Befugnisse überschreiten, wenn sie die allgemeine Schulpflicht und die Abschaffung der Körperstrafe fordern, und hebt diese samtweichen Intellektuellen in den Himmel, die in ihren Utopien von einer weisen Beschränkung des Zarentums sprechen und in einer demokratischen Verfassung das Heil für Rußland sehen.«

»Struwe soll den Brief ja nur abdrucken«, widersprach Terenkow. »Seine Zeitung wird überall gelesen, und gerade die von dir so geschmähten Intellektuellen, ob sie nun der ›Einheit für die Befreiung‹ oder anderen gemäßigteren Organisationen angehören, werden dadurch erfahren, daß ihr hochverehrter Tolstoj wesentlich radikaler als sie selber denkt. Das kann nur gut sein.«

»Der Meinung bin ich auch«, stimmte Pjotr zu. »Und vielleicht ist Tolstojs Brief ein erster Schritt zur Annäherung zwischen solchen Gemäßigten und uns.«

»Spinner sind das«, murrte German. »Auf die können wir leicht verzichten«

Xenia hatte sich indessen die Kopie von Tolstojs Brief herangezogen und studierte ihn Satz für Satz. Die Eindringlichkeit seiner Vorhaltungen, die Leidenschaft, mit der er sich für ein neues Rußland einsetzte, und seine Liebe zu den Abertausenden, deren menschenunwürdiges Dasein er verbessern wollte, bewegten sie zutiefst.

Terenkow hatte sie beobachtet und setzte sich plötzlich neben sie auf die Holzbank. »Na, mein Täubchen, was hältst du davon? Ist deine zarte adlige Seele entsetzt, daß Graf Tolstoj es wagt, in solch einem Ton mit dem erlauchtigsten Herrscher aller Rußen zu reden?«

Heftig schüttelte Xenia den Kopf. »Nein, es ist wunderbar, was er schreibt, und vollkommen richtig. Der Zar kann und wird sich dem nicht verschließen.«

»Wenn er vorher nicht seine ›liebe Alix‹ um Rat fragt«, versetzte Terenkow sarkastisch. »Sie wird ihm schon beibringen, daß der gesalbte, gekrönte Herrscher so hoch über allen anderen Sterblichen steht wie der Mond, den die Hunde anbellen.«

Er legte Xenia den Arm um die Schultern, und die Berührung traf sie, als wäre sie mit einem bloßliegenden elektrischen Stromkabel in Kontakt gekommen. »Du kennst den Zaren persönlich, nicht wahr?«

Sie brauchte ein paar Sekunden, um den Sinn seiner Frage zu begreifen. Dann nickte sie. »Ja, ich bin ihm vor zwei Jahren vorgestellt worden und seitdem noch einige Male bei Hof begegnet. Er ist, glaube ich, ganz anders, als die meisten vermuten.«

»Der gute, liebe Nicky, was?« spottete Terenkow. »Blauäugig, edelmütig und nachgiebig. Ein Kleinbürger reinsten Wassers. Mag sein, daß das bis zu einem gewissen Grade auf ihn zutrifft. Aber für den Zaren von Rußland sind es absolut unpassende, ja, gefährliche Eigenschaften.«

Er drückte ihre Schulter. »Ich könnte dir einen langen Vortrag darüber halten, aber ich will dich nicht gleich bei unserem ersten Kennenlernen allzu sehr schockieren, meine kleine Gräfin. Vielleicht sehen wir uns ja öfter, und dann wirst du – wenn du so klug bist, wie es den Anschein hat – sehr schnell dahinterkommen, warum wir diesen Zaren so satt haben, daß wir ihn aus vollem Herzen zum Teufel wünschen.«

Xenia schwieg. Sie hatte auf einmal das Empfinden, daß sie Pjotr besser nicht zu diesem Treffen begleitet hätte.

Es lag nicht an dem, was sie hier erfahren hatte, sondern an der Tatsache, daß dieser Terenkow eine tiefe Unruhe in ihr hervorrief.

Sie blickte ihn an, sah sein unrasiertes, zerklüftetes Gesicht mit der dunklen Haarmähne, die ihm weit in den Nacken reichte, seine schwarzen Augen mit den über der Nasenwurzel zusammengewachsenen Brauen, roch seine Ausdünstung nach Schweiß und Kohl und Zwiebeln – alles Dinge, die ihr bisher Widerwillen eingeflößt hatten, und verstand sich selbst nicht, daß sie sich auf einmal auf unerklärliche Weise davon angezogen fühlte.

Sie wünschte, er würde seinen Arm von ihrer Schulter nehmen, und fürchtete diesen Augenblick zugleich, da seine Berührung einen prickelnden Schauer in ihr hervorrief.

Ich bin verrückt, dachte sie und rutschte auf ihrem Sitz ein bißchen tiefer in sich zusammen, um Terenkows Hand auszuweichen, die immer noch ihre Schulter preßte.

In seinen Augen lag ein wissender Ausdruck, als er es bemerkte, und er zog lächelnd seine Finger zurück.

»Und jetzt müssen wir uns leider von dir verabschieden, meine hübsche kleine Gräfin. Wir haben noch etwas zu bereden, das nicht für deine Ohren bestimmt ist.«

Als sie aufstand, wollte Pjotr sie begleiten, doch Terenkow sagte: »Du bleibst, Dobrowjew. Ich brauche dich noch.«

»Ich bringe Xenia Pawlowna nur zur Straße«, erwiderte Pjotr hastig und hielt ihr die Tür auf.

Sofia lachte über die kleine Höflichkeitsbezeugung. »Wie ein echter Bourgeois, findet ihr nicht?«

Xenia warf ihr einen aufgebrachten Blick zu. »Muß man schlechte Manieren haben, um von Ihnen akzeptiert zu werden?«

Die Männer lachten, und draußen sagte Pjotr zu ihr: »Das war richtig. Sofia ist wirklich manchmal unerträglich. Sie steckt voller Gift und schüttet es über alle und alles aus.«

»Ist sie Terenkows Freundin?« fragte Xenia neugierig, und er hob die Schultern.

»Ich glaube nicht. Auf jeden Fall ist sie hinter ihm her. Aber Terenkow ist keiner, der sich an eine Frau bindet. Er sagt, Gefühle kann man sich nicht erlauben, wenn man im Untergrund arbeitet. Es wäre zu gefährlich.«

»Er ist ziemlich radikal, nicht wahr?«

»Er hat seine Überzeugung, und dafür tut er viel«, erwiderte Pjotr vage, und sie runzelte die Stirn.

»Meinst du, er würde auch Bombenattentate planen?«

»Davon hat er noch nie etwas gesagt. Nein, ich bin sicher, daß er wie wir denkt: Streiks und Demonstrationen sind legale Mittel, um etwas durchzusetzen, auch wenn der Zar sie als ungesetzlich bezeichnet. Aber Terroranschläge und ähnliche Gewaltmaßnahmen – nein, dazu wird Terenkow niemals ja sagen.«

Am Abend fand im Lasarowschen Palais ein Souper statt. Etwa hundert Gäste waren geladen, darunter auch Swetlana und Leonid Soklow.

Widerstrebend hatte Xenia die Weisung ihrer Mutter befolgt und sich von Akulina Iwanowna in eine elegante Abendtoilette helfen lassen. Irina, ihre Schwester, trug ein reizendes violettes Spitzenkleid, das mit dunklerer Zackenlitze und ebensolchen Seidenbändern verziert war. Dazu hatte sie weiße Rosen in ihrem Haar und an dem breiten Schärpengürtel.

Xenia ging in silbriggrauem Taft, der ein etwas dunkleres Karomuster aufwies. Das Haar hatte sie im Nacken mit einer großen schwarzen Samtschleife zusammengebunden.

Ein Orchester spielte auf der Empore des großen Speisesaals, der verschwenderisch mit Blumen aus den Treibhäusern des Lasarowschen Palastes geschmückt war.

Xenias Tischherr war ein Leutnant aus Jurijs Garderegiment, ein Graf Konstantin Baljentschew, etwa in Jurijs Alter, der während des Essens pausenlos von den Paraden auf dem Marsfeld und in Krasnoje Selo und den glanzvollen Bällen der Wintersaison schwadronierte. Sein Geschwätz langweilte Xenia, und sie war erleichtert, als ihr Vater die Tafel aufhob und die Gäste in die einzelnen Salons und den Wintergarten bat, wo noch Getränke, Petit fours, Konfekt und alle möglichen Delikatessen serviert wurden.

Man fand sich in kleinen Gruppen zusammen, plauderte, lauschte einer Sängerin, die italienische Arien zum besten gab, und einem jungen Lyriker, der eine pathetische Hymne auf das Haus Romanow geschrieben hatte, die er nun vortrug.

In der Bibliothek und im Arbeitszimmer Graf Lasarows wurde geraucht und lebhaft über politische Fragen diskutiert. Die Baronin Praljamowa setzte sich im Musikzimmer an den Flügel und spielte Melodien aus ›Eugen Onegin‹, und Wera Karlowna winkte ihren drei Töchtern und tuschelte ihnen zu, sie sollten sich gefälligst eine Weile mit Tante Jekaterina unterhalten.

»Ihr habt sie noch kaum beachtet, und das gehört sich nicht. Ich möchte keinesfalls, daß sie einen schlechten Eindruck von euch mit nach Hause nimmt.«

Jekaterina Karessowa, die seit ewigen Zeiten verwitwete

Cousine der Gräfin, thronte auf einem Kanapee im chinesischen Salon, wie immer ein Miniaturbild der Zarin an der Brust, und lächelte den drei Lasarow-Töchtern huldvoll entgegen.

Jede küßte ihr pflichtschuldig die Hand und erhielt die Aufforderung, sich zu ihr zu setzen. Swetlana war die erste, die von ihr examiniert wurde, hauptsächlich natürlich über das Zarenpaar, die kleinen Großfürstinnen und ob es denn stimme, daß die Kaiserin wieder in gesegneten Umständen sei.

Nikolaus und Alexandra hielten sich im Augenblick in Peterhof auf, und Swetlana war nur für zwei Tage in die Hauptstadt gekommen, um bei ihrer Schneiderin ein paar neue Toiletten für die Wintersaison in Auftrag zu geben und die Soiree ihrer Eltern zu besuchen.

»Ja«, erwiderte Swetlana, »Ihre Majestät erwartet ein fünftes Kind, und wir beten alle darum, daß es diesmal ein Sohn sein möge.«

»Es wird ein Sohn«, sagte Tante Jekaterina. »Doktor Nizier Philippe hat ihn ihr doch vorausgesagt.«

»Sie kennen ihn?« fragte Swetlana überrascht, und die Karessowa nickte.

»Er ist mir im letzten Winter im Haus des Fürsten Romanowskij vorgestellt worden. Das war, bevor er offiziell an den Hof eingeladen wurde. Ein sehr beeindruckender Mann. Ihre Majestät tut gut daran, ihm zu vertrauen.«

Swetlana schwieg. Seit Nizier Philippe vor einem Vierteljahr an den Hof gekommen war, hatte er einen fast unbegrenzten Einfluß auf die Kaiserin – aber auch auf Zar Nikolaus gewonnen.

Philippe stammte aus Lyon, wo er bereits große Erfolge als Hellseher, Wunderheiler und Hypnotiseur errungen haben sollte. Bei Hof führte er vielbestaunte spiritistische Sitzungen und Hypnoseexperimente durch und behandelte auch die körperlichen Leiden der Zarin.

Sei es nun, daß er wirklich etwas von Naturmedizin verstand, sei es, daß Alexandras grenzenloses Vertrauen zu ihm eine Besserung bewirkt hatte, auf jeden Fall erschien sie gesünder und ausgeglichener als seit langem.

»Doktor Philippe verfügt wirklich über rätselhafte, ungewöhnliche Kräfte«, fuhr Jekaterina Karessowa fort. »Die Baronin Rosen und die Gräfin Ignatjew konsultieren ihn regelmäßig. Er deutet ihre Träume, legt ihnen die Hände auf und hat die Baronin Rosen dadurch von ihrer Migräne und die Gräfin von ihrem Magenleiden befreit. Er hat ihnen auch verraten, daß er Einfluß darauf nehmen kann, ob eine Frau einen Sohn oder eine Tochter zur Welt bringt. Dann werden wir also endlich bald einen kleinen Zarewitsch haben.«

Xenia hörte nur mit halbem Ohr hin, wie die Karessowa sich anschließend darüber ausließ, daß die Geburt eines Thronfolgers endlich ›den schlechten Menschen, die das Zarenpaar anfeinden, den Mund stopfen werde‹. All diese Sozialisten und verrührten Narren, die es wagten, Seiner Majestät Reformen vorzuschreiben und sogar von einem Umsturz redeten, diese unverschämten Agitatoren, die die Arbeiter zu Streiks aufriefen und den Bauern predigten, sie sollten den Großgrundbesitzern das Land wegnehmen, würden dann einsehen, daß Gott mit dem Zaren war und man gegen Ihn sündigte, wenn man Seine Majestät angriff.

In Xenias Ohren klang es beispiellos dumm, was die Karessowa redete, aber sie hatte derlei Dinge immer wieder bis zum Überdruß in ihrem Elternhaus gehört.

Begriff denn niemand, daß die Situation viel ernster und bedrohlicher war, als alle hier glaubten?

Und was würden Papa und Mama, Tante Jekaterina und diese ganze illustre Gesellschaft sagen, wenn sie wüßten, wo sie, Xenia, heute nachmittag gewesen war?

Sie unterdrückte ein nervöses Kichern. Mama und die Tante, dachte sie, würden in Ohnmacht fallen und Papa alles aus mir herauszuprügeln versuchen, was ich von Pjotr, Terenkow und den anderen weiß. Aber ich würde nichts verraten, denn ich stehe auf ihrer Seite.

Wenn sogar Tolstoj ihre Ideen und Ziele teilte, mußten sie gut und richtig sein.

Xenia sah Terenkow ein paar Tage später wieder. Sie kam vom Newskij-Prospekt, wo sie Besorgungen gemacht hatte, und überquerte gerade die Anitschkow-Brücke, als eine Mietdroschke neben ihr hielt. Terenkow beugte sich aus dem offenen Fenster.

»Steig ein, ich bringe dich nach Hause.«

Xenia erschrak ein wenig. »Aber ich bin gleich daheim. Es sind nur noch ein paar Schritte.«

Er lachte. »Ich weiß. Wir können einen Umweg fahren. Nun komm schon, ich beiße dich nicht. Oder soll ich Euer Gnaden sagen und dich untertänigst um die Gunst bitten, daß du dich eine kleine Weile mit einem Niedriggeborenen wie mir unterhältst?«

Sie war achtzehn Jahre jung, und sein Spott weckte ihren Trotz.

»Ich rede mit jedem, der sich anständig benimmt«, sagte sie und warf einen Blick auf die Uhr, die an einer Goldkette um ihren Hals hing. »Eine halbe Stunde hätte ich Zeit.«

»Dann komm«, sagte er, öffnete die Kutschentür und half ihr beim Einsteigen.

Dann wandte er sich dem Kutscher zu. »Bring uns auf die Petersburger Seite, Onkelchen.«

Das Pferdchen, eine kleine rotbraune Stute mit dunklerer Mähne, zog gemächlich an. Sie fuhren über die Schloßbrükke, an der Börse auf der Wassiljewskij-Insel vorbei, und Terenko sagte: »Hier wohnt sie irgendwo, deine Schwester, die mit dem fürstlichen Schwein Leonid Soklow verheiratet ist, nicht wahr?«

Xenia hatte Soklow von Anfang an genauso wenig leiden können wie Swetlana. Deshalb hatte sie es ziemlich getroffen, daß ihre schöne Schwester ausgerechnet ihn geheiratet hatte.

Seitdem hatte Xenia immer wieder zu erfahren versucht, wie Swetlanas Leben mit Leonid verlief. Aber ihre Schwester sprach nicht darüber, und wenn Xenia ihr direkte Fragen gestellt hatte, hatte sie immer nur geantwortet: »Ich bin nicht glücklicher oder unglücklicher als andere Frauen, die eine Vernunftehe eingegangen sind. Mach dir keine Gedanken, Malenka, es geht mir nicht schlecht.«

»Heh, woran denkst du?« Terenkow stieß Xenia leicht in die Seite. »Ich habe dich etwas gefragt.«

Sie wandte den Kopf zum Fenster. »Meine Schwester wohnt in der Nähe vom Bolschoj-Prospekt. Aber Sie sind anscheinend ganz gut über meine Familie informiert?«

Er lachte. »Ich habe mich erkundigt, nachdem Pjotr dich mitgebracht hatte. Ärgert es dich, daß ich deinen Schwager als fürstliches Schwein bezeichnet habe?«

Xenia preßte die Lippen zusammen. »Es ist mir egal, wie Sie ihn nennen. Der ganze Leonid Iwanowitsch ist mir egal!«

»Oha, du magst ihn offenbar nicht besonders? Warum nicht?«

Sie warf ihm einen halb lachenden, halb ärgerlichen Blick zu. »Das geht Sie nichts an. Haben Sie mich nur mitgenommen, um mich nach meiner Familie auszufragen?«

»Nein«, sagte er und strich mit der Hand über ihr Haar. Seine Finger glitten unter den langen Zopf, zu dem sie es gebunden hatte, und umfaßten ihren Nacken.

»Ich wollte dich wiedersehen. Du interessierst mich – ein Vögelchen, das das seidene, gut gepolsterte Nest verlassen will, um sich in ein ungewisses Abenteuer zu stürzen. Warum tust du das?«

Sie dachte einen Moment über ihre Antwort nach. Dann

sagte sie, und es klang irgendwie rührend in seiner ernsthaften Aufrichtigkeit: »Weil ich nicht so leben möchte wie meine Mutter. Weil ich es überhaupt nicht richtig finde, wie sie und die vielen anderen leben, die ich kenne. Ich will etwas Nützliches tun, und ich möchte die Freiheit haben, mir auszusuchen, was das sein soll. Aber dort, wo ich herkomme, ist das nicht möglich, und darum denke ich, daß man es ändern muß.«

Die Droschke zockelte jetzt über eine der vielen Brücken, die über die kleine Newka führten.

»Du bist also eine Idealistin«, sagte Terenkow nach einer Weile.

Xenia lachte leise. Sie fühlte sich plötzlich wohl in seiner Gesellschaft. Er nahm sie ernst, und sie konnte mit ihm, genau wie mit Pjotr, über all das reden, was sie beschäftigte.

»Ich weiß nicht. Meine Pläne sind eigentlich ziemlich real. Pjotr hat Ihnen ja schon davon erzählt. Ich will Ärztin werden. Und irgendwie werde ich es schaffen«, setzte sie trotzig hinzu.

Er warf ihr einen schrägen Seitenblick zu. »Ich glaube fast, du hast recht. Du bist sehr zielstrebig und resolut.«

Wieder lachte sie. »Ich habe zum Glück den Dickkopf meines Vaters geerbt. Es wird schlimm werden, wenn wir uns über meine Pläne auseinandersetzen. Er wird nicht nachgeben – und ich auch nicht.«

»Und was willst du dann tun?«

»Was wohl? Meine Sachen packen und fortgehen. Das heißt, ich hoffe, daß ich meine persönlichen Dinge mitnehmen darf. Ich besitze ein wenig Schmuck und eine Menge unnützer teurer Kleidungsstücke, die ich kaum getragen habe. Man kann das alles verkaufen, und ich denke, daß ich davon eine Weile leben kann. Und vielleicht bekomme ich ja auch ein Stipendium. Sie müssen wissen, daß ich eine der besten Schülerinnen meines Jahrgangs bin.«

Wieder lächelte er über den unverkennbaren Stolz in ihrer Stimme. »Und wann wird sie stattfinden, diese unvermeidliche Auseinandersetzung zwischen dir und deinem Papa?«

Sie hob die Schultern. »Im nächsten Jahr, schätze ich, wenn ich die Schule beendet habe und mich an der Universität eintragen lassen will. Ich hoffe nur, Papa wird nicht so wütend, daß er mich nach Kowistowo schickt. Dann müßte ich nämlich bei Nacht und Nebel verschwinden.« Sie warf ihm einen fragenden Blick zu. »Wie heißen Sie übrigens sonst noch – außer Terenkow?«

»Du kannst mich Grischa nennen«, erwiderte er und strich abermals über ihren Nacken.

»Grischa – und weiter?«

»Nichts weiter. Keinen Iwanowitsch oder sonst einen Vatersnamen. Den habe ich abgelegt, weil er nichts zur Sache tut.«

»Also gut, Grischa ...« Xenia drehte den Kopf ein wenig zur Seite, um der Berührung seiner Hand zu entgehen.

»Magst du das nicht?« fragte er sofort, und sie wurde rot.

»Ich glaube, nein. Außerdem muß ich nun wirklich nach Hause.«

Er ließ sie los und beugte sich auf dem Kutschensitz nach vorn. »Wie du willst. Onkelchen, fahr zurück!« rief er dem Kutscher zu, der etwas Unverständliches als Antwort brummte, aber gehorsam sein Pferdchen wendete.

Terenkow schwieg, bis sie die Schloßbrücke passierten und der Wagen in den Newskij-Prospekt einbog. Dann erkundigte er sich: »Soll ich dich an der Sadowaja absetzen? Dann hast du es nicht mehr weit bis zu eurem gräflichen Palais.«

»Ich kann nichts dafür, daß ich dort wohne«, erwiderte sie, verärgert über den Spott in seiner Stimme. »Und vermutlich wird es nicht mehr lange der Fall sein.«

»Nein, nicht mehr lange«, entgegnete er gedehnt. »So

oder so.« Mit einem Finger seiner dunkel behaarten und kräftigen Hand strich er über ihre Nase.

»Also genieße noch ein Weilchen die seidenbezogenen Fauteuils, die Schokolade am Morgen in deinem spitzenberieselten Bettchen und die perfekte Schönheit, die euch Reiche dank eurer Dienstboten umgibt. Ein Hälmchen Unkraut im Park, und es wird ausgezupft. Ein Stäubchen Ruß auf dem Kamin, und es wird fortgewischt, eine Fluse auf dem kostbaren Teppich, sie wird aufgenommen. Und ihr macht euch nie die feinen weißen Fingerchen schmutzig. Darum ekelt ihr euch auch vor den Armen, weil sie so dreckig und zerlumpt sind, nicht wahr? Angewidert dreht ihr den Kopf zur Seite, wenn ihr solch einen Menschen seht. Nur ja keinen zweiten Blick riskieren, man könnte ja vor lauter Abscheu ein paar Eiterbläschen auf die Lippen bekommen. Vielleicht wirft man ihm ein paar Kopeken hin, diesem erbärmlichen Bündel Mensch – die moderne Art des Ablaßhandels, um sich von der Sünde der Gewissenlosigkeit und der Ausbeutung loszukaufen, aber ...«

Xenia riß die Kutschentür auf. »Ich weiß nicht, warum ich mir das anhören soll! Halt an, Kutscher, ich will aussteigen.«

Verletzt und zornig blickte sie Terenkow an und konnte es nicht verhindern, daß ihr Tränen in die Augen schossen. »Was habe ich Ihnen getan, daß Sie auf einmal so voller Haß sind? Lassen Sie mich doch in Ruhe!«

Die Kutsche kam zum Stehen, und Xenia sprang so hastig hinaus, daß sie mit dem Knöchel umknickte und humpelnd davonlief.

Eine Woche später, sie kam gerade aus der Schule und war in Begleitung der beiden Nobokow-Töchter Darja und Lara, begegnete Terenkow ihr auf der Straße. Er grüßte sie im Vorübergehen mit übertriebener Höflichkeit und folgte ihr dann in einigem Abstand.

Xenia bemerkte es, als sie einmal stehenblieb, um sich ihr Schuhband zu richten.

Darja und Lara Nobokowa wohnten neben der Kasanschen Kathedrale. Nachdem sie sich von Xenia verabschiedet hatten, beschleunigte Terenkow seinen Schritt und holte sie wenig später ein.

»Wie ich sehe, gehst du wieder ganz normal. Du hast dir also neulich, bei deinem überstürzten Abgang, keine ernsthafte Verletzung zugezogen«, sagte er. »Das freut mich.«

Sie ging weiter und warf ihm nur einen schrägen Seitenblick zu. »Und warum laufen Sie mir heute nach? Wieder nur, um mich zu kränken?«

»Nein, ich wollte dir Abbitte leisten. Es tut mir leid, was ich dir neulich an den Kopf geworfen habe, obwohl es natürlich für fast alle deines Standes zutrifft. Du bist, so scheint es, eine Ausnahme.«

Daß er sich bei ihr so ohne alle Umschweife entschuldigte, entwaffnete sie. Ein Lächeln flog über ihr hübsches Gesicht, und Terenkow dachte: Sie ist wirklich süß. Man muß kein Opfer bringen, wenn man sie sich gefügig machen will. Es würde mir auch so Freude machen, sie zu verführen, selbst wenn sie keine Gräfin Lasarowa wäre.

Eine Kutsche fuhr langsam vorüber, und aus dem Wagenfenster winkten Xenia einige junge Leute zu. Sie biß sich auf die Lippen.

»Jetzt hat man uns zusammen gesehen. Hoffentlich tratschen die Mossolows es nicht brühwarm weiter. Wenn meine Eltern erfahren, daß ich mit einem fremden Mann auf der Straße geredet habe, werden sie genau wissen wollen, wer das war und was wir zusammen gesprochen haben.«

»Nun, dann denkst du dir eben eine Geschichte aus«,

meinte er leichthin und fügte in dem gleichen nebensächlichen Ton hinzu: »Mossolow? Heißt so nicht der Kabinettchef des Hofministers?«

Sie nickte. »In der Kutsche saßen seine Enkeltöchter, wenn ich richtig gesehen habe, und die beiden Söhne von General Kuropatkin. Alexandra Mossolowa ist eine fürchterliche Klatschbase und so neugierig wie eine Katze.«

»Aber sie gehört zu deinem engeren Bekanntenkreis, ja? Und die jungen Kuropatkins auch?« forschte er.

»Ja – schon. Vorgestern waren die Mossolows zum Tee bei uns, und am Freitag findet bei den Kuropatkins, glaube ich, ein Liederabend statt, an dem Schaljapin singt. Haben Sie ihn schon einmal gehört? Er hat eine wunderbare Stimme.«

»Ja, das ist wahr«, sagte Terenkow. »Ich war einmal in der Oper und habe ihn auf einer Probe zu ›Ein Leben für den Zaren‹ gehört. German – du hast ihn ja kennengelernt – hat einen Bruder, der dort Bühnenarbeiter ist. Der hat mich in den Zuschauerraum geschmuggelt.«

»Und sonst waren Sie noch nie in der Oper?« fragte sie, und Terenkow schüttelte den Kopf.

»Nein. Du vergißt, daß unsereins dafür kein Geld hat. Ganz abgesehen davon, daß mich jeder Logenschließer wegen meiner abgerissenen Kleider hinauswerfen würde.«

An diesem Mittag trug er eine Kosakenbluse und eine speckige Mütze zu einer Kniehose, die mehrfach ungeschickt geflickt war. Meist war der Stoff nur mit groben Stichen zusammengezogen worden.

Xenia sah es und empfand plötzlich Mitleid mit ihm. Er sah es an ihrem Augenausdruck und knurrte: »Hör zu, Kätzchen, ich kann alles vertragen, aber nicht, wenn mich jemand bedauert.«

»Und ich mag es nicht, wenn man mich Kätzchen nennt«, konterte sie lachend.

»Gut, dann sind wir quitt.« Er bemerkte, daß sie einen verstohlenen blick auf ihre Uhr warf. »Du mußt heim, was? Schade, ich hatte gedacht, wir könnten noch eine Weile miteinander reden. Aber vielleicht können wir uns ein anderes Mal treffen.«

Sie wußte, daß sie dazu besser nein sagen sollte, aber sie tat es nicht. Noch nie war sie einem Menschen wie diesem Grischa Terenkow begegnet. Er interessierte sie, und sie wollte mehr von ihm erfahren.

Seine Ausdrucksweise war gebildet, also stammte er vermutlich aus einer gutbürgerlichen Familie, die ihm den Besuch einer höheren Schule ermöglicht hatte. Auch hatte er ein absolut sicheres Auftreten, ohne die geringste Spur von Unterwürfigkeit.

Aber wovon lebte er? Er hatte offenbar viel Zeit, also schien er nicht zu arbeiten. Auch hatte er nie irgendeinen Beruf erwähnt.

»Also was ist?« drängte Terenkow. »Hast du morgen nachmittag Zeit?«

»Ja«, antwortete sie sehr zögernd. »Ich kann sagen, daß ich zum Französischkurs muß. Der findet immer von drei bis fünf Uhr nachmittags statt, und ich habe ihn belegt, um meine Sprachkenntnisse etwas zu verbessern. Aber natürlich kann ich die Stunden auch einmal ausfallen lassen.«

»Schön, dann treffen wir uns im Park hinter der Erlöserkirche. Ich warte beim Hauptportal, einverstanden?«

»Einverstanden.« Sie lachte ein wenig. »Aber seien Sie pünktlich. Ich kann es nicht ausstehen, wenn jemand nicht die verabredete Zeit einhält.« Sie winkte ihm verabschiedend zu und lief dann eilig davon.

Terenkow sah ihr mit glitzernden Augen nach. Er war sicher, daß er mit Xenia Lasarowa einen phantastischen Fang gemacht hatte!

Grischa Terenkow, der eigentlich Gregor Lwowitsch Lapuchin hieß, stammte aus einer angesehenen Moskauer Kaufmannsfamilie. Während seines Studiums war er mit linksextremistischen Studentengruppen in Verbindung gekommen und hatte sich ihnen mit glühender Begeisterung angeschlossen.

Er verachtete die wohlanständige Bürgerlichkeit seiner Familie, den Geschäftssinn seines Vaters, die Frömmigkeit von Mutter und Schwestern und brach sein Studium ab, um bei einer Zeitung zu arbeiten, deren Büros bereits wenige Wochen darauf von der Geheimpolizei geschlossen wurde. Einige Mitarbeiter, darunter auch Grischa, wurden verhaftet, und nur dem Einfluß seines Vaters war es zu verdanken, daß er nach ein paar Tagen wieder auf freien Fuß gesetzt wurde.

Trotzdem war der Bruch mit seiner Familie nicht mehr aufzuhalten. Nach einer letzten heftigen Auseinandersetzung mit seinem Vater verließ Grischa Moskau und ging nach Minsk, wo er kurze Zeit später der neugegründeten russischen Sozialdemokratischen Partei beitrat.

Zehn Tage nach ihrer ersten Versammlung wurde die Organisation durch eine Anzahl Festnahmen auseinandergesprengt.

Dennoch bestand sie illegal weiter, und Terenkow, wie Grischa sich nunmehr nannte, wurde ein Mitglied des Zentralkomitees der Partei. Lenin, aus seiner dreijährigen Verbannung nach Sibirien zurückgekehrt, erkannte die Fähigkeiten dieses leidenschaftlichen Anhängers der sozialistischen Lehre und betraute ihn mit allerhand Sonderaufgaben, besonders agitatorischer Art, die Grischa in der Folgezeit durch halb Rußland führten.

Er organisierte Streiks und Demonstrationen und war einer der Drahtzieher bei der Ermordung des Bildungsministers Bogolepow gewesen.

Auch nachdem Lenin sich ins Ausland abgesetzt hatte, um von dort aus seine politische Arbeit fortzusetzen, blieb

Grischa einer der wichtigsten Verbindungsleute für ihn in Rußland. Er lieferte Artikel und Reportagen für die ›Iskra‹, eine Zeitung, die Lenin in seinem Exil ins Leben gerufen hatte und in der entschlossen zum revolutionären Kampf in Rußland und die Abschaffung des Zarentums aufgerufen wurde.

Terenkow war ein Revolutionär reinsten Wassers und bereit, für den geplanten Umsturz jedes Opfer zu bringen. Was zählte da eine Xenia Lasarowa?

Lenin hatte einmal von den ›nützlichen Idioten‹ gesprochen, den Steigbügelhaltern seiner Machtübernahme, und nicht anders bewertete Terenkow die Tochter von Graf Pawel Lasarow. Sie sollte sein ganz persönlicher ›nützlicher Idiot‹ sein.

Xenia kannte viele Leute, die am Zarenhof eine wichtige Rolle spielten, verkehrte in den besten Häusern und konnte ihm auf diese Weise manche wertvolle Information liefern. Und genau das war es, was sie für Terenkow so wertvoll machte. Daß sie zudem jung und hübsch war, war in seinen Augen eine angenehme Zugabe.

Von jenem Mittag an trafen sie sich zwei- oder dreimal wöchentlich in der kleinen Parkanlage hinter der Erlöserkirche, gingen spazieren, wenn das Wetter es erlaubte, oder tranken Tee in einem der zahlreichen Lokale zwischen der Fontanka und dem Katharinen-Kanal.

Dort standen enge hohe Häuser mit schmutzigen Hinterhöfen, es war ein schlecht beleumundetes Viertel, aber es hatte den Vorteil, daß Xenia hier auf keinen Bekannten stoßen würde.

Terenkow wohnte in der Nähe; er hatte zwei Dachzimmer in der Stoliarnyj Pereulok gemietet, und als er Xenia das erste Mal dorthin mitnahm, war sie entsetzt, in welcher Armseligkeit er lebte.

Die kleinen Fenster gingen auf einen Hinterhof mit geschwärzten Brandmauern hinaus, der Gestank von Müll und Katzenkot wehte herauf, wenn man sie öffnete, und die kärgliche Einrichtung – ein Tisch, zwei wacklige Lehnstühle, ein wurmstichiger Schrank und eine ebensolche Anrichte – war zerschlissen und voller Flecken.

Durch die halboffene Tür waren ein ungemachtes, zerwühltes Bett und ein emailliertes, halb verrostetes Gestell mit Waschschüssel und Krug zu sehen.

Terenkow gewahrte Xenias schockierte Blicke und lachte. »Ich weiß, du hast es feiner daheim. Aber mir genügt es. Außerdem kann ich schnell von hier verschwinden, falls es einmal nötig sein sollte. Vom Fenster aus führt eine Feuerleiter in den Hof, und durch die Keller und andere Hinterhöfe ist man weg wie eine Ratte, die hundert Schlupflöcher hat.«

Er fegte einen Stapel Broschüren und Schriftstücke von einem der Stühle. »Komm, setz dich. Du brauchst keine Angst zu haben, Wanzen gibt es hier nicht. Und die Alte, von der ich die Zimmer gemietet habe, kommt auch nicht gleich heraufgestampft und schreit Zeter und Mordio, weil ich ein Mädchen bei mir habe. So was ist man hier gewöhnt.«

Xenia gehorchte und zog ihr dunkelgrünes Cape, das an der Innenseite mit einem karierten Schottenstoff gefüttert war, enger um sich. »Es ist kalt«, sagte sie, und Terenkow ging zu dem Ofen in der Ecke.

»Warte, ich mach' uns Feuer. In zehn Minuten ist es warm.«

Sie beobachtete ihn, wie er Papier und Holzspäne aus einem Korb nahm und in die Feuerstelle schichtete. Dann entzündete er das Papier, und gleich darauf züngelten die ersten Flämmchen hoch.

Er blies ein wenig hinein und legte Holz nach. Dann stand er auf und holte aus der Anrichte eine Flasche und zwei Gläser. »Es ist guter Wodka, kein Fusel. Trink einen Schluck, der wärmt dich zusätzlich von innen.«

Sie hatte noch nie Wodka getrunken, und der scharfe Alkohol ließ sie husten. Er rann ihre Kehle hinunter in den Magen, und gleich darauf verspürte sie tatsächlich eine angenehme Wärme, die sich in kleinen Wellen in ihr ausbreitete.

Terenkow lachte, weil sie das Gesicht verzog, und leerte sein Glas in einem Zug. Dann ging er vor ihr in die Hocke und nahm ihre Hände. »Warum sagst du nichts? Hast du Angst?«

Sie schüttelte den Kopf. »Müßte ich das denn?«

»Vermutlich bist du zum ersten Mal mit einem Mann in dessen Wohnung allein. Und dann noch mit einem so ungehobelten, unberechenbaren, auf dessen gute Manieren man nicht bauen kann. Meine kleine Gräfin, was bist du doch für ein leichtsinniges Geschöpf!«

Sie wollte ihre Finger zurückziehen, doch er hielt sie fest und legte sie gegen seine Wange. »Oder bin ich gar nicht der erste bei dir? Hast du schon deine verbotenen Spielchen gespielt?«

»Nein«, sagte sie. »Und ich bin auch nicht hergekommen, um jetzt damit anzufangen. Ich wollte sehen, wie du lebst, das war alles.«

Er zog die Augenbrauen hoch. »Oh, was sind wir doch für eine Heuchlerin, meine teure Xenia Pawlowna! Für was hältst du mich? Für einen grünen Jungen wie deinen Pjotr Dobrowjew? Den kannst du vielleicht mit einem Wink deiner hübschen Augen dirigieren und ihm weismachen, daß du ein tugendhaftes Mädchen bist, das man nur aus der Ferne anhimmeln darf. Aber ich habe vom ersten Augenblick an gemerkt, daß du Feuer im Hintern hast und wie sehr es dir gefällt, wenn ich dich berühre. Also gib es ruhig zu.«

Sie biß die Zähne zusammen, um das Zittern ihrer Lippen zu unterdrücken, als er ihre Brust umfaßte und mit der Daumenkuppe darüberstrich.

»Das ist doch nicht wahr. Ich habe nie ... Bitte, laß mich los!«

Er gab keine Antwort, sondern fing an, sie wild und zügellos zu küssen. Xenia drehte vergeblich den Kopf hin und her, um ihm zu entkommen. Als die die Arme gegen ihn stemmen wollte, drückte er sie so fest an sich, daß sie keinen Finger mehr rühren konnte.

»Wehr dich doch nicht. Sag lieber, daß du es willst, genauso sehr wie ich. Los, sag es ...«

»Nein«, würgte sie hervor. »Bitte, ich will gehen ...«

Er gab sie so abrupt frei, daß sie taumelte und in den Lehnstuhl zurückfiel. Während er seinen Atem zur Ruhe zwang, musterte er sie aus schmalen, funkelnden Augen. Dann sagte er leise: »Ich bin dir nicht gut genug, was? Du bist zwar scharf auf mich, aber gleichzeitig schaudert deine hochadlige Seele vor mir zurück. Der dreckige Muschik, der in einer Dachkammer haust ... An so etwas wirft sich eine Lasarowa nicht weg. Gut, dann geh. Beweg deinen verdammten Hintern und verschwinde!«

Fast hätte er gelacht, als sie genauso reagierte, wie er es erwartet hatte: Sie blieb sitzen, die Hände im Schoß verkrampft, und blickte unglücklich zu ihm hoch.

»Du siehst das falsch, Grischa. Ich bin wirklich nicht hochmütig. Man sucht sich das Haus nicht aus, in dem man geboren wird. Aber du warst plötzlich so anders ... so gewalttätig. Das hat mich erschreckt.«

Er schüttelte den Kopf. »Ich glaube dir nicht, mein Kind. Wenn ich zu deinen adligen Vornehmtuern gehörte oder wenigstens ein gutbetuchter Bourgeois wäre – mit Haus und Dienerschaft, hättest du mich nicht zurückgewiesen. Aber du hast schon recht: Was willst du mit einem wie mir? Ich nehme dich höchstens in den Dreck mit, in dem ich lebe. Unsereins steht doch immer mit einem Bein im Gefängnis oder riskiert, zum Krüppel geschossen, von Kosakenpferden niedergeritten oder nach Sibirien geschickt zu werden. Nein, nein, du hast vernünftig gehandelt, daß du dich da nicht hineinziehen läßt.«

Seine Stimme klang bitter, und der Blick, mit dem er Xenia bedachte, war so verletzt und voller Traurigkeit, daß ihr das Herz schmolz.

»Du hältst mich für feige, was?« fragte sie. »Du meinst, ich hätte das alles nur dahergeredet, was ich dir über meine Einstellung zu euren Zielen gesagt habe. Aber das ist nicht wahr. Ich bewundere dich, daß du für eine neues, besseres Rußland kämpfst und dafür deine Sicherheit aufs Spiel setzt, und ich wünsche, ich könnte dir dabei helfen. Für mich bist du kein dreckiger Muschik, Grischa, sondern ein sehr mutiger, selbstloser Mann, der freiwillig ein so armseliges Leben führt, weil er sich seine Ideale nicht abkaufen läßt.«

Er hatte ihr inzwischen erzählt, daß er aus einem wohlhabenden, angesehenen Elternhaus stammte, dessen Tür ihm wegen seiner politischen Überzeugung verschlossen war, und das hatte Xenia sehr beeindruckt.

Sie stand auf und ging auf Terenkow zu. Mit einer scheuen Bewegung legte sie die Hände auf seine Brust und schmiegte ihre Wange gegen den rauhen Stoff seines Hemdes.

»Laß das«, sagte er und versuchte, sie von sich zu schieben. »Ich bin auch nur ein Mensch, Xenia, und ich begehre dich, seit ich dich das erste Mal gesehen habe. Deshalb solltest du jetzt wirklich gehen. Verzeih mir, daß ich eben den Kopf verloren habe. Es wird nicht wieder geschehen.«

»Verzeih du mir«, sagte sie leise, ohne ihn anzusehen, »daß ich dich zurückgewiesen habe. Aber ich war wirklich nur erschrocken, weil du auf einmal so verändert warst.« Sie seufzte und hob den Kopf, und er sah, daß Tränen in ihren Augen standen. »Ich fürchte, ich bin sehr unerfahren, Grischa. Du wirst behutsam mit mir umgehen müssen.«

Da hob er sie hoch und trug sie in seine Schlafkammer zum Bett.

10. Kapitel

Dr. Nizier Philippe, der eigentlich Nizier-Vachot hieß und nie einen Doktortitel erworben, aber das Metzgerhandwerk erlernt hatte, hielt im Salon der Baronin Rosen eine traumatische Séance ab. Es war selten genug, daß er nach St. Petersburg kam, lebte er doch normalerweise in Zarskoje Selo, seit ihn die Prinzessinnen Militza und Stana der Zarin wegen seiner übernatürlichen Fähigkeiten, seiner Gabe des Hellsehens und des Wunderheilens vorgestellt hatten.

Die beiden waren Töchter des Fürsten und späteren Königs von Montenegro, die, in Petersburg erzogen, Mitglieder der russischen Zarenfamilie geheiratet hatten.

Zarin Alexandra Fjodorowna vertraute den beiden jungen Frauen, weil sie ihr, im Gegensatz zu den meisten bei Hof, offenkundige Sympathien entgegenbrachten. Und in Doktor Philippe sah sie ein wahres Gottesgeschenk.

Swetlana war einen Monat lang in Petersburg gewesen. Eigentlich hatte sie nur ein paar Tage bleiben wollen, doch ihr kleiner Sohn war an einer eitrigen Halsentzündung erkrankt, die mit hohem Fieber einherging, so daß sie die Zarin um Beurlaubung gebeten hatte, bis der inzwischen knapp Zweijährige wieder ganz gesund war.

An diesem Abend war Swetlana nur widerstrebend in das Palais der Baronin Rosen gekommen, aber die ältliche exaltierte Frau hatte so lange auf sie eingeredet, bis sie endlich zugesagt hatte. Es ging Fjodor besser, er war indessen fieberfrei und durfte schon zeitweilig aufstehen.

Leonid Soklow war in Finnland, wo er ausgedehnte Ländereien besaß, und hatte bei seiner Abreise erklärt, daß er mindestens einen Monat lang fortbleiben werde. Der Dienstbotenklatsch hatte Swetlana zugetragen, daß er nicht allein gefahren war. Seine neueste Geliebte, eine Sängerin der Kaiserlichen Oper namens Elena Frantucci, ein bleiches, lasterhaftes Geschöpf, hatte ihn begleitet.

Swetlana war es gleichgültig. Die Frantucci schien in Leonids Augen besondere Talente zu haben, denn er war bereits seit dem letzten Winter mit ihr liiert, und Swetlana war dankbar, daß er sie seitdem nicht mehr angerührt hatte.

Sie kam etwas zu spät in das Rosensche Palais, und ein Diener führte sie in einen nur von Kerzen erhellten Raum, dessen Fenster mit schwarzen Samtportieren verhängt waren.

Die Gäste der Baronin waren überwiegend Frauen, Swetlana entdeckte lediglich zwei Männer darunter. Der eine war Fürst Mestscherskij, ein vertrauter Freund von Zar Nikolaus, der es innerhalb kurzer Zeit zu großem Einfluß gebracht hatte, der andere der Hofstallmeister Burdukow, der bei gewissen Leuten nur dadurch zu Ansehen gelangt war, indem er Informationen aus der engeren Umgebung der kaiserlichen Familie weitergab und die Adjutanten des Herrschers regelmäßig mit größeren Summen bestach.

Nizier Philippe stand über die Gräfin Murawjew gebeugt, die malerisch hingegossen, mit geschlossenen Augen auf einer Ottomane lag. Er hatte breite Hände mit stumpfen Fingern, mit denen er in gleichmäßigem Rhythmus über ihre Schläfen strich.

»Von nun an«, sagte er in beschwörendem Tonfall, »wird

Ihre Schlaflosigkeit vorbei sein. Fürchten Sie sich nicht mehr davor, zu Bett zu gehen. Wenn Sie heute abend nach Hause kommen, werden Sie so müde sein, daß Sie sogleich Ihr Schlafzimmer aufsuchen. Und dann werden Sie herrlich schlafen – viele Stunden lang. Wenn Sie erwachen, werden Sie sich frisch und ausgeruht fühlen, und dieser Zustand wird anhalten, weil Sie Nacht für Nacht so wunderbar schlafen werden.«

»Ja ...« Die Murawjewa lächelte selig. »Ich werde schlafen. Danke, Meister ... Sie haben mich gerettet.«

Nizier Philippe strich noch einmal über ihren Kopf, dann trat er zurück. »Ich bin etwas erschöpft. Ich muß mich eine Weile ausruhen.«

Die Baronin Rosen schob ihm eigenhändig einen Sessel hin, in den er sich hineinfallen ließ und das Gesicht mit den Händen bedeckte.

»Ruhen Sie, Doktor Philippe. Erholen Sie sich, und wenn Sie sich kräftiger fühlen, müssen Sie mir unbedingt noch einen Traum deuten, den ich in der letzten Nacht hatte. Er war sehr merkwürdig, und ich weiß, offen gestanden, nicht, was ich davon halten soll.«

»Später, meine teuerste Baronin«, murmelte er, ohne aufzusehen. »Sie wissen, Ihre Träume interessieren mich brennend, weil sie so aufschlußreich und manches Mal sogar in gewisser Weise prophetisch sind. Sie haben offenbar mediale Fähigkeiten.«

Die Rosen bedachte ihn mit einem anbetenden Blick, während die Gräfin Murawjew sich auf ihrer Ottomane aufsetzte und mit einem immer noch benommenen Gesichtsausdruck vor sich hinstarrte.

Swetlana war sicher: Nizier Philippe hatte sie hypnotisiert. Auf diese Weise, das wußte sie, konnte man bei labilen Charakteren tatsächlich gewisse Leiden heilen – wie Schlaflosigkeit, Migräne, nervöse Magenbeschwerden und ähnliches.

Aber im übrigen hielt Swetlana diesen Nizier Philippe für einen Scharlatan. Es war ganz unmöglich, was seine Anhänger – und leider auch das Zarenpaar – glaubten: daß er Einfluß darauf hatte, ob eine Schwangere einen Sohn oder eine Tochter gebar. Doch genau das hatte er behauptet.

Als die Zarin Swetlana davon erzählt hatte, hatte diese gelacht. »Um Himmels willen, Euer Majestät, Sie nehmen doch solch einen Schwindel nicht ernst?«

Darüber war Alexandra Fjodorowna, die Swetlana sonst sehr zugetan war, regelrecht zornig geworden. »Ich verbiete Ihnen, die Fähigkeiten von Doktor Philippe als Schwindel abzutun! Er ist ein begnadeter Mensch, der in seiner Heimat schon sehr vielen Frauen geholfen hat, die sich sehnlichst einen Sohn wünschten.«

»Hat er Euer Majestät das erzählt?« hatte Swetlana gefragt, und die Zarin hatte aufgebracht genickt.

»Ja, und ich glaube ihm. Seine Majestät tut es übrigens auch. Wir haben großes Vertrauen zu Doktor Philippe. Also bitte, sagen Sie nie wieder ein abwertendes Wort gegen ihn.«

Swetlana hatte sich gefügt, aber am liebsten hätte sie Alexandra Fjodorowna geschüttelt. Wie konnte eine Frau von ihrer Intelligenz und Bildung, eine Frau, die sonst so unbestechlich war in ihrem Urteil über jede Unaufrichtigkeit und Heuchelei, diesem Mann so grenzenlos vertrauen! Man brauchte Nizier Philippe doch nur anzusehen, um zu wissen, daß er ein Kriecher übelster Art war!

Aber der Kummer, daß sie noch immer keinem Sohn das Leben geschenkt hatte, hatte Alexandra seelisch krank gemacht. Sie mußte diesen Sohn haben – der verzweifelte Wunsch beherrschte sie inzwischen dermaßen, daß daneben kein Raum mehr für eine vernünftige Überlegung war.

Arme Kaiserin, dachte Swetlana, während sie Nizier

Philippe betrachtete. Ein Betrüger mehr, der ihr ins Gesicht lügt und sie am Ende noch hoffnungsloser und zerstörter zurückläßt, als sie es ohnehin schon ist.

Die Baronin Rosen hatte sie inzwischen entdeckt und kam mit aufgeregten Trippelschritten auf sie zu.

»Ist er nicht wunderbar?« fragte sie mit einer Kopfbewegung in Philippes Richtung. »Wie schade, daß Sie erst jetzt gekommen sind. Der Meister hat uns einen kleinen Vortrag gehalten über eine ganz neue Art der Medizin, die im Kommen ist. Er nennt sie *geistige* Medizin, und sie wird mehr bewirken als alle Medikamente und Operationen, die wir bisher kannten. Er sagt, daß die meisten Krankheiten ihren Ursprung in der Seele haben, und dort müsse man ansetzen, um sie zu kurieren.«

»Damit hat Doktor Philippe vermutlich recht«, gab Swetlana zu. »Aber dennoch werden wir auf die herkömmliche Medizin nicht verzichten können. Ein vereiterter Zahn oder ein ebensolcher Blinddarm werden nach wie vor der chirurgischen Behandlung bedürfen, und eine Grippe muß mit entsprechenden Pulvern oder Extrakten bekämpft werden.«

»Dessen bin ich mir nicht mehr so sicher«, widersprach die Baronin. »Schließlich vermag man mit der geistigen Medizin sogar Wunderheilungen zu vollbringen. Da versagen die herkömmlichen Behandlungsmethoden der Herren Ärzte. Ich sage Ihnen eines, meine liebe Swetlana Pawlowna – gegen jemanden wie Doktor Philippe mit seinem Einfühlungsvermögen und seinen heilenden Händen sind sie allesamt Stümper.«

»Dann sind Sie also nicht mehr in Behandlung bei Doktor Fjodorow?« fragte Swetlana, doch die Rosen nickte.

»Gelegentlich noch. Immerhin verordnet mir Doktor Fjodorow einige Medikamente, die mir helfen. Warum sollte ich darauf verzichten? Allerdings ...« Sie beugte sich vor und blickte Swetlana mit einem verschwörerischen Lächeln an. »Allerdings habe ich in anderen Dingen ein weitaus größeres Vertrauen zu Doktor Philippes Fähigkeiten. Er hat sich noch nie in seinen Voraussagen geirrt. Der Gräfin Anna Stomajewa hat er auf den Kopf zugesagt, daß ihr Gatte sie betrügt – und wenige Wochen später hat Fürst Scheremetjew ihn mit seiner Frau in flagranti ertappt. Und Wladimir Mestscherskij hat Doktor Philippe vor einem räuberischen Überfall gewarnt, der noch in der nämlichen Nacht passiert ist.«

Swetlana schwieg. Es hatte vermutlich wenig Sinn, der Baronin zu erklären, daß Graf Stomajew laufend Affären hatte, die für niemanden in St. Petersburg ein Geheimnis waren, da er den unseligen Hang besaß, sich in zwielichtigen Spelunken zu betrinken, so daß es kein Wunder war, wenn man ihn einmal ausraubte.

Die Rosen wollte in Philippe einen Mann mit übernatürlichen Kräften sehen und würde alles glauben, was er ihr und anderen einredete, ebenso wie die Zarin.

Alexandra Fjodorowna war indessen wieder schwanger. Das Kind sollte in drei Monaten geboren werden, und daß die Zarin abermals verzweifelt auf einen Sohn hoffte, war nichts Neues.

Neu war nur, daß Alexandra sich während dieser fünften Schwangerschaft so wohl und gesund fühlte wie bei keiner anderen zuvor.

Und dies war, wie sie Swetlana strahlend berichtete, als diese in der Woche darauf nach Zarkoje Selo zurückkehrte, einzig und allein auf Doktor Philippes heilenden Einfluß zurückzuführen.

Alexandra Fjodorowna sah hübsch und blühend aus, sie hatte schon vor zwei Monaten aufgehört, ein Korsett zu tragen, kleidete sich in helle weite Gewänder und hatte alle offiziellen Verpflichtungen abgesagt.

Da sie sich ohnehin nicht gern in der Öffentlichkeit zeigte, mochte letzteres ihr seelisches Wohlbefinden gesteigert haben, dennoch war selbst Swetlana verwundert, wie lebhaft und unbeschwert die Zarin wirkte.

Sie unternahm lange Spaziergänge, spielte mit ihren kleinen Töchtern und lachte mehr, als Swetlana es jemals bei ihr erlebt hatte.

»Der Himmel selbst hat mir Doktor Philippe geschickt«, erklärte die Zarin. »Seit er bei uns ist, habe ich nicht einmal mehr unter Herzbeschwerden oder geschwollenen Gliedern gelitten. Ich schlafe gut, ich habe einen gesunden Appetit, und ich ... ach, ich freue mich so sehr darauf, endlich meinen kleinen Zarewitsch im Arm zu halten.«

Auch der Zar war heiterer, als Swetlana ihn kannte. Und er war Nizier Philippe gegenüber von der gleichen rührenden Dankbarkeit wie seine Frau. Um sie auch offiziell zu bezeugen, ließ er dem Franzosen durch Kriegsminister Kuropatkin Rang und Titel eines Militärarztes und Wirklichen Staatsrates verleihen, und dies war sicherlich nur der Anfang von Philippes Aufstieg. Niemand in Zarskoje Selo zweifelte daran, daß den Wunderdoktor nach der Geburt des Thronfolgers noch höhere Ehrungen und Gunstbezeugungen erwarteten.

Der errechnete Geburtstermin rückte näher, und in Petersburg wartete man Tag für Tag vergeblich auf die Salutschüsse von der Peter-und-Paul-Festung, die die Geburt des so sehnlich erwarteten Zarewitsch verkündigten. Es geschah nicht.

Leonid Soklow war aus Finnland zurückgekehrt und kam mehrmals in der Woche nach Zarskoje Selo, wo er sich, wie immer, wenn er Publikum hatte, als betont liebevoller Ehemann gab.

Swetlana ertrug seine Gegenwart nur schwer. Sein zärtliches Gebaren vor anderen verursachte ihr Widerwillen, und wenn er über Nacht blieb und seine Rechte als Ehemann geltend machte – er begründete sie wieder einmal damit, daß er nicht nur ihren Romanow-Bastard großziehen, sondern einen eigenen Sohn zeugen wolle – erduldete sie das nur mit zusammengebissenen Zähnen.

Leonid war es auch, der als erster behauptete, die Zarin sei vermutlich gar nicht schwanger, sondern Nizier Philippe habe ihr dies lediglich kraft seiner hypnotischen Fähigkeiten einsuggeriert.

»Sie ist hysterisch, deine heißgeliebte Kaiserin, und das macht sie für solchen Hokuspokus empfänglich«, sagte er, aber Swetlana widersprach.

»Als ob es nicht untrügliche Anzeichen für eine Schwangerschaft gäbe! So etwas kann man sich nicht einbilden.«

Doch er lachte nur. »Ihr Weiber seid doch allesamt hysterisch. Und dieser angebliche Doktor Philippe – pardon, der hochwohlgeborene Militärarzt und Wirkliche Staatsrat – verfügt zweifelsohne über hypnotische Kräfte, so daß es ihm nicht schwerfallen dürfte, einer so wundergläubigen, labilen Person wie deiner Alexandra Fjodorowna ein Kind in den Bauch zu reden. Ich beneide ihn um diese Fähigkeiten! Was kann man alles damit erreichen! Vielleicht wende ich mich einmal an ihn, damit er dir suggeriert, daß du total verrückt nach mir bist. Ich würde es sehr genießen, wenn du unter mir liegst und vor Lust schreist und nicht genug von mir bekommst.«

»Ich weiß nicht viel über Hypnose«, entgegnete sie kalt, »aber doch soviel, daß man keinen Menschen dadurch veranlassen kann, Dinge zu tun, die ihm zuwider sind.«

Einen Moment lang sah er sie so wütend an, daß sie Furcht empfand, aber dann lachte er wieder nur und wandte sich zur Tür. »Ich fahre nach Petersburg. Du kannst also aufatmen, meine Teure. Aber ich werde wiederkommen, denn ich habe es mir nun einmal in den Kopf gesetzt, dir ein Kind zu machen. Einen echten kleinen Prinzen Soklow.«

Die Tage vergingen, der errechnete Geburtstermin des Zarenkindes war längst verstrichen, doch bei Alexandra Fjodorowna setzten keine Wehen ein.

Sie lag inzwischen zu Bett und wartete stündlich auf die Geburt ihres Sohnes. Von ihren Frauen wollte sie nur Swetlana, die Fürstin Orbeljani und die Wyrubowa um sich haben.

Auch der Zar verbrachte viele Stunden bei seiner Frau, doch das Warten zermürbte alle in zunehmendem Maße. Swetlana und der eigentlich immer heiter gestimmten Orbeljani fiel es täglich schwerer, der Zarin Fröhlichkeit und Zuversicht vorzuspielen. Lediglich die Wyrubowa glaubte nach wie vor felsenfest an die baldige Geburt des Zarewitsch.

»Doktor Philippe hat es gesagt, und er irrt sich niemals«, beteuerte sie mit glänzenden Augen.

Sie setzte sich auch vehement gegen Swetlanas Vorschlag zur Wehr, einen zweiten Arzt hinzuzuziehen, der die Zarin untersuchen sollte, als nach einer weiteren Woche noch immer keine Wehen bei ihr eingesetzt hatten.

»Wozu? Ihre Majestät hat Doktor Philippe, und das genügt. Es kommt schon einmal vor, daß ein Kind sich länger Zeit läßt, als es normalerweise der Fall ist. Das ist kein Grund zur Besorgnis.«

»Aber man sollte sichergehen, daß mit dem Baby alles in Ordnung ist«, wandte Swetlana ein, und die Orbeljani nickte.

»Dieser Meinung bin ich auch.« Sie wandte sich an Zar Nikolaus, der der kleinen Debatte bisher schweigend gefolgt war. »Bitte, Euer Majestät, lassen Sie Professor Ott rufen. Er kennt die zarte Gesundheit der Kaiserin. Vielleicht sind irgendwelche Komplikationen aufgetreten, die ihr und dem Kind schaden.«

Nikolaus kam an Alexandras Bett. Zärtlich wie immer lächelte er auf sie hinunter. »Und was möchtest du, meine Liebe?«

Ihre Augen waren voller Unruhe. »Ich weiß nicht ... Ich will Doktor Philippe nicht kränken. Andererseits, wenn dem Kleinen irgend etwas fehlt und unser Zögern alles noch verschlimmert ...«

Sie sprachen englisch miteinander, das die Orbeljani und die Wyrubowa kaum beherrschten, und Swetlana stand auf und trat an das Fußende des Bettes. »Ich bitte Sie, Euer Majestät, schicken Sie nach Professor Ott – um Ihrer und des Kindes Sicherheit willen«, sagte sie ebenfalls in englisch. »Bestimmt ist es nicht gut, wenn die Geburt sich allzu lange verzögert. Zumindest wächst das Baby mit jedem weiteren Tag, der verstreicht, und um so schwerer wird die Entbindung sein.«

Helle Angst stand auf einmal in Nikolaus' Augen. »Das habe ich noch gar nicht bedacht. Sie haben recht, Fürstin, man muß etwas unternehmen, schon um Ihrer Majestät unnötige Qualen zu ersparen. Ich schicke sogleich einen Adjutanten zu dem Professor.«

An der Tür hielt Alexandra ihn noch einmal auf. »Aber sprich erst mit Doktor Philippe darüber. Ich möchte um keinen Preis, daß er verärgert wird. Bitte, Nicky ...«

»Schon gut«, erwiderte er nervös. »Er wird es einsehen. Schließlich ist er kein Frauenarzt wie Ott. Mach dir keine Sorgen, meine Liebe. Wie du weißt, ist Doktor Philippe ein sehr verständnisvoller Mann.«

Professor Ott kam am Abend desselben Tages. Er blieb fast eine Stunde bei der Zarin. Auch Nikolaus war bei ihr, während Swetlana und die Orbeljani im Vorzimmer warteten. Die Wyrubowa war zur Kirche gegangen, um, wie sie gesagt hatte, für ihre teuerste Kaiserin zu beten.

Swetlana sprang auf, als sich die Tür zu Alexandras Schlafzimmer öffnete. Der Zar kam heraus. Sie wollte auf ihn zueilen, ihn fragen, doch er winkte ab und ging so rasch an ihr vorbei, daß sie gar nicht dazu kam. Aber sie sah, daß seine Augen voller Tränen standen.

Dann fiel die Tür hinter ihm ins Schloß.

Professor Ott, ein schwergewichtiger Mann mit einem graumelierten Kinnbart, tauchte im Vorzimmer auf. »Gehen Sie zu Ihrer Majestät«, forderte er Swetlana und die Orbeljani auf. »Ich habe ihr ein Beruhigungsmittel gegeben. Sie wird bald einschlafen, denke ich. Aber sie sollte vorerst nicht allein sein.«

»Was ist passiert?« fragte die Orbeljani. Auf ihren Stock gestützt, stand sie auf. »Was haben Sie festgestellt?« Ihre Stimme klang angstvoll.

Das ohnehin immer etwas düster wirkende Gesicht des Professors verfinsterte sich noch mehr. »Es werden ja ohnehin alle erfahren, also kann ich es Ihnen ebensogut gleich sagen: Ihre Majestät ist überhaupt nicht schwanger. Sie hat neun Monate lang geglaubt, ein Kind zu erwarten, aber das war leider ein Irrtum.«

Dieses Mal weinte Alexandra nicht, sie begehrte auch nicht gegen diesen neuen, für sie so schrecklichen Schlag auf. Sie war still, wie betäubt, und zu Swetlana sagte sie nur:

»Ich möchte nicht darüber sprechen. Also sagen Sie nichts und fragen Sie nichts. Es würde genügend andere geben, die um so mehr darüber reden, weil sie sich an meinem Unglück freuen.«

Schon am nächsten Tag stand sie auf, verließ ihre Privatgemächer und nahm wieder am gesellschaftlichen Leben in Zarskoje Selo teil.

Swetlana begriff: Die Zarin trat die Flucht nach vorn an, um ihren Widersachern die Stirn zu bieten. Wenn man tat, als wäre nichts geschehen, würde das schadenfrohe Gerede am schnellsten verstummen.

Aus diesem Grunde wurde auch Nizier Philippe nicht sogleich vom Hof entfernt. Er blieb noch mehrere Monate, scheinbar nach wie vor vom Zarenpaar hoch geschätzt, wenngleich die Zahl seiner Jüngerinnen täglich mehr zusammenschmolz, so daß er zu Beginn des Jahres 1903 Zar Nikolaus von sich aus darum bat, in seine Heimat zurückkehren zu dürfen.

Der Abschied wurde ihm in allen Ehren gewährt, und Nizier Philippe reiste, mit Geld und fürstlichen Geschenken ausgestattet, nach Frankreich zurück.

Immerhin konnte er es nicht unterlassen, der Zarin bei einer letzten Audienz zu prophezeien, daß Gott ihr an seiner Statt einen neuen Beistand senden werde, der ihr in all ihren Nöten helfen könne. Es war nicht schwer, auf eine solche ›Weissagung‹ zu kommen, denn Alexandra Fjodorowna gab es nicht auf, weiterhin nach Wunderheilem und heiligen Narren zu suchen, die ihr, wie sie fest glaubte, eines Tages durch ihre Gebete und Kasteiungen zu dem so heiß ersehnten männlichen Erben verhelfen würden.

Aber mit seiner letzten Prophezeiung sollte Nizier Philippe dennoch recht behalten. So sahen es später jedenfalls das Zarenpaar und so viele andere aus seiner Umgebung.

Der Mann, der der unglücklichen Kaiserin in ihrer Angst und grenzenlosen Verzweiflung als einziger tatsächlich zu helfen vermochte und dadurch einen unbeschränkten und unheilvollen Einfluß auf sie und Nikolaus II. gewann, hieß Grigorij Jefimowitsch Nowych. Er wurde in dem kleinen sibirischen Dorf Pokrowskoje, zwischen Tjumen und Tobolsk gelegen, geboren und trug den Beinamen Rasputin.

»Und du warst am vergangenen Donnerstag zum Tee bei der Gräfin Ignatjew?« fragte Grischa Terenkow. Er lag mit Xenia im Bett. Sie hatten sich geliebt und waren beide noch nackt. Träge strich er mit dem Daumen über ihre dunklen Brustspitzen. »Wie war es denn? Hatte die alte Vettel interessante Leute da?«

Sie nickte. »Außenminister Graf Lamsdorf, Maurice

Bompard, den französischen Botschafter, Innenminister Plehwe, Oberst Besobrasow ...«

Terenkow pfiff durch die Zähne. »Wirklich? Ich wußte gar nicht, daß Besobrasow in Petersburg ist. Und? Hast du etwas Wichtiges aufgeschnappt?«

Sie setzte sich auf und griff nach dem Mieder, das neben dem Bett auf dem Boden lag. Während sie es überzog und zuhakte, nickte sie.

»Bompard und Plehwe haben gestritten. Der Botschafter hat dem Innenminister vorgeworfen, er verhindere durch seine rigorosen Maßnahmen, daß das russische Volk auch nur noch einen Funken Sympathie für seinen Zaren empfinde. Nikolaus sei seinen Untertanen ferner als der Mond, und Plehwe solle liebe ein paar befähigte Diplomaten aus seinem Ministerium damit beauftragen, für Seine Majestät Pluspunkte zu sammeln, als ständig neue Hetzkampagnen gegen die Juden zu inszenieren und mit härtester Waffengewalt gegen Arbeiterdemonstrationen vorzugehen – alles im Namen des Zaren.«

»Und was hat Plehwe geantwortet?«

Xenia kicherte. »Oh, es war sehr spannend, wie die beiden aufeinander losgegangen sind. Plehwe war rot wie ein gekochter Hummer, und die Ignatjewa rang die Hände und beschwor ihn und Bompard, doch um Gottes willen friedlich zu bleiben und keinen Eklat heraufzubeschwören.«

Grischa runzelte die dichten Brauen. »Ich will keine Milieuschilderung von dir hören, sondern Tatsachen.«

Sie warf ihm einen halb erschrockenen, halb trotzigen Blick zu. »Manchmal ist deine Liebenswürdigkeit wirklich nicht mehr zu überbieten, Grischa. Also schön. Plehwe sagte, er sei nur deshalb zum Innenminister ernannt worden, weil er für seine Unnachgiebigkeit bekannt sei. Er würde seiner Aufgabe nicht mehr gerecht, wenn er einen milderen Kurs einschlüge. Im übrigen rechne er damit, daß man die Untertanen Seiner Majestät von ihren revolutionären Ambitionen ablenken könne, wenn man gezielt ihre Wut gegen die Juden aufstachele. Wörtlich sagte er, es sei nutzbringend, nationale Haßgefühle anzuheizen, und der Antisemitismus sei ein prächtiges Ventil für übererregte, von sozialistischen Demagogen aufgehetzte Gemüter.«

»Gemein, aber klug«, sagte Terenkow und verließ das Bett. Er ging zum Tisch und zündete sich eine Papyrossi an. Seit einiger Zeit hatte er eine Wohnung in der Nähe des Moskauer Bahnhofs gemietet. Sie war nicht allzu groß mit ihren drei Zimmern, aber doch wesentlich ansprechender als das schmutzige Loch in der Stoliarnyj Pereulok, das er vordem bewohnt hatte.

Xenia hatte ein übriges dazu getan, die Wohnung behaglicher einzurichten, indem sie nach und nach Kissen, hübsches Geschirr, einen silbernen Samowar und Porzellanleuchter heimlich aus dem elterlichen Palais mitgebracht hatte.

Terenkow schlüpfte in Hemd und Hose und schrieb ein paar Notizen in ein blau eingebundenes Heft. »Ich bin kein Judenfreund, aber wenn Plehwe Erfolg hat und es wieder einmal zu Pogromen kommt, könnte sich daran tatsächlich die Volkswut abreagieren.«

»Es hat schon eines in Kischinew gegeben«, berichtete Xenia. »Die Presse durfte nicht darüber berichten. Aber Lamsdorf warf Plehwe vor, daß dabei mehrere hundert Juden, auch Frauen und Kinder, erschlagen worden seien. Man hat ihre Häuser geplündert und hinterher in Brand gesteckt, und Militär und Polizei haben mit verschränkten Armen zugesehen.«

Er lachte. »Es ist wirklich ein Fluch, dem ›auserwählten Volk‹ anzugehören. Wenn früher ein Monarch bei den jüdischen Geschäftsleuten und Bankiers hoch verschuldet war, behauptete er, die Juden hätten die Brunnen vergiftet und sich an unschuldigen kleinen Christensäuglingen vergriffen, um sie bei ihren scheußlichen religiösen Ritualen abzuschlachten, und schon stürmte das Volk ihre Häuser und machte alles nieder, was sich ihm in den Weg stellte – und der Fürst oder König war seine Gläubiger los. Heutzutage müssen die Juden eben für politische Interessen herhalten, aber der Effekt ist der gleiche.«

Er wandte sich um und warf Xenia einen zufriedenen Blick zu. »Erzähl weiter. Was hat es sonst noch bei der Ignatjewa gegeben?«

»Der französische Botschafter ist vorzeitig gegangen, nachdem es ihm nicht gelungen war, Plehwe zu einem gemäßigteren Kurs zu bewegen. Im Gegenteil – der Minister behauptete, je größer der Widerstand des Volkes werde, um so härter müsse er dagegen vorgehen. Im übrigen habe er noch einen Trumpf im Ärmel, und das sei das leider immer noch unter japanischer Oberhoheit stehende Korea. Ein Krieg mit Japan werde vermutlich alle revolutionären Bestrebungen in Rußland niederschlagen. Vielleicht nicht bei einigen unbelehrbaren Wirrköpfen, doch die hätten dann nicht mehr die Unterstützung des Volkes.«

»Wenn es sich da mal nicht verrechnet, das schlaue Innenministerchen!« sagte Terenkow lachend. »Ein siegreicher Krieg könnte eventuell solche Folgen haben, aber nicht ein verlorener. Unsere Militärs sind allesamt satt, vollgefressen und selbstherrlich. Sie unterschätzen die Japaner und bilden sich ein, ein Feldzug wäre eine Art Parade mit ein bißchen Geschützdonner und schneidigen Attakken. Welch ein gefährlicher Irrtum, für den Tausende guter russischer Männer sterben werden!«

»Du meinst also, es wird Krieg geben?« fragte sie furchtsam, und Terenkow nickte.

»Es sieht so aus, und das nicht erst seit heute. Schließlich stehen bereits seit einigen Jahren russische Truppen im Süden der Mandschurei, und obwohl der Zar der chinesischen Kaiserin zugesagt hat, sie in drei Etappen abzuziehen, hält er sich nicht mehr daran. Im übrigen weißt du selbst, daß seit neuestem eine Anzahl Geschäftemacher und Glücksritter bei Hof herumschwirren, an deren Spitze sich Großfürst Alexander Michailowitsch gestellt hat. Sie liegen Nikolaus ebenso wie der deutsche Kaiser in den Ohren, daß Korea Rußland einverleibt werden müsse, wobei der Großfürst und seine Clique natürlich sehr handfeste materielle Interessen daran haben. Du hast mir doch selbst erzählt, daß man bereits eine Gesellschaft zum Abbau der koreanischen Bodenschätze gegründet hat, da es dort sehr große Vorkommen von Eisen, Steinkohle und Gold gibt, von dem Waldreichtum um den Fluß Yalou herum einmal abgesehen.«

»Aber Finanzminister Witte ist gegen einen Krieg«, warf Xenia ein, und Grischa zuckte mit den Schultern.

»Er wird sich nicht durchsetzen. Weder gegen Plehwe, der schon jetzt überall fleißig verkünden läßt, die hiesigen Aufrührer und Unruhestifter steckten mit Japan unter einer Decke und ein siegreicher Krieg könne dazu beitragen, sich ihrer gänzlich zu entledigen, noch gegen Nikolaus' Vetter, den Großfürsten, und die Geldhaie, die dieser um sich versammelt hat.«

Xenia war während ihrer Unterhaltung ebenfalls aufgestanden und hatte sich angekleidet. Nun ging sie in das nebenan gelegene Wohnzimmer und schenkte Grischa und sich Tee aus dem Samowar ein, der auf einem niedrigen Tischchen stand.

»Ich wünschte, es gäbe keinen Krieg«, sagte sie seufzend. »Könnt ihr denn nichts tun, um ihn zu verhindern?«

»Wie denn?« fragte er bitter. »Für einen gewaltsamen Umsturz ist die Zeit noch nicht reif. Und wir können auch nicht alle Kriegstreiber eliminieren. Sie sind wie eine Hydra – es wachsen immer wieder Köpfe nach.«

Mit gerunzelter Stirn blickte sie zu ihm hoch. »Grischa ... damit hast du doch nichts zu tun, oder? Ich meine, du beteiligst dich nicht an irgendwelchen Bombenanschlägen oder ähnlichen Attentaten?«

»Natürlich nicht«, erwiderte er leichthin. »Ich sage dir doch, so etwas bringt nicht viel. Die Ermordung von Innenminister Sipjagin hat uns Plehwe beschert, der es noch ärger als sein Vorgänger treibt. Und die Attentate auf Bogdanowitsch, den Präfekten von Ufa, und diesen Verräter Bobrikow, der Finnland ganz und gar dem Zaren ausgeliefert hat, haben den beiden zwar bis in alle Ewigkeit die Mäuler gestopft, aber an den Verhältnissen hat sich trotzdem nichts geändert.«

Sie atmete auf. »Manchmal habe ich Angst um dich, weißt du? Täglich werden so viele Menschen verhaftet – oder sogar erschossen, wenn sie ergriffen werden.«

Er strich ihr über das dunkle Haar. »Keine Sorgen, meine kleine Gräfin, ich gebe schon acht. Und du mußt natürlich weiterhin Augen und Ohren offenhalten. Es könnte ja sein, daß du irgendwann bei euren stinkfeinen gesellschaftlichen Zusammenkünften etwas aufschnappst, aus dem du ableitest, daß ich oder die Unsrigen ganz allgemein in akuter Gefahr sind. Dann mußt du mir das sofort sagen.«

»Aber ja«, versicherte sie. »Ich will doch nicht, daß euch etwas geschieht.« Ihre braunen Augen glänzten. »Wenn du mir nur erlauben würdest, bei euch mitzuarbeiten. Aber du nimmst mich zu keinem eurer Treffen mit, und du erzählst mir auch nie, was ihr dort beredet und welche Entschlüsse ihr gefaßt habt.«

»Das sollst du auch nicht wissen«, erwiderte er kurz angebunden. »Dann kannst du wenigstens nichts ausplaudern.«

»Grischa!« rief sie empört. »Ich würde doch nie ...«

»Freiwillig nicht, mein Täubchen, davon bin ich überzeugt. Aber wenn man dich foltert – nein, ich will dich dieser Gefahr gar nicht erst aussetzen! Deshalb will ich dich auch nicht bei unseren Versammlungen dabeihaben. Je weniger Leute wissen, daß wir beide zusammengehören, um so besser. Dann kann auch nichts durchsickern.«

»Du meinst, es sind nicht alle bei euch zuverlässig?«

Er trank seinen Tee aus. »Spitzel gibt es überall. Nein, meine kleine Gräfin, was dich und mich verbindet, soll unser Geheimnis bleiben« Er seufzte gespielt theatralisch und legte die Hand auf sein Herz. »Das ist leider die einzige Art von Romantik, die ich dir bieten kann.«

»Aber ich würde trotzdem so gerne mehr tun«, beharrte sie. »Bitte, denk doch einmal darüber nach!«

»Nein«, beschied er sie entschlossen. »Du tust genug für uns, indem du mir alle Neuigkeiten berichtest, die du zu Hause oder auf irgendwelchen Festivitäten aufschnappst, mein hübscher kleiner Spion. Auf diese Weise erfahre ich sehr viel Nützliches.«

»Aber etwas weißt du noch nicht«, sagte sie und kam auf seinen Schoß, als er sich in seinen Lehnstuhl setzte und sie an sich zog. »Meine Schwester Swetlana hat es mir aus Zarskoje Selo geschrieben. Sie begleitet das Zarenpaar Ende Juli nach Sarow. Natürlich nicht sie allein. Der ganze Hof wird mitreisen.«

»Sarow? Sarow?« überlegte er. »Wo liegt das?«

»Irgendwo an der Oberwolga. Dort hat vor hundert Jahren ein Mönch namens Seraphim gelebt, der vielen Frauen zu Söhnen verholfen hat, indem er sie zu einer heiligen Quelle führte, in der sie sich badeten. Nach seinem Tode wurde Seraphim neben der Quelle begraben, und es heißt, daß sie noch immer bei vielen Frauen ihre wundertätige Wirkung entfaltet.«

Terenkow brach in Gelächter aus. »Und jetzt erhofft sich Alexandra Fjodorowna von diesem Hokuspokus ebenfalls einen Sohn?«

»Nicht nur sie. Auch der Zar tut es, und er hat sich dazu entschlossen, Seraphim von Sarow heiligsprechen zu lassen, um ihn den Bitten um einen Thronfolger geneigt zu machen.«

Terenkow schob Xenia ein Stück von sich. »Glaubst du etwa auch an solchen Humbug?«

Fast entrüstet schüttelte sie den Kopf. »Natürlich nicht! Aber manchmal hilft es, wenn die betreffende Frau daran glaubt!«

Er lachte immer noch. »So, wie an die Schwangerschaft, die dieser Scharlatan Philippe der Zarin eingeredet hat, was? Ach komm, hör auf! Das ist alles blühender Unsinn. Und im Grunde ist es auch völlig egal, ob die Romanows noch einen Zarewitsch in die Welt setzen oder nicht. Er wird ganz gewiß nicht mehr über Rußland herrschen.«

Xenia wußte, daß es Terenkows und seiner Gesinnungsgenossen Ziel war, die Monarchie eines Tages völlig abzuschaffen. Allerdings, so hatte er ihr immer wieder beteuert, mit legalen Mitteln. Wenn erst die demokratische Verfassung eingeführt worden war und das Volk seine Vertreter selbst wählen konnte, würden diese nach und nach die Regierungsgewalt übernehmen. Der Zar wäre damit eines Tages überflüssig, aber wenn man ihm noch einige repräsentative Aufgaben lassen wolle, um die naiven Zarentreuen nicht allzu sehr vor den Kopf zu stoßen, so sei das etwas, womit das neue demokratische Rußland durchaus leben könne.

»Am dreißigsten Juli soll Seraphim von Sarow heiliggesprochen werden«, berichtete Xenia. »Und in der darauffolgenden Nacht wird die Zarin in der Quelle baden, die ihm geweiht ist und an der schon so viele Wunder geschehen sein sollen.«

»Nun, vom Baden hat noch keine ein Kind gekriegt.« Terenkow wollte Xenia enger an sich ziehen, aber sie wich ihm aus.

»Ich muß gehen. Es ist schon spät.«

»Mußt du wirklich?« fragte er halbherzig, während er

darüber nachdachte, ob man an diesem dreißigsten Juli nicht etwas unternehmen könne ...

Wenn die Zarin in der Quelle badete, war sie vermutlich nur von ihren Hofdamen umgeben. Die Wachen würden sich weiter entfernt aufhalten.

Andererseits konnte man sicher sein, daß das ganze Gelände hermetisch abgeriegelt war. Nicht einmal eine Maus würde ungesehen durch den Kordon der Geheimpolizisten und Garden hindurchschlüpfen können. Und der Zar? Wo würde er sich während der Zeremonie aufhalten?

»Nikolaus begleitet seine Frau in dieses Nest, dieses Sarow, nicht wahr?« fragte Terenkow beiläufig, während er zusah, wie Xenia in ihre Schuhe schlüpfte und dann vor dem Spiegel über dem Kamin ihr Haar richtete.

»Aber ja. Bei einem solchen Anlaß sind sie immer zusammen.«

»Und wo werden sie wohnen?«

Sie hob die Schultern. »Ich habe keine Ahnung. Vielleicht im Hause des Provinzgouverneurs – oder im Kloster der Mönche, deren Ordensgründer Seraphim ist. Da sie mit großem Gefolge reisen, wird sich der Hofstaat vermutlich auf beide Unterkünfte verteilen.«

»Vermutlich«, murmelte er desinteressiert. Und er dachte: Das muß man sich vorher ansehen. An Ort und Stelle kann man mehr erfahren.

Xenia war fertig und kam zu ihm. »Wann sehen wir uns wieder? Morgen oder übermorgen?«

Er küßte sie. »Ich weiß es noch nicht, mein Täubchen. Ich muß für ein paar Tage verreisen – nach Finnland«, setzte er hastig hinzu, als er den fragenden Ausdruck ihrer Augen sah. »Ich treffe mich dort mit einigen von uns, die im Exil leben. Möglich, daß auch Wladimir Iljitsch hinkommt.«

»Lenin?« fragte sie überrascht. »Aber ich denke ...«

»Psst ...« Er legte ihr den Finger auf die Lippen. »Kleine

Mädchen dürfen nicht so neugierig sein. Vergiß es. Ich schicke dir Nachricht, wenn ich zurück bin.«

»Sei vorsichtig«, bat sie und küßte ihn noch einmal.

Sie war nicht besonders fromm, weil sie nicht mehr zu glauben vermochte, daß es einen Gott gab, dessen Stellvertreter die satten, vollgefressenen Kirchenherren und Popen waren, die mit so unbeschreiblichem Hochmut über das Elend der ihnen Anvertrauten hinwegblickten. Manchmal dachte sie, daß es Gott überhaupt nicht gab, denn wie hätte er all das Unrecht, diese menschenverachtende Willkür und die Not zulassen können, ohne mit Feuer vom Himmel dazwischenzufahren?

Trotzdem hätte Xenia jetzt gern das Kreuzzeichen über Grischa geschlagen, weil in einer solche Geste etwas lag, das irgendwie Trost und Mut verleiht.

Aber sie tat es natürlich nicht, weil sie wußte, daß Terenkow sie dann ausgelacht hätte oder sogar ärgerlich geworden wäre.

»Mach dir keine Sorgen«, erwiderte er. »Mir geschieht schon nichts.«

Als sie fort war, überlegte er, ob er jemanden mitnehmen sollte auf die Fahrt nach Sarow, German vielleicht oder Ljuba, aber dann verwarf er diesen Gedanken wieder. Es war besser, allein zu reisen, um die Örtlichkeiten zu inspizieren.

Terenkow schenkte sich einen Wodka ein und trat ans Fenster. Unten sah er Xenia die Straße überqueren. Wie hübsch sie war mit ihrem krausen dunklen Haar, das in der Sonne leicht rötlich schimmerte! Eine hübsche kleine Katze ...

Irgendwann würde er sich von ihr trennen müssen, spätestens dann, wenn sie von ihrem Vater auf die Straße gesetzt wurde.

Der Gedanke behagte Terenkow nicht, denn er hatte sich an Xenia gewöhnt. Aber sie hatte inzwischen die Schule beendet und wollte zum Wintersemester mit dem Medizinstudium beginnen. Und es war eigentlich gar keine Frage, daß Graf Lasarow dann seine so aus der Art geschlagene Tochter hinauswarf, falls sie ihr Pläne nicht aufgab. Noch hatte Xenia nicht mit ihrem Vater gesprochen, sie hatte wohl doch Furcht vor der Auseinandersetzung, aber noch in diesem Sommer mußte sie es tun.

»Wenn mein Vater nicht nachgibt, dann komme ich für immer zu dir«, hatte Xenia zu Terenkow gesagt. »Die Heimlichkeiten sind dann vorbei, und das ist gut so.«

Er hatte ihr zugestimmt. Aber was sollte er mit einer Xenia Lasarowa, die seine Wäsche wusch, die Wohnung sauberhielt und für ihn kochte, wenn sie nicht gerade in der Universität war oder als Hilfskraft in irgendeinem Krankenhaus arbeitete, um ihr Studium zu finanzieren? Frauen bekamen nur untergeordnete Stellungen; ihre Berufstätigkeit beschränkte sich in der Regel auf Dienstbotenleistungen.

Auch Xenia würde diese Erfahrung machen müssen.

Noch träumte sie von einer Beschäftigung in einem Büro, einer Bibliothek oder einem wissenschaftlichen Institut. Aber derlei Posten waren den Männern vorbehalten.

Terenkow sah sie in der schmalen Gasse verschwinden, die zwischen seiner Wohnung und dem Newskij-Prospekt lag. Ihm gefiel ihr Gang. Er war energisch und doch anmutig, und der Schwung ihrer Hüften bewirkte, daß die Männer ihr nachsahen.

Vielleicht würde er sie doch noch ein paar Wochen bei sich behalten, ehe er sie verließ.

Aber eines Morgens würde sie wach werden und allein in seinem Bett liegen. Dann mußte sie zusehen, wie sie zurechtkam. Er konnte sich keine Fesseln leisten.

11. Kapitel

»Du solltest heute nacht ebenfalls in der Quelle des nunmehr heiligen Seraphim baden«, sagte Leonid Soklow zu Swetlana. »Vielleicht bekommst du dann endlich den Sohn, den ich von dir haben will.«

Sie saß vor dem ovalen Spiegel ihres Schlafzimmers, das ihr und Leonid bei ihrer Ankunft in Sarow im Seraphim-Kloster zugewiesen worden war. Jeanette, ihre Zofe, hatte ihr beim Umkleiden geholfen und ihr den Kokoschnik mit dem halbmondförmigen Diadem und dem langen Schleier auf das zu einem Zopf geflochtene weizenblonde Haar gesetzt.

Leonid lehnte in der Tür, bereits in der Galauniform eines Generals der Artillerie, zu dem er im letzten Winter ernannt worden war, und im Spiegel konnte Swetlana das Glitzern seiner merkwürdig goldbraunen Augen sehen.

»Ich habe bereits einen Sohn«, erwiderte sie kühl. »Also wird es wohl an dir liegen, wenn ich nicht schwanger werde. Mademoiselle Frantucci und deine anderen Geliebten werden es ja offenbar auch nicht. Dabei ist Elena Frantucci doch angeblich ganz wild auf ein Kind von dir.«

Mit einem zornigen Wink hatte Leonid die Zofe schon bei Swetlanas ersten Worten aus dem Zimmer gescheucht. Er schloß die Tür hinter dem Mädchen und kam mit zwei langen Schritten zu seiner Frau. »Halt's Maul, Romanow-Hure! Oder soll ich es dir stopfen?«

»Nur zu«, erwiderte sie unerschrocken. »Ihre Majestät wird zweifellos fragen, was mir fehlt, und wer will mich daran hindern, ihr dann endlich einmal die Wahrheit zu sagen? Wäre dir das recht?«

»Ich kann dir deine Frechheiten auch später noch heimzahlen. Du hast nicht alle Tage Hofdienst. Im übrigen baue nicht zu sehr auf die Zuneigung, die dir die Zarin entgegenbringt. Du wärst nicht die erste, die bei ihr in Ungnade gefallen ist, weil sie irgend etwas gesagt oder getan hat, was Alexandra Fjodorownas fades Gemüt gekränkt hat. Die Wyrubowa ist geschickter im Umgang mit ihr. Singen und beten und ihr immer neue Kretins und heilige Idioten zuführen – damit macht sie sich unentbehrlich, während man dir an der Nasenspitze ansieht, wie sehr du ›Mütterchens‹ Wunderheiler und Propheten verabscheust.«

Swetlana stand auf. »Ich habe keine Lust, mit dir über Ihre Majestät zu diskutieren. Denn wie du dich über sie ausläßt, ist in meinen Augen noch viel verabscheuungswürdiger.«

»Du ...«, sagte er drohend, aber sie machte sich von ihm los, als er nach ihrem Arm griff.

»Laß mich. Es ist gleich neun Uhr, und das Bankett beginnt pünktlich.«

Das Refektorium, der große Speisesaal des Klosters, lag im ersten Stock und war vom Gästehaus durch einen langen Kreuzgang zu erreichen. Es gab hier kein elektrisches Licht, aber die Mönche hatten Fackeln entzündet, und in dem riesigen Refektorium brannten mehrere hundert Kerzen. Die Säulen und wuchtigen Steinquader strahlten Kälte aus, trotz des milden Sommerabends.

Swetlana hatte ihren Platz bei den Frauen der Zarin. Hin und wieder warf sie einen besorgten Blick auf Alexandra Fjodorowna, zu deren Linken Vater Theophan saß, einer der geistlichen Würdenträger am Zarenhof.

Er war ein hagerer, asketischer Mann mit überraschend durchdringenden blauen Augen, fanatisch fromm und dem Mystizismus zugeneigt. Seit langem hatte er gegen die geisteskranken Scharlatane, die sich um die Zarin drängten, einen erbitterten Kampf geführt. Nur der Glaube und die Heiligen der Kirche könnten der Kaiserin helfen, hatte er wieder und wieder gepredigt – und heute endlich einen

Sieg davongetragen. Alexandra würde dem Teufelsspuk, wie Vater Theophan die Krämpfe und Anfälle der irrsinnigen Krüppel und Idioten bezeichnete, den Rücken kehren und sich in einer feierlichen Zeremonie dem am Mittag heiliggesprochenen Seraphim von Sarow zuwenden.

Die Zarin war sehr bleich an diesem Abend. Sie aß kaum und hörte fast ausschließlich Vater Theophan zu, der von Seraphim von Sarow erzählte und den vielen Gebetserhörungen, die dieser gütige Heilige bewirkt habe.

Gegen Mitternacht wurde die Tafel aufgehoben, und die Zarin begab sich mit ihren Frauen in die Klosterkirche. Dort warf sie sich vor einem Steinbild des Heiligen zu Boden und verharrte lange im Gebet.

Hinter der goldenen Ikonostase sangen die Mönche. Sie sangen ein Lied von Gottes Liebe und Hilfe für alle, die beladen waren, und Swetlana, die dicht hinter Alexandra Fjodorowna kniete und sah, wie sie zitterte und weinte, dachte: Wenn es wahr ist, Gott, was diese da singen, wenn du wirklich gütig und voller Erbarmen bist, dann hilf dieser armen gepeinigten Frau. Laß sie den Sohn bekommen, um den sie so verzweifelt fleht. Wenn du es aber anders beschlossen hast, so schenk wenigstens ihr und dem Zaren Frieden und Tragkraft für das, was du ihnen auferlegst. Vielleicht ist es manchmal nicht gut, dir etwas abtrotzen zu wollen, Gott, doch dann gib immerhin die Einsicht, warum du manche Bitten nicht erfüllst. Sei nicht so entsetzlich fern und stumm in deinen goldenen Himmeln!

Als Kind hatte man Swetlana gelehrt, daß man so mit Gott nicht reden durfte, aber sie tat es trotzdem, weil das Mitleid mit der Zarin ihr das Herz abdrückte.

Die Mönche geleiteten Alexandra Fjodorowna und ihre Frauen in einem langen Zug durch den Park und blieben erst am Klosterportal zurück.

Ihr Gesang begleitete die Zarin, wie sie in ihrem hellen bodenlangen Mantel zu der heiligen Quelle schritt, dort noch einmal betend niederkniete, bevor sie ihre Kleider ablegte und, nur mit einem langen weißen Hemd angetan, in dem heilenden Wasser badete.

Vier Tage blieb das Zarenpaar in Sarow. Nikolaus empfing Delegationen von Adel und Kirche, und wo immer er sich in der Öffentlichkeit zeigte, war er von jubelnden Menschen umringt. Manchmal war das Gedränge so dicht, daß seine Adjutanten ihn auf die Schultern heben mußten. Von dort aus winkte er der Menge zu und war glücklich über die Liebe, die ihm entgegenschlug.

Am fünften Tag kehrte das Zarenpaar nach Petersburg zurück. Zuvor hielt Vater Theophan noch einen Dankgottesdienst in der Klosterkirche ab, in dem er den Segen des Himmels und die Hilfe des Heiligen Seraphim auf die Majestäten und insbesondere auf Alexandra Fjodorowna herabflehte.

Die Kaiserin und Nikolaus II. wirkten wie von einer schweren Last befreit. Swetlana hatte selten erlebt, daß die beiden so unverkrampft und heiter Abschied nahmen.

Der Zar segnete die Mönche, die sich in der Kirche und davor versammelt hatten, ebenso die Bevölkerung, die sich wiederum eingefunden hatte, um ›Väterchens‹ Abreise mitzuerleben.

Alexandra nahm eine der flachshaarigen Töchter des Provinzgouverneurs Graf Ljasow auf den Arm und drückte die Neunjährige an sich, während sie der Menge lächelnd zuwinkte.

In diesem Augenblick geschah es. Einer der Mönche, die auf dem Kirchenvorplatz knieten, richtete sich plötzlich auf. Im hellen Sommerlicht blitzte eine Waffe. Er zielte auf den Zaren, wollte abdrücken, doch im nämlichen Moment warf sich einer der Geheimpolizisten in Zivil, die während der gesamten Reise ständig um das Zarenpaar herum waren, auf ihn und schlug ihm den Arm hoch. Der Schuß löste sich und ging ins Leere.

Sekunden später waren Zar und Zarin von einem Kordon der Garde in die Kirche zurückgedrängt worden. Die schweren Tore flogen zu, während drei weitere Polizisten den Attentäter vollends überwältigten.

Jemand hatte Alexandra die kleine Ljasowa abgenommen. Weiß vor Schrecken umarmte die Zarin ihren Mann.

»Er wollte dich töten, Nicky! O Gott, er wollte dich töten!« Weinend küßte sie sein Gesicht. »Sag, ist dir wirklich nichts passiert?«

Nikolaus drückte sie an sich. »Gar nichts. Ich bitte dich, beruhige dich, Alix.«

Graf Ljasow, der Gouverneur von Sarow, drängte sich zu ihnen durch und fiel vor dem Zaren auf die Knie. »Väterchen! Allergnädigste kaiserliche Majestät, wie konnte das geschehen? Ich schwöre, seit ich weiß, daß Eure Majestäten uns die Gnade Eures Besuches gewähren wollten, habe ich alle Wachen und Kontrollen um das Vierfache verstärken lassen. Diese Stadt war sauber von allen kriminellen und anarchistischen Halunken. Und doch ist solch ein Verbrecher hindurchgeschlüpft und hat die Hand gegen Eure geheiligte Majestät ...« Er verstummte schluchzend und machte Anstalten, die Füße des Zaren zu küssen.

Nikolaus wich ein wenig zurück. »Schon gut. Niemand macht Ihnen einen Vorwurf, Graf Ljasow. Stehen Sie auf, ich bitte Sie.«

Aber der Gouverneur verharrte kniend auf dem Boden und fuhr fort, sich anzuklagen. »In einer Mönchskutte hat er sich eingeschlichen, der Verfluchte. Hätte man denn jeden einzelnen Klosterbruder, der hier herumläuft, täglich von neuem überprüfen müssen? Ja, o ja, jetzt sehe ich es ein. Ich habe es versäumt. Ich bin ein pflichtvergessener Diener Eurer Kaiserlichen Majestät und verdiente, aufgehängt zu werden oder nach Sibirien verbannt ...«

Das Portal wurde geöffnet, und Jurij Lasarow, der an diesem Morgen die Garde zu Pferde befehligte, kam herein.

Mit knappen Worten erstattete er dem Zaren Rapport. Der Attentäter sei gefangengenommen und bereits in Gewahrsam gebracht worden. Garden und Polizei hätten die Menschen auseinandergetrieben, und das Gelände um die Stadt werde noch durchkämmt.

Am frühen Nachmittag sei nach menschlichem Ermessen die Straße nach Twer geräumt, so daß die Majestäten dann ungehindert abreisen und in Twer den Sonderzug besteigen könnten, der sie in die Hauptstadt zurückbrächte.

»Bis dahin allerdings, so läßt Graf Wetlugin, Oberkommandierender der Garden, untertänigst bitten, mögen die Majestäten hier im Kloster bleiben und sich nicht ins Freie begeben«, schloß Jurij.

So geschah es denn auch. Vater Gawril, der Prior des Klosters, ließ im streng bewachten Refektorium eine Mittagsmahlzeit servieren, aber Nikolaus und Alexandra sowie den meisten ihrer Begleitung hatte das unglückselige Vorkommnis den Appetit verschlagen. Auch die gelöste Stimmung war dahin; alle wirkten bedrückt und ängstlich und fragten sich, ob der festgenommene Attentäter ein Einzelgänger gewesen sei oder ob noch Komplizen von ihm im Kloster oder in der Stadt lauerten.

Swetlana erkundigte sich bei Jurij danach, doch ihr Bruder hob nur die Schultern. »Soviel ich weiß, hat er bis jetzt keinerlei Aussagen gemacht. Man kennt nicht einmal seinen Namen.«

»Und was wird mit ihm geschehen?«

»Er wird nach Petersburg gebracht und dort abgeurteilt werden. Aber nicht, bevor er nicht den Mund aufgemacht hat. Man wird ihn Tag und Nacht verhören, bis er seine Hintermänner preisgibt.«

Es war wie immer, wenn der Zar auf Reisen ging: Zwei Eisenbahnzüge, die einander glichen wie ein Ei dem anderen mit ihren luxuriösen Salonwagen fuhren von Twer in Richtung St. Petersburg.

Niemand wußte, in welchem der beiden Züge sich Seine Majestät befand. Das war eine der seit langem praktizierten Sicherheitsvorkehrungen, um die Gefahr eines Bombenattentats zu verringern.

Alexandra und Nikolaus soupierten im zweiten Zug, der eine Stunde nach dem ersten den Bahnhof von Twer verließ. Zuvor hatten sie den ersten Zug bestiegen, der hinter Twer auf einem Abstellgleis wartete, bis sie in den zweiten umsteigen konnten.

Swetlana gehörte zu der kleinen Gesellschaft, die das Zarenpaar auf seiner Fahrt begleitete. Mit Erleichterung hatte sie festgestellt, daß Leonid Soklow sich in dem vorausfahrenden Zug befand.

Alexandra war noch immer verstört. »Es war so schön in Sarow«, sagte sie. »Man hätte meinen können, inmitten von soviel Liebe und Begeisterung gäbe es kein Verbrechen. Und doch hat dieser Mensch versucht, dich umzubringen, Nicky. Es war Gottes Schutz, der dich bewahrt hat.«

»Ganz gewiß«, erwiderte der Zar und streichelte ihre Hand. »Gott hat mich auf meinen Platz gestellt. Es ist sein Wille, daß ich ihn ausfülle. Darum ist er auch mit mir und wird mich weiterhin vor allem Schaden bewahren.«

Swetlana fand sein Gottvertrauen rührend, aber es machte ihr gleichzeitig angst. Wenn man sich ausschließlich auf das Walten einer höheren Macht verließ, wog man seine Entscheidungen oftmals nicht sorgfältig genug ab, weil man meinte, es werde ohnehin alles gutgehen. Und das konnte für einen Zaren Rußlands – ach was, für ganz Rußland sehr bedrohlich werden.

»Der Attentäter ist ein gewisser Gregor Lapuchin«, berichtete Swetlana zwei Wochen später bei einem Besuch im Lasarowschen Palais ihren Eltern und Schwestern. »Er hat sich zwar standhaft geweigert, seinen Namen zu nennen, aber da er schon seit längerem von der Geheimpolizei gesucht wurde, hat man ihn anhand seiner Personenbeschreibung identifizieren können. Danach hat er schließlich alles zugegeben. Sein Deckname, unter dem er in den letzten Jahren im Untergrund gearbeitet hat, ist Terwenkow ... oder Trenkow? Nein, jetzt weiß ich es wieder: Grischa Terenkow.«

Xenia entglitt das Glas mit Himbeerlimonade, das sie gerade zum Mund führen wollte. Sie sprang auf. »Wie ungeschickt von mir!«

Als sie das Glas auf den Tisch zurücksetzen wollte, rutschte es ihr aus den zitternden Fingern und zerschellte am Boden.

»Ja, wirklich, sehr ungeschickt«, sagte ihre Mutter tadelnd. »Du wirst dich umziehen müssen, Kind.«

Xenia erwiderte nichts. Sie stürzte zu der Glastür, die den Wintergarten von dem dahinter liegenden Salon trennte, und lief so rasch davon, als würde sie verfolgt.

Wera Karlowna seufzte. »Ich weiß nicht, was mit ihr los ist. Sie ist seit einiger Zeit schrecklich nervös. Dabei hat sie doch überhaupt keinen Grund dazu. Sie hat die Schule beendet und alle Prüfungen mit Bravour bestanden, obwohl ich persönlich noch immer nicht viel davon halte, wenn ein junges Mädchen aus guter Familie sich den Kopf mit all diesem Wissen vollstopft. Meine Großmutter hat immer gesagt: Zu vieles Lernen macht verrückt. Und vielleicht hatte sie gar nicht so unrecht damit.«

Ihre jüngste Tochter Irina kicherte und erntete einen verweisenden Blick der Mutter. »Ich weiß nicht, was es da zu lachen gibt!«

Irina, zart und dunkelhaarig, mit einem so durchscheinenden Teint wie dünnes Porzellan, biß sich von innen in die Wangen. »Verzeihung, Mama«, murmelte sie. »Ich mußte nur gerade an Monsieur Selbmann, unseren Hauslehrer, denken. Er weiß fast alles und studiert immer noch halbe Nächte hindurch in seinen Büchern – und ein bißchen verrückt ist er auch. Neulich ist er vor lauter Zerstreutheit in seinen Pantoffeln aus dem Haus gegangen und ...«

»Schon gut!« fiel ihr Vater ihr ins Wort. »Das interessiert im Augenblick niemanden.« Er wandte sich Swetlana zu. »Dieser Attentäter – du sagst, er habe im Untergrund gearbeitet. Hat man wenigstens die Namen seiner Komplizen aus ihm herausgeprügelt?«

»Soviel ich weiß, nicht. Er behauptet, er habe den Mordversuch an Zar Nikolaus allein geplant, und es gäbe keine Mitwisser.«

Wera Karlowna schauderte zusammen. »Dieser Unmensch! Richtet eine Pistole auf unseren allergnädigsten Herrscher! Mein Himmel, was geht in solch einem Verbrechergehirn nur vor! An ein Pferd binden und zu Tode schleifen sollte man ihn!«

»Er wird ganz bestimmt zum Tode verurteilt werden«, sagte Swetlana. »Übrigens, wie geht es Jurij? Ich habe ihn seit den Ereignissen in Sarow gar nicht mehr gesehen.«

»Bei uns läßt er sich auch nur noch höchst selten blikken«, erwiderte Graf Lasarow mißmutig. »Ich hoffe nur, daß er sich nicht mit Saufbolden und liederlichen Frauenzimmern herumtreibt.«

»Aber Jurij doch nicht!« widersprach Wera Karlowna sogleich. »Er ist ein sehr pflichtbewußter junger Offizier, über den seine Vorgesetzten nur Gutes zu berichten wissen.«

»Ach, haben sie Ihnen das gesagt?« erkundigte sich ihr Mann spöttisch.

Sie schob gekränkt das Kinn vor. »Das nicht. Doch als ich

gestern von den Scheremetjews kam, habe ich seiner Wohnung einen Besuch abgestattet. Ich hoffte, Jurij wäre zu Hause, aber ich habe nur seinen Diener angetroffen, der mir sagte, daß unser Sohn Dienst hätte. Wir haben uns ein paar Minuten unterhalten, und dabei erwähnte Igor, daß unser Sohn wohl in Kürze zum Rittmeister befördert werden würde. Und das wird man wohl kaum vom Faulenzen und Herumtreiben.«

»Sprechen Sie von Igor Kurjakow, Mama, dem Sohn unserer Haushälterin in Kowistowo?« fragte Swetlana, und Wera Karlowna nickte.

»Natürlich. Igor ist ja praktisch mit Jurij aufgewachsen, und als er sich diese Wohnung am Newa-Kai mietete, ist er mit ihm gegangen.«

»Ich mag Igor nicht besonders«, meldete Irina sich wieder zu Wort. »Er hat irgend etwas Hinterhältiges an sich, auch wenn er immer sehr höflich tut.«

»Unsinn!« protestierte Wera Karlowna. »Er *ist* höflich. Und sehr tüchtig. Da ich schon einmal da war, habe ich natürlich Jurijs Wohnung in Augenschein genommen. Igor hält alles mustergültig in Ordnung.«

Das Gespräch wurde durch Xenias Rückkehr unterbrochen. Sie hatte sich umgezogen und wirkte äußerlich völlig unbefangen, als sie sich wieder setzte. Aber Swetlana schien es, als ob die Schwester geweint hätte. Ihre Augen waren gerötet.

Swetlana stand auf. »Ich würde gern noch ein wenig in den Park gehen. Kommst du mit, Xenia?«

Als die Jüngere nickte, hakte sie sich bei ihr unter. »Zeigst du mir den neuen Pavillon, den Papa hat bauen lassen?«

»Gern. Er wird dir gefallen. Er ist ganz streng im klassizistischen Stil gehalten, und in der Mitte befindet sich ein Springbrunnen. Dadurch ist es dort immer angenehm kühl.«

»Setzt aber Hüte auf«, rief Wera Karlowna den beiden jungen Frauen nach. »Nicht, daß ihr euch den Teint durch die Sonne ruiniert.«

»Wir bleiben im Schatten«, rief Xenia zurück. »Machen Sie sich keine Sorgen, Mama!«

Ihre Stimme klang heiter und energisch wie zumeist. Dennoch fragte Swetlana, nachdem sie eine Weile schweigend durch den sommerlichen Park geschlendert waren: »Was ist los mit dir, Malenka? Hast du Kummer? Kann ich dir auf irgendeine Weise helfen?«

Für einen Moment schloß Xenia die Augen. Jetzt alles sagen dürfen, die Angst gestehen, die sie umklammert hielt, sich von der Seele reden, was sie mit so großem Entsetzen erfüllte!

Grischa hatte ein Attentat auf den Zaren verübt. Sie hatten ihn gefaßt, und nun würde er hingerichtet werden.

Xenia fürchtete nicht, daß Terenkow sie verraten könnte. So etwas tat er nicht; schließlich wollte er sie nicht in Gefahr bringen.

Aus dem gleichen Grund aber mußte auch sie schweigen. Niemand, selbst Swetlana nicht, durfte wissen, daß Grischa Terenkow eine Geliebte mit Namen Xenia Lasarowa gehabt hatte, die ihm so manche Neuigkeit berichtet hatte, die sie im Haus ihrer Eltern und anderswo aufgeschnappt hatte.

Swetlana hatte sie von der Seite beobachtet und sehr wohl gesehen, wie sich in Xenias Gesicht Furcht und Trauer spiegelten. »Komm, sprich dich aus«, drängte sie. »Ich sehe doch, daß dich etwas bedrückt.«

»Das stimmt«, erwiderte die Jüngere leise. »Und du weißt auch, was es ist. Ich habe die Schule beendet, und zum Winter möchte ich mit dem Studium anfangen. Aber ich bin sicher, daß Papa es nicht erlauben wird.«

»Und dann?« fragte Swetlana. »Wirst du deine Pläne aufgeben, wenn er darauf besteht?«

Xenia wandte ihr das Gesicht zu. »Du kennst mich doch. Ich gebe nie etwas auf, was ich mir in den Kopf gesetzt habe. Ich will Ärztin werden – egal, was unsere Eltern sagen oder tun.« Sie lächelte ein wenig, obwohl sie selbst nicht an ihre nächsten Worte glaubte. »Und vielleicht gibt Papa ja auch nach, wenn er sieht, wie ernst es mir ist.«

Swetlana drückte ihren Arm. »Ich helfe dir, soweit es in meiner Macht steht. Du kannst dich auf mich verlassen.« Ein Schatten glitt über ihr Gesicht. »Am liebsten würde ich sagen: Komm zu mir, wenn Papa halsstarrig bleibt. Aber das kann ich nicht. Ich bin die meiste Zeit bei Hof, und zum Herbst soll ich mit dem Zarenpaar auf Reisen gehen. Er will den Bruder der Zarin in Hessen-Darmstadt besuchen und auch einige Tage in Potsdam bei dem deutschen Kaiser verbringen. Ursprünglich stand auch noch England auf dem Reiseplan, doch da inzwischen Queen Viktoria, die Großmutter der Zarin, verstorben ist, hat Alexandra Fjodorowna diesen Gedanken aufgegeben. Und im kommenden Jahr werden wir wohl für eine Zeitlang an die Krim fahren. Ich kann mir allerdings nicht vorstellen, daß du dich mit Leonid allein unter einem Dach so viele Monate lang wohl fühlen würdest.«

»Er mag mich nicht, doch das beruht auf Gegenseitigkeit. Ich habe nie begriffen, warum du ausgerechnet ihn geheiratet hast.«

Swetlana blickte in den sommerlich blauen Himmel. »Was hätte ich sonst tun sollen? Ich wollte mein Kind behalten.«

»Aber du bist nicht glücklich mit Leonid ...«

»Nein. Deshalb bin ich froh, daß ich in der nächsten Zeit viel auf Reisen sein werde. Der einzige Wermutstropfen dabei ist, daß ich Fjodor nicht mitnehmen kann. Aber solch eine weite Fahrt ist für ein kleines Kind zu strapaziös. Außerdem ist Fjodorenka bei seiner Kinderfrau in den besten

Händen. Und ich hoffe, daß auch Mama und du sich um ihn kümmern werden, damit er mich nicht zu sehr vermißt.«

Sie blieb stehen und gab ihrer Schwester einen Kuß auf die Wange. »Aber laß uns nicht von mir reden. Hast du wirklich keinen anderen Kummer außer dem, den du mir gesagt hast?«

Xenia schüttelte den Kopf. »Nein, mach dir keine Gedanken. Sonst ist alles in Ordnung.«

Swetlana glaubte ihr nicht ganz, doch sie wußte, daß ihre Schwester nichts weiter sagen würde. Deshalb meinte sie nur: »Aber vergiß nicht: Wenn du Hilfe brauchst – ich bin immer für dich da.«

Xenia nickte. »Danke.« Dann fügte sie mit einem kleinen etwas verrutschten Lächeln hinzu: »Dafür werde ich dich auch, wenn ich Ärztin bin, ein Leben lang kostenlos behandeln.«

Zwei Tage später traf sie Pjotr Dorowjew im Lesesaal der Alexander-Bibliothek. Sie hatten sich dort in den vergangenen Monaten hin und wieder gesehen, wenn Xenia kam, um ein bestimmtes Buch auszuleihen oder an Ort und Stelle zu studieren und sich Notizen zu machen, und oft war Pjotr dann ebenfalls dagewesen.

Sie vermutete, daß er ihretwegen so häufig in die Bibliothek kam, immer in der Hoffnung, sie dort vorzufinden. Aber sie hatte ihm erklärt, daß sie nicht mehr so häufig wie früher mit ihm zusammensein könne. Bekannte ihrer Eltern hätten sie mehrmals beobachtet, und sie hätte deswegen daheim großen Ärger bekommen.

Pjotr hatte es hingenommen und Xenia nur mit einem langen traurigen Blick angeschaut. »Schade«, hatte er gemeint. »Aber es ist wohl nicht zu ändern.«

Dieses Mal wirkte er sehr erfreut, als sie hereinkam und

sich zu ihm an einen der langen Tische setzte. »Wie geht es dir?« fragte er, und sie lächelte ihm zu.

»Ganz gut. Und dir?«

Er beantwortete ihre Frage nicht, sondern sagte nur: »Ganz gut – was heißt das? Nicht so gut wie sonst?«

Sie machte eine wegwerfende Handbewegung. »Na ja, es gibt eben nicht an allen Tagen Sonnenschein. Aber ich kann nicht klagen. Weißt du schon, daß ich meine Abschlußprüfungen an der Xenia-Schule mit ›sehr gut‹ bestanden habe? Das ist wichtig, wenn ich mich bei der Universität einschreibe und vielleicht ein Stipendium beantragen muß.«

»Gratuliere!« Seine tiefliegenden dunklen Augen strahlten sie an.

Einige der jungen Studenten, die mit ihnen an den langen Tischen saßen, eifrig in dickleibigen Büchern lasen und sich das Wesentliche notierten, hoben irritiert die Köpfe. »Seid doch leise!« rief einer. »Bei eurem Gerede kann man ja nicht arbeiten.«

Xenia lächelte entschuldigend. »Verzeihung, wir wollten euch nicht stören.«

Pjotr stand auf. »Laß uns in die Vorhalle gehen. Dort können wir miteinander reden.«

Sie folgte ihm, und er zog sie mit sich zu einer der Steinbänke, die in die Wandnischen eingelassen waren.

»Hast du schon gehört, was mit Terenkow passiert ist?« erkundigte er sich, und sie nickte.

»Sofia ist ganz außer sich«, fuhr er fort. »Ich denke, daß sie heftig in ihn verliebt war.«

Sie schaffte es, ironisch zu lächeln. »Kann schon sein. Arme Sofia ...«

»Terenkow ist ein großer Verlust für uns«, sagte Pjotr. »Er hat uns alle motiviert und die besten Verbindungen gehabt.«

»Ja, das ist wahr.« Sie bedachte ihn mit einem unruhigen

Blick. »Ich weiß nicht, wie weit du dich engagiert hast, Pjotr. Aber im Augenblick wäre es ratsam, sich ruhig zu verhalten.«

»Das sagen German und Ljuba auch. Wir nützen unserer Sache nichts, wenn wir ebenfalls im Gefängnis landen. Es ist wichtig, zu überleben.«

Er zögerte und sprach es dann doch aus: »Außerdem finde ich es schlimm, daß er solch einen Alleingang gemacht und versucht hat, den Zaren zu erschießen. Damit hat er mehr Schaden als Nutzen bewirkt.«

»Er muß seiner Sache wohl vollständig sicher gewesen sein ...«

Pjotr legte ihr die Hand auf den Arm. »Hoffentlich verrät er uns nicht.«

»Bestimmt nicht«, sagte Xenia überzeugt. »Ich bin ganz gut informiert. Er hat bisher lediglich seinen Namen zugegeben, als man ihn identifiziert hat. Ansonsten schweigt er hartnäckig.«

Er lächelte ihr scheu zu. »Weißt du, was ich manchmal gedacht habe? Daß du dich in Terenkow verliebt hast. Du warst so fasziniert von ihm, als du ihn kennenlerntest. Das hat mir Sorgen gemacht.«

»Warum?« fragte sie geradeheraus, und er hob die Schultern.

»Ich habe immer gedacht, daß du zu schade für ihn bist – als Mensch, meine ich. Terenkow ist ein Revolutionär, und er würde alles und alle seinen politischen Zielen opfern. Wenn es darum geht, hätte er auch auf dich keine Rücksicht genommen.«

Wie recht du hast, dachte sie. Grischa hat bestimmt keinen Gedanken an mich verschwendet, als er nach Sarow fuhr. Er hat mich sogar belogen, was das Ziel seiner Reise anbelangte.

Laut sagte sie: »Es gab vermutlich nichts, worauf er hätte Rücksicht nehmen müssen, auch nicht auf Sofia. So, wie ich ihn einschätze, war er ein Einzelgänger, einer, der haßte und den Umsturz wollte, und der Zweck heiligte seiner Meinung nach alle Mittel.«

»Damit hast du zweifellos recht«, erwiderte Pjotr. »Aber gerade deshalb habe ich mir Sorgen um dich gemacht.«

Xenia lächelte. »Das war lieb von dir, aber absolut unnötig.«

Er betrachtete sie. »Du bist schmaler geworden. Aber es steht dir gut. Wird deine Familie den Sommer über hierbleiben? Oder geht ihr auf euer Landgut?«

»Mama wollte es unbedingt, aber Papa sagt, er sei im Augenblick in Petersburg unabkömmlich. Er ist ins Kriegsministerium berufen worden und neuerdings fast jeden Tag in Peterhof, wo sich der Zar aufhält, um mit ihm, Admiral Alexejew und Herrn Besobrasow zu konferieren. Papa erzählt daheim nicht viel darüber, aber soviel ich verstanden habe, geht es immer noch um die Mandschurei und Korea. Japan ist wohl bereit, Rußland die Mandschurei abzutreten, aber entschlossen, keine Übergriffe auf koreanischen Boden zu dulden.«

Pjotr nickte. Er war gut informiert, was sich im Fernen Osten abspielte und welche Interessengruppen den Zaren bestürmten, einen Krieg mit Japan anzufangen, um an die koreanischen Holz- und Bodenschätze zu kommen. Einzig Außenminister Graf Lamsdorf bemühte sich nach wie vor, den Frieden zu erhalten, aber er stand, nachdem Zar Nikolaus vor wenigen Tagen urplötzlich seinen Finanzminister Witte durch den bisherigen Direktor der Staatsbank, Pleske, ersetzen ließ, ziemlich allein unter den engeren Beratern des Zaren.

Xenia lächelte Pjotr zu. »Ich bin eigentlich ganz froh, daß wir hierbleiben, so sehr ich Kowistowo liebe. Aber hier kann ich mich besser auf mein Studium vorbereiten.«

»Das ist wahr. Und wenn ich dir dabei helfen kann – du brauchst es nur zu sagen.« Für einen Moment legte er seine

Hand auf die ihre, und sie las in seinen Augen, wie gern er sie hatte.

»Du bist sehr nett«, sagte sie leise. »Ich danke dir.«

Sie hatte Pjotr immer gemocht. Er besaß Güte und Mitgefühl für die Nöte anderer. Bei Terenkow hatte sie das manchmal vermißt. Dennoch ...

Xenia schauderte, wenn sie daran dachte, was ihn erwartete. Ein Erschießungskommando in einem grauen Gefängnishof. Man führte ihn aus seiner Zelle mit gefesselten Händen, stellte ihn an eine Mauer oder einen Bretterzaun. Dann wurden ihm die Augen verbunden, während diejenigen, die ihn töten sollten, Aufstellung nahmen, ihre Gewehre hoben, zielten.

Das letzte, was er hören würde, war die Stimme des Anführers, wie er zählte: ›Eins, zwei, drei ... Feuer!‹

Gewiß würden Grischa mehrere Kugeln treffen. Er würde stürzen, sich vielleicht noch einmal aufbäumen, mit den Füßen über den Boden scharren, um dann für immer still zu werden.

Aber vielleicht wurde er auch gehenkt ... Xenia schluckte. Sie hatte einmal einen gesehen, der sich selbst aufgehängt hatte. Einer der Gutsarbeiter von Kowistowo war es gewesen, ein wilder bärtiger Kerl, der hinter jedem Weiberrock hergelaufen war.

Irgendwann war er anders geworden, und er sprach auch nicht darüber. Wassja hatte er geheißen, und seine Kumpane hatten ihn gehänselt. »Was ist los mit dir, alter Hurenbock? Säufst nicht mehr, prügelst dich nicht mehr und grapscht keiner mehr zwischen die Schenkel. Hat dich eine, die du sitzengelassen hast, kastriert?«

Wassja hatte ihnen keine Antwort darauf gegeben. Er hatte sie reden lassen und ihnen aus seinen schwermütigen Augen einen Blick zugeworfen, der so voll abgrundtiefer Traurigkeit war, daß sie schließlich von ihm abließen.

»Der ist nicht mehr richtig im Kopf«, hatte es plötzlich

geheißen. »Viel Hirn hat er ja nie gehabt, und das bißchen ist ihm bei den Weibern abhanden gekommen.«

Und dann, eines Tages, es war in der Karwoche gewesen, hatte Wassja sich im Obstgarten an einem alten knorrigen Apfelbaum erhängt. Durch einen dummen Zufall war Xenia dazugekommen, wie sie ihn gefunden hatten. Man hatte sie gleich ins Haus zurückgeführt, aber zuvor hatte sie doch noch Wassjas schwarzblau verfärbtes Gesicht und die hervorgequollenen Augen gesehen.

»Er war wohl gemütskrank«, hatte Doktor Schedrinow gesagt, den man zu dem Toten gerufen hatte. »Dagegen hätte man nichts tun können. Solch ein Leiden zerfrißt die Seele und läßt nichts übrig als den unbezwingbaren Wunsch, zu sterben. Armer Kerl!«

Und dann hatte er einen fürchterlichen Streit mit Vater Theodosius, dem Popen von Kowistowo, gehabt, der Wassja nicht hatte beerdigen wollen, weil er, mit einer Todsünde belastet, gestorben sei.

»Was bist du doch für ein Verbrecher!« hatte Doktor Schedrinow gebrüllt, daß man es auf dem ganzen Gutshof hatte hören können. »Verweigerst einem armen Kranken ein christliches Begräbnis. Aber wenn irgendeinRyckskerl, ein Lügner und Betrüger, ein Frauenschänder und Halsabschneider verreckt und wegen seiner Untaten geradewegs zur Hölle fährt, dann kommst du elender Weihrauchfurzer mit hocherhobenem Kreuz, singst den ›Großen Abschied‹ und segnest seinen verfluchten Kadaver, nur um dir hinterher beim Leichenschmaus den Wanst vollschlagen zu können.«

Theodosius war dem aufgebrachten Arzt keine Antwort schuldig geblieben, und da er eine mächtige Baßstimme hatte, war er sogar noch lauter als Dr. Schedrinow geworden, den er als hirnrissigen Giftmischer und Mißgeburt des Satans bezeichnet hatte.

Immerhin hatte der Pope am nächsten Mittag Wassja

doch noch begraben, weil er am Abend zuvor in der Dämmerung die Haustreppe hinuntergefallen war und sich dabei den Arm ausgekugelt hatte. Doktor Schedrinow hatte keinen Finger für Theodosius gerührt, bevor dieser ihm nicht schwor, Wassjas Beerdigung durchzuführen. »Und zwar so, als müßtest du Graf Lasarow persönlich zu Grabe tragen.«

Erst danach hatte er dem jammernden Popen den Arm wieder eingerenkt.

Xenia aber hatte sich noch lange an den toten Knecht erinnert und immer wieder sein schrecklich entstelltes Gesicht vor sich gesehen.

So soll Grischa nicht sterben, dachte sie gequält. Bitte, bitte nicht.

Pjotr hatte sie beobachtet. »Was ist? Was hast du?« fragte er besorgt. »Du bist auf einmal ganz blaß.«

Sie zwang sich zu einem Lächeln. »Ich habe ein wenig Kopfschmerzen. Wahrscheinlich bekommen wir heute noch ein Gewitter. Es ist schrecklich schwül, findest du nicht?«

»Ach, das ist es um diese Jahreszeit immer in St. Petersburg. Die Schwüle steigt aus den Sümpfen hoch, auf denen die Stadt erbaut ist.« Er zögerte und sprach dann doch aus, was ihm auf dem Herzen lag. »Meinst du, daß wir uns jetzt wieder öfter treffen können? Es ist doch eine Menge Zeit vergangen, seit du deshalb Ärger mit deinen Eltern bekommen hast. Bestimmt haben sie die Sache inzwischen vergessen.«

Als sie ihm zustimmte, strahlte sein Gesicht dermaßen auf, daß Xenia ganz gerührt war. »Wollen wir uns für morgen verabreden? Wenn es immer noch schwül ist, können wir ans Meer fahren. Dort ist es erträglicher als in der Stadt.«

Sie lachte. »Aber nur, wenn ich die Droschke bezahlen darf.«

Das war ein alter Streitpunkt zwischen ihnen. Xenia wußte, daß Pjotr über sehr wenig Geldmittel verfügte. Sein Vater besaß eine kleine Ziegelei in der Gegend um Nowgorod und konnte ihn mit nur geringen Zahlungen unterstützen. Trotzdem hatte Pjotr nie gewollt, daß Xenia bei ihren Zusammentreffen etwas für ihn bezahlte, sondern hatte stets darauf gedrungen, sie einzuladen. Doch diesmal stimmte er zu. »Einverstanden. Wenn du nur kommst ...«

Grischa Terenkow wurde am 28. September 1903 erschossen. Bis zuletzt hatte er bei allen Verhören und selbst unter der Folter hartnäckig geschwiegen und keinen seiner Gesinnungsfreunde preisgegeben.

Wie es üblich war, sollte ein Pope ihn auf seinem letzten Weg begleiten, doch Terenkow sagte: »Verpiß dich, Alter. Ich glaube an keinen Gott und noch weniger an seine angeblichen Stellvertreter auf Erden. Ich brauche deine Gebete nicht. Sie bewirken nur, daß mir die Kotze hochsteigt.«

Als er die Augen verbunden bekam, wollte er sich dagegen wehren. Aber die Soldaten hielten ihn fest und legten ihm die Binde um, und er konnte sie mit seinen gefesselten Händen nicht abstreifen.

»Es lebe die Revolution!« rief er, während die Soldaten ihre Gewehre anlegten und er das Knacken der Hähne hörte. »Es lebe Wladimir Iljitsch Lenin! Tod dem Zaren! Tod allen ...«

Die helle Stimme des jungen Offiziers, der frisch von der Kadettenschule kam, überschlug sich fast, als er »Feuer!« schrie. Die Gewehrsalve peitschte auf, und Terenkow stürzte, von mehreren Kugeln gleichzeitig getroffen, auf das Pflaster des Festungshofes.

Er war sofort tot, und der junge Offizier schlug hastig ein

Kreuz, als er auf den Leichnam hinunterblickte, dem man nun die Binde abnahm und dessen Gesicht ein starres, triumphierendes Grinsen zeigte.

12. Kapitel

Drei Tage später verließ Zar Nikolaus II. mit seiner Gemahlin und großem Hofstaat die russische Hauptstadt. Die Fahrt in den prunkvollen Salonwagen ging über Warschau und Krakau ins sächsische Dresden und weiter nach Süden in das Großherzogtum von Hessen-Darmstadt, in dem Alexandra Fjodorowna geboren worden war.

Wenn Swetlana später an diese Reise zurückdachte, so erschien sie ihr wie eine einzige ermüdende Kette von Festlichkeiten, Empfängen, Soireen, Theateraufführungen, Konzerten und Bällen.

Der deutsche Kaiser Wilhelm II. empfing seinen ›lieben Vetter Nicky‹ in Potsdam mit brüderlicher Herzlichkeit und versuchte krampfhaft, den Schein eines rein familiären Zusammentreffens zweier gekrönter Häupter aufrechtzuerhalten.

Aber es sickerte dennoch durch, daß die beiden Monarchen zwischen Jagdausflügen und Truppenparaden hochpolitische Gespräche führten, in denen ›Willy‹, wie der Zar seinen deutschen Cousin nannte, immer wieder darauf drängte, endlich den längst fälligen Krieg mit Japan zu beginnen.

»Diese Makaken-Nation«, so sagte er, »wird es nicht wagen, von sich aus die unbesiegbare zaristische Armee anzugreifen. Darum müssen Sie handeln, denn es steht vollkommen außer Frage, daß Korea russisch sein muß und wird.«

Es waren Worte, die Zar Nikolaus gern hörte, denn er hatte schon vor seiner Thronbesteigung manchmal davon geträumt, das russische Reich nach Fernost auszudehnen.

»Sie haben große und heilige Aufgaben zu erfüllen, mein lieber Nicky«, fuhr der deutsche Kaiser eindringlich fort. »Im Inneren Ihres Landes rücksichtslose Anarchisten und fanatische Nihilisten zu bekämpfen sowie das Kreuz und die alte christliche Kultur gegen die Barbarei und das Heidentum des Ostens zu verteidigen. Aber Sie werden mit Gottes Hilfe die ›Gelbe Gefahr‹ bannen, die sonst eines Tages das ganze Abendland bedrohen könnte.«

Swetlana gefiel Wilhelm II. nicht sonderlich. Sie fand ihn hohl, phrasendreschend und allzu militant. Und sein stählerner Blick und der sorgfältig mit Wachs gezwirbelte Schnurrbart kamen ihr immer ein wenig lächerlich vor.

So war sie froh, als Nikolaus und Alexandra noch vor dem Wintereinbruch nach Polen reisten, wo der Zar jagen wollte.

Sie verbrachten auch noch das Weihnachtsfest dort, und bei diesem Anlaß wurde offiziell bekanntgegeben, daß Alexandra Fjodorowna wieder ein Kind erwartete.

Swetlana hatte sie es schon vorher anvertraut, mit Tränen in den Augen und wie immer von der Hoffnung beseelt, daß sie nun endlich, endlich den Thronfolger zur Welt bringen werde.

»Das Kind soll im Juli geboren werden, also genau ein Jahr nach der Heiligsprechung von Seraphim«, sagte sie. »Das läßt mich hoffen, daß meine Gebete erhört worden sind.«

Sie war sehr schön in diesen Tagen, eine zarte, glückliche Frau, die, den Anfeindungen des russischen Adels für ein paar Monate entronnen, neue Kräfte geschöpft hatte.

Im Januar 1904 traf das Zarenpaar wieder in St. Petersburg ein und eröffnete traditionsgemäß die Wintersaison mit einem großen Ball im Winterpalais.

Leonid Soklow empfing seine heimgekehrte Frau mit der Nachricht, daß er eine neue Geliebte habe – Natalja, die Tochter seines Haushofmeisters Arpad Kriwoschin.

»Sie ist in einer Klosterschule in der Nähe von Moskau erzogen worden, wie du dich vielleicht erinnerst«, sagte er, und Swetlana hätte ihn für sein schmutziges Grinsen ohrfeigen mögen. »Aber vor ein paar Wochen ist sie heimgekommen, gerade siebzehn geworden und so blond und unschuldig, wie du es auch einmal warst, meine Teure. Trotzdem hatte ich es nicht schwer mit ihr. Sie ist mir zugefallen wie du deinem schwindsüchtigen Großfürsten. Ich habe ihr eine Wohnung auf der Wassiljewskij-Insel an der Smolenka eingerichtet. Und in der vorigen Woche hat sie mir gestanden, daß sie schwanger von mir ist.«

»Nun, das wird ihren Vater Arpad Wasiljewitsch gewiß sehr freuen«, entgegnete Swetlana und hoffte, daß sie genau den gleichen zynischen Ton getroffen hatte wie Leonid.

Er zuckte mit den Schultern. »Bedauerlicherweise mußte ich mich von ihm trennen. Er hat es an der nötigen Ehrerbietung fehlen lassen, als er dahinterkam, daß seine angebetete Natalja, das zarte weiße Schwänchen, ein paar schwarze Flecken auf sein makelloses Gefieder bekommen hat. Aber sorge dich nicht, meine Liebe, in wenigen Tagen wird Baron Launitz seinen Posten übernehmen. Ich glaube, du kennst Stepan Michailowitsch bereits.«

Und ob sie ihn kannte! Stepan von Launitz stammte aus dem Baltikum und gehörte seit langem zu der Clique von Spielern, Trinkern und Tagedieben, die Leonid um sich versammelte. »Eine durchaus angemessene Wahl, die du da getroffen hast«, sagte sie spöttisch, und er lachte.

»Ja, ich denke auch. Aber willst du mir nicht gratulieren?«

»Wozu?«

»Daß ich Vater werde. Du weißt, wie sehr ich mir das

gewünscht habe. Es liegt also nicht an mir, daß du seit Fjodor nicht mehr in andere Umstände gekommen bist. Wenn Natalja einen Sohn bekommt, werde ich ihn anerkennen und zusammen mit Fjodor erziehen lassen.«

»Und wenn es ein Mädchen wird?«

»Mädchen interessieren mich nicht besonders«, erwiderte er wegwerfend, »es sei denn, in meinem Bett. Aber ich werde natürlich für meine Tochter sorgen, genau wie für ihre Mutter, und ansonsten weiter auf einen Sohn hoffen.«

Er betrachtete sie aus schmalen Augen. »Du siehst wohl aus. Offenbar sind dir die Reise und meine Abwesenheit bekommen. Zu dumm, daß jetzt die Wintersaison angefangen hat und Ihre Majestät sich in Petersburg aufhalten. Da kannst du mir nicht so leicht aus dem Weg gehen. Schließlich erwartet man von uns, daß wir uns gemeinsam in der Öffentlichkeit zeigen.«

Swetlana antwortete nicht sofort. Aber dann sprach sie doch aus, was ihr seit langem durch den Kopf ging und was sie sich mehr als alles auf der Welt wünschte.

»Warum eigentlich? Es gibt genügend Paare, die sich zerstritten haben und deshalb getrennte Wege gehen. Wir könnten es ebenso halten. Du weißt, daß mir diese Farce seit langem zuwider ist.«

»Aber mir nicht, mein Herz«, sagte er lachend. »Im Gegenteil, ich zeige mich gern mit meiner schönen Frau, und trotz Natalja werde ich weiterhin darauf bestehen, daß du deine Pflichten als Ehefrau erfüllst. Es bereitet mir inzwischen ungeheures Vergnügen, mit dir zu schlafen und zu spüren, wie du vor Widerwillen bis in den letzten Winkel deiner edlen Seele erbebst. Eine Art Perversität vielleicht, die freilich gar nicht so selten ist. Warum sonst würden so viele Frauenzimmer vergewaltigt?«

Swetlana wurde einer Antwort enthoben, weil die Tür zum Salon aufflog und Fjodor hereingestürmt kam. Er war mit seiner Amme Schura Nikititschna im Schlitten ausgefahren und hatte dadurch die Heimkehr seiner Mutter versäumt.

Mit einem Jubelschrei warf er sich in ihre Arme. »Matuschka! Schura sagt, daß ich gewachsen bin – eine ganze Handspanne, während du fort warst. Sieh nur ...«

Swetlana drückte ihn an sich, küßte sein von der Kälte gerötetes Gesichtchen und atmete glücklich seinen Duft nach Seife und frischer Schneeluft ein. »Aber ja, Fjodorenka, mindestens eine Handspanne. Wer hätte das gedacht!«

»Du warst aber auch lange fort«, sagte er ernsthaft, »und ich habe Schura schon erklärt, daß ich das nicht mehr zulassen werde. Das werde ich auch der Zarin sagen, wenn ich sie wiedersehe.«

Sie strich ihm das blonde Haar aus der Stirn. »Tu das, mein Herzchen. Ihre Majestät wird dich sicher verstehen, weil auch ihre kleinen Mädchen sie vermißt haben.«

»Matuschka«, setzte Fjodor an, »kommst du gleich in mein Spielzimmer? Ich muß dir etwas zeigen – eine Überraschung.«

»Fjodor Leonidowitsch!« unterbrach Soklow die kleine Unterhaltung, und das Kind wandte sich zu ihm um.

»Ja, Papa?«

»Du sollst deine Mutter doch nicht mehr mit Matuschka und du anreden. Es heißt *maman* und Sie, hat dir das Monsieur Mounet nicht oft genug eingeschärft?«

Das Strahlen wich aus den blauen Kinderaugen. »Ja, Papa. Ich habe es bloß vergessen, weil ich mich so toll gefreut habe. *Excuse* ...«

»Wer ist Monsieur Mounet?« fragte Swetlana dazwischen, und Leonid Soklow lächelte.

»Fjodor Leonidowitschs Hauslehrer. Ich habe ihn während deiner Abwesenheit eingestellt. Ein junger Franzose, der mir von den Denissows empfohlen worden ist. Er hat ausgezeichnete Referenzen und wird unserem Sohn die ersten Manieren und einige Französischkenntnisse beibringen.«

»Jetzt schon?« protestierte sie. »Er wird doch erst vier!«

»Na und? Fjodor ist nicht nur dein, sondern auch mein Sohn, ein Prinz Soklow. Ich will, daß er entsprechend erzogen wird. Damit kann man nicht früh genug anfangen.«

Es war der reine Hohn, der aus seinen Worten sprach, doch Swetlana begriff, daß sie nichts dagegen tun konnte. Es war durchaus üblich, daß die Kinder hochgestellter Persönlichkeiten mit drei, vier Jahren ihren ersten Hauslehrer bekamen.

Dennoch empfand sie Traurigkeit, weil sie wußte, daß dadurch Fjodors unbeschwertes Heranwachsen beschnitten wurde. Er war ein so fröhliches, argloses Kind; mußte er sich wirklich jetzt schon den Kopf mit französischen Vokabeln vollstopfen lassen und seine reizende Unbefangenheit gegen eine Art Dressur eintauschen?

Denn etwas anderes war es nicht, wenn man einem knapp Vierjährigen Verbeugungen und Handküsse beibrachte und ihn zwang, seine Eltern zu siezen.

Dieses ›Sie‹ schuf eine Barriere, die Swetlana zwischen sich und ihrem Sohn am liebsten niemals aufgerichtet hätte.

Sie drückte Fjodor an sich. »Weißt du was, mein Herzchen? Es genügt, wenn du vor Fremden *maman* und *Sie* zu mir sagst. Sind wir unter uns, bin und bleibe ich deine Matuschka, einverstanden?«

Seine blauen Augen glänzten wieder. »Ja, *maman*!« Er griff nach ihrer Hand. »Und nun kommen Sie in mein Spielzimmer. Ich muß Ihnen den Vogel zeigen, den mir Tante Irina zu Weihnachten geschenkt hat. Es ist ein Papagei, und er kann ›Fjodor‹ sagen und genau wie Schura lachen ... Und ich habe ihn Brasslet getauft. Ich wollte ihm noch beibringen, ›Guten Tag, Swetlana Pawlowna‹ zu sagen, aber das habe ich nicht mehr geschafft.«

Ach, er war so reizend, und sie hatte ihn so lieb! Wie konnte sie ihn nur davor schützen, daß Leonid ihn eines Tages nach seinen Vorstellungen zu formen versuchte?

Am frühen Nachmittag kam ihre Mutter. Wera Karlowna erschien Swetlana gealtert, obwohl sie sie doch nur ein paar Monate lang nicht gesehen hatte, und noch konfuser als sonst.

Den Grund erfuhr Swetlana, als einer der Diener den Tee in ihrem behaglich warmen hellen Privatsalon serviert und sich wieder zurückgezogen hatte.

»Deine Schwester ist fort«, brachte Gräfin Lasarowa mit zitternder Stimme hervor, kaum daß sie mit Swetlana allein war. Sie zerkrümelte einen der kleinen englischen Teekuchen zwischen den Fingern. »Sie hat im Oktober das Haus verlassen, nachdem es einen entsetzlichen Auftritt zwischen ihr und deinem Vater gegeben hatte.«

»Du sprichst von Xenia?« fragte Swetlana, und ihre Mutter brach in Tränen aus.

»Natürlich. Irina würde uns so etwas nie antun. Sie ist ein so liebes, fügsames Kind. Aber Xenia war ja immer ein wenig eigenwillig. Trotzdem hätte ich nie erwartet, daß sie so selbstsüchtig und unverantwortlich handeln könnte. Uns das anzutun ...«

»Wo ist sie denn jetzt? Ich meine, wo lebt sie – und wovon?«

Wera Karlowna hob die Schultern. »Wie soll ich das wissen? Dein Vater hat mir verboten, nach ihr zu suchen. Er duldet nicht einmal, daß ihr Name zu Hause fällt. Sie wäre nicht mehr seine Tochter, hat er gesagt.«

Swetlana schluckte. So waren sie, ihre Eltern: hart und ohne Verständnis für andere der Vater und die Mutter ein hohles Geschöpf, das es nicht wagte, sich gegen seine Anordnungen aufzulehnen, sondern statt dessen lieber in Selbstmitleid versank.

»Wollen Sie damit sagen, daß Xenia seit Oktober aus dem

Haus ist und Sie sich nicht darum gekümmert haben, wie es ihr geht?«

»Was sollte ich denn tun?« fragte Wera Karlowna weinerlich. »Sie hätte ja nicht zu gehen brauchen, sondern nur ihre verrückten Ideen aufgeben müssen. Medizin studieren will sie, stell dir das vor! Eine Lasarowa zwischen diesen ungepflegten Studenten, die die Köpfe voll haben mit lauter verbrecherischen, umstürzlerischen Ideen! Und wenn sie mit dem Studium fertig ist, hat sie gesagt, will sie an ein Krankenhaus in irgendeinem Arbeiterviertel gehen und sich mit diesem schmutzigen Gesindel abgeben. Wirklich, ich begreife das nicht!«

»Denken Sie denn, nur reiche und angesehene Leute hätten Anspruch auf einen Arzt?« sagte Swetlana, so ruhig sie es vermochte.

»Natürlich nicht. Aber ich finde, daß jemand aus unserer Familie nicht in dieses primitive Milieu gehört. Ganz abgesehen davon, daß es irgendwie unanständig ist. Als Ärztin und vermutlich auch schon während ihres Studiums muß sie schließlich auch Männer untersuchen ...«

»Das steht zu befürchten«, erwiderte Swetlana. Aber da ihre Mutter kein Ohr für Zwischentöne hatte, hörte sie den Spott nicht heraus. Statt dessen nickte sie eifrig.

»Du findest es also auch *degoutant*, daß Xenia solche Pläne hat? Ich kann dir gar nicht schildern, wie sehr dein Vater sich aufgeregt hat, als sie damit herausrückte. Ich dachte, er bekäme einen Herzschlag. Du hast uns ja ebenfalls schon großen Kummer bereitet, Swetlana, Gott sei's geklagt, aber wenigstens bist du zur Vernunft gekommen, hast eine glänzende Partie gemacht und bist nun glücklich und angesehen. Xenia hatte leider schon immer irgendwie einen Hang nach unten. Die Art, wie sie sich anzog, so schmucklos und unkleidsam, als wäre sie irgendeine Angestellte in einem Kontor ... Dabei hätte sie sich, wenn sie sich nur ein wenig Mühe gegeben hätte, gewiß sehr gut verheiraten können. Schließlich ist sie recht hübsch.«

»Hat Papa sie hinausgeworfen?« erkundigte Swetlana sich, ohne auf die Tiraden ihrer Mutter einzugehen.

Wera Karlowna trank einen Schluck Tee. »Ausgezeichnet«, lobte sie. »Also ich weiß wirklich nicht, weshalb mir bei dir der Tee immer besser schmeckt, als wenn ich ihn zu Hause zubereite. Du mußt mir einmal sagen, welche Sorte du verwendest oder wo du ihn herbeziehst ... Ach, was hattest du eben noch gefragt? Ob Papa deine Schwester hinausgeworfen hat? Nein, nein, wo denkst du hin. Er hat ihr nur rundheraus verboten, die Universität zu besuchen. Und natürlich durfte sie ein paar Tage lang das Haus nicht verlassen. Er erwartete, daß sie zu ihm käme und sich für ihr ungebührliches Ansinnen entschuldigte. Schließlich ist man seinen Eltern zum Gehorsam verpflichtet. Aber eines Morgens war Xenia einfach fort. Sie hat ihre gesamten Kleider mitgenommen und ihren ganzen Schmuck. Auch das Diadem, das sie von meiner Mutter geerbt hat – du erinnerst dich, das mit den Rubinen und dem großen Brillanten in der Mitte.«

Swetlana entspannte sich ein wenig, während sie in Gedanken überschlug, was die Jüngere an Schmuck besessen hatte und wieviel das Diadem wert war, selbst wenn sie es bei irgendeinem Wucherer unter Preis verkaufte. Kluge Xenia! Wenigstens war sie nicht kopflos davongelaufen. Eine Zeitlang würde sie sich mit dem Geld über Wasser halten können. Freilich reichte es nicht ewig ...

Wera Karlowna begann wieder zu weinen. »Dieses undankbare Kind! Ich weiß nicht, womit dein Vater und ich das verdient haben! Wir haben immer das Beste für euch gewollt, euch eine ausgezeichnete Erziehung angedeihen lassen und mit Festigkeit und Liebe versucht, euch, den Traditionen eurer Herkunft entsprechend, anzuleiten. Ihr könnt nicht sagen, daß wir euch darin kein Vorbild gegeben haben, und es wäre auch Xenias vornehmste Pflicht gewesen, dem nachzueifern.«

»Ach, Mama!« Swetlana seufzte. »Xenia hat eben andere Vorstellungen von ihrem Leben. Finden Sie das wirklich so verwerflich?«

»Was denn sonst? Sie ist unsere Tochter, und sie hat uns zu gehorchen, bis wir sie in die Hände eines anständigen Gatten übergeben, dessen Wünschen sie dann freilich mehr Folge zu leisten hat als den unseren.«

»Aber Xenia möchte gar nicht heiraten – jedenfalls nicht so bald«, warf Swetlana ein. »Sie sagt, sie wolle nicht nur die Frau eines Mannes sein, sondern selbst etwas leisten. Das ist doch nichts Verdammenswürdiges.«

Ihre Mutter runzelte die Brauen. »Du hast also mit ihr über ihre Hirngespinste gesprochen? Und warum hast du uns nicht auf der Stelle davon unterrichtet?«

»Warum sollte ich Xenias Vertrauen mißbrauchen?« gab Swetlana zurück. »In meinen Augen hatte sie nichts Unrechtes oder Unehrenhaftes vor.«

Wera Karlowna leerte ihre Tasse und schob sie mit beleidigter Miene von sich. »Ich glaube, es ist besser, wenn ich meinen Besuch beende, bevor es auch noch zu einem Zerwürfnis zwischen uns beiden kommt. Ich werde deinem Vater nichts von unserem Gespräch erzählen. Er hätte Mühe, auch noch diese Enttäuschung zu verkraften.« Sie stand auf, läutete nach dem Diener und befahl: »Meinen Mantel und meinen Wagen!«

Dann rauschte sie so rasch aus dem Zimmer, daß Swetlana gar nicht dazu kam, sie in die Halle zu begleiten.

Schon am nächsten Tag stellte Swetlana Nachforschungen nach ihrer Schwester an. Es war nicht schwierig, sie zu finden, da Xenia sich, wie erwartet, an der Petersburger Universität eingeschrieben hatte.

Als sie an einem trüben, schneeverhangenen Nachmittag das Universitätsgelände auf der Wassiljewskij-Insel verließ, wartete Swetlana in ihrem Schlitten auf sie. Xenia blieb stehen, als sie angerufen wurde, blickte sich unsicher nach allen Seiten um und entdeckte dann das elegante Gefährt.

Swetlana winkte. »Komm her, Malenka, steig ein!«

Xenia gehorchte zögernd. In ihrem offenen klugen Gesicht stritten Überraschung, Freude und mißtrauische Abwehr. »Hat Papa dich geschickt?« fragte sie als erstes.

Swetlana schüttelte lächelnd den Kopf. »Auch Mama nicht. Ich bin hier, weil ich dich wiedersehen wollte. Ich muß doch wissen, wie es dir geht. Komm, laß dich anschauen. Dünn bist du geworden. Arbeitest du zuviel, oder gönnst du dir nicht genügend zu essen?«

»Beides«, antwortete Xenia kurz. »Diese Pfandleiher sind allesamt Halsabschneider. Sie haben mir ein Spottgeld für Großmamas Diadem gegeben, und meinen anderen Schmuck hätten sie am liebsten noch als Zubrot genommen. Aber den Gefallen habe ich ihnen nicht getan.«

»Sag mir, wo du das Diadem hingebracht hast. Ich löse es für dich aus.«

Xenia runzelte die Stirn. »Ich will kein Geld von Leonid Soklow, auch nicht auf indirektem Wege!«

»Ach komm, sei kein Kindskopf. Erinnere dich, was ich dir vor meiner Abreise gesagt habe: daß ich dir helfen werde, wo ich kann. Und du hast mir als Äquivalent versprochen, mich später mein Leben lang kostenlos zu behandeln.«

Erleichtert sah Swetlana, daß Xenias Gesicht sich ein wenig entspannte. Die Verschlossenheit wich daraus, und um ihren hübschen Mund erschien ein Lächeln.

»Das halte ich auch. Aber es wird noch ein paar Jahre dauern. Ich kann nicht alle Vorlesungen besuchen, weißt du, und auch zu Hause nicht so viel lernen, wie ich möchte, weil ...« Sie stockte und setzte dann trotzig hinzu:

»Ich muß arbeiten gehen, weil ich nicht mein ganzes Geld ausgeben und später auf dem trockenen sitzen will. Dadurch verliere ich natürlich Zeit.«

Swetlana zog sie an sich. »Was arbeitest du denn?«

»Pjotr hat mir die Stelle besorgt. Er ist etwas besser dran als ich, denn er hat es im Nikolski-Spital immerhin schon zum Hilfspfleger gebracht. Er ist eben ein paar Semester weiter als ich, und Professor Durnow hat sich für ihn verwandt. Ich arbeite dort in der Küche.« Xenia streifte ihre Handschuhe ab. »Man sieht es übrigens ...«

Ihre Hände sahen schlimm aus, rot, rissig und mit abgebrochenen Nägeln. Eine schlecht verheilte Wunde zog sich über den rechten Daumen.

»Woher hast du das?« fragte Swetlana, und Xenia streifte den Handschuh wieder über.

»Von einem Küchenmesser. Es ist mir ausgerutscht. Du ahnst nicht, wie dumm man sich anstellt, wenn man Gemüse putzen oder Kartoffeln schälen soll und so etwas noch nie gemacht hat.«

Swetlana begriff, daß sie jetzt auf keinen Fall etwas Mitleidvolles sagen durfte. Statt dessen drückte sie Xenia an sich. »Du bist sehr tapfer, Malenka. Und wer ist Pjotr?«

Xenia warf ihr einen provozierenden Blick zu. »Ich lebe mit ihm. Wir haben uns eine kleine Wohnung genommen, das ist billiger, als wenn jeder für sich wirtschaftet.«

»Ich verstehe«, sagte Swetlana. »Und dieser Pjotr studiert ebenfalls?«

Xenia nickte. »Ich kenne ihn schon lange. Er ist sehr gut zu mir.«

»Und du? Liebst du ihn?«

Xenia hob die Schultern. »Ich habe einmal jemanden geliebt ... aber er ist tot. Seitdem bin ich vorsichtig geworden, was meine Gefühle anbelangt. Ich will keinen Kummer mehr haben.«

Wie gut sie sie verstand! Swetlana spürte, wie ihr die

Augen feucht wurden. Der Schmerz um Georg war leiser geworden und manchmal sogar ganz fern gerückt, so, als habe sich alles, was ihr widerfahren war, in einem anderen Leben zugetragen.

Aber die Furcht war geblieben, etwas Ähnliches noch einmal durchmachen zu müssen. Das hatte sie bis heute daran gehindert, trotz Leonids Gemeinheiten und Demütigungen jemals mehr als flüchtige Sympathie für einen Mann zu empfinden, obwohl es viele gab, die der schönen Fürstin Soklowa den Hof machten.

Swetlana lächelte traurig. »Wir Lasarow-Mädchen haben nicht viel Glück in der Liebe, was?«

»Kann schon sein«, entgegnete Xenia. »Obwohl ich mir für dich oft gewünscht habe, daß du noch einmal einen Mann findest, der dir genauso viel bedeutet wie Georg Alexandrowitsch. Mir selbst ist das nicht so wichtig. Du weißt ja, was ich für Ziele habe. Pjotr versteht das. Eigentlich ist er ein Geschenk des Himmels für mich. Ich brauche ihm nichts vorzumachen, und er stellt keine Forderungen an mich. Aber er ist immer da, wenn ich ihn brauche.«

Sie lachte ein wenig. »Jetzt glaub aber nicht, daß ich seine Zuneigung ausnutze und ihn womöglich schlecht behandle. Wir leben sehr friedlich miteinander, und wer weiß – vielleicht heirate ich ihn auch eines Tages. Aber das hat noch Zeit. Erst will ich Ärztin sein.«

»Du wirst es schaffen, ganz bestimmt«, sagte Swetlana herzlich. »Und bitte, laß mich dir dabei helfen. Warum sollst du es unnötig schwer haben?«

»Aber ich will nichts von deinem Mann«, beharrte Xenia, und Swetlana winkte ab.

»Hast du vergessen, daß Papa mir bei meiner Hochzeit unser Landgut Tschornaja Semlja und einige Anteile an der Mohilewer Porzellanmanufaktur überschrieben hat? Das Gut wirft eine Menge ab und die Manufaktur gleichfalls.

Ich finde es nur recht und billig, wenn ich dir einen Teil davon zukommen lasse.«

Sie zog ein Bündel Rubelscheine aus ihrer Handtasche. »Hier, nimm das fürs erste. Und dann sag mir, wohin du das Diadem gebracht hast, ich will es zurückkaufen.«

»Ach, das tue ich lieber selbst«, sagte Xenia etwas verlegen. »Der Pfandleiher wohnt in einer unmöglichen Gegend, jedenfalls für eine Fürstin Soklowa. Du kannst da nicht hingehen. Du würdest auf der Stelle die Krätze bekommen.«

»Und du nicht?« fragte Swetlana neckend. Sie war froh darüber, daß Xenia wieder ein wenig von ihrem ursprünglichen trockenen Humor an den Tag legte.

Die jüngere Schwester hob die Schultern. »Ach, ich bin inzwischen einiges gewöhnt. Als Ärztin darf ich auch nicht zimperlich sein.«

Sie strich über Swetlanas Arm. »Ich habe dich vermißt. Schön, daß du mich gesucht hast. Von mir aus hätte ich nämlich keinen Kontakt zu dir aufgenommen.«

»Immer stolz und verbohrt, was? Oder hattest du Angst, ich würde schnurstracks zu unseren Eltern laufen und ihnen berichten, wo du bist?«

»Nein, eigentlich nicht. Ich hoffe nur, sie kommen eines Tages nicht gleichfalls auf den Gedanken, sich nach mir umzuhören und mich dann womöglich mit Gewalt nach Hause zurückzuholen.«

Swetlana schüttelte den Kopf. »Sicher nicht. Du kennst doch Papa. Er gefällt sich darin, eisenhart zu sein. Und dazu gehört in deinem Fall, daß er sich von dir losgesagt hat.«

Xenia lehnte sich zurück und schloß die Augen. »Merkwürdig, ich vermisse ihn und Mama überhaupt nicht. Vermutlich bin ich wirklich eine ungeratene Tochter. Aber ich habe mich in meinem ganzen Leben noch nicht so frei gefühlt wie jetzt. Daheim war ich immer eingeengt. All diese

Vorschriften, diese ständigen Ermahnungen: Tu dieses, laß jenes. Und wie du dich wieder anziehst ...«

Sie öffnete die Augen und blickte Swetlana an. »Manchmal habe ich aus lauter Trotz meine unkleidsamsten Röcke und Blusen hervorgesucht und mir die Haare wie Akulina gekämmt.«

»Stimmt«, sagte Swetlana und betrachtete den dunkelbraunen, mit Wolfsfell gefütterten Mantel ihrer Schwester, zu dem sie ein grünes Wolltuch trug. »Aber jetzt brauchst du doch nicht mehr mit so etwas zu opponieren. Also kannst du dich ruhig ein bißchen hübscher anziehen.«

»Das schon. Aber es paßt nicht zu einer, die in einer Krankenhausküche Geschirr wäscht und Gemüse putzt.«

»Willst du das nicht aufgeben und dich mehr auf dein Studium konzentrieren?«

Xenias Augen leuchteten auf. »Um so eher könnte ich damit fertig sein, aber ... Nein, ich möchte lieber so weitermachen wie bisher. Sei mir nicht böse, Swetlana, es hat nichts mit dir zu tun. Ich will es eben hauptsächlich aus eigener Kraft schaffen.«

»Das wirst du sowieso, weil alles, was du wissen und können mußt, in deinen Kopf hinein muß, nicht in meinen.« Swetlana lächelte. »Aber ich will dich nicht drängen. Du kannst es dir ja noch überlegen. Sag mir Bescheid, wenn du dich anders besonnen hast, ja?« Sie zog ihren Pelz ein wenig enger um sich. »Es wird kalt. Wollen wir nicht irgendwo einen Tee trinken?«

»Wir können zu mir fahren«, schlug Xenia vor. »Pjotr ist heute nachmittag zu Hause. Es wird warm sein, und Tee hat er bestimmt auch schon gekocht.«

Sie wohnte in der Uliza Katjoll, einer düsteren, engen Gasse hinter dem Moskowskij-Prospekt. Aber die Wohnung im Hinterhof, zu der eine knarrende, baufällige Holztreppe hinaufführte, war sauber und recht annehmbar eingerichtet.

»Das ist Pjotr Bogdanowitsch Dobrowjew«, stellte Xenia den Freund vor, der an einem Tisch saß und gelesen hatte. »Und das ist meine große Schwester Swetlana.«

Pjotr bedachte Swetlana mit einem halb mißtrauischen, halb unsicheren Lächeln. »Guten Tag«, erklärte er ein wenig steif. Er wandte sich Xenia zu. »Oder kann ich willkommen sagen?«

»Kannst du«, erwiderte sie fröhlich. »Swetlana ist hier, weil sie sich unnötigerweise Sorgen um mich gemacht hat. Also hilf ihr aus dem Mantel und biete ihr Tee an. Sie ist halb erfroren, denn es herrscht wieder eine Hundekälte draußen.«

Er warf einen Blick zu dem kleinen Fenster, von dem aus man ein Stück des bleifarbenen Himmels sah. »Es wird auch wieder Schnee geben.«

Swetlana blieb über eine Stunde in der bescheidenen Wohnung in der Uliza Katjoll.

Während Xenia darauf bestand, ein paar heiße Fleischpiroggen zu holen, die es zum Tee geben sollte, war sie eine Weile mit Pjotr allein. Sie wartete, bis Xenias Schritte auf der Holztreppe verklungen waren. Dann sah sie Pjotr an.

»Ich glaube, es ist gut für meine Schwester, daß sie nicht allein leben muß. Sie ist zwar sehr resolut und weiß, was sie will. Aber sie ist natürlich auf diese Art Leben, das sie jetzt führt, überhaupt nicht vorbereitet.«

Pjotr nickte bedächtig. »Das stimmt. Ich bin auch sehr froh, daß ich ein wenig auf sie achtgeben kann. Ich habe sie sehr gern, und ich möchte um nichts in der Welt, daß sie es noch schwerer hat, als es ohnehin der Fall ist. Sie arbeitet zuviel und schläft dann zuwenig, wissen Sie ...«

Er war ihr sympathisch, auch wenn sie zunächst bei seinem Anblick gedacht hatte: Was für ein linkischer, unscheinbarer Mann! Mama würde auf der Stelle in Ohnmacht fallen, wenn sie wüßte, daß er Xenias Freund ist.

Aber er hatte kluge, gute Augen, dieser Pjotr Bogdanowitsch, und er schien Xenia aufrichtige Zuneigung entgegenzubringen. Das war sicherlich mehr wert als ein blendendes Aussehen und elegantes Auftreten.

»Sie wollen ebenfalls Arzt werden?« fragte Swetlana, und er nickte.

»In zwei Jahren werde ich meine Examina abgelegt haben, und dann hoffe ich, als Assistent bei Professor Durnow arbeiten zu können. Vielleicht haben Sie schon einmal von ihm gehört, Fürstin? Er ist ein hervorragender Arzt, und man kann viel von ihm lernen.«

»Er ist Gynäkologe, nicht wahr? Dann wollen Sie sich vermutlich ebenfalls auf dieses Fachgebiet spezialisieren?«

»Nicht nur. Mein Ziel ist es, eine sehr vielseitige medizinische Ausbildung zu erlangen. Ich möchte auch eine Zeitlang in der Chirurgie arbeiten, ebenso in einer Abteilung für Lungenkranke und andere innere Leiden. Und dann möchte ich eine Praxis haben, in der ich möglichst vielen Menschen nützlich sein kann. Das Gesundheitswesen liegt in Rußland noch völlig im argen. Gehen Sie nur in die Arbeiterviertel oder in die Dörfer. Dort sind Ärzte Mangelware, vor allem solche, die wirklich umfassende Kenntnisse haben. Der eine kann nur Knochenbrüche und ähnliche Verletzungen behandeln, der andere versteht etwas von Geburtshilfe, der dritte hat Ahnung von der Schwindsucht, aber keine, wie man Seuchen bekämpft, Magen- und Darmleiden oder Kinderkrankheiten kuriert. In Ihren Kreisen, Fürstin, ist das kein Problem. Man geht dann eben zu drei oder vier Ärzten. Aber wie sollen die armen Leute so etwas bezahlen?«

Er war während seiner Worte immer lebhafter geworden, und Swetlana spürte, daß er mit ganzem Herzen bei dem war, was er sich vorgenommen hatte. Das gefiel ihr und machte ihn ihr noch sympathischer.

»Sie werden sicherlich ein sehr guter Arzt werden, Pjotr Bogdanowitsch«, sagte sie herzlich. »Und ich denke, Xenia ebenfalls.«

»O ja ...« Seine Augen leuchteten auf. »Sie ist sehr begabt, das kann man schon jetzt sehen, obwohl sie gerade erst mit dem Studium begonnen hat. Vielleicht werden wir eines Tages eine gemeinsame Praxis haben. Das wäre eine großartige Lösung.«

Ihr Gespräch wurde durch Xenias Rückkehr unterbrochen. Ihr Mantel und das Umschlagtuch waren voller Schneeflocken, denn es hatte tatsächlich wieder zu schneien begonnen. Jetzt schmolzen sie in der Wärme des Zimmers.

»Himmel, ich bin hungrig!« verkündete sie und holte ein großes Holzbrett, um die mitgebrachten Piroggen ausgepackt darauf anzurichten. Dann gab sie Swetlana einen raschen Kuß auf die Wange. »Heute hätte es nur Kohlsuppe gegeben, wenn du nicht gekommen wärst. Aber Piroggen sind viel besser.«

Als sie ihren Mantel auszog, sah Swetlana erst richtig, wie mager Xenia geworden war. Die Schultern stachen spitz aus der Wolljacke hervor, und ihre Taille war so schmal, daß ein kräftiger Mann sie mit seinen Händen umspannen konnte.

Aber Swetlana sagte nichts darüber, um ihre Schwester nicht zu verletzen. Insgeheim aber nahm sie sich vor, dafür zu sorgen, daß Xenia und auch Pjotr in Zukunft immer genügend zu essen hatten.

Schon am nächsten Tag schickte Swetlana ihren Kutscher mit einem großen Korb voller Lebensmittel in die Uliza Katjoll. Sie hatte ein paar Zeilen dazugeschrieben.

Leider kann ich Euch nicht selbst die Sachen vorbeibringen. Ich habe Hofdienst, und heute abend findet ein Maskenball im Winterpalais statt. Aber ich komme, sobald ich kann.

Sie machte ihr Versprechen wahr und ließ sich in der Regel ein- bis zweimal in der Woche bei Xenia sehen. Diese hätte es gerne gehabt, daß sie auch Fjodor mitbrächte, denn sie war ganz vernarrt in den Kleinen. Doch das wagte Swetlana nicht aus Sorge, das Kind könne sich irgendwann bei Leonid oder ihren Eltern verplappern.

Andererseits mochte sie ihn nicht zum Verheimlichen oder Lügen anhalten. Fjodor war noch so ganz und gar arglos, und jede Verstellung war ihm fremd, denn in seiner kindlichen Welt gab es noch keine Unfreundlichkeit, keine Furcht vor Strafen und daraus resultierende Heuchelei.

Swetlana wußte, daß sie ihren Sohn nicht immer davor bewahren konnte. Je älter er wurde, um so mehr würde er erfahren müssen, daß man nicht immer alles sagen konnte, was man dachte, nicht alles tun, was man für recht erachtete, und daß man seiner Aufrichtigkeit und Anständigkeit halber gelegentlich sogar bekämpft und gehaßt wurde.

In dem Leben, für das Fjodor heranwuchs, brauchte man hin und wieder ein Visier zum Schutz und eine gewisse Geschmeidigkeit, um nicht das Opfer von Menschen zu werden, die mit weniger Skrupeln behaftet waren als man selbst.

René Mounet, Fjodors französischer Hauslehrer, war glücklicherweise ein recht liebenswerter Mensch, still, zurückhaltend und von großer Geduld mit dem lebhaften Kind.

»Er ist lahmarschig«, hatte Soklow erst kürzlich über den jungen Franzosen gesagt und dabei angewidert den Mund verzogen. »Vermutlich habe ich einen Fehlgriff mit ihm getan. Doch den kann man korrigieren. Vielleicht genügt es auch, wenn Fjodor im nächsten Jahr einen Reit- und Fechtlehrer bekommt, der ihn nicht mit Samthandschuhen anfaßt. Ich will, daß er ein richtiger Kerl wird, kein Muttersöhnchen, das Französisch parliert und sich im übrigen an deine Röcke klammert.«

Swetlana hatte nichts darauf erwidert, wohl wissend, daß jeder Einspruch von ihr ihn nur dazu bewogen hätte, seine Absichten noch eher in die Tat umzusetzen. Aber ihre Sorge um ihr Kind wuchs. Wie konnte sie Soklow nur daran hindern, allzu großen Einfluß auf Fjodor zu nehmen?

Die Wintersaison in Petersburg war wiederum eine Kette von Festivitäten, Paraden und Vergnügungen. Es gab Troikarennen auf der zugefrorenen Newa, Maskenbälle und Redouten in den großen Adelspalästen, in denen die Zigeunerkapellen erst am Morgen, wenn eine fahle Helligkeit über dem finnischen Meerbusen aufzog, zu spielen aufhörten und Lichter erloschen.

Man trank Champagner mit Wodka, tanzte und spielte, amüsierte sich mit den Choristinnen und Balletteusen der kaiserlichen Theater, warf Rubelstücke unter das Volk, das am Straßenrand gaffte, wenn die Prunkschlitten mit den in kostbare Pelze gehüllten Lebedamen, Adligen und Offizieren vorüberfuhren.

Die Leute klaubten das Geld auf, und es gab immer noch welche, die demütige Segenswünsche hinter den davonstiebenden Schlitten herriefen. Aber diejenigen, die Verwünschungen murmelten und die Hände zu Fäusten ballten, während sie in den Schnee spuckten, wurden immer mehr.

Er war hart, der Winter des Jahres 1904, lang und eisig, und in den Armenquartieren starben viele an Hunger oder erfroren in ihren elenden Rattenlöchern, weil sie kein Holz zum Heizen hatten und nichts, um ihren leeren Magen zu füllen.

»Aber das«, sagte Pjotr Bogdanowitsch, »kümmert die feinen Herrchen nicht, wenn sie bis zum Morgengrauen Mazurka tanzen und dem Zigeunerprimas einen Hundertrubelschein mit Spucke an die Stirn kleben, damit er weiterspielt. Und wenn sie betrunken in ihre seidenbezogenen Betten fallen, denken sie, daß sie doch wahrlich Auserwählte des Schicksals sind, weil sie sich alles erlauben können und niemand ihnen Einhalt gebietet.«

Swetlana, die auf einen Sprung bei ihm und Xenia vorbeigekommen war, warf ihm einen nachdenklichen Blick zu.

»Für viele trifft es zu, was Sie sagen, Pjotr Bogdanowitsch. Aber nicht für alle. Natürlich gibt es die unbelehrbaren Dummköpfe, die die Zeichen der Zeit nicht sehen wollen. Doch mindestens ebenso viele wünschen sich eine vernünftige Reformpolitik, dank der es mehr soziale Gerechtigkeit in Rußland geben wird.«

»Aber der Zar hört nicht auf diese Leute«, warf Xenia ein. »Er hat geradezu panische Angst vor irgendwelchen Neuerungen, und wer ihm zu lange damit in den Ohren liegt, wird einfach durch einen anderen ersetzt, der Rußland am liebsten in die Zeit Iwans des Schrecklichen zurückführen möchte.«

Swetlana wußte indessen, daß beide, Xenia und Pjotr, glühende Befürworter eines neuen sozialistischen Rußlands waren. Manches, was sie darüber sagten, erschien Swetlana vernünftig. Auch wenn sie selbst zu der privilegierten Oberschicht gehörte, deren Mitglieder seit langem jede Freiheit für sich in Anspruch nahmen, war sie nicht blind für die Unterdrückung des Volkes, die in den letzten Jahren ständig zunahm. Aber man konnte das Freiheitsbedürfnis der Menschen nicht immerfort mit Gewalt niederschlagen. Solche Aktionen lösten Gegenaktionen aus, und davor fürchtete Swetlana sich.

Wenn Zar Nikolaus doch endlich auf die Liberalen unter seinen Ratgebern hören wollte! Aber er und mehr noch Alexandra Fjodorowna hielten unerschütterlich an ihrer Überzeugung fest, daß jede Form von Liberalismus früher oder später zu einem revolutionären Chaos führen müsse und daß Nikolaus' Thron ins Wanken geriet, wenn er freiwillig einige seiner autokratischen Rechte aufgab.

Daß das Land indessen einem brodelnden Topf glich, der jeden Augenblick überlaufen konnte, sahen sie nicht, sondern trugen in ihrer Blindheit noch dazu bei, daß es eines Tages zu einem blutigen Umsturz kommen mochte.

Aber ein Rußland ohne Zaren – das konnte und wollte Swetlana sich nicht vorstellen.

Wie hatte Boris Barschewskij es einmal vor langer Zeit ausgedrückt, als er und Swetlana über die Gefahr einer Revolution gesprochen hatten?

»Dann wird vermutlich auch alles zerstört werden, was gut und schön ist an unserem Leben. Die alten Ideale, der Zauber, der jetzt noch über allem liegt, auch wenn sich viel Brüchiges darunter verbirgt ...«

Rußland sei krank, hatte er gesagt, aber es könne genesen, wenn der Zar es wolle, denn er allein hatte die Möglichkeit, Neues und Altes zu einem sicheren Gefüge zusammenzuschmieden.

Swetlana hatte diese Worte nie vergessen.

Sie wußte, daß Pjotr und Xenia eine friedliche Veränderung anstrebten, und es gab viele, die so dachten wie sie. Aber die anderen, die Bomben warfen und ihre politischen Gegner ermordeten, die lauthals schrien: »Friede den Hütten! Krieg den Palästen!« waren inzwischen an der Überzahl, und es kam Swetlana vor, als würden es täglich mehr.

Sie predigten den bewaffneten Aufstand und wollten blutige Rache für alle Not und Ungerechtigkeit. Sie wollten alles zerstören und drängten im Grunde nur selbst an die Macht.

Wenn sie sie erlangten, würde Boris Barschewskij recht behalten und das alte Rußland mit seiner leuchtenden Schönheit für immer dahin sein.

Gott, schütze den Zaren, dachte Swetlana oftmals. Gib ihm die rechten Männer zur Seite, damit er tut, was die Not der Stunde gebietet. Denn sonst, Gott, wirst du unserer Mutter Rußland sehr gnädig sein müssen.

13. Kapitel

Aber es gab noch einen Aufschub in jenen letzten Januartagen des Jahres 1904. Die Tatsache, daß die Japaner es gewagt hatten, die diplomatischen Gespräche mit Rußland abzubrechen und ihren Botschafter nach Tokio zurückzurufen, erhitzte nicht nur in St. Petersburg und Moskau die Gemüter.

Von Litauen bis zur Donkosakensteppe, vom Kaukasus bis Sibirien, vom Eismeer bis zur Krim brandete Entrüstung auf, die sich in hellen Zorn wandelte, als bekannt wurde, daß japanische Torpedos die russische Flotte bei Port Arthur angegriffen und sieben große Einheiten außer Gefecht gesetzt hatten.

Derlei Ereignisse weckten nationale Gefühle. Und als die Nachricht eintraf, daß die gelben Schlitzaugen nicht einmal davor zurückgeschreckt waren, Port Arthur zu bombardieren, schrie man laut nach Vergeltung. Niemand durfte ungestraft das große heilige Rußland angreifen, niemand auf diese Weise den Zaren beleidigen!

Am 27. Januar fand die traditionelle Prozession des Hofes vom Winterpalais zur Isaaks-Kathedrale statt, in der ein feierlicher Gottesdienst abgehalten wurde. Die Straßen waren dicht gesäumt von Menschen, und als man der Zarenfamilie ansichtig wurde, ertönten laute Hochrufe. Hüte und Arme flogen in die Luft, die Leute schrien: »Gott segne den Zaren! Gott segne unser Väterchen und strafe Japan!«

und etliche begannen aus voller Kehle die kaiserliche Hymne zu singen.

Bei der Rückkehr in den Palast war der Jubel noch größer. Viele knieten nieder und küßten die Erde, über die der feierliche Zug schritt, und Nikolaus II. dachte glücklich, während er auf die gebeugten Köpfe blickte und das Kreuz über sie schlug: Meine Russen! Mein gutes, treues Volk! Wie konnte man mir nur jemals einreden wollen, es sei zwischen ihm und mir eine gefährliche Entfremdung eingetreten! Ein paar politische Wirrköpfe sind nicht Rußland. Man wird sie zum Schweigen bringen, und das Volk wird es mir danken.

Auch in anderen Städten fanden große spontane Sympathiekundgebungen für den Zaren statt, und am 30. Januar zog sogar eine riesige Studentenmenge vor das Winterpalais, diesmal ohne rote Fahnen und revolutionäre Parolen.

Statt dessen schwenkten die jungen Leute die Nationalfahne und sangen aus voller Kehle: *›Boshe Zarje charnij ...‹*

Der Gesang endete mit ohrenbetäubenden Hochrufen, als Nikolaus, Alexandra und ihre Töchter sich an einem Palastfenster zeigten und den vielen Demonstranten zuwinkten.

Später sagte die Zarin mit leuchtenden Augen zu Swetlana: »Ach, ich habe es immer gewußt: Sie lieben Seine Majestät. In der Stunde der Not kommt das wahre, gute Wesen des russischen Menschen zum Vorschein, und die Schlakken fallen ab. Diese Welle der Zuneigung, die Seiner Majestät auf einmal entgegenschlägt, ist wundervoll, finden Sie nicht, meine liebe Swetlana Pawlowna?«

Swetlana nickte. »Ganz gewiß, Euer Majestät.« Aber sie dachte: Ob es wohl so bleibt? Die Menschen sind wandelbar. Heute entwickeln sie glühende patriotische Gefühle, und morgen schreien sie von neuem: »Nieder mit dem Zarentum!«

Immerhin, der Kriegsausbruch mit Japan bewirkte, daß das Land von einer Welle neu erwachter Vaterlandsliebe erfaßt wurde.

Die jungen Gardeoffiziere baten darum, an die Front geschickt zu werden, die Zivilbevölkerung spendete Geld, und die meisten russischen Zeitungen stellten den japanischen Feldzug als ein denkbar einfaches, siegreiches Unternehmen dar, das schnell beendet sein würde.

Diejenigen, die daran erinnerten, daß Japan über eine ausgezeichnet ausgerüstete, mit modernen Waffen versehene Armee verfüge, die sofort einsatzbereit sei, während die russischen Soldaten an die neuntausend Werst zum Kriegsschauplatz zurückzulegen hätten, wurde von lautem nationalistischen Jubel übertönt, und wer es in diesen Tagen wagte, den Krieg mit Japan als ein unnützes militärisches Hasardspiel zu bezeichnen, nur um die Geldgier einer Handvoll Glücksritter zu befriedigen, wurde niedergeschrien.

Zar Nikolaus war überzeugt davon, daß seine Soldaten in kürzester Zeit einen grandiosen Sieg erfechten würden. Nicht nur Korea, auch die Mandschurei würden russisches Hoheitsgebiet werden, und vielleicht könnte man anschließend sogar Tibet erobern ...

Gott war mit ihm, Gott war mit Rußland!

Während der Mobilmachung der Truppen reiste der Zar in die einzelnen Distrikte, nahm überall Paraden ab, segnete die Soldaten und ließ an die knienden Männer Aberhunderte von Ikonen verteilen.

Mitte Februar reiste auch Leonid Soklow als General der Artillerie an den Kriegsschauplatz. Der Zar hatte ihn General Kuropatkin, dem Oberkommandierenden der Armee, unterstellt.

In der Nacht vor seinem Aufbruch kam Leonid betrunken heim, in Begleitung einer Horde lärmender Offiziere und Frauenzimmer. Er befahl, daß man Swetlana weckte und in den Speisesaal holte, wo Baron Launitz, der neue Haushofmeister, bereits veranlaßte, daß die Neuankömmlinge mit Essen und Trinken versorgt wurden.

Diener schleppten große Platten mit kaltem Braten, Geflügel, Pasteten und Räucherfisch herbei, während andere Champagner und Wodka brachten, die in Silberkübeln mit Schnee gekühlt wurden.

Als Swetlana den Speisesaal betrat, schlugen ihr Lärm, Balalaikamusik und das laute Kreischen einiger Frauen entgegen, die von den Offizieren im Tanz herumgeschwenkt wurden.

Andere klatschten den Takt dazu und grölten mit trunkenen Stimmen durcheinander.

Leonid Soklow war unter den Tanzenden. Er ging in die Hocke, warf die Beine und schlug den Mädchen die Röcke hoch, sobald sie an ihm vorüberwirbelten. Als er Swetlana in der Tür erblickte, kam er schwankend auf die Füße und torkelte zu ihr hin.

»Ah, da ist sie ja, meine schöne Soklowa!« rief er. »Willkommen in dieser nicht unbedingt erlauchten Runde! Ich weiß es wohl zu schätzen, daß du mit mir und meinen Freunden Abschied feiern willst.«

Er roch nach Schweiß und Alkohol, doch als Swetlana einen Schritt zurückwich, griff er nach ihr und zog sie tiefer in den Saal hinein.

»Komm, trink mit uns! Stoß mit mir auf eine siegreiche, glückliche Heimkehr an, wie es einer liebenden Gattin geziemt. Mitja, schenk meiner Frau ein Glas ein.«

Ein bleichgesichtiger junger Rittmeister in der Uniform der Garde-Ulanen reichte ihr ein Glas, in das er zuvor ein wenig Champagner und einen großen Schuß Wodka gekippt hatte. Swetlana wollte nur daran nippen, aber Leonid setzte ihr das Glas an die Lippen, bog ihren Kopf zurück und zwang sie so, es ganz zu leeren.

»Bravo!« schrie er dann und applaudierte. »Sie säuft wie

eine durchgefrorene Straßenhure! Auf einen Zug ex! Mitja, noch ein Glas!«

Dieses Mal schaffte es Swetlana, den Kopf zur Seite zu drehen, so daß ein Großteil der Champagner-Wodka-Mixtur danebenlief und über ihr Kleid tropfte.

»Macht nichts«, sagte Soklow mit bösartig glitzernden Augen. »Der Fummel ist sowieso nichts wert. Du hättest dir etwas Besseres für meinen Abschied anziehen sollen, meine Teuerste. Geh hinauf und laß dir in die Ballrobe helfen, die du kürzlich im Winterpalais zur Cour getragen hast. Du weißt schon, diese violette aus Brüsseler Spitze, mit schwarzer Seide unterlegt.«

»Nein, Leonid Iwanowitsch«, erwiderte sie so ruhig wie möglich. »Das wäre übertrieben. Bitte, sei vernünftig.«

Sie spürte, wie ihr der Alkohol zu Kopf stieg. Ihr war ein wenig wirbelig zumute, und alles schien irgendwie unwirklicher zu werden. Unwirklich auch Leonids Gesicht, das sich in jäher Wut verzerrte, seine Hand, die vorschoß und ihr Kleid mit einem harten Ruck bis zur Taille aufriß.

Als nächstes zerfetzte er das Miederhemd, das sie darunter trug, zerrte ihr den Stoff von den Schultern, und als sie schützend die Hände vor ihre Brüste legen wollte, drehte er ihr die Arme auf den Rücken.

»Seht her!« rief er mit einem rohen Lachen. »Habe ich nicht eine wunderschöne Frau? Eine Haut wie Seide, volle Brüste, die Taille eines jungen Mädchens ...«

Swetlana schüttelte so wild den Kopf, daß sich ihr flüchtig aufgestecktes Haar löste. Es war lang und reichte ihr bis knapp zu den Hüften, so daß die blonde Flut ihre Blöße notdürftig bedeckte.

Das Gefühl der Unwirklichkeit wich, verwandelte sich in Scham und rasende Wut. »Lassen Sie mich auf der Stelle los!« preßte sie zwischen den Zähnen hervor. »Auf der Stelle, Leonid Iwanowitsch – oder bei Gott, es geschieht ein Unglück.«

Er reagierte nicht, sondern machte Anstalten, sie weiter in den Speisesaal zu schieben. »Schaut sie euch an, die schöne Soklowa! Gibt es jemanden in St. Petersburg, der eine reizvollere Frau hat?«

Mit der einen Hand hielt er ihre Arme auf dem Rücken fest, mit der anderen versuchte er, ihr Haar beiseite zu streifen. Zwei seiner Kumpane hinderten ihn daran.

Sie waren zwar allesamt betrunken, aber nun war ihnen doch peinlich, was hier geschah. Einer der jungen Offiziere zog hastig seinen Uniformrock aus und legte ihn Swetlana um die Schultern. Ein anderer riß Soklow von Swetlana weg.

»Laß sie in Ruhe, Leonid«, sagte er mit schwerer Zunge. »Du bist total besoffen. Du weißt nicht mehr, was du tust.«

Leonid schwankte und hielt sich an ihm fest. »Was denn, was denn? Sie ist meine Frau. Ich kann mit ihr machen, was ich will. Ich kann sie sogar wie eine Hure behandeln, denn das ist sie in Wirklichkeit. Eine eingebildete, größenwahnsinnige Hure!«

Er torkelte zu einem Sofa an der Wand und ließ sich schwer hineinfallen. »Komm her, du Hure ... Oder soll ich dich mit der Peitsche hierherprügeln?«

Derjenige, der Swetlana seine Jacke gegeben hatte, führte sie zur Tür. »Kommen Sie, Fürstin, ich bringe Sie hinaus. Die anderen werden sich schon um ihn kümmern.«

Er begleitete sie in die Halle, übergab sie dort einem livrierten Diener, der gerade frischen Champagner bringen wollte, und trug ihm auf: »Bring Ihre Gnaden in ihr Schlafzimmer.« Dann verbeugte er sich schwankend vor Swetlana. »Vergessen Sie den Vorfall, Fürstin. Sehr peinlich, das Ganze, wahrhaftig ...«

Sie gab ihm seinen Uniformrock zurück und raffte die Fetzen ihres Kleides über der Brust zusammen. »Ich danke Ihnen«, sagte sie mit steifen Lippen. »Gute Nacht.«

Dann floh sie in ihr Schlafzimmer hinauf, so rasch, daß der Diener ihr kaum folgen konnte, verriegelte die Tür hinter sich und warf sich auf das Bett.

Sie wünschte sich, weinen zu können, doch sie war nicht fähig dazu. So lag sie in den Kissen, hieb in ohnmächtigem Zorn auf den Seidenstoff ein und grub die Zähne in die Lippen, um nicht zu schreien.

Am nächsten Morgen war Leonid fort. Swetlana, die kaum geschlafen hatte, weil sie fürchtete, er werde in der Nacht noch einmal zu ihr kommen, hörte, wie er in der Halle nach Kolja, seinem Leibdiener, rief, der ihn an den Kriegsschauplatz begleiten sollte, vernahm das Gepolter, wie die Hausdiener Leonids Gepäck hinausschafften, und dann, wie er selbst den Palast verließ. Mit einem dumpfen Knall schlug das schwere Portal hinter ihm zu.

Draußen wieherten Pferde, der Kutscher knallte mit der Peitsche, dann vernahm Swetlana nur noch das Klingeln der Schlittenglöckchen, das sich rasch entfernte.

Sie fiel in die Kissen zurück. Mit geschlossenen Augen lag sie da und dachte immer wieder: Er ist weg. Ich bin allein. Gott im Himmel, ich danke dir!

Am 30. Juli 1904 morgens gegen drei Uhr hallten gewaltige Kanonenschläge von der Peter-und-Paul-Festung über St. Petersburg. Schläfer schraken in ihren Betten hoch und rissen die Fenster auf, um die Salutschüsse mitzuzählen.

In den Adelspalästen, den eleganten Nachtlokalen, den Clubs, Theatern, Zigeunerkneipen und Varietés, in denen die Nachtschwärmer noch auf waren, stürzten die Menschen auf die Straße. Sie zählten laut, und als der hundertste Kanonenschlag verhallt war, hielten viele den Atem an. Gleich würde man es wissen, ob Alexandra Fjodorowna endlich den Thronfolger geboren hatte.

»Hunderteins ...«, riefen die Leute, warteten, und dann

ertönte nach einem weiteren Kanonenschlag der Jubelschrei aus unzähligen Kehlen: »Hundertzwei!«

Es war ein Sohn, dieses neue Kind von Rußland, das da zur Welt gekommen war, der Erbe des Zarenreiches!

Mehrere Tage hindurch war Petersburg, ja, das ganze Land ein Meer der Freude. Man sang und tanzte auf den Straßen, die zarentreuen Adligen speisten das Volk, es gab genug zu essen und Tee und Wein für jedermann, und in den Häusern der Reichen knallten die Champagnerkorken: »Es lebe Alexej Nikolajewitsch! Es lebe unser künftiger Zar!«

Kaum drei Tage alt, wurde der zarte, schmächtige Säugling zum Hetman der russischen Kosakenregimenter ernannt, und seine feierliche Taufe auf den Namen Alexej fand im Beisein der höchsten geistlichen Würdenträger und des gesamten Hofes statt.

Den Zeitungen aber wurde untersagt, in diesen Tagen schlechte Nachrichten vom japanischen Kriegsschauplatz zu verbreiten.

Und deren gab es viele, nicht erst seit dem Sommer.

Bereits im Januar hatten die Japaner durch ihren siegreichen Angriff auf die russische Flotte weitgehend die Oberherrschaft über das Meer erlangt. Sie landeten in Korea und besetzten das ganze Land. Im April überquerte die japanische Armee den Fluß Yalou, zwang die Russen, ihre dortigen Stellungen aufzugeben, und drang bis zur Halbinsel Liaotung vor. Von dort aus begann sie mit der Belagerung von Port Arthur.

Die dortige russische Garnison, die lediglich aus zwei Infanteriedivisionen bestand, war dadurch vom Rest der Armee abgeschnitten. Oberbefehlshaber General Kuropatkin wartete, etwa dreihundert Werst entfernt, auf Nachschub, der nur sehr langsam eintraf.

So blieb Kuropatkin vorerst nichts anderes übrig, als den japanischen Vormarsch aufzuhalten zu versuchen, indem er seine Soldaten immer wieder in blutigen Scharmützeln den Armeen des Tenno entgegenwarf.

Doch der russische Kampfgeist wurde zunehmend geringer, und das unablässige Vordringen der Japaner bewirkte, daß immer mehr russische Stellungen in ihre Hände fielen.

Aber davon stand nichts in den Zeitungen, ebensowenig von den Kämpfen auf See, in denen die Japaner elf russische Schiffe außer Gefecht setzten und ihr Oberbefehlshaber, Admiral Witheft, den Tod fand.

Die Ermordung von Innenminister Plehwe, der der Bombe eines Terroristen zum Opfer fiel, konnte zwar nicht vollständig verschwiegen werden, aber es erschien nur eine kurze Notiz darüber in der Presse. Dann ging man zu den freudigeren Ereignissen um die Geburt des Thronfolgers über.

Rußland sollte erfahren, daß der kleine Zarewitsch gedieh und ein selten schönes Kind war, blond und blauäugig, mit einem süßen, zarten Gesicht. Er entwickele einen gesunden Appetit, hieß es, weine wenig und lächle seine Umgebung bereits an.

Bilder der Zarenfamilie wurden veröffentlicht, in denen Alexandra Fjodorowna ihren Sohn mit einem Blick unaussprechlicher Liebe in den Armen hielt. Die vier kleinen Großfürstinnen, die sich in hübschen Spitzenkleidchen, mit Schleifen in den Haaren um ihre Eltern und den Bruder scharten, vervollständigten das Bild einer glücklichen Familienidylle.

Aber dieses Glück war trügerisch.

Es war am Vormittag des 8. September, als Swetlana durch einen kaiserlichen Adjutanten nach Zarskoje Selo gerufen wurde, wohin die Zarenfamilie sich indessen wieder zurückgezogen hatte.

Swetlana war für ein paar Tage vom Hofdienst beurlaubt worden, da sie verschiedene häusliche Angelegenheiten zu erledigen hatte, doch das Billett, das Rittmeister Mitjagin von der Zarin überbrachte, klang so alarmierend, daß Swetlana keine Sekunde zögerte, sofort mit Fjodor aufzubrechen.

Bitte, kommen Sie schnell, meine liebe Fürstin Soklowa, hatte Alexandra Fjodorowna geschrieben, offenbar in großer Aufregung, wie es ihre zittrige Schrift verriet. Sie war teilweise verwischt, als wären Tränen darauf gefallen. *Ich brauche Ihren Trost, denn ich hege eine grauenvolle Befürchtung. Von Ihnen weiß ich, daß Sie sich an meinem Unglück, wenn es denn von Gott verordnet sein sollte, nicht weiden werden.*

In Zarkoje Selo ließ Swetlana ihren Sohn in der Obhut seiner Kinderfrau zurück und begab sich sofort zur Zarin.

Sie fand sie am Bett des kleinen Zarewitsch, totenbleich, mit wirrem Haar und einer so unsäglichen Angst in den übergroßen blauen Augen, daß es Swetlana das Herz abdrückte.

»Was ist geschehen, Euer Majestät?« fragte sie, nachdem sie den üblichen Hofknicks gemacht hatte.

Die Zarin setzte ein paarmal zum Sprechen an. »Der Zarewitsch ... Er blutet seit heute morgen in der Nabelgegend. Sehen Sie selbst.«

Als Swetlana an das Bettchen des Säuglings trat, schlug seine Kinderfrau Maria Wischnjakowa, die sich bis jetzt im Hintergrund gehalten hatte, die reich bestickte Bettdecke zurück.

Der kleine Körper war von einer Nabelbinde bedeckt, und Swetlana bemerkte gleich, daß sie von Blut durchtränkt war. Aber das Kind lag rosig und lächelnd da und verriet in keiner Weise, daß es sich elend fühlte oder gar Schmerzen hatte.

»Eine kleine Nachblutung vermutlich von der Wunde, die durch das Abtrennen der Nabelschnur entstanden ist«, sagte Swetlana, und die Zarin nickte fahrig.

»Das behauptet Doktor Korowin auch ... Wir haben ihn

natürlich gleich heute morgen rufen lassen. Aber die Blutung dauert so lange an. Ach, Swetlana Pawlowna, ich bin halb wahnsinnig vor Sorge. Es kann ... es darf doch nicht sein, daß ich meinen Sohn ... Nein, so unbarmherzig wird Gott nicht sein!«

»Ich verstehe nicht, Euer Majestät«, erwiderte Swetlana verwirrt.

Die Zarin wechselte ins Englische über, das die Kinderfrau nicht verstand. »Hat man Ihnen denn nie erzählt ... Ach, es gibt so viele bei Hof, die derlei Geschichten mit Freuden verbreiten, weil sie mich hassen. Sie müssen einfach davon gehört haben!«

»Ich schwöre Ihnen, Majestät, ich habe keine Ahnung«, versicherte Swetlana, und die Zarin zog sie zum Fenster.

»Die Eltern meines Gatten, der verstorbene Zar Alexander III. und seine Gemahlin waren von Anbeginn an gegen mich. Sie wollten nicht wieder eine deutsche Prinzessin als Thronfolgerin haben, doch das war nur einer der Gründe. Der wichtigste war, daß in meiner Familie ...« Sie verstummte und schlug die Hände vor das Gesicht. Es dauerte eine Weile, ehe sie imstande war, weiterzusprechen.

»Meine Mutter ist, wie Sie vielleicht wissen, die Zweitälteste Tochter der Queen Viktoria von England. Ihr Bruder Leopold starb vor etwa zwanzig Jahren – an einer unstillbaren Blutung. Und ihre Schwester, meine Tante, hat zwei Söhne, die ebenfalls an dieser ... dieser entsetzlichen Krankheit leiden. Sie leben noch – aber man weiß nicht, wie lange. Verstehen Sie jetzt? Es ist eine Erbkrankheit, die Hämophilie, und ich kann sie meinem Kind vererbt haben. Die Mütter übertragen sie – und seltsamerweise immer nur auf die Söhne. Die Töchter sind gesund.«

Swetlana war die Kehle wie ausgedörrt. Langsam nur begriff sie, was die Zarin ihr da anvertraut hatte. Konnte es wirklich möglich sein, daß der kleine Zarewitsch an der

Bluterkrankheit litt, gegen die man, soweit Swetlana wußte, noch kein wirksames Mittel gefunden hatte?

»Euer Majestät«, stammelte sie schließlich hilflos, »bitte, Sie sollten sich jetzt noch keine Sorgen darum machen. Seine Kaiserliche Hoheit, der Zarewitsch, ist ein so gesundes Kind. Und überhaupt – auch wenn in Ihrer Familie mütterlicherseits einige Krankheitsfälle aufgetreten sind, so sind es doch sehr wenige. Nur drei ...«

Die Zarin ließ die Hände sinken und blickte sie mit einem solch trostlosen Gesichtsausdruck an, wie Swetlana ihn noch nie an ihr gesehen hatte.

»Es sind nicht nur drei. Mein Bruder, Prinz Friedrich von Hessen, ist mit drei Jahren nach einem Fenstersturz verblutet. Meine Schwester Irene hat erst vor wenigen Wochen ihren jüngsten Sohn verloren – durch eine Gehirnblutung, und ihr Ältester ist ebenfalls an Hämophilie erkrankt.«

»Aber Doktor Korowin hat doch gesagt ...«, setzte Swetlana an in dem verzweifelten Bemühen, die völlig aufgelöste Frau zu trösten. Außerdem sträubte sich alles in ihr gegen die Vorstellung, dieses bezaubernde und so sehr ersehnte Kind dort drüben in seinem Bettchen könne mit einem dermaßen grausamen Schicksal geschlagen sein.

Was für ein Leben wartete dann auf den kleinen Großfürsten Alexej Nikolajewitsch? Ein Dasein unter einer Glasglocke, ständig von der Gefahr bedroht, sich irgendwo zu verletzen, hinzufallen, sich zu stoßen und dann eine vielleicht unstillbare Blutung zu bekommen, an der er unter großen Qualen sterben mußte.

»Ich bitte Sie, Euer Majestät, nehmen Sie nicht gleich das Schlimmste an. Wenn Korowin die Sache für harmlos hält, ist sie es auch.«

»Er belügt uns«, sagte die Zarin dumpf. »Ich habe es ihm angesehen. Er war so furchtbar erschrocken und suchte nach einer beruhigenden Erklärung.«

»Weiß Seine Majestät, der Zar, inzwischen darüber Bescheid?« erkundigte Swetlana sich, und Alexandra Fjodorowna nickte.

»Er war bis vor kurzem noch hier. Aber dann wurde er durch einige wichtige Depeschen abberufen. Er ... er ist genauso entsetzt wie ich. Wir haben es beide gefühlt, daß unser Kind dieses schreckliche Leiden in sich trägt. Und es hat es von mir geerbt. Ich bin schuld daran.«

»So etwas dürfen Sie nicht sagen. Sie dürfen es nicht einmal denken!« bestürmte Swetlana sie erschrocken. »Ich bitte Sie, Majestät, ziehen Sie noch weitere Ärzte hinzu. Vielleicht ... nein, bestimmt stellen sich Ihre Befürchtungen als Irrtum heraus.«

»Seine Majestät hat einen Kurier zu Doktor Fjodorow nach St. Petersburg geschickt«, berichtete die Zarin mit in Tränen schwimmenden Augen. »Sie haben sicherlich von ihm gehört. Er ist Chirurg und soll sehr tüchtig sein. Er hat auch viele Auslandsreisen unternommen, um sich beruflich zu vervollkommnen. Vielleicht weiß er einen Rat.«

Sie kehrte zum Bett ihres Sohnes zurück, der still und zufrieden in den Kissen lag und seine Grübchen zeigte, als er die vertraute Gestalt seiner Mutter erkannte. Lange blickte sie auf das kleine rosige Gesicht mit den hellblonden Locken hinunter.

»Werde wieder gesund, Alexej«, flüsterte sie tonlos. »Bitte, bitte! Deine Mama will Tag und Nacht dafür beten.«

Als sie sich zur Tür wandte, wollte Swetlana sie begleiten, doch die Zarin winkte ab. »Lassen Sie nur, ich will jetzt eine Weile allein sein. Ich gehe in die Kapelle im Fjodorowskij Sabor. Und bitte, erzählen Sie niemandem, was Sie jetzt wissen. Kein Mensch darf auch nur ein Wort davon erfahren.«

Der Chirurg kam am frühen Nachmittag. Doktor Korowin hatte ihn in Empfang genommen und zu Alexej gebracht. Das Zarenpaar war anwesend, als Fjodorow die kleine, stark blutende Wunde des Zarewitsch untersuchte.

»Nun?« fragte Zar Nikolaus nach einer Weile beängstigender Stille. »Sind Sie schon zu einer Diagnose gelangt, Herr Doktor?«

Korowin antwortete an Fjodorows Stelle. »Mein verehrter Kollege wird nichts anderes sagen können als ich. Es handelt sich um eine Nachblutung, allerdings um eine nicht unerhebliche. So etwas kommt gar nicht so selten vor, Euer Majestät.«

Nikolaus stieß den angehaltenen Atem aus. »Ist das wahr, Doktor Fjodorow?«

Der Chirurg, ein großer schlanker Mann mit vollem weißen Haar, wich seinem Blick aus. »Ja, gewiß. Man muß einen Druckverband anlegen, dann ist morgen vielleicht alles wieder in Ordnung.«

»Aber es klang, als glaubte er selbst nicht daran«, berichtete die Zarin kurz nach der Konsultation der beiden Ärzte Swetlana. »Und ich glaube es auch nicht. Sie wagen nicht, uns die Wahrheit zu sagen, weil sie wissen, wie sehr wir uns Alexej gewünscht haben – und wie viele Hoffnungen mit seiner Existenz verknüpft sind. Wer kann schon einer Mutter das Todesurteil für ihr Kind ins Gesicht sagen?«

Doch es war kein Todesurteil, jedenfalls nicht in diesen Septembertagen des Jahres 1904. Am nächsten Vormittag kam die Blutung zum Stillstand, und Zar und Zarin, die die ganze Nacht am Bett ihres Kindes gewacht hatten, fielen einander weinend vor Glück in die Arme.

Doktor Korowin, der dabei war, brachte es nicht über sich, ihnen zu sagen, daß der kleine Zarewitsch vermutlich dennoch an der Bluterkrankheit litt. Erst als Doktor Fjodorow gegen Mittag noch einmal nach Zarskoje Selo geholt wurde und die indessen leicht verschorfte Wunde betrachtete, dämmerte es Alexandra und Nikolaus, daß ihre grenzenlose Erleichterung verfrüht gewesen war.

Sie sahen es an der Miene des Chirurgen, und auf Alexandra Fjodorownas eindringliche Frage, warum er so bedenklich wirke, entschloß er sich, ihnen wenigstens teilweise die Wahrheit zu sagen.

»Der Schorf sieht anders aus als bei einer normal zum Stillstand gekommenen Blutung. Überzeugen Sie sich selbst, Euer Majestät. Er ist heller, immer noch ein wenig blutig und sehr dünn.«

»Und was bedeutet das?« fragte der Zar. Er räusperte sich. »Ich bitte Sie, schonen Sie uns nicht. Wir müssen die Wahrheit kennen, um zukünftig dafür gewappnet zu sein.«

Fjodorow spürte Korowins Blick. Der Leibarzt der Zarenfamilie starrte ihn geradezu beschwörend an. Sag nichts, laß ihnen noch eine Weile die Illusion, daß alles in Ordnung ist, signalisierten seine Augen. Hab Mitleid ...

Aber Doktor Fjodorow war anderer Meinung. »Es hat keinen Sinn, etwas bagatellisieren zu wollen«, erwiderte er auf Nikolaus' Frage. »Wie Euer Majestät sehr richtig bemerkten – Sie müssen auf eine Wiederholung solcher Spontanblutungen vorbereitet sein. Darum ist es dringend erforderlich, daß der Zarewitsch ständig beaufsichtigt wird. Er darf sich nicht stoßen, keine willkürlichen Bewegungen machen, und später, wenn er zu laufen anfängt, niemals hinfallen. Man muß ihn behandeln wie eine sehr zerbrechliche Kostbarkeit.«

Der Zar schloß einen Moment lang die Augen. Alexandra flüchtete sich an seine Brust, und er legte in einer beschützenden Geste beide Arme um sie.

So standen sie lange. Dann sagte Nikolaus mit brüchiger Stimme: »Alex, meine Liebste, es ist eine Prüfung, die Gott uns auferlegt. Wir müssen sie annehmen und nicht nach dem ›Warum‹ fragen. Beugen wir uns unter Seinen Willen, auch wenn es bitter schwer ...«

Er verstummte und konnte nicht weitersprechen. Seine Lippen bebten, und die beiden Ärzte wandten erschüttert das Gesicht zur Seite.

Der Zar streichelte die Schultern seiner Frau, dann fuhr er, an Fjodorow gewandt, fort: »Auf jeden Fall danke ich Ihnen, daß Sie aufrichtig waren, Herr Doktor. Es ist Ihnen vermutlich schwerer gefallen, als eine barmherzige Lüge auszusprechen. Aber es wäre ja dennoch eine Lüge gewesen ...«

Fjodorow verneigte sich. »Die Sie ohnehin eines Tages durchschaut hätten, Euer Majestät. Dennoch wünschte ich aus tiefstem Herzen, daß ich eine andere Diagnose hätte stellen können.«

»Ich darf mich doch auf Ihr Stillschweigen verlassen?« fragte Nikolaus. »Und auch auf das Ihre, Herr Doktor Korowin? Von dem, was heute hier geredet worden ist, darf nichts aus diesem Zimmer dringen.«

Korowin verbeugte sich gleichfalls. »Das ist selbstverständlich, Euer Majestät.« Aber er dachte: Wie wollen sie denn diese Tragödie auf die Dauer geheimhalten?

14. Kapitel

Rodjon Andrejewitsch Masslejew sah Swetlana zum ersten Mal an einem sonnigen Tag Anfang Oktober in den Gärten von Liwadja, der kaiserlichen Sommerresidenz auf der Krim. Sie stand neben dem Rollstuhl, in dem Zarin Alexandra Fjodorowna saß, und trug ein lindgrünes Kleid mit einer dazu passenden Federboa und einen breitrandigen Strohhut mit breiten grünen Chiffonbändern, die der Wind, der vom Meer heraufstrich, hinter ihr herflattern ließ.

Die Zarin litt an einem ihrer gefürchteten Ischiasanfälle

und konnte sich nur mühsam am Stock fortbewegen. Deshalb zog sie auf längeren Wegen den Rollstuhl vor.

Rodjon Masslejew war von einer Ordonnanz am Schilderhaus der weitläufigen Palastanlage abgeholt worden, nachdem der Wachtposten seine Ankunft telefonisch gemeldet hatte.

»Kommen Sie mit«, hatte der ältere Offizier gesagt, nachdem er den jungen Maler prüfend gemustert hatte. »Ihre Kaiserliche Majestät, die Zarin, erwartet Sie.«

Jetzt ging er ein paar Schritte vor, salutierte militärisch und meldete: »Herr Masslejew ist gekommen, Euer Majestät.«

Alexandra Fjodorowna, das Gesicht im Schatten ihres spitzenbesetzten Sonnenschirms, winkte Rodjon, näher zu treten, und nickte ihm mit einem halben Lächeln zu.

»Man hat Sie mir empfohlen, Herr Masslejew – genauer gesagt, die Großfürstin Militza Nikolajewna hat es getan. Sie haben im vorigen Jahr in ihrer hiesigen Sommerresidenz Djulber so bezaubernde Bilder von ihr und ihren Kindern gemalt, daß ich auf den Gedanken gekommen bin, Sie um einige Porträts meiner Töchter und des Zarewitsch zu bitten. Wir werden bis zum Einbruch des Winters hierbleiben, und ich hoffe, daß Ihnen diese Zeit ausreicht.«

Rodjon war ein wenig aufgeregt, denn es war das erste Mal, daß er in den kaiserlichen Palast gerufen wurde. Seine Verneigung vor der Zarin fiel darum etwas linkisch aus, und seine Stimme – eine sehr hübsche, weiche Baritonstimme – gehorchte ihm nicht ganz.

»Der Wunsch Eurer Majestät ist eine sehr große Ehre für mich. Natürlich würde ich gern ... ich meine, es wäre eine ungeheuer reizvolle Aufgabe, Ihre Hoheiten, die jungen Großfürstinnen, und den Thronfolger zu malen ...«

Alexandra, die, seit sie in Liwadja weilte, trotz ihrer körperlichen Beschwerden viel ausgeglichener war als in Zarskoje Selo oder St. Petersburg, wandte sich zu Swetlana um.

»Täusche ich mich, meine liebe Swetlana Pawlowna, oder klang trotzdem ein Aber aus seinen Worten?«

»Kein Aber, Kaiserliche Majestät«, beeilte Rodjon sich zu antworten. »Nur ein paar Fragen, die mir, verzeihen Sie meine Voreiligkeit, sogleich durch den Kopf gingen. Wünschen Euer Majestät, daß ich die Kaiserlichen Hoheiten einzeln porträtiere – oder lieber gemeinsam? Und in welcher Technik stellen Sie sich die Bilder vor? Öl oder Aquarell ...«

Das Lächeln der Zarin vertiefte sich. »Das überlasse ich Ihnen. Lernen Sie die kleinen Großfürstinnen und den Zarewitsch erst einmal kennen, und dann entscheiden Sie, wie Sie sie malen wollen. Wir trinken nachher Tee miteinander, Herr Masslejew, an dem auch Ihre Hoheiten teilnehmen werden.«

Sie wendete ihren Rollstuhl und winkte Swetlana ab, die das leichte Gefährt schieben wollte. »Lassen Sie nur, meine Liebe, das kann ich selbst. Vielleicht zeigen Sie Herrn Masslejew indessen ein wenig vom Park. Möglicherweise entdeckt er dabei schon einige Motive, die ihn inspirieren. Wir sehen uns dann in einer halben Stunde im arabischen Zimmer.«

Vier Wachtposten, die in der Nähe gewartet hatten, begleiteten die Zarin, als sie den Weg zum Palast einschlug.

Swetlana lächelte Rodjon an. »Gehen wir zum Meer hinunter? Es ist ein sehr hübscher Weg, von allen möglichen blühenden Sträuchern gesäumt, mit Springbrunnen und Statuetten. Vielleicht gefällt Ihnen auch der Achatpavillon. Er ist noch ganz von Rosen überwuchert.«

Der junge Maler, er war achtundzwanzig Jahre alt, betrachtete sie mit einem Blick aus seinen dunklen, fast schwarzen Augen, der ihr unwillkürlich einen kleinen angenehmen Schauer über den Körper jagte. Was für ein bildhübscher Mann, dachte sie. Er war sehr groß, und sie mußte den Kopf in den Nacken legen, um ihn anzusehen.

»Gern«, erwiderte Rodjon Masslejew. Er stockte und

setzte hinzu: »Vergebung, ich weiß nicht, wie ich Sie anreden soll. Die Zarin hat Sie nur Swetlana Pawlowna genannt.«

»Ich bin die Fürstin Soklowa«, holte Swetlana die versäumte Vorstellung nach. »Ehrendame Ihrer Majestät.«

Sie klappte ihren Sonnenschirm zu und deutete auf einen Laubengang, der von dem Rasenrondell mit den Marmorbänken abzweigte, auf dem die Zarin ihn erwartet hatte. »Hier entlang, Herr Masslejew.«

Eine Weile gingen sie schweigend nebeneinander her, und Swetlana merkte, daß Rodjon sie von der Seite ansah. Als sie ihm das Gesicht zuwandte, lächelte er.

»Ich muß Ihnen gestehen, daß ich Sie ebenfalls schrecklich gern malen würde. Genau so, wie Sie jetzt aussehen. Sie müßten nur vielleicht Ihren Hut abnehmen, weil Ihr schönes Haar dann besser zur Geltung käme.«

Sie lächelte zurück. »Nun, vielleicht bestelle ich einmal ein Bild bei Ihnen, wenn Sie mit den Porträts für Ihre Majestät fertig sind. Ich würde mich gern zusammen mit meinem Sohn malen lassen. Fjodor ist vier – und genauso blond wie ich. Allerdings fürchte ich, daß er vom Stillsitzen nicht viel hält.«

Sein Gesicht hatte sich verschattet. »Sie sind also verheiratet ...«

»Ja«, erwiderte sie kurz. »Fürst Soklow ist im Augenblick an der russisch-japanischen Front.«

»Das tut mir leid. Es ist sicherlich sehr schmerzlich für Sie, von Ihrem Gatten getrennt zu sein und ihn womöglich in Gefahr zu wissen.«

»Die letzte Nachricht von ihm kam aus dem inzwischen belagerten Port Arthur. Deswegen habe ich vermutlich schon eine ganze Weile nichts mehr von ihm gehört.« Swetlana blieb stehen, als der Laubengang sich auf einen weiten Platz öffnete.

Immergrüne Sträucher und hohe Zypressen begrenzten

ihn an drei Seiten. Die vierte schloß mit einer weißen Marmorbrüstung ab, und dahinter konnte man das Meer sehen.

Von einem sogenannten ›maurischen Rasen‹ umgeben, stand in der Mitte des Platzes der völlig von Rosen überwucherte Achatpavillon. Die Blumen leuchteten in allen Farbschattierungen, und ihr Duft mischte sich mit dem Geruch nach Salz und Wasser, der vom Strand herüberwehte.

Der maurische Rasen war kreisrund, mit niedrigen, üppig blühenden Blumen angelegt, die wie ein bunter, dicker Teppich aussahen, und Rodjon Masslejew stieß einen bewundernden Seufzer aus.

»Das ist wunderschön! Man sollte Ihre Kaiserlichen Hoheiten einmal hier auf dem Rasen spielen lassen. Dabei kann ich die ersten Skizzen anfertigen, ohne daß langes Stillsitzen nötig ist. Ich habe schon viele Kinder gemalt und weiß, daß man sie damit nicht überfordern darf. Sonst wirken sie steif und mißmutig.«

»Ihre Majestät liebt diesen Platz ebenfalls«, sagte Swetlana. »Deshalb denke ich, daß sie Ihren Vorschlag gern aufgreifen wird. Aber nun kommen Sie, damit Sie Ihre zukünftigen Modelle kennenlernen.«

Es wurde eine behagliche Teestunde in dem hellen achteckigen Raum im Südflügel des Schlosses, der herrliche Wandmalereien aufwies und im arabischen Stil eingerichtet war.

Zunächst waren außer der Zarin und Swetlana nur noch Anna Wyrubowa, Mademoiselle Schneider, die deutsche Privatsekretärin Alexandras, und die vier kleinen Großfürstinnen zugegen. Der Zarewitsch war, wie seine Kinderfrau meldete, noch nicht aus seinem Mittagsschlaf erwacht.

Sie waren bildhübsch, die Zarentöchter, die beiden älteren blond, die jüngeren dunkelhaarig, und von reizender ungekünstelter Lebhaftigkeit.

Olga, die Erstgeborene, inzwischen fast neun Jahre alt, achtete wie eine kleine Gouvernante darauf, daß ihre jüngeren Geschwister, besonders die dreijährige Anastasia, nicht über die Stränge schlugen.

»Iß nicht so viel«, mahnte sie die Jüngste, die bereits nach dem vierten Mandeltörtchen griff und es sich in den Mund stopfen wollte. »Und vor allem fragt man vorher, ob man sich noch etwas nehmen darf.«

»Aber ich darf doch!« rief Anastasia. »Nicht wahr, Mama, ich darf!«

Tatjana, die Zweitälteste, kicherte. »Iß nur, mein Schwänchen«, ahmte sie auf drollige Art ihre Kinderfrau Maria Wischnjakowa nach. »Dann wirst du so fett werden, daß Monsieur Masslejew eine doppelt große Leinwand benötigt, um dich darauf abzubilden.«

Die Mädchen lachten, doch die Zarin warf Tatjana einen verweisenden Blick zu. »Pfui, Tanja, das war häßlich! Unser Kobold hat eben noch Babyspeck. Das ist normal mit drei Jahren.«

Tatjana strich sich über ihre kindlich mageren Hüften. »Phhh«, machte sie. »Bestimmt war ich nie so ...« Sie wollte wieder ›fett‹ sagen, besann sich aber anders und vollendete: »Ich war auf keinen Fall wie ein prall gestopftes Sofakissen. Und überhaupt – Alexej ist noch viel kleiner als Anastasia und hat auch keinen Babyspeck.«

Sekundenlang verschattete sich das Gesicht der Zarin – wie immer, wenn von ihrem Sohn die Rede war.

Tatjana hatte recht, Alexej war so klein und zart, und er hatte diese furchtbare Krankheit ... Das Herz tat Alexandra weh, wenn sie daran dachte, und sie hätte, wenn sie gekonnt hätte, ihr Leben für die Gesundheit ihres Sohnes gegeben.

Alexejs Krankheit war das bestgehütete Geheimnis am Zarenhof. Nur einige wenige wußten davon, und diese schwiegen eisern. Dennoch blieb natürlich nicht verborgen, daß der Zarewitsch von einer, wie viele meinten, übertriebenen Fürsorge umgeben war.

Swetlana, die auch schon einige Male darauf angesprochen worden war, pflegte dann zu erwidern: »Wundert Sie das? Schließlich haben Ihre Majestäten sehr lange auf einen Sohn und Thronfolger warten müssen. Da ist es doch begreiflich, wenn man nun besonders darauf achtet, daß er alles bekommt, was solch ein kleiner Mensch braucht, um sich gesund zu entwickeln.«

Das Kind hatte seit jenem Schreckenstag im September keine neue Blutung mehr erlitten, und seine Eltern scheuten sich, eine solche Möglichkeit auch nur anzusprechen, in der abergläubischen Furcht, damit ein neues Unglück heraufzubeschwören. Vor allem aber waren sie ängstlich darauf bedacht, nach außen hin das Bild eines sorglosen, durch nichts getrübten Familienlebens zu bieten.

Deshalb hatte vor allem Alexandra Fjodorowna darauf gedrungen, daß man, wie geplant, nach Liwadja übersiedelte, wenngleich sie bei der langen Reise insgeheim ständig darum gezittert hatte, der Zarewitsch könne irgendeine Verletzung davontragen, einen Stoß oder Schlag, der eine weitere Blutung auslöste.

Seit sie hier war, war die Zarin regelrecht aufgeblüht. Die Schönheit der Landschaft und des weißen Palastes, die immer noch spätsommerliche Wärme und das Zusammensein mit Mann und Kindern, fern von den Intrigen St. Petersburgs und des Hofes, taten ihr wohl und machten die Last ein wenig leichter, die auf ihr lag. Sie wußte, sie war hier von Freunden umgeben, und das ließen die Verkrampftheit und die fälschlich als Hochmut ausgelegte Unsicherheit von ihr abfallen.

Olga hatte ihre Schokolade ausgetrunken und fragte höflich, ob sie sich umkleiden gehen dürfe, da sie noch Reitunterricht hätte. Alexandra Fjodorowna nickte ihr zu.

»Geh nur, mein Herzchen. Aber sei vorsichtig und riskiere nicht wieder solche waghalsigen Sprünge mit deinem Sneschok. Dafür sitzt du doch noch nicht fest genug im Sattel.«

Olga protestierte. »Aber Papa sagt, daß ich die geborene Reiterin bin. Er hat mir gestern eine Weile zugesehen und mich sehr gelobt.«

Maria, die Zweitjüngste, rutschte von ihrem hohen Kinderstuhl. »Ich will mit. Ich will zusehen. Darf ich?« Sie liebte Pferde über alles und war trotz ihrer vier Jahre absolut furchtlos im Umgang mit ihnen.

»Es heißt nicht ›ich will‹, sondern ›ich möchte‹«, verbesserte ihre Mutter sie liebevoll, und Maria Nikolajewna schob die Unterlippe vor.

»Ich bin eine Großfürstin von Rußland. Maria Wischnjakowa hat gesagt, daß im Schloß und auch draußen jeder tun muß, was ich will!«

»O nein, kleine Mademoiselle!« Die Zarin lachte. »Oder würde es dir gefallen, wenn ich sagte: Ich will, daß du hierbleibst?«

Maria kam zu ihr und legte ihr die Arme um die Taille. »Du willst es ja nicht wirklich, nicht wahr?«

Sie machte Anstalten, auf den Schoß ihrer Mutter zu klettern, doch da verzog Alexandra das Gesicht, weil die Belastung ihr Schmerzen verursachte. »Geh nur«, sagte sie rasch. »Aber bedränge Herrn von Djankowskij nicht wieder, dich auf ein Pferd zu setzen. Er ist Olgas und Tatjanas Reitlehrer – vorläufig.«

Maria rannte zur Tür. »Versprochen!« rief sie und blieb noch einmal stehen. »Mama, wie lange dauert ›vorläufig‹?«

»In deinem Fall, bis du deinen sechsten Geburtstag feierst«, erwiderte die Zarin, und alle lachten.

Rodjon Masslejew hatte während der fröhlichen Unterhaltung einen Zeichenblock aus der Tasche seines Anzugjacketts gezogen und begonnen, einige Skizzen auf das Papier zu werfen.

Als die Zarin jetzt Olga und Maria aufforderte, sich von ihm zu verabschieden, kamen beide Mädchen sogleich der Anordnung nach. »Auf Wiedersehen, Herr Masslejew«, sagte Olga, und Maria echote: »Auf Wiedersehen. Wann kommen Sie denn wieder?«

Rodjon hob die Schultern. »Wann Ihre Kaiserliche Majestät es befiehlt.«

Olga reckte den Hals, um einen Blick auf den Skizzenblock zu werfen, und stieß einen kleinen entzückenden Aufschrei aus. »Oh, das bin ja ich!«

»Ja«, sagte Rodjon und blätterte jeweils eine Seite zurück. »Und hier sind Ihre Hoheiten, die Großfürstinnen Tatjana, Anastasia und Maria.«

Es waren sehr gelungene Skizzen, und die Zarin meinte: »Großfürstin Militza Nikolajewna hat wirklich nicht zuviel versprochen. Sie sind ein Meister Ihres Faches. Wenn es Ihnen recht ist, können Sie gleich morgen wiederkommen und mit der Arbeit beginnen. Das Wetter ist noch so schön, das sollten Sie ausnutzen. Und für trübere Tage oder die Abende werden Sie ein Atelier brauchen. Die Fürstin Soklowa ist gewiß so freundlich, Ihnen einige Räume im Parterre des Südflügels zu zeigen. Wählen Sie aus, was Ihnen am geeignetsten erscheint, und fertigen Sie eine Liste der Dinge an, die Sie benötigen. Meine gute Mademoiselle Schneider wird sich um die Besorgung kümmern.«

Von da an kam Rodjon täglich in den kaiserlichen Palast. In Liwadja herrschte keine strenge Etikette, und die Mahlzeiten fanden in der Regel in kleinem Kreise statt. Darum saß auch der junge Maler häufig mit an der Mittagstafel, und die Zarin kam, inzwischen ohne Rollstuhl und nur auf einen Stock gestützt, an den Nachmittagen gern zum Achatpavillon, um ihm bei seiner Arbeit zuzusehen.

Solange das Wetter sonnig und warm war, malte er dort am liebsten. Von den Zarenkindern, auch von Alexej, hatte er indessen ganze Stapel von Skizzen angefertigt, ebenso von den verschiedenen Hintergründen, vor denen er die fünf malen wollte.

Rodjon hatte sich für die Pastelltechnik entschieden, und das erste Bild, das fertig wurde, zeigte Olga, wie sie ihren kleinen Bruder im Arm hielt. Sie saß auf einer Marmorbank, und Rodjon hatte ihren zärtlich-besorgten Gesichtsausdruck, mit dem sie sich über das Kind beugte, so lebendig eingefangen, daß Swetlana hellauf begeistert war.

Sie war in sein Atelier im Südflügel gekommen, um ihn im Auftrag der Zarin zu einem abendlichen kleinen Konzert zu bitten, und Rodjon trat lächelnd von der Staffelei zurück.

»Gerade habe ich die letzte Korrektur angebracht. Sie sind also die erste, die meine fertige Arbeit sieht.«

»Oh, hätte das nicht besser Ihre Majestät sein sollen?« erwiderte Swetlana, doch er schüttelte den Kopf.

»Nein, es freut mich, daß gerade Sie es sind, Swetlana Pawlowna.« Es war das erste Mal, daß er sie so ansprach, und er entschuldigte sich sofort dafür. »Das war sicherlich ungehörig in Ihren Augen. Aber in Gedanken nenne ich Sie schon seit langem so. Trotzdem – verzeihen Sie.«

Er war ihr nie mit einer Geste oder einem Wort zu nahe getreten, dennoch wußte sie, daß er sie bewunderte und gern mit ihr zusammen war. Und Swetlana hatte sich, seit Rodjon in den Palast kam, dabei ertappt, daß sie weitaus mehr Wert auf ihre Garderobe und ihr Aussehen legte als vordem.

Wann hatte sie früher schon einmal ihre Zofe veranlaßt, ihr mehrere Kleider herauszuhängen, zwischen denen sie sich dann kaum zu entscheiden vermochte? Wann hatte

Jeanette sie so oft neu frisieren müssen? Und wann hatte sie zum letzten Mal eine so prickelnde Vorfreude empfunden, wie seit sie wußte, daß sie ihn gleich wiedersehen würde?

Swetlanas frauliche Empfindungen hatten brachgelegen seit dem Tag, an dem Georg Alexandrowitsch gestorben war. Danach war sie in ihrer Ehe durch eine Hölle gegangen, die sie nur ertragen hatte, weil sie Fjodor besaß. Aber ein Kind genügte nicht immer ...

»Ich habe Ihnen nichts zu verzeihen«, sagte Swetlana leise, »denn auch ich habe Sie in meinen Gedanken schon oft Rodja Andrejewitsch genannt.«

»Und woher wußten Sie, daß meine Familie und meine Freunde mich Rodja nennen?«

Sie lächelte. »Ich dachte es mir.« Dabei verschränkte sie die Hände, um den jähen Impuls zu bezwingen, ihm über die Wange zu streicheln, mit dem Finger seine Lippen zu berühren ... Hastig trat sie einen Schritt von ihm fort und wandte sich der Staffelei zu. Lange betrachtete sie das Bild, dann sagte sie: »Ich wußte, daß es wunderschön werden würde. Das hat man schon gesehen, während Sie daran arbeiteten. Aber es ist mehr als das. Es ist ein wirkliches Kunstwerk, Rodja Andrejewitsch. Ihre Majestät werden sich sehr darüber freuen.«

»Es ist leicht, diese bezaubernden Kinder zu malen«, erwiderte er. »Sie sind so hübsch und so lebendig. Und sie strahlen etwas aus, das jedem das Herz wärmt.« Er zögerte und setzte dann hinzu: »Aber am liebsten würde ich noch immer Sie malen, Swetlana Pawlowna.«

Sie spürte seinen Atem in ihrem Nacken und drehte sich ihm zu. »Warum nicht? Wenn Sie Ihre anderen Arbeiten vollendet haben und wir dann noch hier sind ...«

»Wann werden Sie denn nach Petersburg zurückkehren?« fragte er beklommen, und sie hob die Schultern.

»Das müssen Ihre Majestäten entscheiden. Aber irgendwann im kommenden Monat wird es wohl sein.«

»Natürlich, ich hätte es wissen müssen«, sagte er leise und griff nach ihren Händen. »Aber ich habe überhaupt keinen Gedanken mehr daran verschwendet. Es gab so vieles andere, das mir im Kopf herumging.«

»Nun«, sagte sie leichthin, »St. Petersburg ist nicht aus der Welt. Vielleicht kommen Sie einmal dorthin? Ich kann mir vorstellen, daß Sie sich dort bald vor Aufträgen nicht mehr retten können. Nachdem Sie die Zarenkinder gemalt haben, wird man sich darum reißen, Ihnen Modell zu sitzen. Das ist immer so, wenn ein Künstler die Protektion des Herrscherpaares genießt.«

»Und Sie?« fragte er und hielt noch immer ihre Hände fest. »Würde es Sie denn freuen, wenn ich einmal nach Petersburg käme?«

»Ja, sehr«, erwiderte sie einfach und lächelte ihm zu.

Er nahm ihre Finger und legte seine Lippen darauf, und die kleine Berührung weckte eine Wärme in ihr, die sich in ihrem ganzen Körper ausbreitete.

»Hören Sie auf, mich so anzusehen«, sagte Rodja gepreßt. »Bitte, sonst ...«

Sie wußte, daß sie jetzt nur ihre Finger aus den seinen lösen und einen Schritt zurücktreten mußte, und er würde sie gehenlassen. Er war kein Mann, der eine Frau bedrängte.

Aber Swetlana blieb stehen. »Was sonst?« fragte sie fast flüsternd, und da neigte er den Kopf und küßte sie auf den Mund.

Sie spürte das Beben, das ihn überlief, und irgend etwas in ihr dachte sehr klar und deutlich: Es ist verrückt, es ist ganz und gar hoffnungslos. Eines Tages wird Leonid aus dem Krieg zurückkehren, und ich werde noch unglücklicher als zuvor sein. Aber ich will jetzt nicht danach fragen.

Sie hob die Arme und umfaßte Rodjas Gesicht, um seinen Kuß länger und intensiver zu spüren. Sie lehnte sich an seinen festen, muskulösen Körper, und er stieß einen kleinen stöhnenden Laut aus, als er sie umfaßte und an sich drückte. Es war so schön, und es war das, was Swetlana gewollt hatte, seit sie diesem Mann begegnet war.

Rodja murmelte irgend etwas, das sie nicht verstand, und auf ihre Frage hin gestand er: »Rosen und Perlen, habe ich gesagt.« Er bemerkte ihren verständnislosen Blick und fügte hinzu: »Daran habe ich denken müssen, so oft ich dich sah. Lach nicht, aber wenn ich dich hätte beschreiben müssen, dann hätte ich gesagt: Sie ist wie Rosen und Perlen.«

Sie lachte trotzdem, hell und glücklich, und Leonid und all die Qualen, die sie durch ihn erlitten hatte, waren auf einmal weit fort. Statt dessen erfüllten sie Wärme und Lebensfreude – und eine unsagbare Zärtlichkeit.

»Ich bin aber aus Fleisch und Blut«, flüsterte sie und begann von neuem, ihn zu küssen. »Ach, Rodja, ich hab' dich so lieb!«

Hinter dem Atelier gab es noch einen schmalen einfenstrigen Raum, in dem sich ein Diwan und einige andere Möbelstücke befanden, die Mademoiselle Schneider hatte herbringen lassen, falls Rodja sich während seiner Arbeit ein wenig ausruhen wollte.

Dort fand Swetlana sich wenig später wieder, von seinen Armen gehalten, während seine Lippen über ihr Gesicht glitten, dann tiefer über die anmutige Linie ihres Halses bis zu dem Ansatz ihrer Brüste.

Sie erschauerte, als sie spürte, wie seine Hand die sanften Rundungen umschloß und zu streicheln begann, und drückte seine Finger fester dagegen.

Ach, sie wollte ihn so sehr, und sie wollte ihn jetzt und hier!

Es dunkelte bereits, als sie aus dem Rausch erwachten, der sie umfangen gehalten hatte, und noch immer mochten sie sich nicht voneinander lösen.

Irgendwann richtete Rodja sich halb auf und blickte Swetlana an. »Ich bin so glücklich. Du auch?«

Sie nickte stumm und küßte seine Halsgrube. Sie wußten es beide, daß die Augenblicke, in denen sie einander geliebt hatten, sie auf immer verwandelt hatten.

»Ich habe es noch nie so erlebt«, gestand Rodja und streichelte ihre nackte Schulter. »Aber es war auch noch nie Liebe, wenn ich eine Frau umarmt habe. Es war Verlangen, manchmal Verliebtheit, manchmal auch nur der Wunsch, nicht allein zu sein, sondern einen anderen Menschen ganz nahe bei mir zu haben. Aber Liebe ist es nur bei dir. O Swetlana, ich gebe dich nie wieder her!«

»Ich dich auch nicht, mein Liebster«, antwortete sie inbrünstig. Sie war endlich wieder eine glückliche Frau. Sie liebte und wurde wiedergeliebt. Nie mehr wollte sie darauf verzichten.

Von da an trafen sie einander jeden Tag, manchmal im Atelier, manchmal spät abends am Strand. Ungesehen verließ Swetlana den Palast, und ungesehen schlüpfte sie Stunden später wieder hinein.

»Du wirst alle Tage schöner«, flüsterte Rodja ihr zu, als sie einmal mit den kleinen Großfürstinnen, ihrer Gouvernante Fräulein Tjutschewa und Fjodor nach Djulber fuhren, dem in der Nähe gelegenen Landsitz von Großfürst Pjotr Nikolajewitsch, einem Onkel des Zaren, der mit der Großfürstin Militza verheiratet war. »Wie machst du das nur?«

»Es liegt an dir«, gab Swetlana ebenso leise zurück und drückte verstohlen seine Finger. »Ich bin verliebt. Nein, ich liebe ...«

Inzwischen war es beschlossene Sache, daß Rodja ihr nach Petersburg nachreisen würde. Als Zarin Alexandra Fjodorowna von seiner Absicht erfahren hatte, eine Zeitlang in der russischen Hauptstadt zu leben, war sie überrascht und erfreut gewesen.

»Dann müssen Sie aber auch mehrere Wochen in Zarskoje Selo wohnen«, hatte sie gesagt. »Ich hatte ohnehin vor, Ihnen noch einige Bilder in Auftrag zu geben, freilich damit gerechnet, daß Sie sie erst im nächsten Herbst anfertigen können, wenn wir wieder in Liwadja sind. Um so besser, wenn ich nun nicht so lange darauf warten muß. Wirklich, mein lieber Rodjon Andrejewitsch, ich freue mich sehr über Ihren Entschluß.«

Swetlana wußte, daß die Zarin Rodja aufrichtig zugetan war. Gewiß würde sie alles tun, um ihn in der Petersburger Gesellschaft und in Hofkreisen als hervorragenden Künstler einzuführen. Aber wer hätte Rodja nicht gern gehabt?

Er sah nicht nur gut aus, er besaß Charme und eine angeborene Liebenswürdigkeit, die es ihm leichtmachte, die Menschen für sich einzunehmen. Außerdem war er klug und gebildet. Als Sohn eines Arztes aus Jalta hatte er ausgezeichnete Schulen besucht und zuletzt in Moskau, Wien und Florenz Malerei studiert.

Er hing sehr an seinen Eltern und seinen beiden jüngeren Schwestern, und einmal hatte er Swetlana und Fjodor nach Jalta zu seiner Familie mitgenommen.

Sie alle hatten Swetlana sehr freundlich willkommen geheißen, und nachdem sich die anfängliche Befangenheit einer Ehrendame der Zarin gegenüber gelegt hatte, war es ein sehr fröhlicher, harmonischer Nachmittag geworden. Man spürte, daß diese fünf Menschen einander zugetan waren, und Swetlana hatte auf der Heimfahrt ein wenig traurig gesagt: »Ich wünschte, ich hätte auch solch ein Elternhaus gehabt, in dem es so viel Herzlichkeit und Verständnis füreinander gibt.«

Rodja und sie hatten sich indessen vieles aus ihrem Leben erzählt. Er wußte, wie sie aufgewachsen war und warum sie Leonid Soklow geheiratet hatte. Nur wie unglücklich ihre Ehe in Wahrheit war, hatte sie auch ihm verschwiegen, denn sie wollte Rodja nicht unnötig das Herz schwer machen.

Swetlana war es bewußt, daß sie eine Art Selbstbetrug beging, dennoch machte sie sich nicht viele Gedanken über die Zukunft. Ihre Liebe zu Rodja hatte sie verändert. Leonid würde sie nicht mehr in dem Maße beherrschen können, wie er es getan hatte. Sie würde ihm Widerpart bieten – und sie würde auch nicht zulassen, daß er ihr ihren Sohn fortnahm!

Fjodor war nicht Leonids Kind, und notfalls würde sie die Wahrheit publik machen, bevor sie Fjodor diesem Mann auslieferte. In einem solchen Fall, dessen war Swetlana sicher, würde sie auch die Unterstützung der Zarin erhalten.

Von Xenia erhielt Swetlana manchmal Post. Die Schwester lebte nach wie vor mit Pjotr Bogdanowitsch zusammen, und wie sie schrieb, kam sie mit ihrem Studium gut voran.

Dank Deiner Unterstützung, Swetlana. Ich wollte ja eigentlich keine regelmäßigen Geldzuwendungen von Dir, aber jetzt bin ich doch froh, daß ich dadurch nicht mehr in der Krankenhausküche arbeiten muß. Irgendwann, so hoffe ich, werde ich Dir alles vergelten können.

»Du wirst meine kleine tüchtige Schwester kennenlernen, wenn du nach Petersburg kommst«, sagte Swetlana zu Rodja. Sie waren zum Strand hinuntergewandert. Es war noch immer fast sommerlich warm und der Himmel von einem so intensiven Blau, daß es fast in den Augen schmerzte.

Die späten Trauben an den Hängen des Aj-Petri und des Bajdar-Passes waren abgeerntet und schmeckten süß und fruchtig, und in den kunstvoll angelegten Gärten von Liwadja blühten wie eh und je die Rosen, außerdem Astern und Chrysanthemen in verschwenderischer Farbenpracht.

Sie saßen im Schatten eines wilden Nußbaums, Rodja hatte seine Jacke als Decke für Swetlana ausgebreitet, und sie lag halb darauf und halb in seinen Armen.

Spielerisch fuhr sie mit dem Zeigefinger über die Linien seines Gesichts, und er hielt ihre Hand fest und drückte rasch einen Kuß in die Innenfläche. Dann beugte er sich über sie, öffnete den weiten Ausschnitt ihrer Bluse und streifte ihr das Hemd ab, das sie darunter trug.

Als seine Lippen ihre Brustspitzen umfaßten, stöhnte Swetlana auf. »Nicht«, murmelte sie. »Es ist so schön, aber es könnte uns jemand sehen.«

Er lachte leise. »Hier ist niemand. Wir sind ganz allein, meine Liebste, und ich bin so verrückt nach dir. Ich könnte dich immerzu streicheln und küssen.«

Sie versuchte, ihn wegzuschieben, doch er hielt sie fest und fuhr fort, mit seiner Zunge ihre Brüste zu liebkosen.

Und es war wie immer, wenn sie mit ihm zusammen war: Rodja weckte eine Glut in ihr, die auch nur er wieder löschen konnte. Mit staunendem Entzücken gab Swetlana sich seiner Zärtlichkeit hin, fühlte, wie sie ganz weich und sehnsüchtig wurde, und blickte in den Himmel über sich, der blau zwischen dem Laub des Nußbaumes hindurchschimmerte. Das Sonnenlicht flirrte auf den Blättern, und Swetlana ließ es zu, daß Rodjas Hände tiefer glitten, ihren Gürtel öffneten und den leichten Sommerrock über ihre Hüften streiften.

»O Pardon«, sagte in diesem Augenblick eine Stimme hinter ihnen. Anna Wyrobowa stand etwas oberhalb auf dem schmalen, gewundenen Pfad und starrte sie aus ihren jettschwarzen Augen an. »Ich wußte nicht ... Verzeihen Sie, Swetlana Pawlowna.«

Hastig wandte sie sich ab und ging davon, ohne sich noch einmal umzublicken.

Die Zarin ließ Swetlana noch am selben Tag rufen. Sie war allein in ihrem Boudoir, und an ihrer Miene sah Swetlana, daß sie alles wußte.

Aber war etwas anderes zu erwarten gewesen? Die Wyrubowa hatte sie noch nie ausstehen können. Die dickliche, unscheinbare Frau neidete ihr ihre Schönheit, ihren Titel – und vor allem die Zuneigung der Zarin. So oft Anna Alexandrowna eine Gelegenheit gefunden hatte, Swetlana zu kritisieren oder mit einer hämischen Bemerkung bloßzustellen, hatte sie es getan. Und sie hatte ständig auf der Lauer gelegen, um ihr irgendwie zu schaden!

Die Zarin zerknüllte nervös ein Spitzentaschentuch zwischen den Händen. Wie immer, wenn sie erregt war, hatte sie rote Flecken im Gesicht und am Hals, und Swetlana begriff, daß Alexandra Fjodorowna das bevorstehende Gespräch viel peinlicher war als ihr selbst.

Die Zarin bot Swetlana keinen Platz an, sondern sagte ohne Umschweife: »Anna Alexandrowna hat mir da etwas erzählt ... Ich hoffe, Sie können auf irgendeine Weise den häßlichen Verdacht entkräften, den sie gegen Sie ausgesprochen hat, Fürstin.«

Swetlana hatte nicht vor, zu Lügen und Ausflüchten zu greifen. Sie blickte die Zarin an und entgegnete: »Aber es ist wahr. Rodjon Masslejew und ich – wir lieben uns, Euer Majestät. Wir wollen zusammenbleiben.«

»Sind Sie wahnsinnig? Ihr Gatte ist an der Front, und Sie machen sich kein Gewissen daraus, ihn zu betrügen?« Die Lippen der Zarin zitterten. »Wie konnten Sie so handeln, Fürstin, und damit auch mich dermaßen enttäuschen?«

Sie stand auf und ging mit ihren kurzen, schwerfälligen Schritten zum Fenster. Als Swetlana ihr folgen wollte, fuhr sie herum.

»Nein, lassen Sie mich! Sie kennen meine Einstellung zu Frauen, die leichtfertig ihre Ehe brechen! Und so gern ich Sie hatte, Swetlana Pawlowna, so entsetzt bin ich nun. Pakken Sie Ihre Sachen und kehren Sie auf der Stelle nach St. Petersburg zurück. Ich möchte Sie nicht mehr wiedersehen.«

»Wie Euer Majestät befehlen«, sagte Swetlana gepreßt. »Aber vielleicht darf ich noch um die Gnade bitten, daß Eure Majestät mich für ein paar Minuten anhören. Jeder Verurteilte hat schließlich das Recht zu seiner Verteidigung.«

»Was gibt es da zu verteidigen?« fuhr die Zarin auf, kehrte aber zu ihrem Sessel zurück und machte eine auffordernde Handbewegung. »Immerhin – sagen Sie, was Sie glauben, vorbringen zu müssen.«

»Ich habe mit keinem Menschen bisher über mein Zusammenleben mit Leonid Soklow gesprochen«, begann Swetlana. »Ich wollte es auch nie tun, und Eure Majestät ist die einzige, die jemals die Wahrheit erfahren soll. Ich tue es auch nur, weil ich hoffe, daß Sie dann ein wenig milder über mich urteilen werden.«

Sie sprach ruhig und vollkommen unsentimental, aber sie schilderte ihre Ehe mit Leonid so, wie sie wirklich war, ohne Umschreibung und ohne Beschönigung.

Alexandra Fjodorowna hörte anfangs mit unbewegter Miene zu, aber ihre schmale, trotz der fünf Geburten noch immer mädchenhafte Gestalt schien in sich zusammenzusinken, und schließlich legte sie das Gesicht in die Hände und begann zu weinen.

»Das ist entsetzlich! Bitte, hören Sie auf. Ich kann solche Dinge nicht hören.«

»Aber sie sind geschehen«, erwiderte Swetlana, »und sie werden wieder geschehen, wenn Leonid Soklow zurückkommt und ich es zulasse. Und nun habe ich mich in einen anderen Mann verliebt, der bewirkt hat, daß ich mich nicht mehr beschmutzt fühle, nicht mehr mißbraucht, und daß ich keine Angst mehr habe. Dieser Mann ist gut zu mir und gibt meinem Leben wieder einen Sinn. Das soll ich von neuem für den Sumpf aufgeben, in dem ich zuvor gelebt habe? Nein, Euer Majestät, ich kann es nicht – und ich will es auch nicht.«

Die Zarin schwieg lange. Dann ließ sie die Hände sinken und blickte Swetlana an. In ihren großen Augen lag Hilflosigkeit.

»Ich habe schon einmal gegen meine Prinzipien gehandelt – damals, als Großfürst Georg Alexandrowitsch mir ans Herz legte, ich solle mich Ihrer annehmen. Aber Sie haben mir so leid getan, und ich wußte, daß Sie aus Liebe vergessen haben, was Ihnen Anstand und Herkunft abverlangten ...«

Sie stockte und schüttelte den Kopf. »Aber ich kann Sie kein zweites Mal schützen. Sie haben ein Kind. Es gilt als Fürst Soklows Sohn, und im Falle einer Scheidung wird er Anspruch darauf erheben.«

»Ich weiß«, sagte Swetlana. »Damit hat er mir schon mehrfach gedroht. Andererseits – wie kann ich meinen und Georg Alexandrowitschs Sohn jemandem wie Soklow überlassen? Ich wäre dann gezwungen, die Wahrheit aufzudecken, Euer Majestät.«

Die Zarin sprang auf. »Ich bitte Sie, das ist unmöglich!«

Swetlana trat einen Schritt auf sie zu. »Euer Majestät sind selbst Mutter. Würden Sie nicht alles tun, um eines Ihrer Kinder jedem verderblichen Einfluß zu entziehen? Oder könnten Sie um irgendwelcher Konventionen willen zusehen, wie dieses Kind unglücklich gemacht wird? Wie es mit allem Schmutz und aller Niedertracht konfrontiert wird, die ein bösartiges, verkommenes Gehirn auszubrüten vermag? Sie kennen meinen Sohn, und Sie haben ihn lieb, wie Sie mir oft versichert haben. Er ist ein kleiner Mensch mit einem fröhlichen, liebevollen Herzen, voller Unschuld und ...«

»Hören Sie auf!« rief die Zarin gepeinigt. »Sie haben ja recht! Das darf man nicht zulassen, aber ... O Gott, gibt es denn keinen gangbaren Ausweg? Swetlana Pawlowna, ich bitte Sie, trennen Sie sich von Masslejew! Dann kann man vielleicht das Schlimmste abwenden.«

»Nein«, sagte Swetlana ruhig. »Euer Majestät mögen mir verzeihen, aber das werde ich niemals tun.«

»Dann weiß ich nicht, was werden soll«, murmelte die Zarin. »Bitte gehen Sie jetzt. Ich muß ein Weilchen allein sein und nachdenken. Mir schwirrt der Kopf von allem, was ich heute erfahren habe.«

Swetlana versank in einer Verneigung. »Auf jeden Fall scheint es ratsam, daß ich nach Petersburg zurückkehre. Ich werde Anweisung geben, meine Sachen zu packen. Morgen früh verlasse ich Liwadja, zusammen mit meinem Sohn.« Sie blickte die Zarin an und fügte mit erstickter Stimme hinzu: »Gott schütze und segne Eure Kaiserliche Majestät.«

Nun weinte auch sie, und die Zarin kam zu ihr und hob sie aus ihrer gebeugten Haltung auf, um sie zu umarmen.

»Meine liebe, liebe Swetlana ...« Sie schlug das Kreuz über sie und küßte sie auf beide Wangen. »Ich hoffe, daß wir uns bald wiedersehen. Irgendeine Lösung muß mir einfallen.«

Swetlana verbrachte die letzte Nacht bei Rodja. Er hätte sie am liebsten auf ihrer Reise begleitet, doch er mußte erst den Auftrag der Zarin erfüllen und die Porträts ihrer Kinder vollenden.

»Aber ich folge dir, sobald ich kann«, versprach er, als er sie und Fjodor am nächsten Morgen in aller Frühe mit dem Wagen nach Sewastopol brachte. Ihre Zofe, Fjodors Kinderfrau und sein Französischlehrer würden mit dem ganzen Gepäck mit einem späteren Zug nachkommen.

Swetlanas Sohn weinte, weil er so gerne noch in Liwadja geblieben wäre. Und als Rodja ihn auf dem Bahnsteig in den Zug hob, klammerte er sich an ihn und fragte: »Und Sie kommen ganz bestimmt nach Petersburg, Monsieur Rodjon?«

Er küßte das Kind und drückte es an sich. »Ganz bestimmt. Wenn es in Petersburg zu schneien anfängt, bin ich wieder bei dir und deiner Mama.« Er setzte das Kind ab und wandte sich Swetlana zu. »Paß auf dich auf, mein Herz. Ich liebe dich!«

Ihre Augen schwammen in Tränen. »Ich werde jeden Tag zum Himmel aufschauen, ob es nicht endlich Schnee gibt.«

Sie umarmten einander, und als Rodja sie losließ, hatte Swetlana das Empfinden, als nähme er alles mit sich fort, was hell und schön geworden war in ihrem Leben.

Er sprang aus dem Waggon, und sie umklammerte die Fenstergriffe, um die Scheiben hinunterzuschieben, aber sie klemmten und gaben nicht nach.

Rodjas Gesicht verschwamm in den dichten Rauchwolken, die die Lokomotive ausstieß. Es sah aus, als würde er von den Schwaden verschluckt. Swetlana preßte die Stirn gegen das Glas der Fensterscheibe und biß sich auf die Lippen, um nicht laut aufzuweinen.

Erst als Fjodor seine kleine Hand in ihre schob, während der Zug ratternd und fauchend anfuhr und den Bahnhof von Sewastopol verließ, wandte sie sich zu ihm um.

»Nicht weinen, Matuschka«, sagte er auf russisch und lächelte mit seinem tränenverschmierten Gesichtchen. »Er hat versprochen, daß er zu uns kommt. Und das hält er auch.«

Sie setzte sich und nahm ihren Sohn auf den Schoß. »Ja, mein Liebling. Deine Matuschka ist dumm, daß sie sich so viele Gedanken macht. Es wird alles gut werden.«

Die Depesche wurde Swetlana in Kiew überbracht. Sie stammte von Zar Nikolaus.

Wir haben soeben die tief betrübliche Nachricht erhalten, daß Ihr Gatte, General Leonid Soklow, bei den Kämpfen um Mukden vermißt wurde. Kawaschin, einer seiner Ordonnanzoffiziere, hat gesehen, wie er von einer feindlichen Kugel getroffen wurde. Nachdem man lange vergeblich nach dem General geforscht hat, steht zu befürchten, daß er nicht mehr am Leben ist. Ich drücke Ihnen, Madame Soklowa, auch im Namen Ihrer Majestät, meine tiefempfundene Teilnahme aus.

Swetlana saß lange da und starrte auf das Papier. Sie empfand zunächst gar nichts – weder Schrecken noch Trauer noch Erleichterung. Leonid war tot? Er würde nicht wieder zurückkehren?

Irgendwie konnte sie das nicht fassen. Zu lange hatte er als übermächtiger bedrohlicher Schatten ihr Dasein verdunkelt.

Sie faltete die Depesche zusammen und steckte sie in ihre Handtasche. Fjodor lag auf der Polsterbank gegenüber und schlief, todmüde von der langen Reise.

Der Zug stand noch in Kiew. Sie hatten dort fast eine Stunde Aufenthalt, wie man Swetlana vorhin mitgeteilt hatte. Irgendwelche Militärtransporte blockierten die Weiterfahrt.

Auf Zehenspitzen, um ihren Sohn nicht zu wecken, verließ Swetlana das Abteil und trat auf den Bahnsteig hinaus. Der Himmel über Kiew war verhangen, und es wehte ein kalter Wind.

Der Kondukteur sah, wie sie auf dem Bahnsteig auf und ab ging, und kam hastig zu ihr. »Haben Euer Gnaden irgendeinen Wunsch?«

»Nein«, sagte sie und hüllte sich fester in ihren Mantel, den sie vorsorglich mit nach draußen genommen hatte. »Vielen Dank, ich möchte nur ein wenig Luft schnappen.«

»Aber es ist schon recht kalt. Euer Gnaden sollten lieber im Warmen bleiben. Sicherlich bekommen wir einen frühen Winter. Wer weiß, vielleicht fällt schon bald der erste Schnee.«

»Ja, gewiß.«

Verwundert sah der Mann, daß die schöne vornehme Dame plötzlich lächelte. Es erhellte ihr ganzes Gesicht, dieses Lächeln, und vertrieb die Spuren der Müdigkeit.

Hatte sie nicht gerade eine Depesche bekommen? Ein Offizier der Garnison hatte sie gebracht – von Seiner Majestät, dem Zaren, wie er wichtigtuerisch verkündet hatte.

Nun, dann mußte es eine sehr gute Nachricht gewesen sein, die die Gospodina da erhalten hatte.

Der Schaffner tippte an seine Mütze. »Hoffentlich können wir bald weiterfahren. So ein langer Aufenthalt ist sicherlich sehr unbequem für Euer Gnaden.«

»Ach, das macht mir nichts aus«, erwiderte Swetlana und nickte ihm verabschiedend zu.

Der Wind fuhr in ihr Haar, und es schien ihr, als ob er tatsächlich schon ein wenig nach Schnee röche. Swetlana atmete tief ein.

Und nun endlich begriff sie, was geschehen war, und das Gefühl einer Freiheit, die sie nie gekannt hatte, weitete ihr Herz. Sie hätte lachen und weinen mögen und stand doch ganz still da und hob nur ihr Gesicht dem Wind entgegen.

Ja, laß es schneien, dachte sie. Ich warte so sehr darauf.

DIE LASAROWS

2. Teil

Sturmvogel und Zarenadler

1. Kapitel

Auf dem Admirals-Kai und dem Senatsplatz vor dem Winterpalais drängten sich die Menschen. Kopf an Kopf standen sie, von einem dichten Polizeikordon umschlossen.

Kosaken zu Pferde sprengten die prachtvolle gemauerte Uferstraße entlang, kontrollierten auch die Seitenstraßen zum Palast, ob nirgendwo rote Fahnen oder Spruchbänder einer verbotenen Demonstration zwischen der Menge auftauchten und niemand aufrührerische Parolen brüllte.

Aber die Leute waren friedlich. Es gab nur andächtige, erwartungsfrohe Gesichter, trotz des eisigen Windes, der vom Finnischen Meerbusen herüberwehte und jedem Tränen in die Augen trieb. Sie gefroren fast augenblicklich auf den Wangen zu kleinen Eiskristallen an diesem Morgen des 6. Januar 1905, an dem grimmiger Frost herrschte.

In der Nacht war das Thermometer auf minus 32 Grad gefallen, und jetzt, in den Vormittagsstunden, zeigte es immer noch 26 Grad Kälte an.

Auf dem Polizeikommissariat am Apraxin-Markt gingen die Meldungen über die Toten ein, die in der Nacht an den eisigen Temperaturen gestorben waren. Bis jetzt zählte man dreizehn Personen, sieben Männer und sechs Frauen.

Drei von ihnen hatten im Städtischen Armenhaus am Smolnaja-Kai den Tod gefunden, zwei auf dem Warschauer Bahnhof, und die anderen – alles Obdachlose, wie es schien – fand man in schmutzigen Hauseingängen und Hinterhöfen hinter dem Heumarkt, bei den Markthallen und auf den Stufen der zahlreichen St. Petersburger Kirchen, wo sie sich, in ihre armseligen Lumpen gehüllt, in den Windschatten der prächtigen Portale gedrückt hatten.

Dreizehn Tote – nicht viel für diese Nacht, dachte der Polizist German Iwanowitsch Popkow, der die Meldungen entgegennahm. Aber vielleicht hat man noch nicht alle gefunden.

Er goß sich einen Tee ein und lockerte seinen Uniformkragen.

Es war warm in der Amtsstube, denn als German Iwanowitsch seinen Dienst angetreten hatte, hatte er ordentlich Holzscheite in den Eisenofen geworfen, der rechts neben seinem Schreibtisch stand.

Er war froh, daß er hier sein konnte und nicht zum Winterpalast abkommandiert worden war, auch wenn es dort heute eine Menge zu sehen gab.

Am Dreikönigstag fand wie in jedem Jahr die traditionelle Segnung des Newa-Wassers statt, zu der nicht nur der Metropolit von St. Petersburg, sondern alle hohen geistlichen Würdenträger der Hauptstadt und ihrer näheren Umgebung, die Mönche des Alexander-Newskij- und des Nowodewitschi-Klosters in einer feierlichen Prozession zum Fluß zogen, um mit Gesängen und Gebeten die im Frost erstarrte Newa zu segnen.

German Iwanowitsch hörte das Läuten der Glocken. Von allen Petersburger Kirchen mit ihren bunten, in Rot, Blau, Grün und Gold schimmernden Kuppeln und Zwiebeltürmen erklang es, wehte über die Dächer der Paläste und Armenviertel, Kasernen und Akademien bis hinüber zur Petersburger Seite und den anderen Inseln, die durch Brükken mit der Stadt verbunden waren.

Auch der Zar, Seine Majestät Nikolaus II., würde an der Segnung des Newa-Wassers teilnehmen, wie es alle russischen Herrscher seit altersher taten.

Wie es hieß, war er schon gestern aus Zarskoje Selo in die

Hauptstadt gekommen, allerdings allein, ohne seine Frau und seine Kinder. Vier Töchter und einen Sohn hatte ›Väterchen‹; German Iwanowitsch hatte sie zweimal gesehen, als sie im letzten Sommer mit ihren Eltern von einem Balkon des Winterpalais' der Menge auf dem Schloßplatz zugewinkt hatten. Auch die Zarin Alexandra Fjodorowna war dabeigewesen. Sie hatte den gerade ein paar Wochen alten Zarewitsch auf dem Arm getragen.

German Iwanowitsch trank einen Schluck Tee und verzog den Mund. Nicht, daß der Tee ihm nicht geschmeckt hätte, er war geradeso, wie er sein sollte, heiß und süß. Es war die Zarin, die ihm nicht schmeckte. Eine Deutsche, die als hochnäsig verschrien war. Man sah sie selten lächeln, und es hieß, daß sie daran schuld sei, daß ›Väterchen‹ kaum mehr in seine Hauptstadt kam, sondern lieber mit Frau und Kindern wie ein einfacher Gutsbesitzer auf dem Lande lebte.

Alexandra Fjodorowna mochte die russische Lebensart nicht, sagten die Leute, und sie hatte ihren Mann, Gott sei's geklagt, dazu bewogen, sich immer mehr in die Ruhe und Abgeschiedenheit von Zarskoje Selo zurückzuziehen. Aber ob das klug war in Zeiten wie diesen?

Freilich hatte Seine Majestät genug Berichterstatter, Minister und Staatsräte, die ihm erzählen konnten, was in der Hauptstadt beinahe täglich vor sich ging. Aber ob sie ihm die Lage auch wirklich so bedenklich schilderten, wie sie war? Sagten sie ihm, daß es jeden Tag zu Demonstrationen und Streiks kam, die von den Kosaken niedergeknüppelt wurden? Und daß es überall, an den Universitäten und in den Fabriken, unter den Bauern und armen Leuten, den Intellektuellen und Künstlern, brodelte und gärte?

Freilich, er, German Iwanowitsch Popkow, war Polizist. Er war dazu da, Befehle entgegenzunehmen und sie auszuführen, damit Ordnung und Ruhe herrschten. Aber das alles hinderte ihn nicht daran, sich manchmal zu fragen, warum es denn soviel Armut im großen heiligen Rußland gab. Und wieso die Reichen denn gar so reich sein mußten.

Ihn dauerten die Toten, die in den eisigen Wintern erfroren, weil sie kein Dach über dem Kopf hatten, auch wenn vielleicht Arbeitsscheue und Taugenichtse darunter waren, Strandgut des Lebens, das es nicht geschafft hatte, ein geordnetes, angesehenes Dasein zu führen.

Natürlich gab es auch Kriminelle und Halunken unter ihnen, die, Gott strafe sie dafür, auf ihre Weise versucht hatten, sich durch das Leben zu schlagen, möglichst ohne einen Finger krumm zu machen. Aber es waren auch solche dabei, die unverschuldet in Not geraten waren. Kleinbauern, deren Ernte verdorrt oder im Regen abgesoffen war, so daß sie die Steuern oder die Pacht nicht zu zahlen vermochten, Arbeiter, die aus Krankheit oder Altersgründen ihre Anstellung verloren und denen nur noch die Straße blieb, um dort dahinzuvegetieren, Frauen, deren Männer alles Geld versoffen und ihnen jedes Jahr ein neues Kind machten, für das sie nicht sorgten und das in Dreck und Elend heranwuchs, niemals satt, voller Pusteln und Geschwüre, mit Wassersucht und Ungeziefer behaftet ...

German Iwanowitsch hatte sie gesehen, diese Kinder, die erst ein paar Jahre auf dieser beschissenen Erde lebten, mit den Gesichtern von Greisen und Augen, in denen alles Leid der Welt zu liegen schien.

Nein, er war nicht blind, der Polizist German Iwanowitsch Popkow, und manches Mal fiel es ihm verflucht schwer, diese armen Hunde in Gewahrsam zu nehmen und in eine Zelle zu stoßen, nur weil sie aus Hunger gestohlen hatten. Es fiel ihm auch schwer, die ›Politischen‹ auf die gleiche oder sogar noch brutalere Art zu behandeln, weil er sehr wohl wußte, daß sie selten ihres eigenen Vorteils halber eine Veränderung der Verhältnisse anstrebten, sondern um mehr Gerechtigkeit zu erwirken, freilich oftmals mit

Mitteln, die auf verheerende Art den Grausamkeiten der ›Ochrana‹, der Geheimpolizei, und ihren Helfershelfern glichen.

Ach, es war oft verteufelt schwer für einen einfachen Polizisten, zwischen Recht und Unrecht zu entscheiden, und eine gelegentlich sehr fragwürdige Ehre, der Staatsgewalt zu dienen.

Immerhin, man schuldete der Obrigkeit als Ordnungshüter Gehorsam. Man hatte sogar einen Eid darauf abgelegt, und so konnte man jeden Tag nur von neuem hoffen, daß diese Obrigkeit nichts Unbilliges von einem verlangte.

Die Glocken läuteten immer noch, und dann schossen sie von der Peter-Paul-Festung Salut – ein Zeichen, daß Seine Majestät, der Zar, sich dem langen Zug der geistlichen Würdenträger angeschlossen hatte, um an der Segnung teilzunehmen.

German Iwanowitsch trat ans Fenster, aber er sah nur den grauen, von schmutzigem Schnee bedeckten Hinterhof vor seiner Amtsstube. Gegenüber standen schmalbrüstige Häuser mit abgeblätterten Fassaden und windschiefen Türen.

Im selben Augenblick ließ eine heftige Detonation die Scheiben klirren. German erschrak und hätte sich um ein Haar zu Boden geworfen. Das war kein Salutschuß gewesen. Das war eine Kartätschenladung, die explodiert war.

Er riß das Fenster auf und wich vor dem Schwall eiskalter Luft zurück, die in die Amtsstube wehte. Atemlos wartete er, ob noch weitere Detonationen folgten. Aber es blieb alles ruhig. Auch das Salutschießen hatte aufgehört; nur die Glocken läuteten noch immer.

German Iwanowitsch lauschte noch ein paar Sekunden nach draußen, dann schloß er das Fenster wieder und kehrte an seinen Schreibtisch zurück.

Irgend etwas war passiert, dessen war er sicher. Aber wann passierte einmal nichts in dieser Stadt, in der es schäumte und kochte wie in einem Topf mit verdorbener Kohlsuppe.

Heilige Mutter von Kasan, dachte German Iwanowitsch, nimmt das denn nie ein Ende? Wieso ist da eine Kartätschenladung abgefeuert worden, vermutlich ebenfalls von der Peter-Paul-Festung? Na ja, auch unter den Kanonieren gibt es Unzufriedene und heimliche Umstürzler, und die hochwohlgeborenen Herren Offiziere können nicht überall ihre Augen haben. Wie schnell ist da eine Kanone mit einer Kartätschenladung bestückt, und hui, rast das Teufelsding in die Menge.

Es ist zum Weinen, heilige Schmerzensmutter! Genügt es denn nicht, daß wir Krieg haben und Tag für Tag gute russische Männer an der japanischen Front fallen? Muß es auch hier noch Tote geben, erschossen, von Bomben zerfetzt, von Kosakenpferden niedergeritten oder zusammengeknüppelt, bis sie ihr Leben aushauchen?

German Iwanowitsch stützte den Kopf in die Hände. Sein breitflächiges, sommersprossiges Gesicht war bedrückt.

Im Sommer hatte er geheiratet, und nun erwartete seine Marja ihr erstes Kindchen. Zur Zeit der Weißen Nächte sollte es geboren werden. Aber in was für eine Welt kam es nur?

Er hatte sich ein Söhnchen gewünscht, doch nun auf einmal dachte German Iwanowitsch, daß ein Töchterchen vielleicht doch besser wäre.

Töchter wurden keine Soldaten, wenn es dem Zaren gefiel, irgendwo Krieg zu führen. Sie wurden auch keine Polizisten, die bei Bombenattentaten und Schießereien ums Leben kommen konnten.

So wie es Awdej Peljagin erwischt hatte. Im letzten Juli war das gewesen, als Minister Plehwe auf der Fahrt zum Bahnhof von einer Bombe zerfetzt wurde.

Mit ihm starb sein Kutscher und wenige Tage später

Awdej an seinen schweren Verletzungen. Er war Polizist gewesen wie German, im gleichen Alter wie er, nur daß er noch nicht verheiratet war, sondern eine alte Mutter hinterließ, für die er gesorgt hatte.

Seitdem war die Peljagina sonderlich geworden. Sie schlurfte stundenlang durch die Straßen, gleichgültig, welches Wetter herrschte, und wenn sie irgendwo einen Polizisten entdeckte oder ein Kommissariat, fragte sie nach ihrem Sohn.

»Awdej ist schon so lange fort ... Sag mir, Söhnchen, wann er wieder heimkommt. Es schreit zum Himmel, ihn so herumzujagen. Warum schickt ihr keinen, der ihn ablöst. Bitte, laßt Awdej nach Hause. Er wird müde und hungrig sein ...«

German Popkow stieß einen Seufzer aus. Nein, es war sicherlich besser, wenn seine Marja ein Töchterchen bekam ...

Swetlana Pawlowna Soklowa erwachte an diesem Morgen des Dreikönigstages in ihrem Palais auf der Wassiljewskij-Insel, weil Rodja sich neben ihr in den Kissen bewegte.

Sie öffnete die Augen und blickte in das Halbdunkel ihres Schlafzimmers. Die schweren fraisefarbenen Samtportieren vor den Fenstern waren zugezogen und ließen nur wenig Helligkeit herein. Aber das wenige verriet, daß draußen sonniges, frostklares Wetter herrschte.

Wie schön, dachte Swetlana. Dann kann ich nachher mit Fjodorenka zum Eislaufen fahren.

Sie stützte sich auf einen Arm und blickte den Mann neben sich an. Er schlief noch fest; sie hörte es an seinen gleichmäßigen Atemzügen.

Ihr schöner Geliebter ...

Swetlana wurde es selten müde, ihn zu betrachten, seine dunklen lockigen Haare, die ihm in die Stirn fielen, das bräunliche gutgeschnittene Gesicht, das männliche Kinn mit dem Grübchen darin, die langen dunklen Wimpern, die jetzt wie kleine Halbmonde dicht und seidig seine geschlossenen Lider umrahmten.

Swetlana liebte auch Rodjas Hände. Lang und schmal waren sie, aber dennoch kräftig. Künstlerhände, die hinreißende Malereien schufen und die so zärtlich und erregend sein konnten ...

Swetlana drehte sich wieder auf den Rücken und schloß die Augen, um das Glücksgefühl, das in ihr war, voll auszukosten.

Ja, sie war glücklich, und sie hätte nie geglaubt, daß sie es jemals wieder im Leben sein könnte, nachdem sie Georg Alexandrowitsch verloren hatte.

Rodja bewegte sich und blinzelte ein paarmal mit den Lidern. Dann tastete er auf die andere Seite des Bettes hinüber, und ein Lächeln erschien um seinen Mund, als er Swetlanas Haar erfühlte.

Sie wandte den Kopf und drückte ihre Lippen auf seine Hand. »Guten Morgen, mein Liebster.«

Er murmelte etwas Unverständliches und rückte näher an sie heran. Im nächsten Augenblick hatte er sie umarmt und küßte sie auf ihre Halsgrube.

»Guten Morgen, meine Schöne.«

Seit Rodja Masslejew Anfang Dezember nach St. Petersburg gekommen war, waren sie keine Nacht mehr voneinander getrennt gewesen.

Er hatte sich zwar eine Wohnung am Garde-Boulevard, ganz in der Nähe des Alexandergartens, gemietet, wo er sich sein Maleratelier eingerichtet hatte und Besucher empfing, aber jede freie Minute verbrachte er bei Swetlana, sehr zum Entzücken ihres Sohnes Fjodor, der ›Monsieur Rodjon‹, wie er ihn nannte, schon beim ersten Kennenlernen in der kaiserlichen Residenz Liwadja auf der Krim ins Herz geschlossen hatte.

Auch das war Glück in Swetlanas Augen.

Fjodor war Leonid Soklow immer mit einer gewissen Scheu begegnet. Und seit das Kind größer geworden war, hatte es den Fürsten sogar gefürchtet, eine instinktive Furcht, die freilich durch Leonids Sarkasmus und seine Strenge, die Erziehung des Kindes betreffend, genährt worden waren.

Herzlichkeit dem kleinen Jungen gegenüber, der doch immerhin als Leonids Sohn galt und mit dem er sich in der Öffentlichkeit sogar spreizte, war nie von ihm ausgegangen.

Um so enger hatte Fjodor sich dann an Rodja angeschlossen, der fröhlich und unkompliziert mit dem Kleinen umging.

»Hallo, du Lügner!« sagte Swetlana zärtlich, während sie es genoß, daß Rodja sie küßte.

Du Lügner – das war ein oft strapazierter Scherz zwischen ihnen, hatte Rodja doch versprochen gehabt, nach St. Petersburg zu kommen, wenn der erste Schnee fiel. Das hatte er nicht einhalten können, denn es hatte schon Anfang November starke Schneefälle in der Hauptstadt gegeben, bald nachdem Swetlana aus Liwadja hier eingetroffen war.

Natürlich war ihr klargewesen, daß Rodja ihr nicht so schnell folgen konnte, wie er es gewünscht hätte. Er mußte noch auf der Krim bleiben, um die Porträts der Zarenkinder zu vollenden, die Kaiserin Alexandra Fjodorowna bei ihm in Auftrag gegeben hatte.

Aber er war gekommen, wenn auch verspätet – und nur das zählte.

Rodja umfaßte Swetlanas Taille. »Willst du mir mein Versäumnis denn ewig vorhalten?« fragte er heiter.

Sie schüttelte den Kopf. »Ich halte dir gar nichts vor. Wie könnte ich? Wir Frauen sind törichte Geschöpfe, wenn wir lieben. Dann verzeihen wir fast alles.«

»Also liebst du mich?«

Sie lachte leise. »Als ob du das nicht wüßtest!«

»Natürlich weiß ich es. Aber ich kann es trotzdem nicht oft genug von dir bestätigt bekommen.«

Die Pendule auf dem Marmorkamin schlug neunmal, und Swetlana schob Rodja von sich und setzte sich auf.

»So spät schon? In zwei Stunden muß ich im Winterpalais sein. Seine Majestät wünscht meine Anwesenheit bei der Segnung des Newa-Wassers. Die Zeremonie beginnt um halb zwölf. Also laß mich aufstehen.«

Er ließ sie widerstrebend los. »Muß das sein? Immerhin hat die Zarin dich aus dem Hofdienst entlassen, weil du deinen Mann mit mir betrogen hast. Oder hast du das vergessen?«

Sie schwang die Beine aus dem Bett. »Was blieb ihr anderes übrig, nachdem Anna Wyrubowa dich und mich quasi in flagranti erwischt und natürlich nichts Eiligeres zu tun hatte, als ihr Wissen an die Kaiserin weiterzugeben. Die Wyrubowa hat mir seit langem die Zuneigung von Alexandra Fjodorowna geneidet, und nun hatte sie endlich eine Handhabe gegen mich. Vergiß nicht, Leonid war an der japanischen Front, und für einen Menschen wie die Zarin mußte unser Verhältnis unter diesen Umständen doppelt verdammungswürdig sein. Sie wußte ja nicht, wie meine Ehe wirklich war.«

»Denk nicht mehr daran«, bat Rodja, und sie beugte sich zu ihm und küßte seine nackte Brust.

»Meist tue ich es auch nicht. Wirklich, ich bin auf dem besten Wege, dies alles zu vergessen, und das ist dein Verdienst, mein Liebster.«

Er sah ihr nach, wie sie sich ein Negligé überwarf und hinter der Tür des angrenzenden Baderaumes verschwand.

Dort wartete bereits ihre Zofe Jeanette auf sie. Sie hatte das Feuer nachgeschürt und heißes Wasser in die silberne Wanne gegossen. Es duftete nach einer Essenz aus Verbenen und Veilchen, auf deren Zubereitung Jeanette sich wie keine zweite verstand.

Swetlana liebte diesen Geruch, und sie genoß es, eine Weile in dem warmen Wasser zu liegen und sich anschließend von Jeanette beim Ankleiden helfen und sich frisieren zu lassen.

Die Französin steckte Swetlanas schweres blondes Haar im Nacken zusammen und befestigte es mit einer brillantenbesetzten Agraffe.

Swetlana trug noch Schwarz, obwohl sie sich selbst dabei unaufrichtig vorkam. Aber es war erst ein Vierteljahr her, daß sie die Nachricht erhalten hatte, Leonid Soklow sei bei den Kämpfen um Mukden zunächst vermißt worden und, nachdem alle Nachforschungen im Sande verlaufen waren, offensichtlich gefallen. Aber die schwarze Kleidung trug Swetlana nur in der Öffentlichkeit, weil man das von einer Fürstin Soklowa erwartete.

Allerdings – zu trauern vermochte sie nicht einen einzigen Augenblick lang um Leonid. Dazu hatte er ihr zuviel angetan.

Der Schlitten der Fürstin Soklowa traf um elf Uhr vor dem Winterpalais ein. Es war das erste Mal nach dem Bekanntwerden von Leonids Tod, daß sie an einer höfischen Veranstaltung teilnahm.

Als sie die von Marmor und Gold strotzende riesige Eingangshalle betrat, in der sich das Gefolge von Nikolaus II. bereits versammelt hatte, erregte ihr Erscheinen Aufsehen.

Man hatte nicht damit gerechnet, die Soklowa so rasch wieder bei Hof anzutreffen. Hieß es nicht, die Zarin habe sie in Liwadja im Zorn fortgeschickt?

Ihre Majestät hatte natürlich kein Wort über die eigentlichen Gründe verlauten lassen. Aber der Klatsch blühte dennoch. Da und dort war durchgesickert, daß die Soklowa ein Liebesverhältnis eingegangen war. Das hätte ihr die kaiserliche Ungnade zugezogen.

Besonders Eingeweihte wußten auch, um wen es sich handelte, nämlich um diesen fabelhaft aussehenden Kunstmaler Rodja Andrejewitsch Masslejew, der nun ebenfalls in St. Petersburg lebte und bei der Soklowa aus und ein gehen sollte. Wahrlich, ein Bild von einem Mann, auch wenn er leider nur ein Künstler und bürgerlicher Abstammung war.

Ihre Majestät, die Zarin, schien seine Arbeiten außerordentlich zu schätzen. Sie hatte die kleinen Großfürstinnen und den Zarewitsch von ihm malen lassen, und seitdem bestürmte man ihn in der Petersburger guten Gesellschaft um weitere Arbeiten.

Wie man sich erzählte, hatte er schon etliche Aufträge angenommen, unter anderem Porträts der Großfürstin Xenia, einer Schwester Seiner Majestät, und von Natalja Scheremetjewa, der morganatischen Gemahlin vom Zarenbruder Michail Alexandrowitsch.

Swetlana achtete nicht auf das Getuschel hinter ihrem Rücken. Sie nickte einigen Bekannten grüßend zu und wollte sich gerade zu Tatjana Botkina gesellen, die ihr lebhaft zuwinkte, als der Zar auf der Treppe der Botschafter erschien. Begleitet von einigen hohen kirchlichen Würdenträgern und gefolgt von seiner Garde, unter der Swetlana ihren Bruder Jurij entdeckte, stieg er die Stufen hinab. Zar Nikolaus II. trug die Uniform der Preobraschenskij, und Swetlana fand, daß er müde und bedrückt wirkte.

Immerhin erhellte sich seine Miene zu einem freundlichen, beinahe herzlichen Lächeln, als er Swetlana gewahrte. Mit einer für ihn ungewöhnlichen Entschiedenheit kam er auf sie zu.

»Meine liebe Fürstin Soklowa«, sagte er laut genug, daß die Umstehenden es hören konnten, »wie schön, Sie wiederzusehen! Ich hoffe, es geht Ihnen wohl, trotz der tragischen Ereignisse, die hinter Ihnen liegen.«

»Recht wohl, Euer Majestät«, erwiderte sie, während sie den vorgeschriebenen Hofknicks vollführte. »Und ich danke Eurer Majestät für die Ehre, Sie an diesem Tag begleiten zu dürfen.«

»Es war der besondere Wunsch der Zarin«, sagte Nikolaus und fügte eilig hinzu: »Und natürlich auch meiner. Ihre Majestät wollte wissen, wie es Ihnen geht, und ich hoffe, ich kann ihr berichten, daß Sie wohlauf und zufrieden sind.«

»Doch, das bin ich, Euer Majestät«, gestand sie mit einem Lächeln. »Und ich bitte Sie, der Kaiserin meine untertänigsten Grüße zu übermitteln. Es vergeht kein Tag, an dem ich nicht an Ihre Majestät denke.«

»Das wird sie zu hören freuen.« Nikolaus verneigte sich leicht und ging dann weiter, um einige andere der Versammelten zu begrüßen.

Pünktlich um halb zwölf hatte der lange Zug des Zaren mit seinen Militärs und Würdenträgern die Troizkij-Brücke erreicht, die die Newa überspannte und die Stadt mit der Petersburger Seite verband. Vorgelagert, auf der Krepostnyj-Insel, lag die Peter-Paul-Festung.

Für den Zaren hatte man auf der Brücke einen Pavillon errichtet, von dem aus er mit etlichen seiner Begleiter die Zeremonie beobachten konnte. Das kleine Gebäude war beheizt und vor dem eisigen Wind geschützt, der vom Finnischen Meerbusen herüberwehte.

Auch Swetlana wurde, wie es seiner rücksichtsvollen Art entsprach, von Nikolaus II. aufgefordert, ihn in den Pavillon zu begleiten.

Von den Glasfenstern zur Flußseite hin beobachtete sie, wie der Metropolit von St. Petersburg, gefolgt von Vater Theodosius, dem Beichtvater der kaiserlichen Familie, sowie den Metropoliten von Moskau und Kiew, die Brücke betrat. Die ihn begleitenden Mönche stimmten das ›Kyrie Eleison‹ an.

Ihr Gesang wurde übertönt, als man von der Festung Salut schoß.

Und dann erfolgte die Kartätschenexplosion.

Die tödliche Ladung schlug auf der Troizkij-Brücke ein, und Swetlana gewahrte, wie zwei, drei Polizisten von dem Luftdruck in die Höhe gerissen wurden und dann auf das Pflaster stürzten, wo sie liegenblieben.

Zar Nikolaus war blaß geworden. »Was war das?« fragte er verstört. »Was ist da passiert?«

Sie erfuhren es wenige Augenblicke später, als eine Ordonnanz in den Pavillon gestürzt kam. »Ein Attentat!« schrie der junge Offizier schreckensbleich. »Es hat vermutlich Eurer Majestät gegolten!«

Gardisten, soweit sie nicht zuvor schon im Pavillon Platz gefunden hatten, drängten herein und umringten den Zaren, um ihn mit ihren Leibern zu schützen. Der eher schmächtige Mann war hinter ihren großen breitschultrigen Figuren kaum zu sehen.

Nikolaus hob die Hand. »Nein, geben Sie den Weg frei. Ich will sehen, was da draußen geschehen ist.«

Trotz zahlreicher Proteste ging er hinaus und beugte sich gleich darauf über die drei auf dem verschneiten Boden liegenden Männer, um die sich eine Blutlache ausbreitete.

Ein Regimentsarzt war bei ihnen und richtete sich auf, als er den Zaren mit seiner Begleitung gewahrte.

»Sie leben, Euer Majestät«, sagte er und salutierte. »Und soweit ich bis jetzt feststellen konnte, hat keiner von ihnen eine lebensbedrohliche Verletzung davongetragen.«

»Dem Himmel sei Dank«, murmelte der Zar. Er winkte einem seiner Adjutanten. »Graf Medwinskij, kümmern Sie sich darum, daß die drei ins Marien-Krankenhaus gebracht und dort auf das Beste versorgt werden. Ich werde mich selbst davon überzeugen. Die Behandlung soll Professor Juschenskij persönlich übernehmen.«

»Sehr wohl, Euer Majestät.« Der junge Offizier grüßte militärisch und wandte sich ab, um das Nötige zu veranlassen.

Nikolaus Alexandrowitsch warf einen letzten schaudernden Blick auf die drei Verletzten in ihrem Blut. Sie waren bewußtlos, aber als zwei Sanitäter sie aufhoben und auf die mitgebrachten Tragen betteten, stöhnten sie.

Der Zar drehte sich zu einem seiner Gardesoldaten um. »Ich möchte die Namen der Leute wissen. Und man soll den Familien aus meiner Privatschatulle jeweils tausend Rubel zukommen lassen.« Dann kehrte er eiligen Schrittes in den Pavillon zurück.

Draußen begannen die Mönche wieder zu singen, und der Metropolit von St. Petersburg setzte die Segnung des Newa-Wassers fort. Aber es geschah rasch und ohne besondere Feierlichkeit, und als die Zeremonie beendet war, formierte sich sogleich der Zug der Geistlichen und Mönche, um mit dem Zaren und seinem Gefolge die Sicherheit des Winterpalastes aufzusuchen.

Dieses Mal schwiegen die Kanonen, und man konnte die Hochrufe hören, die die Menge hinter dem noch dichter zusammengezogenen Polizeikordon dem Zaren nachsandte. Sie klangen dünn und, so schien es Swetlana, voller Betroffenheit. Der laute Jubel von vorhin, als der Monarch über den Schloß-Kai zur Brücke gezogen war, war verstummt.

Im Winterpalais begab sich Zar Nikolaus sogleich in sein Arbeitszimmer und bat seinen neuen Innenminister, Fürst Swjatopolk-Mirski, Justizminister Murawjew und den Obersten des Heiligen Synod, Konstantin Pobjedonoszew, zu sich.

Er ordnete eine strenge Untersuchung des Zwischenfalls an und reiste nach einem hastig eingenommenen Mittagsmahl nach Zarskoje Selo zurück.

Als Swetlana nach Hause kam, empfing Rodja sie in heller Aufregung. »Dem Himmel sei Dank, dir ist nichts passiert! Einer der Gärtner – ich glaube, er heißt Mitja – war in der Stadt und brachte die Nachricht von einem Attentat mit. Er sagte, es hätte Tote und Verletzte gegeben. Ich wollte mich gerade auf den Weg machen, um nach dir zu suchen.«

Sie umfaßte sein Gesicht mit den Händen. »Die Leute übertreiben – wie immer, wenn ein Unglück geschieht. Eine Kartätschenladung ist explodiert. Aber es ist noch nicht einmal sicher, ob es sich dabei um einen Anschlag gehandelt hat. Ebensogut kann es Nachlässigkeit beim Entladen der Kanonen gewesen sein, als man das Salutschießen vorbereitete. Leider sind drei Polizisten dabei verletzt worden. Aber sie schweben zum Glück nicht in Lebensgefahr.«

Er zog sie an sich und lehnte seine Stirn gegen ihr Haar. »Fjodorenka habe ich nichts gesagt, um ihn nicht zu ängstigen. Aber ich war halb verrückt vor Sorge. Ach, mein Herz, ich glaube, ich könnte es nicht aushalten, wenn dir etwas zustieße.«

Wie gut sie ihn verstand!

Auch sie konnte sich ihr Leben ohne Rodja nicht mehr vorstellen.Sie lächelte ihm zu. »Wo ist Fjodorenka? Ich habe ihm versprochen, mit ihm zum Eislaufen zu fahren.«

Der Eintritt des Kindes enthob ihn einer Antwort. Es stürmte auf seine Mutter zu. »Da bist du ja endlich, Matuschka! Hast du den Zaren gesehen? Hat er mit dir gesprochen?«

Sie hob den Vierjährigen hoch und drückte ihn an sich. »Ja, mein Herzchen. Seine Majestät war wirklich sehr freundlich.«

»Waren die Großfürstinnen bei ihm? Ich habe Anastasia, Maria, Olga und Tatjana so lange nicht gesehen. Seit wir aus Liwadja abgereist sind. Und den Zarewitsch Alexej auch nicht. Ist er immer noch ein so kleines Baby, das man kaum anfassen darf? Wenn sie jetzt in Petersburg sind, kann ich sie vielleicht besuchen.«

Swetlana setzte ihn ab. »Das geht leider nicht, Fjodorenka. Die Zarin und ihre Kinder sind in Zarkoje Selo geblieben. Seine Majestät war allein hier.«

»Dann müssen wir aber bald nach Zarkoje Selo fahren. Anastasia und Maria würden sich bestimmt freuen. Olga und Tatjana sind vielleicht schon zu groß, um mit mir zu spielen. Und Alexej ist noch zu klein.«

»Wir werden hinfahren, wenn die Kaiserin uns einlädt«, erwiderte Swetlana. »Bis dahin mußt du Geduld haben, Fjodorenka.«

»Warum?« wollte er wissen, und sie antwortete:

»Weil die Mitglieder der kaiserlichen Familie bestimmen, ob und wann sie jemanden sehen wollen.«

»Aber wenn ich sie doch sehen will! Kann ich das nicht auch bestimmen?«

»Nein, mein Herzchen. Wir müssen warten, bis Ihre Majestät uns zu sich bittet.«

Fjodor runzelte die kindlich runde Stirn. »Aber ich bin sicher, daß Maria und Anastasia mich gern sehen würden. Anastasia ist zwar dümmer als ich, weil sie noch so gut wie kein Wort französisch kann. Aber sie ist ganz nett, trotz ihrer schrecklichen Verfressenheit. Und Maria läßt mich sogar mit ihrem Puppenhaus spielen. Aber dann muß ich ihr etwas anderes dafür geben. In Liwadja war sie ganz wild auf meine Zinnsoldaten. Sie hat mir schon welche abgeluchst. Sogar meinen französischen Tambourmajor. Wenn ich sie besuche, bringe ich ihr einen russischen Kanonier mit. Dem fehlt ein Bein, aber sonst ist er noch ganz in Ordnung.«

»Ach, Fjodorenka ...« Swetlana unterdrückte ein Lachen. »Man verschenkt doch nichts, was kaputt ist. Und schon gar nicht an die Großfürstin Maria Nikolajewna.«

»Warum nicht?« Er schaute sie aus seinen großen blauen Augen an. Es waren Georgs Augen; Swetlana stellte es jedesmal mit einer Mischung aus Kummer und Freude fest. Wie glücklich wäre Georg Alexandrowitsch über diesen Sohn gewesen! »Ist eine Großfürstin mehr als ein Prinz? Mir hat Maria nämlich mal ihre kaputte Spieldose gegeben. Sie läßt sich gar nicht mehr aufziehen.«

»Eigentlich, Fjodorenka«, mischte Rodja sich ein, »ist nur dann ein Mensch mehr als andere, wenn er besser, klüger, großmütiger oder tapferer ist als die meisten. Aber leider gibt es auch noch gewisse Standesunterschiede. Und da sind die Töchter eines Zaren eben höhergestellt als beispielsweise ein Prinz Soklow. Oder nehmen wir deine Matuschka. Als Fürstin Soklowa hat sie eine gesellschaftliche Stellung, die weit über der eines bürgerlichen Rodion Masslejew liegt.«

»Das finde ich aber nicht gut!« rief Fjodor, und seine Augen blitzten ärgerlich. »Warum ist das so?«

»Ja, warum?« wiederholte Rodja. Es klang ein wenig bitter, und Swetlana legte den Arm um seine Schultern.

»Rojda ist klüger, besser und tapferer als viele andere Menschen, die ich kenne. Darum steht er in meinen Augen auch viel höher als sie. Und das, meine ich, wiegt die dummen Standesunterschiede zehnmal auf. Und jetzt geh, mein kleiner Prinz, und laß dir von Schura etwas Warmes anziehen. Wir fahren zur Kleinen Newka und schauen dort den Eisläufern zu.«

»Nicht nur zuschauen!« protestierte Fjodor. »Wir nehmen unsere Schlittschuhe mit. Wenn ihr mich an den Händen haltet, kann ich nicht hinfallen. Und vielleicht kann ich auch schon ein bißchen allein laufen. Ich muß nur üben. Bitte, Matuschka!«

»Also gut«, gab Swetlana nach. »Aber du mußt mir versprechen, nicht unvorsichtig zu sein.«

»Ich schwöre es, *maman*«, sagte er mit einer kleinen drolligen Verbeugung und stürmte zur Tür hinaus.

2. Kapitel

Er hieß Georg Gapon und war ein hünenhafter Mensch mit früh ergrautem Haar und einem langen Bart.

Über das Doppelspiel, das er spielte, wußten nur drei Leute bei der Ochrana, der Geheimpolizei, Bescheid. Es waren ein Mann, der sich Ossip nannte, einer, dessen Deckname Pjotr war, und einer der sich sinnigerweise den Namen Nikolaus zugelegt hatte.

Georg Gapon war ein Pope, und bei der Ochrana wurde er als *›Agent provocateur‹* geführt. Im Klartext hieß das, Gapon hatte den Auftrag, die subversiven Elemente, diejenigen, die einen Umsturz wollten, die Sozialisten und aufrührerischen Studentengruppen, die revoltierenden Arbeiter und Bauern, gegen das Zarenregime und die bestehende Ordnung aufzuhetzen und sie zu gesetzwidrigen Aktionen anzustacheln, um sie dadurch ans Messer zu liefern.

Gapon war ein absoluter Glücksfall für die Ochrana. Niemand verstand es besser als er, Unzufriedene mobil zu machen. Keiner war ein erfolgreicherer Demagoge, der es mit grenzenlosem Elan fertigbrachte, eine Demonstration ins Leben zu rufen, die unorganisierten Splittergruppen zu einer straffen Formation zusammenzuschließen und selbst Zögernde auf die Straße zu locken, um mit Spruchbändern und roten Fahnen gegen die bestehenden Verhältnisse zu protestieren.

Ob Studenten oder Arbeiter, ob Mitglieder der sogenannten Intelligenzija oder Bauern – die meisten vertrauten Gapon und folgten seinen revolutionären Protesten.

Nach jener Kartätschenladung, die am 6. Januar explodiert war und der man im Nachhinein keine wie auch immer geartete revolutionäre Absicht unterschieben konnte – die Untersuchungen hatten ergeben, daß es sich lediglich um eine Nachlässigkeit der Kanoniere beim Entladen der Kanonen gehandelt hatte – nutzte Gapon geschickt den Unwillen der Petersburger Studenten und Arbeiter, um sie zu einer großen Demonstration aufzurufen.

Sein Betätigungsfeld war in der Hauptsache die ›Vereinigung russischer Fabrikarbeiter Petersburgs‹, die von ihm gegründet worden war und bereits 25 000 Mitglieder zählte.

Mit Wissen der Ochrana berief er am 8. Januar eine Versammlung ein, in der er eine seiner üblichen zündenden Reden hielt.

»Morgen nachmittag«, so rief er mit fanatisch leuchtenden Augen, »werden wir gemeinsam zum Winterpalais ziehen, um dem Zaren unsere Wünsche vorzutragen. Es sind die Wünsche des ganzen russischen Volkes, Brüder, und wenn wir sie durchsetzen, werden noch eure Kinder und Enkel euch dafür segnen. Ich selbst werde heute noch Nachricht an Väterchen senden und ihn von unserem Kommen in Kenntnis setzen. Er muß und er wird uns anhören.«

»Väterchen Zar muß gar nichts!« rief einer dazwischen, und andere stimmten ihm zu.

»Einen Dreck wird er tun! Man weiß ja, wie so etwas ausgeht. Swjatopolk-Mirski, der neue Innenminister, Gott schlage ihn mit der Krätze, wird Polizei und Armee auf uns hetzen, und wir werden unter den Hufen ihrer Pferde sterben.«

»Nein!« Gapon hatte eine mächtige Stimme, die sich

dröhnend über die Einwände erhob. »Dieses Mal werden wir siegreich sein. Und wißt ihr, warum? Wir kommen ohne Waffen und rote Fahnen. Wir bringen statt dessen unsere Frauen und Kinder mit und tragen das Bildnis des Zaren vor uns her. Er soll sehen, daß wir keine Gewalt wollen, dann kann er uns auch nicht mit Gewalt antworten.«

»Du spinnst, Pope!« rief ein kleiner drahtiger Mann und drängte sich nach vorn an den Tisch, von dem aus Gapon sprach. »Hat dir jemand ins Hirn gepinkelt? Frauen und Kinder – pah! Als ob die verfluchten Kosaken davor Halt machten! Auf ihre Bajonette werden sie die Säuglinge spießen und unseren Frauen die Bäuche aufschlitzen, wie sie es seit Jermaks Zeiten getan haben. Wie wollen wir sie hindern, wenn wir keine Waffen mit uns führen?«

»Wir tragen heilige Ikonen vor uns her!« schrie Gapon. »Begreift ihr nicht? Was hat es denn genützt, wenn ihr geflucht und gedroht, um euch geschlagen und geschossen habt? Was haben die Bomben der Anarchisten bewirkt, ihre Sprengstoffattentate? Sie haben einen oder zwei umgebracht, und danach ist ein neuer Schinder an die Stelle der Toten getreten, und alles wurde ärger als vordem.«

Wieder erhob sich Tumult, aber die Stimmen, die Gapon beipflichteten, mehrten sich.

Ein junger Mann, dem die rechte Hand fehlte, tauchte neben dem Popen auf. Er hob den Arm und zeigte seine Verstümmelung.

»Er hat recht. Wenn wir gewaltsam auftreten, sind wir immer die Unterlegenen. Hier, seht, Freunde. Das habe ich dem Säbelhieb eines Husaren zu verdanken, als ich in Charkow mit den aufständischen Bauern ein paar Gutshäuser angezündet habe. Seitdem kann ich nicht mehr in meinem Beruf als Schmied arbeiten. Man braucht zwei Hände dafür. Ich bin jetzt Heizer im Kalinkin-Hospital, und die paar Kopeken, die ich damit verdiene, reichen kaum, mich allein satt zu machen, geschweige denn meine Eltern und meine fünf Geschwister.«

Er deutete auf Gapon. »Ich denke, wir sollten tun, was er vorschlägt. Er hat die Wahrheit gesagt: Wenn wir Gewalt anwenden, wird die Regierung immer mit Gewalt antworten. Das jüngste Beispiel zeigt es. Die Streiks in den Stahlwerken von Putilow, denen sich fast vierhundert andere Fabriken angeschlossen haben, werden mit aller Härte bekämpft. Es gab Massenverhaftungen, und etliche Fabriken wurden von der Polizei gestürmt. Ich weiß nicht, wie viele Tote und Verletzte es dabei wieder gegeben hat. Aber man kann sicher sein, daß es in der Hauptsache die Unsrigen getroffen hat.«

»Du hast es erfaßt, Söhnchen!« Gapon schlug dem jungen Mann auf die Schulter. »Aber gegen Menschen, die Ikonen und Kirchenfahnen vor sich hertragen und als Bittsteller kommen, werden sie nicht mit Gewehren und Kanonen vorgehen.«

Er zog ein Blatt Papier aus der Mappe, die vor ihm auf dem Tisch lag.

»Hört, was ich dem Zaren geschrieben habe. ›Morgen um halb elf werden wir uns vor dem Winterpalais zeigen, um dir die Wünsche der gesamten Nation vorzutragen: Sofortige Einberufung einer verfassunggebenden Versammlung, Verantwortlichkeit der Minister gegenüber dem Volk, Amnestie und Abschaffung aller indirekten Steuern. Schwöre uns, unsere Forderungen zu erfüllen, sonst sind wir bereit, vor deinem Palast zu sterben. Wenn du zögerst und dich nicht dem Volk zeigst, wenn du unschuldiges Blut fließen läßt, zerreißt du die moralische Bindung zwischen ihm und dir!‹«

Gapon holte tief Luft. »Diesem Appell wird und kann sich der Zar nicht verschließen, wenn wir in aller Demut vor ihn treten. Er ist ein frommer Mann. Er wird einsehen, daß es keinesfalls im Willen Gottes liegt, ein ganzes Volk im Elend zu lassen, während er und seinesgleichen unsere Nöte niemals kennenlernen.«

Zar Nikolaus erhielt Gapons Botschaft noch am selben Abend in Zarskoje Selo. Wie der Pope ihm geschrieben hatte, war der Absendung dieses Briefes eine Abstimmung vorausgegangen, bei der 87 Prozent der Versammelten seinem Vorhaben zugestimmt hatten.

»Welch eine Unverschämtheit!« empörte Zarin Alexandra Fjodorowna sich, als ihr Gatte ihr Gapons Brief gezeigt hatte. »Dieser Mensch wagt es, sich in einem dermaßen hochfahrenden Ton an dich zu wenden, Bedingungen zu stellen, zu drohen ... Du darfst in keinem Fall darauf reagieren.«

Nikolaus warf einen unschlüssigen Blick auf General Foullon, den Polizeipräfekten, den er zu sich gebeten hatte. »Sind Sie derselben Ansicht, General?« Im Grunde verspürte auch er keine Lust, nach Petersburg zu fahren. Es war ihm lästig, und er empfand, wie immer wenn man ihn zu etwas zwingen wollte, nervöse Gereiztheit.

Foullon zuckte mit den massigen Schultern. »Der Pope wird das alles schon in Ordnung bringen«, meinte er wegwerfend. »Er liebt pathetische Auftritte. Aber Gefahr droht nicht von ihm, Euer Majestät.«

»Vielleicht nicht von ihm«, wandte der Zar ein. »Aber bedenken Sie, daß möglicherweise zehn- oder fünfzehntausend Demonstranten vor das Winterpalais marschieren.«

»Auf keinen Fall darfst du dich in Gefahr begeben, Nicky«, sagte die Zarin auf Englisch. »Vielmehr mußt du mit aller Härte und Unnachgiebigkeit diesen Aufrührern gegenüber durchgreifen.«

»Ja, ja. Du hast recht wie immer, meine Liebe«, erwiderte Nikolaus und küßte ihre Hand.

Dann wandte er sich wieder an den Polizeipräfekten.

»Völlig ignorieren können wir die Angelegenheit nicht. Man muß Vorsorge treffen, falls es zu Ausschreitungen kommt.«

Foullon nickte und verneigte sich. »Dafür wird Fürst Swjatopolk-Mirski sorgen. Der Innenminister hat solche Situationen im Griff. Wir sind vorgewarnt, und mit größter Wahrscheinlichkeit werden die Demonstranten nicht einmal bis zum Winterpalais kommen.«

»Reden Sie heute noch mit ihm«, bat der Zar. »Diese Aufrührer mit ihren ständigen Forderungen müssen endlich begreifen, daß *ich* über Rußland regiere und allein entscheide, was zum Wohl meines Volkes notwendig ist.«

Innenminister Fürst Swjatopolk-Mirski rief noch am späten Abend des 8. Januar den Ministerrat zusammen. Er wirkte nicht sonderlich beunruhigt, im Gegensatz zu einigen anderen. Da der Zar entschieden hatte, in Zarskoje Selo zu bleiben, befürchteten diese, daß es von seiten der enttäuschten Demonstranten zu Ausschreitungen kommen könne.

Finanzminister Kokowzow machte den Vorschlag, ein Mitglied der kaiserlichen Familie solle anstelle des Zaren Gapons Petition entgegennehmen, doch Swjatopolk-Mirski winkte ab. Er war als einziger über Gapons Doppelspiel von der Ochrana informiert worden. »Absoluter Unsinn! Die einzige Sprache, die diese Idioten verstehen, ist hartes Durchgreifen.«

In der Nacht verwandelte sich St. Petersburg auf seinen Befehl hin in ein Heerlager. Swjatopolk-Mirski ließ sämtliche Truppen aus der Umgebung in der Hauptstadt zusammenziehen. Über die Newabrücken und den Newskij-Prospekt zogen Infanterie-Bataillone, Sanitätswagen, Feldküchen und Reiterkavalkaden.

An den Straßenecken und großen Plätzen waren die Feuer in den Kohleöfen neu angefacht worden, an denen sich die Männer, das Gewehr bei Fuß, wärmten.

Natürlich blieben diese Vorbereitungen Gapon nicht verborgen. Kundschafter der ›Vereinigung der russischen Fabrikarbeiter Petersburgs‹ ließen den Popen aus dem Bett holen und bestürmten ihn, die Demonstranten nun doch mit Waffen auszurüsten. Doch Gapon blieb bei seiner vorherigen Entscheidung.

»Es wird kein Schuß gegen uns fallen, wenn wir mit Ikonen und dem Zarenbild zum Winterpalais marschieren. Das Blutvergießen auf beiden Seiten muß ein Ende haben, und wir können das durch unsere Haltung bewirken.«

Am Morgen versammeln sich die Demonstranten in den Vorstädten Es ist noch früh, der Himmel gerade vom ersten Grau der Dämmerung erhellt. Die Luft ist eisig, dennoch sind etwa zehntausend Menschen gekommen, nicht nur Arbeiter, sondern auch Studenten und ihre Professoren, Petersburger Bürger, Wissenschaftler, Künstler.

In den Versammlungsräumen der ›Vereinigung‹ wird überall der Wortlaut von Gapons Petition verlesen, die er dem Zaren überreichen will. Er sei überzeugt davon, daß Nikolaus auf seine Aufforderung hin bereits seit gestern abend in der Hauptstadt ist, versichert er den Leuten.

»Herrscher, wir, die Arbeiter, unsere Kinder, unsere Frauen, unsere kranken Alten, unsere Eltern«, beginnt die Bittschrift, *»wir kommen zu Dir, um Gerechtigkeit und Schutz zu fordern. Unsere Geduld ist am Ende ...«*

Sie haben tatsächlich ihre Kinder mitgebracht, ebenso Alte und Gebrechliche. Gapon befiehlt, aus den umliegenden Kirchen Banner und Ikonen zu holen und sie unter der Menge zu verteilen. Zwei Männer nehmen das Bildnis des Zaren von der Wand eines Versammlungsraumes und stellen sich damit an die Spitze des Zuges, der sich rasch formiert. Gapon folgt als nächster dem Kaiserporträt.

Und so setzen sie sich in Bewegung. Indessen ist die Sonne aufgegangen, es verspricht ein klarer, schöner Tag zu werden.

Graf Jurij Lasarow, Rittmeister der Preobraschenskij und Swetlanas Bruder, befehligt eine Schwadron Berittener, die sich, unterstützt vom Infanterie-Regiment Troizk, beim Narwa-Tor postiert haben, um den Marsch der Demonstranten aufzuhalten.

Jurij Lasarow liebte sein Offiziersdasein. Überhaupt liebte er das Leben, das er führte. Von Geburt an durch die Stellung seiner Familie bevorzugt, in einem steinreichen Elternhaus aufgewachsen und dem Zaren, dem er den Treueeid geleistet hatte, absolut ergeben, war er ein schneidiger junger Offizier, daran gewöhnt, Befehle zu erteilen oder entgegenzunehmen und auszuführen und auf dem Marsfeld zu paradieren.

Er empfand tiefes Unbehagen vor allen Veränderungsbestrebungen innerhalb einer Herrschaftsform, der er sein sorgloses Dasein verdankte, und hielt Aufrührer, gleich welcher Couleur, für Staatsfeinde, die an der althergebrachten Ordnung rüttelten und sie zu unterminieren versuchten.

Darin war Jurij Pawlowitsch ganz der Sohn seines Vaters, der mit verbissenem Starrsinn an den Maximen der Vergangenheit festhielt und jeden, der sie abschaffen wollte oder auch nur in Frage stellte, zum Verräter stempelte.

Doch dieser 9. Januar 1905, der in die Geschichte Rußlands als ›Roter Sonntag‹ eingehen sollte – rot wegen des vielen Blutes, das an jenem Tag geflossen war – machte aus Jurij Lasarow einen anderen, einen zweigeteilten Menschen.

Zum ersten Mal empfand er Zweifel an einem Regime, das sich einerseits gottesfürchtig und großmütig zeigte – und andererseits kurzsichtig, gewalttätig und grausam war.

Jurij Lasarow hatte Befehl, die Demonstrierenden mit

Unterstützung vom Infanterie-Regiment Troizk am Weitermarschieren zu hindern und sie zum Rückzug zu bewegen.

Und da kamen sie nun, mit dem Zarenbildnis voran. Ikonen glitzerten in der Sonne, Kirchenfahnen flatterten im Wind, und die Menschen sangen. Wahrhaftig, sie sangen Kirchenlieder. ›Gott ist uns're Zuflucht für und für ...‹ und danach: ›Ich liebe die Barmherzigkeit ...‹

Jurij wollte kein Blutbad. Konnte man denn auf solche Menschen schießen, die waffenlos und singend durch die Straßen zogen in der unsinnigen Hoffnung, der Zar werde von ihren Bitten und ihrem Elend Kenntnis nehmen!

Vor dem Narwa-Tor stellen sich den Demonstranten Soldaten in den Weg. Der Zug kommt zum Stehen, und Jurij lenkt seinen Fuchswallach auf die gepflasterte Straße. Er stellt sich in den Steigbügeln auf, damit jeder ihn sehen kann, und blickt über die Kopf an Kopf gedrängte Menge.

»Geht auseinander!« ruft er mit weithin hallender Stimme. »Geht nach Hause! Im Namen des Zaren – kehrt auf der Stelle um!«

Murren antwortet ihm, das sich rasch zu zornigem Aufbegehren steigert. Jurij sieht, wie sich die Reihen fester zusammenschließen. Gapon, der an der Spitze des Zuges geht, hebt sein großes Holzkreuz, das er in seiner Wohnung von der Wand genommen und mitgebracht hat.

»Wir wanken und weichen nicht!« beteuert er. »Wir kommen im Namen Gottes. Geh du zur Seite, Herrchen, und befiehl deinen Soldaten, daß sie uns durchlassen sollen.«

Jurij findet den Mann im abgewetzten Popenrock widerlich. Nicht wegen seiner armseligen Kleidung, sondern weil etwas Ungesundes, Fanatisches von ihm ausgeht. Speichel hat sich in Gapons Mundwinkeln gesammelt, und seine Augen glühen, als er sich nun zu der Menge umwendet und sie mit seinem Kreuz segnet.

»Kommt weiter, Brüder, Schwestern. Gott ist mit uns. Sie werden uns kein Haar krümmen, die Soldaten. Warum auch? Sind die meisten von ihnen nicht genau solch arme Hunde wie wir? Leben von Brot und Kascha und kriechen vor den Herrchen in den Offiziersmänteln. Zieht lieber mit uns, ihr Elenden, und hört nicht auf die Befehle, mit denen man euch zu Mördern an euresgleichen machen will.«

Jurij wird der Kragen seiner Uniformjacke eng. Zorn steigt in ihm auf – und gleichzeitig eine solche Hilflosigkeit, wie er sie noch nie in seinem Leben empfunden hat.

Was soll er tun angesichts dieser Tausende, die wie eine Mauer stehen und nun von den weiter hinten Gehenden unaufhaltsam nach vorn gedrängt werden, auf ihn zu, auf seine Schwadron und die Infanteristen? Er kann doch nicht zulassen, daß sie sie überrennen. Aber er will auch kein Blutvergießen.

Bei Gott und allen Heiligen, warum hören sie nicht, was man ihnen sagt, denkt er. Warum weigern sie sich, zu gehorchen?

»Auseinander!« schreit er, und trotz der Kälte spürt er Schweißtropfen auf seiner Stirn. »Seid vernünftig! Geht auf der Stelle nach Hause, sonst ...«

Seine Worte werden von dem Tumult übertönt, der urplötzlich ausbricht. Die herandrängende Menge hat die Phalanx der Berittenen erreicht, und die Pferde scheuen. Auch Jurij hat alle Hände voll zu tun, seinen Fuchswallach zu bändigen, der wiehernd hochgeht.

In diesem Augenblick treiben die ersten Gardisten ihre Pferde zwischen die Demonstranten. Sie handeln ohne Befehl, nur aufgescheucht von der jähen Panik, die angesichts der Zehntausend in ihnen aufbricht, eine Übermacht, die sie in Stücke reißen könnte, wenn sie ihr nicht zuvorkommen.

Männer, Frauen und Kinder werden abgedrängt, etliche der Gardisten schlagen auf sie ein, um sie auseinanderzutreiben und eine Gasse zu bilden, durch die sie die Nachdrängenden zurückhalten können.

Jurij sieht, wie die ersten zu Fall kommen und von den Pferden niedergeritten werden. »Nein!« schreit er. »So seid doch vernünftig! Habt ihr den Verstand verloren?«

Wütende Proteste antworten ihm. »Was wollt ihr von uns? Eine Schande ist es! O Gott, wir sind doch Russen und keine Japaner! Kämpft gegen die, ihr feiges Soldatenpack, und gebt uns den Weg frei.«

»Zurück, zurück ...« schreit Jurij wieder, aber er weiß, daß sie ihn nicht hören. Eine einzelne Stimme gegen Hunderte - was ist das schon? Und wem gilt es überhaupt, dieses Zurück? Den Demonstranten, diesen wahnsinnigen Selbstmördern, oder seiner Schwadron, die es tatsächlich geschafft hat, sich bis ans Ende des Zuges durchzukämpfen, während rechts und links von ihnen Menschen in den Schnee fallen, niedergeknüppelt, gepeitscht, von Pferdehufen getroffen. Aber wer von ihnen noch bei Bewußtsein ist, kriecht weiter, immer weiter nach vorn, auf das Narwa-Tor zur.

Und dann ertönt plötzlich ein Signalhorn, dem eine Gewehrsalve folgt.

Die Infanteristen waren auseinandergewichen, um die Reiterei durchzulassen. Gleich darauf schließen sie sich wieder zu einem dichten Kordon zusammen, und jemand muß ihnen Feuerbefehl erteilt haben.

Beim ersten Mal schießen sie nur in die Luft. Wutgeheul antwortet darauf. Und dann beginnt die Menge zu rennen. Die Männer versuchen, die Reihen der Infanterie zu durchbrechen, und jemand schreit: »Feuer! Schießt, was das Zeug hält!«

Salve folgt nun auf Salve, reißt blutige Furchen in die Menschenmenge. Die Leute stürzen und sterben, werden einfach niedergemäht, und der Schnee färbt sich rot vom Blut.

Später erfuhr Jurij Lasarow, daß es mindestens sechshundert Tote gegeben habe, darunter siebzig Kinder.

Eines hatte er selbst sterben sehen, als Wut und Entsetzen der Menschen in lautes Wehklagen übergegangen und die Gewehrsalven verstummt waren, weil niemand mehr da war, der noch Widerstand geleistet hätte.

Wer lebte und sich davonschleppen konnte, tat es. Sie nahmen ihre Verwundeten mit oder kauerten im Schnee bei den Gefallenen, betend, weinend und dem Zaren fluchend, in dessen Namen solches geschehen war.

Jurij entdeckte das Kind, ein kleines Mädchen von vielleicht vier Jahren, hinter einem Mauervorsprung des Narwa-Tores. Es lag auf dem Bauch, das Gesichtchen im Schnee und die mageren blaugefrorenen Händchen in das kalte Weiß gekrallt. Als Jurij aus dem Sattel sprang und es vorsichtig umzudrehen versuchte, weil er sah, daß die Kleine noch atmete, war unter ihr alles voller Blut. Sie hatte einen Bauchschuß, und die Eingeweide quollen hervor.

»Sei ruhig«, sagte Jurij, »hab keine Angst, ich helfe dir.« Er merkte gar nicht, daß er weinte.

Aber als er das Kind auf die Arme heben wollte, stieß es einen hohen wimmernden Schrei aus und starb. Er sah das Leben aus dem mageren Gesicht weichen, sah, wie die Augen starr wurden, und hielt es trotzdem noch weiter an sich gepreßt.

Seine Hände waren rot vom Blut des Mädchens, und er starrte darauf und dachte: Sehen so Mörderhände aus? Aber ich hab das doch nicht gewollt. Gott im Himmel, warum ist es nur so weit gekommen? Sie haben auf Kinder geschossen, auf Frauen und alte Leute.

Und irgend etwas in ihm dachte sehr kalt und klar: Boshe Zarja chranij ... Gott schütze den Zaren. Es war der Beginn der kaiserlichen Hymne, die er so oft gehört hatte, wenn im Winterpalais ein Ball stattfand, ein Theaterabend im Marien-Theater, eine Parade auf dem Marsfeld und die Zarenfamilie erschien.

Boshe Zarja chranij ... Welch ein Hohn!

Der Pope Gapon war seit jenem blutigen Gemetzel verschwunden. Er befand sich nicht unter den Toten und erschien auch nicht mehr im Versammlungshaus der ›Vereinigung der russischen Fabrikarbeiter‹. Seine Behausung war leer.

Schließlich sickerte es irgendwie durch, daß er in Wahrheit ein Polizeispitzel gewesen und mit Hilfe der Ochrana ins Ausland geflüchtet sei. Russische Emigranten schrieben in die Heimat, daß Gapon in Paris ein recht aufwendiges Leben führe, da er dank seiner Agententätigkeit ein ansehnliches Gehalt bezöge.

Seit jenem ›Roten Sonntag‹ aber und dem Massaker an friedlichen Demonstranten schien das Band zwischen dem Zaren und seinem Volk für immer zerschnitten. Eine jahrhundertealte Tradition, nach der das Volk selbst in dem grausamsten Zaren noch immer seinen Beschützer, sein ›Väterchen‹ und eine Art mystisches, gesalbtes Wesen sah, das nach Gottes Willen über Rußland herrschte, war zu Ende.

Auch das Ausland reagierte entsetzt auf die Ereignisse, und ein Onkel von Zar Nikolaus, Großfürst Paul Alexandrowitsch, erklärte ganz offen: »Warum hat mein Neffe bloß nicht die Abordnung empfangen? Ihre Haltung hatte nichts Aufständisches. Den ganzen Tag habe ich gebetet, daß kein Tropfen Blut vergossen wird, dabei ist das Blut in Strömen geflossen. Dies ist ebenso unverzeihlich wie nicht wieder gutzumachen.«

Jurij Lasarow kam am Abend dieses Tages in das Soklowsche Palais zu Swetlana. Als der Diener ihn in den Salon führte, sah sie sofort, daß ihr Bruder betrunken war.

Rodja und Fjodor waren bei ihr, und der Kleine rannte auf Jurij zu, den er sehr liebte, und rief: »Onkel Jurij, Onkel Jurij, wie schön, daß du uns besuchen kommst!«

Er hob den kleinen Jungen hoch und drückte ihn an sich, aber Fjodor rümpfte die kleine Nase. »Du riechst komisch, Onkel Jurij. Warum? Was ist das?«

»Das ist Wodka«, antwortete Jurij. »Guter russischer Wodka. Eines Tages wirst du diesen Geruch mögen.«

Swetlana nahm ihrem Bruder das Kind ab. »Hoffentlich nicht zu sehr!«

»Warum, *maman*?« fragte Fjodor, und sie zerwuschelte ihm lächelnd das blonde Haar. »Weil Wodka, wenn man ihn zu sehr mag, dumm macht.«

»Aber Onkel Jurij ist nicht dumm!« widersprach der kleine Junge, und Swetlana führte ihn zur Tür.

»Er hat ja auch nicht zuviel Wodka getrunken. Nur ein bißchen, oder?«

Es half nichts, daß Fjodor lautstark protestierte, als seine Mutter die Kinderfrau Schura herbeiklingelte, damit sie das Kind ins Bett brachte. »Es ist schon spät, mein Herzchen, du mußt schlafen gehen, damit du morgen wieder gesund und fröhlich aufstehen kannst.«

Fjodor zog einen Flunsch. »Ich stehe immer gesund und fröhlich auf!«

»Natürlich! Weil deine *maman* und Schura darauf achten, daß du genügend Schlaf bekommst.«

Gleich darauf trat die Kinderfrau ein und lachte nur, als Fjodor kreischend vor ihr davonlief und sie ihn einfangen mußte. »Wartet nur, Herrchen, ich krieg' Euch doch!«

Nach einigen Haken, die der Kleine schlug, holte sie ihn tatsächlich ein, nahm ihn um die Taille und trug ihn trotz seiner Proteste zur Tür hinaus.

»Was ist los, Jurij?« fragte Swetlana sogleich, nachdem Schura gegangen war. »Was hast du?«

Er ließ sich auf ein Sofa fallen und barg das Gesicht in

den Händen. »Verzeih, daß ich betrunken bin, aber ich hab's nicht anders ausgehalten. Ich war am Narwa-Tor heute morgen.«

»O mein Gott«, sagte sie leise. Sie wußte durch Rodja, was in der Stadt geschehen war. Er war schon zeitig am Morgen in seine Wohnung gefahren, weil er an einem neuen Bild arbeiten wollte. Er hatte die Schüsse und das Schreien gehört. Mittags, als alles wieder ruhig war in der Stadt, war er zum Essen ausgegangen und hatte bei dieser Gelegenheit die schreckliche Wahrheit erfahren.

»Ich begreife das nicht«, hatte er verstört zu Swetlana gesagt. »Wie kann ein so grundgütiger Mensch wie Zar Nikolaus auf der anderen Seite dermaßen unerbittlich sein! Es ist, als ob er zwei Gesichter hätte.«

»Bist du sicher, daß der Zar der Urheber dieser Grausamkeiten ist?« hatte sie gefragt, und Rodja hatte die Schultern gehoben.

»Jeder, mit dem ich sprach, behauptet es. Natürlich, Swjatopolk-Mirski war das ausführende Organ, aber ich kann mir nicht vorstellen, daß er auf eigene Faust gehandelt hat. Er muß Weisungen aus Zarskoje Selo bekommen haben.«

Er hatte Swetlana an sich gezogen. »Allmählich wird mir angst. Was ist das für eine Welt, in der wir leben! Die Gewalt eskaliert, und je mehr solche Greuel wie heute morgen geschehen, um so deutlicher verhärten sich die Fronten. Noch sind es einzelne Ausbrüche. Aber was wird werden, wenn sie sich eines Tages mit einem Mal entladen?«

Swetlana stand auf und ging zu Jurij. »Ich bitte dich, beruhige dich. Du machst nicht ungeschehen, was passiert ist. Und vielleicht war sie ja notwendig, diese Härte, um Schlimmeres zu verhüten.«

Ihr Bruder ließ die Arme sinken und sah sie aus verschwommenen Augen an. »Du hast die Leute nicht gesehen. ›Ich liebe die Barmherzigkeit‹ haben sie gesungen und ihre Kinder an den Händen gehalten. O Gott, ich werde das nie vergessen!«

Rodja ging zu einem Schrank und holte eine Karaffe mit Cognac und zwei Gläser heraus. Er schenkte beide voll und drückte eines davon Jurij in die Hand.

»Laß ihn«, sagte er zu Swetlana, als sie protestieren wollte. »Er braucht das jetzt. Es gibt Situationen, in denen man trinken muß, damit das Denken aufhört.« Er prostete Jurij zu, der sein Glas in einem Zug leerte und sich sogleich aus der Karaffe nachschenkte, die Rodja auf den Tisch gestellt hatte.

»Was er jetzt wohl gerade tut, unser allergnädigster Zar«, murmelte Jurij mit schwerer Zunge. »Mit seinen Kindern das Abendgebet sprechen? Oder mit seiner Frau beim Kamin sitzen und ihr aus einem Roman von Leskow vorlesen, während sie an ihren ewigen Stickereien stichelt? Oder ist die ›liebe Alix‹ vor lauter Aufregung über die ungehorsamen, von bösen Menschen aufgestachelten Arbeiter erkrankt und muß das Bett hüten? O Gott, Rodja Andrejewitsch, ich glaube, ich kann den beiden nie mehr ins Gesicht sehen, ohne meinen Abscheu und mein Entsetzen herauszuschreien!«

»Aber Sie haben doch nicht geschossen, nicht wahr?« fragte Rodja sanft, und Jurij schüttelte den Kopf.

»Das nicht. Aber ich habe nicht verhindern können, daß andere es taten. Sie waren ja dazu abkommandiert worden, denn der Befehl lautete, die Menge mit allen Mitteln auseinanderzutreiben. Wissen Sie, was ich getan habe, Rodja Andrejewitsch? Ich habe ein Kind mit einem Bauchschuß im Arm gehalten, ein kleines Mädchen, bis es starb.«

Er leerte sein Glas und schlug wieder die Hände vor das Gesicht.

»Trinken Sie, Jurij Pawlowitsch«, sagte Rodja und goß ihm von neuem ein. »Und wenn Sie genug haben, bringe ich Sie zu Bett.« Er blickte Swetlana an. »Schick seinen Kutscher nach Hause. Er wird sicher draußen warten. Und dann laß ein Zimmer für deinen Bruder herrichten. Er sollte jetzt wirklich nicht sich selbst überlassen bleiben. Morgen wird er sich vielleicht ein wenig gefangen haben.«

Swetlana verließ den hellen, kostbar eingerichteten Salon. Draußen lehnte sie sich für einen Augenblick gegen die Wand und schloß die Augen.

Ihr war kalt, obwohl in allen Öfen Feuer brannte. Und sie hatte Angst. Was soll nur werden? dachte sie. Gott im Himmel, sei Rußland, sei uns allen gnädig.

Zar Nikolaus II. saß nicht mit seiner Frau beim Kamin. Er beendete die Eintragungen in seinem Tagebuch, das er mit großer Akribie täglich führte. Unter dem Datum des 9. Januar hatte er geschrieben:

»Schwieriger Tag. In St. Petersburg kam es zu großer Unordnung, weil Arbeiter zum Winterpalais gehen wollten. Die Truppen mußten in einigen Stadtvierteln schießen. Es gab viele Tote und Verwundete. Herr, wie schwer und schmerzlich das alles ist! – Mama kam rechtzeitig zum Gottesdienst aus der Stadt. Wir haben im Kreis der Familie gespeist. Mama ist die Nacht über bei uns geblieben.«

Der Zar liebte seine Mutter, und es bekümmerte ihn, daß seine Frau kein gutes Verhältnis zu ihr finden konnte.

Aber Alexandra Fjodorowna hatte ihrer Schwiegermutter nie verziehen, wie heftig sie gegen ihre Heirat mit Nikolaus gewesen war. Und sie litt darunter, daß Maria Fjodorowna, heute nur noch Zarenmutter, beim Volk wesentlich beliebter war als sie selbst.

Wo immer sich die beiden Frauen gemeinsam zeigten, die Hochrufe, die der Zarenmutter galten, waren zahlreicher und lauter, während man für sie, Alexandra, wenig Sympathien aufbrachte.

Bei Hof war es nicht anders. Wenn Maria Fjodorowna

etwas anordnete, wurde es sofort willig ausgeführt. Sie war, wenn sie zu offiziellen Anlässen erschien, sogleich der Mittelpunkt, man holte ihre Meinung ein und umgab sie mit aller Hochachtung, die doch eigentlich ihr, Alexandra Fjodorowna, der jetzigen Zarin, zustand.

Alexandra war nicht der Mensch, das zu überspielen. Sie war gekränkt und ließ es jedermann fühlen. Und die Zarenmutter behandelte ihre Schwiegertochter mit einer kühlen Distanz, der stets ein wenig Verachtung beigemischt war.

Maria Fjodorowna, geborene Prinzessin von Dänemark, mochte die übertriebene, fast hysterische Frömmigkeit und Wundergläubigkeit ihrer Schwiegertochter ebensowenig wie deren puritanische Sittenstrenge. Sie haßte es, nach Zarskoje Selo zu kommen, wo sich die Zarenfamilie bevorzugt aufhielt, wußte sie doch, mit welchen Kreaturen sich die Zarin umgab – Wunderheilern, Kretins, Wahnsinnigen, Epileptikern und Besesssenen.

Doch Alexandra glaubte nach wie vor felsenfest daran, daß diese Menschen eine prophetische Gabe besaßen und imstande waren, ihr den Willen Gottes zu verkündigen.

Maria Fjodorowna begegnete diesem ›widerwärtigen Humbug‹, wie sie es nannte, voller Abscheu, den sie auch offen zeigte, ebenso wie ihr Mißfallen über die Tatsache, daß ihr Sohn, Zar Nikolaus, immer mehr von den Verstiegenheiten seiner Frau angesteckt wurde.

Aber etwas sprach Maria Fjodorowna allerdings genauso wenig aus wie die ganze kaiserliche Familie. Das war ein Tabu-Thema, von dem nichts bekannt werden durfte, auch wenn hier und da in Hofkreisen gewisse Gerüchte kursierten. Und die Zarenwitwe verzieh ihrer Schwiegertochter nicht, daß sie die Urheberin dieses Unglücks war, indem sie ihrem Sohn die Bluterkrankheit vererbt hatte.

Zar Nikolaus klappte sein Tagebuch zu und verschloß es in einem Geheimfach seines Schreibtisches.

Als er im Vorzimmer erschien, rissen zwei Lakaien diensteifrig die Flügeltüren vor ihm auf, und die Ordonnanzen, die davor gewartet hatten, salutierten militärisch.

Nikolaus winkte ab, als sie ihn begleiten wollten. Allein durchschritt er eine Anzahl Zimmer und stieg dann die Treppe in den ersten Stock des Alexander-Palais' hinauf.

Er wußte, wo er seine Frau finden konnte. Sie saß am Bett ihres jüngsten Sohnes und sang ihm leise mit ihrer hübschen, weichen Sopranstimme ein russisches Kinderlied vor.

Sie war allein mit ihm, Derewenko, der Matrose, ein kräftiger und dennoch sehr behender Mann, der zur ständigen Betreuung des Zarewitsch abkommandiert worden war, war von Alexandra fortgeschickt worden. Erst wenn sie ging, würde er wieder hereinkommen, um später, wenn der Kleine schlief, im Vorzimmer zu übernachten, gewärtig, bei dem kleinsten Laut aufzuspringen und nach dem Kind zu sehen.

»Wie geht es ihm?« fragte der Zar und näherte sich auf Zehenspitzen dem Kinderbett.

Alexandra lächelte zu ihm hoch. »Besser, glaube ich. Er hat kein Fieber mehr.«

Der Zarewitsch litt seit zwei Tagen an einer Magen- und Darmverstimmung, normalerweise nichts Beängstigendes. Aber Alexandra und Nikolaus zitterten bei jedem Unwohlsein um sein Leben.

Dieses so heiß ersehnte schwerkranke Kind, das dennoch die Hoffnung für den Fortbestand der Romanow-Dynastie war, wurde gehegt und gepflegt wie vermutlich kein zweites Kind auf der Welt.

Die Zarin wußte genau über die Bluterkrankheit Bescheid, hatte sie doch die tragischen Folgen in ihrer Familie selbst miterlebt. Solche Kranken schwebten in ständiger Lebensgefahr. Eine geringfügige Verletzung, eine allzu hastige Bewegung, die ein Blutgefäß reißen ließ, oder ein heftiger Schlag oder Sturz riefen kaum zu stillende Blutungen hervor, deren Folgen grausame Schmerzen und hohes Fieber waren, das irgendwann zum Tod führte.

Bluter wurden in der Regel nicht alt, und die Begleiterscheinungen ihres Leidens waren oft so, daß der Tod wie eine Erlösung anmutete.

Alexandra liebte alle ihre Kinder, doch diesen so sehnlich erwarteten Sohn liebte sie über alle Maßen. Was hätte sie darum gegeben, wenn er gesund wäre! Und manchmal dachte sie: Welch eine verfluchte Mutter bin ich nur, daß ich meinem Kind das Leben geschenkt und gleichzeitig den Keim des Todes in es hineingelegt habe! Und was für ein Dasein erwartet es, falls es überhaupt älter werden darf?

Derewenko war dafür da, darauf zu achten, daß der Zarewitsch sich nirgendwo stieß oder sich sonst eine Verletzung zuzog. Sein Aufgabengebiet würde schwieriger werden, wenn Alexej zu laufen begann, wenn er heranwuchs und nach Kinderart herumtollen wollte.

Zar Nikolaus strich seinem Sohn über das Köpfchen, das mit blondem Haarflaum bedeckt war. »Er sieht auch schon besser aus«, stellte er erleichtert fest. Dann zog er seine Frau aus ihrem Lehnstuhl hoch und in seine Arme. »Ach, Alix, meine Liebste, du mußt dich nicht allzu sehr sorgen. Alles, was geschieht, ist Gottes Wille, und er bürdet keinem mehr auf, als er zu tragen vermag.«

Sekundenlang regte sich Aufbegehren in ihr. War dies denn wirklich noch zu ertragen? Doch dann lehnte sie die Stirn gegen die Brust ihres Mannes.

»Du hast recht – wie immer. Nur manchmal ist es so schrecklich schwer.«

»Ich weiß«, erwiderte er sanft und streichelte ihr blondes Haar. Sie sah, wie müde und unglücklich er aussah, und ihre Liebe zu ihm ließ sie die eigenen Sorgen zurückdrängen.

»Du hast es ungleich schwerer, mein geliebter Mann«, sagte sie, und die etwas pathetische Anrede klang aus ihrem Munde vollkommen aufrichtig und ohne Theatralik. »Was war das nur für ein schwarzer Tag für dich! Ich wünschte, ich könnte ihn ungeschehen machen.«

»Ich auch«, gestand Nikolaus mit einem tiefen Seufzer. »Aber das ist leider unmöglich. So viele Tote ...« Sie spürte, wie er in ihren Armen zusammenschauderte, und umfaßte sein Gesicht mit ihren Händen.

»Das ist nicht deine Schuld, sondern das Verbrechen dieser Volksverhetzer, die den Haß gegen dich schüren und dich in den Schmutz zerren wollen. Sie wollen deine Person antasten und benutzen das Volk, damit es ihnen bei ihren verbrecherischen Plänen behilflich ist.«

»Trotzdem habe ich manchmal Angst, daß man ihrer eines Tages nicht mehr Herr werden kann.« Der Zar verstummte, weil Alexej in seinem Bettchen eine Bewegung gemacht hatte. »Was ist, mein kleiner Aljoscha? Was hast du?«

Das Kind erkannte das über ihn geneigte Gesicht und begann glucksend zu lachen. Die kleinen Hände griffen in die Luft, versuchten, das Gesicht des Vaters zu erreichen. Zar Nikolaus ergriff sie und küßte sie voller Innigkeit.

»Schlaf schön, mein Liebling. Gott segne dich und lasse dich morgen wieder ganz gesund sein.«

Der Matrose Derewenko hatte im Vorzimmer in einem Sessel gewartet. Er sprang auf und verneigte sich, als das Zarenpaar Alexejs Zimmer verließ.

»Ist alles in Ordnung, Euer Majestät?« wandte er sich an die Zarin, und Alexandra nickte.

»Er ist noch wach, aber ich denke, daß er bald schlafen wird. Es geht ihm viel, viel besser, dem Himmel sei Dank.«

Derewenko verzog den Mund zu einem Lächeln. »Ob Zaren- oder Arme-Leute-Kind – sie haben alle einmal eine

Krankheit durchzumachen. Aber sorgen Sie sich nicht. Ich gebe schon gut acht auf die kleine Majestät.«

Alexandra lächelte. Die kleine Majestät ... Ach, vielleicht waren ihre Ängste übertrieben, und Alexej würde eines Tages tatsächlich auf dem Zarenthron sitzen. Gott würde helfen, indem er ihr unschuldiges Kind am Leben erhielt, bis irgendwann, vielleicht in nicht allzu ferner Zukunft, ein Heilmittel für diese grauenvolle Krankheit gefunden wurde.

3. Kapitel

Jurij Lasarow tat wieder Dienst bei der Garde, und er wirkte äußerlich wie vordem. Als der Zar einmal zu einer Inspektion in der Preobraschenskij-Kaserne erschien und Nikolaus ihn ansprach, brachte Jurij es sogar über sich, ihm zuzulächeln und sich für das Lob zu bedanken, das Seine Majestät Jurijs Fuchswallach aussprach.

»Ein wunderschönes Tier«, sagte er und strich dem Pferd über die Kruppe. »Aus welchem Gestüt stammt es?«

»Aus unserer eigenen Zucht, Euer Majestät«, erwiderte Jurij. »Mein Vater besitzt ein paar ausgesuchte Pferde auf unserem Gut Krassnaja Berjosa. Von da stammt auch Barjez.«

Der Zar nickte ihm freundlich zu und trug ihm Grüße an seine Eltern auf, die Jurij am Nachmittag, als er ihnen einen Besuch abstattete, ausrichtete.

Wera Karlowna, seine Mutter, zeigte sich äußerst geschmeichelt, und auch Graf Pawel Lasarow wirkte erfreut.

»Und wie sah Seine Majestät aus? Wohl und gesund?« erkundigte er sich. »Oder ist er immer noch so niedergeschlagen wie nach jenem unseligen Sonntag, als er nach St.

Petersburg kam, um General Trepow zum Generalgouverneur der Hauptstadt zu berufen?«

Jurij hob die Schultern. »Ich weiß es nicht. Offen gestanden habe ich nicht so genau darauf geachtet.«

»Aber er hat doch mit dir gesprochen!« warf Wera Karlowna ein. »Dabei mußt du ihn doch angesehen haben.«

Jurij hielt seiner jüngsten Schwester Irina die Teetasse hin. »Bitte, sei so lieb, Irinenka, und gib mir noch einen Schluck.« Dann wandte er sich seiner Mutter zu. »Mir erschien er wie immer. Ein wenig blaß, sehr freundlich und ...« Er zögerte und sprach es dann doch aus: »Irgendwie nicht ganz durchschaubar.«

»Was meinst du denn damit?« fuhr sein Vater sofort auf. Graf Pawel Lasarow war zarentreu bis in die Zehenspitzen, und alles, was nur im geringsten nach einer Herabsetzung des Herrschers aussah, brachte ihn in Rage. »Seine Majestät ist die Lauterkeit in Person. Was, zum Teufel, soll an ihm undurchschaubar sein?«

»Manchmal frage ich mich eben, was er wirklich denkt«, erwiderte Jurij und nahm die gefüllte Teetasse entgegen. »Er wirkt immer so gelassen und gleichmütig. Aber im Grunde kann er das angesichts der Lage in Rußland gar nicht sein.«

»Ganz gewiß nicht«, pflichtete der Graf seinem Sohn bei. »Seine kaiserliche Majestät trägt eine Last auf seinen Schultern, die übermenschliche Kräfte erfordert. Seine Beherrschung und seine Geduld sind bewunderungswürdig. Wenn man bedenkt, was dieses aufrührerische Gesindel ihm antut ... Dazu noch die Situation an der japanischen Front ...«

Wera Karlowna beugte sich in ihrem Sessel nach vorn. »Was hört man überhaupt an Neuigkeiten vom Kriegsschauplatz? Sind unsere Truppen wieder auf dem Vormarsch?«

»Es tut mir außerordentlich leid, Mama, aber das sind

sie nicht. Wie sollten sie auch?« Der Sarkasmus in Jurijs Stimme war nicht zu überhören. »Unsere Ostsee-Flotte unter Admiral Roschdestwenskij, die Seine Majestät nach dem Verlust fast all unserer Kriegsschiffe im asiatischen Meer auf den Weg geschickt hat, ist noch nicht an der Front eingetroffen, sondern schwimmt irgendwo auf halbem Wege dorthin. Man weiß nur, daß nach dem Fall von Port Arthur wiederum erbitterte Kämpfe um Mukden stattfinden, von denen zu befürchten steht, daß die Unseren die Garnison auf die Dauer nicht werden halten können. Wenn überhaupt, so gibt es also keinerlei gute Neuigkeiten.«

Graf Lasarow stand auf. »Das wird sich ändern, sobald Roschdestwenskij eingreift. Es ist nur eine Frage der Zeit. Auf die Dauer wird es den Japanern nicht gelingen, uns zu besiegen.«

»Ihr Wort in Gottes Ohr, Papa«, sagte Jurij und schob seine Teetasse von sich. »Allerdings fürchte ich, daß Rußland in diesem elenden Krieg keine Chancen mehr hat. Unsere Minister und Generäle haben sich verrechnet. Die Japaner sind kein ›Makaken-Volk‹, wie man hier so gern behauptet und leider auch Seiner Majestät eingeredet hat, sondern hervorragend ausgerüstete Soldaten, die uns, was ihre Waffen und Kriegsschiffe anbelangt, offenbar weit überlegen sind.«

Lasarow lief rot an. »Niemand ist Rußland überlegen! Es hat bedauerlicherweise Rückschläge gegeben – ja. Man hat vielleicht strategische Fehler begangen, aber objektiv betrachtet sind sie nicht so gravierend.«

»Nein?« fragte Jurij. »Sind Abertausende von Gefallenen in Ihren Augen nicht gravierend?«

»Wie redest du denn mit mir? Ich verbitte mir diesen Ton! Und überhaupt dulde ich in meinem Hause keine derartigen defaitistischen Äußerungen!«

»Jurij, Pawel Konstantinowitsch – bitte!« Wera Karlowna

hob die Hände. »Wir wollen doch keinen Streit, nicht wahr? Dies ist eine gemütliche Teestunde, in der wir uns nur über angenehme Dinge unterhalten wollen. Schließlich geschieht es selten genug, daß Jurij uns einmal besuchen kommt ...«

»Ja, Mama«, antwortete ihr Sohn und stand auf. »Und jetzt muß ich leider auch schon wieder gehen. Der Dienst, Sie verstehen ...«

Er wußte, es hatte keinen Sinn, mit seinem Vater zu diskutieren. Also war es besser, sich zu verabschieden, ehe er, Jurij, noch mehr sagte.

Er war mit dem Pferdeschlitten gekommen, und als er das Lasarowsche Palais verließ, wies er seinen Kutscher an, auf die Wassiljewskij-Insel zu Swetlana zu fahren.

Er traf sie allein an; Rodja hatte Fjodor zu den Newa-Wiesen begleitet, wo es neben den Eisläufern noch viele Attraktionen gab, die man am Ufer bewundern konnte: Schaubuden, in denen Feuerschlucker, Zauberer und Clowns ihre Künste zeigten, Karussells und Schlangenbeschwörer, Seiltänzer und Vogelhändler, deren in Käfige eingesperrte Singvögel ein erbärmliches Leben fristeten, von dem man sie befreien konnte, indem man sie kaufte und in die Freiheit entließ.

Jurij betrachtete seine Schwester eingehend, bevor er sie umarmte. »Du siehst glücklich aus, und das macht mich froh. Ich vermute, daß es mit Rodja Andrejewitsch zusammenhängt.«

»Natürlich«, antwortete sie lächelnd. »Oder sollte es dir bis jetzt entgangen sein, daß deine Schwester eine ziemlich sittenlose Witwe ist, die sich einen Geliebten hält, der sie für all das entschädigt, was sie in ihrer Ehe vermißt hat?«

Ein Schatten flog über sein Gesicht. »Es ist mir immer gegen den Strich gegangen, daß du Leonid Soklow geheiratet hast.«

»Was sollte ich tun?« entgegnete sie leichthin. »Ich erwartete das Kind eines Toten ... Und ich wollte nicht, daß Papa es mir fortnahm. Soklow bot mir den einzig möglichen Ausweg.«

»Unser tadelloser, rechtschaffener Vater!« entgegnete er voller Bitterkeit. »Weißt du, daß ich ihn manchmal prügeln könnte, weil er so borniert, so selbstherrlich und über alle Maßen von seiner Vortrefflichkeit überzeugt ist?«

»Ach, Jurij ...« Swetlana seufzte und nahm seinen Arm. »Wir werden ihn nicht ändern.«

»Natürlich nicht«, entgegnete er hitzig. »Aber allein die Art, wie er Xenia behandelt hat ...«

Er hatte bisher nie nach seiner jüngeren Schwester gefragt, und Swetlana hatte ihm das insgeheim übelgenommen. »Wieso kommst du ausgerechnet jetzt auf sie?« fragte sie, und er senkte beschämt den Kopf.

»Ich gebe zu, ich habe mich bisher nicht um sie gekümmert. Nenne es Gedankenlosigkeit, Trägheit ... oder vielleicht sogar Verblendung. Ich dachte, es wäre für ein Mädchen aus unserer Familie nicht richtig, dermaßen gegen den Strom zu schwimmen. Inzwischen sehe ich das etwas anders.«

»Ach ja?« entgegnete sie mit leisem Spott. »Und warum? Nur weil du auf einmal selbst gegen den Strom schwimmen möchtest?«

»Vielleicht«, gab er zu. »Ach, Swetlana, weißt du eigentlich, wie glücklich man sich fühlt, wenn man mit dem Regime, unter dem man lebt, völlig einverstanden ist? Ich war es – bis zu jenem 9. Januar. Danach ist alles anders geworden, alles in Frage gestellt ...«

Sie betrachtete ihn prüfend. »Es ist dir also nie in den Sinn gekommen, nach Xenia zu forschen? Immerhin hat sie unser Elternhaus verlassen, weil Papa sie wie eine Gefangene behandelt hat. Hast du das wirklich gutheißen können, Jurij?«

Oh, sie schenkte ihm nichts. Sie schilderte die Schwierigkeiten und Katastrophen, die das Dasein ihrer Schwester hätten erschweren können, und sie malte alles in den schwärzesten Farben.

»Dabei wollte Xenia nichts anderes, als studieren. Ist das wirklich ein solches Verbrechen? Vater jedenfalls hat sie behandelt, als ob sie beabsichtigte, eine Straßendirne zu werden.«

»Xenia war nie weltfremd«, erwiderte er zögernd. »Eigentlich war ich immer davon überzeugt, daß sie ihren Weg machen würde, unabhängig von uns.«

»Aber du hättest ihr diesen Weg erleichtern können!« trumpfte Swetlana auf. »Und das hast du nicht getan. Du hast dich nicht um sie gekümmert, und das ist fast genauso schlimm wie das, was unsere Eltern an ihr gesündigt haben.«

Er schwieg eine Weile. Dann nickte er. »Du hast recht. Aber ich würde mein Versäumnis gern wieder gutmachen.«

»Seit wann?« fragte sie hart. »Seit dir bewußt geworden ist, daß deine bisherige Lebenseinstellung keineswegs das Nonplusultra, sondern vielmehr sehr fragwürdig geworden ist in einer Zeit, in der sich überall auf der Welt Veränderungen anbahnen?«

»Natürlich hat es etwas damit zu tun«, erwiderte er und betrachtete das Bild über dem Kamin, ohne es wirklich wahrzunehmen. Es stellte Leonid Soklows Vater dar in der Galauniform eines Obristen der Gardehusaren zu Pferde. »Ich gebe es ja zu, Swetlana, ich war ziemlich gedankenlos. Der Dienst bei der Garde, das Leben am Hof, gelegentliche Zusammenkünfte mit meinen Kameraden, Theaterbesuche, Kartenspielen, hübsche Mädchen ... Na ja, was eben junge Männer meines Standes so tun. All das genügte mir, und ich habe mir eingebildet, daß es immer so weitergehen müßte. Aber du hast recht, es geht so nicht weiter. Mir ist das mit einem Schlag klargeworden, im Gegensatz zu anderen vielleicht, bei denen es ein langsamerer Prozeß ist. Aber das Ergebnis ist dasselbe.«

»Und was willst du tun?« fragte sie, und er wandte sich zu ihr um und hob die Schultern.

»Was kann ich tun? Revolutionär spielen? Das gewiß nicht. Meinen Abschied nehmen? Vielleicht wäre das eine Konsequenz, aber wem nützte sie? Natürlich könnte ich mich um unsere Besitzungen kümmern, falls Papa das zuläßt. Aber wie ich ihn kenne, denkt er noch lange nicht daran, die Zügel aus der Hand zu geben. Ach, Swetlana, ich bin ziemlich verzweifelt. Ich komme mir so entwurzelt vor ...«

Sie kam zu ihm und umarmte ihn. »Laß dir Zeit, Jurij«, bat sie in sanfterem Tonfall. »Du mußt nichts überstürzen. Irgendwann wirst du deinen Weg finden, so wie Xenia.«

»Und du?« fragte er. »Hast du ihn denn gefunden?«

»Ich habe einen Sohn«, entgegnete sie. »Ich denke, daß ich ihn ein wenig formen und bilden kann in dem, was mir selbst wichtig erscheint. Wenn Fjodor einmal erwachsen ist, soll er kein reicher Müßiggänger sein, der in den Tag hineinlebt und das Geld für seine diversen Vergnügungen aus dem Fenster wirft. Er soll etwas Sinnvolles tun, etwas, das nicht nur ihm, sondern vielen Menschen nützt. Ich versuche das auf meine Art ja auch. Ich trage mich mit dem Gedanken, ein Spital zu bauen, in dem die armen Leute kostenlos aufgenommen und behandelt werden. Außerdem bekommen sie hier alle Tage eine warme Mahlzeit. Das hat sich inzwischen herumgesprochen, und es werden immer mehr, die kommen. Ich habe mir schon überlegt, ob es nicht vernünftiger wäre, in den Vorstädten Garküchen einzurichten, wo die Menschen beköstigt werden.«

Sie lachte ein wenig. »Ich weiß, das ist angesichts der großen Not nur ein Tropfen auf einen heißen Stein. Aber weißt du, was Xenia neulich gesagt hat? Viele Tropfen machen am Ende jeden heißen Stein kalt.«

»Also hast du Kontakt mit ihr!« rief Jurij überrascht. »Bitte, sag mir, wo ich sie finden kann. Ich möchte sie so gern wiedersehen.«

»Sie kommt heute abend zum Essen zu mir«, erklärte Swetlana. »Wenn du willst, kannst du auf sie warten.«

Er warf einen Blick auf die kostbare Standuhr, die gerade zu sechs Schlägen ausholte. »Ich muß noch einmal auf einen Sprung in die Kaserne. Aber dann komme ich zurück.«

»Gut. Xenia wollte gegen acht Uhr hier sein. Und noch etwas, Jurij ...« Mit einem um Verständnis bittenden Blick sah sie ihn an. »Sie wird nicht allein sein. Es gibt da jemanden, mit dem sie zusammenlebt. Pjotr Bogdanowitsch ist Medizinstudent wie sie und ein wahrer Segen für Xenia. Er hat ihr sehr geholfen, sich in ihrem neuen Leben zurechtzufinden.«

Jurij hatte die Stirn gerunzelt. »Pjotr Bogdanowitsch – und weiter?« fragte er.

»Dobrowjew«, entgegnete Swetlana. »Ohne Titel und ohne ein ›von‹. Ich hoffe nicht, daß dich das stört, mein Lieber ...«

»Natürlich nicht«, sagte er rasch. »Ich muß mich nur an den Gedanken gewöhnen, daß Xenia ...« Er lachte ein wenig. »Ich fürchte, ich gehöre zu den Brüdern, die immer ein bißchen voller Eifersucht auf ihre Schwestern aufpassen wollen. Bei dir habe ich schließlich ähnlich reagiert.«

»Ich habe Pjotr sehr gern«, sagte sie. »Und du wirst ihn auch mögen, wenn du ihn erst näher kennengelernt hast. Im übrigen liebt er Xenia und würde sie auf der Stelle heiraten. Sie ist es, die das noch nicht will.«

Sie lachte und zerwuschelte ihrem Bruder das Haar. »Armer Jurij, du hast es wirklich schwer mit deinen beiden Schwestern. Ihr Liebesleben ist ziemlich unmoralisch, fürchte ich. Ein Glück, daß Irinenka noch keinen Liebhaber hat.«

Xenia und Pjotr kamen kurz vor acht Uhr. Swetlana hatte ihnen ihren Schlitten geschickt, und sie empfing ihre Schwester und Pjotr mit einer herzlichen Umarmung. »Kommt«, sagte sie und hakte beide unter. »Ich habe im kleinen Speisezimmer decken lassen. Rodja ist in seiner Wohnung. Er muß noch arbeiten. Und Fjodorenka ißt heute mit Schura und Monsieur Mounet, seinem Hauslehrer, in seinem Zimmer. Wir sind also ganz unter uns.«

Xenia warf einen überraschten Blick auf die Tafel. »Aber da stehen ja vier Gedecke. Erwartest du noch jemanden?«

Swetlana legte ihr den Arm um die Schultern und drückte sie leicht an sich. »Ja. Jurij möchte dich gern sehen, Malenka.« Sie benutzte absichtlich den Kosenamen ihrer Kinderzeit. Malenka ... Kleine.

Sie spürte, wie sich die jüngere Schwester für eine Sekunde versteifte. Aber dann meinte sie nur gleichmütig: »Meinetwegen. Ich hoffe nur, du trägst es mir nicht nach, wenn ich ihm in deinem Hause ein paar unangenehme Dinge sage. Natürlich nur, wenn er mich dazu herausfordert.« Sie lächelte Swetlana zu. »Sonst werde ich sanft wie ein Lamm sein.«

»Hör zu, Malenka«, sagte diese hastig. »Jurij steckt in einer ziemlichen Krise. Er war an diesem schrecklichen Sonntag am Narwa-Tor. Seitdem quält er sich mit allen möglichen Zweifeln herum.«

»Warum?« mischte Pjotr Bogdanowitsch sich ein. »Hat er denn auf Demonstranten geschossen?«

Swetlana schüttelte den Kopf. »Im Gegenteil, er hat versucht, jedes Blutvergießen zu vermeiden. Nur hat er es nicht aufhalten können. Es muß schlimm für ihn gewesen sein.«

»Und woran zweifelt mein großer Bruder nun?« erkundigte Xenia sich ein wenig spöttisch.

»An allem, fürchte ich, woran er bisher geglaubt hat. Er ist auf eine recht tragische Weise wachgerüttelt worden.«

In diesem Augenblick meldete ein Diener Jurij Lasarows Eintreffen. Swetlana wollte ihm entgegengehen, doch er erschien schon in der Tür. Als er Xenias ansichtig wurde, blieb er einen Moment lang stehen, ohne etwas zu sagen.

Sie warf ein wenig trotzig den Kopf in den Nacken. »Mir scheint, deine Wiedersehensfreude hält sich in Grenzen, Jurij.«

Er schluckte. Dann breitete er die Arme aus und ging, als sie immer noch abwartend stehen blieb, rasch auf sie zu, um sie an seine Brust zu drücken. »Ach, Xenia«, brachte er heraus. »Meine kleine große Schwester ...«

Ihr waren plötzlich Tränen in die Augen geschossen, die sie hastig fortwischte. »Wieso ›große‹? Du bist immer noch fünf Jahre älter als ich.«

»Aber du bist so erwachsen geworden in der Zeit, in der ich dich nicht gesehen habe.« Er schob sie ein Stück von sich und betrachtete sie. »Wirklich, du hast dich verändert. Du bist eine richtige Frau geworden.«

Er warf einen zögernden Blick auf Pjotr, der in einiger Entfernung stand und die Szene voller Aufmerksamkeit beobachtete. Dieser Jurij Lasarow sollte es bloß nicht wagen, Xenia in irgendeiner Weise weh zu tun! Das würde er, Pjotr, nicht zulassen.

Aber Jurij lächelte ihn offen an. »Swetlana hat mir schon von Ihnen erzählt, Herr Dobrowjew. Guten Abend ...«

»Guten Abend, Graf Lasarow«, entgegnete Pjotr ein wenig steif und verneigte sich leicht. Xenia hakte ihn unter.

»Das ist mein guter Engel, Jurij. Ich kenne Pjotr Bogdanowitsch schon lange. Du ahnst nicht, wie sehr er mir immer geholfen und mich ermutigt hat, Medizin zu studieren. Schon als ich noch zur Xenia-Schule ging. Er hat mir Bücher besorgt und mit mir gelernt. Pjotr ist nämlich schon einige Semester weiter als ich, und er arbeitet bereits als Assistent bei Professor Durnow, obwohl er erst in einem

Jahr seine Examina ablegt. Das ist eine große Ehre, weißt du?«

»Sie wollen also Arzt werden wie meine Schwester?« fragte Jurij, und Pjotr nickte, während Xenia ungeniert seinen Arm streichelte.

»Der beste Arzt von St. Petersburg ... Professor Durnow sagt, daß er noch nie einen so fähigen Assistenten gehabt habe, seit er hier am Nikoloskij-Spital arbeitet. Aber Pjotr will sich nicht nur auf Geburtshilfe und Frauenkrankheiten spezialisieren, sondern in allen medizinischen Bereichen arbeiten: Kinderkrankheiten, Seuchen, innere Leiden – und ein bißchen Chirurgie. Danach will er eine eigene Praxis eröffnen, und ich hoffe, daß ich dann ebenfalls mit dem Studium fertig bin und bei ihm mitarbeiten kann.«

»Aha«, sagte Jurij ein wenig verwirrt. »Das hört sich wirklich gut an.«

»Jetzt laßt uns aber erst einmal einen Willkommensschluck trinken«, rief Swetlana und läutete nach dem Diener. »Xenia, nimmst du einen Sherry? Und Sie, Pjotr Bogdanowitsch? Bei Ihrem letzten Besuch hatten Sie sich, glaube ich, für Cognac entschieden. Und du, Jurij, was möchtest du?«

»Oh, ich trinke auch gern einen Cognac.«

Als sie die gefüllten Gläser in den Händen hielten, prostete Swetlana ihnen zu. »Auf diesen Abend und dieses Wiedersehen! Und daß ihm noch viele andere folgen mögen.«

Er hieß Kaljajew, und er tötete am 4. Februar 1905 in Moskau den Großherzog Sergej Alexandrowitsch mit einer Bombe.

Der Tote, bis vor kurzem Generalgouverneur von Moskau und zuletzt Kommandant des Militärdistrikts, war mit

Elisabeth Fjodorowna, einer Schwester der Zarin, vermählt.

Als Alexandra von dem Attentat erfuhr, erlitt sie einen Weinkrampf. »Die arme Ella«, stieß sie immer wieder hervor. »Die arme, arme Ella! O Gott, was ist das nur für eine schreckliche Welt, in der wir leben!«

Bis spät in die Nacht betete die Kaiserin in der Kapelle des Fjodorowskij Sabors. Ihre Hofdame Anna Wyrubowa, die sie begleiten wollte, war von ihr fortgeschickt worden. »Ich möchte allein sein«, hatte Alexandra gesagt. »Wirklich, meine Liebe, lassen Sie mich nur.«

In der Kapelle kniete die Zarin auf den kalten Marmorfliesen. Sie trug einen bodenlangen Zobelmantel und eine dazu passende Kappe, und man hatte über die Steine kostbare chinesische Teppiche gebreitet. Trotzdem kroch die Kälte in Alexandras Körper, ließ sie erschauern und ihr Herz schmerzen.

Sie dachte an ihre Schwester und versuchte, sich an ihre Stelle zu versetzen. Was war, wenn man eines Tages ihren Mann nach Hause brachte, von einer Bombe zerrissen oder von Kugeln zerfetzt? Wie ertrug man so etwas? Wie hielt man es aus?

Alexandra betete nicht nur für ihre Schwester und den toten Schwager, sie betete vor allem um das Leben ihres eigenen Mannes. Er und die Kinder waren der Mittelpunkt ihres Daseins, ohne sie würde sie nur noch eine leere Hülle sein und keinen anderen Wunsch mehr haben, als ihnen zu folgen.

»Erhalte sie mir, Gott«, flehte die Zarin, und das Bild ihres schwerkranken Sohnes stieg vor ihr auf. Der Thronerbe – herbeigesehnt, herbeigebetet – und einem gnadenlosen Leiden ausgeliefert.

Manchmal haderte Alexandra Fjodorowna deswegen mit Gott. »Warum strafst du Alexej so hart?« fragte sie dann. »Was hat er, was habe ich getan, um so etwas zu verdienen? Es heißt doch, daß du ein Gott der Barmherzigkeit bist. Warum quälst du uns dann so?«

In dieser Nacht erinnerte Alexandra Fjodorowna sich wieder einmal daran, was Doktor Nizier Philippe ihr zum Abschied prophezeit hatte. Daß der Himmel ihr jemanden senden werde, der ihr Leid heilen könne. Einen Engel in Gestalt eines Menschen.

»Sende mir diesen Engel, den Philippe angekündigt hat«, flehte die Zarin in jener dunklen Stunde in der Kapelle des Fjodorowskij Sabor. »Und gib mir die Erleuchtung, ihn zu erkennen, damit er mich bei der Hand nehmen und führen kann. Du weißt es, Gott, ich will alles, alles tun, damit mein kleiner Alexej gesund wird.«

Als Alexandra in das Alexander-Palais von Zarskoje Selo zurückkehrte, war sie einigermaßen getröstet. Der Zar hatte trotz der nächtlichen Stunde auf sie gewartet und umarmte sie stumm, als sie das gemeinsame Schlafzimmer betrat.

»Ich hatte Angst um dich, meine liebe Alix«, gestand er und griff nach ihren Händen, um ihr die Handschuhe abzustreifen. »Du warst so unglücklich und so lange fort.«

»Es war notwendig«, entgegnete sie und nahm es dankbar hin, daß er ihre frostklammen Finger streichelte und wärmte.

Alexandra stieß einen zitternden Seufzer aus. »Weißt du, was ich möchte, Nicky, mein Lieber? Die Fürstin Soklowa an den Hof zurückrufen. Ich habe sie so gern, und ich vermisse sie. Swetlana Pawlowna ist ein Mensch, mit dem ich über alles reden kann, weil ich weiß, daß es bei ihr gut aufgehoben ist.«

»Und warum tust du es dann nicht?« Der Zar lächelte ihr zu. »Ich habe es auch bedauert, daß du sie aus dem Hofdienst entlassen hast. Freilich hattest du keine andere Wahl«, fügte er eilig hinzu, »solange man nichts anderes wußte, als daß ihr Gatte lebte. Aber Leonid Soklow ist tot, und daß seine Witwe einen Geliebten hat, ist zwar nicht unbedingt gutzuheißen, aber man kann unter den augenblicklichen Umständen vielleicht darüber hinwegsehen.«

Sein Lächeln verstärkte sich. »Ich habe viel Verständnis für Leute, die sich aufrichtig zugetan sind, wie du weißt. Wir hatten schließlich auch etliche Widrigkeiten zu überwinden, bevor wir miteinander glücklich sein durften. Darum würde ich Swetlana Pawlowna gern helfen, falls sie sich wünscht, ihren Rodjon Masslejew zu heiraten. In absehbarer Zeit könnte man ihn in den Adelsstand erheben. Dann wäre es keine so große Mesalliance mehr, ganz abgesehen davon, daß Fjodor Soklow in Herrn Masslejew gewiß einen vortrefflichen Vater bekäme.«

»Georgs Sohn«, sagte die Zarin nachdenklich. »Der Kleine gleicht ihm sehr – und daher auch dir. Vielleicht ist es das, was mich von Anfang an bewogen hat, ihn so liebzuhaben. Er ist dein und mein Neffe, Nicky, und eigentlich ein kleiner Romanow.«

Nikolaus küßte ihre Hand. »Ein kleiner gesunder Romanow«, sagte er leise und biß sich auf die Lippe, als er den jähen Schmerz in Alexandras Augen entdeckte. »Verzeih, das war sehr unüberlegt von mir. Aber so Gott will, wird unser Alexej eines Tages ebenfalls gesund sein.«

So Gott will ... Die Formel der Hoffnung, aber auch der Hoffnungslosigkeit.

Swetlana erhielt Ende Februar ein Billett der Zarin, in dem Alexandra Fjodorowna sie aufforderte, sie in Zarskoje Selo zu besuchen.

›*Und bringen Sie Ihren Sohn mit*‹, hatte die Zarin geschrieben. ›*Ich möchte ihn so gern wiedersehen.*‹

Alexandra, die mit einigen ihrer Hofdamen in ihrem bezaubernden chinesischen Salon saß, als ihr zwei Tage später Swetlanas Besuch gemeldet wurde, stand auf und ging ihr, wieder einmal auf einen Stock gestützt, entgegen.

Swetlana wollte den vorgeschriebenen Hofknicks vollführen, doch die Kaiserin zog sie aus ihrer Verneigung hoch und küßte sie auf beide Wangen.

»Wie schön, daß Sie da sind«, sagte sie und winkte ihren Frauen, sich zu entfernen. »Ach, es tut so gut, Sie wiederzusehen! Kommen Sie, meine Liebe, setzen Sie sich, und dann erzählen Sie mir, wie es Ihnen ergangen ist.«

»Oh, es geht mir gut, Euer Majestät«, erwiderte Swetlana lächelnd. »Ich bin nicht nur zufrieden – ich bin glücklich.«

»Das ist schön«, entgegnete die Zarin ein wenig wehmütig. »Glück, ich meine, wirkliches Glück ist etwas so Seltenes. Und oft währt es nur so kurze Zeit. Dann kommen neue Schicksalsschläge und Sorgen auf uns zu.«

Swetlana ergriff die Hände der Zarin. »Ich hoffe, daß dies bei Eurer Majestät nicht der Fall ist.«

»Ach«, sagte Alexandra, »Sie wissen ja, was meine Tage verdunkelt. Der Zarewitsch ... Er ist so reizend, und ich liebe ihn so sehr. Jedermann liebt ihn, selbst dieser etwas stumpfsinnige Matrose Derewenko, der auf ihn achtgibt und ihn herumträgt und sich vermutlich für ihn in Stücke reißen lassen würde. Ich muß dankbar sein, daß dieser Mann meinen armen Kleinen so gut behütet. Und dennoch ... Die Krankheit von Alexej ist morgens mein erster und abends mein letzter Gedanke. Er überschattet alles.«

»Wie gut ich Euer Majestät verstehe! Wenn ich mir vorstelle, daß mein Fjodorenka ...« Sie verstummte, und die Zarin nickte.

»Ja, nicht wahr, Sie verstehen mich! Ach, Swetlana Pawlowna, ich habe Sie sehr vermißt in den zurückliegenden Monaten. Nun ist Ihr Gatte tot, und ich trage mich mit dem Gedanken ...« Sie stockte und wurde rot. »Herr Masslejew hat in Petersburg großen Erfolg, wie ich höre. Man drängt sich geradezu darum, von ihm gemalt zu werden. Das freut mich aufrichtig.«

Und dann bat sie mit einem fast schüchternen Lächeln: »Lassen Sie mir noch ein wenig Zeit. Ich kann nicht so schnell über meinen Schatten springen. Und zunächst muß ja auch das Trauerjahr um Fürst Soklow herum sein. Aber dann ... Seiner Majestät steht es frei, Personen in den Adelsstand zu erheben, die sich besondere Verdienste um die Krone erworben haben. Warum nicht Rodjon Masslejew, wo er doch ein so begnadeter Künstler ist? Und warum sollte die verwitwete Fürstin Soklowa ihn dann nicht eines Tages heiraten dürfen?«

Swetlana schossen vor Freude Tränen in die Augen. »Euer Majestät sind über alle Maßen gütig.«

»Unsinn«, sagte Alexandra Fjodorowna lächelnd. »Ich bin auch eine Frau, die liebt – und wiedergeliebt wird«, fügte sie mit einem kleinen verträumten Leuchten in den blauen Augen hinzu. »Wie gesagt, lassen Sie uns damit ein wenig Zeit. Aber abgesehen davon würde ich Sie sehr gern bald wieder im Hofdienst sehen, zusammen mit Ihrer jüngsten Schwester Irina, die mir im Dezember im Winterpalais vorgestellt wurde. Sie ist ein sehr liebenswertes Geschöpf, und ich trage mich mit der Absicht, sie zu meiner Ehrendame zu berufen.«

»Darüber wird Irina vor Freude ganz außer sich sein«, sagte Swetlana, die miterlebt hatte, wie ihre jüngste Schwester ihrer Vorstellung bei Hof entgegengefiebert hatte und wie begeistert sie von ihrem ersten Ball im Winterpalais und der Begegnung mit dem Zarenpaar gewesen war. Tagelang hatte Irina von nichts anderem gesprochen.

»Nun gut.« Alexandra Fjodorowna stand etwas mühsam auf, und Swetlana bemerkte, daß sie sich schwer auf ihren Stock stützte. »Ich werde alles veranlassen – Ihre Rückkehr an den Hof, meine Liebe, und die Berufung Ihrer Schwester.«

»Darf ich meinen Eltern und ihr schon davon erzählen?« fragte Swetlana, und die Zarin nickte.

»Natürlich. Aber sagen Sie, wo haben Sie denn Ihren kleinen Sohn gelassen? Geht es ihm nicht gut, daß Sie ihn nicht mitgebracht haben?«

»Er ist ein wenig erkältet, Euer Majestät, und ich wollte kein Risiko eingehen, daß er womöglich den Zarewitsch oder die Großfürstinnen ansteckt. Denn wenn ich Fjodor mitgebracht hätte, wäre er nur unter heftigen Tränenströmen davon abzuhalten gewesen, Ihre Töchter wiederzusehen. Er spricht sehr oft von ihnen.«

»Nun, meine Töchter sind Gott sei Dank von recht robuster Gesundheit. Aber Alexej ... Ach, Swetlana Pawlowna, ich habe solche Angst um ihn. Nur die Möglichkeit, er könne erkranken, versetzt mich schon in Furcht.«

Swetlana hätte die Kaiserin am liebsten tröstend umarmt. »Aber ja. Der Zarewitsch muß so gesund wie nur möglich bleiben, denn er braucht all seine Kräfte, um mit seinem eigentlichen Leiden fertigzuwerden.«

Alexandra Fjodorowna setzte sich wieder in einen Fauteuil und faltete die Hände im Schoß. Ihr Gesichtsausdruck bekam etwas Entrücktes. »Eines Tages wird er davon genesen, das weiß ich. Und ich bete ständig dafür, daß es bald geschieht, weil ...«

Sie brach ab und strich über ihren Rock. Sie trug Schwarz seit der Ermordung ihres Schwagers, und die Farbe ließ sie noch zerbrechlicher wirken.

»Ach, Swetlana Pawlowna, Sie ahnen ja nicht, was ich durchmache! Gibt es denn nirgendwo einen Lichtblick außer der Voraussage von Doktor Philippe, daß Gott mir einen Helfer senden werde, der meiner Not ein Ende macht?«

Swetlana hatte Nizier Philippe von Anfang an für einen sehr gefährlichen Scharlatan gehalten. Doch als sie das zerquälte Gesicht der Zarin sah, überwog das Mitleid mit ihr.

»Wenn es Gottes Wille ist, dann wird dieser Mann kommen«, sagte sie sanft. »Darüber sollten Eure Majestät sich keine Gedanken machen.«

Die Zarin seufzte und legte die Hand über die Augen. »Ich versuche ja auch immer, geduldig zu sein und mein Schicksal anzunehmen. Aber ständig gelingt es eben nicht.«

Das Gespräch wurde durch den Eintritt der beiden jüngsten Großfürstinnen, Maria und Anastasia, unterbrochen, die in Begleitung von Katharina Schneider, der Sekretärin der Zarin, in den Salon stürmten.

»Mutter!« rief Anastasia, die jüngste und lebhafteste der vier Zarentöchter, auf Russisch und machte Anstalten, auf Alexandra Fjodorownas Schoß zu klettern. »Ich habe heute ein Gedicht gelernt, und Mademoiselle Schneider sagt, daß ich es viel besser aufsage als Maria. Wollen Sie es hören?«

»Später, mein Herzchen«, erwiderte die Zarin und drehte das kleine Mädchen an den Schultern zu Swetlana herum. »Schau doch, wir haben Besuch. Willst du die Fürstin Soklowa nicht begrüßen?«

Anastasia machte einen Knicks. »Guten Tag, Fürstin. Wo ist denn Fjodorenka?«

»Oh, den mußte ich leider in St. Petersburg lassen, Kaiserliche Hoheit«, erwiderte Swetlana. »Er war sehr traurig darüber, aber er hat einen abscheulichen Husten, und ich wollte nicht, daß er ihn womöglich nach Zarskoje Selo einschleppt.«

Maria kicherte. »Das kann er gar nicht mehr. Er ist nämlich schon da, der Husten. Olga hat ihn und Anna Wyrubowa und Adjutant Schirinskij – und ich weiß nicht, wer sonst noch alles. Also hätten Sie Fjodorenka ruhig mitbringen können.«

»Beim nächsten Mal bestimmt«, versprach Swetlana. Sie lächelte Mademoiselle Schneider freundlich zu. »Erteilen Sie Ihren Kaiserlichen Hoheiten immer noch russischen Unterricht?«

Katharina nickte. »Und mit dem größten Vergnügen. Sie sind alle vier sehr sprachbegabt, wenngleich ihr Französisch und ihr Deutsch doch noch ein wenig besser sind als das Russische.«

Die Zarin strich Maria über den Kopf. »Was habt ihr denn bei Mademoiselle für ein Gedicht gelernt? Ein russisches?«

»Ja, natürlich«, antwortete das Kind mit mäßiger Begeisterung. »Irgend etwas von einer Grille und einer Ameise. Ich fand's blöd.«

»Ich nicht!« rief Anastasia dazwischen. »Darum hab ich es auch besser aufgesagt als du. Du bist immer steckengeblieben.«

»Kommt, streitet euch nicht«, ermahnte die Zarin sie liebevoll. »Es mag ja sein, daß Anastasia besser Gedichte lernt. Dafür kannst du wieder etwas anderes besser, Maria.«

»Na klar«, sagte die Fünfjährige. »Ich kann zum Beispiel viel besser rechnen. Darin ist Anastasia strohdumm.«

»Ich bin ja auch noch kleiner!« trumpfte die jüngere Schwester auf. »Da muß ich noch nicht so gut rechnen können.«

Swetlana trank den Tee aus, den die Zarin bei ihrem Eintreffen hatte servieren lassen. »Ich würde gern noch bleiben, Euer Majestät, aber für sechs Uhr hat sich Doktor Badmajew angesagt, der meinen Sohn untersuchen will. Und zum Abendessen erwarten mich meine Eltern. Darum mögen Euer Majestät gestatten, daß ich mich verabschiede.«

»Das ist zwar sehr schade«, antwortete die Zarin herzlich. »Aber es war schön, daß Sie mich besucht haben, meine Liebe. Und im übrigen werden wir uns bald wiedersehen. Darauf freue ich mich.«

»Ich auch, Euer Majestät«, entgegnete Swetlana.

Zum Abschied küßte Alexandra sie auf beide Wangen.

»Gott behüte Sie«, sagte sie und drückte sie für einen Moment an sich. »Mögen Sie so glücklich bleiben, wie Sie es im Augenblick sind.«

Als Swetlana nach Petersburg zurückkehrte, um ihren Eltern und Irina den versprochenen Besuch abzustatten und der jüngeren Schwester von ihrer bevorstehenden Ernennung zur Ehrendame der Zarin zu berichten, entdeckte sie am Anfang der Anitschkow-Brücke eine junge Frau, fast ein Mädchen noch, die in einen dunklen Umhang gewikkelt war und ein Kind auf dem Arm trug.

Es dunkelte bereits, darum war Swetlana ein wenig unsicher, ob sie sich nicht irrte, als sie in der Frau Natalja Kriwoschina zu erkennen meinte, die Tochter ihres ehemaligen Haushofmeisters und Leonid Soklows letzte Geliebte, bevor er an die russisch-japanische Front abgereist war.

»Halt an, Onkelchen!« rief Swetlana ihrem Schlittenkutscher zu, und er brachte das von drei Orlow-Trabern gezogene Gefährt zum Stehen.

Leonid Soklow hatte sich zwar schon vor zwei Jahren eines der neuen Automobile zugelegt; es war ein geräumiger schwarzer Daimler mit roten Lederpolstern, aber Swetlana bevorzugte die Kutsche oder den Pferdeschlitten. Sie liebte es, die Pferdehufe über die Straßen traben und das Schnauben der Tiere zu hören und ihren vertrauten Geruch einzuatmen.

Bevor Wassja, ihr Kutscher, ihr behilflich sein konnte, hatte sie die Felldecken, die er über sie gespannt hatte, zur Seite geschoben und war aus dem Schlitten gestiegen.

Eilig lief sie über den Schnee zu der jungen Frau zurück, die sich in die Mauernische gedrückt hatte, auf der die überlebensgroße Bronzeskulptur eines sich aufbäumenden Pferdes stand, unter dessen Hufen ein Jüngling halb am Boden lag.

Aus der Nähe erkannte Swetlana, daß sie sich nicht getäuscht hatte. Die Frau war Natalja Kriwoschina, und sie bettelte die Vorübergehenden um ein paar Kopeken für sich und ihr Kind an.

»Natalja Aradjewna«, sagte Swetlana erschrocken. »Um aller Heiligen willen, was tun Sie hier mit dem Kleinen?«

Die Angesprochene wandte den Kopf, und ihr blasses, noch immer mädchenhaftes Gesicht mit den großen blauen Augen erstarrte voller Feindseligkeit.

»Lassen Sie mich in Frieden, Euer Gnaden!« erwiderte sie. »Ich habe es Ihnen gesagt: Ich will nichts mit Ihnen zu schaffen haben. Ich will mit niemandem etwas zu schaffen haben, der Soklow heißt.«

Swetlana legte ihr die Hand auf den Arm. »Lieber stehen Sie hier und betteln?«

»Ja«, antwortete Natalja Kriwoschina fest. »Und was ich bekomme, genügt in der Regel für das Kleine und mich.« Sie drückte das Kind an sich und wiegte es hin und her.

»Was ist es denn?« fragte Swetlana. »Ein Sohn oder eine Tochter?«

»Eine Tochter«, gab die junge Frau, nun ein wenig zugänglicher, Auskunft. »Sie heißt Lisaweta – nach meiner verstorbenen Mutter.«

»Und was ist mit Ihrem Vater?« forschte Swetlana. Leonid Soklow hatte seinerzeit seinen Haushofmeister entlassen, weil Arkadij Kriwoschin ihn als Verführer der siebzehnjährigen Natalja angeklagt hatte. Als Swetlana von ihrer Auslandsreise mit dem Zarenpaar zurückgekehrt war, war Kriwoschin schon nicht mehr im Hause gewesen.

Leonid hatte seiner jungen Geliebten eine Wohnung an der Smolenka eingerichtet, doch noch bevor ihr Kind zur Welt kam, war Natalja urplötzlich verschwunden gewesen.

Nach Soklows Abreise an die Front hatte Swetlana nach

der jungen Frau suchen lassen und sie auch durch einen Privatdetektiv ausfindig gemacht.

Sie hatte Natalja helfen und für sie und das Kind sorgen wollen, aber Leonids ehemalige Geliebte hatte voller Abwehr reagiert. Durch ihre Erziehung in einer Klosterschule sei sie durchaus in der Lage, für ihren Lebensunterhalt aufzukommen. Sie arbeite als Stickerin in einem Modeatelier und brauche keine Unterstützung, am allerwenigsten von der Frau Leonid Soklows.

»Er ist ein Schwein«, hatte Natalja gesagt, »und ich verfluche den Tag, an dem ich mich mit ihm eingelassen habe. Und nun gehen Sie bitte, Fürstin, ich möchte Sie nicht mehr sehen.«

Es hatte wieder zu schneien begonnen, und die Flocken fielen auf Nataljas Wolltuch, das sie um Kopf und Schultern geschlungen hatte.

»Mein Vater?« wiederholte sie auf Swetlanas Frage. »Er ist im Gefängnis, wußten Sie das nicht? Nachdem Ihr Mann ihn entlassen hatte, hat er sich einer revolutionären Verschwörergruppe angeschlossen. Einzelheiten weiß ich nicht, denn er hat nie darüber gesprochen. Man wird ihm den Prozeß machen und ihn bestenfalls für Jahre in ein Bergwerk schicken. Vielleicht wird er auch zum Tode verurteilt.« Sie zuckte mit den Schultern. »Im Grunde ist er schon so gut wie tot, denn auch das Bergwerk wird er nicht überleben.«

Swetlana schwieg ein paar Augenblicke, während sie nachdachte. Sie kannte Arkadij Kriwoschin als ruhigen, zuverlässigen Menschen und hatte ihn immer geschätzt. Daß er nun im Gefängnis saß, erschütterte sie, vor allem, weil auch daran indirekt Leonid Soklow die Schuld trug. Kriwoschin war kein Revolutionär gewesen, es waren gewiß nur Wut und Rachegefühle, die ihn veranlaßt hatten, sich mit einer solchen Gruppe zusammenzutun.

»Ein paar Leute von der Ochrana waren einige Male

auch in dem Salon, in dem ich arbeitete«, sagte Natalja mit spröder Stimme. »Sie haben nicht nur mich, sondern auch die anderen verhört. Darum bin ich entlassen worden. Madame Treminkowa meinte, jemanden wie mich könne sie nicht länger beschäftigen. Die Tochter eines Verbrechers hat sie mich genannt.«

Plötzlich zerbrach die Starre ihres Gesichtes, und sie begann zu weinen. Es war ein jammervolles Schluchzen, das ihren mageren Körper förmlich schüttelte.

Swetlana legte ihr den Arm um die Schultern. »Kommen Sie, Kind. Ich nehme Sie mit.«

Natalja wehrte ihre Berührung ab. »Nein! Nicht auf die Wassiljewskij-Insel. Nicht in Ihr Haus! Dort hat alles angefangen, das ganze Unglück, an dem ich schuld bin, weil ich Soklow vertraut habe.«

»Nicht Sie sind schuld«, sagte Swetlana beschwörend. »Er ist es, er allein.« Dann fügte sie hinzu: »Welch ein Jammer, daß er nur einen einzigen Tod gestorben ist. Er hätte mehrere verdient, schlimmere ...«

»Ich habe gehört, daß er tot ist.« Natalja wischte sich über das Gesicht. »Das ist gut. Aber auch wenn er noch lebte – für mich käme es auf das gleiche hinaus. Ich will nichts von ihm. Und von Ihnen auch nicht. Sie brauchen sich nicht verpflichtet zu fühlen, Fürstin, nur weil ich ein Kind von ihm habe.«

»Gewiß nicht. Aber Ihr Kind hat ein Anrecht auf ein besseres Leben.«

Nataljas Mund verzerrte sich, und in ihren Augen lag ein Ausdruck, wie Swetlana ihn bisher nur bei sehr alten Menschen wahrgenommen hatte, die nichts mehr erhofften und nichts mehr erwarteten.

»Ein besseres Leben«, wiederholte sie. »Ja, vielleicht, wenn wir irgendwann in einem Hinterhof oder auf der Straße verreckt sind. In der Klosterschule, in der ich war, haben sie davon geredet, von diesem Leben in Gottes Herrlichkeit. Damals habe ich daran geglaubt – aber heute bezweifle ich es.«

»Kommen Sie«, drängte Swetlana und griff nach ihrem Arm. »Wenn Sie nicht zu mir wollen, bringe ich Sie zu meiner Schwester. Xenia Pawlowna ist sehr hilfsbereit. Sie wird Sie aufnehmen, wenigstens vorläufig, denn ihre Wohnung ist nicht besonders groß und recht bescheiden. Aber Sie werden so lange bei ihr bleiben können, bis sich etwas anderes, Besseres für Sie und das Kleine findet. Xenia und ihr Freund studieren beide Medizin.«

Das Kind in Nataljas Arm begann zu schreien. Es hatte ein dünnes, klägliches Stimmchen, dessen Ton Swetlana ins Herz schnitt. Natalja versuchte vergeblich, die Kleine zu beruhigen.

»Sie wird Hunger haben und frieren«, sagte Swetlana. »Ich bitte Sie, lassen Sie sich wenigstens wegen des Kindes helfen.«

Eine Viertelstunde später hielt ihr Schlitten in der Uliza Tscherwonskaja, in der Pjotr und Xenia seit dem vergangenen Herbst wohnten. Von hier waren es nur wenige Gehminuten zum Universitätsgelände, und die Wohnung bestand aus drei ineinandergehenden Räumen mit einer Küche. Das Hinterzimmer hatten die beiden bisher nur benutzt, um dort ungestört arbeiten zu können.

Die meisten ihrer Mitbewohner in dem engbrüstigen, mehrstöckigen Haus waren Studenten, und Swetlana wußte, daß zwischen den jungen Leuten ein gutes, fast freundschaftliches Einvernehmen herrschte.

»Aber natürlich kann sie bleiben«, sagte Pjotr Bogdanowitsch, als er hörte, was es mit Natalja Kriwoschina für eine Bewandtnis hatte. Er lächelte die junge Frau mit schüchterner Freundlichkeit an. »Sie kann in unserem Studierzimmer schlafen. Ich müßte nur ein Bett besorgen. Aber das läßt sich bestimmt in der Nachbarschaft auftreiben. Setzen Sie sich, Frau Kriwoschina, und trinken Sie ein

Glas Tee. Xenia Pawlowna wird auch jeden Moment hier sein. Sie ist noch einmal zur Universität gegangen, weil sie ein bestimmtes Buch benötigt.«

Swetlana verspürte keine Lust mehr, an diesem Abend noch ihre Eltern zu besuchen. Deshalb schickte sie ihren Kutscher zu ihnen mit der Nachricht, sie müsse leider eine dringende Angelegenheit erledigen, die keinen Aufschub dulde. Sie selbst blieb in der Tscherwonskaja, wartete auf Xenias Heimkehr und drückte ihrer Schwester dann in einem unbeobachteten Augenblick ein paar Rubelscheine in die Hand.

»Hier, mehr habe ich nicht bei mir«, sagte sie. »Kauf für Natalja und das Kleine, was sie brauchen. Beim nächsten Mal bringe ich mehr mit.«

Xenia nickte. »Mach dir keine Sorgen. Ich kümmere mich schon um die beiden.«

Pjotr schaffte es tatsächlich, noch an diesem Abend ein Bett für Natalja aufzutreiben.

»Sacharnin hat es mir gegeben«, berichtete er, während zwei junge Männer aus dem Nachbarhaus das Möbelstück die schmale Holztreppe hinaufschleppten.

Ein dritter, den Pjotr als besagten Grigorij Sacharnin vorstellte, trug Kissen und Decken.

»Ich brauche das Bett nicht mehr«, sagte er. »Meine Freundin ist auf und davon. Sie hat mein ewiges Klavierspiel nicht mehr ausgehalten, hat sie gesagt. Jetzt schlafe ich auf dem Diwan neben dem Klavier. Und falls ich irgendwann wieder ein Mädchen finde, das zu mir zieht und nichts gegen meine Kompositionsübungen hat, dann muß es eben ein Bett mitbringen.«

»Grigorij studiert Musik«, erklärte Pjotr lachend. »Er wird einmal mindestens so gut sein wie Tschaikowski, auch wenn es vielleicht noch eine Weile dauert.«

»Pah, Tschaikowski!« sagte Sacharnin wegwerfend. »Ich werde besser sein, viel besser! Und an diesem verdammten stinkenden Haus, in dem ich lebe, wird eines Tages eine Bronzetafel hängen, daß hier der berühmte Grigorij Igorowitsch Sacharnin einige Hungerjahre verbracht hat.«

Natalja Kriwoschina saß still in dem hochlehnigen Sessel, den Xenia für sie an den Ofen gerückt hatte, die kleine Lisaweta auf dem Schoß, die nach einer dicken Milchsuppe mit Butter darin satt und zufrieden schlief.

Die Wärme des Feuers tat so gut; Natalja wußte nicht, wie lange es her war, daß sie sich so durchwärmt gefühlt hatte.

In den letzten Wochen hatte sie tagsüber viele Stunden bettelnd auf der Straße verbracht und war, wenn Schwäche und Müdigkeit sie übermannten, in ein Nachtasyl hinter dem Apraxin-Markt gewandert. Dort gab es abends eine Schüssel heiße Suppe für jeden, und dann hatte sie sich, das Kind eng an ihren Körper geschmiegt, in eine Decke gewickelt und zum Schlafen auf eine Strohschütte gelegt, zwischen Bettlern und Betrunkenen, Huren und Entwurzelten, wie sie selbst eine war.

Die wenigen Habseligkeiten, die sie besessen hatte, hatte ihre frühere Zimmerwirtin behalten, weil Natalja ihr für zwei Monate die Miete schuldig geblieben war, nachdem sie ihre Stellung verloren hatte.

»Alles, was ich habe, ist in diesem Bündel hier«, hatte sie auf Swetlanas Frage erwidert, ob man noch irgendwo Sachen für sie abholen lassen könne. Sie hatte sich ein wenig ihrer Armut geschämt, aber das war vergangen, als Xenia einen Teller mit frischgebackenen Pfannkuchen vor sie hinstellte.

Der Hunger überfiel Natalja mit solch bohrender Gewalt, daß daneben alles andere verblaßte. Sie mußte sich zwingen, sich die Pfannkuchen nicht mit beiden Händen in den Mund zu stopfen, sondern langsam und bedächtig zu essen, damit ihr Magen nicht alles wieder von sich gab.

Xenia verschwand wieder in der Küche, wo sie noch fast

eine Stunde lang Pfannkuchen buk, denn Swetlana, die beiden Nachbarn, die das Bett gebracht hatten, und Grigorij Sacharnin blieben ebenfalls zum Abendessen, und später kam noch eine dicke ältere Frau dazu, die von allen nur Matuschka Awdokja genannt wurde.

Sie trampelte in die Stube und stellte einen großen Korb auf den Tisch. »Ah, da ist das Täubchen ja!« rief sie mit dröhnender Stimme, als sie Natalja entdeckte. »O ihr Heiligen, was hat es für ein zerrupftes Gefieder! Und so mager ist es ... Aber sorge dich nicht, Herzchen, die alte Awdokja wird dich wieder aufpäppeln. Und dein Kindchen auch.«

Sie beugte sich über Lisaweta, die vom Ton der lauten kreischenden Stimme aufgewacht war und weinerlich den Mund verzog.

»Ach, was für ein Himmelsgeschenk! Na, na, du wirst doch nicht zu heulen anfangen, mein Schwänchen, wo Matuschka Awdokja lauter feine Sachen für dich mitgebracht hat. Hemdchen und Jäckchen, kleine Schühchen, ein Mäntelchen mit Pelzfutter und Mützen, in die ich leuchtend rote Erdbeeren hineingestrickt habe ...«

Sie zog den Korb heran und begann ihn auszupacken.

»Ich habe gehört, Pjotr, mein Söhnchen, daß ihr jetzt für ein Kindchen zu sorgen habt, und da dachte ich, daß ihr so etwas brauchen könnt. Es sind alles Sachen von meiner Dunjaschka, die nun schon ein halbes Menschenalter tot ist. Aber hol's der Teufel, ich hab ihre Kleider nicht weggeben mögen. Manchmal hab ich sie hervorgeholt und angeschaut, jedes einzelne Stück, und wie eine alte Wölfin um mein Kindchen geheult. Doch heute hab ich mir gesagt: Awdokja, gib deinem Herzen einen Stoß und bring die Sachen dem Kindchen nebenan. Es hat sie bitter nötig, und du und deine Dunjaschka brauchen sie nicht mehr. Ja, und da bin ich nun.«

»Du bist ein Schatz, Awdokja«, sagte Xenia, die gerade wieder mit einem großen Teller voller Pfannkuchen aus der

Küche kam. »Komm, setz dich und iß mit uns. Und einen Schnaps habe ich auch für dich.«

Sie redeten und aßen, lachten und tranken, und irgendwann ging Sacharnin in seine Wohnung hinüber und kam mit einer Balalaika zurück. Er spielte sehr gut, und die anderen klatschten und sangen dazu.

Natalja legte den Kopf gegen die Rückenlehne ihres Sessels. Sie hielt die Augen geschlossen, und ihre Erschöpfung bewirkte, daß alle Geräusche, das Lachen, die Musik und der Gesang verschwammen.

Ihr letzter Gedanke war: Ich hätte nicht die Hilfe der Soklowa annehmen sollen. Sie ist Leonids Frau, und sie wird nicht viel besser als er sein. Warum hätte sie ihn sonst geheiratet? Aber es tut so gut, es warm zu haben und satt zu sein ... Und meinem Kindchen, meiner armen kleinen Lisaweta, tut es auch gut ...

Awdokja sprang plötzlich auf und deutete auf Natalja. »Seht nur, es schläft, das arme Schwänchen! Und wir Barbaren machen solchen Lärm. Laßt uns still sein und heimgehen, damit sie am Ende nicht noch erwacht und das heulende Elend kriegt. Also verschwindet. Morgen und übermorgen ist auch noch ein Tag zum Feiern.«

Innerhalb weniger Minuten war die Wohnung von Pjotr und Xenia still und ruhig. Alle Nachbarn waren verschwunden, nur Swetlana war noch da und umarmte ihre Schwester. »Ich glaube, es war ein guter Gedanke, Natalja zu euch zu bringen. Hier wird sie wieder zu sich selbst finden.«

Dann umarmte sie auch Pjotr, was sie noch nie getan hatte und was er mit einem tödlich verlegenen Lächeln über sich ergehen ließ. »Danke, daß ihr so seid, wie ihr seid! Und wenn ihr auch nicht mehr daran glauben wollt, so sage ich es dennoch: Gott behüte euch, ihr Lieben!«

4. Kapitel

Am nächsten Tag suchte Swetlana ihre Eltern und ihre jüngste Schwester auf, und wie erwartet war Irina rein außer sich vor Begeisterung, daß die Zarin sie als Ehrendame an den Hof berufen wolle.

Wera Karlowna, ihre Mutter, zerquetschte ein paar Tränen der Rührung darüber, und Graf Pawel Lasarow meinte, an Swetlana gewandt: »Nun ja, es war eigentlich nicht anders zu erwarten, nachdem bereits du diese Gunst Ihrer Majestät erfahren hast.«

Die Gunst Ihrer Majestät ... Es lag Swetlana auf der Zunge, ihren Vater daran zu erinnern, daß diese Bevorzugung von seiten Alexandra Fjodorownas wohl hauptsächlich der Tatsache zu verdanken war, daß sie, Swetlana, einmal die Geliebte des Zarenbruders Georg Alexandrowitsch gewesen war und sein Kind erwartet hatte.

Sie unterdrückte jedoch eine entsprechende Bemerkung, nicht aus Furcht vor der Reaktion ihres Vaters, sondern weil sie wußte, daß Graf Lasarow die in seinen Augen skandalöse Vergangenheit seiner Tochter erfolgreich verdrängt hatte. Hauptsache, die Majestäten waren ihm und seiner Familie gewogen.

Swetlana verließ ihre Eltern wie fast immer mit einem unangenehmen Nachgeschmack, und manchmal empfand sie deswegen Gewissensbisse. Warum vermochte sie nicht, sie zu lieben, wie andere Kinder ihre Eltern liebten?

Die Antwort war im Grunde einfach: Liebe setzte Verständnis und Achtung voraus. Doch die unbeugsame, unbelehrbare Haltung ihres Vaters und die oberflächliche, törichte Kritiklosigkeit ihrer Mutter ließen Swetlana eigentlich nur noch wachsende Verachtung empfinden.

Sie waren beide absolut uneinsichtige Anbeter der alten Ordnung und nicht fähig, darin umzudenken. Und diese

Haltung machte es für Swetlana immer schwieriger, mit ihnen zusammen zu sein.

Sie war fast erleichtert, daß ihre Eltern im Frühsommer nach Kowistowo reisten, weil Wera Karlowna an einer Bronchitis litt, die in dem feucht-heißen Sumpfklima von St. Petersburg immer schlimmer wurde. Swetlana war indessen mit Irina an den Kaiserlichen Hof berufen worden, und sie war gern gekommen, hatte sie doch die Zarin Alexandra Fjodorowna aufrichtig ins Herz geschlossen. Sie hätte ihr so gern geholfen, denn der ungesunde Mystizismus, dem sich die Kaiserin hingab, erschien Swetlana mehr als bedenklich.

Doch Alexandra Fjodorowna öffnete nach wie vor den angeblich heiligen Narren, Krüppeln und Geistesgestörten die Tore von Zarskoje Selo und Peterhof, der Residenz am Meer, in die die Zarenfamilie Anfang des Sommers übersiedelte.

Rodja war ebenfalls nach Peterhof gekommen, da Alexandra Fjodorowna ihn beauftragt hatte, weitere Porträts ihrer Kinder anzufertigen.

Diesmal ließ sie sich auch selbst mit dem Zarewitsch malen. Die Sitzungen fanden in der zu Peterhof gehörenden Eremitage statt, einem anmutigen kleinen weiß verputzten Gebäude mit Fenstern, die von einem dunklen Rosé umrahmt waren. Das Meer lag vor der Tür, und man konnte das Rauschen der Brandung in jedem Raum hören.

Es war so friedlich hier, und die Zarin blickte mit einem unbeschreiblichen Lächeln, in dem Liebe und Sorge lagen, auf das Gesicht ihres Kindes hinunter.

Rodja bemühte sich, dieses Lächeln festzuhalten, doch er war noch nicht zufrieden mit dem, was er bisher an Skizzen zu Papier gebracht hatte.

»Ich weiß, daß diese Sitzungen recht anstrengend für Eure Majestät sind«, sagte er entschuldigend. »Trotzdem wäre ich dankbar, wenn Sie mir morgen und übermorgen noch einmal Modell sitzen würden. Seine Kaiserliche Hoheit, der Zarewitsch, muß nicht jedesmal dabei sein, falls Euer Majestät es fertigbringt, das gleiche Lächeln wie in seiner Gegenwart in Ihr Gesicht zu zaubern.«

Alexandra errötete ein wenig. »Oh, ich bin bestimmt keine gute Schauspielerin. Aber ich will es versuchen, Herr Masslejew. Für den Zarewitsch ist es vielleicht wirklich nicht gut, wenn er so oft hierhergebracht wird.«

Nach drei weiteren Sitzungen, die letzte wieder mit dem kleinen Alexej Nikolajewitsch, fand Rodja endlich, daß ihm gelungen war, was er sich vorgestellt hatte.

Nun ging er an die Ausarbeitung des Gemäldes, begann zunächst mit dem Hintergrund, bis Alexandra Fjodorowna ihm wiederum an mehreren Nachmittagen hintereinander geduldig Modell saß.

Meist kam sie mit Katharina Schneider, ihrer Privatsekretärin, die ihr während der langen Sitzungen häufig aus Werken der russischen Literatur vorlas. Im Augenblick waren es ›Die Berichte eines Jägers‹ von Turgenjew.

Auch Swetlana begleitete Ihre Majestät häufig. Sie liebte diese Stunden, sie schienen so ungetrübt von allem, was außerhalb dieses hellen, freundlichen Hauses lag, und sie liebte es, Rodja bei der Arbeit zuzusehen und gleichzeitig auf Katharina Schneiders angenehme Stimme zu hören, die ein so weiches Russisch sprach.

Doch auch in diese Idylle drangen zunehmend die dunklen Wolken, die den politischen Horizont überzogen.

Da waren die niederschmetternden Nachrichten vom japanischen Kriegsschauplatz.

Im Dezember hatte die russische Garnison von Port Arthur kapituliert – mit 35 000 Mann, die völlig erschöpft und seit vielen Wochen ohne Nachschub an Lebensmitteln und Munition gewesen waren. Im Februar hatten die Japaner Mukden besetzt, nachdem etwa 90 000 russische Soldaten gefallen waren. Drei Monate später hatte das Ostseegeschwader unter dem Kommando von Admiral Roschdestwenskij endlich die Küste von Annam erreicht und versuchte nun, nach Wladiwostok durchzukommen.

Aber Roschdestwenskijs Schiffe waren mit Kohlen überladen und ungenügend gepanzert und bewaffnet. In nur zwei Tage dauernden Kämpfen wurden sie von der japanischen Artillerie in der Meerenge von Tsushima fast vollständig zerstört. Nur einigen wenigen Einheiten gelang die Flucht nach Wladiwostok.

Dennoch drängten einige Unbelehrbare in der Umgebung des Zaren, den Krieg fortzusetzen. Sie behaupteten, ein Sieg der Russen sei immer noch möglich.

Aber Nikolaus' Zuversicht war inzwischen dahin. Er wünschte sich, Frieden zu schließen, allerdings einen für Rußland immer noch möglichst ehrenhaften Frieden, den man vielleicht nach langwierigen Verhandlungen durchsetzen konnte.

In dieser Situation überbrachte der Botschafter der Vereinigten Staaten von Amerika ein Angebot seines Präsidenten Theodore Roosevelt.

Der Präsident wollte eine Art Vermittlerrolle übernehmen, und die russisch-japanischen Friedensverhandlungen sollten auf dem neutralen Boden Nordamerikas stattfinden.

Zar Nikolaus stimmte zu und übertrug dem Präsidenten des Ministerrates, Sergej Witte, die Leitung der russischen Delegation, die mit Roosevelt und den Japanern in Portsmouth zusammentreffen wollte.

Längst hatten die verheerenden russischen Niederlagen den zu Kriegsbeginn aufgeflammten Patriotismus schwinden lassen. Der Zar, damals noch bejubelt, war nun in den Augen seiner Untertanen der Hauptschuldige an dem sinnlosen Sterben Hunderttausender russischer Männer, und die alten Forderungen nach Abschaffung einer Autokratie, die Rußlands Unglück verschuldet habe, ertönten immer lauter.

Täglich drangen Nachrichten von neuen Streiks, Demonstrationen und blutigen Auseinandersetzungen mit Militär und Polizei nach Peterhof.

Der Zar konferierte oftmals bis in die Nachtstunden mit seinen Ministern und General Trepow, dem Generalgouverneur von St. Petersburg, was man tun müsse, um wieder Ruhe und Ordnung einkehren zu lassen.

Bulygin, der kürzlich ernannte Nachfolger von Innenminister Swjatopolk-Mirski, riet zu gewissen Zugeständnissen, und Trepow, der dem Zaren leidenschaftlich ergeben war, ebenfalls. Man müsse – wenigstens teilweise – den Wünschen des Volkes nachgeben.

So sei es in der heutigen Zeit nur vernünftig, Wahlen für ein Abgeordneten-Parlament, die Duma, zu gestatten, in dem die Volksvertreter einen gewissen Einfluß auf die Entscheidungen des Ministerrates und sogar Seiner Majestät nehmen könnten. Natürlich hieße das keinesfalls, daß der Zar aller Entscheidungsfreiheit verlustig ginge; immerhin habe er die Macht, die Duma, falls sie sich als allzu unliebsam und regierungsfeindlich entpuppte, wieder aufzulösen.

Dennoch müsse man Entgegenkommen zeigen und die Zügel ein wenig lockerer lassen, sei es in der Freiheit der Presse, der Gewissens- und Meinungsfreiheit des Einzelnen oder bei den Forderungen der Arbeiter und Bauern, deren Los teilweise ja wirklich beklagenswert sei. Es stünde dem mächtigen und reichen russischen Herrscherhaus ein gewisses soziales Engagement gut an, das sich nicht nur in Stiftungen und Gnadenakten zeigte, sondern ebenfalls in bestimmten gesetzlichen Veränderungen. Dann werde das russische Volk in seinem Zaren seinen Wohltäter sehen und endlich wieder in der Treue, die es Jahrhunderte hindurch gezeigt hatte, zu ihm aufschauen.

Das waren neue Töne in Zar Nikolaus' Beraterkreis, und sie verunsicherten ihn zunächst.

Die Zarin allerdings zeigte sich entsetzt. Sie, die sonst so durch und durch Redliche und Mitleidige, war trotz allem eine Autokratin reinsten Wassers. Diese Einstellung wurzelte in ihrer tiefen Überzeugung vom König- oder Kaisertum durch Gottes Gnade.

»Laß dich nicht irre machen, mein lieber Nicky«, beschwor sie ihren Gatten während eines Abendessens, an dem auch Swetlana und die Wyrubowa teilnahmen. »Du stehst auf dem Platz, auf den der Allmächtige dich gestellt hat, und nur ihm bist du Rechenschaft schuldig. Wer etwas anderes von dir verlangt, versündigt sich gegen geheiligte Gesetze.«

Der Zar war einen Schein blasser geworden und stocherte nervös in seinem Essen herum. »Gewiß hast du recht, meine liebe Alix, aber ...« Er seufzte und schob den Teller von sich. »Bulygin meint, nachdem ich im Februar seinem Vorschlag zugestimmt habe, in Zukunft einige Volksvertreter an künftigen Gesetzesentwürfen mitarbeiten zu lassen, müsse man nun auf diesem Weg weitergehen. Er hat mir empfohlen, sobald wie möglich Wahlen für die Duma stattfinden zu lassen.«

»Empfohlen?« fuhr Alexandra prompt auf. »Du bist der Zar! Seit wann empfiehlt man dir etwas? Als nächstes wird man womöglich versuchen, dir auch noch zu befehlen!«

»Ich bitte dich, echauffiere dich nicht, meine Liebe.« Nikolaus lächelte ihr, um Verständnis bittend, zu. »Ich weiß ja, daß du nur in meinem Interesse denkst, und dafür danke ich dir. Aber diese neue Streikwelle, die das ganze Land überzieht, dazu die Rebellion in Odessa ... Herr Bulygin meint, daß wir fast am Rande eines Bürgerkrieges stehen, und das kann und will ich nicht zulassen.«

Er blickte Swetlana an. »Ich nehme an, Sie haben gehört, was in Odessa geschehen ist, Fürstin?«

Sie nickte bedrückt. »Man hat dort den Generalstreik ausgerufen, und ein Schiff Eurer Majestät ist mit der roten Fahne am Mast in den Hafen der Stadt eingelaufen. Wie es heißt, hat die Besatzung sämtliche Offiziere umgebracht.«

Der Zar stützte den Kopf in die Hand. »Der Panzerkreuzer ›Potemkin‹, ja. Auch auf einem anderen Schiff, der ›Prouth‹, soll es eine Meuterei gegeben haben, und Herr Bulygin befürchtet, daß die Meuterer mit den Aufständischen in Odessa gemeinsame Sache machen und die Stadt einnehmen. Es ist dort bereits zu heftigen Straßenkämpfen gekommen, und es soll viele Tote und Verletzte gegeben haben.«

Alexandra brach in Tränen aus. »Das ist alles so schrecklich! Was ist nur in diese Menschen gefahren? Sie haben sich von einer Handvoll Anarchisten aufhetzen lassen. Man hat sie irregeführt, all diese Leute, indem man ihnen einredete, Streiks und Mordanschläge seien der einzige Weg, ihre Lage zu verbessern. Ach Gott, was kann man nur tun, um sie wieder zur Vernunft zu bringen!«

Der Zar war aufgestanden und um den Tisch herum zu ihr gegangen. Von der anderen Seite näherte sich prompt die Wyrubowa, doch er winkte ab. »Lassen Sie nur, Anna Alexandrowna, ich kümmere mich um Ihre Majestät.«

Immer noch weinend legte Alexandra den Kopf gegen seine Brust. »Nicky, Nicky, ich habe Angst um Rußland! Was soll nur daraus werden, wenn diese schlechten Menschen das Volk immer mehr aufwiegeln!«

Er führte sie zur Tür. »Bitte, Alix, weine nicht. Eines Tages wird wieder Ruhe einkehren, ich verspreche es dir. Du weißt doch, wie sehr ich Rußland liebe. Gott wird mir helfen, das Richtige zu tun. Komm jetzt, du bist ja ganz außer dir. Du mußt dich ein Weilchen niederlegen.«

Tatsächlich ließ sie sich von ihm hinausführen, und es verging eine gute halbe Stunde, ehe der Zar wieder zurückkam. Er sah mitleiderregend aus, fand Swetlana, blaß und zerquält, und seine blauen Augen hatten keinen Glanz.

»Ihre Majestät hat den Wunsch geäußert, zu Bett zu gehen. Mademoiselle Zanotti ist bei ihr.«

Die Wyrubowa war aufgestanden. »Oh, dann will ich auch ...«

»Nein, nein, bleiben Sie nur«, fiel Nikolaus ihr ins Wort. »Mademoiselle Zanotti weiß am besten, was Ihrer Majestät jetzt hilft. Sie braucht Ruhe.« Er lächelte fast schüchtern. »Wir sollten noch das Dessert genießen. Soviel ich weiß, gibt es Kissel aus Erdbeeren von der Krim, mit Sahne überzogen.«

Das Dessert wurde gebracht, und es war in der Tat köstlich. Dennoch registrierte Swetlana kaum, was sie aß. Sie sorgte sich um die Zarin ... ach was, um ganz Rußland. Man konnte die revoltierenden Volksmassen nicht einfach als aufgehetzte Leute bezeichnen, wie Alexandra Fjodorowna es tat. Es stand viel mehr dahinter, der Wille eines Volkes, das jahrhundertelang unterdrückt, dumm und arm gehalten worden war und nun daraus erwachte.

»Vielleicht sollten Sie doch noch einmal nach Ihrer Majestät sehen«, sagte der Zar überraschenderweise, nachdem die Wyrubowa ihren Nachtisch aufgegessen hatte. »Zumindest sollten Sie sich erkundigen, ob sie schläft, meine liebe Anna Alexandrowna, und wenn nicht, sollten Sie sich um sie kümmern. Vielleicht haben Sie einen beruhigenden Einfluß auf Ihre Majestät.«

Die Wyrubowa lächelte geschmeichelt. »Ohne Zweifel. Es gab und gibt so viele Gelegenheiten, bei denen ich Ihrer Majestät nützlich sein konnte.«

»Dann gehen Sie, meine Liebe«, bat der Zar und wandte sich, kaum daß sich die Tür hinter der Hofdame geschlossen hatte, an die übrigen am Tisch. »Gehen Sie alle. Ich wünsche Ihnen eine angenehme Nacht.«

Swetlana war die letzte, die nach einer Verneigung durch die weiß-goldene Flügeltür hinauswollte, doch Nikolaus hielt sie zurück.

»Auf ein Wort noch, Madame Soklowa. Ich ... ich würde gern noch etwas mit Ihnen bereden.«

Verwundert kam sie in das Speisezimmer zurück. »Wie Euer Majestät befehlen.«

Er wirkte auf einmal befangen. »Ich muß Sie wirklich sprechen, weil ... Nun ja, gehen wir doch in den Park. Es ist ein schöner Abend, gar nicht kalt oder windig, und der Park hat den unschätzbaren Vorteil, daß man uns nicht bespitzeln kann.«

Natürlich wurde Nikolaus II., wie immer wenn er sich irgendwohin begab, von einer Ordonnanz und einigen Wachen begleitet. An diesem Abend versahen die Semjonowskij diesen Dienst, aber die Männer blieben weit genug zurück, um nicht zu verstehen, was der Zar und Swetlana miteinander sprachen.

Sie schlenderten an den Kaskaden mit ihren vergoldeten Statuen vorbei bis hinunter zur Eremitage.

Ein frischer Wind wehte nun doch von der Festung Kronstadt herüber, und der Zar meinte mit einem entschuldigenden Blick auf Swetlanas lichtgrüne Abendtoilette, über der sie nur einen Umhang aus Chiffon trug: »Vielleicht hätte ich Ihnen doch vorschlagen sollen, etwas Wärmeres überzuziehen.«

Sie lachte leicht, während sie ihren Fächer in der Kleidertasche versenkte. »Ach was. Euer Majestät haben recht, es ist wirklich ein wunderschöner Abend, und ich friere nicht.«

»Aber Sie müssen mir sagen, wenn wir umkehren sollen«, bat er, und sie nickte.

»Ganz gewiß, denn selbst die Hochachtung für Eure Majestät würde mich nicht abhalten, dann mit den Zähnen zu klappern. Das ist eine höchst ärgerliche Angewohnheit:

Ich klappere jedesmal mit den Zähnen, wenn mir kalt ist – oder wenn ich aufgeregt bin.«

Nikolaus blickte sie an. »Sie sind sehr reizend, wissen Sie das? So natürlich und gesund ... Das ist auch der Grund, warum ich ihre Meinung einholen möchte – und zwar unbeeinflußt von Ihrer unbestreitbaren Loyalität für die Zarin und Ihrer Zurückhaltung, die Sie mir gegenüber an den Tag legen.«

Er lächelte ein wenig. »Auch wenn es kaum jemand weiß – schließlich bin ich der Onkel Ihres kleinen Sohnes. Sie sind also beinahe ein Familienmitglied, und Sie wären es, allen Widerständen zum Trotz, auch geworden, wenn mein Bruder am Leben geblieben wäre.«

Er zögerte, und sein Lächeln wurde breit, beinahe herzlich. »Wissen Sie, daß ich Ihren Fjodor oft beobachtet habe? Er gleicht seinem Vater sehr. Genauso war Georg als Kind.«

Sie senkte den Blick, weil er nicht merken sollte, daß ihr die Augen feucht wurden. »Ich weiß. Ich habe Bilder von Georg Alexandrowitsch gesehen, als er fünf oder sechs Jahre alt war. Man könnte meinen, es seien Porträts meines Sohnes. Er erinnert mich auch in vielem anderen an seinen Vater. Wenn er traurig oder zornig ist, in seinem Bewegungen, seinem raschen, unerwarteten Lächeln ...«

»Das habe ich auch festgestellt«, sagte der Zar. »Ihr Fjodor ist auch genauso blond und fröhlich wie mein Bruder. Aber ich will Ihnen nicht das Herz mit Erinnerungen schwer machen. Sie haben sich getröstet – und das ist gut so für Sie und Ihren Sohn. Er braucht eine heitere Umgebung zum Heranwachsen, wie eigentlich jedes Kind. Mein Bruder hatte das leider nie.«

Er blieb stehen und betrachtete nachdenklich ein paar Strandlilien, die im Sand wuchsen. »Wir alle hatten das nie«, fügte der Zar mehr zu sich selbst hinzu, »auch wenn meine Mutter sich alle Mühe gab, ein Familienleben zu führen. Die Umstände waren meist dagegen.«

Swetlana empfand plötzlich Mitleid mit ihm, aber sie hätte nie gewagt, es ihm durch eine Geste oder ein Wort zu zeigen. Man durfte den Zaren von Rußland nicht bemitleiden!

Er blickte noch immer auf die Blütenkelche zu seinen Füßen. »Auch mir liegt sehr viel an einem glücklichen Familienleben«, sagte er leise. »Hier in Peterhof oder Zarskoje Selo ist das zumeist möglich, jedenfalls, solange die Großfürstinnen und der Zarewitsch noch Kinder sind. Später wird man sie nicht immer schützen können vor dem, was außerhalb dieser Mauern geschieht.«

Unvermittelt hob er den Kopf und blickte Swetlana an. »Manche nennen es den Beginn einer neuen Zeit. Ich sehe es anders. In meinen Augen scheint alles auseinanderzubrechen, aber immer mehr Menschen tun so, als hätten die alten Werte in dieser neuen Zeit nichts mehr zu suchen. Dabei sind sie meiner Meinung nach notwendiger denn je, als Gegengewicht zu all dem Geschrei von Umsturz und Anarchie. Ich möchte, daß wieder Frieden in Rußland einkehrt, aber es ist, als ob jedesmal ein neues Feuer gelegt würde, wenn man ein altes ausgetreten hat.«

»Das ist wahr«, stimmte Setlana ihm bedrückt zu. »Es ist wie ein Flächenbrand, der stetig zunimmt.«

Der Zar seufzte. »Reden wir doch ohne Winkelzüge miteinander, meine liebe Madame Soklowa. Ich habe Sie beobachtet und weiß, wie sehr Sie Ihrer Majestät zugetan sind. Trotzdem sieht man Ihnen gelegentlich an, daß Sie in vielen Dingen anderer Meinung sind als die Zarin. Darüber wollte ich mit Ihnen sprechen.«

Sie erschrak ein wenig. »Euer Majestät, ich gebe Ihnen mein Wort, daß ich niemals etwas sagen oder tun würde, was der Kaiserin das Herz schwer machen könnte. Sie kann meiner Ergebenheit vollkommen sicher sein.«

»Aber das weiß ich doch«, erwiderte er mit ungewohnter Lebhaftigkeit. »Trotzdem würde ich gern Ihre wirkliche Meinung kennenlernen.«

Swetlana war maßlos überrascht. »Ich verstehe nicht ...«

Nikolaus II. stieg die Treppe zu der kleinen Zugbrücke der Eremitage hinauf, die über einen schmalen Wassergraben zum Portal führte. Mit verschränkten Armen lehnte er sich gegen die Brüstung.

»Meine Berater drängen mich, dem Volk mehr gesetzlich verankerte Freiheiten einzuräumen. Lediglich Ihre Majestät und Herr Pobjedonoszew warnen mich davor. Und ich selbst ... Nun ja, eigentlich tendierte ich dazu, fest zu bleiben. Allein der Gedanke, ich könnte gewisse Rechte, die bislang allein in den Händen der Zaren lagen, einer Handvoll Emporkömmlingen überlassen, kommt in meinen Augen einem Verrat an meinen Vorgängern sehr nahe. Mein Vater hat Rußland mit fester Hand regiert, und es herrschten Ordnung und Ruhe im Land. Mein Großvater, der sich in seiner Regierungszeit von liberalen Ideen beeinflussen ließ, wurde von der Bombe eines Revolutionärs zerrissen. Was hat es ihm also eingebracht, die Zügel lockerer zu lassen und dem angeblichen Verlangen des Volkes nach mehr Freiheit und Mitbestimmung bei den Geschicken Rußlands nachzugeben?«

»Bislang haben Eure Majestät mit aller Festigkeit an der autokratischen Idee festgehalten«, sagte Swetlana zögernd. »Aber das hat trotzdem keinen Streik und kein Attentat verhindert. Im Gegenteil – täglich hört man von neuen Unruhen. Eure Majestät kann unmöglich alle Aufrührer verhaften und die Streikenden erschießen lassen.«

»Aber das will ich doch auch gar nicht!« sagte der Zar beinahe entsetzt. »Ich will nur die Rädelsführer bestrafen. Dann wird das Volk von allein zur Besinnung kommen. Diese Demagogen aber müssen dingfest gemacht und verurteilt werden. Sie sind es, die die Menschen auf die Straße treiben und mit ihren Hetzparolen aufgewiegelt haben.«

»Vielleicht ... am Anfang. Doch indessen, glaube ich, empfindet das russische Volk selbst seine Lage als unerträglich. Man muß nicht mehr agitieren, um es die Knute spüren zu lassen, unter der es leidet.«

Für einen Augenblick sah es aus, als wolle der Zar ärgerlich werden. Doch dann glättete sich seine Miene wieder. »Nur weiter, Fürstin. Ich habe Sie ja gebeten, mit nichts hinter dem Berg zu halten. Sie sind also der Ansicht, daß in Rußland unerträgliche Zustände herrschen, die nur durch Zugeständnisse meinerseits behoben werden können?«

»Ich kenne zwei junge Leute«, sagte Swetlana. »Es sind beides Medizinstudenten. Sie sind sehr fleißig und sehr vernünftig – und beileibe keine Anarchisten. Aber auch sie gehören zu den vielen Unzufriedenen, die von ein wenig mehr Freiheit, ein wenig mehr Gerechtigkeit in Rußland träumen. Es ist ein so großes, reiches Land, aber sie sagen, nirgendwo sonst sei die Armut so groß wie bei uns. Das Elend der Industriearbeiter und der kleinen Bauern sei unbeschreiblich, sagen sie. Sie hausen in Löchern, zusammengepfercht wie Tiere. Sie haben keine ärztliche Betreuung, nie genug, um sich einmal sattessen zu können, und wer alt ist und nicht mehr arbeiten kann, muß auf der Straße sterben. Wenn aber einer diese Verhältnisse öffentlich anprangert und nach einer Änderung ruft, dann wird er mundtot gemacht, eingekerkert, und jede Zeitung, die so etwas zu veröffentlichen wagte, würde verboten. Auf diese Weise erfährt nicht einmal Eure Majestät, was wirklich im Lande vorgeht, und die Kluft zwischen Ihnen und Ihrem Volk wird immer tiefer.«

Der Zar schüttelte den Kopf. »Sie wollen also allen Ernstes behaupten, daß man mir die Wahrheit verschweigt?«

»Zum Teil ja«, entgegnete Swetlana. »Man will Ihnen weismachen, daß alle diejenigen, die Reformen wünschen, entweder verbrecherische Umstürzler oder weltfremde Phantasten sind. Aber das ist nicht der Fall. Rußland braucht Reformen, und es braucht Männer, die willens und fähig sind, einen Teil der Regierungsverantwortung gemeinsam mit Eurer Majestät zu übernehmen. Bedenken Sie doch: In den Augen des Auslands sind wir immer noch das ›barbarische moskowitische Rußland‹ wie zur Zeit Iwans IV., dem das Volk den Beinamen ›der Schreckliche‹ gegeben hat.«

Er machte eine wegwerfende Handbewegung. »Man kann ein Reich wie das russische mit seinen über hundert Millionen Menschen aus den verschiedensten Völkern und Stämmen nicht wie einen europäischen Kleinstaat regieren. Das ist unmöglich!«

»Mag sein«, gab sie zu. »Aber man kann auf die Dauer auch nicht viele Millionen Unglücklicher und Unzufriedener mit aller Gewalt niederhalten. Rußland gleicht einem brodelnden Kessel, Euer Majestät. Er könnte eines Tages explodieren, wenn dieser unmenschliche Druck bestehen bleibt.«

Der Zar schwieg und legte die Hand über die Augen. »Also nachgeben«, murmelte er nach einer Weile. »Sich seiner angestammten Rechte begeben, Stück für Stück. Erst wollen sie mitbestimmen, dann herrschen – und die Romanows sind überflüssig geworden.«

Sie schüttelte den Kopf. »Das jahrhundertealte Herrscherhaus Rußlands wird niemals überflüssig werden«, sagte sie überzeugt. »Und das russische Volk wird seinen Zaren wieder uneingeschränkt lieben lernen, wenn es begreift, daß dieser Zar für sein Wohlergehen Opfer bringen kann. Ich bitte Euer Majestät, schaffen Sie Reformen, wie sie längst in anderen Staaten selbstverständlich sind! Um so mehr wird man Sie achten und Ihnen Treue beweisen. Dessen bin ich sicher.«

Er ließ die Hand sinken und blickte Swetlana an. »Sie meinen das ganz ehrlich, nicht wahr? Sie sind nicht meine Feindin?«

Es hätte nicht viel gefehlt, und sie wäre in Tränen ausgebrochen. Er sah so unglücklich aus, und er trug eine viel zu schwere Last für seine schwache Kraft.

»Ich bin Eurer Majestät ergebenste Anhängerin«, sagte sie mit einem Lächeln, mit dem sie ihre Tränen hinunterschluckte. »Und ich weiß, nur Sie können weiteres schreckliches Unheil von Rußland abwenden. Es liegt in Ihren Händen.«

Es war Swetlana bekannt, daß Zar Nikolaus gern die Meinungen anderer einholte, auch wenn die seinen eigenen konträr waren – und dann doch tat, was er für richtig hielt.

Darum rechnete sie auch keineswegs damit, daß diese Unterredung irgendwelche Folgen hatte. Oft genug hatte der Zar seine engen Berater brüskiert, indem er ihren Argumenten scheinbar zustimmte und am Ende nicht im geringsten darauf einging.

Um so erstaunter war sie, daß Nikolaus II. tatsächlich wenige Tage später einige Abgeordnete der Semstwos empfing und ein Dokument entgegennahm, in dem der Nationalkongreß einmütig den Herrscher bat, ohne Aufschub eine Versammlung zuzulassen, deren Mitglieder durch freie Wahlen berufen werden sollten.

Das Schreiben schloß mit den Worten: *›Zögern Sie nicht, Sire. In dieser schlimmen Stunde nationaler Heimsuchungen ist Ihre Verantwortung vor Gott und Rußland groß.‹*

Fürst Sergej Trubetzkoj, Universitätsprofessor in Moskau, war Anführer der Delegation. Er hielt eine Rede, die Nikolaus offenbar beeindruckte. Noch einmal betonte der Fürst, daß der einzige Ausweg aus der Gefahr eines Bürgerkrieges darin läge, freie Wahlen für die Gründung eines Parlaments, der Duma, zu gestatten, und der Zar erwiderte:

»Mein herrscherlicher Wille, Vertreter des Volkes zu berufen, ist unerschütterlich.«

Doch dann folgte einige Wochen darauf die Enttäuschung. Nikolaus hatte sich nur zu einem halbherzigen Nachgeben entschließen können.

Zwar verkündigte er in einem Manifest, daß er beabsichtige, eine beratende Duma zu schaffen, welche die Aufgabe habe, die Haushaltsetats zu prüfen, aber bei der Zusammensetzung dieses Parlaments sollten die als am zarentreuesten geltenden Bauern weit in der Überzahl vertreten sein. Der großen Masse der Arbeiter, der Studenten und Intellektuellen hatte Nikolaus II. in diesem Manifest kaum Rechnung getragen.

Die Antwort der empörten und enttäuschten Russen, zu denen dieses Mal auch die liberal Gesinnten gehörten, weil sie begriffen, daß eine gütliche Verständigung mit der Regierung wohl nicht mehr möglich war, erfolgte prompt. Eine neue Streikwelle überzog das Land, die diesmal die Wirtschaft fast lahmlegte.

Es erschienen keine Zeitungen mehr, die Eisenbahner streikten, in den Städten fielen Strom und Wasser aus, und überall bildeten sich revolutionäre Komitées, von denen die meisten ganz offen den Sturz des Zaren forderten.

In Peterhof aber nahm die Zarenfamilie mit dem gesamten Hofstaat an einem Tedeum teil, da in Amerika endlich Frieden geschlossen war zwischen Russen und Japanern.

Ein unsinniger, für Rußland beschämender, demütigender Krieg hatte sein Ende gefunden, und Sergej Witte kehrte mit seinen Unterhändlern nach St. Petersburg zurück.

Dieser aufrechte, weitblickende Mann hatte in zähem Ringen das schier Unmögliche erreicht.

Zwar hatte Rußland das Protektorat Japans über Korea anerkennen und auf Port Arthur, Dalny, den südlichen Teil der Insel Sachalin und die Halbinsel Liaotung verzichten müssen, aber das war ein geringer Schaden angesichts der Tatsache, daß Japan keine finanziellen Kriegsentschädigungen mehr verlangte.

Zar Nikolaus zeigte sich dankbar: Er erhob Sergej Witte in den Stand eines russischen Reichsgrafen.

Auch in den anderen russischen Städten wurden Dankgottesdienste abgehalten, daß nun Frieden war, aber der Gesang der Gläubigen und das Läuten der Glocken wurden übertönt von den Parolen der Demonstrierenden und der ›Internationale‹, die in jenen Tagen Hunderttausende anstimmten.

›Wacht auf, Verdammte dieser Erde,
die heut' man noch zum Hungern zwingt ...‹

Und sie hungerten in der Tat: nach Gerechtigkeit, nach ein wenig mehr Freiheit, ein wenig mehr Mitempfinden für ihre bittere Armut. Sich endlich satt essen dürfen, nicht mehr frieren in den eisigen Wintern, den feuchten Massenquartieren, den Hinterhöfen, in denen ihre hohläugigen, unterernährten Kinder im Dreck spielten. Nicht mehr verrecken an der Schwindsucht, nicht mehr in Kriege ziehen müssen, in denen, gleichviel ob sie siegreich oder mit einer Niederlage endeten, das einfache Volk immer der Verlierer war.

Die Herren mochten Kriege gewinnen, das Volk nie.

Aber ›Väterchen‹ auf seinem goldenen Thron, von der Wirklichkeit abgeschirmt und meilenweit entfernt, begriff das nicht. Wie sollte er auch? Für ihn war der russische Mensch ein liebenswertes Kind, das ein Opfer böswilliger Volksverhetzer geworden war.

›Wacht auf, Verdammte dieser Erde,
die heut' man noch zum Hungern zwingt ...‹

In Peterhof mit seinen bezaubernden Wasserspielen, den vergoldeten Statuen und den Zimmern mit ihren Marmorböden und den bemalten, kassettierten Decken verhallte dieser Kampfruf, und nur wenige verstanden, was er wirklich bedeutete:

Das Ende einer jahrhundertelangen, fast unbegreiflichen Geduld, die Abkehr von einem beinahe mystischen Wesen, das sich Zar nannte und das man verehrt hatte wie die goldenen Ikonen in der Kirche, und der Wille, sich nun endlich selbst zu helfen, da es doch sonst niemand tat.

Und so nahm das Verhängnis seinen Lauf.

5. Kapitel

Irina Pawlowna Lasarowa, Swetlanas und Xenias jüngste Schwester, seit wenigen Monaten zum Hofstaat der Zarin gehörig, begegnete Rasputin zum ersten Mal im Petersburger Stadtpalais der Gräfin Breschinskaja.

Sinajda Fjodorowna Breschinskaja war dafür bekannt, daß sie, ungeachtet der Spötteleien ihres Gatten Nikita, Generalleutnant der Ismailowskijschen Garde zu Pferde, an jedem Freitag abend eine sehr gemischte Gesellschaft um sich versammelte.

Mitglieder des Adels wie sie, Offiziere, Wissenschaftler Künstler, Halbweltdamen und Leute, die in der Petersburger Gesellschaft Furore zu machen und auf irgendeine Art sensationell zu wirken versprachen.

Und wer konnte sensationeller sein als dieser Grigorij Jefimowitsch Rasputin ...

Eigentlich hieß er Nowych, und sein Name Rasputin war abgeleitet von dem russischen Wort Rasputnik, das soviel wie Wüstling bedeutete. Er stammte aus Sibirien, aus Pokrowskoje, einem Ort zwischen Tjumen und Tobolsk gelegen, und war der Sohn eines Bauern.

Vor einigen Wochen war Rasputin nach St. Petersburg gekommen, ausgerüstet mit einem Empfehlungsschreiben einiger Theologen aus Kasan, der letzten Stätte seines Wirkens, an den berühmten Bischof Theophan, Professor an der hiesigen Theologischen Akademie.

Theophan, ein Mystiker reinsten Wassers, war von Rasputin fasziniert und bewunderte dessen außergewöhnliche spirituelle Fähigkeiten. Und nicht nur er allein: In der Petersburger Gesellschaft hatte sich in Windeseile herumgesprochen, daß Pater Johann von Kronstadt während einer Messe, an der Rasputin teilnahm, auf einmal die Altarstufen hinuntergeschritten, langsam durch die Reihen der Gläubigen auf Rasputin zugekommen war und gesagt hatte: »Du wirst außergewöhnliche Dinge tun.«

Dann hatte er ihn gesegnet und anschließend den sibirischen Muschik mit dem wirren braunen Haar und Bart und den seltsamen stahlgrauen Augen gebeten, das gleiche bei ihm zu tun.

Irina Lasarowa hatte bereits von Rasputin erzählen hören. Unsagbar schmutzig sei er, mit einem unangenehmen Körpergeruch behaftet, ein Trunkenbold und Weiberheld, vor dem keine Frau sicher sei, sagten die einen.

Ein Heiliger, behaupteten die anderen, von Gott inspiriert. Man müsse ihn einfach erleben, wenn er über die Sünde sprach und wie man dafür restlose Vergebung empfangen könne.

Nun sah sie ihn also zum ersten Mal, die jüngste Tochter des Grafen Lasarow, ein überzartes dunkelhaariges Geschöpf mit seelenvollen Augen und von zerbrechlichem Liebreiz.

Sie war indessen 21 Jahre alt, aber sie wirkte noch immer wie eine Siebzehnjährige, und sehr zum Kummer ihrer Mutter, die ihre Jüngste unbedingt und möglichst vorteilhaft verheiraten wollte, zeigte sie keinerlei Interesse für einen der jungen Männer, die ihr den Hof machten.

Als Irina den Salon der Breschinskaja betrat, saß Rasputin auf einem Sofa, umringt von Damen. Im Hintergrund hielten sich einige ältere Offiziere auf, die den Mann aus Pokrowskoje halb skeptisch, halb beeindruckt beobachteten.

Die Breschinskaja hatte ihren Platz zu Rasputins Füßen auf einem niedrigen samtüberzogenen Schemel. Schon draußen im Vorsaal, während Irina sich ihres Mantels entledigt und ihn einem Diener übergeben hatte, war Rasputins Stimme zu ihr gedrungen.

Es war eine rauhe, ungehobelte, ein wenig heisere Stimme, die Stimme eines Muschiks, wie ihr schien, mit abgehackter, harter Sprechweise.

Doch auf einmal wandelte sie sich, wurde voll und weich und beschwörend, fast schön, und durch Rasputins Zuhörerinnen ging ein ekstatisches Aufseufzen.

Irina blieb in der Nähe der Tür stehen und blickte ihn an.

Er war weniger schmutzig, als sie erwartet hatte. Offenbar hatte er in der Zeit seines Petersburger Aufenthalts, in der er von Salon zu Salon gereicht worden war, gelernt, sich ein wenig mehr zu pflegen. Zwar trug er eine schwarze Kosakenbluse, aber sie schien aus Seide zu sein, und glänzende hohe Stiefel zu einer Hose, die ebenfalls aus einem guten Tuch gefertigt war. Auf seiner Brust schimmerte ein großes Kreuz aus gehämmertem Silber an einer langen Kette, das er gelegentlich umklammerte.

Das in der Mitte gescheitelte Haar fiel ihm fast bis auf die Schultern, doch es war gekämmt, und der Kinn- und Oberlippenbart schienen ein wenig gestutzt zu sein.

Ungepflegt und irgendwie abstoßend wirkten nur seine Hände – mit schmutzigen, abgekauten Nägeln und dichter Behaarung, selbst auf den Fingergliedern.

Irina hatte sagen hören, daß er Mitte Dreißig war, aber sie hätte ihn älter geschätzt mit seiner fahlblassen Haut, den tiefen Falten, die sich zu den Mundwinkeln zogen und dem von grauen Fäden durchzogenen Bart.

»Ihr könnt die Sünde nicht in euch töten, indem ihr fastet und euch kasteit!« rief er gerade und blickte in die ihm zugewandten Gesichter. »Das ist Heuchelei, mit der ihr eure bösen Gelüste verdeckt. Niemals könnt ihr Gott auf diese

Weise gefallen. Laßt die Sünde aus euch heraus, meine Kinder, begeht sie, denn erst danach seid ihr zu echter, tiefer Reue fähig. Wer aber auf solche Art bußfertig ist, der findet Gnade und Vergebung ...«

Er brach ab und stand unvermittelt auf, weil er Irina bei der Tür entdeckt hatte.

Die Breschinskaja folgte seinem Blick und wieselte mit raschelnden Röcken hinter ihm her, als er auf das junge Mädchen zuging.

»Ein neues Gesicht«, sagte Rasputin mit einer wiederum total veränderten Stimme. Wärme und ein Lächeln lagen darin. »Willkommen, willkommen, Töchterchen! Gott segne dich.«

Mit seinem schmutzigen Daumennagel malte er ihr das Kreuzzeichen auf die Stirn, während er ihr in die Augen schaute.

»Das ist Irina Pawlowna, die jüngste Tochter des Grafen Lasarow, Grigorij Jefimowitsch«, erklärte die Breschinskaja. »Sie ist Ehrendame Ihrer Majestät, der Zarin. Wie schön, daß Sie meiner Einladung Folge leisten konnten, liebes Kind!«

Irina hörte kaum, was sie sagte. Sie lächelte automatisch, erwiderte auch irgend etwas, was man vermutlich von ihr erwartete, doch gleichzeitig hatte sie das Empfinden, als wichen die Wände dieses überladenen, mit Plüsch und Gold und exotischen Grünpflanzen eingerichteten Salons vor ihr zurück, und sie stünde allein auf einer weiten, windumwehten Fläche.

Nein, nicht allein. Dieser Mann in der seidenen Kosakenbluse war bei ihr, dessen stahlgrauer Blick sich in ihren drängte und sie auf eine beängstigende Weise willenlos machte.

Oder wiederum nein! Sie war nicht willenlos. Sie wollte ... ja, was wollte sie? Bei ihm sein, sich auflösen in diesem Blick, diesen Augen, diesem Lächeln ...

Was war das für ein Zauber, der sie da gefangenhielt, so daß sie meinte, keinen Muskel rühren zu können? Irina wünschte, ihm zu entfliehen; irgend etwas in ihr wehrte sich dagegen, so aufgesogen zu werden. Und gleichzeitig empfand sie eine nie bekannte Begierde, sich einfach fallen zu lassen. An diese breite muskulöse Brust, diesen nach Schweiß riechenden Körper, diesen ... Mann.

Die Breschinskaja nahm ihren Arm. »Kommen Sie, meine Liebe, setzen Sie sich zu uns und hören Sie zu, was Grigorij Jefimowitsch, dieser Erleuchtete Gottes, uns zu sagen hat.«

Irina ließ sich mitziehen und in die Polster einer Ottomane drücken. Unklar gewahrte sie, daß auch Anna Wyrubowa dort saß.

Die Wyrubowa war bleich, mit hektischen roten Flecken auf Wangen und Hals.

Rasputin nahm seinen vorherigen Platz inmitten der Frauen ein. Aber sein Blick, dieser stahlgraue schillernde Blick, ließ Irina nicht los. Er jagte einen Schauer durch ihren Leib, erfüllte ihn mit Wärme, und sie dachte verschwommen: Noch niemals zuvor habe ich so etwas erlebt.

Sie versuchte, sich an Rasputins schmutzige Fingernägel zu erinnern, seine rissigen, ungepflegten Hände, um dem Bann zu entfliehen, den seine Augen auf sie ausübten – und wünschte sich doch zu ihrer eigenen Verwirrung nichts sehnlicher, als daß diese Hände sie umfaßten, ihre Brüste, ihren Schoß berührten. Und gleichzeitig verachtete sie ihn dafür.

Irina wußte nicht viel von der Ehe ihrer Schwester mit Leonid Soklow, doch instinktiv hatte sie gespürt, daß Swetlana litt, weil sie von ihrem Gatten gedemütigt wurde. Seitdem hatte Irina gefürchtet, es könnten alle Männer so sein wie Soklow: nur auf das eigene unsaubere Begehren ausgerichtet, unfähig, eine Frau zu begreifen und sie zu respektieren, und deshalb hatte sie beschlossen, keinem Mann Rechte an sich einzuräumen.

Doch dies verschwand angesichts der Macht, die dieser russische Muschik namens Rasputin auf sie ausübte.

Es würde vielleicht weh tun, wenn er nach ihren Brüsten griff und seine Finger in ihr Fleisch grub, Schmerzen, wenn er seinen bärtigen Mund auf ihren preßte, um ihre Lippen auseinanderzuzwingen – aber es war das, was Irina Lasarowa in diesem Augenblick wollte.

Ich bin verrückt, dachte sie, total wahnsinnig ... Und sie sah an Rasputins Lächeln, daß er ihre Gedanken kannte, ihre Gefühle erriet.

Aber er nahm sich Zeit. Er wußte, daß er sich das erlauben konnte. Diese Irina Lasarowa würde ihm zufallen wie eine reife Frucht, wenn er es wünschte. Und vorher gab es genügend andere, die darauf brannten, von ihm von der Sünde gereinigt zu werden, die er so wortreich anprangerte und deren Vergebung er in Aussicht stellte, sobald sie geschehen war.

Rasputin wandte sich von Irina ab und gönnte ihr im Verlauf des Abends kaum einen Blick mehr, wohl wissend, daß sie dem Moment entgegenfieberte, wenn er sie von neuem ansah.

Statt dessen richtete sich seine Aufmerksamkeit wieder auf die Breschinskaja und ihre übrigen weiblichen Gäste, deren Anbetung er längst sicher war.

Grigorij Jefimowitsch wußte, daß sie alle, diese übersättigten, exaltierten Frauenzimmer, willig in seine Arme kommen würden, aber das war es nicht eigentlich, was er anstrebte. Es war eine angenehme Beigabe, doch sein Ziel war höher:

Er wollte sich Zar Nikolaus und seine schöne fromme Frau auf seine Art gefügig machen. Solche wie die Breschinskaja, die Wyrubowa oder diese kleine Lasarowa waren nur Randfiguren auf seinem Weg nach oben.

»Ich bin hungrig und ein wenig erschöpft«, sagte er und legte die Hand über die Augen. »Laßt mich ein Weilchen ausruhen, ich bitte euch.«

Sofort sprang die Breschinskaja auf und läutete nach einem Diener. Sie trug ihm auf, kaltes Fleisch, mit Kaviar gefüllte Blinis und eine kräftige Suppe zu bringen, dazu Champagner und Wodka.

»Ist es so recht, Grigorij Jefimowitsch?« fragte sie in einem so demütigen Ton, daß Irina ganz erstaunt war.

Normalerweise war die Breschinskaja ziemlich herrschsüchtig und in der Petersburger Gesellschaft für ihr spitzes Mundwerk bekannt.

»Sehr recht, meine Liebe«, erwiderte Rasputin, ohne aufzublicken. »Und vielleicht noch ein paar von den köstlichen Fleischpiroggen, die ich in der vergangenen Woche bei Ihnen probiert habe.«

Er aß so unmanierlich, wie Irina es erwartet hatte.

Schmatzend löffelte er die Suppe in sich hinein. Dann riß er mit den Fingern das Fleisch und die Blinis auseinander, stopfte sich alles mit großer Schnelligkeit in den Mund und spülte mit Champagner nach, in den er reichlich Wodka geschüttet hatte, als wäre es Wasser.

Die Gespräche waren verstummt. Alle blickten zu Rasputin hin, wie er aß und trank, und in den meisten Gesichtern stand Bewunderung.

Hinter sich hörte Irina allerdings zwei der männlichen Gäste miteinander tuscheln. Es waren Leutnant Weletzkij vom Garde-Regiment der Ulanen, wie sie wußte, und ein junger Franzose, dessen Namen sie vergessen hatte. Sie erinnerte sich nur, daß er Botschaftsattaché war.

»Großer Gott!« sagte Weletzkij. »Wie sie glotzen! Als sähen sie dem Metropoliten von Sagorsk beim Zelebrieren einer Messe zu. Dabei frißt und säuft er wie ein Schwein!«

»In der Tat!« Der Franzose lachte hinter vorgehaltener Hand. »Es wäre *degoutant,* wenn es nicht so lächerlich wäre! Was hat dieser stinkende Bauernlümmel an sich, daß er die Weiber so scharf macht?«

Irina spürte, wie Röte ihr den Hals hinauf bis in die Wangen kroch. Auf einmal schämte sie sich – für all diese Frauen hier und am meisten über sich selbst. Hatte sie nicht mit dem gleichen hingebungsvollen Ausdruck zu Rasputin hinübergestarrt, beobachtet, wie er rülpsend die geleerten Platten, Teller und Flaschen von sich schob und sich in seinen Sitz zurückfallen ließ.

Die Breschinskaja stand auf. »War es gut? Hat es Ihnen geschmeckt, Grigorij Jefimowitsch? Soll ich Ihnen noch etwas servieren lassen?«

»Ein wenig Wodka vielleicht«, erwiderte Rasputin. »Aber ohne dieses schäumende Zeug, das ihn nur verwässert.«

Als eine neue Karaffe Wodka vor ihm stand, goß er sich nicht einmal ein Glas ein, sondern kippte den scharfen Schnaps einfach so in langen Zügen hinunter. Dann schloß er die Augen und versank wieder in ein dumpf brütendes Schweigen.

Als er schließlich sprach, klang seine Stimme monoton wie die der Mönche, wenn sie auf den kalten Steinfliesen ihrer Kirchen lagen und ihre Gebete murmelten, immer wiederkehrende Texte, längst so in das Unterbewußtsein eingedrungen, daß man nicht mehr nachzudenken brauchte und oft genug sogar den Sinn der Worte vergaß.

»Habe ich euch schon erzählt, meine Kinder, wie weit ich gewandert bin, um zu euch zu kommen? Nicht auf geradem Wege, o nein! Es mußten viele Umwege gegangen werden nach Gottes Willen. Auch ich mußte manches erst lernen, um lehren zu können, und Qualen erdulden, um zu erfahren, wie der Schmerz die Seele läutern kann. Ich habe mich geißeln lassen, bis ich am Boden lag, und mein Körper ist voller Narben davon. Ich habe die Hitze des Tages gespürt und die Kälte der Nacht, ich habe gefastet und gebetet und dabei erlebt, welch wundersame Kräfte dadurch in uns wachsen können ...«

Er legte die Hände vor das Gesicht, und sein halblanges dunkelbraunes Haar fiel darüber.

Die Breschinskaja stöhnte auf. »Sie sollten sich nicht daran erinnern, Vater. Es peinigt Sie nur ...«

»Es gibt anderes, das mich mehr peinigt«, sagte er, ohne sich zu rühren. »Viel mehr. All das Leid auf dieser Erde, die Schlechtigkeit, die Sündhaftigkeit ... Ist es nicht genug, was Gott uns an Prüfungen schickt? Müssen Menschen anderen Menschen auch noch Schaden zufügen und darüber lachen? Oh, ich weiß, dieses St. Petersburg ist eine böse Stadt, bewohnt von Geistern aus der Tiefe, die sich der Seelen bemächtigen und sie zu ihrem Werkzeug machen. Aber ich bin gekommen, um sie auszutreiben und euch zu reinigen!«

Er ließ die Hände sinken und schlug sich damit gegen die Brust. »Der Ruf ist an mich ergangen, und ich bin ihm gefolgt. Ich werde euch von der Sünde befreien, meine Kinder, und ich werde die arme unglückliche Frau im Zarendorf von ihrer Verzweiflung erlösen, die Mutter Rußlands ... Gott sah ihre Tränen, er erhörte ihr Flehen und hat mich zu ihr gesandt.«

Die Wyrubowa stürzte zu ihm hin und warf sich vor ihm auf die Knie. »Sprechen Sie von Ihrer Majestät?« fragte sie mit bebender Stimme, und Rasputin beugte sich zu ihr.

»Still, still. Noch ist die Zeit nicht da. Aber sie wird kommen, und dann werden es alle wissen, was mein göttlicher Auftrag ist.«

Er trank wieder und wischte sich über den Mund. Dann umfaßte er die Schultern der Wyrubowa. »Du hast gesagt, du willst ihnen dein ganzes Leben weihen, ist es nicht so? Zu mir hast du es gesagt ...«

»Ja, Vater!« Sie schluchzte auf, und die Tränen liefen ihr die teigigen Wangen hinunter. »Und Sie haben geantwortet: Dann soll es auch so geschehen. Wie könnte ich das jemals vergessen!«

Rasputin schlug das Kreuz über sie. »Es ist gut, daß Gott

dir die Augen geöffnet hat und du weißt, wer ich bin. Du wirst ihnen von mir erzählen, nicht wahr, damit sie begreifen, weshalb ich sie sehen muß?«

»Ja«, antwortete die Wyrubowa. »Ich will dein Wegbereiter sein, du Erleuchteter Gottes.«

Hinter Irina Lasarowa ertönte wieder verhaltenes Lachen, und der französische Botschaftsattaché sagte: »*Mon dieu,* sie sieht wirklich aus wie eine Kuh! Ihre Kaiserlichen Hoheiten, die Großfürstinnen Tatjana und Olga, haben recht, wenn sie sie respektloserweise so nennen.«

»In der Tat, tun sie das?« fragte Leutnant Weletzkij. »Das ist gut, sehr gut sogar!« Er gähnte hinter vorgehaltener Hand. »Trotzdem habe ich keine Lust mehr, mir dieses Schmierentheater noch länger anzusehen. Kommen Sie mit, Baron, im ›Aquarium‹ sind neue Mädchen eingetroffen, Zigeunerinnen, und sie sollen göttlich tanzen.«

»Warum nicht? Nach diesem frommen Spektakel ist mir nach etwas Handfestem zumute. Also verabschieden wir uns und verlassen dieses gastliche Haus. Monsieur Rasputin könnte uns am Ende noch als Störenfriede ausmachen, die seinem spirituellen Höhenflug im Wege sind, denn zweifellos verfügt der gute Mann über große telepathische Fähigkeiten.«

»Meinen Sie wirklich?« fragte Weletzkij, und der Franzose bejahte.

»Nicht nur das. Haben Sie ihm einmal direkt in die Augen gesehen? Ich werde mich hüten, es noch einmal zu tun. Als die Breschinskaja mich mit ihm bekannt machte, richtete er seinen merkwürdigen Blick auf mich, und ich fühlte mich plötzlich völlig benommen und konnte keinen Finger rühren. Ich sage Ihnen, der Mensch kann hypnotisieren, und zwar auf eine Art und Weise, die ...«

Mehr hörte Irina nicht, denn die beiden Männer hatten sich umgewandt und gingen quer durch den Salon auf ihre Gastgeberin zu.

Hypnotisieren, dachte Irina. Ja, das wird es sein. Hatte sie nicht ganz ähnlich empfunden wie der Franzose, als Rasputin mit ihr sprach? Aber im Gegensatz zu jenem wünschte sie, er würde wieder zu ihr reden und ihr dabei so intensiv in die Augen sehen, daß sie in seinem Blick zu ertrinken meinte.

Doch Rasputin beachtete Irina den ganzen Abend über nicht mehr.

Vierzehn Tage später begegnete sie ihm in Zarskoje Selo wieder.

Die Wyrubowa hatte der Zarin so viele Wunderdinge von dem ›Staretz Rasputin‹ erzählt, daß Alexandra Fjodorowna tief beeindruckt war und dem Drängen ihrer Hofdame nachgegeben und ihn zum Tee eingeladen hatte.

Irina und Swetlana hatten Hofdienst, und Swetlana beobachtete mit Befremden, später mit wachsender Beunruhigung, wie Rasputins Erscheinen auf die jüngere Schwester wirkte.

Dieses Mal wirkte er noch gepflegter als bei der Breschinskaja. Er trug einen blauseidenen offenbar neuen Russenkittel, in der Taille durch einen Ledergürtel zusammengefaßt, schwarze Kosakenhosen und hohe Stiefel aus feinstem Leder. Auch der gefütterte Wolfsfellmantel, den er gegen die frühwinterliche Kälte angezogen hatte – es war immerhin Mitte Oktober und vereinzelt schon Schnee gefallen – schien neu zu sein.

Bart und Haare waren ordentlich gekämmt, nur seine Fingernägel waren schmutzig wie immer.

Swetlana sah Rasputin zum ersten Mal. Allerdings hatte sie schon viel von ihm reden hören und war recht neugierig auf diesen Mann, dem die Damen der Petersburger Gesellschaft indessen fast ausnahmslos zu Füßen lagen.

Weshalb? Diese Frage hatte Swetlana sich inzwischen einige Male gestellt. Sie kannte die meisten dieser Frauen recht gut, und sie hatte sie in drei Kategorien eingeteilt.

Da waren einmal die Übersättigten, Gelangweilten, denen jeder Nervenkitzel gelegen kam, um aus ihrem wohltemperierten, in starren Bahnen verlaufenden Dasein auszubrechen. Und da waren die Lüsternen, die erleben wollten, ob Rasputins vielzitierte unglaubliche Potenz bei der körperlichen Liebe sich bewahrheitete. Und zu guter Letzt kamen die Schwärmer, die nur allzu bereit waren, in jedem mystischen Hokuspokus eine Offenbarung zu sehen, der die geistige Erleuchtung auf dem Fuße folgte.

Und dieser Grigorij Jefimowitsch Rasputin vereinigte all diese heimlichen Wünsche und Möglichkeiten in seiner Person.

Das war das Faszinierende an ihm, erkannte Swetlana und beschloß augenblicklich, vor ihm auf der Hut zu sein.

Rasputin mußte das spüren, denn er schenkte ihr nur einen kurzen stechenden Blick, bevor er sich Irina und der Wyrubowa zuwandte. Er schlug das Kreuz über die beiden, segnete sie und fiel dann vor der Zarin auf die Knie.

»Du Mutter Rußlands«, sagte er mit einer volltönenden, warmen Stimme. »Du Engel in einem Sumpf voller Schmutz! Gott kennt deine Gebete, und sie sind ihm angenehm. Du hast nichts mehr zu fürchten. Ich bin da, um dir zu helfen, wie es Gottes heiliger Wille ist.«

»Stehen Sie auf, ich bitte Sie«, sagte Alexandra Fjodorowna, während ihr Tränen in die Augen schossen. »Ich sollte vor Ihnen knien, da Sie doch ein Bote Gottes sind.«

Er erhob sich mit einer geschmeidigen Bewegung und sah ihr lange schweigend ins Gesicht. Die Zarin erzitterte unter diesem Blick, sie setzte ein paarmal zum Sprechen an, brachte aber kein Wort heraus.

Die Wyrubowa stellte sich an ihre Seite und faßte nach ihrer Hand. »Das ist er«, erklärte sie bebend. »Ein Bote, den

Eurer Majestät der Himmel geschickt hat. Ihre und meine Gebete sind endlich erhört worden.«

Der Eintritt des Zaren, begleitet von zwei seiner Adjutanten, unterbrach die Szene. Auch vor ihm warf Rasputin sich auf die Knie, nannte ihn ›Väterchen‹ und küßte seine Hände. Dann holte er aus seinem weiten Kittel eine auf Holz gemalte Ikone hervor.

»Sie stellt den Heiligen Simeon von Werchoturje dar«, sagte er. »Nehmt sie von mir an, Väterchen, und stellt sie in Eurem Schlafgemach auf. Sie wird Euch behüten.«

Irina Lasarowa hatte keinen Blick von Rasputin genommen, und Swetlana empfand ein immer stärkeres Unbehagen, als sie den schwärmerischen, hingebungsvollen Gesichtsausdruck ihrer Schwester gewahrte.

Die Einundzwanzigjährige wurde abwechselnd rot und blaß, wenn er während der Teestunde das Wort an sie richtete oder sie auch nur ansah. Rasputin dagegen wirkte völlig unbefangen, so als sei er daran gewöhnt, alle Tage mit dem Zarenpaar Tee zu trinken, ihm von seinen Reisen und seiner Kindheit in dem sibirischen Dorf Pokrowskoje zu erzählen und mit den vier kleinen Großfürstinnen zu scherzen, die mit ihrer Gouvernante, Fräulein Tjutschewa, erschienen waren und den fremden Gast offenbar sehr ungewöhnlich und daher aufregend fanden.

Er schenkte ihnen geweihtes Brot und kleine Heiligenbildchen, und als auf Wunsch der Zarin der inzwischen zweijährige Zarewitsch von seinem Betreuer, dem Matrosen Derewenko, hereingebracht wurde, betrachtete er das bildhübsche blonde Kind mit sichtlicher Rührung und malte ihm das Kreuzzeichen auf die Stirn.

Alexej Nikolajewitsch blickte aus seinen großen strahlend blauen Augen in das bärtige Gesicht. Dann lächelte er, und Rasputin sagte: »Ach, mein Herzchen, du Kind Rußlands, wie freue ich mich, daß ich dazu ausersehen bin, dir zu helfen. Eines Tages wirst du dein Reich regieren, und ich weiß heute schon, daß du ein weiser, gütiger und gerechter Herrscher sein wirst. Gott wird dich segnen und dir ein langes Leben schenken.«

»Djadja ...« plapperte der Kleine und strebte von Derewenkos Armen zu Rasputin hin. Der nahm ihn mit überraschender Behutsamkeit und drückte ihn leicht an sich.

»Djadja«, wiederholte er lachend. »Natürlich bin ich dein Onkel, mein Herzchen. Ach, was bist du lieb!«

»Alexej ist lieb«, bestätigte das Kind und patschte mit seinen kleinen Händchen gegen Rasputins Brust. »Komm spielen.«

»Ein anderes Mal, mein Liebling«, warf die Zarin ein und stellte ihren Sohn auf die Füße, die in weißen Pelzschuhen aus sibirischem Feh steckten. »Jetzt möchten wir mit Grigorij Jefimowitsch Tee trinken. Aber er ist ganz bestimmt nicht zum letzten Mal hier. Und dann wird er auch mit dir spielen. Du wirst ihm sicherlich in deinem Spielzimmer das Wasserbassin mit den Schiffen zeigen wollen, die du herumfahren lassen kannst, und die Eisenbahn und das Bergwerk mit den Arbeitern, die mit dem Förderkorb in die Tiefe sausen.«

Sie zupfte liebevoll an seinem bunt bestickten Kinderkittelchen herum und strich ihm über das dicht gelockte halblange Haar. Der Zarewitsch schmiegte sich an ihren Rock.

»Aljoscha will hierbleiben«, bettelte er, und seine Mutter gab lächelnd nach.

»Dann komm. Setz dich am Teetisch auf meinen Schoß.«

Sie nahm in einem Kanapee Platz und gab Derewenko einen Wink, sich zu entfernen. »Ich läute, wenn Sie Seine kaiserliche Hoheit abholen können.«

Der hünenhafte Matrose entfernte sich mit einer stummen, etwas ungelenken Verbeugung.

Rasputin verließ erst gegen sieben Uhr abends den Alexanderpalast von Zarskoje Selo. Die Kinder waren zu diesem Zeitpunkt mit Fräulein Tjutschewa, Derewenko und Anna Wischnjakowa, der Kinderfrau des Zarewitsch, zu einem Spaziergang durch den riesigen Park aufgebrochen.

Ihnen war die Unterhaltung bei Tisch bald langweilig geworden, so interessant sie diesen seltsamen russischen Muschik anfangs auch gefunden hatten.

Rasputin sprach hauptsächlich mit dem Zaren, während Alexandra Fjodorowna, Irina und die Wyrubowa an seinen Lippen hingen, als wäre alles, was er sagte, eine göttliche Offenbarung.

Er erzählte von der Not, die in Rußland herrschte und der er überall auf seinen Wanderungen durch das Land begegnet war.

»Ihr, Väterchen, seid von Lügnern und Betrügern umgeben, die Euch die Wahrheit verhehlen, um den tiefen Abgrund zwischen Euch und Eurem Volk noch größer zu machen. Man will Euch weismachen, daß die Menschen in Eurem Land glücklich und zufrieden sind und nur ein paar von Satan besessene Verbrecher Eure Untertanen für ihre eigenen Untaten mißbrauchen. Aber das ist nicht wahr! Sie sind so arm, die Bauern, daß es einen Hund erbarmt. Das Land, das man ihnen zugewiesen hat, ist karg und bringt schlechte Ernten. Ihr Vieh hungert, weil es keine fetten Weiden hat, denn alles, die fruchtbaren Äcker und guten Wiesen, haben die großen Grundbesitzer an sich gerissen, und für den russischen Bauern bleibt der erbärmliche Rest. Ihr, Väterchen, könnt das ändern. Dann wird das Volk Euch segnen und den verfluchten Aufwieglern, der Teufel hole sie, Steine und Knüppel nachwerfen, wenn sie kommen und vom Umsturz reden.«

Der Zar hörte mit wachsendem Interesse zu. Dieser Rasputin mit seiner fast kindlichen Frömmigkeit, seiner offensichtlichen Liebe zu den einfachen Menschen und der unverblümten Redeweise entsprach ziemlich genau der

Vorstellung, die Nikolaus von seinen russischen Untertanen hatte.

Die Zarin empfand das ebenso, und darum sagte sie später zu ihrem Gatten, als Rasputin gegangen war: »Das ist einer, auf den wir hören sollten, Nicky. Kein Opportunist, kein Heuchler, kein kalter Intellektueller, der vor den alten Werten keinen Respekt mehr hat. Und wie rührend er zu den Kindern, besonders zu Alexej, war! Kinder spüren intuitiv, wer es ehrlich mit ihnen meint, und Aljoscha war geradezu begeistert von ihm.«

»Trotzdem sollten wir abwarten, wie dieser Rasputin sich zeigt, wenn er erst einmal überall bewundert und anerkannt wird«, entgegnete der Zar nachdenklich. »Ich gebe zu, er ist eine beeindruckende Persönlichkeit, aber das schienen andere auch, die im nachhinein sehr ... nun, sagen wir, unseriös waren.«

Alexandra kam zu ihm und umfaßte sein Gesicht mit beiden Händen. »Aber er hat sehr deutlich durchblicken lassen, daß er Aljoscha helfen könne. Und das ist doch das Wichtigste – jedenfalls für uns. Zu denken, daß unser Kind wieder gesund wird ...«

Nikolaus schluckte. Alle Ärzte, die er und Alexandra konsultiert hatten und die er schließlich beinahe hatte zwingen müssen, ihnen die ungeschminkte Wahrheit zu sagen, hatten am Ende zugegeben, daß es keine Heilung von der teuflischen Krankheit gab, an der sein kleiner Sohn litt.

Oder doch?

War dieser Rasputin, der dem Zarewitsch so sicher ein langes Leben vorausgesagt hatte, ein Mann mit hellseherischen Fähigkeiten? Besaß er, wie man von ihm behauptete, übernatürliche Gaben, die bewirken konnten, daß Alexej ein glückliches gesundes Kind wurde, das mit seinen Schwestern im Park herumtollen durfte, radfahren, Ball spielen, vielleicht sogar nach Jungenart raufen?

Es war nicht auszudenken! Nikolaus und Alexandra hatten jedesmal Todesängste ausgestanden, wenn der kleine Junge eine Spontanblutung durch irgendeine minimale Verletzung, einen Stoß oder einen kleinen Kratzer bekam.

Glücklicherweise hatten diese Blutungen bisher jedesmal von selbst aufgehört, ohne daß das Kind allzu sehr gelitten hätte. Aber das mußte nicht immer so sein. Man konnte auch sterben an so etwas – unter großen Qualen und Schmerzen.

»Weine nicht, meine liebe Alix«, sagte der Zar weich, als er sah, daß seine Frau schon wieder Tränen in den Augen hatte. »Was auch geschieht – es ist Gottes Zulassung, in die wir uns fügen müssen.«

»Das ja«, entgegnete sie und wischte sich über das Gesicht. »Aber vielleicht hat Gott endlich wirklich unser Flehen erhört und uns den Staretz Rasputin geschickt, damit er uns aus unserer Not hilft. Dann wäre es ein nie wiedergutzumachender Fehler, wenn wir diese Hilfe ausschlagen.«

Der Staretz Rasputin ... So wurde der Mann aus Pokrowskoje immer häufiger genannt. Startsy sind heilige Männer, die entweder in Klöstern oder klösterlicher Abgeschiedenheit leben. Aber auch manche der bärtigen, in Lumpen gehüllten Pilger, die durch Rußland zogen und durch angebliche göttliche Visionen oder Wunderheilungen eine gewisse Berühmtheit erlangt hatten, erhielten diesen ehrenvollen Beinamen.

Sowohl an dem Verkünden von Offenbarungen als auch an aufsehenerregenden Heilungen durch Handauflegen und Gebet ließ Rasputin es in der Folgezeit nicht fehlen.

Er heilte Schlafstörungen, Migräne, chronische Schmerzen, Magenbeschwerden, und Hautausschläge, und er versetzte seine Anhängerschaft jedesmal in größeres ehrfürchtiges Schaudern, wenn er mit gewaltiger Stimme aus der Bibel oder den Schriften der Kirchenväter und Heiligen zitierte und die Texte auf eine Weise auslegte, wie man es nie zuvor gehört hatte.

Sein angeborenes tiefes Einfühlungsvermögen, besonders in die weibliche Psyche, gepaart mit seinen zweifellos vorhandenen hypnotischen Kräften, bewirkten, daß er Zusammenhänge erriet, die man vor aller Welt zu verbergen trachtete, und sich mit verblüffender Instinktsicherheit vor seinen überraschten Zuhörern darüber ausließ.

Es verging kaum ein Tag, an dem Zarin Alexandra nicht durch Anna Wyrubowa von Rasputin hörte. Dennoch zögerten sie und Nikolaus, ihn wiederum einzuladen. Statt dessen überredete die Wyrubowa die Kaiserin, im Palais der montenigrinischen Prinzessin Militza, Gemahlin des Großfürsten Peter Nikolajewitsch, einem Großonkel des Zaren, mit dem Staretz zusammenzutreffen.

Alexandra Fjodorowna kam nie allein. Häufig bestimmte sie außer der Wyrubowa auch Irina Lasarowa zu ihrer Begleitung, deren schwärmerische Bewunderung für Rasputin ihr nicht entgangen war, und gelegentlich auch Swetlana, deren Verschwiegenheit und Loyalität sie sicher sein konnte.

War die Zarin anwesend, beschränkte Rasputin sich ganz auf fromme Predigten und Gebete, so daß sich in ihr immer mehr die Überzeugung festigte, dieser Mann sei in der Tat der Seelsorger und Beistand, um den sie so lange gefleht hatte.

Swetlana freilich hörte auch anderes. Rasputin, indessen durch erhebliche Geldzuwendungen seiner Anhängerinnen recht wohlhabend geworden, liebte es, die Nächte in zwielichtigen Vergnügungslokalen zu verbringen. Er soff und hurte, denn er blieb auch dort seiner These treu, daß man die Sünde erst begehen müsse, um sie später aus tiefstem Herzen zu bereuen und auf diese Weise geläutert zu werden.

Einmal wagte Swetlana eine entsprechende Andeutung bei der Zarin, doch Alexandra Fjodorowna fuhr sofort auf:

»Wie können Sie so etwas nur glauben, Fürstin! Dieser Heilige wird auf die abscheulichste Art in den Schmutz gezogen. Man will ihn diffamieren, aber ich glaube kein Wort von solchen Gerüchten.«

»Sie vertraut Rasputin offenbar vollkommen«, sagte Swetlana am Abend zu Rodja Masslejew. Er war nach Zarkoje Selo gekommen, um einige Skizzen für ein Gemälde anzufertigen, das Großfürst Michael, der jüngere Bruder des Zaren, bei ihm in Auftrag gegeben hatte.

Sie saßen in Swetlanas Boudoir; es war indessen Winter geworden, und draußen heulte ein heftiger Schneesturm um die Mauern des Alexander-Palastes.

Rodja legte den Arm um Swetlana, während er in den offenen Kamin blickte, in dem ein starkes Feuer brannte. »Du wirst es nicht hindern können«, meinte er nachdenklich. »Die Angst um die Gesundheit des Zarewitsch läßt Ihre Majestät nach jedem Strohhalm greifen. Und dieser Rasputin ist ganz offensichtlich mehr als nur ein Strohhalm.«

Sie blickte zu ihm hoch. »Wie meinst du das?«

Er wickelte sich eine Strähne ihres blonden Haares um die Hand, wie er es gern tat, wenn sie es nicht aufgesteckt trug. Nachdem sie Fjodor gute Nacht gesagt hatte, hatte sie die Nadeln daraus gelöst und war in ein mit Silberfuchs besetztes Negligé aus schwarzem Samt geschlüpft.

»Weißt du, daß sich schon die Ärzte im alten Ägypten sogenannter ›Blutstiller‹ bedienten, wenn sie einen Menschen operierten?« fragte Rodja. »Oft waren das ganz einfache Leute, Sklaven, Bauern, Wasserverkäufer, Lastenträger ... Sie konnten weder lesen noch schreiben, aber sie besaßen die Gabe, Blutungen stocken zu lassen. Zweifellos eine Fähigkeit, die etwas mit Hypnose zu tun hat.« Er lachte leise.

»Sieh mich nicht so ungläubig an. Es ist wahr. Und dieser Rasputin ist ein Hypnotiseur, ganz ohne Zweifel. Ich habe ein paarmal mit ihm gesprochen, ganz kurz nur, aber ich habe jedesmal Mühe gehabt, mich seinem Einfluß zu entziehen. Und wie du mir erzählt hast, erging es dir nicht viel anders, wenn er dich mit seinen merkwürdigen Luchsaugen ansah.«

Sie schüttelte unwillig den Kopf. »Aber er ist widerwärtig. Und bestimmt ist er sogar gefährlich, wenn er Einfluß auf die Zarenfamilie gewinnt.«

Rodja küßte sie auf die Wange. »Ich habe den Zarewitsch sehr gern. Er ist ein so bezauberndes Kind, und er tut mir schrecklich leid. Wenn Rasputin es fertigbringt, dem armen kleinen Kerl ein Stückchen mehr Kinderfreuden zu bereiten, indem er diese gefährlichen Blutungen stillt ... oder vielleicht sogar ganz verhindert, dann brauchte Alexej Nikolajewitsch nicht mehr wie unter einer Glasglocke zu leben.«

»Und Ihre Majestäten wären in gewisser Weise völlig abhängig von diesem sibirischen Monstrum.« Swetlana stützte den Kopf in die Hände. »Ich wollte, er wäre nie hierher gekommen, dieser Grigorij Jefimowitsch! Ich werde das Gefühl nicht los, daß Irina völlig behext von ihm ist. Ich habe versucht, sie zu warnen, aber alles, was ich erreichte, war, daß sie in Tränen ausbrach und mich beschwor, kein böses Wort gegen den ›Heiligen‹ zu sagen, sonst werde mich der Zorn Gottes treffen.«

»Ach, nimm das nicht so ernst«, sagte er. »Irina ist zwar schon 21, aber im Wesen noch ein rechtes Kind mit einem Hang zu übersteigerter Frömmigkeit. Wenn sie sich erst einmal in einen netten jungen Mann verliebt, wird das vergehen.«

Er begann Swetlana zu küssen. »Im übrigen ist dieser Abend viel zu schön, um ihn durch solche Gedanken zu verderben, mein Herz. Weißt du eigentlich, wie sehr ich dich vermißt habe? Ich habe die Tage gezählt, bis ich Petersburg verlassen und zu dir kommen konnte.«

Sie lachte. »Trotz der verführerischen Gräfin Katharina Tschergowa? Sie war es doch, an deren Bild du so lange gearbeitet hast, weil sie immer neue Änderungswünsche vorbrachte. Ich wette, all ihre Wünsche wären erfüllt gewesen, wenn du ihre Avancen erwidert hättest.«

Er zog eine kleine Grimasse. »Immerhin ließ sie sich als Circe malen – nun, du wirst das Bild sicherlich irgendwann sehen. Ihre Aufmachung war in der Tat sehr ... nennen wir es durchsichtig, und wenn ich dich nicht hätte, meine schöne Liebste, wer weiß! Aber so bin ich gegen die Reize sämtlicher anderer Frauen gefeit.«

Sie zog seinen Kopf zu sich herunter und umfaßte sein Gesicht. »Ich habe dich mindestens so sehr vermißt wie du mich. Es wird, fürchte ich, immer schlimmer mit uns beiden.«

»Wunderbar schlimm«, versicherte er und schlüpfte mit seiner Rechten in den Ausschnitt ihres Negligés. Swetlana spürte, wie ihr ganzer Körper zu prickeln begann, als Rodja ihre Brüste streichelte.

»Ich vermute, daß ich heute sehr anstrengend sein werde«, murmelte sie, während sie ihre Lippen auf seinen Mund preßte.

Sie gaben sich einem langen zärtlichen Liebesspiel hin. Rodja berührte ihren ganzen Leib, fuhr mit seinen Händen über ihre heiße Haut und ließ die feuchte, warme Spur seiner Lippen folgen.

Mit bebenden Fingern öffnete Swetlana die Knöpfe seines Hemdes, küßte seine Brust, drängte sich an ihn und erschauerte, als er sich halb auf sie sinken ließ, um sie fester an sich zu pressen.

Aber noch versagten sie einander die letzte Erfüllung, zögerten den Augenblick ihrer endgültigen Vereinigung hinaus und fuhren fort, ihr Verlangen zu steigern, bis es beinahe unerträglich wurde, um es dann mit sanfter Zärtlichkeit abebben und wieder stärker werden zu lassen – Wellen der Leidenschaft, von denen sie sich mitnehmen ließen, um endlich von ihnen überrollt zu werden.

Irgendwann löste Rodja sich von Swetlana, um sie auf die Arme zu nehmen und zu der Ottomane zu tragen, die vor den samtverhängten Fenstern stand.

Sie umklammerte seine Schultern und blickte in sein schönes Gesicht, das sie so liebte. Nie, dachte sie, nie mehr will ich ohne ihn sein!

Sie hörten beide nicht die Stimmen, die sich draußen auf dem Korridor erhoben. Ein aufgeregtes Durcheinanderreden war es, und dann eine einzelne Männerstimme: »Wo ist sie? Ich will zu ihr!«

Rodja und Swetlana schraken erst auf, als die Tür zu ihrem Boudoir aufgerissen wurde. Jeanette, Swetlanas Zofe, stürzte herein. »Euer Gnaden, da ist ... o Gott! Wer hätte damit gerechnet! Der Fürst ist wieder da! Der Himmel stehe Euer Gnaden bei.«

»Welcher Fürst?« fragte Swetlana, jäh aus ihrem süßen Rausch gerissen. Sie begriff noch nichts, absolut nichts, doch da erschien Leonid Soklow im Türrahmen.

Er trug seine Generalsuniform, das Haar war sorgfältig geschnitten, und er hatte sich einen Kinnbart wachsen lassen.

»Guten Abend, meine Liebe«, sagte er, während seine Blicke zwischen ihr und Rodja hin und her wanderten. »Wie gut, daß ich darauf verzichtet habe, meine glückliche Heimkehr aus japanischer Gefangenschaft im voraus durch einen Boten anzukündigen. Vermutlich hättest du mir dann einen anderen Empfang bereitet, meine schöne tugendhafte Swetlana.«

In seinen Augen glitzerte kalte Wut, während er Jeanette mit einem Wink aus dem Boudoir scheuchte und die Tür hinter ihr zuwarf.

Swetlana brachte kein Wort heraus. Es war Rodja, der sich als erster faßte und sagte: »Sie sehen uns beide vollkommen überrascht, Fürst. Sie galten als tot, an der japanischen Front gefallen, und Swetlana ...«

»... hat das Dasein einer reichen, lebenslustigen Witwe geführt«, schnitt Leonid ihm das Wort ab. »Ich weiß, denn ich bin, bevor ich nach Zarskoje Selo kam, zwei Tage in St. Petersburg gewesen, um die interessantesten Neuigkeiten zu erfahren. Ich vermute, daß Sie Herr Masslejew sind. Nun, ich bedaure außerordentlich, daß ich Ihr tête-à-tête mit meiner Frau beenden muß. Nehmen Sie immerhin meinen Dank entgegen, daß Sie ihr die Zeit meiner Abwesenheit so angenehm gestaltet haben. Aber jetzt bin ich wieder da, und Sie sind überflüssig geworden. Also machen Sie, daß Sie hinauskommen, bevor ich Sie eigenhändig die Treppe hinunterwerfe.«

Es war eine schreckliche und gleichzeitig irgendwie lächerliche Situation – wie in einer seichten französischen Gesellschaftskomödie, fand Swetlana. Der heimkehrende Ehemann ertappte seine Frau mit ihrem Liebhaber und jagte ihn fort.

Swetlana hatte sich ihr Negligé übergeworfen und versuchte vergeblich das Zittern zu unterdrücken, das erst ihre Hände und Knie, dann ihren ganzen Körper erfaßte. Sie tastete nach einem Stuhl und sank darauf nieder.

Der ganze Raum mit seinen hellen Seidentapeten, den lindgrünen Vorhängen und dem vergoldeten Kamingitter verschwamm vor ihren Augen. Die zierlichen Mahagonimöbel mit ihren Intarsienarbeiten, die Gold gerahmten Bilder an der Wand, der Toilettentisch mit seinen Kristallflakons und Cremetöpfchen aus Halbedelsteinen, alles tanzte einen wilden Reigen, in dem Swetlana keine Einzelheiten mehr erkannte, sondern nur noch Farben und bunt aufzukkende Blitze.

Nicht ohnmächtig werden! befahl sie sich selbst. Alles, nur nicht das. Es würde der billigen Komödie die Krone aufsetzen.

Doch nein, es war keine Komödie, sondern grausame Wirklichkeit. Leonid Soklow lebte, er war zurückgekehrt, und sein Benehmen ließ keinen Zweifel daran, daß er beabsichtigte, seine Ehe dort wieder aufzunehmen, wo ihn seine Einberufung an den Kriegsschauplatz unterbrochen hatte.

Wie durch einen Nebel nahm Swetlana wahr, daß Rodja sich inzwischen hastig angekleidet hatte. Er kam zu ihr und beugte sich zu ihr hinunter. »Swetlana ...« sagte er hilflos, und sie sah die Verzweiflung in seinen dunklen Augen. »Swetlana, ich ...«

Leonid Soklow riß ihn zurück. »Verschwinden Sie! Auf der Stelle!«

Rodja straffte sich. »Fürst, Ihre Frau und ich ... wir glaubten uns frei. Lassen Sie Swetlana das nicht entgelten. Sie hat nichts Verdammungswürdiges getan. Sollten Sie dennoch dieser Meinung sein, so halten Sie sich an mich. Ich stehe Ihnen jederzeit zur Verfügung.«

Soklow musterte ihn mit einem perfiden Lächeln. »Sie meinen – ein Duell? O nein, du kleine dreckige Wanze. Ich schieße mich nicht mit einem Farbenkleckser. Und jetzt nimm die Beine in die Hand. Ich zähle bis drei, dann bist du draußen.«

Rodja wurde so weiß wie die Wand. Einen Moment lang erwartete Swetlana, er werde sich auf Leonid stürzen. Aber dann ließ er die Arme sinken und warf Swetlana einen qualvollen Blick zu, in dem sich Liebe und Angst, Zorn und Schmerz mischten.

»Eins ...« zählte Soklow. »Zwei ...«

»Swetlana, ich bitte dich, komm mit mir!« stieß Rodja

hervor. Aber sie blieb sitzen und schüttelte stumm den Kopf.

Es lag soviel Entschiedenheit in ihrer Miene, daß er nicht mehr versuchte, sie umzustimmen. Langsam, mit gesenktem Kopf wandte er sich zur Tür.

Swetlana sah ihn fortgehen, und ein, zwei Sekunden lang kämpfte sie nun doch mit der Versuchung, ihm einfach zu folgen. Wie hatte sie vorhin noch gedacht: Ich will nie mehr ohne ihn sein.

Aber dann hätte sie Fjodor zurücklassen müssen.

Swetlana konnte nicht weinen. Sie wußte, die Tränen würden später kommen, irgendwann, wenn sie nicht mehr Leonid Soklows Blicken ausgesetzt war. Langsam stand sie auf.

»Ich vermute, daß Sie wenigstens soviel Anstand besitzen, mich jetzt allein zu lassen, Leonid Iwanowitsch«, sagte sie mit aller Beherrschung, zu der sie fähig war.

Er brach in Gelächter aus. »Seit wann vermutest du, daß ich auch nur im Entferntesten so etwas wie Anstand aufbringe, meine Teure? Außerdem bist du in einer Verfassung, die es äußerst lieblos erscheinen ließe, dich jetzt dir selbst zu überlassen.«

Er läutete und trug der gleich darauf eintretenden Jeanette auf: »Bring Champagner und Wodka. Ich möchte mit Ihrer Gnaden auf meine glückliche Heimkehr anstoßen.«

Die Zofe knickste. Ihr rundes niedliches Gesicht mit den schwarzen Kirschenaugen war vollkommen verstört. »Sehr wohl, Euer Gnaden.«

Und der Alptraum ging weiter. Als Jeanette das Gewünschte gebracht und sich hastig wieder zurückgezogen hatte, schenkte Soklow zwei Gläser voll, die er über die Hälfte mit Wodka gefüllt hatte, bevor er Champagner nachgoß. Dann drückte er eines Swetlana in die Hand.

»Trink!« sagte er und hob das seine. »Du mußt jetzt viel

trinken, damit du besoffen wirst, meine schöne verhurte Swetlana. Sonst hältst du es nicht aus.«

Sie wehrte sich nicht. Sie leerte das Glas in einem Zug und hielt es Soklow hin. »Gießen Sie mir nach«, forderte sie ihn auf und blickte ihm in das verhaßte Gesicht.

Er zog den Kristallstopfen aus der Wodkakaraffe und lachte. »Hat dein Deckhengst dir das Saufen beigebracht?« fragte er, während er ihr einschenkte.

»Ja«, sagte Swetlana mit zusammengebissenen Zähnen und schüttete ihm den Wodka in die Augen.

Soklow schrie auf und preßte die Hände vor das Gesicht. »Du verdammtes, dreckiges Weibsstück!« würgte er hervor. Der scharfe Schnaps brannte höllisch, und der Fürst war minutenlang wie blind.

Swetlana nutzte das, um sich an ihm vorbeizudrängen und aus dem Zimmer zu laufen.

Schura Nikititschna, Fjodors Kinderfrau, die in einem Raum neben dem Zimmer des Kindes schlief, schrak hoch, als ihre Herrin vor ihrem Bett stand und sie sacht an der Schulter rüttelte. »Euer Gnaden, was ist geschehen?« fragte die stämmige Ukrainerin verwirrt.

»Sei so gut, Schura, und besorge mir ein paar Kissen und Decken«, bat Swetlana. »Ich werde heute nacht auf dem Diwan in Fjodorenkas Zimmer schlafen.«

Schura schälte sich aus ihrer Zudecke und stellte die Füße auf den Boden. »Ist Fjodorenka krank?« fragte sie ängstlich, doch Swetlana schüttelte den Kopf.

»Nein. Und sei leise, damit er nicht erwacht. Es ist nur ... Seine Gnaden ist vorhin hier angekommen.«

Die Kinderfrau riß die Augen auf. »Wer – Seine Gnaden?«

Swetlana strich sich das Haar aus dem Gesicht. »Fürst Leonid Soklow«, sagte sie mit einer Stimme, in der soviel Widerwillen und Kälte lagen, daß sie selbst darüber erschrak. »Mein Mann ...«

»Heiliger Sergius!« Schura schlug hastig ein Kreuz. »Stehen jetzt die Toten wieder auf? Was für ein Unglück!«

Swetlana antwortete nichts. Aber sie dachte: Ja, wahrhaftig, was für ein Unglück!

Sie ging an Fjodors Bett und blickte auf das schlafende Kind hinunter. Es sah so süß aus, und es war so erbarmungswürdig ahnunglos, ein glücklicher kleiner Junge, der an Rodja hing und den Mann, den er für seinen Vater hielt, in zunehmendem Maße gefürchtet hatte, je älter Fjodorenka wurde.

Wenig später kam Schura Nikititschna, mit Kissen und Decken beladen, zurück und begann, auf dem niedrigen Diwan, der an der Längswand des Zimmers stand, ein Nachtlager für Swetlana zu richten.

»Ich habe mit Jeanette gesprochen, Euer Gnaden«, sagte sie und schniefte ein paarmal, weil ihr das Weinen in der Kehle saß. »Halten zu Gnaden, aber manchmal muß man an den Zulassungen Gottes zweifeln. Es sind so viele gute Männer in diesem verfluchten Krieg umgekommen. Hätte es da nicht einer mehr sein dürfen, der ...«

Sie brach ab und warf Swetlana einen scheuen Blick zu. »Natürlich steht es mir nicht zu, so etwas zu sagen. Aber ich sag's trotzdem: Einer, der nichts taugt. Ach Gott, ach Gott, was für ein Unglück!«

»Laß es gut sein, Schura«, bat Swetlana. Sie fühlte sich auf einmal zum Umfallen müde. Ihr Kopf schmerzte, und in ihrem Magen brannte der Wodka, den sie mit dem Champagner getrunken hatte.

Als Schura das Bett gemacht hatte, hob Swetlana ihren Sohn vorsichtig aus seinem Kinderbett. Und so legte sie sich nieder, das schlafende Kind an die Brust gedrückt.

Fjodorenka erwachte nicht, sondern bewegte sich nur einmal leicht, bevor er tief und ruhig weiter atmete.

Und trotz allem verspürte Swetlana eine urtümliche Zufriedenheit, als sie seinen kleinen Körper an ihrem spürte.

Und sie dachte: Heute bin ich noch einmal davongekommen.

Aber sie wußte gleichzeitig, daß es nur ein Aufschub war.

6. Kapitel

»Er ist doch Ihr Mann«, sagte Zarin Alexandra Fjodorowna. »Sie sind ihm vor Gott und den Menschen anvertraut. Natürlich weiß ich, meine liebe Swetlana Pawlowna, daß Ihre Ehe denkbar unglücklich war. Aber vielleicht ...«

Sie stockte und bedachte Swetlana mit einem Blick voller Zuneigung. »Vielleicht haben die schrecklichen Monate in der japanischen Gefangenschaft Ihren Gatten geläutert, so daß Sie jetzt glücklicher mit ihm sein können als vordem.«

»Vielleicht, Euer Majestät«, entgegnete Swetlana mit einem Seufzer, und die Zarin lächelte.

»Es geschieht nichts ohne tieferen Sinn. Wissen Sie, was mein Schwager, Großfürst Georg Alexandrowitsch, kurz vor seinem Tod einmal zu mir gesagt hat? Das Leben sei wie eine bestickte Decke. Wir, die wir hier unten auf der Erde leben, können das Muster nicht erkennen. Wir sehen nur kreuz und quer gezogene Fäden, deren Wirrwarr kein Bild ergibt. Aber wenn wir diese Welt verlassen, bietet sich uns das ganze Muster von oben dar, und wir begreifen ... O Gott, nein, Sie werden doch nicht etwa weinen!«

Swetlana senkte den Kopf. Die Erwähnung des toten Geliebten, der Fjodors Vater war, brachte sie um ihre Fassung. Alles stürzte über sie her, ihre verzweifelte Sehnsucht nach Rodja, die Angst um ihr Kind, seit Leonid Soklow wieder da war, und ihr Haß auf den Mann, der sie jeden Tag aufs neue demütigte und quälte.

O nein, er war nicht geläutert zurückgekehrt. Er war ebenso perfid und verdorben wie eh und je.

Die Nacht, die sie bei Fjodorenka verbracht hatte, war wirklich nur ein Aufschub gewesen. Swetlana schlief zwar auch jetzt noch in seinem Zimmer, aber Leonid hatte seine ehelichen Rechte, wie er es nannte, schon am nächsten Abend in Anspruch genommen.

Er war in ihr Boudoir gekommen, wo sie sich von Jeanette für das Abendessen mit der Zarenfamilie umkleiden und frisieren ließ, hatte die Zofe hinausgeschickt und Swetlana auf die Ottomane gedrängt.

»Wo steht geschrieben, daß man nur nach dem Zubettgehen miteinander schlafen kann«, hatte er mit einem schmutzigen Grinsen erklärt. »Bleib du nur bei deinem Sohn in der Nacht. Der Tag hat vierundzwanzig Stunden, also Zeit genug, um dich daran zu erinnern, daß du mir gehörst.«

Es war widerwärtig und abstoßend wie immer gewesen, als er sie nahm, aber offensichtlich störten ihn ihr Ekel und ihre Kälte nicht. Im Gegenteil, es schien ihm Freude zu machen, ihr auf diese Weise Schmerz zuzufügen.

Als alles vorüber war, hatte er ihr zwei heftige Ohrfeigen versetzt. »Das ist dafür, was du gestern mit mir gemacht hast, du Hure. Wage es nicht, so etwas noch einmal zu probieren!«

Dann hatte er noch einmal zugeschlagen. »Und das ist dafür, daß du so erbärmlich im Bett bist!« Dann hatte er sie allein gelassen.

Aber nach ein paar Schritten war er noch einmal zurückgekommen. »Wir sehen uns später bei Ihren Majestäten. Sie haben die Güte besessen, mich ebenfalls zum Essen einzuladen. Der Zar wünscht, den so glücklich Heimgekehrten, an dessen Überleben hier niemand geglaubt hat, gebührend willkommen zu heißen.«

Swetlana hatte nicht an der kaiserlichen Abendtafel teilgenommen. Sie hatte Alexandra Fjodorowna ein paar Zeilen geschrieben, ihr sei nicht wohl, und Ihre Majestät wolle ihr Fernbleiben gnädigst entschuldigen.

Jetzt erhob die Zarin sich, erschrocken über Swetlanas bitterliches Weinen.

»Meine liebe Swetlana Pawlowna ...« Unbeholfen kam Alexandra, auf ihren Stock gestützt, auf sie zu. Er fiel zu Boden, als sie Swetlana sanft umarmte.

»Ich weiß, es ist nicht leicht für Sie. Aber Sie können doch unmöglich dem Menschen den Tod wünschen, mit dem Sie verheiratet sind. Das wäre eine große Sünde ... Beten Sie darum, daß Sie Ihr Leben so annehmen können, wie Gott es für Sie bestimmt hat. Ich weiß, welche Kraft in solchen Gebeten liegt. Auch Ihnen werden sie helfen.«

Fast hätte Swetlana gesagt: Soll ich beten, wenn Soklow über mich herfällt wie ein Tier? Wenn er mich dabei beschimpft und mir weh tut?

Aber sie sagte es nicht. Derlei Dinge konnte man der Zarin nicht offenbaren. Sie lebte in einer ganz anderen Welt, und eine solch brutale Wahrheit hätte sie nur tief unglücklich, ja, sogar krank gemacht.

Eigentlich konnte man solche Dinge überhaupt niemandem offenbaren.

Alexandra streichelte Swetlanas Schultern. »Ich bitte Sie, meine Liebe, fassen Sie sich! Ich verstehe Sie ja. Sie waren glücklich mit Herrn Masslejew. Es muß sehr schmerzlich für Sie sein, sich von ihm trennen zu müssen. Und glauben Sie ja nicht, daß Ihr Gatte das nicht versteht. Er hat mit uns darüber gesprochen. ›Ich werde ihr nie einen Vorwurf machen‹, hat er gesagt. ›Sie konnte nicht wissen, daß ich noch lebe. Was hätte ich darum gegeben, wenn ich ihr wenigstens eine Nachricht hätte senden dürfen. Aber auch das war mir verwehrt.‹«

Dieser verdammte Heuchler, dachte Swetlana, und der heiße Zorn, der in ihr aufstieg, machte, daß ihre Tränen versiegten. Sie wischte sich über das nasse Gesicht und hob den Kopf.

»Ich erbitte Ihre Hilfe, Euer Majestät«, sagte sie. »Sie wissen vielleicht nicht, daß Herr Masslejew bei mir war, als Fürst Soklow unangemeldet hierherkam. Wir haben nicht einmal voneinander Abschied nehmen können. Und das, denke ich, wäre nur recht und billig nach allem, was geschehen ist. Herr Masslejew ist noch in Zarskoje Selo, wie ich hörte, um an dem Gemälde für Seine kaiserliche Hoheit, den Großfürsten Michael, zu arbeiten. Darum bitte ich Euer Majestät, es mir zu ermöglichen, daß ich noch einmal unter vier Augen mit Herrn Masslejew zusammentreffe.«

Die Zarin war ein wenig zurückgewichen. Mit großen prüfenden Augen blickte sie Swetlana an. »Ich hoffe, Fürstin, Sie benutzen mich nicht, um ...« Sie stockte und biß sich auf die Lippen. Röte der Verlegenheit färbte ihre Wangen, und es war ihr peinlich, ihren Verdacht ganz auszusprechen.

»Ich will ihm nur Lebewohl sagen«, antwortete Swetlana. „Bitte, Euer Majestät ...«

Die Zarin neigte den Kopf. »Nun gut, ich vertraue Ihnen. Und ich begreife auch, daß Sie noch einmal mit ihm reden möchten. Ich werde eine Gelegenheit arrangieren und Ihnen Nachricht senden.«

»Danke, Euer Majestät«, murmelte Swetlana und verbeugte sich.

An der Tür hielt die Zarin sie noch einmal zurück. »Sie haben einmal sehr offen über Ihre Ehe mit Fürst Soklow zu mir gesprochen. Es hat mich lange Zeit belastet, was Sie mir damals anvertraut haben. Aber ich bin sicher, daß es jetzt anders und besser zwischen Ihnen beiden werden wird. Ich habe Leonid Iwanowitsch neulich abend ein wenig ins Gewissen geredet. Er war sehr beschämt und voll aufrichtiger Reue. Er wisse selbst, daß er Ihnen kein guter Ehegatte gewesen sei, hat er gesagt. Aber nach seiner schweren Verwundung, von der er nur langsam genas, und den folgenden Monaten in Gefangenschaft habe er viel Zeit zum Nachdenken gehabt. Gott habe ihn am Leben erhalten, damit er an Ihnen wenigstens einen Teil seiner Versäumnisse wiedergutmachen könne. Das waren seine eigenen Worte, und ich war sehr froh darüber. Geben Sie ihm bitte noch eine Chance, Swetlana Pawlowna.«

Das Treffen mit Rodja fand schon am nächsten Vormittag statt. Die Zarin hatte Swetlana ein Billett geschickt.

›Man erwartet Sie um elf Uhr am Knarrenden Pavillon.‹

In der Nacht hatte es geschneit, und der Himmel war von jenem milchigen Grau, das weitere Schneefälle verhieß. Swetlana hatte einen dunklen Pelz übergeworfen und trug einen Schal, der ihr helles Haar verhüllte. Die Hände in ihrem Muff vergraben, eilte sie durch den Park des Alexander-Palastes.

Der Knarrende Pavillon erhob sich zwischen einem der zahlreichen Wasserläufe, die den großen See speisten, und der Straße, die den Park des Alexander-Palais' von dem des Katharinen-Palais' trennte.

Seinen Namen hatte das kleine, im chinesischen Stil errichtete Bauwerk mit dem geschwungenen Dach, auf dessen Spitze die Fahne mit dem Zarenadler wehte, von dem laut knarrenden Holzboden im Inneren.

Swetlana wußte, daß der Pavillon aus der Zeit Katharinas II. stammte, auf deren Wunsch hin die Dielen so angebracht worden waren, daß sie bei jedem Schritt ächzten und quietschten. Die große Katharina sollte sich jedesmal köstlich darüber amüsiert haben, wenn jemand, der diese Besonderheit nicht kannte, tödlich verlegen auf den Zehenspitzen zu gehen begann, um das unfeine Knarren zu mildern.

Rodja wartete bereits auf Swetlana. Er kam ihr entgegen, als er ihrer ansichtig wurde, und zog sie die Stufen zum Eingang des Pavillons hinauf.

Die Tür war unverschlossen, und drinnen brannte ein Feuer im Ofen.

»Swetlana!« Rodja nahm ihre Hände und preßte seine Lippen in die Innenfläche. Er sah aus, als hätte er seit Soklows Rückkehr kaum geschlafen, bleich, mit tiefen Schatten um die Augen. »Ich hatte solche Sorge, du könntest doch nicht kommen. Aber nun bist du da ...«

Angstvoll forschte er in ihrem Gesicht. »Wie geht es dir, mein Herz? Hat er ... hat er dir Böses zugefügt, dich entgelten lassen, daß du und ich ...«

Sie schüttelte den Kopf. »Nein, Rodja. Als du fort warst, hat er sich rasch beruhigt«, log sie. »Du mußt dir keine Gedanken um mich machen.«

»Aber ich tue es!« beharrte er und wollte sie umarmen, doch sie wich zurück.

»Bitte nicht. Liebster. Mach uns beiden die Trennung nicht schwerer, als sie schon ist.«

Er drückte sie auf ein Kanapee zwischen zwei Fenstern. »Swetlana, ich habe Tag und Nacht gegrübelt. Du mußt diesen Mann verlassen. Wir gehen fort, nach England oder Frankreich, nach Italien, Deutschland – wohin du willst. Es wird überall der Himmel sein, wenn wir nur zusammen sind.«

»Und Fjodorenka?« warf sie leise ein.

»Er kommt natürlich mit! Sag, was macht er? Hat er nach mir gefragt?«

»O ja, und so oft! Er hat geweint, als ich ihm sagte, daß sein Vater nicht will, daß du uns besuchst und daß er dich vor Leonid am besten überhaupt nicht erwähnt.«

»Er wird mich bald wiederhaben!« Rodja kauerte sich vor Swetlana nieder und umfaßte ihr Gesicht. »Sag ja, meine Liebste! Bevor Soklow dein Verschwinden überhaupt bemerkt, sind wir schon in Polen oder Sachsen ... Du wärst nicht die erste unglückliche Ehefrau, die vor ihrem Mann flüchtet. Und Soklow wird allein schon des

Skandals wegen darauf verzichten, dich zur Rückkehr zu zwingen.«

»Mich vielleicht nicht«, erwiderte sie gepreßt. »Aber Fjodorenka gilt offiziell als sein Sohn. An ihm hat er alle Rechte. Und ich versichere dir, Soklow wird ein Vermögen dafür ausgeben, um uns zu finden und die Herausgabe des Kindes zu verlangen. Wenn ich ihn verlasse, will er sich an mir rächen, und mir Fjodor wegzunehmen, wäre das Schlimmste, was er mir antun kann. Ich kann mich nicht von dem Kind trennen, und das weiß er.«

»Wir werden um Fjodorenka kämpfen! Kein Gericht der Welt wird so herzlos sein, einer Mutter ihr Kind zu nehmen.«

»O doch!« widersprach sie. »Sieh es doch ein. Überall auf der Welt sind die Gesetze in erster Linie für das Recht der Männer gemacht. Man wird sagen: Ein Sohn gehört zu seinem Vater, vor allem dann, wenn dieser Vater aus dem Hochadel stammt und so reich wie Soklow ist. Nur ein solcher Vater kann dem Kind die Erziehung angedeihen lassen, die es für seine spätere hohe Stellung braucht. Eine Mutter, die mit ihrem Geliebten davongelaufen ist, ist eine liederliche Person, der man einen Prinzen Soklow in keinem Fall anvertrauen kann.«

Er begriff, daß sie recht hatte, und ließ mit einem Aufstöhnen den Kopf in ihren Schoß sinken. »Aber was sollen wir tun? Ich kann dich nicht aufgeben, Swetlana! Allein der Gedanke, daß du jetzt mit Soklow zusammenlebst, daß er dich vielleicht umarmt, macht mich wahnsinnig!«

»Er wird mir nicht zu nahe treten«, log sie weiter in dem verzweifelten Bemühen, ihm die Seelenruhe zurückzugeben. »Es liegt ihm nichts mehr an mir, das hat er mir selbst gesagt. Er wird sich seine Geliebten halten und mich zwingen, als seine Frau bei ihm zu bleiben. Ein Mann wie Soklow gibt nicht her, was ihm gehört.«

Sie streichelte seine dunklen Locken. »Sei beruhigt, Liebster. Es ist nicht so schlimm, wie du dir es vielleicht ausgemalt hast.«

Er blickte auf und forschte in ihrem Gesicht. »Ich verstehe dich nicht. Du bist so gefaßt, so vernünftig. Wie kannst du das?«

»Muß ich es nicht sein?« fragte sie zurück und kämpfte das Weinen nieder, das ihr in der Kehle saß. Ach, sie liebte ihn so, und vielleicht wäre es besser gewesen, sie hätte dieses Wiedersehen gar nicht herbeigeführt. Es tat zu weh.

»Glaub mir, Rodjenka, auch ich habe hin und her überlegt, ob ich mit dir fortgehen soll. Aber wegen Fjodor darf ich es nicht.«

Er schwieg lange, das Gesicht wieder in ihrem Schoß verborgen. Dann sagte er, und sie hörte an seiner Stimme, daß er weinte: »Und wie sollen wir weiterleben ohne einander?«

Swetlana schloß die Augen. »Ich weiß es nicht. Aber wir werden es lernen müssen. Es gibt keinen anderen Weg.« Ihre Stimme klang dünn und wie zerbrochen.

Irgendwann richtete Rodja sich auf und ging ein paar Schritte von ihr fort. Sie hielt immer noch die Augen geschlossen, weil sie es nicht aushalten konnte, ihn jetzt anzusehen.

»Dann ... ist dies also jetzt der Abschied?« fragte er stokkend, und sie nickte.

»Ja.«

Gott, Gott, wie kannst du das zulassen, dachte er. Er blickte Swetlana an, wie sie da saß in ihrem dunklen Mantel und mit dem Tuch, das ihr vom Kopf gerutscht war und ihr herrliches blondes Haar freigab.

»Wenn ich kann, bleibe ich in Petersburg«, sagte Rodja, immer noch in dieser abgehackten Sprechweise, die ihr ins Herz schnitt. »Dann bin ich wenigstens in deiner Nähe ... falls du mich einmal brauchst. Und vielleicht ... sehen wir uns ja auch manchmal irgendwo aus der Ferne.«

»Ja, vielleicht«, antwortete sie und verkrampfte die Hände im Schoß, um sie nicht nach ihm auszustrecken. »Gott schütze dich, mein Liebster.«

Sie blieb sitzen, wartete, daß er noch etwas zu ihr sagte, aber er brachte kein Wort mehr hervor. Er warf sich herum und stürzte zur Tür hinaus.

Swetlana hörte seine Schritte im Schnee, die sich schnell und immer schneller entfernten und schließlich verstummten.

»Rodja«, murmelte sie, »Rodja, Rodja ...« Und es tat genauso weh wie damals, als sie an Georgs Bett gesessen und ihn hatte sterben sehen.

Grigorij Jefimowitsch Rasputin war betrunken. Und wenn er betrunken war, war er entweder ekstatisch fromm oder wild nach einer Frau.

Manchmal war er auch beides gleichzeitig. Dann konnte es geschehen, daß er während einer flammenden Predigt vor seinen Anhängerinnen, während er das Haar der einen und die Brüste einer anderen streichelte, eine Dritte, die ihm zu Füßen saß, bei der Hand ergriff und in ein Nebenzimmer zerrte.

»Du fürchtest vielleicht, daß ich dich jetzt beschmutzen werde«, erklärte er dabei. »Aber das ist nicht wahr – ich reinige dich.«

Die Zurückbleibenden wußte alle, was hinter jener Tür geschah, aber sie empfanden keine Entrüstung. Vielmehr wünschten sich die meisten, an der Stelle der Auserwählten zu sein, und kamen zu jeder Soirée, jeder Einladung, von der sie wußten, daß Rasputin daran teilnahm, immer in der Hoffnung, daß der Staretz dieses Mal sie begehrte.

An diesem Abend im ›Aquarium‹, einem der beliebtesten Treffpunkte der Petersburger Lebewelt, war Rasputin sowohl fromm als auch wild auf eine Frau. Er brauchte das – den seelischen Höhenflug durch Frömmigkeit und die Ekstase in einem willigen, heißen Schoß. Die allzu bereiten Damen der Petersburger Gesellschaft, die ihm ohne lange Vorreden in geradezu peinlicher Hast ihre Schenkel öffneten, langweilten ihn indessen. Sie waren allesamt Huren, und Huren hatte Rasputin im Grunde noch nie gemocht.

Auch im ›Aquarium‹ waren nur Huren – er stellte es mit einem Rundblick auf die anwesenden Frauen fest.

Ich will ein gutes russisches Weibchen unter mir haben, dachte er und spürte fast schmerzhaft seine Erregung pochen.

Und dann sah er Nina. Er entdeckte sie, als er für ein paar Minuten nach draußen gegangen war, um frische Luft zu schöpfen. Sie arbeitete in der Küche und spülte das Geschirr.

Rasputin starrte sie durch das halb blinde kleine Fenster an und fühlte, wie sein Mund trocken wurde. Verdammt, die mußte er haben – und das gleich.

Nina blickte hoch, als er an die Scheibe klopfte, und begriff, daß er ihr bedeutete, herauszukommen. Sie kannte das; betrunkene Gäste des ›Aquariums‹ versuchten öfter, sie auf diese Weise ins Freie zu locken, und sie hatte gelernt, nicht darauf zu reagieren. Darum beugte sie sich wieder über das Spülbecken und tat so, als hätte sie nichts bemerkt.

Aber Rasputin gab nicht auf. Er sah, wie sich Ninas feste junge Brüste unter ihrem Leinenhemd abzeichneten, das sie zu einem Rock aus braunem Nessel trug, und sein Verlangen wuchs.

Doch er war gerissen genug, um das Mädchen mit den schwarzen Haaren und den lang bewimperten dunklen Augen nicht weiter zu belästigen. Er wußte: Huren reagierten sofort auf eine solche Aufforderung, doch die da war keine Hure.

Darum kehrte er ins ›Aquarium‹ zurück und winkte einen der Kellner zu sich. »Die Kleine in der Küche«, befahl er mit schwerer Zunge. »Hol sie her.«

»Sie meinen Nina Kanejwa?« erkundigte der Mann sich beflissen.

»Zum Teufel, ich weiß nicht, wie sie heißt, und es ist mir auch scheißegal!« erwiderte Rasputin. »Ich meine die schmale, zarte mit den schwarzen Haaren und den Mandelaugen. Sag ihr, daß sie zu uns kommen soll.«

Mit einer Handbewegung deutete er auf die Zechkumpane, die an seinem Tisch saßen. Es waren Offiziere und Adlige der Petersburger Gesellschaft, die, obwohl sie über die blinde Verehrung spotteten, die ihm die Damen eben dieser Gesellschaft entgegenbrachten, sich wie ein Kometenschweif an ihn hängten, wenn er seine Streifzüge durch das nächtliche Petersburg unternahm.

Sie zweifelten alle nicht daran: Dieser Rasputin würde es weit bringen, und dann war es mehr als nützlich, sein Freund zu sein.

Nina erschien wenig später. Sie hatte sich zunächst geweigert, doch die Ohrfeige, die ihr Iwan Basilowitsch Bunin, der Besitzer des ›Aquariums‹, verabreichte und seine Drohung, daß ihre Widerborstigkeit ihren Hinauswurf nach sich zöge, hatte sie zum Nachgeben veranlaßt.

Iwan Basilowitsch war zufällig in die Küche gekommen, als der Kellner Rasputins Botschaft ausrichtete, und er hatte Nina sofort angebrüllt: »Natürlich wirst du gehen, du Mißgeburt! Du weißt wohl nicht, wer Grigorij Rasputin ist? Ein heiliger Mann, ein Staretz, der in den vornehmsten Petersburger Häusern verkehrt. Sogar in Zarskoje Selo bei Ihren Majestäten soll er schon gewesen sein. Also beweg deinen Arsch und tu, was er will.«

Rasputin empfing Nina mit ausgebreiteten Armen. »Komm her, mein schwarzes Schwänchen! Ah, ich brenne, und es ist ein Feuer, das nur du löschen kannst.«

Er wollte sie auf seinen Schoß ziehen, doch sie versetzte

ihm einen Tritt gegen das Schienbein, der allerdings nicht besonders schmerzhaft ausfiel, weil seine hohen Kosakenstiefel die Wucht milderten.

»Was für eine Katze!« Rasputin lachte dröhnend. »Oder genierst du dich vor meinen Freunden? Dann soll Iwan Basilowitsch uns ein Separée geben.«

Nina Kanejewa war kein wehrloses Geschöpf, obgleich sie so aussah in ihrer Zartheit und mit den melancholischen, tiefdunklen Augen. Ihr Dasein als Küchenmagd hatte sie gelehrt, daß man Tritte und Püffe austeilen mußte in diesem Leben, wenn man nicht untergehen wollte. Als Rasputin ihre Brüste umfaßte, senkte sie blitzschnell den Kopf und biß ihn in den Oberarm.

Diesmal schrie er vor Schmerz und Überraschung auf und ließ sie los. »Du Kanaille!« brüllte er und preßte die Hand auf die Stelle, wo Ninas Zähne den Stoff seines Russenkittels durchgebissen hatten. Ein wenig Blut quoll hervor. »Na warte, das sollst du mir büßen!«

Er holte aus und versetzte ihr einen Schlag, der sie quer durch das Lokal mit seinen roten Plüschsesseln, Wanddraperien und vergoldeten Spiegeln taumeln ließ. Sie prallte gegen einen Kellner, der gerade mit einem Tablett voller Gläser und Champagnerflaschen in silbernen Kühlern hereinkam. Es schepperte und klirrte, als er es fallen ließ, und Flaschen und Gläser zerbrachen auf dem Boden.

»Verzeih mir, Mirka Andrejewitsch«, sagte Nina. »Ich konnte nichts dafür. Euer heiliger Mann hat mich geschlagen.«

»Und sie hat mich gebissen, der Teufelsbraten!« schrie Rasputin und kam schwankend näher. Nina tauchte unter seinen ausgebreiteten Armen hinweg und wollte zum Ausgang flüchten. Doch dort versperrten ihr ein paar von Rasputins Begleitern den Weg.

»Hiergeblieben, Täubchen!« grölte einer. »Du mußt erst Abbitte leisten.«

Zu dritt hielten sie sie fest, während Iwan Basilowitsch aus der Küche gerannt kam.

Durch ein als Spiegel getarntes Fenster, durch das er jederzeit unbemerkt einen Blick in den großen achteckigen Raum werfen konnte, hatte er die Szene beobachtet. »Mein lieber, teurer Grigorij Jefimowitsch!« rief Bunin entsetzt. »Sie sind verletzt! Heilige Mutter von Kasan, was hat dieses Frauenzimmer Ihnen zugefügt! Ich werde es eigenhändig verprügeln.« Er packte Nina bei den Schultern und schüttelte sie, daß sich ihr hochgestecktes langes Haar löste und um ihren Kopf flog.

»Und dann machst du, daß du fortkommst! Ich will dich hier nicht mehr sehen. Pack deine Sachen und verschwinde!«

Er wollte ihr eine Ohrfeige versetzen, doch da fiel ihm jemand in den Arm. Es war Jurij Lasarow, der mit ein paar Freunden im Nebenraum am Spieltisch gesessen hatte. Die Türen standen offen, und der Lärm hatte ihn und seine Begleiter angelockt.

»Lassen Sie das Mädchen in Ruhe, Iwan Basilowitsch«, befahl Jurij, und Bunins erhobener Arm sank herunter.

»Graf Lasarow ...« stieß er hervor, denn Jurij war besonders in den letzten Monaten ein häufiger Gast im ›Aquarium‹ gewesen. »Was ... wieso ...«

Er verstummte unter Jurijs aufgebrachtem Blick. »Ich habe alles mit angesehen. Die Kleine ist belästigt worden, und sie hat sich gewehrt. Das war ihr gutes Recht.«

»Sie hat einen meiner Gäste verletzt!« fuhr Bunin auf. »Hier, sehen Sie nur ... Er blutet, weil das Aas ihn gebissen hat. Wie kann ich so etwas durchgehen lassen? Beim nächsten Mal schlägt sie mir eine Eisenpfanne auf den Kopf, wenn ihr etwas nicht paßt, der Schlampe.«

»Sie haben Sie doch gerade hinausgeworfen«, erwiderte Jurij gereizt. »Also lassen Sie sie gefälligst in Frieden.«

Iwan Basilowitsch wies mit anklagender Miene auf die

Scherben und den verschütteten Champagner. »Und wer ersetzt mir diesen Schaden? Mindestens fünf Flaschen vom feinsten französischen Champagner, von den Gläsern ganz zu schweigen ...«

»Sie wird es nicht tun«, sagte Jurij. »Aber vielleicht jener Herr dort, der sie dermaßen geschlagen hat, daß sie gegen Ihren Kellner prallte.«

Rasputin war indessen herangeschwankt. »Laß sie los, Söhnchen«, verlangte er, als er sah, daß Jurij den Arm um Nina gelegt hatte. »Sie gehört mir.«

»Die Leibeigenschaft ist in Rußland abgeschafft worden«, sagte Jurij und blickte ihm in die betrunkenen Augen. »Das bedeutet, daß kein Mensch mehr einem anderen gehört. Oder willst du ihn?« wandte er sich an Nina, die sich zitternd in seine schützende Umarmung geschmiegt hatte.

Sie schüttelte heftig den Kopf. »Ganz gewiß nicht.«

»Dann laß uns gehen.« Jurij lächelte ihr zu. »Komm mit.«

»Wohin, Herr?« fragte sie wachsam und bereit, sich auch gegen diesen jungen Offizier zur Wehr zu setzen, wenn er sie zu etwas zwang, was sie nicht wollte.

»Du kannst bei mir bleiben, bis du eine neue Arbeit und ein Obdach gefunden hast«, erklärte er, und sie sah an seinem Gesichtsausdruck, daß er genau das meinte, was er sagte.

»Graf Lasarow ...« Das war wieder Iwan Basilowitsch. »Sie hat durch ihre Ungeschicklichkeit einen Schaden von mindestens fünfhundert Rubeln angerichtet ...«

Jurij fischte aus der Tasche seiner Uniformjacke ein Bündel Geldscheine. »Nimm das«, sagte er, ohne sie nachzuzählen. »Damit bist du mehr als gut bezahlt. Also hör auf, sie zu belästigen.«

»Heh, heh«, rief Rasputin lallend. »Die kleine Kröte bleibt hier. Laß sie los, Söhnchen, und verschwinde!«

Jurijs Augen wurden schmal. »Sie will dich nicht. Hast du das nicht kapiert?«

»Will mich nicht ...« murmelte Rasputin. Dann brüllte er los: »Seit wann hat ein verdammtes Frauenzimmer einen Willen? Es besteht doch nur aus zwei Schenkeln und einem Bauch, in den man hineinstoßen kann.«

»Die hier nicht«, entgegnete Jurij Lasarow gelassen. »Darum such dir eine andere. Ich wette, daß du sie findest.«

Rasputin war zu betrunken, um sich auf eine Diskussion einlassen zu können. Aber mit dem Starrsinn, den der Alkohol hervorrief, wollte er nicht aufgeben.

Er trat auf Jurij zu und starrte ihn an. Der Blick seiner grauen Augen bohrte sich förmlich in Jurijs blaue. Sekundenlang fühlte er sich wie gelähmt, unfähig, etwas zu sagen oder eine Bewegung zu machen. Er wußte, wer Rasputin war, und er hatte erzählen hören, daß der Staretz über magische Kräfte verfügte.

»Laß sie los, Söhnchen«, sagte Rasputin mit dunkler, plötzlich samtweicher Stimme. »Laß sie los und geh nach Hause.«

Jurij spürte, wie sich eine seltsame Wärme in ihm ausbreitete. Rasputins Augen, die Augen eines Luchses mit ihren stecknadelkopfgroßen Pupillen, schienen größer und größer zu werden, ein unheimliches phosphoreszierendes Licht schien von ihnen auszugehen und schlug Jurij in seinen Bann.

Gleichzeitig aber verspürte er einen ungeheuren Ekel vor diesem Mann mit seiner triebhaften Ausstrahlung und dem hemmungslosen Gebaren.

Das half Jurij, sich aus Rasputins Blick zu lösen und von ihm fortzutreten. Den Arm hielt er dabei immer noch schützend um Nina gelegt.

»Komm«, sagte Jurij zu ihr. »Gehen wir.«

»Du verdammter Bock!« schrie Rasputin hinter ihm her. »Bist wohl selbst scharf auf das Frauenzimmer, was? Dann geht doch! Geht zum Teufel, alle beide!«

Draußen auf dem Vorplatz blieb Jurij stehen und blickte Nina an. »Du hast hier im Haus gewohnt? Gibt es einen Hintereingang, durch den man zu deinem Zimmer kommt? Dann können wir deine Sachen mitnehmen.«

Sie sah zu ihm auf. Er war mindestens einen Kopf größer als sie, und zum ersten Mal versuchte sie ein kleines schüchternes Lächeln, das sein Herz wärmte.

»Ich glaube, das wäre nicht klug. Für heute möchte ich nicht mehr ins Haus zurück. Man könnte uns sehen und es womöglich diesem ... diesem Grigorij Jefimowitsch sagen.«

Sie schauderte zusammen. »Ich möchte ihm nicht mehr begegnen.«

»Gut, dann begleite ich dich morgen vormittag hierher, damit du deine Kleider und was du sonst noch besitzt holen kannst.«

»Es ist nicht viel, Herr«, sagte Nina. »Wir werden rasch damit fertig sein.«

Sie warf ihm einen prüfenden Blick aus ihren mandelförmigen Augen zu, die ihm vom ersten Sehen an gefallen hatten. »Wohin bringt Ihr mich?«

»In meine Wohnung«, entgegnete er bewußt leichthin. »Sie besteht aus sieben Zimmern. Eines davon kannst du haben, solange du nichts Besseres gefunden hast.«

»Und der Preis?« fragte Nina mit einer für sein Empfinden gar nicht zu ihr passenden Härte.

Er lachte. »Es gibt keinen Preis. Ich bin bestens versorgt, denn ich habe Igor. Das ist mein Diener, und er hält alles hervorragend in Ordnung. Also mach dir keine Gedanken.«

Sie zitterte immer noch, und er meinte besorgt: »Dir ist kalt. Kein Wunder bei diesen Temperaturen. Laß uns später weiterreden. Jetzt mußt du erst einmal ins Warme.«

Er war mit einem Mietschlitten ins ›Aquarium‹ gekommen und winkte auch jetzt einen heran.

»Zum Newa-Kai, Onkelchen«, befahl er dem Kutscher,

der gleich darauf am Straßenrand hielt. »Und wickle das Täubchen hier gut ein; es ist halb blau gefroren vor Kälte.«

Der Kutscher lachte und zeigte seine Zahnlücken. »Aber ja, Euer Gnaden. Was hättet Ihr auch von einem Liebchen, das im Frost erstarrt ist.« Er hüllte Nina in mehrere Decken und stopfte eine weitere um ihr Gesicht und das Haar fest. »So wird es gehen.«

Dann schwang er sich auf den Bock und trieb seine beiden Pferdchen an. »Los, los, meine Schwälbchen, fliegt! Macht, daß ihr die beiden heimbringt, bevor ihnen die Januarkälte das Blut erstarren läßt. Es wäre jammerschade um die zwei!«

Jurij bewohnte das Untergeschoß eines alten renovierungsbedürftigen Palais', in dessen oberer Etage der Besitzer lebte, der alte, halb taube Graf Narejew. Es war eine Wohnung, die eigentlich mit ihren sieben Zimmern viel zu groß für ihn war, und Wera Karlowna, Jurijs Mutter, hatte jedesmal, wenn sie ihn besuchte, gemeint, daß er sich doch besser nach einem kleineren Quartier umschauen sollte.

Doch Jurij gefiel es hier. Er mochte die Großzügigkeit der Räume mit ihren Stuckdecken, den parkettierten Fußböden und den Fenstern, die an der Rückfront des Hauses in einen verwilderten parkähnlichen Garten hinausgingen, auch wenn er drei der Zimmer bisher nicht benutzt hatte.

Sein Diener Igor war noch auf, als Jurij heimkam. Der junge Lasarow boxte ihm freundschaftlich gegen die Rippen. »Wieso schläfst du nicht? Hab ich dir nicht gesagt, daß es spät werden könnte? Ich will nicht, daß du dir meinetwegen die Nächte um die Ohren schlägst.«

Igor verneigte sich leicht. »Das tue ich auch nicht. Ein halbes Stündchen noch, und ich wäre zu Bett gegangen.«

Ein neugieriger Blick traf Nina. Igor war daran gewöhnt, daß sein Herr gelegentlich eine Frau mitbrachte. Ungewöhnlich war nur, daß er sagte: »Sie kann das große Hinterzimmer haben. Nina wird eine Weile bei uns wohnen. Also richte alles her.«

»Sehr wohl, Euer Gnaden«, erwiderte Igor Kurjakow.

Er stammte aus Kowistowo, dem Landgut der Lasarows. Seine Mutter war dort Haushälterin, und da ihr Mann noch vor Igors Geburt auf und davon gegangen war und man nie wieder etwas von ihm gehört hatte, hatte Graf Pawel Lasarow sich in einer für ihn ungewöhnlichen mitleidigen Regung des vaterlosen Kindes angenommen, das vier Wochen nach seinem eigenen Sohn zur Welt kam.

Igor war faktisch gemeinsam mit Jurij aufgewachsen. Sie hatten zusammen gespielt. Streiche ausgeheckt und jahrelang die gleiche Erziehung genossen, da Graf Lasarow verfügt hatte, Igor solle zusammen mit Jurij unterrichtet werden.

Der Sohn der Haushälterin hatte sich als intelligentes, begabtes Kind erwiesen, dem das Lernen noch leichter fiel als Jurij. Und vor allem war er viel fleißiger gewesen, geradezu besessen von dem Wunsch, soviel an Bildung und Wissen in sich hineinzustopfen, wie es nur möglich war.

Darum hatte es Jurij, der Igors Strebsamkeit vorbehaltlos bewunderte, am meisten erstaunt, daß der Sohn der Haushälterin mit zwanzig Jahren keine ehrgeizigeren Pläne entwickelte, als ihm als sein Diener nach Petersburg zu folgen.

Jurij hatte dort als Achtzehnjähriger die Kadettenschule besucht und war anschließend in die Preobraschenskijsche Garde eingetreten. Er hatte sich die Wohnung am Newa-Kai gemietet und suchte jemanden, der sie in Ordnung hielt und ihn versorgte, wenn er nicht in der Kaserne oder bei Hof Dienst tat.

Da hatte Igor eines Tages vor der Tür gestanden und gesagt: »Wenn es Ihnen recht ist, Euer Gnaden, nehmt mich in Euren Dienst. Ich denke, daß ich alles zu Ihrer Zufriedenheit ausführen kann, was Sie wünschen.«

Das hatte er tatsächlich getan. Dennoch begriff Jurij immer noch nicht recht, wieso Igor sich nicht um eine bessere Anstellung in der Hauptstadt bemüht hatte – in einer Kanzlei etwa oder im kaufmännischen Bereich einer großen Fabrik.

Aber so oft er Igor darauf ansprach, erwiderte dieser: »Ich verdanke Ihrer Familie sehr viel. Deshalb ist es nur recht und billig, wenn ich einen Teil davon wiedergutzumachen versuche, indem ich Ihnen diene, Euer Gnaden.«

Er sagte immer ›Euer Gnaden‹ zu Jurij, obwohl dieser ihn oft gebeten hatte, ihn nur einfach mit seinem Namen anzusprechen.

»Das gehört sich nicht für einen Diener, also lassen Sie mich gewähren.«

Jetzt verneigte er sich wieder vor Jurij und lächelte Nina zu, ehe er sich zur Tür wandte. Dort blieb er noch einmal stehen. »Ich werde den Ofen heizen, aber es wird eine Weile dauern, bis das Zimmer warm ist. Soll ich in der Zwischenzeit einen kleinen Imbiß bringen?«

»Ich habe zu Abend gegessen«, erwiderte Jurij und blickte Nina an. »Aber was ist mit dir? Bist du hungrig?« Er sah, wie mager sie war, und fügte rasch hinzu: »Natürlich bist du das. Also bring etwas zu essen und heißen Tee, Igor.«

Wie hungrig sie war, stellte Jurij fest, als ein Tablett mit Suppe, Brot und kaltem Fleisch vor ihr stand. Zwar bemühte sie sich, nicht zu hastig zu essen, dennoch war Jurij sicher, daß er noch nie eine solche Schnelligkeit gesehen hatte, mit der alles, was Igor gebracht hatte, hinter Ninas weißen gleichmäßigen Zähnen verschwand.

Sie aß alles auf, trank den Tee dazu und lehnte sich schließlich mit einem tiefen Aufseufzen zurück.

»Ich kann nur danke sagen, Herr. Ihr seid sehr gütig.«

Jurij mußte lachen. Er fand, daß diese Bezeichnung besser zu einem alten Mann paßte. Gütig – so hatte er sich eigentlich nie gesehen.

»Wie alt bist du?« fragte er, und sie erwiderte:

»Im September bin ich zwanzig geworden.«

»Und du stammst aus Petersburg?«

»Nein, aus der Gegend von Tiflis. Es ist ein kleines Dorf, das Ihr gewiß nicht kennt.«

»Lebt dort deine Familie?«

Sie senkte den Kopf. »Ich habe keine Familie mehr. Meine Eltern und meine Geschwister sind tot ... bei einer Feuersbrunst ums Leben gekommen. Danach bin ich nach St. Petersburg gegangen.«

Es war offensichtlich, daß sie nicht weiter darüber sprechen wollte, und Jurij stellte auch keine Fragen mehr. »Das war sicher ein harter Schlag für dich«, sagte er nur und stand auf, um sich auf ihre Sessellehne zu setzen. Er sah, wie sie zusammenzuckte und zur anderen Seite rutschte, und lachte leise. »Du mußt keine Angst vor mir haben. Was glaubst du, warum ich dich hergebracht habe?«

Sie zog die Schultern zusammen. »Ich weiß es nicht. Vielleicht, weil ich Euch leid tat. Vielleicht aber fangt Ihr es auch nur auf die subtilere Art an als dieser Mann aus dem ›Aquarium‹.«

Ihre Ausdrucksweise erstaunte ihn. Sie paßte nicht zu einem Mädchen vom Dorf und ebensowenig zu einer Küchenmagd. Auf jeden Fall war sie wunderschön, und sie besaß eine Anmut der Bewegungen, die ihn entzückte.

Möglich, daß sie mir einmal mehr aus ihrem Leben erzählt, dachte Jurij. Wenn sie Vertrauen zu mir hat.

»Schau mich an«, sagte er laut und ein wenig barscher als beabsichtigt. »Sehe ich aus wie einer, der es nötig hat, ein Mädchen in eine Falle zu locken?«

Sie musterte ihn mit gerunzelter Stirn. Dann glättete sich ihre Miene. »Eigentlich nicht. Ihr seht sehr gut aus und habt sicher eine Frau, die Euch liebt. Oder seid Ihr sogar verlobt?«

»Weder – noch. Obwohl meine Mutter überglücklich wäre, wenn ich endlich ernsthaft erwägen würde, mich zu binden. Ich bin ihr einziger Sohn. Außer mir gibt es noch drei Schwestern ... Eine davon ist verheiratet.«

Nina meinte, aus seiner Stimme eine Spur Trauer oder Groll herauszuhören, doch sie ging nicht darauf ein. Statt dessen fragte sie: »Und habt Ihr auch noch einen Vater, Herr?«

Er nickte. »Ja, aber er ist noch nie hier gewesen. Und vermutlich wird er auch nie kommen. Wir sehen uns immer nur dann, wenn ich meine Eltern besuche. Mama kommt manchmal her, aber auch nur selten. Und wenn, dann werde ich ihr erklären, daß du für mich arbeitest. Damit wird sie sich zufriedengeben. Und wenn nicht – ich bin alt genug, um mir keine Vorschriften mehr von meinen Eltern machen zu lassen. Du kannst so lange hierbleiben, wie du willst.«

»Ich würde aber gern für Euch arbeiten«, sagte sie ernsthaft. »Ihr habt zwar einen Diener, aber gibt es nichts, was eine Frau besser für Euch tun könnte?«

»Bestimmt«, erwiderte er leichthin. »Ich werde das mit Igor besprechen. Vielleicht ist er froh, wenn du ihm einiges abnimmst.«

»Ja, bitte, tut das!« erklärte sie eifrig. »Und wenn er nicht einverstanden ist, kann ich mir immer noch etwas anderes suchen.«

»Mach dir keine unnötigen Sorgen, Ninotschka, das wird sich alles finden.« Er sah, daß sie bei der Koseform ihres Namens zusammenzuckte, und fügte begütigend hinzu: »Auf jeden Fall bist du bei mir in Sicherheit. Hab keine Angst, ich bitte dich.«

Sie warf ihm einen langen prüfenden Blick zu. Dann meinte sie lächelnd: »Ich glaube, ich habe auch keine Angst mehr.«

Nina Kanejwa schlief vierzehn Stunden ohne Unterbrechung, ein Beweis dafür, wie erschöpft sie war, und vielleicht auch, wie sicher sie sich bei Jurij fühlte.

Als sie erwachte, saß er in dem großen hellen Wohnraum, dessen französische Fenstertüren auf den verschneiten Garten hinausführten, und blickte ihr lächelnd entgegen. »Nun, wie fühlst du dich?«

Sie reckte die Arme und federte ein paarmal auf den Fußspitzen. »Wundervoll! Ich weiß gar nicht, wie lange es her ist, daß ich so tief und gut geschlafen habe.«

Er sah, wie sich ihre runden Brüste unter der Leinenbluse abzeichneten, und wandte rasch den Blick ab. »Dann wirst du jetzt frühstücken wollen. Igor hat schon alles vorbereitet.«

Er selbst hatte schon vor zwei Stunden gefrühstückt und mußte um die Mittagszeit in die Kaserne. Dennoch aß er, um Nina Gesellschaft zu leisten, noch einen Toast und trank eine Tasse heißen schwarzen Kaffees dazu.

»Die Zeit reicht noch, um deine Sachen aus dem ›Aquarium‹ zu holen«, meinte er nach einem Blick auf die Uhr. »Willst du?«

Nina nickte zögernd. »Aber ich möchte nicht allein dorthin gehen.«

»Natürlich begleite ich dich«, erklärte er, und ihr Lächeln war so erleichtert, daß er Zorn in sich aufsteigen spürte. Was hatte man diesem armen schönen Geschöpf nur getan, daß es so verschreckt war!

Zwei Stunden später hatten sie Ninas wenige Habseligkeiten aus der Kammer, die sie unter dem Dach des ›Aquariums‹ bewohnt hatte, mitgenommen. Bunin schlief noch, als sie das Haus wieder verließen. Und von den Angestellten hatte niemand sie behelligt.

Aufatmend ließ Nina sich in Jurijs Troika sinken, die er selbst kutschierte. »Danke, Herr«, sagte sie wie schon am Vorabend, und er ließ für einen Moment die Pferdezügel los, um sie anzuschauen.

»Ich bin nicht dein Herr. Also hör auf, mich so anzureden. Sag Jurij Pawlowitsch oder meinetwegen auch Rittmeister Lasarow zu mir.«

Nina Kanejewa lebte sich rasch in der Wohnung am Newa-Kai ein. Sie nahm Igor einen großen Teil der Hausarbeit ab, machte sauber, bereitete das Essen zu, wenn Jurij dienstfrei hatte, und hielt seine Kleidung in Ordnung.

Igor ließ sie gewähren, zumal sie diplomatisch genug war, ihn mit Respekt und gewissermaßen als ihren Vorgesetzten zu behandeln. Sie tat nichts, ohne zuvor seine Zustimmung einzuholen, und dem Diener schien das zu gefallen.

»Ihr kommt gut miteinander zurecht, nicht wahr?« fragte Jurij eines Abends, als er von einer Parade auf dem Marsfeld zurückkehrte, an der die kaiserliche Familie teilgenommen hatte.

Igor nickte. »Sie ist recht geschickt, die Kleine, und sie gibt sich große Mühe.«

Jurij wärmte sich die Hände am Ofen, in dem ein helles Feuer brannte, denn es war ein kalter frostklirrender Tag gewesen. »Das ist gut. Bring mir einen Tee, Igor. Und dann möchte ich etwas essen. Ich habe einen Bärenhunger.«

»Nina hat nebenan bereits den Tisch gedeckt. Der Samowar steht ebenfalls dort, Euer Gnaden. Wollen Sie auch einen Schnaps zum Tee?«

»Lieber einen Rum«, sagte Jurij und ging in das angrenzende Speisezimmer. Nina saß in einem Sessel beim Fenster und war mit einer Näharbeit beschäftigt. Als er eintrat, stand sie auf.

»Guten Abend, Rittmeister Lasarow. Setzen Sie sich bitte schon an den Tisch. Ich trage sofort das Essen auf.«

»Bring auch ein Gedeck für dich mit«, bat er. »Ich habe keine Lust, allein zu essen.«

»Aber ...« setzte sie an, doch er fiel ihr ins Wort.

»Kein Aber. Das ist ein Befehl.«

Für einen Augenblick meinte er, daß ein kleines Lächeln über ihr Gesicht huschte, das sonst meist traurig und in sich gekehrt wirkte. Er setzte sich auf seinen Platz und sah ihr zu, wie sie Teller und Bestecke für sich aus der Anrichte holte.

Wieder einmal fiel ihm auf, mit wieviel Geschmack sie den Tisch gedeckt hatte.

Kerzen brannten in einem silbernen Leuchter, sie hatte die Serviette für ihn kunstvoll zu einem Schwan gefaltet und in einer flachen Schale ein paar immergrüne Zweige mit roséfarbenen Seidenschleifen angeordnet. Es sah wunderhübsch aus.

Igor brachte den Rum und warf einen raschen Blick auf das zweite Gedeck, Jurijs Platz gegenüber. Er sagte aber nichts, sondern hielt Nina lediglich mit einer übertrieben galanten Verbeugung die Tür auf, als sie mit einer appetitlich garnierten Vorspeisenplatte mit Kaviar, geräuchertem Lachs und warmen Pasteten wieder aus der Küche kam.

Auch die Bestecke hatte sie in der richtigen Reihenfolge hingelegt, und Jurij kam einmal mehr zu der Überzeugung, daß dies ein Mädchen aus einem grusinischen Dorf keinesfalls daheim gelernt haben konnte.

Auch ihre ganze Art, ihre Ausdrucksweise und ihr Benehmen verrieten eine gute Erziehung, und neulich hatte er sie dabei ertappt, wie sie in einem französischen Roman las.

Als er eintrat, klappte Nina ihn hastig zu und wollte ihn in das Regal zurückstellen, doch Jurij nahm ihn ihr aus der Hand und las den Titel.

»Du sprichst französisch?« hatte er gefragt, und sie hatte heftig verneint.

»Wie sollte ich? Bei uns in der Dorfschule wurden wir in Lesen, Schreiben und Rechnen unterrichtet – dazu ein wenig Religion. Ich habe mir nur die fremde Schrift angesehen und versucht, mir vorzustellen, was diese Buchstaben wohl bedeuten.«

Jurij hatte ihr nicht widersprochen, aber er war keineswegs überzeugt, daß sie die Wahrheit gesagt hatte.

Jetzt beobachtete er sie beim Essen. Auch hier legte Nina tadellose Manieren an den Tag, und er betrachtete sie kopfschüttelnd. »Wo hast du das nur gelernt? Weißt du, was ich glaube, Nina? Du hast mir einen Bären aufgebunden. Du bist kein Bauernmädchen.«

»Ich habe nur gesagt, daß ich in einem Dorf geboren und aufgewachsen bin«, verbesserte sie ihn ruhig. »Mein Vater hatte dort einen kleinen Landhandel. Er und meine Mutter waren einfache Leute, und ihre Eltern hatten tatsächlich einen Bauernhof. Sie vergessen, daß ich etliche Monate im ›Aquarium‹ gearbeitet habe, Rittmeister Lasarow.«

»In der Küche«, warf er ein, und sie nickte.

»Gewiß. Aber es gab dort ein Fenster, das nach außen hin als Spiegel getarnt war. Man konnte in den großen Speiseraum blicken, und Herr Bunin liebte es, seine Gäste auf diese Weise heimlich zu beobachten. Auch in den Separées gab es solche Fenster. Dort habe ich allerdings nie hindurchgeschaut. Aber in der Küche habe ich gern an diesem Fenster gestanden und mir eingeprägt, wie die Leute aßen und tranken, wie die Tische gedeckt und die Speisen serviert wurden. Ich dachte, es wäre klug, so etwas zu lernen.«

Ihre Erklärung klang einigermaßen plausibel, und Jurij beschloß, ihr zu glauben.

Trotzdem fand er immer noch, daß irgend etwas Geheimnisvolles um Nina war, weil sie nie etwas von sich erzählte, es sei denn, er fragte sie direkt danach. Aber auch dann gab sie nur kurze, fast widerwillige Antworten, so freundlich und höflich sie sonst war.

Allerdings machte dieses Geheimnisvolle auch einen großen Teil ihrer Anziehungskraft für Jurij aus. Er gab sich keinem Trugschluß hin: Diese Nina Kanejewa, von der er nicht einmal den Vatersnamen wußte, die in sein Leben gekommen war, ohne daß er es gewollt und beabsichtigt hätte, verzauberte ihn alle Tage mehr.

Sie war so schön, von einer zerbrechlichen, anbetungswürdigen Schönheit. Dieses blauschwarze üppige Haar, die nachtdunklen Augen mit den langen Wimpern, die schmale gerade Nase und der weiche Mund – all das brachte Jurij aus dem Gleichgewicht.

Er war ein junger Mann aus reicher adliger Familie, er hatte seine Liebesabenteuer gehabt und genossen, doch noch nie, so meinte er, hatte er eine Frau wie Nina getroffen.

Sie regte seine sexuelle Phantasie an und gleichzeitig seinen Beschützerinstinkt. Er begehrte sie und wünschte sich im nächsten Moment nichts inniger, als gut zu ihr zu sein, zärtlich, ganz erfüllt von dem Wunsch, sie zu liebkosen, diesen für ihre Jahre viel zu ernsten Mund zu küssen, bis er lächelte und ihre Augen ihm sagten: Du machst mich froh. Du lehrst mich lachen. Mit dir kann ich glücklich sein.

Igor brachte das Hauptgericht, Wildschweinbraten mit weißen Rübchen in saurer Sahne, und er bediente Nina mit einer übertriebenen Höflichkeit, die Jurij ärgerte.

»Hast du das zubereitet?« fragte er, als der Diener gegangen war, und sie nickte.

»Es macht mir Freude, für Euch zu kochen, Rittmeister Lasarow.«

Er hätte sie gern gebeten, ihn beim Vornamen zu nennen, doch er fürchtete, daß sie sich dann wieder hinter ihrer üblichen Zurückhaltung verschanzte: »Das gehört sich nicht.

Ihr seid ein Graf, ein Hochwohlgeboren, und ich bin nur eine Küchenmagd.«

»Du bist eine exzellente Köchin«, sagte Jurij statt dessen, nachdem er ein paar Bissen probiert hatte. »Aber das hast du wohl kaum im ›Aquarium‹ gelernt.«

»Doch«, erwiderte sie sanft. »Vergeßt nicht, daß ich in der Küche gearbeitet und dabei manches bei Jefim und Otton, den beiden Köchen, abgeguckt habe. Allerdings hat es mir auch daheim schon viel Freude bereitet, am Herd zu stehen und zu kochen«, fügte sie hinzu, als sie seinen ungläubigen Blick bemerkte. »Ich habe wohl eine Begabung dafür.«

Jurij griff über den Tisch hinweg nach ihrer Hand. »Du bist eine erstaunliche Frau, weißt du das? Und ich bin sehr froh, daß du bei mir lebst. Sag mir ehrlich, möchtest du bleiben?«

»Wo sollte ich sonst hingehen?« antwortete sie nach einem kurzen Zögern. »Außerdem fühle ich mich wohl bei Ihnen. Seit ... seit dem Tod meiner Familie habe ich mich noch nirgendwo so wohl gefühlt.«

»Das ist schön«, sagte er glücklich.

In den folgenden Tagen ging Jurij kaum mehr aus, sondern zog es vor, die Abende zu Hause in Ninas Gesellschaft zu verbringen. Als sie vier Wochen bei ihm war, legte er ihr einige Rubelscheine auf den Tisch.

»Das ist für dich. Du bist sehr fleißig gewesen. Bitte, nimm das Geld, es steht dir zu. Und noch einiges mehr«, fügte er hinzu, als er ihre überraschte und zugleich abwehrende Miene sah. »Darum werden wir morgen miteinander einkaufen fahren. Du brauchst dringend ein paar neue Sachen zum Anziehen. Und jetzt widersprich mir nicht, ich werde mit dir gemeinsam die nötigen Besorgungen machen.«

Am nächsten Vormittag begleitete er Nina ins Gostinnjy Dwor. Dort gab es kleine Ladengeschäfte, in denen Kleiderpuppen mit bereits fertig genähten Sachen ausgestellt waren. Die Besitzerin musterte Nina mit einem prüfenden Blick, dann meinte sie:

»Ich denke schon, daß ich etwas für Sie habe, mein Fräulein. Vielleicht sind ein paar kleine Änderungen nötig, aber wenn sie nicht zu umfangreich sind, lasse ich sie gleich vornehmen. Dann können Sie alles in etwa zwei Stunden abholen.«

Jurij ließ Nina zunächst freie Hand beim Auswählen, und er wunderte sich über ihren sicheren Geschmack.

Sie entschied sich für ein blaues Tuchkleid mit einem weißen Spitzenkragen und einen hellgrauen Rock mit einer Bluse aus rot gemusterten Wollstoff. Beides war etwas zu weit, aber die Ladenbesitzerin rief sogleich eine ihrer Näherinnen und ließ sie die Sachen abstecken.

Jurij hatte unterdessen ein wenig herumgestöbert und kam mit drei weiteren Kleidern, mehreren Blusen und Röcken und einem bodenlangen Kapuzenmantel zurück. »Das probierst du auch noch an«, sagte er und behauptete, als Nina protestieren wollte: »Das ist ein kleiner Vorschuß auf deinen nächsten Lohn. Sei unbesorgt, ich schenke dir schon nichts. Wir werden es in vier Wochen verrechnen.«

Alles, was er ausgesucht hatte, paßte erstaunlicherweise ohne Änderung, und anschließend bestand Jurij noch darauf, in einem anderen Laden zwei Paar Stiefel für Nina zu kaufen, eines mit Fell gefüttert und eines aus rotem samtweichem Ziegenleder, das mit farbigen Lederstreifen abgesetzt war.

Sie schlenderten noch eine Weile durch das Gostinnjy Dwor, betrachteten die vielfältigen Auslagen, hörten amüsiert den Verkäufern zu, die lauthals ihre Waren anpriesen, und tranken in einer Teestube zwei Gläser Tee, zu denen

Jurij noch für jeden eine Portion Fleischpiroggen mit einer köstlichen cremigen Soße bestellte.

Als sie am Nachmittag, mit ihren Einkäufen beladen, heimkamen, hatte Nina rosige Wangen und glänzende Augen. Es rührte Jurij, sie so zu sehen, und als sie ihm dankte, wehrte er mit einem verlegenen Lachen ab.

»Laß es gut sein. Du hast dir das alles redlich verdient, Nina.«

»Trotzdem – danke«, sagte sie mit einem tiefen Atemzug und drückte einen scheuen Kuß auf seine Hand.

Erschrocken zog er seine Finger zurück. »Um Himmelswillen, laß das und tu das nie wieder.«

Am Abend hatte er Dienst im Winterpalais, in dem sich das Zarenpaar für einige Zeit aufhielt wie in jedem Jahr während der Ballsaison. Meist kehrten Nikolaus und Alexandra erst nach den Osterfeierlichkeiten nach Zarkosje Selo zurück.

Als Jurij heimkam – es war gegen zwei Uhr nachts, lag die Wohnung im Dunkeln. Auch Igor schlief, nachdem Jurij ihm vor seinem Fortgang erklärt hatte, daß er keinesfalls auf ihn zu warten brauche.

Jurij war noch nicht müde. Darum setzte er sich für eine Weile in den Salon, schenkte sich ein Glas Rotwein ein und dachte an den zurückliegenden Abend.

Auch Swetlana und Leonid Soklow waren auf dem Ball gewesen, und das Aussehen seiner Schwester bedrückte Jurij. Sie war mager geworden, und um ihren Mund lag ein fremder, harter Zug.

Jurij wußte, daß sie sich von Rodja getrennt hatte, und begriff auch, wie bitter das für seine Schwester war. Als er sie einmal darauf angesprochen hatte, hatte sie ihn aus hoffnungslosen Augen angesehen.

»Ich möchte nicht darüber reden. Bitte, Jurij, versteh das.«

»Weiß dein Mann von Rodja?« hatte er trotzdem gefragt,

aus Sorge, jemand könne Leonid auf taktlose, gehässige Weise darüber aufklären, und der Fürst würde es Swetlana entgelten lassen.

Sie hatte genickt. »Rodja war bei mir, als Leonid heimkam.« Sie lächelte freudlos, als sie Jurijs Bestürzung gewahrte. »Mach dir keine Gedanken. Wie du siehst, hat er keine antike Tragödie inszeniert, sondern darauf verzichtet, mich oder Rodja oder uns beide gemeinsam umzubringen.«

Jurij mochte Leonid nicht. Aber er ahnte nicht im Entferntesten, was Swetlana in dieser Ehe ertrug. Sie sprach nicht darüber, weil sie sich schämte, ihr Elend vor anderen auszubreiten, und weil ihr ihrer Meinung nach sowieso niemand helfen konnte.

Jurij schrak aus seinen Gedanken hoch, als plötzlich ein markerschütternder Schrei ertönte. Er kam aus Ninas Zimmer.

Gleich darauf schrie sie noch einmal – so hell und gellend, daß es ihn förmlich aus seinem Sessel hochriß.

Er stürzte in den Flur und wäre dort fast mit Igor zusammengeprallt, der erwacht war und ebenfalls in Ninas Zimmer wollte.

Der Diener stieß die Tür auf und schaltete das elektrische Licht ein, das im vergangenen Sommer in der Wohnung installiert worden war.

Nina saß halb aufgerichtet im Bett. Sie schrie immer noch, und ihr Gesicht war tränenüberströmt. Erst die plötzliche Helligkeit ließ sie verstummen.

Mit einem vor Angst halb wahnsinnigen Ausdruck blickte sie die beiden Männer an. Erst als sie sie erkannte, entspannte sich ihr verkrampfter Körper ein wenig, und sie fiel in die Kissen zurück.

Jurij beugte sich über sie.

»Was ist? Was hast du? Tut dir etwas weh? Bist du krank?«

Sie drehte das Gesicht zur Wand. »Es ist nichts ... Es war nur ein Traum. Verzeihen Sie, wenn ich Ihnen einen Schrekken eingejagt habe.«

Er strich ihr unbeholfen über das Haar. »Das muß aber ein schlimmer Traum gewesen sein.«

»Ja«, gestand sie flüsternd und zitterte immer noch. »Ein sehr schlimmer ...«

Dann begann sie zu weinen.

»Hol etwas zu trinken für sie«, trug Jurij dem Diener auf. »Ein Glas warme Milch mit Honig vielleicht.« Er erinnerte sich, daß das immer das Allheilmittel seiner alten Kinderfrau Akulina gewesen war, wenn er und seine Schwestern nicht schlafen konnten oder schlecht geträumt hatten.

Igor kam wenige Minuten später zurück. »Ich habe noch einen gehörigen Schuß Cognac in die Milch getan«, sagte er grinsend. »Das wird ihr gut tun.«

Jurij nahm ihm das Glas ab. »Danke, Igor. Geh jetzt wieder schlafen. Ich bleibe noch ein Weilchen bei ihr, bis sie sich beruhigt hat.«

»Gewiß, Euer Gnaden«, erwiderte der Diener mit unbewegter Miene und verschwand in seiner leisen, fast geräuschlosen Art.

Jurij wartete, bis Igor die Tür von außen hinter sich zugedrückt hatte, und setzte sich dann auf Ninas Bettkante. Er legte eine Hand unter ihren Kopf, um sie ein wenig aufzurichten und ihr die Milch einzuflößen, aber sie weinte immer noch und wehrte sich dagegen, daß er ihr das Glas an die Lippen setzte.

»Noch nicht«, bat sie. »Gleich wird es mir besser gehen. Dann trinke ich die Milch. Bitte, Rittmeister Lasarow, lassen Sie mich ruhig allein. Es ist ja vorüber.«

»Ich gehe erst, wenn du wieder ganz in Ordnung bist«, widersprach Jurij. »Was war das denn für ein schrecklicher Traum? Willst du ihn mir erzählen?«

Sie schüttelte den Kopf. »Nein. Bitte, fragen Sie nicht weiter. Ich ... ich kann nicht darüber reden.«

Er zog ein Taschentuch aus seiner Hosentasche und wischte ihr die Tränen ab. »Schon gut. Ich dachte nur, es würde dir helfen, wenn du darüber sprichst.«

Sie weinte nun nicht mehr und schwieg eine Weile, während sie zu ihm hochsah. »Ich habe das manchmal, solche Alpträume«, sagte sie schließlich. »Seit ich bei Ihnen wohne, bin ich davon verschont geblieben – bis heute. Dabei war ich gerade heute so froh. Es war ein so schöner Tag.«

»Ja, das war es.« Jurij lächelte auf sie hinunter. Er hielt immer noch ihren Kopf umfaßt und in der anderen Hand das Milchglas. »Möchtest du jetzt einen Schluck?«

Sie richtete sich auf und nahm ihm das Glas ab. Während sie trank, verzog sie das Gesicht.

»Schmeckt es nicht?« fragte Jurij besorgt, und sie rang nach Luft.

»Es ist viel Cognac darin ... Igor hat es etwas zu gut gemeint.«

»Trink nur. Dann wirst du fest und traumlos schlafen.« Er streichelte ihre Hand. »Ich habe auch manchmal Alpträume. Sie sind scheußlich. Aber bei mir ist die Ursache etwas, das ich einmal erlebt habe.«

Er dachte an den ›Roten Sonntag‹ vor zwei Jahren, die Schüsse, das Geschrei, das sterbende Kind, das er in den Armen gehalten hatte, und die vielen anderen Toten, niedergeknüppelt, niedergeritten, von Kugeln zerfetzt. Er würde es wohl nie vergessen, und die Erinnerung lastete schwer auf ihm.

Die Träume waren nur Ausdruck seiner inneren Qual gewesen. Er hatte getrunken und gespielt, sich die Nächte um die Ohren geschlagen und sich mit Liebesaffären zu betäuben versucht. Es war ihm nur unvollkommen gelungen.

Heute im Winterpalais hatten ihn etliche seiner Kameraden bei den Preobraschenskij damit aufgezogen, daß man ihn neuerdings kaum mehr außerhalb des Dienstes sah, und er hatte mit einem Schulterzucken erwidert: »Ich bin der Huren überdrüssig. Außerdem hatte ich in der letzten Zeit viel Pech beim Spiel. Darum habe ich mir vorgenommen, vorläufig die Finger davon zu lassen – und vom Schnaps und den Weibern auch.«

Leutnant Petenskij hatte ihm lachend gegen die Brust getippt. »Das hört sich verdammt so an, als ob du dich diesmal ernsthaft verliebt hast und auf deine Angebetete einen guten Eindruck machen willst. Wer ist sie denn? Kenne ich sie?«

»Es ist niemand«, hatte Jurij erwidert. »Ich habe dieses nächtliche Herumziehen einfach nur satt. Das ist alles.«

Aber er wußte, daß dies nicht die Wahrheit war. Er ging des Abends nicht mehr aus, weil Nina in seiner Wohnung lebte. Auf einmal freute ihn das Nachhausekommen, weil sie auf ihn wartete und er mit ihr plaudern konnte. Und er hatte sich tatsächlich verliebt ...

Nina hatte das Glas ausgetrunken und stellte es auf dem Nachttisch ab. »Danke«, murmelte sie, und Jurij sah, daß sie entspannt und schläfrig wurde.

Er strich ihr über das Haar. »Mach die Augen zu und denk an etwas Schönes.«

Ein kleines Lächeln lag um ihre Mundwinkel. »Ja, etwas sehr Schönes ...«

Er blieb noch eine Weile an ihrem Bett sitzen und blickte sie an. Als er merkte, daß ihre Atemzüge tiefer und gleichmäßiger wurden, stand er leise auf. Auf Zehenspitzen ging er zur Tür, ließ sie aber vorsichtshalber einen Spaltbreit offen und im Flur das Licht brennen. Dann ging er ebenfalls schlafen.

Du bist ein Idiot, Jurij Lasarow, dachte er amüsiert, als er sich in seinem Bett ausstreckte. Bei jeder anderen hättest du die Situation ausgenutzt. Warum tust du's nicht bei ihr? Ich wette, sie hätte sich heute nicht gewehrt.

Er seufzte und kam sich gleichzeitig sehr dumm und sehr edel, ja, geradezu heldenhaft vor.

Und letzteres war ein verdammt gutes Gefühl.

7. Kapitel

»*Maman*«, fragte Fjodor, während er die Bilder des Märchenbuches betrachtete, aus dem seine Mutter ihm gerade vorgelesen hatte, »warum kommt Rodja nicht mehr zu uns? Kommt er nie mehr?«

»Ich weiß es nicht«, antwortete Swetlana. »Er hat viel Arbeit und außerdem ...«

»Ja?« fragte das Kind, als sie stockte.

»Dein Vater mag Rodja nicht besonders«, erwiderte sie und klappte das Buch zu. »Sie ... sie haben sich einmal gestritten, und seitdem will er Rodja nicht hier haben.«

Fjodor schwieg eine Weile und malte mit dem Finger kleine Kreise auf die Spitzendecke des Tisches. Sie saßen im Gartenzimmer des Soklowschen Palais', es war früher Nachmittag, und Fjodor hatte gerade seine Schokolade getrunken und ein paar kleine mit Creme gefüllte Kuchen dazu gegessen, die er besonders liebte. Auf seiner runden Kinderstirn stand eine steile Falte.

»Ich weiß, man darf so etwas nicht sagen«, meinte er dann unvermittelt. »Aber wenn es doch wahr ist ... Ich finde es nicht gut, daß Papa wieder hier ist. Er ist oft böse mit dir, und dann bist du traurig. Früher war es schöner, als Rodja uns noch besucht hat. Da warst du immer so lustig und hast gelacht und manchmal sogar gesungen. Das tust du überhaupt nicht mehr.«

Sie zog ihn an sich. »Möchtest du denn, daß ich dir etwas vorsinge, mein Herzchen?«

»Na klar«, beteuerte er lebhaft. »Du singst schön, *maman*. Bitte, bitte ...«

Swetlana schluckte. Sie hatte das Empfinden, keinen Ton hervorbringen zu können, aber als sie in die bettelnden Augen ihres Sohnes blickte, versuchte sie es dennoch.

Es war ein altes russisches Volkslied, das sie sang, vom roten Sarafan, den ein Mädchen für den Tag seiner Hochzeit bestickt hat.

Swetlana sang leise und sehr zart, und als sie an die Stelle kam, wo das Mädchen erfährt, daß es niemals den roten Sarafan zu seiner Hochzeit tragen wird, weil sein Liebster tot ist, schwankte ihre Stimme, und sie kämpfte mit den Tränen.

Trotzdem sang sie das Lied zu Ende, und als sie schwieg, rief jemand von der Tür her: »Bravo! Bravissimo!«

Es war Leonid. Applaudierend kam er näher. »Was für eine bewegende Idylle. Die Mutter singt ihrem Söhnchen ein sentimentales Lied vor! Und was sehe ich da in deinen schönen Augen, meine Teure? Sind das wirklich Tränen? Ach ja, eine zerbrochene Liebe, wie sie in dem Lied besungen wird, macht doch immer wieder traurig.«

Er lachte laut und warf sich in einen Sessel am Tisch.

Fjodor hatte zwischen ihm und Swetlana hin und her geblickt. Er löste sich aus ihren Armen. »Sie sollen nicht über meine Mutter lachen, Papa!« rief er empört. »Ich erlaube es nicht.«

Soklow beugte sich nach vorn und musterte ihn aus schmalen Augen. »So, so, du erlaubst es nicht. Und was ist, wenn ich es trotzdem tue? Gehst du dann mit den Fäusten auf mich los?«

»Ja!« rief Fjodor und ballte die kleinen Hände. »Es war viel schöner, als Sie nicht hier waren, und ich wünschte, Sie gingen wieder fort!«

Swetlana sprang auf. »Fjodorenka, bitte, so etwas darfst du nicht sagen! Geh und entschuldige dich bei deinem Papa.«

»Nein!« stieß das Kind mit blitzenden Augen hervor, und Soklow lachte wieder.

»Hör zu, du kleine Kröte. Ich könnte dich mit einer Hand zerquetschen, wenn ich das wollte. Also nimm dich in acht und ärgere mich nicht allzu sehr. Bisher amüsierst du mich nur, aber das könnte sich ändern.«

»Bitte, Fjodorenka«, flehte Swetlana. »Geh jetzt, geh zu Monsieur Mounet, damit er dir deine französischen Vokabeln abfragt. Und verabschiede dich von deinem Papa, wie es sich gehört.«

Das Kind sah die Furcht in ihren Augen und gehorchte. »*Adieu,* Papa«, sagte es widerwillig und vollführte sogar eine kleine Verneigung. »Ich wünsche Ihnen noch einen angenehmen Tag.«

»Du hast ihn gegen mich aufgehetzt«, behauptete Soklow, als er mit Swetlana allein war. »Aber ich werde dafür Sorge tragen, daß dir das in Zukunft nicht mehr gelingt. Diesen Mounet werde ich hinauswerfen, er ist zu lasch. Statt dessen werde ich einen Fecht- und Reitlehrer für den Jungen engagieren, wie ich es schon früher vorhatte. Und einen Lehrer, der ihm beibringt, daß eine Weiberwirtschaft, wie du sie für den Jungen anstrebst, etwas absolut Lächerliches ist. Ich werde es schon noch umkrempeln, das Muttersöhnchen!«

Sie wußte, daß es sinnlos war, ihn um etwas zu bitten. Trotzdem versuchte sie es. »Fjodor liebt mich. Bitte, akzeptiere das.«

»Wozu?« fragte er roh. »Damit er lernt, mich zu verabscheuen? Offenbar tut er das heute schon, und das ist zweifellos dein Werk. Es wird höchste Zeit, daß ich etwas daran ändere.«

»Er wird dich niemals lieben, wenn du ihm ungeliebte

Lehrer aufzwingst und danach trachtest, mich vor ihm zu demütigen. Leonid, ich bitte dich, laß doch wenigstens das Kind unsere Zwistigkeiten nicht entgelten.«

»Haben wir denn Zwistigkeiten?« fragte er mit hochgezogenen Augenbrauen. »Vielleicht du mit mir – aber ich bin im Grunde recht zufrieden mit dir. Du akzeptierst, daß ich mir dann und wann Vergnügungen außerhalb des ehelichen Bettes suche, und sagst mir dennoch niemals nein, wenn ich meine Rechte als dein Mann geltend mache. Du weißt doch, daß du mir nach allem, was ich für dich getan habe, noch einen Sohn schuldig bist. Den will ich von dir haben. Meinen ehelich geborenen Sohn, der unzweifelhaft ein echter Soklow ist.«

»Du hast eine Tochter«, erinnerte sie ihn. »Ich habe dir erzählt, daß Natalja Kriwoschina ein kleines Mädchen bekommen hat.«

»Was interessiert mich eine Tochter«, erwiderte er wegwerfend. »Ich will einen Sohn – und zwar von dir, meiner angetrauten Ehefrau.«

Sein Blick bekam etwas Lauerndes. »Wieso weißt du überhaupt, was für ein Balg die Kriwoschina geboren hat?«

»Weil ich sie von der Straße aufgelesen und für sie und ihr Kind gesorgt habe, soweit das möglich war.«

»Du hast ...« Wieder brach er in Gelächter aus. »Also das ist wirklich ein Witz! Meine Frau nimmt sich meiner Geliebten und ihres Hurenbalges an! Halte nur den Kopf recht gerade, meine teure Swetlana, damit dein Heiligenschein nicht verrutscht.«

»Ich habe es nicht deinetwegen getan«, versetzte sie herb. »Aber Natalja und das Baby waren in einer verzweifelten Situation.«

»Und wo sind die beiden jetzt?« erkundigte er sich, doch sie erwiderte:

»Das geht dich nichts an, nachdem du dich weder um

Natalja noch um das Kleine jemals gekümmert hast. Also hör mit deiner Fragerei auf. Ich werde dir nicht darauf antworten.«

Er schwieg und warf ihr einen gereizten Blick zu. Dann zuckte er mit den Schultern. »Wie du willst. So wichtig ist mir die Sache nicht.«

Er klingelte nach einem Diener, befahl, ihm einen Whisky mit Sodawasser zu bringen, ein Getränk, das er neuerdings bevorzugte, und zündete sich eine Papyrossi an. Dann wandte er sich wieder an Swetlana.

»Ich habe Premierminister Stolypin zum Abendessen eingeladen und noch einige andere Herren aus dem Reichsrat, insgesamt acht Personen. Trage bitte Sorge dafür, daß ein exzellentes Essen serviert wird. Du weißt, Stolypin ist ein Feinschmecker.«

Sie nickte. »Ich werde die Speisenfolge mit Baron Konierski besprechen.«

Das war der neue Haushofmeister, den Swetlana kurz nach Leonid Soklows vermeintlichem Tod eingestellt hatte. Seinen Vorgänger, Stepan von Launitz, der ihr von Herzen unsympathisch gewesen war, hatte sie gleich nach ihrer Rückkehr von Liwadja entlassen.

Konierski war polnischer Abstammung, ein ernster, gewissenhafter Mann, der dem großen Hauswesen mit sehr viel Tüchtigkeit und Kompetenz vorstand. Selbst Leonid hatte das widerwillig anerkannt, wenngleich er Swetlana Vorwürfe wegen Launitz' Entlassung gemacht hatte.

Swetlana hatte eigentlich vorgehabt, an diesem Abend ihrem Bruder einen Besuch abzustatten. Nun mußte sie ihm absagen, aber das war, da sowohl im Soklowschen Palais als auch in Jurijs Wohnung neuerdings ein Telefonanschluß vorhanden war, kein großes Problem.

Allerdings war Jurij nicht zu Hause. Statt seiner meldete sich eine angenehme weiche Frauenstimme. »Bei Rittmeister Lasarow ...«

Einen Moment lang war Swetlana verblüfft. »Entschuldigung«, sagte sie. »Mit wem spreche ich?«

»Mit einer Angestellten«, antwortete die Frau. »Ich heiße Nina Kanejewa und arbeite seit einiger Zeit für Graf Lasarow.«

»Ach ...« Swetlana hatte sich immer noch nicht ganz von ihrer Überraschung erholt. Sie hatte Jurij vor ein paar Tagen in der Stadt getroffen, und sie waren miteinander essen gegangen. Aber da hatte er kein Wort von einer neuen Angestellten erwähnt. »Ist Igor denn nicht mehr bei ihm?«

»Doch, natürlich. Aber ...« Ninas Stimme klang reserviert. »Mit wem spreche ich denn?«

Swetlana lachte. »Ach Gott, entschuldigen Sie. Ich bin Graf Lasarows Schwester Swetlana. Wir waren für heute abend miteinander verabredet. Ist er nicht da?«

»Es tut mir leid, aber er ist ausgegangen. Euer Gnaden. Gegen sechs Uhr wollte er zurück sein.«

»Dann sagen Sie ihm bitte, daß ich nicht kommen kann. Mein Mann hat überraschend Gäste eingeladen. Vielleicht können wir für morgen etwas vereinbaren. Ich rufe vormittags noch einmal an.«

Swetlana verabschiedete sich und legte auf. Ganz sicher würde sie morgen oder übermorgen zu Jurij fahren. Diese Nina Kanejewa hatte Swetlanas Neugier geweckt. Warum hatte Jurij verschwiegen, daß er neuerdings eine Frau eingestellt hatte? Sie hatte eine sympathische und noch sehr jugendliche Stimme. Ob sie Igors Freundin war? Oder hatte Jurij sich eine Geliebte zugelegt, die bei ihm wohnte? Swetlana beschloß, das herauszufinden.

Der Abend mit Stolypin und den anderen Herren vom Reichsrat zog sich in die Länge. Swetlana hätte sich nach dem Essen gern von ihnen verabschiedet. Aber Leonid, der so etwas ahnte, forderte sie mit hinterhältiger Liebenswürdigkeit auf, sie in den Rauchsalon zu begleiten, um, wie er sagte, durch ihre Anwesenheit der tristen Herrenrunde erst den richtigen Glanz zu verleihen.

Leonid Soklow war nach seiner Rückkehr aus der japanischen Kriegsgefangenschaft von Zar Nikolaus wieder in den Reichsrat berufen worden, der die Wahlen für eine neue Duma vorbereitete, nachdem die erste im vergangenen Juli auf Befehl des Zaren aufgelöst worden war.

Nicht einmal ein Vierteljahr hatte dieses aus gewählten Volksvertretern bestehende Abgeordnetenhaus seine Arbeit durchführen können.

Der Zar hatte seinerzeit dem Druck der Verhältnisse nachgegeben, als er in einem Manifest versprach, auf seine bisherige uneingeschränkte Machtvollkommenheit teilweise zu verzichten und einem gewählten Parlament ein gewisses Mitspracherecht einzuräumen. Gleichwohl hatte er dieses Zugeständnis sehr schnell wieder bereut und hätte es liebend gern zurückgenommen.

Es hatten im vergangenen Jahr wahrlich fast bürgerkriegsähnliche Zustände geherrscht. Attentate, Hinrichtungen, Straßenkämpfe zwischen Revolutionären und den ›Schwarzen Hundertschaften‹, einer militanten monarchistischen Vereinigung, deren Aktionen von der Polizei stillschweigend geduldet wurden, waren an der Tagesordnung.

In den Köpfen dieser zarentreuen Fanatiker waren es hauptsächlich die Juden, die das Volk verhetzten und die Monarchie stürzen wollten. Es war zu Pogromen gekommen, bei denen Tausende Juden umgebracht und ihre Häuser zerstört und angezündet wurden – in Odessa, in Minsk, in Moskau, St. Petersburg, Kiew und Tiflis ...

So hatte der Zar schließlich dem Druck seines derzeitigen Premierministers Witte und anderen nachgegeben und den Wahlen für die Duma zugestimmt.

Das Ergebnis war allerdings nicht so gewesen, wie er erhofft hatte, trotz der ausgeklügelten Zusammensetzung der insgesamt 7200 Wähler.

Sie setzten sich aus drei Ständen zusammen: Grundbesitzer, Städtebewohner und Bauern. Die Grundbesitzer und wohlhabende Bürger verfügten über mehr als die Hälfte der Stimmen, und bei den Bauern war Zar Nikolaus ziemlich sicher gewesen, daß sie noch immer zarentreu und ihm ergeben waren.

Um so mehr überraschte ihn das Wahlergebnis, bei dem die revolutionäre Linke ein klares Übergewicht bekam. Außerdem waren viele der insgesamt 524 Abgeordneten Arbeiter und Bauern. Und letztere waren keineswegs die naiven russischen Muschiks, die den Boden küßten, wenn der Zar an ihnen vorüberschritt.

Swetlana hatte an der feierlichen Eröffnung der Duma im vergangenen Jahr teilgenommen.

Zar Nikolaus hatte dafür das Winterpalais bestimmt, nicht das Taurische Palais, das einst Katharina II. für ihren Favoriten und heimlichen Ehemann Grigorij Potemkin hatte erbauen lassen und das nun als Versammlungsort des Parlaments dienen sollte.

Die Zeremonie war in Swetlanas Augen eine äußerst schädliche Zurschaustellung der zaristischen Macht und ihres Prunks gewesen. Und sie hatte plötzlich Furcht empfunden, während sie in die Gesichter der versammelten Abgeordneten blickte.

Der Zar empfing sie im St. Andreas-Saal. Mehrere Stufen führten zu seinem Thronsessel, der mit zwei kostbaren Hermelinmänteln drapiert war. Auf zwei Hockern neben dem Thron befanden sich die Zarenkrone und das Zepter, in das der berühmte ›Orlow‹ eingearbeitet war, jener vierhundertkarätige Diamant, den Grigorij Orlow einst Zarin Katharina der Großen geschenkt hatte.

Zwei hohe Würdenträger hielten die kaiserliche Standarte und das Schwert der Gerechtigkeit. Die Großfürsten und

Großfürstinnen standen rechts neben dem Thronsessel, die hohen Offiziere in ihren von Gold und Juwelen funkelnden Uniformen auf der anderen Seite. Das gesamte diplomatische Korps war anwesend, es hatte sich auf einer Tribüne versammelt.

Das Licht der riesigen Kristallüster ließ die Orden und goldbestickten Schärpen auf den Galafräcken und -uniformen der Minister und Reichsratsmitglieder aufblitzen, und das einfache Habit der Duma-Abgeordneten stach seltsam dagegen ab.

Da und dort sah man zwar auch bei ihnen einen schwarzen Frack, den ein Arzt oder Rechtsanwalt aus der Provinz zu diesem Ereignis angelegt hatte, aber die blauen Kittel der Arbeiter und die Kaftane der Bauern überwogen.

Der Zar zog, von einer feierlichen Prozession hoher kirchlicher Würdenträger begleitet – auch sie in prachtvollen, juwelengeschmückten Priestergewändern – in den St. Andreas-Saal ein. Er trug die Uniform eines Obersten der Preobraschenskij und das blaue Band des St. Andreas-Ordens. Seine Mutter und Zarin Alexandra Fjodorowna folgten ihm mit ihren Ehrendamen, sie alle in Weiß, mit funkelnden Diademen auf dem Kopf. Pagen trugen die langen Schleppen der Zarenmutter und der Zarin.

Während des nachfolgenden Tedeums, das von den Metropoliten von St. Petersburg, Moskau und Kiew zelebriert wurde, blickte Swetlana in die Gesichter der Duma-Abgeordneten.

Sie standen ein wenig zusammengedrängt, aber nicht in furchtsamer oder demütiger Haltung, sondern als wollten sie durch ihr enges Beieinanderstehen dokumentieren, daß sie gemeinsam von jetzt an eine Macht bildeten, mit der man zu rechnen hatte. Ihre Mienen waren ernst, aber keineswegs ergriffen über dieses prunkvolle Schauspiel, von dem Zar Nikolaus geglaubt hatte, es werde diesen Männern die ganze Macht und Autorität des Zarentums ins Bewußtsein hämmern.

Im Gegenteil – viele schienen abgestoßen von diesem unsagbaren Pomp, erinnerte er sie doch an ihre eigene Bedürftigkeit.

Auf einem goldenen Tablett überreichte Hofminister Graf Fredericks Nikolaus II. den Text seiner Rede.

Der Zar las ihn mit klarer, fester Stimme vor, aber Swetlana sah, daß seine Hand zitterte, die das Blatt hielt.

Sie sah auch, daß der Zarin Tränen in den Augen standen, aber nicht aus Ergriffenheit, sondern aus Zorn über die, wie Alexandra Fjodorowna meinte, schandbare Entäußerung jahrhundertealter Rechte der russischen Herrscher.

In seiner Rede versprach Zar Nikolaus, die von ihm zugelassenen Institutionen, also die Duma, auf unerschütterliche Weise zu schützen, ermahnte die Abgeordneten, ihre Kräfte für die Bedürfnisse des Volkes, vor allem der Bauern, einzusetzen, und schloß mit den Worten:

»Ich erinnere euch, daß es, damit sich ein Staat wirklich entwickeln kann, nicht nur der Freiheit bedarf, sondern auch einer Ordnung, die auf den Grundlagen der Verfassung beruht.«

Als er geendet hatte, sah Swetlana in vielen Gesichtern Enttäuschung, ja, sogar Ingrimm. Es war kein Wort von einer Amnestie der politischen Gefangenen gefallen, die nach den Unruhen des letzten Jahres zu Tausenden die Gefängnisse füllten.

Eisiges Schweigen herrschte plötzlich. Niemand applaudierte, niemand rief »Es lebe der Zar«, bis schließlich ein alter General die Stille mit dem Ruf durchbrach: »Ein Hurra auf den Zaren!«

Halbherzig wurde er aufgenommen, und Nikolaus merkte es wohl. Mit versteinerter Miene verließ er den Thron und kehrte in seine Privatgemächer zurück. Der lange Zug der Offiziere, Kirchenfürsten und Familienmitglieder folgte ihm.

Im Hinausgehen hörte Swetlana, wie Maria Fjodorowna, die Mutter des Zaren, zu Finanzminister Kokowzow sagte: »Ich kann mich wegen dieses schrecklichen Empfangs gar nicht beruhigen. Die Abgeordneten sahen uns an wie Feinde; ihre Gesichter drückten einen unerklärlichen Haß aus. Ist es überhaupt möglich, mit solchen Leute zusammenzuarbeiten?«

Wenig später vernahm man von draußen den Jubel einer großen Menschenmenge, die sich vor dem Winterpalais versammelt hatte. Er galt den Männern der Duma, die den Palast verließen. Einige wurden auf die Schultern gehoben, andere konnten sich der Umarmungen und Glückwünsche kaum erwehren, und da und dort ertönte Gesang. Es war die ›Internationale‹, die einige anstimmten. Andere fielen ein, so daß am Ende das Lied aus vielen tausend Kehlen erschallte.

Man hörte es bis in die Privatgemächer der Zarenfamilie, und Swetlana fragte sich beklommen, ob es überhaupt noch gelingen konnte, in Rußland den inneren Frieden wieder herzustellen, oder ob nicht das, was man halbherzig zu retten versuchte, im Sturm einer alles hinwegfegenden Revolution unterging.

Später erfuhr sie, daß die Schiffe, die die Duma-Abgeordneten zum Taurischen Palais zu ihrer ersten Sitzung brachten, am Kresty-Gefängnis vorbeifuhren. Dort hingen die Gefangenen wie Trauben hinter den Gitterstäben ihrer Zellenfenster, winkten und schrien: »Amnestie!« Die Menge, die noch an den Kais stand, nahm den Ruf auf, und die Abgeordneten schwenkten ihre Mützen und Hüte und grüßten die Häftlinge.

Amnestie ... Viele hatten darauf gehofft, ja, sogar fest damit gerechnet, und die Enttäuschung darüber, daß Zar Nikolaus sich weigerte, die politischen Gefangenen freizulassen, war grenzenlos.

Auf den Sitzungen der Duma wurde immer wieder mit heißem Herzen diese Amnestie gefordert, und sie stand auch an erster Stelle der Petition, die das Abgeordnetenhaus erarbeitete, um sie dem Zaren vorzulegen.

Von der Abschaffung der Todesstrafe war darin ebenfalls die Rede und der Enteignung der großen Grundbesitzer, um die Notlage der Kleinbauern zu verbessern.

»Sie sind unverschämt und größenwahnsinnig, diese Herren Volksvertreter«, sagte die Zarin aufgebracht zu Swetlana. »Offenbar sehen sie sich nicht als beratendes Gremium, sondern bereits als Gesetzgeber. Seiner Majestät wird am Ende gar nichts anderes übrig bleiben, als diese Duma aufzulösen.«

Und so kam es denn auch.

Graf Witte hatte inzwischen sein Amt als Premierminister niedergelegt und war, müde von den ständigen Kämpfen mit Zar Nikolaus und seinen konservativen Beratern, ins Ausland gegangen. Sein Nachfolger wurde der ehemalige Innenminister Goremykin. Doch er blieb nicht lange im Amt, weil er davor zurückscheute, den Befehl des Zaren zur Auflösung der Duma auszuführen. Er befürchtete den Ausbruch weiterer und größerer Unruhen als bisher.

So hatte Nikolaus II. kurzerhand einen neuen Premier berufen. Es war Pjotr Arkadjewitsch Stolypin, der zuvor ebenfalls eine Zeitlang das Innenministerium innegehabt hatte.

Der 9. Juli war ein Sonntag. In der Nacht hatten Truppen das Taurische Palais umzingelt, die Türen verschlossen und bewacht, und Soldaten und Polizei sperrten auch die umliegenden Straßen ab.

Am selben Tag veröffentlichten die Zeitungen ein Kommuniqué der Regierung, das die Auflösung der Duma bekanntgab.

Die Folgen waren schlimm. In einem Manifest riefen die

abgesetzten Abgeordneten das Volk zum absoluten Widerstand gegen den Zaren und die Regierung auf.

Wieder gingen überall die Menschen auf die Straße, wieder gehörten Attentate und Bombenanschläge zum russischen Alltag, und selbst Stolypin entkam nur wie durch ein Wunder einem Sprengstoffanschlag, bei dem dreißig Menschen getötet und viele verletzt wurden, darunter die beiden kleinen Kinder des neuen Premierministers.

Aber Pjotr Stolypin war ein unerschrockener Kämpfer für das, was er als recht erkannt hatte.

Mit unnachgiebiger Härte ahndete er jeden Widerstand. Es kam zu Massenverhaftungen, und eine wahre Hinrichtungswelle durchzog das Land.

An jenem Februarabend im Soklowschen Palais erlebte Swetlana den Premierminister allerdings von einer anderen Seite, die sie nicht hinter seinen bisherigen Maßnahmen vermutet hätte.

»Mein Ziel in den vergangenen Monaten war es«, so erklärte er, nachdem sich die kleine Gesellschaft nach dem Essen in den geräumigen Rauchsalon zurückgezogen hatte, wo die Diener Kaffee, Cognac, Wodka und diverse andere Getränke servierten, »die ehemaligen Duma-Abgeordneten, sofern sie nicht der gemäßigten Seite angehörten, für neue Wahlen auszuschalten. Das ist mir indessen fast vollständig gelungen. Von der neu zu wählenden Duma hoffe ich, daß sie zur Mitarbeit mit mir und dem Ministerrat bereit ist. Ich will eine Landreform für die Kleinbauern durchsetzen und, wenn die Anhänger des revolutionären Chaos zur Strecke gebracht sind, bei Seiner Majestät intervenieren, Presse-, Versammlungs- und Meinungsfreiheit wieder zu gestatten. Danach wird man vielleicht daran gehen können, die jüdischen Ghettos zu öffnen und ihren Bewohnern den Zugang zu ihnen bisher untersagten Berufen zu ermöglichen.«

»Darauf wird Seine Majestät sich niemals einlassen«,

widersprach Leonid Soklow. »Er sieht in den Juden nach wie vor die größten Unruhestifter und Radikalen im Land.«

Stolypin lehnte sich zurück. »Warten wir es ab. Ich bin jedenfalls entschlossen, Schritte in diese Richtung zu versuchen. Ich bin kein Phantast und kein Träumer, Leonid Iwanowitsch. Ich war hart, wo es nötig war, weil ich wußte, daß die Hinrichtung von einigen Umstürzlern das einzige Mittel ist, um neues Blutvergießen zu vermeiden. Nun kann man daran gehen, vernünftige Maßnahmen ins Auge zu fassen und sich mit den gemäßigten Schichten der Bevölkerung, zu denen meiner Ansicht nach auch die Juden gehören, zu verständigen.«

»Und wie soll sie aussehen, Ihre Landreform?« fragte Kokowzow, der Finanzminister, der ebenfalls zu Leonids Gästen gehörte.

Stolypin strich sich über seinen dichten schwarzen Bakkenbart. »Ich besitze, wie Sie wissen, selbst große Ländereien und kenne die Situation der Muschiks genau. Sie ist wahrlich erbärmlich. Man muß die Strukturen ändern. Die Kleinbauern sollen Gelegenheit haben, Land zu erwerben und zwar von den Gemeinden, Land, das sie bisher nur bewirtschaftet haben, ohne besonderen Nutzen daraus zu ziehen. Die Kommunen wiederum müssen gezwungen werden, aus verstreut liegenden Feldern in einer Art Tauschverfahren größere zusammenhängende Parzellen zu bilden, die leichter und ertragreicher zu bearbeiten sind.«

»Und woher sollen die Bauern das Geld für ihre Landkäufe nehmen?« erkundigte sich Alexej Obolenskij, der Mitglied des Reichsrates war.

»Man muß ihnen günstige Darlehen einräumen, die sie erst viel später zurückzuzahlen brauchen. Außerdem ist Seine Majestät bereit, mehrere Millionen Deßjatinen Land aus dem Privatbesitz der Romanows und den Krongütern zum Verkauf anzubieten. Das hat er mir bereits zugesagt. Und so denke ich, daß wir in den nächsten Jahren einen Krebsschaden weniger in Rußland haben, nämlich die Unzufriedenheit und das Elend der Bauern. Sie sind zahlenmäßig der größte Stand in unserem Land. Geht es ihnen gut, werden sie für revolutionäre Ideen kein Interesse mehr aufbringen.«

Stolypin blickte zu Swetlana hinüber, die der Unterhaltung schweigend gefolgt war. »Aber ich fürchte, wir langweilen Sie mit unseren politischen Themen, Fürstin. Das bedaure ich aufrichtig.«

Sie erwiderte sein überraschend charmantes Lächeln. »Sie haben mich durchaus nicht gelangweilt. Es war sehr interessant, was ich von Ihnen erfahren habe, und ich hoffe von Herzen, daß Sie Ihre Ziele durchsetzen können.«

»Ich muß sie durchsetzen«, entgegnete Stolypin ernst. »Wenn es mir nicht gelingt, droht ein nicht mehr zu bewältigendes Chaos.« Er blickte Swetlana aufmerksam an. »Sie gelten als eine Freundin der Zarin, Fürstin. Darum möchte ich Sie gern dafür gewinnen, daß Sie bei Ihrer Majestät das Verständnis für die unabwendbaren Veränderungen in Rußland zu wecken versuchen.«

Leonid Soklow lachte. »Meine teure Gattin genießt zwar die Sympathie der Kaiserin Alexandra Fjodorowna, aber trotzdem hat sie keinen Einfluß auf deren Meinung. Unsere allergnädigste Zarin läßt sich von niemandem beeinflussen – außer von heiligen Wundertätern. Sie badet förmlich im Mystizismus. Man müßte schon Rasputin für Ihre Ideen gewinnen, Pjotr Arkadjewitsch. Er wäre die geeignetere Person.«

Stolypin lächelte. »Dann geht meine Bitte an Ihre Adresse, Fürst. Wie man hört, ist Grigorij Rasputin häufig Gast in Ihrem Hause, und Sie schenken ihm Ihr Wohlwollen.«

»Er amüsierte mich, dieser ungehobelte Muschik!« bekannte Leonid. »Außerdem gefällt mir seine These, man könne die Sünde nur durch die Sünde austreiben. Wahrlich, eine überraschende Botschaft! Dieser Rasputin ist eben ein Mann, der weiß, was er will. Er wünscht die Befriedigung seiner Gelüste und erreicht sie dank seines frommen Brimboriums nahezu mühelos. Ich finde das genial. Wirklich, ich bewundere seine Erfolge bei der Petersburger Damenwelt ebenso wie seine Schläue, mit der er seine Ausschweifungen vor Ihren Majestäten verheimlicht.«

Swetlana blickte auf ihre Hände. Es war wahr: Leonid gehörte neuerdings zu Rasputins engstem Kreis. Er lud ihn in sein Haus ein, er ging mit ihm aus, und Swetlana wußte, daß ihr Gatte zwei Ziele damit verfolgte. Eines war, dem Zarenpaar zu gefallen, das in Rasputin einen heiligen Mann sah, das andere, an dessen nächtlichen Gelagen teilzuhaben.

Manchmal prahlte Soklow vor Swetlana mit solchen Erlebnissen, aber es berührte sie nicht sonderlich. Mochte Leonid sich amüsieren, wo und mit wem er wollte – alles war besser, als wenn er sie in sein Bett zwang.

Gelegentlich hatte Swetlana mit dem Gedanken gespielt, der Zarin über Rasputins Lebenswandel reinen Wein einzuschenken, doch sie war jedesmal davor zurückgeschreckt in der klaren Erkenntnis, daß Alexandra Fjodorowna ihr nicht glauben würde. Die Zarin hielt ihn für einen Heiligen, und jeder, der etwas anderes behauptete, war in ihren Augen ein Lügner und ein schlechter Mensch.

So hatte sie beispielsweise Maria Wischnjakowa, die Kinderfrau der Zarenkinder, auf der Stelle entlassen, als diese ihr anvertraute, daß der ›Staretz‹ sie während einer Reise in seinen Heimatort Pokrowskoje, wo er seine Frau und seine Kinder besuchte, vergewaltigt hatte.

Rasputin war mit einigen seiner Anhängerinnen dorthin aufgebrochen, die auf keinen Fall längere Zeit ohne ihren

Heiligen sein wollten, unter ihnen die Wyrubowa und auch Maria Wischnjakowa. Dabei sei es dann passiert, hatte die dralle junge Frau unter Tränen gestanden.

»Das sind alles infame Lügen!« hatte die Zarin aufgebracht erklärt, als sie Swetlana von der Entlassung der Kinderfrau berichtete. »Nie, nie werde ich so etwas glauben! Jemand, der Grigorij Jefimowitsch haßt, hat die Wischnjakowa bestochen, solch eine ungeheuerliche Behauptung aufzustellen.«

Nein, es hatte keinen Sinn, sie über Rasputin aufzuklären. Man konnte nur hoffen, daß er sich eines Tages selbst decouvrierte und dadurch in Ungnade fiel.

Leonid Soklow leerte sein Whiskyglas. »Für Ihre Agrarreform, mein lieber Pjotr Arkadjewitsch, wird Rasputin in jedem Fall zu gewinnen sein. Er predigt ja oft genug, daß die Armut in Rußland ein Schlag in Gottes Angesicht ist. Er wird entzückt sein, zu erfahren, daß als erstes seine geliebten Bauern bessere Lebensumstände erhalten sollen. Ich bin für morgen abend mit ihm verabredet. Dann werde ich Ihre Neuigkeiten an ihn weitergeben.«

»Dafür wäre ich Ihnen sehr verbunden, mein Lieber«, erwiderte Stolypin und trank ihm zu.

Swetlana verspürte einen bitteren Geschmack im Mund. Er hatte es weit gebracht, dieser Grigorij Jefimowitsch, wenn selbst der Premierminister von Rußland ihn in sein Kalkül einbezog und auf Rasputins Fürsprache beim Zarenpaar hoffte. Wie hoch würde er noch aufsteigen?

Am nächsten Abend fuhr Swetlana zu Jurij. Sie hatte sich telefonisch angemeldet, und ihr Bruder empfing sie mit sichtlicher Freude.

»Ich hoffe, du hast noch nicht zu Abend gegessen. Nina hat darauf bestanden, etwas für uns zu kochen. Irgendeine Spezialität aus ihrer grusinischen Heimat.«

Sie betrachtete ihn mit schief gelegtem Kopf. »Wer ist diese Nina? Eine Köchin, die du eingestellt hast? Ich gestehe, daß ich seit gestern sehr neugierig bin, was es mit ihr für eine Bewandtnis hat.«

Sein Lachen wirkte eine Spur verlegen. »Gar keine Bewandtnis. Ich habe sie bei mir aufgenommen, weil sie von einer Stunde auf die andere auf der Straße stand, und sie ist geradezu rührend dankbar dafür. Deshalb hat sie darauf bestanden, sich gemeinsam mit Igor um meinen Haushalt zu kümmern.«

Swetlana versetzte ihm einen kleinen Nasenstüber. »Wenn sie jetzt auch noch häßlich ist, bin ich bereit, dich für einen selbstlosen Wohltäter zu halten, Jurjenka.«

»Nein, sie ist nicht häßlich«, erwiderte ihr Bruder und nahm ihr den Pelz ab. »Komm herein, dann kannst du dich selbst davon überzeugen.«

Nina hatte den Tisch im Speisezimmer dieses Mal nur für Jurij und Swetlana gedeckt. Sie erschien wenig später in einer weißen Bluse mit dunkelblauem Rock, das lange Haar mit einem blauen Samtband im Nacken zusammengebunden.

»Das ist sie«, sagte Jurij strahlend. »Das ist Nina.«

Er stand auf, um ihr die dampfende Suppenschüssel abzunehmen. »Das riecht ja köstlich! Willst du nicht doch mit uns essen?«

Nina wehrte ab. »Auf keinen Fall. Ihre Gnaden und Sie werden sich viel zu erzählen haben. Dabei stört ein Dritter nur.« Sie warf Swetlana einen schüchternen Blick zu. »Guten Abend, Fürstin. Ich habe eine Sbornaja gekocht. Dazu gibt es frischgebackenen Kalatsch. Rittmeister Lasarow sagte mir, daß Sie gern Fisch essen. Deshalb habe ich als Hauptgang am Spieß gebratenen Stör zubereitet, dazu Pfannkuchen, mit rotem Kaviar gefüllt.«

»Das hört sich fabelhaft an«, sagte Swetlana und lächelte ihr zu. »Und wie hübsch Sie den Tisch gedeckt haben!«

»Das tut sie immer«, warf Jurij ein. »Es war wirklich ein Glückstag, als ich Nina begegnet bin.«

Die Sbornaja, eine Suppe aus kräftiger Fleischbrühe mit kleinen Stückchen Schinken, Rindfleisch, Kalbsnieren und speziellen Würstchen, gewürzt mit Kapern, saurer Sahne und Oliven, war ein Gedicht, ebenso der Kalatsch aus Sauerteig. Und der Stör mit den Kaviar-Pfannkuchen stand ihnen in nichts nach.

»Ich habe selten so gut gegessen«, sagte Swetlana, noch bevor Nina die Nachspeise – Kissel mit gefrorenen Himbeeren und Schlagrahm – serviert hatte. »Und selten habe ich jemanden auf Anhieb so sympathisch gefunden wie deine Nina Kanejewa. Gib es zu, Jurjenka, du bist in sie verliebt.«

Er druckste ein wenig herum, doch dann gestand er offen: »Du hast schon recht, Swetlana. Aber sie ist ein so armes scheues Vögelchen. Ich wage es einfach nicht, sie zu verschrecken.«

»Ach, Jurij ...« Swetlana lehnte sich zurück und verschränkte die Arme hinter dem Kopf. »Glück ist eine seltene Münze geworden. Nimm es dir, wenn es sich dir bietet.«

»Du meinst ...« setzte er unsicher an, und sie lächelte ihm zu.

»Ich meine, daß deine Nina Kanejewa trotz aller Scheu genauso verliebt ist wie du. Du wirst sie weder verletzten noch erschrecken. Also tu, wozu dein Herz dich drängt.«

Seine Erleichterung war beinahe rührend. »Danke, Swetlana. Weißt du was? In meinen Augen bist du eine großartige Frau geworden. Das wollte ich dir schon längst einmal sagen. Ich hoffe nur, Leonid Soklow weiß das zu schätzen.«

Gespielt gleichmütig hob sie die Schultern. »Ach, er schätzt niemanden außer sich selbst. Aber«, fügte sie eilig hinzu, als sie sah, wie sich Jurijs Miene verfinstert hatte, »wir haben uns arrangiert. Meine Ehe ist nicht besser und nicht schlechter als hundert andere in unseren Kreisen. Du mußt dir keine Gedanken machen. Viel wichtiger ist im Augenblick, daß es dir gut geht und du glücklich wirst.«

Sie griff nach seiner Hand. »Ich habe mich oft um dich gesorgt seit jenem unseligen Sonntag, an dem du so völlig außer dir zu mir kamst. Bist du inzwischen wenigstens ein bißchen darüber hinweg?«

Seine Miene wurde ernst. »Ich trinke nicht mehr und schlage mir auch nicht mehr die Nächte um die Ohren, wenn es das ist, was du wissen willst. Trotzdem denke ich manchmal, ich sollte irgendwann meinen Abschied von der Garde nehmen. Ich kann dieses hohle Gepränge einfach nicht mehr ertragen, mit dem im Grunde nur noch übertüncht werden soll, was brüchig und zerstört ist. Machen wir uns nichts vor, Swetlana. Der Zar ist blind und taub und klammert sich wie ein störrisches Kind an längst überholte Traditionen. Und die Grausamkeit, mit der er gegen seine Widersacher vorgehen läßt, hat sogar noch zugenommen. Er selbst verschanzt sich freilich hinter den Mauern von Peterhof oder Zarskoje Selo und läßt andere wie Stolypin oder die ›Schwarzen Hundertschaften‹ die blutige Arbeit erledigen. Aber sie geschieht in seinem Namen und mit seiner Billigung, und deshalb kann ich ihn manchmal nicht mehr ertragen. Wie soll ich ihm da noch mit aufrichtigem Herzen dienen können!«

»Ich verstehe dich«, sagte sie nach einem kurzen Stillschweigen leise. »Und vielleicht solltest du wirklich deinen Abschied nehmen. Natürlich wird es unsere Eltern furchtbar treffen, aber es ist dein Leben, Jurij. Sie haben nicht das Recht, darüber zu bestimmen. Und sei versichert, daß du, wenn du dich eines Tages zu diesem Schritt entschließen solltest, bei mir jede Unterstützung findest.«

»Danke«, antwortete er wieder und zog sie hoch, um sie zu umarmen. »Du hast es nicht einfach mit deinen Geschwistern, was? Da ist Xenia, der du nun schon seit Jahren hilfst – und jetzt komme auch ich noch zu dir und jammere dir die Ohren voll. Hoffentlich bleibt wenigstens Irina in den vorgezeichneten Bahnen ...«

Swetlana unterdrückte einen Seufzer. Sie wollte Jurij nicht belasten. Er hatte genug mit sich selbst zu tun. Aber Irinas kritiklose, ungesunde Anbetung für Rasputin machte ihr im Augenblick die meisten Sorgen. Wie konnte man sie nur aus seinem Bann lösen?

»Pjotr Bogdanowitsch wird in diesem Jahr sein Studium beenden«, erklärte sie, um von Irina abzulenken. »Xenia hat noch drei Jahre vor sich. In dieser Zeit will Pjotr zunächst als Assistent von Professor Durnow arbeiten. Die beiden werden ihren Weg machen, da bin ich ganz sicher.«

Sie strich ihrem Bruder über das Haar. »Und du denk jetzt erst einmal an das Nächstliegende, Jurjenka. Was mit uns geschehen soll und was aus Rußland wird, kommt so oder so. Ich wüßte nicht, wie man es noch aufhalten kann. Dafür ist es vermutlich längst zu spät. Also versuche wenigstens heute, einfach ein bißchen glücklich zu sein – und das, solange es geht.«

»Meine Schwester mag dich sehr«, sagte Jurij später zu Nina, als Swetlana nach Hause gefahren war. »Das freut mich, obwohl ...«

Er stockte, und Nina hakte nach: »Obwohl was, Herr?«

»Obwohl mich auch ihre vehemente Abneigung nicht dazu gebracht hätte, dich nicht mehr gern zu haben«, erklärte er. Nina war gekommen, um den Tisch abzuräumen, und Jurij nahm ihr das Tablett ab und stellte es zur Seite.

»Laß das jetzt. Wir haben Wichtigeres zu bereden.«

»Was denn?« fragte sie erstaunt, und er nahm all seinen Mut zusammen und küßte sie auf den Mund.

»Das, zum Beispiel!«

Er hatte es nicht erwartet, aber Nina wehrte ihn nicht ab. Im Gegenteil, ihre Lippen öffneten sich unter seinen, und sie erwiderte den Kuß, zwar auf eine absolut unerfahrene, unschuldige Art. Aber sie erwiderte ihn.

»Nina«, stammelte Jurij. »Ich hab dich so lieb. Sag, magst du mich denn auch ein wenig?«

Und da geschah das Wunder, das er zwar ersehnt, an das er aber bisher immer noch nicht recht geglaubt hatte. Nina kam in seine Arme und schmiegte sich an seine Brust, als er fortfuhr, sie zu küssen.

Igor war an diesem Abend ausgegangen. Sie waren allein in der Wohnung, und Jurij legte seinem Verlangen nun keine Zügel mehr an.

»Willst du?« fragte er irgendwann, während seine Hände über ihren Körper glitten, und sie drängte sich fester in seine Umarmung.

Da hob er sie hoch und trug sie in sein Schlafzimmer.

Sie war nicht mehr jungfräulich. Doch andererseits war sie noch ganz und gar unschuldig. Auch das spürte Jurij, als er zu ihr kam und sie sich anfangs verkrampfte.

Er ließ ihr Zeit, liebkoste sie, flüsterte ihr kleine Zärtlichkeiten ins Ohr und erlebte dann glücklich, wie ihr Verlangen nach ihm wuchs und sie sich von ihm mitnehmen ließ auf den gemeinsamen Flug in ihren ureigensten Himmel.

Von da an gehörte Nina zu Jurij wie das Herz, das er im Leibe trug.

8. Kapitel

Zarin Alexandra Fjodorowna kniete neben dem Bett ihres Sohnes. Sie hätte so gern seinen schmalen kleinen Körper umarmt, aber sie wußte, daß sie mit jeder Berührung, und sei es die kleinste, Alexej nur weitere schlimme Schmerzen zufügen würde.

Alexej Nikolajewitsch, der Thronfolger von Rußland, war auf den Tod krank.

Vor zwei Tagen war es geschehen. Der lange eisige Winter hatte einem überraschend milden, sonnigen Frühling Platz gemacht, und der Zarewitsch, inzwischen fast drei Jahre alt, ein lebhaftes, aufgewecktes Kind, das sich nichts sehnlicher wünschte, als mit seinen Schwestern im Freien herumzutoben, war von dem Matrosen Derewenko in den Park getragen worden.

Dort spielte der Kleine glücklich im Ufersand des großen Sees, von Derewenko mit Argusaugen bewacht, daß er nur ja nicht gegen irgend etwas stieß oder gar stolperte und hinfiel.

Bis zu diesem Tag war es dank der übergroßen Vorsicht seiner Eltern und aller, die in Alexejs engster Umgebung lebten und um seine Krankheit wußten, nur zu relativ harmlosen Unfällen gekommen.

Ein kleiner Kratzer, ein blauer Fleck riefen freilich immer einen Bluterguß bei dem armen Kind hervor, aber diese waren jedesmal ohne größere Komplikationen abgeheilt, so daß es tatsächlich gelungen war, das Leiden des Zarewitsch weitgehend geheim zu halten. Es waren nur wenige aus der engsten Umgebung der Zarenfamilie darüber informiert, auf deren Verschwiegenheit man sich verlassen konnte.

Aber dieses Mal hatte der Zarewitsch sich, so berichtete der Matrose Derewenko später, allzu hastig aufgerichtet, weil er einem kleinen Vogel nachsah, der am Seeufer herumflatterte. Gleich darauf war Alexej mit einem Schmerzensschrei zusammengesunken und hatte die Händchen auf den Bauch gepreßt.

»Da ...« sagte er, als Derewenko sich über ihn beugte und ihn aufhob. »Tut so weh ...« Er deutete in die Leistengegend. Entsetzt sah Derewenko, wie sich das süße Kindergesicht in heftigem Schmerz verzerrte und leichenblaß wurde. Dann verlor der Zarewitsch das Bewußtsein.

Schweißüberströmt kam Derewenko mit ihm auf den

Armen im Alexander-Palast an. »Ich habe ihn nicht aus den Augen gelassen«, beteuerte er, dem Weinen nahe, der Zarin, die mit zitternden Händen half, das Kind auszukleiden und auf sein Bett zu legen.

Da sah sie es. Das allzu heftige Aufstehen des Kindes hatte einen Bluterguß in der Leiste bewirkt, der sich auf unheimliche Weise ausbreitete. Leiste und Hüfte waren bereits schwärzlich blau verfärbt.

Alexej kam zu sich, als seine Mutter ihm ein Nachthemd überstreifen wollte, und schrie wiederum laut auf, weil er den leichten Leinenstoff auf der verletzten Seite nicht ertragen konnte.

Wenige Wochen vor diesem Unglück war der bisherige Leibarzt der Zarenfamilie, Dr. Korowin, durch einen neuen Arzt abgelöst worden. Er hieß, genau wie Alexejs Matrose, Derewenko und war ein energischer Mann mit einem dunklen Backenbart.

Er verabreichte ein Betäubungsmittel gegen die rasenden Schmerzen, die das Kind anfallweise überfielen, und ordnete an, daß man es mit aller Vorsicht auf die gesunde Seite bettete.

Eine eingehende Untersuchung war nicht möglich, weil der Zarewitsch jedesmal schrie und wimmerte, wenn man die verletzte Stelle berührte.

Am nächsten Tag hatte sich sein Zustand noch verschlechtert. Fieber war hinzugekommen, so daß Dr. Derewenko sich genötigt sah, dem Zarenpaar reinen Wein über den Ernst von Alexejs Zustand einzuschenken.

»Der Bluterguß hat zu einer Pression der Beckennerven geführt«, erklärte er. »Und das plötzlich aufgetretene Fieber läßt mich eine Bauchfellentzündung befürchten. Man muß noch mit einer weiteren Verschlechterung rechnen, Euer Majestät, und ich sehe keine Möglichkeit, dem entgegenzuwirken. Ich kann nur immer wieder versuchen, durch starke Betäubungsmittel die Schmerzen ein wenig zu lindern, mit kühlenden Umschlägen gegen das Fieber anzugehen und den Kreislauf des Zarewitsch durch entsprechende Medikamente zu stärken.«

Alexandra Fjodorowna hatte die Hand vor den Mund gepreßt, um nicht laut herauszuweinen. Der Zar legte den Arm um sie und stützte sie.

»Es besteht also Lebensgefahr?« fragte er stockend.

Dr. Derewenko senkte den Kopf. »Noch nicht«, sagte er. »Aber es kann dahin kommen.«

Alexandra Fjodorowna verbrachte die ganze Nacht auf dem Fußboden neben dem Bett ihres Sohnes. Sie tat kein Auge zu, sondern betete. Zwischendurch erhob sie sich manchmal, um die Umschläge bei dem fiebernden Kind zu erneuern und ihm die Medikamente einzuflößen, die Dr. Derewenko dagelassen hatte. Dann fiel sie wieder auf die Knie und betete weiter.

Auch der Zar konnte sie nicht bewegen, zu Bett zu gehen.

»Gott erhört meine Gebete nicht«, sagte sie mit heiserer Stimme. »Nicht einmal die grauenvollen Schmerzen nimmt er unserem Aljoscha. Und ich kann nichts anderes tun, als bei ihm zu sein, solange er noch atmet. Wie könnte ich ihn jetzt eine Sekunde lang allein lassen!«

»Wir müssen noch andere Ärzte zu Rate ziehen«, drängte der Zar. »Wir dürfen Aljoscha noch nicht aufgeben, Alix. Erinnerst du dich an Dr. Badmajew, der mir im vergangenen Jahr durch seine tibetanische Heilkunst bei meinen Magenbeschwerden so wunderbar geholfen hat? Ich schikke sogleich nach ihm.«

Aber der tibetanische Arzt, der in St. Petersburg eher den Ruf eines magischen Heilers als eines Mediziners genoß und seine selbst zusammengestellten Heilmittel und Elixiere mit allerlei Beschwörungen verknüpfte, war viel zu gerissen, um sich eines so hoffnungslosen Falles anzunehmen.

Er warf nur einen Blick auf die stark geschwollene Hüfte des Kindes, deren bläuliche Verfärbung sich noch weiter ausgedehnt hatte, ein Zeichen dafür, daß die innere Blutung andauerte, und breitete dann in einer Geste der Ohnmacht beide Arme aus.

»Ich bitte tausendmal um Vergebung, Kaiserliche Majestät«, erklärte er. »Aber gegen diese Krankheit bin ich machtlos. In meiner tibetanischen Heimat kennt man sie nicht, und daher weiß ich auch von keinem Gegenmittel.«

Nach einer abermals durchwachten Nacht an Alexejs Bett ließ die Zarin den Chirurgen Dr. Fjodorow aus Petersburg holen. Er hatte Alexej ja bereits kurz nach dessen Geburt behandelt, als der Säugling eine unverhältnismäßig starke Nachblutung am Nabel erlitten hatte. Fjodorow war es gelungen, sie damals zum Stillstand zu bringen.

Er kam noch am selben Vormittag, und er konnte, als er den todkranken kleinen Jungen sah, sein Entsetzen kaum verbergen.

Alexej war nur noch halb bei Bewußtsein, und seine Schmerzensschreie waren in ein unablässiges klägliches Wimmern übergegangen. Er war schweißnaß, und sein Atem ging flach und stoßweise.

Fjodorow hatte zuvor mit seinem Kollegen Derewenko gesprochen. Jetzt sah er, daß dessen Diagnose absolut zutreffend war. Einen, höchstens zwei Tage noch – und dieses Kind würde sterben. Fast wünschte der Arzt, es geschähe eher, um dem armen kleinen Geschöpf längere Qualen zu ersparen.

Dr. Fjodorow blieb die Nacht über in Zarskoje Selo. Er verordnete Morphiumtropfen gegen Alexejs Schmerzen, und als das Kind sie am folgenden Vormittag erbrach, weil der gepeinigte Körper nichts mehr bei sich behalten konnte, begriff der Arzt, daß er am Ende seines Wissens und Könnens angelangt war.

Als er es der Zarin sagte, reagierte sie kaum noch darauf.

Sie saß unverändert und starr am Bett ihres Kindes und wirkte, als hätte sie sich gegen alle Worte, alle Gefühle und Einflüsse von außen in einer Art Trance verschlossen. Nur so ertrug sie Alexejs Anblick und sein unablässiges Wimmern. Dr. Fjodorows leisen Gruß, als er hinausging, erwiderte sie gar nicht.

»Ich fahre jetzt nach Petersburg«, sagte er zu dem Zaren, der ihm im Vorzimmer entgegenkam, »um einige unaufschiebbare Angelegenheiten in meiner Praxis zu erledigen. Aber ich komme jederzeit zurück, wenn Eure Majestäten mich brauchen.«

»Ja, Dr. Fjodorow«, erwiderte der Zar mit gesenktem Kopf. Seine Stimme war ohne jeden Klang.

Er wollte das Zimmer seines Sohnes betreten, als ihn laute Stimmen auf dem Flur veranlaßten, sich umzudrehen.

»Ihre Majestät, die Zarin, will niemanden sehen«, sagte jemand. Es war Graf Suchotin, einer von Alexandras Adjutanten. »Ich kann Sie unmöglich vorlassen.«

»Aber ich muß sie sprechen!« rief eine aufgeregte Frauenstimme. »Auf der Stelle! Es geht um Leben und Tod!«

Während Dr. Fjodorow den Palast über eine Seitentreppe verließ, ging der Zar auf den Korridor. Vor der Tür des ersten Vorzimmers zu den Privatgemächern der Familie stand Suchotin und versuchte, Anna Wyrubowa davon abzuhalten, sich an ihm vorbeizudrängen.

»Es ist unmöglich!« beharrte er. »Nehmen Sie doch Vernunft an! Wenn Ihre Majestät Sie braucht, wird sie Sie rufen lassen!«

Die Wyrubowa setzte schon zu einer heftigen Entgegnung an, als sie den Zaren erblickte. Mit aufgehobenen Händen stürzte sie auf ihn zu.

»Lassen Sie mich zu Ihrer Majestät, ich flehe Sie an! Ich bringe ihr und dem Zarewitsch Hilfe! Die Großfürstin Stana Nikolajewna war heute bei mir in St. Petersburg und hat mir berichtet, was geschehen ist. Ihre Majestät hatte die

Gnade, mich für einige Tage zu beurlauben. O Gott, wäre ich doch hiergeblieben! Dann wäre es gar nicht so weit gekommen. Bitte, Euer Majestät, sagen Sie mir nur eines: Ist es noch nicht zu spät? Lebt er noch?«

Nikolaus zog sie in das Vorzimmer. »Ich bitte Sie, Anna Alexandrowna, nicht so laut. Es ist nicht nötig, daß der ganze Palast von der Erkrankung des Zarewitsch erfährt. Noch nicht ...« fügte er mit zitternden Lippen hinzu. »Später wird es sich ja doch nicht verheimlichen lassen.«

»Ich habe Rasputin mitgebracht«, sagte die Wyrubowa. »Gestern ist er von seiner Wallfahrt zur Lawra des Heiligen Georg in Kiew zurückgekehrt. Jetzt wartet er in meinem Haus hier in Zarskoje Selo. Ich flehe Euer Majestät an, lassen Sie ihn zum Zarewitsch. Auch Großfürstin Stana Nikolajewna ist der Meinung, daß nur noch der Staretz helfen kann.«

Der Zar zögerte. Er war wie ausgehöhlt vor Angst und Erschöpfung, und im Grunde hatte er keine Hoffnung mehr. Außerdem mochte er weder die Wyrubowa noch die Großfürstin Stana besonders; sie waren ihm beide zu verstiegen und von einem Ehrgeiz besessen, der ihn abstieß.

Jede Intrige war ihnen recht, wenn sie ihnen Vorteile einbrachte, und er fürchtete manchmal, daß besonders die Wyrubowa einen allzu großen Einfluß auf seine Frau ausübte.

Andererseits – mußte er nicht alles, auch das Unmögliche, versuchen, um seinem Kind zu helfen?

»Bitte, Euer Majestät ...« Die Wyrubowa machte Anstalten, sich ihm zu Füßen zu werfen und seine Knie zu umklammern, und er wich peinlich berührt zurück. »Lassen Sie mich ein paar Worte mit der Zarin sprechen.«

Er gab sich geschlagen. »Meinetwegen. Aber bitte, nehmen Sie sich zusammen. Ihre Majestät ist in einem Zustand, der keine wie auch immer gearteten seelischen Erschütterungen mehr verträgt.«

Zarin Alexandra wandte kaum den Kopf, als er mit der Wyrubowa eintrat. Sie hatte die Hand auf die fieberheiße Stirn des Zarewitsch gelegt, und ihr Gesicht war wie das einer Toten, reglos und wächsern.

Die Wyrubowa blieb bei der Tür stehen. »Meine liebe, meine durchlauchtigste Kaiserin ... Ich habe ihn mitgebracht. Er ist hier in Zarskoje Selo, und er läßt Ihnen sagen, daß die Tage Ihres Leidens vorbei sind. Er will kommen und den Zarewitsch heilen.«

»Wer?« fragte Alexandra Fjodorowna flüsternd. »Von wem sprechen Sie, Anna Alexandrowna?«

»Von Vater Grigorij. Bitte, lassen Sie ihn rufen. Dieser heilige Mann vermag alles, auch Krankheit und Tod zu besiegen.«

»Rasputin?« Die Zarin atmete mühsam. Sie war indessen so kraftlos, daß sie kaum sprechen konnte. »Er ist hier? Wie ist das möglich? Er wollte doch ... er war doch ...«

»Er ist zurückgekehrt, gerade rechtzeitig, Euer Majestät. Sie erinnern sich doch, einmal hat er Ihnen versprochen, daß Gott Ihnen in ihm einen Helfer gesandt hat, der Ihre Tränen in Freude und Ihre Ängste in Glück verwandeln wird.«

Alexej warf den Kopf hin und her, und schon diese kleine Bewegung schmerzte ihn so unerträglich, daß er aufschrie. Die dünne hohe Kinderstimme war bis in die Vorsäle zu hören, bis sie in einem langgezogenen Jammern erstarb.

Die Zarin war aufgesprungen. Mit weit aufgerissenen Augen starrte sie ihr Kind an. Sie schwankte, und Nikolaus war mit zwei Schritten bei ihr, um sie festzuhalten und in ihren Lehnstuhl zurückzudrücken.

»Alix«, sagte er weinend, »meine liebe, liebe Alix ...« Und dann, ohne den Kopf zu wenden: »Holen Sie Rasputin her, Madame Wyrubowa. Bitte ...«

Er hatte sich in der vergangenen Nacht, der Nacht nach der Rückkehr von seiner klösterlichen Wallfahrt, in einer schäbigen Spelunke, wie er sie manchmal den eleganten Petersburger Restaurants vorzog, fast bis zur Besinnungslosigkeit betrunken. Erst im Morgengrauen hatte er sich zu seiner Wohnung fahren lassen und hatte geschlafen. Als die Wyrubowa ihn durch ihr lautes Klopfen und Rufen weckte, war er noch immer nicht ganz nüchtern und roch abscheulich nach Schweiß, billigem Fusel, Knoblauch und Zwiebeln.

Zwar hatte er sich gewaschen und seine Kleider gewechselt, bevor er mit ihr nach Zarskoje Selo aufbrach, aber die widerwärtige Ausdünstung war immer noch vorhanden.

Mit polternden Stiefelschritten ging er auf das Zarenpaar zu, das am Kopfende des Bettes stand und umarmte es ungeniert nach russischer Sitte. Er spürte, wie Alexandra zitterte, und sein bärtiger Mund verzog sich zu einem breiten Lächeln.

»Ich bin da«, sagte er. »Es wird alles gut.«

Der Zarewitsch erwachte aus seiner halben Bewußtlosigkeit, als Rasputin sich über ihn beugte.

Offensichtlich erinnerte er sich nicht, daß er ihn schon einmal im vergangenen Oktober gesehen hatte, und die dunkle, wilde Gestalt jagte ihm Furcht ein. Alexejs blasser Mund verzog sich zu erneutem Weinen, und in seinen blauen Augen standen Angst und Abwehr.

Rasputin lächelte auf ihn hinunter. »Wovor fürchtest du dich, Aljoscha? Der Thronfolger von Rußland hat vor nichts und niemandem Angst, am allerwenigsten vor dem alten Grigorij Jefimowitsch. Schau mich, Söhnchen, schau mir in die Augen. Spürst du, daß ich es gut mit dir meine? Ich bin dein Freund, und ich bin gekommen, um dir deine Schmerzen zu nehmen. Merkst du's, sie lassen schon nach. Gleich kannst du dich auf den Rücken drehen und dein krankes Bein, das dir so weh getan hat, wieder ausstrecken. Versuch's nur, du kannst es.«

Er sprach mit einer kehligen, seltsam monotonen Stimme, die beruhigend auf das todkranke Kind wirkte. Alexejs Gesichtchen entspannte sich, und in seine Augen trat ein staunender Ausdruck, als er Rasputins Aufforderung folge leistete und das dick geschwollene Bein, das er bis dahin fast bis zur Brust hochgezogen hatte, weil er nur so die Schmerzen einigermaßen ertragen konnte, langsam streckte.

»Sehr schön, Söhnchen«, sagte Rasputin und streifte die Bettdecke zurück. Auch das ließ der kleine Junge ohne Abwehr geschehen, obwohl er zuvor jedesmal schon vor Angst geschrien hatte, wenn jemand ihm die Decke fortzog, um den riesigen Bluterguß zu betrachten.

Anna Wyrubowa und die Großfürstin Stana waren hinter Rasputin ins Zimmer geschlüpft. Sie wagten aber nicht näherzutreten, sondern beobachteten alles, was geschah, mit atemloser Spannung von der Tür aus.

Rasputin streckte die Hände aus und bewegte sie über dem fieberheißen Kinderkörper hin und her, ohne ihn zu berühren. Dabei redete er mit dem Kleinen, immer in dem gleichen monotonen Singsang.

»Siehst du, jetzt ziehe ich die Schmerzen von dir ab. Spürst du, wie sie weniger werden und immer weniger, bis sie bald ganz verschwinden? Erst aus deinem Bein, dann aus deiner Hüfte und dem ganzen Bauch. Blut und Eiter fließen ab, und das Fieber verschwindet mit ihnen. Dreh dich jetzt auf den Rücken, Aljoscha, du kannst es, und es wird dir nicht mehr weh tun.«

Die Zarin stieß einen unterdrückten Angstlaut aus, als sie sah, wie ihr Sohn gehorchte. »Um Himmels willen, Aljoscha, du darfst dich nicht bewegen! Du mußt ganz still liegen, sonst blutest du noch mehr«, wollte sie sagen, aber Rasputin warf ihr einen stummen Blick aus seinen grauen leuchtenden Augen mit dem schwarzen Rand um die Iris zu, und sie brachte kein Wort heraus. Beide, sie und Zar Nikolaus, wagten kaum zu atmen, als das Wunder vor ihren Augen geschah.

Alexej drehte sich ohne einen Schmerzensschrei um und ohne das Gesicht zu verziehen und streckte sich beinahe behaglich auf dem Laken aus. Ein kleines Lächeln erschien um seinen Mund, und Rasputin nickte und fuhr fort, seine langsamen, gleitenden Bewegungen über das Kind streichen zu lassen, während er sagte:

»Heute bist du noch ein wenig krank. Aber morgen, wenn du gut geschlafen hast, wirst du wieder gesund sein. Du mußt keine Angst mehr haben, Aljoscha. Ich komme immer zu dir, wenn es dir schlecht geht, und mache dich wieder gesund.«

Der Zar weinte hemmungslos, während er die unglaubliche, wundersame Besserung im Befinden seines Sohnes beobachtete, und Alexandra stand noch immer wie erstarrt, ungläubig zu erfassen, was sie sah.

Rasputin setzte sich an Alexejs Bett. »Willst du noch eine Gute-Nacht-Geschichte hören, bevor du einschläfst? Dann erzähle ich sie dir. Weißt du, ich komme aus Pokrowskoje, das ist ein kleines sibirisches Dorf, zwischen Tobolsk und Tjumen gelegen. Eines Tages wirst du darüber herrschen – ebenso wie über das ganze heilige Rußland. In Pokrowskoje gibt es einen Viehhirten, der im Sommer die Schafe und Ziegen hütet. Oleg heißt er, und die Leute sagen, daß er ein wenig verrückt ist, weil er behauptet, er könne die Sprache seiner Herde verstehen – so wie es bis dahin nur der Heilige Franziskus von Assisi gekonnt hat. Weißt du, Franziskus war ein sehr frommer Mönch in Italien. Er war ein Mann der Liebe, und diese Liebe schloß nicht nur die Menschen ein, sondern ebenso die Tiere. Für Franziskus waren sie alle Geschöpfe Gottes und darum seine Brüder und Schwestern. Und weil er diese oft so gequälten und von den Menschen mißachteten Kreaturen liebte, verlieh Gott ihm die Gabe, ihre Sprache zu verstehen und mit ihnen zu reden. Ähnlich war es mit Oleg. Darum konnte auch er mit seinen Tieren reden, mit den Ziegen und Schafen, und sie folgten ihm. Und da war nun die Ziege Dunja – so hatte Oleg sie getauft – die ein wenig hochnäsig und darum streitsüchtig war. Sie hielt sich für die Ziege aller Ziegen und verlangte, daß die anderen ihr gehorchen sollten. Oleg nahm sie sich vor. ›Hör zu, Dunja‹, sagte er, ›du bist zwar ein besonders hübsches Ziegenweibchen; trotzdem gibt dir das nicht das Recht, die anderen zu tyrannisieren.‹ Dunja meckerte – und sie meckerte ziemlich überheblich. ›Ich bin die allerschönste Ziege, und wer schön ist, ist auch gut! Darum müssen mir alle gehorchen, sonst trete ich sie mit meinen Hufen in den Bauch und bohre meine Hörner in ihre Hintern!‹«

Alexej lachte. Wahrhaftig, er lachte, und seine Augen waren klar und fieberfrei. »Und weiter?« fragte er und versuchte, sich im Bett aufzusetzen. Er war noch sehr schwach, und es gelang ihm nur mit Mühe – aber immerhin, er schaffte es, stützte sich mit seinen mageren Ärmchen ab und saß aufrecht im Bett.

»›Ich bin auch schön‹, erklärte Oleg der eingebildeten Dunja«, fuhr Rasputin fort. »Obwohl er einen Buckel und eine ewig tropfende Nase hatte, die so lang war, daß sie fast über seinen Mund ragte. ›Sieh mich doch an! Mein Rücken ist krummer als der von anderen Leuten, darum kann ich ihn immer in die Sonne halten, und meine Arme sind eine Spur länger, deshalb brauche ich mich nicht besonders tief zu bücken, wenn ich Blaubeeren und Pilze sammeln will. Das ist ein unschätzbarer Vorteil, und darum denke ich, daß ich schöner bin als diejenigen, die den Rücken erst krumm machen müssen und die Arme lang, um sich von der Sonne bescheinen zu lassen und so etwas Köstliches wie Pilze und Beeren zu ergattern. Zumindest ist es praktischer.‹«

Rasputin lachte. »Ach ja, er war ein erstaunlicher Kerl, dieser Oleg, denn er schaffte es tatsächlich, die hochnäsige Ziege Dunja zu bändigen und sie zu einem verträglichen Mitglied seiner Herde zu machen.«

»Ich möchte das auch können«, sagte Alexej verträumt, »die Tiere verstehen und mit ihnen reden.«

»Ich kann es nicht«, bekannte Rasputin und strich ihm das Haar aus der Stirn. »Aber da du der Zarewitsch bist, schaffst du es vielleicht eines Tages.«

In diesem Augenblick liebten Alexandra und Nikolaus ihn, weil er so unglaublich einfühlsam mit ihrem Kind sprach. Und sie waren ganz außer sich vor Glück, daß er ihm geholfen hatte.

Diese Hilfe war offensichtlich. Alexej hatte keine Schmerzen mehr. Er saß im Bett und hatte beide Beinchen entspannt ausgestreckt.

»Morgen komme ich wieder«, versprach Rasputin. »Dann erzähle ich dir noch mehr Geschichten, wenn deine Eltern es erlauben. Und bis dahin wirst du schlafen, gut und ohne Schmerzen. Du bist doch müde, Aljoscha. Mach die Augen zu und freu dich darüber, daß dir nichts mehr weh tut. Du wirst ganz gesund werden, hörst du? Aber jetzt mußt du schlafen und neue Kräfte sammeln, nachdem du so schlimm krank warst.«

Er schlug das Kreuzzeichen über ihn und wandte sich zur Tür. Er sah schrecklich aus, mit tief in den Höhlen liegenden Augen und schweißüberströmtem Gesicht.

Zarin Alexandra Fjodorowna hielt ihn auf, als er an der Großfürstin Stana und der Wyrubowa vorbei das Zimmer verlassen wollte. Die Zarin fiel vor ihm auf die Knie, und ein Weinkrampf schüttelte sie. Sie schluchzte und flog am ganzen Körper, während sie seine Beine umklammerte.

»Du Heiliger!« stieß sie kaum verständlich hervor. »Du Abgesandter Gottes, ich danke dir! Niemals werde ich imstande sein, diese Dankeslast dir gegenüber abzutragen.«

Dann kehrte sie zum Bett ihres Kindes zurück, das die Augen geschlossen hielt und in einen tiefen Schlaf gefallen war. Sie betrachtete sein Gesicht, das nun wieder die Farbe des Lebens hatte. »Mein Gott, du hast geholfen! Du hast mir deinen Engel geschickt. Vergib mir, daß ich jemals an deiner Güte gezweifelt habe. Und segne diesen Menschen, der dein Werkzeug ist.«

Der Zar warf noch einen Blick auf sein friedlich schlafendes Kind, dann umarmte er Rasputin. »Ich kann nur danke sagen«, murmelte er, während noch immer Tränen über sein Gesicht liefen, »und Sie, Grigorij Jefimowitsch, darum bitten, uns weiterhin Ihre Hilfe angedeihen zu lassen. Gott ist mit Ihnen, dessen bin ich seit heute vollkommen sicher.«

Igor Kurjakow beobachtete Nina. Er registrierte genau, wann sie daheim war und wann sie das Haus verließ. Und sie verließ es ziemlich regelmäßig an jenen Tagen, an denen Jurij Lasarow Dienst hatte.

Sie blieb zwei, drei Stunden fort und kehrte jedesmal rechtzeitig zurück, bevor Jurij heimkam. Sie schützte Besorgungen vor, aber Igor hatte festgestellt, daß sie keineswegs immer Einkäufe mit nach Hause brachte.

Natürlich wußte Igor, daß Nina die Geliebte von Jurij geworden war. Sie gaben sich keine besondere Mühe, das zu verbergen, und wenn er die beiden in Jurijs Schlafzimmer wußte, dann lag er oftmals wach und kämpfte gegen sein eigenes Verlangen und seinen Neid. Nina war einfach zu schön, um sie nicht zu begehren. Und Jurij einfach zu sehr vom Schicksal begünstigt, um ihn nicht zu hassen.

So jedenfalls sah es Igor. Er hatte den ältesten Sohn der Lasarows gehaßt, solange er denken konnte. Er, der Sohn der Haushälterin von Kowistowo – und Jurij ein Graf Lasarow, dem alles in den Schoß fiel, was man sich in einem ganzen Leben nicht erarbeiten konnte.

Freilich waren sie zusammen erzogen und unterrichtet worden, doch Igor schmeckten solche Wohltaten bitter. Allerdings hatte er schon als Kind begriffen, daß er sich das nicht anmerken lassen durfte, denn dann hätte er gar nichts mehr bekommen. Und er wollte lernen, wollte, wenn das möglich war, Jurij überflügeln, um irgendwann einmal nicht mehr auf die Gnade und Barmherzigkeit der Lasarows angewiesen zu sein.

Er träumte davon, ihnen eines Tages ihre verdammte Hochnäsigkeit, ihren Dünkel und ihre selbstgefällige Großzügigkeit heimzuzahlen.

Am meisten haßte er Wera Karlowna, Jurijs Mutter, denn besonders sie in ihrer eitlen Dummheit war es gewesen, die sich förmlich darin badete, wie gut man doch zu Igor immer gewesen sei und wie dankbar er ihnen dafür sein müsse.

Jurij war ihr vergötterter einziger Sohn, und die Gräfin spreizte sich in ihrem Stolz auf ihn wie eine Henne, die ein besonders großes Ei gelegt hatte.

Nichts würde sie mehr treffen, als wenn Jurij Schaden erlitt und auf irgendeine Weise der Goldglanz abblätterte, mit dem seine Mutter ihn geschmückt hatte.

Igor wußte, daß er sich Zeit nehmen konnte. Irgendwann würde die Gelegenheit kommen, Jurij Lasarows schneidiges, bedenkenloses Offiziersdasein zu zerstören und ihn am Boden zu sehen.

Darum war er in Jurijs Dienste getreten und belauerte ihn wie eine Spinne im Netz.

Aber Jurij tat nichts Ehrenrühriges. Er war ein absolut gradliniger junger Mensch, der, seinem Stand und seinem Alter entsprechend, gelegentlich über die Stränge schlug, indem er manche Nacht durchzechte und Mädchengeschichten hatte. Doch darüber hinaus gab es nichts, was Igor verwenden konnte, um ihm zu schaden.

Bis Jurij dieses Mädchen nach Hause mitgebracht hatte.

Igor begriff sehr schnell, daß Nina für Jurij keine seiner früheren Affären war. Diesmal liebte er, und Igor hielt ihn für verrückt genug, sie eines Tages sogar heiraten zu wollen. Eine Küchenmagd aus dem ›Aquarium‹! Das hätte bedeutet, daß Jurij sich mit seinen Eltern überwarf und seinen Abschied nehmen mußte. Aber vermutlich hätte ihn das nicht allzusehr getroffen, wenn nur Nina ihm blieb. Sie war diejenige, durch die man Jurij Lasarow tödlich verletzen konnte.

Igor hatte versucht, sie über ihr früheres Leben, bevor sie in die Wohnung am Newa-Kai gekommen war, auszuhorchen. Aber sie hatte ihm nicht mehr darüber erzählt, als sie es auch schon Jurij gegenüber getan hatte. Und je verschlossener sie in dieser Hinsicht war, um so sicherer war Igor, daß sie etwas zu verbergen hatte.

Es war indessen heißer, hoher Sommer geworden, und der kaiserliche Hof übersiedelte wie alljährlich nach Peterhof. Die Unruhen im Lande hatten sich gelegt, obwohl auch die zweite inzwischen gewählte Duma nach wenigen Wochen wieder aufgelöst worden war – dieses Mal, da ihre Abgeordneten zerstritten, mehr als mittelmäßig und zu keinen politischen Entscheidungen fähig waren.

Die herausragenden Redner und Reformer der ersten Duma waren verschwunden, ins Ausland gegangen, verhaftet oder in den Untergrund abgetaucht. Die Konstitutionierung einer dritten Duma sollte im November stattfinden, und die Abgeordneten würden nach einem neuen ausgeklügelten Wahlrecht gewählt werden. Das hatte Zar Nikolaus angeordnet, um dieses Mal sicherzugehen, daß die Gemäßigten darin die Mehrheit besaßen.

Es würde eine Duma der Herren werden, der großen Grundbesitzer und reichen Bürger.

Diesen Sommer, der im Gegensatz zu dem vergangenen so friedlich erschien, genossen Zar und Zarin aus tiefstem Herzen.

Alexej war genesen, und es geschahen auch keine schwerwiegenden Unfälle mehr, bei denen das Kind von neuem eine lebensgefährliche Blutung hätte erleiden können. Außerdem befand sich auch Grigorij Rasputin zeitweilig in Peterhof. Hin und wieder kehrte er in die Hauptstadt zurück, aber er hatte Alexandra Fjodorowna versprochen, jederzeit wiederzukommen, falls dem Zarewitsch etwas zustieße.

Die Zarin hatte alle Vorbehalte gegen Rasputin aufgegeben. Er war ihr Wohltäter, ihr Heiliger, den sie, so oft es möglich war, um sich haben wollte.

Auch Jurij Lasarow war mit einer von ihm befehligten Schwadron nach Peterhof beordert worden, und das bedeutete, daß er sich für eine Weile von Nina trennen mußte.

Sie weinte beim Abschied und wollte ihn gar nicht loslassen, und er sagte: »Nimm es nicht so schwer, mein Herz. Erfahrungsgemäß unternehmen die Majestäten, wenn es das Wetter erlaubt, gern von Peterhof aus Fahrten mit ihren Yachten ›Alexandria‹ oder ›Standart‹, und bei dieser Gelegenheit werde ich sicherlich für einen oder zwei Tage zu dir zurückkommen können. Es ist ja kein Feldlager, in das ich gehe und in dem man nur sehr schwer Urlaub bekommt.«

»Ich liebe dich«, murmelte sie, das Gesicht an seine Brust gepreßt. »Vergiß es nicht, Jurij, ich liebe dich so sehr. Du bist mein Leben. Gott schütze dich.«

»Dich auch, meine Liebste«, sagte er innig. »Ich werde dir oft schreiben, und du mußt es ebenfalls tun. Dann haben wir beide etwas, auf das wir uns immer freuen können.«

Als er fort war, ging Nina in ihr Zimmer und weinte noch eine Weile. Sie wußte selbst, daß es unsinnig war; schließlich war Jurij nicht aus der Welt und würde in vier oder fünf Wochen zurückkehren. Aber sie vermißte ihn schon jetzt.

Gegen Abend klopfte Igor an ihre Tür. »Willst du nichts essen, Nina? Ich habe kalte Kwaßsuppe und Tabaka-Hühnchen aus einer Garküche besorgt.«

Ihr erster Impuls war, ihm nein zu sagen. Aber dann merkte sie doch, daß sie hungrig war, und kam zu ihm. Er hatte den Tisch in der Küche gedeckt, und während sie aßen, versuchte er immer wieder, eine Unterhaltung in Gang zu bringen.

Aber Nina blieb einsilbig, so daß er sie schließlich aufzog: »Hast du ein Schweigegelübde abgelegt, bis Graf Lasarow wiederkommt? Dann wird dir die Stimme einrosten.«

Sie hatte schon wieder Tränen in den Augen und senkte rasch den Kopf, um sie vor Igor zu verbergen, aber er hatte es doch gesehen und lachte. »O Mutter, sag mir doch, warum die Liebe so schmerzt«, stimmte er ein altes russisches Volkslied an, und Nina schob ihren Teller zurück.

»Sei mir nicht böse, Igor, aber ich bin müde und habe Kopfschmerzen. Es war den ganzen Tag über so schwül, das setzt mir zu. Ich werde noch ein wenig an die Luft gehen und dann schlafen.«

»Soll ich dich begleiten?« fragte er scheinheilig, und sie wehrte ab.

»Ach was, es ist ja hell draußen, und in den Weißen Nächten ist ohnehin halb Petersburg auf den Beinen. Da ist ein Spaziergang am Newa-Ufer ganz ungefährlich.«

Sie schien dieses Mal wirklich nur einen Spaziergang gemacht zu haben, denn sie war nach einer guten halben Stunde zurück. Igor hörte sie kommen und grinste in sich hinein.

Er war höchst zufrieden, daß Jurij für eine Weile fort war, denn er hatte vor herauszufinden, wohin Nina so häufig verschwand. Morgen oder übermorgen wollte er ihr nachgehen.

Tatsächlich verließ sie schon am nächsten Tag die Wohnung zur Teezeit. »Ich will ins Gostinnjy Dwor«, erklärte sie Igor, »und mir Garn für einen Wandteppich besorgen. Du brauchst nicht mit dem Essen auf mich zu warten, ich hole mir unterwegs ein paar Pfannkuchen oder so.«

»Wie du willst«, erwiderte er gleichmütig und rief ihr noch nach, als sie schon die Tür hinter sich zuzog: »Und viel Vergnügen!«

Er wartete, bis er sicher sein konnte, daß Nina das Haus verlassen hatte, dann folgte er ihr.

Sie ging ziemlich rasch, aber sie machte es Igor leicht, sie zu beobachten, weil sie sich nicht einmal umdrehte oder stehen blieb.

Zuerst ging sie tatsächlich ins Gostinnjy Dwor, und Igor heftete sich auch hier an ihre Fersen, um sie nicht aus den Augen zu verlieren, falls sie den großen verschachtelten Komplex mit seinen vielen Geschäften durch einen anderen Ausgang verließ.

Er sah, wie Nina tatsächlich mehrere Stränge farbiges Seidengarn erstand und dann in einem anderen Laden allerhand Lebensmittel – Tee, Zucker, Wurst und sogar eine Flasche grusinischen Rotwein. An einem Gemüsestand kaufte sie noch Bohnen und Kohl, sowie eine große Melone. Als sie das Gostinnjy Dwor verließ, war sie mit Tüten und Päckchen beladen.

Trotzdem verzichtete sie darauf, sich eine Mietdroschke zu nehmen, sondern ging zu Fuß weiter, wobei sie ihre Last einige Male absetzte.

Sie überquerte die Fontanka und hatte wenige Minuten später ihr Ziel erreicht, die Moschaiskaja Uliza. Hier verschwand Nina in einer Toreinfahrt, und Igor verlor sie aus den Augen.

Er vermutete, daß sie in eine Wohnung im Hinterhaus des vierstöckigen, ziemlich heruntergekommenen Gebäudes gegangen war.

Igor lehnte sich an einen Mauervorsprung und wartete.

Seine Geduld wurde auf eine harte Probe gestellt, denn Nina kam erst nach über zwei Stunden aus dem Haus. Sie war allein, und die vielen Tüten und Päckchen hatte sie bis auf das eine, in dem sich vermutlich das Stickgarn befand, nicht mehr dabei.

Diesmal verzichtete Igor darauf, ihr zu folgen. Er inspizierte gerade den Hof, als eine Frau mit zwei Kindern aus dem Hinterhaus kam und ihn mißtrauisch musterte.

»Suchen Sie jemanden?« fragte sie, und Igor nickte und lächelte ihr zu.

»Ja, einen gewissen Stepan Beljanin. Er soll in dieser Straße wohnen. Kennen Sie ihn?«

Die Frau schüttelte den Kopf. »Nie gehört, den Namen. Und ich wohne schon seit ein paar Jahren hier.« Sie war ärmlich, aber sauber angezogen, ebenso ihre Kinder. Eigentlich wirkte sie gar nicht wie die Frauenzimmer, die sonst in diesen schmutzigen Hinterhofbehausungen lebten.

»Nun, dann werde ich mich ein paar Häuser weiter nochmals erkundigen«, sagte Igor, wandte sich ab und schlenderte davon. Für heute, so fand er, hatte er eigentlich eine Menge erfahren. Wenn er Nina das nächste Mal auf ihren geheimnisvollen Ausflügen folgte, wußte er bereits, wo sie hinwollte, konnte einen Bogen schlagen und bereits hier sein, wenn sie kam.

Vielleicht entdeckte er dann, welche Wohnung sie betrat.

Pfeifend machte Igor sich auf den Heimweg.

Drei Wochen später kam Nina wieder einmal von einem ihrer Streifzüge nach Hause. Sie ging in ihr Zimmer, um sich umzukleiden, einen einfachen Leinenrock und eine ebensolche Bluse, denn sie hatte sich vorgenommen, das große Wohnzimmer gründlich zu säubern und aufzuräumen. Als erstes wollte sie sich die Bücher vornehmen, die in einem Regal die ganze Längswand des Raumes einnahmen.

Sie holte sich eine Leiter und begann, die vielen, oft recht dickleibigen Bände herauszunehmen und abzustauben.

Jurij und sie hatten in der Zeit seiner Abwesenheit fast täglich Briefe gewechselt. Nina bewahrte die seinen alle auf und las sie abends noch einmal, bevor sie zu Bett ging.

Einmal war er auch in der Zwischenzeit in St. Petersburg gewesen, aber er hatte schon in aller Frühe wieder an den Hof zurückkehren müssen. Trotzdem war Nina glücklich, daß sie ihn wenigstens für ein paar kurze Stunden wiedergehabt hatte.

Sie drehte sich auf der Leiter um, als die Zimmertür geöffnet wurde. Igor stand im Rahmen.

»Was tust du da?« fragte er, und sie erwiderte lächelnd:

»Siehst du das nicht? Ich staube die Bücher ab. Morgen werde ich die Vorhänge abnehmen und waschen und das Silber putzen. Und übermorgen ...«

»Und übermorgen gehst du wieder zu deinem Liebhaber im Hinterhaus der Moschaiskaja Uliza Nummer fünf, was?« sagte Igor, warf die Tür hinter sich zu und kam auf Nina zu.

Sie setzte den Stapel Bücher ab, den sie gerade aus dem Regal genommen hatte. Bleischwer erschien er ihr plötzlich. »Ich verstehe nicht ... Ich habe keinen Liebhaber.«

»Lüg nicht!« schnitt Igor ihr das Wort ab. »Ich habe dich seit drei Wochen beobachtet, und heute habe ich gesehen, wie dein Galan dich aus dem Haus begleitet hat. Ihr habt euch zum Abschied umarmt und geküßt.«

Nina schwankte, und er griff nach ihr, um sie von der Leiter zu ziehen. »Ist ein hübscher Kerl, dein Deckhengst. Schwarze Locken, schwarze Augen ... Wirklich, er sieht auf seine Art fast noch besser aus als Jurij Lasarow.«

Er umklammerte ihre Handgelenke und tat ihr weh, aber Nina schüttelte ihn nicht ab. Sie stand da wie gelähmt, und blankes Entsetzen lag in ihren Augen.

»Ich habe keinen Geliebten. Ich schwöre es bei allem, was mir heilig ist!«

»Und was ist er dann, dieser Mann, den du regelmäßig heimlich besuchst und der dich auf offener Straße umarmt?«

Sie senkte den Kopf, aber Igor umfaßte ihr Kinn und zwang sie, ihn anzusehen. »Hör zu, mein Schwänchen, du kannst von mir aus jede Nacht mit einem anderen ins Bett kriechen. Aber spiel mir kein Theater vor. Ich hasse es, wenn man mich belügt. Und am meisten hasse ich, wenn ein so durchtriebenes Luder wie du mir einen unschuldigen Engel vorzuspielen versucht. Haben wir uns verstanden?«

Sie schwieg und preßte die Kiefer zusammen, um das Zittern ihrer Lippen zu unterdrücken.

»Jetzt hast du Angst, was?« fragte Igor. »Du fürchtest, ich könnte Jurij Lasarow erzählen, was ich herausgefunden habe. Ja, das könnte ich. Aber dann würde er dich hinauswerfen, und was hätte ich davon?« Er zog sie näher an sich heran. »Wer zwei Liebhaber hat, kann auch noch einen dritten vertragen, ist es nicht so? Los, sag es! Sag: Ja, Igor, du hast recht.«

Als sie nicht antwortete, schüttelte er sie, und ihr Kopf flog hin und her. Ihr aufgestecktes Haar löste sich und wehte um ihr Gesicht. Sie war so blaß, als wollte sie im nächsten Moment umsinken, und in ihren Augen stand noch immer jenes namenlose Entsetzen, das Igor allmählich übertrieben fand. Er war Nina auf die Schliche gekommen – na und? Hatte er ihr nicht gleichzeitig einen Ausweg aus ihrem Dilemma geboten?

»Ja, Igor, du hast recht«, würgte sie schließlich kaum verständlich hervor, weil sie in seinem Gesichtsausdruck las, daß er auf ihrer Fügsamkeit bestand.

Und sie dachte: Nie darf er die Wahrheit erfahren. Niemand darf es.

Sie dachte es immer noch wie eine Beschwörungsformel, die unablässig in ihrem Hirn kreiste, als Igor sie auf das Sofa warf und ihr die Kleider abstreifte.

Er ließ sich Zeit, und er ersparte ihr nichts. Und Nina war klar, daß sie alles tun mußte, was er von ihr verlangte – oder ihn umbringen. Aber dann wäre die Wahrheit vermutlich doch noch ans Tageslicht gekommen, und das durfte nicht geschehen.

Als Igor endlich von ihr abließ, sagte er: »Ich nehme an, daß du bei Jurij besser im Bett bist. Und bei dem anderen auch. Aber du wirst es schon noch lernen, mir genausoviel Vergnügen zu machen.«

Es war am 8. August, als eine Detonation die Luft über Petersburg erschütterte. Drei junge Männer waren unbemerkt in das Gebäude des Justizministeriums eingedrungen und hatten in dem großen Sitzungssaal, wo ein Gremium über das neue Wahlrecht für die Duma beriet, eine Bombe geworfen.

Zwei der Attentäter waren selbst von ihr zerrissen worden, der dritte konnte entkommen.

Es gab noch drei weitere Tote. Staatssekretär Romskoj und die Petersburger Rechtsanwälte Pjotr Konjuschin und Grigorij Slonow, die man als juristische Berater hinzugezogen hatte. Von den insgesamt sechzehn Anwesenden waren fünf verletzt worden, einer von ihnen schwer.

Es war Graf Pawel Lasarow, Jurijs Vater.

Die Explosionswelle hatte ihn von seinem Stuhl hochgerissen und ein Stück weiter zu Boden geworfen, wo ein Teil des Plafonds hinunterstürzte und ihn unter sich begrub.

Er war bei Bewußtsein, als die herbeigerufenen Ärzte sich um ihn kümmerten, und er verlangte, nach Hause in sein Palais gebracht zu werden.

Man erfüllte ihm diesen Wunsch, davon überzeugt, daß Graf Lasarow nur noch wenige Stunden zu leben hatte und ihm kein Arzt mehr helfen konnte. Er hatte schwere Kopfverletzungen davongetragen, zahllose Knochenbrüche, und vor seinem Mund stand blutiger Schaum, was darauf hindeutete, daß durch eine Quetschung des Brustkorbs auch die Lunge in Mitleidenschaft gezogen war.

Eine Stunde später erfuhr man in Peterhof von dem Attentat und Graf Lasarows lebensbedrohlichem Zustand. Swetlana, die Hofdienst hatte, kehrte unverzüglich nach St. Petersburg zurück. Jurij folgte ihr, sobald er vom Zaren beurlaubt worden war.

Swetlana traf als erste im elterlichen Palast ein. Man hatte Graf Lasarow in sein Schlafzimmer gebracht. Dort lag er in den weißen Seidenkissen mit blutleerem Gesicht, und sein Kopf war von einem Verband bedeckt. Seine Frau saß schluchzend neben ihm.

»Was für ein Unglück!« jammerte sie, als ihre älteste Tochter erschien. »Was für ein schreckliches, unbegreifliches Unglück! O Gott, ich ertrage es nicht, wenn er stirbt. Er muß am Leben bleiben!«

»Seien Sie um Gottes willen still, Mama«, befahl Swetlana flüsternd. Sie hatte bemerkt, daß ihr Vater bei Besinnung war und alles verstand, was gesprochen wurde. »Sie regen Papa nur auf mit solchen Reden.«

Wera Karlowna blickte mit in Tränen schwimmenden Augen zu ihr hoch. Aber wenigstens sprach sie leiser. »Was soll ich nur tun, wenn er stirbt? Kind, Kind, glaube mir, ich ertrage es wirklich nicht.«

Swetlana zog sich einen Stuhl ans Bett und beugte sich über ihren Vater. »Haben Sie Schmerzen, Papa? Kann ich irgend etwas für Sie tun?«

Seine Lippen bewegten sich, und Swetlana neigte sich noch tiefer zu ihm. »Durst«, verstand sie und holte eine Karaffe mit Wasser und ein Glas aus dem angrenzenden

Baderaum. Es gelang ihr, dem Sterbenden ein paar Schlukke einzuflößen.

Dann setzte sie sich wieder neben ihn und wischte ihm mit einem nassen Tuch die trockenen Lippen ab.

Ihre Mutter weinte immer noch, und Swetlana sagte: »Ich bitte Sie, beruhigen Sie sich ein wenig. Tränen helfen ihm jetzt nichts.«

Sie war erschüttert, ihren Vater so zu sehen, und ihr war klar, daß er sterben würde. Gleichwohl empfand sie keinen wirklichen Schmerz. Er tat ihr leid, genau wie ihre Mutter, aber beide hatten nicht viel dazu getan, daß ihre Kinder sie liebten.

Pawel Konstantinowitsch Lasarow war ein harter, eigensinniger Mann gewesen, der nur seine eigenen Ansichten und seinen Willen gelten ließ, und Wera Karlowna hatte sich in ihrer ganzen Ehe widerspruchslos von ihm gängeln lassen.

Eigentlich, so dachte Swetlana, kann sie gar keine wirkliche Trauer verspüren. Aber sie badet sich wie immer in ihren eigenen Gefühlsausbrüchen. Wera Karlowna hatte stets gejammert und geweint, wenn irgend etwas geschah, das das beschauliche Gleichmaß ihrer Tage störte.

Wenig später kam Jurij. Er war blaß, aber sehr ruhig, und ihm gelang es, seine Mutter dazu zu bewegen, das Krankenzimmer zu verlassen. »Swetlana und ich bleiben bei Papa. Wenn irgendeine Änderung in seinem Zustand eintritt, holen wir Sie. Sie müssen sich ein wenig fassen, Mama. Es ist nicht gut für ihn, wenn er Sie so sieht.«

Sie ging tatsächlich, und Jurij gab Swetlana mit den Augen einen Wink. Sie stand auf und trat mit ihm ans Fenster.

»Wo ist Irina? Und ich denke, man sollte auch Xenia benachrichtigen«, sagte er so leise, daß Graf Lasarow ihn nicht hören konnte.

»Irina war hier«, berichtete Swetlana. »Ich habe sie getroffen, als ich herkam.« Kopfschüttelnd fügte sie hinzu:

»Ich habe sie nicht daran hindern können, in die Stadt zu fahren, um Rasputin zu benachrichtigen. Offenbar glaubt sie, daß er noch irgend etwas helfen könne.«

»Sie will ihn doch nicht etwa herholen?« fragte Jurij stirnrunzelnd. »Das möchte ich auf keinen Fall.«

»Ich auch nicht«, erwiderte sie. »Aber warten wir es ab. Vielleicht findet sie ihn gar nicht. Oder er ahnt selbst, daß er hier nicht besonders willkommen ist. Schließlich kennt er mich und weiß, daß ich nicht zu seinen Anbeterinnen gehöre. Und was Xenia betrifft ... Ich glaube, wir sollten Papa fragen, ob er sie sehen möchte.«

Sie kehrte an das Bett des Sterbenden zurück. »Papa«, sagte sie eindringlich, »möchten Sie, daß Xenia benachrichtigt wird. Sie ist hier in Petersburg. Ich könnte nach ihr schicken lassen.«

Seine Hände, die auf der Bettdecke lagen, verkrampften sich. »Nein«, stieß er hervor. »Will sie nicht sehen ... Sie ist nicht mehr ... meine Tochter.«

Er starb in den späten Abendstunden. Irina hatte Rasputin nicht gefunden, aber sie hatte ihm eine Nachricht in seiner Wohnung in der Gorochowaja-Straße hinterlassen. Dennoch ließ er sich nicht im Lasarowschen Palais blicken.

Irina hielt ihre Mutter umarmt. Sie weinten beide. Vier Mönche aus dem Alexander-Newskij-Kloster standen am Kopfende des Bettes und murmelten die traditionellen Sterbegebete. Der Leibarzt der Familie, Dr. Baskow, hielt sich im Hintergrund.

Man hatte Kerzen entzündet, und ihr flackernder Schein huschte über die goldenen Brustkreuze der Mönche und eine Ikone des Heiligen Alexander Newskij auf einem Tisch beim Fenster.

Jurij, Swetlana und Leonid Soklow, den man inzwischen ebenfalls benachrichtigt hatte, standen in der Nähe des Bettes, und Swetlana blickte in das Gesicht ihres sterbenden Vaters. Es war bläulich verfärbt, und seine hellen Augen wirkten so starr wie von Eis überzogene Teiche an einem Wintermorgen.

Swetlana weinte nicht. Sie verdankte ihren Eltern ihre Geburt und ein Aufwachsen in Reichtum, aber im Grunde auch das Elend ihrer Ehe.

Du warst kein guter Vater, dachte sie, ebensowenig wie ich in deinen Augen wohl eine gute Tochter war. Früher als Kind, da war ich bereit, dich zu lieben. Weißt du noch, wie ich dir manchmal kleine Bilder gemalt und sie in Kowistowo auf den Schreibtisch deines Arbeitszimmers gelegt habe? Manchmal habe ich dir auch Blumen gepflückt.

Du hast mich nie dafür gelobt oder wenigstens so getan, als ob du dich darüber freutest. Wahrscheinlich hast du meine Versuche, deine Aufmerksamkeit zu erregen, nur kindisch gefunden. Da habe ich eines Tages aufgehört, dich zu lieben.

Sie hörte ihre Mutter schluchzen und warf ihr einen Blick zu. Und du, Mama, dachte sie weiter, warst du jemals für mich da, wenn ich dich brauchte? Damals, als Georg starb und ich sein Kind erwartete? Du bist nicht sehr klug, Mama. Aber bei deinen ewigen Nachmittagstees, deinen vornehmen Cercles mußt selbst du gehört haben, wer und was Leonid Soklow war. Eine Katzenmutter verteidigt ihr Junges und versucht, es zu beschützen. Du, Mama, hast es nicht getan. Du warst begeistert, daß sich doch noch ein Mann mit Titel und Vermögen bereitfand, mich zu heiraten, und hast mit geholfen, mich ihm auszuliefern. Mich und Fjodor, dein Enkelkind.

Du, Vater, hast Xenia versagt, was sie als einziges im Leben wirklich wollte, nämlich studieren und Ärztin werden, und du Mama, hast es zugelassen, daß sie fortging. Sie hätte in der Gosse verrecken können, aber du hättest nur über diese ungeratene, ungehorsame Tochter lamentiert.

Jetzt weinst du. Warum eigentlich? Hast du Angst vor einem Leben ohne diesen alten starrsinnigen Mann dort im

Bett? Mit Recht! Früher oder später wird dein wohlgeordnetes, gedankenloses Dasein ohnehin auseinanderbrechen, aber davor hätte dein Mann dich auch nicht schützen können. Heute ist es eine Terroristenbombe, die sein Leben auslöscht. Irgendwann wird es eine gewaltige Explosionswelle sein, die alles zersprengt und in Trümmer legt, woran ihr euch so unsagbar borniert geklammert habt.

Ihr wolltet nichts sehen und nichts verstehen, und so könntet ihr uns eines Tages alle mit in den Abgrund reißen ...

Pawel Lasarow begann zu röcheln, und Dr. Baskow ging zu ihm und wischte den rötlichen Schaum ab, der aus seinem Mund tropfte. Der Sterbende war bis zuletzt bei Besinnung, und als das Ende kam, stieß er noch ein paar Worte hervor.

»Mörderbande ... verflucht ...« verstand Swetlana. Und dann undeutlicher: »Gott ... schütze den Zaren ...«

Er streckte sich, seine Hände glitten noch ein paarmal über die Bettdecke, öffneten und schlossen sich, als wollten sie etwas festhalten. Sein Kopf fiel zur Seite, und ein letztes Zittern ging durch seinen Körper. Danach lag er still.

Es war nach Mitternacht, als Jurij Lasarow die wenigen Stufen zu seiner Wohnung am Newa-Kai hinaufstieg.

Von der Straße aus hatte er gesehen, daß hinter den Fenstern noch Licht brannte. Er hatte es als tröstlich empfunden. Gleich würde er Nina wiederhaben.

Sie wußte nicht, daß er in der Stadt war, denn er hatte sie nicht angerufen, weil er die ganze Zeit bei seinem Vater gewesen war.

Sein Tod hatte Jurij betroffen gemacht, auch wenn er keine innige Bindung an ihn gehabt hatte. Aber dieses Sterben hatte Jurij völlig unvorbereitet getroffen, und er hatte beim Abschied zu Swetlana gesagt: »Wird das denn nie mehr aufhören in unserem Land: Gewalt gegen Gewalt, Haß gegen Haß? Oder wird es noch einmal möglich sein, voller Vernunft und Einsicht miteinander umzugehen?«

»Ich weiß es nicht, Jurjenka«, hatte sie erwidert, und dabei hatte sie nun doch Tränen in den Augen gehabt.

Leonid Soklow hatte zynisch gelacht. »Habt ihr Angst? Ich nicht. Es ist doch bloß eine kleine Handvoll, die ein bißchen Revolution spielen möchte. Im Ernstfall wird sie von der Übermacht unserer Truppen hinweggefegt werden.«

Jurij hatte keine Lust gehabt, sich mit ihm auf eine Diskussion einzulassen. Er war niedergeschlagen und voll düsterer Gedanken, und er sehnte sich nach Nina. So hatte er sich hastig verabschiedet und war nach Hause gefahren.

Als er die Wohnungstür aufschloß, rief er nach Nina. Aus dem Wohnzimmer hörte er einen unterdrückten Aufschrei und drückte eilig die Klinke hinunter.

Und da war sie. Sie lag nackt auf der Couch, und Igor hielt sie umarmt.

Jurij stand da wie fest gewachsen. Er sah Ninas zu Tode entsetztes Gesicht, sah, wie Igor langsam den Kopf wandte und ihn triumphierend anlächelte.

»So etwas kann geschehen, wenn man unangemeldet nach Hause kommt, Jurij Pawlowitsch. Sie sollten es sich zum Prinzip machen, niemanden überraschen zu wollen.« Igor setzte sich auf, und Nina griff nach ihren auf dem Teppich verstreuten Kleidungsstücken und preßte sie vor ihren nackten Körper.

Ihr Anblick brannte sich in Jurijs Gedächtnis ein. Er wußte, nie, niemals würde er dieses Bild vergessen. Er hätte sie töten mögen, mit bloßen Händen erwürgen für das, was sie ihm antat. Dieser ungeheuerliche, unfaßbare Betrug!

»Warum?« fragte Jurij und sah Nina an. Es tat so entsetzlich weh. Er hätte nie gedacht, daß man einen solchen Schmerz überhaupt aushalten konnte. »Warum, Nina?«

»Weil sie ein Flittchen ist«, entgegnete Igor gelassen. »Ich bin nicht der einzige, mit dem sie es treibt. Es gibt da noch jemanden, Jurij. Nicht wahr, das verschlägt dir den Atem. Der hochwohlgeborene Graf Jurij Lasarow, Rittmeister der Preobraschenskijschen Garde, einer, der mit dem goldenen Löffel im Mund geboren wurde, kriegt von einem Hürchen Hörner aufgesetzt. Das haut dich um, was? Aber ob du willst oder nicht – schlucken mußt du es. Oder daran krepieren. Schade wär' es nicht um dich. Es gibt sowieso viel zu viele von deiner Sorte.«

»Raus!« würgte Jurij hervor. »Alle beide ... Oder ich bring' euch um.« Er hatte seine Pistole im Gürtel stecken und umklammerte den Lauf.

Nina sagte kein Wort. Sie saß da, ihre Nacktheit verhüllend, so gut es ging, und blickte ihn an. Tu's doch, schienen ihre Augen zu sagen, aber Igor lachte nur.

»Willst du das wirklich, Herrchen? Und dann ins Gefängnis wandern – wegen so einer? O nein, so dumm kannst du nicht sein, obwohl du im Grunde wirklich ziemlich dumm bist. Du hast ihr vertraut – und mir auch und hast nicht ein einziges Mal gemerkt, daß ich dich hasse. Ja, da staunst du, was? Ich hasse dich schon dreißig Jahre lang, und ich habe immer davon geträumt, dich eines Tages so wie jetzt vor mir zu sehen. Und weißt du, warum? Weil du alles hattest – einen großen Namen, soviel Geld, daß nicht einmal deine Urenkel es verschleudern können, Diener, die dir den Arsch abputzten und auf ein Fingerschnippen von dir wie die Affen sprangen. Und was war ich? Der arme Igor, dem man Guttaten erweisen mußte, weil er ja sonst keine Chance im Leben hatte. So etwas ist Christenpflicht, nicht wahr, ebenso wie die Wohltätigkeitsbasare für die verlausten, rotznasigen Waisenkinder, auf denen deine Mutter so gern glänzt. Und so hat er sie bekommen, dieser arme Igor, die Guttaten – immer mehr, bis er fast daran erstickt ist.«

Jurij hielt noch immer die Pistole umklammert. »Verschwindet«, sagte er noch einmal. »Ich will euch nie mehr hier sehen.« Dann machte er auf dem Absatz kehrt und stürzte aus der Wohnung.

Swetlana fuhr am folgenden Tag zu ihrer Schwester Xenia, um ihr zu sagen, daß ihr Vater gestorben war.

Xenia und Pjotr wohnten noch immer in der Uliza Tscherwonskaja nahe der Universität. Natalja mit ihrer kleinen Tochter lebte allerdings nicht mehr bei ihnen, sondern schon seit dem Frühjahr im Nachbarhaus bei Matuschka Awdokja.

Die gute Seele war oft zu Xenia und Pjotr gekommen. »Allerdings nicht euretwegen«, hatte sie mit ihrer Trompetenstimme erklärt, »sondern wegen des kleinen blonden Täubchens hier, wegen Lisaweta.«

Sie war ganz vernarrt in das Kind und konnte sich stundenlang mit ihm abgeben. Als der Winter mit seiner Kälte vergangen war, fuhr sie es mit einem alten klapprigen Kinderwagen spazieren, den sie bei einem Trödler erstanden hatte, und als Lisa mit dem Sprechen und Laufen begann, war es wiederum Awdokja, die mit wahrer Engelsgeduld beides mit ihr übte.

Und eines Tages hatte sie zu Natalja gesagt: »Weißt du was, Töchterchen? Ich brauche keine Wohnung mit zwei Zimmern. Eines ist genug für mich, seit mein Ossip sich totgesoffen hat. Schau mich nicht so an, das hat er wirklich. Seine Leber muß wie ein Schwamm gewesen sein, und er wurde immer dürrer und gelbhäutiger, fast wie ein Mongole. Er hätte mit dem Saufen aufhören müssen, aber er sagte immer: ›Ach, Awdokja, gib mir noch ein Schlückchen. Sterben muß ich so und so. Aber wenn ich besoffen bin, kriege ich es vielleicht nicht so genau mit. Das gönnst du mir doch, nicht wahr, mein Schwänchen?‹«

Sie lachte und blinzelte gleichzeitig ein paar Tränen fort. »Ja, so hat er mich immer genannt, der alte Heuchler. Mein Schwänchen – ha! Fette Henne hätte besser gepaßt.«

Sie hatte Lisaweta auf den Schoß genommen und war näher an Natalja herangerückt.

»Kommt zu mir, ihr beiden. Ich weiß, daß du jeden Abend bis in die Nacht hinein stickst, um ein paar Kopeken zu verdienen, Töchterchen, die du dann auf dem Apraxin-Markt dieser gierigen alten Vettel ablieferst, die sie für das Dreifache verhökert. Davon kommst du nie auf einen grünen Zweig. Und von Ihrer Wohlgeboren, der Fürstin Soklowa, willst du auch kein Geld nehmen. Das ist zwar aller Ehren wert, Töchterchen, wenn es auch gleichzeitig ein bißchen dumm ist, so stolz zu sein. Denn Stolz, Natalja, macht dich und das Kindchen nicht satt und wärmt euch nicht in einer kalten Winternacht.«

Natalja hatte etwas erwidern wollen, doch Awdokja hatte ihr ihre große dicke Hand auf den Mund gelegt. »Sei still jetzt und hör mir zu. Ich hab mir alles genau überlegt. Du kommst zu mir mit dem kleinen Goldfasan hier, und dann suchst du dir wieder eine richtige Arbeit in einem Modesalon. Und ich kümmere mich in der Zwischenzeit um deine Lisaweta. Und laß dir ruhig Zeit mit der Stellensuche, bis du etwas findest, was dir gefällt. Ich habe genug für uns drei, denn wie du weißt, hat mein Ossip als Kriegsveteran eine Rente gehabt, die nun mir zugute kommt. Und wenn du später ein paar Rubelchen dazuverdienst, können wir leben wie die feinen Leute. Also sag schon ja, Nataschenka!«

Nach einigem Hin und Her hatte Natalja wirklich zugestimmt und war eine Woche später zu Awdokja übersiedelt. Inzwischen hatte sie auch eine Anstellung in einem Schneideratelier gefunden, in dem man sehr zufrieden mit den feinen Stickereien war, mit denen sie die eleganten Roben der Petersburger Damen verschönte. Natalja hatte Awdokja ohne alle Einschränkungen ins Herz geschlossen und hätte sogar recht glücklich sein können, wenn die Sorge um ihren Vater nicht gewesen wäre.

Arkadij Kriwoschin war zur Zwangsarbeit in einem Uralbergwerk verurteilt worden, für zehn lange Jahre, und Natalja fürchtete, daß sie ihn nie mehr wiedersehen würde.

Xenia und Pjotr waren beide zu Hause, als Swetlana zu ihnen kam. Die Schwestern umarmten sich, und Xenia sagte: »Ich habe es heute in der Universität erfahren. Jemand hatte eine Zeitung dabei, und da stand es, daß Papa lebensgefährlich verletzt worden sei. Hätte ich zu ihm kommen sollen?«

Swetlana drückte sie an sich. »Nein, Xenia. Er wollte dich nicht sehen. Also mußte er sterben, wie er gelebt hat.«

Die Jüngere hob den Kopf. »Er ist also tot? Armer Papa. Hat er sehr leiden müssen?«

Swetlana berichtete von Pawel Lasarows letzten Stunden, und Xenia hörte wortlos zu. Als sie geendet hatte, drückte Pjotr Swetlana schweigend die Hand. Dann setzte er sich neben Xenia und legte den Arm um sie.

»Ich hoffe, du empfindest jetzt keine Schuldgefühle. Das wäre absolut falsch. Es war dein Vater, der euren Bruch verursacht hat. Du hattest gar keine andere Wahl, als zu gehen.«

»Ich weiß«, sagte sie und blickte auf ihre im Schoß gefalteten Hände. »Trotzdem tut es mir leid. Ach, Swetlana, warum mußte unser Vater nur so despotisch sein! Und wie geht es Mama? Wie trägt sie es?«

»Sie vergießt Tränenströme und hat sich bereits Berge von Trauerkleidung bei Madame Dufour bestellt.«

Xenia lachte ein wenig. »Ich hätte es wissen müssen.« Sie stand auf und ging zum Samowar, um sich und ihrer Schwester ein Glas Tee einzuschenken, als plötzlich der bronzene Klopfer an der Wohnungstür betätigt wurde.

»Ich sehe nach«, sagte Pjotr und ging hinaus. Gleich darauf kam er zurück. »Es ist Rodja Masslejew«, sagte er. »Er hat vom Tod deines Vaters erfahren und wollte dir sein Mitgefühl aussprechen, Xenia.«

In früheren glücklicheren Zeiten waren Rodja, Xenia und Pjotr oft zusammengewesen – entweder bei Swetlana oder den beiden Studenten. Auch in Rodjas Wohnung waren sie einige Male zu Gast gewesen.

Swetlanas Gesicht hatte sich verfärbt. Eine Sekunde lang erwog sie, einfach davonzulaufen, um Rodja nicht begegnen zu müssen. Hin und wieder hatte sie ihn aus der Ferne gesehen, im Theater, in der Oper, bei einer Ballettaufführung oder einigen Soireen, zu denen sie und Leonid ebenso wie er geladen worden waren. Es hatte weh getan, nicht zu ihm gehen zu dürfen und zu fragen: »Wie geht es dir? Bist du nicht mehr so unglücklich wie am Anfang unserer Trennung? Hast du sie ein klein wenig überwunden? Ach, Liebster, ich möchte so gern, daß wenigstens du nicht leidest.«

Weil sie ihn liebte, wünschte sie ihm, daß er wieder lernte, sich am Leben zu freuen. Gleichwohl hatte es Swetlana getroffen, als man ihr zutrug, daß Rodja Massiejew eine Geliebte haben sollte, eine blutjunge Elevin vom Marien-Theater. Tamara hieß sie, wußte der Klatsch zu berichten, und sie sei eine ganz bezaubernde Person mit dem Körper einer Sylphide und natürlich im Augenblick Rodjas bevorzugtestes Modell. Er habe hinreißende Bilder von ihr geschaffen.

Und nun war er also hier ...

Xenia drückte ihre Schwester in den Sessel zurück, aus dem sie aufgesprungen war. »Bleib«, sagte sie. »Du kannst nicht immer vor ihm davonlaufen.«

Swetlana blickte zur Tür, durch die Rodja hereinkam. Er sah, so fand sie, nicht besonders gut aus. Seine Augen wirkten trübe, und in seinen dunklen Haaren, die sie immer so geliebt hatte, waren einzelne graue Fäden zu erkennen.

Als er Swetlana erblickte, wich er einen Schritt zurück. »Verzeihung, Fürstin, ich wußte nicht, daß Sie hier sind. Dann wäre ich nicht gekommen. Ich wollte wirklich nur Xenia Pawlowna meine Anteilnahme aussprechen.«

Er brach ab und schüttelte den Kopf. »Nein, ich will nicht lügen. Ich kam gleichzeitig her, um nach Swetlana zu fragen. Ich hoffte, ich könnte etwas von ihr erfahren. Mein Kondolenzbesuch war nur ein Grund für mein Kommen.«

Xenia lächelte ihm voller Sympathie zu und hakte ihn unter. »Entschuldigen Sie sich nicht, Rodja. Es ist sehr lieb, daß Sie sich nach meiner Schwester erkundigen – und sehr richtig.«

»Aber ich habe nicht erwartet, sie hier zu treffen ...«

»Wir haben es beide nicht erwartet«, sagte Swetlana und stand auf. »Aber ich glaube, es ist vernünftiger, wenn ich nun gehe.« Sie gab ihm die Hand. »Adieu, Rodja. Ich wünsche dir alles Gute.«

»Ich dir auch«, erwiderte er unglücklich, und sie las in seinen Augen, wie sehr er sich immer noch nach ihr sehnte.

»Im übrigen geht es mir recht gut«, fuhr sie leichthin fort. »Du mußt dir keine Gedanken um mich machen.«

Er senkte den dunklen Kopf. »Mehr wollte ich gar nicht erfahren.« Er wollte noch etwas hinzusetzen, doch Xenia fiel ihm ins Wort.

»Unsinn! Ihr seid beide kreuzunglücklich, und ich frage mich, warum ihr das erduldet!«

»Weil ich einen Sohn habe«, sagte Swetlana mit abgewandtem Gesicht. »Einen kleinen Leonidowitsch Soklow.«

Als sie hinausging, spürte sie Rodjas Blick in ihrem Rükken, doch sie wandte sich nicht mehr um.

Graf Lasarow hatte seine Tochter Xenia testamentarisch enterbt. Sein immenses Vermögen ging zu gleichen Teilen an seine Frau, seinen Sohn Jurij und seine beiden Töchter Swetlana und Irina.

Xenia hatte nichts anderes erwartet, deshalb wehrte sie sich zunächst heftig, als Swetlana ihr erklärte, daß sowohl sie als auch Jurij ihr Erbe mit ihr teilen wollten.

»Ihr seid verrückt! Ich habe sehr genau gewußt, worauf ich mich eingelassen habe, als ich davongelaufen bin. Behaltet eure verdammte Erbschaft. Ich will keinen Rubel davon.«

Sie saßen zu dritt in Swetlanas privatem kleinem Salon im Soklowschen Palais. Jurij Lasarow starrte aus dem Fenster. Er war unrasiert und sah aus, als hätte er nächtelang kaum geschlafen.

»Swetlana und ich werden dir ein Konto beim Bankhaus Rubidjew einrichten und darauf einzahlen, was dir unserer Ansicht nach zusteht«, sagte er und zündete sich eine Papyrossi an. Er rauchte fast unablässig, und Swetlana fürchtete, daß er auch mehr trank, als gut für ihn war.

Ihr hatte er anvertraut, was geschehen war, sie aber gebeten, mit niemandem sonst darüber zu sprechen. »Auch mit Xenia nicht, bitte. Sie würde Fragen stellen oder meinen, mich bedauern zu müssen, und beides will ich nicht. Ich mag nicht darüber reden.«

Aber man sah ihm an, daß er litt, doch Xenia vermutete, daß es wegen seines Vater war, und vermied deshalb, seinen Tod zu erwähnen.

Jetzt stand sie auf und küßte erst Swetlana, dann Jurij auf beide Wangen. »Ihr tut ja doch, was ihr wollt, ihr Dickschädel! Aber damit ist noch lange nicht gesagt, daß ich das Geld auch anrühre – oder allerhöchstens in einem wirklichen Notfall, von dem ich hoffe, daß er nie eintritt. Trotzdem danke ich euch für eure Großzügigkeit.«

Jurij knöpfte seinen Uniformrock zu. »Ich habe noch eine

Verabredung. Soll ich dich mitnehmen, Xenia, und bei dir zu Hause absetzen?«

Sie schüttelte den Kopf. »Ich bleibe noch ein wenig bei Swetlana. Ich habe Fjodorenka ziemlich lange nicht gesehen, und sie sagte mir, daß er um fünf von seinem Reitunterricht zurückkommt.«

»Ach, nimmt er neuerdings Reitunterricht?« erkundigte Jurij sich, der seinen kleinen Neffen sehr gern hatte. »Und wie gefällt ihm das?«

»Ganz gut, glaube ich«, antwortete Swetlana. »Obwohl sein Lehrer ihn sehr hart anfaßt. Ich habe einmal zugesehen und bin vor Angst fast gestorben. Meiner Ansicht nach übertreibt dieser Oberst a. D. Schipow.«

Jurij pfiff durch die Zähne. »Jewgenjij Schipow vom Garde-Kavallerieregiment Großfürstin Olga? Den kenne ich. Der ist ein scharfer Hund. Ich wußte gar nicht, daß er seinen Abschied genommen hat.«

»Nehmen mußte«, verbesserte Swetlana ihn mit einem Seufzer. »Es gab da irgendeine üble Affäre. Aber Leonid bestand darauf, ausgerechnet Schipow für Fjorodorenka zu engagieren. Im kommenden Jahr soll er ihn auch im Fechten und Pistolenschießen unterrichten. Ich bin nicht besonders glücklich darüber, ebensowenig über Fjodors neuen Hauslehrer. Der gute Monsieur Mounet hatte eine so glückliche Hand mit dem Kind, aber Leonid behauptet, er sei zu weich. Darum hat er Mounet entlassen und einen Herrn von Solln eingestellt. Er ist Deutscher, lebt aber schon seit zwanzig Jahren in St. Peterburg. Auf mich wirkt er sehr kalt, beinahe brutal.«

Sie begleitete ihren Bruder noch in die Halle. Bevor er ging, fragte sie: »Hast du eigentlich schon einen neuen Diener gefunden?«

Er nickte und grinste schief. »Stepan ist faul und trinkt heimlich meinen Wodka. Aber ansonsten ist er ehrlich. Er macht mir nicht vor, daß er mich gern hat, und vermutlich haßt er mich auch nicht. Ich bin ihm gleichgültig, und das finde ich gut.«

Sie strich über den Ärmel seines Uniformrocks. »Paß auf dich auf, Jurjenka, bitte.«

Ein paar Sekunden blickte er sie schweigend an. Dann küßte er sie auf die Wange. »Ich werd's versuchen.«

9. Kapitel

Man behauptet, daß die Zeit alle Wunden heilt. Aber das ist nicht wahr. Es gibt Verletzungen, die immer schmerzen. Die einen lernen, damit zu leben und gewöhnen sich an ihren immerwährenden Kummer wie an eine ungeliebte Last. Andere wiederum werden nie damit fertig, weil ihre Wunden immer wieder aufreißen und zu bluten beginnen.

Zu ihnen gehörte Jurij Lasarow.

Er kam über Ninas Betrug nicht hinweg. Und das Schlimmste war: Er konnte sie nicht einmal deswegen hassen.

Zorn empfand er, ohnmächtigen, verzweifelten Zorn – und gleichzeitig eine solche Sehnsucht nach ihr, daß er sich selbst deswegen verachtete.

Er erinnerte sich daran, wie sie in seinen Armen vor Glück geweint hatte. »O Jurij, es ist so schön mit dir. Ich bin so glücklich.« Und dann hatte sie seine geschlossenen Augen geküßt und das Kreuzzeichen auf seine Stirn gemalt. »Gott segne und erhalte dich für mich, mein Jurij ...«

Und das alles die Lügen einer billigen Hure?

Manchmal vermochte er nicht daran zu glauben. Doch dann erstand mit qualvoller Deutlichkeit jenes andere Bild vor ihm: Nina, wie sie unter Igor lag, ihr panisches Erschrecken, als er, Jurij, in der Tür stand, ihr Schweigen zu Igors Behauptungen.

Sie hatte kein Wort gesagt, nichts zu entkräften, sich nicht zu verteidigen versucht. Und ihre absolute Stummheit war nichts anderes gewesen als das Eingeständnis ihrer Schuld. Oder etwa nicht?

Sie hatte mit Igor geschlafen, und er, Jurij, hatte es mit eigenen Augen gesehen.

»Du bist ein Idiot, Jurij Lasarow«, sagte er sich tausendmal, wenn er betrunken heimkam und in Ninas ehemaligem Zimmer auf ihr Bett starrte. »Ein gottverdammter charakterloser Idiot! Heulst um eine verlogene Hure ...«

Doch all das half ihm nichts. Die Zeit mit Nina, jenes Glück, das er nie zuvor empfunden, weil er nie zuvor wirklich geliebt hatte, blieb gegenwärtig, und die Erinnerung verlieh den Bildern aus der Vergangenheit eine unwiderstehliche Leuchtkraft.

Jurij sprach mit niemandem darüber, auch mit Swetlana nicht. Alle, die wußten, daß es jemals eine Nina Kanejewa für ihn gegeben hatte, versuchte er zu täuschen. Natürlich war er darüber hinweg. Er dachte nur noch voller Abscheu an sie. Und eines Tages würde er sie ganz vergessen haben.

Doch nichts davon war wahr. Er kam nicht darüber hinweg, und er vergaß Nina nicht.

Und dann sah er sie wieder.

Es war in einer Zigeunerkneipe hinter dem Heumarkt, und Jurij war mit einigen seiner Saufkumpane gekommen, wie er sie neuerdings oft um sich versammelte und sie freihielt. Darum mangelte es ihm nie an Gesellschaft.

Nina arbeitete dort als Bedienung. Sie wurde schneeweiß, als sie Jurij erkannte, und machte eine Bewegung, als wolle sie davonlaufen.

»Heh, Mädchen!« rief einer von seinen Kumpanen und hielt sie an einem Zipfel ihrer Bluse fest. »Bring uns Wodka – eine ganze Flasche. Wir sind durstig.«

»Ja, Herr«, murmelte sie. »Gleich ...«

Mit gesenkten Lidern stellte sie Gläser und den Wodka auf den Tisch und zog sich hinter den hölzernen Tresen zurück.

Jurij trank und tat, als hätte er sie kaum bemerkt. Er sah den Zigeunern zu, die im Hintergrund des schummrig beleuchteten Raumes mit der altersgeschwärzten Balkendekke musizierten. Zwei Mädchen tanzten und untermalten den Rhythmus der Musik mit stampfenden Füßen und schlugen mit den Händen auf Tambourins, an denen kleine Glöckchen befestigt waren.

Jurij hörte, wie seine vier Begleiter sich über die Mädchen unterhielten. »Die Kleinere hat tolle Titten. Seht ihr, wie sie wackeln, wenn sie tanzt?«

»Aber die andere hat einen geilen Hintern. Mensch, Andrej, da möchte ich mal hineinkneifen. Was meinst du? Ob sie sich's gefallen läßt?«

»Kannst es ja mal versuchen«, grölte ein dritter. »Wenn sie dir auf die Pfoten haut, weißt du Bescheid.«

Sie ließen sich noch eine Weile über die Vorzüge der Mädchen aus, und Jurij trank und rauchte und war sich Ninas Gegenwart in jeder Sekunde bewußt. Er brauchte nur aufzustehen und zu ihr hinzugehen ...

»Heh, Jurij!« rief Andrej, als er sich unvermittelt erhob und schwankend auf den Tresen zusteuerte, wo Nina Gläser spülte. »An die kommst du nicht ran. Die kenne ich. Die läßt sich nicht unter den Rock greifen, und wenn's einer probiert, haut sie ihm eine Flasche über den Schädel.«

Jurij gab keine Antwort. Er blickte auf Nina hinunter, die mit ihrer Arbeit aufgehört hatte und einen Schritt an die Wand zurückgewichen war. Ihre Augen waren groß und angstvoll, und es lag ein Flehen darin, das er ignorierte.

»Schlägst du mir auch eine Flasche über den Kopf?« fragte er. »Oder tust du's mit mir? Ich bezahle dich gut.«

Sie stieß einen ächzenden Laut aus. »Bitte, Rittmeister

Lasarow«, brachte sie hervor, »gehen Sie. Lassen Sie mich in Frieden.«

Er stützte sich mit beiden Händen auf den Tresen. »Nein. Ich will dich haben, Nina. Kommst du mit? Oder hast du dich neuerdings zur Tugendhaftigkeit bekehrt?«

Sie sah erbarmungswürdig aus, viel schlechter noch als im ›Aquarium‹, abgemagert und mit teigiger Haut. Es war fast ein Jahr vergangen, seit er sie zum letzten Mal gesehen hatte, und er gewahrte, wie heruntergekommen sie wirkte. Ihr herrliches schwarzes Haar war strähnig, und ihr früher so weiches Gesicht hatte einen harten Ausdruck bekommen. Die Sanftheit, die Jurij einmal so bezaubert hatte, war daraus verschwunden und hatte der Wachsamkeit eines oft getretenen, geprügelten Hundes Platz gemacht.

Wirklich, sie erinnerte ihn an einen jener streunenden Hunde, die mit eingezogener Rute durch die Elendsviertel strichen, niemandem gehörten und zwischen gierigem Hunger, angstvoller Ergebenheit und mißtrauischer Angriffslust hin und her gerissen wurden. Trat man sie in den Bauch, oder gab man ihnen etwas zu fressen?

»Gehen Sie«, wiederholte Nina. »Um Gottes Barmherzigkeit willen ...«

Sein erster Impuls war wirklich, sie stehen zu lassen. Was ging dieses Frauenzimmer ihn noch an? Seinetwegen war er durch eine Hölle gegangen. Und doch – es war Nina, die er liebte.

In diesem Augenblick gestand Jurij Lasarow es sich ohne alle Vorbehalte ein: Er liebte sie immer noch und wünschte sich nichts sehnlicher, als daß sie sich in die Frau zurückverwandelte, die einmal der Mittelpunkt seines Lebens gewesen war.

»Ich kann dich nicht vergessen«, murmelte er. »Ich bin ein Idiot, ich weiß, und du kannst mich ruhig auslachen. Aber ich will dich wiederhaben, Nina. Komm mit, bitte.«

Eine ältere nachlässig gekleidete Frau, offenbar die Wirtin, tauchte aus einem Hinterzimmer auf. »Was ist los, Nina? Hast du nichts anderes zu tun, als hier herumzustehen und zu schwätzen? Geh in den Keller und hol den guten Krimsekt herauf. Die Herren dort drüben am Tisch werden sich die Finger danach lecken. Und Sie auch, Euer Wohlgeboren«, wandte sie sich an Jurij.

»Hol den Sekt selbst und bring ihn meinen Freunden«, sagte er. Er zog ein Bündel Rubelscheine aus der Tasche und warf sie auf die Theke. »Hier, das reicht für ein anständiges Besäufnis.«

Die Frau grabschte hastig nach dem Geld und stopfte es in ihre Schürzentasche. »Wie Ihr meint, Hochwohlgeboren. Aber Ihr solltet den Sekt ebenfalls probieren. Ist ein köstliches Tröpfchen. Die Trauben kommen von den Hängen des Bajdar-Passes und ...«

Sie verstummte und starrte Jurij und Nina mit offenem Mund nach. Er hatte sie um die Taille gefaßt und kurzerhand über den Tresen gehoben. Dann ergriff er ihre Hand und zog sie hinter sich her zur Tür hinaus.

Er hatte erwartet, daß Nina sich wehren würde, aber sie folgte ihm stumm, mit gesenktem Kopf.

Jurij schlug den Weg zum Katharinenkanal ein. Das Lärmen und die Lichter des Petersburger Vergnügungsviertels blieben hinter ihnen zurück.

Nur wenige Laternen brannten auf den schmiedeeisernen Gittern, die die gepflasterte Straße vom Wasser trennen. Neben einer von ihnen führten ein paar Steinstufen zum Kanal hinab.

Unten blieb Jurij stehen und wandte sich zu Nina um. Im ungewissen Laternenlicht blickte er sie an. Dann riß er sie mit einem rauhen Laut, in dem ein Schluchzen mitschwang, an sich und küßte sie.

Auch dagegen wehrte sie sich nicht. Sie stand da mit hängenden Armen, ohne seinen Kuß zu erwidern, als er sie losließ, sah er, daß sie weinte.

»Laß das«, sagte er grob. Die Trunkenheit war von ihm gewichen. Er fühlte sich klar und überwach, und beinahe schien es ihm, als nähme er alle Eindrücke mit doppelter Intensität in sich auf: Ninas tränennasses Gesicht, das leise Glucksen des Wassers und seinen leicht fauligen Geruch, die Lichter der höhergelegenen Straße und die nächtlichen Geräusche der Stadt.

Nina wischte sich über die Augen. Und da war wieder der harte, mißtrauische Zug in ihrem Gesicht, der ihm weh tat.

»Was willst du von mir? Mit mir schlafen? Hier – oder in irgendeinem Hotel?«

»Ich will dich wiederhaben, Nina«, preßte Jurij hervor. »Ich hab es dir vorhin schon gesagt. Aber du mußt mir schwören, daß du dein Hurendasein aufgibst, denn sonst könnte es geschehen, daß ich uns beide eines Tages tatsächlich umbringe. Dich, weil du so gemein und verdorben bist – und mich, weil ich trotzdem nicht ohne dich leben mag.«

Ihr Kopf fiel gegen seine Brust. »Bring mich um, Jurij, wenn du es nicht erträgst, daß ich mit Igor geschlafen habe. Seitdem habe ich mir oft gewünscht, tot zu sein. Aber da ist Dawid, der mich braucht ...«

»Ist das der Liebhaber, von dem Igor geredet hat?« fragte Jurij, und sie schüttelte den Kopf, ohne aufzusehen.

»Dawid ist mein Bruder. Igor wußte das nicht und hat mich erpreßt, und ich konnte ihm die Wahrheit nicht sagen.«

»Dann sag sie mir!« verlangte Jurij.

Sie löste sich von ihm und strich sich das Haar aus dem Gesicht. Eine kleine Weile starrte sie auf das Wasser, unschlüssig, was sie tun sollte. Dann wandte sie sich wieder Jurij zu. »Ja, du hast wohl ein Recht darauf, aber vor Igor konnte ich es dir nicht sagen. Er hätte Dawid ans Messer geliefert.«

»Warum? Ist dein Bruder ein Verbrecher?«

»Nein, auch wenn du es vielleicht so siehst, wenn du alles weißt.« Sie holte tief Atem. »Ich heiße nicht Kanejewa. Ich heiße Nina Mendelenburg, und ich bin Jüdin. Mein Vater war ein angesehener Bankier in Tiflis. Ich hatte noch drei jüngere Schwestern. Sie alle, mein Vater, meine Mutter und meine Schwestern, sind bei einem Pogrom umgekommen. Man hat sie erschlagen und unser Haus angezündet. Du wirst dich vielleicht erinnern: Für alle revolutionären Gewalttaten wurden auf einmal die Juden verantwortlich gemacht, und die ›Schwarzen Hundertschaften‹ riefen die Bevölkerung dazu auf, sie zu vernichten.«

Sie ging ein paar Schritte von ihm fort und blieb mit abgewandtem Gesicht stehen. »Erspare mir Einzelheiten. Von meiner Familie blieben nur Dawid und ich übrig. Es gelang uns, zu entkommen, während unser Haus niederbrannte ... Ich weiß nicht, wie wir es geschafft haben, aber wir überlebten.«

»Und dann kamst du nach Petersburg«, ergänzte Jurij, als sie schwieg. »Zusammen mit deinem Bruder. Aber warum hast du mir nie von ihm erzählt?«

Sie drehte sich um und blickte ihn furchtsam an. »Dawid ist ... Er war seit jener Mordnacht völlig verändert, hat immer nur davon gesprochen, daß man Rache nehmen müsse für all das Unrecht. Ich habe versucht, ihm das auszureden, aber er war wie besessen davon. Er ist nicht schlecht, mein Bruder, das mußt du mir glauben, Jurij, nur sehr unglücklich. Und durch das, was er tut, wird er im Grunde immer noch unglücklicher.«

»Hat er sich irgendeiner anarchistischen Organisation angeschlossen?« forschte Jurij, und sie nickte widerstrebend.

»Ich weiß nicht, wie sie sich nennen, aber einige ihrer Mitglieder hatten etwas mit dem Attentat auf Stolypin vor knapp zwei Jahren zu tun. Dawid muß auf irgendeine Weise ebenfalls darin verwickelt gewesen sein. Jedenfalls hält er sich seitdem versteckt – erst in der Wohnung, wo Igor uns beobachtet hat, und danach bei Freunden in einer der Vorstädte. Er steht auf der Fahndungsliste der Ochrana, sagt er. Ich habe oft große Angst um ihn, aber ich kann ihm nicht helfen, außer daß ich ihm ab und zu Geld gebe, damit er wenigstens satt zu essen hat.«

Sie verstummte, und ihre Augen bekamen einen gehetzten Ausdruck, als oben auf der gepflasterten Straße Schritte ertönten. Es war aber nur ein Pärchen, das vorbeiging und sich in einiger Entfernung gegen das schmiedeeiserne Geländer lehnte, um sich zu küssen.

»Komm«, sagte Jurij und legte den Arm um Ninas Schultern.

»Wohin?« fragte sie zögernd, und er antwortete ganz selbstverständlich:

»Nach Hause, Nina.«

»Was kann ich für Sie tun, Herr Smirkow?« fragte der Polizist German Iwanowitsch Popkow vom 14. Polizeikommissariat am Apraxin-Markt so freundlich, wie es ihm eben möglich war. Eigentlich mochte er diesen Menschen nicht, der, immer korrekt gekleidet, mit Hut und Handschuhen, manchmal sogar mit weißen Gamaschen über den tadellos geputzten Stiefeletten und im Winter in einem pelzgefütterten Paletot hierherkam.

Er hatte, so fand German Iwanowitsch, ein Rattengesicht. Das lag weniger an den Zügen von Herrn Smirkow, denn sie waren ebenmäßig geschnitten und keineswegs häßlich, sondern an seinen Augen und der Art, wie sie dreinblickten. Doch, ja, es waren Rattenaugen, die alles und jedes belauerten und denen nichts entging.

»Kommissar Janitschew erwartet mich«, sagte Herr Smirkow und ging auf die rückwärtige Tür des Raumes zu.

Dahinter führte eine Treppe in das Obergeschoß des Hauses.

Boris Lwowitsch Janitschew saß in seinem großen Büro hinter einem runden Tisch. Er trug Uniform, aber die drei Herren, die ebenfalls am Tisch Platz genommen hatten, waren in Zivil. Herr Smirkow kannte sie und grüßte in die Runde.

»Guten Morgen, Kommissar Janitschew, Herr Grutilow, Herr von Schaumann, Gawril ...«

Aber er wußte, daß nur Kommissar Janitschew wirklich so hieß. Die anderen benutzten Decknamen, wie es bei den Agenten der Geheimpolizei üblich war. Auch Smirkow hieß nicht Smirkow, sondern Igor Kurjakow. Doch das war nur einem sehr kleinen Kreis in der Ochrana bekannt, als er vor einem Jahr dort vorstellig geworden war und seine Dienste angeboten hatte.

In jener Nacht, in der Igor und Nina von Jurij hinausgeworfen worden waren, hatte der Diener ihr vorgeschlagen, bei ihm zu bleiben.

»Ich habe ein ganz nettes Sümmchen auf die Seite gelegt. Davon können wir eine Zeitlang gut leben. Später kann man sich immer noch eine gut bezahlte Stellung suchen. Also hör auf, vor dich hinzustarren, pack deine Sachen zusammen und laß uns verschwinden.«

Er hatte sie aus dem Stuhl hochgezogen, in dem sie die ganze Zeit, während er seine Habseligkeiten in einen großen Schrankkoffer tat, tatenlos auf ihre Hände geblickt hatte, und ihr Kinn angehoben.

»Du kannst es gut bei mir haben, wenn du dir ein bißchen Mühe gibst. Wer weiß, vielleicht heirate ich dich eines Tages sogar.«

In Ninas wie erstorben wirkendes Gesicht war bei seinen Worten eine Spur Leben zurückgekehrt. Sie hatte ihn ein paar Sekunden lang stumm angesehen, dann hatte sie gefragt: »Sag einmal, Igor, hast du eigentlich keine Angst?«

»Wovor?« hatte er mit einem Auflachen erwidert.

»Vor mir. Ich könnte dir Gift ins Essen tun oder dich erstechen, während du schläfst. Oder dir Vitriol in dein gemeines, hinterhältiges Gesicht schütten. Wenn man einen Menschen haßt, muß das ein Hochgefühl sein ...«

Weiter war sie nicht gekommen, denn Igor hatte ausgeholt und ihr rechts und links zwei Ohrfeigen versetzt. »Dann eben nicht, du dreckiges Luder«, hatte er gesagt und sich wieder seiner Packerei zugewandt.

Nina hatte in ihrem Zimmer gewartet, bis sie Igor fortgehen hörte. Dann hatte auch sie das Haus verlassen.

Igor war rachsüchtig. Er verzieh Nina nicht, daß sie ihn abgewiesen hatte, und seiner Art gemäß versuchte er, irgend etwas über sie herauszufinden, womit er ihr schaden könnte.

Doch er fand nichts. So oft er sich auch in der Nähe des Hauses in der Moschaiskaja Uliza aufhielt, sie kam nie mehr dorthin. Hatte sie sich von ihrem Liebhaber getrennt? Igor gelangte zu der Ansicht, daß es so war. Aber wo war sie dann?

Schließlich gab er die ergebnislose Suche auf und nahm sich neue willfährige Geliebte für ein paar Nächte, die sein Verlangen befriedigten. Er hatte sich eine recht komfortable Wohnung in der Bolschaja Sadowaja gemietet, den Oberstock eines ehemals eleganten, jetzt aber ziemlich verwahrlosten Bürgerhauses, in dem gleichwohl die großen Räume, die Marmorkamine und die bemalten Stuckdecken die einstige Wohlhabenheit seiner früheren Besitzer verrieten.

Er ging oft aus, in elegante Nachtlokale und Restaurants, und bei dieser Gelegenheit lernte er Gawril kennen, von dem er irgendwann erfuhr, daß er als Polizeispitzel für die Ochrana arbeitete. Gawril war es auch, der ihn Herrn von Schaumann empfahl, als Igor ihn darum bat.

»Ich glaube, ich könnte nützliche Arbeit leisten«, hatte Igor gesagt. »Ich kann mich in höheren Kreisen ebenso sicher bewegen wie in den Arbeitervierteln. Und ich bin bereit, zum Wohl unseres Zaren und unseres geliebten russischen Vaterlandes auch gewisse Risiken einzugehen.«

Ihm war klar, daß die Ochrana ihn seitdem beobachtete und seine Vergangenheit durchleuchtete, aber davor fürchtete er sich nicht. Er war der untadelige Sohn einer ebenso untadeligen Mutter, er hatte eine gute Schulbildung genossen, und der verstorbene Graf Lasarow, der sie ihm ermöglicht hatte, stand bei der Ochrana in hohem Ansehen als aboslut integrer, zarentreuer Mann.

So kam es, daß Igor eines Tages in ein Hinterhaus am Newskij-Prospekt gebeten wurde, wo einige Herrn in unauffälligen Anzügen ihn auf Herz und Nieren prüften.

Igor wußte alle einschlägigen Fragen zu beantworten und darüber hinaus einen so guten Eindruck zu machen, daß man ihm Vertrauen schenkte.

Inzwischen arbeitete er als Polizeispitzel für die Geheimpolizei, und er war sogar recht erfolgreich. An Intelligenz und Spürsinn mangelte es ihm nicht, und er hatte, indem er vorgab, einer ihrer Sympathisanten zu sein, bereits etliche revolutionäre Splittergruppen ans Messer geliefert.

›Herr Smirkow‹ war daher für die Ochrana-Mitglieder, die sich an diesem regnerischen Vormittag im 14. Polizeikommissariat am Apraxin-Markt trafen, von gewisser Bedeutung.

An diesem Tag konferierte man über die ›Narodnaja Wolna‹ – wie sich eine seit ein paar Jahren bekannte revolutionäre Organisation im Untergrund nannte. ›Narodnaja Wolna – Volkes Wille‹. Die Organisation hatte sich diesen Namen in der Anlehnung daran gegeben, daß bereits im Jahre 1881 eine revolutionäre Gruppe gleichen Namens bestanden hatte, die den Mord an Zar Alexander II. vorbereitet und durchgeführt hatte.

»Natürlich könnten wir sofort zuschlagen, ihre hiesigen Versammlungsorte ausheben und alle verhaften, deren wir habhaft werden«, sagte Herr von Schaumann. »Aber ich bin sicher, daß die Narodniki, wie sie sich nennen, auch noch andere Schlupfwinkel, überall im Land verstreut, besitzen. Teilsiege sind im Grunde keine Siege, jedenfalls nicht bei solchen revolutionären Elementen. Wir müssen die ganze Gruppe zerschlagen und ihre Mitglieder eliminieren. Darum brauchen wir jemanden, den man bei ihnen einschleusen kann.«

Er blickte Igor an, und dieser lächelte beflissen.

»Sie brauchen mich«, sagte er. »Also gut. Berichten Sie mir, was Sie bereits wissen, und ich werde das übrige herausfinden. Wieviel Zeit habe ich?«

»Soviel Sie benötigen«, erwiderte von Schaumann. »Es ist ein äußerst wichtiger Auftrag, bei dem Ihnen keine Fehler unterlaufen dürfen. Dann wäre die ganze Vorarbeit umsonst.« Er schob ihm ein Dossier über den Tisch. »Hier, lesen Sie sich das durch, prägen Sie sich alles ein, und dann vernichten wir die Aufzeichnungen.«

Igor brauchte eine gute Stunde, um die bereits recht umfangreiche Akte zu studieren und sich die wichtigsten Einzelheiten und Namen zu merken. Danach verbrannte Herr von Schaumann sie in dem Kohlenofen neben der Tür.

Herr Grutilow schob Igor einen Ausweis über den Tisch zu. Er sah alt und abgegriffen aus.

»Hier, Ihre neuen Papiere. Sie heißen ab sofort Iwan Ottonowitsch Mikorskij, arbeiten als Lagerverwalter in der Pulverfabrik in der Poljustrower Vorstadt und wohnen in der Wilmanstrandskaja 97. Sie waren mit Lydja Andrejewna Wereskaja verheiratet, die bei einer Demonstration gegen die Auflösung der ersten Duma am 9. Juli 1906 von einem Kosakenpferd niedergeritten wurde und vier Tage später an ihren schweren Verletzungen starb.«

Grutilow entnahm einer Ledermappe einige Blätter. »Das ist ihre Lebensgeschichte. Lernen Sie sie auswendig, und dann verbrennen Sie alles. Denken Sie daran, es darf

Ihnen niemals ein Fehler unterlaufen. Er könnte tödlich sein, denn die Narodniki sind äußerst radikal und gefährlich.«

»Sie fahren von hier aus sofort in Ihre Wohnung in der Wilmanstrandskaja«, setzte von Schaumann hinzu. »Sie ist mit allem eingerichtet, was Sie brauchen. Ihre persönlichen Sachen aus Ihrer bisherigen Unterkunft wird Ihnen jemand heute abend vorbeibringen. Am Montag treten Sie Ihre Arbeit in der Pulverfabrik an. Der bisherige Lagerverwalter wird Sie einweisen. Er ist einer der Unseren. Und dann warten Sie auf weitere Befehle. In der nächsten Zeit wird jemand kommen und den Kontakt zwischen Ihnen und den Narodniki herstellen.«

Er stand auf und reichte Igor die Hand. »Viel Glück, Herr Mikorskij. Wenn Sie interessante Neuigkeiten haben, melden Sie sich telefonisch in unserem Büro am Newskij-Prospekt. Sagen Sie einfach: Onkel Wanja kommt zu Besuch. Er trifft morgen am Baltischen Bahnhof ein. Wir werden Sie anschließend kontaktieren.«

Dawid Mendelenburg, Ninas Bruder, hatte seine frühere Wohnung an der Moschaiskaja Uliza sofort aufgegeben, als Nina ihm sagte, daß Igor Kurjakow sie und ihn dort beobachtet hatte. Dawid gehörte zu den Narodniki, und zwei von ihnen, Jelena Taskina und Mischa Kolowin, beide ehemalige Studenten, hatten ihn in ihrer Wohnung auf der Petersburger Seite aufgenommen. Dawid lebte dort in einer Dachkammer, die im Winter kaum zu heizen war, weil der Wind durch alle Ritzen blies, und im Sommer glühend heiß wurde.

Aber die Armseligkeit seiner Lebensumstände machte ihm nichts aus, ebensowenig wie die Tatsache, daß er polizeilich gesucht wurde. Dawid Mendelenburg lebte nur für die Revolution und seine Rache.

Der junge fröhliche Mann, der er früher gewesen war, war in Tiflis zurückgeblieben, in den Trümmern seines Elternhauses neben den Leichen seiner Eltern und Geschwister. Dawid vergaß nichts: Nicht die Schreie der Sterbenden, nicht das eigene tiefe, fassungslose Entsetzen, nicht die Verzweiflung seiner Schwester Nina, die in jener Schreckensnacht vergewaltigt und halbtot liegengelassen worden war.

Dawid hatte sich versteckt gehalten, als sie kamen, und wie durch ein Wunder hatten sie ihn nicht gefunden, obwohl sie das Haus vom Keller bis zum Dachboden plünderten. Dann hatten sie Feuer gelegt und waren abgezogen, und er hatte Nina fortgebracht.

Wie er es geschafft hatte, mit ihr dem Inferno, das überall im jüdischen Viertel der Stadt tobte, zu entkommen, wußte Dawid später selbst nicht mehr.

Ein paar Tage lang hatte er sich mit seiner Schwester in der Schutzhütte einer Maulbeerplantage außerhalb der Stadt versteckt gehalten. Das war wiederum eine Art Wunder. Niemand kam und entdeckte sie, und auch Dawid wurde nicht erwischt, als er in der Nacht zu einem Dorf hinunterstieg und dort in das größte Bauernhaus einbrach, um Lebensmittel zu stehlen, Dörrfleisch, Speck, eingelegte Kürbisse, Brot und ein kleines Holzfäßchen mit Sahne, die wohl am nächsten Tag zu Butter verarbeitet werden sollte.

Die Sahne hatte er mit dem Wasser aus einem Brunnen oben in der Maulbeerplantage verdünnt und Nina löffelweise eingeflößt. Sie hatte unter einem schweren Schock gestanden, hatte entweder stundenlang geweint oder stumpf vor sich hingestarrt. Aber sie hatte überlebt, die Verletzungen von den Tritten und Schlägen verheilten allmählich, und irgendwann waren sie davongegangen, weil die Furcht sie hinderte, nach Tiflis zurückzukehren.

Auf dem langen Weg nach Petersburg hatten sie sich ab und zu bei einem Großbauern verdingt, denn es war Erntezeit gewesen, und da brauchte man Saisonarbeiter. Und so waren sie schließlich in die Hauptstadt gelangt.

Eine Zeitlang hatten sie zusammengewohnt, in einer feuchten, dunklen Kellerwohnung. Niemand wußte, daß sie Juden aus Tiflis waren. Sie nannten sich Kanejew, und Dawid hatte im Marine-Hospital Arbeit gefunden. Er wusch die Verstorbenen, brachte sie in den Leichenkeller, säuberte die Krankensäle und half auch manchmal, das Essen zu verteilen. Dabei bekam er Kontakt zu einigen Matrosen, die zur Narodnaja Wolna gehörten, und schloß sich ihnen an.

Um Nina nicht zu gefährden, die schon damals im ›Aquarium‹ arbeitete und auch dort wohnte, gab er die bisherige Kellerwohnung auf und lebte seitdem in der Moschaiskaja Uliza.

Auch seine Arbeit im Marine-Hospital gab er auf, um in der Zentrale der Narodniki Flugblatt-Texte zu entwerfen und zu vervielfältigen, Streiks und Demonstrationen zu organisieren und revolutionäre Strategien zu entwickeln.

Sie verfügten über Waffen und selbstgebastelte Bomben, und sie träumten allesamt von der großen Revolution, die eines Tages das ganze Land erfassen und das verhaßte Zarenregime mit seinem Rattenschwanz an korrupten Beamten, Glücksrittern und millionenschweren Großgrund- und Fabrikbesitzern und Adligen hinwegfegen würde, die durch Generationen unvorstellbare Reichtümer angehäuft und das Volk geknechtet hatten.

Dann, so glaubten sie, werde ein neues, freies Rußland entstehen, in dem es weder Unterdrückung noch Ungerechtigkeit gab.

Sie setzten sich aus allen Schichten der Bevölkerung zusammen, die Narodniki; Universitätsprofessoren und Künstler gehörten ebenso dazu wie Arbeiter und Studenten. Ihre Versammlungslokale wechselten ständig, und wer sich ihnen anschließen wollte, wurde sehr genau überprüft.

Auch Iwan Ottonowitsch Mikorskij, der eines Tages im Frühherbst von einem ihrer Mitglieder dem Zentralkomitee der Narodnaja Wolna empfohlen wurde.

Aber die Auskünfte, die man sich beschaffte und das erste persönliche Kennenlernen, bei dem Iwan Mikorskij zwei Stunden lang zu allen möglichen Dingen befragt wurde, manchmal drei- und vierfach, um festzustellen, ob er sich nicht in Widersprüche verwickelte, verliefen zufriedenstellend, zumal dieser Mikorskij einen glühenden Eifer an den Tag legte, sich bei den geplanten Aktionen der Narodniki hervorzutun.

»Ich bin bereit, für unsere Idee zu sterben, wenn es sein muß«, behauptete er. »Die Revolution verlangt Opfer, die man mit vollem Einsatz erkämpfen muß.«

Er verteilte Flugblätter mit revolutionären Aufrufen, sogar in der Pulverfabrik, in der er als Lagerverwalter beschäftigt war, er war dabei, als man eine Eisenbahnlinie in die Luft sprengte, weil es hieß, Fürst Wladimir Mestscherskij, ein enger Vertrauter des Zaren und Direktor der reaktionären Zeitung ›Der Bürger‹ werde an diesem Tag nach Moskau reisen – eine Nachricht, die sich im Nachhinein als falsch herausstellte, weil Mestscherskij ein Auto benutzte, und er verhinderte eine Verhaftung von zwei Mitgliedern des Zentralkomitees der Narodnaja Wolna, indem er sie rechtzeitig warnte, so daß sie ins Ausland fliehen konnten. Wie Mirkorskij sagte, habe er einen Vetter bei der Polizei, der ihn darüber informiert habe, selbstverständlich ebenfalls ein Sympathisant der Revolutionäre.

Man glaubte das Iwan Ottonowitsch, und so wurde er in der Folgezeit immer mehr in die Untergrundarbeit der Organisation eingeweiht.

Mehrmals schon hatte er die verschlüsselte Nachricht von ›Onkel Wanja kommt zu Besuch. Er trifft morgen am Baltischen Bahnhof ein‹, telefonisch durchgegeben und war dann entweder nachts in seiner Wohnung von einem

Mitglied der Ochrana besucht oder zu einem Treffpunkt bestellt worden, wo er das Ergebnis seiner Spitzelarbeit detailliert weitergab.

Und dann begegnete er eines Tages in einer Versammlung, zu der außer ihm nur ein halbes Dutzend Narodniki zugelassen waren, Dawid Mendelenburg.

Iwan Ottonowitsch Mikorskij lernte ihn unter seinem angenommenen Namen Kanejew kennen, und er hatte Mühe, seine Überraschung zu verbergen. Er hatte Dawid ja nur einmal in der Moschaiskaja gesehen, aber er erkannte ihn wieder, zumal der Name Kanejew jeden möglichen Zweifel ausschloß.

Entweder war dieser Kanejew Ninas Ehemann – oder ein naher Verwandter, dessen war Iwan Ottonowitsch alias Igor Kurjakow sicher. Auf jeden Fall aber würde er auf diese Weise wieder auf Ninas Spur stoßen – eine angenehme Beigabe zu seiner Spitzeltätigkeit, wie er fand.

Was das betraf, mußte Igor sich jedoch in Geduld fassen. Er bekam nicht heraus, wo Dawid wohnte, daher blieb auch Nina weiterhin für ihn verschwunden.

Dafür erfuhr er etwas anderes: Man wollte das Gebäude des Heiligen Synod am Englischen Kai im November in die Luft sprengen, und zwar an dem Tag, an dem sein Präsident Konstantin Pobjedonoszew seinen Geburtstag feierte. Zweifellos würden der Zar, der Ministerrat und sämtliche hohen Würdenträger der Kirche kommen, um ihm zu gratulieren, so daß man einen gewaltigen Schlag gegen die verhaßte Monarchie führen konnte.

Nina sang leise vor sich hin, während sie sich für das Abendessen in kleinem Kreis bei Swetlana umkleidete.

Leonid Soklow war für ein paar Tage auf seine baltischen Besitzungen gereist, und Swetlana nutzte die Gelegenheit, alle die, die ihrem Herzen nahe standen, bei sich zu sehen.

Außer Jurij und Nina sollten Xenia und Pjotr kommen, dazu Fjodors früherer Hauslehrer Monsieur Mounet und noch ein paar Freunde, die sonst Leonids wegen des Soklowsche Palais mieden.

Petersburg lag bereits jetzt, Anfang November, unter einer dichten Schneedecke. Von der Straße hörte man das Klingeln der Schlittenglöckchen, sonst waren alle Geräusche gedämpft und wirkten wie in Watte gepackt.

Nina trug eine hochgeschlossene rubinrote Samtbluse und einen schwarzen Rock aus dem gleichen Material. Sie hatte das Haar aufgesteckt, und als Jurij hereinkam, blieb er einen Moment in der Tür stehen, um sie zu betrachten.

»Eines Tages wirst du die schönste Gräfin Lasarowa sein, die es jemals gegeben hat«, sagte er, bevor er zu ihr kam und sie umarmte.

Mit einem Lächeln, in dem ihr ganzes Herz lag, blickte sie zu ihm hoch. Es war beschlossene Sache, daß sie im kommenden Frühjahr heiraten würden. Jurij würde sicherlich seinen Abschied deswegen nehmen müssen, doch diese Vorstellung erleichterte ihn eher, als daß sie ihn bedrückte. Und den Kampf mit seiner Mutter und anderen Familienmitgliedern, weil er eine jüdische Bankierstochter heiratete, würde er aufnehmen. Swetlanas Unterstützung war er dabei sicher.

Ach, das Leben war so schön geworden, trotz der unruhigen Zeiten und der dunklen Wolken, die sich am Horizont zusammenzogen. Es war Glück, wieder bei Jurij zu leben, abends in seinen Armen einzuschlafen und morgens mit ihm zu erwachen und keine Geheimnisse mehr vor ihm zu haben.

Indessen hatte Jurij auch Dawid kennengelernt. Ninas Bruder war ihm zunächst mit spürbarer Zurückhaltung, ja, fast Feindseligkeit begegnet, sah er in Jurij doch einen Vertreter der verhaßten adligen Offiziersclique, die er bekämpfte. Aber Jurij hatte sich nicht um Dawids Verhalten gekümmert. Er war ihm unvermindert freundschaftlich entgegengekommen und hatte jede politische Diskussion vermieden.

Und da Dawid sah, wie sehr Jurij seine Schwester liebte und wie zärtlich er sie behandelte, waren seine Vorbehalte allmählich geschwunden, und die beiden Männer hatten eine Basis gegenseitiger Sympathie gefunden, die Nina von Herzen freute.

Dank Jurijs Großzügigkeit konnte sie ihren Bruder finanziell nun in wesentlich größerem Umfang unterstützen, und dafür war sie dankbar. Sie hoffte immer noch, Dawid würde seine Tätigkeit im Untergrund eines Tages aufgeben und in ein geordnetes bürgerliches Leben zurückkehren. Wie sehr er die Ideen der Narodniki zu seinen eigenen gemacht hatte und wie tief er bereits in ihre Pläne verstrickt war, ahnte sie nicht.

Das erfuhr Nina erst an jenem Abend im Soklowschen Palais.

Das Essen war gerade aufgetragen worden, als ein Diener hereinkam und meldete, daß ein junger Mann dringend Fräulein Nina und Rittmeister Lasarow sprechen müsse.

Es war Jakow Mironowitsch Treskow, einer der Narodniki. Wie er berichtete, hatte man Dawid verhaftet, ebenso die Taskina und Mischa Kolowin, bei denen er wohnte. »Außerdem sind noch weitere vier der Unseren in die Hände der Geheimpolizei gefallen«, sagte er, »als sie die letzten Einzelheiten wegen eines geplanten Anschlags auf das Gebäude des Heiligen Synod festlegten. Wir müssen alle untertauchen, denn vermutlich werden noch weitere Festnahmen erfolgen. Man hat unsere Versammlungsräume beschlagnahmt und sämtliche Akten und Aufzeichnungen mitgenommen. Es sind auch Namenslisten darunter.«

Nina begann zu weinen. »Und was ist mit Dawid? Wessen beschuldigt man ihn? Was hat er getan?«

»Er ist ein Narodniki – wir wir alle«, erwiderte Jakow Mironowitsch. »Er gehört zum Zentralkomitee und hat an allen Aktionen mitgearbeitet. Man wird ihm und den sechs anderen Inhaftierten den Prozeß machen.«

Wie er sagte, habe er, als er von den Festnahmen erfahren hatte, zunächst Jurijs Wohnung aufgesucht, dort aber nur dessen Diener angetroffen und von ihm erfahren, wo sein Herr und Nina an diesem Abend zu finden seien. »Deshalb bin ich sofort hierher gefahren. Sie müssen sich beide noch heute nacht in Sicherheit bringen.«

»Warum?« fragte Jurij schulterzuckend. »So schrecklich das alles auch ist – ich bin kein Narodniki, und Nina ist es auch nicht.«

»Aber Sie haben Dawid finanziell unterstützt, und ein Teil dieser Gelder ist für unsere Zwecke verwendet worden«, gestand Jakow. »Dawid wollte es so.« Er senkte den Kopf. »Es steht zu befürchten, daß man ihn und die anderen foltert, um Namen von Helfern und Sympathisanten aus ihnen herauszupressen. Möglich, daß Dawid schweigt, um Sie herauszuhalten. Aber die anderen ...«

Er wandte sich zur Tür. »Es ist natürlich Ihre Angelegenheit, was Sie tun, aber ich dachte, es wäre in Dawids Sinne, wenn ich Sie warne. Gehen Sie ins Ausland. Wenn die Sache im Sande verläuft, können Sie immer noch zurückkehren.«

Swetlana war hell entsetzt, als Jurij sie über die Geschehnisse informierte. »Ihr müßt auf der Stelle Petersburg verlassen«, drängte sie. »Nehmt meinen Schlitten, damit kommt ihr am schnellsten fort. Was ich an Bargeld im Hause habe, gebe ich euch mit. Geht zunächst nach Russisch-Finnland und haltet euch dort versteckt. Ich sende euch über Herrn von Konierski, meinen Haushofmeister, Nachricht. Seine Mutter lebt in Kronstadt, und Konierski ist ein integrer, verschwiegener Mann. Er wird euch die Adresse seiner Mutter aufschreiben, und du, Jurij, kannst bei ihr meine Briefe abholen. Mit deinem Kommandeur, General Janin, spreche ich morgen selbst. Ich werde ihm sagen, daß du in einer dringenden familiären Angelegenheit nach Jekaterinburg reisen mußtest und keine Gelegenheit mehr hattest, um Urlaub nachzusuchen. General Janin ist mir gegenüber immer sehr zuvorkommend gewesen, er wird meinem Wunsch nach deiner Beurlaubung gewiß entsprechen. Auf diese Weise habt ihr ein paar Tage Vorsprung.«

Sie händigte Jurij nicht nur Geld, sondern auch noch einen Teil ihres Schmuckes aus. Als er ihn nicht nehmen wollte, fuhr sie ihn an: »Sei nicht albern. Du kannst mir alles wiedergeben, wenn du und Nina zurückkommen könnt. Andernfalls werdet ihr die Sachen brauchen, um leben zu können. Bitte, Jurjenka, nimm alles.«

Eine halbe Stunde später verließen sie das Soklowsche Palais, Jurij in Zivil. Baron Konierski hatte ihm einen seiner Anzüge gegeben, der Jurij einigermaßen paßte. Der Schlitten wartete bereits vor einem Seiteneingang.

Xenia, von Swetlana indessen eingeweiht, umarmte ihren Bruder und Nina. »Es ist vernünftig, daß ihr euch erst einmal in Sicherheit bringt. Ihr dürft nichts riskieren. Paßt gut auf euch auf. Und wenn wir euch in irgendeiner Weise helfen können, laßt es uns wissen. Pjotr hat Freunde in Russisch-Finnland. Falls ihr außer Landes müßt, werden sie einen Weg wissen.«

Swetlana schlug das Kreuzzeichen über Nina und Jurij. »Gott beschütze euch.« Sie küßte sie auf beide Wangen und drückte Nina fest an sich. Dann schob sie sie in den Schlitten.

Jurij wickelte Nina in die Felldecken, schlüpfte selbst in den dick wattierten Pelz, den sonst der Kutscher trug, und schwang sich auf den Sitz.

Swetlana und Xenia sahen dem Gefährt nach, wie es davonfuhr und die Richtung zur Tutschkow-Brücke einschlug.

»Kommt wieder«, murmelte Swetlana, während ihr die Tränen über das Gesicht liefen. »Bitte, kommt wieder.«

Xenia legte die Arme um sie, und so standen sie, als könnten sie sich auf diese Weise ein wenig Trost und Zuversicht geben.

Sie kamen nicht wieder. Zwar gestand Dawid Mendelenburg auch unter der Folter nichts; er nannte keine Namen und verriet kein Wort von seiner persönlichen Beziehung zu Jurij und Nina. Aber Jelena Taskina war den Schlägen und Tritten nicht gewachsen, die man ihr zufügte. Sie gab Jurijs und Ninas Namen preis, und als Igor Kurjakow, der den Verhören teilweise beiwohnte, auf diese Weise erfuhr, daß die beiden wieder zusammen waren, sagte er hinterher zu Herrn von Schaumann:

»Die beiden haben diesen Dawid mit Geldmitteln unterstützt – und dadurch diesen ganzen verdammten Verbrecherverein. Ich kenne Lasarow gut, wie Sie wissen. Er liebäugelt schon seit langem mit allzu liberalen, um nicht zu sagen, revolutionären Ideen. Man muß ihn und seine Hure verhaften.«

Jurijs Wohnung wurde durchsucht, und auch zu Swetlana und Xenia kamen Beamte der Geheimpolizei, ebenso zu seiner Mutter. Wera Karlowna beschwor heulend und alle Heiligen zu Zeugen anrufend, daß sie nichts über den Verbleib ihres Sohnes wisse, was ja auch stimmte, und Swetlana und Xenia bekundeten so überzeugend ihren Abscheu vor allen subversiven, revolutionären Elementen, deren Opfer schließlich ihr Vater geworden sei, daß man ihnen glaubte, vollkommen ahnungslos über Jurijs und Ninas Verschwinden zu sein.

Vor allem Swetlana wurde geglaubt, war sie doch eine Ehrendame und Vertraute der Zarin und die Gattin Leonid Soklows, dessen kaisertreue Haltung bestens bekannt war.

Jurij erfuhr von den Ereignissen in Kronstadt, als er wie verabredet Clara von Konierski aufsuchte, der Swetlana über ihren Haushofmeister Nachricht geschickt hatte. Auch die Adresse eines ehemaligen Kommilitonen von Pjotr Dobrowjew lag dabei.

›*Wendet Euch an diesen Grischa Michailow in Wyborg*‹ hatte Swetlana geschrieben. ›*Wenn Ihr außer Landes müßt, weiß er vielleicht eine Möglichkeit. Gott mit Euch. Sobald ich weiß, wo Ihr Zuflucht gefunden habt, werde ich zusehen, daß ich Euch Geld schicken kann.*‹

Es war in der Nacht vom 12. auf den 13. Dezember, als der schwedische Frachter ›Norrland‹ den Wyborger Hafen verließ und über den Finnischen Meerbusen Kurs auf die offene Ostsee und weiter nach Stockholm nahm. Sobald man die russischen Hoheitsgewässer verlassen hatte, holte Kapitän Gustafson persönlich die beiden Menschen aus dem Laderaum, in dem sie sich bis dahin versteckt gehalten hatten.

Obwohl es eine eisige Nacht war, gingen Nina und Jurij an Deck. Der Himmel war klar, und Abermillionen von Sternen funkelten.

Nina lehnte den Kopf gegen Jurijs Schulter und deutete nach vorn. »Dort liegt Rußland. Wir können die Küste nicht mehr sehen, nicht einmal mehr die Lichter von Wyborg. O Jurij, Jurij, unsere Heimat ... Du hast sie meinetwegen verlassen müssen. Ich habe dir kein Glück gebracht. Wirst du mir das jemals vergeben können?«

Mit brennenden Augen starrte er in die Richtung, in der er Rußland wußte. Geliebtes, gequältes Land. Rußland, Mütterchen ...

Nina warf sich herum und barg aufweinend das Gesicht an Jurijs Brust. »Glaubst du, daß wir jemals wieder heimkommen dürfen? Glaubst du es?«

»Ich weiß es nicht«, sagte er mit schwerer Stimme. »Aber solange wir beisammen sind, ist es nicht so wichtig. Das, was zählt, nehmen wir mit: unsere Liebe.«

Nina hob den Kopf. »Wir nehmen noch etwas mit, Liebster. Ich wollte es dir in einer glücklicheren Stunde sagen, deshalb habe ich bis jetzt geschwiegen. Aber nun mußt du es wissen. Wir haben eine kleine Jurjewna oder einen kleinen Jurjewitsch bei uns.«

Er begriff nicht sofort. Dann umfaßte er ihre Schultern. »Ist das wahr? Du ... du erwartest ein Kind?«

Sie lächelte unter Tränen. »So Gott will, wird es im Sommer geboren werden.«

Der Seewind griff in den Schal, den sie um den Kopf geschlungen hatte, und ließ ihre Haare flattern.

Jurij Lasarow blickte sie an, und die Brust wurde ihm eng vor innerer Bewegung. Er küßte Ninas Tränen fort, die sich mit den seinen vermischten, und dann standen sie wieder eng aneinandergeschmiegt und blickten in den klaren Himmel mit seinen unzähligen Sternen. Sie würden überall leuchten, über jedem Land, jedem Ort, wohin das Schicksal sie führte. Dieselben Sterne, die auch den russischen Himmel erhellten.

DIE LASAROWS

3. Teil

Toska heißt Sehnsucht

1. Kapitel

Zarin Alexandra Fjodorowna malte ihrem Sohn das Kreuzzeichen auf die Stirn. Es war eine Geste, die für sie fast etwas Magisches hatte und gleichzeitig Trost schenkte. Trost aber hatte die Kaiserin von Rußland bitter nötig.

Kein Tag verging, an dem sie nicht um ihren Sohn weinte und sich mit stummen Selbstvorwürfen das Herz zermarterte. Sie hatte ein krankes Kind geboren. Der Thronfolger von Rußland litt an der verhängnisvollen Bluterkrankheit, die sie, seine Mutter, an ihn weitergegeben hatte. Frauen blieben davon verschont, aber sie trugen den Keim dieses unseligen Leidens in sich und vererbten ihn ihren Söhnen.

Es waren schon Alexandras jüngerer Bruder und zwei Neffen daran gestorben, und wenn man nicht eines Tages ein Mittel gegen diese Erbkrankheit fand, würde auch ihr Alexej deswegen sein Leben verlieren.

Grigorij Rasputin freilich behauptete, Alexej werde ein großer, guter und vom Volk vergötterter Zar werden. Alexandra klammerte sich an diese Worte ebenso, wie sie sich an Rasputin klammerte, diesen von Gott gesandten Heiligen, wie sie meinte, der es als einziger fertigbrachte, die Blutungen zu stillen, die Alexej erlitt und die ohne die Hilfe des Staretz jedesmal zum Tode führen konnten.

Trotzdem verließ Alexandra Fjodorowna niemals die Angst um ihren Sohn.

Sie strich dem bildhübschen Kind die blonden Locken

aus der Stirn und küßte es. »Vater Grigorij wird gleich kommen, um mit dir das Nachtgebet zu sprechen, Baby. Dann wirst du gut und ruhig schlafen.«

Alexej lächelte ihr zu. »Gewiß, *maman*. Vater Grigorijs Gebete helfen immer. Ich bin sehr froh, daß er bei uns ist, denn ich habe ihn lieb.«

»Wir alle haben ihn lieb«, erwiderte die Zarin, »und wir müssen Gott über alle Maßen dankbar sein, daß er ihn uns geschickt hat.« Sie schaltete die Deckenbeleuchtung aus und ließ nur zwei kleine Wandlampen am Bett brennen.

»Wo ist Vater Grigorij jetzt?« fragte Alexej, als seine Mutter sich zur Tür wandte. Sie ging mühsam und wie immer in der letzten Zeit auf einen Stock gestützt, weil sie unter schmerzhaften Ödemen in den Beinen und einer Erkrankung der Wirbelsäule litt.

»Er sagt deinen Schwestern gute Nacht. Aber ich werde ihm ausrichten, daß du auf ihn wartest. Dann kommt er sicher sofort.«

Aus dem Schlafzimmer ihrer jüngsten Töchter Maria und Anastasia erklang lautes Gelächter, als die Zarin auf den Korridor trat. Sie erkannte auch die Stimmen ihrer beiden Ältesten, der knapp sechzehnjährigen Olga und der vierzehnjährigen Tatjana, ebenso den Baß von Grigorij Jefimowitsch Rasputin.

Ein Lächeln glitt über Alexandra Fjodorownas Gesicht. Wie schön, daß auch ihre Mädchen Vater Grigorij so liebten! Wenn er bei ihnen war, verbrachten sie immer fröhliche Stunden, denn Rasputins Erzählungen von seinen Reisen und aus seinem Heimatdorf Pokrowskoje waren in der Regel recht lustig, manchmal auch von derbem Witz.

Als die Zarin eintrat, fand sie Rasputin auf Marias Bett sitzend. Er hatte den Arm um ihre Schultern gelegt, während Anastasia auf einem Schemel zu seinen Füßen hockte und sich vor Lachen bog. Ihr rundes Gesicht mit den funkelnden Augen war rot und erhitzt.

Sie und Maria trugen lange weiße Rüschennachthemden mit bunter Stickerei. Olga und Tatjana waren ebenfalls für die Nacht angekleidet und hatten seidene Kimonos über ihre Hemden geworfen. Sie saßen auf Anastasias Bett, zwei bildschöne junge Mädchen mit feingezeichneten Gesichtern und üppigem Haar.

Die sonst so prüde Zarin nahm keinen Anstoß an dem Aufzug ihrer Töchter in Rasputins Gegenwart. Vielmehr gehörte es zum allabendlichen Ritual, daß er ihnen gute Nacht sagte, wenn er in Zarskoje Selo war. In Alexandras Augen war ihr ›Heiliger‹ über jeden Verdacht erhaben. Daß indessen bei Hof und in St. Petersburg die wildesten Gerüchte kursierten, was Rasputin und die beiden ältesten Zarentöchter betraf, wußte sie nicht. Und wenn sie davon erfahren hätte, wäre sie über alle Maßen empört gewesen, daß man den Staretz mit Schmutz bewarf, und hätte eine strenge Bestrafung der Urheber verlangt.

»Was ist denn? Worüber amüsiert ihr euch so?« fragte die Zarin, und Tatjana erwiderte: »Ach, Vater Grigorij hat uns eine urkomische Geschichte erzählt – von einem Mann aus Pokrowskoje. Wie heißt er noch gleich?«

»Wissarjon Andrejewitsch Bulagin«, erwiderte Rasputin. Er stand auf und küßte die Zarin auf beide Wangen. »Guten Abend, Mama ...«

So nannte er sie seit geraumer Zeit, und sie lächelte ihm zu. »Guten Abend, Vater Grigorij.«

Anastasia hopste zu ihrer Schwester Maria auf das Bett und schlug mit der Hand auf den freien Platz neben sich. »Kommen Sie, *maman*, setzen Sie sich und lassen Sie sich von Vater Grigorij noch einmal die Geschichte von diesem Wissarjon Bulagin erzählen. Sie ist wirklich zum Totlachen!«

»Je nun, das war so ...« Rasputins graue Augen funkelten vor Vergnügen. »Wissarjon Bulagin war ein Nachbar von uns. Er betrieb eine Korbflechterei, und eines Tages kam er zu mir und meinem Weib Praskowja und jammerte darüber, daß ihm ständig Brennholz gestohlen würde, das er in einem Anbau seines Hauses für den Winter gestapelt hatte. Er hätte sich schon auf die Lauer gelegt, um den unverschämten Dieb zu erwischen, aber ausgerechnet in den Nächten, in denen er auf den Empfang des Halunken wartete, sei dieser nicht aufgetaucht. Doch sobald Wissarjon in seinem Bett lag und schlief, verschwand prompt wieder ein großer Korb voll dicker Holzscheite. Der Arme wußte schon gar nicht mehr, was er tun sollte; schließlich konnte er sich nicht ständig bestehlen und seine Familie im Winter frieren lassen.«

Anastasia prustete los. »Und da hat Vater Grigorij ihm einen famosen Rat gegeben! Erzähl es, Väterchen!«

Rasputin strich über seinen dunklen, von grauen Strähnen durchzogenen Bart. »Also eigentlich lag es auf der Hand, was zu tun war. Ich habe dem guten Wissarjon geholfen, in ein paar Holzscheite, drei oder vier nur, ein tiefes Loch zu bohren, in das man Schießpulver gab. Danach haben wir die Löcher säuberlich mit Harz und Holzspänen wieder verschlossen. Es war Ende September, und die Nächte wurden schon empfindlich kalt, so daß man ein Feuerchen im Ofen brauchte. Wissarjon mußte nur warten, bis der Dieb wiederkam und die präparierten Scheite mitnahm. Es hat keine vierzehn Tage gedauert, da gab es in Pokrowkoje plötzlich eine gewaltige Detonation, weil der Kachelofen von Stepan Werechnow in die Luft flog. Dieser Stepan aber war Wissarjons bester Freund, den er nie im Leben verdächtigt hätte, ihn zu beklauen.«

Die Mädchen lachten wieder, und Maria wollte wissen: »Und was hat Wissarjon dann mit seinem Freund gemacht?«

»Er hat ihm eine gewaltige Tracht Prügel verabreicht«, erwiderte Rasputin. »Aber danach haben sie sich wieder vertragen, denn Stepan war durch die Explosion in seinem Ofen schon gestraft genug. Das Haus sah aus, als wäre eine

Kartätsche eingeschlagen, und Stepan hat mit seinen Söhnen wochenlang geschuftet, um es wieder in Ordnung zu bringen.«

»Geschieht ihm ganz recht«, meinte Anastasia und baumelte mit den Beinen. »Warum hat er auch gestohlen! So etwas tut man nicht – und schon gar nicht bei seinen Freunden.«

»Und warum nimmst du Fjodor Soklow dann immer seine Zinnsoldaten weg?« fragte Tatjana neckend. »Er ist doch auch unser Freund.«

»Die klaue ich nicht, die schwatze ich ihm ab«, widersprach Anastasia. »Oder ich tausche sie gegen etwas anderes, was Fjodor haben will.«

Zarin Alexandra drohte ihrer Jüngsten lächelnd mit dem Finger. »Das ist aber auch nicht in Ordnung, Kobold, jemandem etwas abzuschwatzen.«

»Ach ...« Anastasias Augen blitzten. »Warum ist er so dumm und geht darauf ein? Er brauchte ja nur nein zu sagen.«

»Und dann wirst du wütend und nennst ihn einen stinkenden Geizhals!« rief Maria dazwischen.

»Das stimmt nicht. Das habe ich nie gesagt!« behauptete Anastasia und knuffte ihre Schwester in die Seite.

»Hast du wohl! Ich habe es selbst gehört!«

Die Zarin legte den beiden die Arme um die Schultern. »Kinder, streitet euch nicht. Und du, Anastasia, versprich mir, daß du nie wieder solche häßlichen Worte benutzt.«

Die jüngste Zarentochter schob die Unterlippe vor. »Immer ich! Alexej sagt noch viel schlimmere Sachen. Heute vormittag hat er Derewenko nachgerufen, er wäre ein schielender Kretin, weil Alexej unbedingt mit uns im Park radfahren wollte und Derewenko das für zu gefährlich hielt. Aljoschka hat einen richtigen Wutanfall bekommen. Aber er darf eben alles, weil er krank ist und einmal Zar von Rußland sein wird.«

Alexandras Gesicht hatte sich verdunkelt. »Niemand darf alles, und Aljoscha am allerwenigsten. Denk doch daran, wieviel ihm durch seine Krankheit versagt ist. Da ist er eben manchmal schlecht gelaunt.«

»Ich würde ihm gar nicht so viel verbieten, *maman*«, wandte Olga ein. Sie warf Rasputin einen vertrauensvollen Blick zu. »Solange Vater Grigorij hier ist, kann Aljoscha doch nichts passieren, selbst wenn er sich stößt oder hinfällt und eine Blutung bekommt. Vater Grigorij macht ihn wieder gesund.«

»Das hast du schön gesagt, mein Täubchen.« Rasputin strich ihr über das Haar und wandte sich zur Tür. »Und ich verspreche euch: Mit Gottes Hilfe werde ich immer imstande sein, eurem Bruder beizustehen. Aber nun gute Nacht, meine Lieben. Ich will noch auf ein Viertelstündchen zu Alexej und mit ihm beten.«

»Gute Nacht, Vater Grigorij«, erscholl es ihm vierstimmig nach, als er hinausging. Die Zarin küßte ihre Töchter, ermahnte sie, ihr Gute-Nacht-Gebet nicht zu vergessen, und folgte Rasputin.

Sie fand ihn neben dem Bett des Thronfolgers kniend, wie er mit einer Hand sein großes silbernes Brustkreuz umklammerte und mit der anderen Alexejs blasse Finger auf der seidenen Decke umschloß. Rasputin betete flüsternd, und die Zarin verstand nur einzelne Sätze. »Der Herr segne dich ... Schlaf ohne Schmerzen und ohne Furcht ... Allmächtiger Gott, erhöre das Flehen deines unwürdigen Dieners ... Gib ihm deine Hilfe.«

Alexandra blickte auf Rasputins leicht gebeugten Rükken, und ein paar Tränen liefen ihr über die Wangen. Welch ein Mann, dachte sie. Welch ein großer, guter Mensch! Wir müssen sehr glücklich sein, daß er zu uns gekommen ist.

Rasputin blieb über Nacht in Zarskoje Selo. Er bewohnte eine Datscha in dem riesigen Parkgelände, ganz in der Nähe des Hauses von Anna Wyrubowa, der Ehrendame der Zarin.

Es war eine milde Nacht in diesem Sommer des Jahres 1911, und Grigorij Jefimowitsch verspürte noch keine Lust, zu Bett zu gehen. Natürlich hätte er bei Anna Wyrubowa vorbeischauen können, sie wäre darüber überglücklich gewesen, aber so nützlich sie ihm auch war, so wenig konnte er manchmal ihre kuhäugige Anbetung ertragen.

Wenn sie wenigstens reizvoll gewesen wäre! Aber ihr teigiges Gesicht und der fette Körper übten keinerlei Anziehungskraft auf ihn aus. Seit er in St. Petersburg und bei Hofe war, hatte Rasputin mit vielen Damen der Gesellschaft geschlafen, ebenso mit Hausmägden, drallen Kellnerinnen und Huren. Er hatte einen unbändigen Appetit auf Frauen und war dabei nicht wählerisch, doch Anna Alexandrowna ließ ihn kalt.

Nein, dachte Rasputin, während er den Weg zum Großen See einschlug. Ich glaube, so besoffen kann ich in meinem ganzen Leben nicht werden, daß ich über dich herfiele, meine liebe Anna.

Und dann dachte er plötzlich an die beiden ältesten Zarentöchter Olga und Tatjana. Wie reizend sie waren – und so ganz und gar unschuldig! Es hatte ihn in den Fingern gejuckt, ihre Haare zu berühren, seine Hände um ihre jungen Brüste zu schließen, die schmalen Schenkel und den unschuldigen Schoß zu streicheln ...

Aber Rasputin wußte, daß er dies niemals tun durfte. Es wäre das Ende seines Aufstiegs bei Hof gewesen. Und er wußte auch, daß seine Feinde nur auf so etwas lauerten, um seinen Sturz herbeizuführen.

Der derbe sibirische Muschik war ihnen ein Dorn im Auge, den adligen Herrchen und Offizieren. Sie haßten ihn wegen seines Einflusses auf das Zarenpaar, und er zahlte es ihnen heim, indem er ihnen mit aller Unverschämtheit und Verachtung begegnete, die er aufbringen konnte.

Doch das beschäftigte Grigorij Jefimowitsch heute wenig. Deutlicher war die Erinnerung an die beiden Zarentöchter und besonders an Olga. Noch keine siebzehn war sie und doch bereits eine fertige, sehr verführerische junge Frau. Oder nein – ein Mädchen, dessen Unberührtheit Grigorij geradezu magisch anzog.

Aber sie war unerreichbar für ihn, ebenso wie Tatjana.

Ich sollte nicht mehr abends zu ihnen in ihre Schlafzimmer gehen, dachte er und blickte einem Nachtvogel nach, den er aufgeschreckt hatte. Ein Steinkauz war es, der mit fast lautlosem Flügelschlag davonflog und in den Weidenwipfeln am See verschwand.

Gleichzeitig aber wußte Rasputin, daß er es immer wieder tun würde. Zu verführerisch war der Anblick der beiden jungen Mädchen in ihren Negligés und den offenen Haaren. Wenn er dann, so wie heute, in Hitze geriet und eine Frau brauchte, mußte er sich eben bei einer anderen schadlos halten.

Und da fiel ihm plötzlich Irina Lasarowa ein, die jüngste Tochter des verstorbenen Grafen Lasarow. Sie war ein schmales, mädchenhaftes Ding mit brennenden Augen. Und sie würde Wachs in seinen Händen sein, das wußte Rasputin. Eigentlich verrückt, daß er sie noch nicht in sein Bett geholt hatte. Das Schwänchen wartete doch nur darauf.

Ein lüsternes Grinsen umspielte seinen bärtigen Mund. Wenn er Irina Lasarowa verführte, so würde es ihre ältere Schwester zutiefst empören. Die schöne Swetlana Soklowa mochte ihn nicht, das wußte Rasputin, und wenn sie gekonnt hätte, hätte sie ihren ganzen Einfluß auf die Zarin geltend gemacht, um ihn in Ungnade fallen zu lassen. Aber das schaffte niemand, weil niemand außer ihm in der Lage war, den Thronfolger zu heilen.

Rasputin schlug nun doch den Weg zum Haus von Anna Wyrubowa an der Srednaja Allee ein. Er sah zwischen den Bäumen Licht aus den Fenstern im Parterre fallen, und das bedeutete, daß die Wyrubowa Gäste hatte. Vielleicht war auch Irina Lasarowna darunter. Sie und die Wyrubowa hatten heute keinen Hofdienst gehabt, und so war es gut möglich, daß sich die hübsche kleine Gräfin bei Anna Alexandrowna aufhielt. Die beiden steckten oft zusammen.

Ein Diener öffnete Rasputin, nachdem er den bronzenen Türklopfer betätigt hatte. Aus einem Salon war Klavierspiel zu hören. Ein junger Leutnant der Chevaliersgarde zu Pferde, an dessen Namen Rasputin sich nicht erinnern konnte, spielte Rachmaninow. Der Leutnant tat es recht stümperhaft, gleichwohl hörten die Anwesenden höflich zu und applaudierten, als er die Hände von den Tasten nahm.

Rasputin war in der Tür zum Salon stehen geblieben. Sein stechender Blick glitt über die Gästeschar. Es waren nur neun Personen, zwei Priester waren darunter – wie könnte es bei der frommen Anna anders sein –, dazu Oberst Datjuschkin, ein älterer Offizier der Palastgarde, und fünf Damen, unter ihnen Irina Lasarowa.

Sie saß neben der Wyrubowa auf einem Récamiersofa und entdeckte Rasputin zuerst. Er sah, wie ihre Augen aufleuchteten, und ging auf sie zu. Die Wyrubowa sprang mit einem Entzückensschrei hoch, als sie ihn gewahrte.

»Vater Grigorij, was für eine Freude, daß Sie noch zu so später Stunde bei mir vorbeischauen! Willkommen, willkommen!« Sie klatschte in die Hände und befahl dem Diener, der gerade mit einem Samowar und Teegläsern hereinkam: »Bring etwas zu essen für den Staretz. Und eine Karaffe grusinischen Wein. Er wird hungrig und durstig sein.«

»Nicht hungrig«, wehrte Rasputin ab. »Mama und Papa hatten die Freundlichkeit, mich zum Abendessen einzuladen. Aber einen Schluck Wein trinke ich gern, meine liebe Anna Alexandrowna.« Er küßte sie nach russischer Sitte auf beide Wangen und schlug das Kreuz über sie. Dann grüßte er in die Runde und setzte sich neben Irina. Sie rückte ein Stück weiter, um ihm Platz zu machen, und er lachte: »Hast du Angst vor mir, Töchterchen?«

Ihr blasses Gesicht rötete sich. »Aber nein, Vater Grigorij. Sie sollten nur bequem sitzen.«

Er sah eine kleine Ader an ihrem Hals pochen und hörte, daß ihr Atem schneller ging, als er seine breite Hand auf ihre legte.

»Das mußt du auch nicht, Irinenka – Angst vor mir haben. Du weißt doch, daß ich euch alle liebe – im Sinn und Geiste unseres Herrn Jesus Christus.«

Er sagte meist du zu seinen Anhängerinnen, und niemand fand etwas dabei. Wenn Ihre Majestäten dem Staretz gestattet hatten, sie Papa und Mama zu nennen – wer wollte da noch gegen eine vertrauliche Anrede protestieren? Im Gegenteil, man fühlte sich geehrt.

Die Wyrubowa ließ es sich nicht nehmen, Rasputin selbst den Wein einzuschenken. Er trank ihn rasch und ließ sich das Glas erneut füllen. »Das tut gut«, sagte er und wischte sich den Mund ab. »Ich bin ein wenig erschöpft, denn ich habe lange mit den Großfürstinnen und dem Zarewitsch gebetet. Ach ja, meine Lieben, in dieser Zeit tut es not, sehr viel zu beten. All das Böse, das sich um uns ausbreitet, liegt wie eine Last auf mir. Aber man muß mit Gott ringen, damit er nicht zuläßt, daß das ganze heilige Rußland ein Spielball des Teufels wird.«

Es blieb nicht bei der einen Karaffe Wein an diesem Abend. Rasputin trank und redete, und Anna Wyrubowas Gäste hingen verzückt an seinen Lippen. Lediglich der junge Leutnant der Chevaliersgarde wirkte etwas verstimmt, weil er sich gern noch weiterhin am Klavier produziert hätte, doch darauf achtete niemand.

Rasputin spürte, wie er betrunken wurde, aber nicht betrunken genug, um die Hitze in seinem Leib loszuwerden. Verdammt, er mußte sie haben, diese Irina Lasarowa, und das noch heute! Wie konnte er es nur bewerkstelligen?

Den Anstoß dazu gab sie selbst, indem sie – es war weit nach Mitternacht – erklärte, sie wolle nun in den Alexanderpalast zurückkehren, wo sie ein Appartement bewohnte. Andere schlossen sich ihr an, so daß plötzlich eine allgemeine Aufbruchstimmung herrschte.

Rasputin küßte die Wyrubowa auf beide Wangen. »Gott segne dich, meine liebe, treue Anna! Und er vergelte dir, was du für mich tust.«

Sie dankte ihm mit einem verklärten Lächeln. »Es ist meine ganze Freude, Ihnen, Vater Grigorij, ein wenig dienlich zu sein.«

Er tätschelte ihr die Wange. »Gute Nacht, meine Liebe. Der Herr schenke dir angenehme Träume.«

Die Gäste der Wyrubowa wohnten ausnahmslos im Alexander-Palais, wo auch die Zarenfamilie lebte. Irina ging zwischen einer Hofdame der Zarin und der Gesellschafterin der montenigrinischen Prinzessin Militza. Wera Lwowna, so hieß sie, hatte Irina untergehakt, doch Rasputin holte sie rasch ein.

»Auf ein Wort noch, Irina Pawlowna«, sagte er, und sie blieb mit ihm ein paar Schritte zurück.

»Was gibt es, Vater Grigorij?« fragte sie, und er umfaßte mit einer Hand ihre Brust und griff mit der anderen in ihr Haar.

»Du bist in großer Gefahr, meine Schöne, weißt du das? Du sehnst dich nach der Sünde und hast immer noch nicht begriffen, daß man sie zuerst begehen muß, um danach echte Bußfertigkeit aufzubringen und dadurch rein gemacht zu werden.«

Irina wich seiner Berührung aus. »Ich sehne mich nach keiner Sünde, Vater. Sie irren sich.«

Er strich mit dem Daumen über ihre aufgerichtete Brustwarze, die er unter der dünnen Bluse deutlich ertastete. »Lüg nicht, ich weiß es besser. Dein Körper verrät dich. Aber ich werde dich reinigen.«

Irina wußte, wie er das meinte, und sie spürte, wie ein Prickeln sie erfaßte. Ach, sie hatte so lange davon geträumt, daß er sie berührte und jene Gefühle in ihr weckte, die sie nur stillen konnte, wenn sie sich vorgaukelte, in seinen Armen zu sein. Es half nichts, daß Irina sich einzureden versuchte, Rasputin sei ein abstoßender, ungepflegter Mann, unersättlich in seinem Verlangen nach immer anderen Frauen, der auch sie nur benutzen würde, um seinen Trieb zu befriedigen.

Irina war es seit langem bewußt, daß sie nichts so sehr ersehnte wie die Umarmung dieses Mannes, der sie gleichzeitig abstieß und anzog.

Trotzdem riß sie sich von ihm los. »Lassen Sie mich, ich bitte Sie! Ich will das nicht.«

»Und ob du es willst, meine Schöne«, murmelte er an ihrem Ohr, und sein Atem streifte ihre Haut. »Also wehr dich nicht. Du und ich, wir können uns viel Freude schenken.«

Er zog sie von dem breiten Hauptweg fort in einen schmalen Pfad, der, wie er wußte, zu einem der Pavillons im Park führte. Dort gab es Marmorbänke und im Inneren weiche samtbezogene Sofas.

Irina Lasarowa war fünfundzwanzig Jahre alt und noch Jungfrau. Darum empfand sie Angst, als Rasputin die Tür zu einem der Pavillons aufdrückte und sie zu einer Ottomane drängte, deren Umrisse sie in dem matten Nachtlicht erkennen konnte, das durch die Fenster fiel. Er warf sich über sie und begann sie zu küssen und zu betasten.

»Nein, nicht ...« flehte Irina. »Was sollen die anderen denken, weil wir uns von ihnen entfernt haben!«

»Was gehen sie uns an?« sagte Rasputin und riß ihre weiße Spitzenbluse auf. »Vergiß sie, mein Schwänchen, und denk nur noch daran, daß ich bei dir bin. Das wolltest du doch schon lange, und du hast sehnlich darauf gewartet. Oh, ich weiß es wohl, daß du verrückt nach mir bist, aber ich will es nun von dir selbst hören. Los, sag es! Sag, daß du mich haben willst!«

Es war, als hätte sein Wille von ihr Besitz ergriffen. Ihre Gegenwehr erlahmte, und sie erwiderte seine Küsse. Rasputin schlug ihr die Röcke hoch und berührte ihre Scham. Unwillkürlich hob sie sich ihm entgegen.

»So ist es recht, meine kleine heiße Stute!« stieß er hervor, während er sie betastete. »Und nun sag mir endlich, daß du nach mir brennst.«

»Ja«, brach es da aus ihr heraus. »Ja, ja! O mein Gott, ich halte es nicht mehr aus!«

Er keuchte. »Gut ... gut so!« Als er sie losließ, um ihr Rock und Wäsche abzustreifen und sich dann selbst seiner Kleidung zu entledigen, zitterte sie und streckte die Arme nach ihm aus. Da kam er wieder zu ihr, und sie spürte seine Erregung.

Irina warf den Kopf zurück und öffnete ihre Schenkel. »Komm«, flehte sie. »Komm endlich! Und wenn es tausendmal Sünde ist – ich muß es haben.«

»Es ist keine Sünde.« Rasputins Lippen glitten über ihren Hals, während er ihre Brüste knetete – auf eine Art, die sie halb wahnsinnig machte vor Verlangen. »Es ist der Vorhof zum Himmel!«

Sie schrie auf, als er in sie eindrang, und verkrampfte sich, weil sie Schmerzen empfand. Doch sie waren nur kurz, dann fühlte Irina, wie Rasputin sich in ihr bewegte, und antwortete ihm mit allem Verlangen, das sich in ihr aufgestaut hatte, seit sie ihn zum ersten Mal gesehen hatte. Es war so gut, was er mit ihr tat, und sie würde es nie mehr in ihrem Leben missen können.

Als es vorüber war, weinte Irina ein wenig, aber nicht

aus Scham, sondern vor Glück. Rasputin legte die Hände unter ihren Rücken und half ihr, sich aufzusetzen. Dann wiegte er sie in seinen Armen und wischte ihr den Schweiß von der Stirn. »Siehst du«, sagte er, »jetzt fühlst du dich besser, nicht wahr?«

Sie nickte stumm, und ein Schauer lief über ihren Körper, als er sie an sich drückte. Rasputin lachte leise. »Du hast noch nicht genug, was? Ich auch nicht. Ich werde dich die ganze Nacht lang lieben, bis du vor Erschöpfung keinen Finger mehr rühren kannst. Komm, Irinenka.«

»Wohin?« fragte sie, als er sie hochzog, und er antwortete:

»Zu mir, was sonst?«

Während er sich anzog, betrachtete sie ihn. Sein Körper war stark behaart, und er roch nach Schweiß und den Ausdünstungen der Liebe. Eben noch hatte Irina das erregt, doch auf einmal stieß es sie ab. Es war ernüchternd, zu sehen, wie er seine Kosakenhose anzog und die Knöpfe schloß. Dann stieg er in die Stiefel und warf den Russenkittel über, den er meistens trug. Irina sah, daß der Stoff voller Flecken war, und sie erinnerte sich daran, wie Grigorij zu essen pflegte. Mit seinen behaarten Händen riß er ein ganzes Huhn auseinander und wischte sich die fettigen Finger an seinem Kittel ab.

»Was ist?« fragte Rasputin. »Warum ziehst du dich nicht an? Beeil dich, um so eher kannst du alles wieder ausziehen.«

Mechanisch griff sie nach ihrer Unterwäsche. Dabei sah sie die Flecken auf dem Überwurf der Ottomane. »Das ist Blut«, sagte sie erschrocken, und Rasputin lachte.

»Du warst eben noch Jungfrau. Wußtest du nicht, daß ihr beim ersten Mal blutet?«

Er schloß seinen Gürtel und kam zu ihr. Sie senkte den Kopf, und heiße Röte schoß ihr ins Gesicht. Sie hatte gar nichts gewußt. Ihre Mutter hatte ihr nie etwas gesagt, und wenn die Dienstboten oder Mägde in Kowistowo manchmal zweideutige Reden geführt oder sich kichernd ihre Erlebnisse erzählt hatten, war Irina davongelaufen. Sie hatte nie etwas von solchen Dingen hören wollen, weil sie ihr anstößig und peinlich erschienen.

Und jetzt hatte sie sich Rasputin hingegeben, wie besessen von der Begierde, die er in ihr entfacht hatte, nicht anders als eine Magd in einer Ackerfurche.

Rasputin umfaßte ihr Kinn und hob ihr Gesicht an, damit sie ihn ansehen sollte. Aber Irina hielt noch immer die Lider gesenkt. Dennoch konnte sie es nicht hindern, daß seine bloße Berührung ihr von neuem einen prickelnden Schauer über die Haut jagte. Sie spürte seinen Blick und erwartete, daß Rasputin sie wieder umarmte. Doch er sagte nur: »Sieh mich an, Irinenka«, und diesmal gehorchte sie. Ein seltsames Leuchten schien von seinen grauen Augen auszugehen, in denen die Pupillen eng und schwarz und stecknadelgroß waren.

Irinas Mund wurde trocken, und sie versuchte, ihre Scham und ihren Widerwillen von eben zurückzurufen. Es gelang ihr nicht mehr.

Rasputin fuhr mit dem Zeigefinger über ihre Lippen. »Es war doch schön, was wir miteinander getan haben. Es hat dich befreit, und du sollst es immer wieder haben, nicht nur heute nacht. Nicht wahr, das wünschst du dir doch?«

Und Irina antwortete: »Ja, Vater Grigorij.«

Sein Mund verzog sich zu einem Grinsen. »Sag: Grigorij, mein Geliebter! Vater Grigorij bin ich für die anderen, nicht mehr für dich, meine Schöne.«

Sie nickte bebend, und das Leuchten in seinen Augen war wie ein magisches Feuer, das allen eigenen Willen in ihr verbrannte – bis auf den heißen Wunsch, diesem Mann zu gehören.

Ende August bereitete der Hof seine Abreise nach Kiew vor, wo Zar Nikolaus II. ein Denkmal zur Erinnerung an seinen Großvater einweihen wollte, den von Terroristen ermordeten Alexander II., der die Leibeigenschaft, jene ständig schwärende Wunde am Leib Rußlands, aufgehoben hatte.

Das Zarenpaar reiste mit großer Begleitung, auch Swetlana und Leonid Soklow gehörten dazu.

Kiew empfing Nikolaus und Alexandra mit strahlend blauem Himmel, gegen den sich die Zwiebeltürme der zahlreichen Kirchen in Rot und Gold, Grün und Blau schillernd abhoben.

Swetlana hoffte, während der Festlichkeiten für ein paar Tage vom Hofdienst beurlaubt zu werden, um Kowistowo, dem Landgut, auf dem sie ihre Kinderjahre verbracht hatte, einen Besuch abzustatten und ihre Mutter wiederzusehen, die sich nach dem Tod ihres Mannes dorthin zurückgezogen hatte.

St. Petersburg jagte der Gräfin Wera Lasarowa Angst ein, seit dort Attentate, Streiks und Demonstrationen an der Tagesordnung waren und ihr Mann an den Folgen einer Bombenexplosion gestorben war. Aber Leonid Soklow vereitelte Swetlanas Vorhaben, indem er erklärte, daß er sie dann nach Kowistowo begleiten wollte.

»Wie du weißt, meine Teure, habe ich gute Gründe, dich nicht unbeaufsichtigt zu lassen«, erklärte er mit einem perfiden Grinsen. »Deine momentane Tugendhaftigkeit ist in meinen Augen keine Garantie, daß du mich eines Tages nicht wieder zum Hahnrei machst. Vielleicht hast du dich sogar hinter meinem Rücken mit deinem verflossenen Liebhaber in Kowistowo verabredet. Wie ich hörte, hat Herr Masslejew St. Petersburg bereits vor zehn Tagen verlassen, um auf Reisen zu gehen.«

»Dann wissen Sie mehr als ich«, erwiderte Swetlana. »Also machen Sie sich nicht lächerlich. Rodja Masslejew und ich – das ist ein seit langem abgeschlossenes Kapitel.«

Er trat hinter sie und faßte in ihr weizenblondes üppiges Haar, das sie noch offen trug, weil sie sich am Nachmittag ein wenig niedergelegt hatte. Am Abend sollte im Kiewer Alexander-Theater die Borodin-Oper ›Fürst Igor‹ aufgeführt werden, und Swetlana war gerade in ihr Boudoir gekommen, um nach ihrer Zofe zu läuten, damit sie ihr beim Ankleiden und Frisieren half.

Es tat Swetlana weh, als Leonid ihren Kopf an den Haaren nach hinten riß. »Dann sieh zu, daß es ein abgeschlossenes Kapitel bleibt«, sagte er grob. »Oder ich knalle deinen Rodja Masslejew ab wie einen tollwütigen Fuchs.«

»Lassen Sie mich los«, preßte sie hervor, und er gehorchte zu ihrer Erleichterung. Meist machte es ihm Freude, sie noch länger zu quälen. Swetlana brachte ein kühles Lächeln zustande. »Ich habe Rodja Masslejew seit langem nicht mehr gesprochen. Genau gesagt, seit der Zeit, als Sie von den Toten wieder auferstanden sind.«

Er war schon in voller Galauniform für den Abend und betrachtete sich in dem bodenlangen Spiegel. Während er sein Portepee zurechtrückte, lachte er. »Das war ein herber Schlag für dich, nicht wahr? Die schöne Witwe Swetlana Soklowa, die mit ihrem Liebhaber im Bett liegt, und auf einmal steht der totgesagte Ehemann in der Tür. Äußerst lebendig aus dem japanischen Krieg und der Gefangenschaft heimgekehrt.«

Swetlana stand auf und läutete nach ihrer Zofe. »Sie erzählen diese Geschichte ein wenig zu oft. Sie langweilt mich indessen. Abgesehen davon halte ich Ihnen Ihre zahllosen Affären ja auch nicht vor.«

Er lachte und wandte sich zur Tür. »Schon gut, meine Teure. Ich weiß ja, daß es dir nicht das Herz bricht, wenn ich mich außerhalb des ehelichen Bettes amüsiere. Vermutlich ist es dir sogar sehr willkommen. Allerdings werde ich in keinem Fall dulden, daß du mich noch einmal betrügst. Ich lasse mich von dir nicht lächerlich machen!«

Swetlana wurde durch den Eintritt ihrer Zofe einer Antwort enthoben. Jeanette knickste vor Leonid. »Guten Abend, Euer Gnaden.«

Er winkte ihr lässig zu. »Mir scheint, du wirst alle Tage hübscher, Kleine. Wieso bist du eigentlich noch nicht verheiratet? Sind die Männer blind?«

»Das nicht«, gab Jeanette zur Antwort. »Aber ich bin wählerisch.«

Er lachte. »Wartest du auf einen Prinzen? Dann sieh zu, daß du keine alte Jungfer wirst.«

»Lieber das, als unglücklich verheiratet«, erwiderte die junge Französin keck, und Leonid kniff sie in die Wange.

»Schlagfertig bist du, das muß man dir lassen. Und nun sieh zu, daß du Ihre Gnaden besonders schön herrichtest für diesen Abend. Ich möchte, daß man mich um sie beneidet.«

Damit ging er, und Jeanette seufzte erleichtert auf. Sie mochte Leonid Soklow nicht – wie die meisten, die in Swetlanas Diensten standen. Dienstboten wissen immer, was hinter den Türen ihrer Herrschaft vor sich geht, und die unglückliche Ehe der Fürstin Soklowa war seit langem kein Geheimnis, am allerwenigsten für Jeanette.

»Sie sehen blaß aus, Euer Gnaden«, sagte die Zofe nach einem Blick in Swetlanas Gesicht. »Fühlen Sie sich nicht gut?«

»Ich habe immer noch ein wenig Kopfweh. Sei so gut, Jeanette, und bring mir ein Pulver – und dazu einen sehr starken türkischen Mokka. Dann wird mir besser werden.«

»Sofort, Euer Gnaden«, erwiderte die Zofe und verschwand.

Als sie allein war, stützte Swetlana den Kopf in die Hände. Es war dumm und unsinnig, aber die Erwähnung von

Rodjas Namen genügte immer noch, um den alten Schmerz wieder auferstehen zu lassen. Verblaßten denn die Erinnerungen nie?

Swetlana spürte, wie sich Tränen hinter ihren Lidern sammelten, und die weichen Hämmer des Schmerzes in ihren Schläfen pochten heftiger.

»Euer Gnaden!« Swetlana schrak hoch, als Jeanette zurückkam. »Sie haben doch nicht etwa geweint? Das dürfen Sie nicht, denn man könnte es Ihnen ansehen, und der Fürst wäre sehr ärgerlich darüber.«

Swetlana wischte sich über die Augen. »Schon gut, Jeanette. Leg mir die neue Abendrobe heraus, du weißt schon, die aus rotem Duchesse mit der Perlenstickerei und der langen Courschleppe.«

Sie hatte das Kleid bei Madame Paquin in Paris in Auftrag gegeben, die im letzten Winter mit einigen Mannequins nach Rußland gereist war und deren exquisite Abendroben in der Petersburger Gesellschaft Furore gemacht hatten. Seitdem gehörte Swetlana zu den Kundinnen des Salons Paquin in der Pariser Rue de la Paix. Madame hatte nach Swetlanas Maßen eine Schneiderpuppe anfertigen lassen. Das Kleid, dessen Entwurf sie Swetlana zugeschickt hatte, war sündhaft teuer gewesen, aber es gab manchmal Dinge, die Frauen sich aus purer Verzweiflung kauften – oder um die Leere in ihrem Inneren mit irgend etwas zu übertünchen.

Und verzweifelt war Swetlana. Sie haßte sich manchmal selbst wegen der Hartnäckigkeit, mit der sie Rodja immer noch liebte und sich nach ihm sehnte.

Im Foyer des Kiewer Theaters und den Wandelgängen drängten sich die Opernbesucher. Aus dem Orchestergraben drang das Stimmen der Instrumente und schuf zusammen mit dem Geplauder des Publikums jene unvergleichliche Atmosphäre, wie sie jeder festlichen Opernaufführung voraufgeht.

Das Zarenpaar war bereits eingetroffen, die Zarin wie zumeist in weißen Chiffon gehüllt, zu dem sie einen herrlichen Schmuck aus Saphiren und Brillanten mit passendem Diadem trug. Während Nikolaus II. in der Galauniform des Oberkommandierenden des Kürassierregiments ›Ihre Majestät, die Kaiserin‹ zwischen seinen Gästen umherging und da und dort ein paar Worte mit jemandem wechselte, saß Alexandra Fjodorowna in einer Fensternische auf einem Sofa, neben sich die Wyrubowa und Irina Lasarowa. Die Miene der Wyrubowa verfinsterte sich, als die Zarin Swetlana entdeckte und zu sich heranwinkte.

»Ich glaube, Sie sind die eleganteste Dame heute abend«, sagte Alexandra Fjodorowna mit einem neidlosen Lächeln. »Was für ein wunderschönes Kleid, meine liebe Swetlana Pawlowna. Wo haben Sie es arbeiten lassen?«

»In Paris bei Madame Paquin«, erwiderte Swetlana. »Ihre Kreationen sind wirklich einmalig, finde ich.«

»Und Sie können sie tragen«, bestätigte die Zarin. »Dieses Rot wäre für viele etwas gewagt, aber an Ihnen sieht es phantastisch aus, meinen Sie nicht auch, Irina Pawlowna?«

Swetlanas Schwester nickte. »Sie ist eben unsere Familienschönheit, neben der alle anderen verblassen.«

»Was für ein Unsinn!« widersprach Swetlana und lächelte ihrer jüngsten Schwester zu. »Du kannst mit deinem Aussehen mindestens ebenso zufrieden sein.«

Swetlana war nicht ganz aufrichtig in diesem Augenblick, denn sie fand, daß Irina in letzter Zeit viel von dem zarten Schmelz ihrer bisherigen Mädchenhaftigkeit verloren hatte. Sie war immer schmal gewesen, doch jetzt war sie überschlank, fast knochig, und das dunkle Haar und die großen dunklen Augen ließen sie doppelt blaß erscheinen.

»Was ist los mit dir?« hätte Swetlana am liebsten gefragt,

»Geht es dir nicht gut, Irinenka?« Aber sie verschob das auf einen späteren Zeitpunkt, wenn sie mit ihrer Schwester allein sprechen konnte.

Leonid Soklow trat zu der kleinen Gruppe und verneigte sich vor Alexandra. Sofort setzte sie ihr übliches maskenhaftes Lächeln auf, das sie immer bei offiziellen Anlässen zur Schau trug und das ihr den Ruf eingetragen hatte, hochmütig und übertrieben auf Distanz bedacht zu sein. Aber Swetlana wußte, daß die Zarin dahinter viel mehr ihre tiefe Unsicherheit und Schüchternheit verbarg.

»Fürst Soklow, wie angenehm, Sie zu sehen! Ich habe gerade Ihrer Gattin ein Kompliment zu ihrer exquisiten Garderobe gemacht.«

Leonid musterte seine Frau mit einem breiten Lächeln. »Ja, Swetlana Pawlowna hat Geschmack. Sonst hätte sie mich auch nicht geheiratet.«

Peinlich berührt schob die Zarin die Augenbrauen zusammen. Es dauerte nur einen Sekundenbruchteil, dann hatte sie sich wieder in der Gewalt. Aber Swetlana und auch Leonid hatten es dennoch bemerkt, und sie wußten beide, was Alexandra Fjodorowna dachte.

Sie und der Zar gehörten zu den wenigen Menschen, denen es bekannt war, daß Zar Nikolaus' verstorbener Bruder Georg der leibliche Vater von Fjodor Soklow war und daß Swetlana Leonid nur geheiratet hatte, weil die Umstände sie dazu zwangen.

Alexandra Fjodorowna wandte sich Swetlana zu. »Ich habe noch gar nicht nach Ihrem Sohn gefragt, meine Liebe. Wie geht es ihm? Ist er wohlauf?«

»Heute nachmittag haben wir miteinander telefoniert«, erwiderte Swetlana. »Fjodor war ein wenig traurig, daß er uns nicht nach Kiew begleiten durfte. Aber für ein Kind von elf Jahren wäre diese Reise mit all den offiziellen Empfängen und Paraden kaum das Richtige. Fjodor hätte sich vermutlich bald gelangweilt.«

»Und er hätte einiges an Unterrichtsstunden versäumt«, warf Leonid ein. »Mein Sohn ist leider immer noch recht verspielt und braucht eine gewisse Disziplin. Aber ich denke, der neue Hauslehrer, den ich im Frühjahr eingestellt habe, ist der geeignete Mann, sie ihm beizubringen. Jedenfalls lassen weder Herr von Solln noch seine anderen Lehrer ihm etwas durchgehen.« Er lachte. »Fjodor ist schon jetzt ein ausgezeichneter Reiter und ein noch besserer Pistolenschütze und Degenfechter. Darin tritt er ganz in meine Fußstapfen.«

»Überfordern Sie ihn nur nicht«, sagte die Zarin. »Ein Kind braucht auch Zeit zum Spielen und Herumtollen. Allzuviel Strenge kann aus sensiblen Naturen leicht Duckmäuser oder Heuchler machen, die jeden Widerspruch scheuen und lieber lügen und schmeicheln, um nur ja kein Ärgernis heraufzubeschwören.«

»Oh, ich werde schon dafür sorgen, daß aus meinem Sohn kein Duckmäuser, sondern ein richtiger Mann wird«, antwortete Leonid. »Es ist ja leider unser einziges Kind. Deshalb kümmere ich mich besonders um seine Erziehung.«

Die Zarin erhob sich ein wenig mühsam und stützte sich dabei auf die Wyrubowa, die ihr mit einem beflissenen Lächeln ihren Stock reichte. »Ich glaube, es wird Zeit, unsere Plätze einzunehmen. Soweit ich weiß, haben Sie die Loge neben uns, meine liebe Swetlana Pawlowna. Kommen Sie doch in der ersten Pause zu mir. Ich würde gern noch ein Weilchen mit Ihnen plaudern.« Mit einem äußerst zurückhaltenden Lächeln nickte sie Leonid zu. »Ich wünsche Ihnen einen angenehmen Abend, Fürst.«

»Ergebensten Dank, Euer Majestät«, erwiderte er mit schmalen Lippen und vollführte eine Verneigung, die in ihrer Devotion fast schon übertrieben wirkte. Swetlana sah ihm an, daß er wütend war, und verspürte wenig Lust, schon jetzt mit ihm ihre Loge aufzusuchen. Darum wandte sie sich um und ging auf Peter Stolypin zu, den sie bei der Treppe entdeckte, die vom Foyer nach oben führte.

»So allein?« fragte Swetlana und streckte dem russischen Premierminister die Hand entgegen, auf die er einen Kuß hauchte.

»Neuerdings fast immer«, entgegnete der stämmige Mann mit einem schiefen Lächeln. »Sollte es Ihnen entgangen sein, Fürstin, daß ich seit einigen Wochen nicht mehr die Gunst Seiner Majestät genieße und mich gewisse Kreise bei Hof deshalb meiden, als hätte ich eine ansteckende Krankheit?«

»Ich habe davon gehört, daß Sie einige Differenzen mit dem Zaren hatten. Aber doch hoffentlich nicht ernstlicher Art?«

Stolypins bärtiger Mund verzog sich bitter. »Ich habe Seine Majestät um meinen Rücktritt gebeten, weil ich mit einigen meiner Reformpläne beim Reichsrat keine Unterstützung gefunden habe. Der Zar hat dem nicht stattgegeben, und ich bin unter der Bedingung darauf eingegangen, daß er mein Hauptanliegen – die Einführung der Semstwos auch in den westlichen Provinzen – per Dekret in Kraft setzt. Außerdem habe ich bei Seiner Majestät erreicht, daß er meinen entschiedenen Widersachern, den Herren Durnow und Trepow, für eine Zeitlang die Teilnahme an den Sitzungen des Reichsrates untersagt hat.«

»Aber das ist doch ein großer Erfolg für Sie«, sagte Swetlana, die Peter Arkadjewitsch Stolypin als außerordentlich fähigen Politiker schätzen gelernt hatte. Seit er im Amt war, war es ihm gelungen, die ständigen Unruhen, Streiks und Attentate einzudämmen, freilich, indem er mit aller Härte gegen die Rädelsführer vorging, andererseits aber eine Reihe vernünftiger Reformen durchgeführt hatte.

Stolypins Ziel war, ein für Rußland neues parlamentarisches System zu entwickeln, das die Lage des Volkes einerseits verbessern, gleichzeitig aber die kaiserliche Macht festigen sollte. Dabei war der Premierminister allerdings ständig gezwungen, gegen die sozialistische Linke zu kämpfen, die jede Teilreform ablehnte und statt dessen den völligen Umsturz predigte. Andererseits mußte er den stockkonservativen Anhängern der kaiserlichen Autokratie *paroli* bieten, für die jegliche Veränderung der Regierungsform bereits ein Sakrileg war.

Stolypin schüttelte den Kopf. »Seine Majestät hat mir zwar nachgegeben, weil er im Augenblick keinen geeigneten Nachfolger für mich weiß. Aber er trägt es mir nach, daß ich ihn quasi zu diesem Schritt gezwungen habe. Mein schlimmstes Verbrechen allerdings besteht darin, daß ich Rasputin eine Zeitlang überwachen ließ und Seiner Majestät ein Dossier über dessen skandalöses Doppelleben vorgelegt habe. Ich hoffte, der Zar würde sich bewegen lassen, Rasputin zum Teufel zu schicken, zumal alle Welt sich indessen über sein unverschämtes Benehmen und seinen fast unbegrenzten Einfluß auf die Zarenfamilie empört. Aber zum Teufel schicken will Seine Majestät vermutlich nur mich, weil ich es gewagt habe, Rasputins Stellung anzutasten.«

»Das ist doch nicht möglich«, erwiderte Swetlana betroffen, und Stolypin zuckte mit den Schultern.

»Es ist bereits ein offenes Geheimnis, daß ich nach unserer Rückkehr in die Hauptstadt nicht mehr im Amt bleiben werde. Die Folgen bekomme ich schon jetzt zu spüren. Man schneidet mich, man hat mir hier im Gegensatz zu sonst keinen Staatswagen zur Verfügung gestellt und mich auch nicht im kaiserlichen Palast untergebracht. Das alles sind untrügliche Anzeichen.«

»Aber wer, um Himmels willen, soll denn Ihr Nachfolger werden?« fragte Swetlana, während ihre Bestürzung wuchs. »Es gibt doch weit und breit niemanden, der Ihnen das Wasser reichen kann.«

Sein bitteres Lächeln verstärkte sich. »Ich habe darüber

vor kurzem mit Seiner Majestät gesprochen. Wenn er eine stabile Macht wünscht, so habe ich ihm gesagt, die weitere Reformen nicht ausschließt, bin ich sein Mann. Wenn er die Reformen beenden will oder sogar eine Rückentwicklung erstrebt, müsse er sich an Durnow halten. Und wenn er es vorzieht, auf der Stelle zu treten, sei Finanzminister Graf Kokowzow der Richtige.«

Er blickte sich um und gewahrte, daß das Foyer sich inzwischen geleert hatte. Alles war in den Zuschauerraum und auf die Ränge geströmt. »Lassen Sie uns ebenfalls hineingehen, Fürstin«, sagte Stolypin und bot Swetlana den Arm. »Wir sind die Letzten, wie mir scheint. Die Ouvertüre wird jeden Augenblick beginnen.«

Er begleitete sie zu ihrer Loge, küßte ihr zum Abschied die Hand und suchte dann eilig seinen Sitzplatz im Parkett auf. Daß man ihm keinen Logenplatz zugewiesen hatte, war ebenfalls ein ziemlich sicheres Zeichen der kaiserlichen Ungnade.

Swetlana hätte sich gern in der Pause weiter mit Stolypin unterhalten, nicht zuletzt, um zu demonstrieren, wie abscheulich sie das Verhalten der Hofschranzen fand, aber die Zarin winkte sie in ihre Loge, in der sich auch die beiden Großfürstinnen Olga und Tatjana befanden, die Swetlana sogleich in ein Gespräch verwickelten.

Die jungen Mädchen sahen reizend aus in ihren weißen Spitzenkeidern und den aufgesteckten Haaren, in denen sie als Schmuck roséfarbene Rosen trugen. Sie hatten glühende Wagen und glänzende Augen. Tatjana und Olga liebten diese offiziellen Festivitäten, waren sie doch eine willkommene Abwechslung in dem eher bescheidenen, zurückgezogenen Leben, das die Zarenfamilie in Zarskoje Selo und den anderen Residenzen außerhalb von St. Petersburg führte.

Olga forderte Swetlana auf, bei ihnen in ihrer Loge zu bleiben, und sie setzte sich neben sie.

In der nächsten Pause sah sie Peter Stolypin unten im Parkett stehen. Er winkte einem Lakaien, der ein Tablett mit Champagnergläsern trug, und der Mann wollte sich gerade zu ihm durchdrängen, als plötzlich mehrere Schüsse fielen. Etliche Leute schrien auf, und die Ersten stürzten voller Panik zu den Ausgängen. Stolypin stand ein paar Sekunden lang völlig isoliert in seiner Sitzreihe. Swetlana sah, daß er sich verfärbt hatte und sich an die Brust griff. Seine Hand war blutig, als er sie hob und sich zur Zarenloge umwandte, um ein Kreuz zu schlagen. Dann kippte er nach vorn.

Er lebte noch fünf Tage, bevor er seinen schweren Schußverletzungen erlag.

Der Attentäter hieß Bogrow und war ein Agent der Geheimpolizei. Er hatte Stolypin noch am Vortag die Meldung zukommen lassen, daß Terroristen nach Kiew eingeschleust worden seien, die eine Verschwörung planten. Aus diesem Grunde hatte Bogrow auch eine Eintrittskarte für die Oper erhalten.

Was Stolypin nicht gewußt hatte, war, daß Bogrow als Doppelagent arbeitete und seit längerem geplant hatte, den Premierminister umzubringen. In einem Verhör gestand Bogrow später, er habe Stolypin aus Rache ermordet, weil jener ihn veranlassen wollte, seine revolutionären Gesinnungsfreunde ans Messer zu liefern. Bogrow wurde zum Tode verurteilt.

Zarin Alexandra war durch das Attentat auf Stolypin völlig außer Fassung geraten. Sie hatte ihre Töchter weinend umarmt und ihnen die Augen zugehalten, damit sie das Schreckliche nicht sahen. Nikolaus II. war aufgesprungen, als die Schüsse fielen. Bleich, mit starrem Gesicht stand er an der Logenbrüstung, selbst eine Zielscheibe für jeden, der ihn töten wollte. Das war ihm in diesem Augenblick nicht einmal bewußt.

Die Opernvorstellung wurde abgebrochen, und im Zuschauerraum riefen einige Beherzte, die die Nerven behalten hatten: »Die Hymne! Spielt doch um Gottes willen die Zarenhymne!«

Es dauerte eine Weile, bis die Orchestermitglieder sich so weit gefaßt hatten, daß das *›Boshe Zarja Chranij‹* aufklang. Im Zuschauerraum und auf den Rängen erhob sich alles, was nicht im ersten Schrecken geflüchtet war, während der bewußtlose Stolypin hinausgebracht und in ein Kiewer Krankenhaus überführt wurde.

2. Kapitel

Wie so oft in seinem Leben nahm der Zar Zuflucht zum vorgesehenen Protokoll, um seine innere Unsicherheit zu übertünchen und durch die im voraus festgelegten Zeremonien eine trügerische Festigkeit zu demonstrieren.

So verließ er wie geplant am nächsten Tag die Stadt, um einem Manöver in Tschernigow beizuwohnen. Seine Frau und seine Töchter blieben in Kiew zurück, und die Zarin, noch immer in einem desolaten Zustand, ließ Rasputin kommen, der eilends aus St. Petersburg anreiste, um ihr beizustehen.

»Keine Wache konnte Stolypin schützen«, sagte Alexandra mit Tränen in den Augen zu Swetlana. »Und keine Wachen werden den Kaiser schützen können. Das Heil kann man nur von den Taten und Gebeten Vater Grigorijs erwarten.«

»Wie wahr, wie wahr!« murmelte die Wyrubowa ergriffen. »Fürchten Sie nichts, meine Kaiserin. Wenn Vater Grigorij bei Ihnen ist, kann Ihnen nichts geschehen. Seine Gebete werden Sie umgeben wie ein Panzer, den keine Kugel, keine Bombe, kein Schwerthieb zerbrechen kann.«

Nach Rasputins Ankunft besserte sich Alexandra Fjodorownas Zustand zusehends. »Mama, Ihr müßt ganz ruhig sein«, sagte er und schlug das Kreuz über sie. »Der Teufel kann allen, die ich liebe, nichts anhaben. Jetzt ist es allerdings wichtig, für Stolypin einen geeigneten Nachfolger zu finden. Laßt uns darum beten, daß Gott uns erleuchten und unseren Sinn auf den Mann lenken möge, den der Allmächtige für dieses Amt ausersehen hat.«

Daß er danach stundenlang mit der Zarin in einem Zimmer verschwand, gab den üblen Gerüchten neuen Auftrieb. Die einen behaupteten überzeugter denn je, die Zarin sei Rasputins Geliebte; andere hielten ihre beiden ältesten Töchter dafür, doch Swetlana war weit davon entfernt, so etwas zu glauben. Niemals hätte Alexandra Rasputin erlaubt, sich ihr oder ihren Kindern auf solche Weise zu nähern. Sie vergötterte ihren Mann, und sie war eine gute, liebevolle Mutter.

Am 5. September erlag Peter Arkadjewitsch Stolypin seinen Verletzungen, und die Nachricht seines Todes rief nicht nur in Kiew, sondern auch in anderen russischen Städten die Nationalisten und Konservativen auf den Plan. Es war bekannt geworden, daß sein Mörder Bogrow, obwohl orthodoxen Glaubens, jüdischer Herkunft war, und der alte, immer wieder neu geschürte Antisemitismus brach sich Bahn.

»Die verfluchten Juden haben Stolypin umgebracht!« riefen die Demonstranten, die in heller Empörung auf die Straße gingen und auf die jüdischen Viertel zumarschierten. »Schlag das Judenpack tot!«

Polizei und Militär konnten allerdings neue Pogrome verhindern, doch der Haß schwelte weiter.

Zar Nikolaus kehrte aus Tschernigow zurück, und Swetlana, die ihn indessen recht gut kannte, war sicher, daß er im Grunde seines Herzens erleichtert war, daß Stolypin, dieser unnachgiebige Mann, nicht mehr lebte, der ihn in letzter Zeit zu Maßnahmen veranlaßt hatte, die Nikolaus unangenehm waren.

Stolypin war in der Kiewer Verkündigungskirche aufgebahrt, und der Zar genügte seinen protokollarischen Pflichten, indem er mit großem Gefolge dort erschien und sich mit bleichem Gesicht vor dem Katafalk verneigte. Die Beisetzung wartete er allerdings nicht ab, sondern reiste mit seiner Familie und dem Hofstaat am Vorabend nach Liwadja, dem kaiserlichen Sommersitz auf der Krim.

Für Swetlana war es jedesmal schmerzlich, das Schloß und die bezaubernde Umgebung wiederzusehen, in der sie Rodja kennengelernt hatte. Sie würde nie vergessen, wie glücklich sie hier für eine kurze rauschhafte Zeit gewesen war, und oftmals fragte sie sich, ob das wirklich alles an Glück gewesen sein sollte, was das Leben für sie bereithielt.

Leonid kam ebenfalls nach Liwadja, obwohl er nicht zum Hofstaat gehörte. Auf irgendeine Weise hatte er es bewerkstelligt, von Fürst Felix Jussupow, der mit Irina, einer Nichte des Zaren, verheiratet war, auf die Krim eingeladen zu werden. Die Jussupows besaßen dort das Gut Koreis, ganz in der Nahe von Liwadja.

Als das Zarenpaar von Leonids Anwesenheit erfuhr, ließ es sich nicht umgehen, ihn ebenfalls in die kaiserliche Residenz einzuladen, zumal die Jussupows nach zwei Wochen wieder abreisten, weil der Fürst wegen einer dringenden Familienangelegenheit nach St. Petersburg zurückkehren mußte.

»Ich weiß, Sie wären lieber allein hier, meine Liebe«, sagte die Zarin zu Swetlana. »Aber es wäre doch über alle Maßen unhöflich, Ihren Gatten, wenn er so in der Nähe ist, nicht zu uns zu bitten.«

»Gewiß, Euer Majestät«, erwiderte Swetlana, und Alexandra warf ihr einen unsicheren Blick zu.

»Ich wünschte sehr, daß Sie beide ... Nun ja, es wäre auch

für Sie alles einfacher, wenn Sie in einer glücklicheren Beziehung lebten. Mein Eindruck ist, daß Fürst Soklow sich auffallend darum bemüht, seit er hier ist.«

»O ja, das tut er«, entgegnete Swetlana, »weil er sich in keinem Fall den Unwillen Eurer Majestät zuziehen möchte.«

»Ach, das glaube ich nicht«, widersprach die Zarin. »Sie sind eine so schöne, liebenswerte Frau – warum sollte ausgerechnet Ihr Mann dafür blind sein! Nein, nein, ich bin überzeugt, daß es ihm in der Hauptsache um Sie selbst geht. Aber es ist schade, daß er Ihren Sohn in St. Petersburg zurückgelassen hat.«

»Das ist wahr.« Swetlana seufzte. »Aber Leonid Iwanowitsch besteht darauf, daß Fjodor seinen Unterricht nicht vernachlässigt, und behauptet, hier würde er zu sehr abgelenkt.«

»Aber er hätte hier doch gemeinsam mit dem Zarewitsch und den Großfürstinnen Anastasia und Maria unterrichtet werden können. Sie haben ausgezeichnete Lehrer. Andererseits ist es wohl zu spät, Ihren Sohn noch herzuholen. Allzu lange bleiben wir ja nicht mehr hier.« Die Zarin rieb die Hände gegeneinander. »Ich finde, die Krim ist in diesem Herbst wesentlich kühler als sonst.«

»Ein wenig«, stimmte Swetlana zu. »Trotzdem ist es wie immer wunderschön hier.«

Alexandra Fjodorownas Gesicht nahm einen niedergeschlagenen Ausdruck an. »Mir graut schon vor der Ballsaison in St. Petersburg. Ich mag diese ewigen Galadiners, Bälle und Paraden nicht, und sie werden mir von Jahr zu Jahr verhaßter. Aber Seine Majestät hat mir versprochen, daß wir gleich im Frühjahr wieder herfahren. Das wird mir helfen, die ungeliebten Pflichten während des Winters zu ertragen.«

Sie beugte sich nach vorn. »Es ist zwar noch nicht offiziell, aber ich erzähle es Ihnen jetzt schon: Der Nachfolger von Herrn Stolypin wird Graf Kokowzow. Vater Grigorij hat innig darum gebetet, daß Gott die Gedanken Seiner Majestät auf den richtigen Mann lenken möge, und so ist es auch geschehen. Wladimir Kokowzow ist gewiß der Geeignetste, die Geschicke Rußlands mit zu lenken. Er war immer ein treuer Diener der Krone.«

Swetlana erinnerte sich daran, was Stolypin vor seinem Tod über den bisherigen Finanzminister gesagt hatte: »Wenn der Zar es vorzieht, auf der Stelle zu treten, so ist Kokowzow der Richtige.«

Hoffentlich hatte Stolypin sich geirrt! In Rußland war kein Auf-der-Stelle-Treten mehr möglich. Alles drängte auf eine Eskalation des Widerstandes hin: Widerstand der Konservativen gegen jedwede Beschneidung der zaristischen Macht. Widerstand der Radikalen, die den Zaren stürzen wollten. Widerstand der gemäßigten Sozialisten und Liberalen, die nicht mehr gewillt waren, die bestehenden Verhältnisse zu tolerieren.

Aber der Zar sah es nicht so. Abgesehen von seiner Frömmigkeit, durch die er alles, was geschah, ohnehin als Gottes Zulassung betrachtete, die man hinnehmen mußte, war er felsenfest davon durchdrungen, daß er das Erbe, das er von seinen Vätern erhalten hatte, unversehrt weitergeben mußte an die, die nach ihm kamen.

Doch wer kam nach ihm, wenn die revolutionären Elemente siegten?

All das hätte Swetlana der Zarin gern gesagt. Aber sie wußte, daß Alexandrea viel mehr noch als ihr Gatte vom Gottesgnadentum der Zarenwürde überzeugt war und jede Schmälerung als ein Verbrechen ansah. Sie waren beide von einer beängstigenden Weltfremdheit.

»Sie sagen ja gar nichts«, unterbrach die Zarin ihre Gedanken. »Dabei glaubte ich immer, Graf Kokowzow sei ein Freund Ihres Gatten und häufiger Gast bei Ihnen. Finden Sie nicht, daß er Herrn Stolypin ausgezeichnet ersetzen wird?«

»Alles, was ich von ihm weiß, ist, daß er ein guter Finanzminister war«, entgegnete Swetlana zurückhaltend. »Also kann man nur hoffen, daß er als Premierminister ebenso gewissenhaft und umsichtig handelt.«

Auf der Stelle treten, hatte Stolypin gesagt ... Der Winter des Jahres 1911 schien dem zu entsprechen. Die allseits flakkernden revolutionären Feuer schwelten momentan nur, und im Winterpalais und den Adelspalästen an der Bolschaja Newa, der Fontanka, und der Mojka wurde Champagner getrunken, getanzt, gefeiert, und man warf die Rubel mit vollen Händen aus dem Fenster.

Die finanziellen Schwierigkeiten, die der russisch-japanische Krieg mit sich gebracht hatte, waren längst überwunden, und Rußland erlebte gerade in diesem Jahr einen grandiosen wirtschaftlichen Aufschwung.

Teilweise war dies noch dem harten Vorgehen Stolypins gegen streikende Arbeiter und seinen zahllosen Verhaftungen von Revolutionären und Agitatoren zu verdanken. Seitdem verhielten sich die drei Millionen russischer Fabrikarbeiter verhältnismäßig ruhig, und das brachte in allen Zweigen der Wirtschaft einen stattlichen Zuwachs. Die Förderung von Eisenerz, die Stahl-, Kohle-, Baumwolle-, Zucker- und Erdölproduktionen verdoppelten sich nahezu, und alle, die an dieser Entwicklung verdienten, sahen ihre Hauptaufgabe darin, die Mehreinnahmen, die ihnen so leicht zugeflossen waren, so schnell wie möglich wieder auszugeben. Die Theater waren allabendlich bis auf den letzten Platz besetzt. Man ließ es sich etwas kosten, in der Kaiserlichen Oper Schaljapin und Sobinow singen zu hören oder die Pawlowa, die Karawina und die Kschessinska tanzen zu sehen.

›Zar Fjodor‹ von Alexej Tolstoi, die Geschichte eines edlen, aber schwachen Herrschers, der gewisse Parallelen zu Nikolaus II. bot, wurde ebenso beklatscht wie Leo Tolstois ›Macht der Finsternis‹ oder Gorkis ›Nachtasyl‹.

Es erzeugte einen angenehmen Schauder, in goldstrotzenden Uniformen und mit unschätzbaren Juwelen zu großer Abendtoilette auf der Bühne die düsteren Elendsgestalten der Moskauer Armenviertel zu sehen oder die Tolstoische Tragödie um Ehebruch, Geldgier, Mord und Sühne zu erleben.

Nach dem Theater besuchte man ein elegantes Restaurant, soupierte köstlich, amüsierte sich über die neuen pikanten Affären der Petersburger Gesellschaft, schimpfte wohl auch ein wenig über den Zaren und die Regierung und lachte über die törichten Sozialisten und ihre albernen Kongresse in London und Paris, sowie ihre Streitereien zwischen den Gemäßigten – den Menschewiki – und den Radikalen, die sich Bolschewiki nannten.

London und Paris waren weit. Sollten sie sich dort die Schädel blutig schlagen. In St. Petersburg war das Leben ein einziger Champagnerrausch. Welche Rolle spielte es schon, wenn bei den Troikarennen auf der zugefrorenen Newa die Pferde zuschanden gejagt wurden? Man kaufte sich neue. Was tat's, wenn man in einer einzigen Nacht am Spieltisch Tausende verlor? Der Geldsegen floß weiter. Man klebte dem Zigeunerprimas Tausend-Rubel-Scheine mit Spucke an die Stirn, damit er seine Geige schluchzen ließ, bis der neue Tag heraufzog. Man probierte den neuen herrlich verruchten Tanz, der aus Argentinien gekommen war, den Tango, man soff und hurte, man ließ die Dirnen in Champagner baden und brüllte vor Lachen, wenn sie mit offenen Mündern gierig nach dem schäumenden Naß schnappten, während die Diener ganze Batterien von Flaschen in die Wanne leerten.

Erlaubt war alles, was Spaß machte. Den meisten gefiel dieser Tanz auf dem Vulkan, sie kosteten bis zur Neige aus, was sie für Leben in seiner verrücktesten, phantastischsten Form hielten.

»Es ist widerwärtig und zum Kotzen«, sagte Xenia Lasarowa, Swetlanas jüngere Schwester.

Xenia und Pjotr Dobrowjew lebten nach wie vor zusammen und arbeiteten zur Zeit am Marien-Krankenhaus an der Kleinen Intaljanskaja, Pjotr in der Chirurgischen, Xenia in der Internistischen Abteilung. Sie wohnten immer noch in der Uliza Tscherwonskaja, aber da sie nun beide verdienten, hatten sie sich neu eingerichtet und die alten, seinerzeit auf dem Trödelmarkt erworbenen Möbelstücke verschenkt.

Swetlana war oft bei ihnen. Sie hing an Xenia, bewunderte sie für ihre Tüchtigkeit und hatte den stillen, ernsthaften Pjotr aufrichtig gern.

Sie saßen beim Tee. Marfa, das Hausmädchen, auch eine neue Errungenschaft der beiden, hatte kleine Kuchen serviert, und Xenia rauchte eine Zigarette. »Diese reiche verkommene Bagage weiß vor Übersättigung überhaupt nicht mehr, was sie noch anstellen soll. Vorgestern ist ein junger Mann bei uns eingeliefert worden – halbtot, weil man ihn im Palais Jussupow mit Kokain vollgepumpt hat. Ich habe im Grunde nichts gegen Homosexuelle oder auch Bisexuelle, wie es der gute Felix Jussupow dem Vernehmen nach sein soll. Aber soll er sich doch an Gleichveranlagte halten und nicht einen armen Jungen aus dem Kaukasus, den er für die Küchenarbeit eingestellt hat, für seine Gesellschaftsspielchen gefügig machen. Jussupow hat den Ärmsten zunächst mit Whisky und dann mit Kokain fast vergiftet. Wir haben die halbe Nacht gebraucht, um ihn über den Berg zu bringen. Zum Glück hat er eine gesunde Konstitution. Aber er will auf keinen Fall zu Fürst Jussupow zurück, obwohl er eine Heidenangst hat, keine Arbeit mehr zu finden.«

»Schick ihn zu mir«, bat Swetlana, »wenn er aus dem Hospital entlassen wird. Ich kann noch einen oder zwei Leute für meine Armenküche am Alexander-Markt gebrauchen.«

Xenia warf ihr einen dankbaren Blick zu. »Ich hatte gehofft, daß du das sagen würdest, danke. Deine Armenspeisungen haben viel Zulauf, nicht wahr?«

Swetlana nickte. »Ich werde noch mehr solcher Küchen einrichten. Bis jetzt sind es fünf, aber es können gut und gern ein Dutzend werden.« Sie seufzte. »Es gibt so viele Arme hier, und ich kann nicht alle satt machen. Aber immerhin doch einige Hundert an jedem Tag. Besonders jetzt im Winter ist es wichtig, daß die Leute eine warme Mahlzeit bekommen.«

»Sie tun sehr viel, Swetlana Pawlowna«, warf Pjotr ein. »Ich wünschte, es gäbe mehr von Ihrer Art.«

Er wußte, daß sie nicht nur Armenküchen unterhielt, sondern auch noch ein Kinderkrankenhaus und ein Blindenhospital zu einem erheblichen Teil mitfinanzierte.

Swetlana wurde verlegen. »Ach, ich gebe doch nur von meinem Überfluß etwas ab. Es ist nicht einmal ein Opfer, sondern vielleicht nur eine Art moderner Ablaßhandel, weil ich so viel habe und andere gar nichts und mir das ein schlechtes Gewissen macht. Das Geld, das ich von Papa geerbt habe, dazu die Beteiligungen an den verschiedenen Fabriken, Minen und Landgütern – ich könnte noch hundert Jahre leben und wäre immer noch eine reiche Frau.«

Xenia lachte leise. »Das beruhigt mich.«

Pjotr Dobrowjew war ernst geblieben. »Trotzdem möchte ich Ihnen einen Rat geben, Swetlana Pawlowna. Ziehen Sie einen Teil Ihres Barvermögens aus Rußland ab. Transferieren Sie es auf eine ausländische Bank – in Frankreich, England oder der Schweiz. Es könnte sein, daß Sie einmal darauf – und nur noch darauf – angewiesen sind.«

»Sie meinen ...«

»Ich meine, daß eine solche Vorsorge nichts schadet«, sagte er eindringlich. Swetlana wußte, daß er und Xenia in früheren Jahren stark mit irgendeiner revolutionären Gruppe sympathisiert hatten. Inzwischen hatten sie sich davon zurückgezogen, weil sie zu der Ansicht gelangt waren, daß die Gemäßigten unter ihren Gesinnungsfreunden sich kaum bei einem Umsturz durchsetzen konnten, und die Ziele der Linksradikalen ihrer eigenen Einstellung zuwiderliefen. Aber es war anzunehmen, daß Pjotr hin und wieder Kontakt zu seinen ehemaligen Kommilitonen hatte und dort manches erfuhr.

Swetlana warf ihrer Schwester einen fragenden Blick zu. »Denkst du das auch, Xenia?«

»Es wird auf keinen Fall in Rußland alles so bleiben, wie es ist«, antwortete die Jüngere und strich sich eine braune Haarsträhne hinter das Ohr. Seit sie als Ärztin arbeitete, hatte sie ihre üppige Lockenpracht im Nacken zu einem dicken Zopf gebunden und aufgesteckt. Aber die kürzeren Löckchen ringelten sich nach wie vor um ihr kluges, ausdrucksvolles Gesicht. »Und was danach kommt, kann niemand voraussagen. Dieser Lenin mit seinen Bolschewiki plant eine Abspaltung von der Menschewiki-Partei. Und was er aus seinem Exil verkündet, klingt für meine Ohren beängstigend: Abschaffung des Zarentums, Zerstörung des Kapitalismus, Diktatur des Proletariats.«

Swetlana war sehr nachdenklich, als sie nach Hause fuhr. Pjotr hat recht, dachte sie. Man muß Vorsorge treffen für den Fall, daß die Bolschewiki eines Tages an die Macht kommen. Ich werde gleich morgen zu meinem Bankhaus fahren und mit Herrn Rubidjew sprechen.

Rubidjew war der Direktor der Bank, ein harmlos und gemütlich wirkender Mann mit einem Teint wie ein Marzipanschweinchen und einem Kinderlächeln. Aber er war, wie Swetlana wußte, außerordentlich gewitzt, und hinter seinen freundlichen Augen verbarg sich ein stählerner Charakter, gepaart mit großem Weitblick und außerordentlicher Geschicklichkeit.

Am Abend war Cour im Winterpalais angesagt, und anschließend besuchte der gesamte Hof eine Ballettaufführung von ›Schwanensee‹.

Anna Pawlowa tanzte – und sie war hinreißend. Swetlana liebte das klassische Ballett und war zusätzlich entzückt von den prächtigen Dekorationen und Kostümen. Außerdem genoß sie es, ohne Leonid hier zu sein. Er war gestern mit Felix Jussupow und einigen anderen seiner lärmenden Freunde zur Jagd aufgebrochen und wurde erst übermorgen zurückerwartet. Neuerdings steckte Leonid viel mit Jussupow zusammen, aber Swetlana war es gleichgültig. Im Grunde ähnelten die Männer, mit denen Leonid sich umgab, einander auf bestürzende Weise. Sie waren allesamt reich, lasterhaft und verroht, außer vielleicht Jussupow. Zwar trafen die beiden ersten Eigenschaften auch auf ihn zu, doch er besaß eine verfeinerte Lebensart, die ihn Swetlana freilich nicht sympathischer machte. Dabei sah er blendend aus, fast zu schön für einen Mann, aber er strahlte eine ungeheure Laszivität aus, gemischt mit geschliffenem Sarkasmus und einer Kälte, die Swetlana jedesmal schaudern machte, wenn sie länger als zwei Minuten mit ihm sprach.

In der Pause blieb sie allein in ihrer Loge. Irina und zwei andere Hofdamen wollten im Foyer ein Glas Champagner trinken.

Swetlana lehnte sich in ihrem mit rotem Samt bezogenen Sessel zurück, schloß die Augen und lauschte auf das erneute Stimmen der Instrumente im Orchestergraben.

Auf einmal hatte sie das Empfinden, daß jemand sie ansah. Sie wandte den Kopf und entdeckte im Hintergrund der Loge einen Mann. Er stand da und blickte unverwandt zu ihr hin.

»Ja?« fragte sie ein wenig erschrocken, denn sie konnte nicht erkennen, wer der Mann im Halbdunkel war. Nur seinen Blick spürte sie.

»Swetlana«, sagte der Mann leise, und da begriff sie. Es war Rodja Masslejew.

»Ich habe gesehen, daß du allein hier bist«, fuhr er fort und kam näher. »Da wollte ich dir wenigstens guten Abend sagen.«

Sie sprang auf und schob ihn hastig zur Tür zurück. »Es ist nicht gut, wenn man uns zusammen sieht. Noch immer nicht, Rodja. Laß uns in den Vorraum gehen.«

Ein Logenschließer ging draußen auf dem Wandelgang vorbei und blieb stehen, als er das Paar sah. »Haben Euer Gnaden einen Wunsch?« fragte er ehrerbietig. »Kann ich etwas für Sie tun?«

»Nein, vielen Dank«, antwortete Swetlana und schloß die Tür, die auf den Gang führte. »Du bist also wieder in St. Petersburg«, stellte sie danach fest, und Rodja nickte.

»Bis zum Frühjahr werde ich bleiben. Dann kehre ich nach Jalta zurück.«

»Das ... klingt so endgültig«, sagte sie und spürte, daß ihre Lippen bebten.

Wieder nickte er. »Das ist es auch. Ich werde dortbleiben. Es ist schon alles in die Wege geleitet. Ich habe ein Haus gekauft und mir darin ein Atelier eingerichtet. Das Haus liegt auf einer kleinen Halbinsel. Man kann von allen Fenstern aus das Meer sehen. Es ist sehr schön. Es würde dir gefallen.«

»Ja, sicherlich, Rodja.« Das Zittern in ihr breitete sich aus, ergriff ihre Hände, den ganzen Körper, und sie preßte die Kiefer aufeinander und grub ihre Nägel in die Handballen. Sie hatte nicht damit gerechnet, Rodja wiederzusehen, oder doch nur aus der Ferne, wie es in den vergangenen Jahren einige Male der Fall gewesen war. Er war älter geworden. Das dunkle Haar wies an den Schläfen ein paar graue Strähnen auf, und er wirkte nicht mehr so unbekümmert und strahlend wie in der Zeit ihrer Liebe. Aber er war immer noch der Mann, dem ihr ganzes Herz zuflog.

»Wie geht es dir?« Sie fragten es beide gleichzeitig und mußten darüber lächeln.

»Ich bin zufrieden«, sagte Swetlana dann. »Stell dir vor, Fjodorenka wird im Mai schon zwölf Jahre. Er ist groß geworden und wird mir bald über den Kopf wachsen. Aber er ist immer noch so lieb und fröhlich wie früher. Ich habe viel Freude an ihm.«

»Das ist schön.« Er nahm ihre Hände. »An dir gehen die Jahre anscheinend spurlos vorüber. Du bist immer noch so wie damals ... Ich mußte dich noch einmal sehen, Swetlana, weil ...« Wieder verstummte er und suchte nach Worten. Er hielt ihre Finger so fest, daß es weh tat. »Ich wollte nicht, daß du es von anderer Seite erfährst. Ich wollte es dir selbst sagen. Ich werde heiraten, wenn ich nach Jalta zurückkehre.«

»Das ... das ist gut«, sagte sie, während sie spürte, wie alles in ihr von einer schmerzenden Kälte erfaßt wurde. »Ich habe mir immer gewünscht, daß du eines Tages wieder ...« Diesmal verstummte sie und senkte den Kopf. Es war keine Lüge, sie hatte Rodja wirklich aus ganzer Seele gewünscht, daß er glücklich war. Aber jetzt konnte sie es nicht aussprechen. »Dann ... dann wird es also bald eine junge Frau Masslejewa geben ...«

»Sie heißt Tanja, und sie ist sehr lieb«, hörte sie Rodja sagen. »Ihr Vater ist Arzt wie meiner. Ich dachte, es wäre gut, einen Menschen zu haben, der zu einem gehört, dazu ein Zuhause und vielleicht Kinder. Das verstehst du doch, nicht wahr?«

Natürlich verstand sie es. Aber es tat entsetzlich weh. Eine andere Frau, die Rodja umarmte, eine andere, der seine Wärme galt, die mit ihm lachte und ihn tröstete, wenn er traurig war ...

»Dann liebst du sie bestimmt sehr«, brachte Swetlana schließlich hervor, und etwas in ihr zwang sie, ihn dabei voll anzusehen. Sie wollte die Bestätigung in seinem Gesicht lesen, um dann endgültig zu begreifen, daß er für sie verloren war. Vielleicht starb dadurch auch ihre Sehnsucht, wenn sie kein Echo mehr fand.

Aber Rodja Masslejew sagte: »Sie verdiente es, daß ich sie wirklich liebe. Sie ist reizend, und ich habe sie sehr gern. Sie weiß von dir; ich habe ihr alles erzählt, und sie meint, daß ihre Zuneigung für uns beide und unser ganzes Leben ausreichen wird.«

Sie hatten nicht darauf geachtet, daß die Pause zu Ende ging und die Besucher auf ihre Plätze zurückkehrten. Deshalb schraken sie zusammen, als die Tür zum Wandelgang geöffnet wurde und Irina mit ihren beiden Begleiterinnen hereinkam. Mit neugierigen Augen blickten sie zwischen Swetlana und Rodja hin und her. Er zog Swetlanas Hand an die Lippen.

»Leben Sie wohl, Swetlana Pawlowna. Es hat mich sehr gefreut, daß ich Sie noch einmal wiedergesehen habe«, sagte er förmlich und verneigte sich leicht vor den drei anderen Damen. Dann verließ er den Vorraum.

»War das nicht Herr Masslejew?« fragte Irina, und Swetlana nickte. »Er hat sich von mir verabschiedet, weil er demnächst auf die Krim zurückkehrt, um dort zu heiraten.«

»Ach ...« Irina runzelte die Stirn. Natürlich wußte sie, wie ihre Schwester seinerzeit zu Rodja gestanden hatte. »Warum hat er dir das überhaupt erzählt?«

Swetlana lächelte mit steifen Lippen. »Er wollte wohl, daß ich mir keine Gedanken mehr um ihn mache. Was ich natürlich ohnehin nicht mehr getan habe«, fügte sie betont nebensächlich hinzu.

3. Kapitel

Als das Zarenpaar dieses Mal schon im März seine Abreise nach Liwadja vorbereitete, wäre Swetlana am liebsten in St. Petersburg geblieben. Aber sie wußte nicht, wie sie der Zarin diesen Wunsch begreiflich machen konnte. Hätte sie ihr sagen sollen: »Rodja Masslejew heiratet in diesem Frühjahr in Jalta, und ich habe Angst, ihm und seiner Frau zufällig zu begegnen ...«

Swetlana glaubte nicht, daß Alexandra Fjodorowna dies hätte gelten lassen. Also gab sie schweren Herzens den Auftrag, ihre und Fjodors Koffer zu packen. Daß diesmal wenigstens das Kind sie begleitete, gab ihr ein wenig Auftrieb. Leonid wurde in St. Petersburg festgehalten. Es war gleich zu Anfang des Jahres zu neuen Streiks und Unruhen gekommen, und der Reichsrat, dessen Mitglied er war, verhandelte in endlosen Sitzungen über die Möglichkeiten, wie man der Lage Herr werden könne – mit oder ohne Unterstützung des Abgeordnetenparlaments, der Duma.

»Aber ich folge dir nach Liwadja, sobald ich hier abkömmlich bin«, versprach Leonid seiner Frau spöttisch zum Abschied. »Und ich weiß, du wirst die Tage bis dahin zählen. Welch ein erhebendes Gefühl für einen Mann, zu wissen, daß er von seiner liebenden Gattin schmerzlich vermißt wird.«

»Ganz gewiß«, erwiderte sie und hoffte, daß ihr Ton genauso zynisch klang wie seiner.

Fjodors Erzieher Friedrich von Solln und sein Reit- und Fechtlehrer Jewgenij Schipow, der ihn seit letztem Frühjahr auch im Pistolenschießen unterwies, blieben ebenfalls in St. Petersburg, da die Zarin Leonid erklärt hatte, sein Sohn könne ebenso gut von den Lehrern des Zarewitsch unterrichtet werden.

Wegen der frühen Jahreszeit, in der es häufig noch Stürme und unruhige See gab, reisten die kaiserliche Familie und der Hof diesmal nicht mit der Yacht ›Standart‹, sondern mit einem Sonderzug bis Sewantopol.

Von dort waren es keine hundert Werst nach Liwadja, und Swetlana genoß die Weiterfahrt im Auto trotz der langen Bahnreise, die hinter ihr lag.

In Petersburg war noch alles grau in grau gewesen, der Himmel, das Wasser, und es hatte ein feucht-kaltes Wetter geherrscht. Doch hier spannte sich der Himmel klar und blau über der Landschaft, und Bäume und Sträucher hatten dicke Knospen angesetzt und ausgetrieben.

Swetlana, Irina, Fjodor und die Prinzessin Lara Kaschubina, gerade achtzehnjährig und im Winter zur Hofdame der Zarin ernannt, teilten sich einen Wagen. Swetlana saß am Fenster und hatte den Arm um ihren Sohn gelegt. Er war voller Aufregung; er konnte es kaum erwarten, wieder in Liwadja zu sein, an das er sich von früheren Aufenthalten her noch gut erinnerte.

Er brannte darauf, das Meer zu sehen, und fragte seine Mutter, wie lange es denn noch bis dahin dauerte.

»Nicht mehr sehr lange. Wenn wir die Stadt Balaklawa hinter uns haben, kommt noch der Bajdar-Paß, und dann kannst du das Meer sehen.«

»Balaklawa ist eine sehr alte Stadt, nicht wahr, *maman*? Herr von Solln hat mir erzählt, daß sie von den Skythen gegründet wurde und Homer sie in seiner ›Odyssee‹ erwähnt hat.«

Lächelnd strich Swetlana ihrem Sohn das helle Haar aus der Stirn. »Was du schon alles weißt, Fjodorenka! Herr von Solln bringt dir wirklich sehr viel bei.«

»Das tut er. Aber er ist auch ziemlich streng. Ich mag ihn nicht besonders, weil er immer so mürrisch ist und sofort ärgerlich wird, wenn ich etwas nicht gleich begreife. Ich bin froh, daß er in Petersburg geblieben ist.«

Sie drückte ihn an sich. »Aber wenn wir heimkommen, wird Herr von Solln dich prüfen, ob du auch hier fleißig gelernt hast. Also bilde dir nicht ein, daß du hier nur spielen und herumtoben kannst. Die Lehrer von Großfürst Alexej werden schon darauf achten, daß du gewissenhaft dein Schulpensum erledigst.«

Sie durchfuhren Balaklawa, und danach führte die Straße in unzähligen Serpentinen wieder steil bergauf. Dann passierten sie die Bajdar-Pforte, die in die Felsen geschlagen worden war, und gleich darauf lag das blaue, in der Sonne glitzernde Meer zu ihren Füßen.

Fjodor jubelte vor Begeisterung. »Oh, wie schön, *maman*! Sehen Sie nur – dort ist ein Schiff. Das fährt bestimmt nach Jalta.«

»Ich sehe es, mein Herzchen.«

»Und wie grün dort unten alles ist! Bestimmt blühen die Obstbäume in den Gärten. Und was glauben Sie? Werden wir auch einmal mit einem Schiff aufs Meer fahren?«

»Ganz gewiß. Vielleicht sogar mit der kaiserlichen Yacht. Ich habe gehört, daß sie hierher nachkommen soll.«

»Aber ich möchte auch wieder einmal nach Jalta. Dort ist alles so bunt und laut und lustig ... Wirklich, *maman*, ich liebe Jalta und möchte es gern wiedersehen.«

Er sprach französisch mit ihr, und Swetlana verspürte, wie jedesmal, wenn er das tat, einen leisen Stich. Sie liebte die russische Sprache. Aber Leonid hatte darauf bestanden, daß das Kind von seinem vierten Lebensjahr an französisch lernte. Und inzwischen war Fjodor recht stolz darauf, daß er die fremde Sprache so gut beherrschte. Darum ließ Swetlana ihn gewähren. Aber trotzdem – konnte etwas vertrauter und zärtlicher klingen als das Russische?

»Ganz gewiß werden wir irgendwann auch nach Jalta fahren«, versprach sie ihrem Sohn und küßte ihn auf die Wange.

»Und schon bald«, ergänzte Irina, die das Gespräch verfolgt hatte. »Wie mir Ihre Majestät sagte, wird Vater Grigorij morgen oder übermorgen dort eintreffen, und die Zarin wird ihn sicherlich sogleich sehen wollen.« Sie stieß einen Seufzer aus. »Oder Ihre Majestät lädt ihn nach Liwadja ein. Das wäre ohnehin das Beste.«

Irinas Stirn war schweißfeucht, und sie wischte sich mit einem Spitzentaschentuch über das Gesicht. Swetlana betrachtete ihre Schwester mit plötzlicher Beunruhigung. »Was ist los mit dir, Irinenka? So heiß ist es doch gar nicht. Fühlst du dich nicht gut?«

Die Jüngere wandte sich ihr zu, und Swetlana entdeckte erschrocken die bläulich verfärbten Lippen und die tiefe Blässe ihrer Schwester.

»Ach, es ist nichts Besonderes«, entgegnete Irina. »Mir wird manchmal ein wenig schwindelig, und dann bekomme ich schlecht Luft. Aber ich soll mich nicht ängstigen, sagt Vater Grigorij. Er hat versprochen, für mich zu beten.«

Swetlana befühlte Irinas Stirn und griff anschließend nach ihrer Hand. »Du bist eiskalt«, stellte sie fest. »Und trotzdem bricht dir der Schweiß aus. Das ist doch nicht normal. Du solltest lieber zu einem Arzt gehen und dich gründlich untersuchen lassen. Dr. Botkin, der Leibarzt der Zarenfamilie, ist ein sehr gewissenhafter Mann. Bitte, wende dich an ihn.«

Irina winkte ab. »Das ist nicht notig. Wenn Vater Grigorij für mich betet, wird es schon vergehen.«

Swetlana sah, wie mühsam sie Atem holte, und ihre Besorgnis wuchs. Sie wandte sich an den Chauffeur. »Halten Sie irgendwo an, wenn es möglich ist. Meine Schwester muß ein wenig frische Luft haben.«

»Gewiß, Euer Gnaden«, antwortete der Mann. »Gleich kommt ein Tunnel, und dahinter gibt es eine kleine Kirche mit einem Vorplatz. Dort kann ich den Wagen abstellen.«

Irina widersprach nicht mehr, und sie stützte sich schwer

auf Swetlana, als der Wagen hielt und diese ihr beim Aussteigen half. Swetlana führte ihre Schwester zu einem bemoosten Felsbrocken, auf den sie sich setzen konnte. Ein Wacholderbusch, der dahinter wuchs, bot ein wenig Schatten.

Der Chauffeur brachte eine Taschenflasche mit Wasser. »Trinken Sie das, Euer Gnaden, dann wird Ihnen besser werden.« Er lachte gutmütig. »Diese vielen Serpentinen hinauf und hinunter verträgt nicht jeder. Sie sind nicht die erste Dame, der dabei übel geworden ist.«

Gehorsam nahm Irina ein paar Schlucke, und allmählich kehrte ein wenig Farbe in ihr Gesicht zurück. Auch die beängstigende Blaufärbung der Lippen verschwand. Sie lächelte Swetlana an.

»Es tut mir leid, daß ich dir einen solchen Schrecken eingejagt habe. Laß mich noch ein paar Minuten hier sitzen und den Ausblick genießen, dann bin ich wieder in Ordnung.«

Aber es war nichts in Ordnung. Zwar erholte Irina sich dieses Mal wirklich ziemlich rasch, und der Rest der Fahrt verlief ohne weiteren Zwischenfall. Auch in den nächsten drei Tagen erschien sie gesund und von ihrer üblichen leisen Heiterkeit erfüllt, und sie bestand darauf, mit der Zarin, Swetlana und der Wyrubowa nach Jalta zu fahren, wo Rasputin indessen eingetroffen war und im ›Rossia‹, dem besten Hotel der Stadt logierte.

Swetlana verspürte keine Lust, mit Rasputin zusammenzutreffen, aber es blieb ihr nichts anderes übrig.

Man hatte für die Zarin und ihre Begleitung einen Salon im ›Rossia‹ hergerichtet. Die Geheimpolizisten, die sie wie immer begleiteten, durchsuchten ihn und den Seiteneingang, durch den der in Rosé, Weiß und Gold eingerichtete Raum betreten werden konnte, und postierten sich dann vor der Tür.

Rasputin, mit gestutztem Haar und Bart, in einen seidenen Kaftan, Kosakenhosen aus feinstem Tuch und kniehohe Stiefel aus Juchtenleder gewandet, begrüßte die Zarin nach seiner Art mit zwei schallenden Küssen auf beide Wangen und nannte sie ›Mama‹, wie er es immer tat. Für Swetlana hatte er nur einen Blick und ein »Guten Tag, Fürstin«, übrig, während er Irina und die Wyrubowa wiederum an seine mächtige Brust drückte und sie abküßte.

Swetlana, die seit Irinas Schwächeanfall ihre Schwester mit ständiger Besorgnis beobachtete, gewahrte, wie die Jüngere sich bei Rasputins Umarmung verfärbte. Hitze stieg in ihre Wangen, und Swetlana schien es, als ob der bärtige Wunderheiler sie für einen Moment fester an sich drückte, als es bei der Wyrubowa der Fall gewesen war.

Es wurden Tee und kleine Kuchen serviert, und Rasputin aß und trank in seiner üblichen gierigen Art, indem er den Tee schmatzend schlürfte und sich Kuchen, ohne ihn zu zerteilen, in den Mund stopfte.

»Es ist gut, Mama, daß Ihr mich hergerufen habt«, erklärte er. »Ich weiß nicht, wieso, aber eine Stimme in meinem Inneren sagt mir, daß Ihr bald meine Hilfe brauchen werdet.«

»Ich brauche immer Ihre Hilfe, Vater«, entgegnete die Zarin und schenkte ihm ein hingebungsvolles Lächeln. »Sei es durch Ihre Gebete oder durch Ihre Taten.«

»Es ist Gottes Gnade, daß Ihr das erkennen könnt«, erwiderte er und warf Swetlana einen funkelnden Blick zu. »Aber ich sehe Gefahren für Euch, Mama. Nicht alle in Eurer Umgebung begreifen, wie gut ich es mit Euch meine und wie sehr Ihr mich nötig habt.«

»Was für Gefahren?« fragte die Zarin alarmiert. »Haben wir nicht alles getan, wozu Sie uns rieten? Sie sind unser guter Engel, das wissen Papa und ich. Wie könnten wir etwas wollen, das im Gegensatz zu Ihrer von Gott inspirierten Meinung steht!«

»Ja, wahrhaftig!« Er umklammerte sein goldenes Brustkreuz. »Es ist der ewige Gott, der mich leitet und erleuchtet, so daß ich weiß, was für Euch gut ist.«

Irina stieß plötzlich einen ächzenden Laut aus, der die Köpfe zu ihr herumfahren ließ. Sie griff sich ans Herz, rang mit weit geöffnetem Mund nach Luft und sank dann seitlich von ihrem Stuhl. Ihr Gesicht war bleich wie der Tod, und sie versuchte röchelnd Atem zu holen.

Swetlana war als erste bei ihrer Schwester, hob ihren Oberkörper an und öffnete den Stehkragen ihrer Bluse. »Rasch, einen Arzt!« rief sie, während sie angstvoll sah, wie Irinas Hände sich in den dünnen Blusenstoff krallten, als litte sie unter Erstickungsnot.

Rasputin war ebenfalls aufgesprungen. »Keinen Arzt«, befahl er entschieden. »Ich werde dem Schwänchen helfen.«

Er beugte sich über Irina, die das Bewußtsein verloren hatte, was ihre verdrehten Augäpfel verrieten, und strich mit seinen Händen mehrmals über ihren Brustkorb. »Du mußt atmen, Irinenka ...« Seine Stimme klang tief und beschwörend. »Tief atmen. Komm, tu, was ich dir sage. Dein Herzschlag beruhigt sich, die Luft kehrt in deine Lungen zurück. Spürst du's? Ganz leicht, ganz ruhig wird alles in dir, denn du kannst wieder Atem holen. Irina Lasarowa, hörst du mich? Tu, was ich dir sage!«

Irina keuchte, die Hände noch immer in ihre Bluse verkrallt. Doch während Rasputin weiter auf sie einsprach, lösten sich ihre Finger, und ihr verzerrtes Gesicht entspannte sich. Ihre Augen bekamen wieder Blick, und sie schaute Rasputin und Swetlana an, die über sie gebeugt waren. »Was war das?« flüsterte sie, und Swetlana wäre vor Erleichterung fast in Tränen ausgebrochen.

»Ich denke, du hattest einen Herzanfall, Liebes. Du mußt sofort zu einem Arzt gebracht werden.«

Rasputin lachte. »Wozu? Sie hat doch mich!«

Swetlana hielt seinem Blick stand. »Sie mögen die augenblicklichen Symptome heilen können. Das ist unbestritten. Aber die Ursachen können Sie nicht beheben. Darum bestehe ich darauf, daß meine Schwester zu einem Arzt gebracht wird.«

»Gott vermag durch mich mehr als jeder Mediziner«, knurrte Rasputin, aber er hinderte Swetlana nicht daran, in der Halle des ›Rossia‹ nach einem Arzt zu telefonieren.

Er kam zehn Minuten später, stellte sich als Dr. Jossip Tschernitschow vor und erklärte nach einer kurzen Untersuchung, daß die Patientin in seine Praxis gebracht werden müsse, um dort weitere diagnostische Maßnahmen durchzuführen.

Swetlana bat die Zarin, ihre Schwester in die Arztpraxis begleiten zu dürfen, und setzte sich neben Irina auf den Rücksitz des Wagens, mit dem Dr. Tschernitschow gekommen war.

Er hatte seine Praxis in der Innenstadt in einem weißen Haus mit einem von Säulen getragenen Portal, dessen Fassade von wildem Wein umrankt war. Dr. Tschernitschow rief nach seiner Helferin, einer älteren stämmigen Frau in Schwesterntracht, die sogleich Irinas Arm nahm und sie fürsorglich stützte, während sie sie in die Untersuchungsräume führte. Der Arzt bat Swetlana, solange in der Halle Platz zu nehmen, die mit den farbenfrohen Teppichen auf dem Mosaikboden, einem Springbrunnen in der Mitte und den breit ausladenden Sofas mit bestickten Kissen einen orientalischen Eindruck machte.

An der Stirnseite des Raumes hing ein lebensgroßes Pastellbild. Es stellte ein zartes, wunderhübsches junges Mädchen dar, mit sanften, melancholischen Augen und dunklen Haaren, das in einem Sessel beim Fenster saß. Das Bild war meisterhaft, und Stil und Farbgebung sowie das Spiel von Licht und Schatten erinnerten Swetlana an Rodjas Arbeiten. Sie trat näher heran, und da entdeckte sie in der rechten Ecke seinen Namenszug.

»Sie heißt Tanja«, hörte Swetlana ihn im Geist sagen, »und sie ist sehr lieb. Ihr Vater ist Arzt wie meiner.«

Stellte dieses Bild etwa Rodjas Braut dar?

Swetlana fühlte, wie ein Zittern sie überkam. Doch dann rief sie sich zur Ordnung. Es gab sicherlich ein gutes Dutzend Ärzte in Jalta, und dieses Bild mochte eine Auftragsarbeit für Rodja gewesen sein – oder Dr. Tschernitschow hatte es ihm abgekauft, weil es ihm so gut gefiel.

Trotzdem – es war ein seltsames Gefühl, so unvermittelt vor einem Gemälde zu stehen, das Rodja geschaffen hatte.

Im Oberstock wurde eine Tür geöffnet und wieder geschlossen. Dann kamen langsame Schritte die Treppe hinunter. Eine ältere Frau in schwarzer Kleidung war es, die sich beim Gehen auf das Geländer stützte. Sie stockte, als sie Swetlana entdeckte. »Oh, ich wußte nicht, daß jemand zu Besuch gekommen ist. Oder sind Sie eine Patientin meines Mannes?«

»Meine Schwester ist es«, erwiderte Swetlana. »Sie ist bei Ihrem Gatten in der Ordination. Ich warte hier auf sie.«

»Ach so ...« Die Frau kam die letzten Stufen hinunter. Sie deutete auf das Porträt, vor dem Swetlana immer noch stand. »Gefällt Ihnen das Bild? Es stellt unsere Tochter dar ... Sie ist vor einem Monat gestorben.«

»Das tut mir sehr leid«, sagte Swetlana betroffen, und Frau Tschernitschow ging zu dem Sessel, der schräg vor dem Bild stand, und setzte sich.

»Hier bin ich oft«, gestand sie. »Mein Mann schilt deswegen mit mir. Ich soll mir unsere Tanja nicht dauernd ansehen. Aber es hilft mir. Es ist besser, als wenn ich an ihrem Grab stehe. Dort weine ich nur. Doch hier kann ich mit ihr reden. Ich erzähle ihr, wie sehr sie mir fehlt und wie gern ich an ihrer Stelle gestorben wäre. Manchmal höre ich dann sogar, wie sie mir Antwort gibt.« Sie blickte Swetlana aus den gleichen dunklen Augen an, wie sie das Mädchen auf dem Bild hatte. »Haben Sie Kinder?«

»Ja, einen Sohn ... Er ist fast zwölf Jahre alt.«

»Tanjuschka war achtzehn, als sie starb. Sie ist bei einer Bootsfahrt ertrunken. Es kam ein Unwetter, so schnell, daß es sie auf dem Meer überraschte. Das Boot ist gekentert. Ihr Verlobter hat versucht, sie zu retten, aber als er sie an Land brachte, lebte sie nicht mehr. Mein Mann sagt, sie müsse sofort tot gewesen sein. Sie hat Wasser in die Lunge bekommen.« Die Tschernitschowa senkte den Kopf. »Glauben Sie an Gott?«

»Ja«, erwiderte Swetlana gepreßt.

»Ich nicht mehr«, sagte die Tschernitschowa leise. »Nicht mehr seit diesem Tag. Wenn es Gott gibt, müßte ich ihn verfluchen. Aber ich denke, daß er gar nicht existiert, dieser angebliche Gott der Liebe, wie es uns weisgemacht wurde. Wie hätte er sonst so etwas geschehen lassen können? Aber es ist hart, nicht mehr an Gott zu glauben. Denn dann stimmt auch alles andere nicht, was sie in der Kirche predigen. Dann gibt es kein Weiterleben und kein Wiedersehen nach dem Tod. Meine Tanja ist fort, und ich habe sie für alle Zeit verloren, auch wenn ich mir manchmal einbilde, daß sie mit mir spricht, wenn ich hier vor ihrem Bild sitze.«

Swetlana hätte ihr gern irgend etwas Tröstliches gesagt, aber angesichts des Kummers im Gesicht der Älteren schienen ihr alle Worte leer und abgeschmackt.

»An Ostern wollten sie heiraten, meine Tanja und ihr Verlobter«, fuhr die Tschernitschowa fort. »Sie hätte es gut bei ihm gehabt. Rodja ist ein lieber Mensch. Er kommt mich fast alle Tage besuchen, und dann fährt er mit mir zu Tanjuschkas Grab. Es ist nicht weit, aber ich fühle mich so schwach seit ihrem Tod. Da ist es besser, wenn ich den Weg nicht zu Fuß gehen muß.«

Sie hob den Kopf und blickte Swetlana aus stumpfen Augen an. »Sie sagen, es würde besser im Lauf der Zeit. Man würde lernen, mit solch einem Schmerz zu leben. Aber ich will es gar nicht mehr lernen. Es ist so mühsam, und ich bin so schrecklich müde. Ich möchte auch auf dem Friedhof liegen. Dann fühlt man nichts mehr, denkt an nichts mehr ... Das ist nämlich das Schlimmste daran, daß man immerfort das gleiche denkt: Tanja ist tot. Man hat dir dein Kind genommen. Es kommt nie, nie wieder ... Warum kann man nicht einfach aufhören, zu denken?«

»Das tut mir alles sehr leid«, sagte Swetlana wieder. »Ich wünschte, ich könnte Ihnen helfen.«

Tanjas Mutter erhob sich. »Hoffentlich zürnen Sie mir nicht, daß ich Ihnen das Herz schwer gemacht habe. Ich nehme mir immer vor, niemandem von meinem Kummer zu erzählen. Aber als ich Sie vor dem Bild sah ...«

»Ich kann Sie gut verstehen«, erwiderte Swetlana rasch. »Ich glaube, wenn ich meinen Fjodorenka hergeben müßte, erginge es mir nicht anders als Ihnen.«

Dr. Tschernitschow kam in die Halle. Als er seine Frau erblickte, trat ein besorgter Ausdruck in seine Augen. »Hier bist du, Galina! Ist alles in Ordnung?«

»Ja, ja«, murmelte sie und wandte sich zu einer zweiflügeligen Glastür im Hintergrund. »Ich wollte nur ein paar Osterblumen schneiden und sie vor Tanjuschkas Bild stellen. Ich wußte nicht, daß du eine Patientin hast, Jossip. Die Dame und ich haben uns ein Weilchen unterhalten.« Sie nickte Swetlana zu. »Leben Sie wohl, meine Liebe. Seien Sie so glücklich, wie es möglich ist. Es kann von einer Stunde auf die andere vorbei sein.«

Als sie gegangen war, wandte der Arzt sich an Swetlana. »Ihre Schwester ist noch sehr schwach. Darum würde ich sie gern bis morgen abend in ein Krankenhaus einweisen. Im Katharinen-Spital stehen mir einige Betten zur Verfügung. Auf diese Weise kann man auch besser beobachten, wie die Medikamente anschlagen, die ich ihr verordnet habe.«

»Selbstverständlich, Dr. Tschernitschow«, stimmte sie zu. »Tun Sie alles, was Sie für richtig halten.«

Er deutete auf eine Sitzgruppe neben der Gartentür und wartete, bis Swetlana Platz genommen hatte. Dann setzte er sich ihr gegenüber. »Ihre Schwester hat mir erzählt, daß sie im vergangenen Herbst eine heftige Angina durchgemacht hat. Es ist gar nicht so selten, daß etwas davon im Körper zurückbleibt und das Herz schädigt. Ich bin ziemlich sicher, daß ihre massive Herzschwäche daher rührt. Aber wenn sie sich schont und regelmäßig ihre Medikamente einnimmt, kann man das einigermaßen in den Griff bekommen.«

»Einigermaßen?« wiederholte Swetlana. »Das heißt wohl, daß meine Schwester nie mehr ganz gesund wird.«

»Ich bedaure, daß ich das bestätigen muß. Aber ich halte nichts von Schönfärberei, Fürstin. Ihre Schwester und ebenso die Menschen in ihrer Umgebung müssen wissen, daß sie herzkrank ist, damit die nötige Vorsicht nicht außer acht gelassen wird.« Er warf ihr ein kurzes ermutigendes Lächeln zu. »Dann freilich wird sie sich in begrenztem Maße einer – sagen wir – zufriedenstellenden Gesundheit erfreuen.«

»Kann ich jetzt zu ihr?« fragte Swetlana, und der Arzt nickte.

»Natürlich. Nur bleiben Sie nicht zu lange. Ich werde indessen ihren Transport ins Katharinen-Spital in die Wege leiten.«

Irina war leichenblaß, als Swetlana zu ihr an die Ottomane trat, die in Dr. Tschernitschows Sprechzimmer stand. »Ich möchte nicht ins Krankenhaus«, stieß sie hervor. »Ich will nach Liwadja. Es geht mir schon wieder recht gut, Swetlana, wirklich.«

»Es ist doch nur bis morgen abend«, tröstete Swetlana sie und nahm ihre Hand. »Bitte, Irinenka, sei vernünftig. Dieser Dr. Tschernitschow scheint ein sehr gewissenhafter Arzt zu sein. Tu, wozu er dir rät. Ich komme nachher noch einmal zu dir, um dir ein paar Sachen zu bringen und mit dir zu plaudern, falls du nicht zu müde dazu bist. Und morgen besuche ich dich wieder.«

Irinas Augen füllten sich mit Tränen. »Ich hasse es, krank zu sein!«

»Wer haßt das nicht? Doch wenn du jetzt tust, was Dr. Tschernitschow dir rät, bist du bald wieder gesund.«

»Das werde ich viel rascher, wenn Vater Grigorij sich um mich kümmert. Er hat es mir versprochen, und ich glaube an ihn.«

Swetlana strich ihr das Haar aus der Stirn, »Ja, natürlich, Irinenka. Wenn du es wünschst, wird Vater Grigorij zu dir kommen, sobald du wieder in Liwadja bist. Ihre Majestät wird ihn sicherlich darum bitten. Aber zunächst gehst du in dieses Krankenhaus, damit Dr. Tschernitschow die Wirkung seiner Medikamente beobachten und sie richtig dosieren kann. Bitte, mir zuliebe ...«

Irina wischte sich die Tränen ab. »Meinetwegen. Aber ich schwöre dir, ich bleibe dort keine Stunde länger als bis morgen abend.«

»Das mußt du auch nicht.« Swetlana zwang sich zu einem Lächeln. »Ich hole dich selbst ab, einverstanden?«

Dr. Tschernitschow wartete in der Halle auf sie. »Der Krankenwagen wird in ein paar Minuten hier sein. Wenn Sie wollen, kann ich Sie mit meinem Wagen mitnehmen, Fürstin. Ich fahre hinterher.«

Swetlana bedankte sich für sein Anerbieten, lehnte es aber ab, da sie erst ins ›Rossia‹ zurückwollte, um die Zarin über Irinas Krankenhausaufenthalt zu informieren und anschließend ein paar Sachen für ihre Schwester zusammenzupacken.

Als sie drei Stunden später im Katharinan-Spital eintraf, fand sie Dr. Tschernitschow noch bei Irina vor. Er saß in einem Lehnstuhl an ihrem Bett und stand auf, als Swetlana, von einer Pflegerin begleitet, eintrat. Irina lag allein in einem schmalen weiß getünchten Zimmer. Es war spärlich möbliert, hatte aber ein paar helle, freundliche Bilder an den Wänden und bunt gewebte Vorhänge vor dem einzigen Fenster.

»Es geht ihr besser«, sagte Tschernitschow und beugte sich noch einmal über die Kranke, um ihre Herztöne abzuhören. »So schnell hatte ich das gar nicht erwartet. Aber sie spricht gut auf die Medikamente an.« Er wandte sich an die Pflegerin. »Wenn sie Appetit hat, bringen Sie ihr eine leichte Mahlzeit. Und für die Nacht lasse ich Ihnen ein Schlafmittel für sie da, Schwester Jelena. Ansonsten geben Sie ihr die Tropfen, wie ich sie verordnet habe.« Er verbeugte sich vor Swetlana. »Gute Nacht, Fürstin. Ich wünsche Ihnen beiden eine angenehme Ruhe. Morgen früh komme ich wieder.«

Er war kaum gegangen, als Irina sich in ihrem Bett aufrichtete. »Es geht mir wirklich besser. Hast du mit Vater Grigorij gesprochen, Swetlana? Bestimmt liegt es an ihm, daß ich mich schon so viel wohler fühle. Bitte,sag ihm, daß er an mich denken soll. Dann werde ich wieder ganz gesund.«

»Ja, ja, mein Liebes«, versprach Swetlana wider besseres Wissen, um die Kranke nicht aufzuregen. »Ich werde ihm sagen, daß du seine Hilfe brauchst.«

»Dann wird alles gut.« Irina ließ sich in die Kissen zurücksinken. »Ich benötige keinen Arzt, nur Vater Girgorijs Gebete.«

Swetlana blieb noch eine Weile bei ihr, bis sie merkte, daß Irina müde wurde. Sie küßte sie zum Abschied. »Gott sei mit dir, mein Liebes. Schlaf gut.«

Als sie hinausging, überkam sie tiefe Traurigkeit. Irinenka, ihre kleine Schwester ... Sie war ein so liebes, fröhliches Kind gewesen. Nicht laut, nicht lärmend, aber von einer stillen Heiterkeit erfüllt, die auf ihre Umgebung abstrahlte. Wie glücklich war Irina gewesen, als sie endlich als letzte der drei Lasarow-Töchter bei Hof vorgestellt wurde, und wie stolz, als die Zarin sie kurz darauf zu ihren Edeldamen berief. Und nun war Irina so beängstigend krank.

Wir Lasarows haben nicht viel Glück im Leben, dachte Swetlana niedergeschlagen. Wir sind zwar in einem reichen, warmen Nest aufgewachsen, jedenfalls was den Reichtum unserer Familie angeht. Und ich bin nicht so weltfremd, daß ich das nicht zu schätzen wüßte. Dennoch betrügt das Schicksal uns um vieles andere.

Sie dachte an Jurij, ihren Bruder, der bei Nacht und Nebel ins Ausland hatte fliehen müssen, weil seine Nina die Schwester eines von der Polizei gesuchten Anarchisten war, den Jurij mit Geldmitteln unterstützt hatte. Inzwischen lebten die beiden in Paris. Sie hatten ihre kleine Raissa bekommen, und Jurij arbeitete als Portier in einem renommierten Hotel. Sie hatten eine, wie er schrieb, recht annehmbare Wohnung in der Rue St. Honoré.

Swetlana erhielt nicht oft Post von ihm, weil es zu gefährlich war, sie direkt an ihre Adresse zu schicken. Nach Jurijs Flucht war Swetlana einige Male von den Beamten der Ochrana verhört worden, doch sie hatte ihnen glaubhaft versichern können, daß sie weder etwas von Jurijs Kontakten zu Ninas Bruder noch von seiner Flucht gewußt habe. Dennoch hielten sie und Jurij es für besser, über Dritte miteinander zu korrespondieren. Irgend jemand brachte die Briefe aus Paris mit, leitete sie an einen Freund in St. Petersburg weiter, der sie dann Swetlana persönlich übergab.

Sie wünschte sehr, einmal nach Paris zu fahren, um ihren Bruder wiederzusehen, aber das wäre ihr nur möglich gewesen, wenn sie mit dem Zarenpaar nach Frankreich reiste. Andernfalls hätte Leonid ihrer Absicht ein kategorisches Nein entgegengesetzt, um sie einmal mehr spüren zu lassen, daß er immer noch Macht über sie hatte.

Indessen haßte Swetlana ihren Mann – mit einer kalten,

tödlichen Inbrunst, die sie selbst erschreckte. »Haß ist ein zweischneidiges Schwert«, hatte Vater Anatolij, der alte Pope von Kowistowo, einmal gesagt. »Es durchbohrt nicht nur denjenigen, den man haßt, sondern ebenso die eigene Brust, so daß man sich niemals wirklich frei fühlen kann.« Er hatte recht ...

Aber was sollte Swetlana für den Mann, den sie geheiratet hatte, anderes empfinden als Haß?

Wirklich, dachte sie abermals, trotz allen äußeren Scheins haben wir Lasarow-Kinder nicht viel Glück im Leben.

Die einzige Ausnahme bildete Xenia, ihre tapfere, zielstrebige Schwester. Sie hatte sich keiner Konvention, keinem gesellschaftlichen und elterlichen Diktat gebeugt, sondern den Weg eingeschlagen, den sie für sich als richtig erkannt hatte. Darum war Xenias Dasein jetzt fraglos ausgefüllter und glücklicher als das ihrer Geschwister.

Den richtigen Weg einschlagen ... Das sagte sich so leicht. Doch wer wußte schon immer, wo er war?

Die Zarin hatte Swetlana nach Irinas Erkrankung für zwei Tage beurlaubt, und da es ein milder, schöner Frühlingsabend war, beschloß sie, zu Fuß zum ›Rossia‹ zurückzukehren, wo sie sich für die Nacht ein Zimmer genommen hatte.

Während des etwa halbstündigen Wegs dachte sie an Rodja. Was Galina Tschernitschowa ihr erzählt hatte, ließ keinen Zweifel daran, daß er mit dem Mädchen verlobt gewesen war, dessen Bild in der Halle des Tschernitschowschen Hauses hing. Wie mochte Rodja es jetzt, nach dem Tod seiner Braut, zumute sein?

Einem jähen Impuls folgend, betrat Swetlana ein türkisches Kaffeehaus, bestellte sich einen Mokka und fragte den Wirt, der ihn ihr brachte, ob sie sein Telefon benutzen dürfe.

Der Mann führte sie in einen schmalen Korridor neben der Küche, wo der Apparat an der Wand hing. Ein Telefonverzeichnis lag auf einem Tischchen daneben. Swetlana schlug es auf, fand den Namen Rodjon Masslejw darin verzeichnet und ließ sich vom dem örtlichen Telefon- und Telegrafenamt die Verbindung herstellen. Zwei Minuten später hörte sie Rodjas Stimme. »Ja, bitte?« fragte er.

»Ich bin es, Swetlana ...« Sie flüsterte fast, als könne jemand mithören und die ungeheuerliche Tatsache weitertragen, daß sie Verbindung zu Rodja aufgenommen hatte.

»Wer ist da?« Seine Stimme klang ungläubig.

Sie lehnte sich gegen die Wand, die mit einer schmutziggelben Ölfarbe gestrichen war, die an vielen Stellen abblätterte. »Swetlana«, wiederholte sie. »Ich bin hier in Jalta, und ich habe von Frau Tschernitschowa erfahren, was geschehen ist. O Rodja, es tut mir so leid ... Ich mußte dich einfach anrufen, um dir das zu sagen. Wie geht es dir? Bist du sehr unglücklich?«

Sie hörte seinen Atem. Dann sagte er: »Ja. Ich fühle mich schuldig an Tanjas Tod. Ich wußte, daß sie nicht besonders gut schwimmen konnte, und habe sie zu dieser Bootsfahrt überredet. Seitdem verfluche ich mich ...«

Er brach ab, und Swetlanas Hand schmerzte, so fest umklammerte sie den Hörer des Telefons. Die Schwingtür zur Küche flog auf, und ein Mädchen mit einem Tablett voller Speisen kam heraus. Es warf Swetlana einen neugierigen Blick zu, bevor es im Gastraum verschwand.

»Du bist nicht daran schuld, Rodja«, sagte Swetlana schnell. »Bitte, rede dir das nicht ein. Frau Tschernitschowa hat nicht die leiseste Andeutung über so etwas gemacht.«

»Ich weiß, sie ist ein Engel. Aber ich selbst kann mich nicht freisprechen. Immer wieder frage ich mich, ob ich wirklich alles versucht habe, um Tanja zu retten.«

»Ganz gewiß hast du das. Bitte, quäle dich nicht so.«

Er schwieg ein paar Sekunden, dann fragte er mit veränderter Stimme: »Du sagst, du bist in Jalta? Von wo aus rufst du an? Kann ich dich sehen?«

Sie zögerte nur einen Augenblick, dann gestand sie sich ein, daß sie Rodja im Grunde nur deswegen angerufen hatte. Sie wollte zu ihm, wollte ihn trösten und ihm Mut zusprechen. Er brauchte sie jetzt.

»Sag mir deine Adresse. Ich nehme mir einen Mietwagen und komme zu dir.«

Wie er ihr schon in Petersburg erzählt hatte, lag sein Haus auf einem Felsvorsprung über dem Meer. Von der Landseite führte eine steile, gewundene Straße dorthin. Rodja wartete vor dem Portal, als Swetlana den Fahrer des Mietwagens entlohnte und ausstieg. Rasch ging sie auf Rodja zu. Er streckte die Arme nach ihr aus, und sie ließ sich an seine Brust fallen.

Lange standen sie so, einander festhaltend und ihre gegenseitige Nähe spürend. Endlich ließ Rodja sie los und betrachtete sie. »Du bist da«, sagte er leise. »Du bist wirklich gekommen ...«

Sein Blick hatte etwas Schreckliches. Er war so dumpf und ganz und gar verzweifelt. Dabei war es immer Rodjas strahlender, von innen heraus leuchtender Augenausdruck gewesen, der Swetlana so bezaubert hatte.

»Ja«, antwortete sie und küßte seine armen Augen. »Ich bin bei dir.«

Sie blieb die Nacht über in Rodjas Haus. Bis zum Morgengrauen saßen sie in seinem Atelier und sprachen miteinander. Das heißt, es war hauptsächlich Rodja, der redete. Er erzählte von Tanja, wie reizend sie gewesen sei, ein durch und durch guter Mensch, und wie sehr sie ihn geliebt hatte. »Sie war wie ein kleiner fröhlicher Vogel«, sagte er, »und ich habe mich immer schuldig gefühlt, weil ich ihre Zuneigung nicht in dem Maße erwidert habe, wie sie es verdiente. Trotzdem habe ich mir geschworen, sie glücklich zu machen. Und dann ist sie gestorben, ohne daß ich ihr habe helfen können. Das lastet wie ein Felsen auf mir, verstehst du das, Swetlana?«

Sie legte die Arme um ihn, als sei er ein Kind. »Natürlich verstehe ich das. Aber ihr Tod darf dir keine Schuld aufbürden. Mach dir nicht so viele schwarze Gedanken deswegen.«

»Und ihre Eltern?« widersprach er. »Sie hatten nur dieses eine Kind, und sie haben es liebgehabt. Durch Tanjas Sterben ist ihr Leben zerstört, und davon kann ich mich nicht freisprechen.«

»Das sind unsinnige Selbstvorwürfe«, widersprach sie sanft. »Bitte, sieh es doch ein.«

Sie redeten im Kreis. Rodja klagte sich an, und Swetlanas Gegenargumente fruchteten nichts. Selbstquälerisch holte er alle Gründe hervor, die ihn schuldig sprachen. Dennoch merkte Swetlana, wie er allmählich ruhiger wurde, nachdem er sich einmal alles von der Seele geredet hatte, und sie war froh darum.

Sie war nicht gekommen, um ihre Beziehung zu Rodja wieder aufleben zu lassen; sie war nur hier, um ihm zu helfen.

So blieb es auch in der Folgezeit.

Swetlana traf sich mit Rodja, so oft es ihr möglich war. Er brauchte sie, wie er vielleicht niemals zuvor einen anderen Menschen gebraucht hatte, und sie war stark genug, um ihn Schritt für Schritt aus seinem selbst gebauten Gefängnis aus Schuldgefühlen und Vorwürfen herauszuführen.

Swetlana hatte der Zarin erzählt, daß sie sich wieder mit Rodja traf, und Alexandra Fjodorowna hatte überraschenderweise sofort gesagt: »Tun Sie, wozu Ihr Herz Sie treibt, meine Liebe. Es ist nichts Unrechtes, davon bin ich überzeugt. Herr Masslejew ist ein sensibler Künstler und darum anfällig für dunkle Gedanken. Wenn Sie es schaffen, ihn davon wenigstens teilweise zu befreien, ist das von großer Wichtigkeit.«

Swetlana hatte ihr auch berichtet, daß Rodja seit Tanjas Tod nicht mehr malte, und die Zarin riet ihr: »Versuchen Sie, ihn wieder zum Arbeiten zu bewegen. Das wäre das beste Heilmittel für ihn.«

So verbrachte Swetlana ihre Tage zwischen Rodjas Haus auf den Klippen von Jalta, der Zarenfamilie und Fjodor, der hellauf begeistert von den Lehrern des Zarewitsch und besonders von Monsieur Gilliard war.

Irina tat indessen wieder Dienst bei Hof, doch Swetlana beobachtete sie voller Sorge. Die Schwester sah krank aus, und ihre häufige Kurzatmigkeit und die blauen Lippen machten Swetlana Angst.

»Nimmst du auch regelmäßig die Medikamente, die Dr. Tschernitschow dir verordnet hat?« fragte sie eines Tages, und die Jüngere schüttelte lächelnd den Kopf.

»Wozu? Ich brauche sie nicht, solange Vater Grigorij hier ist und für mich betet.«

»Gebete sind gut, aber sie ersetzen keine lebenswichtige Medizin«, widersprach Swetlana, doch Irina wollte davon nichts hören.

»Es genügt, wenn Vater Grigorij sich meiner annimmt. Ach, Swetlana, wann wirst du endlich begreifen, daß er ein von Gott begnadeter Heiler ist! Hat er nicht neulich auch wieder dem Zarewitsch geholfen, als dieser bei einer Kutschfahrt eine so schwere Blutung erlitt, daß die Ärzte wieder einmal um sein Leben fürchteten? Wie sollte Vater Grigorij da nicht meine geringfügigen Beschwerden heilen können!«

Alexej Nikolajewitsch, der Thronfolger von Rußland, war in der Tat wieder einmal auf den Tod krank gewesen und die Ärzte nicht imstande, die Blutung mit all ihren lebensbedrohlichen Begleiterscheinungen wie hohes Fieber, heftige Schmerzen und Kreislaufversagen zu stillen. Aber als Rasputin an das Krankenbett des Kindes gekommen war, war schlagartig eine Besserung eingetreten, die schließlich zu der völligen Genesung des Achtjährigen führte.

Swetlana hatte miterlebt, wie krank der Zarewitsch gewesen war, und empfand seitdem für Rasputins Fähigkeiten eine Art widerwilliger Bewunderung. Dennoch war es ihr zutiefst zuwider, daß Irina sich so völlig auf ihn verließ.

»Bitte, Irinenka«, bat sie, »vertraue Rasputin nicht ausschließlich. Hör auch auf die Ratschläge von Dr. Tschernitschow und jedes anderen Arztes, der dich in Zukunft behandelt. Es ist nie gut, eingleisig zu fahren.«

Irina lachte. »Und was ist daran falsch, sich ganz auf Gott zu verlassen, der Grigorij solche wunderbaren Heilkräfte verliehen hat?«

Weil dein Grigorij trotz allem kein Heiliger ist, hätte Swetlana am liebsten geantwortet. Aber sie schwieg, weil sie wußte, daß Irina dann nur zu einer flammenden Verteidigungsrede für Rasputin angesetzt hätte, die leicht zu einem Streit zwischen ihnen führen konnte. Und nichts lag Swetlana ferner, als sich mit ihrer Schwester zu zanken. Irina durfte keine Aufregungen haben, weil so etwas jederzeit zu einem Herzanfall führen konnte.

»Laß trotzdem die Verordnungen der Ärzte nicht außer acht«, sagte Swetlana darum nur. »Und versprich mir, daß du dich in Petersburg mit Xenia in Verbindung setzt, damit sie dich untersuchen und dir raten kann.«

»Ja, ja«, erwiderte Irina leichthin, »unsere kluge Schwester! Ich weiß, daß du große Stücke auf sie hältst, aber ich muß ja nicht in allen Dingen deiner Meinung sein.«

»Natürlich nicht. Doch Xenia ist Ärztin und nach allem, was ich weiß, sogar eine sehr gute. Sie wird dir bestimmt nichts Falsches raten.«

Irina verschränkte die Arme hinter dem Kopf. »So gut sie

es eben versteht! Aber es gibt neben der ärztlichen Wissenschaft noch etwas anderes, das viele Menschen sich nicht erklären können. Trotzdem existiert es, weil wir die Auswirkungen sehen. Gott vermag durch seine Auserwählten viel mehr als jeder studierte und examinierte Doktor.«

Es war hoffnungslos. Irina schien Grigorij Rasputin blind zu vertrauen und verschmähte deshalb die herzstärkenden Medikamente, die Dr. Tschernitschow ihr verordnet hatte. Womöglich hatte Rasputin ihr in seiner dumm-stolzen Überheblichkeit sogar dazu geraten.

Ich muß mit ihm reden, dachte Swetlana. Vielleicht gelingt es mir, ihn davon zu überzeugen, daß diese Arzneien lebenswichtig für Irina sind. Wenn er ihr nahelegt, sie einzunehmen, wird sie es tun.

Rasputin logierte immer noch im ›Rossia‹ in Jalta, aber er kam fast täglich nach Liwadja, um mit dem Zarenpaar Gebetsstunden abzuhalten. Allerdings war es ein offenes Geheimnis, daß er sich anschließend mit Nikolaus und Alexandra über die politische Lage und die Regierungsgeschäfte unterhielt und dem Zaren Ratschläge erteilte.

Swetlana hoffte zunächst, es werde sich in Liwadja eine Möglichkeit ergeben, mit Rasputin unter vier Augen zu sprechen. Doch er war ständig von der Wyrubowa, Irina und anderen Hofdamen umgeben, die zu seinen Anhängerinnen gehörten.

Darum faßte Swetlana schließlich den Entschluß, ihn im ›Rossia‹ aufzusuchen. Sie war mit Rodja am späten Nachmittag verabredet und verließ Liwadja zeitig genug, um zuvor beim ›Rossia‹ vorbeizufahren. Dort bat sie den Empfangschef, ihr für eine halbe Stunde einen Salon des Hotels zur Verfügung zu stellen und Grigorij Rasputin ausrichten zu lassen, daß sie ihn dort erwarte.

Er erschien sofort, nachdem ein Kellner den von Swetlana bestellten Tee und eine Platte mit *petit fours* serviert hatte.

»Ich wußte, daß Sie zu mir kommen, Fürstin«, erklärte Rasputin großspurig. »Und ich ahne auch, was mir die Ehre Ihres Besuches verschafft.« Er hatte gelernt, sich gewählter auszudrücken als zu Beginn seiner Laufbahn bei Hof, aber oft genug fiel er in seine frühere grobe, ungehobelte Sprechweise zurück.

Swetlana entzog ihm ihre Hand, die er küssen wollte. »Ich sehe darin keine hellseherische Leistung, *Monsieur*. Im Grunde mußten Sie damit rechnen, daß ich mit Ihnen über meine Schwester reden möchte.«

»*Monsieur ... Monsieur*«, äffte er sie nach. »Warum so förmlich? Nennen Sie mich wie alle anderen Grigorij Jefimowitsch oder Vater Grigorij.«

»Also gut, Vater Grigorij ...« Sie konnte nicht verhindern, daß es ein wenig spöttisch klang. »Meine Schwester Irina ist herzkrank, und zu meiner Beunruhigung scheint sie nur Ihnen und Ihren Heilkräften zu vertrauen, statt auf den Rat ihres Arztes zu hören. Ich bin nun mit der Bitte zu Ihnen gekommen, Irina dahingehend zu beeinflussen, daß sie auch letzteres wichtig nimmt.«

Er musterte sie aus schmalen Augen. Dann lachte er dröhnend. »Köstlich, köstlich! Die mir feindlich gesonnene hochmütige Fürstin Soklowa läßt sich dazu herab, dem Sibirjaken Rasputin eine Bitte vorzutragen! Wozu geschwisterliche Liebe doch fähig ist! Aber was kann ich tun, wenn Irinenka mir mehr vertraut als allen Ärzten dieser Welt? Soll ich sie von mir stoßen, obwohl ich genau weiß, daß ich sie heilen kann? Das wäre eine Sünde, die Sie unmöglich von mir verlangen können.«

»Ich verlange gar nichts«, erwiderte sie mühsam beherrscht, »außer daß Sie Ihre Grenzen erkennen und meiner Schwester nicht einreden, daß sie bei Ihnen alle Hilfe bekommt, die sie braucht. Sagen Sie ihr statt dessen, daß sie ebenso den Beistand der Ärzte benötigt.«

Er ließ sich in einen Sessel am Tisch fallen, auf dem der

Samowar und die Platte mit den *petit fours* stand. »Irina vertraut mir, und das gefällt mir. Sie, Fürstin, vertrauen mir nicht. Und damit reihen Sie sich in das Heer meiner Widersacher ein, die mir – Gott verzeihe es ihnen – die Pest an den Hals wünschen. Oh, ich weiß wohl, daß Sie mich verabscheuen, und das schmerzt mich. Was kann ich nur tun, um Sie davon zu überzeugen, daß ich nichts anderes versuche, als den mir von Gott gegebenen Auftrag zu erfüllen?«

Er betrachtete Swetlana mit düsterer Miene. »Der Unglaube ist der Krebsschaden unserer Zeit. Werfen Sie ihn über Bord, Fürstin! Gott ist nicht tot. Er lebt und handelt – und oftmals durch solch elende Kreaturen wie mich.«

In einer theatralischen Geste warf er die Hände vor das Gesicht. »Ich wünschte, ich müßte diese Last nicht länger tragen. Ich wünschte, ich wäre wirklich nur das, was meine Feinde in mir sehen – ein Schwindler und Scharlatan, ein unverschämter russischer Muschik, der sich zu behaupten anmaßt, Gott habe ihn gesandt. Dann könnte ich aufhören, die Taten zu tun, die ich tue. Ich bin ein sehr armer Mensch, Fürstin, von Neidern umgeben, die mich lieber heute als morgen tot sähen, und ihr Haß zerfrißt meine Seele. Trotzdem muß ich den Willen Gottes ausführen ...«

»Hören Sie auf, sich das einzureden!« fiel Swetlana ihm ins Wort. »Ihr angeblicher göttlicher Auftrag ist doch nur ein Produkt ihres eigenen Gehirns.«

»Herr, vergib ihr«, murmelte Rasputin. »Sie weiß nicht, was sie redet.« Er warf ihr einen verschlagenen Blick zu. »Natürlich könnte ich Irinenka sagen, was Sie von mir erbitten. Aber warum sollte ich das? Irinas Vertrauen wärmt mein Herz – ebenso wie Ihr Mißtrauen, Fürstin, mich schmerzt. Vielleicht sollte ich der Zarin meinen Kummer mitteilen? Das wäre nicht gut für Sie, meine schöne Soklowa, nein, ganz und gar nicht, denn Mütterchen läßt nichts auf ihren Heiligen kommen. Das wird auch demnächst Ministerpräsident Kokowzow spüren müssen, der versucht hat, den Zaren vor mir zu warnen. Armer, dummer Kokowzow! Er ist hoch gestiegen, und um so tiefer wird sein Fall sein. Auch Sie, Fürstin, könnten fallen, wenn Sie mir allzu feindselig gesonnen sind. Es ist nicht klug, Grigorij Rasputins Gegner zu sein, wo er doch so gern Ihr Freund wäre.«

Sie wich zurück, als er aufstand und auf sie zukam. Er lachte und zog sie an den Schultern zu sich heran.

»Lassen Sie mich los!« sagte Swetlana mit zusammengebissenen Zähne, und erstaunlicherweise gehorchte er. Aber sein Blick heftete sich mit unangenehmer Intensität auf sie.

»So schön«, sagte er, »und so hochnäsig ... Weißt du eigentlich, daß mir die wohlfeilen Weiber zum Halse heraushängen? Ein Wink von mir, und schon spreizen sie die Schenkel. Deine Schwester hat es auch getan. Zwar hatte sie zu Anfang noch Skrupel, aber als sie erst einmal unter mir lag, hat sie gewimmert und gestöhnt wie jedes dieser hysterischen Frauenzimmer, die von mir hergenommen werden wollen.«

»Sie ... Sie haben ...« Swetlana versagte die Stimme.

Er grinste schmutzig. »Sie wollte es doch. Wenn ich es ihr verweigert hätte, wäre sie im Kopf krank geworden wie all die anderen, die ich nicht angefaßt habe. Und dich, mein Schwänchen, kriegte ich auch noch, wenn ich das wollte! Es würde mich nur ein Wort bei deinem Gatten kosten, und er würde dich mit Freuden in mein Bett legen, um zu sehen, wie wir uns miteinander vergnügen.«

»Sie sind wahnsinnig!« preßte Swetlana hervor. »Vollkommen wahnsinnig! Aber Sie können mir keine Angst machen. Vergessen Sie, daß ich zu Ihnen gekommen bin. Es war vergeblich, das sehe ich ein.«

Er lachte wieder, und seine Stimme schmerzte in ihren

Ohren. »Es wird Zeit, daß du zu deinem Hengst kommst, was? Bestimmt erwartet er dich schon in seinem Bett.«

Am liebsten hätte sie in sein bärtiges, höhnisches Gesicht geschlagen. Aber sie beherrschte sich und wandte sich schweigend zur Tür. Erst draußen auf der Straße, als einer der Hotelpagen ihr eine Mietdroschke herbeiwinkte und sie im Fond saß, brach sie in Tränen aus.

Immer noch weinend, fiel sie Rodja in die Arme, nachdem er ihr die Tür geöffnet hatte.

»Was ist? Was hast du?« fragte er erschrocken und zog sie in die Halle mit den französischen Fenstertüren und den üppigen Grünpflanzen.

Es dauerte eine Weile, bis Swetlana sich so weit beruhigt hatte, daß sie Rodja zusammenhängend von ihrem Treffen mit Rasputin berichten konnte. »Er ist ein Teufel«, sagte sie. »Ein Besessener ... und wenn ich mir vorstelle, daß Irina ...« Sie brach ab und blickte Rodja in heller Verzweiflung an. »Was kann ich nur tun, um sie von diesem Untier zu befreien?«

Er hatte ihr schweigend zugehört und ihre Hände gestreichelt. »Ich fürchte, gar nichts«, sagte er nun. »Deine Schwester ist erwachsen und ganz allein für sich selbst verantwortlich.«

»Aber er hat sie behext! Irgendwie ist es ihm gelungen, sie völlig unter seinen Einfluß zu bringen. O Rodja, es muß doch einen Weg geben, Irina davon zu befreien.« Sie strich sich das Haar aus dem Gesicht. »Vielleicht kann ich die Zarin bewegen, Irina aus dem Hofdienst zu entlassen. Wenn sie zu meiner Mutter nach Kowistowo geht, ist sie Rasputins Bannkreis entzogen.«

»Was willst du der Zarin denn sagen? Daß deine Schwester die Geliebte ihres angebeteten Wunderheilers ist? Sie wird dir nicht glauben und eher dich fortschicken als Irina. Und gesetzt den Fall, du erreichst, daß die Zarin deine Schwester wegen ihres schlechten Gesundheitszustandes vom Hofdienst beurlaubt, so wird Irina keinesfalls nach Kowistowo reisen, sondern in Petersburg bleiben, um in Rasputins Nähe zu sein. Nein, Swetlana, du kannst gar nichts tun. Bitte, sieh es ein.«

»Dann bleibt mir nur noch eins«, erwiderte sie erstickt. »Beten ...«

»Tu es«, sagte Rodja mit einem resignierten Lächeln. »Aber sei nicht sicher, daß Gott dich auch erhört. Täglich leiden Millionen Menschen und wenden sich an ihn, wie ich es auch getan habe, als Tanja starb, und er bleibt stumm. Und wenn man nach dem Warum fragt, bekommt man keine Antwort.«

»Ja«, sagte Irina Lasarowa mit heißen Wangen, »ich liebe Grigorij Rasputin. Er ist so wunderbar und tut so unendlich viel Gutes. Darum bin ich froh, daß ich ihm hin und wieder ein paar Stunden schenken kann, in denen er all den Schmutz vergißt, mit dem ihn mißgünstige, verblendete Menschen bewerfen.«

Sie und Swetlana saßen auf einer Bank im Park von Livadja, von der aus man die Felsenklippen und das Meer sehen konnte. Es war blau, mit kleinen weißen Schaumkronen, und Gennadij Wolodjew, einer der Gärtner, hatte behauptet, daß es in der Nacht Sturm geben würde. Jetzt war es später Nachmittag, und der tiefer gelegene Rosengarten, der über eine Steintreppe zu erreichen war, leuchtete noch im goldfarbenen Sonnenschein.

Die Bank, auf der die beiden Schwestern saßen, lag allerdings bereits im Schatten einer riesigen Zeder. Swetlana malte mit der Fußspitze kleine Kreise in den hellen Kies am Boden. Du mußt ruhig bleiben, befahl sie sich. Es hat keinen Sinn, Irinenka Vorwürfe zu machen oder Anschuldigungen zu erheben. Das weckt nur ihren Trotz.

»Und du bist ganz sicher, daß all diese Menschen, die

nicht so gut von Rasputin denken wie du, unrecht haben?« fragte sie. »Meinst du nicht, daß vielleicht doch ein Körnchen Wahrheit in den üblen Geschichten steckt, die über ihn in Umlauf sind?«

Irina warf ihr einen ärgerlichen Blick zu. »Das sind alles Lügen! Ich hasse diese Menschen! Sieh sie dir doch an, Swetlana. Sie sind hochmütig, weil sie reich sind und aus alten Adelsfamilien stammen. Sie können es nicht ertragen, daß jemand wie Grigorij die Zuneigung der Zarenfamilie genießt. Darum intrigieren sie gegen ihn und scheuen sich nicht einmal, ihre erfundenen Skandalgeschichten über ihn in gewissen Zeitungen verbreiten zu lassen. Grigorij leidet darunter, aber er vergibt seinen Widersachern immer wieder. Gott werde für ihn streiten, wenn es an der Zeit ist, sagt er. Und bis dahin werde er seine Zulassungen in aller Demut erdulden. Redet so ein elender Emporkömmling, der ein schmutziges Doppelleben führt?«

»Aber er führt es doch, dieses Doppelleben«, widersprach Swetlana. »Du bist seine Geliebte – und dort, wo er herkommt, aus diesem Pokrowskoje, hat er Frau und Kinder.«

Irina blickte auf ihre im Schoß gefalteten Hände. »Das hat mich auch gequält, jedenfalls am Anfang. Ehebruch ist eine große Sünde. Aber Grigorij hat es mir erklärt: Er hat als ganz junger Mensch geheiratet und erst danach erkannt, daß er für andere, größere Dinge von Gott bestimmt war. Er hat mit seiner Frau darüber gesprochen, und sie hat das verstanden und ihn von seinem Ehegelöbnis entbunden. Also sind sie gar nicht mehr verheiratet, obwohl Grigorij sich niemals offiziell hat scheiden lassen. Er sagt, das hätte er nicht übers Herz gebracht. Er sorgt weiterhin für seine Frau und die Kinder, und er ist ihr sehr dankbar für ihre Bereitwilligkeit, ihn ungehindert seinen Weg gehen zu lassen.«

»Und das glaubst du?« Swetlana konnte nun doch nicht

verhindern, daß Spott und Bitterkeit in ihrer Stimme mitschwangen. Was hatte dieser Mann nur aus ihrer Schwester gemacht!

Irina wandte ihr das Gesicht zu. »Natürlich glaube ich ihm. Er lügt niemals.« Sie zögerte einen Augenblick und setzte dann hinzu: »Und jetzt muß ich dir noch etwas sagen. Selbst wenn Grigorij noch verheiratet wäre, so würde das nichts für mich ändern. Ich liebe ihn, und ich könnte ihn niemals verlassen. Versteh mich doch, Swetlana. Ich brauche diesen Mann. Durch ihn hat mein Leben seinen Sinn bekommen, und ohne ihn wäre ich weniger als ein Nichts.«

Swetlana schossen Tränen in die Augen. Sie fühlte sich so ohnmächtig, und ihr Zorn auf Rasputin, der sich ihre sanfte, zarte Schwester dermaßen hörig gemacht hatte, wuchs ins Unendliche. »Gott helfe dir, Irinanka«, stieß sie erstickt hervor, und ihre Schwester lächelte und legte den Arm um Swetlanas Schultern.

»Warum weinst du? Ich bin doch glücklich ... Viel glücklicher als du mit Leonid. Bei Hof wissen doch die meisten, daß ihr nicht gut miteinander lebt, obwohl er immer darauf bedacht ist, die Leute das Gegenteil glauben zu machen. Und nun hast du Rodja Masslejew wiedergesehen, und seitdem habe ich Angst um dich. Wenn Leonid erfährt, daß ihr euch trefft ... Grigorij sagt, daß dein Mann das niemals hinnehmen würde.«

Der Wind hatte aufgefrischt, und die Schaumkronen auf dem Wasser waren größer geworden. Obwohl noch die Sonne schien, wirkte das Meer nicht mehr blau, sondern hatte eine zinngraue Tönung angenommen. Man konnte das Rauschen der Brandung, die sich an den Klippen brach, bis hier oben hören.

Swetlana schauerte zusammen. »Laß uns zurückgehen. Es wird kühl. Gennadij Wolodjew hat recht, das Wetter schlägt um. Heute nacht wird es sicherlich Sturm geben.«

Irina erhob sich sofort. Sie wickelte sich enger in das Cape, das sie zu ihrem hellblauen Tuchkleid trug. Wie zerbrechlich sie aussah! Die Vorstellung, daß Rasputin sie berührte mit seinen schmutzigen, behaarten Händen, ließ in Swetlana Übelkeit aufsteigen.

»Fährst du heute noch nach Jalta?« fragte Irina, als sie ein wenig mühsam die Treppen zum oberen Teil des Parks hinaufstieg. Swetlana schüttelte den Kopf.

»Nein, heute nicht. Und damit du es richtig verstehst, Irinenka – ich bin nicht Rodjas Geliebte. Ich treffe mich mit ihm, weil er eine sehr schwere Zeit durchmacht und ich ihm dabei zu helfen versuche. Das ist alles.«

»Aber wird es so bleiben?« fragte Irina. »Du liebst ihn doch.«

Sie blieb stehen, um wieder zu Atem zu kommen, und Swetlana umarmte sie. »Es muß so bleiben, sonst ... Ach, Irinenka, Gott helfe uns beiden.«

Die Wirtschafterin, die Rodja den Haushalt führte, stürzte in das Speisezimmer, in dem Rodja und Swetlana sich am Tisch gegenübersaßen. Sie hatten miteinander zu Abend gegessen, und Marja Lewskaja hatte vor wenigen Minuten die Teller abgeräumt und das Dessert serviert eine köstliche Süßspeise aus Sahne, in Rum eingelegten Rosinen und verschiedenen Beerensorten.

Swetlana hatte gerade gesagt, daß sie heute ein wenig früher nach Liwadja zurückkehren müsse, weil Fjodor sich am Nachmittag beim Fechtunterricht eine leichte Verletzung zugezogen hatte und sie unbedingt noch einmal nach ihm sehen wolle, bevor er zu Bett ging.

»Euer Gnaden!« rief Marja Lewskaja und war vor Aufregung hochrot im Gesicht. »Da ist ...« Im selben Augenblick wurde sie grob zur Seite geschoben, und Leonid Soklow betrat den Raum.

»Ich sehe, daß mir meine Überraschung gelungen ist«, sagte er, während er mit wutfunkelnden Augen zwischen Swetlana und Rodja hin und her blickte. »Das hast du wohl nicht erwartet, meine teure Gattin, wie? Petersburg ist weit, und Leonid hat keine Ahnung, was sich hier abspielt, hast du gedacht. Aber wie du siehst, ist Petersburg doch nicht weit genug entfernt, daß man mich nicht von deiner Hurerei unterrichtet hätte.«

Neben der Tür hing ein deckenhoher goldgerahmter Spiegel. Swetlana sah sich darin, sah, wie sie sich langsam vom Tisch erhob, und hatte das verschwommene Empfinden, dies alles nicht wirklich zu erleben, sondern einer Theaterszene beizuwohnen.

Eine schöne junge Frau hatte mit dem Mann, den sie liebte, diniert, und ihr Ehemann tauchte auf, um einen Eklat heraufzubeschwören. Sie sah im Spiegel, daß Rodja ebenfalls aufgestanden war und sich zu Leonid umwandte, während die Wirtschafterin mit entsetzten Augen halb hinter dem Fürsten stand.

»Ich habe dich gewarnt, Swetlana«, fuhr Leonid fort. »Und Sie auch, Masslejew. Ich habe gesagt, daß ich Sie wie einen Straßenköter abknallen werde, wenn Sie es noch einmal wagen sollten, sich an meine Frau heranzumachen. Nun, Sie sind entweder sehr dumm oder sehr heldenhaft. Wobei diese beiden Eigenschaften meiner Erfahrung nach bei vielen Menschen gleichzeitig anzutreffen sind. Und für diese dumme Heldenhaftigkeit wirst du jetzt bezahlen, du Idiot!«

Er riß seine Pistole aus dem Gürtel, doch Rodja hob die Hand und trat auf ihn zu. »Meinetwegen schießen Sie, Fürst Soklow. Aber vorher werden Sie mich anhören. Sie sind ein Schwein, und Sie haben Swetlana in den Jahren Ihrer Ehe behandelt wie ein Schwein. Darum hatte sie jedes Recht der Welt, sich einen Menschen zu suchen, der sie von ganzem Herzen liebt. Dieser Mensch war ich, und es ist eine üble Farce, wenn Sie jetzt deswegen ihre angeblich beleidigte Ehre herauskehren wollen. Denn Sie, Fürst Soklow, besitzen überhaupt keine Ehre ...«

Zwei kurz hintereinander abgefeuerte Schüsse aus Leonids Pistole ließen Rodja verstummen. Seine Augen wurden groß und leer, ein Schleier legte sich darüber. Dann sank er mit einem gurgelnden Laut zu Boden.

Swetlana stürzte schreiend zu ihm hin. Er lag mit dem Gesicht auf dem Teppich. Als sie ihn umzudrehen versuchte, sah sie, daß Leonid ihn in die Brust und den Bauch getroffen hatte. Er atmete röchelnd und war ohne Bewußtsein.

»Nicht sterben«, flüsterte Swetlana. »Nicht sterben ...«

Als Leonid sie hochriß, erwartete sie nichts anderes, als daß er sie nun ebenfalls erschießen würde. Aber er warf ihr nur einen mörderischen Blick zu, in dem Haß und Triumph funkelten. Dann drehte er sich auf dem Absatz um und verließ das Haus.

Dr. Tschernitschow kam zehn Minuten später, von der völlig aufgelösten Wirtschafterin zu Hilfe gerufen. Kurz darauf traf auch Rodjas Vater ein. Rodja lebte noch, aber beide Ärzte sagten, daß er sofort in ein Krankenhaus müsse. Eine Kugel steckte in seiner Lunge, die man operativ entfernen müsse.

Swetlana wartete im Katharinen-Spital, während Rodja operiert wurde. Sein Vater war bei ihr, und wenig später kamen auch seine Mutter und seine Schwester. Als Rodja nach Stunden aus dem Operationssaal auf ein Zimmer gebracht wurde, sagte seine Mutter zu Swetlana: »Gehen Sie nach Hause, Fürstin. Ich bleibe bei ihm. Versuchen Sie, ein paar Stunden zu schlafen. Einer von uns sollte immer bei Rodja sein, falls er erwacht. Deshalb müssen wir uns ablösen. Kommen Sie gegen Mittag wieder her.«

Es war vier Uhr morgens, als Swetlana in Liwadja eintraf, völlig erschöpft und von einer lähmenden Stumpfheit erfüllt, die barmherzigerweise die vorherige grellheiße Angst verdrängt hatte.

Doch in Liwadja erwartete sie die nächste Schreckensbotschaft. Leonid war hiergewesen, und da noch niemand etwas von seiner Tat wußte, hatte man ihn ungehindert zu Fjodor gelassen. Er hatte Jeanette, Swetlanas Zofe, befohlen, eilig ein paar Sachen für den Jungen zusammenzupacken, und war eine halbe Stunde später mit Fjodor abgereist.

»Ich habe versucht. Sie telefonisch bei Herrn Masslejew zu erreichen«, berichtete die Zofe völlig aufgelöst, als sie erfuhr, was geschehen war. »Aber dort meldete sich niemand. O Gott, Euer Gnaden, ich konnte den Fürsten doch nicht daran hindern, seinen Sohn mitzunehmen. Zu Fjodor hat er gesagt, er führe mit ihm nach St. Petersburg. Das Kind wollte nicht mit und hat bitterlich geweint. Da hat der Fürst es einfach zum Wagen getragen.«

Swetlana sank in einen Sessel und legte die Hände vor das Gesicht. Aber sie konnte nicht mehr weinen. Zu schwer lasteten Furcht und Grauen auf ihr.

Immerhin war sie noch fähig, den Zaren zu informieren.

Prinz Goluchin, der in dieser Nacht die Wachen befehligte, war der erste, den sie von den schrecklichen Ereignissen unterrichtete. Er weckte Nikolaus II., der sogleich aufstand und zu Swetlana kam, die in einem Vorzimmer wartete.

»Das ist furchtbar, meine liebe Fürstin Soklowa«, sagte er ehrlich erschüttert. »Seien Sie gewiß, daß ich alles tun werde, um Ihnen Ihr Kind zurückzubringen und Fürst Soklow vor Gericht zu stellen.«

Er veranlaßte sofort eine große polizeiliche Suchaktion nach Leonid, doch sie verlief ohne Erfolg.

Zwei Wochen später erhielt Swetlana einen Brief. Er war in Coswig, einer sächsischen Kleinstadt, aufgegeben worden.

›Ich denke, daß Dein Liebhaber krepiert ist. Du, meine teure Swetlana, hast also die beiden Menschen verloren, an die Du Dein Herz gehängt hast. Masslejew lebt nicht mehr, und Dein heißgeliebtes Söhnchen wird mit meiner Hilfe einen Weg einschlagen, der so erbärmlich ist, daß Du Dir wünschen wirst, ihn nie geboren zu haben. Die ›Erziehung‹, die ich Fjodor von jetzt an zugedacht habe, wird dermaßen sein, daß er in der Gosse endet. Ich weiß, daß Dich das mehr treffen wird als jede andere Strafe. Und sei gewiß, daß ich durchsetzen werde, was ich geplant habe.‹

4. Kapitel

Die Zarin hatte Swetlana auf unbestimmte Zeit vom Hofdienst beurlaubt, und so war es ihr möglich, täglich an Rodjas Bett zu sitzen, abwechselnd mit seiner Familie, und manchmal sogar des Nachts, wenn sein Zustand besonders kritisch war.

Rodjas Leben hing wochenlang am seidenen Faden. Sein Vater Dr. Tschernitschow, Dr. Botkin, der Leibarzt der Zarenfamilie, und Dr. Andrej Galjuschin aus dem Marien-Spital von Sewastopol, der als chirurgische Kapazität galt, behandelten ihn. Die Kugel in Rodjas Lunge hatte operativ entfernt werden können. Außerdem hatte er noch einen Bauchschuß davongetragen. Die Kugel hatte die Eingeweide verletzt und war dicht an der Wirbelsäule ausgetreten.

»Wir tun, was wir können«, versicherte Dr. Galjuschin. »Aber wir sind nicht der liebe Gott. Im Grunde kann nur er die Wende herbeiführen.«

Der liebe Gott? Fast hätte Swetlana gelacht. Sie vermochte nicht mehr, an einen solchen Gott der Liebe zu glauben. Wo war er denn gewesen, als Georg Alexandrowitsch starb? Wie hatte er ihr beigestanden, als sie Leonid Soklow heiratete, um ihrem Kind ein Zuhause zu geben? Und wo war er jetzt, wo sie um Rodjas Leben zitterte und gleichzeitig vor Sorge um ihren Sohn verging?

Swetlana hätte sich gewünscht, beten zu können, aber je mehr sie in Furcht und Verzweiflung versank, um so schwerer fiel es ihr.

Beten war leicht, wenn man sich glücklich fühlte und das Leben in ruhigen, heiteren Bahnen verlief. Aber wenn man vor lauter Angst halb wahnsinnig war und keinen zusammenhängenden Gedanken mehr fassen konnte, wie sollte man da ein Gebet sprechen können, an dessen Ende es heißen mußte: »Aber nicht mein, sondern dein Wille geschehe ...« Die Formel der Unterwerfung. So sah Swetlana es jedenfalls in diesen Tagen und Wochen, und sie brachte sie nicht über die Lippen.

Im Frühsommer verließen das Zarenpaar und der Hofstaat Liwadja, um nach St. Petersburg zurückzukehren, wo die ersten Vorbereitungen für das dreihundertjährige Regierungsjubiläum der Romanow-Dynastie im kommenden Februar beginnen sollten. Auch Irina und Rasputin reisten ab, doch Swetlana blieb in Jalta, um täglich bei Rodja zu sein und darauf zu hoffen, daß die Ärzte ihr endlich, endlich sagen konnten, daß eine Besserung in seinem Zustand eingetreten war.

Und dann geschah dieses Wunder tatsächlich. Rodja erholte sich, sein kräftiger, gesunder Körper besiegte die schweren Verletzungen. Als Swetlana Mitte Juni – sie wohnte indessen wieder im Hotel ›Rossia‹ – wie an jedem Morgen ins Katharinen-Spital kam, erwartete Dr. Tschernitschow sie vor Rodjas Zimmer.

»Er ist über den Berg, denke ich«, sagte er. »Sein Vater hat mir berichtet, daß er in der Nacht zum ersten Mal fieberfrei und bei klarem Bewußtsein war und über Hunger und Durst geklagt hat. Er hat dann ein wenig Bouillon gegessen und danach tief geschlafen. Das ist ein gutes, ein sehr gutes Zeichen, Fürstin.«

Swetlana war von den zurückliegenden Wochen so zermürbt, daß sie zunächst gar nicht an diese Wendung zu glauben vermochte. Erst als sie an Rodjas Bett stand und er sie erkannte und versuchte, ihr zuzulächeln, zog Hoffnung in ihr Herz ein.

»Mein Liebster«, stammelte sie. »Du mein Leben ...« Dann beugte sie sich zu ihm und küßte ihn. »Du bist bei mir geblieben. Nun wird alles gut.«

»Ja«, antwortete er matt und griff nach ihrer Hand. »Alles – wenn du nie mehr fortgehst. Versprichst du mir das, Swetlana?«

»Ich schwöre es dir.« Sie weinte vor Glück und streichelte sein Gesicht. »Nie mehr lasse ich mich von dir trennen.«

Von Fjodor sagte sie nichts, auch in den folgenden Tagen nicht, als Rodja sich zusehends erholte. Er hatte das Kind lieb, und er mußte erst gesünder und widerstandsfähiger sein, um mit dieser Schreckensnachricht fertig zu werden.

Aber nachdem es Rodja nun besser ging, fand Swetlana endlich die Kraft, auf eigene Faust nach Leonid und ihrem Sohn suchen zu lassen. Sie engagierte ein Heer von Privatdetektiven, die nicht nur in Rußland, sondern in ganz Europa nach den Verschwundenen forschten.

Ein paarmal teilte man Swetlana mit, man habe möglicherweise eine Spur entdeckt, doch sie erwies sich jedesmal als Irrtum. Leonid und Fjodor waren wie vom Erdboden verschluckt. Auch die Polizei, die der Zar eingeschaltet hatte, erreichte nichts.

Dennoch gab Swetlana nicht auf, sondern klammerte sich mit verzweifelter Verbissenheit an die Vorstellung, daß die Detektive eines Tages ihren Sohn finden mußten. Es durfte gar nicht anders sein.

Natürlich fragte Rodja nach Fjodor, und Swetlana hatte ihm erzählt, daß er mit der Zarenfamilie nach Petersburg zurückgekehrt sei. Aber auf die Dauer konnte sie ihm die Wahrheit nicht vorenthalten.

Rodja war ganz grau im Gesicht, als er sie erfuhr. Es war im Garten des Katharinen-Spitals, der, von hohen weißen Mauern umgeben, in sommerlicher, südländischer Verschwendung blühte.

Rodja saß im Rollstuhl. Zwar hatte er nicht, wie anfangs befürchtet, eine Lähmung zurückbehalten, aber er war noch recht schwach und sollte sich keine längeren Spaziergänge zumuten. Swetlana hatte ihn ins Freie gefahren, und dann waren sie langsam ein paar Schritte über den Kiesweg gewandert bis zu einer schmiedeeisernen Pforte, durch die man das Meer sehen konnte. Dort hatte Swetlana darauf bestanden, daß Rodja sich wieder in den Rollstuhl setzte.

»Das ist ... das ist furchtbar«, sagte er, nachdem er alles wußte. Er hatte Tränen in den Augen, und Swetlana sah, wie er die Hände zu Fäusten ballte und um Beherrschung kämpfte.

»Bitte, reg dich nicht auf«, flehte sie. »Es wird alles getan, um Fjodorenka zu finden. Eines Tages ist er wieder bei uns. Wir dürfen nur nicht aufhören, daran zu glauben.«

Sein Augenausdruck zerriß ihr das Herz. »Wie hältst du das nur aus? O Gott, Swetlana, ich habe dir nur Unglück gebracht.«

Sie kauerte sich neben seinen Stuhl und umfaßte seine geballten Fäuste. »Du doch nicht, mein Herz! Wie kommst du nur auf solch einen Gedanken?«

»Ohne mich wäre all das nicht passiert«, stieß er leise hervor.

Swetlana nahm seine Hände und legte sie gegen ihre Wangen. »Das weiß ich nicht. Leonid hat immer davon geredet, wie er es mir eines Tages heimzahlen wollte, daß ich ihn nicht liebte. Fjodor war dabei sein Faustpfand, weil Leonid wußte, daß er mich am meisten mit dem treffen konnte, was er dem Kind antat.«

Rodja stöhnte auf. »Dieser Satan ... Ach, Swetlana, was können wir nur tun?«

»Warten«, sagte sie leise. »Und hoffen.«

Er sah sie mit einem wilden Blick an. »Wir müssen selbst nach Fjodorenka suchen. Sobald es mir gut genug geht, reisen wir ins Ausland. Du hast Detektive engagiert, sagst du? Das ist gut, doch nicht gut genug. Diese Männer arbeiten für Geld. Aber du und ich – wir wollen Fjodor wiederhaben. Das ist eine ganz andere Ausgangsbasis. Wo deine Detektive resignieren, werden wir nicht aufgeben. Wir werden Aufrufe in ausländischen Zeitungen veröffentlichen, zusammen mit Bildern von Fjodorenko und Leonid, wir fragen in Bahnstationen, Hotels, Gasthäusern, Restaurants nach. Irgendwann und irgendwo werden wir Fingerzeige erhalten, die uns weiterhelfen.«

Sie strich ihm über das Haar. Selbst nach Fjodorenko suchen? Daran hatte sie auch schon gedacht, aber solange Rodja so krank gewesen war, hatte sie ihn nicht verlassen mögen. Außerdem war es viel besser, wenn sie zu zweit reisten.

»Wir tun das, sobald du wieder ganz gesund bist«, sagte Swetlana und empfand von neuem ein wenig Zuversicht. »Ihre Majestät kann mir die Erlaubnis zu dieser Reise nicht verweigern.«

Sie schrieb an die Zarin und erhielt postwendend Antwort.

»Meine Liebe Swetlana Pawlowna, wie könnte ich Ihnen diese Bitte abschlagen! Reisen Sie und seien Sie versichert, daß meine Gebete Sie begleiten werden. Gott gebe, daß Sie Ihren Sohn bald unversehrt in die Arme schließen können.«

Sie brachen im Oktober auf und wandten sich zunächst nach Coswig, der kleinen sächsischen Stadt, in der Leonids Brief aufgegeben worden war. Allerdings hatten sie wenig Hoffnung, daß Leonid sich dort länger mit Fjodor aufgehalten hatte. Vermutlich war er nur auf der Durchreise gewesen und hatte Coswig als Absender gewählt, um alle, die nach ihm suchten, irrezuführen.

So war es auch, denn obwohl Rodja und Swetlana nicht nur in der Poststation, sondern in allen Gasthäusern und Hotels der Stadt und der näheren Umgebung nachfragten, erhielten sie immer die gleiche Auskunft. »Es tut uns leid, aber wir haben niemanden gesehen, auf den Ihre Bilder und Ihre Beschreibungen der beiden zutreffen könnten.«

Swetlana lernte wie eine Besessene deutsch, um die Leute in ihrer Muttersprache zu befragen, und Zarin Alexandra hatte ihr eine Anzahl Empfehlungsschreiben mitgegeben, die ihr und Rodja die Türen zu den Fürsten- und Kaiserhöfen öffnen sollten.

So empfing sie auch Kaiser Wilhelm II. in Berlin und sicherte ihr zu, einen Teil seines Polizeiapparates dafür einzusetzen, daß man den flüchtigen Leonid Soklow und ihren Sohn fand.

In Österreich war es nicht anders, wohin Swetlana und Rodja sich als nächstes wandten. Der österreichische Kaiser Franz Joseph I. ließ sogar Suchanzeigen in verschiedenen Zeitungen erscheinen und setzte eine Belohnung aus, falls jemand einen Hinweis auf die Verschwundenen geben konnte.

Aber weder dort noch in der Schweiz und Italien fand sich eine Spur.

Swetlana wäre in diesen Monaten manches Mal verzweifelt, wenn Rodja nicht bei ihr gewesen wäre. Er schaffte es immer wieder, jenen winzigen Hoffnungsfunken in ihr wachzuhalten, der sie befähigte, ihre Suche fortzusetzen.

Sie reisten auch nach Frankreich, da es ihnen möglich erschien, daß Leonid sich wegen seiner und Fjodors Sprachkenntnisse dorthin gewandt hatte. In Paris gab es ein bittersüßes Wiedersehen mit Jurij und Nina, deren kleine Tochter Raissa indessen dreieinhalb Jahre alt war.

Jurij und Nina lebten in für Swetlanas Begriffe demütigenden Verhältnissen. Er arbeitete noch immer als Hotelportier, und Nina bemühte sich, die mageren Finanzen aufzubessern, indem sie Übersetzungsarbeiten für russische Emigranten und französische Linksradikale anfertigte, damit ihre Schriften und Aufrufe sowohl in Rußland als auch im europäischen Ausland veröffentlich werden konnten.

Im Februar 1913 begannen in Rußland die Feierlichkeiten zum dreihundertjährigen Regierungsjubiläum der Romanows.

›*Ich hätte sehr gewünscht, daß Sie dabeigewesen wären, meine liebe Swetlana Pawlowna*‹, schrieb die Zarin Swetlana nach Paris. ›*Die Stadt war ein Meer der Freude. Endlich waren alle subversiven Elemente, die Verschwörer und Volksverhetzer mundtot gemacht. Das Volk huldigte seinem Zaren mit einer Liebe und Ergebenheit, die mir mehr als einmal Tränen in die Augen trieb. Es gab einen feierlichen Dankgottesdienst in der Kasanschen Kathedrale, den unser hochverehrter Patriarch Antioch zelebrierte und am übernächsten Tag im Säulensaal der Adelsversammlung einen für mich sehr anstrengenden, gleichwohl unvergleichlich prächtigen Ball, zu dem ich die Kronjuwelen trug. Gestern waren wir im Marien-Theater, wo ›Ein Leben für den Zaren‹ aufgeführt wurde. Herr Sobinow in der Rolle des Zaren war hervorragend wie immer. Den Bauern Sussanin, der sein Leben für den Zaren hingab, sollte eigentlich Herr Schaljapin singen, aber leider war er erkrankt und konnte nicht auftreten. In der nächsten Woche gehen wir auf Reisen. Seine Majestät will Wladimir, Pskow und die Wolgastädte besuchen, und ganz gewiß setzt sich dabei die bisherige freudvolle Stimmung unter unserem geliebten russischen Volk fort. Ich bin so zuversichtlich wie seit langem nicht mehr, daß die Zeit der Prüfungen vorbei ist.‹*

Auch Xenia schrieb über die Petersburger Festlichkeiten; gleichwohl klang ihr Bericht wesentlich anders als der der Zarin.

›Es heißt, Schaljapin habe ich nicht auftreten wollen, und deshalb eine Erkrankung vorgeschützt. Er und mit ihm unzählige Leute im Land sind maßlos enttäuscht, daß Nikolaus das Regierungsjubiläum nicht dazu benutzt hat, eine Generalamnestie für alle politischen Häftlinge auszusprechen. Statt dessen hat er nur einige Kriminelle begnadigt. Ach, Swetlana, ich habe Angst um Rußland! Dieser Zar treibt es unaufhaltsam in eine Revolution, deren Ergebnis ganz anders sein wird, als Pjotr und ich in früheren Jahren gehofft haben. Es wird danach keine konstitutionelle Monarchie geben, wie wir sie wollten, sondern neue Unfreiheit – nur unter anderen Vorzeichen.‹

Sie berichtete dann noch, daß sie einige Male mit Irina zusammengetroffen sei, daß die Schwester sich aber hartnäckig geweigert habe, sich von ihr oder Pjotr untersuchen zu lassen.

›Sie behauptet, es ginge ihr blendend, aber mein Eindruck war ein anderer. Unsere Schwester ist krank. Sie wirkt wie eine Kerze, die man an zwei Enden angezündet hat und die sich dadurch vor der Zeit verzehrt. Ich habe ihr empfohlen, Petersburg für mindestens ein Jahr zu verlassen und in einem milderen Klima in einem Sanatorium für Herzkranke Genesung zu suchen. Doch davon wollte sie nichts wissen. Was kann man da tun? Wenn Irina sich nicht helfen lassen will, sind wir machtlos.‹

Es war dieser Brief, der Swetlana veranlaßte, nun doch nach Rußland zurückzukehren. Es ergab keinen Sinn, noch länger nach Fjodor zu suchen, wenn doch jegliche Hinweise fehlten. Und offenbar schien Irinas Gesundheit Augenblick wichtiger als alles Herumreisen und Fragen.

Swetlana und Rodja trafen im Frühsommer wieder in St. Petersburg ein.

Da Swetlana schon vor einem Jahr Xenias und Pjotrs Rat befolgt und einen Teil ihres Vermögens nach Frankreich und in die Schweiz transferiert hatte, war sie in der Lage, Jurij mit einer größeren Summe unter die Arme zu greifen. Zwar wehrte er sich zunächst, behauptete, er sei zufrieden mit dem, was er habe, doch Swetlana ließ keinen seiner Einwände gelten.

»Dir steht vom Erbteil unseres Vaters genausoviel zu wie mir und unseren Schwestern.«

»Ja, wenn ich in Rußland geblieben wäre«, widersprach er. »Aber soviel ich weiß, hat man mein Vermögen nach meiner Flucht konfisziert.«

»Das ist wahr«, erwiderte sie. »Aber das ist nicht deine Schuld. Also teilen wir das, was uns Mädchen geblieben ist, mit dir. Komm, Jurjenka, sei nicht albern. Stolz ist eine gute Sache, aber er wärmt dich nicht in einer kalten Winternacht. Außerdem ist es deine verdammte Schuldigkeit, deiner Nina und deiner kleinen Raissa ein besseres Leben zu bieten, als es dir bisher möglich war.«

Der Hinweis auf seine kleine Familie bewirkte, daß Jurij sich endlich geschlagen gab. Mit dem Geld, das Swetlana ihm dalließ, war er in der Lage, ein gutgehendes Antiquitätengeschäft in der Rue de Richelieu zu übernehmen, dessen Inhaber sich aus Altersgründen zur Ruhe setzen wollte.

»Gott segne dich, Swetlana«, sagte Jurij zum Abschied und umarmte sie und Rodja. Auch Nina küßte sie weinend auf beide Wangen.

»Und kommt wieder, sobald es euch möglich ist.«

Swetlana nickte und nahm Raissa auf den Arm. Sie war dunkelhaarig wie ihre Mutter und hatte auch deren wunderschöne Augen. Für ein paar Sekunden drückte Swetlana den warmen Kinderkörper an sich, spürte mit geschlossenen Augen das seidige Haar an ihrer Wange, die weiche Haut, und dachte: Genauso war es, wenn ich Fjodorenka umarmt hielt, als er noch klein war. O Gott, mein Söhnchen ... Wo bist du? Was geschieht mit dir?

»Wir kommen wieder«, sagte sie mit schwankender Stimme. »Ich gebe die Suche nach Fjodor nicht auf. Das wäre, als müßte ich mich selbst aufgeben. Irgendwann erhalten wir einen Hinweis, finden eine Spur ...«

Sie gab Nina das Kind zurück, das, da es die allgemeine Rührung empfand, nun auch zu weinen begann. »Nicht doch, mein Herzchen«, tröstete Swetlana sie. Sie küßte die Kleine und wandte sich dann ab, um sich von Rodja in das reservierte Zugabteil helfen zu lassen. Jeanette, die sie auf ihrer Reise begleitet hatte, war noch damit beschäftigt, die Koffer und Taschen zu zählen, die zu ihrem Gepäck gehörten. Ein Page vom Hotel Ritz, in dem Swetlana und Rodja logiert hatten, hatte es zum Bahnhof gebracht.

»Es ist alles da, Euer Gnaden«, sagte die Zofe zufrieden und knickste. Sie half Swetlana aus dem Mantel und nahm die Nadeln aus dem Hut, den sie trug. Dann verstaute Jeanette Hut und Mantel in einem Wandschrank.

Swetlana öffnete das Fenster. Die eindringende Luft roch nach Kohlenstaub und Eisen.

Raissa weinte immer noch, und Nina putzte ihr die Nase. »Nicht traurig sein. Sie kommen bestimmt bald wieder.«

»Onkel Rodja auch?« fragte Raissa, als sie ihn neben Swetlana auftauchen sah.

»Gewiß«, antwortete er lächelnd. »Ich lasse deine Tante Swetlana doch nicht allein eine so weite Reise machen.« Er warf dem Kind eine Kußhand zu. »*Adieu*, mein Herzchen. Wenn wir uns wiedersehen, bist du bestimmt ein ganzes Stück gewachsen. Dann fahren wir zusammen wieder mit einer Kutsche aus, willst du?«

»Du hast es versprochen, Onkel Rodja«, rief die Kleine, und ihre Tränen versiegten.

Durch das heruntergelassene Fenster ergriffen Jurij und

Nina Swetlanas Hände. »Auf Wiedersehen!« riefen sie. »Gott behüte euch!«

Als sie St. Petersburg erreichten, war der Warschauer Bahnhof von Kosaken und Polizei umstellt. Noch während sie ausstiegen, hörten sie Schüsse und die Schreie einer wütenden Volksmenge. Ein Polizeikordon riegelte den Bahnsteig ab, auf dem der Zug einlief, und begleitete die Reisenden in die Halle. Dort schützte ein Kosakenregiment die Ankömmlinge vor einer aufgebrachten Schar Demonstranten, die rote Fahnen schwenkte und revolutionäre Parolen rief.

»Nieder mit den adligen Blutsaugern! Alle Macht den Arbeitern und Bauern!« Es waren einzelne Rufe, und sie wurden alsbald von einer anderen Parole aus abertausend Kehlen übertönt.

»Amnestie!« riefen die Menschen. »Amnestie!«

Die Kosaken gaben den Ankömmlingen auf dem Warschauer Bahnhof das Geleit, so daß sie durch einen Seitenausgang den Vorplatz erreichten. Dort warteten Mietdroschken und ebenso die Wagen derer, die jemanden abholen wollten.

Swetlana hatte ihre Ankunft depeschiert, und sie entdeckte ihren Chauffeur Dimitri mit dem Daimler in der Nähe eines anderen Seitenausgangs. Sie rannte auf ihn zu, von Rodja und Jeanette gefolgt, und riß die Fondtür auf. Ein Dienstmann mit ihrem Gepäck folgte.

Als sie den Vorplatz verließen, hörten sie Schüsse und die Detonationen von zwei oder drei Bomben.

Swetlana schlug die Hände vor das Gesicht. Was für eine Heimkehr, dachte sie. Gott steh uns bei.

Im Soklowschen Palais auf der Wassiljewskij-Insel herrschte die gewohnte Ruhe. Swetlanas Haushofmeister, Baron Konierski, hatte sich mit den Dienstboten in der großen Eingangshalle versammelt, um die Heimgekehrte willkommen zu heißen. In ihren Gesichtern las Swetlana Freude darüber, daß sie wieder zurück war. Man küßte ihr die Hände, beschwor den Segen Gottes auf sie herab, und Swetlana spürte, daß die Leute es ehrlich meinten. Der Schrecken ihrer Ankunft fiel von ihr ab.

Gleichwohl war es eine Marter, durch das Haus zu gehen und zu wissen, daß Fjodor nicht mehr darin lebte. Erst jetzt gestand Swetlana es sich ein: Sie war felsenfest davon überzeugt gewesen, mit ihrem Sohn heimzukehren.

Sie ging in seine Räume: das Unterrichtszimmer, das Spielzimmer, das Schlaf- und Ankleidezimmer. In den Schränken hingen noch Fjodors Kleider. Schulbücher und Hefte lagen auf seinem Schreibtisch, und Schura Nikititschna, seine Kinderfrau, war in all der vergangenen Zeit mehrmals in der Woche hiergewesen, hatte gelüftet, saubergemacht und Staub gewischt. So sah alles aus, als sei Fjodor nur für einen Augenblick fortgegangen und müsse jeden Moment wiederkommen.

Schura hatte laut geweint, als sie Swetlana begrüßte. »Euer Gnaden! Ach, ich bete jeden Tag zur Heiligen Schmerzensmutter, daß Eurem Söhnchen nichts Böses geschehen ist. Welch ein Unglück! Unser kleiner Prinz ... unser Fjodor Leonidowitsch ...«

Dann hatte sich ihr rundes, gutmütiges Gesicht verzerrt, und sie hatte sich auf den Mund geschlagen. »Nein, nicht Leonidowitsch! Nie mehr will ich Fjodorenka so nennen. Er hat einen Teufel zum Vater, einen Verbrecher! Gott strafe ihn!«

Swetlana hatte sie umarmt. »Laß es gut sein, Schura. Vielleicht ist Gott ja barmherzig, und wir haben ihn eines Tages wieder, unseren Fjodorenka.«

Rodja war ihr gefolgt, als Swetlana vor dem Bett ihres Kindes stand. Er drehte sie an den Schultern zu sich herum und sagte beschwörend: »Ich bitte dich, gib ihn und dich nicht auf! Wir werden weiter nach ihm suchen. Bitte, mein Herz, quäle dich nicht so entsetzlich.«

Aber es war Qual, in dem Haus zu leben, in dem Fjodor geboren und herangewachsen war. Es folterte Swetlana mehr als die Tatsache, daß St. Petersburg immer wieder von Demonstrationen, Streiks und Straßenkämpfen heimgesucht wurde, bei denen Polizei und Militär mit Waffengewalt gegen demonstrierende Arbeiter und Studenten vorgingen.

Anfang Juli übersiedelte das Kaiserpaar wie alljährlich nach Peterhof, und wenige Tage später erhielt Swetlana eine Einladung der Zarin. Rodja begleitete sie, obgleich er nicht an den Hof gebeten worden war. Er logierte in Znamenka, dem nahegelegenen Landsitz des Großfürsten Pjotr Nikolajewitsch und seiner Gemahlin Militza, die bei ihm Porträts ihrer drei Kinder bestellt hatten.

Rodja hatte schon im letzten Winter wieder zu malen begonnen. Die Eindrücke der langen Reise quer durch Europa hatten ihn dazu inspiriert. Die meisten Arbeiten waren noch unfertig, und er hatte sich an der Kamskaja auf der Wassiljewski-Insel ein Atelier gemietet, um sie zu vollenden.

Er wohnte allerdings bei Swetlana. Sie selbst hatte es so gewollt. »Es ist mir gleichgültig, ob die Leute daran Anstoß nehmen oder nicht«, hatte sie gesagt. »Ohnehin werden sie über uns reden, darum sollen sie wenigstens genau wissen, daß wir zusammenleben.«

Natürlich hatte der Skandal um die Fürstin Soklowa im vergangenen Jahr hohe Wellen geschlagen. Eine Zeitlang war er das Tagesgespräch in den Petersburger Salons gewesen. Was für eine Sensation: Fürst Soklow hatte den Liebhaber seiner Frau niedergeschossen und war anschließend mit seinem Sohn außer Landes geflüchtet. Das waren Ereignisse, die die Gemüter erhitzten, und sobald es sich herumgesprochen hatte, daß Swetlana wieder in der Hauptstadt war, beeilte man sich, ihr einen Besuch abzustatten.

Man sprach ihr sein Mitgefühl aus über die schweren Monate, die hinter ihr lagen, erkundigte sich scheinbar teilnahmsvoll, wie sie sich denn nun ihre Zukunft vorstelle und ob sie sich von Leonid Soklow scheiden lassen wolle, und sie antwortete jedesmal mit großer Gelassenheit: »Um mich scheiden zu lassen, müßte ich erst einmal den Aufenthaltsort des Fürsten kennen. Aber ich denke, daß ich ihn eines Tages in Erfahrung bringen werde. Im übrigen ist es Herrn Masslejew und mir egal, daß ich auf dem Papier noch mit einem anderen Mann verheiratet bin. Wir lieben uns und werden zusammenbleiben.«

Das sagte sie auch der Zarin, als sie nach Peterhof kam. Alexandra Fjodorowna empfing Swetlana im Kreis ihrer Hofdamen. Auch Irina war dabei. Sie umarmte die heimgekehrte Schwester und küßte sie auf beide Wangen.

Xenia hatte nicht übertrieben: Irina wirkte äußerst hinfällig; darüber vermochte auch die Lebhaftigkeit nicht hinwegzutäuschen, die sie an den Tag legte.

Die Zarin ließ Tee und Gebäck im Marly-Pavillon servieren. Da das Wetter warm und sonnig war, standen die Fenstertüren zum See offen, der sich an der Rückfront des Hauses befand und in dem unzählige Fische schwammen, die aus dem Wasser schnellten und lautes Entzücken bei den Damen der Zarin hervorriefen.

Swetlana fand das albern und heuchlerisch. Schließlich wußte jeder hier, daß diese Fische hauptsächlich dazu dienten, die kaiserliche Tafel zu bereichern.

Das Gespräch drehte sich zunächst um Swetlanas Reiseeindrücke. Besonders intensiv erkundigte Alexandra Fjodorowna sich nach ihrem Zusammentreffen mit dem deutschen Kaiser, und während Swetlana darüber berichtete, sah sie, wie die Zarin nervös die Hände im Schoß verkrampfte und auf ihren Wangen und im Halsausschnitt ihres Musselinkleides rote Flecken erschienen.

»Nun ja«, sagte sie schließlich, »dann hat Cousin Willy

sich Ihnen gegenüber in der Tat hilfsbereit verhalten. Was man wahrlich nicht immer von ihm behaupten kann.«

Die Wyrubowa nickte heftig. »Was Sie und Seine Majestät betrifft, so hat der deutsche Kaiser Ihre jahrelange Freundschaft auf das schändlichste mißbraucht.«

»So kann man es getrost nennen«, erwiderte die Zarin mit schmalen Lippen. »Seine Majestät ist jedenfalls zu der Erkenntnis gelangt, daß sein Cousin ihn immer nur benutzt hat, um seine eigenen Interessen zu verfolgen. Glücklicherweise ist es ihm nicht in allen Punkten gelungen.«

Swetlana erinnerte sich daran, daß es vor einigen Jahren wegen der österreichischen Annexion von Bosnien-Herzegowina zu ernstlichen Differenzen zwischen Wilhelm II. und Zar Nikolaus gekommen war. Serbien, über den österreichischen Handstreich empört, hatte vom Zaren erwartet, daß er das kleine Land mit allen Mitteln gegen den habsburgischen Übergriff schützte.

Wird es wieder Krieg geben? hatte Swetlana sich damals bang gefragt. In dieser Situation hatte Kaiser Wilhelm Österreich ermutigt, den Serben ein Ultimatum zu stellen. Die Annexion müsse anerkannt und die Mobilmachung der serbischen Armee zurückgenommen werden. Iswolski, der damalige russische Außenminister, versuchte, den Konflikt durch Verhandlungen zu lösen, doch Wilhelm II. blieb unnachgiebig. In einem weiteren Ultimatum forderte er Rußland auf, bedingungslos die österreichischen Forderungen anzuerkennen, andernfalls käme es unweigerlich zu einer bewaffneten Auseinandersetzung.

Der Zar war auf einen neuen Krieg nicht vorbereitet. So gab er schließlich zähneknirschend nach und beugte sich dem Diktat des deutschen Kaisers. Swetlana hatte miterlebt, wie er damals wochenlang voller Groll und tiefer Niedergeschlagenheit umhergegangen war und sich geweigert hatte, Mitglieder der deutschen Botschaft zu empfangen.

»Er hat einen bedenklichen Hang zum Größenwahn, der

deutsche Kaiser«, sagte Alexandra Fjodorowna jetzt. »Überall mischt er sich ein und droht mit militärischem Eingreifen. Er träumt wohl davon, daß ganz Europa von Potsdam und Berlin aus dirigiert wird.« Sie setzte ihre Teetasse ab und beugte sich nach vorn. »Aber wir wollen heute nicht von Politik sprechen. Ich möchte mich ein Weilchen mit Ihnen allein unterhalten, meine liebe Swetlana Pawlowna.« Sie wandte sich an Irina. »Ich habe Lust auf eine kleine Spazierfahrt. Seien Sie so gut, liebes Kind, und sagen Sie Herrn Wolow Bescheid, daß er meinen Rollstuhl bringen und mir hineinhelfen soll.«

Der Kammerdiener erschien wenige Minuten später und stützte die Zarin, während sie aufstand und die paar Schritte zu ihrem Rollstuhl ging. Dann legte er eine Decke über ihre Knie und machte Anstalten, sie in den Park zu schieben. Doch Alexandra wehrte ab. »Diesmal wird mich die Fürstin Soklowa begleiten. Oder erscheint es Ihnen zu schwierig, mich zu fahren, meine Liebe?«

»Aber nein«, beteuerte Swetlana. »Ich habe das ja schon öfter getan, in Zarkoje Selo und auch in Liwadja. Das ist wirklich keine Anstrengung für mich.«

Eine breite Allee führte um den rechteckig angelegten See. Die Wachen, die jedes Mitglied der kaiserlichen Familie zu begleiten hatten, wenn es seine Privaträume verließ, folgten Swetlana und der Zarin in einigem Abstand. Bei einer von einer Marmorbrüstung umgebenen Terrasse bat Alexandra, den Rollstuhl anzuhalten, und forderte Swetlana auf, sich neben sie auf eine Bank zu setzen.

»Ich möchte Sie ansehen, wenn ich mit Ihnen spreche«, sagte sie lächelnd. Trotz der Schmerzen, die sie immer häufiger zwangen, den Rollstuhl zu benutzen, wirkte sie gelassen und beinahe heiter. Swetlana fand, daß sie immer noch ganz bezaubernd war, schmal und blond, mit übergroßen leuchtenden Augen. Es war kaum zu glauben, daß diese Frau fünf Kinder geboren hatte.

Die Zarin lenkte ihren Rollstuhl so, daß sie Swetlanas Hand ergreifen konnte. »Ich habe Sie vermißt, meine Liebe. Es ist schön, daß Sie wieder in Rußland sind, wenngleich ich gewünscht hätte, Sie wären mit Ihrem Sohn heimgekehrt. Ich kann immer noch nicht fassen, wie Fürst Soklow Ihnen so etwas Grauenvolles antun konnte.«

»Ich gebe die Suche nicht auf«, sagte Swetlana verbissen. »Und wenn ich wieder auf Reisen gehen muß ... Ich hoffe, Ihre Majestät werden mir das gestatten.«

»Wenn es nötig ist, ja«, erwiderte die Zarin zögernd. »Aber jetzt möchte ich Sie doch erst einmal eine Weile um mich haben.«

»Ich soll in den Hofdienst zurückkehren?« fragte Swetlana überrascht. »Trotz des zurückliegenden Skandals?«

Das blasse Gesicht der Zarin rötete sich leicht. »Ich habe mich mit Seiner Majestät darüber beraten. Er sagte, daß die Umstände, die zu Fürst Soklows unseliger Tat geführt haben, natürlich gegen Sie sprechen. Sie waren im Hause von Herrn Masslejew, und darum werden die meisten vermuten, daß Sie und er von neuem eine unerlaubte Verbindung eingegangen waren. Aber ich habe dem Zaren erklärt, daß dies nicht der Fall war. Deshalb sind wir zu der Ansicht gelangt, daß wir Ihren guten Ruf am besten wiederherstellen, wenn Sie von neuem zu meiner Ehrendame berufen werden. Niemand wird es wagen, üble Nachrede gegen Sie zu führen, wenn Sie unter meinem persönlichen Schutz stehen.«

»Das ist sehr gütig von Ihnen, Majestät.« Swetlana blickte die Zarin an und las in ihren Augen, wie sehr Alexandra ihr zugetan war. Aber gerade deshalb durfte sie sie nicht belügen und dem Gelächter der Hofgesellschaft preisgeben.

»Es ist wahr: Als mein Mann auf Herrn Masslejew schoß, gab es nicht den geringsten Anlaß dafür. Aber inzwischen ist Herr Masslejew von seinen schweren Verletzungen genesen und hat mich auf meiner Reise begleitet. Wir leben zusammen, und ich werde mich um keinen Preis mehr von ihm trennen.«

Wieder schoß Röte in Alexandras Gesicht. Wie immer versetzte es sie in peinlichste Verlegenheit, wenn man vor ihr auch nur die Andeutung einer Liebesaffäre machte. Die Zarin ließ Swetlanas Hand los und lehnte sich in ihrem Rollstuhl zurück. »Aber das ist ein großes Unrecht. Sie sind immer noch eine verheiratete Frau.«

»Wirklich?« fragte Swetlana bitter. »Vor einigen Jahren habe ich Eurer Majestät einmal anvertraut, wie meine Ehe mit Leonid Soklow wirklich war. Daran hat sich auch nach seiner Rückkehr aus der japanischen Gefangenschaft nichts geändert. Damals habe ich mich von Rodja Masslejew getrennt, und niemand vermag zu ermessen, was mich und ihn das gekostet hat. Mit Fürst Soklow habe ich danach erneut eine Hölle durchlebt. Er hat mich auf alle erdenkliche Art gequält und gepeinigt. Und nun hat er mir auch noch meinen Sohn genommen – Ihren Neffen, Majestät!«

Sie verstummte und kämpfte um Fassung. Dann setzte sie hinzu: »Ich fühle mich nicht mehr als Leonid Soklows Frau. Der Fürst hat alle Bande zerstört, die mich jemals an ihn gefesselt haben. Ich schulde ihm nichts mehr, keine Dankbarkeit, keine Treue, keine Loyalität. Oder sind Eure Majestät anderer Meinung? Dann sagen Sie mir, was ein Mann denn noch tun muß, um zu erreichen, daß seine Frau sich von ihm lossagt!«

»Sie wollen sich also scheiden lassen?« fragte die Zarin beklommen, und Swetlana nickte.

»Sofort, wenn es möglich wäre. Aber ich weiß nicht, wo der Fürst sich aufhält. Ich kenne mich in den Scheidungsgesetzen nicht aus, doch ich habe gehört, daß man, wenn jemand mehrere Jahre lang verschollen ist, eine Auflösung der Ehe bei Gericht beantragen kann. Also bleibt mir vorläufig nur, darauf zu warten.«

Alexandra Fjodorowna stützte den Kopf in die Hände. »Das ist alles so schrecklich ... Ich habe immer an die Unauflösbarkeit einer Ehe geglaubt. Ich dachte, wenn zwei Menschen einander in der Kirche und vor Gott versprochen haben, für immer zusammenzubleiben, dann gilt das für das ganze Leben.«

»Nicht für meine Ehe, Majestät«, erwiderte Swetlana. »Und wenn Leonid Soklow morgen wieder auftauchte, würde ich lieber sterben, als noch einmal mit ihm zu leben.«

Sie blickte über den See, den die Nachmittagssonne wie mit Goldfarbe überzogen hatte. Von der Hauptallee hörte man das Getrappel von Pferdehufen. Eine Kavalkade Reiter sprengte vorüber und verschwand hinter den Bäumen. Sie lachten, und einer sang mit einer hübschen hellen Tenorstimme das Lied vom Roten Sarafan.

Swetlana erinnerte sich: Einmal, nach Leonids Rückkehr aus der japanischen Gefangenschaft, hatte sie es Fjodor vorgesungen, und ihr Mann war dazugekommen und hatte sie verspottet. Das Kind war zornig geworden und hatte zu ihm gesagte »Ich wünschte, Sie wären nicht wiedergekommen!« O Gott, Fjodorenka ...

Die Hand der Zarin umfaßte wieder Swetlanas Finger. »Weinen Sie doch nicht, ich bitte Sie.« Dabei hatte sie selbst Tränen in den Augen. »Ich wollte nie, daß Sie diesen Mann heiraten, erinnern Sie sich? Ich war sehr beunruhigt, als ich von Ihrer Absicht erfuhr und habe Ihnen geschrieben, daß ich nach einer anderen Lösung suchen würde, wenn Sie unglücklich sind. Aber Sie haben ihn geheiratet, und dann hat er es irgendwie geschafft, mir Sand in die Augen zu streuen, indem er mir versicherte, wie sehr er sie liebte. Vielleicht wollte ich das auch nur allzu gern glauben, weil ich mir dann keine Sorgen um Sie und Fjodorenka machen mußte.«

Swetlana nickte. Damals war diese zarte Frau mit den

eisenharten Grundsätzen über ihren Schatten gesprungen. Würde sie es ein zweites Mal tun? Swetlana zweifelte daran. Dennoch sagte sie: »Es wird mir sehr weh tun, nicht mehr in der Nähe Eurer Majestät sein zu dürfen. Trotzdem werde ich Rodja Masslejew nicht aufgeben. Verzeihen Sie mir das, aber ich kann nicht anders.«

Eine Weile herrschte Stillschweigen, dann hob Alexandra den Kopf. Sie blickte Swetlana an und sagte leise: »Ich habe Selbstgerechtigkeit immer gehaßt. Aber man kommt sehr leicht in Versuchung, sich damit aufzublasen, wenn man eine Stellung wie die meine hat. Manchmal muß ich mich selbst ermahnen, vorsichtiger in meinem Urteil und zurückhaltender in meinen Entscheidungen zu sein. Jetzt ist solch ein Augenblick. Sie, meine liebe Swetlana Pawlowna, haben ein sehr schweres Leben geführt, und es steht mir nicht zu, Ihnen Vorhaltungen zu machen, wenn Sie endlich ein wenig mehr an sich denken und ein wenig glücklicher sein wollen als bisher. Es ist wahrlich genug, was Ihnen zugefügt wurde. Ich darf die Last nicht noch vergrößern. Also sei's drum: Bleiben Sie im Hofdienst, wenn Sie das wünschen, und damit in meiner Nähe. Es gibt hier so wenige Menschen, denen ich vertrauen kann, aber Sie gehören dazu.«

»Damit habe ich nicht zu rechnen gewagt«, sagte Swetlana und kämpfte wieder mit den Tränen. »Eure Majestät sind sehr gütig. Gott gebe, daß ich es Ihnen eines Tages vergelten kann.«

Die Zarin lachte ein wenig. »Aber vergessen Sie nicht, daß ich geordnete Verhältnisse liebe. Sehen Sie zu, daß Ihre Ehe so bald wie möglich aufgelöst wird, damit Sie Herrn Masslejew heiraten können.«

5. Kapitel

Es war der 15. Juni 1914. Der österreichische Thronfolger, Erzherzog Franz Ferdinand, stattete den bosnischen und herzegowinischen Provinzen, die sechs Jahre zuvor der Österreichisch-Ungarischen Donaumonarchie einverleibt worden waren, einen Besuch ab. Er befand sich in Begleitung seiner morganatischen Gemahlin Sophie.

Es war eine umstrittene Reise. In Wien fürchtete man für die Sicherheit des Thronfolgers, denn Bosnien und Herzegowina waren seit der Annexion ein ständig schwelender Unruheherd. Agenten und serbische Nationalisten hatten sechs Jahre lang den Haß gegen das Habsburger-Regime geschürt und den Traum, die okkupierten Gebiete zurückzubekommen, beharrlich weiter geträumt.

Doch der Thronfolger, ein furchtloser, liberal gesinnter Mann, wollte durch seinen Besuch ein Zeichen setzen. Er hoffte, die verhärteten Fronten aufzuweichen und die Sympathien von Österreichs slawischen Untertanen zu gewinnen. Er und Sophie reisten in einem Sonderzug bis zu einem Vorortbahnhof von Sarajewo. Dort stiegen sie und ihre Begleitung in Kraftfahrzeuge um, die sie unter starker militärischer Eskortierung in die bosnische Hauptstadt bringen sollten.

Kurz hinter der Stadtgrenze zerrissen plötzlich zwei schwere Bombendetonationen die Luft. Erzherzog Franz Ferdinand und seine Gemahlin blieben unverletzt. Aber unter den Tausenden, die sich am Straßenrand eingefunden hatten, gab es Tote und Verwundete. Auch ein Adjutant des Erzherzogs wurde verletzt und mußte in ein Spital gebracht werden.

Franz Ferdinand traf mit einiger Verspätung im Rathaussaal von Sarajewo ein, wo sich der Bürgermeister, bosnische Generäle und Stabsoffiziere, sowie christliche und mohammedanische Würdenträger versammelt hatten. Meldereiter hatten die Schreckensnachricht von dem Bombenattentat bereits überbracht, und die Wartenden waren von Unruhe erfüllt. Welche Folgen würde dieser Gewaltakt haben? Niemand zweifelte daran, daß er von serbischen Nationalisten verübt worden war, vielleicht mit Wissen und Willen der serbischen Regierung, vielleicht ein Komplott des dortigen Geheimbundes Narodna Odbrana.

Als jedoch der österreichische Thronfolger den festlich geschmückten Saal betrat, wirkte er gelassen und freundlich, fast so, als sei gar nichts geschehen. Lächelnd ließ er sich die Versammelten vorstellen und erklärte, die vorgesehene Fahrt durch die Stadt sogleich nach dem offiziellen Begrüßungszeremoniell fortsetzen zu wollen.

Der Bürgermeister und Franz Ferdinands Oberhofmeister, Baron Rumerskirch, bestürmten ihn zu warten, bis eine genügend starke militärische Bedeckung aus dem Lager Philippowitsch eingetroffen sei, doch der Erzherzog winkte ab.

»Ich bin kein verhaßter Despot, der unter dem Schutz von Bajonetten durch zuvor geräumte Straßen fährt. Das Programm bleibt bestehen wie geplant. Allerdings will ich unterwegs einen kurzen Besuch in dem Spital machen, in das man meinen Adjutanten Merizzi gebracht hat, um zu erfahren, wie es um ihn steht.« Er nahm den Arm seiner Frau. »Kommen Sie, meine Liebe, lassen Sie uns aufbrechen. Es wird gewiß kein zweiter Anschlag auf uns stattfinden.«

Auf dem Rathausplatz jubelten die Menschen, als der Thronfolger mit seiner Begleitung das altehrwürdige Gebäude verließ und den wartenden Wagen bestieg. Die Kolonne setzte sich in Richtung der Franz-Joseph-Straße in Bewegung, die auf die Lateiner-Brücke einmündete.

Der junge Mann, der am Anfang der Brücke wartete, hatte die Hände tief in die Taschen seiner dunklen Hose gesteckt. In der Rechten fühlte er kühles Metall, den Griff seiner Pistole. Halb verborgen hinter einem Reklameschild wartete er mit tödlicher Entschlossenheit. Um ihn herum schrien und winkten sie Menschen. Nach moslemischer Sitte verschleierte Frauen mit reichem Silber- und Goldschmuck reckten die Hälse, Männer mit Fes und Turban und bunten Pluderhosen riefen: »Es lebe der Erzherzog! Es lebe Österreich-Ungarn!«

Der junge Mann – er war zwanzig Jahre alt und hieß Gavrilo Princip – biß die Kiefer aufeinander. Jubelt nur, ihr Verräter, dachte er. Kriecht ihm in den Hintern, dem österreichischen Popanz! Eure Hochrufe werden das letzte sein, das er und die Hure an seiner Seite hören.

Er glühte innerlich. Sie waren zu sechst über die serbische Grenze nach Sarajewo gekommen, alles Mitglieder der Narodna Odbrana, und entschlossen, durch ihre Tat die Welt wachzurütteln, damit sich alle endlich wieder daran erinnerten, welches himmelschreiende Unrecht Serbien widerfahren war.

Wie Gavrilo sie haßte, diese verdammte gleichgültige Welt, für die Serbien, Bosnien und Herzegowina nicht mehr waren als ein Fliegenschiß auf der Erdkugel, um den man sich nicht zu kümmern brauchte! Eine Gelegenheit, dies zu ändern, würde es so schnell nicht wieder geben, und Gavrilo Princip war entschlossen, sie zu nutzen.

Seine Gesinnungsfreunde Cabrinowitsch und Popowitsch hatten Pech gehabt am Vormittag: Der verhaßte Österreicher war ihren Bomben entgangen. Aber außer ihm, Gavrilo, warteten noch drei Männer der Narodna Odbrana an der Straße, bereit zu töten und dafür selbst zu sterben.

Gavrilo reckte den Kopf, als die Hochrufe und der Jubel lauter wurden. Die Wagenkolonne des Erzherzogs tauchte auf, als erstes das Fahrzeug mit den Honoratioren der Stadt. Dahinter folgte der Wagen mit dem Thronfolger. Auf dem Trittbrett stand ein Offizier. Der zwanzigjährige Student sah das weiße Kleid der Gemahlin des Erzherzogs schimmern, daneben die blaue Generalsuniform des Verhaßten.

Die Leute am Straßenrand schwenkten Fahnen und warfen Blumen auf das Pflaster. Es war ein vielfarbiger dichter Blütenteppich, den die Fahrzeuge passierten.

Doch plötzlich stoppte die Kolonne. Der vorderste Wagen war zu weit gefahren, er mußte zurücksetzen, um auf die Brücke über die Miljacka zu gelangen.

In diesem Augenblick drängte Gavrilo Princip sich durch die Menge. Ungehindert tat er die wenigen Schritte bis zum Wagen des Thronfolgers. Er riß die Pistole aus der Tasche und feuerte zweimal. Die Schüsse waren in dem allgemeinen Jubelgeschrei kaum zu hören.

Sophie fiel seitlich gegen ihren Mann. Sie war augenblicklich tot, genau ins Herz getroffen. Ihr weißes Kleid zeigte an der Brust einen runden schwarzen Fleck, der sich rasch blutig färbte.

Franz Ferdinand hatte den Kopf zurückgeworfen. »Es ist nichts ... es ist nichts«, sagte er, als sich sein Oberstkämmerer Graf Harrach voller Entsetzen über ihn beugte. Ein Blutstrom brach aus Franz Ferdinands Mund. Das Schreien und Lärmen wurde leiser und ferner in seinen Ohren, und die vielhundertköpfige Menge verschwamm zu einem dunklen Wirbel, der ihn mehr und mehr in sich aufzusaugen schien.

Während die empörten Menschen am Straßenrand sich auf Gavrilo Princip sürzten und mit schriller Wut auf ihn einschlugen, tat Franz Ferdinand von Habsburg seinen letzten Atemzug.

Zar Nikolaus II. von Rußland erhielt die Nachricht von der Ermordung des österreichischen Thronfolgerpaares auf seiner Yacht Standart, mit der einen Segeltörn in der Ostsee unternahm. Er war betroffen, aber etwas anderes bereitete ihm im Augenblick noch größere Sorgen: Der Zarewitsch Alexej hatte sich, als er an Bord ging, eine Zerrung am Fußgelenk zugezogen. Daraus entwickelte sich ein Bluterguß am Bein, der das Kind vor Schmerzen schreien ließ. Seine Mutter und Dr. Botkin, der Leibarzt, versuchten zunächst vergeblich, seine Qualen zu lindern. Erst allmählich besserte sich Alexejs Zustand, die innere Blutung konnte zum Stillstand gebracht werden, und der Zar entschloß sich, die Kreuzfahrt fortzusetzen.

»Dieser zweifellos schreckliche Mord am österreichischen Thronfolger und seiner Gemahlin wird vermutlich keine schwerwiegenden internationalen Folgen haben«, meinte Nikolaus beim Abendessen. »Es ist eine Tragödie, gewiß, aber sie ist auf dem Balkan geschehen, dessen ständige kriegerische und sogar selbstmörderische Aktionen niemand in Europa ernst zu nehmen vermag. Diese erhitzten Gemüter sind zu allem möglichen fähig, das uns zwar erschreckt und mit Trauer erfüllt. Gleichwohl betreffen solche Ereignisse die übrige Welt nur am Rande.«

»Das mag sein, wenn es sich um Angelegenheiten des Balkans handelt«, warf Swetlana unruhig ein, die dem Zaren gegenübersaß. »Aber diesmal ist der österreichische Thronfolger das Opfer. Eure Majestät mögen verzeihen, aber ich kann mir nicht vorstellen, daß Kaiser Franz Joseph nach einer solchen Tat einfach zur Tagesordnung übergeht.«

»Natürlich nicht. Es wird Repressalien geben, Drohungen, vermutlich ein Ultimatum an die serbische Regierung, den Attentäter an Österreich auszuliefern und ebenso die Hintermänner des Verbrechens. Aber das ist Sache der Diplomaten, die ganz sicher irgendwann zu einer Einigung kommen werden.« Der Zar lächelte Swetlana zu. »Bedenken Sie, Fürstin, Serbien hat in Rußland größtmögliche Unterstützung. Wir wiederum bilden eine Entente mit Frankreich und Großbritannien ...«

»Ja«, warf die Zarin ein, »und Österreich-Ungarn ist mit Deutschland im Bunde. Der deutsche Kaiser aber, dein eitler, großsprecherischer Cousin Willy, mein lieber Nicky, wird nicht zögern, wieder einmal ein riesiges Geschrei zu erheben, um seine Solidarität mit Österreich zu bekunden, und sei es auch nur, um uns Ärger zu bereiten.«

Der Zar lehnte sich in seinem Armstuhl zurück. »Das wird er zweifellos tun, meine liebe Alix. Aber er wird in keinem Fall so töricht sein, einen Krieg anzuzetteln. Er müßte schon den Verstand verloren haben, wenn er die vereinten Mächte Rußland, Frankreich und England angreift.«

»Ganz gewiß«, stimmte Maurice Paléologue, der französische Botschafter, ihm zu, der an der Abendtafel teilnahm. »Auch Österreich-Ungarn wird es nicht wagen. Dennoch heißt es, vorsichtig mit dieser höchst brisanten Angelegenheit umzugehen. Was not tut, ist der gute Wille aller Beteiligten, den Frieden zu bewahren. Eure Majestät haben recht: Es ist Sache der Diplomaten, eine Verständigung zu erzielen.«

Zarin Alexandra schwieg, aber Swetlana bemerkte, daß sie äußerst nervös war. Sie aß kaum mehr etwas, beteiligte sich nicht an der Unterhaltung und atmete heftig. Als das Dessert serviert wurde, schob sie es unberührt von sich und stand auf. »Es ist sehr stickig hier, finde ich. Ich möchte ein wenig an Deck, um die Abendluft zu genießen.«

Der Zar wollte sie begleiten, doch sie wehrte ab. »Iß du nur deinen Nachtisch«, sagte sie mit einem gezwungenen Lächeln. »Ich weiß doch, wie sehr du Süßspeisen liebst. Die Fürstin Soklowa wird so freundlich sein und mir nach oben helfen.«

Trotz der Sorge um Alexej hatte Alexandra die Seereise gut getan. Im Augenblick benötigte sie keinen Rollstuhl, ihre Beinödeme hatten sich zurückgebildet, und auch die quälenden Ischiasschmerzen peinigten sie nicht mehr so heftig. So stützte sie sich nur auf einen Stock und auf der anderen Seite auf Swetlanas Arm, als sie die Treppe zum Deck hinaufstiegen.

»Wo sind eigentlich Ihre Hoheiten, die Großfürstinnen?« erkundigte Swetlana sich, die die vier Mädchen bei der Tafel vermißt hatte.

»Sie essen heute beim Zarewitsch«, erklärte Alexandra Fjodorowna. »Er muß seinen Fuß noch schonen, und Sie wissen ja, wie lebhaft er ist und wie gern er herumspringt. Darum leisten seine Schwestern ihm Gesellschaft, damit er sich nicht langweilt.« Sie lehnte sich an die Reling und bot das Gesicht dem frischen Wind dar. Eine Weile stand sie so, ohne ein Wort zu sagen. Dann wandte sie sich zu Swetlana um, und diese erschrak vor dem Ausdruck einer geradezu hysterischen Furcht in den Zügen der Zarin. Mit einem trockenen Aufschluchzen preßte Alexandra die Hände vor die Brust.

»Wenn Vater Grigorij doch hier wäre!« stieß sie hervor. »Dann könnte man ihn um Rat fragen. Er würde mit uns beten, und vielleicht könnte uns eine göttliche Offenbarung den richtigen Weg weisen. Oh, ich hatte gleich ein ungutes Gefühl, als er mir sagte, daß er wieder einmal nach Pokrowskoje reisen wolle. Am liebsten hätte ich ihn angefleht, bei uns zu bleiben.«

Sie begann so heftig zu zittern, daß Swetlana ihr die Arme um die Schultern legte. »Was ist denn nur, Euer Majestät?« fragte sie besorgt, und Alexandra schluchzte heftig auf.

»Ich habe so grauenvolle Angst! Ich spüre – nein, ich weiß es, daß uns irgendein Unheil droht. Vielleicht betrifft es Vater Grigorij, aber vielleicht ist es auch der Krieg, der über uns hereinbrechen wird. O Gott, Swetlana Pawlowna, was kann ich nur tun, um das Unglück von uns, von Rußland fernzuhalten?«

»Bitte, machen Sie sich doch nicht solch schwere Gedanken«, versuchte Swetlana sie zu beruhigen. »Glauben Sie Seiner Majestät. Nichts und niemand kann Rußland ernstlich bedrohen. Und was Grigorij Rasputin betrifft, so wird er nach ein paar Wochen wohlbehalten aus Sibirien zurückkehren – wie jedesmal, wenn er auf Reisen war.«

»Gott gebe, daß Sie recht behalten«, murmelte die Zarin, und Swetlana merkte, daß sie immer noch am ganzen Leib zitterte. »Aber dieser Mord in Sarajewo ... Wenn ich mir vorstelle, daß unser Baby, unser Alexej, auch auf solch grauenvolle Weise umkäme ...«

Ein Funken der Panik von Alexandra sprang plötzlich auch auf Swetlana über. Sie suchte ihn zu verdrängen. »An so etwas dürfen Sie nicht einmal denken, Euer Majestät.Bitte, sorgen Sie sich nicht länger, es wird alles gut werden.«

Später erinnerte Swetlana sich sehr genau an diesen Satz. Es wird alles gut werden ... die kindliche Formel der Hilflosigkeit, wenn Bedrohung, einer Giftwolke gleich, am Horizont aufsteigt. Und im fernen Pokrowskoje Rasputin zu sterben drohte.

Sie hieß Wera Iwanowna. Sie hatte ihrem Mann fünf Kinder geboren und zwei verloren, bevor sie das Licht der Welt erblickten. Mit siebzehn war sie von Tjumen nach Pokrowskoje gekommen und hatte Kolja Gussejew geheiratet. Und seit dieser Zeit hatte Rasputin, den man damals noch bei seinem richtigen Namen Nowych nannte, Wera nachgestellt.

Sie hatte sich gewehrt und war ihm jedesmal entkommen, doch er hatte gesagt: »Eines Tages krieg' ich dich, mein Täubchen. Und dann werde ich viel Freude an dir haben.«

Und sie hatte geantwortet: »Wag es nicht, du stinkender Bock. Mein Kolja wird dich massakrieren, wenn du mich nicht in Frieden läßt.«

Damals war Kolja noch kräftig und gesund gewesen. Doch in einem Winter, Wera ging gerade mit ihrem fünften Kind schwanger, war er beim Holzfällen von einer Bärin angefallen worden. Er war furchtbar zugerichtet gewesen, und die Ärzte im Spital von Tjumen hatten wenig Hoffnung gehabt, daß er überleben werde. Sie hatten ihm das rechte Bein amputiert und ihn zusammengeflickt, so gut sie es vermochten, und Wera hatte für die Kirche von Pokrowskoje aus Dankbarkeit, daß ihr Mann überlebte, einen wunderschönen Wandteppich gestickt, der den Heiligen Georg darstellte, wie er den Drachen tötete.

Später fand sie, daß es ebensogut eine weniger aufwendige Altardecke getan hätte, denn Kolja Gussejew fand sich nicht mit dem Verlust seines Beines und den Entstellungen an Schulter und Brust ab, die ihm die Bärentatzen zugefügt hatten. Er behauptete, daß das Holzbein, das man für ihn angefertigt hatte, ihm so höllische Schmerzen verursache, daß er nicht damit laufen könne. Und sich an Krücken fortzubewegen, rief neue Schmerzen in Schultern und Armen hervor, so daß Kolja es vorzog, lieber zu Hause in einem Lehnstuhl zu sitzen und Wera die Arbeit auf dem kleinen Bauernanwesen tun zu lassen.

Sie schuftete für drei, dennoch blieb es nicht aus, daß es mit dem Hof bergab ging und im Winter weder Mensch noch Vieh genug zu essen hatten. Kolja ersäufte seinen Kummer in Schnaps. Nur so, behauptete er, könne er dieses erbärmliche Leben und die Schmerzen noch ertragen. Er war ein nörgeliger, wehleidiger Mensch geworden, voller Selbstmitleid und Unzufriedenheit.

Und dann kam Rasputin im Frühsommer wieder einmal

nach Pokrowskoje. Er hörte von Kolja Gussejews Unglück, stattete ihm einen Besuch ab, verteilte Heiligenbilder an die vier größeren Kinder und Wodka an Kolja.

Wie er erfuhr, war Wera mit dem Pferdchen an die Uferwiesen des Flusses gefahren, um das Heu hereinzuholen, und sie erschrak nicht wenig, als Rasputin plötzlich bei ihr auftauchte.

In Pokrowskoje erzählte man vieles von ihm, und das meiste war so schlimm, daß die Frauen hastig ein Kreuz schlugen und die Männer halb bewundernd, halb abgestoßen die Köpfe schüttelten. Ein reiches, großmächtiges Herrchen sollte er geworden sein, der Taugenichts und Hurenbock. In St. Petersburg ginge er in den großen Palästen ein und aus, und Väterchen Zar empfinge ihn alle Tage wie seinen besten Freund. Mit der Zarin stand er ebenso auf Du und Du wie mit Väterchen, und manche wollten sogar wissen, daß Rasputin mit ihr und ihren beiden ältesten Töchtern ein Verhältnis habe. Und nicht nur mit diesen dreien: Die Petersburger Weiber, ob adlig oder nicht, seien verrückt nach ihm, und er feiere mit ihnen die wildesten Orgien. Der Zar sei durch ihn zum Gespött geworden, da er nur noch auf Rasputins Rat höre und alles tat, was jener von ihm verlangte.

»Er hat Väterchen behext und mit ihm alle anderen«, sagten die Leute aus Pokrowskoje. »Er ist mit dem Teufel im Bunde.«

Und Anna Gussejewa, Koljas unverheiratete Schwester, die gleichfalls in Pokrowskoje lebte und vor lauter Frömmigkeit ein bißchen verrückt im Kopf geworden war, kreischte: »Er ist der Antichrist! Er ist geboren worden, um uns alle zu verderben!«

»Hallo, mein Täubchen«, sagte Rasputin, als er vor Wera Gussejewa stand. Sie hatte die Röcke hochgebunden, um auf diese Weise besser durch das hohe Gras gehen zu können, und die Leinenbluse klebte ihr am Körper, denn es war ein heißer Tag. »Mußt du jetzt Männerarbeit tun? Und zu Hause liegt dein Krüppel von Mann auf der faulen Haut und säuft ... Was für ein Unglück!«

»Was geht es dich an?« versetzte Wera. »Laß mich in Ruhe, ich habe keine Zeit. Heute abend kann ein Gewitter kommen, und bis dahin muß ich das Heu heimgebracht haben.«

Sie wischte sich das helle Haar aus der Stirn und wollte wieder nach dem Rechen greifen, mit dem sie das am Vortag gemähte Gras zusammenschob, um es dann auf den Wagen zu laden, vor den sie das Pferdchen gespannt hatte.

Das war ein Fehler, denn im nächsten Augenblick war Rasputin über ihr, umklammerte sie und zwang sie zu Boden.

Sie stürzte und schrie: »Geh weg! Geh weg!« und versuchte, sich unter ihm hervorzuwinden, doch er drückte sie mit seinem schweren Körper nur noch tiefer ins Gras. Wera spürte, wie er ihr die Röcke hochriß, während seine Arme von rückwärts nach ihren Brüsten griffen. Er zerfetzte ihre Bluse und umspannte keuchend ihre nackte Haut. Dann drang er in sie ein, und Wera schrie wiederum gellend auf, geschüttelt von Angst und Abscheu.

Er bewegte sich in ihr, stieß sie ohne eine Spur von Zärtlichkeit und Rücksicht, nur getrieben von seinem Verlangen, und verströmte sich in ihr. Wera hörte ihn stöhnen und keuchen, und sie dachte: »Gott, strafe dieses Schwein! Bring ihn um, Gott! Schick einen Blitz vom Himmel, der ihn erschlägt!«

Als Rasputin von ihr abließ und sich aufrichtete, blieb sie im Gras liegen, und als er sie umdrehte, spuckte sie ihm ins Gesicht. Er lachte nur, brachte seine Kleider in Ordnung, und sagte: »Das war erst der Anfang, meine kleine Stute. Heute nacht komme ich wieder, wenn dein versoffener Mann schläft. Und dann wirst du unter mir stöhnen und jubeln, weil ich dir das gebe, was Kolja, der Krüppel, dir nicht mehr geben kann.«

Es war am Abend, als Weras Schwägerin Anna Gussejewa an die Uferwiesen kam. Sie fand Wera am Fluß sitzend, mit zerrissenen, schmutzigen Kleidern, die Arme um die Knie gelegt.

»Was ist, Weruschka?« fragte Anna. »Kolja hat mich gebeten, nach dir zu suchen. Es ist schon spät, und die Kinder ...« Sie brach ab, weil sie erst jetzt gewahrte, wie Wera aussah. »Heilige Schmerzensmutter, was ist geschehen?«

»Rasputin«, sagte Wera nur. Dann begann sie zu weinen, und Anna begriff.

Ihr Gesicht wurde weiß und kantig. »Er hat es gewagt, dieser Teufel ...«

Wera stand auf. »Laß uns heimgehen. Und bitte, sag es niemandem, vor allem Kolja nicht. Es würde ihn umbringen.«

Anna half ihr, den Wagen nach Hause zu bringen und das Heu abzuladen. Es kam in die Scheune über dem Stall mit den vier Kühen, drei Schweinen und dem Pferdchen. Und die ganze Zeit sprach Anna kein Wort. Als die Arbeit getan war, ging sie grußlos in ihr eigenes Häuschen hinüber.

Wera bereitete das Abendessen für Kolja und die vier größeren Kinder und fütterte das Kleinste. Ein Junge war es, der in der Kirche von Pokrowskoje auf den Namen Anatolij getauft worden war. Nein, sie sagte Kolja nicht, was ihr geschehen war, und vielleicht hätte er es in seinem betrunkenen Kopf auch gar nicht begriffen. Oder er hätte nur einen Grund mehr darin gesehen, sich selbst zu bemitleiden und zu heulen. Kolja konnte ihr nicht helfen. Niemand konnte das.

Wera war sterbensmüde und ging sogleich nach dem Essen ins Bett. Um dieselbe Zeit verließ ihre Schwägerin Anna ihr Häuschen. Sie war kalt und ruhig, als sie über die Straße ging, ein langes Fleischmesser in den Falten ihres Rockes verborgen. Sie ging zu Rasputins Haus und klopfte an die Tür. Seine älteste Tochter Maria öffnete. »Was gibt es, Anna?« fragte sie. »Willst du uns besuchen?«

»Nein«, sagte die Gussejewa mit niedergeschlagenen Augen. »Ich möchte nur den Staretz sprechen. Sei so gut, Maschka, und schicke ihn nach draußen.«

Er kam wenige Augenblicke später. »Was willst du?« fragte er nicht unfreundlich. »Hast du etwas auf dem Herzen?«

»Ja – das«, sagte Anna, riß das Messer hoch und stach zu, einmal, zweimal, dreimal. Rasputin schrie auf. Er torkelte zurück, und Anna jagte die scharfe Klinge noch einmal in seinen Bauch. Rasputin preßte die Hände auf die Wunde. Blut quoll zwischen seinen Fingern hervor, er schwankte und versuchte, Anna festzuhalten, seine Hände um ihren Hals zu legen, doch er schaffte es nicht mehr. Mit einem wilden Schrei stürzte er zu Boden.

»Ich wollte den Antichrist töten«, sagte Anna Gussejawa bei ihrer ersten Vernehmung durch die Polizei, nachdem Rasputin, der noch lebte, in das Spital nach Tjumen gebracht worden war. »Er ist ein Geschöpf Satans, darum muß man ihn umbringen.«

Sie bereute nichts, und sie bestritt nichts. Allerdings verschwieg sie, was Rasputin zuvor ihrer Schwägerin Wera angetanhatte. Das ging niemanden etwas an.

»Er ist der Antichrist«, wiederholte Anna Gussejewa bei allen weiteren Verhören. »Es ist eine gute, Gott wohlgefällige Tat, Rußland von ihm zu befreien.«

Aber Grigorij Jefimowitsch Rasputin überlebte. Seine Bärennatur half ihm, von den Verletzungen zu genesen, die einen anderen zweifellos umgebracht hätten.

Dennoch war Zarin Alexandra vollkommen außer sich, als sie erfuhr, was ihrem ›Heiligen‹ geschehen war. »Er darf nicht sterben«, wiederholte sie immer wieder unter Tränen. »O Gott, was für ein unvorstellbares Unglück!«

Zar Nikolaus nahm die Geschehnisse gelassener hin, und Swetlana hatte fast den Eindruck, daß Rasputins Tod ihm gar nicht so unwillkommen wäre, wurde er dadurch doch von einem Menschen befreit, der immer größeren Einfluß auf ihn genommen hatte und von dem der Zar sich deshalb in zunehmendem Maße bedrängt fühlte.

Die Zarin ließ ein Tedeum abhalten, als aus Tjumen die Nachricht kam, daß der Staretz endlich außer Lebensgefahr war. Und Irina Lasarowa sagte: »Ich möchte zu ihm. Er leidet gewiß immer noch schrecklich, und es wird ihm wohltun, wenn jemand an seinem Bett sitzt, von dem er weiß, daß er ihm zugetan ist.«

»Du bist wahnsinnig, Irinenka!« fuhr Swetlana auf. »Du kannst doch nicht bis hinter den Ural nach Sibirian reisen. Das ist viel zu anstrengend für dich.«

Am Vormittag hatte das Zarenpaar mit seiner Begleitung die ›Standart‹ verlassen, um sich auf den Empfang des französischen Präsidenten Raymond Poincaré vorzubereiten, der am folgenden Morgen eintreffen sollte. Swetlana und Irina hatten von der Zarin den Auftrag erhalten, noch einmal die Tischordnung für das Galadiner zu überprüfen, das zu Ehren des französischen Gastes am Ankunftsabend in Peterhof stattfinden sollte.

Die beiden Schwestern saßen in einem Kabinett neben dem Arbeitszimmer Alexandra Fjodorownas. Sie selbst war damit beschäftigt, mehrere Depeschen abzufassen, von denen eine für Rasputin bestimmt war, eine zweite für den Chefarzt des Tjumener Krankenhauses, in dem der Staretz lag, und eine dritte für Innenminister Makarow, in der sie sich bitter über die Zeitungsartikel beklagte, in denen der Mordversuch an Rasputin keineswegs mit der von der Zarin erwarteten Empörung veröffentlicht worden war. Viele Blätter schienen sogar zu beklagen, daß er noch lebte, und stellten Anna Gussejewa als eine Art Heldin hin. Dabei lautete die offizielle, vom Zarenpaar gewünschte Version dieser Tat, daß sie ganz offensichtlich von einer Irrsinnigen verübt worden sei.

Irina schob die eng beschriebenen Blätter zusammen, die vor ihr auf dem Tisch lagen. »Ich habe Ihre Majestät bereits um die Erlaubnis zu meiner Reise gebeten, und sie hat sie mir erteilt. Anna Wyrubowa begleitet mich, und außerdem nehmen wir unsere Kammerzofen mit. Was soll daran so besonders anstrengend sein, mit einem Zug nach Tjumen zu reisen?«

»Laß die Wyrubowa allein fahren«, flehte Swetlana. »Du bist selbst leidend. Wenn du unterwegs einen Herzanfall bekommst ... Wir haben Sommer, und die Hitze wird dich krank machen. Außerdem wollte Mama doch Ende des Monats nach Petersburg kommen. Stell dir ihre Enttäuschung vor, wenn du nicht hier bist.«

»Sie wird sie verkraften«, meinte Irina trocken. »Du weißt doch, daß unsere Mutter sich im Grunde niemals besonders für uns Mädchen interessiert hat. Anders war es mit Jurij; den hat sie angebetet. Daß er ins Exil gegangen ist, hat ihr einen harten Schlag versetzt, viel härter als Xenias Verschwinden beispielsweise. Wie ich Mama kenne, wird sie zwar lamentieren, daß sie mich nicht sehen kann, aber sie wird sich sehr schnell darüber hinwegrösten.«

Swetlana stand auf und nahm die Hände ihrer Schwester. »Trotzdem bitte ich dich, bleib hier. Ich habe Angst um dich, Irinenka.«

»Ach was! Ich fühle mich wohl, und wenn ich mich wirklich ein wenig überanstrengen sollte, so werde ich mich rasch erholen, wenn ich bei Grigorij bin.«

Es war sinnlos; Irina ließ sich nicht abhalten, ihr Vorhaben in die Tat umzusetzen. Zusammen mit der Wyrubowa reiste sie bereits am folgenden Tag ab, während Swetlana mit dem Hofstaat auf der Reede in Peterhof auf das Eintreffen des französischen Staatspräsidenten wartete.

Zar Nikolaus war auf die ›Standart‹ zurückgekehrt, und als das französische Geschwader in Sicht kam, wurde es mit donnernden Kanonenschüssen begrüßt. Dazwischen mischten sich die Hurrarufe der angetretenen Garden und der Schaulustigen. Tausende waren mit Ausflugsschiffen aus St. Petersburg gekommen, um die Ankunft der französischen Gäste mitzuerleben.

Man spielte die russische Hymne und die Marseillaise, und Swetlana beobachtete, wie Zarin Alexandra für einige Sekunden gequält die Augen schloß.

»Ich wünschte, Monsieur Poincaré käme nicht gerade jetzt, wo wir täglich Kuriermeldungen erhalten, daß sich die Lage zwischen Österreich und Serbien weiter zuspitzt«, hatte sie noch vor einer Stunde Swetlana anvertraut. »Ich fürchte, Poincaré wird versuchen, Rußland in einen Krieg zu treiben, um bei dieser Gelegenheit die französischen Interessen in Elsaß-Lothringen zu verfolgen.«

»Das verstehe ich nicht«, hatte Swetlana erwidert, und die Zarin hatte es ihr erklärt.

Raymond Poincaré war gebürtiger Lothringer, und seit der Abtrennung seiner Heimat an Preußen im Jahre 1870 träumte er davon, Elsaß-Lothringen wieder Frankreich einzuverleiben.

»Wir sind Alliierte von Frankreich und England«, hatte Alexandra gesagt, »und ebenso von Serbien. Wenn Österreich tatsächlich Serbien angreift, muß Rußland ihm beistehen. Der deutsche Kaiser wiederum ist mit Österreich im Bunde, und so könnte es zu diesem schrecklichen Krieg kommen, in dessen Verlauf Frankreich zweifellos versuchen wird, Elsaß-Lothringen zurückzuerobern.«

Krieg ... Würde es wirklich Krieg geben?

Trotz der sommerlichen Wärme durchlief Swetlana ein Frösteln. Ich will es nicht glauben, dachte sie. Die Zarin ist überbesorgt. Wer kann denn ernstlich wollen, daß Europa nach und nach in Flammen aufgeht?

Sie blickte über die von Equipagen vollgestopften Kais. Die meisten Wagen waren offen; man sah Damen mit riesigen Hüten und Sonnenschirmen in bunten Sommertoiletten, Offiziere in Galauniformen, Herren im Cut, mit schwarzen Zylindern. Auf den Ausflugsschiffen winkten und jubelten die Menschen, schwenkten Fahnen und Taschentücher.

Präsident Poincaré wohnte im großen Peterhofpalast, und am Abend fand ihm zu Ehren das Galadiner im Elisabeth-Saal statt. Die Zarin war seine Tischdame, und sie sah hinreißend aus in ihrem weißen Brokatkleid und den glitzernden Diamanten im Haar und um den Hals.

Anfangs unterhielt sie sich sehr lebhaft mit Raymond Poincaré, doch als das Bankett sich in die Länge zog und immer wieder Toasts auf die Einheit der beiden Länder Frankreich und Rußland ausgebracht wurden, wurde sie starr und schweigsam. Man sah ihr an, daß sie nur mit Mühe ihre Beherrschung aufrechterhielt.

Tags darauf besuchte Poincaré St. Petersburg. Ein neuer Streik lähmte die Straßenbahn- und Eisenbahnverbindungen, doch der französische Gast merkte davon nichts. Er fuhr in einer vierspännigen Kutsche durch die Stadt, neben sich den Zaren, und die Polizei hatte an sämtlichen Straßen bezahlte Leute postiert, die lauthals jubelten, wenn die Kutsche vorüberfuhr. Im Winterpalais empfing der französische Ministerpräsident sämtliche in St. Petersburg akkreditierten Diplomaten, darunter auch den österreichisch-ungarischen Botschafter Graf Szapary.

Im Verlauf des Abends nahm Poincaré ihn beiseite. »In diesen Tagen müssen wir alle besonders vorsichtig und wachsam sein«, sagte er in bemüht freundlichem Ton. »Aber ich denke, daß sich die Serbien-Affäre mit ein wenig gutem Willen friedlich lösen läßt. Andererseits könnte sie ebenso leicht eskalieren. Serbien hat in Rußland viele Freunde, und Frankreich ist Rußlands Verbündeter. Daraus könnten natürlich Komplikationen erwachsen.«

Graf Szaparys Miene wirkte eisig, und Poincaré sagte später stirnrunzelnd zu seinem Botschafter am Zarenhof, Maurice Paléologue: »Er hat mir kein Wort darauf erwidert. Das macht mich besorgt. Offensichtlich plant Österreich einen Coup.«

Für den dritten Tag des französischen Staatsbesuchs war eine Truppenparade in Krasnoje Selo angesetzt worden.

Die Zarin saß in einer offenen Kutsche mit ihren beiden jüngsten Töchtern und, was selten genug vorkam, dem Zarewitsch Alexej. Tatjana und Olga, die ältesten Zarentöchter, ritten an der Seite ihres Vaters in den Paradeuniformen ihrer Regimenter in den riesigen Manöver- und Exerzierplatz ein. Die jungen Großfürstinnen sahen großartig aus, und die Zuschauer empfingen sie mit begeistertem Applaus.

Alexandra Fjodorowna senkte den Kopf. Sie liebte ihre Töchter, aber in solchen Momenten mußte sie den Impuls unterdrücken, den Zarewitsch in die Arme zu nehmen und hemmungslos zu weinen. Wollte sie sich denn nie schließen, die Wunde, die die unheilbare Krankheit ihres Babys, wie Alexej im Familienkreis immer noch genannt wurde, aufgerissen hatte?

An Tagen wie diesen, wo das Volk und die Armee wünschten, den Thronfolger an der Seite ihres Zaren zu sehen, wie er zu Pferde die Parade abnahm, empfand Alexandra diese Wunde als unerträglich. Jahre hindurch hatte man versucht, Alexejs Leiden zu verheimlichen. Aber indessen war das unmöglich geworden. Alle Welt mußte sehen, daß sie, Alexandra Fjodorowna, einen kranken Thronerben zur Welt gebracht hatte, der niemals in der Lage sein würde, derartige Repräsentationspflichten zu erfüllen.

Die Parade wurde eingeleitet, indem mehrere Militärkapellen die Marseillaise spielten, und Raymond Poincaré erhob sich in seinem offenen Wagen. Barhäuptig stand er da, den Zylinder an die Brust gedrückt. Nach dem folgenden Abspielen der Zarenhymne ritten der Zar und seine Töchter, begleitet von den Gardegenerälen, zunächst zu ihren Regimentern, die vor ihnen salutierten. Dann begann der Vorbeimarsch von sämtlichen angetretenen Kavalleristen und Infanteristen, insgesamt sechzigtausend Mann.

Man senkte die Regimentsfahnen vor Seiner Majestät, und die Zuschauer applaudierten im Takt zu der schmetternden Marschmusik. Die Luft roch nach Staub und Pferden, die farbenfrohen Uniformen mit ihren Goldverschnürungen, die Feldzeichen und Banner leuchteten, und darüber spannte sich der weite Himmel Rußlands, dessen blaßblaue Farbe allmählich in ein Goldrot überwechselte, als die Sonne unterging.

Swetlana saß mit den Hofdamen der Zarin ebenfalls in festlich geschmückten Landauern. Eigentlich bereiteten ihr derartige Massenveranstaltungen keine besondere Freude; sie waren in ihren Augen ein Schauspiel vor einer immer brüchiger werdenden Fassade. Aber an diesem Tag wurden ihr dennoch vor innerer Bewegung die Augen feucht.

Gott schütze Rußland, dachte sie. Er schütze all diese Männer hier, die noch so jung sind und das Leben vor sich haben. Aber wenn es Krieg gab – wie viele würden zu Krüppeln geschossen werden oder fallen, in einem Massengrab auf irgendeinem Schlachtfeld verscharrt. O Gott, laß es nicht zu, daß es Krieg gibt!

Eine Kanonensalve beendete das stundenlange Defilee und rief zu dem traditionellen Abendgebet auf.

Die sechzigtausend Männer auf dem weiten Feld entblößten ihre Häupter, während die Marschmusik verstummt war und statt dessen das ›Kol Slawen‹ aufklang, das sonst alle Tage um zwölf Uhr mittags und um Mitternacht von der Peter-Paul-Festung zu hören war. Die Menschen auf dem Platz waren still geworden und hielten die Köpfe gesenkt. Dann trat ein junger Unteroffizier vor und sprach mit weithin hallender Stimme das Vaterunser, und die vielen Tausend beteten stumm mit.

Sie beteten wohl alle in diesem Augenblick darum, daß Rußland der Frieden erhalten bleiben möge.

6. Kapitel

Dies geschah am 9. Juli 1914. Am 10. Juli gab Raymond Poincaré auf dem französischen Schlachtschiff ›France‹ noch ein Abendessen für das Zarenpaar, bevor er in der Nacht mit seiner Begleitung nach Frankreich zurückkehrte.

Am kommenden Morgen erhielt Zar Nikolaus die alarmierende Nachricht, daß die österreichische Regierung Serbien ein Ultimatum gestellt hatte. Innerhalb von 48 Stunden mußte die Entscheidung fallen, ob österreichisch-ungarische Beamte nach Serbien einreisen durften, um nicht nur in die Untersuchungen wegen des Attentats auf das Thronfolgerpaar einzugreifen, sondern auch alle gegen Österreich gerichteten Widerstandsgruppen auszuheben.

Nikolaus' Außenminister Sasonow bemühte sich verzweifelt darum, eine Einigung zwischen Österreich und Serbien herbeizuführen, aber alles war vergeblich. Am 15. Juli erklärte Österreich-Ungarn Serbien den Krieg.

Rasputin, indessen wieder so weit genesen, daß er über die Ereignisse informiert war, schickte aus dem Krankenhaus eine Depesche an den Zaren, in der er ihn beschwor, keinen Krieg zu führen. Dies würde in einem grauenvollen Gemetzel enden und unweigerlich das Ende Rußlands und seines Zaren nach sich ziehen.

Nikolaus fühlte sich durch dieses Telegramm in die Enge getrieben. Schließlich war er Verpflichtungen Serbien gegenüber eingegangen. Konnte, durfte er es dulden, daß Österreich dermaßen rigoros gegen das kleine Land vorging? Andererseits wollte der Zar keinen europäischen Brand entfachen. Er wollte den Frieden bewahren, wenn auch nicht um jeden Preis.

Deshalb depeschierte er seinem Cousin, dem deutschen Kaiser, flehte ihn geradezu an, es nicht zum Äußersten kommen zu lassen, und bat ihn um Vermittlung angesichts der österreichischen Kriegserklärung. Auch England mischte sich ein und schlug ein Treffen der an diesem Konflikt beteiligten Mächte vor, um in letzter Minute zu einer friedlichen Einigung zu gelangen.

Aber Wilhelm II. war entschlossen, gemeinsam mit Österreich-Ungarn Krieg zu führen in der Hoffnung, ein Sieg werde ihm und der Habsburgischen Monarchie die seit langem erstrebte Vorherrschaft in Europa sichern. Er mißachtete die Verhandlungsbereitschaft des Zaren, der sich sogar angeboten hatte, direkten diplomatischen Kontakt mit Österreich aufzunehmen, um die drohenden Kampfhandlungen zu verhindern.

Statt dessen schob Wilhelm II. Rußland die ganze Verantwortung für den Kriegsausbruch zu, da es sich auf die Seite der Serben stellte, einer Nation von Meuchelmördern und Rebellen, wie er es nannte.

Wegen der bedrohlichen Lage hatte Zar Nikolaus eine Teilmobilmachung in Rußland angeordnet, auf die Wilhelm sich in seiner Antwortdepesche berief und von der er behauptete, daß diese Handlungsweise den Kriegswillen Rußlands deutlich dokumentiere. Daß die österreichische

Artillerie bereits mit der Beschießung von Belgrad begonnen hattc, erwähnte er mit keinem Wort.

Nikolaus war bewußt, daß es nur noch eine Möglichkeit gab, Rußland aus dem drohenden Krieg heraus zu halten: Er mußte Serbien im Stich lassen und seinem Verbündeten Frankreich in den Rücken fallen, indem er dem deutschen Kaiser nachgab. Doch dies erschien ihm ganz und gar unmöglich.

»Ich werde die Generalmobilmachung anordnen«, sagte der Zar nach einer halbwegs durchwachten Nacht zu Außenminister Sasonow. Er war blaß, sein Gesicht eingefallen. »Aber ich bin mir darüber im klaren, daß dies Hunderttausende von Russen dem Tod ausliefern kann.« Er legte die Hand über die Augen. »O mein Gott, dies ist der schmerzlichste Tag meines Lebens.«

Trotzdem versuchte er noch einmal, das Unvermeidliche aufzuhalten. »*Aus technischen Gründen kann ich mit den militärischen Vorbereitungen nicht länger warten*«, depeschierte er Wilhelm II. »*Solange aber die Gespräche mit Österreich nicht abgebrochen sind, werden sich meine Truppen jeden Angriffs enthalten.*«

Der deutsche Kaiser antwortete ihm prahlerisch: »*Ich bin in meinen Friedensbemühungen bis zur äußersten Grenze des Möglichen gegangen. Du kannst den Frieden in Europa nur retten, wenn Du Deine militärischen Maßnahmen anhältst.*« Er gestand den Russen genau zwölf Stunden zu, um die Generalmobilisierung aufzuheben.

Alles in Nikolaus sträubte sich, diese selbstherrliche Forderung zu erfüllen. Er war kein Vasall Deutschlands und nahm von dessen Kaiser keine Befehle entgegen. Die Mobilmachung blieb bestehen.

Die russischen Zeitungen berichteten in großer Aufmachung über den Depeschenwechsel zwischen Nikolaus und Wilhelm. Und wie immer, wenn das russische Volk sich bedroht und in seiner vaterländischen Ehre gekränkt sah, vergaß es, was gestern noch zu Streiks und Unruhen gegen unerträgliche Verhältnisse geführt hatte, und stellte sich hinter seinen Zaren. Wie schon beim Ausbruch des Russisch-japanischen Krieges kam es zu patriotischen Kundgebungen vor dem Winterpalais. Die Leute sangen und ließen in Sprechchören den Zaren hochleben, und als er sich auf einem Balkon zeigte und ihnen zuwinkte, ertönte aus Tausenden von Kehlen ein donnerndes ›Hurra‹!

Nikolaus allerdings war hell verzweifelt. Er kehrte nach Peterhof zurück, und als er am Abend des 19. Juli die Mitteilung erhielt, daß Deutschland dem russischen Reich den Krieg erklärt habe, war er den Tränen nahe. Er brauchte ein paar Minuten, bis er sich so weit gefaßt hatte, daß er zu seiner Familie zurückkehren konnte.

Sie saßen im Speisesaal beim Abendessen, das dieses Mal in etwas größerem Kreise stattfand, da wegen der angespannten Lage etliche Minister und Generäle nach Peterhof befohlen worden waren.

»Es ist geschehen«, sagte der Zar stockend. »Deutschland hat uns den Krieg erklärt.«

Alexandra Fjodorowna preßte die Hand vor die Lippen, um einen Aufschrei zu unterdrücken. Sie sprang auf und flüchtete sich in die Umarmung ihres Mannes. Maria und Anastasia brachen in lautes Weinen aus, und auch Tatjana und Olga hatten Tränen in den Augen. Der Zarewitsch war nicht anwesend; er aß in seinem Zimmer in Gesellschaft seines Lehrers Pierre Gilliard zu Abend. Seit er sich vor über einem Monat die Verletzung am Bein zugezogen hatte, konnte Alexej zwar zeitweilig aufstehen, so daß er auch an der Parade in Krassnoje Selo hatte teilnehmen können. Aber Dr. Botkin hatte davor gewarnt, das Bein zu überanstrengen, und immer noch überwiegende Bettruhe angeordnet, bis der Bluterguß sich gänzlich zurückgebildet hatte.

Nikolaus führte Alexandra an den Tisch zurück und

drückte sie in ihren Stuhl. »Versuch noch ein wenig zu essen, meine Liebe. Du brauchst Kraft, denn morgen steht uns allen ein anstrengender Tag bevor.«

»Wieso? Was ist denn morgen?« fragte Anastasia neugierig. Tränen versiegten bei ihr immer sehr rasch, wenn etwas anderes ihr Interesse weckte. Sie war ein robustes, fröhliches Mädchen, das voller Einfälle und mitreißender Lebenslust steckte.

»Wir müssen morgen alle miteinander nach Petersburg fahren«, erklärte ihr Vater ihr. »Es ist Tradition, daß jeder Zar bei Ausbruch eines Krieges in der Hauptstadt vor das russische Volk tritt, einen heiligen Eid ablegt, sein Land zu verteidigen, und seine Menschen segnet. Wir werden mit der ›Alexandria‹ fahren und vom Newa-Kai alle miteinander zu Fuß zum Winterpalast gehen.«

»Ist das nicht zu gefährlich?« fragte Alexandra mit bleichen Lippen. »Es werden Tausende auf den Straßen sein. Wer soll dich da ausreichend schützen können, Nicky?«

Er küßte ihre Hand. »In Stunden wie diesen hat der russische Zar nichts von seinem Volk zu befürchten, Sunny. Du mußt keine Angst haben.«

Daß er sie bei dem Kosenamen ihrer Mädchenzeit am Hof der Queen Victoria nannte, trieb ihr schon wieder Tränen in die Augen. Dann fiel ihr etwas Neues, Erschreckendes ein. »Deine Mutter und deine Schwester, Nicky... Sie sind auf der Heimreise aus Dänemark. Vermutlich halten sie sich gerade jetzt in Deutschland auf. Wer weiß, was ihnen passiert ...«

Die Zarinmutter Maria Fjodorowna hatte ihrer alten Heimat einen Besuch abgestattet und war von ihrer Tochter Xenia begleitet worden.

Der Zar versuchte ein beruhigendes Lächeln. »Ich habe Minister Sasonow gebeten, Erkundigungen einzuziehen. Auch darüber mußt du dich nicht sorgen. Mutter und Xenia reisen mit großem Gefolge, sind also weder allein noch schutzlos. Im übrigen wird Cousin Willy es nicht wagen, die beiden anzutasten.«

»Willy! Willy!« fuhr die Zarin auf. »Er hat bereits Unsägliches gewagt. Dieser Mensch kennt keine Skrupel und kein Gewissen. Womöglich sind deine Mutter und Xenia gerade in Berlin, um Irina und Felix einen Besuch abzustatten. Ich begreife ohnehin nicht, daß diese beiden nicht gleich nach dem österreichischen Ultimatum an Serbien Deutschland auf schnellstem Wege verlassen haben, um nach Hause zurückzukehren. Es war doch abzusehen, daß es Krieg gibt.«

Sie sprach von Felix Jussupow, der mit Irina, Großfürstin Xenias Tochter, verheiratet war. Swetlana, die mit an der Abendtafel saß, erinnerte sich, daß die beiden vor einigen Wochen in die deutsche Hauptstadt gereist waren. Doch dies beschäftigte sie nur am Rande. Vielleicht würde man in Preußen den Jussupows und der Mutter des Zaren einige Schwierigkeiten bereiten. Aber diese konnte man leicht aus der Welt schaffen, dessen war Swetlana sicher. Nicht mehr aus der Welt zu schaffen war hingegen die Tatsache, daß Rußland in einen Krieg hineingezogen worden war, dessen Ausmaß man in diesem Augenblick nur ahnen konnte.

Swetlana blickte zum Zaren hinüber, sah, wie verstört und unglücklich er war, und fühlte eine Welle von Mitleid für diesen schmächtigen, gebeugten Mann in sich aufsteigen. Nein, er hatte diesen Krieg nicht gewollt.

Da die Zarin an diesem verhängnisvollen Abend den Wunsch äußerte, mit ihrem Mann und den Kindern allein zu sein, fuhr Swetlana nach Znamenka, wo Rodja noch immer wohnte und arbeitete.

Sie flüchtete sich in seine Arme. »Es ist Krieg, Rodja«, sagte sie weinend, und er antwortete:

»Ich weiß es, mein Herz. Es ist schrecklich, und wir können nur beten und hoffen.«

»Hoffen – worauf?« fragte sie mutlos. »Nun können wir Rußland nicht mehr verlassen, um nach Fjodor zu forschen.« Sie schauderte bei der Vorstellung, daß Leonid Soklow das Kind vielleicht auf den Balkan, möglicherweise sogar nach Serbien gebracht haben könnte, wo der Krieg bereits wütete.

Rodja und Swetlana vermieden es, darüber zu sprechen, aber sie dachten beide daran, und ihre Angst wuchs.

Am nächsten Morgen fuhr die Zarenfamilie nach St. Petersburg. Auf den Kais wurde die kaiserliche Yacht von einer riesigen Menschenmenge erwartet. Sie sangen und winkten und schwenkten Fahnen mit dem Zarenadler, als Nikolaus und Alexandra das Schiff verließen und zu Fuß den kurzen Weg zum Winterpalais zurücklegten. Im St. Georgssaal wurden sie vom gesamten Hofstaat, den Mitgliedern des Reichsrates, des Heiligen Synod und den hohen Militärs erwartet. Die Offiziere hatten bereits ihre Felduniformen angelegt. Ein Altar mit der Ikone der Jungfrau von Kasan war in der Mitte des riesigen Saales aufgestellt worden. Das Zarenpaar betete lange davor, er mit tief gesenktem Kopf, sie mit geschlossenen Augen, aber das Gesicht nach oben gerichtet.

Die Mönche des Alexander-Newskij-Klosters sangen. Ihre gewaltigen Baßstimmen und die strahlenden Tenöre füllten mühelos den Saal und drangen nach draußen zum Newa-Kai, wo die eben noch jubelnde Menge nun in ehrfürchtigem Schweigen verharrte. Viele von ihnen fielen auf die Knie.

Nach der von dem Metropoliten von Petersburg zelebrierten Messe wandte der Zar sich an die Versammelten. Er legte seine Rechte auf die Bibel, die ihm auf einem purpurfarbenen Kissen mit schwerer Goldstickerei gereicht wurde, und sagte mit fester Stimme:

»Ich schwöre feierlich, daß ich keinen Frieden schließen werde, ehe nicht der letzte feindliche Soldat den Boden unseres russischen Vaterlandes verlassen hat. Durch Sie, die Vertreter aller Truppen, durch die Garde und die Petersburger Konskription, die Sie alle meinem Herzen so teuer sind, wende ich mich an meine gesamte Armee und erteile ihr meinen Segen.«

Laute Hochrufe folgten seinen Worten. Nikolaus II. hatte sie mit Bedacht gewählt, erinnerten sie doch an den Schwur, den Zar Alexander I. 102 Jahre zuvor geleistet hatte, als Napoleon Bonaparte Rußland angegriffen hatte. Auch damals hatte der Zar versprochen, erst dann Frieden zu schließen, nachdem der letzte französische Soldat vom russischen Boden vertrieben worden war.

Alexander I. hatte ihn gehalten, diesen Schwur. Würde auch Nikolaus II. ihn halten können?

Noch während ihm die fünftausend Versammelten im St. Georgs-Saal applaudierten, ging der Zar zu den großen französischen Fenstertüren der St. Georgs-Galerie, die Lakaien vor ihm aufrissen, und trat auf den Balkon hinaus, der auf den Senatsplatz führte. Zehntausende brachen in stürmische Jubelrufe aus, als sie ihren Zaren erblickten. Nikolaus stand schweigend da und hob nur die rechte Hand, als wolle er das Volk segnen. Es war die gleiche Geste, die die Denkmalsfigur Alexanders I. vollführte, die in monumentaler Größe auf dem Senatsplatz errichtet worden war, nur ein paar hundert Schritte von dem Reiterstandbild Peters des Großen entfernt.

»Es lebe der Zar!« schrien die Menschen. »Gott strafe Deutschland!« Und: »Der Sieg ist unser!« Sie schrien sich die Kehlen wund, während von der Kathedrale der Peter-Paul-Festung wie an jedem Mittag das Glockenspiel über die Newa wehte: ›Gott erbarme dich unser‹.

Wiederum knieten Tausende nieder, und dann klang die Zarenhymne auf: ›Gott schütze den Zaren‹ ... Sie knieten auf dem Pflaster, das mit Blut getränkt worden war, wenn Polizei und Kosaken auf demonstrierende Arbeiter geschossen, sie niedergeritten und niedergeknüppelt hatten. Doch in dieser Stunde nationaler Begeisterung war das so fern gerückt, als wäre es in einem anderen Land, auf einem anderen Kontinent geschehen.

Gott schütze den Zaren ... Nikolaus spürte, wie ihm Tränen in die Augen schossen. Winzig klein erschien er angesichts der kolossalen Fassade des Winterpalais' und des Alexander-Denkmals, dieser Mann auf dem Thron, der von der Bürde seines Amtes oft genug niedergedrückt worden war. In diesem Augenblick allerdings schien sie ihm um vieles leichter geworden angesichts der Liebe seines Volkes.

»Wie kann ich euch nur vergelten, daß ihr die weite Reise hierher nicht gescheut habt, um mich zu sehen!« sagte Rasputin.

»Dein Wohlbefinden ist uns Dank genug«, erwiderte Irina, glücklich darüber, daß er bereits das Bett im Tjumener Spital verlassen konnte, und er lachte.

»O ja, es geht mir schon wieder recht gut, und es wird allmählich Zeit, an die Heimreise zu denken. Ich muß so schnell wie möglich an den Hof zurück.«

Tatsächlich erreichte er es, eine Woche später das Krankenhaus verlassen zu dürfen. Zwei Tage verbrachte er noch bei seiner Frau Praskowja und seinen Kindern, dann tauchte er am Abend in dem Hotel auf, wo die Wyrubowa und Irina logierten.

»Morgen früh brechen wir auf, meine Schwänchen«, erklärte er. »Man hängt einen Salonwagen für uns an einen Militärzug.«

Aber der Zug, der bereits um acht Uhr morgens von Tjumen abfahren sollte, hatte drei Stunden Verspätung. Darum bat der Bahnhofsvorsteher die drei Reisenden unter wortreichen Entschuldigungen in den Warteraum, während die beiden Zofen es vorzogen, auf einer Bank auf dem Bahnsteig zu warten.

»Halten zu Gnaden, aber es ist Krieg. Der Zug, den die Hochwohlgeborenen benutzen möchten, kommt aus Krasnojarsk, und vorhin hat man mir gemeldet, daß es dort Verzögerungen beim Verladen der Rekruten gegeben hat. Hunderte sind es, und dazu kommen noch Kanonen, Munition und Schußwaffen aus den Fabriken von Tschernogorsk. Seit wir Krieg haben, fährt kein Zug mehr pünktlich ab. Man muß das verstehen. Früher hatte der Zug von Krasnojarsk nach Perm nur sechs oder sieben Wagen, heute ist er mindestens fünfmal so lang. Dann kommen noch die Güterwagen ...«

»Schon gut, halt's Maul«, unterbrach Rasputin den Redeschwall des Bahnhofsvorstehers. »Laß uns etwas zu essen und zu trinken bringen und sag Bescheid, wenn der verdammte Zug endlich da ist.«

Er kam gegen elf Uhr, und er war so lang, daß er weit über die Tjumener Bahnstation hinausfahren mußte, bevor die mittleren Waggons am Perron zum Halten kamen. Die Rekruten waren zum größten Teil in Viehwagen zusammengepfercht worden. Sie waren seit Stunden unterwegs und schrien, daß sie Hunger und Durst hätten. Ein paar Frauen und ein Trupp Gleisarbeiter brachten Kessel mit Wasser und einer dünnen Kohlsuppe zu den Wagen, und die darin Untergebrachten griffen so gierig nach den Schöpfkellen, daß ein großer Teil davon verschüttet wurde.

In den Wagen brach Unruhe aus. Diejenigen, die einen Schluck Wasser oder eine Kelle Suppe ergattert hatten, wurden von denen attackiert, die leer ausgegangen waren, und Irina gewahrte mit Schaudern, daß sich die Männer in den Viehwaggons lauthals stritten und sogar schlugen.

Sie hatte in einem Adelspalais in St. Petersburg und am

Zarenhof gelebt, abgeschirmt und behütet, und sie hatte seit jeher Abscheu vor körperlicher Gewalt empfunden. Als junges Mädchen war sie einmal in Petersburg in eine Demonstration streikender Arbeiter geraten, die von Kosaken und Polizei auseinandergesprengt wurde. Die verzerrten, haßerfüllten Gesichter, die drohend geschüttelten Fäuste, das Geschrei und die Massenpanik, als die ersten Schüsse fielen, hatten Irina noch lange bis in ihre Träume verfolgt.

Auch jetzt wurde ihr beinahe übel vor Angst, als sie die Wutschreie der Soldaten hörte, während sie gegen die Waggonwände schlugen und traten oder aufeinander losgingen.

Rasputin ergriff ihren Arm. »Wir müssen ein Stück laufen, Irinenka, damit wir unseren Wagen finden, den dieser Idiot von Zugführer hinter die Lokomotive gehängt hat.«

Ein Träger und die beiden Zofen schleppten sich mit ihrem Gepäck ab, und Irina, die Wyrubowa und Rasputin folgten ihnen. Es ging über den Bahnsteig und dann ein ganzes Stück weiter über unwegsames Gelände, immer am Zug entlang.

Irina spürte, wie ihr der Atem knapp wurde. Wind wehte ihr ins Gesicht, und es hatte zu regnen begonnen, ein unangenehm kalter Regen, der die Haut peitschte und ihr leichtes Reisekostüm durchnäßte.

Nach Luft ringend, erreichte sie endlich den Salonwagen und sank, am Ende ihrer Kräfte, in einen der Sessel, die mit dem Boden verschraubt und um einen niedrigen Tisch gruppiert waren. Die lange Heimreise von über zweitausend Werst lag plötzlich wie ein kaum bezwingbarer Berg vor ihr, und für einen flüchtigen Augenblick dachte sie: Ich hätte auf Swetlana hören und daheimbleiben sollen. Aber dann warf sie einen Blick zu Rasputin hinüber, der dem Gepäckträger ein paar Rubel in die

Hand drückte, und schämte sich sofort wegen ihres Kleinmuts. Was konnte ihr geschehen, wenn Grigorij bei ihr war? Er war genesen, und sie hatte ihn wieder. Gott hatte ihre Gebete erhört.

Der Salonwagen wurde in Perm abgekoppelt und an einen Zug angehängt, der bis St. Petersburg durchfuhr.

Wieder reisten sie mit erheblicher Verspätung ab, diesmal von drei Offizieren begleitet, die gleichfalls in die Hauptstadt wollten. Jewgenja, Irinas Zofe, ein schmales Ding mit weizenblondem Haar und großen, immer irgendwie kindlich erstaunt dreinblickenden Augen, aber ebenso durchtrieben, wie sie unschuldig wirkte, begann sofort, mit dem älteren von ihnen, einem Garnisonskommandanten namens Sischkow, zu schäkern. Er war um die Fünfzig, und man merkte ihm an, daß ihm die Aufmerksamkeit eines so zarten, hübschen Geschöpfs unglaublich schmeichelte.

Martha, die Zofe von Anna Wyrubowa, war Deutsche, eine große üppige Blondine, die sich in der Regel recht wortkarg gab, weil sie weder das Russische noch das Französische besonders gut beherrschte.

Irina, die ein Schlafcoupé für sich allein hatte, ebenso wie die Wyrubowa und Rasputin, während die Zofen sich ein Abteil teilten, erwachte in der Nacht, weil von draußen laute Stimmen hereindrangen. Außerdem merkte sie, daß der Zug gehalten hatte.

Sie stand auf und spähte aus dem Fenster.

Der Regen hatte aufgehört, der Himmel war klar, und ein paar Sterne blitzten. Im Schein einer Gaslaterne sah Irina das hölzerne niedrige Gebäude einer kleinen Bahnstation. Dahinter dehnte sich Wald. Offensichtlich handelte es sich um einen Verladebahnhof, an dem die großen Züge normalerweise niemals hielten. Nur ein paar Bohlen führten zu den Gleisen, und an dem Stationsgebäude stand der Name ›*Nowa Melitza*‹.

Die Stimmen, die Irina geweckt hatten, kamen von der anderen Seite des Zuges. Sie verstand ein paar Wortfetzen. »Bombenanschlag ... Gleise in die Luft gesprengt ...« und warf sich einen Mantel über. Als sie auf den Gang trat, hörte sie die Wyrubowa rufen: »Martha, wo bist du? Ich kann mein Cape nicht finden. Martha, so hör doch ...«

Das Nachthemd über der Brust zusammengerafft, steckte die Wyrubowa den Kopf durch die Abteiltür. Statt der Gerufenen erschien Irinas Zofe Jewgenja. »Martha ist nicht in ihrem Bett. Ich weiß nicht, wo sie hingegangen ist.«

Die drei Offiziere, die sich im Rauchsalon noch zu einem Kartenspiel zusammengesetzt hatten, kamen ebenfalls auf den Gang. Sie waren angetrunken, und Garnisionskommandant Sischkow ließ das Fenster herunter und schrie nach dem Schaffner.

Dieser kam wenige Augenblicke später. »Was, zum Teufel, ist los?« fragte Sischkow ungehalten, während die Wyrubowa beim Anblick der vier Männer nur noch hektischer nach ihrer Zofe, beziehungsweise ihrem Cape schrie.

»Einige Werst vor Glasow haben Terroristen eine Bombe geworfen, Euer Wohlgeboren«, erklärte der Schaffner. »Die Gleise sind zerstört. Telegrafisch sind wir angewiesen worden, zu warten, bis man uns mitteilt, ob der Schaden repariert werden kann oder der Zug nach Kasan umgeleitet wird.«

Die beiden jüngeren Offiziere – sie hatten sich beim gemeinsamen Abendessen als Graf Stopinskij und Baron Galusow vorgestellt – fluchten, da sie auf dem schnellsten Weg nach St. Petersburg wollten. Lediglich Sischkow nahm die Sache mit einem Schulterzucken hin. »Der schnellste Weg ist nicht immer der sicherste. Gesund anzukommen, ist wichtiger.« Er zwinkerte Jewgenja zu. »Meinst du nicht auch, meine Hübsche?«

Jewgenja strahlte ihn an. »Es macht mir überhaupt nichts aus, ein paar Stunden länger unterwegs zu sein. Und nicht nur wegen meiner Sicherheit. Ich finde diese Reise unglaublich aufregend.«

Irina hatte es schon vor längerer Zeit aufgegeben, die Ambitionen ihrer Zofe für ältere spendable Kavaliere einzudämmen. Jewgenja war, abgesehen von ihrem amourösen Appetit, ein nettes, geschickstes Mädchen, meistens gut aufgelegt und vor allem dafür begabt, Irinas fahle Gesichtsfarbe und die Schatten unter ihren Augen mit ein wenig Schminke in ein gesundes, blühendes Aussehen zu verwandeln. Außerdem war Irina im Moment viel zu aufgestört, um besonders auf Jewgenja zu achten. Wo war Rasputin? Er konnte doch unmöglich den Lärm überhört haben, der sie alle geweckt hatte.

Besorgt klopfte Irina an die Tür seines Schlafcoupés. »Grigorij Jefimowitsch, geht es Ihnen nicht wohl? Brauchen Sie Hilfe?« Sie hatte Angst, daß Rasputin, vielleicht doch zu früh aus dem Spital entlassen, einen Schwächeanfall erlitten hatte.

Doch zu ihrer Erleichterung öffnete er gleich darauf die von innen verriegelte Tür. Sie sah, daß er sich in ein Laken gewickelt hatte, unter dem er nackt war. Und sie sah noch etwas anderes in dem kurzen Augenblick, als sie in sein Abteil schaute, bevor er die Tür von draußen ins Schloß zog. Martha lag auf dem zerwühlten Bett, nackt und in provozierender Üppigkeit, und Irina hatte das Empfinden, als beginne der Boden unter ihr zu schwanken. Sie wich zurück und stützte sich an der Wand des Ganges ab. »Verzeihung, ich ... ich wollte nicht stören. Ich dachte nur ...«

Aber auch die Wyrubowa hatte ihre Zofe in Rasputins Bett erspäht und stieß einen schrillen Entsetzensschrei aus.

»Du Hure!« kreischte sie. »Was fällt dir ein? Wieso bist du in Vater Grigorijs Bett gekrochen? Wolltest du ihn beschmutzen, den heiligen Mann?«

»Das kann sie gar nicht«, entgegnete Rasputin und blickte Anna aus seinen Wolfsaugen an. »Seien Sie unbesorgt, meine Liebe. Sie ist ein sündiges Geschöpf – wie wir alle. Aber sie ist bereits auf dem Weg zur Läuterung. Gott wird ihr gnädig sein.«

Vor Aufregung begann die Wyrubowa zu schluchzen. »Sie soll sich zum Teufel scheren! Gott, was für eine Schlampe! Nie mehr werde ich ihr erlauben, in meine Nähe zu kommen.« Sie warf sich auf Rasputins Abteiltür und hämmerte mit den Fäusten dagegen. »Pack deine Sachen und verschwinde! Ich will dich nicht mehr sehen, hast du verstanden?«

Er versuchte, sie zu beruhigen und wegzuführen. »Ich bitte Sie, meine liebe Anna Alexandrowna, erregen Sie sich nicht. Und erinnern Sie sich daran, daß wir Gottes Willen erfüllen, wenn wir barmherzig sind. Es ist unsere Pflicht, die Gefallenen emporzuziehen, nicht, sie zu verdammen.«

Die Wyrubowa schluchzte noch heftiger. »Ach, Vater Grigorij, Sie sind so gut ... Dieses schmutzige Luder hat das gar nicht verdient. Bitte, sorgen Sie dafür, daß es mir nie mehr unter die Augen kommt.«

»Ja, ja, gewiß«, sagte er leichthin. »Es wird alles geschehen, wie Sie wollen. Machen Sie sich keine Sorgen und hören Sie endlich auf zu weinen.«

Irina weinte nicht. Durch die Szene, die die Wyrubowa gemacht hatte, hatte niemand auf sie geachtet. Sie war in ihr Abteil zurückgekehrt und hatte sich auf das Bett gesetzt. Sie fühlte sich so schwach, als hätte sie eine Unmenge Blut verloren.

Es ist also wahr, dachte sie verschwommen. Alles, was sie Böses von Rasputin sagen, ist wahr. Er ist ein Heuchler, ein Lügner und ein Hurenbock. Nur ich habe es nicht glauben wollen. O Gott, ich möchte sterben.

Ihr wurde übel. Schwankend kam sie auf die Füße und torkelte zu der Waschnische des Coupés. Dort erbrach sie sich und wusch sich hinterher Gesicht und Arme mit kaltem Wasser. Es war wie ein Zwang: Immer wieder schüttete Irina Wasser über ihre Haut und wusch sich von neuem, als könne sie auf diese Weise abwaschen, was sie sich so beschmutzt fühlen ließ.

Dann saß sie wieder auf ihrem Bett und atmete keuchend. Irgendwann fiel sie zur Seite, und ihr Kopf berührte das Kissen. Schlafen, dachte sie. Ich muß schlafen und alles vergessen.

Aber sie vergaß nichts. Nicht ihr blindes, törichtes Vertrauen zu diesem Mann, der sie benutzt hatte, wie er jede andere ebenfalls benutzte. Seinetwegen war sie bis hinter den Ural gereist, aus herzzerreißender Angst um sein Leben. Seinetwegen hatte sie sich selbst aufgegeben, war ganz und gar zu seinem Geschöpf geworden – und das war wohl das Dümmste, was sie hatte tun können. Swetlana hatte sie gewarnt. Aber sie, Irina, hatte alles in den Wind geschlagen. Ach, Swetlana ...

Plötzlich verspürte Irina große Sehnsucht nach ihrer Schwester. Swetlana war tapfer und stark. Man konnte sich in ihre Umarmung fallen lassen, und allein schon der Griff, mit dem sie sie festhielt, gab Stütze und Trost.

Irina schlief kaum in dieser Nacht. Sie dachte über ihre Blindheit nach, in der sie Rasputin zu ihrem Gott erhoben hatte. Den Antichrist hatte Anna Gussejewa ihn genannt und damit ihren Mordversuch rechtfertigen wollen. War er der Antichrist? Oder war er nur ein geiles, stinkendes Stück Männerfleisch, das außer ihr, Irina, noch unzählige andere in seinen Bann gezogen hatte?

Irgendwann schlief sie dann doch ein. Sie merkte nicht einmal mehr, wie der Zug nach ein paar Stunden Wartezeit wieder anfuhr und den Umweg über Kasan nahm. Sie erwachte erst, als jemand ihre Abteiltür aufschob und sich ihr näherte. »Irinenka«, flüsterte Rasputin. »Mein Schwänchen ...«

Sie setzte sich auf. »Geh«, sagte sie. »Geh auf der Stelle, oder ich schreie den ganzen Zug zusammen.«

Er setzte sich zu ihr und versuchte, sie zu umarmen. »Was ist denn, meine Schöne?«

Mit einer wilden Gebärde schüttelte sie seine Hände ab. »Faß mich nicht an! Ich kann dich nicht mehr ertragen. Willst du, daß ich dir ins Gesicht spucke?«

Erstaunlicherweise ließ er sie tatsächlich los. »Du wirst bereuen, daß du mir das antust«, sagte er und stand auf. »Aber Gott wird dir vergeben. Und ich tue es auch. Du bist im Begriff, eine schwere Sünde zu begehen, Irinenka. Doch man wird sie dir nicht anrechnen, weil ich für dich eintreten werde.« Er schlug tatsächlich das Kreuz über sie, und dann verließ er das Abteil.

Irina preßte die Fäuste gegen die Augen. Sie zitterte am ganzen Körper, und das Herz tat ihr weh.

Der Zug wurde über Kasan nach St. Petersburg umgeleitet. Irina verließ während der ganzen Zeit nicht mehr ihr Schlafcoupé, weil sie sich sterbenselend fühlte. Das kalte regnerische Wetter in Tjumen war einer schwülen Hitze gewichen, die Irina kaum ertrug.

In St. Petersburg holte Swetlana ihre Schwester, durch ein Telegramm der Wyrubowa informiert, vom Bahnhof ab und brachte sie in ihr Palais auf der Wassiljewskij-Insel. Irina war so schwach, daß sie ihr Bett nicht mehr verlassen konnte. Swetlana holte die besten Ärzte an ihr Krankenlager. Auch Xenia und Pjotr Dobrowjew kamen und schlugen vor, Irina in ein Krankenhaus zu verlegen, wo man vielleicht mehr für sie tun könne, doch das lehnte die Kranke ab.

»Laßt mich bei Swetlana bleiben«, sagte sie matt. »Es ist ja nicht mehr für lange.«

Draußen vor Irinas Zimmer nahm Pjotr die weinende Xenia in die Arme. »Ich weiß, du hast noch immer nicht gelernt, dich mit etwas so unabänderlichem wie dem Tod abzufinden. Du möchtest immer noch kämpfen, eine Wende herbeizwingen. Aber sieh es ein – es geht nicht.« Über Xenias Kopf hinweg blickte er Swetlana an.

»Wenn ich kein Arzt wäre, würde ich sagen, Irina stirbt, weil sie selbst es so wünscht. Dagegen gibt es keine Behandlungsmethoden und keine Medizin.«

Seine berühmten Kollegen, Professor Baschkin und Professor Poljukow, drückten es anders aus. »Sie ist sehr schwach, sehr aufgebraucht«, sagten sie. »Diese beschwerliche Reise nach Sibirien hat vermutlich ihre letzten Kräfte aufgezehrt. Sie hätte sie sich niemals zumuten dürfen.«

In der Nacht vor ihrem Tod war Irina sehr unruhig. Fast hätte man meinen können, sie wäre ein wenig zu Kräften gekommen. Hatte sie bis dahin meist in einem Schwebezustand zwischen Schlaf und halber Bewußtlosigkeit dahingedämmert, so war sie dieses Mal bei klarem Verstand und bat die Pflegerin, die an ihrem Bett saß, Swetlana zu rufen. Sie kam wenig später und beugte sich über die Kranke. »Was ist, Irinenka? Hast du einen besonderen Wunsch?«

»Ich muß allein mit dir reden«, sagte Irina.

Swetlana bat die Pflegerin, im Vorzimmer zu warten. »Legen Sie sich ruhig für eine Weile hin, Alja Grigorjewna. Ich bleibe inzwischen bei meiner Schwester.«

Als die Frau hinausgegangen war, versuchte Irina sich aufzusetzen. Sie war schweißnaß, und Swetlana wischte ihr mit einem in Wasser getränkten Tuch das Gesicht und die Arme ab. »Bleib liegen, Irinenka. Du darfst dich nicht anstrengen.«

»Gib mir ein paar Kissen in den Rücken, bitte. Ich will dich ansehen, wenn du bei mir sitzt. Und ich will dich um Verzeihung bitten.«

»Wofür?« fragte Swetlana verwundert. »Was hätte ich dir zu verzeihen, Liebes?«

»Daß ich nicht auf deine Warnungen gehört habe. Damit habe ich dir Kummer gemacht.« Irina griff nach Swetlanas Händen. »Du hattest recht mit jedem Wort über ... über diesen Mann. Aber ich war wie behext von ihm.«

Mit ihrer kraftlosen, heiseren Stimme gestand sie Swetlana, was auf der Rückreise von Tjumen geschehen war und daß sie dadurch mit einem Schlag begriffen hatte, wer dieser Mann in Wahrheit war.

»Ich weiß es jetzt – es sind keine Verleumdungen, was die Leute über Rasputin reden. Und ich schäme mich so entsetzlich, daß ich ihn habe lieben können. Meinst du, daß Gott mir das verzeiht?«

Wieder wischte Swetlana ihr den Schweiß ab. Es war drückend heiß in St. Petersburg, eine feuchte Schwüle, die die Gesunden sich elend fühlen ließ und die Kranken marterte. »Es war eine verblendete Liebe, aber das hast du nicht gewußt, Irinenka. Darum quäle dich nicht länger mit so unsinnigen Schuldgefühlen. Du mußt das alles vergessen, dann schaffst du es auch, wieder ein wenig kräftiger zu werden.«

»Kannst du heute nacht bei mir bleiben, Swetlana?« fragte Irina, und ihre Schwester nickte.

»Aber ja, mein Liebes. Ich sage nur Rodja Bescheid und schicke Alja zu Bett.«

Als sie zu Irina zurückkehrte, war die Kranke immer noch von unnatürlicher Lebhaftigkeit. Sie redete viel – von ihrer Kinderzeit, den Jahren in St. Petersburg und bei Hof – und auch immer wieder von Rasputin. Dann weinte sie, und Swetlana versuchte vergeblich, sie zum Schlafen zu bewegen.

»Nicht jetzt. Vielleicht morgen, wenn die Nacht vorüber ist. Jetzt will ich wissen, daß du bei mir bist ... und daß zwischen uns alles so wie früher ist. Nicht wahr, du hast mich noch lieb, Swetlana, trotz allem, was ich falsch gemacht habe?«

Swetlana küßte sie. »Ich habe nie aufgehört, dich liebzuhaben.«

»Das ist gut.« Mit einem tiefen Aufatmen legte Irina den Kopf in die Kissen. Auf einmal wirkte ihr eben noch glühendes, heißes Gesicht eingefallen. »Meine liebe große, tapfere Schwester ...«

Sie rang plötzlich nach Atem und krampfte die Hände in die Bettdecke. »Swetlana, ich ... o Gott, Luft ... Luft ...«

Sie starb im ersten Morgenlicht, noch bevor eine heiße, fast weiße Sonne aufging.

»Gott strafe Rasputin«, sagte Swetlana, als ihre Schwester endlich ihren letzten Atemzug tat. »Gott, du weißt es: Rasputin hat sie umgebracht.«

Irina Lasarowa war nur eine von Abertausenden, die in den ersten Kriegsmonaten starben. Die anderen verreckten auf den Schlachtfeldern, von Geschossen zerfetzt, von Bajonetten durchbohrt – gefallen für Rußland und den Zaren, wie es so trefflich in den Todesnachrichten hieß.

Und um jeden Gefallenen weinten Frauen, Kinder, Mütter, Geschwister, Freunde. Aber es gab auch andere, die in jeder verlorenen Schlacht, jeder Meldung über wer weiß wie viele Tote den Sieg ihrer revolutionären Pläne näher rücken sahen. Die Toten waren ihnen nur Mittel zum Zweck. Man konnte ihr Sterben anprangern und dadurch die Volkswut schüren. Und man konnte das Leid, das über Rußland gekommen war, einem einzigen Menschen anlasten: Zar Nikolaus II., in dessen Namen dieser Krieg geführt wurde.

Aus seinem Schweizer Exil ließ Wladimir Iljitsch Lenin seine bolschewikischen Gesinnungsfreunde in der Heimat wissen, daß ein von Rußland verlorener Krieg in jedem Fall einem Sieg des Zarismus vorzuziehen sei.

Dennoch: In den ersten Kriegswochen hielt die patriotische Begeisterung des russischen Volkes an. Es hatte bei Ausbruch des Krieges seinem Zaren in St. Petersburg zugejubelt, und ebenso in Moskau, wohin Nikolaus sich kurz darauf in Begleitung des Zarewitsch und seiner ältesten Tochter begab.

»Es war unvorstellbar«, berichtete er mit leuchtenden Augen bei seiner Rückkehr. »Du hättest es miterleben sollen, meine liebe Alix. Dieser Krieg, den ich um keinen Preis gewollt habe, hat unser wunderbares russisches Volk über alle Meinungsverschiedenheiten und politischen Konflikte hinweg zu einer Einheit zusammengeschweißt. Auch in Moskau gab es, genau wie überall im Land, keine Streiks, Demonstrationen und Straßenkämpfe mehr. Statt dessen schlug mir eine Welle an Begeisterung und Liebe entgegen.«

Er lächelte. »Sie hat sich auch auf Alexej übertragen. Am Tag nach dem offiziellen Empfang im Kreml unternahm unser Baby mit Monsieur Gilliard eine Spazierfahrt durch Moskau. Die Leute erkannten ihn und drängten sich dermaßen um seine Kutsche, daß sie anhalten mußte. Viele haben ihn gesegnet und versuchten, ihn zu berühren oder sogar zu küssen. Am Ende mußte ein Polizeitrupp kommen, um den Weg freizumachen.«

»Um Gottes willen«, sagte Alexandra entsetzt. »Hat Alexej sich nicht geängstigt? Wie leicht hätte er zu Schaden kommen können.«

»Es ist ihm aber nichts geschehen. Und ich denke, es war eine sehr wichtige Erfahrung für ihn, einmal die Liebe seiner zukünftigen Untertanen so nah und impulsiv mitzuerleben.«

Er trat ans Fenster seines Arbeitszimmers und blickte auf den Schloßplatz hinunter. »Ich habe übrigens einen Entschluß gefaßt, aber bevor ich ihn bekannt gebe, möchte ich erst deine Meinung dazu hören, mein Engel. St. Petersburg

– dieser Name klingt so abscheulich deutsch in meinen Ohren, seit wir mit Deutschland im Krieg stehen. Ich möchte die Stadt deshalb in Petrograd umbenennen. Was hältst du davon?«

Die Zarin trat, auf ihren Stock gestützt, hinter ihn und lehnte ihren Kopf gegen seinen Rücken. »Das ist eine ausgezeichnete Idee. Tu das, mein Liebling. Petrograd ...« Sie ließ die Silben förmlich auf der Zunge zergehen. »Was für ein gutes russisches Wort!«

»Und du meinst nicht, daß ich mit dieser Umbenennung einige Kritiker auf den Plan rufe?« Er drehte sich zu ihr um und legte die Arme um sie. »Schließlich hat Peter I. der Stadt diesen Namen gegeben.«

Ihre Brauen schoben sich zusammen. »Und Zar Nikolaus II. hat sie Petrograd getauft! Du mußt dich nicht um solche Nörgler und Querulanten kümmern! Ach, Nicky, wann wirst du endlich aufhören, auf fremde Meinungen Rücksicht zu nehmen. Ich halte es immer noch für einen großen Fehler, daß du deinen Onkel Nikolaus Nikolajewitsch zum Oberkommandierenden der russischen Armeen ernannt hast, statt dich selbst an die Spitze deiner Soldaten zu stellen. Du hättest in diesem Fall besser auf den Rat deiner Frau gehört statt auf den von Goremykin und Kriegsminister Suchomlinow.«

»Aber ich wußte doch, daß du Onkel Nikolascha keine besonderen Sympathien entgegenbringst«, wandte er ein, und sie nickte heftig.

»Er ist aufgeblasen, rücksichtslos und von unerträglicher Geltungssucht, außerdem ein erklärter Widersacher von Vater Grigorij. Das allein beweist, wie wenig Urteilsvermögen er besitzt. Diesen heiligen Mann zu verkennen ...«

»Aber Onkel Nikolascha wird von den Soldaten vergöttert. Und er ist ein glänzender Stratege.« Der Zar führte seine Frau zu einem Fauteuil und drückte sie sanft hinein.

»Mit seiner und Gottes Hilfe werden wir diesen Krieg hoffentlich bald siegreich beenden.«

Er glaubte in diesen ersten Kriegswochen tatsächlich an einen Sieg. Die Mobilmachung war ohne besondere Schwierigkeiten erfolgt. Auch Großbritannien hatte indessen Deutschland und Österreich den Krieg erklärt, so daß Nikolaus überzeugt war, gemeinsam mit seinen Verbündeten bald in Berlin und Wien einziehen zu können.

Doch dann trafen die ersten Nachrichten von verheerenden russischen Niederlagen ein.

Die deutschen Armeen hatten Brüssel besetzt und marschierten auf Paris. Um die deutsche Übermacht an der Westfront zu schmälern, sandte Zar Nikolaus zwei starke russische Armeen unter den Generälen Rennenkampf und Samsonow nach Ostpreußen, wodurch der Feind sich gezwungen sah, einen Teil seiner Streitkräfte von Frankreich aus an die Ostfront zu schicken. Für Nikolaus' französische Verbündete zahlte sich diese Initiative aus: Die Franzosen schlugen das deutsche Heer an der Marne, und die Bedrohung von Paris war zunächst abgewendet.

General Hindenburg aber gelang es, an den Masurischen Seen bei Tannenberg die Elitetruppen von General Samsonow zu umzingeln und in einer blutigen Schlacht zu schlagen, während Rennenkampf den Rückzug hinter die russische Grenze antreten mußte.

Insgesamt hatte Rußland 110 000 Mann verloren – neunzigtausend waren in deutsche Gefangenschaft geraten und zwanzigtausend gefallen. Nach dieser Niederlage nahm General Samsonow sich das Leben.

Tiefe Niedergeschlagenheit breitete sich in Petrograd, wie die russische Hauptstadt nun hieß, und im ganzen Land aus. Die Euphorie der ersten Kriegswochen war verflogen, zumal Tag für Tag endlose Güterzüge mit Verwundeten in der Hauptstadt und den großen Provinzstädten eintrafen.

Die Männer lagen auf Strohschütten oder auf dem blanken Holzboden. Sie hatten bisher kaum ärztliche Hilfe erfahren, hatten offene, schlecht verbundene eitrige Wunden und starben fast vor Hunger.

»Es ist ein unvorstellbares Elend«, sagte Xenia, als sie sich eines Abends mit Swetlana im Hotel Europa traf. Sie sah sterbensmüde aus, und sie berichtete, daß sie und Pjotr seit Tagen nicht aus ihren Kleidern gekommen seien und sich in der Nacht für jeweils nur zwei oder drei Stunden im Hospital auf ein Untersuchungsbett hatten niederlegen können. »Ich kann auch jetzt nicht lange bleiben. Spätestens um neun muß ich wieder in der Klinik sein.« Sie rieb sich die Augen und lehnte sich zurück. »Aber ich wollte dich sehen und dir etwas sagen ...«

»Vor allem solltest du etwas essen«, erwiderte Swetlana und winkte einem Kellner. Sie bestellte Bouillon und Omelettes für sie beide – eine leichte Mahlzeit, die Xenia gut tun und sie nicht noch müder machen würde, als sie ohnehin war. Als der Kellner gegangen war, blickte Xenia auf die Kristallgläser mit dem Goldrand, die weiße Damasttischdecke und die silbernen Bestecke.

Sie schüttelte den Kopf. »Hier sieht es aus wie immer. Merkwürdig – ich habe mir eingebildet, auch hier müßte alles anders geworden sein, armseliger, zerstörter.« Sie lächelte freudlos. »Eben bereits mit dem Gifthauch der herannahenden Apokalypse behaftet.«

»Ist es wirklich so schlimm?« fragte Swetlana, und ihre Schwester nickte.

»Rußland hat sich offenbar völlig unvorbereitet auf diesen Krieg eingelassen. Freilich, die Militärtransporte an die Front gingen ohne nennenswerte Komplikationen vonstatten. Doch was danach kam ...« Xenia unterbrach sich, weil die Bouillon serviert wurde, und griff mechanisch nach ihrem Löffel. Sie begann zu essen, und Swetlana beobachtete, daß sie immer hastiger die Suppe in sich hineinlöffelte. Offenbar hatte sie seit Tagen nichts Vernünftiges mehr zu sich genommen.

»Die Verwundeten, die wir versorgen, haben Schreckliches erzählt«, fuhr Xenia fort. »Demnach soll nur jeder dritte Frontsoldat ein Gewehr haben. Und die Munition ist noch knapper. Es klappt einfach nicht mit dem Nachschub. Und das Rote Kreuz an der Front ist mit der Versorgung der Verwundeten ebenfalls überfordert. Es fehlt an Verbandsmaterial, mobilen Lazaretten, Pflegerinnen – von den Ärzten ganz zu schweigen. Wirklich, die Situation ist katastrophal.«

Swetlana hatte bereits in den von ihr gegründeten oder mit erheblichen Geldmitteln unterstützten Hospitälern einen Lazarettbetrieb eingerichtet, um die Verwundeten, die täglich von der Front eintrafen, versorgen zu lassen. Xenia wußte das. Deshalb hatte sie nur ein Schulterzukken auf Swetlanas frage: »Was kann ich noch tun, um zu helfen?«

»Wir tun alle unser möglichstes, aber es ist einfach nicht genug. Und vor allem reicht es nicht, um diesen Krieg zu gewinnen.« Sie schob den geleerten Teller von sich. »Trotzdem bin ich der Ansicht, daß man das Unmögliche versuchen muß, um wenigstens das Schlimmste abzuwenden.«

Sie hatte einen so verzweifelten Gesichtsausdruck, daß es Swetlana ganz kalt wurde. »Pjotr und ich haben uns entschlossen, als Militärärzte zur Front zu gehen.«

»Nein!« entfuhr es Swetlana entsetzt. »Ihr wollt ins Kampfgebiet? Aber das kann euer Tod sein.«

»Ich weiß das«, entgegnete Xenia ruhig. »Doch angesichts dieser schrecklichen Not kann ich einfach nicht hierbleiben, während sie an der Front vor die Hunde gehen. Ich bin nicht Ärztin geworden, um eine einträgliche Pfründe zu haben, sondern um Menschen zu helfen und, wenn möglich, gesund zu machen. Pjotr ist vollkommen meiner

Meinung. Wir werden dort noch weitaus mehr gebraucht als hier. Also versuch bitte nicht, uns zurückzuhalten.« Sie sah sehr ernst aus, doch dann lächelte sie plötzlich – auf eine Art, die ihr kluges bräunliches Gesicht mit einem Mal ganz weich und hell machte.

»Außerdem haben wir beschlossen, zu heiraten. Ich werde eine einfache Doktor Dobrowjewa sein, keine Gräfin Lasarowa mehr, aber es ist genau das, was ich will. Und jetzt, Schwester, ist es eigentlich an der Zeit, daß du mir und Pjotr Glück wünschst.«

Swetlana kämpfte mit den Tränen. »Aber ja, Malenka ... Alles Glück der Welt für euch! Du könntest keinen besseren Mann finden und Pjotr keine bessere Frau, das weiß ich. Trotzdem – könntet ihr nicht auch in Petersburg ... Verzeihung, Petrograd glücklich sein? Müßt ihr unbedingt an die Front?«

Xenia nickte. »Man muß die Verwundeten an Ort und Stelle besser versorgen. Auf den Transporten sind viele gestorben, denen wir vielleicht dort noch hätten helfen können. Bitte sieh es ein.«

Swetlana legte die Hand über die Augen. »Aber ich habe Angst. Ich habe schon so viel verloren. Erst Fjodor, dann Irina – und dann vielleicht noch du oder Pjotr ...«

»Ich verstehe dich, Liebes. Aber es gibt da so einen dummen Spruch, daß die Unterlassungssünden die schlimmsten seien. Freilich sind damit eigentlich nur unterlassene Vergnügungen gemeint, die verpaßten Gelegenheiten, sich möglichst viel an Amüsement zu verschaffen, egal um welchen Preis. Doch in Pjotrs und meinen Augen gibt es weitaus schlimmere Unterlassungssünden: sich zu verweigern, wo man gebraucht wird. Die Hände in die Taschen zu stekken, anstatt zuzupacken ...«

»Ja, ja, ja!« sagte Swetlana mit unterdrückter Heftigkeit. »Du hast recht. Aber wenn ich mir vorstelle, daß ihr beide irgendwo in Polen, Ostpreußen oder an der österreichisch-ungarischen Front gleich hinter der vordersten Kampflinie ...« Sie brach ab, und ein paar Tränen liefen ihr über die Wangen.

Xenia griff nach ihrer Hand. »Es werden nicht alle sterben in diesem verdammten Krieg. Warum sollte es ausgerechnet uns treffen? Und warum sollten Pjotr und ich heiraten, wenn wir nicht die Hoffnung hätten, zu überleben? Allerdings wird nach diesem Krieg, egal, wie er ausgeht, nichts mehr sein, wie es vordem war. Deine – nein, unsere ganze bisherige Welt wird auseinanderbrechen. Aber ich denke, auch das könnte vielleicht eine neue Chance bedeuten. Nenne es meinetwegen die romantische Vision einer ehemaligen Revolutionärin.« Sie lächelte schief. »Habe ich dir deswegen eigentlich damals große Sorgen bereitet?«

»Manchmal schon«, gab Swetlana zu. »Wenngleich ich nie genau wußte, wie weit du dich in den sogenannten revolutionären Kreisen engagiert hast.«

»Weit genug«, gestand Xenia. »Ich war sogar mit einem echten Anarchisten zusammen – freilich ohne zu wissen, daß er Attentate und Bombenanschläge für ein durchaus legales Mittel hielt, seine politischen Ziele durchzusetzen. Als mir das klar wurde, war er tot und ich geheilt von seinen mörderischen Ideen.«

Sie beugte sich über den Tisch. »Eins mußt du mir glauben: Weder Pjotr noch ich hätten uns jemals für einen solch blutigen Terror hergegeben. Wir wollten den Umsturz mit friedlichen Methoden durchsetzen, aber für die Gruppe, der wir uns damals angeschlossen hatten, waren wir vermutlich nur nützliche Idioten. Darum haben wir uns schon vor Jahren davon zurückgezogen. Wir haben es mit Tolstoi und seinen Ideen gehalten, der gleichfalls eine Änderung der Verhältnisse anstrebte, aber niemals durch eine haßerfüllte Anarchie. Haß ist immer schlecht, egal, von welcher Couleur er ist.«

»Dann muß ich also in dieser Beziehung nichts mehr für dich und Pjotr fürchten?« fragte Swetlana, und Xenia hob die Schultern.

»Mag sein, daß dein Zar eines Tages sagt: Wer nicht für mich ist, der ist gegen mich. Dann werden wir gegen ihn sein.«

»Aber ...« setzte Swetlana an, doch Xenia fiel ihr ins Wort.

»Ich weiß, was du sagen willst. Daß Nikolaus und Alexandra im Grunde gütige und integre Menschen sind, denen du aufrichtig zugetan bist, auch wenn du die Fehler siehst, die sie täglich begehen. Trotzdem ist das ganze Zarentum ein längst überholter Anachronismus und Nikolaus II. ein Krebsschaden für Rußland. Es genügt nicht, gut und fromm zu sein, um dieses Land zu regieren, und mit Gebeten, Kreuzen und geweihten Kirchenfahnen kann man seinen Thron nicht mehr festigen. Dieser Thron wankt, und weder Niederlagen noch Siege in diesem Krieg werden verhindern, daß er endgültig stürzt.«

Swetlana hatte ihre Schwester immer wegen ihres scharfen Verstandes und ihres Weitblicks bewundert. Sie begriff, daß viel Wahrheit in Xenias Worten lag, und das machte ihr Angst. Die Zukunft erschien ihr mit einem Mal düster und furchteinflößend, und sie sehnte sich nach der Sorglosigkeit ihrer Mädchenjahre zurück. Zumindest hatte sie damals noch nicht viel gewußt von den sich anbahnenden Veränderungen, hatte die Risse und Sprünge in der glänzenden Fassade nicht gesehen und sich an der Schönheit gefreut, die es in ihrem Leben gab. Aber es war schon damals eine morbide Schönheit gewesen und der trügerische Glanz mehr und mehr abgeblättert. Die Risse und Sprünge hatten sich vertieft, und dahinter erhoben sich, den apokalyptischen Reitern gleich, die schwarzen Schatten des Untergangs.

Xenia und Pjotr heirateten im Januar 1915. Es war eine

Ziviltrauung ohne nachfolgendes kirchliches Zeremoniell, zu der außer Swetlana und Rodja, die als Trauzeugen fungierten, noch einige Kollegen und Freunde des Brautpaares geladen waren.

Am 30. Januar reisten die beiden an die Front in Ostgalizien ab, wo die russischen Truppen Österreich-Ungarn schwere Niederlagen beigebracht hatten. Sie wollten beide nicht, daß Swetlana und Rodja sie zum Warschauer Bahnhof begleiteten.

»Solche Abschiede sind trostlos«, hatte Xenia so resolut erklärt, wie es ihr möglich war, obwohl auch ihr nun das Weinen in der Kehle saß. »Laßt uns hier einander auf Wiedersehen sagen.«

Sie umarmte Swetlana und küßte sie auf beide Wangen. »Ich weiß nicht mehr so recht, ob ich noch an den alten Mann mit dem weißen Bart glaube, der uns Menschen angeblich nach seinem Bilde erschaffen hat. Allein schon das läßt mich manchmal an seiner Existenz zweifeln. Aber er soll dich beschützen – dich und Rodja und Fjodorenka, wo immer er sein mag.«

Swetlana sah ihr liebes Gesicht mit den dunklen Augen und den braunen Ringellöckchen, die sich immer wieder aus ihrer strengen Knotenfrisur stahlen, nur durch einen Tränenschleier. »Malenka«, murmelte sie. »Meine liebe kleine Schwester, komm wieder ... bitte!« Dann umarmte sie Pjotr. »Paß gut auf sie auf. Und auch auf dich! Gott bewahre euch.«

Dann riß sie sich los und rannte aus der Halle ihres Palais'. Sie stürmte die Treppe hinauf in den Oberstock und sah aus einem Fenster auf den Vorplatz hinunter. Wenig später kamen Pjotr und Xenia, von Rodja begleitet, aus dem Haus und bestiegen das Mietauto, auf dessen Rücksitz ihr Gepäck aufgetürmt war. Swetlana starrte dem Gefährt nach, wie es langsam anfuhr und den Weg zur Nikolaus-Brücke einschlug. Der geräumte Schnee türmte sich zu beiden Seiten der Straße, und es schneite schon wieder. Der Wind trieb die Flocken vor sich her und verdichtete sie zu einem wirbelnden weißen Vorhang, der alles einhüllte.

7. Kapitel

Zarin Alexandra Fjodorowna trug Schwesterntracht. Mit einem sanften Lächeln beugte sie sich über den jungen Soldaten, der in dem seit Kriegsbeginn eingerichteten Lazarett im Katharinenpalais von Zarskoje Selo in einem der prunkvollen Säle lag, Bett an Bett mit anderen Leidensgenossen.

Alexandra und ihre beiden ältesten Töchter Olga und Tatjana hatten eine Ausbildung zur Krankenschwester absolviert und pflegten seitdem die Verwundeten. Dem jungen Soldaten, dem die Zarin gerade mit liebevoller Geduld ein paar Schluck Bouillon einflößte, hatten vor vier Tagen beide Beine amputiert werden müssen. Die Zarin und Olga hatten bei dem Eingriff assistiert.

Es war seit Wochen ihr tägliches Brot: in aller Frühe aufstehen, die Verwundeten waschen, Verbände wechseln, Essen verteilen – und den Lazarettärzten bei Operationen zur Seite zu stehen.

Die beiden Großfürstinnen legten einen bewundernswerten Eifer an den Tag. Nichts wurde ihnen zuviel. Sie säuberten übelriechende Wunden wischten Blut und Eiter auf, ertrugen mit zusammengebissenen Zähnen das graue Elend, das sie zu Gesicht bekamen, und wachten bei den Sterbenden.

Am erstaunlichsten aber war die Wandlung, die mit der Zarin vorgegangen war. Sie, die in immer stärkerem Maße unter Beinödemen, Ischiasschmerzen und Herzbeschwerden gelitten und dies beileibe nicht simuliert hatte, schien plötzlich, wo sie gebraucht wurde und etwas Sinnvolles tun konnte, auf wundersame Weise zu genesen. Man sah nur noch selten, daß sie sich auf einen Stock stützte, der Rollstuhl war in ihre Privatgemächer im Alexanderpalais verbannt worden, und sie assistierte bei stundenlangen Operationen, ohne müde zu werden.

Swetlana, die mit anderen Hofdamen ebenfalls im Lazarett arbeitete, versuchte vergeblich, Alexandra zu mehr Schonung zu bewegen. »Lassen Sie mich nur, meine Liebe«, antwortete die Zarin jedesmal mit einem schüchternen Lächeln. »Es geht mir wohl, und ich bin glücklich, daß ich meinen Beitrag zur Linderung all dieses Elends leisten kann.«

»Gott strafe den Zaren«, murmelte der junge Soldat – er mochte achtzehn oder neunzehn Jahre alt sein – an dessen Krankenbett die Zarin saß. Er hatte hohes Fieber und wußte nicht, wer die weiß gekleidete Pflegerin mit dem sanften Gesicht war. Er weinte. »Der Zar ist schuld an all dem Blutvergießen. Er wußte, daß wir nur ein Haufen jämmerlich ausgerüsteter Muschkoten sind, und trotzdem hat er uns in diesen Krieg geschickt.«

Alexandra wischte ihm die Tränen ab. »Still, Söhnchen. Du darfst dich nicht erregen, sonst steigt dein Fieber.«

»Was liegt daran?« sagte der Junge. »Ich krepiere sowieso. Sie krepieren alle in diesem verfluchten Krieg, der von Anfang an für uns verloren war.«

»Da sei Gott vor«, erwiderte sie erschrocken, und er lachte heiser.

»Gott? Wer ist das? Ich habe ihn nicht auf dem Schlachtfeld gesehen. Und auch nicht auf dem Transport hierher. Wir waren in einem Viehwagen, und jeden Tag sind welche gestorben. Ich habe sie rufen und schreien und beten gehört. Aber kein Gott hat ihnen geholfen, Schwester.

Siehst du, und darum glaube ich nicht mehr, daß es ihn gibt.«

Sie wußte, daß er sterben würde, darum malte sie ihm das Kreuzzeichen auf die Stirn. Er schlug mit dem Rest der ihm verbliebenen Kraft ihre Hand weg. »Laß das! Und versuch ja nicht, mir einzureden, daß mich, wenn ich verreckt bin, bei deinem angeblichen Gott ein schöneres Dasein erwartet, in dem ich glücklich sein werde. Ich wollte hier glücklich sein, verstehst du? Ich wollte Gärtner werden und meine Nuschka heiraten und Kinder mit ihr haben. Daraus wird nun nichts mehr. Was soll sie mit einem Krüppel? Deshalb ist es ganz gut, daß ich sterbe. Vielleicht würde sie glauben, daß sie mich auch jetzt nicht im Stich lassen darf, und dann wäre sie ein Leben lang unglücklich mit einem Wrack wie mir. Hast du einen Mann, Schwester?«

»Ja«, sagte Alexandra. »Einen sehr guten – und fünf Kinder. Eines davon ist todkrank. Es ist unser einziger Sohn, und er kann jeden Tag sterben. Manchmal habe ich auch gefragt, warum Gott so etwas zuläßt.«

»Und?« fragte er mit verzogenem Mund. »Hast du eine Antwort bekommen?«

»Nein«, erwiderte die Zarin. »Aber muß Gott uns auf alles und jedes eine Antwort geben? Trotzdem höre ich nicht auf zu beten.«

»Dann bist du dumm«, sagte der junge Soldat und schloß die Augen.

Alexandra blieb an seinem Bett sitzen. Nach einer Weile sah er sie wieder an und murmelte: »Verzeih, ich wollte dich nicht kränken, Schwester. Ich weiß ja, daß manche Menschen sich einbilden, ihr Leid leichter ertragen zu können, wenn sie glauben, Gott habe es ihnen auferlegt. Was hat dein Söhnchen für eine Krankheit? Gibt es kein Mittel dagegen?«

»Vielleicht, eines Tages. Aber weißt du was? Ich sorge

mich nicht mehr so sehr darum, daß mein Aljoscha sterben könnte, seit ich hier bin.« Ihr Blick glitt über den großen Saal, in dem an die fünfzig Verwundete lagen. Einst war er die Gemäldegalerie des Katharinen-Palastes gewesen, von Rastrelli entworfen und in Gold und Stuck erbaut, mit Öfen aus Delfter Kacheln und hohen vergoldeten Spiegeln. Die Gemälde an den Wänden waren teilweise verhängt, ebenso die Kandelaber. Der Boden aus kostbaren Intarsien war mit Schonteppichen bedeckt. Dennoch war die einstige Pracht immer noch sichtbar – ein schmerzender Gegensatz zu den armseligen Gestalten in ihren Eisenbetten.

»Ein wenig sind alle, die hierherkommen, zu meinen Söhnen geworden«, fuhr Alexandra leise fort, als spräche sie mehr zu sich selbst. »Meine Sorge gilt jedem hier. Merkwürdig, sie hat sich vervielfacht und ist trotzdem irgendwie leichter zu tragen. Wahrscheinlich, weil sie sich nicht mehr einzig und allein auf mein Baby konzentriert.«

»Er ist noch klein, dein Söhnchen?« fragte der junge Soldat, und Alexandra schüttelte den Kopf.

»Er wird im Sommer elf Jahre alt. Aber wir nennen ihn immer noch Baby, obwohl er das gar nicht gern hört.«

Als sie aufstehen wollte, griff er nach ihrer Hand. »Kannst du nicht noch bleiben? Es tut mir gut, wenn du da bist.«

»Ich komme wieder«, versprach sie. »Aber jetzt muß ich Doktor Fjodorow beim Verbandwechsel helfen. Er wird schon warten.«

Er hielt immer noch ihre Finger fest. Ein weicher, fast flehender Ausdruck trat in seine fiebrigen Augen. »Ich weiß, ihr habt alle viel zu tun. Aber es wäre trotzdem schön ... ich meine, wenn du es einrichten kannst ... Ich wünschte, du könntest an meinem Bett sitzen, wenn ich sterbe.«

Sie nickte ihm zu. »Ich verspreche es dir, Söhnchen. Ich werde da sein.«

Er starb in der Nacht, und die Zarin hatte Anweisung gegeben, sie zu wecken, wenn es zu Ende ginge. Sein Fieber war noch gestiegen, und er war nur noch selten bei klarem Bewußtsein. Dennoch blieb Alexandra bei ihm, kühlte ihm die heiße Stirn und feuchtete seine Lippen an. Manchmal sah er sie dann an, und sie spürte, daß er sie erkannte. »Matuschka«, sagte er irgendwann, und sie wußte nicht, ob er sie meinte oder an seine Mutter dachte. Es war auch nicht wichtig.

Es war nicht das erste Mal, daß Zarin Alexandra Fjodorowna an einem Sterbebett wachte, und die meisten hatten in ihren letzten Augenblicken nach ihrer Mutter gerufen. Dann hatte sie jedesmal die armen unruhigen Hände des Sterbenden genommen und festgehalten. »Ich bin da, Söhnchen. Ich bin bei dir.«

Das tat sie auch jetzt. Und nachdem Andrej Petrowitsch Korjanzow, so hieß der junge Soldat, seinen letzten Atemzug getan hatte, drückte sie ihm die Augen zu und malte ihm noch einmal das Kreuzzeichen auf die Stirn.

Krieg hat ein häßliches, schmutziges und absolut unheroisches Gesicht. Und diejenigen, die ihn verherrlichen, indem sie den Tod auf dem Schlachtfeld zu etwas Glorreichem verklären, sind verblendete Dummköpfe oder Lügner.

Dr. Xenia Dobrowjewa, geborene Lasarowa, kannte die prunkvollen Militärparaden mit flatternden Fahnen und schmetternder Marschmusik aus St. Petersburg. Sie kannte riesige Schlachtengemälde, Wandmalereien, die trotz ihrer blutigen Szenerie immer vom Glanz des Heldenhaften überstrahlt waren. Auch der Tod war ihr nicht fremd; sie hatte als Ärztin sehr viele sterben sehen und wußte, daß manche einen langen qualvollen Kampf zu bestehen hatten, bis sie erlöst waren. Daher hatte sie gemeint, gegen das Grauen des Krieges einigermaßen gewappnet zu sein und innerlich stark genug, um ihre Arbeit tun zu können.

Sie tat sie auch, zusammen mit Pjotr, ihrem Mann, sowie vier anderen Ärzten und einem halben Dutzend Krankenschwestern. Im März 1915 befand sich ihr Feldlazarett hinter der Front von Przemysl, das die Russen nach sechsmonatiger Belagerung eingenommen hatten. Auf dem Vormarsch wurde es in Richtung Ungarn verlegt, und unter den Truppen breitete sich Siegeszuversicht aus. Vielleicht würde der Krieg ja doch ein rascheres Ende finden, als man im vergangenen Jahr mit seinen verheerenden Niederlagen befürchtet hatte.

Doch dann warfen die Deutschen dreißig Divisionen, die sie von der französischen Front abgezogen hatten, den vorrückenden Russen entgegen, die nach erbitterten Kämpfen zurückweichen mußten.

Nicht lange, und Przemysl und Lwow waren in deutscher Hand, und der russische Rückzug verwandelte sich in eine überstürzte Flucht vor der feindlichen Übermacht. Polen und Litauen wurden von den Deutschen erobert, und die Front verlief nun zwischen Riga, Dwinsk, Pinsk und Tarnopol.

Das Feldlazarett lag dicht hinter der Hauptkampflinie. Granateneinschläge, Geschützdonner und knatterndes Gewehrfeuer waren die ständige Geräuschkulisse, wenn Xenia in dem Erdbunker, den man mit Brettern verschalt und abgestützt hatte, Tag um Tag mit Pjotr und den anderen die Verwundeten versorgte, verletzte Gliedmaßen amputierte, zerfetzte, verbrannte Fleischfetzen abschnitt und die tiefen Wunden vernähte.

Manchmal zitterte die Erde von den Einschlägen der schweren Geschütze. Das Land war zerpflügt und aufgerissen, in den Trichtern schimmerte Brackwasser. Und die Schar der Verletzten, die von den Sanitätern auf notdürftig zusammengezimmerten Tragen aus ihren Stellungen und Erdlöchern gebracht wurde, riß nicht ab.

»Bis jetzt«, so sagte Pjotr zu Xenia, »sollen in diesem ersten Kriegsjahr über dreieinhalb Millionen Russen gefallen, in Gefangenschaft geraten oder verwundet worden sein.«

Sie lehnte die Stirn an seine Brust. Diese treue, unerschütterliche Brust, die ihr in so vielen Zweifeln und Stürmen Halt gegeben hatte. »Ohne dich«, murmelte sie, »würde ich dies alles nicht aushalten. Es ist zu schrecklich.«

Er drückte sie an sich. »Du bist stark. Du würdest noch viel mehr aushalten, wenn es nötig ist.«

»Aber all dieses Elend«, widersprach sie verzweifelt. »Was wir tun, ist doch nur ein Tropfen auf einem heißen Stein.«

Sie waren in ihrer Unterkunft, einem von seinen Bewohnern längst verlassenen Bauernhaus, das man den Ärzten und Schwestern als Nachtquartier zugewiesen hatte. Manchmal auf dem Rückzug hatten sie in Zelten übernachtet, manchmal in Planwagen mit Strohschütten. Ihr jetziges Quartier war dagegen vergleichsweise luxuriös.

»Liebling, du mußt schlafen«, sagte Pjotr besorgt. »Wie willst du sonst den morgigen Tag bewältigen?«

»Irgendwie«, sagte sie und küßte ihn. »So, wie ich bisher alle Tage bewältigt habe – und du auch.«

Im Morgengrauen wagten die Russen einen Vorstoß und erbeuteten nicht nur Waffen, sondern machten auch an die hundert Gefangene.

Xenia erkannte Leonid Soklow sofort, als man ihn in das Lazarett brachte. Er trug eine deutsche Obristenuniform und hatte sich einen Backenbart wachsen lassen. Eine russische Granate hatte ihm das linke Bein bis zum Oberschenkel abgerissen, und die Wunde sah gefährlich aus.

Auch Leonid erkannte Xenia, als sie ihn untersuchte. Die Ärzte hier machten zwischen russischen Soldaten und verletzten Gefangenen keinen Unterschied. Sie behandelten jeden, der Hilfe brauchte.

Soklow verzog den Mund zu einem Grinsen. »Xenia Pawlowna, welch ein Wiedersehen! Das hätten Sie sich nicht träumen lassen, was? Ich mir allerdings auch nicht. Gestatten Sie, daß ich mich mit meinem neuen Namen vorstelle: Oberst Henryk von Stahl, baltischer Herkunft, in Krakau aufgewachsen, sich bei Ausbruch des Krieges als Offizier an die Front gemeldet – allerdings auf deutscher Seite. Ich war der Meinung, ich hätte dort bessere Chancen, siegreiche Schlachten zu schlagen.«

Ihr Gespräch wurde unterbrochen, weil Dr. Tschigurin, Chirurg aus Smolensk, an Leonids Trage trat. Er warf nur einen kurzen Blick auf den böse zugerichteten Beinstumpf mit den blutigen Fleischfetzen und sagte: »Lassen Sie ihn in das Operationszelt bringen, Dr. Dobrowjewa. Ich werde sehen, was ich tun kann.«

»Dr. Dobrowjewa?« wiederholte Leonid, als der Chirurg zum nächsten Verwundeten gegangen war. »Dann sind Sie also verheiratet. Meinen Glückwunsch.«

Xenia erwiderte nichts darauf. Sie deckte Leonid zu. Dann fragte sie ohne Umschweife: »Wo ist Fjodor?«

»In Sicherheit«, antwortete er. Er versuchte ein Grinsen, aber es wurde nur ein Blecken der Zähne daraus. Xenia vermutete, daß er höllische Schmerzen hatte. »Aber wie ich schon Ihrer Schwester mitgeteilt habe, lebt er in den erbärmlichsten Verhältnissen.«

»Wo ist er?« wiederholte Xenia, die ihren Neffen liebte und sich, genau wie Swetlana, unbeschreibliche Sorgen um ihn machte.

»In Sicherheit«, stieß Soklow wiederum hervor. »Mehr werden Sie von mir nicht erfahren.«

»Man wird sehen«, erwiderte sie so hart, daß er zusammenzuckte. »Sie sind ein Schwein, Leonid Iwanowitsch. Darum erwarten Sie von mir keine Schonung. Vermutlich liegt Ihnen nicht viel daran, daß hier Ihre wahre Identität bekannt wird. Ich biete Ihnen einen Handel an: Mein Schweigen, wer Sie wirklich sind, gegen Fjodors Aufenthaltsort.«

»Gehen Sie zum Teufel!« sagte er mit zusammengebissenen Zähnen. »Das ist Erpressung.«

»Natürlich. Überlegen Sie sich die Sache. Wir sehen uns später wieder, wenn Doktor Tschigurin mit Ihnen fertig ist.«

Am Abend hatte Leonid Soklow hohes Fieber, und Dr. Tschigurin sagte: »Das ist ein schlechtes Zeichen, aber ich habe es befürchtet. Die Wunde war bereits infiziert, als er herkam. Gasbrand.«

Xenia erschrak. Was war, wenn Soklow starb, ohne ihr zu sagen, wo Fjodor lebte?

»Ich kümmere mich selbst um ihn«, erklärte sie Tschigurin.

Der Chirurg zuckte mit den Schultern. »Tun Sie das. Aber Sie wissen ja, wir haben kaum Medikamente, um so etwas in den Griff zu bekommen. Die meisten überleben das nicht.«

Leonid Soklow lebte noch eine Woche. Er litt grauenvolle Schmerzen, und anfangs gab Xenia ihm Morphium, damit er wenigstens stundenweise Ruhe fand. Und immer wieder bedrängte sie ihn, ihr zu sagen, wo Fjodor sich aufhielt. Doch Soklow schwieg.

»Ihr hübscher kleiner Erpressungsversuch ist nutzlos. Von mir aus posaunen Sie herum, wer ich bin. Ich krepiere sowieso. Also ist es egal, ob ich als Henryk von Stahl oder Fürst Soklow in einem Massengrab verscharrt werde.«

Xenia begriff, daß ihr diese Waffe unter den Händen stumpf geworden war. Aber was konnte sie noch tun, damit Soklow sein Geheimnis nicht mit ins Grab nahm?

Die anderen Gefangenen waren bereits abtransportiert worden. Sie kamen in ein Gefangenenlager bei Wilna. Nur Leonid lag noch im Feldlazarett, ein lebender Toter. Er fieberte und phantasierte. Dann wieder hatte er lichtere Momente, und wenn er Xenia an seinem Lager sah, trat ein böses Funkeln in seine Augen.

»Wie halten Sie nur den Gestank aus, den ich verströme? Aber Sie tun es für Fjodor, nicht wahr? Rührend – doch völlig umsonst. Grüßen Sie Swetlana von mir. Sie wird Ihren Sohn nie wiedersehen.«

Außer Xenia wußte nur Pjotr, wer der angebliche deutsche Offizier war, der hier im Feldlazarett lag. »Glaubst du, daß es Sinn hätte, wenn ich einmal mit ihm rede?« fragte Pjotr, als Xenia todmüde in ihr Nachtquartier kam.

Sie schüttelte den Kopf. »Bestimmt nicht. Man müßte ihn schon foltern, damit er mit der Wahrheit herausrückt.« Sie verstummte und nagte an der Unterlippe. Ein merkwürdig starrer Ausdruck tauchte in ihren Augen auf. Pjotr blickte sie beunruhigt an.

»Was hast du vor, Xenia?«

»Nichts«, sagte sie leichthin, »außer daß ich ihn nicht mehr aus den Augen lassen werde. Er darf einfach nicht sterben, bevor er mir nicht gesagt hat, wo Fjodor ist.«

Das war drei Tage vor Soklows Tod.

Am nächsten Morgen mußte die russische Front abermals vor den Sturmangriffen der Deutschen zurückweichen, und auch das Lazarett wurde verlegt.

»Um den deutschen Obristen kümmere ich mich selbst«, sagte Xenia zu Dr. Tschigurin, und der Chirurg nickte.

»Wie Sie wollen, Frau Dobrowjewa.« Er wußte, wie aufopfernd Xenia die Verwundeten betreute, und dachte, sie wolle dem Sterbenden besondere Hilfe angedeihen lassen.

Auf Xenias Anweisung wurde Leonid Soklow auf einen Wagen verladen. Er war gerade groß genug, daß der Fürst darin liegen konnte. Pjotr wollte sich auf den Kutschbock neben Xenia setzen, doch sie hatte bereits die Zügel des davorgespannten Pferdchens ergriffen. »Das schaffe ich allein. Bleib du bei den anderen Verwundeten.«

Da in diesem Augenblick eine Pflegerin nach ihm rief, nickte er nur hastig, ehe er davonging. »Aber wenn dir das Kutschieren zu anstrengend wird, laß dich ablösen, Liebes. Dr. Tschigurin hat erzählt, daß wir gut dreißig Werst zu fahren haben.«

Als sie allein mit Soklow war, wandte Xenia sich zu ihm um. »Haben Sie es gehört? Dreißig Werst – das wird eine Höllenfahrt für Sie.«

Er verzog den bärtigen Mund. »Dann geben Sie mir am besten schon jetzt etwas gegen die Schmerzen.«

In der Nacht hatte sie stundenlang wach gelegen und mit sich gekämpft. Sie war Ärztin, und sie wußte genau, daß sie etwas Unmenschliches vorhatte. Aber es war die einzige Möglichkeit, Soklow zum Reden zu bringen. Nicht sie würde ihn foltern – sein elender verwesender Körper würde es tun.

»Sie bekommen nichts mehr, Leonid Iwanowitsch«, sagte Xenia. »Keine Spritze, keine Tabletten. Erst wenn Sie mir Fjodors Aufenthaltsort genannt haben, werde ich Sie von Ihren Schmerzen befreien.«

»Du dreckiges, verkommenes Luder!« setzte Soklow an, und Xenia riß so heftig an den Zügeln des Pferdchens, daß der magere Braune erschrocken antrabte. »Hoj-hoh!« rief Xenia. »Lauf, mein Gäulchen, lauf!«

Der Wagen rumpelte über das unebene, von tiefen Löchern zerrissene Erdreich und schwankte hin und her. Das Stoßen und Rütteln ließ Soklow aufschreien. »Fahr langsamer, du Hexe! Das halte ich nicht aus.«

Sie wandte nicht einmal den Kopf. »Sie werden es aushalten müssen. Oder soll ich Sie am Straßenrand liegenlassen?«

Eine Weile versuchte er, ruhig zu bleiben. Xenia wußte, daß er grauenvolle Schmerzen hatte, und als er wieder zu schreien begann, wurde ihr übel. Aber ich muß das durchstehen, sagte sie sich. Egal, was es mich kostet. Ich tu's für Fjodorenka und Swetlana.

Am Nachmittag erreichten sie die neuen russischen Stellungen. Sie lagen in der Nähe eines Dorfes, dessen Einwohner evakuiert worden waren. Überall waren Soldaten damit beschäftigt, Erdlöcher und Schützengräben auszuheben. Das Lazarett wurde im Lagerhaus des Dorfes eingerichtet, das groß genug war, um alle Verwundeten aufzunehmen.

Soklow hatte stundenlang geschrien und, als er zu kraftlos dazu geworden war, nur noch gewimmert. Xenia hatte die Hände um die Zügel gekrampft und sich fast die Lippen blutig gebissen, um nicht anzuhalten und ihm die erlösende Spritze zu geben. Aber sie war fest geblieben. »Sag mir, wo Fjodor ist!« war ihre stereotype Antwort, wenn Soklow um Morphium flehte.

Gegen Mittag war er still geworden. Als Xenia nach ihm sah, hatte er das Bewußtsein verloren. Er kam erst wieder zu sich, als zwei Sanitäter ihn vom Karren heben und in das Lagerhaus tragen wollten. Sofort begann er wieder zu schreien.

»Wir müssen ihn in ein anderes Haus bringen«, ordnete Xenia an. »Er muß allein liegen, weit weg von den übrigen Verwundeten. Sein Gebrüll ist unerträglich.«

Pjotr kam zu ihr, gefolgt von Dr. Tschigurin. »Ich hätte nicht glaubt, daß du es schaffst, die ganze Strecke allein zu kutschieren«, sagte Pjotr besorgt. »Wie fühlst du dich jetzt?«

»Gut«, erwiderte sie knapp und wandte sich an Tschigurin, während die Sanitäter Soklow fortbrachten. »Was soll ich nur tun? Sie hören es ja selbst: Der Deutsche quält sich wie ein Tier. Offenbar wirkt das Morphium nicht mehr.«

»Dann erhöhen Sie die Dosis«, wies der Lazarettarzt sie an, doch sie schüttelte den Kopf.

»Er bekommt bereits die höchste vertretbare Menge. Ich würde ihn umbringen, wenn ich ihm mehr gäbe.« Sie straffte sich. »Ich werde heute nacht bei ihm bleiben – und morgen auch, wenn es nötig ist. Sie brauchen also keine Pflegerin für ihn abzustellen, Dimitrij Karlowitsch, es sei denn, Sie brauchen mich anderswo.«

»Ich glaube nicht«, erwiderte er. »Und wenn, kann ich Sie ja jederzeit holen lassen.« Er nickte ihr zu. »Aber passen Sie auch auf sich selbst auf, Xenia Pawlowna. Sie dürfen sich nicht zuviel zumuten.«

»Ich weiß«, sagte sie knapp.

Pjotr trat zu ihr. »Du siehst furchtbar elend aus. Soll ich dich nicht bei der Nachtwache ablösen?«

Sie strich ihm über das Haar. »Du brauchst deinen Schlaf. Bitte, sei vernünftig. Leg dich hin und mach dir keine Gedanken um mich.«

»Aber du holst mich, wenn du Hilfe brauchst«, bat er besorgt. »Versprich es mir.«

»Ja, ja!« Leichte Gereiztheit schwang in ihrer Stimme mit. »Und jetzt laß mich gehen.«

Leonid Soklow starb am nächsten Abend. Xenia würde die Stunden bis dahin niemals in ihrem Leben vergessen. Sie selbst tat kein Auge zu und ließ Soklows Schmerzensschreie, sein Winseln, Betteln und Fluchen über sich ergehen. Die Zeiten, in denen er das Bewußtsein verlor, waren barmherzig, nicht nur für ihn, sondern auch für sie.

Ich darf nicht schwach werden, hämmerte sie sich immer wieder ein, wenn sie es kaum noch ertrug, ihn so bestialisch leiden zu sehen. Vergiß, daß du Ärztin bist und geschworen hast, allen Menschen ohne Ansehen der Person zu helfen. Es geht um Fjodor. Ihm mußt du helfen, nicht diesem Schwein, das Fjodorenka und deine Schwester ins Unglück gebracht hat.

Dann wieder überkam Xenia Angst. Was war, wenn Leonid Soklow starb, ohne Fjodors Aufenthaltsort genannt zu haben?

Sie bekämpfte sein Fieber, so gut sie es vermochte, säuberte die Wunde, legte einen frischen Verband an und verabreichte ihm ein Medikament zur Herzstärkung. Sie flößte ihm zu trinken ein und eine Bouillon, um seine Widerstandskraft zu erhalten, und wenn sie sich über ihn beugte, versuchte er, ihr ins Gesicht zu spucken. »Du Satansbraten!« keuchte er. »Fahr zur Hölle! Ich verfluche dich!«

»Du wirst vor mir in der Hölle sein«, entgegnete sie, während sie ihm Wadenwickel anlegte, um das Fieber zu senken, damit sein Kreislauf nicht zusammenbrach. »Mach es dir klar, Leonid Soklow: Du stirbst so oder so. Aber wenn du willst, daß deine letzten Stunden erträglich sind, dann sag mir, wo Fjodor ist.«

Es war ein Martyrium, das er durchlitt und das Xenia Schritt für Schritt mit ihm ging.

Dr. Tschigurin schickte eine Ablösung für sie, aber sie erklärte Dr. Stepan Krylow, daß sie sehr gut allein mit dem deutschen Offizier fertig würde. »Vielleicht morgen«, sagte sie. »Wenn ich zwei Nächte lang nicht geschlafen habe, brauche ich wirklich ein paar Stunden Ruhe.«

»Wie halten Sie das nur aus«, meine Krylow, als er Leonids Schmerzensschreie aus der nebenan gelegenen Kammer der Bauernkate am Ende des Dorfes hörte.

»Man hält viel aus«, erwiderte sie mit gespieltem Gleichmut. »Machen Sie sich keine Sorgen um mich. Und sagen Sie meinem Mann, er soll es auch nicht tun.«

Pjotr Dobrowjew erwachte im Morgengrauen des nächsten Tages, als Xenia die Treppe in den Oberstock der strohgedeckten Kate hinaufstieg, in der dieses Mal die Ärzte untergebracht waren.

»Er ist tot«, sagte sie, als sie an seinem Bett stand. Dann

fiel sie über ihn und begann zu weinen. Sie zitterte am ganzen Körper. »Und ich, Pjotr, habe ihn zu Tode gefoltert. O Gott, wie soll ich mir das jemals vergeben!«

Er war mit einem Schlag hellwach. »Xenia, Liebes, was ist denn? Was hast du getan?«

Da sagte sie es ihm, und sie spürte in der Dunkelheit, wie er sich vor Entsetzen versteifte. »Ist das wahr?«

»Ja«, antwortete sie schluchzend. »O Pjotr, er hat sich so grauenhaft gequält, aber ich bin fest geblieben und habe ihm kein Morphium gegeben. Es war das einzige, was ich noch machen konnte, damit er mir sagte, wo er Fjodor hingebracht hat. Ich hatte keine andere Wahl: Fjodors Leben gegen die Qualen einer Bestie, die ohnehin sterben würde. Sag mir doch, was hätte ich sonst noch tun sollen!«

Xenia hatte sich die Ohren zugehalten, damit Soklows Brüllen und Heulen leiser und ferner klang, und sie hatte die Augen von ihm abgewendet, weil sie seinen Anblick nicht mehr ertrug. Sein Gesicht hatte nichts Menschliches mehr gehabt. Es war eine Fratze aus Schmerzen, Wut und Haß gewesen.

Und wenn er halb wahnsinnig um ihre Hilfe bettelte, hatte Xenia ihm die Spritze gezeigt. »Du bekommst sie sofort, wenn du mir sagst, wo Fjodor ist. Keine Sekunde eher.«

Pjotr setzte sich auf die Bettkante und zog Xenia auf seinen Schoß. Dann drückte er sie an sich. »Du Arme, Liebe, wie hast du das nur ausgehalten! O Gott, Xenia, du mußt das vergessen.«

»Das kann ich nicht«, stieß sie, noch immer zitternd, hervor. »Ich hätte nie geglaubt, daß ich zu so etwas fähig bin. Aber es hat geholfen. Fjodor ist in Wien. Soklow hat ihn zu einer Familie Pachlinger in der Breslauer Straße gebracht. Ich weiß nicht, ob er noch dort ist, aber zumindest werden uns diese Leute sagen können, was aus ihm geworden ist.

Es ist ein Anhaltspunkt. Der erste wirkliche Anhaltspunkt seit seinem Verschwinden.«

Xenia hatte sich mit der aufgezogenen Morphiumspritze an Soklows Lager gesetzt. »Sieh her. Es liegt an dir, ob du weiter leiden willst. Der Inhalt dieser Ampulle wird dich von allen Schmerzen befreien. Du kannst dann schlafen ...«

»Schlafen – ja ...« hatte er heiser geflüstert. »Du hast gewonnen, du Dreckstück. Trotzdem wird deine kostbare Swetlana ihren Romanow-Bastard nicht heimholen können, denn er ist in Wien. Und die Leute, zu denen ich ihn gebracht habe, sind asoziales Gesindel. Fjodor wird sich ihnen indessen angepaßt haben. Wer weiß, vielleicht sitzt er sogar schon im Gefängnis.«

Einen schrecklichen Augenblick lang hatte Xenia der Verdacht beschlichen, Soklow könnte sie anlügen, irgendeine Geschichte erfinden, damit sie ihn endlich von seinen unerträglichen Schmerzen befreite. Doch als sie einen Blick in sein Gesicht warf, begriff sie, daß er tatsächlich die Wahrheit gesagt hatte. Er war nicht mehr fähig zu irgendwelchen Finten. Er war am Ende.

Fünf Stunden später war er gestorben. Xenia hatte bei ihm gesessen, auf seine rasselnden Atemzüge gehört, ihm den Schweiß abgewischt. Und dann hatte sie gesehen, wie die fahle Farbe des Todes sein Gesicht wächsern werden ließ. Ich habe gesiegt, hatte Xenia gedacht. Ich habe dieses Monstrum an Gemeinheit und Lasterhaftigkeit besiegt. Doch diese Gedanken halfen ihr nicht, ihre eigenen Schuldgefühle abzuschütteln.

Sie weinte und zitterte in Pjotrs Umarmung. »Es ist vorbei«, sagte sie. »Und sobald dieser verfluchte Krieg zu Ende ist, wird Swetlana ihren Sohn wiederbekommen. Aber welchen Preis habe ich dafür bezahlt? O Pjotr, ich habe nicht einmal geahnt, daß ich zu solcher Grausamkeit fähig bin!«

Er schauderte und fragte sich, ob er selbst diese Härte aufgebracht hätte, fand aber keine Antwort darauf. Um so mehr verstand er Xenias Gewissensqualen. Trotzdem sagte er:

»Du hast das Richtige getan, mein Herz. Morgen wirst du Swetlana schreiben, was du in Erfahrung gebracht hast. Der Brief wird sie sicherlich erreichen, denn die Postverbindung nach Petrograd ist nach wie vor intakt. Stell dir Swetlanas Erleichterung vor, wenn sie alles weiß. Dann wirst du dich auf der Stelle ein wenig besser fühlen.«

Xenias Brief erreichte Swetlana in Zarskoje Selo. Sie zeigte ihn der Zarin, und Alexandra Fjodorowna umarmte sie mit Tränen in den Augen.

»Ach, ich wünschte, ich könnte Sie auf der Stelle nach Wien schicken, meine Liebe! Aber dieser elende Krieg macht es unmöglich. Trotzdem – lassen Sie den Mut nicht sinken. Eines Tages wird wieder Frieden sein, und dann können Sie nach Österreich reisen.«

Swetlana nickte. Sie lachte und weinte in einem und dachte: Immerhin weiß ich jetzt einen Ort, wo mein Sohn lebt. Dort kann ich ihn in meinen Gedanken suchen und ihm sagen: Halt aus, Fjodorenka. Deine Mutter wird dich heimholen, sobald es ihr möglich ist. Bitte, Fjodorenka, halt aus. Du mußt doch spüren, daß ich dich, seit du fort bist, in keinem Augenblick aufgegeben habe.

Über all der Aufregung, dem anstrengenden Lazarettdienst in Zarskoje Selo und der ständig bohrenden Sorge um Xenia und Pjotr maß Swetlana gewissen körperlichen Beschwernissen keine besondere Bedeutung bei. Sie litt unter Übelkeit, die sie ihrer Arbeit im Lazarett zuschob, fühlte sich oft schwindlig und sterbensmatt, doch wenn Rodja sie besorgt darauf ansprach, erwiderte sie nur: »Ach, wir sind alle ein wenig überanstrengt. Ihrer Majestät geht es bestimmt noch viel schlechter als mir, und trotzdem schont sie sich nicht.«

Zar Nikolaus hatte bei Rodja ein großes Wandgemälde in Auftrag gegeben. Es sollte den Rückzug der napoleonischen Truppen aus dem brennenden Moskau im Jahre 1812 darstellen und, so hatte der Zar sich ausgedrückt: »... damit symbolisieren, daß der Siegeswille Rußlands am Ende immer und überall triumphieren wird.«

Der Siegeswille Rußlands? Swetlana und Rodja hatten weitaus mehr das Empfinden, daß das Heer, nach wie vor erbärmlich schlecht ausgerüstet, innerlich längst demoralisiert war. Die besten Regimenter, der Stolz Rußlands, junge fröhliche Männer in der Blüte ihrer Jahre, waren bereits in den ersten Kriegsmonaten gefallen oder zu Krüppeln geschossen worden. Freilich gab es genügend Nachschub aus dem riesigen Reich, doch was nützte das, wenn die schlecht ausgebildet und noch schlechter bewaffnet waren?

Grigorij Rasputin, zwischen Zarskoje Selo und Petrograd hin und her pendelnd, ging von seiner Überzeugung nicht ab, daß dieser Krieg gegen den Willen Gottes begonnen worden sei. Sei es nun, daß er verärgert war, weil der Zar auf seine Warnungen nicht gehört hatte, sei es, daß Rasputin wirklich von seiner ›göttlichen Inspiration‹ überzeugt war – auf jeden Fall verkündete er der Schar seiner Anhänger unverblümt: »Christus ist entrüstet über alle Klagen, die von russischer Erde zu ihm aufsteigen. Aber den Generälen ist es ganz gleichgültig, daß sie unsere Muschiks töten lassen. Das hindert sie weder am Essen noch am Trinken, noch daran, sich zu bereichern. Leider werden nicht nur sie mit dem Blut der Geopferten bespritzt werden. Es wird bis zum Zaren spritzen, weil er der Vater der Muschiks ist.«

Alexandra brach in Tränen aus, wenn ihr diese und

ähnliche Äußerungen hinterbracht wurden. »Vater Grigorij meint nicht alle Generäle. Er meint vor allem einen einzigen: den Oberbefehlshaber Nikolaus Nikolajewitsch. Das ist ein schrecklicher Mann, selbstherrlich und gewissenlos. Er residiert im Generalhauptquartier in Mohilew wie ein ungekrönter Herrscher, und alle Missetaten, die er begeht, wird Seine Majestät nach dem Krieg wiedergutmachen müssen. Der Zar hat einen großen Fehler begangen, daß er nicht von Anfang an die Oberleitung des Heeres übernommen hat. Aber vielleicht kann man ihn noch korrigieren.«

Nikolaus besuchte oft das Hauptquartier und auch die Truppen an der Front. Es hatte ihm schon immer gefallen, unter Offizieren und Soldaten zu sein. Und nun im Krieg empfand er es als eine seiner höchsten Pflichten, durch sein häufiges Erscheinen seine Verbundenheit mit der kämpfenden Truppe zu zeigen.

Er kehrte jedesmal unruhiger und unzufriedener zurück.

»Ich fühle es mit jedem Tag mehr, daß mein Platz bei den Männern sein sollte, die für Rußland kämpfen und sterben«, sagte er eines Nachmittags beim Tee. Das Zarenpaar nahm ihn in der Bibliothek ein, zusammen mit den beiden jüngsten Töchtern und dem Zarewitsch. Der Matrose Nagorny, der sich seit einiger Zeit mit Derewenko in der Betreuung des Kindes abwechselte, wartete im Vorzimmer.

Außerdem waren noch Alexejs Lehrer Monsieur Gilliard, Swetlana und zwei andere Hofdamen anwesend. Alexej saß auf dem Teppich. Er hatte eine Weile auf seiner Balalaika gespielt und sah anschließend Maria und Anastasia zu, die mit dem Cockerspaniel Joy herumbalgten.

»Seid nicht so grob mit ihm«, protestierte Alexej, als Anastasia den Hund an der Rute zurückzog, weil er unter ein Kanapee kriechen wollte. Alexej liebte Joy sehr und nahm ihn überallhin mit, wenn es ihm gestattet wurde, sogar in seine Unterrichtsräume.

»Du hörst doch, was Baby sagt«, warf Zarin Alexandra ein. »Laß bitte den Hund in Ruhe.«

Maria kicherte. »Alexej kann es nicht leiden, wenn er immer noch Baby genannt wird!«

»Aber er ist mein Baby, und er bleibt es, solange ich lebe«, erwiderte ihre Mutter mit einem Lächeln.

»Gewiß, und Monsieur Gilliard ist für Alexej immer noch sein ›Zilchik‹, auch wenn sich das nicht gehört!« rief Anastasia dazwischen. Ihre dunklen Augen blitzten. »Was dem einen recht ist, muß dem anderen billig sein, nicht wahr, *Monsieur*?« wandte sie sich an den Schweizer Erzieher, der am Kamin lehnte und eine kleine übertriebene Verbeugung in Anastasias Richtung vollführte.

»Ach, Kaiserliche Hoheit, für den Thronfolger ist ›Zilchik‹ ebenso ein Kosename wie ›Baby‹ für die ganze kaiserliche Familie.«

»Du hast es gehört, Baby!« rief Anastasia und streckte ihrem Bruder die Zunge heraus.

Die Zarin faßte sich mit einem leidenden Gesichtsausdruck an die Schläfen. »Nicht so laut, Kinder. Ich habe ein wenig Kopfschmerzen. Es ist ein so schöner Abend. Wollt ihr nicht noch mit Nagorny und Joy eine Weile in den Park gehen?«

Sie wartete, bis die Kinder mit dem Hund den Raum verlassen hatten, dann wandte sie sich ihrem Mann zu.

»Ich wollte nicht, daß wir ein so ernstes Thema in ihrer Gegenwart erörtern. Aber natürlich hast du vollkommen recht, mein lieber Nicky. Dein Platz ist an der Spitze deiner Streitkräfte. Auch unser Freund sagt mir das immer wieder. Es ist höchste Zeit, daß Großfürst Nikolaus abgesetzt wird. Gib ihm irgendein Kommando in einem entfernten Winkel, wo er keinen Schaden anrichten kann.«

Swetlana senkte den Kopf. ›Unser Freund‹ – das war

Rasputin. Nichts und niemand konnte die Zarin in ihrem unabdingbaren Glauben an ihn irre machen, nicht einmal er selbst. Dabei hatte er sich im letzten Winter wahrlich etwas geleistet, das ihn ein für allemal hätte stürzen müssen. Alle Gegner Rasputins hatten darauf gehofft, und die einflußreichen unter ihnen hatten den Zaren bestürmt, den unverschämten, lasterhaften Muschik endlich nach Sibirien zurückzuschicken.

In Moskau war es gewesen, in dem eleganten Nachtclub ›Yar‹. Rasputin war angetrunken und in Begleitung einiger seiner Anhänger hereingekommen, hatte weiter getrunken und sich mit seinen amourösen Abenteuern gebrüstet. Da er Namen nannte und peinliche Einzelheiten zum besten gab, hatte der Geschäftsführer sich schließlich genötigt gesehen, einzuschreiten. Er hatte Rasputin gebeten, den Mund zu halten und das Lokal zu verlassen. Dadurch war jener in Wut geraten. Er hatte mit Flaschen und Gläsern um sich geworfen, und als man ihn gewaltsam auf die Straße setzen wollte, hatte er gebrüllt:

»Wagt es nicht, mich anzurühren! Ich stehe unter Väterchens und Mütterchens Schutz. Sie werden es euch büßen lassen, wenn ihr mir auch nur ein Haar krümmt. Vor allem Matuschka ... Mit der Alten mache ich doch, was ich will. Sie frißt mir aus der Hand!«

Am nächsten Tag hatte der Zar den detaillierten Polizeibericht über den skandalösen Vorfall erhalten – mit namentlich aufgeführten Aussagen von Zeugen, die der Szene beigewohnt hatten. Alexandra Fjodorowna hatte einen Weinkrampf bekommen, als sie davon unterrichtet wurde. Wieder einmal war sie felsenfest davon überzeugt, daß böse Menschen ihren Heiligen verleumdet und die ganze Geschichte erfunden hatten, um ihn zu ruinieren. Nie und nimmer könne sie so etwas glauben.

Was der Zar glaubte, wußte Swetlana nicht. Vielleicht duldete er Rasputin nur noch bei Hof, weil dieser dem Zarewitsch wirkungsvoller zu helfen vermochte als alle Ärzte zusammengenommen. Dennoch – die Zarin hatte wieder einmal gesiegt. Die Affäre wurde niedergeschlagen und Rasputin ging nach wie vor in Zarkoje Selo ein und aus.

Alexandra Fjodorowna beugte sich zu ihrem Mann und griff nach seiner Hand. »Tu, wozu dein Herz und ich dir raten. Es ist die richtige Entscheidung. Du hättest sie schon fällen sollen, als Großfürst Nikolascha auf so rüde Weise Vater Grigorijs Besuch bei den Truppen abgelehnt hat. Unser Freund wollte kommen und die Männer segnen. Und was hat dein Onkel ihm ausrichten lassen? Er möge nur herkommen, dann würde man ihn aufhängen. Ein unfaßbarer Affront!«

Sie rang nach Luft, und sofort sprang der Zar auf und beugte sich über sie. »Ich bitte dich, meine liebe Alix, rege dich nicht auf. Es schadet dir nur.«

Sie sah zu ihm hoch. »Aber du wirst Nikolascha seines Postens entheben, ja? Wenn du das Oberkommando übernimmst, wird sich endlich das Kriegsglück wenden. Wie sollte es anders sein, wenn unser Freund alle Tage dafür beten wird.«

Swetlana wurde es plötzlich übel. Der Raum mit seinen deckenhohen Bücherregalen und den Möbeln aus karelischer Birke schwankte um sie. Sie umklammerte die Lehnen ihres Sessels, versuchte, gegen dieses jähe Unwohlsein anzukämpfen, und kippte dann doch mit einem Aufstöhnen nach vorn. Amalja Rebkaja, die Hofdame, die ihr gegenübersaß, schrie unterdrückt auf, als Swetlana aus dem Sessel rutschte und auf dem Boden liegenblieb.

Sie erwachte, als jemand ihr ein nach starkem Essigwasser riechendes Tuch gegen Mund und Nase preßte. Ihr war immer noch übel, und sie fühlte sich benommen, als sie den Kopf zu heben versuchte. »Was ist los?« fragte sie matt, und die Zarin beugte sich über sie.

»Sie sind ohnmächtig geworden, meine Liebe. Aber haben Sie keine Sorge. Dr. Botkin ist bereits auf dem Weg hierher. Er wird sich um Sie kümmern.«

Der Leibarzt der Zarenfamilie traf wenige Minuten später ein. Man hatte Swetlana auf einen Diwan im Vorzimmer gelegt und ließ Dr. Botkin mit ihr allein.

Er fragte, ob sie schon öfter solche Schwächeanfälle gehabt habe, und sie erwiderte: »Nicht direkt. Jedenfalls bin ich noch nie ohnmächtig geworden. Aber ich habe mich in letzter Zeit schwindlig gefühlt und unter Übelkeit gelitten. Ich dachte, es käme von der Arbeit im Lazarett.«

Dr. Botkin war ein sehr gewissenhafter Arzt. Er hörte ihr Herz und ihre Lungen ab, tastete über den Magen und den Unterleib und erkundigte sich dann nach dem letzten Termin ihrer Menstruation.

Swetlana runzelte die Stirn. »Ach, ich weiß nicht ... Es ist, glaube ich, schon eine Weile her. Ich habe nicht weiter darauf geachtet, sondern vermutet, daß ich ein wenig überanstrengt bin. Dann gab es bei mir immer gewisse Unregelmäßigkeiten.«

»Und eine andere Möglichkeit – ich meine eine Schwangerschaft – schließen Sie völlig aus, Fürstin?« fragte der Arzt mit einem bei ihm seltenen Lächeln. Er wirkte meist sehr ernst.

Swetlana setzte sich mit einem Ruck auf. »Sie glauben ... Mein Gott, Doktor Botkin, das wäre ja phantastisch!«

»Ich bin kein Gynäkologe, Fürstin«, sagte Botkin und lächelte immer noch. »Aber meiner Ansicht nach deuten Ihre Symptome darauf hin, daß Sie ein Kind erwarten. Konsultieren Sie einen Kollegen, um letzte Gewißheit zu erhalten.«

Sie sagte Rodja noch nichts, denn sie wußte, daß er sich schon lange ein Kind von ihr wünschte. Auch sie hatte manchmal davon geträumt, aber nach so langer Zeit nicht mehr darauf zu hoffen gewagt. Jetzt wollte sie erst ganz sicher sein.

Gleich am nächsten Morgen fuhr sie nach Petrograd zu Dr. Grischajew, der ihr schon bei Fjodors Entbindung beigestanden hatte. Fast wäre Swetlana ihm mit einem Jubelschrei um den Hals gefallen, als er Dr. Botikins Vermutung bestätigte. »Sie sind bereits im dritten Monat, Fürstin«, sagte er. »Das Kleine wird also im Winter geboren werden.«

Swetlana lachte und weinte in einem. »Und ich habe nichts gemerkt, ich Idiotin! Nicht einen Gedanken habe ich daran verschwendet. Wie kann man nur so dumm sein, Doktor!«

Als sie es Rodja sagte, weinte sie wieder vor Glück, und auch er bekam feuchte Augen.

»Ich wünsche mir, daß es eine Tochter wird, die dir gleicht«, meinte er bewegt. »Wobei ich nicht nur dein Äußeres meine, sondern vielmehr noch dein Wesen. Deine Tapferkeit, deine Fähigkeit zu lieben, dein großes Herz.«

»Und ich wünsche mir, daß es dir gleicht, unser Kind. Ich liebe es jetzt schon, weil es von dir ist.«

Da nun feststand, daß Leonid Soklow tot war, konnten Swetlana und Rodja heiraten. Sie taten es mit dem Einverständnis des Zarenpaares. Noch immer wäre es nach den starren Standesregeln schwierig gewesen, daß eine Fürstin Soklowa, Ehrendame Ihrer Majestät, einen Bürgerlichen heiratete. Swetlana hätte sich freilich nicht darum gekümmert, sondern auf alle Privilegien verzichtet, um eine einfache Frau Masslejewa zu werden. Aber die Zarin hatte ihr ja bereits vor Jahren, als Leonid für tot gehalten wurde, versprochen, sie werde sich bei ihrem Gatten dafür einsetzen, daß Rodja in den Adelsstand erhoben würde. Das geschah jetzt, und Swetlana sagte nach der Trauung lachend zu ihrem Mann:

»Mach dir bitte klar, daß du der Erste einer neuen Adelslinie bist, während wir Lasarows unsere Ahnenreihe bis zu Iwan IV. zurückführen können. Also wirst du mir an Vornehmheit immer hinterherhinken und mir bei eventuellen Streitigkeiten nachgeben müssen.«

Er küßte sie innig. »Gewiß, meine erlauchte Gräfin.«

Sie waren sehr glücklich an diesem Tag, und es gelang ihnen tatsächlich für eine Weile, die Sorge um Fjodor und die Angst vor der Zukunft in den Hintergrund treten zu lassen.

Rodjas Wunsch ging in Erfüllung: Swetlana gebar dieses Mal eine Tochter, und ihre Eltern gaben ihr den Namen Toska. Im Russischen bedeutet das ›Sehnsucht‹.

Sie hatten den Namen mit Bedacht gewählt: Sehnsucht nach Frieden, Sehnsucht nach einem Rußland, das für all seine Menschen eine glückliche Heimat sein konnte, Sehnsucht nach allem, was dem Dasein Sicherheit und Freude schenkte.

Während Swetlana ihre Tochter im Arm hielt und auf das rote, faltige Gesichtchen hinunterblickte, fragte sie sich: In welcher Zeit wirst du groß werden und leben müssen, mein Herzchen? Wird es eine Zeit sein, in der es nicht mehr soviel Grausamkeit, Haß, himmelschreienden Reichtum und schreckliche Armut geben wird? Werden die Menschen lernen, daß man teilen muß, daß man den Bruder Mensch nicht niederknüppeln darf, daß Elend immer eine Schande für die Reichen ist? Es wird keinen Garten Eden hier auf Erden geben, meine kleine Toska. Aber vielleicht ein bißchen ehrliches Streben danach ... Damit wäre schon so viel gewonnen.

Swetlana hatte genauer wissen wollen, was die Umstürzler, die Feinde des alten Systems, anstrebten. Sie hatte alles darüber gelesen, was ihr in die Finger kam, vom ›Kommunistischen Manifest‹ über die Schriften der Liberalen bis hin zu den radikalen Aufrufen der Bolschewiken. Doch nichts davon hatte sie beruhigen können, denn alles würde letzten Ende immer nur in Haß und Gewalt münden. Beides aber hatte für ihr Empfinden noch nie etwas auf die Dauer verbessert, sondern lediglich Verhältnisse unter anderen Vorzeichen geschaffen.

Davor hatte Swetlana Angst. Eine Zarendiktatur war schlecht, weil sie längst überholt war. Aber die Zukunftspläne der Revolutionäre klangen in ihren Ohren gleichfalls bedenklich. Sie ersetzten das bisherige kaiserliche Autokratentum lediglich durch eine andere Vorherrschaft.

Ach, mein Herzchen, dachte Swetlana, meine kleine Toska. Ich wünsche so sehr, daß ich mich irre und dein Leben friedlich verläuft, frei von der Wut und den Rachegefühlen der ewig Benachteiligten, aber auch frei von der Ungerechtigkeit, der so viele Menschen ausgeliefert sind.

Toska heißt Sehnsucht ...

8. Kapitel

Zar Nikolaus II. hatte im August 1915 tatsächlich das Oberkommando über sämtliche russischen Streitkräfte übernommen, trotz aller Warnungen seiner Berater.

Es gab viele, die versucht hatten, ihn von diesem Entschluß abzubringen, doch er verschloß die Ohren davor und folgte den Ratschlägen seiner Frau – und damit den Ratschlägen Rasputins.

Seitdem hielt sich der Zar fast ausschließlich in Mohilew, dem Generalhauptquartier, auf. Er fühlte sich dort so wohl, daß er sogar seinen Sohn Alexej häufig dorthin mitnahm.

Dem inzwischen Elfjährigen gefiel es, eine Uniform zu

tragen und von dem Generalstab seines Vaters als Thronfolger gefeiert zu werden. Hier nannte ihn niemand Baby, und niemand nahm die geradezu hysterische Rücksicht auf seinen Gesundheitszustand, unter der der hübsche lebhafte Junge oft gelitten hatte.

Er schlief mit seinem Vater in einem Raum auf schmalen spartanischen Feldbetten. Er inspizierte mit ihm die Regimenter, und ihre Hochrufe taten ihm, dem ewig kränklichen, quasi unter eine Glasglocke gesetzten Kind wohl.

Der als Oberkommandierender abgesetzte Großfürst Nikolaus Nikolajewitsch hatte den Oberbefehl über die Kaukasus-Armee übernommen und war nach Tiflis abgereist. Die Türkei war bereits im vergangenen September in den Krieg eingetreten und hatte die russischen Küsten beschossen, und in den Köpfen der russischen Patrioten war der uralte Traum wieder lebendig geworden, daß über Konstantinopel und dem Bosporus eines Tages die Zarenfahne wehen müsse.

Immerhin hatte es die Kaukasus-Armee mit erbitterten Kämpfen geschafft, die Türken von Kaukasien fernzuhalten. Aber Rußland war seit den Kampfhandlungen vom Mittelmeer abgeschnitten. So blieb nur ein einziger Verbindungsweg zu den Alliierten – das Eismeer.

Rußland verfügte über ein ungeheures Menschenpotential, um es den feindlichen Truppen entgegenzuwerfen. Doch was nützten diese Massen, wenn sie schlecht ausgerüstet waren und kaum Nachschub an Kriegsmaterial erhielten? Es fehlte an allem: Fahrzeugen, Waffen, Munition, Fourage, Verbandsmaterial und Medikamenten.

Darum grenzte es fast an ein Wunder, daß die Russen dennoch da und dort Siege erfochten. Bereits im Herbst 1915 gelang es, eine deutsche Offensive an der litauischen Front zurückzuschlagen. Im kommenden Jahr eroberte die

Kaukasus-Armee Erzurum und Trabzon und stieß nach Persien vor. General Brussilows Truppen schlugen sich erfolgreich am See von Nartosch und erreichten die ungarische Grenze. Auch Rumänien trat nun als Rußlands Verbündeter in den Krieg ein und erhielt sogleich Unterstützung an Waffen und Soldaten.

»Dennoch«, sagte Rodja, als er eines Tages aus Petrograd nach Zarskoje Selo zurückkehrte, »die Stimmung unter der Bevölkerung ist beängstigend. Bis auf ein paar unverbesserliche Patrioten glaubt niemand mehr an einen Sieg. Und das Schlimmste ist, daß nunmehr alle den Zaren persönlich für jede Niederlage verantwortlich machen. Er hätte Großfürst Nikolascha auf seinem Posten belassen sollen, das wäre klüger gewesen.«

Er war allein mit Swetlana; die Zarin war schon am frühen Morgen in die Hauptstadt gefahren, um an einer Sitzung des Reichsrates teilzunehmen. Rasputin und die Wyrubowa hatten sie begleitet. Seit der Zar in der Stawka weilte, wie die Russen das Generalhauptquartier nannten, kümmerte sich Alexandra Fjodorowna auf seinen Wunsch hin um die Regierungsgeschäfte als Stellvertreterin ihres Gatten.

Dabei war eine merkwürdige Wandlung mit ihr vorgegangen. Sie, die Scheue, Schüchterne, der jedes Auftreten in der Öffentlichkeit peinlich und zuwider gewesen war, genoß es mit einem Mal, Minister und Dumaabgeordnete zu empfangen, in politische Debatten einzugreifen und ihren Willen den anderen wortreich aufzuzwingen. Jahrelang hatte sie Nikolaus vorgehalten, er sei nicht hart und energisch genug, und ihn unermüdlich ermahnt, Rußland mit mehr Festigkeit zu regieren. Nun als seine Stellvertreterin suchte sie diese Maximen in die Tat umzusetzen.

Swetlana hatte gerade ihre Tochter zu Bett gebracht, als Rodja heimkam. Bei Hof hatten die meisten die Nase darüber gerümpft, daß sie Toskas Pflege nur höchst selten Fjodors alter Kinderfrau Schura überließ, sondern das Kind am liebsten selbst versorgte. Auch hatte sie keine Amme für die Kleine eingestellt, sondern selbst über ein halbes Jahr lang gestillt. Es hatte Swetlana eine große urtümliche Befriedigung gegeben, ihrem Kind so nahe zu sein, wie es nur möglich war, und sie hätte die Stunden, in denen sie das Baby badete, wickelte und an die Brust legte, um nichts in der Welt missen mögen.

Toska hatte die dunklen lockigen Haare ihres Vaters geerbt und Swetlanas goldbraune Augen. Sie hatte ein zartes, süßes Gesicht, und Rodja hatte in unzähligen Skizzen und Aquarellen jede Entwicklungsphase der Kleinen festgehalten.

Sie schlief bereits, als er an jenem frühen Abend das Kinderzimmer betrat, und Swetlana und er hatten noch eine kurze Weile auf das schlummernde Baby hinuntergeblickt, ehe sie nach nebenan in Swetlanas Boudoir gingen.

Ihre Zofe Jeanette hatte den Tisch vor dem Kamin für ein kleines Abendessen gedeckt. Sie servierte Wein und ein Omelett mit Pilzen, danach ein leichtes Fischgericht mit einer köstlichen cremigen Soße.

»Danke, Jeanette«, sagte Swetlana freundlich, »für heute brauche ich dich nicht mehr. Geh spazieren, triff dich mit Freundinnen – tu, wozu immer du Lust hast. Morgen früh weckst du mich, sobald Toska wach geworden ist, ja!«

»Sehr wohl, Euer Gnaden.« Die Zofe knickste und verschwand.

Swetlana griff über den Tisch hinweg nach Rodjas Hand. »Du siehst schrecklich niedergeschlagen aus, Lieber. War es so schlimm in Petrograd?«

Er nickte düster. »In der Poljustrower Vorstadt streiken die Arbeiter der Pulverfabrik. Und auf dem Finnländischen Bahnhof haben demonstrierende Arbeiter einen Zug mit Lebensmitteln angehalten und ausgeplündert. Die Sachen waren für die Front bestimmt. Aber bei der herrschenden Nahrungsmittelknappheit in der Stadt darf man sich nicht wundern, wenn die Leute sich auf eigene Faust versorgen. Überall auf den Märkten stehen lange Schlangen nach etwas Eßbarem an. Es gibt kaum noch Mehl und Gemüse, von Fleisch und Milch ganz zu schweigen. Wie soll das erst werden, wenn der Winter kommt!«

Swetlana schwieg bedrückt. Sie wußte, daß in diesem Kriegsjahr die Landwirtschaft in weiten Teilen Rußlands brachgelegen hatte. Die jungen Männer waren eingezogen worden, ein Großteil war gefallen oder zu Krüppeln geschossen, und die Alten und Frauen allein hatten die Feldarbeit nicht bewältigen können. »Dieser unselige Krieg«, murmelte sie schließlich. »Der Zar hätte ihn gar nicht erst beginnen dürfen.«

»Ich bin wahrlich kein Freund Rasputins«, erwiderte Rodja. »Aber in diesem Fall hat er recht. Er sagt es auch heute noch jedem, der es hören will oder nicht, daß dieser Krieg für Rußland um jeden Preis hätte verhindert werden müssen. Freilich schafft er sich damit unter den sogenannten russischen Patrioten noch mehr Feinde, als er ohnehin schon hat.«

»Ich denke, daß ihm das gleichgültig ist. Auf jeden Fall versucht er, die Zarin dahingehend zu beeinflussen, daß sie und Nikolaus geheime Friedensverhandlungen mit Deutschland und Österreich aufnehmen müssen. Ein Separatfrieden, so behauptet Rasputin, könne Rußland vor der Revolution bewahren, die unweigerlich kommen werde, wenn die Leiden des Volkes überhand nehmen.«

Swetlana stützte den Kopf in die Hände. Sie verabscheute Rasputin mehr als jeden anderen Menschen, dennoch begriff sie, daß er in diesem Fall wirklich nur versuchte, weiteres Unheil abzuwenden.

Gleichwohl war es unerträglich, welche Machtposition er indessen innehatte. Er verfügte über große Geldmittel, denn er ließ sich von Postenjägern und gescheiterten Existenzen dafür bezahlen, daß er ihnen ein einträgliches Amt und das kaiserliche Wohlwollen verschaffte, und seine Maßlosigkeit und Unverschämtheit nahmen täglich zu.

Alexandra Fjodorowna war im Grunde nur sein verlängerter Arm. Durch sie ließ er Minister absetzen und neue berufen, die ihm genehm waren. Durch sie erfuhr der Zar, was Rasputin an militärischen Operationen oder innenpolitischen Entscheidungen wünschte, denn sie teilte ihm jede Äußerung ihres ›Heiligen‹ in täglichen langen Briefen mit. Und Nikolaus, der seine Frau zärtlich liebte und ihr kaum eine Bitte abschlagen konnte, befolgte meist getreulich, was sie ihm schrieb.

»Die Zarin ist diesem vulgären Monstrum vollkommen hörig«, sagte Swetlana. »Wenn ich bedenke, wieviele Minister in nur einem Jahr ernannt und abgesetzt worden sind – alle auf Rasputins Betreiben hin.« Sie zählte an den Fingern auf: »Fünf Innenminister, vier Agrarminister und drei Kriegsminister. Und noch ist kein Ende dieser Farce abzusehen.«

»Ich war heute nachmittag bei der Fürstin Uchomska zum Tee.« Rodja schob seinen Teller von sich. »Dort habe ich gehört, daß Rasputin bei seinen Trinkgelagen immer zweideutigere Äußerungen über die Zarin macht. Sie klingen, als wäre sie seine Geliebte.«

»Das ist ausgeschlossen!« Vehement schüttelte Swetlana den Kopf. »Alexandra Fjodorowna betet ihren Mann an und ist ihm hundertprozentig treu. Ganz abgesehen davon, daß Rasputin in ihren Augen ein Heiliger ist. Was immer man ihr über ihn zuträgt, und seien es detailliert abgefaßte Polizeiberichte, so tut sie das nach wie vor als böswillige Lügen ab.

»Und du meinst, das wird sich nicht ändern?«

Sie hob mutlos die Schultern. »Wie denn? Die Zarin hat unzählige Warnungen erhalten – und alle in den Wind geschlagen. Und der Zar hält es genauso. Bei seinem letzten Besuch in Zarskoje Selo hat Schloßkommandant General Wojejkow ihm klarzumachen versucht, daß Rasputin wegen der vielen Skandale, in die er verwickelt ist, keinesfalls mehr bei Hof empfangen werden sollte. Schließlich habe man andere wegen geringfügigerer Dinge in Acht und Bann getan. Und weißt du, was Seine Majestät geantwortet hat? ›Wir können empfangen, wen wir wollen.‹«

Rodja legte seine Serviette zusammen. »Dann ist also jeder Versuch hoffnungslos, etwas gegen Rasputin zu unternehmen? Die Fürstin Uchomska war der Meinung, daß du vielleicht der Zarin die Augen öffnen könntest. Jedermann wisse schließlich, daß sie dir außerordentlich zugetan ist.«

»Ich habe es ja versucht, vor allem nach Irinas Tod. Aber alles, was ich erreicht habe, war, daß sie in Tränen ausbrach und mich beschwor, mich doch nicht von den Feinden des Staretz für deren schmutzige Pläne mißbrauchen zu lassen. Und dann hat sie mir in Gegenwart der Wyrubowa verboten, jemals wieder ein Wort gegen Rasputin zu sagen. Sie würde sich von jedem Menschen trennen, und sei er ihr auch noch so lieb, der so etwas versuche.«

Sie stand auf und kam um den Tisch herum zu ihm. »Ach, Rodja, ich habe Angst um Ihre Majestät. Sie begeht so entsetzliche Fehler, die Rasputin ihr einredet. Auch diese angeblichen geheimen Friedensverhandlungen mit Deutschland gehören dazu, die natürlich niemals so geheim sein können, daß man nichts davon erfährt.«

»Dabei wäre ein Separatfrieden vielleicht tatsächlich die Rettung für uns«, sagte Rodja nachdenklich. »Auf die Dauer können wir diesen Krieg nicht gewinnen. Die Soldaten sind jetzt schon demoralisiert, und je größer die Not wird, um so mehr wächst die Gefahr einer Revolution.«

Er stand auf und umarmte Swetlana. Sie legte den Kopf

an seine Brust. Immer hatte sie sich an dieser festen, unerschütterlichen Brust sicher gefühlt. Auch jetzt stieg diese Empfindung für einen flüchtigen Augenblick in ihr auf. Doch dann überwog wieder ihre Angst.

»Was soll nur werden, Rodja?« fragte sie, und er hob in einer resignierenden Geste die Schultern.

»Ich weiß es nicht, mein Herz. Alles, was wir tun können, ist warten und hoffen. Und uns an jedem Tag soviel Freude und Liebe schenken, wie es uns möglich ist.«

Fürst Felix Jussupow saß im Taurischen Palais auf der Zuschauergalerie, die sich im Halbrund um den großen Versammlungssaal der Duma zog. Am Rednerpult stand der rechte Abgeordnete Purischkjewitsch und prangerte seit einer halben Stunde mit leidenschaftlicher Empörung die Mißstände an, die immer mehr in Rußland um sich griffen.

Purischkjewitsch war Monarchist und ein glühender Verteidiger des Zarentums. Doch in einem Punkt waren er und die sozialistischen Abgeordneten des Reichstags sich ebenso einig wie die Adelsvereinigung und die Union der Semstwos: Der eigentlich Schuldige an der verheerenden russischen Politik hieß Grigorij Jefimowitsch Rasputin.

»Rußland gleitet mehr und mehr in ein Chaos ab!« rief Purischkjewitsch der Versammlung zu. »Seine Majestät, der Zar hat seit langem keine eigene Entscheidung mehr gefällt, sondern ist fremden Einflüsterungen erlegen. Er ist, Gott sei es geklagt, eine Marionette in der Hand finsterer Mächte geworden. So hat es die Adelsvereinigung in einem offiziellen Protestschreiben erklärt, und die Semstwost haben Klage über die – ich zitiere wörtlich – ›sinnlosen und Zwietracht säenden Handlungen der Regierung‹ geführt, die den Zerfall des Staates beschleunigen. All diese Übel aber haben ihren Ursprung in den geheimnisvollen und unberechenbaren Mächten, die Grischa Rasputin lenken.«

Fürst Jussupow war wie immer tadellos und eine Spur zu elegant gekleidet. Er trug einen dunkelgrauen Sakko mit Beinkleidern aus gestreiftem Kammgarn und eine Seidenweste. Sein Plastron wurde von einer Perlennadel gehalten. Das Haar war sorgfältig gescheitelt und eng an den Kopf gebürstet. Er hatte auffallend schöne schmale Hände, die er jetzt hob, um Purischkjewitsch zu applaudieren. Der Abgeordnete erhielt einen geradezu enthusiastischen Beifall, so daß er nicht sofort weitersprechen konnte. Als wieder Stille eingekehrt war, fuhr er fort: »Ich appelliere, nein, ich beschwöre die Minister, die für die Geschicke Rußlands mitverantwortlich sind, jegliches Streben nach Karriere aufzugeben und sich an ihre Pflichten als Patrioten zu erinnern. Ihre Aufgabe ist es jetzt, in die Stawka zu reisen, sich Seiner Majestät zu Füßen zu werfen und ihm endlich ohne alle Vorbehalte die Augen über die schreckliche Wirklichkeit zu öffnen, damit unser Land nicht länger von intriganten, unfähigen Protegés eines sibirischen Wüstlings in den Abgrund getrieben wird. Es lebe der Zar! Es lebe Rußland!«

Wieder belohnte ihn donnernder Applaus, während er das Rednerpult verließ und sich auf seinen Platz begab.

Eine Viertelstunde später trat Fürst Jussupow in Hut und Handschuhen auf die Straße hinaus. Zu Fuß ging er zum Waskresenskij-Kai, wo sein Chauffeur mit der überlangen schwarzen Limousine wartete. Jussupow setzte sich in den Fond und befahl: »Zur Moika-Uferstraße, Mischka.«

Der Fürst war einer der reichsten Männer Rußlands. Es hieß, er wisse nicht einmal selbst genau, wie viele Millionen er besaß. Aber wenn man ihn darauf ansprach, antwortete er mit dem für ihn typischen träumerischen Lächeln: »Ich denke, daß ich darin nicht einmal hinter dem Zaren zurückzustehen brauche.« Jussupow hatte über fünfzig Paläste in Rußland, vier davon allein in Petrograd, von denen der Palast am Moika-Ufer mit seiner gelben Fassade und den weißen Säulen seine Lieblingsresidenz war.

Fürst Felix Jussupow, Graf von Sumorokow-Elston, wie sein voller Name lautete, betrat sein Palais durch ein Seitenportal, übergab Hut und Handschuhe einem Laikaien und stieg die Marmortreppe in den Oberstock hinauf. Er durchschritt eine Reihe von Salons und setzte sich in ein kleines, zur Gartenseite hinausgehendes Kabinett an einen runden Tisch mit schwerer vergoldeter Einfassung und ebensolchen Beinen.

Hier lag ein aufgeschlagenes Buch, Puschkins Geschichte des Pugatschew-Aufstandes, in dem Fürst Jussupow vor seinem Aufbruch in das Taurische Palais herumgeblättert hatte. Er zog es heran und versuchte, sich in den Text zu vertiefen, aber seine Gedanken schweiften immer wieder ab.

Purischkjewitschs Rede ging ihm nicht aus dem Kopf. Er hatte viel Mut bewiesen, der Abgeordnete, daß er es gewagt hatte, die Dinge so klar beim Namen zu nennen. Aber er hatte recht: Die Zustände waren unhaltbar, und es wurde Zeit, sie zu ändern.

Allerdings glaubte Jussupow nicht daran, daß der Zar sie ändern würde. Er würde weiterhin die Zügel schleifen und Alexandra Fjodorowna und damit Rasputin freie Hand lassen. Was also war zu tun?

Mord, dachte Felix Jussupow mit einem Mal sehr klar und deutlich, und er spürte, wie ihn ein angenehmer Schauder überrieselte.

Er war neunundzwanzig Jahre alt und hatte alles vom Leben bekommen, was er sich jemals gewünscht hatte. Es war ein Leben in ungesundem Überfluß gewesen, voller Ausschweifungen und Exzesse mit Alkohol und Opium, immer auf der Suche nach neuem Nervenkitzel, neuen gefühlsmäßigen Sensationen. Er hatte die halbe Welt bereist, ein Ästhet, der französische Gedichte und verfeinerten Lebensgenuß liebte und der durch seine Heirat mit der Nichte des Zaren, Großfürstin Irina, und seiner Freundschaft mit Nikolaus' Lieblingsvetter, Großfürst Dimitrij Pawlowitsch, dem Thron sehr nahe stand.

Gleichwohl war Felix Jussupow sein Dasein in den letzten Jahren immer öder und sinnloser erschienen. Er langweilte sich und wußte nicht mehr, womit er seine Tage anfüllen konnte.

Doch da war nun dieser Rasputin ... Fürst Jussupow kannte ihn; er war ihm oft bei Hof oder in den Petersburger Salons begegnet, hatte sich aber meist von ihm ferngehalten. Rasputins laute, vulgäre Art stieß Jussupow ebenso ab wie dessen zur Schau getragene Frömmigkeit. In Jussupows Augen war Grigorj Jefimowitsch nichts als ein schamloser Betrüger, der schon deshalb den Tod verdient hatte.

Einen Mord begehen, dachte Felix Jussupow. Eines der strafwürdigsten Verbrechen. Und gleichzeitig eine Tat, nach der man sich als Retter des Vaterlandes feiern lassen kann. Welch ein Erlebnis!

Am Abend traf er sich mit Großfürst Dimitrij Pawlowitsch. Sie dinierten im ›Cubat‹, einem der exklusivsten Petrograder Restaurants, und tranken an der Bar des gegenüberliegenden Kaiserlichen Yachtclubs noch einige Whisky. Sie saßen in einer Nische hinter einem Paravent, und die Geheimpolizisten, die Großfürst Dimitrij begleiten und notfalls vor Übergriffen schützen mußten, waren in einem Vorraum zurückgeblieben.

»Dimitrij, mein Freund«, sagte Felix Jussupow, »wir müssen uns in nächster Zeit sehr intensiv um jemanden kümmern.«

Der Großfürst hob die Augenbrauen. »Wen meinst du damit, Felix?«

Jussupow beugte sich zu ihm. »Grigorij Jefimowitsch Rasputin«, sagte er im Flüsterton. »Es wird Zeit, sich seiner anzunehmen.«

Dimitrij Pawlowitsch fuhr zurück. »Das ist nicht dein Ernst! Dieses widerwärtige Monstrum ...«

»Leise«, beschwichtigte Jussupow ihn. »Natürlich ist er ein Monstrum, und deshalb muß er eliminiert werden.«

Nun war es gesagt. Der Plan, den Felix Jussupow, verschwommen zunächst und ohne exakte Einzelheiten, gefaßt hatte, hatte einen Mitwisser bekommen. Jemanden, der Rasputin ebenso glühend haßte wie er selbst. Im Gesichtsausdruck seines Freundes erkannte Jussupow Zustimmung. Der Großfürst war weder entsetzt noch überrascht, und vermutlich hatte er selbst manchmal daran gedacht, daß man sich dieses Rasputin nur entledigen konnte, wenn man ihn stumm machte.

Dimitrij Pawlowitschs nächste Worte bestätigten es. »Du hast recht. Ich habe mir schon manches Mal ausgemalt, wie es wäre, wenn es ihn nicht mehr gibt. Und ich bin nicht der einzige, der sich das wünscht. Die Frage ist nur, wie und wann es geschehen soll.«

»Sobald wie möglich«, erwiderte Jussupow. »Aber ich kann es nicht allein tun. Wir brauchen Helfer, die notfalls bestätigen, daß wir zum Zeitpunkt seines Todes nicht mit ihm, sondern mit ihnen zusammen waren. Denn natürlich wird die Zarin alles daransetzen, den Tod ihres Lieblings aufzuklären und die Schuldigen zu bestrafen.«

Der Großfürst lächelte geringschätzig. »Das ist meine kleinste Sorge. Ich gehöre zur kaiserlichen Familie – und du ebenfalls durch deine Heirat mit Irina. Man wird nicht wagen, uns öffentlich anzuklagen. Das wird auch Alexandra die Hände binden.«

Er zündete sich eine Papyrossi an und rauchte schweigend ein paar Züge. Dann rückte er näher an Felix heran. »Trotzdem ist es nicht verkehrt, wenn wir mit einigen anderen gemeinsam handeln. Ich denke beispielsweise an den Gardechevalier Suchotin, der schon mehrmals geäußert hat, er würde Rasputin am liebsten abstechen wie ein Schwein. Bis jetzt waren es nur leere Drohungen, aber wenn er sieht, daß wir Ernst machen wollen, wird er sich uns anschließen.«

»Und wenn er uns verrät?«

»Suchotin niemals. Er ist absolut integer und leidet genau wie wir unter Rasputins Machenschaften, die Rußland in den Untergang treiben werden, wenn man ihn noch länger gewähren läßt. Ein Separatfrieden mit Deutschland ...« Er spie die Worte förmlich aus. »Wir sollen unsere Verbündeten verraten und vor dem schnurrbärtigen Popanz in Deutschland zu Kreuze kriechen? Oh, ich weiß, daß die Zarin bereits entsprechende Kontakte durch ihre deutschen Verwandten aufgenommen hat, einzig und allein auf Rasputins Betreiben. Er erklärt doch jedem, daß dieser Krieg ein himmelschreiendes Unrecht gegen Gott und Jesus Christus ist. Alexandra Fjodorowna ist Wachs in seiner Hand, und das wird sich nicht ändern, solange dieser Heuchler noch Atem in sich hat. Wahrhaftig, es ist eine Großtat, sie und Rußland von ihm zu befreien.«

Der Gedanke an einen politischen Mord wird selten nur von einer Person gefaßt. Meist gibt es eine Anzahl Gleichgesinnter, die im stillen längst ähnliche Absichten hegten, und es bedarf nur eines Anstoßes, um sich ihrer Mithilfe zu versichern.

Fürst Jussupow hatte lediglich als erster in die Tat umsetzen gewollt, was bereits in vielen Köpfen herumspukte, und so bereitete es keine Schwierigkeiten, eine Handvoll verschwiegener Helfer für die Ausführung seines Vorhabens zu gewinnen.

Es waren außer Großfürst Dimitrij Pawlowitsch der Gardechevalier Suchotin, der Duma-Abgeordnete Purischkjewitsch und der Arzt Dr. Lazovert. Man kam überein, Rasputin zu vergiften, und Lazovert erbot sich, das Gift zu besorgen.

Indessen hatte Felix Jussupow, der Rasputin bis zu diesem Zeitpunkt weitgehend gemieden hatte, sich mit großer Liebenswürdigkeit bei ihm eingeschmeichelt. An mehreren Abenden in der Woche traf er sich mit ihm, entweder in einem Petrograder Restaurant, in Rasputins Wohnung oder einem von Jussupows Stadtpalais'. Der Fürst trank mit ihm, lauschte scheinbar hingerissen Rasputins religiösen Predigten, den Schilderungen der Visionen, deren der Staretz sich rühmte, und applaudierte ihm bei seinen unappetitlichen Zoten, die er über seine hochadligen Jüngerinnen riß, mit denen er im Bett gewesen war.

»Ich mache mit ihnen, was ich will!« grölte Rasputin betrunken. »Sie sind heiß wie rossige Stuten, und wenn ich ihre Schenkel auseinanderreiße, sind sie schon halb ohnmächtig vor Geilheit.« Er brüstete sich mit Einzelheiten, und Jussupow mußte seine ganze Selbstbeherrschung aufbieten, um Rasputin nicht auf der Stelle zu erwürgen. Aber er wußte, daß er diesem Bären von einem Mann so nicht beikommen konnte.

Am 15. Dezember soffen Jussupow und Grigorij Rasputin mit Aron Simonowitsch, dem Vorsteher von Rasputins Sekretariat und seinen Kumpanen Manus und Rubinstein in einer Zigeunerkneipe am Araxin-Markt. Rasputin hielt eine schwarzlockige Tänzerin im Arm und betastete sie ungeniert. Manus, Rubinstein und Simonowitsch spielten Karten, und Felix Jussupow saß mit übereinandergeschlagenen Beinen dabei, das gutgeschnittene, weiche Gesicht mit den träumerischen Augen Rasputin zugewandt. Morgen, dachte er. Morgen soll es geschehen. Befummle die Kleine nur, sauf und hure herum – es wird das letzte Mal für dich sein.

Rasputin steckte der Zigeunerin ein Bündel Rubelscheine in die Bluse und schob sie von seinem Schoß. »Was siehst du mich so an, Söhnchen?« fragte er Jussupow. »Du hast auf einmal so seltsame Augen bekommen. Willst du das Frauenzimmer für dich haben? Paßt es dir nicht, daß der alte Grischka sie betatscht? Sag es nur, ich bin nicht kleinlich. Du kannst das Hürchen vögeln, wenn du willst. Ich trete es dir ab.«

Felix senkte die Lider. Er war betrunken, aber gleichzeitig von einer merkwürdigen Wachheit erfüllt. Alles erschien überdeutlich, mit scharfen Konturen, die drei Spieler, das Mädchen, das sich kichernd an Rasputins Schulter lehnte, das bärtige, gedunsene Gesicht mit den fettigen Haaren und den Wolfsaugen.

»Ich mag keine Huren«, sagte Jussupow. »Das weißt du doch, Grischa, mein Freund.«

Rasputin lachte. »Hast ja auch ein feines weißes Schwänchen zu Hause. Ein Schwesterkind von Papa ... Und außerdem habe ich sagen hören, daß du dich ab und zu mit jungen Männern vergnügst. Ein Vögelchen hat mir sogar zugeflüstert, daß man dich manchmal in Frauenkleidern in irgendeinem Nachtclub antrifft ... Du mußt hübsch darin aussehen, aber für mich wäre das nichts. Ich bin nie mit einem Kerl ins Bett gegangen, auch nicht in den Klöstern, in denen ich eine Zeitlang gelebt habe und wo es viele miteinander trieben. Ich kann's nur mit einem Frauenzimmer.« Er beugte sich über den Tisch. »Was sagt denn deine hochwohlgeborene Gattin zu deinen kleinen Schweinereien, die du ohne sie begehst?«

»Frag sie doch selbst danach«, schlug Jussupow lächelnd vor. »Sie ist seit gestern wieder in Petrograd, und wenn du willst, stelle ich dich ihr morgen nach dem Abendessen vor. Komm so gegen zehn Uhr. Meine Frau wird zeitig schlafen gehen, und sobald sie sich zurückgezogen hat, können wir uns noch ein paar amüsante Stunden machen – ganz nach deinem Geschmack.«

Es war eine eisige Nacht, als Rasputin das Palais Jussupows an der Moika betrat. Der Fürst empfing ihn persönlich und half ihm, seinen langen Fellmantel und die Mütze aus Wolfspelz abzulegen.

»Meine Frau hat noch Gäste«, erklärte er leichthin. »Ein Damencercle. Sie tagen schon seit dem frühen Abend, weil sie ein neues Lazarett im Scheremetjew-Palais einrichten wollen. Aber ich denke, daß sie bald aufbrechen werden. Dann gehen wir hinauf.«

Jussupow führte Rasputin in ein Zimmer im Untergeschoß, wo ein Feuer im Kamin brannte und Madeira und Kuchen bereitstanden. Doktor Lazovert hatte Zyankali besorgt und die appetitlich aussehende Mandeltorte mit einer dicken Haube aus Schlagsahne und den Wein damit präpariert.

»Die Dosis genügt, um einen Elefanten umzubringen«, hatte der Arzt erklärt. Jetzt wartete er mit Purischkjewitsch, Suchotin und dem Großfürsten Dimitrij im Oberstock auf die Wirkung des Giftes. Sie waren sicher, daß Rasputin dank seiner unmäßigen Art zu essen und zu trinken in kürzester Zeit zusammenbrechen und sterben werde, und feierten schon im voraus ihren Triumph mit Champagner.

Felix Jussupow ließ Rasputin nicht aus den Augen. Er schenkte ihm Madeira nach und forderte ihn immer wieder auf, sich von der Torte nachzunehmen. Rasputin lachte, stopfte sich den Mund voll und spülte die Bissen mit dem schweren süßen Wein hinunter. Er schien sich ausgesprochen wohl zu fühlen und litt weder unter Übelkeit noch unter den Schmerzen, die eine solche Giftmenge unweigerlich hervorrufen mußte.

»Weißt du was, Söhnchen«, sagte er und nahm sich noch ein Stück Mandeltorte. »Diese Nacht ist viel zu schade, um sie im Bett allein zu verschlafen. Wenn du mich deiner hochwohlgeborenen Gattin vorgestellt hast, fahren wir zu den Zigeunern. Am Fontanka-Ufer gibt es ein Kellerlokal, das du noch nicht kennst. Dort kannst du saufen bis zum Umfallen und die knackigsten Weiber haben.«

»Ja, ja«, erwiderte der Fürst nervös. »Aber laß uns noch ein Weilchen hierbleiben. Ich habe meiner Frau gesagt, daß du sie kennenlernen willst, und sie ist ganz erpicht darauf, nachdem ich ihr von dir so viel erzählt habe. Sie leidet unter Migräneanfällen, weißt du, und nun hofft sie, daß du sie davon heilen kannst.«

Er redete und redete und wußte kaum, was er sagte. Warum, zum Teufel, wirkte das Gift nicht? Hatte der Arzt zu wenig besorgt – oder war es am Ende gar kein Zyankali, sondern irgend etwas Harmloses, weil Lazovert plötzlich vor einem Mord zurückgeschreckt war?

Dann drehe ich ihm den Hals um, dachte Jussupow in aufflammender Wut. Er spürte, wie ihm der Schweiß ausbrach. Es war nicht nur Zorn, was er empfand, sondern auch eine Art abergläubischer Furcht. Es gab viele, die behaupteten, Rasputin sei mit dem Teufel im Bunde. Jussupow hatte stets darüber gelächelt. Er glaubte weder an Gott noch an den Teufel. Der Kerl da vor ihm, dessen war er sicher gewesen, war einer, der zwar über gewisse hypnotische Kräfte verfügte, aber dennoch ein infamer, dreckiger Schwindler.

Warum starb er nicht, der widerwärtige Schwadronierer?

Rasputin lachte, aß und trank. »Migräne hat sie, die hübsche Jussupowa? Die Krankheit der feinen Dämchen. Zuviel Langeweile, zuviel Wohlleben. Immer nur das Feinste vom Feinen, wonach es sie gerade juckt. Treibhauspflänzchen sind sie alle miteinander! Ein kühler Windstoß läßt sie welken, eine Sturmböe wirft sie um. Mach ihr jedes Jahr ein Kind, Söhnchen, und laß sie es selbst aufziehen – und du wirst sehen, die Migräne fliegt fort wie Daunenfedern. Oder wenn du keinen Appetit mehr auf sie hast, dann besorg ihr einen kräftigen Deckhengst, der sie ordentlich hernimmt. Das vertreibt den Schmerz aus ihrem Kopf ...«

Er brach ab und starrte Jussupow aus zusammengekniffenen Augen an. »Was glotzt du so? Ärgert es dich, was ich rede? Du kennst mich doch. Ich nehme nie ein Blatt vor den Mund.«

Der Fürst zwang sich zu einem Lachen. Er stand auf und tat so, als wolle er Rasputin Wein nachschenken. In der Tasche seines Sakkos trug er eine Pistole. Er umklammerte sie, entsicherte sie und riß sie heraus. »Stirb, du Satan!«

Er war ein ausgezeichneter Pistolenschütze und traf Rasputin genau in die Brust. Der brüllte auf, versuchte, auf die Füße zu kommen, und rutschte vom Sessel. Mit dem Gesicht nach unten blieb er auf dem Teppich liegen.

Im nächsten Augenblick wurde die Tür aufgerissen, und der Großfürst, Suchotin und Purischkjewitsch stürmten herein. »Dem Himmel sei Dank«, stieß Dimitrij Pawlowitsch hervor, als er die reglose Gestalt auf dem Boden gewahrte.

Er wollte auf den vermeintlich Toten zugehen, doch in diesem Moment richtete Rasputin sich auf. Er sah schrecklich aus, mit verzerrtem Mund und wilden Augen. Ächzend, mehr kriechend als rennend, taumelte er auf die Tür zu und die Treppe hinauf, die zu einem Seitenportal des Palais' in den Park führte.

Sekundenlang verharrten die Verschwörer wie gelähmt vor Entsetzen. Ungehindert gelangte Rasputin ins Freie, torkelte über die verschneiten Wege. »Felix, Felix!« brüllte er. »Das erzähle ich alles der Zarin!«

Purischkjewitsch war der erste, der sich faßte und ihm nachsetzte. Auch er war bewaffnet und feuerte zwei Schüsse auf den Flüchtenden ab. Trotzdem lief Rasputin weiter auf das vergoldete Gitter zu, das den gesamten Park umschloß. Bei einem dritten Schuß wurde er allerdings in den

Rücken getroffen und stürzte in den Schnee. Die letzte Kugel, aus nächster Nähe abgefeuert, zerschmetterte ihm den Hinterkopf.

Danach lag er still.

Draußen auf der Straße waren hastige Schritte zu hören. Zwei Soldaten tauchten im matten Schneelicht auf. Sie hatten die Schüsse gehört und waren zum nächsten Parktor gerannt.

»Was ist los?« fragte der eine, als er die Männer im Park sah. »Was ist passiert?«

Purischkjewitsch trat auf sie zu. »Wir haben Grischka Rasputin getötet, den Feind Rußlands und des Zaren.«

Die beiden starrten auf die blutige Gestalt im Schnee. Ihre Mienen verrieten zunächst Entsetzen über den Anblick, doch gleich darauf stießen sie Freudenschreie aus und umarmten den Duma-Abgeordneten. »Gott sei gelobt! Endlich ist es geschehen!«

Doch Rasputin lebte immer noch. Sie sahen es, als sie ihn umdrehten und in eine Vorhalle des Palastes schleppten. Er röchelte, und sein rechtes Auge war halb geöffnet und fixierte seine Mörder mit einem unbeschreiblichen Ausdruck von Haß und Anklage.

Jussupow wandte sich ab, weil er den Blick des Sterbenden nicht ertrug. Er stürzte in einen Nebenraum und erbrach sich. Als er wieder herauskam, röchelte Rasputin immer noch. Das schreckliche Geräusch brachte den Fürsten fast um den Verstand. »Er ... er hat sieben Leben«, stieß er hervor, von Grauen geschüttelt. Seine Stimme kippte über. Mit einem erstickten Laut riß er einem der Soldaten den Gummiknüppel aus dem Gürtel und schlug damit auf Rasputin ein. »Stirb!« schrie er wie von Sinnen. »Stirb endlich, du Satan! Hauch dein verfluchtes Leben aus.«

Der schmächtige Mann entwickelte Riesenkräfte, so daß es Großfürst Dimitrij nicht gelang, ihn von Rasputin wegzuziehen. Brüllend und vollkommen außer sich schlug und trat Jussupow nach dem Verhaßten, bis dessen Röcheln verstummte. Dann erst ließ der Fürst von ihm ab, starrte ein, zwei Sekunden keuchend auf sein Opfer, ehe die Beine unter ihm nachgaben und er das Bewußtsein verlor.

Der Großfürst hieß die Soldaten, den Ohnmächtigen auf ein Kanapee zu legen, öffnete sein Hemd und rieb ihm Stirn und Schläfen mit Eau de Cologne ein. Jussupow kam bald wieder zu sich. Sein Blick irrte durch die Halle. »Ist er ...«

»Ja«, sagte Dimitrij Pawlowitsch und warf eine Decke über den am Boden liegenden Rasputin. »Er ist tot. Wir sind von diesem Ungeheuer erlöst.«

Sie wickelten den reglosen Körper in ein festes Bettlaken und fuhren mit einem Wagen zur Petrowskij-Insel. An der Tutschkow-Brücke, die über die Kleine Newa führte, hielten sie an. Es war zwei Stunden nach Mitternacht und weit und breit kein Mensch zu sehen.

Die Kleine Newa war zugefroren. Aber unterhalb der Brücke befand sich ein Eisloch. Das Wasser gluckste und schimmerte schwarz. Keuchend hoben die Männer den Leichnam über das Geländer und warfen ihn in den Fluß. Er versank schnell, obwohl sie in der Eile vergessen hatten, ihn mit Steinen zu beschweren.

Ohne sich noch einmal umzusehen, kehrten sie zum Wagen zurück. Sie hatten weder die Blutspuren bemerkt, die den Schnee gefärbt hatten, noch den Schuh, den der Ermordete verloren hatte, als man ihn über das Brückengeländer wuchtete.

Swetlana war für zwei Tage in Petrograd gewesen, um einige persönliche Angelegenheiten zu regeln. Als sie zusammen mit Rodja und ihrer Tochter nach Zarskoje Selo zurückkehrte, wurde sie sogleich zur Zarin befohlen.

Sie fand Alexandra in ihrem privaten Schreibzimmer in der Gesellschaft ihrer Töchter und der Wyrubowa. Die Großfürstinnen sahen verweint aus, und die Wyrubowa hatte ein Taschentuch gegen die Augen gedrückt. Sie schluchzte zum Gotterbarmen, und ihr feister Körper bebte.

Bei Swetlanas Eintritt erhob sich die Zarin mühsam aus ihrem Sessel. Ihr Gesicht war so weiß wie die Schwesterntracht, die sie trug. »Endlich, Swetlana Pawlowna! Sie waren in Petrograd. Gibt es dort Neuigkeiten über das Verschwinden unseres Freundes? Hat man eine Spur von ihm gefunden?«

Swetlana verneigte sich. »Es tut mir sehr leid, Euer Majestät, aber ich weiß nicht mehr als Sie selbst. Es heißt, Rasputin sei am Vorabend zum letzten Mal gesehen worden, wie er sein Haus verließ. Seitdem fehlt jede Spur von ihm.«

Die Wyrubowa heulte laut auf. »O Gott, was hat man ihm angetan? Herr, rette ihn für uns, für Rußland, für deine heilige Kirche!«

Die Zarin sank in ihren Sessel zurück. »Und was redet man in Petrograd? Was für Gerüchte gehen um? Sie müssen doch irgend etwas gehört haben, Swetlana Pawlowna!«

»Wie Euer Majestät schon sagten – es sind Gerüchte, und ich weiß nicht, ob man sich damit das Herz beschweren soll«, erwiderte Swetlana zögernd. »Die einen behaupten, Rasputin sei tot, nachdem man ihn in eine Falle gelockt hat. Andere vermuten, daß man ihn entführt hat, und wieder andere, daß er irgendwo betrunken Unterschlupf gefunden hat und von selbst wieder auftauchten wird.« Sie sah, wie die Zarin die Augenbrauen zusammenzog, und fügte hinzu: »Es ist Ihnen ja bekannt, daß derlei Gerede über Rasputin seit langem in Umlauf ist.«

»Gott strafe diese Verleumder!« Alexandra legte die

Hände vor das Gesicht. »Aber ich kann nicht glauben, daß er tot ist. Das würde ich fühlen. Ich denke, daß er lebt, aber in schrecklicher Gefahr ist. Er hat so viele Feinde.«

Swetlana schwieg. Seit Rasputins Verschwinden hatte sie mit heißem Herzen darauf gehofft, daß er tot sei. Gott möge Rußland und seine arme irregeleitete Zarin von diesem Ungeheuer erlösen, hatte sie gedacht. Sie dachte es jetzt wieder und hoffte nur, daß ihr diese Gedanken nicht anzusehen waren.

In Petrograd wurde indessen fieberhaft nach Rasputin gesucht. Es war durchgesickert, daß man in der Nacht im Jussupowschen Palais Schüsse gehört hatte. Als die Polizei den Fürsten danach befragte, gab er zunächst die fadenscheinige Erklärung ab, Betrunkene hätten auf seine Wachhunde im Park geschossen. Auf weiteres Befragen – man verhörte auch die Dienerschaft – mußte er eingestehen, daß er in der Nacht Gäste gehabt habe, den Großfürsten Dimitrij Pawlowitsch, den Duma-Abgeordneten Purischkjewitsch, Suchotin und Dr. Lazovert. Zumindest Purischkjewitsch und der Großfürst waren als erbitterte Gegner Rasputins bekannt.

Außerdem hatten die beiden Soldaten, die in der Mordnacht im Jussupow-Palais gewesen waren, nicht den Mund gehalten. In ihrer Erleichterung, daß Rasputin nicht mehr lebte, hatten sie einigen Kameraden erzählt, daß Purischkjewitsch den Verhaßten erschossen habe, und die Nachricht verbreitete sich in Windeseile. Fast einhellig wurde sie mit Jubel aufgenommen. In den Kasernen umarmten die Offiziere einander, in den Petrograder Salons wurde Rasputins Tod mit Champagner begossen, und viele Menschen zündeten Kerzen in den Kirchen an.

Sie alle hegten die trügerische Hoffnung, daß die Ermordung dieses Mannes eine Wende zum Guten bringen mußte. ›Der Säufer Grischka‹, dessen unheilvoller Einfluß auf die Zarin Rußland und das Kaiserhaus täglich mehr ins

Verderben gerissen hatte, lebte nicht mehr. Mußte jetzt nicht alles anders und besser werden?

Währenddessen setzte die Polizei die Suche nach Rasputins Leichnam fort. Und dann entdeckte man endlich die Blutspuren auf der Tutschkow-Brücke und, halb im Schnee verborgen, den Schuh. Mit Eispickeln wurde das Eis der Kleinen Newa unterhalb der Brücke aufgeklopft und schließlich der Tote entdeckt und geborgen.

Die Zarin ordnete eine Obduktion an. Dabei stellten die Ärzte fest, daß Rasputin immer noch gelebt hatte, als seine Mörder ihn in den Fluß warfen. Er war erst dort umgekommen.

Zar Nikolaus befand sich im Generalhauptquartier in Mohilew, als er die Nachricht von Rasputins Tod erhielt. Zu seinem Begräbnis kam er nach Zarskoje Selo.

Swetlana schien es, daß Nikolaus auffallend unberührt von den Geschehnissen wirkte. Freilich schnitt ihm die wilde Verzweiflung seiner Frau ins Herz; dennoch war der Zar wie von einem Druck befreit.

Swetlana und Rodja nahmen an Rasputins Beisetzung im Park von Zarskoje Selo teil. Er wurde auf einem Stück Land beerdigt, das zur Datscha der Wyrubowa gehörte. Die Zarin, tief in Schwarz, weinte unablässig. Sie hatte dem Toten eine Ikone in den Sarg mitgegeben, die ihre und die Unterschriften ihrer Töchter auf der Rückseite trug, und gelobte mit vor Schmerz heiserer Stimme, über seinem Grab eine Kapelle und ein Krankenhaus zu errichten. Ein Versprechen, das sie nicht mehr einlösen würde ...

Unterdessen hatten Rasputins Mörder ihre Tat zugegeben. »Wir haben ein Ungeheuer getötet«, sagten sie einmütig. »Wir haben recht gehandelt, und jeder, der nur einen Funken Verstand besitzt, wird uns aus tiefstem Herzen dankbar sein.«

Nun, danken konnte ihnen der Zar dafür offiziell nicht. Aber es trat immer deutlicher zutage, daß Rasputins Tod

Nikolaus II. sehr gelegen kam. Er haßte es, wenn man ihm Vorschriften machte, und gerade das hatte Grigorij Jefimowitsch in den letzten Jahren immer ungenierter getan, entweder persönlich oder indem er die Zarin als Übermittlerin benutzte.

Im übrigen konnte der Zar bei der Bestrafung von Rasputins Mördern ohnehin nicht so handeln, wie Alexandra es verlangte.

»Bitte, sieh es doch ein«, sagte er zu ihr. »Dimitrij ist mein Cousin. Er untersteht nicht der russischen Gerichtsbarkeit, sondern als enges Familienmitglied einzig und allein mir selbst.«

»Dann verurteile ihn zum Tode!« erwiderte Alexandra hart. »Er hat es millionenfach verdient. Und Irinas Mann ebenfalls.«

Nikolaus schüttelte müde den Kopf. »Bitte, Alix! Wir reden jetzt seit Stunden darüber. Aber wir drehen uns im Kreis. Ich kann weder Dimitrij noch Jussupow vernichten. Es sind beides Familienmitglieder. Laß uns endlich schlafen gehen, die halbe Nacht ist bereits vergangen.« Er kam zu ihr. Blaß und verweint saß sie auf einer Chaiselongue in ihrem Schlafzimmer. Nikolaus zog sie an den Händen zu sich hoch und legte sein Gesicht gegen ihr Haar. »Bitte, mein Herz, versteh mich doch.«

Seine körperliche Nähe machte sie wie immer weicher und nachgiebiger. Sie lehnte sich an seine Brust. »Ich will dich ja nicht quälen, Nicky. Aber was sie getan haben, ist so infernalisch, daß nicht einmal ihr Tod es sühnen kann. O Gott, ich darf nicht daran denken! Dann könnte ich hingehen und sie mit meinen eigenen Händen umbringen.«

»Nicht wieder weinen«, bat Nikolaus sanft. »Du hast schon zuviel geweint. Ich will nicht, daß du vor lauter Kummer noch krank wirst.«

Sie blickte zu ihm hoch. Als sie sah, wie erschöpft er war, strich sie über seine Wange. »Mein armer Liebster! Es lastet so viel auf dir. Und da macht dir deine unvernünftige Frau noch zusätzlich das Herz schwer. Bitte verzeih mir. Und sorge dich nicht um mich. Manchmal ist mir unser geliebter Heiliger ganz nahe. Dann spüre ich, wie ein Teil seiner Kraft auf mich übergeht. Ich werde nicht zusammenbrechen. Und wenn du in die Stawka zurückkehrst, werde ich alle Pflichten wieder auf mich nehmen, die du mir für die Zeit deiner Abwesenheit übertragen hast. Ich werde sie in deinem und Vater Grigorijs Sinne getreulich erfüllen.«

»Und besser, als ich es je könnte«, sagte er erleichtert und küßte sie. Wie gut, daß sie endlich einsah, daß er Rasputins Mörder, seinen Lieblingsvetter, seinen angeheirateten Neffen und den Duma-Abgeordneten Purischkjewitsch nicht so bestrafen konnte, wie sie es verlangt hatte.

Nein, auch Purischkjewitsch nicht. Dieser hatte einen zu großen Einfluß auf die konservativen Kreise des Reiches. Man durfte seine Anhänger, die wie er treu zur Krone standen, nicht dermaßen verprellen. Purischkjewitsch hatte nie einen Hehl daraus gemacht, daß er Rasputin haßte und verabscheute. Was er getan hatte, hatte er in der Tat für Rußland und den Zaren getan.

Zwei Tage später erhielt Purischkjewitsch in seinem Petrograder Gefängnis den vom Zaren unterzeichneten offiziellen Befehl, die Hauptstadt zu verlassen und sich unverzüglich ins Exil zu begeben. Großfürst Dimitrij wurde nach Persien geschickt, wo er dem Generalstab der kämpfenden Truppe zugeteilt wurde. Und Felix Jussopow wurde auf sein Gut Rakit im Gouvernement Kursk verbannt. Doktor Lazovert konnte man nicht beweisen, daß er direkt etwas mit dem Mord zu tun gehabt hatte. Er habe, so hatten die drei Attentäter ausgesagt, lediglich das Zyankali besorgt, um das Fürst Jussupow ihn gebeten hatte, ohne den Arzt darüber zu unterrichten, wofür man es brauche.

9. Kapitel

»Wenn ich eines unnatürlichen Todes sterbe«, so hatte Rasputin einmal behauptet, »wird das den Untergang des Zarentums bedeuten und Rußland dem Verderben ausgeliefert.«

Zweifellos hatte er gewisse hellseherische Fähigkeiten besessen. Dennoch waren diese Worte wohl eher seiner Bauernschläue und seiner nüchternen Einschätzung der politischen Situation zuzuschreiben. Er wollte, daß seine Person auf größtmögliche Weise geschützt wurde, und er kannte die Leiden des russischen Volkes.

Täglich wurden neue Rekruten dem Massensterben an den Fronten ausgeliefert. Und nicht nur die Soldaten litten Hunger, sondern ebenso die Zivilbevölkerung. Manche Lebensmittel wurden rationiert, und die Preise für Brot und Kartoffeln und andere Grundnahrungsmittel schnellten auf unverantwortliche Weise in die Höhe. Auch das Heizmaterial wurde knapp; selbst die Begüterten in ihren großen Häusern bekamen die Winterkälte zu spüren, und etliche Fabriken mußten Massenentlassungen vornehmen, weil es keine Kohle mehr gab.

Arbeitslos, hungrig und am Ende ihrer Leidensfähigkeit angelangt, rotteten die Menschen sich zusammen. Täglich kam es wieder zu Demonstrationen, bei denen rote Fahnen getragen wurden, man sang die Marseillaise und die Internationale und rief in Sprechchören: »Es lebe die Revolution! Nieder mit der Autokratie! Schluß mit dem Krieg! Nieder mit der deutschen Zarin!«

Die ›deutsche Zarin‹ Alexandra Fjodorowna war von Nikolaus' Familie, vom russischen Hochadel und einem großen Teil des Reichsrats immer abgelehnt worden. Und dem Volk war sie trotz ihres heißen Bemühens, ihm näher zu kommen, fremd geblieben. Inzwischen aber haßte man sie – wegen ihrer blinden Hörigkeit Rasputin gegenüber und weil sie als Vertreterin des Zaren die Regierungsgeschäfte übernommen hatte.

Rasputins Mörder waren nicht in der Weise bestraft worden, wie Alexandra dies gewünscht hätte. Darum hielt sie sich an die, die zu seinen Lebzeiten seine Gegner gewesen waren. Sie enthob Minister und Staatsräte ihrer Ämter und setzte an ihre Stelle unfähige Heuchler und Ignoranten, deren einziger Vorzug darin bestand, daß sie zu Rasputins Anhängern gehört oder zumindest so getan hatten. Aber es waren keineswegs nur Rachegedanken, die Alexandra so handeln ließen; vielmehr war sie überzeugt, das einzig Richtige für Rußland zu tun, wenn sie seine Geschicke im Sinn und Geiste Rasputins lenkte.

Und dann kehrten Xenia und Pjotr Dobrowjew mit einem Verwundetentransport von der Front zurück.

Pjotr war bei einem Angriff von einem Granatsplitter getroffen worden. Er hatte eine tiefe Rückenwunde gerissen und nur um Haaresbreite die Lunge verfehlt. Schlechtes Essen, zu wenig Schlaf und die nie abreißende Arbeit im Feldlazarett hatten Pjotrs Widerstandskraft aufgezehrt.

»Die Wunde eitert ständig«, sagte Xenia zu Swetlana, die zusammen mit Rodja nach Petrograd gefahren war, sobald sie Nachricht von der Ankunft der beiden erhalten hatte. »Und noch immer hat er Fieber. Manchmal ist es beängstigend hoch, und er phantasiert sogar. Er ist so entsetzlich schwach. Darum sind wir hierher gebracht worden. Doktor Tschigurin meinte, hier hätte man vielleicht bessere Möglichkeiten, Pjotr zu helfen.«

Sie wirkte sehr verändert. Mager und knochig war sie geworden, und ihre ehemals weichen Züge waren von Härte überlagert. Vor allem der Blick ihrer Augen tat Swetlana weh. Er war so, als hätte Xenia alles Entsetzen dieser Welt gesehen und es habe sich in ihre Netzhaut eingebrannt.

Swetlana sorgte dafür, daß Pjotr und ihre Schwester nach Zarskoje Selo gebracht wurden. Er bekam sogar ein eigenes Zimmer im Katharinen-Palais. Ein kleines Kabinett war es nur mit einem hohen schmalen Fenster, aber es hatte den Vorzug, daß er allein dort lag.

Xenia und Swetlana schauten so oft nach ihm, wie es möglich war. Xenia hatte sich sofort bei Doktor Fjodorow als Ärztin gemeldet, und er hatte gesagt: »Das ist gut, Frau Dobrowjewa, wir brauchten hier jeder zehn Köpfe und zwanzig Hände, um die Arbeit zu bewältigen.«

»Trotzdem ist es der reinste Himmel«, sagte Xenia am Abend zu Rodja und Swetlana, als sie die beiden im Alexander-Palais besuchte. »Kein Geschützdonner, keine Kälte. Statt dessen saubere Betten, genügend Verbandsmaterial und Medikamente, um den armen Teufeln zu helfen. Und jeden Tag drei Mahlzeiten. Wirklich, es ist der Himmel!«

Swetlana nahm ihre Hand. »Ich bin so froh, daß ihr jetzt hier seid. Nicht wahr, ihr werdet bleiben? Selbst wenn Pjotr wieder gesund ist – ihr kehrt doch nicht an die Front zurück?«

Xenia blickte in das Kaminfeuer. »Ich glaube, diese Frage wird sich gar nicht mehr stellen. Es werden Monate vergehen, bis Pjotr wieder einsatzfähig ist, und so lange dauert der Krieg nicht mehr.«

»Meinst du?« fragte Swetlana, zwischen Erleichterung und Niedergeschlagenheit schwankend. Sie sehnte den Frieden herbei, und gleichzeitig war es ihr eine schreckliche Vorstellung, Rußland könne nach so unendlich vielen Opfern der Verlierer sein.

Xenia starrte in die Flammen. »Stellt euch drei Millionen unserer Infanteristen vor«, sagte sie monoton. »Und nur jeder Dritte besitzt ein Gewehr und Munition. Diejenigen, die die Kämpfe des Tages überlebt haben, müssen in der Dunkelheit zu ihren gefallenen Kameraden kriechen, um deren Gewehre einzusammeln, damit sie am nächsten Tag wieder nach vorn stürmen können. Und wer nicht stürmt, wird hinter der Front von Kosakeneinheiten wegen Feigheit vor dem Feind zusammengeschlagen. Was glaubt ihr, wie lange man auf diese Weise noch Krieg führen kann? Und was glaubt ihr, wie lange das russische Volk seinem Zaren, der für das ganze Elend die Verantwortung trägt, noch gestatten wird, es weiter ins Verderben zu reißen?« Sie zog die mageren Schultern zusammen. »Wenn es eine Möglichkeit für euch gäbe, außer Landes zu gehen, würde ich euch dazu raten.«

»Siehst du das nicht doch ein wenig zu pessimistisch, Xenia?« fragte Rodja, und sie lachte freudlos auf.

»Ich wünschte, es wäre so. Aber es gibt keine Hoffnung mehr. Der Krieg ist verloren und ein Umsturz unausweichlich.«

»Das hat man 1905 auch gesagt«, wandte er ein, »und danach ist trotzdem wieder Ruhe eingekehrt.«

»Ruhe nennst du das – diese ständig schwelenden Brandherde, die an so vielen Orten aufflackern, daß man sie nicht mehr austreten kann. Und der Zar kann sich nicht einmal mehr auf das Militär stützen. Ein paar Generäle – ja, vielleicht. Aber die Soldaten werden im Ernstfall zu den Revolutionären überlaufen, ebenso die Polizisten. Sie haben es satt, auf hungernde Demonstranten zu feuern. Warum sollten sie auch? Es sind doch alles nur arme, betrogene Hunde!«

Swetlana war aufgestanden. Nervös ging sie in dem kostbar eingerichteten Salon auf und ab. Vor dem goldgerahmten Spiegel über dem Kamin blieb sie stehen. Sie sah eine schöne Frau in eleganter Seidenbluse, mit einer langen Perlenschnur um den Hals und sorgfältig frisiertem Haar.

Die Gräfin Masslejewa, Ehrendame Ihrer Majestät. Tagsüber arbeitete sie als Krankenschwester im Lazarett, jedoch abends kehrte sie in ihr reiches, sicheres Leben zurück. Man zog die Hüte vor ihr, wenn sie vorüberging, die Wachen salutierten, und die Lakaien rissen vor ihr die Türen auf. ›Euer Gnaden‹ nannte man sie und ›Hochwohlgeboren‹. Sie finanzierte Krankenhäuser, Waisenhäuser, Küchen, in denen die Armen jederzeit eine warme Mahlzeit bekamen. Aber war das genug? Oder war es nur eine Art modernen Ablaßhandels, um keine Gewissensbisse zu bekommen, daß man selbst so viel hatte und andere gar nichts?

Swetlana hatte einmal die Lebensbeschreibung eines katholischen Ordensgründers gelesen, der die Armen in Paris von der Straße geholt, gepflegt und versorgt hatte. Sie erinnerte sich nicht mehr an seinen Namen, aber noch sehr genau an die Worte, die er einmal den Klosterschwestern gesagt hatte, die seinem Orden beigetreten waren.

»Erwartet nur ja nicht, daß die Armen euch lieben werden für das, was ihr an ihnen tut. Sie werden jede Wohltat lediglich als Bestätigung ihres Elends ansehen, und insgeheim werden sie euch hassen, so wie sie alle um ihrer Not willen hassen, denen es besser geht.«

War das wirklich so?

Xenia stand auf. »Ich wollte euch nicht das Herz schwer machen. Verzeiht, wenn ich es trotzdem getan habe. Ich werde noch einmal nach Pjotr sehen und dann schlafen gehen.« Man hatte ihr ein Bett in das Zimmer ihres Mannes gestellt, damit sie auch in der Nacht bei ihm sein konnte. Sie umarmte Swetlana und Rodja.

»Pjotr und ich haben euch sehr lieb. Darum überlegt, ob es nicht eine Möglichkeit für euch gibt, Rußland zu verlassen, bevor der Sturm losbricht.«

»Und ihr?« fragte Rodja. »Was habt ihr vor?«

Xenia lächelte mit müden Augen. »Darüber haben wir uns schon seit langem geeinigt. Wir werden hierbleiben, weil man uns braucht, gleichgültig, was geschieht. Wir werden auch dem neuen Rußland nützlich sein, egal, wer es regiert. Aber für euch wäre es klüger, diesem Land den Rücken zu kehren, bis wieder ruhigere Zeiten herrschen. Sie werden kommen, doch bis dahin kann noch viel Böses geschehen. Davor wüßte ich euch und Toska gern bewahrt.«

»Aber es gibt keine Ausreisemöglichkeit für uns«, sagte Swetlana. »Und wie sollten wir auch der Zarin dieses Vorhaben erklären?«

»Freilich, wie solltet ihr!« spottete Xenia zornig. »Oder darf man ihr sagen, daß ihr starrsinniges Beharren an der Autokratie, ihre peinliche Abhängigkeit von Rasputin und alle daraus resultierenden Aktionen Rußland in eine Revolution treiben wird, die so schrecklich ist, daß unser Land daran zugrunde gehen kann?«

»Du machst mir Angst«, murmelte Swetlana. »Vielleicht können wir im Sommer für ein paar Wochen nach Kowistowo reisen. Mama geht es nicht besonders. Ihre Gesellschafterin, Frau Geretschenkowa, hat mir geschrieben, daß sie zunehmend verwirrter wird. Sie vergißt alles mögliche, erkennt manchmal die Menschen ihrer nächsten Umgebung nicht mehr und findet sich im Haus nicht zurecht.«

»Kowistowo ist nicht weit genug«, sagte Xenia drängend. »Fahrt zu deinen Eltern auf die Krim, Rodja. Dann könntet ihr es im Notfall schaffen, mit einem Schiff zu entkommen.« Sie versuchte zu lächeln, aber es wurde nur ein Verziehen der Lippen daraus. »Und falls ich euch tatsächlich nur Hirngespinste erzählt habe, habt ihr dann ja immer noch die Möglichkeit, nach Petrograd oder an den Hof zurückzukehren.«

Doch weder die Reise nach Kowistowo noch an die Krim waren in dem Sommer des Jahres 1917 noch möglich. Und der Mord an Rasputin vermochte nicht mehr, wie seine Attentäter gehofft hatten, eine Wende in dem unaufhaltsamen Niedergang von Zar Nikolaus herbeizuführen.

Es war der 26. Februar 1917, als Nikolaus während des Abendgottesdienstes einen scharfen Schmerz in der Herzgegend verspürte, der Übelkeit in ihm erzeugte und einen heftigen Schweißausbruch hervorrief. Der Zar mußte seine ganze Kraft aufbieten, um aufrecht stehen zu bleiben. Schließlich wankte er vor die Ikone der Gottesmutter und kniete dort nieder. Danach fühlte er sich ein wenig besser, der Schmerz und das Herzrasen ließen nach.

Er war erleichtert, daß niemand der Umstehenden sein Unwohlsein bemerkt hatte. Gleichwohl beunruhigte es ihn, und er fand in der Nacht kaum Schlaf.

Er vermißte Alix, seine Frau, und Alexej, seinen Sohn. Und er fühlte sich entsetzlich allein.

Alexandra hatte ihm geschrieben, daß die Kinder, auch der Zarewitsch, an den Masern erkrankt seien. Auch das bedrückte Nikolaus, weil er nach den Kämpfen und Schicksalsschlägen der letzten Jahre hinter allem ein heraufziehendes Unglück witterte. Und er war so müde geworden, so unendlich müde ...

Hatte er nicht zweiundzwanzig Jahre lang, seit er die Krone trug, immer wieder versucht, alles recht zu machen auf dem Platz, auf den Gott ihn gestellt hatte – und waren nicht die meisten Unternehmungen fehlgeschlagen, als ob eine böse Macht all das Gute, das er gewollt, mit teuflischer Regelmäßigkeit ins Gegenteil verkehrte?

Nikolaus wußte, was viele im Volk ihm nachredeten: daß er ein vom Schicksal verfluchter Zar sei. Mit seiner Krönung in Moskau hätte es begonnen, als auf den Chodynka-Wiesen Abertausende umkamen, weil das Volk die Stände und Buden stürmte, an denen jeder soviel zu essen und zu trinken bekommen sollte, wie er mochte. Die Menschen waren damals von den Nachdrängenden buchstäblich zu Tode getrampelt worden.

Weitere Zeichen für den auf ihm lastenden Fluch seien, daß der Zar eine halb verrückte Frau geheiratet habe, die ihm einen kranken Sohn geboren hatte. Die Unglücksserie fand ihren Fortgang in den Niederlagen des russisch-japanischen Krieges, dem Drama des Roten Sonntags im Jahre 1905, den Attentaten auf den Großfürsten Sergej Alexandrowitsch und den Ministerpräsidenten Stolypin – und nicht zuletzt in dem unheilvollen Wirken von Grigorj Rasputin.

Sie waren seit jeher abergläubisch, die Russen, und darum sicher, in jener Kette verhängnisvoller Ereignisse das Walten eines bösen Schicksals zu sehen.

Nikolaus war nicht abergläubisch. Aber ihn hatte in zunehmendem Maße eine Art dumpfe Hoffnungslosigkeit ergriffen, und er weinte jede Nacht, in der er nicht schlafen konnte, weil Erinnerungen und Stimmen auf ihn eindrangen.

Da war sein Schwager, Großfürst Alexander Michailowitsch, der ihm einen langen Brief geschrieben hatte. »*Geheimnisvolle Kräfte führen Dich mit Deinem Land unweigerlich ins Verderben. Die letzten Ernennungen beweisen, daß Du entschlossen bist, eine Innenpolitik zu betreiben, die den Wünschen aller loyalen Untertanen zuwiderläuft ... Ich sehe keinen anderen Ausweg für Dich, als Deine Minister unter Leuten auszusuchen, die das Vertrauen der Nation genießen ...*«

Dann Rodschanko, der Dumapräsident, den Nikolaus kürzlich in Petrograd zur Audienz empfangen hatte: »Zu unserer großen Schande herrscht überall Unruhe«, hatte Rodschanko gesagt: »Das Volk hat erkannt, daß Sie alle Regierungsmitglieder, zu denen es Vertrauen hatte, vertrieben und durch unwürdige und unfähige Männer ersetzt haben. Als sei es geplant, ist alles getan worden, um Rußland zu schaden und seine Feinde zu begünstigen ... Jedermann weiß, daß die Zarin Befehle erteilt, ohne Sie darüber zu informieren, daß die Minister sich inzwischen in Regierungsangelegenheiten an die Kaiserin wenden und daß lediglich diejenigen, die ihre Gunst genießen und in der Regel unfähige Leute sind, denen in ihre Ämter folgen, die Ihre Majestät entlassen hat. Haß und Empörung gegen die Zarin wachsen deshalb im ganzen Land. Ich beschwöre Eure Majestät, einen Weg zu finden, um sie daran zu hindern, einen derart unheilvollen Einfluß auf die Politik zu nehmen.«

Und der Chor von Nikolaus' Familienmitgliedern: Sie alle beschworen die Gefahr einer Revolution herauf, wenn er, der Zar, nicht endlich seiner Frau in den Arm fiele.

Aber wie konnte er das? Er war doch noch immer davon überzeugt, daß seine Alix so handelte, wie er gern handeln würde, wenn er ihren Mut und ihr Durchsetzungsvermögen besäße.

Warum nur haßten sie alle seine Frau, die doch das einzige Glück seines Lebens war? Was sie auch tat – es geschah allein in seinem Interesse. Man lag ihm in den Ohren damit, daß er von Feinden und unlauteren Charakteren umgeben sei. Mag sein, daß es wirklich so war. Aber es gab einen einzigen Menschen, dem er voll vertrauen konnte: seine Frau.

Der Zar erhob sich und ging zum Tisch, auf dem der Brief lag, den Alexandra ihm vor seiner Abreise in die Stawka in seinem Schlafwagen unter das Kopfkissen hatte legen lassen.

Nikolaus drückte das Blatt Papier an seine Lippen.

»Unser lieber Freund bittet im Jenseits für Dich«, hatte sie geschrieben. *»Er ist uns noch so nahe ... Ich glaube, daß bald wieder alles in Ordnung ist. Deshalb, mein Lieber, mußt Du stark sein. Zeig deine Fäuste! Das brauchen die Russen ... Die Leute haben es mir in letzter Zeit immer wieder gesagt: Was wir brauchen, ist die Knute. Es ist seltsam, doch so ist nun einmal die slawische Natur.«*

Nikolaus lächelte plötzlich. Ganz gewiß war er von Feinden umgeben. Aber seine Alix gehörte nicht dazu. Wie hatte er sich nur einen Augenblick lang einbilden können, er sei allein? Die wunderbarste Frau, die nur sein und Rußlands Wohl im Auge hatte, stand an seiner Seite.

Wenige Tage später überschlugen sich die Ereignisse. Begonnen hatte es damit, daß die Protestdemonstrationen in Petrograd, Moskau und anderen russischen Städten einen Umfang wie nie zuvor angenommen hatten. Und Gardeoffiziere, Polizei und Kosaken weigerten sich, gegen die Demonstranten vorzugehen. Vielmehr liefen täglich Hunderte zu ihnen über. Sie alle hatten es satt, auf Männer, Frauen und Kinder zu schießen, die durch himmelschreiende Not auf die Straße getrieben worden waren.

Das Garderegiment Wolhynien war das erste, das es geschlossen ablehnte, an den Unterdrückungsmaßnahmen teilzunehmen. Einheiten der litauischen Garde und der Preobraschenskij folgten ihrem Beispiel. Sie alle verließen ihre Kasernen und marschierten mit den Demonstrierenden.

Auch in der Nacht kam Petrograd nicht zur Ruhe. Abertausende zogen über die verschneiten Straßen und Plätze der Stadt, Studenten, Arbeiter, Frauen und Soldaten. Und als die Sonne des neuen Tages aufging, wurden es immer mehr. Rote Fahnen und Spruchbänder wurden voran getragen, und die aufgebrachte Menge zog über die Newa-Brükke zur Peter-Paul-Festung. Die Wachen dort liefen gleichfalls zu den Aufständischen über; wer Widerstand zu leisten versuchte, wurde erschossen, erschlagen, niedergetrampelt. Die Gefängnistüren wurden geöffnet, und die graue Schar der Häftlinge stürmte jubelnd ins Freie, schloß sich den Revolutionären an.

Bald loderten Flammen in den Winterhimmel. Der Justizpalast war angezündet worden, das Arsenal wurde geplündert. Plötzlich übertönten die Klänge einer Militärkapelle das Schreien und Schießen. Die Pawlowskijsche Garde verließ ihr Quartier – aber nicht etwa, um, ihrem Eid auf den Zaren getreu, die Aufständischen anzugreifen. Nein, die Garde lief ebenfalls zu ihnen über, Bataillon für Bataillon, geführt von ihren Unteroffizieren.

Allmählich formierte sich die unzählbare Schar, und aus Tausenden von Kehlen stieg der Ruf auf: »Zum Winterpalais! Brüder, Freunde, Genossen – stürmt das verfluchte Zarenschloß!«

Wie eine unaufhaltsame Flut ergossen sich die Menschenmassen über die Troizkij-Brücke in die Stadt, schwenkten zum Schloßkai ein, Schulter an Schulter. Die Palastwachen begrüßten die Andrängenden, umarmten sie, viele wurden auf die Schultern gehoben und in den Palast getragen. Und dann geschah das Ungeheuerliche: Die kaiserliche Fahne mit dem Zarenadler auf dem Dach wurde eingeholt. Der Wind trieb sie zwischen die in doppelter Lebensgröße errichteten Statuen und Urnen der Dachbalustrade, und wenige Augenblicke später wehte eine rote Fahne aus einfachem Baumwolltuch auf dem Palais.

Im Taurischen Palast war die Duma zusammengetreten. In vielen Gesichtern stand Furcht. Was geschieht noch? Ist das der Umsturz, den ein Teil der Abgeordneten gewollt, ja, herbeigesehnt hat? Doch selbst diese spürten plötzlich das Unheimliche, Bedrohliche, das von den entfesselten Massen ausging, die nun vom Winterpalais zum Park des Taurischen Palastes marschierten.

Der Geist der Revolution hat eine fratzengesichtige Schwester – die Grausamkeit, die hochkocht, um wahllos zu morden, zu brennen und zu zerstören.

Dumapräsident Rodschanko sandte, nachdem er über die Vorgänge informiert worden war, dem Zaren ein verzweifeltes Telegramm. *»Die Lage hat sich verschärft. Es müs-*

sen sofortige Maßnahmen ergriffen werden. Die Stunde ist gekommen, in der sich das Schicksal des Landes und der Dynastie entscheidet.«

Es traf zu spät in der Stawka ein. Zuvor war von Nikolaus ein Ukas an Innenminister Protopopow ergangen, die bestehende Duma aufzulösen.

Der Innenminister, von dem man sich hinter vorgehaltener Hand erzählte, daß er geisteskrank sei, der sich aber gleichwohl bei der Zarin hervortat, indem er behauptete, er habe engste Verbindung zu Rasputin im Jenseits, kam persönlich in das Taurische Palais, um die Abgeordneten von diesem Befehl des Zaren zu unterrichten.

Die Dumamitglieder verharrten in entsetztem Schweigen. Was war jetzt noch zu tun? Wie die Situation zu retten?

In diesem Augenblick strömten etwa zwanzigtausend Demonstranten in den Park, und selbst die Mutigsten unter den Parlamentariern erlebten Momente der Angst und des Schreckens. Waren die Rebellierenden gekommen, um ihr Abgeordnetenhaus zu schützen – oder unter ihnen ein Blutbad anzurichten?

Da erhob sich Kerenski, ein Vertreter der gemäßigten Linken. Er ging nach draußen, den Eindringlingen entgegen. »Bürgersoldaten!« rief er mit weithin hallender Stimme. »Euch fällt die große Ehre zu, die Sicherheit der Duma zu gewährleisten. Ich ernenne euch zur ersten revolutionären Garde. Nehmt die Minister fest! Besetzt die Post, die Telegrafen- und Telefonämter. Besetzt die Bahnhöfe und alle offiziellen Einrichtungen.«

Das war die Legalisierung der Rebellion und der Freibrief für alle, die den Umsturz wollten.

Rodschanko tat noch ein übriges. Er trat ebenfalls vor die Demonstranten und kündigte an, daß die Duma noch in dieser Stunde darüber beraten werde, wie die bisherige zaristische Herrschaft durch eine neue Regierung zu ersetzen sei.

Hatte er damit seinen Kopf und die Köpfe des gesamten Parlaments gerettet? Immerhin zogen die Demonstrierenden sich zurück, postierten sich aber vor dem Park des Taurischen Palais'. Ihnen wurde zwei Stunden später verkündet, daß die Duma ein provisorisches Regierungskomitee ernannt habe, das aus zwölf Mitgliedern bestand. Sie alle gehörten der sogenannten linken Mitte an. Rodschanko, Premierminister Golizyn und der Zarenbruder Michael Alexandrowitsch wurden nach Mohilew geschickt, um Nikolaus endlich die wahre Situation in seinem Land klarzumachen und ihn zum Nachgeben zu bewegen.

Aber dies alles waren nur letzte verzweifelte Bemühungen, die endgültige Katastrophe aufzuhalten. Die Demonstranten wußten das, und die führenden Köpfe unter ihnen verloren keine Zeit.

In einem leeren Saal des Taurischen Palastes gründeten sie den ersten Arbeiter- und Soldatensowjet. Ihr Vorsitzender wurde der Menschewik Scheidse, seine Stellvertreter waren die bisherigen Abgeordneten Kerenski und Skobelew. Außerdem wurde ein offizielles Nachrichtenorgan geschaffen, die Zeitung Iswestija. Darin erschien noch am selben Tag ein Aufruf, in dem das Zarentum als überholt und staatsfeindlich deklariert wurde. Statt seiner solle so schnell wie möglich eine Versammlung berufen werden, die dem Land eine demokratische Verfassung gäbe.

Doch auch diese Maßnahmen bewirkten nicht, daß wieder Ruhe einkehrte. Das Volk war auf die Straße gegangen, unterstützt von Polizei und Militär, müde der Leiden, die man ihm aufgezwungen hatte, und explosiv bis zum letzten. Der Sieg, den es scheinbar so mühelos erfochten hatte, machte es trunken vor Begeisterung.

Man beschlagnahmte Fahrzeuge, plünderte Häuser und Geschäfte, zerstörte überall in der Stadt die Zarenfahnen und andere Embleme des Regimes und der Kirche. Selbst die Offiziere der Garden rissen sich die Epauletten mit dem Monogramm des Kaisers ab.

Eine Verhaftungswelle überzog die Stadt, diesmal im Namen des Arbeiter- und Bauernsowjets. Adlige und wohlhabende Bürger wurden in die Gefängnisse gebracht, aus denen zuvor die politischen Gefangenen befreit worden waren.

Die Mitglieder des Ministerrats, soweit sie noch auf freiem Fuße waren, telegrafierten dem Zaren, er möge endlich handeln. Der Rücktritt des gesamten Kabinetts sei notwendig. Vor allem aber müsse ein Mann Kanzler werden, dem das Volk genügend Vertrauen entgegenbrächte, um sich beruhigen zu lassen.

Es dauerte nur dreißig Minuten, bis der Zar seine telegrafische Antwort übermitteln ließ. »Danke für die Mühe. Seine Majestät reist morgen ab und trifft selbst eine Entscheidung.«

Nikolaus konnte und wollte nicht an den tödlichen Ernst der Lage glauben. Er hatte seit seiner frühesten Jugend mit Protestdemonstrationen, Streiks und Aufruhr leben müssen, und man hatte diese immer niederschlagen können. Darum war er selbst jetzt nicht zu politischen Zugeständnissen bereit, sondern entsandte General Iwanow mit einem Bataillon von Georgsrittern in die Hauptstadt, um für Ruhe und Ordnung zu sorgen. Die Soldaten kamen nie dort an. Ein Teil von ihnen lief schon auf dem Marsch nach Petrograd zu den Revolutionären über, die anderen wurden bei Straßenkämpfen aufgerieben.

Endlich, in der Nacht zum 28. Februar, verließ Zar Nikolaus mit seinem Gefolge in zwei Sonderzügen die Stadt Mohilew in Richtung Zarskoje Selo. Von da an überstürzten sich die schlechten Nachrichten, die er erhielt. Petrograd sei vollständig in den Händen der Revolutionäre, hieß es. Auch die Umgebung der Stadt sei bereits von ihnen besetzt, die Straße nach Zarskoje Selo unpassierbar geworden, da sich dort mehrere Kompanien mit Kanonen und Maschinengewehren aufhielten und Straßensperren errichtet hätten.

»Dann gehe ich nach Moskau«, beschloß Nikolaus, überzeugt davon, daß die alte Zarenstadt noch von keinen revolutionären Umtrieben erschüttert wurde. Welch ein Irrtum! Schon auf halbem Weg traf die Nachricht ein, daß auch in Moskau bereits der Umsturz vollzogen sei.

Dennoch war Nikolaus immer noch ruhig und gefaßt. General Dubenski, der zu seiner Begleitung gehörte, bewunderte ihn um seiner Haltung willen. Doch in Wahrheit begriff der Zar gar nicht das volle Ausmaß dessen, was in Rußland geschah. Er war immer noch davon überzeugt, daß man die Brandherde der Revolution, die sich in wahnsinniger Schnelligkeit ausbreiteten, austreten könne.

Nikolaus wandte sich nach Pskow, wo sich das Hauptquartier der Nordarmeen befand. »Der Oberkommandierende, General Ruski, ist mir treu ergeben«, erklärte er seinen engsten Beratern. »Von Pskow aus wird es uns gelingen, mit Ruskis Armeen Petrograd einzukesseln. Dann ist es nur eine Frage der Zeit, bis dieser umstürzlerische Wahnsinn ein Ende hat.«

Es ist der 1. März um acht Uhr abends, als Nikolaus auf dem Bahnhof von Pskow von Ruski empfangen wird. Im Hauptquartier warten Depeschen mit immer neuen alarmierenden Nachrichten auf ihn. Die Duma hat eine provisorische Regierung gebildet, deren Kanzler Fürst Lwow ist. Das Dumamitglied Gutschkow wird der neue Kriegsminister, Miljukow übernimmt das Auswärtige Amt. Alexander Kerenski gehört dem neuen Kabinett als Justizminister an.

Alexejew, Nikolaus' Generalstabschef in Mohilew, telegrafiert, daß sich auch dort Soldaten und Offiziere inzwischen den Aufständischen angeschlossen haben.

Und dann fällt zum ersten Mal das Wort ›Abdankung‹. Rodschanko gebraucht es in einer neuen Depesche, diesmal an General Ruski gerichtet. »*Der Haß auf die Zarendynastie hat verheerende Ausmaße angenommen. Um die vollständigste Katastrophe zu vermeiden, ist es ratsam, daß Seine Majestät sich zur Abdankung entschließt.*«

Ruski ist weiß wie eine Wand, als er Nikolaus das Telegramm übergibt. Seine Hände zittern, und er fährt sich mit den Fingern immer wieder in den Kragen seiner Uniformjacke, als litte er unter Luftnot.

Nikolaus bleibt auch jetzt noch ruhig. Er zieht sich in sein Zugabteil zurück, um zu beten. Aber er betet nicht für sich, sondern für Rußland.

Dennoch, es ist nichts mehr aufzuhalten, nichts mehr rückgängig zu machen. Auch Generalstabschef Alexejew weiß das, und er verfaßt noch in dieser Nacht ein Schreiben an alle Kommandeure der russischen Armeen, in dem er ihnen klarmacht, daß es nur noch einen einzigen Ausweg gibt, um die Unabhängigkeit des Landes und das Weiterbestehen der Romanow-Dynastie zu retten: Sie alle müssen gemeinsam den Zaren bitten, auf den Thron zu verzichten.

Am nächsten Nachmittag treffen die Telegramme der Generäle und Heerführer in Pskow ein. Bis auf eine einzige Ausnahme beschwören ihn alle, abzudanken.

Dieses Mal ist Nikolaus bis ins Mark getroffen. Politische Anfeindungen von Minister und Parlamentariern ist er gewöhnt; er weiß, wie viele Gegner er unter diesen Männern hat – und wie viele ihr Mäntelchen nach dem Wind hängen, wenn sie sich nur einen Vorteil davon versprechen. Aber seine Militärs, die für ihn immer die glorreichsten Stützen des Throns waren ...

Nikolaus sitzt in einem Armsessel am Tisch. Es ist plötzlich sehr still geworden. Niemand sagt ein Wort, niemand bewegt sich. Sie wirken alle wie gelähmt und warten mit angehaltenem Atem.

Irgendwann steht Nikolaus auf und geht zum Fenster, späht zwischen den heruntergelassenen Vorhängen nach draußen. Endlich wendet er sich um. Sein Mund ist verzerrt, und er sagt leise: »Es soll geschehen. Aber ich weiß nicht, ob dies der Wunsch ganz Rußlands ist.«

Danach setzt er sich wieder und blickt auf seine im Schoß gefalteten Hände. Seine Stimme wird etwas lauter, fester. »Dies ist mein Entschluß. Ich verzichte zugunsten meines Sohnes Alexej auf den Thron.« Langsam hebt er die Hand und schlägt ein Kreuz. Seine Augen sind tränenlos, aber die Generäle, die ihn umstehen, weinen, als sie es dem Kaiser gleichtun und sich bekreuzigen.

Er möchte sogleich seine Abdankungserklärung unterzeichnen, aber General Ruski rät ihm, damit zu warten, bis die beiden Dumaabgeordneten Gutschkow und Schulgin in Pskow eintreffen, um die Echtheit dieser Urkunde bezeugen zu können. Vor ihrer Ankunft läßt Nikolaus seinen Leibarzt Doktor Fjodorow rufen. Er spricht sehr lange mit ihm unter vier Augen. Danach erklärt er Gutschkow und Schulgin, als er sie empfängt und mit unbewegter Miene ihren Bericht über die unwiderruflichen Veränderungen in Petrograd anhört, daß er seinen Entschluß, zugunsten Alexejs auf den Thron zu verzichten, geändert habe.

»Ich möchte meinen Sohn bei mir behalten und danke in meinem und seinem Namen zugunsten meines Bruders ab, des Großfürsten Michael Alexandrowitsch.«

Das Gespräch mit Fjodorow hatte dazu den Ausschlag gegeben. Der Arzt hatte sehr offen mit Nikolaus gesprochen. Der Zarewitsch werde aufgrund seiner unheilbaren Erkrankung niemals in der Lage sein, Zar von Rußland zu werden.

Ja, denkt Nikolaus, während er die beiden Abgeordneten anblickt. Es wäre unmenschlich, Aljoscha diese Last aufzuerlegen, an der er ohnehin scheitern müßte. Laut sagt er: »Ich hoffe, daß Sie die Gefühle eines Vaters verstehen.«

Gutschkow und Schulgin kehrten mit der unterzeichneten Abdankungsurkunde nach Petrograd zurück. Eine große Menschenmenge erwartete sie, die in laute Protestrufe ausbrach, als Schulgin erklärt, daß Großfürst Michael der Nachfolger des bisherigen Zaren würde.

»Nieder mit den Romanows!« johlten die Leute. »Wir wollen keinen Zaren mehr! Jagt die ganze Brut zum Teufel!«

Es war Rodschanko, der den Großfürsten Michael aufsuchte, um ihn zu beschwören, angesichts der allgemeinen Empörung ebenfalls auf den Thron zu verzichten. Rodschanko hatte sich auf eine längere Debatte eingestellt, doch er lief bei Michael Alexandrowitsch offene Türen ein. Der Großfürst war nur allzu bereit, sich nicht in Gefahr zu begeben, und verfaßte sogleich eine weitere Abdankungsurkunde, deren Unterzeichnung endgültig das Ende der russischen Zarenherrschaft bedeutete.

Nikolaus war indessen wieder nach Mohilew zurückgekehrt. Als er von der Abdankung seines Bruders erfuhr, war er tief betroffen, vor allem, nachdem er den Text gelesen hatte, mit dem der Großfürst seinen Thronverzicht erklärte. »Sein Manifest endet mit Kniefällen vor der Konstituierenden Versammlung, die in sechs Monaten gewählt werden soll«, sagte Nikolaus zu seiner Mutter. »Gott weiß, wer ihm eingeredet hat, etwas so Schändliches zu unterschreiben. In Petrograd haben die Unruhen aufgehört. Hoffen wir, daß es anhält.«

Maria Fjodorowna war aus Kiew gekommen, wo sie bis

dahin in einem von ihr gegründeten Lazarett gearbeitet hatte. Weinend umarmte sie ihren Sohn. »Was für ein Unglück!« klagte sie. »Was für ein schreckliches, nie wiedergutzumachendes Unglück! Gott helfe Rußland.«

Es gelang Nikolaus nur unvollkommen, sie zu beruhigen. Immer noch völlig aufgelöst, kehrte Maria Fjodorowna nach Kiew zurück, um dort weiterhin ihre Pflichten zu erfüllen, wie sie sagte.

Nachdem Nikolaus den Oberbefehl über die russischen Armeen General Alexejw übergeben hatte, blieb ihm nur noch eines in Mohilew zu tun: seinen Regimentern zu danken und eine Grußadresse an die zu senden, die ihm treu geblieben waren. Aber diejenigen, für die diese letzten Worte des gestürzten Zaren bestimmt waren, erhielten sie nie. Die provisorische Regierung verbot kurzerhand, sie zu veröffentlichen.

Danach gab es in Mohilew nichts mehr für Nikolaus zu tun. Es zog ihn nach Zarskoje Selo – zu seiner Frau und seinen Kindern. Nur dort hatte er sich in der Zeit seiner Regierung wirklich zu Hause gefühlt, weil er dort, viel mehr als in der Hauptstadt und den anderen kaiserlichen Residenzen, der hatte sein können, der er im Grunde zu sein wünschte: ein Ehemann und Familienvater, der die Seinen liebte und von ihnen wiedergeliebt wurde.

Dennoch war Nikolaus das Herz bitter schwer, und er empfand Furcht, als er am Abend des 8. März den Zug nach Zarskoje Selo bestieg. Was brachte die Zukunft? Und was, o Gott, wurde aus seinem geliebten russischen Vaterland?

Zarin Alexandra Fjodorowna reagierte zunächst mit völligem Unglauben, als sie die Nachricht von Nikolaus' Thronverzicht erhielt. Erst als Großfürst Paul Alexandrowitsch, ein Onkel des Zaren, persönlich nach Zarskoje Selo kam, mußte sie begreifen, daß das für sie Unfaßbare tatsächlich wahr war. Sie weinte und zitterte und brachte es nicht über sich, ihre Kinder zu informieren. Sie hatten gerade die Masern überstanden und waren noch sehr schonungsbedürftig. Deshalb nahmen sie auch die Mahlzeiten in ihren Zimmern ein.

Am Abend während des Essens erfuhr Alexandra dann, daß auch Großfürst Michael abgedankt hatte. Die Wyrubowa, Swetlana und Rodja waren bei ihr, außerdem die Oberhofmeisterin Sisi Naryschkina und Großmarschall Graf Benckendorff. Auch die beiden Lehrer des Zarewitsch, Gilliard und der Engländer Gibbs, nahmen an der Mahlzeit teil, ebenso Leibarzt Doktor Botkin. Einige Diener servierten.

Alexandra hatte am Nachmittag lange gebetet. Nun war sie ruhig und ergeben, und als die Wyrubowa plötzlich in lautes Weinen ausbrach, sagte die Zarin: »Ich bitte Sie, meine Liebe, nehmen Sie sich zusammen.«

Die Wyrubowa versuchte, sich zu beherrschen. Doch dann stieß sie einen langgezogenen Klagelaut aus, schlug die Hände vor ihr dickes Gesicht und schluchzte: »Eure Majestät mögen verzeihen, aber ich kann es nicht. Es ist zu schrecklich! Bitte, entschuldigen Sie mich.« Damit stürzte sie aus dem Zimmer und schlug die Tür hinter sich zu.

Alexandra Fjodorowna blickte ihr nach. »Sie tut mir leid, die Arme. Es trifft sie wirklich. Aber ich kann jetzt einfach kein Gejammer um mich ertragen. Und ich mag auch nicht mehr die Anrede ›Eure Majestät‹. Wenn ich es recht bedenke, habe ich sie nie besonders gemocht, obwohl sie zur Etikette gehörte. Aber es gibt im Grunde nur eine Majestät, und das sind weder der Zar noch ich, noch andere Kaiser und Könige, sondern Gott.«

Swetlana setzte ihr Glas mit dem Tischwein ab. »Das ist wahr. Dennoch müssen Sie uns gestatten, Majestät, daß wir

Sie weiterhin mit diesem Namen anreden. Er ist uns lieb und vertraut, ebenso wie die unauslöschliche Empfindung, daß Sie und Ihr Gatte unser Zarenpaar sind. Daran ändert auch eine Revolution nichts, von der wir hoffen, daß sie nicht alle Verhältnisse für immer umkehrt.«

Alexandra lächelte schmerzlich. »Ich bitte Sie, meine Liebe, reden Sie sich nicht um Kopf und Kragen. Mag sein, daß diese Revolution vergänglich ist, aber ich fürchte, daß weder Sie noch ich dies erleben werden. Deshalb sollten Sie vorsichtig sein, denn ich möchte nicht, daß Sie Schaden erleiden.«

Sie warf einen unruhigen Blick auf die drei Diener, die an der Anrichte standen, um Speisen nachzulegen.

Die Wachmannschaften von Zarskoje Selo hatten sich überwiegend den Aufständischen angeschlossen, ebenso ein großer Teil der Dienerschaft. Die meisten weigerten sich, irgend etwas zu arbeiten, sondern lümmelten in der Palastanlage herum, mit aufsässigen Mienen und kaum verhehlter Feindseligkeit.

Einer der Diener, die weiterhin ihre Pflichten erfüllten, ein älterer grauhaariger Mann, näherte sich Alexandra mit einer Verbeugung. »Von uns hat Eure Majestät nichts zu fürchten. Sie und Seine Majestät, der Zar, waren immer gut und großmütig zu uns. Das werden wir nicht vergessen. Und auf die anderen, die jetzt die Nase hoch tragen und ihre Unverschämtheit für revolutionäres Gebaren halten, müßt Ihr nicht achten. Es sind Ratten.«

Alexandra warf ihm einen dankbaren Blick zu. »Gott segne Sie für Ihre Worte. Denn ich, fürchte ich, kann Ihnen Ihre Loyalität nicht mehr vergelten.«

Fünf Tage später empfing sie General Kornilow, den neu eingesetzten Kommandanten von Petrograd. Von ihren wenigen Getreuen umgeben saß die Zarin in einem hochlehnigen Armstuhl vor dem Gobelin mit dem Bildnis der französischen Königin Marie-Antoinette. Und nicht viel anders als diese mochte Alexandra Fjodorowna sich gefühlt haben, war es doch durchaus möglich, daß auch ihr eines Tages das Schafott drohte.

»Die provisorische Regierung hat mich beauftragt«, erklärte Kornilow mit steinerner Miene, »daß Sie, Bürgerin Romanowa, und Ihr Gatte, der Oberst Nikolaus Romanow, ab sofort unter Arrest stehen, ebenso Ihre Kinder und wer sonst noch zu Ihrer engeren Umgebung gehört. Dies ist eine Maßnahme, um Ihre Sicherheit zu gewährleisten.«

Alexandra senkte den Kopf. »Tun Sie, was Sie für richtig erachten, General.« Sie wirkte völlig gefaßt, doch diese Fassade zerbrach, als Kornilow gegangen war. Weinend sank die Zarin zusammen. Sie faßte sich erst wieder, als eine Depesche von Nikolaus eintraf, in der er seine Ankunft für den kommenden Tag ankündigte.

»Seinetwegen muß ich stark sein«, sagte sie zu Swetlana. »Er wird Trost brauchen. Wie kann ich da an mich denken.« Sie blickte Swetlana an. »Ich bitte Sie, seien Sie dabei, wenn ich mit meinen Töchtern spreche. Ich muß ihnen ja sagen, was geschehen ist. Aber wenn ich nicht imstande bin, sie zu beruhigen, müssen Sie mir helfen.«

Doch dies war nicht nötig. Die vier Großfürstinnen, die wegen ihrer Erkrankung die meiste Zeit zu Bett gelegen und ihre Zimmer nicht verlassen hatten, nahmen die Nachricht von der Abdankung ihres Vaters mit erstaunlicher Fassung auf. Olga fragte nur: »Ist das sehr schlimm für Sie und Papa?« Und als die Zarin stumm den Kopf schüttelte, erklärte Anastasia:

»Dann ist es ja gut. Schlimm wäre nur, wenn ihr traurig seid. Mir hat es nie gefallen, daß Papa im letzten Jahr kaum mehr zu Hause, sondern immer in der Stawka war. Kommt er jetzt zu uns zurück?«

»Ja, meine Lieblinge«, erwiderte die Zarin mit Tränen in den Augen. »Und was das Schönste ist – er wird bei uns bleiben.«

Ihrem Sohn zu erklären, daß sein Vater gestürzt worden war und er, Alexej, niemals den russischen Thron besteigen würde, brachte sie jedoch nicht über sich. Sie bat Pierre Gilliard, dem Jungen die Ereignisse zu erklären. Der Junge hörte seinen geliebten und bewunderten Lehrer schweigend an. Sein Gesicht war grüblerisch verzogen. Dann fragte Alexej: »Aber wenn es keinen Zaren mehr gibt, wer soll dann Rußland regieren?«

Gilliard schluckte. »Im Augenblick ist es eine provisorisch eingesetzte Regierung. Was danach kommt, wissen wir nicht. Wir können nur hoffen, daß die rechten Männer dafür ausgewählt werden.«

Tags darauf traf Nikolaus in Zarskoje Selo ein. Als er und die Offiziere, die ihn noch voller Enthusiasmus in Mohilew begleitet hatten, den Zug verließen, sah er, wie die meisten von ihnen die Gesichter verhüllten und sich beeilten, aus seiner Nähe zu kommen. Nikolaus trug es ihnen nicht nach. Er wußte, daß sie Angst hatten, verfolgt zu werden. Konnte er es in diesen bitteren Tagen jemandem verdenken, daß er seine Haut zu retten versuchte?

Nur wenige Beherzte begleiteten Nikolaus zu den geschlossenen Toren von Zarskoje Selo. Aber die Wachen weigerten sich, den Zaren passieren zu lassen. Man rief nach dem diensthabenden Offizier. Als er endlich erschien, fragte er mit militärisch schnarrender Stimme, obwohl er den Ankömmling natürlich längst erkannt hatte: »Wer da?«

»Nikolaus Romanow«, lautete die Antwort der Wachen.

»Durchlassen!« befahl ihr Vorgesetzter. Die schweren schmiedeeisernen Tore öffneten sich, und Nikolaus schritt hindurch.

Im Alexander-Palast wartete eine neue Demütigung auf ihn. Überall in den Korridoren, Vorzimmern, Salons und Sälen hielten sich Soldaten auf. Sie trugen rote Kokarden und brachen in brüllendes Gelächter aus, als der Zar an ihnen vorbeiging. Er zwang sich zu langsamen Schritten. Niemand sollte sagen können, daß er vor dem Spott der Revolutionäre davongelaufen sei.

Endlich erreichte er die Zimmer seiner Töchter. Dort wartete Alexandra auf ihn. Sie saß in einem Lehnstuhl neben dem Bett der Großfürstin Olga. Diese war aufgestanden. Sie trug einen dunklen Rock und eine cremefarbene Bluse. Alexandra hielt die Armstützen ihres Sessels umklammert. Sie wußte, draußen vor der Tür stand ein Wachtposten, ein zweiter lehnte im Rahmen. Er grinste bösartig.

Nikolaus blieb in der Tür stehen. Er sah, wie Olga ihm entgegenlächelte, sah, wie Alexandra zu weinen begann. Er wollte sich beherrschen, sich nicht angesichts seiner Bewacher schwach zeigen. Aber er schaffte es nicht. Seine Lippen verzerrten sich wie in einem Krampf, und er brach in ein heftiges Schluchzen aus. Wie ein Kind weinte er, das einen unstillbaren Kummer mit sich herumträgt, mit offenem Mund und aufgerissenen Augen.

Die Zarin stand auf. Ohne ihre Krücken zu benutzen, war sie mit ein paar raschen Schritten bei ihm und zog ihn an ihre Brust.

»Verzeih mir, Nikolaus«, sagte sie. Sie sagte es auf Russisch, der Sprache, die sie nie richtig gelernt hatte und die doch die Muttersprache des von ihr geliebten Mannes und ihres nicht weniger geliebten Landes war.

Er weinte heftiger, während er die Arme um sie legte und den Kopf schüttelte. »Ich allein, nur ich bin an allem schuld.«

10. Kapitel

Dies geschah am 9. März 1917. Drei Tage später telegrafierte Wladimir Iljitsch Lenin aus seinem Schweizer Exil seinen bolschewistischen Genossen in Petrograd: »*Unsere Taktik: totales Mißtrauen. Keinerlei Unterstützung für die neue Regierung. Kerenski ist besonders verdächtig. Keinerlei Annäherung an die anderen Parteien.*«

Im April kehrte er aus dem Exil zurück und passierte mit seiner Frau und siebzehn seiner Anhänger in einem plombierten Wagen Deutschland, um nach Rußland zu fahren.

Wladimir Iljitsch Lenin, dessen wirklicher Name Uljanow lautete, war sicher, daß der Boden reif war für den totalen Umsturz und die Verwirklichung seiner hochfliegenden politischen Ziele. Dafür war der Führer der Bolschewiken bereit, Zugeständnisse zu machen.

Im Gegensatz zu der provisorischen Regierung in Petrograd, die den Krieg fortsetzen wollte, signalisierte Lenin Deutschland, daß er im Falle einer bolschewikischen Machtergreifung in Rußland einen sofortigen Waffenstillstand schließen werde. Lenin brauchte Frieden, denn ihm war klar, daß es bei einem neuerlichen Umsturz in diesem riesigen Land mit seinen verschiedensten Völker-, Religions- und Interessengruppen zu bürgerkriegsähnlichen Verhältnissen kommen könnte. Deshalb konnte er sich keinen Krieg mit anderen Nationen leisten.

Wilhelm II. allerdings begriff die Gefahr nicht, die ein bolschewikisch regiertes Rußland auch für Deutschland bedeuten könnte. Ihm erschien ein rascher und ohne schwerwiegende Bedingungen geschlossener Separatfrieden äußerst erstrebenswert. Die hart bedrängten deutschen Armeen hätten dann einen Feind, eine Front weniger und könnten sich auf Frankreich, England und die neuerdings allzu kriegsbereiten USA konzentrieren.

Also mag er ruhig nach Rußland zurückkehren, dieser Lenin, dachte man in Berlin. Sollte es ihm tatsächlich gelingen, an die Macht zu kommen, so bedeutet das einen unschätzbaren Vorteil für das deutsche Kaiserreich.

In Petrograd wußte man, daß Lenin zurückkehrte, und seine Gesinnungsfreunde hatten bis zu seiner Ankunft nicht nur seine Anweisungen aus dem Zürcher Exil befolgt, sondern einen entsprechenden Empfang vorbereitet.

Und so warteten nun Zehntausende auf dem Litejnyj Prospekt und der Alexanderbrücke, drängten sich Kopf an Kopf auf dem rechten Newa-Ufer vor dem Finnländischen Bahnhof. Die Glocken läuteten von der Kasanschen Kathedrale die elfte Nachtstunde ein, mischten sich mit dem Klang der Simeonkirche und der Turmuhren vom Taurischen Palais, als der Zug, der den Erwarteten brachte, zischend und in dichte Dampfwolken gehüllt, in den Bahnhof einlief.

Die Führer der bolschewikischen Partei standen auf dem Perron: Jossip Wissarjonowitsch Dschugaschwili, genannt Stalin, der vor wenigen Tagen aus der sibirischen Verbannung zurückgekehrt war, Molotow, der seiner Verhaftung entgangen war, weil er sich versteckt gehalten hatte, Rykow, Bubnow und Nogin, die indessen versucht hatten, sich mit der provisorischen Regierung auf irgendeine Weise zu verständigen. Im Empfangsaal warteten die offiziellen Abgesandten dieser Regierung, Scheidse und Skobelew.

Ein einziger Aufschrei aus zehntausend Kehlen stieg hoch, als Lenins gedrungene Gestalt mit der dunklen Schirmmütze auf der Plattform seines Waggons erschien. Er hob den Arm mit geballter Faust zum bolschewikischen Gruß, und der Jubel schwoll noch mehr an. Die zuvorderst standen, drängten zu Lenin hin, Matrosen hoben ihn auf ihre Schultern und trugen ihn zu der Empfangshalle.

Dort stellten sie ihn wieder auf die Füße, während Scheidse zu einer kurzen Begrüßungsrede ansetzte. Das Schreien war verstummt. Man hörte Scheidse zu, der der Hoffnung Ausdruck gab, daß Bolschewiki und Menschewiki innerhalb der provisorischen Regierung Gemeinsamkeiten finden und miteinander zum Wohl des Landes arbeiten würden. Er streckte Lenin seine Hand entgegen.

Doch dieser übersah das, neigte nur kurz und förmlich den Kopf – und ging dann auf die zusammengedrängt Wartenden in der Halle zu. Provokativ umarmte er einen Arbeiter im blauen Kittel, küßte ihn auf beide Wangen, umarmte noch zwei, drei andere, schüttelte Hände, die sich ihm entgegenstreckten, und begab sich dann unter neu aufbrandendem Jubel zum Bahnhofsvorplatz, wo ein Wagen auf ihn wartete.

Das Verdeck war zurückgeschlagen. Lenin stieg auf den Sitz, schwieg, bis ein bläulich-weißer Scheinwerfer auf ihn gerichtet war, und hob dann die Arme. Das Rufen und Schreien erstarb fast augenblicklich. Sie alle sahen zu ihm hoch.

Lenin schwieg immer noch. Einen dermaßen begeisterten Empfang hatte er nicht erwartet. Er wußte, daß seine Partei bis jetzt nicht mehr als 45 000 Mitglieder hatte und daß das bei weitem nicht ausreichte, dieses Millionenvolk zu seinem, Lenins, Ziel zu bekehren, nämlich aus der bisherigen bürgerlich-demokratischen Revolution eine sozialistische zu machen.

Aber er war zurückgekommen, um es zu versuchen oder unterzugehen.

Bereits an diesem ersten Abend gab er die Parole aus: »Sofortiger Friede. Die Fabriken den Arbeitern, das Land den Bauern, alle Macht den Sowjets.«

Er redete fast ausschließlich in Schlagworten, um sie der Menge einzuhämmern, und am Ende rief er mit erhobenem

Arm und geballter Faust: »Es lebe die sozialistische Revolution!«

Auch in den folgenden Tagen wurde er es nicht müde, seine Parolen zu verkünden. »Friede den Hütten, Krieg den Palästen!« Diese Worte brannten sich in den Köpfen ein. Auf einmal war das Volk, diese große Masse der Besitzlosen, Niedergeknüppelten, Armseligen und Verratenen der Mittelpunkt einer politischen Kampagne. Wie sollten sie da dem Mann nicht zujubeln, der ihnen versprach, ihr Schicksal zu wenden?

Eine Sowjetrepublik, eine Räterepublik der Arbeiter und Bauern ... Es klang phantastisch, und dennoch schien es auf einmal erreichbar.

»Adel, Großgrundbesitzer und Bürgerliche sind von Natur aus Todfeinde des Proletariats«, sagte Lenin. »Aber mit ihnen beschäftigen wir uns nicht. Statt dessen werden wir durch unsere Forderungen sofort die Masse der besitzlosen Bauern gewinnen, die durch die provisorische Regierung enttäuscht wurden, weil diese nach wie vor die Ländereien der Großgrundbesitzer und das Eigentum der Bourgeoisie schützt. Wer aber mit uns gemeinsam bei der Auflösung der Güter, Schlösser und Paläste mitwirkt, wer mit uns die Hand nach den Äckern der Herren ausgestreckt hat – der kann nie mehr zurück. Er muß mit uns gehen, siegen oder sterben. Die Arbeiter aber werden wir von vornherein auf unserer Seite haben, weil wir sie aus den Fesseln der kapitalistischen Ausbeutung befreien.«

Es gab heiße Debatten über diese Meinung im Refektorium des Smolny-Klosters, in dem die Führer der bolschewikischen Partei tagten. Doch Lenin setzte sich durch. Ohne Einschränkung forderte er den Übergang von der augenblicklichen parlamentarischen Republik zur Sowjetrepublik. Der Sturz des Zaren sei nur die erste Etappe der Revolution; nun müsse die zweite folgen, die die Macht in die Hände des Proletariats und der ärmsten Bauernschaft lege.

Vor allem aber verlangte Lenin nach wie vor die Beendigung eines Krieges, der vom Imperialismus angezettelt sei und unglaubliches Leid über das russische Volk gebracht habe. Doch um dies zu erreichen, sei ein Sturz der jetzigen bourgeoisen Machthaber unumgänglich.

Der indessen zum Kriegsminister berufene Kerenski versuchte zu retten, was zu retten war, indem er einen Haftbefehl gegen Lenin erließ, der daraufhin nach Finnland flüchtete. Doch dies war nur ein letzter vergeblicher Versuch, die Macht zu behalten. Die Mehrheit des russischen Volkes stand indessen hinter den Bolschewiken. Der ebenfalls aus dem Exil zurückgekehrte Trotzki, einer von Lenins engsten Mitarbeitern, wurde in einer Wahl des Petrograder Sowjets anstelle Kerenskis zum Vorsitzenden der Duma gewählt, auch dies ein Zeichen, daß das Vertrauen in die Integrität der provisorischen Regierung zerstört war. Rußland befand sich auf dem Weg zu einer zweiten Revolution ...

»Jetzt lassen Sie doch das Kind in Ruhe!« fuhr Swetlana den Matrosen Derewenko an. »Was hat es Ihnen getan?«

Der ehemalige Thronfolger Alexej kauerte weinend in einer Ecke des Vorsaals, der zu seinem Unterrichtszimmer führte. Derewenko lachte höhnisch. »Ich hab das Balg jahrelang herumgeschleppt und jedem seiner verdammten Wünsche gehorchen müssen. Jetzt läuft das Spielchen umgekehrt: Der Bengel muß tun, was ich ihm sage! Also los, Alexej Nikolajewitsch, beweg deinen Arsch und frag die Wachen vor dem Portal, ob sie nicht ein bißchen Tabak und einen Schluck Wodka für mich haben. Dann bringst du's mir auf der Stelle, du Hurenbalg!«

»Aber sie wollen mir nichts geben«, sagte Alexej schluchzend. »Sie haben es ja gestern auch nicht getan, sondern mich nur beschimpft. Bitte, schicken Sie mich nicht wieder zu ihnen.«

Swetlana blickte Derewenko aufgebracht an. »Ich besorge Ihnen, was Sie haben möchten.«

Sie ging in ihre Privaträume hinüber und bat Rodja, der an einem Pastellbild sciner kleinen Tochter arbeitete, ihr ein Päckchen Tabak und eine Flasche Wodka zu geben. »Es ist für Derewenko«, sagte sie und lehnte für einen Augenblick den Kopf gegen die Schulter ihres Mannes. »Er benimmt sich abscheulich Alexej gegenüber. Wenn man ihn nur fortschicken könnte!«

»Laß du dich nicht provozieren, Liebes«, warnte Rodja sie besorgt. »Im Augenblick müssen wir alle die Zähne zusammenbeißen und durchhalten. Vielleicht dürfen wir ja bald ausreisen.«

Sie schloß die Augen. Ausreisen, Rußland verlassen ... Swetlana hätte nie geglaubt, daß sie das einmal herbeisehnen würde. Doch inzwischen hofften sie und Rodja ebenso inständig darauf wie das Zarenpaar.

Alexander Kerenski war indessen zweimal nach Zarskoje Selo gekommen, um sich davon zu überzeugen, daß einerseits die Bewachung der Gefangenen absolut lückenlos war, daß es ihnen aber andererseits an nichts fehlte. Der Zar hatte mit ihm über die Möglichkeit gesprochen, ins Exil zu gehen. Kerenski zeigte sich nicht abgeneigt. Aber der kürzeste Weg von Petrograd nach Skandinavien war durch die deutsche Flotte blockiert. Auch Frankreich war zur Hälfte von deutschen Soldaten besetzt, und die bisherigen Verbündeten ließen die provisorische Regierung auf diplomatischem Wege wissen, daß die Zarenfamilie mit ihrer Begleitung dort keinesfalls willkommen wäre.

Es blieb also nur England, das man von Wladiwostok aus mit dem Schiff anlaufen könnte. Der englische König George V. war ein Cousin von Nikolaus und Alexandra die Lieblingsenkelin der verstorbenen Queen Victoria. Sie hatte den größten Teil ihrer Kindheit und Mädchenzeit am englischen Hof verbracht.

Gleich nach dem Umsturz hatte der britische Botschafter in Petrograd dem Außenminister der provisorischen Regierung die offizielle Mittelung des Königs überbracht, daß man in Großbritannien dem ehemaligen russischen Zaren Exil gewähren wolle.

Doch Kerenski und auch alle aus der Umgebung des Zarenpaares wußten, daß es ein sehr schwieriges Unterfangen war, die gestürzten Herrscher aus Rußland ausreisen zu lassen.

Viele im Volk, besonders unter der Arbeiterschaft, verlangten eine harte Bestrafung der »Romanow-Blutsauger«. Die Rufe nach einer Exekution wurden lauter und lauter. Außerdem kursierten Gerüchte von einer monarchistischen Verschwörung mit dem Ziel, die Zarenfamilie zu befreien, so daß der Sowjet von Petrograd verlangte, zumindest Nikolaus in Festungshaft zu nehmen. Bis jetzt hatte Kerenski dies abwenden können, doch alle, die in Zarskoje Selo gefangengehalten wurden, fürchteten, daß es ihm auf die Dauer nicht gelang.

Swetlana richtete sich auf. »Ich muß gehen. Sonst denkt sich Derewenko neue Schikanen für den Zarewitsch aus.«

Der Matrose lümmelte sich immer noch in seinem Sessel, als sie zurückkam. Er hatte Alexej gnädig gestattet, in einem seiner Schulbücher zu lesen. »Hier haben Sie, was Sie wollen«, sagte Swetlana. »Und jetzt hören Sie bitte auf, das Kind zu quälen. Es hat Ihnen Zeit seines Lebens vertraut und Sie liebgehabt. Schämen Sie sich eigentlich nicht, diese Zuneigung so schlecht zu vergelten?«

Derewenko nahm einen Schluck aus der Wodkaflasche und drehte sich eine Zigarette. »Schämen Sie sich lieber dafür, daß Sie unsereins jahrhundertelang getreten, mißbraucht und ausgebeutet haben!«

»Ich persönlich habe nichts dergleichen getan«, erwiderte Swetlana ruhig. »Und für die Fehler meiner Vorfahren sollten Sie mich ebensowenig anklagen wie ich Sie für die

Fehler Ihrer Eltern, Großeltern und Urgroßeltern. Vielleicht haben Sie einen Mörder in Ihrer Familie? Vielleicht gab es Lügner und Betrüger darunter – was weiß ich! Doch was können Sie dafür?«

Er spuckte auf den Boden. »Halt's Maul, du adlige Schlampe. Hau ab und nimm das Balg mit. Ich kann seine Visage nicht mehr ertragen!«

Swetlana brachte Alexej zu seiner Mutter. »Eure Majestät müssen ihn vor den Gehässigkeiten Derewenkos schützen«, sagte sie, während Alexandra ihren Sohn in die Arme zog. »Er treibt es alle Tage ärger mit ihm. Vielleicht ist es möglich, einen neuen Betreuer für den Zarewitsch zu bekommen.«

Alexandra lächelte matt. »Das ist bereits geschehen, meine Liebe. Herr Kerenski war so freundlich, sich darum zu kümmern. Derewenko verläßt uns morgen. An seiner Stelle wird Herr Nagorny sich meines Sohnes annehmen. Sie kennen ihn ja. Er ist ebenfalls Matrose und hat schon früher oft Derewenkos Aufgaben übernommen. Wie es scheint, ist er Alexej Nikolajewitsch nach wie vor zugetan.«

Alexejs Miene erhellte sich. »Nagorny kommt wieder? Das ist gut, Mama, sehr gut sogar. Dann werden Sie hoffentlich nichts mehr dagegen haben, daß ich mit Papa und den Mädchen im Garten arbeite. Nagorny paßt schon auf, daß ich mich nicht verletze oder hinfalle. Und ich tue das natürlich ebenfalls. Ich werde nicht leichtsinnig sein.«

Die Zarin seufzte. »Meinetwegen, du Quälgeist. Aber ich werde mitkommen und euch zusehen – und mich natürlich trotz allem schrecklich um dich sorgen, Baby.«

Er runzelte die Brauen. »Bitte, sagen Sie doch nicht immer noch Baby zu mir, Mama. Ich werde doch bald dreizehn.«

Die Tür flog auf, und Anastasia, die jüngste der vier Zarentöchter, stürmte herein. Ihr hübsches pausbäckiges Gesicht brannte vor Empörung. »Mama, Mama, Sie können sich nicht vorstellen, was gerade passiert ist! Einer der Offiziere, der die Wachen in dem uns zugewiesenen Teil des Parks befehligt, hat sich geweigert, Papa die Hand zu geben. Er ... er hat gesagt, als das Volk dem Zaren die Hand reichen wollte, hat er sie niemals genommen. Darum würde er, dieser schiefmäulige Idiot, auch niemals die Hand von Papa nehmen.«

»Anastasia!« Die Zarin erhob sich mühsam aus ihrem Lehnsessel. »Was sind denn das für Worte! Wo hast du sie nur aufgeschnappt?«

Die Sechzehnjährige weinte fast vor Zorn. »Aber er ist ein Idiot, dieser Offizier! Papa ist ganz blaß geworden. Und dann ist er weggegangen. Er sah so schrecklich traurig aus.« Sie rannte zu ihrer Mutter und umarmte sie. »Ach, Mama, ich will nicht, daß die Leute so ekelhaft zu Papa und uns allen sind! Sie grölen und lachen, wenn sie uns sehen, und uns Mädchen rufen sie schmutzige Worte nach. Viel gemeinere als ›schiefmäuliger Idiot‹. Warum ist das so, Mama? Wir haben doch niemandem etwas getan.«

Die Zarin strich ihr über den Kopf. »Wir ... wir müssen das aushalten, Kobold. Und am besten tun wir so, als hätten wir nichts gesehen und gehört. Dann werden uns die Soldaten eines Tages in Ruhe lassen. Man hört auf, jemanden zu beschimpfen oder zu verspotten, wenn der andere nicht darauf reagiert.«

Anastasia stampfte mit dem Fuß auf. »Aber ich kann das nicht. Ach, Mama, ich will weg von hier! Wann fahren wir denn endlich nach England?«

»Eines Tages ... ganz gewiß. Aber es dauert vielleicht noch ein Weilchen. Wir müssen Geduld haben.«

»Aber ... aber dieser Offizier hat noch etwas anderes gesagt, als Papa fortgegangen ist. Er hat es ihm nachgebrüllt. Der Genosse Trotzki habe von der provisorischen Regierung verlangt, den ehemaligen Zaren und seine

Frau vor Gericht zu stellen – wegen Hochverrats. Dann würdet ihr beide hingerichtet.« Das junge Mädchen zitterte. »Mama, können sie Ihnen und Papa so etwas wirklich antun?«

»Ich glaube nicht – nein. Ich weiß nicht genau, wer dieser Genosse Trotzki ist. Aber Herr Kerenski, der jetzt auch glücklicherweise zum Ministerpräsidenten der Regierung gewählt worden ist, will, daß wir außer Landes gehen. Er sorgt schon dafür – und auch für unsere Sicherheit, solange wir noch hierbleiben müssen. Das hat er Papa und mir zugesagt.«

Alexandra griff nach ihrem Stock und wandte sich zur Tür. »Wo ist Papa hingegangen? Weißt du es, Herzchen?«

»In die Bibliothek, glaube ich. Ich bin ja gleich hinter ihm hergelaufen, aber er ging ziemlich schnell, so daß ich ihn nicht mehr eingeholt habe. Ich habe nur noch gehört, wie er eine Tür hinter sich zugemacht hat.«

»Dann werde ich jetzt zu ihm gehen«, sagte Alexandra Fjodorowna. »Vielleicht sucht er ein Buch heraus, aus dem er uns heute abend nach dem Essen etwas vorliest.«

»Ich komme mit!« rief Anastasia. »Und obwohl ich es schrecklich langweilig finde, wenn Papa uns vorliest oder uns in russischer Geschichte unterrichtet, wie er es seit unserer Gefangenschaft tut, so meine ich doch, daß es ihm Freude macht, und darum dürfen wir uns nicht davor drücken.«

Swetlana vollführte die vorgeschriebene Verneigung, als die Zarin an ihr vorbeiging, und Alexandra blieb stehen. »Lassen Sie das doch, meine Liebe. Es ist nicht mehr aktuell, sich vor der Bürgerin Romanowa zu verbeugen.«

Sie fand Nikolaus tatsächlich in der Bibliothek, wo er in einem Buch blätterte. »Was meinst du, Alix?« fragte er. »Soll ich den Kindern aus ›Tartarin de Tarascon‹ vorlesen, natürlich in der französischen Fassung?«

Alexandra trat hinter ihn. »Warum nicht? Die Mädchen

sprechen zwar ein leidliches Französisch, aber es sollte weiterhin geschult werden.«

Anastasia zog einen Flunsch. »Wozu muß man eigentlich immerfort lernen?«

Ihr Vater legte den Arm um ihre runden Schultern. »Weil wir dafür unseren Verstand bekommen haben. Er muß ständig geschult werden, Kobold, sonst rostet er ein.«

Sie wollte zu einer Entgegnung ansetzen, doch ihre Mutter kam ihr zuvor. »Laß mich mit Papa ein Weilchen allein, ja? Wir kommen später zu dir und Aljoscha. Ihr könnt ja inzwischen mit Joy in den Park.«

Als das junge Mädchen gegangen war, wandte sich die Zarin wieder ihrem Mann zu. »Anastasia hat mir erzählt, was vorhin passiert ist. Welch ein Affront gegen dich! Aber mach dir darum nicht das Herz schwer. Es ist nicht dein ganzes Volk, das so denkt, sondern nur eine Handvoll Verblendeter, Aufgehetzter ...«

»Und selbst wenn es das ganze Volk wäre«, entgegnete er und zog sie an sich. »Es wäre mir nicht so wichtig wie deine und der Kinder Liebe.«

»Ach, Nicky, woher nimmst du nur die Kraft, dies alles auszuhalten? Du leidest nicht allzu sehr, nicht wahr?«

»Nein, nicht allzu sehr. Gott hat mir diese neue Last auferlegt, aber er hat dafür vieles hinweggenommen, was mich beschwert hat. Niemand weiß das besser als du, mein Herz. Im übrigen bist du nicht weniger tapfer als ich. Du klagst nicht, du weinst nicht, sondern bist immer bemüht, uns allen eine zuversichtliche Miene zu zeigen. Dafür liebe ich dich um so mehr.« Mit einem Lächeln fügte er hinzu: »Falls das überhaupt möglich ist.«

Sie waren trotz allem, was geschehen war, immer noch voller Hoffnung, daß bald eine Wende zum Besseren eintreten würde. Dies aber war die Wirklichkeit:

Kerenski hatte, sehr zur Zufriedenheit der Alliierten, den Krieg fortgesetzt. Doch nach einem anfänglichen Sieg der Russen bei Tarnopol, wo ein Vorstoß über die österreichischen Linien hinaus gelang, folgten wiederum Niederlagen und Rückzüge.

»Umsonst, nur zur Befriedigung ihres unsinnigen Ehrgeizes, hat die provisorische Regierung Tausende guter russischer Männer in den Tod geschickt«, empörten sich die Bolschewiken auf Flugblättern, in ihrer Parteizeitung ›*Prawda*‹, bei den Versammlungen der inzwischen überall gegründeten Arbeiter- und Soldatensowjets.

Gleichzeitig richteten sie eine Botschaft an alle kriegführenden Nationen, in der sie die Beteiligten zu einem sofortigen annexionslosen Frieden aufforderten. Das für die ganze Welt gelten sollende Leninsche Schlagwort: »Proletarier aller Länder, vereinigt euch!« ging von Mund zu Mund und Land zu Land. Hatte er nicht recht, dieser Lenin, wenn er so etwas verkündete? Die große Masse der Besitzlosen, weltweit geeint, was könnte sie alles bewirken! Für das große Heer derer, die in Armut geboren waren und in Armut sterben würden, gab es keinen Kriegsgewinn, auf keiner Seite. Waren sie nicht alle nur Brüder im großen Elend? Warum sollten sie dann aufeinander schießen?

In Rußland gewann Lenin immer mehr an Boden, vor allem bei den Bauern, die sich bisher wenig um politische Belange gekümmert hatten. Welch eine Perspektive bot sich ihnen auf einmal durch die Ziele der Bolschewiken! Das Land der Goßgrundbesitzer und Kulaken einfach in Besitz nehmen, die Herrenhäuser zerstören, ihre Eigentümer davonjagen, um dann selbst die Acker und das Weideland zu bewirtschaften, so daß es endlich einmal zum Leben und für ein klein wenig Sicherheit reichte ... Was für eine Aussicht!

Überall im Land kam es zu Brandschatzungen, Ausschreitungen, Morden. Die Bauern rotteten sich zusammen, zündeten Gutshäuser an, erschlugen, wer ihnen Widerstand leistete, und nahmen auf diese Weise Rache für ihr bisheriges erbärmliches Dasein.

Sie kamen auch nach Kowistowo in der Provinz Kiew, dem Landgut der Grafen Lasarow. Und Wera Karlowna Lasarowa, die Mutter von Swetlana, wurde eines ihrer Opfer.

Wera Karlowna, seit einiger Zeit ans Bett gefesselt und wirr im Kopf, ein Pflegefall für ihre Bediensteten, die sie waschen, füttern und ihr gelegentliches, durch Mark und Bein gehendes Weinen ertragen mußten, eine alte Frau, die meist nicht mehr wußte, wer sie war, und in ihren seltenen wachen Momenten nach ihrem Sohn Jurij und ihrer Tochter Irina jammerte, wurde von den Aufrührern aus ihrem Schlafzimmer brutal die Treppe hinuntergezerrt und in der Halle des Herrenhauses mit Äxten und Sensen buchstäblich in Stücke gehackt.

Swetlana erfuhr vom Tod ihrer Muter in Zarskoje Selo. Der Brief von Weras Verwalter Schterenko, der den Aufständischen entkommen war, erreichte sie zwar zensiert und mit mehreren unleserlich gemachten Stellen. Trotzdem entnahm Swetlana daraus, was geschehen war. Nach Wera Karlownas Tod hatte man Kowistowo angezündet, und es war bis auf die Grundmauern niedergebrannt.

»Ich habe meine Mutter seit langem nicht mehr geliebt, und manchmal habe ich sie sogar verachtet«, sagte Swetlana zu Rodja. »Du weißt, warum. Aber sie war trotz allem meine Mutter, und ein solches Ende ist entsetzlich. Meine arme, törichte Mama ...« Sie begann zu weinen, und Rodja umarmte sie.

»Du mußt das vergessen«, bat er. »Und bitte, male dir keine Einzelheiten aus.«

Sie nickte stumm. Der Haß war so groß geworden in Rußland. Er konnte auch sie hier noch treffen. »Meinst du, wir schaffen es, dies alles zu überleben?« fragte Swetlana nach einer Weile, und Rodja senkte den Kopf.

»Wir können nur hoffen und beten.«

»Ich habe Angst um Toska«, sagte sie gepreßt.

»Ich auch. Aber es gibt keine Möglichkeit, das Kind fortzuschicken. Wir müssen gemeinsam dem hier entgehen – oder sterben.«

Am nächsten Mittag während des Essens sagte Zar Nikolaus betont beiläufig in der Hoffnung, seiner Nachricht dadurch das Gewicht zu nehmen: »Mein Vetter, der englische König, hat dem Druck seines Premierministers Lloyd George und seines Kabinetts nachgegeben. In den englischen Regierungskreisen besteht die Befürchtung, daß unsere Aufnahme in England dort zu ernsthaften Unruhen unter der Bevölkerung führen könnte. Darum sieht man sich leider außerstande, uns in Großbritannien Asyl zu gewähren.«

Swetlana sah, daß die Zarin mit den Tränen kämpfte. Aber sie würgte sie hinunter und wandte sich an ihre Kinder. »Nun, ihr hattet ja ohnehin keine große Lust, nach England zu gehen. Darüber müßt ihr euch nun keine Gedanken mehr machen.«

»Aber der englische König ist doch unser Verwandter! Wäre er dann nicht verpflichtet, uns zu helfen?« wandte Alexej ein.

»Ich hätte ihn im umgekehrten Fall aufgenommen«, sagte Nikolaus, »egal, welche Schwierigkeiten sich daraus ergeben hätten. Trotzdem müssen wir uns klarmachen, daß andere Menschen anders reagieren.«

Swetlana, die neben Rodja saß, blickte die Zarenkinder an. Empörung und Mitleid erfüllten sie. Aber angesichts der Gefaßtheit von Nikolaus und Alexandra unterdrückte sie jeden zornigen Kommentar. Sie dachte nur sehr deutlich: Es sind Ratten, die das sinkende Schiff verlassen.

Kerenski hatte noch vor dem Zarenpaar erfahren, daß

es für die Gefangenen von Zarskoje Selo nun offenbar keine Möglichkeit mehr gab, das Land zu verlassen. Und auch er selbst konnte nicht mehr für ihre Sicherheit garantieren.

Er war nicht mehr der starke Mann der ersten Stunde. Die Gefahr eines bolschewikischen Umsturzes war in den letzten Monaten ins Unermeßliche gewachsen, und in diesem Fall würde die Volkswut nicht vor den Romanows und den wenigen, die bei ihnen geblieben waren, Halt machen.

Unter der Herrschaft von Nikolaus II. und als Abgeordneter der Duma war Kerenski ein leidenschaftlicher Gegner des Zaren gewesen. Doch seit er Nikolaus und seine Familie persönlich kennengelernt hatte, war ihm klargeworden, daß er es nicht mit einem grausamen, rücksichtslosen Autokraten zu tun hatte, sondern mit einem Mann, der in seinem persönlichen Unglück eine unglaublich respekteinflößende Haltung bewies.

Auch Alexandra Fjodorowna verdiente diesen Respekt. Alles Wirre, Hysterische, Herrschsüchtige war von ihr abgefallen. Sie war sanft und still geworden, eine Frau, die sich um Mann und Kinder sorgte, ihnen aber gleichzeitig immer wieder Mut zusprach. Sie alle versuchten so zu leben, als ob es keine bewachten und verschlossenen Portale in Zarskoje Selo gäbe, keine Soldaten, die ihnen auf Schritt und Tritt folgten und ihre Gespräche mithörten, kein höhnisches Gelächter, wenn sie vorübergingen, und keinen bösartigen Spott.

Man hatte ihnen einen abgetrennten Teil des Parks zugewiesen, in dem Nikolaus einen Garten angelegt hatte. Dort hatte er die Erde umgegraben, gesät und gepflanzt, und seine Kinder hatten ihm dabei geholfen. Die beiden Ältesten besuchten nicht mehr den Schulunterricht, den Monsieur Gilliard täglich für Anastasia und Alexej abhielt. Aber wenn Nikolaus allabendlich den Seinen vorlas oder ihnen etwas aus der russischen Geschichte erzählte, saßen sie dabei, und manchmal musizierten sie auch gemeinsam.

So war es auch an jenem Juliabend, als Kerenski aus Petrograd nach Zarskoje Selo kam.

Er hörte Klavierspiel und Gesang, aber beides brach ab, als Oberhofmeister Graf Benckendorff den Besucher meldete. Kerenski betrat den Salon, der der Zarenfamilie seit dem Umsturz als Wohnraum diente, und grüßte kurz in die Runde. Dann bat er den Zaren um ein Gespräch unter vier Augen.

Nikolaus, wie zumeist in einem indessen recht abgetragenen Uniformrock, bat ihn in die Bibliothek. Er wirkte beunruhigt, und das verstärkte sich noch, als er einen Blick in Kerenskis angespanntes Gesicht warf. »Was bringen Sie mir, Alexander Fjodorowitsch?« fragte der Zar. »Sie sehen aus, als seien es keine guten Nachrichten.«

Ein kleiner Muskel zuckte in Kerenskis linker Wange. »Wie man's nimmt, Oberst Romanow. Daß Ihrem Asylersuchen in England nicht stattgegeben wurde, wissen Sie bereits, und ich hoffe, Sie glauben mir, daß mir selten eine Mission schwerer gefallen ist, als Ihnen diese Nachricht zukommen zu lassen.«

»Ich weiß es«, sagte Nikolaus beinahe herzlich. »Ich habe es Ihrer Stimme am Telefon angemerkt. Und was gibt es nun?«

»Sie werden von dem kürzlichen Putschversuch der Bolschewiki, die sich inzwischen ›Kommunistische Partei‹ nennen, erfahren haben«, begann Kerenski zögernd. »Diesmal ist es gelungen, ihn niederzuschlagen. Aber ich bin nicht sicher, ob das auch in Zukunft möglich ist. Dieser Lenin mit seinen Parteigenossen ist sehr erfolgreich. Überall im Land haben Neuwahlen zu den Arbeiter- und Bauernsowjets stattgefunden, bei denen die Kommunisten enormen Zulauf hatten. Kurz und gut – ich weiß nicht, ob die provisorische Regierung solange an der Macht bleibt, um die Wahl zu einer verfassunggebenden Versammlung nach freiheitlichen, demokratischen Grundsätzen zu garantieren. Ich werde darum kämpfen, doch es ist möglich, daß ich unterliege. Darum halte ich es für eine vernünftige Vorsichtsmaßnahme, Sie, Ihre Familie und Ihre Begleitung an einen anderen Ort zu bringen, um sie vor Repressalien zu schützen. Das Schicksal Rußlands ist im Augenblick sehr ungewiß – und damit auch das Ihre.«

»Und wohin wollen Sie uns bringen lassen?« fragte Nikolaus mit blassen Lippen.

»Darüber möchte ich Stillschweigen bewahren. Je weniger Menschen wissen, wo Sie sind, um so besser ist es. Auf jeden Fall bereiten Sie sich bitte auf einen mehrmonatigen Aufenthalt vor – und nehmen Sie warme Winterkleidung mit.«

Sibirien, dachte Nikolaus. Natürlich ... Das Land, wohin seit Generationen die russischen Zaren ihre Gegner verbannt haben. Welch eine Ironie des Schicksals, daß man nun auch einen gestürzten Zaren dorthin bringt! Oder ist es eine Art ausgleichender Gerechtigkeit?

Er blickte Kerenski an und entdeckte Sympathie und Mitgefühl in dessen Augen. »Tun Sie, was Sie für notwendig erachten«, sagte Nikolaus mit dem gewinnenden Lächeln, das ihn seit jeher befähigt hatte, Menschen für sich einzunehmen. »Ich vertraue Ihnen, mein lieber Alexander Fjodorowitsch.«

Zum ersten Mal deutete Kerenski eine knappe Verbeugung vor dem Mann an, den er so viele Jahre hindurch als Rußlands größten und auch seinen persönlichen Feind angesehen hatte. »Seien Sie versichert, daß ich alles tun werde, um Sie und die Ihren vor Schaden zu bewahren.«

Er ging, ein Mann, der vielleicht zum ersten Mal in seinem Leben begriffen hatte, wie leicht die Ereignisse einen Menschen überrollen konnten – sei er nun im Zarenpalast geboren oder durch historische Umwälzungen an die Spitze eines Riesenreiches katapultiert worden. Beide konnten sie in einen Abgrund stürzen, der sie zerschmetterte.

Es war in den Abendstunden des 31. Juli, als sich die Zarenfamilie im Roten Saal des Alexander-Palais' einfand. Bei ihnen waren ein paar Bedienstete, Fürst Basil Dolgorukij, Leibarzt Botkin, Pierre Gilliard, Swetlana und Rodja mit ihrer Tochter, der Matrose Nagorny, sowie die Ehrendamen Anastasia Hendrikowa und Sophie Buhoeveden. Anna Wyrubowa war bereits vor einigen Wochen mit etlichen anderen abgeholt und in ein Petrograder Gefängnis gebracht worden.

Man hatte den Gefangenen gesagt, daß sie gegen Mitternacht abfahrbereit sein sollten. Und so hatten sie ihre Sachen gepackt – Kleider, Mäntel, vor allem warme, wie man ihnen empfohlen hatte, und wertvollen Schmuck, den man irgendwann veräußern konnte, falls die provisorische Regierung nicht mehr in der Lage war, für ihren Lebensunterhalt aufzukommen.

Jedes der Zarenkinder trug eine Schatulle bei sich, in der die kostbarsten Stücke aufbewahrt wurden. Und natürlich hatten sie auch ihre heiß geliebten Haustiere nicht zurückgelassen. Joy, der kleine Spaniel des Zarewitsch, lag zusammengerollt auf Olgas Schoß, und Anastasia hatte den Pekinesen Jimmy im Arm.

Tatjana, die zweitälteste Zarentochter, hatte Toska ihrer Mutter abgenommen, als die Anderthalbjährige lauthals zu schreien begann, weil die Priester der Znamenia-Kirche in den Roten Saal kamen, um die Abreisenden mit ihren Gebeten und Gesängen zu verabschieden.

Auch Kerenski war erschienen. Er war nervös, weil der Aufbruch sich verzögerte. Die Lastwagen, die das Gepäck und die Wachmannschaften befördern sollten, standen noch nicht bereit, und auf dem Alexandrowski-Bahnhof in Petrograd weigerten sich die Eisenbahner, die beiden vorgesehenen Züge abfahrbereit zu machen.

Das stundenlange Warten zermürbte. Alexej und Toska waren eingeschlafen, die Zarentöchter unterhielten sich leise, aber man sah ihnen an, wie schwer ihnen ums Herz war. Ihnen war Zarskoje Selo der Hort ihrer Kindheit und Jugend gewesen, ein Ort, an dem sie glücklich gewesen waren, und der Abschied schmerzte.

Nikolaus ging von einer zur anderen, umarmte sie, strich ihnen über das Haar und sprach ihnen Mut zu. »Wir fahren nach Osten, und das bedeutet, in Richtung der japanischen Grenze. Von dort werden wir vielleicht doch noch ausreisen können.«

»Ja, Papa«, antworteten die Mädchen. »Sicherlich haben Sie recht.« Aber man sah ihnen an, daß sie selbst nicht an diese Möglichkeit glaubten.

Es wurde fünf Uhr morgens, bis man die Zarenfamilie und ihre Begleitung zum Alexandrowski-Bahnhof brachte. Die beiden Züge, die sie aus Petrograd fortbringen sollten, waren als japanische Rote-Kreuz-Züge gekennzeichnet. Ein Geleitschutz von 327 Soldaten und sieben Offizieren begleitete die Reisenden.

Zarin Alexandra weinte, als sie auf den Bahnsteig kam. Swetlana sah es und eilte zu ihr. »Ich bitte Sie, Majestät«, sagte sie laut genug, daß die umstehenden Soldaten ihre Worte verstehen konnten, »beruhigen Sie sich. Dies darf einfach kein Abschied für immer sein. Eines Tages werden Sie hierher zurückkehren.«

Die Zarin blickte sie an, und sie erkannte in Swetlanas Augen, daß sie ebenfalls am liebsten geweint hätte. Die Ungewißheit, der sie entgegenfuhren, peinigte sie. Aber sie hatte Rodja, ihren Mann, und Toska, ihr Kind, bei sich. Das war der einzige Trost, der ihr in diesen Stunden zuteil wurde.

Rodja trug Toska auf dem Arm. Das Kind schlief immer noch, den Kopf an seine Brust gelegt. Es erwachte nicht einmal, als sie den ersten Zug bestiegen. Mit dem zweiten fuhren die Soldaten, die wie schon in Zarskoje Selo von Oberst Kobylinski befehligt wurden. In den Waggons war es stockfinster, keine Lampe brannte, und die Fenster waren mit Brettern vernagelt.

Jemand zündete Streichhölzer und dann eine Kerze an, so daß sie sich über den Gang zu den einzelnen Abteilen tasten konnten. »Nimm du das Kind«, sagte Rodja und drückte seiner Frau die schlafende Toska in die Arme. »Ich kümmere mich um unser Gepäck.«

Ein paar Dienstboten durften die Zarenfamilie begleiten. Den anderen war diese Vergünstigung untersagt worden.

»Ich bin ja allerhöchstens ein verdammter Bourgeois«, hatte Rodja zu scherzen versucht, als Swetlana ihm sagte, daß sie ohne persönliche Diener reisen würden. »Und daher gewöhnt, für mich selbst zu sorgen. Für dich, meine schöne Hochwohlgeborene, wird es etwas schwieriger werden, ohne Zofe, Kinderfrau und dergleichen auszukommen. Aber da du intelligent bist und noch jung genug, um lernfähig zu sein, werden wir dieses herbe Los sicherlich gemeinsam bewältigen.«

Lieber, guter Rodja ...

Während Swetlana sich in einem Zugabteil darum kümmerte, daß Toska auf einer leidlich bequemen Polsterbank weiterschlafen konnte, hörte sie draußen plötzlich ihren Namen rufen.

Es waren Xenia und Pjotr, die an den Waggons entlang rannten.

Xenia arbeitete immer noch als Ärztin im Lazarett von Zarskoje Selo, und Pjotr, indessen genesen, hatte ebenfalls seinen Dienst dort aufgenommen.

Sie fiel ihrer Schwester um den Hals, als diese, durch die

Rufe alarmiert, noch einmal auf den Bahnsteig getreten war. »Wir haben erst in letzter Minute erfahren, daß man euch fortbringt. Ich kann euch gar nicht sagen, wie oft wir zuvor versucht haben, mit euch in Verbindung zu kommen. Aber wir durften nicht mit euch telefonieren, geschweige denn euch besuchen, und unsere Briefe sind vermutlich auch nicht in eure Hände gelangt.«

Swetlana nickte. »Wir haben nie ein Lebenszeichen von euch erhalten. Xenia, Liebes, wie geht es dir?«

Ihre Schwester runzelte die Brauen. »Das sieht dir ähnlich: zuerst nach uns zu fragen! Wie soll es uns gehen? Wir arbeiten, und vermutlich werden uns auch die Bolschewiken nicht daran hindern, weil wir allen Seiten nützlich sind. Ach, Swetlana, ich bin ganz krank vor Sorge um dich. Mußt du dein verdammtes Zarenpaar tatsächlich begleiten? Das ist doch Irrinn!«

»Nein«, sagte Swetlana sanft. »Das ist Loyalität – oder meinetwegen auch Charakter, falls dir das nicht zu hochtrabend klingt.«

»Es klingt idiotisch!« schrie Xenia, und über ihre Wangen liefen Tränen. »Habt ihr euch denn nicht klargemacht, worauf ihr euch damit einlaßt?«

»Doch.« Swetlana küßte sie auf beide Wangen. »Es tut uns leid, wenn wir euch dadurch Kummer bereiten. Aber vielleicht bin ich doch ein wenig Papas Tochter, obwohl er mich mit seinem Starrsinn oft genug bis zur Weißglut gereizt hat. Alles ist besser als Opportunismus, zu dem du, wie ich weiß, ebensowenig Talent wie dein Pjotr hast. Also gestehe auch bitte Rodja und mir zu, daß wir unser Mäntelchen nicht nach dem Wind hängen.«

»Aber es ist Irrinn!« wiederholte Xenia schluchzend. »Ihr opfert euch für eine Sache, die längst verloren ist. Denkt ihr denn gar nicht an Toska?« Sie umfaßte Swetlanas Schultern. »Ich bitte euch, verlaßt dieses sinkende Schiff. Noch könnt ihr es, indem ihr euch weigert, in diesen verdammten Unglückszug zu steigen. Rettet euch – und rettet Toska!«

»Glaubst du, wir hätten das nicht in vielen Tagen und Nächten miteinander besprochen?« Swetlana wischte ihrer Schwester die Tränen ab. »Du und Pjotr habt ja auch für das geradegestanden, was ihr für richtig hieltet. Sollen wir das nicht tun?«

»Aber ihr habt ein Kind!« schrie Xenia. »Begreifst du nicht, daß ihr dafür die Verantwortung tragt?«

Rodja hatte die beiden Frauen entdeckt und war neben sie getreten. »Natürlich«, sagte er nun und legte Xenia den Arm um die Schultern. »Ich verstehe, wie dir zumute ist. Aber du mußt auch uns verstehen. Ich denke, daß Toska dies alles auf jeden Fall überleben wird. Und ich denke weiterhin, daß du und Pjotr dann für sie da sein werdet – falls wir nicht mehr dazu in der Lage sind. Dann wirst du unserer Kleinen erzählen können, daß sie Eltern hatte, die den Mut besaßen, gegen den Strom zu schwimmen – genau wie du und Pjotr in der Zeit vor dem Umsturz.« Er küßte sie auf beide Wangen. »Nicht wahr, du wirst dich um unsere Kleine kümmern, wenn wir es nicht mehr können?«

»Natürlich werde ich das, du Idiot!« schluchzte Xenia und umarmte auch ihn. »Aber ...«

Was sie sonst noch sagte, ging im Fauchen und Zischen der Lokomotiven unter. Rodja und Swetlana sprangen auf die Trittbretter ihres Waggons. Dort blieben sie stehen und winkten Pjotr Dobrowjew zu, der über den Bahnsteig gerannt kam, immer noch auf der Suche nach ihnen.

»Adieu, Pjotr!« rief Swetlana und klammerte sich an dem eisernen Haltegriff der Tür fest.

»Adieu!« rief er zurück und zog seine weinende Frau von der Bahnsteigkante. »Oder nein – auf Wiedersehen! Doswidanja!«

Der Zug fuhr an, und Rodja schob seine Frau von der

Plattform ins Innere des Wagens. »Doswidanja«, riefen sie beide, doch das Rattern der Räder und das Fauchen der Lokomotive verschluckten ihre Worte. Dampf hüllte die Zurückbleibenden ein. Der Zug rollte aus dem Bahnhof, und Swetlana umklammerte den Hals ihres Mannes.

»Doswidanja«, murmelte sie erstickt. »O Gott, schenke uns dieses Wiedersehen ...«

11. Kapitel

Am 4. August überquerten die beiden Züge den Ural, die Grenze zwischen Europa und Asien, und der Zar sagte beim Abendessen hoffnungsvoll: »Möglicherweise bringt man uns nach Wladiwostok und läßt uns per Schiff nach Japan ausreisen.«

Die Zarin nickte und lächelte ihm zu. »Das wäre wundervoll, Nicky.«

»Aber wir haben doch mit den Japanern Krieg geführt. Damals war ich noch ganz klein«, warf Alexej ein. »Bestimmt will man uns dort nicht haben.«

»Es wäre ja auch nur ein kurzer Zwischenaufenthalt. Von dort könnten wir weiterreisen.«

»Und wohin?« fragte der Dreizehnjährige.

Nikolaus hob die Schultern. »Das wird sich ergeben, sobald wir Rußland verlassen haben und wieder freie Menschen sind.«

Großfürstin Tatjana senkte den Kopf über ihren Teller. Ihre Lippen zitterten. Dann sprang sie plötzlich auf. »Bitte, entschuldigt mich ...« Mit einem kaum zu unterdrückenden Weinen stürzte sie aus dem Wagen, der mit einigen Tischen, Sesseln und Stühlen ausgestattet war und als Aufenthalts- und Speiseraum diente.

Die Zarin wollte ihr folgen, aber Olga sagte: »Bleiben Sie nur sitzen, Mama. Ich kümmere mich um sie.« Auch sie hatte Tränen in den Augen.

Die beiden jungen Mädchen kamen an diesem Abend nicht mehr zurück. Die Zarin bat die Gräfin Hendrikowa, nach ihnen zu sehen, und sie kam nach wenigen Minuten allein wieder. »Ihre Kaiserlichen Hoheiten sind bereits zu Bett gegangen«, meldete sie.

Tatjana und Olga teilten sich ein Schlafcoupé, und es war unschwer zu erraten, warum sie im Augenblick niemanden sehen wollten. Seit der Abdankung ihres Vaters und ihrer Gefangenschaft hatten sie sich mit einer für so junge Mädchen erstaunlichen Beherrschung zusammengenommen und aller Welt ein lächelndes Gesicht gezeigt. Aber seit dem Abschied von Zarskoje Selo fühlten sie sich entwurzelt, und sie hatten Angst. Sie glaubten nicht mehr an eine glückliche Wende ihres Schicksals, und der durch nichts begründete Optimismus ihres Vaters weckte Verzweiflung in ihnen.

In der Nacht liefen die beiden Züge in Tjumen ein. Dort wurde den Reisenden befohlen, auszusteigen. Man brachte sie mit dem Konvoi ihrer Bewacher zu einer Schiffsanlegestelle des Tobol-Flusses, wo drei Schiffe auf sie warteten.

Oberst Kobylinski, der Kommandeur der Wachsoldaten, hatte angeordnet, die Kais und Hafenanlagen militärisch abzuriegeln; das war erfolgt. Aber die Soldaten kümmerten sich herzlich wenig um seine Mahnung, man möge sich doch um Gottes willen beeilen. Die strenge Disziplin der zaristischen Soldaten war abgeschafft, und die Männer genossen es nach dem langen Eingepferchtsein im Zug, das nur von kurzen Pausen unterbrochen worden war, sich unter freiem Himmel bewegen zu können. Sie rauchten und unterhielten sich und schleppten das Gepäck mit provozierender Langsamkeit zu den Schiffen.

Das Schiff der Zarenfamilie hieß ›Rus‹. Die Nacht ging allmählich zu Ende, und im Osten kündigte ein heller, perlmutterfarbener Streifen am Horizont an, daß es bald Tag werden würde. Die Kabinen auf der ›Rus‹ – einem Schiff, das auch in Zarenzeiten den Tobol befahren hatte – waren vergleichsweise komfortabel. Von den Decks aus konnte man den weiten sibirischen Himmel und die endlose Steppe sehen, und bei den Reisenden kehrte ein zaghaftes Gefühl der Zuversicht ein.

Der neue Tag war sonnig und warm. Auch die Zarin genoß ihn unter einem Sonnensegel auf Deck und beobachtete mit einem entspannten Lächeln ihre Badminton spielenden Töchter und den Zarewitsch, der mit Toska, Nagorny und den Hunden herumtollte.

Am Mittag passierte die kleine Flotille Pokrowskoje, Rasputins Heimatdorf. Das Zarenpaar stand schweigend an der Reling. Nikolaus hielt Alexandras Hand. Er sah, wie sie die Lippen bewegte, und wußte, daß sie betete. Er glaubte auch ihre Worte zu ahnen.

»Hilf uns, du Heiliger, aus unserer Not. Sei du unser Fürsprecher, daß wir errettet werden.«

Er selbst betete nicht.

Die Stadt Tobolsk, am Zusammenfluß von Tobol und Irtysch gelegen, war die Endstation ihrer Reise. Sie erreichten sie am Nachmittag, und Oberst Kobylinski teilte der Zarenfamilie mit, daß die provisorische Regierung die ehemalige Gouverneursresidenz als Aufenthaltsort für sie bestimmt habe.

Allerdings befand sich das Gebäude in einem absolut desolaten Zustand. Die Räume waren voller Schmutz, etliche Fensterscheiben zerbrochen, und auch die Dächer schienen nicht mehr dicht. Eine Woche lang mußten Soldaten und Handwerker aus Tobolsk die Villa wieder bewohnbar herrichten, und solange blieben die Reisenden noch auf der ›Rus‹, wobei man ihnen allerdings gestattete, hin und wieder streng bewachte Spaziergänge am Ufer zu unternehmen.

Dann zog die Zarenfamilie in die Gouverneursvilla und ihre Begleitung in ein gegenüberliegendes Haus.

Oberst Jewgenij Kobylinski war ein loyaler Mann, dem die unerschütterliche Haltung von Nikolaus, Alexandra und ihren Kindern Respekt abnötigte. Darum versuchte er, ihnen den Aufenthalt in Tobolsk so weit wie möglich zu erleichtern. Freilich standen nach wie vor Wachtposten vor sämtlichen Eingängen und um den Zaun, mit dem man die beiden Häuser eingefriedet hatte. Zum Spazierengehen gab es nur einen kleinen Gemüsegarten und einen ebenfalls eingezäunten Hofraum.

»Eine erbärmliche Enge«, wie Anastasia einmal zu Rodja sagte, »wenn man die Parks der kaiserlichen Schlösser gewöhnt war.« Sie lachte und zuckte mit den molligen Schultern. »Aber dafür haben wir teilweise sehr interessante Wachtposten, und ich kann mich mit ihnen unterhalten, so oft ich will. Früher hätte man mir gesagt: ›Aber Kaiserliche Hoheit, das gehört sich nicht. Bitte mehr *contenance*!‹ Heute kümmert sich niemand darum, und das ist auch ein Vorteil, finden Sie nicht, Graf Masslejew?«

In der Tat konnte Anastasia stundenlange Gespräche mit ihren Bewachern führen und wußte bald alles über ihre Lebensumstände und ihre Besonderheiten. Sie saß dann meist auf dem Zaun, während ihr Vater mit Alexej und den drei anderen Mädchen im Garten Unkraut jätete, die Blumen goß und die Gemüsepflanzen hegte und pflegte.

Nikolaus liebte die Arbeit im Freien und die Beschäftigung mit der Natur. »Ich glaube, ich hätte einen ganz passablen Gärtner abgegeben«, sagte er lächelnd zu Swetlana und Anastasia Hendrikowa, die sich anboten, ihm beim Bohnenpflücken zu helfen. »Sehen Sie nur, wie prächtig meine Kürbisse und Gurken gedeihen.«

Auch den beiden Frauen machte diese einfache Arbeit eine gewisse Freude, vertrieb sie doch die Langeweile, unter der alle Gefangenen mehr oder weniger litten.

Sie erhielten kaum Nachrichten von der Außenwelt und keine Zeitungen außer dem Tobolsker Lokalblatt, das eine äußerst dürftige Informationsquelle war. Auch selbst Briefe zu schreiben, ergab wenig Sinn, weil niemand wußte, ob sie ihren Bestimmungsort erreichten. Und man konnte auch nicht ganze Nachmittage und Abende hindurch Gesellschaftsspiele spielen oder Puzzles legen.

Freilich, Swetlana hatte jetzt viel Zeit für ihre kleine Tochter, und Rodja malte wieder. Er fertigte Skizzen von der Gouverneursvilla an, von dem Haus, in dem sie selbst lebten, er zeichnete den Zaren beim Holzsägen und die Großfürstinnen, wie sie, über eine Handarbeit gebeugt, bei ihrer Mutter saßen.

In einem größeren Raum in der ersten Etage fanden einmal wöchentlich Gottesdienste statt, und Alexej, Maria und Anastasia absolvierten jeden Vormittag ihre Unterrichtsstunden bei Monsieur Gilliard und Mister Gibbs, der im September nach Tobolsk gekommen war, da man ihm gestattet hatte, der Zarenfamilie nachzureisen.

Auch Tatjana, die Tochter von Dr. Botkin, hatte die Erlaubnis erhalten, bei ihrem Vater zu leben.

Natürlich hatte es sich in der Umgebung herumgesprochen, wer mit seiner Familie in der Gouverneursvilla wohnte. Oftmals, wenn die Wachen sie nicht verjagten, spähten Leute durch die Lücken im Zaun, um einen Blick auf Nikolaus zu erhaschen. Hier, im fernen Sibirien, war er noch immer für viele ihr allergnädigster Zar, und wenn sie ihn zu Gesicht bekamen, wie er in seinem Soldatenmantel, eine Militärmütze auf dem Kopf, spazierenging, segneten sie ihn und schlugen das Kreuz über ihn.

In der Nähe gab es ein Kloster, und die Nonnen brachten selbstgebackene Kuchen, eingelegte Gurken und Kürbisse.

Bauern lieferten Milch, Butter und Eier ab, und sogar einige Tobolsker Kaufleute schickten Lebensmittel.

So flossen die Tage in scheinbarer Ruhe dahin, und wenn die Wachtposten nicht gewesen wären, hätte man sich manchmal fast einbilden können, in Sicherheit zu sein.

Aber dem war nicht so.

Nikolaus erfuhr erst am 15. November, was in den letzten Wochen in Petrograd, Moskau und vielen russischen Provinzhauptstädten geschehen war. Es war nach dem Frühstück, das der Zar gemeinsam mit Frau und Kindern und seinem Gefolge eingenommen hatte, als Jewgenij Kobylinski sich bei ihm melden ließ.

Der untersetzte Mann war hochrot im Gesicht und wirkte kurzatmig vor Aufregung. »Ich wollte sie nicht beunruhigen, Oberst Romanow« sagte er. »Und ich dachte immer noch, daß die Verhältnisse sich wieder ändern würden. Aber sie haben sich offenbar stabilisiert, und so müssen Sie nun die Wahrheit erfahren.«

Nikolaus und Alexandra waren aufgestanden. Sie hatte ihren Mann untergefaßt, und es sah aus, als stützten sie sich gegenseitig. Denn daß Kobylinski keine guten Nachrichten brachte, war sonnenklar. »Sprechen Sie, Oberst«, bat Nikolaus trotzdem mit ruhiger Stimme. »Was ist passiert?«

»Die provisorische Regierung ist gestürzt. Rußland ist in der Hand der Bolschewiki, Kerenski geflohen. Lenin und Trotzki sind die Herrscher über das Land.«

Wie Kobylinski weiter berichtete, waren Kerenski und seine Regierung von den Bolschewiki öffentlich zu Konterrevolutionären erklärt worden. Bereits am 7. Oktober war Lenin aus seinem finnischen Exil nach Petrograd zurückgekehrt und hatte seine Anhänger zur sofortigen Rebellion gegen das bestehende Regime aufgerufen. Deserteure von der Front, zusammengerottete Bauern und die sogenannten Roten Garden zogen durch das Land, plünderten, brandschatzten, hielten die lebenswichtigen Transportwege besetzt.

In einer letzten verzweifelten Aktion versuchte Alexander Kerenski, den Umsturz aufzuhalten, indem er einige Regierungstruppen in Petrograd zusammenzog, die bolschewikischen Zeitungen verbot und das indessen von Trotzki und Lenin zusammengerufene revolutionäre Soldatenkomitee verfolgen ließ.

Die Antwort der Revolutionäre erfolgte prompt. Tausende Matrosen und Soldaten, die sich den Roten Garden angeschlossen hatten, wandten sich nach Petrograd. Sie belagerten die Stadt, es kam zu heftigen Straßenkämpfen, und bald waren die wichtigsten Bahnhöfe, Post- und Telegrafenämter in bolschewikischer Hand. Dann marschierten die Revolutionäre auf das Winterpalais, den Sitz der Kerenski-Regierung. Einige Kriegsschiffe, ebenfalls in der Hand der Bolschewiken, lagen am Newa-Kai. Der Panzerkreuzer Aurora war der erste, der mit der Beschießung des Palastes begann. Die Kanoneneinschläge rissen riesige Breschen in die weiß-grün-goldene Fassade. Der Geschützdonner dauerte bis in die Nacht, während Einheiten der Roten Garden Sturmangriff auf Sturmangriff gegen die Tore der Palastanlage versuchten.

Sie wurden lediglich von einer Gruppe junger Offiziere und einem Frauenbataillon verteidigt. Alexander Kerenski hatte zu Beginn der Petrograder Belagerung versucht, mit den Kosaken unter Führung von General Krasnow die Revolutionäre zurückzuschlagen. Doch dies mißlang vollkommen, da auch die Kosaken fast geschlossen zu den Roten Garden überliefen. Kerenski flüchtete, und als die ersten Soldaten in den Winterpalast eindrangen, wußte niemand, wo er sich zur Stunde befand.

Der Kampf war entschieden, der einstige prachtvolle Sitz der russischen Zaren mit seinen Marmorsälen und -treppen, den kostbaren Intarsienböden und dem unsagbaren

Prunk an Gold, Edelsteinen, Gemälden und Mobiliar in den Händen der Revolutionäre. Die Minister der provisorischen Regierung, die sich noch dort aufhielten. wurden verhaftet und in die Peter-Paul-Festung gebracht, die wenigen Überlebenden des Frauenbataillons von den Siegern bespuckt, geschlagen und vergewaltigt.

Lenins und Trotzkis nächstes Ziel war Moskau, wo die bolschewikischen Garden sich erbitterte Kämpfe mit den jungen Offiziersanwärtern, den Kadetten, lieferten. Aber auch hier siegte nach zwei Wochen die rote Übermacht; Moskau wurde von den Bolschewiken besetzt. Andere Provinzstädte schlossen sich mehr oder weniger kampflos der Revolution an, und der neue Herrscher über Rußland hieß Wladimir Iljitsch Lenin.

Per Dekret ordnete er die Abschaffung allen Grundbesitzes ohne jede Entschädigung an. Ein Rat der Volkskommissare wurde gebildet, dessen Mitglieder sämtlich Bolschewiken waren, und Lenin wurde erster Vorsitzender. Arbeiterräte übernahmen die Leitung aller Fabriken, Volkstribunale verurteilten Konterrevolutionäre, Demokraten, Monarchisten, Bürger, deren einzige Schuld darin bestand, daß sie vermögend waren, ehemalige Linksintellektuelle, die sich von einer Revolution die Freiheit versprochen hatten und nun entsetzt erlebten, wie diese Freiheit zu einer Farce verkam.

Die Banken wurden verstaatlicht, und der Vielvölkerstaat Rußland wurde zu einer Sowjetunion zusammengefaßt. Die Gründung der Tscheka, der kommunistischen politischen Polizei, bewirkte, daß überall die Gefängnisse von Inhaftierten überquollen und tagtäglich Exekutionen stattfanden.

Lenins nächster Schritt war, Waffenstillstandsgespräche mit Deutschland aufzunehmen.

Und diese Tatsache war es, die Zar Nikolaus am meisten traf, mehr noch als der Umsturz. Mit bewunderungswürdiger Geduld hatte er alle Demütigungen und Entbehrungen der letzten Monate ertragen. Doch als er erfuhr, daß drei russische Parlamentäre der 5. Armee bei Dwinsk ins deutsche Lager entsandt worden waren, um eine erste Waffenstillstandsvereinbarung zu unterschreiben, brach er in Tränen aus. Er empfand es als nationale Schande, daß Rußland dem Feind den Frieden anbot. Und es belastete ihn weitaus mehr als die Befürchtung, daß die Machtergreifung der Bolschewiken auch für ihn und die Seinen schwerwiegende Folgen nach sich ziehen könnte.

Außerdem hoffte er immer noch in einem Winkel seines Herzens auf seine Befreiung. Sie war allerdings indessen nicht ganz ungerechtfertigt, diese Hoffnung.

Da gab es einen jungen Diakon der nahegelegenen Kirche, in der die Romanows seit einiger Zeit allsonntäglich die Messe besuchen durften, freilich unter strengster Bewachung und militärischer Absperrung des kurzen Weges, den sie dabei zurücklegen mußten. Wassiljew hieß der Diakon, und er kam neuerdings beinahe jeden Abend in die Gouverneursvilla, um mit den Gefangenen zu beten. Danach zog er sich oft mit Nikolaus und seinen beiden Adjutanten, Fürst Dolgoruki und General Tatistschew, die ihn nach Sibirien begleitet hatten, in ein Zimmer zurück, um mit ihnen zu sprechen. Bei dieser Gelegenheit hatte Bruder Wassiljew ihnen flüsternd eröffnet, daß sich in Tjumen dreihundert zarentreue Offiziere unerkannt aufhielten, die an einem Plan arbeiteten, die Gefangenen zu befreien. Sie nannten sich die ›Bruderschaft des heiligen Johannes von Tobolsk‹, und Bruder Wassiljew fungierte als ihr Verbindungsmann. Geldmittel für die Flucht seien ebenfalls vorhanden; treue Monarchisten hätten es irgendwie fertiggebracht, eine größere Summe nach Tjumen zu schaffen. Dort kümmere sich ein gewisser Boris Solowjow um alle notwendigen Schritte.

Der Name weckte bei der Zarin, die natürlich von ihrem

Gatten eingeweiht worden war, eine geradezu euphorische Stimmung. Sie kannte Solowjow aus Petrograd. Inzwischen hatte er Rasputins Tochter Maria geheiratet, und wenn er sich ihrer Sache annahm, konnte sie nur zum Erfolg führen.

Und dann kam im Februar ein neuer Stubenheizer in die Gouverneursvilla. Rysakow nannte er sich, Arkadij Iwanowitsch, ein mürrischer älterer Mann, dessen liebste Beschäftigung es war, sich über das adlige Blutsaugerpack vor den Wachsoldaten auszulassen. Er spuckte vor den Zarentöchtern aus, wenn sie ihre täglichen Spaziergänge in dem dick verschneiten Garten unternahmen, bedachte sie mit Schimpfworten und tat seine Arbeit in den Zimmern offenbar nur mit größtem Widerwillen.

Er heizte auch die Räume des Gefolges im gegenüberliegenden Haus. Es herrschte klirrender Frost, in den Nächten sank das Thermometer nicht selten auf 37 Grad minus, und auch tagsüber erwärmte sich die Luft kaum. Swetlana hatte dicke Wollsachen für Toska gestrickt, Monsieur Gilliard hatte aus der Stadt, in die er hin und wieder unter Bewachung gehen durfte, Fellstiefel für die Kleine mitgebracht, und auch die Erwachsenen zogen selbst im Haus Jacken und Mäntel, Wollstrümpfe und Handschuhe über ihre Kleidung. In allen Zimmern brannten die Öfen, aber es blieb trotzdem kalt, weil ein eisiger Steppenwind durch die Mauerritzen wehte.

Eines Morgens kam Arkadij Rysakow ungewöhnlich spät zu seiner Arbeit, und Swetlana sagte: »Ich fürchtete schon, Sie seien krank geworden, Herr Rysakow. Mein Mann hat bereits ein paar Armvoll Holz aus dem Schuppen geholt, aber wir werden gewiß noch mehr brauchen.«

»Frier dir doch den Arsch ab, du adlige Kanaille«, erwiderte er voller Gehässigkeit. »Unsereins hat das in jedem Winter erlebt, weil wir nie genug zum Heizen hatten.«

Sie waren allein, Rodja war mit Toska zur Gouverneursvilla hinübergegangen, wo die Zarenkinder unter der Mithilfe von Nagorny, ihren beiden Lehrern und sogar ein paar Wachsoldaten, einen Rodelberg zu bauen begonnen hatten. Alexej war selig darüber, sollte der Berg aus aufgetürmtem Schnee und darübergeschüttetem Wasser, das sofort zu Eis gefror, doch höher werden als jener, den er in jedem Winter in Zarskoje Selo hinuntergeglitten war.

Rysakow warf ein paar Scheite in den Kamin und ging zur Tür, um neue zu holen, ließ sie dabei aber offenstehen, so daß ein Schwall eisiger Luft hereinwehte.

Swetlana wollte die Tür hinter ihm schließen, doch er fuhr sie an: »Laß das bleiben, du Trampel! Oder denkst du, ich setze das Holz dauernd ab und klaube es wieder auf, um die verdammten Türen zu öffnen und zuzumachen. Hier sind keine Lakaien, die das für euch Gesindel alle Tage hundertmal getan haben.«

»Ich könnte es für Sie tun«, sagte Swetlana ruhig. Das hatte sie längst gelernt: Es hatte keinen Sinn, Unverschämtheiten und Anfeindungen mit gleicher Münze heimzuzahlen. Entweder man überhörte sie oder reagierte mit gelassener Höflichkeit. Allerdings fiel ihr das zunehmend schwerer, denn seit die Nachricht vom Umsturz nach Tobolsk gedrungen war, wurden auch ihre Bewacher mit jedem Tag provokanter. Die einzige Ausnahme bildeten die Scharfschützen des Vierten Regiments, die allesamt gutmütige, freundliche Burschen waren, und Oberst Kobylinski.

Rysakow warf Swetlana einen hämischen Blick zu. »Halt's Maul, du Dreckstück! Die Zeiten, wo du und deinesgleichen was zu sagen hatten, sind ein für allemal vorbei.« Er riß nun auch noch die Haustür auf, und seine grobe Stimme war weithin zu hören. »Jetzt sind wir es, die die Befehle ausgeben, und ihr habt zu kuschen! Wenn ich dir sage: Leck mir den Schnee von den Stiefeln, dann tust du's. Und wenn ich will, daß du mir einen Schnaps bringst, dann holst du ihn. Los, los, beweg dich, du faule Sau! Oder hast du nicht verstanden, daß du mir einen Wodka einschütten sollst?«

Er warf die Haustür wieder zu und kam Swetlana nach. Dabei brüllte er immer noch. »Sag: Sehr wohl, Euer Gnaden. Wie Euer Wohlgeboren wünschen.«

»Sehr wohl, Euer Gnaden«, wiederholte sie, während sie aus einem Schrank eine Flasche und ein Glas nahm. Und sie dachte: O Gott, hoffentlich hat Rodja nicht gehört, wie der Kerl mit mir umspringt. Rodja bringt es fertig, zurückzukommen und ihn niederzuschlagen ...

Rysakow warf sich in einen Sessel. »Komm her, du Adelshure. Mach einen Knicks, wenn du mir das Zeug gibst. Und dann leg noch mehr Holz auf, es ist wirklich saukalt hier.«

Man mußte es ihm lassen, er hatte eine gewaltige Stimme, dieser Arkadij Iwanowitsch Rysakow. Sie hallte auch jetzt noch nach draußen zu den Wachtposten am Zaun. Immerhin, der Rodelberg befand sich hinter der Gouverneursvilla, und so war es ziemlich unwahrscheinlich, daß Rodja das Geschrei hörte.

Swetlana schaffte es, daß ihre Hände nicht zitterten, als sie Rysakow das Schnapsglas reichte. »Bitte ...«

»Sehr zum Wohl, Euer Gnaden, heißt das!« brüllte er und zog im gleichen Moment einen Brief auf seiner Wolfspelzjacke, den er Swetlana in die Finger drückte. »Schnell, lassen Sie ihn verschwinden«, flüsterte er hastig. Dann wurde er wieder laut, belegte Swetlana mit den unflätigsten Beschimpfungen, verlangte noch mehr Wodka, bis er endlich, scheinbar angetrunken, aus dem Haus wankte. Bei Einbruch der Dunkelheit werde er wiederkommen, ließ er sie dazwischen flüsternd wissen. »Dann übergeben Sie mir Ihre Antwort. Jemand bringt sie nach Tjumen.«

Der Brief war von Xenia. Er war sehr lang, drei eng beschriebene Seiten, und enthielt als Wichtigstes die Nachricht, daß sich Swetlanas Schwester zur Zeit in Tjumen aufhielt.

›*Pjotr und ich haben die Tage des Umsturzes unbeschadet überstanden*‹, schrieb sie. ›*Und da auch das neue Rußland Ärzte braucht, wird man die ehemalige Lasarowa, die einen Bürgerlichen geheiratet hat, vermutlich auch in Zukunft unbehelligt lassen. Hinzu kommt, daß einige unserer Freunde aus der Studentenzeit seit Jahren der kommunistischen Partei angehören und zum Teil recht einflußreiche Positionen bekleiden. Dadurch haben wir auch in Erfahrung bringen können, wo Ihr Euch aufhaltet. Auch daß Jurij seinerzeit emigrieren mußte, weil er Ninas Bruder und damit die Narodniki unterstützt hat, war und ist hilfreich, nicht nur für Pjotr und mich, sondern auch für Dich, Rodja und Eure Kleine, wie ich hoffe.*

Immerhin habe ich dank meiner früheren Verbindungen den Auftrag erhalten, mit einer Ärztedelegation nach Sibirien zu reisen – offiziell, um hier den Stand der medizinischen Versorgung zu untersuchen und entsprechende Verbesserungsvorschläge auszuarbeiten. Unsere letzte Etappe ist Irkutsk. Wie lange ich in Tjumen bleiben werde, weiß ich nicht genau, aber Arkadij Rysakow, der mir bereits in Petrograd empfohlen wurde, gehört zu einer Gruppe von Monarchisten, deren Ziel es ist, die Zarenfamilie und Euch alle aus Tobolsk zu befreien. Einer ihrer Anführer dürfte Euch bekannt sein: Leutnant Boris Nikolajewitsch Solowjow, ein Schwiegersohn Rasputins. Du kannst Rysakow in allen Dingen vertrauen. Gib mir durch ihn Antwort, er hat Verbindungsleute, die Deinen Brief weiterleiten und wissen werden, wo ich mich gerade aufhalte.‹

Xenia schrieb noch, daß sie in die Einzelheiten der geplanten Befreiungsaktion nicht eingeweiht sei, sie seien im Grunde auch unwichtig. Hauptsache, es geschähe etwas.

›*Durch Rysakow werdet Ihr Nachricht erhalten, sobald alle Vorbereitungen abgeschlossen sind. Haltet Euch auf jeden Fall bereit*‹, schloß der Brief. ›*Ich umarme Dich, meine liebe Schwe-*

ster, in der Hoffnung, Dich irgendwann einmal frei und gesund wiederzusehen.‹

Swetlana weinte und küßte den Brief. Sie drückte ihn an ihre Brust und mußte an sich halten, nicht auf der Stelle zu Rodja und der Zarenfamilie zu laufen, um sie darüber zu unterrichten. Aber das wäre zu gefährlich gewesen. Statt dessen warf sie Xenias Brief ins Feuer, nachdem sie ihn noch mehrere Male gelesen und sich alle Einzelheiten eingeprägt hatte.

Am Abend erschien Rysakow wieder, wie gewohnt mit finsterer Miene und bereit, herumzubrüllen. Toska war schon zu Bett gebracht worden, aber sie erwachte, als er in ihre Schlafkammer stapfte, um auch dort das Feuer im Ofen zu schüren und dicke Holzkloben nachzulegen. Prompt begann die Kleine zu weinen, als sie seine laute grobe Stimme hörte, und Swetlana nahm sie auf den Arm. »Sei ruhig, mein Herzchen. Gleich kannst du weiterschlafen.«

Rysakow spuckte auf den Boden. »Sorg dafür, daß das Hurenbalg still ist. Ich kann plärrende Hosenscheißer nicht ausstehen!« Er streckte die Hand aus, und Swetlana zog blitzschnell ihren Antwortbrief aus der Tasche ihres Mantels.

»Bäh-bäh-bäh!« äffte Rysakow Toskas Geschrei nach. »Bring sie raus und setz sie mit dem Hintern in den Schnee, das wird sie abkühlen!« Gleichzeitig ließ er den Brief in seiner Felljacke verschwinden.

Fluchend und schimpfend polterte er noch eine Weile durch das Haus, um auch die Kamine in den Räumen der anderen Bewohner zu heizen, ehe er endlich ging.

Anastasia Hendrikowa, der er zuletzt einige Unflätigkeiten an den Kopf geworfen hatte, kam weinend zu Swetlana. »Dieser Unmensch! Kann er uns nicht in Ruhe lassen! Was haben wir ihm denn getan?«

»Irgend jemand, der zu unserer Gesellschaftsschicht gehört, wird ihm wohl etwas getan haben«, erwiderte Swetlana. »Unglücklicherweise müssen wir dafür büßen. Versuchen Sie einfach, seine Ausbrüche zu ignorieren, meine Liebe.«

Sie hatte außer Rodja nur das Zarenpaar über Xenias Brief informiert. Sie waren übereingekommen, vorläufig zu keinem anderen davon zu sprechen. Dazu war immer noch Gelegenheit, wenn ihre Flucht bevorstand.

Und dann begann die Zeit des Wartens. Rysakow kam alle Tage, um die Zimmer zu heizen, aber wenn Swetlana ihm einen fragenden Blick zuwarf, brüllte er nur in seiner üblichen Art: »Glotz mich nicht so an, du dämliche Kuh! Oder habe ich eine grüne Nase gekriegt?«

Die Ungewißheit zerrte an den Nerven. War die Verschwörung entdeckt worden? Hatte man Xenia, Solowjow und wer sonst noch daran beteiligt war, verhaftet? Warum kam kein Lebenszeichen mehr von Xenia?

Hinzu kam, daß sich die Lebensbedingungen der Gefangenen verschlechterten. Vor der Machtergreifung der Bolschewiki war die provisorische Regierung für ihren Unterhalt aufgekommen. Nun mußten sie selbst dafür sorgen, indem sie Schmuck und andere Wertgegenstände veräußerten. Durch die Enteignung ihrer Besitzungen und die Verstaatlichung der Banken waren ihre Geldquellen versiegt. Aber diese Einschränkungen waren nicht das Schlimmste.

Viel schlimmer waren die zunehmenden Übergriffe ihrer Bewacher.

Die bolschewikische Propaganda hatte in diesem Winter auch das ferne Sibirien und damit das Wachkommando von Tobolsk erreicht. Es waren allesamt arme Teufel, die zum größten Teil im Krieg gekämpft hatten, ehe sie als Wachen für die Zarenfamilie abkommandiert worden waren. Der Prunk, den sie in Zarskoje Selo gesehen hatten, hatte sie zunächst mit sprachloser Bewunderung erfüllt. Daß es so etwas überhaupt gab – soviel Schönheit und Reichtum! Und alles gehörte nur einer kleinen Handvoll Menschen, denen es bereits in die Wiege gelegt worden war.

Die meisten Soldaten kamen vom Land, und selten waren die Zeiten so gewesen, daß sie sich immer hatten satt essen können. Auch in den Schützengräben hatten sie gehungert und gefroren; darum war es ihnen zunächst wie der Himmel erschienen, als sie nach Zarskoje Selo abkommandiert wurden.

Es sei ihre Aufgabe, für die Sicherheit der ehemaligen Zarenfamilie zu sorgen, hatte man ihnen gesagt, und im Lauf der vielen Monate, die man zusammen verbracht hatte, war sogar eine gewisse Vertrautheit zwischen Bewachern und Bewachten entstanden.

Erstaunt hatten die Soldaten festgestellt, daß Nikolaus kein grausamer, hochmütiger Herrscher war, sondern ein freundlicher, bescheidener Mensch. Er und seine Kinder unterhielten sich oft mit den Posten und spielten manchmal sogar mit ihnen ›Dame‹ oder ›Halma‹.

Die frühere Kaiserin freilich war anders; sie wirkte auf die Soldaten kühl und hochmütig, weil sie ihnen, soweit dies möglich war, aus dem Weg ging. Aber selbst dafür hatte man eine Entschuldigung gefunden: Die Bürgerin Romanowa war krank. Sie saß gelegentlich im Rollstuhl oder bewegte sich mühsam am Stock fort, und ihre Hände waren oft so geschwollen, daß sie nicht einmal mehr die Stricknadeln halten konnte, mit denen sie für ihre Familie Wollstrümpfe und Handschuhe strickte.

Doch nach der Oktoberrevolution änderte sich das Verhalten der Soldaten auf beängstigende Weise. Sie hatten ein Komitee gebildet, und distanzierten sich von dem ›Romanow-Pack‹. Die Revolution hatte die Verhältnisse umgekehrt; jetzt waren die einstigen Herren diejenigen, die man niederknüppeln durfte – und sie selbst, die ewig Benachteiligten, hatten die Macht übernommen.

Das Tobolsker Soldaten-Komitee beschloß, sich den Maßnahmen der Frontsoldaten anzuschließen und den Offizieren die Epauletten abzunehmen. Auch ›Oberst Romanow‹ und seine Adjutanten waren davon betroffen. »Weg mit den Schulterstücken!« hieß es. »Und wenn sich das Offiziersgesindel wehrt, reißt sie ihnen gewaltsam ab.«

Zähneknirschend fügte Nikolaus sich, um nicht neue Schikanen seiner Bewacher heraufzubeschwören.

Die Gefangenen mußten auch hinnehmen, daß man ihnen den Kirchgang wieder verbot. Und wozu brauchten die Kinder der ›Volksfeinde‹ einen Rodelberg, bei dessen Erbauung die Soldaten noch zu Beginn des Winters fröhlich mitgeholfen hatten?

Eines Tages wurde der Berg aus Schnee und spiegelndem Eis von finster dreinblickenden Soldaten mit Pickeln und Spaten, Äxten und anderen Gerätschaften buchstäblich in Stücke geschlagen. Es war eine Arbeit, die einen ganzen Tag in Anspruch nahm, denn obwohl es bereits März war, herrschten in Sibirien immer noch winterliche Temperaturen.

Alexej und seine beiden jüngsten Schwestern weinten, als sie das Zerstörungswerk mit ansahen. »Halt's Maul und heul nicht«, sagte einer der Soldaten grob zu Alexej, und man sah dem lebhaften Jungen an, daß er sich am liebsten auf den Mann gestürzt hätte. Erst als sein Vater den Arm um ihn legte und ihn fest an sich drückte, entspannte sich Alexejs verkrampfte Haltung, und er verbarg sein tränenüberströmtes Gesicht an Nikolaus' Uniformrock.

»Es ist ja wahr, Papa«, sagte Alexej später im Haus. »Wir dürfen ihnen keinen Anlaß bieten, daß sie noch gemeiner zu uns werden. Aber das ist manchmal sehr schwer.«

»Ich weiß es, Aljoscha«, erwiderte der Zar. »Sich zu beherrschen, ist niemals leicht. Aber wenn man es schafft, hat man einen Sieg errungen und kann stolz auf sich sein.«

»Stolz?« fragte Anastasia mit großen Augen. »Wie kann ich stolz sein, wenn man mich beleidigt, und ich das nicht zurückzahlen darf? Anspucken möchte ich sie manchmal, diese verfluchten Muschkoten!«

»Das wäre aber sehr, sehr ungezogen, Kobald«, mischte Olga sich ein. »Und vor allem würdest du dich dadurch mit diesen ungehobelten Burschen auf eine Stufe stellen.«

»Pah«, murrte Anastasia. »Ich war immer höflich und freundlich zu ihnen. Aber was hat es gebracht? Mit einem Mal sind sie alle ganz widerwärtig zu uns. Warum nur?«

»Weißt du das wirklich nicht?« fragte Tatjana ironisch. »Wir sind doch Blutsauger und haben uns ein schönes Leben gemacht, indem wir sie ausgebeutet und unterdrückt haben.«

»Also ich habe nie ...« fuhr Anastasia auf und wandte sich wieder ihrem Vater zu. »Und Sie, Papa, haben doch ganz gewiß ebenfalls nichts Böses getan.«

»In ihren Augen schon«, erwiderte der Zar seufzend.

»Aber das ist doch nur diese bolschewikische Propaganda«, mischte Maria sich ein, und Nikolaus hob die Schultern.

»Erklären Sie es ihnen, Monsieur Gilliard«, bat er mit einem kleinen humorvollen Lächeln. »Als Angehöriger der freien, demokratischen Schweiz sind Sie dazu zweifellos besser geeignet als jemand, der nach autokratischen Grundsätzen erzogen wurde und innerhalb dieser Prinzipien immer nur das Beste für sein Volk gewollt hat. Wenn es mir auch leider nicht gelungen ist, wie es scheint«, fügte er leise hinzu.

Er ging durch die Verbindungstür in den nebenan gelegenen Raum. Hier lagen die wenigen Zeitungen, die man ihm bewilligte, auf einem abgewetzten Schreibtisch.

General Tatistschew sprang von einem Stuhl auf, als der Zar eintrat, und salutierte. »Bleiben Sie doch sitzen, mein Lieber«, bat der Zar freundlich. »Gibt es irgend etwas Neues in der Welt außerhalb von Tobolsk?«

»Nicht sehr viel«, erwiderte der General und deutete auf die Zeitungen. »Das meiste ist schon vor einer Woche gemeldet worden.«

Er strich das oberste Blatt glatt, das auf schlechtem Packpapier gedruckt war. »Daß die neue kommunistische Regierung Moskau zur Hauptstadt erklärt hat und dorthin übersiedeln will. Daß unser Orthodoxer Julianischer Kalender durch den in Europa geltenden Gregorianischen Kalender ersetzt worden ist, so daß wir nach der neuen Zeitrechnung bereits dreizehn Tage weiter sind als bisher ... Ja, und daß der Friedensvertrag zwischen Rußland und Deutschland demnächst in Brest-Litowsk unterzeichnet werden soll.«

»Welch eine Schande für Rußland!« sagte der Zar gepreßt. Er trat ans Fenster und blickte eine Weile hinaus. »Die Gebietsabtretungen, die die Deutschen verlangen, sind im Grunde unannehmbar. Die Ukraine, sämtliche Randgebiete, die augenblicklich von den Deutschen erobert sind, dazu die Bestimmung über unsere Erdölquellen im Kaukasus und die Bodenschätze im Ural ... Wahrlich, es ist unfaßbar, daß die bolschewikische Regierung einem solchen Schandvertrag zustimmt. Ebenso unfaßbar wie die Tatsache, daß der deutsche Kaiser und seine Regierung sich dazu hergegeben haben, mit diesen Leuten zu verhandeln.«

»Lenin braucht den Frieden«, erwiderte Tatistschew leise. »Bedenken Sie, Majestät, daß nicht alle Russen Verräter an ihrem Zaren sind. Fürs erste haben die Bolschewiken gesiegt, aber das muß nicht so bleiben. Wir sind nicht nur von Feinden umgeben, und ich habe Nachricht, daß sich indessen an verschiedenen Orten im Land sogenannte Weiße Garden – im Gegensatz zu den Roten Garden – gebildet haben, um gegen die Bolschewiken zu kämpfen. Aus diesem Grunde muß Lenin sämtliche deutschen Forderungen dieses Friedensvertrages erfüllen. Er befürchtet einen Bürgerkrieg – und das mit Recht.«

Der Zar fuhr herum. »Woher wissen Sie das, Ilja Leonidowitsch?«

Der General hob in einer abwehrenden Geste die Hand. »Jemand hat es mir gesagt. Aber ich möchte meinen Informanten nicht nennen. Es wäre vielleicht nicht gut für ihn.«

»Ich verstehe«, sagte Nikolaus. Seine Lippen bebten. »Mein armes Volk! Ein Bürgerkrieg, Russen gegen Russen ... Sagen Sie mir, General, habe ich zu früh und zu bereitwillig abgedankt? Hätte ich dieses neue Unglück verhindern können, wenn ich standhafter geblieben wäre?«

Tatistschew dachte einen Augenblick lang nach. Dann schüttelte er den Kopf. »Ich glaube nicht. Und Eure Majestät sollten sich darüber nicht allzu viele Gedanken machen. Viel wichtiger ist, daß es durch die Weißen Garden vielleicht zu einer Wende kommen kann. Und daß Euer Majestät und wir alle hier durch sie befreit werden können. Es ist mehr als nur eine Hoffnung.«

12. Kapitel

War es wirklich mehr als eine Hoffnung? So fragte sich Swetlana, als der Stubenheizer Rysakow einige Tage später zu ihr kam und sie anfuhr: »Was grinst du so dreist, du Schlampe? Bildest du dir vielleicht ein, das Blättchen könnte sich für dich und deinesgleichen noch einmal wenden, nur weil ein paar dreckige Konterrevolutionäre sich gegen die Roten Garden zusammengerottet haben? Die Hirne werden wir ihnen auspusten, den verfluchten Weißen!«

Er baute sich vor ihr mit gespreizten Beinen auf. »Oh, welch eine Wohltat wird es sein, wenn ich eure Visagen nicht mehr sehen muß! Ihr werdet nämlich fortgebracht – und das schon bald. Bedank dich dafür bei den Hosenfurzern in Tjumen, die sich eingebildet haben, sie könnten euch befreien. Gestern ist eine Delegation des Omsker Sowjet in Tobolsk eingetroffen, und für heute wird eine zweite aus Jekaterinburg erwartet. Dann wird entschieden, wohin man euch bringt. Auf jeden Fall an einen Ort, der so sicher ist, daß nicht einmal eine Wanze ungesehen hinaus und hinein kann. Und ich werde mich besaufen vor lauter Freude, daß ihr mir endlich aus den Augen seid!«

»Woher wissen Sie das alles?« fragte Swetlana, und Rysakow schob sie mit einer wütenden Handbewegung zur Seite. »Was geht's dich an! Ich weiß es eben. Sag der verdammten Romanowa, daß sie schon mal anfangen kann, ihre ganzen Sachen zu packen. Eure Herrlichkeit hier hat bald ein Ende, genauso wie die von dem dreckigen Volksverräter Solowjow, den gestern in Tjumen die Tscheka abgeholt hat, zusammen mit ein paar seiner Helfershelfer.«

Swetlana gaben die Knie nach. Sie sank auf einen Stuhl. Solowjow verhaftet? Der Mann, von dem Xenia geschrieben hatte, daß er eine Befreiungsaktion versuchen wollte ... Hatte man ihre Schwester am Ende ebenfalls ins Gefängnis gebracht?

Rysakow betrachtete sie mit einem bösartigen Grinsen. »Jetzt machst du dir in die Hose vor Angst, was? Mit Recht, mein Täubchen, denn Verräter und Konterrevolutionäre werden erschossen.«

»Ich weiß gar nicht, wovon Sie reden«, sagte Swetlana.

»Ich kenne keinen Solojew oder Solujow ... Ich kenne überhaupt niemanden in Tjumen.«

In der Kammer nebenan begann Toska zu weinen. Sie war erkältet, hatte gestern gefiebert und war in der Nacht mehrere Male wach geworden. Dann hatte Rodja sie aufgenommen und eine Weile herumgetragen. Vor einer halben Stunde war er zur Gouverneursvilla hinübergegangen, um dem Zaren beim Holzsägen zu helfen. Swetlana stand auf. »Ich muß nach dem Kind sehen.«

»Du bleibst hier!« befahl Rysakow und hielt sie am Ärmel ihrer Felljacke fest.

»Warum?« fragte sie. »Was wollen Sie von mir?«

»Dieser Solowjow ist ein Doppelagent«, sagte Rysakow. »Hat ein bißchen den Zarenbefreier gespielt und dafür von den Monarchisten Geld genommen. Und dann hat er sie an die Unseren verraten. Drei von ihnen hat der Gauner in eine Falle laufen lassen – drei schneidige junge Offizierchen der ehemaligen Zarengarde. Außerdem hat er für die Deutschen herumspioniert und ihnen Informationen verkauft. Ein Hurensohn, wahrhaftig! Jetzt wird er an die Wand gestellt werden, genauso wie die drei Gardeoffiziere, die er ans Messer geliefert hat.«

Swetlanas Gedanken überschlugen sich. Wollte Rysakow ihr zu verstehen geben, daß die Tscheka außer Solowjow nur drei Männer verhaftet hatte, keine Frau? Dann war Xenia also nichts geschehen?

O Gott, laß es so sein, flehte Swetlana stumm, während Rysakow sie losließ und ihr dabei einen Stoß versetzte, daß sie in ihren Stuhl zurückfiel. Sie starrte ihn an und meinte, auf dem Grunde seiner Augen einen tiefen Ernst zu erblicken, obwohl er grinste. Etwas Beschwörendes, als wolle er ihr sagen: Begreifst du, was passiert ist? Euer Zarenbefreier war ein Betrüger. Auf ihn könnt ihr nicht mehr hoffen.

»Was interessiert mich dieser Solowjow«, sagte Swetlana

so fest, wie es ihr möglich war. »Ich kenne ihn nicht und habe nichts mit ihm zu tun.«

»Um so besser für dich«, erwiderte Rysakow. »Aber jemand anderen werdet ihr bald kennenlernen. Ein hohes Tier ist das, sag' ich euch. Der wird andere Saiten mit euch auf ziehen. Wie gesagt: Omsk oder Jekaterinburg ... Du kannst dich schon jetzt auf eine abwechslungsreiche Reise freuen, du adliges Miststück.«

Wieder blickte er sie an – mit jenem eigentümlich beschwörenden Augenausdruck, bevor er sich umwandte und nach draußen ging, um Holz zu holen.

Swetlana wußte nicht, was sie von seinen Worten halten sollte. Enthielten sie nur den Hinweis, daß es kein Entkommen mehr für sie gab? Oder hatte er ihr zu verstehen geben wollen, daß ein neuer Befreiungsversuch auf dem Weg nach Omsk oder Jekaterinburg geplant war? Was meinte er mit der ›abwechslungsreichen‹ Reise?

Rodja dachte eine Weile nach, als Swetlana ihm Rysakows Worte wiedergab. »Wir sollen also fortgebracht werden – in einen sicheren Gewahrsam. Wenn wir erst dort sind, wird es vermutlich keine Möglichkeit mehr geben, uns zu befreien. Also kann es nur auf dem Weg dorthin geschehen. Ich glaube schon, daß Rysakow uns das mitteilen wollte. Warum sonst hätte er von einer abwechslungsreichen Reise gesprochen?«

Sie flüchtete sich in seine Arme. Herzzerreißende Angst hatte sie erfaßt. »Rodja, Rodja, was geschieht mit uns? Was haben sie mit uns vor? Und warum hören wir nichts mehr von Xenia?«

Er strich ihr das Haar aus der Stirn. »Nach Solowjows Verhaftung ist es zu gefährlich für sie geworden, in Tjumen zu bleiben. Ich vermute, daß sie nach Petrograd zurückgekehrt ist. Auf jeden Fall scheint ihr nichts passiert zu sein, sonst hätte Rysakow das gesagt. Aber sie wird uns im Moment keine Nachricht zukommen lassen können. Schließlich müssen wir davon ausgehen, daß wir schärfer als jemals zuvor überwacht werden.«

Aber es kam doch noch eine Nachricht. Die Frau, die ihnen zweimal in der Woche das Brot brachte, Amalja Petrowna hieß sie und sah aus, als wäre sie niemals jung, sondern immer schon so dürr, faltig und krumm gewesen, ließ die vier Laibe fallen, als sie in den Hausflur schlurfte. Rodja hatte sie eingelassen, und er bückte sich gemeinsam mit ihr, um die Brote aufzuheben.

»Xenia sagt, Sie sollen Jakowlew vertrauen«, flüsterte Amalja hastig, um gleich darauf lauthals über ihre Ungeschicklichkeit loszujammern. »Was bin ich doch für eine Idiotin! Das gute frische Brot – ganz warm war es noch, gerade aus dem Backofen geholt. Verzeihung, Herrchen, ich hab's nicht mit Absicht fallen gelassen.«

Sie drückte Rodja die Brote in die Arme, vollführte einen Knicks und lief so schnell aus dem Haus, daß er ihr keine weiteren Fragen stellen konnte.

Jakowlew ... Weder die Zarenfamilie noch irgend jemand sonst kannte diesen Namen. Das einzige, was sie wußten, war, daß man sie mit größter Wahrscheinlichkeit aus Tobolsk fortbringen würde. Und so begannen sie wieder einmal, die ihnen noch verbliebenen Wertgegenstände, Ketten, Diademe, Broschen, Ringe, in ihre Kleider einzunähen.

Es war der 22. April 1918, als der Zarewitsch Alexej vom Fenster einer Bodenkammer aus eine große Schar bewaffneter Reiter die noch immer verschneite Straße zur Gouverneursvilla heraufkommen sah. Im Wohnraum saßen seine Schwestern und seine Mutter zusammen mit den Masslejews und Anastasia Hendrikowa und waren damit beschäftigt, Kleidersäume aufzutrennen, um darin die letzten Pretiosen zu verstecken. Alexej rannte die schmale Stiege hinunter.

»Mama!« rief er aufgeregt. »Mama ...«

Was er noch sagen wollte, ging in einem lauten Gepolter unter. Danach war es still.

Swetlana und die Hendrikowa fanden den Jungen auf dem Treppenabsatz liegend. Er war bei Bewußtsein, aber kreidebleich.

»Ich bin gestolpert und hingefallen«, stieß er hervor. »Oh, verdammt, mein Knie! Es tut so weh.«

Nagorny hob ihn auf und trug ihn zu seinem Bett. Seine Mutter half, ihn zu entkleiden, und Dr. Botkin, der eilig gerufen worden war, untersuchte die leicht blutende Schramme an der Stirn und die etwa pflaumengroße Schwellung am linken Knie.

»Noch sieht es nicht so aus, daß man sich ernstliche Sorgen machen müßte«, sagte der Leibarzt beruhigend zu Alexandra Fjodorowna. »Ich werde einen Druckverband anlegen und hoffe, daß wir damit eine größere Blutung verhindern.«

Die Zarin nickte. Heillose Angst stand in ihren Augen.

Alexej versuchte ein Lächeln. »Es tut mir leid, Mama, daß ich so leichtsinnig war. Aber ich wollte Ihnen sagen, daß ein Reiterregiment auf dem Weg zu uns ist. Es wird sicher gleich hier sein.«

Er hatte kaum ausgesprochen, als bereits das Getrappel und Schnauben von Pferden, übertönt von scharfen Kommandorufen, von draußen zu hören waren.

Die Ankömmlinge waren etwa einhundertfünfzig Berittene in der Uniform der Rotgardisten, und ihr Anführer stellte sich dem Zaren und Oberst Kobylinski als Kommissar Wassilij Wassiljewitsch Jakowlew aus Moskau vor. Er war ein drahtiger Mann um die Dreißig mit schwarz glänzendem Haar und trug eine Marineuniform.

»Er verfügt über ausgezeichnete Umgangsformen«, sagte Nikolaus später zu Alexandra, die noch immer an Alexejs Bett saß. »Mich hat er sogar mit Majestät angeredet ... Es scheint ein gebildeter Mann zu sein, und er hat mehrere

Beglaubigungsschreiben bei sich, die bei Oberst Kobylinski großen Eindruck hinterlassen haben. Warum er hier ist, weiß ich noch nicht, aber ich denke, daß wir es nachher erfahren werden. Kommissar Jakowlew hat sich zum Tee angesagt.«

Jakowlew ... Der Name bewirkte, daß sich Alexandras trostlose Miene ein wenig erhellte. War er als ihr Retter gekommen?

Aber wenn er sie mitnehmen wollte, mußte Alexej reisefähig sein. Und es sah nicht so aus, als ob Doktor Botkins hoffnungsvolle erste Prognose zutraf. Alexej klagte über zunehmende Schmerzen, und die Schwellung am Knie war größer geworden. Sie war bereits blau-rot verfärbt, was auf eine massivere Blutung hindeutete.

»Wir müssen beten, Nicky«, sagte die Zarin. »O mein Gott, warum hat man uns unseren Heiligen genommen! Er hätte Aljoscha auf der Stelle heilen können.«

»Ich werde auch so gesund, Mama.« Der Thronfolger versuchte, sich im Bett aufzurichten, sank aber mit einem Schmerzenslaut wieder zurück. »Bitte, bitte, machen Sie sich keine Sorgen. Ich schaffe das, ganz gewiß.«

Er schaffte es nicht. Schon am späten Nachmittag, als Kommissar Jakowlew mit der Zarenfamilie und ihrem Gefolge den Tee einnahm, fieberte der Junge und wimmerte vor Schmerzen.

Es war der schlimmste Anfall seines Leidens seit sechs Jahren, und es war gar nicht daran zu denken, den Kranken auf die Reise mitzunehmen, die Jakowlew mit der Zarenfamilie auf Befehl von Jakow Michailowitsch Swerdlow antreten sollte.

Swerdlow war Vorsitzender des sowjetischen Zentral-Exekutiv-Komitees in Moskau, der neuen Hauptstadt, und hatte Kommissar Jakowlew mit den Vollmachten ausgerüstet, die Oberst Kobylinski so tief beeindruckt hatten.

»Ich habe Order, Sie alle von Tobolsk fortzubringen«, sagte Jakowlew und blickte in die Runde. »Und das so schnell wie möglich. Daher darf ich Sie bitten, sich für die Abreise bereitzuhalten.«

»Und wohin sollen wir fahren?« fragte der Zar.

»Das werde ich Ihnen zu gegebener Zeit mitteilen, Sire«, erwiderte Jakowlew. »Als erstes muß ich mich um die Omsker und Jekaterinburger Delegationen kümmern, die leider vor mir hier eingetroffen sind und von denen jede darauf besteht, Sie und die Ihren in Gewahrsam zu nehmen. Meine Befehle lauten anders, und ich werde sie um jeden Preis durchsetzen.«

Die Zarin begann zu weinen. »Aber wir können nicht fahren, solange unser Sohn so krank ist. Gehen Sie hinauf zu ihm, Herr Kommissar, und sehen Sie ihn sich an. Dann werden Sie begreifen, daß wir bis zu Alexejs Genesung hierbleiben müssen.«

»Das ist unmöglich«, erwiderte Jakowlew. »Dann müssen wir umdisponieren.« Er stand auf. »Wenn Sie gestatten, werde ich mich zunächst über den Zustand des Thronfolgers informieren. Wer von Ihnen ist so freundlich, mich zu ihm zu bringen?«

Dr. Botkin erhob sich. »Kommen Sie, Herr Kommissar.«

Die beiden kehrten nach wenigen Minuten zurück. Jakowlew wirkte betroffen. »Er ist in der Tat nicht transportfähig. Ich habe mit Doktor Botkin vereinbart, daß mein eigener Arzt, der zu meiner Begleitung gehört, hinzugezogen wird. Trotzdem wird es Tage oder vielleicht sogar Wochen dauern, bis Alexej Nikolajewitsch soweit wieder hergestellt ist, daß er eine Fahrt von vier bis sechs Tagen durchhält.«

»Sehen Sie«, sagte Alexandra Fjodorowna, und Jakowlew warf ihr einen mitleidigen Blick zu.

»Ich bedaure außerordentlich, daß ich trotzdem auf einer raschen Abreise bestehen muß. Man kann den Zarewitsch unter der Obhut seiner älteren Schwestern und einiger Betreuer hier zurücklassen. Ich würde persönlich ein zweites Mal herkommen, um ihn und die anderen abzuholen.«

»Nein, nein und abermals nein!« begehrte die Zarin auf. »Ich bleibe hier, solange mein Sohn todkrank ist. Man kann mich nicht von ihm trennen.«

»Dann werde ich zunächst mit Seiner Majestät abreisen«, sagte Jakowlew.

»Und wenn ich mich weigere?« fragte Nikolaus.

Jakowlews Miene wurde glatt und unbewegt. »Dann muß ich Sie leider mit Gewalt abtransportieren lassen, Sire – oder meine Mission aufgeben. In diesem Fall würde jemand anderer aus Moskau hergeschickt werden, und dieser Mann dürfte weitaus weniger Verständnis für Ihre Situation haben als ich.« Er verneigte sich leicht. »Ich gehe jetzt, um mit den beiden Delegationen zu sprechen. In der Zwischenzeit können Sie sich untereinander beraten, wer den Zaren begleitet und wer bei dem Thronfolger bleibt. Ich denke, daß wir morgen in aller Frühe aufbrechen.«

Er setzte die Abreise für vier Uhr morgens an. Es war ihm gelungen, den widerstrebenden Delegationen, die jede die Zarenfamilie in ihre Heimatstadt abtransportieren wollten, *paroli* zu bieten. Die Männer aus Omsk waren gemäßigter; die Vollmachten von Swerdlow, die Jakowlew vorwies, veranlaßten sie zum Nachgeben. Es kam sogar zum Streit zwischen ihnen und den Abgesandten des Jekaterinburger Sowjets, die behaupteten, Swerdlows Unterschriften seien gefälscht, und man wolle in Wahrheit die Zarenfamilie befreien.

Jakowlew beendete die Auseinandersetzung, indem er kalt erklärte, er werde jeden hinrichten lassen, der sich ihm und seiner Mission widersetze, und zwar auf der

Stelle. Die Rotgardisten in seiner Begleitung würden kein Federlesens machen, wenn er ihnen den Schießbefehl erteilte.

Schon ab zwei Uhr nachts war der Hof der Gouverneursresidenz von Fackellicht erleuchtet. Jakowlews Berittene führten Pferde aus dem Stall, spannten sie vor mehrere Schlitten, andere schleppten Gepäckstücke ins Freie, während die Zarenfamilie noch im Oberstock des Hauses wartete, die Großfürstinnen weinend, Nikolaus und Alexandra nach stundenlangen Diskussionen erschöpft und nun von einer unnatürlichen Ruhe erfüllt.

Die Würfel waren gefallen. Nikolaus hatte eingesehen, daß er sich Jakowlews Anordnungen fügen mußte, und Alexandra sich dazu durchgerungen, ihren Mann zu begleiten. Um keinen Preis brachte sie es über sich, ihn allein einem völlig ungewissen Schicksal entgegenreisen zu lassen. Tatjana, Olga und Anastasia würden bei Alexej zurückbleiben, Maria, die Zweitjüngste, mit ihren Eltern fahren.

Jakowlew hatte diese Entscheidung mit unbewegter Miene akzeptiert. »Und was ist mit Ihrer Begleitung?« hatte er lediglich gefragt. »Ich würde vorschlagen, daß Sie zwei oder drei Personen Ihres besonderen Vertrauens mitnehmen. Vielleicht Graf und Gräfin Masslejew, natürlich zusammen mit ihrer kleinen Tochter.«

Daß er von sich aus Rodja und Swetlana vorschlug, war in Alexandras Augen ein Beweis, daß Jakowlew tatsächlich ihr Befreier war. »Wir können ihm vertrauen«, sagte sie zu Nikolaus und ihren Kindern. »Er wird uns retten.«

Tatjana begann zu weinen. »Aber was wird aus uns, Mama? Wir müssen hierbleiben, und wenn herauskommt, daß Sie geflohen sind, werden die Roten Garden sich an uns rächen. Sie werden uns alle umbringen.«

»Sei still«, fuhr Olga sie an. Ihr saß das Weinen gleichfalls in der Kehle, aber sie war immer die Beherrschteste und Mutigste ihrer Geschwister gewesen und in der Zeit ihrer Gefangenschaft noch mehr in diese Rolle hineingewachsen als zuvor. Darum meinte sie auch jetzt, sich zusammennehmen zu müssen. »Kommissar Jakowlew hat gesagt, daß er hierher zurückkommen und uns abholen wird. Er wird alles durchdacht haben und genau wissen, was zu tun ist. Das ist kein Mann, der irgend etwas dem Zufall überläßt. Solange er sich unserer annimmt, sind wir sicher.«

Sie legte ihrer Schwester den Arm um die Schultern. »Es geht nicht anders: Wir müssen hierbleiben, um Alexej zu pflegen.«

Auch Anastasia brach in lautes Schluchzen aus. Sie umklammerte ihre Mutter. »Aber ich habe Angst! Nicht nur um uns hier, sondern ebenso sehr um euch.« Sie war die Phantasiebegabteste der Zarenkinder und hatte sich, seit feststand, daß ihre Eltern und Maria abreisen würden, die schrecklichsten Möglichkeiten ausgemalt.

Was war, wenn man ihre Eltern unterwegs tötete? Oder sie nach Moskau brachte, wo die Bolschewiken sie vor ein Gericht stellten, das sie zweifellos zum Tode verurteilen würde?

»Ihr dürft nicht sterben«, weinte sie. »Und ich will es auch nicht. Ich will leben!«

Alexandra drückte den zitternden Körper des jungen Mädchens an sich. »Wir werden uns wiedersehen, ganz gewiß. Ich verspreche euch, daß wir Rußland nicht ohne euch verlassen. Das haben Papa und ich beschlossen, bevor ich zugestimmt habe, ihn zu begleiten. Ihr müßt nur zusehen, daß Aljoscha reisefähig ist, wenn Kommissar Jakowlew zu euch zurückkehrt.«

Der kranke Junge lag in seiner Schlafkammer. Doktor Botkin war bei ihm und hatte ihm Morphium verabreicht, damit Alexej trotz seiner rasenden Schmerzen Schlaf fand. Auch Pierre Gilliard saß am Fußende des Bettes und erhob sich, als das Zarenpaar und Maria hereinkamen, um Abschied zu nehmen.

»Wir wollen ihn nicht wecken«, sagte Nikolaus leise. Seine Augen waren voller Tränen, während er auf seinen kranken Sohn hinunterblickte. Lange stand er so, den Arm um Alexandra gelegt, die die Lippen in einem stummen Gebet bewegte. Dann schlug Nikolaus das Kreuz über das Kind und wandte sich ab.

Er drückte Botkin und Gilliard die Hände. »Geben Sie gut auf ihn und die Mädchen acht«, bat er erstickt. »Ich kann Ihnen nicht vergelten, was Sie für uns tun. Ich kann nur danke sagen – für alles. Gott möge es Ihnen lohnen.«

Drüben im anderen Haus verabschiedeten sich Swetlana und Rodja von den übrigen Zurückbleibenden. Sie umarmten einander, küßten sich auf beide Wangen, und die Frauen weinten. Die Not ihrer Gefangenschaft hatte sie zusammengeschmiedet und zu Freunden werden lassen. Darin bildeten auch die Diener des Zarenpaares keine Ausnahme.

Alexandras Kammerfrau Demidowa hängte Toska ein silbernes Kettchen mit einem Heiligenbild um den Hals. »Möge die Gottesmutter dich beschützen, mein Herzchen«, sagte sie schluchzend, und Toska, an so viele Tränen in ihrer Umgebung nicht gewöhnt, begann ebenfalls zu weinen. Rodja nahm sie auf den Arm und wiegte sie hin und her.

»Nicht doch, Liebling. Gleich fahren wir mit einem großen Schlitten, vor den zwei Pferdchen gespannt sind. Das wird ein Spaß! Dann wird mein Schwänchen wieder lachen.«

Es war um halb vier Uhr morgens, als das Zarenpaar mit Großfürstin Maria Nikolajewna ins Freie trat. Die beiden Frauen waren in Pelze gehüllt. Kommissar Jakowlew salutierte, als Nikolaus auf einen der Schlitten zuging. Es waren einfache Gefährte, in die man Stroh und Decken gelegt hatte. Aber die Pferde davor wirkten feurig und gut genährt.

Alexandra wollte in den Schlitten ihres Mannes steigen, doch Jakowlew hinderte sie daran. »Ich fahre mit Seiner Majestät«, sagte er in so entschiedenem Ton, daß die Zarin keinen Widerspruch erhob. Still und mit gesenktem Kopf setzte sie sich in den zweiten Schlitten, in dem Maria bereits Platz genommen hatte.

Es war eine frostklare Nacht, und Jakowlew bemerkte, daß Nikolaus nur einen Überrock trug. »Das ist zu wenig, Sire. Sie brauchen einen zweiten Mantel«, meinte er und befahl einem seiner Männer, noch einmal ins Haus zu gehen und ein entsprechendes Kleidungsstück zu holen. Der Kommissar selbst legte den weiten Fellmantel um Nikolaus' Schultern.

Prüfend blickte er danach die Reihe der Schlitten entlang. Swetlana und Rodja saßen im dritten Gefährt, Toska auf dem Schoß ihrer Mutter, sorgsam in Pelzdecken gewikkelt. Es folgten noch zwei weitere Schlitten mit dem Gepäck. Die Kutscher in ihren weiten Mänteln, die man gegen die Kälte mit Filz bis zur Unförmigkeit ausgestopft hatte, nahmen ihre Plätze ein und ergriffen die Pferdezügel. Die Rotgardisten saßen auf Jakowlews Befehl hin auf. Er selbst nahm neben dem Zaren Platz und gab das Zeichen zum Aufbruch.

Ein Teil seiner Soldaten galoppierte voraus, dann folgten die Schlitten, von Gardisten eskortiert, und am Schluß noch einmal an die fünfzig Berittene.

So fuhren sie aus Tobolsk, und das letzte, was Swetlana sah, als sie den Kopf zurückwandte, waren die eng zusammengedrängten Gestalten von Olga, Tatjana und Anastasia, die winkend am Zaun standen und sich dabei umklammert hielten, als könnten sie einander auf diese Weise Halt geben.

Sie brauchten vierundzwanzig Stunden bis Tjumen, und die einzigen Pausen, die Jakowlew gestattete, dienten dem Pferdewechsel und einer hastig in einer Poststation eingenommenen Mahlzeit. Dann trieb er bereits wieder zur Weiterfahrt an.

Er wußte, daß ihm nicht viel Zeit zur Verfügung stand. Die Jekaterinburger Delegation hatte ihr Scheitern für den Augenblick hinnehmen müssen, aber noch am Abend hatte sie sich telegrafisch mit ihrem Sowjet in Verbindung gesetzt, berichtet, daß ein Kommissar mit Sondervollmachten aus Moskau das Zarenpaar mit unbekanntem Ziel abtransportieren wolle, und um neue Weisungen gebeten. Jakowlew war absolut klar, wie diese lauteten: »Heftet euch an ihre Fersen. Ihr dürft sie nicht aus den Augen verlieren. Versucht herauszufinden, was der Kerl wirklich vorhat.«

Mehrmals hatte Jakowlew ein paar seiner Männer ein Stück in Richtung Tobolsk zurückgeschickt. Als sie wieder bei ihm eintrafen, bestätigten sie seine Vermutung. Man verfolgte sie mit zwei Schlittengespannen.

In Tjumen wartete ein abfahrbereiter Sonderzug. In aller Eile stiegen das Zarenpaar und die übrigen Mitreisenden ein, das Gepäck wurde verladen – doch dann dauerte es bis zum Vormittag, ehe der Zug endlich die Bahnstation verließ.

Jakowlew war für mehrere Stunden verschwunden gewesen. Er hatte seinen eigenen Telegrafisten mitgenommen und von ihm mehrere Depeschen aufgeben lassen. Dann hatte er auf die entsprechenden Antworten gewartet. Er kam in das Abteil von Nikolaus und Alexandra, kaum daß der Zug Tjumen verlassen hatte. Noch immer wirkte er äußerst nervös und gehetzt, aber er verlor kein Wort über die Gründe seiner Beunruhigung.

»Würden Sie freundlicherweise auch Graf und Gräfin Masslejew hierherbitten?« wandte er sich an die Großfürstin Maria.

Rodja und Swetlana erschienen kurz darauf, und Jakowlew bat Maria, auf den Gang hinauszugehen und dafür Sorge zu tragen, daß sie von niemandem belauscht würden.

»Ich habe Order, Sie nach Moskau zu bringen«, eröffnete Jakowlew dann das Gespräch. »Aber wir werden nicht den direkten Weg über Jekaterinburg nehmen, sondern über Omsk fahren.«

Rodja runzelte die Stirn. »Aber das bedeutet doch, daß wir einen riesigen Umweg machen. Ich schätze, es handelt sich um mindestens achthundert Werst, die wir in die entgegengesetzte Richtung fahren.«

»Ganz recht«, bestätigte Jakowlew. »Im Augenblick fahren wir noch in Richtung Jekaterinburg. Sobald es dunkel geworden ist, kehren wir nach Tjumen zurück, nachdem im Zug alle Lichter gelöscht worden sind, und wechseln auf die Omsker Strecke.«

»Aber warum?« fragte Nikolaus verwirrt.

»Das erkläre ich Ihnen zu gegebener Zeit«, erwiderte Jakowlew. »Im Augenblick kann ich Sie nur bitten, mir zu vertrauen. Ich bürge mit meinem Leben für Ihre Sicherheit.«

Die Zarin blickte auf ihre Hände. Sie waren voller Frostbeulen, eine Folge des eisigen sibirischen Winters. »Man hat uns bereits wissen lassen, Herr Kommissar, daß wir Ihnen unser Vertrauen schenken können«, sagte sie flüsternd. »Aber bedenken Sie, was auch immer Sie vorhaben: Mein Sohn und drei meiner Töchter sind noch in Tobolsk. Der Zar und ich sind uns darüber einig, daß wir nicht ohne sie Rußland verlassen werden. Wir können sie nicht als Faustpfand der Bolschewiki zurücklassen.«

»Man wird sehen«, antwortete Jakowlew mit steinerner Miene. Er verneigte sich knapp und ging hinaus.

Es wurde ein Wettlauf mit der Zeit. Zwar passierten sie den Tjumener Bahnhof ohne Schwierigkeiten im Schutz der Dunkelheit und fuhren nun wieder nach Osten. Manchmal hielten sie an irgendeiner Bahnstation, und dann stieg Jakowlew jedesmal aus und ging telegrafieren.

»Können Sie nicht schlafen?« fragte er freundlich, als er bei seiner Rückkehr Swetlana im Gang des Zuges entdeckte.

»Nicht besonders gut«, gestand sie und wickelte sich enger in ihren Pelz. »Sie werden das sicherlich verstehen.«

Er nickte. »Sie machen sich Gedanken darüber, was mit Ihnen geschieht, nicht wahr? Aber ich kann Ihnen noch keine gültige Antwort darauf geben.«

Sie blickte durch das Fenster. Der Zug hatte sich wieder in Bewegung gesetzt, und die kleine Bahnstation blieb hinter ihnen zurück. Es schneite ein wenig, ein wässriger, dünner Schnee, der von dem Wind gegen die Scheibe getrieben wurde und in schrägen Rinnsalen nach unten floß.

»Die Erkrankung des Zarewitsch ist unter diesen Umständen besonders schlimm, nicht wahr?« fragte sie vorsichtig, und Jakowlew nickte wieder.

»Hämophilie ist eine schreckliche Krankheit. Er ist ein armer Junge ...«

Sie schwiegen eine Weile, dann erkundigte Swetlana sich, wann sie denn wohl in Omsk eintreffen würden. Jakowlew hob die Schultern. »Es ist möglich, daß wir es gar nicht mehr bis dahin schaffen.«

Alarmiert blickte sie ihn an. »Was soll das heißen?«

»Daß Depeschen leider schneller sind als der schnellste Zug«, antwortete er und ging davon.

Tatsächlich kamen sie nicht mehr bis Omsk. Die vorläufige Endstation ihrer Reise hieß Ljubinskij, in der sibirischen Steppe gelegen, eine alte Stadt mit bunt bemalten Holzhäusern und hölzernen Gehsteigen neben den holprigen Fahrstraßen.

Der Zug wurde auf ein Rangiergleis eingewiesen und blieb dort stehen, während Jakowlew ausstieg und sich wiederum in das Telegrafenbüro begab. Nach einer halben Stundc verließ er es und ging zu Fuß in die Stadt. Er kehrte erst zurück, als es bereits dunkelte.

Dieses Mal sprach er allein mit der Zarenfamilie, und es war eine ziemlich erregte Auseinandersetzung, denn Rodja und Swetlana hörten ihre Stimmen und am Ende die Zarin bitterlich weinen. Wenig später erschien Jakowlew bei ihnen.

»Ihre Majestäten möchten Sie sehen«, sagte er. Er war auffallend blaß, und an seiner Schläfe trat scharf eine Ader hervor.

»Was ist geschehen?« fragte Swetlana, als sie Alexandra Fjodorowna immer noch weinend vorfand. Ihre Tochter Maria hielt sie umarmt, das Gesicht an ihren Hals gedrückt. Die Zarin wischte sich über die Augen und streckte Swetlana beide Hände entgegen. Trotz ihrer Tränen versuchte sie ein zitterndes Lächeln.

»Wir möchten Ihnen Lebewohl sagen, meine liebe Swetlana Pawlowna – und Ihnen, Graf Masslejew. Wie es aussieht, trennen sich hier unsere Wege.«

Jakowlew war mit Rodja und Swetlana eingetreten und hatte hinter sich die Abteiltür geschlossen. Nun ergriff er das Wort.

»Mein Plan war, Sie alle bis in die Gegend von Omsk zu bringen. Dort hätte man Sie erwartet und eine Zeitlang versteckt gehalten, bis man es hätte wagen können, Sie außer Landes zu schaffen. Ich wäre in dieser Zeit noch einmal nach Tobolsk zurückgekehrt, um die Großfürstinnen und den Zarewitsch abzuholen. Jetzt aber mußte ich leider umdisponieren.« Er brach ab, und Swetlana sah, daß Schweißtropfen auf seiner Stirn standen. Mit einem Taschentuch tupfte er sie ab.

»Auf irgendeine Weise hat die Delegation aus Jekaterinburg Wind davon bekommen, daß unser Zug nicht auf direktem Wege nach Moskau gefahren ist, wie ich in Tobolsk behauptet habe, sondern in Richtung Osten. Die Männer haben sich telegrafisch mit dem Jekaterinburger Sowjet in Verbindung gesetzt, der wiederum Kontakt zu den Leuten in Omsk aufgenommen hat. Wie es scheint, haben die Genossen in Jekaterinburg mich zum Konterrevolutionär und Verräter abgestempelt und den Omsker Sowjet bewogen, unseren Zug gewaltsam anzuhalten und auf dem schnellsten Wege nach Tjumen und weiter nach Jekaterinburg zu schicken. Mein Verbindungsmann in Omsk hat mich glücklicherweise noch rechtzeitig benachrichtigen können, daß dort ein großes Aufgebot an Rotgardisten auf uns wartet.«

»Sie wollten uns also tatsächlich befreien?« fragte Rodja, und ein schmales Lächeln erschien um Jakowlews Mund.

»Ich will es immer noch, Graf Masslejew. Und es gibt durchaus noch eine reelle Chance. Ich war vorhin in der Stadt und habe Ihnen eine Unterkunft besorgt, in der Sie, unter falschem Namen natürlich und mit falschen Papieren ausgestattet, bleiben können, bis mein Verbindungsmann für Ihre Weiterreise gesorgt hat. Die Pässe händige ich Ihnen sogleich aus. Sie heißen Maxim Ottonowitsch Dwornikow, Ihre Gattin Sinaida Andrejewna, geborene Njametkina, Ihre Tochter Ludmilla. Sie stammen aus Riga, das jetzt, wie Ihnen bekannt sein dürfte, in deutscher Hand ist, und wo Sie einen Kunsthandel betreiben. Sie haben vor der Oktoberrevolution eine längere Reise nach Semipalatinsk unternommen, um dort bei einem jüdischen Geschäftsfreund Teppiche, Ikonen und andere Antiquitäten aufzukaufen. Auf der Rückweise wurden Sie von Marodeuren überfallen und ausgeraubt. Ihre Frau hat von dem Schrecken ein schweres Nervenfieber davongetragen, von dem sie sich lange nicht erholte. Das erklärt, warum Sie sich monatelang in Pawlodar aufgehalten haben, zumal Sie selbst erst abwarten wollten, bis sich die Lage im Land ein wenig beruhigt hatte und Sie einigermaßen gefahrlos über Petrograd nach Riga zurückkehren konnten. Zur Sicherheit habe ich Ihnen diese und andere Einzelheiten über Ihre persönlichen Lebensumstände aufgeschrieben. Lesen Sie sie sich durch, prägen sich alles genauestens ein, damit Sie sich nicht in Widersprüche verwickeln, falls man sie einmal danach befragt, und dann verbrennen Sie diese Notizen.«

Er zog einige eng beschriebene Blätter aus seinem Uniformrock und übergab sie zusammen mit zwei Pässen an Rodja.

»Ihre eigenen Papiere muß ich leider aus Sicherheitsgründen einbehalten«, sagte Jakowlew, »denn sie dürfen auf keinen Fall bei Ihnen gefunden werden. Im übrigen lauten die neuen Pässe zwar auf einen falschen Namen, aber sie sind ansonsten echt, von der Polizeibehörde in Riga ausgestellt.« Er wandte sich an Swetlana. »Ich vermute, daß Sie sich nach Paris zu Ihrem Bruder Jurij Lasarow begeben werden. Da er bestätigen kann, wer Sie sind, werden Sie dort gewiß keine Schwierigkeiten haben, neue Papiere auf Ihren richtigen Namen zu bekommen.«

Swetlana wurden die Knie weich. Zitternd ließ sie sich auf die gepolsterte Bank des Abteils sinken. Zu lange waren sie und Rodja zwischen Hoffen und Bangen hin und her gerissen worden. Und nun auf einmal ...

»Ich kann es noch gar nicht richtig glauben«, flüsterte sie und preßte die Hände gegen die Wangen. »Sie helfen uns, wir werden wieder freie Menschen sein ... irgendwo ohne Furcht leben können ...«

Sie stockte und blickte auf. »Gestatten Sie mir noch eine Frage? Meine Schwester Xenia hat mir ausrichten lassen, daß wir Ihnen vertrauen sollen. Wissen Sie, wo Xenia ist? Man hat diesen Solowjow verhaftet und drei Männer erschossen, die offensichtlich versucht haben, die Zarenfamilie zu befreien. Xenia hatte Kontakt mit ihnen ...«

»Ich kann Sie beruhigen«, fiel Jakowlew ihr ins Wort. »Diese Kontakte sind der Tscheka nicht bekannt. Ihre Schwester ist mit einer Ärztedelegation in Tjumen gewesen und bis Irkutsk gereist. Danach ist sie nach Petrograd zurückgekehrt.«

»Dem Himmel sei Dank«, murmelte Swetlana, und Rodja trat zu ihr und legte den Arm um sie.

»Wann sollen wir gehen, Kommissar Jakowlew?« fragte er.

»Jetzt gleich. Vor dem Bahnhofsgebäude wartet eine Schlittendroschke. Der Kutscher ist einer meiner Leute. Er bringt Sie zu Ihrem vorläufigen Quartier. Nehmen Sie nur das Nötigste an Gepäck mit. Das andere muß hierbleiben. Ihre Schwester hat vor ihrer Heimreise dafür gesorgt, daß man Ihnen genügend Geldmittel zur Verfügung stellt.«

»Und was ist mit Ihren Majestäten und der Großfürstin Maria?«

Jakowlew seufzte. »Auch für sie habe ich Pässe mit falschen Namen. Sie hätten mit Ihnen nach Riga reisen sollen. Aber sie bestehen darauf, daß ich sie nach Jekaterinburg bringe, wo sie auf das Eintreffen des Zarewitsch und seiner Schwestern warten wollen.«

Maria löste sich plötzlich aus den Armen ihrer Mutter. Sie stürzte zu ihrem Vater hin, der der Unterhaltung schweigend gefolgt war. Der Zar hatte ihnen den Rücken zugekehrt und die Stirn gegen die verhängte Fensterscheibe gelehnt.

»Warum, Papa, warum? Ich will nicht hierbleiben, und ich will auch nicht nach Jekaterinburg. Ich habe Angst. Bitte, tun Sie, was Kommissar Jakowlew vorgeschlagen hat. Wenn er unsere Flucht bewerkstelligen kann, wird er auch Mittel und Wege finden, um Alexej und die anderen außer Landes zu bringen.«

Mit tränenüberströmtem Gesicht umarmte sie ihren Vater. Sie flog am ganzen Körper und hielt ihn so fest umklammert, daß er Mühe hatte, ihre Hände von seiner Taille zu lösen und sich umzudrehen.

»Kind, Kind, so beruhige dich doch«, bat er und strich ihr das Haar aus dem Gesicht. »Wir waren uns doch darüber einig, daß wir nur mit Aljoscha und deinen Schwestern fortgehen würden. Du hast doch ebenfalls zugestimmt.«

»Ja«, weinte sie. »Aber das war vorhin. Jetzt habe ich nur noch Angst. O Papa, Mama, ich will weg von hier ... Ich will nicht sterben!«

Es war schrecklich. Sie weinte und weinte, bis ihre Mutter sich mühsam erhob und zu ihr kam.

»Jetzt ist es genug, Maria«, sagte sie sanft. »Ich verstehe dich ja. Aber denke doch an Olga, Tatjana und Anastasia. Sie haben ganz gewiß genauso große Angst wie du, und trotzdem haben sie Aljoscha nicht im Stich gelassen. Darum dürfen wir das jetzt auch nicht tun.«

Maria starrte sie an. Ihre Lippen bebten. Aber die blauen gütigen Augen der Zarin hielten ihren Blick fest, und ihr Ausdruck bewirkte, daß das junge Mädchen tatsächlich ruhiger wurde. »Wie können Sie nur so tapfer sein, Mama«, murmelte Maria. Sie sank auf die Sitzbank und senkte erschöpft den Kopf. »Gott helfe uns ...«

Alexandra Fjodorowna wandte sich Swetlana zu und reichte ihr beide Hände. »Wir wollen es kurz machen, meine Liebe. Sie haben es ja gehört, die Zeit drängt, und in meinem ganzen Leben habe ich lange Abschiede gehaßt. Gott segne Sie und Ihre kleine Tochter – und Sie auch, mein lieber Graf Masslejew.«

Ihre Stimme brach, und Swetlana beugte sich über die armen, vom Frost entstellten Hände ihrer Zarin und küßte sie. »Aber wie kann ich Sie verlassen? O Gott, ich komme mir so erbärmlich vor!«

»Gehen Sie, gehen Sie rasch«, bat Alexandra drängend und schlug das Kreuzzeichen über sie. Dann schob sie sie zu Rodja hin. »Leben Sie wohl. Werden Sie so glücklich, wie Sie es verdienen – alle beide.«

Er verneigte sich, setzte ein paarmal zum Sprechen an, aber er brachte kein Wort hervor. Alexandra schüttelte sacht den Kopf. »Sagen Sie nichts. Ich weiß ja ohnehin, was Sie in diesem Augenblick empfinden.«

Er und Swetlana traten auf den Zaren zu. Wie so oft in den bitteren Monaten seiner Gefangenschaft wirkte Nikolaus vollkommen beherrscht, beinahe gelassen. Er war gealtert und abgemagert, Bart und Haare waren von grauen Strähnen durchzogen. Aber seine Haltung war untadelig und sein Lächeln wie immer ein wenig scheu und zurückhaltend. »Ich danke Ihnen beiden für Ihre Treue. Solange wir leben, werden wir uns immer daran erinnern. Mögen Sie den Weg, der nun vor Ihnen liegt, unbeschadet überstehen.«

»Kommen Sie, Herr Dwornikow«, sagte Jakowlew und sprach Rodja damit zum ersten Mal mit seinem neuen Namen an. »Und Sie auch, Sinaida Andrejewna. Wir müssen uns jetzt wirklich beeilen.«

Swetlana hatte Toska bereits schlafen gelegt, bevor der Kommissar sie zum Zarenpaar gerufen hatte. Das Kind erwachte, als sie es aufnahm und hastig anzukleiden begann.

»Komm, mein Herzchen, meine kleine Ludmilla«, sagte sie und drückte sie für einen Augenblick an sich. »Wir fahren jetzt mit dem Schlitten fort – zu einem Haus, in dem du wieder ein richtiges Bettchen bekommst. Dann kannst du weiterschlafen bis morgen früh.«

Toska lächelte ihre Mutter an. »Schlitten fahren«, wiederholte sie. »Fein ...«

Jakowlew lehnte an der geschlossenen Abteiltür, während Rodja hastig ein paar warme Kleidungsstücke und feste Stiefel in einen Reisesack stopfte. »Das genügt«, sagte der Kommissar. »Sie können später kaufen, was Sie benötigen. Es ist wichtig, daß die meisten Ihrer Sachen hierbleiben. Schließlich werde ich dem Omsker und Jekaterinburger Sowjet mitteilen müssen, daß Sie Selbstmord begangen haben. Sie haben erst Ihre Frau und Ihre Tochter und dann sich selbst erschossen. Ich habe Ihre Leichen in aller Eile bereits in Ischim fortschaffen und beerdigen lassen. Dafür gibt es einige Zeugen.«

Swetlana überlief es kalt. Erst jetzt wurde ihr bewußt, daß auch Jakowlew sich in großer Gefahr befand. »Sie werden sich aber trotzdem vor dem Sowjet verantworten müssen, nicht wahr? Immerhin haben Sie die Ihnen vorgegebene Reiseroute nicht eingehalten, sondern sind in entgegengesetzter Richtung gefahren ...«

Er lächelte ein wenig. »Auch dafür hatte ich meine Befehle. Ohne die Einmischung der Jekaterinburger Fanatiker wäre alles nach Plan verlaufen. Also sorgen Sie sich nicht um mich, Sinaida Andrejewna. Meine eigentlichen Befehle stammen aus Moskau. Der Friedensvertrag von Brest-Litowsk zwischen Deutschland und Rußland hat im Hinblick auf die Zarenfamilie eine Änderung bewirkt. In Moskau will man sie auf eine Intervention des deutschen Kaisers hin gern loswerden – allerdings ohne selbst das Gesicht zu verlieren. Darum sollten die Romanows der bolschewikischen Verfolgung angeblich durch die Flucht entkommen. Ich hoffe, daß dieser Plan immer noch besteht. Dann muß man nur eine neue Möglichkeit finden, die Familie aus Jekaterinburg herauszuholen. Ich persönlich werde es schon schaffen, dank meiner Sondervollmachten einer Exekution des Jekaterinburger oder Omsker Sowjets wegen Hochverrats zu entgehen. Und nun verlassen Sie uns bitte endlich.«

Swetlana warf sich ihren Mantel über, hüllte Toska in eine Felldecke und folgte Jakowlew und Rodja, die vorangingen.

Der Bahnsteig lag im Dunkeln. Die Rotgardisten, die Jakowlew begleiteten, befanden sich in ihren Waggons, deren Fenster man verhängt hatte. Nur ein kleiner Trupp von sechs Männern, offenbar solche, die zumindest teilweise in Jakowlews Plan eingeweiht waren, standen, die Gewehre im Anschlag, vor den Wagen.

Jakowlew blieb auf der Treppe seines Waggons zurück. »Laufen Sie. Der Schlitten wartet ein paar Schritte rechts hinter dem Bahnhofsgebäude. Los, los, keine Sentimentalitäten mehr«, fuhr er Swetlana an, die den Kopf wandte und zum Abteil der Zarenfamilie zurückblickte. »Machen Sie, daß Sie fortkommen.«

Blind vor Tränen stolperte sie durch den halb gefrorenen Schneematsch, ihr Kind fest an sich gedrückt. Rodja trug den Sack mit ihren wenigen Habseligkeiten.

Der Schlitten wartete an der angegebenen Stelle. Es war eine geschlossene Droschke, und der Kutscher trieb das Pferdchen an, kaum daß Rodja und Swetlana eingestiegen waren. Zitternd lehnte Swetlana den Kopf gegen die Schulter ihres Mannes. »Glaubst du, daß wir es schaffen?« fragte sie flüsternd.

»Ja, mein Herz«, erwiderte er so fest, daß sie ruhiger wurde.

So fuhren sie durch das nächtliche Ljubinskij. Das Wetter hatte ein wenig aufgeklart. Zwischen Wolkenfetzen, die über den Himmel trieben, blitzten vereinzelte Sterne auf. Er war schön, dieser Himmel, schön und endlos. Und das Sternenlicht war ihnen wie ein kleines Zeichen der Hoffnung.

13. Kapitel

Es war der 29. November des Jahres 1919, als Swetlana und Rodja, von Paris aus kommend, am späten Abend in Wien eintrafen. Sie hatten eine Suite im Hotel Sacher vorbestellt und gingen, nachdem sie sich vom Zimmerservice einen kleinen Imbiß hatten geben lassen, bald darauf zu Bett.

In der Nacht kam der Traum wieder. Erlebtes und angstvolle Phantasien mischten sich miteinander.

Swetlana saß neben Rodja in einem Tarantass, vor den ein Pferdchen gespannt war. Sie hielt Toska in den Armen. Sie durchfuhren eine steppenartige Landschaft. Da und dort lag noch ein wenig Schnee, von der Sonne zu schmutzigen, grau-braunen Flecken zusammengeschmolzen. Moorlöcher glitzerten im Licht.

Swetlana wußte nicht, wie lange sie unterwegs waren. Tage – oder waren es bereits Wochen? Und sie konnte sich nicht erinnern, wohin sie wollte. Es gab irgendein Ziel, das sie erreichen mußte, doch sie hatte vergessen, wie es hieß und wo es lag. Und dann hörte sie plötzlich, daß sie verfolgt wurden. Sie wandte den Kopf und sah die Reiterkavalkade, die sich näherte.

»Fahr zu, Rodja, fahr zu!« rief Swetlana, und ihr Mann trieb das Pferdchen an. Doch die Berittenen waren schneller. Sie schwärmten aus, um sie zu überholen und ihnen den Weg abzuschneiden. Ein baumlanger Kerl in einer Rotgardistenuniform schwang sich aus dem Sattel in den Tarantass. Er entriß Rodja die Zügel und brachte das Gefährt zum Stehen.

»Was wollen Sie von uns?« fragte Rodja. »Warum halten Sie uns an?«

Die Rotgardisten zerrten sie aus dem Tarantass. »Papiere!« verlangte einer von ihnen, offenbar der Anführer.

Swetlana holte ihre Pässe hervor. Der Mann studierte sie mit gerunzelter Stirn. Toska, immer noch auf Swetlanas Armen, begann zu quengeln. »Will laufen«, sagte sie.

Der Rotgardist grinste und stellte sie auf die Erde. Dann riß er ihre Pässe mittendurch, warf sie zu Boden und hielt ein brennendes Streichholz daran.

Swetlana schrie auf. »Was tun Sie da! Um Gottes willen, Sie können doch nicht unsere ...«

Er schlug ihr ins Gesicht. »Um Gottes willen«, äffte er sie nach. »Bist du auch so eine, die dauernd nach Gott und seinen Heiligen jammert? Die gibt es nicht, verstehst du? Will das nicht in deinen dämlichen Kopf?«

Swetlanas Lippe war aufgeplatzt, sie spürte den Geschmack von Blut, und sie umklammerte Rodjas Arm, als er sich auf den Gardisten stürzen wollte.

Rodja schüttelte sie ab und ging mit den Fäusten auf den Mann los. Swetlana versuchte, die beiden zu trennen. »Nein!« rief sie. »Bitte, Rodja, hör auf!«

Aber da waren die anderen schon über ihm und rissen ihn zu Boden. Einer zog eine Pistole und schoß Rodja in den Kopf. Swetlana sah, wie sein Gesicht zu einer blutigen Masse zerfiel, sah, wie sich sein Körper aufbäumte, und schrie und schrie ...

Sie erwachte von ihrer eigenen Stimme, und weil jemand sie an den Schultern rüttelte und dann in eine Umarmung zog.

»Swetlana, wach auf!« Rodjas Stimme, Rodjas schlafwarmer Körper, der sie hielt ... Sie umklammerte ihn schluchzend, und er streichelte ihren Rücken. »War es wieder dieser Traum?« fragte er, und sie nickte.

»Es war so schrecklich. Sie haben unsere Pässe verbrannt ... und dich erschossen.«

Rodja ließ sie los und knipste die Lampe auf dem Nachttisch an. Dann zog er Swetlana wieder an sich. »Still, still«, sagte er wie zu einem verängstigen Kind. »Es war nur ein

Traum. Schau mich an. Ich bin hier, wir sind beide in Wien, und es kann uns nichts mehr geschehen. Du mußt dich nicht ängstigen.«

Mit einem befreiten Aufseufzen ließ sie sich in die Kissen zurückfallen. Sie schaute in Rodjas liebes, besorgtes Gesicht; dann schweifte ihr Blick nach oben zu dem Betthimmel aus weißer Spitze, dem Plafond ihres Schlafzimmers mit seinen weiß-goldenen Stuckarbeiten, streifte den Kronleuchter aus schimmerndem Kristall, die bezaubernden Rokoko-Möbel, die Seidentapeten ...

Nein, sie mußte sich nicht mehr ängstigen. Sie und Rodja und Toska waren in Sicherheit.

Ihre Tochter war in Paris bei Nina und Jurij zurückgeblieben, als sie nach Wien fuhren. Aber auch dort konnte Toska nichts geschehen. Keinem von ihnen konnte mehr etwas geschehen. Sie hatten die Flucht aus Rußland hinter sich gebracht, und es drohte ihnen jetzt keine Gefahr mehr.

Dennoch, die Angst, die sie durchlitten hatte, manifestierte sich immer noch in Swetlanas Träumen.

Sie hatten acht Tage in der kleinen Stadt Ljubinskij zugebracht, in einem Gasthof, der sich, der neuen Zeit entsprechend, ›Rote Sonne‹ nannte. Aber sie waren dort unbehelligt geblieben, der Kunsthändler Maxim Dwornikow mit seiner Frau und seiner Tochter. Und dann, nach einer endlos scheinenden Woche, war Oleg Ossipowitsch Kanabjew in der ›Roten Sonne‹ erschienen.

»Es tut mir leid, daß Sie so lange warten mußten«, hatte er erklärt. »Aber wir mußten erst sicher sein, daß Ihre Tarnung nicht aufflog.«

Er trug Zivil, doch er hatte Vollmachten bei sich, die alle Kontrolleure von Polizei und Roten Garden – und es waren viele während ihrer langen Reise nach Moskau – veranlaßten, Rodja, Swetlana und das Kind ungehindert in die neue Hauptstadt einreisen zu lassen. Dort verabschiedete Kanabjew sich von ihnen.

»Ich habe nur Order, Sie hierher zu bringen«, hatte er ihnen mitgeteilt. »Jetzt müssen Sie allein weiterreisen. Das einzige, was ich noch für Sie tun muß, ist, Ihnen ein Eisenbahnbillett zu besorgen.«

Sie erhielten es noch am selben Tag und nahmen den Nachtzug, der sie zuerst nach Petrograd und dann weiter zur Grenze brachte. Dreimal wurden sie während der Bahnfahrt kontrolliert. Und bei der letzten Kontrolle kurz vor der Grenze erlebten sie mit, wie ein Kommando der Roten Garden einen Mann und eine Frau aus dem Zug holten. Mit Gewehrkolbenschlägen trieben sie die beiden über den Gang, zwangen sie zum Aussteigen, obwohl die Frau laut um Hilfe schrie und versuchte, den brutalen Schlägen der Soldaten zu entkommen.

Rodja und Swetlana sahen, wie die beiden noch auf dem Bahnsteig durch Genickschüsse getötet wurden. Sie wußten nicht, wer die Toten waren, aber ihnen war klar, daß ihnen das gleiche Schicksal drohte, wenn ihre wahre Identität bekannt wurde.

Doch ihre Pässe waren echt, und sie hatten Zeit genug gehabt, sich alle Einzelheiten ihres erfundenen Lebenslaufes einzuprägen und darüber hinaus noch alle möglichen Details abzusprechen und auswendig zu lernen, um sich nicht zu widersprechen, falls man sie einmal getrennt verhörte.

Vor der Grenze hatte man sie dann tatsächlich einem Verhör unterzogen. Warum sie nach Rußland eingereist seien, hatte der Kommissar einer Armee-Einheit in einer Baracke am Bahnhof von Gdow wissen wollen. Warum sie sich so lange in Pawlodar aufgehalten hätten und wo sie in Riga lebten. Swetlana hatte gewußt: Eine widersprüchliche Aussage genügte, um sie zu verhaften.

Doch zu guter Letzt hatte man sie in den Zug zurückgebracht und sie aus Rußland ausreisen lassen.

Riga war allerdings die vorläufige Endstation ihrer Reise. Durch den Frieden von Brest-Litowsk war die Stadt unter deutsche Oberhoheit gekommen, und da Deutschland sich noch im Krieg mit Frankreich befand, war nicht daran zu denken, daß sie nach Paris zu Nina und Jurij konnten.

Immerhin erhielten sie bereits in Riga neue Papiere auf ihre richtigen Namen. So konnten sie wenigstens Geld von ihren Konten bei einem Rigaer Bankhaus abheben, auf die Swetlana vor Ausbruch des Krieges alle Einnahmen aus ihren, beziehungsweise Leonid Soklows baltischen Besitzungen hatte überweisen lassen. Die Gelder waren im Krieg eingefroren worden, aber nun erlaubte man ihnen als Verfolgte der neuen Machthaber in Moskau, darüber zu verfügen.

Es waren keine Reichtümer, aber sie gestatteten Rodja und Swetlana, sich eine Wohnung in einem ruhigen Villenvorort zu mieten und einigermaßen sorgenfrei zu leben.

Dreimal bestellte man sie zu der deutschen Obersten Heeresleitung. Man befragte Rodja und Swetlana getrennt, aber sie wurden beide mit ausgesuchter Höflichkeit behandelt.

Ein Oberstleutnant Rudolf von Hildburg verhörte Swetlana. Ein russischer Dolmetscher war ebenfalls anwesend, mußte aber nur eingreifen, wenn Swetlanas Deutschkenntnisse nicht ausreichten, um die Fragen des Oberstleutnants zu beantworten.

Außerdem gab es noch einen Protokollführer und einen schweigsamen schmächtigen Mann in Zivil, der sich als Dr. Kreunen vorgestellt hatte. Swetlana vermutete, daß er vom deutschen Geheimdienst war.

Bei allen drei Zusammenkünften wurden ihr fast identische Fragen gestellt. Sie sei also mit der Zarenfamilie zunächst in Zarskoje Selo gefangengehalten worden und mit ihr nach Tobolsk gereist. Man wollte wissen, wie man sie behandelt hatte, erfragte die Namen der Wachoffiziere und ob sie selbst eine geheime Verbindung zu Boris Solowjow gehabt hätte.

Dann erkundigte sich Oberstleutnant von Hildburg nach Kommissar Jakowlew. Swetlana sagte wahrheitsgemäß alles, was sie wußte.

»Jakowlew hat Sie und das Zarenpaar also über Tjumen nach Omsk bringen wollen?« fragte von Hildburg.

»Ja, zusammen mit der Großfürstin Maria, die ihre Eltern begleitete.«

»Und warum sind der Zarewitsch und seine anderen Schwestern nicht mitgekommen?«

»Das geschah im Einverständnis mit Kommissar Jakowlew. Alexej Nikolajewitsch war schwer gestürzt. Er war nicht reisefähig. Herr Jakowlew versprach, ihn und die drei Großfürstinnen, in deren Obhut er zurückblieb, zu einem späteren Zeitpunkt abzuholen. Er ließ auch einen Teil seiner Soldaten in Tobolsk. Für uns war das ein Beweis, daß er tatsächlich vorhatte, dorthin zurückzukehren.«

Rodja legte man die gleichen Fragen vor. Vor allem aber wollte man genauestens wissen, was in jener Nacht geschehen war, als Jakowlew den Zug unerwartet in Ljubinskij halten ließ und der Zarenfamilie eröffnete, daß sein ursprünglicher Fluchtplan nicht mehr durchführbar sei. »Versuchen Sie, sich so wahrheitsgemäß wie möglich auszudrücken«, sagte Oberstleutnant von Hildburg. »Hat Kommissar Jakowlew in der Tat Nachricht erhalten, daß ihn und die Zarenfamilie in Omsk ein Aufgebot an Rotgardisten erwartete, um Sie alle auf Befehl des Sowjets von Jekaterinburg in eben diese Stadt zu bringen.«

»So hat er uns gesagt«, bestätigte Swetlana. »Darum

wollte er etwas anderes versuchen, um uns zur Flucht zu verhelfen. Doch Ihre Majestäten weigerten sich. Sie wollten in Rußland bleiben und in Jekaterinburg auf das Eintreffen des Zarewitsch und seiner Schwestern warten. Aber sie haben uns gedrängt, auf diesen Entschluß keine Rücksicht zu nehmen, wenn Herr Jakowlew die Chance sah, uns außer Landes zu bringen. Wahrscheinlich werden Sie wissen, daß er hier in Riga ausgestellte Pässe mit falschen Namen für uns alle besaß.«

»Und Sie haben, nachdem Sie in Ljubinskij den Zug verlassen haben, nichts mehr von der Zarenfamilie und Jakowlew gehört?«

Swetlana schüttelte den Kopf. »Er war auf Grund irgendwelcher Sondervollmachten aus Moskau zuversichtlich, daß man ihm in Jekaterinburg nichts anhaben könne. Dorthin wollte er mit der Zarenfamilie fahren.« Sie seufzte. »Ich würde gern wissen, ob sie vielleicht dort sind – und ob Kommissar Jakowlew keine Schwierigkeiten bekommen hat.«

Der Oberstleutnant strich sich über seinen Schnurrbart, den er genauso hochgezwirbelt und mit Pomade in Form gebracht hatte, wie ihn der deutsche Kaiser trug. Swetlana erinnerte sich, wie sie einmal mit der Zarin während eines Besuchs von Wilhelm II. in St. Petersburg über diese Barttracht gelacht hatte. Vor dem Ausbruch des Russisch-japanischen Krieges war das gewesen ...

»Nach unseren Informationen befindet sich indessen die ganze Zarenfamilie in Jekaterinburg, auch der Zarewitsch und die Großfürstinnen. In der Umgebung der Stadt soll es zu einer Konzentration antibolschewikischer Truppen gekommen sein, die von zwei tschechischen Eliteregimentern unterstützt werden. Ich verrate Ihnen kein Geheimnis, wenn ich sage, daß nicht nur im Uralgebiet, sondern in vielen Teilen Rußlands bereits bürgerkriegsähnliche Zustände herrschen. Falls Jekaterinburg von den Weißen zurückerobert wird, ist es durchaus möglich, daß die Zarenfamilie befreit wird.« Von Hildburg schenkte Swetlana ein sparsames Lächeln. »Was nun Jakowlew betrifft, so sollten Sie sich keine Gedanken um ihn machen. Leute wie er verstehen sich darauf, im richtigen Augenblick unterzutauchen. Ich glaube nicht, daß man noch einmal etwas von ihm hören wird.«

Dies war im Juni 1918 gewesen, und am 18. Juli erfuhr die Welt durch einen Funkspruch aus Zarskoje Selo, in dem die Bolschewiki eine Telegrafenstation unterhielten, daß man den Ex-Zaren Nikolaus Romanow auf Befehl des Stadtsowjets von Jekaterinburg in der Nacht zum 16. Juli erschossen habe. Seine Frau und seine Kinder seien an einen anderen sicheren Ort gebracht worden. Der Grund für die Erschießung und den Abtransport der anderen Gefangenen sei eine Offensive konterrevolutionärer Truppen gegen Jekaterinburg gewesen. Swerdlow, der Präsident des allrussischen Exekutiv-Komitees, habe die Aktion des Jekaterinburger Sowjets gebilligt.

Swetlana weinte, als die Zeitungen den Inhalt des Funkspruchs veröffentlichten, hatte sie doch immer noch auf eine Rettung des Zaren gehofft. Gleichzeitig quälte sie und Rodja die Frage, was aus der Zarin und den Kindern geworden sein mochte. Hatten die Bolschewiken sie wirklich verschont?

»Du solltest nicht allzu sehr darauf hoffen«, sagte Rodja zu ihr, als er einige Tage später aus der Stadt nach Hause kam. Es lebten etliche russische Emigranten in Riga, die sich regelmäßig trafen, um eventuelle Informationen über die Ereignisse in der alten Heimat auszutauschen. »Jekaterinburg wird bereits umkämpft. Es ist wahrscheinlich nur eine Frage von Tagen, bis die Stadt von den Weißen Divisionen erobert worden ist. Aber bevor die Roten Jekaterinburg und andere Stützpunkte aufgeben, werden sie keinen der Zarenfamilie am Leben lassen.«

Er behielt recht, und die grausame Wahrheit sickerte allmählich trotz aller Geheimhaltungsversuche der Bolschewik durch.

Man hatte sie alle in jener Julinacht erschossen – auch die Zarin, den Zarewitsch und die vier jungen Großfürstinnen. Und wie es hieß, hatte man ihre Leichen mit Schwefelsäure übergossen und in einem verlassenen Minenschacht bei Jekaterinburg auf einer Art Scheiterhaufen verbrannt.

Als Swetlana und Rodja aus Rußland geflohen waren, hatte die Erleichterung darüber, daß ihr Leben gerettet war, jede andere Empfindung überdeckt. Nie mehr wollten sie dorthin zurückkehren, wo man sie verfolgt hatte. Dieses jetzige Rußland, so meinten sie, war nicht mehr ihre Heimat und würde es auch nie mehr werden können.

Doch dann mehrten sich die Nachrichten von einem Bürgerkrieg und dem Vormarsch der Weißen Divisionen. Schon im Vorjahr war es General Kornilow gelungen, den Bolschewiken zu entkommen. Zusammen mit General Alexejew hatte er ein ›Heer der Freiwilligen‹ gegründet mit dem Ziel, Rußland aus den Händen der Bolschewiken zu befreien. Es kam zu erbitterten Kämpfen gegen die Rotarmisten, zu deren Oberbefehlshaber Trotzki berufen worden war.

Auch im Süden des Landes hatten sich Weiße Freiwilligendivisionen zusammengefunden, die in Richtung der Wolga und des Ural marschierten. Und in Sibirien liefen vierzigtausend ehemalige tschechoslowakische Kriegsgefangene zu den Weißen über, unterstellten sich den russischen Offizieren und trieben die Bolschewiken zurück. Sie eroberten Jekaterinburg, besetzten die Eisenbahnlinie nach Wladiwostok, und die Alliierten entschlossen sich endlich nach langem Zögern, ebenfalls Soldaten nach

Rußland zu entsenden, um die tschechischen Truppen zu unterstützen.

Und da wuchs mit einem Mal die Hoffnung: Wenn die Weißen siegten – würde es dann ein Rußland geben, in das man aus dem Exil zurückkehren konnte? Eines, in dem es keine politische Verfolgung gab – aber auch nicht mehr diese Kluft von himmelschreiender Ungerechtigkeit zwischen Arm und Reich, wie sie vor der Revolution bestanden hatte.

Swetlana entdeckte, daß Rodja aus dem Gedächtnis Skizzen von Zarskoje Selo und den anderen kaiserlichen Palästen anfertigte. Auch die Zarenfamilie zeichnete er wieder, wie sie in Tobolsk gelebt hatte. Nikolaus in einem Soldatenhemd beim Holzsägen, Alexandra Fjodorowna, wie sie in ihrem Rollstuhl saß und Wollstrümpfe strickte, die Zarentöchter beim Unkrautjäten in dem kleinen Gemüsegarten hinter der Gouverneursvilla, Alexej mit seinem Spaniel Joy – und ihre Bewacher hinter dem Holzzaun. Er zeichnete Anastasia, wie sie auf dem Zaun saß und mit ihnen plauderte, und die entsetzten, verstörten Gesichter ihrer Geschwister, als die Soldaten den Rodelberg zerschlugen, der ihnen einen kleinen Abglanz ihrer früheren winterlichen Freuden in Zarskoje Selo zurückgebracht hatte.

»Ich will soviel an Erinnerungen festhalten, wie es nur geht«, sagte Rodja. »Jetzt ist alles noch lebendig in mir, und ich halte es für wichtig, auf diese Weise eine Art Zeugnis abzulegen für alles, wie es war. Ich hoffe, es gelingt mir, mit diesen Bildern noch einmal unser früheres Leben ins Bewußtsein zurückzurufen. Und vor allem die beispiellose Tapferkeit und Würde, mit der sie ...« Er stockte und deutete auf eine Zeichnung der Zarenfamilie, wie sie in Tobolsk abends um den Tisch beieinandersaß und Nikolaus aus einem Buch vorlas. »Sie waren alle so unsagbar bewunderungswürdig in ihrem Unglück«, setzte er leise hinzu. »Ich möchte nicht, daß das vergessen wird.«

Swetlana blätterte in seinem Skizzenblock. Lange betrachtete sie einen Entwurf des Isaak-Platzes. Im Vordergrund erhob sich das Denkmal von Zar Nikolaus I., im Hintergrund sah man die Fassade des Petersburger Rathauses mit seinem lindgrünen Dach. Darin befand sich jetzt, wie sie gehört hatte, das Exekutivkomitee des Petrograder Sowjets. »Meinst du, daß wir dies alles jemals wiedersehen?« fragte sie, und Rodja hob die Schultern.

»Wir haben ›doswidanja‹ gerufen, als wir nach Tjumen gebracht wurden ...«

Sie nahm sein Gesicht zwischen ihre Hände. Sein dunkles Haar hatte viele graue Strähnen bekommen in der Zeit ihrer Gefangenschaft, und zwei scharfe Falten zogen sich von den Nasenflügeln zu den Mundwinkeln. Swetlana küßte sie. »Es ist schlimm, nirgendwo mehr wirklich zu Hause zu sein. Meinst du, daß wir es schaffen, damit fertigzuwerden?«

»Aber wir sind doch zu Hause«, erwiderte Rodja. »Du bei mir, ich bei dir – und Toska bei uns beiden. Ist das nicht genug?«

»Du hast recht«, sagte sie beschämt. »Es ist mehr als genug. Und eines Tages, wenn dieser verfluchte Krieg zu Ende ist, werden wir nach Paris zu Jurij und Nina fahren und uns zu unserem ideellen Zuhause noch eines mit festen Mauern und großen Fenstern zulegen. Einen Garten sollte es haben, in dem Toska spielen kann – und ein behagliches großes Zimmer für Fjodor.«

Ihre Augen verdunkelten sich. »Glaubst du, daß wir ihn finden werden, wenn wir nach Wien reisen können?«

»Wir werden alles daransetzen«, versprach Rodja. Er wußte, daß Swetlana, seit sie ihrer Gefangenschaft entkommen waren, mehr denn je an ihren Sohn dachte. Immerhin hatten sie von Xenia die Adresse der Leute bekommen, bei denen Leonid Soklow das Kind zurückgelassen hatte. Aber seitdem waren Jahre vergangen.

Fjodor mußte jetzt siebzehn sein, fast ein erwachsener Mann. Aber was war aus ihm geworden? Nach Leonid Soklows Willen ein zerstörter junger Mensch, verkommen und bösartig durch die Umgebung, in die man ihn verpflanzt hatte? Oder besaß er jene innere Kraft, sich nicht hinunterziehen zu lassen und sich auch im größten Schmutz die Reinheit von Seele und Geist zu bewahren?

Er ist ein Romanow, dachte Rodja. Einer der letzten – und wäre, wenn man ihn nachträglich legitimiert, sogar ein Anwärter auf den Zarenthron. Bei dieser Vorstellung überlief es ihn kalt.

»Versprich mir eines«, sagte Rodja und nahm Swetlanas Hände. »Du und ich, wir wissen, wer Fjodorenkas leiblicher Vater ist. Auch Jurij und Xenia kennen die Wahrheit. Aber sonst darf niemand sie erfahren, vor allem dein Sohn nicht. Ein ermordeter Zar und ein ermordeter Zarewitsch sind genug.«

Wenn dieser verfluchte Krieg zu Ende ist, hatte Swetlana gesagt. Doch darüber vergingen noch Monate, in denen Hunderttausende junger Männer auf dem Schlachtfeld geopfert wurden, ein Massensterben, wie es die Welt niemals zuvor gekannt hatte. Monate auch, in denen die Throne Europas wankten und schließlich hinweggefegt wurden, weil die Völker es satt hatten, für ihre Herrscher zu bluten.

Der Frieden von Brest-Litowsk, den Deutschland so dringend gebraucht hatte, ermöglichte es Kaiser Wilhelm II. und seinen Feldherren, nun verstärkt gegen Frankreich zu Felde zu ziehen.

Doch diese Offensive, die bereits im März 1918 begonnen hatte, läutete das Ende des deutschen Vormarschs ein.

Amerika war auf seiten der Alliierten in den Krieg eingetreten. Mit einem ungeheuren Aufgebot an Waffen und Soldaten kam es den bedrängten Franzosen zu Hilfe, um zu verhindern, daß die Deutschen Paris einnahmen.

Bis zur Marne waren die Sturmdivisionen General Ludendorffs gekommen, ein Sieg, den Abertausende mit ihrem Leben bezahlten. In Deutschland wurden die Siebzehn- bis Achtzehnjährigen eingezogen, und die Waggons, mit denen man sie an die Front schickte, trugen Aufschriften wie ›*Deutschlands letztes Aufgebot*‹ oder ›*Der Kindermord von Bethlehem*‹.

Anfang August hatten die Alliierten, unterstützt von den Amerikanern, ihre Truppenkonzentrationen vor der deutschen Frontlinie abgeschlossen. Es war der 8. August, als ein Fegefeuer aus Tausenden Geschützen auf die deutschen Stellungen herniederging. Gas- und Nebelmunition vergiftete die Männer in den Gräben, Minenwerfer spien den Tod aus, und der Himmel war schwarz von Flugzeugen, die die Stellungen bombardierten. Die gelandeten Kampftruppen aus den USA vollendeten das Werk der Vernichtung.

Rückzug hieß nunmehr die Devise für die, die diese Hölle überlebt hatten. Und so wanderten sie dahin über zerstörtes, zerbombtes Land, die feldgrauen deutschen Regimenter, nach Osten und Norden, dorthin, wo sie im Frühjahr so siegessicher ihre Offensive begonnen hatten. Es gab keinen Sieg mehr; der Krieg war verloren.

Doch nicht nur Deutschland erlitt tödliche Niederlagen. Am 29. September schloß Bulgarien einen einer Kapitulation gleichzusetzenden Waffenstillstand mit den Alliierten. Österreich-Ungarn blutete an der Piave und anderen Kriegsschauplätzen aus. In der Türkei drangen die Briten bis nach Damaskus vor, in Prag riefen tschechische Nationalisten die Unabhängigkeit von der Habsburger-Dynastie aus, und die Südslawen gründeten ihren eigenen Staat: Jugoslawien. Es kam zu Meutereien von Kroaten, Bosniaken und den ungarischen Truppen, und Ludendorff drängte angesichts der hoffnungslosen Situation auf einen sofortigen Waffenstillstand.

Aber die Siegermächte lehnten es ab, mit der Regierung von Kaiser Wilhelm II. in Verhandlungen zu treten. Darum wurde in aller Eile im kaiserlichen Hauptquartier in Spa eine Regierungsumbildung nach parlamentarischem Muster beschlossen. Der neue deutsche Reichskanzler hieß Prinz Max von Baden, ein Mann, dem viele Hoffnungen galten, da er ein aufrechter demokratischer Politiker war. Am 4. Oktober richtete seine neue Regierung, zu der zum ersten Mal in der deutschen Geschichte auch Sozialdemokraten gehörten, ein Waffenstillstandsangebot an den amerikanischen Präsidenten Wilson. Doch die Alliierten hielten den Zeitpunkt für verfrüht. Sie wollten die vollständige Zerschlagung des deutschen Kaiserreichs und zögerten die Kämpfe bis Ende Oktober hinaus. Je größer Deutschlands und Österreichs Niederlage war, um so härtere Friedensbedingungen konnte man diktieren.

Aber das deutsche Volk war nicht mehr gewillt, noch weitere sinnlose Opfer zu bringen. Kommunisten und Sozialdemokraten hämmerten es den Arbeitern in den Munitionsfabriken ebenso ein wie den Hungernden in den Städten und den Matrosen der deutschen Hochseeflotte, die in Wilhelmshaven vor Anker lag und noch einmal zu einem letzten Verzweiflungsangriff gegen die englische Home-Fleet auslaufen sollte: »Legt die Arbeit nieder! Weigert euch, euren Offizieren zu gehorchen! Schluß mit dem Kämpfen und Töten für den Kaiser! Der Krieg ist aus, es lebe die Revolution!«

Die Menschen gingen auf die Straßen. Streikposten wurden vor den Fabriktoren aufgestellt, und wer sich ihnen widersetzte, wurde niedergeschlagen. In Wilhelmshaven und Kiel wurden die Offiziere von meuternden

Matrosen überrannt, und in Berlin demonstrierten Hunderttausende. Sie verlangten die Abdankung des Kaisers und des Kronprinzen bis zum 8. November um die Mittagszeit.

Zwei Tage später verließ Wilhelm II. in einem Sonderzug das kaiserliche Hauptquartier in Spa, um nach Holland ins Exil zu gehen.

Auch Österreich-Ungarn wurde von den revolutionären Veränderungen ergriffen, das Kaiserhaus gestürzt und die Republik ausgerufen.

Am 11. November 1918 wurde im Wald von Compiègne endlich der Waffenstillstand unterzeichnet. Er enthielt unsagbar harte Bedingungen für die Verlierer, diktiert vom Haß der Sieger. Zweimal mußte Deutschland um eine Verlängerung des Waffenstillstands nachsuchen, bis endlich am 18. Januar 1919 in Versailles die Konferenz zusammentrat, die über den endgültigen Friedensvertrag beriet. Ende Juni konnte er im Versailler Spiegelsaal von den beteiligten Mächten unterschrieben werden.

Rodja und Swetlana hatten mit ihrer kleinen Tochter Toska bereits im November 1918 verlassen können, da es schon zu diesem Zeitpunkt feststand, daß der ursprüngliche Friedensvertrag von Brest-Litowsk zwischen Deutschland und Rußland als ungültig erklärt werden sollte und Deutschland sämtliche eroberten Gebiete wieder abtreten mußte.

Mit den Masslejews reisten zahlreiche russische Emigranten zunächst per Schiff nach Malmö in Schweden. Nach einigen Tagen Aufenthalt erklärte sich der Kapitän eines belgischen Frachters bereit, die Flüchtlinge ins französische Le Havre mitzunehmen.

Es wurde eine strapaziöse Reise über die stürmische winterliche See. Die meisten Passagierc litten unter Seekrankheit, auch Swetlana, während Rodja und Toska glücklicherweise Sturm und Wellen nichts ausmachten. Die ›Oostende‹ war ein alter Meeresveteran mit dunklen, engen Kajüten, auch nicht besonders sauber, aber es war das Schiff, das sie endlich unangefochten nach Frankreich brachte.

Rodja hatte von Bord aus Jurij in Paris telegrafiert, daß sie auf dem Weg nach Le Havre waren, und als die ›Oostende‹ dort einlief, stand Swetlanas Bruder am Kai.

Sie weinten alle, als sie einander umarmten, und Jurij sagte ein um das andere Mal: »Daß ihr es geschafft habt! Daß ihr dieser Hölle entkommen seid! Oh, ihr wißt nicht, wie wir uns um euch geängstigt haben.«

In Paris hatte Nina ihnen in der Rue St. Honoré, wo sie noch immer wohnten, das schönste Zimmer hergerichtet, und sie sagte: »Bleibt, solange ihr wollt. Es ist so wundervoll, daß wir wieder zusammen sind.«

Aber Swetlana wünschte sich nach all den Leiden der Gefangenschaft endlich wieder ein eigenes Zuhause, so daß Rodja und sie schließlich eine Wohnung in Neuilly mieteten, die auch groß genug war, um Fjodor aufzunehmen, falls sie ihn denn endlich fanden.

Es war nicht leicht, so kurz nach Kriegsende von der französischen Regierung die Genehmigung zu erhalten, nach Österreich zu reisen, aber die besonderen Umstände, die Swetlana und Rodja ins Feld führten, bewirkten schließlich, daß ihnen die Bewilligung erteilt wurde. Jurij hatte gleichfalls dazu beitragen können, weil unter den regelmäßigen Kunden seines Antiquitätengeschäfts ein hohes französisches Regierungsmitglied war, das sich für Swetlana und Rodja verwandte.

Und so waren sie nun an jenem trüben Novemberabend in Wien eingetroffen, jeder ängstlich bemüht, dem anderen die Sorge zu verbergen, was sie dort erwarten mochte. Und gleichzeitig von der Hoffnung beseelt, Fjodor nach so vielen Jahren in die Umgebung zurückholen zu können, in die er gehörte.

Er habe ihn zu einer Familie Pachlinger in der Breslauer Straße gebracht, hatte Leonid Soklow seinerzeit Xenia gestanden. Es war eine üble Gegend, in die sich Rodja und Swetlana am Morgen nach ihrer Ankunft mit einem Mietwagen bringen ließen. Schmutzige, verwahrloste Häuser gab es hier, in der ebenso schmutzige, verwahrloste Kinder auf der Straße und in von Brandmauern umgebenen, von Müll überquellenden Hinterhöfen spielten. Die Sonne, die an diesem Vormittag schien, ließ die Trostlosigkeit dieses Stadtviertels doppelt hervortreten.

Das Haus in der Breslauer Straße, vor dem der Mietwagen schließlich hielt, beherbergte im Parterre eine zwielichtige Spelunke. ›Zum Engelsbrunnen‹ hieß sie sinnigerweise. Jetzt, am Vormittag, war sie geschlossen, und die Holzläden vor den Fenstern und der Eingangstür waren verriegelt. Rodja suchte nach einem Türklopfer, und als er ihn nicht fand, schlug er mit der Faust gegen die Tür, deren Farbe schon lange vor dem Krieg abgeblättert sein mochte.

Dahinter rührte sich nichts, und so wandte Rodja sich schließlich an ein paar Kinder, die ihn und die vornehm gekleidete Dame in seiner Begleitung aus einiger Entfernung neugierig begafften. »Wo wohnt der Besitzer dieses Hauses?«

Sein Deutsch war nicht sehr gut, und so mischte Swetlana sich ein. »Könnt ihr uns helfen? Wir suchen eine Familie Pachlinger, die hier gewohnt hat – oder vielleicht immer noch wohnt.«

Die Kinder, drei Buben und zwei Mädchen waren es, kicherten über ihren russischen Akzent. Immerhin verstanden sie, was sie gefragt hatte, und ein Mädchen, vielleicht zwölf Jahre alt, mit einem blassen, pickeligen Gesicht und unkindlich wissenden Augen, trat ein Stück nach vorn.

»Vielleicht kennen wir die Pachlingers. Wieviel ist's Ihnen denn wert, daß wir darüber nachdenken?«

Rodja griff in die Tasche seines Mantels, aber Swetlana winkte ab. »Warte noch.« Dann wandte sie sich wieder an das Mädchen. »Die Pachlingers interessieren uns eigentlich gar nicht so sehr. Aber vielleicht kennt ihr jemanden, der eine Zeitlang bei ihnen war? Er heißt Fjodor Soklow ...«

»Der Russ'!« Ein sommersprossiger Junge lachte. »Freilich kenn' i den. Er arbeitet in dem Hurenlokal da und ...«

»Halt's Maul, du Depp!« fuhr ihm das Mädchen über den Mund. »Erst müssen s' zahlen, die Herrschaften. Sonst fällt uns gar nix mehr ein.«

Nun holte Rodja doch ein paar Geldstücke aus der Tasche und hielt sie dem Mädchen hin. »Und wo finden wir Fjodor Soklow jetzt?«

Das Mädchen grapschte nach dem Geld. »Gehn S' in den Hof. Im Stiegenhaus rechts oben haust der Russ'. Die Pachlingers wohnen auf der anderen Seit'. Der Russ' war sich neuerdings zu fein, um mit denen zusammenzuhausen. Arg eingebildet is' der. Dabei is' er net mehr als das Pachlinger-Gesindel. Eine blöde, arme Sau ...«

Es blieb lange still, als Swetlana an die Tür klopfte, die das Mädchen ihr bezeichnet hatte. Dann rief eine verschlafene Stimme: »Was is'? Laßt's mich doch in Ruh'. Gestern ist's wieder fünf Uhr in der Früh' geworden.«

Es war eine Männerstimme, und sie sprach deutsch mit österreichischem Anklang. Swetlana antwortete auf russisch. »Fjodorenka, mach auf. Ich bin da, deine Mutter.«

Ein paar Sekunden lang war es totenstill. Dann hörte sie, wie sich hastige barfüßige Schritte der Tür näherten. Ein Schlüssel wurde im Schloß gedreht und die Tür aufgerissen.

Es war Fjodor, der im Rahmen stand. Nicht mehr das Kind, das Swetlana genommen worden war, sondern ein junger Mann, blond und blauäugig und mit einem völlig verstörten Gesichtsausdruck. Er musterte Swetlana mit einem funkelnden Blick, als sei er gewärtig, genarrt zu werden, und bereit, dafür zurückzuschlagen.

»Fjodorenka«, wiederholte Swetlana. »Kennst du mich denn nicht mehr?«

»*Maman*«, stammelte er. »Matuschka ...« Die Härte seines Gesichtsausdruck verlor sich, machte zunächst tiefem Unglauben Platz, bevor ein geradezu überwältigtes Strahlen sein Gesicht überzog.

O ja, er erkannte sie wieder, die Frau, die seine Kindheit erhellt, die er geliebt und nach der er sich in den Jahren der Trennung fast zu Tode gesehnt hatte. Es war ihre Stimme, ihr Lächeln, es waren ihre Augen und ihr schönes weizenblondes Haar.

Freilich war auch sie gezeichnet von Leiden, deren Einzelheiten Fjodor nicht kannte, die er aber erahnen konnte, wußte er doch, was in Rußland seit der Abdankung des Zaren geschehen war. Er hatte sich oft gefragt, ob seine Mutter überhaupt noch lebte.

Sie muß leben, hatte er dann gedacht. Wenn dieser Krieg vorbei ist, will ich nach ihr suchen. Ich will sie wiedersehen. Und nun stand sie vor ihm ...

»Matuschka«, wiederholte Fjodor. Er stieß einen erstickten Schrei aus und fiel vor ihr zu Boden. Schluchzend umklammerte er ihre Hüften und legte seinen Kopf gegen ihre Brust. Sie weinten beide und hielten sich umarmt, und Swetlana wiegte ihren Sohn hin und her, als sei er noch immer der kleine Fjodorenka, der sich zu ihr geflüchtet hatte, wenn irgend etwas seine Kinderwelt verdunkelte.

Als Fjodor nach einer Weile den Kopf hob und Swetlana ansah, als könnte er noch immer nicht fassen, daß sie bei ihm war, entdeckte er Rodja hinter ihr. »*Monsieur* Rodja?« fragte er unsicher, und Rodja trat auf ihn zu.

»Nicht ›*Monsieur*‹«, sagte er. »Du und ich und deine *maman* gehören zusammen. Wir haben geheiratet.«

Er streckte Fjodor beide Hände entgegen und zog ihn hoch, um ihn nun ebenfalls zu umarmen. »Mein Lieber! Es tut so gut, dich wiederzuhaben.«

Fjodor blickte von einem zum anderen. »Ihr seid verheiratet? Dann ... lebt er also nicht mehr?«

Sie wußten, wen er meinte, und sie begriffen auch, warum er den Namen nicht aussprechen wollte.

»Er ist im Krieg umgekommen«, sagte Swetlana, und Fjodor schloß für einen Moment die Augen.

»Das ist gut ...«

»Ja«, erwiderte Rodja einfach. »Aber du hast eine kleine Schwester bekommen, Fjodorenka. Sie heißt Toska, und sie wartet in Paris bei deinem Onkel Jurij und deiner Tante Nina auf dich. Erinnerst du dich noch an die beiden?«

Es hatte Zeiten gegeben, wo Fjodor sämtliche Bilder seines früheren Lebens verdrängt hatte. Es hatte zu weh getan, daran zu denken. Aber manchmal, wenn er besonders unglücklich gewesen war, hatte er sie doch heraufbeschworen, die Gesichter der Menschen, die gut und liebevoll zu ihm gewesen waren – in einer Welt, aus der Leonid Soklow ihn grausam herausgerissen hatte.

Fjodor nickte und blickte wieder Swetlana an. »Ich habe nichts vergessen. Dann lebt ihr jetzt also alle zusammen in Paris?«

»Nicht alle«, erwiderte Swetlana. »Tante Xenia ist mit ihrem Mann in Rußland geblieben. Wir sind seit langem ohne Nachricht von ihnen. Und Tante Irina ist tot.«

Hinter ihrem Rücken wurde die Fjodors Zimmer gegenüberliegende Tür aufgerissen. Ein dicker Mann in Hose und Unterhemd tauchte auf. Er hatte kleine tiefliegende Augen und einen schwarzgelockten Haarkranz, der weit in den bulligen Nacken wuchs.

»Wer reißt denn hier die Goschen so weit auf! Fjodor, du Saukerl, hab ich dir net gesagt ...« Er verstummte, weil er erst jetzt richtig wahrnahm, wer bei Fjodor im Treppenhaus stand. Ein schmieriges Grinsen überzog sein unrasiertes Gesicht. »Verzeihung, die Herrschaften. Mein Name is' Pachlinger, Alois Pachlinger. Was führt denn die Herrschaften hierher?«

Swetlana machte sich nicht die Mühe, zurückzulächeln. »Ich bin Fjodors Mutter und hergekommen, um ihn mitzunehmen.« Sie wandte sich ihrem Sohn zu. »Zieh dich rasch an, wir gehen sofort.«

»Moment, Moment ...« Alois Pachlingers Freundlichkeit schwand so rasch, wie sie gekommen war. »Sie wollen ihn mitnehmen? Aber da könnt' ja eine jede behaupten, er wär' ihr Sohn. Der Bub is' uns von seinem Vater anvertraut word'n. Wir haben ihn gehalten wie unser eigen Fleisch und Blut – auch als das Geld längst auf'braucht war, das der Herr Vater für ihn dagelassen hat. Und jetzt kommen S' daher und wollen ihn uns fortnehmen?«

Rodja mischte sich ein. »Bitte, Fjodor, übersetze du ihm, was ich ihm zu sagen habe«, bat er auf russisch. Er blickte Pachlinger angewidert an. »Fjodor Soklow ist widerrechtlich aus Rußland entführt worden. Es hat viele Jahre gedauert, bis wir seine Spur fanden und endlich hierher kommen konnten. Aber die Behörden haben uns auf unsere Intervention hin gestattet, ihn nach Frankreich mitzunehmen.«

»Ich scheiß' auf eure Behörden!« schrie Pachlinger. »Ich bin der Ziehvater, ich hab die Erziehungsgewalt, also bestimm' ich auch, wo er bleibt!«

Der Wortwechsel hatte bewirkt, daß eine fette ältliche Frau und drei halbwüchsige Buben in der Tür der Pachlingerschen Wohnung aufgetaucht waren. »Hansl, Rudi und Franz, kommt's her!« zeterte Pachlinger. »Sie wollen uns unseren Fjodor fortholen!«

Die ältere Frau, allem Anschein nach Frau Pachlinger, kreischte auf, als Rodja nach Fjodors Arm griff. »Er bleibt hier! Nur sein Vater kann ihn abholen!«

Ihre Söhne drängten sich nach vorn, und einer von ihnen hielt plötzlich ein Messer in der Hand.

»Ihr rührt die beiden nicht an!« schrie Fjodor, und sein Gesicht spiegelte eine Mischung aus Angst und Haß wider. Aber der Haß überwog, und er veranlaßte ihn, Alois Pachlinger an seinem schmutzigen Unterhemd zu packen und ihn dicht an sich heranzuziehen. »Ziehvater nennst du dich? Wozu hast du mich denn erziehen wollen? Stehlen sollt' ich, kaum daß ich bei euch war, und wenn ich es nicht fertiggebracht habe, hast mich verprügelt, daß ich kein Glied mehr rühren konnt'. Mit Essensentzug hast mich bestraft und gelacht, wenn deine Buben mich geschlagen und gequält haben. ›Gebt's ihm nur ordentlich‹, hast du sie angefeuert. ›Drescht seinen verdammten Hochmut aus ihm heraus!‹ Und so hab ich am End' gestohlen und all die Lumpereien mitgemacht, zu denen du mich verleitet hast. Ausgenutzt hast mich, solang' ich bei euch lebe, und jetzt willst mich hierbehalten, weil meine Arbeit in deinem verdammten Bordell dich nix kostet.« Er fuhr zu Swetlana herum. »Das ist wahr, *maman*. Der Pachlinger hat mir keinen lumpigen Heller dafür bezahlt. Und wenn ich ihn einmal um ein bissl Geld gefragt hab, hat er mich wieder geschlagen und gemeint, ich könnt's ja einem Freier aus der Brieftasche stehlen.«

»Er lügt!« schrie Frau Pachlinger dazwischen. »Kein Wort davon is' wahr! Wir haben ihn gehalten, als wär' er unser eigener Sohn.«

»Das stimmt«, sagte Fjodor. »Denn eure Kinder habt ihr net anders behandelt. Ihr habt sie zu Dieben und Verbrechern gemacht, und genau das sollte ich auch werden.«

Rodja legte ihm den Arm um die Schulter und zog ihn von Alois Pachlinger fort. »Laß es gut sein, Fjodor, es ist vorbei. Sag diesen Leuten, daß wir dich mitnehmen, und sag ihnen auch, daß wir uns an die Polizei wenden werden, wenn sie uns Schwierigkeiten machen.«

Der letzte Satz bewirkte, daß Josephine Pachlinger umschwenkte. Sie knickste plötzlich vor Swetlana. »Dann sind Sie also tatsächlich seine Mutter? Wir haben ja immer gehofft, daß sein Vater oder Sie, gnä' Frau, eines Tages herkommen würden, um nach ihm zu schauen. Schon, um die vielen Auslagen erstattet zu bekommen, die wir durch ihn hatten. Der Bub hat sich bemüht, uns einen Teil davon durch seine Arbeit zurückzuzahlen, doch das is' noch lang' net genug. Kleidung, Essen und Wohnung kosten mehr, als Ihr Gatte uns seinerzeit dagelassen hat.« Da sie sich bemühte, Hochdeutsch zu sprechen, verstand Swetlana sie und fragte nur: »Wieviel wollen Sie?«

Gleich darauf war sie um dreitausend französische Franc leichter, während Fjodor in sein Zimmer zurückkehrte, um sich anzuziehen.

»Ich begreife es immer noch nicht ganz«, sagte Swetlana am Abend in ihrer Hotelsuite zu Rodja. »Es ist alles so einfach gewesen. Fjodor ist bei uns, er schläft nebenan, und wir können morgen mit ihm nach Paris fahren.« Sie umarmte ihren Mann. »Kannst du das fassen?«

Er lächelte. »Ebensowenig wie du, mein Herz. Ich hatte mich auf alles mögliche gefaßt gemacht: daß Fjodor gar nicht mehr bei den Pachlingers lebte, daß er womöglich im Gefängnis saß oder irgendwohin verschwunden war. Ich fürchtete wirklich, der heutige Tag sei nur der Anfang all der neuen Probleme, die auf uns zukommen konnten.«

»Danke, daß du ›uns‹ gesagt hast.« Swetlana lehnte den Kopf an seine Brust.

»Was sonst? Ich denke und sage immer nur ›uns‹, seit wir miteinander leben. Einmal habe ich geschworen, daß du nie mehr in deinem Leben weinen sollst, wenn ich es verhindern kann, und heute, so scheint mir, haben wir einen der wichtigsten Gründe für deine Tränen aus der Welt geschafft.«

14. Kapitel

Fjodor sprach selten über das, was hinter ihm lag, und weder Rodja noch Swetlana drängten ihn, mehr davon zu erzählen.

Immerhin bat er, bevor sie Wien verließen, zum Melaten-Friedhof fahren zu dürfen. Dort gab es ein verwahrlostes Grab, das weder ein Kreuz mit einem Namen noch einen Stein aufwies.

»Hier liegt Marie Pachlinger begraben«, sagte Fjodor, als sie vor dem von Unkraut überwucherten Hügel standen. »Sie war vierzehn, als sie starb – an der Schwindsucht. Und sie war die einzige der ganzen Familie, die gut zu mir war. Sie war nicht wie die anderen.«

Und ein anderes Mal, schon auf der Reise nach Paris, sagte er: »Warum hat er mich nur so gehaßt, dieser Mann, der mein Vater war? Was habe ich ihm getan, um das zu rechtfertigen?«

Swetlana zog seinen Kopf an ihre Brust. »Sein Haß galt im Grunde gar nicht dir, sondern immer nur mir. Du warst das Mittel, mit dem er mich zu quälen vermochte, um mich zu bestrafen, weil ich ihn nicht liebte.«

Fjodor blickte zu ihr auf. »Aber ich war doch auch sein Sohn. Hat er denn gar nichts für mich empfunden?«

»Nein, ich glaube nicht«, sagte sie. »Er hat niemanden geliebt. So war er eben, und du solltest wirklich nicht mehr an ihn denken, geschweige denn, dir darüber den Kopf zerbrechen, warum Leonid Soklow dieses oder jenes getan hat. Vergiß ihn einfach, Fjodorenka, so wie du alles andere ebenfalls vergessen solltest, was in den letzten Jahren geschehen ist.«

Sie war unendlich dankbar, daß Leonid Soklows Rechnung nicht aufgegangen war. Der Schmutz, in dem Fjodor gelebt hatte, hatte ihm nicht wirklich etwas anhaben können. Trotz allem war er er selbst geblieben, ein junger Mensch, dessen unzerstörbarer guter Kern die Oberhand behalten hatte.

»Irgendwann würde ich gern studieren«, sagte er eines Tages zu Swetlana und Rodja, als sie längst wieder in Paris waren. Er hielt seine kleine Halbschwester auf dem Schoß und küßte sie auf ihre dunklen Locken. »Aber dazu fehlen mir natürlich einige Voraussetzungen. Ich müßte wieder zur Schule gehen.«

»Warum nicht?« antwortete Rodja. »Gleich morgen werde ich mich erkundigen, welche Möglichkeiten es für dich gibt. Unserer Unterstützung darfst du sicher sein. Und was möchtest du studieren?«

Fjodor lächelte unsicher. »Ich bin mir noch nicht ganz darüber im klaren. Kunstgeschichte – oder Medizin.« Er blickte seine Mutter an. »Du weißt, daß ich von Onkel Jurijs Antiquitäten fasziniert bin. Ich könnte mich stundenlang bei ihm aufhalten. Er versteht sehr viel von diesen Dingen – aber manchmal eben doch nicht genug. Man kann ihn betrügen, indem man ihm eine Truhe, ein Gemälde oder sonst etwas verkauft, das angeblich aus dem 14. Jahrhundert und aus einer alten berühmten Schule stammt, und in Wahrheit ist es eine Fälschung.« Er hielt Toskas Hände fest, die sein helles Haar zerwuschelten. »Nicht doch, mein Herzchen. Das ziept und tut mir weh.«

Sie blickte ihn erschrocken an. Dann gab sie ihm einen schmatzenden Kuß. »Will nich' weh tun«, sagte sie reuig und strich ihm die Haare glatt. »So, jetzt bist du wieder fein. Gehst du mit mir spazieren?«

»Jetzt nicht, Liebling«, antwortete Swetlana anstelle ihres Sohnes. »Fjodor und wir haben etwas zu besprechen. Magst du nicht ein Weilchen zu Gilberte in die Küche gehen? Sie wollte einen Kuchen backen, und du kannst ihr dabei helfen.«

»O ja!« Eilig krabbelte das Kind von Fjodors Schoß. Toska liebte Süßspeisen über alles und fand es herrlich, wenn Gilberte Bayard, die seit einiger Zeit den Haushalt versorgte, ihr erlaubte, die Schüsseln und Töpfe auszuschlekken.

Rodja stand auf, nachdem das Kind den Salon verlassen hatte. Er zündete sich eine Papyrossi an, die es in den russischen Läden der Stadt zu kaufen gab. »Du erlaubst doch, meine Liebe?« fragte er mit einem Blick auf Swetlana, und sie nickte lächelnd.

»Natürlich. Ich mag diesen Geruch. Er erinnert mich an daheim.«

Rodja setzte sich wieder an den Tisch. »Wenn ich dich richtig verstanden habe«, wandte er sich an Fjodor, »möchtest du Kunstgeschichte studieren, um später vielleicht einmal in Jurijs Geschäft einzutreten?«

»Er hat mir das schon angeboten«, antwortete der junge Mann. »Ich könnte irgendwann sein Teilhaber werden, und Onkel Jurij glaubt, daß wir ein gutes Gespann abgäben. Natürlich könnte ich auch etwas anderes tun ... In einem Museum arbeiten, beispielsweise, oder einem großen Auktionshaus oder in einem wissenschaftlichen Institut, wenn ich mich für ein Spezialgebiet entscheide. Es gibt da viele Möglichkeiten – falls ich mich nicht doch dazu entschließe, Arzt zu werden.« Er hob die Schultern und lächelte. »Was ihr mir von Tante Xenia und ihrem Mann erzählt habt, hat mich nämlich ebenfalls sehr beeindruckt, und ich frage mich, ob es nicht richtiger ist, etwas wirklich Nützliches zu tun, als sich nur mit wertvollen alten Dingen zu beschäftigen.« Er kam zu Swetlana und küßte sie auf die Wange. »Hältst du mich jetzt für sehr unentschlossen?«

»Aber nein, Liebling, keineswegs. Du bist eben noch auf der Suche nach dem richtigen Weg für dich. Und du hast noch viel Zeit, dich zu entscheiden. Erst einmal müßtest du tatsächlich wieder eine Schule besuchen. Das sollten wir bald in Angriff nehmen. Und vielleicht sollten wir gleichzeitig einen Französischlehrer für dich engagieren.«

Früher hatte Fjodor ein für sein Alter erstaunlich gutes Französisch gesprochen, doch inzwischen hatte er vieles vergessen. Trotzdem war es erstaunlich, wie rasch er sich in sein jetziges Leben hineingefunden hatte.

Anfangs hatte er bei Tisch das Essen regelrecht in sich hineingeschlungen, geradeso als könne man es ihm wieder fort nehmen oder es sei nicht genügend da, um satt zu werden. Weder Rodja noch Swetlana hatten etwas dazu gesagt, aber Fjodor war eines Tages von selbst darauf gekommen. Plötzlich hatte er während eines Mittagessens sein Besteck zur Seite gelegt. »Ich glaube, ich esse wie ein halb verhungerter Stallknecht. Verzeiht ... Ich muß einen scheußlichen Anblick bieten.«

»Da gibt es nichts zu verzeihen«, hatte Swetlana gesagt. »Wahrscheinlich hast du früher oft hungern müssen.«

Er hatte darauf nur stumm genickt.

O ja, er hatte gehungert, denn die Pachlingers hatten selten genug zu essen gehabt – und schon gar nicht für ihn. »Wennst net satt wirst, geh und besorg dir was«, hatte Josephine Pachlinger höchstens gesagt. »Meine Buben machen's grad' so.«

Etwas besorgen, das hieß, es zu stehlen – oder zumindest das Geld, mit dem man sich etwas kaufen konnte. Freilich konnte man sich manchmal auch etwas durch Botengänge verdienen oder indem man eine Arbeit annahm wie Kohlen in den Keller zu schaufeln, auf dem Markt schwere Kisten zu schleppen oder Holz zu hacken. Aber Fjodor war blaß und mager, und die meisten Leute hatten nach einem Blick auf ihn gesagt: »Du schaust net so aus, als wolltest du ordentlich zupacken. Nein, laß nur, Bub, ich such' mir einen, der älter und kräftiger ist.«

Alois Pachlinger trank, und wenn er kein Geld mehr für Schnaps hatte, mußten seine Söhne oder Fjodor und Marie zusehen, wo sie etwas herbekamen. Die beiden gingen meist zu Fuß den weiten Weg in die Innenstadt zur Kärtner Straße oder zum Stephansplatz und bettelten die Vorübergehenden an. Marie Pachlinger war zwei Jahre jünger als Fjodor, ein erbarmungswürdig mageres Ding, das oft hustete und Fieber hatte. Ihre Eltern kümmerten sich nicht viel um sie. Ihnen waren die robusten Söhne lieber, die schon frühzeitig genauso gewalttätig und gerissen wie ihr Vater waren.

»Marie, das Krepierl«, nannte Josephine ihre Tochter oft wegwerfend, ein Wort, das Fjodor zunächst nicht verstand, bis er begriff, daß es von ›krepieren‹ abgeleitet war, also die Bezeichnung für jemanden, der nicht genügend Lebenskraft besaß und deshalb bald sterben werde.

Seitdem tat Marie ihm unendlich leid, und er versuchte, sie vor ihren rauflustigen Brüdern ebenso zu beschützen wie vor ihrem Vater, der sie und Fjodor wegen jeder Kleinigkeit schlug.

Fjodor wußte, es hatte keinen Sinn, gegen das Prügeln aufzumucken. Der Pachlinger war ein Stier von einem Mann, der früher als Metzgergeselle gearbeitet hatte, bis sein Meister ihn wegen seiner häufigen Trunkenheit entlassen hatte. Und wenn Fjodor sich tatsächlich zur Wehr gesetzt hätte, so hätte Pachlinger ihn wahrscheinlich eines Tages zum Krüppel geschlagen oder sogar umgebracht.

Aber trotz seines elenden Daseins wollte Fjodor leben. Und wenn er alt genug war, würde er fortgehen. Irgendwie würde er es schaffen, sich allein durchzuschlagen, weit weg von den Pachlingers und ihren Gemeinheiten.

Einmal hatte er mit Marie darüber gesprochen, und sie hatte zu weinen begonnen. »Geh net weg, Fjodor, ich bitt' dich! Was soll ich denn tun ohne dich?«

In dem Hinterhof war es gewesen, der sich an den ›Engelsbrunnen‹ anschloß, und das Kreischen der Huren und das betrunkene Grölen der Männer war bis nach draußen gedrungen. Fjodor hatte seinen Arm um Marie gelegt. »Ich geh' ja nicht gleich«, hatte er sie zu trösten versucht. »Und wenn du willst, kannst du mitkommen. Aber dazu müssen wir beide erwachsen sein, damit deine Eltern nicht mehr über uns bestimmen können.«

Ein halbes Jahr später war Marie tot gewesen. Vier Tage lang hatte sie im Bett gelegen, fiebernd und hustend, und manchmal hatte sie Blut gespuckt. Fjodor hatte ihre Mutter bestürmt, einen Arzt zu rufen, doch sie hatte nur gesagt: »Wozu? Die is' noch allemal von selbst wieder aufgestanden. Oder willst etwa du den Doktor bezahlen, du Depp? Du hast doch nix und bist nix, und wir füttern dich nur aus Barmherzigkeit durch.«

Und dann hatte sie wieder einmal die endlose Litanei angestimmt, daß das bißchen Geld, das Leonid Soklow für ihn, Fjodor, zurückgelassen habe, längst aufgebraucht und er nur ein unnützer Fresser sei, den man im Grunde davonjagen müsse.

»Dann tut es doch«, hatte Fjodor gesagt, und Josephine Pachlinger hatte ihm eine Ohrfeige gegeben. »Nix da! Du wirst Groschen für Groschen abarbeiten, was du uns kostest.«

Stehlen und betteln verstand sie darunter und später die Arbeit im ›Engelsbrunnen‹, als er sechzehn geworden war.

Es war ein Tag im Januar gewesen, als Marie Pachlinger gestorben war, und der einzige, der um sie geweint hatte, war Fjodor gewesen.

Im ›Engelsbrunnen‹ mußte er die Huren und ihre Freier bedienen. Aber zu seinen Aufgaben gehörte auch, daß er eingriff, wenn einer nicht zahlen wollte oder sonstwie Ärger machte. Und wenn die Huren untereinander Streit bekamen, mußte Fjodor sie wieder zur Räson bringen. Immerhin mochten sie ihn und brachten ihm sogar eine Art mitleidiger Sympathie entgegen. Er war so hübsch und so jung, daß man ihn eigentlich bemuttern mußte. Und er begegnete ihnen immer freundlich, ganz anders als die Kerle, die in den ›Engelsbrunnen‹ kamen und die Mädchen oft wie ein Stück Dreck behandelten.

Einmal hatte Fjodor versucht, so ein armes Luder vor solchen Gemeinheiten zu schützen, und der Kunde hatte sich beim Pachlinger darüber beschwert. Der stiernackige Mann war wie ein Berserker auf Fjodor losgegangen und hatte ihn mit seinem ledernen Hosenriemen geschlagen, bis er am Boden lag. »Die Kunden zahlen, verstehst du!« hatte er gebrüllt. »Und die Weiber sind ein Abschaum. Deine Aufgab' ist's, dafür zu sorgen, daß sie sich vögeln lassen, und das Geld dafür einzutreiben. Alles andere geht dich nix an.«

Wieder einmal mehr hatte Fjodor gedacht: Das halte ich nicht aus. Ich gehe fort. Aber wohin hätte er gehen und wie es anfangen können, ein anderes Leben zu beginnen?

Und dann war das Wunder geschehen, das Fjodor sich manchmal in den Stunden seiner schlimmsten Verzweiflung ausgemalt hatte wie ein Kind, in dessen Vorstellungswelt Schutzengel und gute Feen selbst das größte Übel zum Guten wendeten: Seine Mutter und Rodja waren gekommen und hatten ihn heimgeholt.

Dieses Glück hatte viele Wunden geheilt. Dennoch war Fjodor nicht fähig, über das zu reden, was hinter ihm lag. Wozu auch? Es hätte die Vergangenheit nicht geändert.

Einmal war Swetlana dazugekommen, wie er sich in seinem Zimmer umzog. Mit nacktem Oberkörper hatte er dagestanden, und sie hatte entsetzt die Narben entdeckt, die sich über seinen Rücken und die Brust zogen. »Um Himmels willen, Fjodorenka, was ist das?«

Er hatte so gleichmütig erwidert, wie es ihm möglich gewesen war: »Der Pachlinger hat mich öfter geprügelt – mit einem ledernen Hosenriemen. Und die Narbe hier stammt von einem Messerstich, als es einmal Streit im ›Engelsbrunnen‹ gab.«

Swetlana hatte ihn umarmt und geweint. »Gott strafe Leonid Soklow! Was hat er dir nur angetan!«

»Es ist vorbei«, hatte Fjodor erwidert und ihr die Tränen abgetupft. »Am besten, du denkst gar nicht mehr daran, *maman.*«

Er siezte sie nicht mehr, wie er es früher hatte tun müssen. So etwas schuf eine Distanz, die sie beide weder brauchten noch wollten. Sie gehörten zusammen, und das Leben war wieder schön geworden.

Im Sommer 1920 wurde Swetlana und Rodja der Besuch eines russischen Flüchtlings gemeldet, der aus Petrograd kam. Er hieß Boris Derjagin, und er brachte Nachricht von Xenia.

»Ihre Schwester wollte mir einen Brief für Sie mitgeben«, sagte er. »Aber das war mir zu riskant. Falls man mich unterwegs aufgegriffen hätte, wäre er den Roten in die Hände gefallen, und Ihre Schwester und Ihr Schwager hätten große Unannehmlichkeiten bekommen.«

Wie er berichtete, arbeiteten Xenia und Pjotr indessen in einem Petrograder Krankenhaus. »Es geht ihnen gut, und Sie brauchen sich keine Sorgen um die beiden zu machen. Ärzte sind in Rußland im Augenblick genauso wichtig wie Soldaten. Sie wissen ja, daß noch überall gekämpft wird, und ein Ende ist nicht abzusehen.«

Dann fügte Derjagin hinzu: »Außerdem weiß niemand, wie dieser Kampf ausgeht. Die Alliierten haben zu spät erkannt, welche Gefahr ihnen von einem bolschewistischen Rußland droht, und sich deshalb auch zu spät entschlossen, die Weißen Garden zu unterstützen. Sie hatten einige Anfangserfolge, doch im Augenblick sind die Roten wieder auf dem Vormarsch. Sie haben viele Gebiete zurückerobert und die Weißen manche Niederlage einstecken müssen. Trotzdem sind Ihre Schwester und Ihr

Schwager noch immer davon überzeugt, daß es eines Tages ein freies, demokratisches Rußland geben wird. Deshalb wollen sie bleiben. Aber in meinen Augen ist es die falsche Entscheidung. Ich bin Maschinenbauingenieur, müssen Sie wissen und hätte ganz bestimmt bei den Bolschewiken eine entsprechende Stellung gefunden. Aber ich habe das Exil vorgezogen. Zurückkehren kann man schließlich immer noch, wenn die Verhältnisse anders geworden sind.«

Zurückkehren ... Manchmal sprach auch Swetlana inzwischen davon, und Rodja sagte: »Wir kehren heim, sobald wir die Gewißheit haben, daß wir dort nicht mehr in Gefahr sind. Doch bis dahin tun wir klug daran, Frankreich als unsere Heimat zu betrachten.«

Lieber vernünftiger Rodja! Er hatte recht, dennoch fiel es Swetlana schwer, in Paris Wurzeln zu schlagen, obgleich sie sich immer wieder vor Augen hielt, daß die alte Heimat nicht mehr so war und auch nie mehr so sein würde, wie sie sie gekannt und geliebt hatte.

Dies begriff sie endgültig an jenem Tag im September, als wiederum ein Flüchtling aus Rußland, der Diakon Gennadij Pawloitsch Termolow, zu ihnen nach Neuilly kam.

Er habe im Russischen Club erfahren, daß sie ebenfalls in Paris lebten, sagte er, und sie aufgesucht, um ihnen von den letzten Tagen und Stunden der Zarenfamilie zu erzählen.

»Ich dachte, Sie sollten dies alles wissen«, erklärte er, »denn gerade Sie waren auf besondere Weise mit den Ermordeten verbunden.«

Dann begann er seinen Bericht, und vor Swetlana und Rodja erstanden die Ereignisse jenes Sommers 1918 so deutlich, als wären sie dabeigewesen.

Man hatte dem Zarenpaar und der Großfürstin Maria in Jekaterinburg das Haus Ipatjew als Quartier zugewiesen. Es war ein zweistöckiges Gebäude mit weißer Stuckfassade nahe dem Stadtkern. Sein ursprünglicher Besitzer, der Kaufmann Ipatjew, hatte es an einem Hang errichten lassen, so daß das Untergeschoß auf der einen Seite einige Kellerräume aufwies. Ein steinerner Bogen führte von der Straße zu dem hinter dem Haus gelegenen Hof, an den sich eine Terrasse und ein verwilderter Garten anschlossen.

Die Bolschewiken, die das Gebäude mit einem bedeutungsvollen Grinsen ›Haus für besondere Zwecke‹ nannten, hatten noch vor dem Eintreffen des Zarenpaares einen Palisadenzaun um die Hausfront gezogen. Ein zweiter Zaun trennte Hof und Haupteingang von der Straße.

Eine Freude erlebten Nikolaus und Alexandra noch in Jekaterinburg: Drei Wochen nach ihrem Eintreffen im Haus Ipatjew kam ein scharf bewachter Zug mit ihren in Tobolsk zurückgelassenen Kindern an. So waren sie nun wieder vereint.

In der Begleitung von Alexej und seinen drei Schwestern befanden sich auch Dr. Botkin und Dr. Derewenko, General Tatistschew, die Baronin Buxhoeveden und Pierre Gilliard. Auch einige Dienstboten waren mitgekommen: Tschemodurow, der Kammerdiener des Zaren, Alexejs treuer Beschützer Nagorny, die Kammerfrau Demidowa, der Koch Charitonow, der Diener Alexej Trupp und ein Küchenjunge namens Leonid Sednjew. Aber nur Anna Demidowa, Dr. Botkin und Leonid Sednjew blieben bis zum Ende im Haus Ipatjew. Den anderen wurde entweder gleich nach ihrer Ankunft ein anders Quartier zugewiesen, wie Dr. Derewenko, Pierre Gilliard und Sophie Buxhoeveden, oder man brachte sie im Lauf der Zeit ins Gefängnis von Jekaterinburg, wo sie ebenfalls den Tod fanden. Einzig Terentij

Tschemodurow überlebte die Tragödie. Man hatte ihn in ein Krankenhaus verlegt und dort seine Existenz offenbar vergessen.

Ein Kommando von über fünfzig Mann bewachte Tag und Nacht das Haus Ipatjew. Dazu kam noch eine Hauswache, die vor den Wohnräumen der Romanows postiert war.

Der Kommandant hieß Alexander Awdejew, ein Raufbold und Aufschneider, der sich einen Spaß daraus machte, die Zarenfamilie zu demütigen und zu quälen. Häufig tauchte er während der Mahlzeiten auf, flegelte sich an den Tisch, starrte den Großfürstinnen auf die Brüste und machte zotige Bemerkungen.

Seine Soldaten taten es ihm gleich. Awdejew hatte eingeführt, daß keiner der Gefangenen ohne Erlaubnis oder Begleitung eines Rotgardisten zur Toilette gehen durfte, und besonders die Zarentöchter hatten unter den anzüglichen, rohen Redensarten der Männer zu leiden.

Vor allem aber begannen die Wachen zu stehlen, was ihnen in die Finger fiel, Schmuck, Wertgegenstände, ja, sogar Bettzeug und Kleidung. Zornige Proteste des Zaren bei Awdejew nützten nichts; der Kommandant erklärte frech: »Halt's Maul, Dreckskerl! Du bist hier ein scheiß Gefangener und sonst nichts. Du hast keine Befehle mehr zu erteilen.«

Alexej hatte sich von seinem schweren Bluteranfall noch längst nicht erholt. Er konnte immer noch kaum laufen und lag die meiste Zeit im Bett, das tagsüber in den Wohnraum getragen wurde, damit er mit seinen Eltern und Schwestern zusammensein konnte. Wie schon in Tobolsk ertrug das Zarenpaar seine neue, ungleich härtere Gefangenschaft mit unerschütterlicher Haltung. Es war rührend dankbar für jede noch so kleine Freundlichkeit, die man ihnen erwies, und reagierte selbst auf die schlimmsten Kränkungen mit Stillschweigen.

Die vier Mädchen waren im wahrsten Sinne des Wortes der Sonnenschein des Hauses, von einer Heiterkeit, die selbst auf ihre Mutter ansteckend wirkte, so daß Alexandra Fjodorowna mit ihnen zu lachen und allerhand selbsterfundene Spiele zu spielen vermochte wie etwa ›Glückliche Zeiten‹. Das war ein Spiel, in dem sie sich entweder an lustige Begebenheiten aus ihrem früheren Leben erinnerten, an Menschen, die sie besonders gern gehabt hatten – oder an ihre Lieblingsgerichte.

Manchmal spielten sie Klavier und sangen dazu oder führten sogar kleine selbstgeschriebene Theaterstücke auf, in denen sich besonders Anastasia hervortat, die eine ausgesprochene schauspielerische Begabung besaß, und alle zum Lachen brachte, wenn sie irgendwelche Leute täuschend ähnlich nachahmte.

Wenn es Alexej ein wenig besser ging, waren sie über alle Maßen glücklich. Dann saßen sie um sein Bett herum, Jimmy, der Pekinese, und Joy, der kleine Spaniel, waren bei ihnen, und Alexandra Fjodorowna gebot dem fröhlichen Treiben nicht einmal dann Einhalt, wenn Joy auf den Schoß des Zarewitsch sprang und ihm das Gesicht abschleckte.

Sie haben so wenig Freude, dachte sie dann wohl. Man muß sie gewähren lassen, solange es möglich ist.

Die Zarin hatte keine Hoffnung mehr, daß sich ihr Schicksal noch einmal zum Guten wenden könnte. ›*Der Engel naht* ...‹ hatte sie in ihr Tagebuch geschrieben. Über kurz oder lang würde er da sein und sie von allen irdischen Beschwernissen erlösen.

Allsonntäglich war den Gefangenen gestattet worden, die Heilige Messe zu feiern. Dann kam Vater Storoschew von der Auferstehungskirche zusammen mit dem Diakon Gennadij Pawlowitsch Termolow und hielt einen kurzen Gottesdienst. Das war immer wie ein kleines Fest. Soweit es ihnen mit ihrer abgetragenen Garderobe möglich war, kleideten sich alle sonntäglich, die Frauen in dunkle Röcke und weiße Blusen, Dr. Botkin in einen schwarzen Gehrock mit weißem Hemd und Nikolaus in eine feldgrüne Uniform mit hohen Stiefeln, das St. Georgs-Kreuz auf der Brust. Alexej wurde meist auf seinem Feldbett hereingebracht.

Vater Storoschew war jedesmal fast zu Tränen gerührt, mit wieviel Andacht und Inbrunst die Gefangenen an der Messe teilnahmen. Die Großfürstinnen sangen mit ihren hellen, klaren Stimmen, und der Zar unterstützte sie mit seinem tiefen Baß.

Am 4. Juli 1918 wurde Wachkommandant Awdejew plötzlich zum Ortssowjet befohlen. Er kehrte nicht mehr in das Haus Ipatjew zurück. Sein Nachfolger hieß Jankel Michailowitsch Jurowskij. Er erklärte den Gefangenen, daß Awdejews skandalöses Betragen und die Diebstähle, die er nicht nur geduldet, sondern an denen er sich beteiligt hatte, zu seiner Verhaftung geführt hätten.

Jurowskij gehörte dem örtlichen Sowjet und der Tscheka an. Außerdem war er Kommissar für Justiz im Jekaterinburger Bezirk. Er tauschte die bisherigen Wachmannschaften gegen neue Leute aus und ließ ein zweites Maschinengewehr auf dem Dachboden aufstellen. Unter seinem Kommando hatten die Diebstähle und Rüpeleien der Soldaten ein Ende, so daß die Gefangenen ein wenig aufatmen durften.

Aber diese Ruhe war trügerisch.

Der Vormarsch der Weißen Garden und der tschechischen Eliteregimenter war von den Bolschewiken nicht aufgehalten worden. Jekaterinburg war bereits weiträumig eingekreist, und es war nur eine Frage der Zeit, bis die Konterrevolutionäre die Stadt eroberten. Beunruhigt war ein Abgesandter des örtlichen Sowjets, Tschaja Goloschtschokin, nach Moskau gereist, um sich neue Direktiven zu holen, was mit den Gefangenen im Haus Ipatjew geschehen solle. Am 14. Juli kam er nach Jekaterinburg zurück.

Es war ein Sonntag, und Vater Storoschin und sein Diakon Termolow machten sich wieder einmal auf den Weg zum Haus Ipatjew. Sie zogen im Zimmer des Kommandanten ihre Meßgewänder über und unterhielten sich kurz mit Kommissar Jurowskij. Dann betraten sie gemeinsam die Wohnung der Zarenfamilie.

Diesmal saß Alexej in einem Lehnstuhl, und er sah nicht mehr ganz so bleich und elend aus wie bisher. Die Zarin lächelte, als sie die Eintretenden begrüßte. Der Zar hatte seinen Bart gestutzt und wirkte straffer und energischer als sonst.

Und dann geschah während des Gottesdienstes etwas Seltsames. Nach der Liturgie der stillen Messe folgte normalerweise ein kurzes Gebet, das Diakon Termolow sprechen mußte. Es lautete: »Mögen die Seelen der Toten mit den Heiligen in Frieden ruhen.«

Doch statt dessen begann der Diakon plötzlich einen Choral zu singen. Er war einem Pslam Davids nachempfunden und fing an: »Wie der Hirsch schreit nach frischem Wasser, so schreit meine Seele, Gott, zu dir.«

Vater Storoschin stimmte mit ein, allerdings ein wenig verärgert darüber, daß Termolow vom üblichen Verlauf der Messe abgewichen war. Später hatte jener auch nicht zu sagen gewußt, warum er das getan hatte. Er hatte, ohne zu denken, mit dem Gesang begonnen, aber außer Vater Storoschin sang keiner der Anwesenden mit, obwohl sie den Choral kennen mußten. Und dann hörten die beiden, wie hinter ihnen plötzlich alle auf die Knie sanken und so bis zum Ende der Messe verharrten.

Als Storoschin und Termolow gingen, sah Storoschin, daß das Zarenpaar und die Großfürstinnen Tränen in den Augen hatten. Aber sie lächelten dabei, und eines der Mädchen sagtc leise: »Danke schön.«

Schweigend kehrten Storoschin und sein Diakon zur Auferstehungskirche zurück. Plötzlich blieb Termolow stehen. Er wirkte verstört und bewegt. »Irgend etwas ist mit denen da drinnen vorgegangen. Es ist, als ob sie alle irgendwie verändert sind. Es hat ja auch keiner von ihnen gesungen.«

»Aber was soll denn geschehen sein?« fragte Storoschin zurück, und Termolow hob die Schultern.

»Das wissen wir nicht. Und ob wir's jemals erfahren werden?«

Am nächsten Tag schickte Jankel Jurowskij den Küchenjungen Leonid Sednjew aus dem Haus. Er befahl ihm, von nun an bei den Wachen zu wohnen. Später kamen vier Frauen, um die Fußböden zu reinigen. Die Großfürstinnen halfen ihnen, die Betten und andere Möbelstücke zu verschieben. Sie waren sehr eifrig und auffallend heiter. Jurowskij unterhielt sich währenddessen mit Alexej und fragte ihn nach seinem Ergehen. Wie an jedem Tag brachten zwei Nonnen eines nahegelegenen Klosters Milch für die Gefangenen, und Jurowskij bestellte bei ihnen für den nächsten Tag einen Korb mit Eiern und ein wenig Nähgarn für die Zarentöchter.

Am Nachmittag machte die Zarenfamilie wie üblich ihren Spaziergang im eingezäunten, bewachten Hof und Garten. Es war drückend heiß, und auch der Abend brachte keine Abkühlung. Wenn es still war, konnte man fernen Geschützdonner hören. Wie es hieß, war Jekaterinburg nun vollständig von den Weißen und tschechischen Truppen eingekreist. Die Rotarmisten befanden sich auf dem Rückzug.

Kurz nach Mitternacht stürmte Jurowskij in die im Oberstock gelegenen Zimmer der Gefangenen. »Aufstehen!« befahl er. »Beeilen Sie sich! Ziehen Sie sich an und kommen Sie nach unten.«

Auf Nikolaus' verstörte Frage, was denn passiert sei,

antwortete der Kommandant: »Es droht ein Aufstand in der Stadt. Wahrscheinlich kommt es zu Straßengefechten, daher ist es für Sie zu gefährlich, hierzubleiben.«

Sie wurden in einen Kellerraum geführt, der von ein paar Öllampen erhellt war. Der Zar hatte Alexej auf dem Arm, dessen Bein immer noch verbunden war. Anastasia drückte Jimmy, den kleinen Pekinesen, an sich. Alexej hielt Joys Leine umklammert. Dr. Botkin war der Zarin behilflich, die steile Treppe hinunterzusteigen.

»Sie müssen hier warten«, sagte Jurowskij. »Die Automobile sind noch nicht eingetroffen, mit denen Sie abreisen.«

Nikolaus nickte. »Aber bitte, lassen Sie doch ein paar Stühle hereinbringen.«

Jurowskij holte sie eigenhändig. Es waren drei Stück. Auf dem mittleren nahm der Zar Platz, nachdem er Alexej rechts neben sich gesetzt hatte. Die Zarin saß zu seiner Linken. Plötzlich riß sich der kleine Spaniel los. Alexej hatte die Leine nicht fest genug gehalten, und der Hund rannte winselnd und so verängstigt, als spüre er das nahende Unheil, zur Tür hinaus, die Jurowskij nur angelehnt hatte, und die Treppe hinauf.

»Joy!« rief Alexej erschrocken. »Joy, hierher!«

Sein Vater besänftigte ihn. »Laß ihn nur. Wenn wir nachher zu den Autos gehen, ist Joy bestimmt auf dem Hof und steigt zu dir ein. Er kann ja gar nicht weglaufen, weil das ganze Haus abgeriegelt und verschlossen ist.«

In diesem Moment ertönte von draußen Motorengeräusch. Es klang nach schweren Lastwagen und verstummte im Hof. Gleich darauf riß Jurowskij die Tür zum Kellerraum weit auf. Hinter ihm drängten elf Soldaten herein. Sie hielten Revolver und Maschinenpistolen im Anschlag.

Jurowskijs Gesicht war verzerrt, während er den Zaren anblickte. »Nikolaus Alexandrowitsch Romanow, Konterrevolutionäre haben Ihnen zur Flucht verhelfen wollen.

Das ist ihnen mißlungen. Aber nunmehr ist es unsere Pflicht, Sie zu erschießen.«

Die Zarin bekreuzigte sich, während Nikolaus aus seinem Stuhl hochfuhr. »Was?« stammelte er, während Jurowskij seinen Revolver hob und auf ihn zielte. Die Kugel traf Nikolaus aus nächster Nähe. Ohne ein weiteres Wort sank er zu Boden.

Jurowskijs nächstes Opfer war Alexej. Mit weit aufgerissenen Augen kippte der Junge vom Stuhl.

Die Soldaten hatten zuvor genaue Befehle bekommen, wen sie anvisieren sollten. Ein, zwei Maschinengewehrgarben ließen die Zarentöchter und Dr. Botkin zusammenbrechen. Anastasia hielt immer noch den kleinen Pekinesen an sich gepreßt. Sie schrie hell und gellend auf, als die Kugeln sie und das Tier trafen. Alexandra Fjodorowna hielt das Kreuz umklammert, das sie an einer Kette um den Hals trug. Wie ihr Mann sank auch sie ohne einen Laut von ihrem Stuhl. Anna Demidowa, die Kammerfrau, hatte versucht, sich mit einem Kissen zu schützen, das sie aus den Wohnräumen der Zarenfamilie mitgebracht hatte. Darin versteckt war ein Schmuckkästchen mit einigen Juwelen der Zarin. Einer der Soldaten durchbohrte die Kammerfrau mit mehreren Bajonettstößen. Danach wurde es still.

»Sie sind alle in dieser Nacht vom 16. auf den 17. Juli 1918 umgekommen«, sagte Gennadij Termolow und legte die Hände vor das Gesicht. »Die Einzelheiten haben wir erfahren, als die Weißen Truppen eine Woche später in Jekaterinburg einzogen. Sie haben eine Untersuchung angeordnet, und so haben wir nach und nach gehört, wie es geschehen ist.« Er weinte, seine Schultern zuckten.

Swetlana hatte sich in Rodjas Arme geflüchtet. Fjodor war nicht zu Hause; er hatte sich mit ein paar neu gewonnenen Freunden des Gymnasiums verabredet, das er seit kurzem besuchte. Swetlana war dankbar dafür, daß er diesen entsetzlichen Bericht nicht mit anhören mußte.

»Weiß ... weiß man auch, wo sie begraben sind?« fragte sie stockend nach einer langen Weile.

Termolow weinte heftiger. Vergeblich setzte er ein paarmal zum Sprechen an. Dann sagte er erstickt: »Man hat die Leichen auf einem Lastwagen fortgeschafft. Etwa 24 Werst von Jekaterinburg entfernt gibt es eine stillgelegte Mine. Vier Tannen stehen oben um den Schacht. Deswegen nennen die Leute diesen Ort ›Die vier Brüder‹. Es war alles genau vorbereitet. Man hat die Leichen in den Schacht geworfen, mit Schwefelsäure übergossen, anschließend mit Benzin und sie angezündet.«

Swetlana konnte nicht weinen, nicht jetzt. Dazu saß das Grauen zu tief in ihr. Irgendwann fragte sie, eigentlich nur, um überhaupt etwas zu sagen: »Und der kleine Hund? Ich meine Joy, den Spaniel. Was ist aus ihm geworden?«

»Man hat ihn ein paar Tage später halb verhungert im Oberstock des Hauses Ipatjew vor den verschlossenen Wohnräumen der Zarenfamilie gefunden. Einer der Wachsoldaten hat ihn mitgenommen. Er wollte ihn behalten.«

Ein Hund, ein kleiner Hund nur hatte das Massaker überlebt! Swetlana erinnerte sich an Joy, wie er um Alexej herumgesprungen war und wie der Junge Stöckchen und Bälle geworfen hatte, die Joy dann schwanzwedelnd apportierte. Sie erinnerte sich an Alexejs lachendes, glückliches Gesicht ...

»Entschuldigen Sie mich«, würgte sie hervor und sprang auf. Sie rannte ins Bad und erbrach sich. Lange Zeit stand sie dann an die Wand gelehnt, mit weit geöffnetem Mund nach Atem ringend. So fand Rodja sie.

Er legte den Arm um sie. »Geht es wieder?« fragte er,

und sie nickte und kühlte sich Gesicht und Arme mit Wasser. »Wo ist Herr Termolow?«

»Er läßt dir seine besten Empfehlungen ausrichten. Er meinte, es sei besser, wenn er sich verabschiede, seine Mission sei ja beendet. Er wollte nur, daß mehr Menschen erfahren, was in Jekaterinburg geschehen ist, damit es nicht in Vergessenheit gerät.«

»Das wird es auch nicht«, sagte Swetlana, und dann konnte sie endlich weinen.

Ein halbes Jahr später fand in Jurijs Antiquitätengeschäft eine Gemäldeausstellung statt. Rodja hatte wie ein Besessener gearbeitet, um die in Riga begonnenen Bilder fertigzustellen.

Exilrussen drängten sich vor den Gemälden, aber auch viele Franzosen. Rodja hatte jede der Zarentöchter einzeln porträtiert in ihrer ungekünstelten Fröhlichkeit und ihrer Jugendfrische. Ein großes Bild von Alexandra Fjodorowna hing über einem Kamin, auf dessen Sims ein Arrangement weißer Rosen stand. Das Bild zeigte die Zarin in großer Staatsrobe, eine schöne zarte Frau mit einem juwelenbesetzten Diadem und perlenbesticktem Schleier. Zar Nikolaus war in der Galauniform der Preobraschenskijschen Garde dargestellt.

Rechts und links davon gab es zwei andere Bilder: Nikolaus, gealtert, in vielfach geflickter Kleidung während der Tobolsker Gefangenschaft bei der Gartenarbeit, und die Zarin im Rollstuhl, das weiß gewordene Haar halb unter einem Schal verborgen, mit einem Gesichtsausdruck, der so vollkommen die Tapferkeit, Trauer und Würde ihrer letzten Lebensmonate widerspiegelte, daß die meisten Besucher vor diesem Bild stehenblieben, um es längere Zeit schweigend zu betrachten.

Alexejs Bild hing neben einer Ikone aus der Nowgoroder Schule, den Gekreuzigten darstellend. Es zeigte den Thronfolger in einem Sessel, ein bildschöner blonder Junge, den

Blick intensiv auf den Betrachter gerichtet – mit einem Ausdruck von ganz und gar unkindlichem Leid. Im Hintergrund sah man den von grüngoldenen Mosaiken, weißen Säulen und kostbarsten Intarsienböden strotzenden Peter-Saal aus dem Winterpalais.

»Welch ein wunderbares Bild«, sagte eine elegante junge Frau. »Ich würde es gern kaufen.«

Rodja kannte sie. Es war die Marquise Lucille de Longreau. Er verneigte sich leicht vor ihr. »Ich bedaure ganz außerordentlich, Marquise, aber das Bild ist unverkäuflich.«

Sie zog einen reizenden Schmollmund. »Wirklich? Wollen Sie nicht noch einmal darüber nachdenken, mein lieber Comte?«

»Das will ich gern tun, aber es würde meinen Entschluß nicht ändern.«

»Wie schade!« sagte sie und blieb noch immer stehen, in die Betrachtung des Bildes versunken. »Das ist ... das war also der russische Thronfolger?«

»Ja«, bestätigte Swetlana, die zu ihrem Mann getreten war. »Das ist der Zarewitsch Alexej von Rußland.«

»Was für ein schönes Kind«, stellte die Marquise bewundernd fest. »Und sicherlich war es auch sehr glücklich in seinem Leben – bis zur Revolution, meine ich«, fügte sie eilig hinzu.

»Er ist von vielen ganz gewiß glühend beneidet worden«, antwortete Swetlana. »Vermutlich auch von denen, die ihn umgebracht haben. Ein Prinzenleben in einem geradezu unvorstellbaren Reichtum ... So etwas weckt Haß. Es waren nicht viele, die begriffen haben, was für ein armes Leben es im Grunde war.«

Sie blickte das Bild an, das Rodja ihr geschenkt hatte, und Alexejs bezauberndes Gesicht mit den todtraurigen Augen verschwamm vor ihren aufsteigenden Tränen.

Wir sind davongekommen, Rodja, Toska, ich – und auch

Fjodor, dachte sie. Wir haben überlebt. Swetlana würde niemals aufhören, dafür dankbar zu sein. Aber sie wußte nun auch, daß sie nie mehr nach Rußland zurückkehren wollte. All die Toten, all der Haß – konnte man das jemals vergessen?

Ihre Welt war untergegangen. Nichts konnte sie mehr zurückbringen. Was blieb, war die Sehnsucht danach, ein unstillbarer, feiner Schmerz, der sie ihr ganzes Leben lang nicht verlassen würde.

Statt Ruhe und Friede herrscht in Bramford zur Zeit Baustellenlärm, und statt einer zarten Romanze findet Meredith Mitchell eine Leiche, halb einbetoniert in der Baugrube. Inspektor Markby stellt Nachforschungen an, doch der Tote bleibt ein Rätsel, und die Farmer der umliegenden Gehöfte hüllen sich in Schweigen. Hier ist jemand mit diplomatischem Geschick gefragt, jemand wie Meredith. Bald schon merkt sie, daß sie mit ihren Fragen in ein Wespennest sticht. In der Scheune der Familie Winthrop macht sie schließlich eine erstaunliche Entdeckung – und bringt sich selbst in höchste Gefahr ...

ISBN 3-404-14375-2

BASTEI
LÜBBE

In einer klaren Nacht im Jahr 1629 läuft die Batavia – das stolze Flaggschiff der holländischen Ost-Indischen Handelsgesellschaft – bei ihrer Jungfernfahrt nach einer langen und ereignisreichen Reise auf ein Riff auf. Das Schiff bricht auseinander und droht zu sinken, doch vorher können sich Passagiere und Mannschaft auf einige kleine Inseln retten. Aber die Freude über die geglückte Rettung währt nur kurz, denn Wasserknappheit, ein Streit zwischen den führenden Offizieren, die Liebesaffäre des Kapitäns mit einer schönen Frau sowie die Anwesenheit einiger weiblicher Passagiere und das Wissen um die wertvolle Fracht der Batavia führen zur Unruhe. Eine blutige Meuterei entspinnt sich ...

ISBN 3-404-14365-5

BASTEI LÜBBE

Amsterdam, 1636. Die ganze Stadt ist vom Tulpenfieber befallen. In speziellen Börsen, aber auch in Wirtshäusern und Gassen der Metropole werden unscheinbare Blumenzwiebeln gegen Gold und Seide gehandelt. Auch der Engländer John Nightingale hofft, dort durch Spekulationen ein Vermögen zu gewinnen. Denn das allein könnte ihn von einer alten Schuld befreien und ihn vor dem Tod durch den Strang retten.
Verfolgt von seinem Erzfeind Malise, gerät der unerfahrene junge Mann in den Sog eines fulminanten Abenteuers, das zu bestehen fast unmöglich erscheint. Aber da sind noch die betörende Marieka und die scheue Zeal, die dem verzweifelten John auf ganz eigene, verführerische Art beweisen, daß es sich zu leben lohnt ...

ISBN 3-404-12660-2

BASTEI
LÜBBE

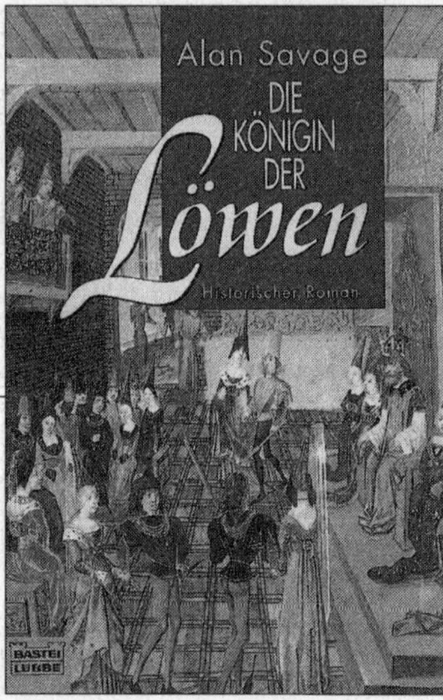

Unter dem Banner der Roten Rose kämpft eine Frau um Macht und Rechte der Krone

Als die erst fünfzehnjährige Margarete von Anjou 1445 König Heinrich VI. von England heiratet, erkennt sie rasch die Motive dieser von ihren Verwandten gestifteten Verbindung: Die Ehe soll zur Beilegung des Hundertjährigen Krieges beitragen, der Frankreich und England nur Tod und Zerstörung gebracht hat.

Von vornherein als politische Heirat konzipiert, bleibt die Ehe unglücklich. Heinrich VI. kann die Bedürfnisse seiner schönen, zügellosen und sinnenfrohen Gemahlin nicht befriedigen. Doch Margarete findet Mittel, Wege und Männer, ihre Gelüste zu stillen, während in England ein innenpolitischer Kampf um die Macht entbrennt, der die Nation zu spalten droht und fortan das Lebensschicksal Margaretes und ihrer Getreuen bestimmt.

ISBN 3-404-14239-X

BASTEI LÜBBE